双鱼座青花

沈荣均 著

（上）

成都时代出版社
CHENGDU TIMES PRESS

图书在版编目（CIP）数据

双鱼座青花 / 沈荣均著. -- 成都：成都时代出版社，
2024.11

ISBN 978-7-5464-3182-6

Ⅰ.①双… Ⅱ.①沈… Ⅲ.①长篇小说－中国－当代
Ⅳ.①I247.5

中国版本图书馆CIP数据核字（2022）第219357号

双鱼座青花

SHUANGYUZUO QINGHUA

沈荣均　著

出品人　　达　海
责任编辑　周佑谦
责任校对　蒲　迪
责任印制　黄　鑫　曾译乐
封面设计　原创动力
装帧设计　原创动力

出版发行　　成都时代出版社
电　话　　（028）86742352（编辑部）
　　　　　　（028）86615250（发行部）
印　刷　　成都博瑞印务有限公司
规　格　　145mm×210mm
印　张　　30.75
字　数　　1137千
版　次　　2024年11月第1版
印　次　　2024年11月第1次印刷
书　号　　ISBN 978-7-5464-3182-6
定　价　　96.00元（上、下册）

目　录

楔子

第一部　红粉

第一章　　　日梦 / 008
第二章　　　守玉 / 062
第三章　　　花神 / 092
第四章　　　瓷劫 / 124
第五章　　　水月 / 157
第六章　　　龙隐 / 176
第七章　　　宦游 / 194

第二部　隐鱼

第八章　　　尘缘 / 230
第九章　　　半闲 / 249
第十章　　　五祥 / 275
第十一章　　佛现 / 318
第十二章　　桃夭 / 345
第十三章　　底牌 / 376
第十四章　　官窑 / 403
第十五章　　人境 / 441

第三部　窑神

第十六章　　秀场 / 466
第十七章　　天籁 / 480
第十八章　　传说 / 506
第十九章　　甘南 / 535
第二十章　　拈花 / 573
第二十一章　香毒 / 599
第二十二章　古窑 / 624
第二十三章　破局 / 661

第四部　彼岸

第二十四章　对决 / 700
第二十五章　止观 / 735
第二十六章　临界 / 766
第二十七章　如烟 / 799
第二十八章　花离 / 823

尾声 / 965

楔子

【三生三世的土豆情】

一个人到底有没有前世和来生？生之有，死之无。或有或无。

他在秋天里自言自语。这话显然也是讲给土豆、双鱼和青花的。

他很享受自言自语式的独处。土豆命，没法。见不得世面，人一多就露怯。如果人生期望不高，比如后懒惰主义之类的，也会羡慕土豆命的本分。土不拉唧，有货在肚子头，闷声发大财。关键低调，不装，远离是非啥的，都是妥妥安全感的边界。

他乐得无人叨扰的踏实，至少不会有儿女情长、谈婚论嫁的麻烦。就算犯桃花劫，也是青色的那种。

他就是颗中性的青涩土豆。头戴青紫双色花朵，上辈子转世双鱼的连体，下辈子投胎绝色的官窑，青花双鱼，小鸟依人。

他笃定闭环于土豆、双鱼、青花的圆缘。南柯一梦里初醒。蓝光之后天开地辟，照见少年的安静。甚至不惜以亲身经历的奇遇，求证江湖上某个流行诗人的传说。传说土豆是转世情，前世的双鱼，下辈子摇身一变……

青花！

青花原本就是土变的。土坷垃的土。土豆的土。土狗的土。土著的土。

土豆是无自信对红粉产生想法的。桃花总有红落时，人间青色不败。二月春风剪花，八月秋香袅袅。春风画扇美人花。前世命里连理花，来世姻缘梦中花。

这样傻傻默念的少年诗人，并非真的傻。"土豆天猪"是他极其小众私密的另一面。

叫土豆和天猪的影子少年，曾经混迹于一堆猪仔圈子。刨土豆的时候，竟翻出发黄的秘笈来，忽然有了写诗的冲动，一骂成名。借骂土豆，骂自己的身世。这一骂，也成就了风光无限的"土豆体"。可惜仍被周围人误解，不得不带着三棵黄瓜离乡放逐。从西北奔向东南，从东南皈依雪域。行游中的生死邂逅。二峨山舍身崖。甘南秘境。邂逅右眼下朱砂痣耀如红日的六如，也邂逅神秘的九眼天珠。九眼天珠据说是明朝遗臣流落甘南的传世宝物。六如和九眼天珠的遇见，仿佛朝向光明之顶的从善修行。六如原本平凡，老家在屏羌科甲山，老家的老家在茗山车龄郑营，真名或叫孔云樵。孔云樵的好兄弟，执行任务中不幸遭遇车祸。好兄弟牺牲前临终的托付，孔云樵善良地予以回应，信守承诺，便有了旷世的一场真爱。有爱就有光。好人终将修成正果。

九眼天珠拯救的六如，也拯救"土豆天猪"。"土豆天猪"在仁波切主持的辩经晚课里，与师兄弟云登同台切磋。尔后，目睹了整个雪域如何陷入蓝彼岸和红彼岸的互证之圆。

蓝彼岸，红彼岸，都是永伤与灿烂。岁月青葱，彼岸花淡如止水。

【月影梅】

淡如止水的"月""影""梅"。

淡如止水的引兰、施云、柳叶萍、柴瑶、童桐、徐昕蕾、"土豆妹""红娘子""邱蕙香""屏羌金花"、胡皇后、孙美人……

浅浅的她们，比现世的桃花都要照眼。精灵古怪，冰雪聪明，个个青花娘子变异。

一如前世初见。前世的游鱼，连体的美色，遗世的奇葩。一青一紫。五百年前，文艺青年朱瞻基，亲手给画在大瓷缸上。双鱼座的男人，风流倜傥，才华横溢。青年的双鱼，睡在哪里，都是睡在水苔的梦里。梦里全是呼唤。呼唤的鱼眼。呼唤的鱼眼泡泡。照见前世和来生。注定种下今生白日头疼的病根。

莫非双鱼星下凡？为此苦恼不堪。那惹是生非的前世，负债累累。罗什和仁波切的修为，那么至高无上。无法如罗什言行一致，把一钵盂绣花针安然吞咽。亦无法如仁波切宁静致远。内心之隐秘，兀自随风传遍雪域。

空有不烂之舌，纠结于土豆的愚钝，双鱼的缠绵，青花的暧昧。生于土豆的忧郁，隐于青花的璀璨。双鱼是蛊惑的。

月色朦胧，竹影婆娑。不正适合一场重生？

秋天里……

开花的植物完成轮回。五色神竹开花了！绝世佛兰发光了！那么清澈、澄明与空灵。

【青花创世】

植物开花的季节，双鱼座的哥哥来了，又走了。瓷都瑶里的风火神仙，正在酝酿惊天动地的青花创世。

这么说，似梦非梦。白日里大梦套小梦，梦里有梦，一梦接一梦。

沉浸白日梦的，叫蓝守玉。有一群虚拟世界的小伙伴，小伙伴是年轻派的粉丝。他不止一次吹牛说，曾经梦见一场大水，冲来好多的小鱼儿。有谁送来荔枝，生生地向上长出戳疼人的花枝来！

并非都是好事。也曾诡异地梦见过车祸，就此留下额上双鱼青印的隐痛。他怀疑自己是不是染上了抑郁……

从猴年的秋天，到鸡年秋天。龙隐镇弥漫着古怪的气息。

从盆地到甘南，寻找九眼天珠，走过一场绵延的夏雨，终于等来双鱼座流星雨，五百年一场三生三世的时空逆转……

瞻基迷上创青花。仁波切南行。王埙执掌盆地的怀柔秩序。开始怀念一个叫"应文"的云游先人。"应文"极有可能与仁波切和青花双鱼，在龙隐山龙隐寺冥冥之中的遇见有关，似乎是五百年前王朝的一个惊天地、泣鬼神的重大事件。

他忽然有了逆生的感动。想起紫色的琉璃磨子双鱼、"土豆体"的发黄诗稿和那张老照片。于是传说有了向后向前进一步发展的可能——多年前，"土豆天猪"与六如和九眼天珠的遇见。

"土豆天猪"和六如早已不在人世。情绪从来不像这个秋天那样，空落落的……

物是人非。

有一种盛开，叫悲观主义的花朵，叫难以承受之轻。

有一种人生，叫离别开出花，叫半梦半醒。

多年后的他，将琉璃磨子鱼、诗稿和照片，交给慕名而来的考古探险者。这不是离别，是在以离别的方式寻求再见。

他说，去吧，那有一座山，叫龙隐。

便循着地裂的震波而去……果然发现大片的五色竹，还有神奇的佛兰。佛兰的主人因兰而新生，也因兰而赴死。地裂的撕口处，还发现龙隐寺的藏宝洞，通达历代高僧塔林地宫深处。充满理想色彩的探险者，开始替代刻板的考古专家主宰挖掘。很快有了重大发现，一堆明代早期官窑佛事供器——甜白双鱼龙纹盏、三连通器、青花勺子、黑金釉鬲式炉。最令人不可思议的，竟然弄出来绘画青花釉里红的双鱼纹大龙缸……

"双鱼座青花！"

人们惊叫起来。

时光忽然回溯老去许多。莫非红尘真的颠倒了？他陷入了时间参照的错乱。

老态龙钟的他，孑身一人，膝下已然有了一堆梦一样的小鱼儿，仿佛就在昨天，历历在目……

五色竹花开，一群双鱼的子弟，琅然声诵，那狗屁的土豆……

开创"土豆体"的先人，与紫色琉璃磨子双鱼有关。似乎还遗存了一卷诗稿，一张老照片。记得照片里有壁画的，画个清俊僧人，手植五色美竹。依稀能辨别出壁画上的墨书，背藏无题诗抄……

习惯于边走边唱的土豆诗人，并无一个准信的下落。放下名声，也放下包袱。那愤世的谶言，是留给来者的精神舍利吗？

不得不说，这是一场铭心刻骨的精神复盘。破案传奇也好，寻宝探秘也罢，都是在奉献关怀，追逐人间光亮。好在，关于青花的谜中谜，案中案，那穿透三生三世的神秘之旅，不可逆转地向前绽放了。

追随青花的冒险，得到好兄弟文雄和大老板"官窑王子"齐鲁的鼎力协助。一路上又碰上好多熟悉又陌生的梦里才有的人儿：港岛的"影"师姐、国学大师、龙海泉，瓷都亲爱的官窑大师赵青花、掌桩大师叶景生，年轻的陶瓷传人叶瑶溪和苏小离……

匆匆擦肩而过。

再见——

年轻的她，手捧一只甜白的双鱼盏，清歌宛若天籁。

五色竹奇香袅袅。"龙隐佛光"云蒸霞蔚。

再见——

蜀王供奉和"佛前五供"，杜鹃一样幽怨。

再见——

蓦然回首，"双鱼座青花"在陶瓷艺人们手中惊天创世。

那重回人间的美妙，久违的红蓝宝光，刹那间交相辉映。所有人围着炉火，手舞足蹈，高唱青花神曲……

第一部　红粉

第一章　日梦

1.1　【从秋天开始】

秋天就要来临的时候，选择忘却，便是选择向好。

夜生活就是入夏以来的全部记忆，哪里还有什么心思去领略大漠孤烟、长河落日的意境？

空调房憋屈。游泳池不得不放下矜持，厚了脸皮，花花绿绿，如下饺子。晚十点之后，年轻人的夏天，渐入佳境。袒胸、吊背、大排档、朋友圈。空气里加速弥漫荷尔蒙和多巴胺的代谢气息。

何止夏天，甚至整个青春期的尾巴，也大体如此。

快跨三十六岁了，夹在实力派的"奔四"男人和十七八岁、二十来岁小年轻之间，就别谈为情所困。

谈主义，独身主义也是主义。形而上的主义，可以解决很多现实的问题。

饿病病在肉体。三开门冰箱，塞满变换花样的冰水、冰水、冰水。冰水是镇痛剂，喝上三瓶，对冲无所事事。一百五十斤的体重，破罐子破摔了。很多时候，平庸无聊，也是一种生理负荷。

无名头疼，要麻烦些。双重的肉体记忆，或接近某种神秘，无可名状，也难以磨灭。生活本不易，要活便活记忆，不活因为已然活过。

如此颓废，是不是有抑郁症倾向？

他叫蓝守玉。自诩半个闲人。

闲——望文生义，门中一柱头，派不上正经用场。宋人吴自牧在《梦粱录》里讲，闲人本食客人，换成今天的话语系统，就是"吃货"。

施云说他就是个"吃货"。定是不能认账的——最多算半个"吃货"。没错，上辈子就是个饿死鬼，今生正待脱胎换骨，读过点正经书，胸有点墨——所谓的"精神支柱"。

譬如，他在秋天来临前写下这段话：

倘若可以选择

会越过肉体记忆的夏天

直接进入秋天

以双鱼而活

并为青花赴死

不是装怪，也是自说屁话。

此处跳跃有点大。

农历七八月的双鱼。双鱼座逆袭。从立秋到处暑，青花刚刚酝酿一场风花雪月的前奏。

绝非耽于冥想。真的有远方。

远方之远。窗外，远山近水，秋色迷离。

午窗秋日影悠悠，一觉清眠万事休。他说秋日再宜午眠，也得有度，一不可着衣，二不可果腹，三不可无梦。听此话有些迂，那就脱个精光。过午不食，再来个白日梦。

夏秋之交，热死十八个猫猫，别说穿个裤衩，一丝不挂也烦躁。何况一丝不挂，也不能保证干净清爽。过午不食，倒不失于苛刻。日上三竿起，搞点面包牛奶，草草对付。一人饱嗝，全家不饿。

如此仍未刷着存在感的话，再来点超现实的，像宝二爷一样，白日发梦癫，两眼一闭，遇见警幻仙子。

想得美了。

不要在第二天空着肚皮，讲述昨天的饱嗝。空肚皮谈美事，好似说梦话。谁说的混账话？

宝二爷对天起誓。显然不是他。

本雅明说的？

宝二爷与本雅明的代沟，相当于"90后"跟"60后"，中间夹着一个叫曹雪芹的古人。

丙申年的娃，丙申猴命。古人曹雪芹，甲申猴命。

还有乙申猴、丁申猴、戊申猴、己申猴、庚申猴、辛申猴……一大堆自以为是的山大王。

蓝守玉，常以书生自居，庚申猴的命。

他有个朋友，戊申猴命，叫齐鲁。

齐鲁是个"土豪"。"土豪"不差钱。蓝守玉是书生，书生有文化。

有文化的鄙视文化，常常自我矮化，说啥有些人的文化，不如有些人的屁话。

按理说，"土豪"和文人向来不大待见。齐鲁在荣城，蓝守玉在三江，前面三十多年都没啥来往，偏偏初次见面，便惺惺相惜，大有相见恨晚之意。

如此便有讲好这个故事的必要了。

从秋天开始。

1.2 【传说中的五月酒局】

齐鲁和蓝守玉的交集，大致可圈定在一个秋天与另一个秋天之间。坊间一直有传闻，说他俩在双鱼座青花的故事结尾前，曾有一段著名的酒桌浑话。

那是下一个秋天的话题了。下一个秋天来临之前，他俩相聚于来年初夏五月。来年是鸡年。

鸡年的齐鲁，依然保持着猴年的高傲。齐鲁买蓝守玉的面子。齐鲁从荣城到屏羌拓展事业，能在猴年有个好结果，蓝守玉功不可没。

齐鲁叫柴瑶定了荣城的皇朝大酒店，特别交代留下那个令人想入非非的情侣包间。

七个人，可以选个"小土豪"包，定情侣包间，几个意思？服务员不理解。柴瑶恼了，叫你定就定吧，哪来那么多为什么。

然后，直奔酒桌主题。

齐鲁问蓝守玉喜欢吃啥。蓝守玉说他是猪狗肚，不择食。

齐鲁道："猪狗肚？自夸胃口好？这样吧，你在山珍和海味中选一样。"

蓝守玉没搭腔，他不知道齐鲁话里有没有坑。

蓝守玉的前女友施云，自告奋勇替他选了清一色的海鲜：龙虾鲜片、醋烹黄花鱼、鳕鱼豆汁……

吃海鲜容易长肚腩，施云的肚腩不算突出。她的食欲完全出于职业习惯——记者，更看重时效。

施云的闺蜜柴瑶，也是齐鲁的好友，施云点菜，她作注脚。介绍到第四道"粉丝鲍鱼"，施云还不让下筷子。蓝守玉忍无可忍，夹起一只鲍鱼就往嘴里送。鲍鱼壳烫呀，又"嗞"地吐回自个碗里。

施云敲了一下他的筷头，怼道："说你是山猪，你还不服？"

"山猪就山猪吧。主要是昨天没吃饱，一个下午都在做'饿'梦……"

"不要在第二天空着肚子，讲述昨晚的梦……"自言自语的是王了一，一个自恋到死的文化人。王了一手握空啤酒杯，杯在手里转圈圈，模拟葛优的贺岁片细节。面对刚才饭桌上的那些打情骂俏，王了一选择无视。

王了一的左右坐着导演曾子羊，还有小帅哥齐天雷。齐天雷是齐鲁的独苗，一个脑壳被烧坏的"90后"。他留学的专业是传媒，却爱上民间的土豆。齐天雷的公司叫"新土豆"传媒，刚刚投拍"第八代编剧"——"油炸蜢"的一个非主流网剧——《爱上土豆》。老土豆公司本来是齐鲁投的，后来转给柴瑶打理。柴瑶也有土豆癖，吃土豆，穿土豆装，做土豆梦。柴瑶和齐鲁，为啥不能走得更近，除了齐鲁老婆徐昕蕾突然发飙从美国"杀"回来，还因为两人之间隔了一大堆土豆。

新土豆财务总监徐昕蕾，之所以同意齐天雷烧钱投拍《爱上土豆》，众人都心知肚明，表面上她在护犊子，暗里的那点醋味，都懂的。老虎不发威，还以为是病猫。徐昕蕾警告齐鲁，谁也不是老虎，但谁也不是那猫。齐鲁示弱道，没啥，就算我是那老鼠好了。

齐天雷拍土豆剧，冲的是那点理想主义。当妈的，砸钱满足年轻人理想，不算护犊子。

在齐鲁看来，齐天雷的所谓理想不值一提。

"怎么现在是个人，就想搞影视？"齐鲁这话，有点"拍门当跟户对听"的意思。

齐天雷说话不会拐弯，听话也是一根肠子，"啪"地落下酒杯，站起来，盯着他老子，脸涨得通红："齐老板，你不要门缝里瞧人！"

"咋了？"齐鲁不屑一顾。

"把人瞧扁了。"齐天雷恨恨道。

"你觉得哪个人是瞧扁的？"齐鲁夹了只鸡脚，反问道。桌上的人都听懂了，他的潜台词是，人都是踩扁和挤扁的。

生姜还是老的辣。齐鲁不留余地地挖苦，算是把小伙子的冲动给压下去了。

齐天雷，拿起酒杯，一饮而尽，重新坐下，不说话，也不夹菜，满脸愤世嫉俗的表情。蓝守玉看他脸上，皱出几根曲线，像极了敲错的标点。

齐鲁只是说了句大实话。大实话伤人，尤其伤齐天雷这样对世故人情完全缺乏直接经验的年轻人。

"第七代编剧"王了一还没抒情。

前面提到王了一那句神叨叨的自言自语，本来想着卖弄一下学问，吊吊胃口，谁知直男齐天雷插话，就有些煞风景了："哦，我想起来了，了一兄刚才说的那句话，是本雅明的吧？"

能与大名鼎鼎的"第七代编剧"王了一称兄道弟的，一个是齐天雷，一个是荣城资深电视编导曾子羊。曾子羊是"新土豆"的金三角之一，齐天雷是老板，但他更看重王了一和曾子羊的圈子生态。

"有其父，必有其子，齐总家，个个都是高人，佩服，佩服！"王了一竖起大拇指。

曾子羊眼里，齐天雷再能耐，也还是个毛没长全的小年轻，他对齐天雷客气，是因为人家的确是他和王了一的老板。现在，他得顺着年轻人的毛毛往下捋："对，对，本雅明·内塔尼亚胡，一位犹太美学大师。"

幽默剧不经意间上演了。曾子羊的好心敷衍，换来齐天雷的一本正经："不是，是瓦尔特·本雅明，你说的那个犹太人是个政客。"

曾子羊恨不得找个地缝钻下去。

蓝守玉只是与"新土豆"的金三角，有点瓜葛而已。用他自己的话来说，他是来"打酱油"的。

"聊那玩意有啥好耍，还是开吃吧，管他本雅明啥哩，又不是他办招待。"

一桌子的人，都停住了夹菜的动作，看蓝守玉一人，如何夹起鲍鱼往嘴里送，像看耍猴戏一样。

蓝守玉笑道，大家看我吃，是不是心慌呀？

就都说，心慌的是你自己吧？

那天，蓝守玉说他吃了一肚子没意思。

还好，那天的酒桌，缺了六个人：蓝守玉的哥们文雄，表妹童桐；《爱上土豆》的主演"隐蓝"，一个"90后"；齐鲁的老婆徐昕蕾；合伙人尚小林；屏羌前任县委书记向书河，齐鲁和蓝守玉的弈友，柴瑶的同窗。不然，很难想象这个酒桌残局，如何收拾。

此事成了蓝守玉后来跟更多"90后""00后"小年轻吹嘘的资本。也不能算吹嘘，因为有了新的遗憾。

蓝守玉一向以清高自我标榜，说啥天生对舶来品没好感。那最后的晚餐，本来可以稍微收敛一点，比如凑够"十三"的，一个最接近喜剧模型，又是咒语一样的数字。

那天之后，蓝守玉大发感慨：人呀，有时候，如果不能完美地选择离去的仪式感，比如吃饱了撑死——传说的"饱死鬼"——死而无憾，那就只能难得糊涂做一回白日饱睡鬼了。

睡醒了吃，吃饱了又睡，半醒半梦……

1.3 【雌雄同体】

回到故事的开头。这个秋天。

猴年的秋天。

施云在蓝守玉手机通讯录里，依然保持着肉体夏天的名分："老婆一"。

跟蓝守玉谈了几年恋爱——准确地说是试婚，施云感觉像跑了场马拉松，跑着跑着，恍惚到点了，才发现只到半程不说，自己还是个陪跑的。也不是一无所获——好歹发现了蓝守玉一个毛病：嗜睡，白日午睡，还磨牙，上牙磨下牙，口水直掉。

"幸好没成。"

施云悻悻道。

"咋？"

"差点上你当。"

"看穿啥了？"

"毛病啊。"

"毛病？"蓝守玉这话，显然是明知故问，"障碍症，还是先天不育？"

"蓝守玉，你有个最大的优点，却毫无自知之明。"

"我哪有优点？大记者，大小姐，你再看看，我蓝守玉从头到脚，不都是写的BUG么？"

"完全不懂女人。"

"浑身一无是处？"

"不，还是有优点的。"

"不妨说道说道？"

"比如色盲啊，这不是你们男人，尤其是自命清高的男人的自我标榜吗？"

"还是不太明白，我哪里色盲了？"

"我不是说你看不见女色，不近女色，那样说，就是抬举你的道德了。"

"你我之间不需要玩虚的。"

"那我知无不言了。"

"尽管直言。"

"你不懂得尊重女人。"

"就晓得是个坑吧。大记者，我哪里得罪你了？说错啥了？"

"你那么大个文化人，会错？"

"有错就改嘛。我改，还不行吗？"

"其实，你是真的有个我不太喜欢的毛病。"

"不吝赐教。"

"你没发现你每次午眠，都爱磨牙吗？"

"这……我咋知道，都睡昏头了。对了，你不是在我身边吗？你最有发言权。"

"还昏头了，我看是白日梦吧。你那么爱磨牙，该不是饿心慌，梦见狗食了？"

也许是自己生物钟受到干扰，蓝守玉笑道："千万里我追寻着你，原来最了解我，当数'老婆一'。"

施云最烦翻那些陈谷子烂芝麻，更别说"老婆""老婆"地挂嘴边，还"老婆一"。

"你不是文化人吗？我看屁话多过文化。"施云说罢，哼哼唧唧背过脸，松垮垮的背影，像一副晾衣架。

蓝守玉说那是葫芦丝背影，还好不是姜丝。僵尸背影一次都没梦到过，要不然……

有段时间，失眠太多，一到下午就昏昏欲睡。去看神经科。医生说，你是不是爱磨牙？神了，医生咋知道自己爱磨牙？医生开了张中成药方子，扔下一句，口臭，要败败胃火……

原来施云说的毛病是这个！

那个午后，蓝守玉真的又饿又困。牙关照旧响。

那个午后，蓝守玉的白日梦，没有葫芦丝和姜丝，连背影也没有。

他梦着自己嘴巴大张，吞云吐雾，一肚子废气朝天排空当放屁，感觉从未有过的清爽……

他梦见自己想潜水潜水，想冒泡冒泡，想晒屁股晒屁股，想装神装神，像一条雌雄同体的鱼……

"奇了怪了。"后来讲到那梦的时候，他问施云，"会不会真有啥障碍？比如更年期综合征之类？"

"我看是青春期骚动症更合适。"

"这么看得起我？"

"就没兴致再来一场，要死要活的那种？"施云戏谑道。

"同你？"

……

自恋的男人，压根就不是这个地球的物种。这话，施云当然没说，只能暗恨。

站在蓝守玉那头看，可能正好相反，做个梦也自恋，恐怕青春真的一去不复返了。

1.4 【双鱼梦】

除了施云，蓝守玉还有两个神吹对象，一个是哥们文雄，另一个是一帮子小年轻。他不止一次在聊天群聊里吹嘘，一个男人胸中有无点墨，光看白日梦，就能见分晓。

蓝守玉这么吹，小年轻们就笑，蓝叔，你是不是最近受啥刺激了？

有啥刺激，蓝叔正常着哩。

正常，那你还吹啥文化，直接来重点呗！

重点？你们想听屁话？

对呀，比如酒后上高速那种？

蓝守玉当然没跟小年轻们吹"酒后驾驶"，少儿不宜，犯规。

他跟他们吹的是，那个午后——

那个午后，他忘了将手机关机或者开成振动。他早已习惯了无人来电的午后。

那个午后，他沉浸于一枕秋梦。

有无秋梦不要紧，要的是玄幻。

古话好似说，普通人往往做好梦，去哪个神仙地界，那就得种有好梦根。

好梦并非想做就能做的，挑人，也要挑时挑地儿。

话说那做土豆双鱼梦的余秀才。

余秀才，不是愚秀才。余秀才真的笨，三十五六岁了，还只一个秀才！一文不名，也成了乡里人的笑柄。笑他道风佛骨，惜无缘分，投错胎。不要紧，谁也不能剥脱人家美梦的资本。有资本还不行，还得有梦根由来。

资本和梦根，好歹都让余秀才给凑合了。

余秀才赶考路上，住店，碰上六和尚。一直想不明白，"六和尚"，怎么写，"录和尚"，还是"禄和尚"，排行老六的和尚？

见了六和尚又念叨，又比划。六和尚说，就别念叨比划了，困觉吧！

六和尚正好有俩瓷枕，一方一圆。困觉就困觉。

店家动火，给两人煮白水土豆。

六和尚瞌睡来得急，胡乱垫了方枕，躺下便睡。六和尚无梦，呼噜如雷响。

余秀才心事重重，枕了六和尚扔过来的双鱼纹圆瓷枕，胡思乱想，荷包里只够赶考的单边路费了，这要落榜，丢脸事小，到哪找回程的路费？乞讨？鬻文？打短工？卖精血？……

余秀才咋会想到卖精血呢？那会儿不兴卖精血，卖精血是蓝守玉梦里所思。也不知，咋会梦到余秀才想卖精血？

蓝守玉梦里的余秀才，梦见自己思前想后，最后索性作罢，费啥鸟神，瞎子操电灯的心思……过一村，落一店，赶到天黑就天黑，赶到天亮就天亮……

这下安逸了。功利性一旦释放，余秀才的好梦就在枕头上生根、发芽、抽薹、拔节、开花、结果……梦的尽头，枕头边那两条鱼，还有店老板的一锅土豆，竟生了脚，长了翅膀一样，痒痒地爬到前额上来了！

莫非是啥好兆头？

还没完。往下……

一大早，迷迷糊糊中，听得外面有人高喊：余秀才揭榜！

真中了？余秀才咋也不敢相信自个的一双招风耳。看他激动的，一出门，额头"砰"地，不轻不重撞上了啥。

见红了！余秀才梦见自己五指殷红——真撞上了啥高级彩头？

后来呢？小年轻们听神了。

后来嘛，后来，余秀才梦醒了呀。六和尚还在打呼噜，店老板的土豆还没熟。

再后来呢？

再后来，余秀才那趟赶考，真的中了进士，做了宰相，娶了娇妻，养了儿孙……

蓝守玉这一场秋梦，叫"白日连环"——白日生梦，梦里有梦。套用屏羌乡下的话说，"大年初一的开门炮——响（想）多了"！

原来还是想多了！散了散了！小年轻们作鸟兽散。

小年轻们忽略了话题里潜在的谶示：那天下午，蓝守玉为啥会单单梦见余秀才？余秀才又为啥梦见双鱼枕？

这个问题直接的后果是，那天午后，蓝守玉醒来，印堂上真的多了两颗隐青色的双鱼记！不过这是后话，蓝守玉只记得那个午后，额头真的隐隐作痛。

蓝守玉不明就里，自然也无法再与小年轻们发挥了。

尽管是场梦，不影响幸福感。蓝守玉的幸福感，拜余秀才所赐。余秀才的幸福感，六和尚双鱼纹圆瓷枕给的。后来，蓝守玉时不时寻思，好梦的梦根，原应归于那花花枕头的。

宋朝书生就爱花花枕头。从皇帝，到后宫六院，朝廷百官，再到才子佳人，市井百姓，哪个不欢喜，三伏天枕一瓷玉，做秋凉梦？

双鱼枕呢？据说，那是两条青年的鱼⋯⋯

恋爱中的双鱼，是正儿八经的文化，不是啥屁话。下面这段屁话，小年轻们听一回，要笑半天。

他说，几年前真有个发财显摆的土包子，拿了个龙泉双鱼洗子，请他掌眼。他说，这洗子嘛，题材当然好，恋爱鱼嘛，吉祥，有寓意。土包子不满了，嚷嚷道，啥恋爱鱼，不就一男一女在那啥⋯⋯记得那天早上，他刚吃了两颗荷包蛋，过午好像都还噎着。听得土包子那混账话，荷包蛋咕嘟咕嘟止不住往外翻腾⋯⋯

荷包蛋是童桐煮的。童桐是他表妹。

土包子拿来的双鱼洗，本来也挺难得的，见惯不怪，龙泉的、影清的、青花的，都见过，不以为奇。只那双鱼瓷枕，甚为难得。

那个午后，仅仅是一场秋梦那么简单？

1.5 【双鱼枕】

蓝守玉一直想寻摸一双鱼枕头。

金丝楠被炒上天，一个凉枕，动不动上万。"土豪"金，太俗了。玉枕，当然好，去哪弄恁个大的翡翠和田？除非是赵佶那样的"土豪"，可就算搞到了，也不定舍得叫人东削西削，造个枕头。韩国明星郑容和，豪宅里有个金枕头。守着金块，郑容和说他可以一周不出门。

郑容和那话让韩国"老炮儿"金旻钟忽然有了写诗的冲动：孤独的人，真不是凭空出来的呢。

乾隆皇帝有一屋子"土豪"级别的枕头。名气最大的，是定窑娃娃枕。娃娃枕，并非乾隆独享专用，带有某种导向性。他把枕头赏予后妃群，一妃一个，当然不会白赏，有暗示——各位妹妹多给朕来点实在的。乾隆日日夜夜，盼着要皇子。乾隆爷的"土豪"枕头在故宫。乾隆众多的皇子，他只看上了一个接班人。真是浪费资源！

蓝守玉也想弄个花花瓷枕，不是娃娃枕，要两条鱼。他没乾隆那么多资源，更不想生娃娃。别说怕生娃娃，就是谈婚也让人色变。双鱼座的朱瞻基恐婚，恐的是上皇后处女座胡善祥的床。卡夫卡恐婚，恐的是为情所困。一个要爱，一个要性。两样后面都埋着坑，麻烦。

遂感叹，人生有四大美，也有四大烦：相亲，恋爱，娶妻，生娃。说来说去，没兴趣搭伙过日子。

三十五六岁，老大不小，还装啥独身主义？整个三江古玩朋友圈，都在猜蓝守玉会不会有非主流性取向。

没有爱，不等于没有婚姻；没有性，不等于没有女人。

要倒过来呢？

没有女人，不等于没有性。没有婚姻，不等于没有爱。

这话是蓝守玉说的。还好，绕了一圈，回头落脚点定格在爱上，不然这三观该挨批判了。

有回他在聊天群大放厥词，把小年轻们全搞晕。

他说爱情和婚姻，就像瞌睡来了，忍不住想困觉。爱情在入睡前明白醒着，一结婚就像黄昏发鸡目眼，眼睁着，却高度近似。离婚呢？小年轻们齐问，是呀，离婚呢？

半夜鸡叫啊！

半夜鸡叫的故事有些老套。小年轻们聊天的兴趣开始降低。他就又扯道，困了，倒下就能睡着，自然好说。要老睡不着呢？

老睡不着，就老想要睡着，老想睡着，最后只得失眠。这就好比，谈恋爱时，老想着结婚那摊子破事，一定不成。入了梦，啥时候醒，谁晓得？晓得能啥时候醒，还叫睡吗？结婚就结婚。刚结婚就开始担心会不会离婚，要这样，还结个毛？

小年轻们懵懵懂懂。他这番歪理邪说，也不是啥新发明，是老一辈"穿鞋哲学"的翻版。新鞋好看是好看，合不合脚，得自个穿上才能有心得。穿了，本来刚好合适，过俩月，发现鞋子好松，不称脚了，是反思自个脚，还是赖鞋子？

显然小年轻们没有处理这类问题的现成经验，就一个个喊他支招，有没有法术，想瞌睡瞌睡，想做梦做梦？

他说，买个花花枕头。

小年轻们一脸茫然。

就是鸳鸯枕呀……

这包袱扔的。好了，小年轻们终于笑岔，老土吧，眼下啥时代，还睡鸳鸯枕头，不是女朋友都喜欢睡哥哥们的肉膀子吗？

他一本正经地辩道，这哪行，她睡你的膀子，你还咋玩手机？手睡麻了，做梦还不都在嗑花椒？买个鸳鸯枕好啊，入睡前两人躺上去，各玩各的手机。睡着了，梦里还不都是，手拐子拐手拐子？

这算连裆裤梦吗？

连裆裤梦？亏你们想得出来。

小年轻们又问，就算是，那总要醒的吧？醒来了，要自己成了前夫咋办？

前夫不还是夫？

暂停，暂停……话题跑偏了……

他想了想又说，话题跑偏了，那枕头，不还在吗？

1.6 【利子】

他说白日梦是判定一个男人幸福指数的重要指标，所以才有双鱼梦和双鱼枕之类爱情哲学。

文雄那个电话打来之前，他还沉浸在秋阳幻化的好梦中。

他梦见自己钻进一大堆土豆。土豆，被秋阳烤熟，花花绿绿，成了焦黄。焦黄容易惹人食欲，还没咬就咕噜噜下肚。肚皮有些胀，屁股一翘，两腿一伸，"噗嗤""噗嗤"，又是一通响亮屁。

正爽，土豆不见了。那些土豆，一个个成了精，呆头呆脑会吃会飞的，好似插了翅膀的猪仔，有头有尾，游水上岸，像四条腿的小鱼儿。猪仔小鱼儿，会吐泡泡，好看的泡泡，天上岸边水里，到处都是，眼神诡异。

哪来那么多的鬼眼？

九眼天珠的眼，竟然不认得！

真是有眼无珠。吓了一身热汗，就追呀追呀。怎么能追得上？那些天珠的眼，一个个飘走了，不见踪迹。

凭空去抓那啥，凭空又怎么抓得到。越抓越犹豫，越犹豫越怕，担心的念头忽闪，那些土豆呀，猪呀，翅膀呀，眼睛啊，泡泡呀的，都飘没了。

快要醒来的时候，拳头也拧出水来，黑黢黢的，像极了陈年的糖皮大烟土。不对，烟土，哪有糖皮呢，糖皮会硬得磕牙？

小时候吃过的某种驱虫药？也不对，驱虫药的闷骚味，太铭心刻骨了，这辈子都不会忘掉。

那会是啥？

琢磨了半天，他的耳朵旁仿佛有人在念叨："利子""利子"……

1.7 【无尿不起夜】

亲爱的，你张张嘴……蜷在被窝里的手机，唱到第N段的时候，终于不耐烦了：张你个鸟嘴！翻了个身，又继续睡。装睡。那么吵，怎么睡？

我和你缠缠绵绵翩翩飞……手机铃声越来越大，飞得越来越高，快要顶破被子，触到天花板了。

他实在忍受不了，拿起电话时都还闭着眼："撞到饿鬼投胎了，来电话也不挑时候……"

"说哪个饿鬼，兄弟，没整午饭吧，有气无力的。"

来电话的是文雄，三江市江口区人，雪域戍边某部副团，转业屏羌县公安局，起点治安大队长，干到局常务，分管局务和文物专案。多年前，与蓝守玉一起去山上电站搞项目，一搞三年，又一同撤退，算是难兄难弟。

"又拢了一批货，请鱼老师开开眼。"

"正经点。鄙人有名有姓。"

"好，请守玉大师掌眼。"

"又去哪弄的鬼？景德镇樊家井快递到了？"

"谁没事跟你瞎扯。说正事。真的碰到了一批生货。要认识谁给大师添麻烦？你眼力好，个人自己看，说不定是块肥肉也未必。"

"还肥肉。我就是你案板上的猪，每回都让你那几个兄弟伙按板子上摩擦。"

"瞧你那提前小康的体型，不宰你宰谁？"

"有屁就放。"

"老峨山男观音菩萨像被盗案，破了。有个遗留问题，还需要土专家你，哦错了，大师你，提供眼力支持。"

无尿不起夜。看来，文雄是尿胀慌了。

1.8 【鬼附】

老峨山男观音佛头被盗一事，蓝守玉当然知晓。他是三江古玩业内公认的大行。前些时候，文雄也好像给他提过此事。

盆地有两座姊妹山，状如蛾眉。名气最大当数二峨。那么大名气，老二？听岔了吧？没，就是老二。老大叫老峨。老峨，没二峨高大上，却当了二峨的哥，香火历史至少可以上溯到汉唐。地理位置十分特殊，处于三江屏羌、荣城蒲溪和西康茗山交界地。老峨属横断山脉到盆地一带中型过渡山系。二峨山的庙子，老峨山的菩萨。这是说二峨山寺庙多，老峨山佛祖多，多得数不过来。

两月前，屏羌老峨山下某村，发生一怪事，谁家的鸡睡着了，被啥怪物不明不白咬去大半边脑袋。本来也没啥可怪的，怪的是没了半边脑袋的鸡，竟然还原样站着……

村里人人心惶惶，说会不会闹鬼了？

当地乡村干部，把舆情报到县里面，县里批转公安局。文雄叫上兄弟伙，还有法医、兽医，一伙人开到老峨山下查核。

看稀奇的村民围得水泄不通。被咬掉半边脑袋的鸡，真的还站着，只是呆呆地不能动弹。

兽医摸了摸那鸡胸脯说，好像活的，皮肉还有点温度。

法医说，那是脑未死。

法医说的脑未死，有些专业。文雄没听明白。法医解释说，医学上认定人死没死，不是以心脏停止跳动为依据，是以脑死亡为依据。

文雄纳闷，一只鸡而已，能有几条命，脑袋都被咬掉半边了！

兽医戴着老花镜仔细察看伤口说，的确还剩那么一点脑髓。

文雄火了，鸡脑本来就一丁点！

几个人围绕那鸡究竟是死是活讨论起来。

法医和兽医一致认为，鸡已死，只是条件反射还存在。估计周围神经系统在鸡脑壳被咬那一刻，它站着，也就是条件反射被固定下来了，所以能保持死亡前最后一刻的姿态。

文雄笑了，你这算在歌颂那鸡吗？这鸡为了啥，把站着的尊严，保持到死亡的最后一刻，就好像神剧里的特写定格。

看稀奇的群众并不认可这几人的说法，都说，那鸡是"鬼附身"。

"鬼附身"当然是迷信。迷信咋能信？一伙人就给群众科普，做思想工作。扯东扯西，就一个意思：这是只死鸡，只是它还站着而已，就像木偶一样。木偶懂吧？

众人目光呆滞，表示不懂。

围观人群中，有个游乡算命的半仙。半仙自告奋勇，打包票，死没死，放堆火可见分晓。

算命匠的话，就是拍胸脯拍得啪啪响，也是鬼话。要证明迷信骗人，只有让迷信当众现形。文雄和他的兄弟伙商量，同意让半仙表演。法医和兽医都附和，半仙表演一定会露馅，到时候再给群众作个科普解释，舆情自然就消灭了。

文雄同意让半仙表演。

半仙慢腾腾掏出一叠化符纸，点了一炷香，煞有介事念叨。又叫人拿来一堆干柴火，用香点了化符纸和柴火。

一分钟过去了。那鸡站着。人群很安静。

三分钟过去了。那鸡还是站着。风似乎停止了流动。

十分钟过去了。啥事也没发生。只是空气更加窒息了。

人群不安起来。文雄正要叫法医和兽医批驳半仙的迷信，这时候，怪事发生了，那只鸡真的"噗"地一下，果断倒地……

文雄和他的兄弟伙，都傻眼了！

人群明显地局促不安，骚动在酝酿。一些年轻人，以为在表演魔术……

红了眼的文雄，死盯法医，咋回事？

法医看兽医，我是研究人的，家禽家畜的领域归兽医管。

兽医一脸通红。估计脑袋正在搜寻教科书里的各种知识，各种案例……

文雄叫法医和兽医收了那鸡，甩给群众一句话：鸡肯定是死的，过几天一定会给你们一个说法……

回到城里，法医和兽医直奔公安局，废寝忘食研究起来。晚饭时，问题有了答案。

他俩找到文雄说，那鸡估计站着睡觉的时候，脑袋被啥很小的动物，一点一点咬掉了。

一点一点咬掉？文雄问道，你说它是被凌迟处死的吗？

正是凌迟处死。凌迟处死，人犯会活很久。法医道。

这也太魔幻！文雄纳闷了，那，是啥小动物这么残忍？蛇，老鼠，还是黄鼠狼？

法医和兽医摇摇头，你说的那些都是大动物了，它们都是杀人不眨眼的冷血杀手。

你们这么说，好像杀这鸡的不明生物，还有爱心？

不是，我的看法是更像安乐死。法医怯怯道。

少鬼扯。说吧，你俩认为，杀手会是谁？

估计是蝙蝠。法医道。

蝙蝠侠？背锅侠？你确定？

也可能是壁虎。兽医道。

壁虎？你这跨越也太大了。文雄一脸不满。

……

养兵千日，用兵一时，你们倒是说话呀，咋解释那天的情况？

法医认为，鸡脑袋既然是一点一点被咬掉半边脑袋，它的微循环，大动脉、小静脉、毛细血管，还有淋巴体液，也是一点一点凝固的，这个速度兴许很缓慢……

鸡的肌肉和筋腱组织，恐怕有生物学意义的肉体记忆，所以保持了最初绷紧的直立状态。兽医补充道。

就算你俩蒙得像回事，那咋解释半仙老头的举动？文雄显然对他俩的说法并不满意。

我们一致认为，是火烤暖和了鸡的循环系统和肌腱组织。兽医解释道。

也就是被软化，所以那鸡最终选择了倒地现形。法医补充道。

那……那天，你俩为啥当场不说？搞得公安局好被动。文雄想起那天现场心里就烦。

那天的尴尬前所未有，他恨不得找个洞钻。哪有洞呢？再说，那么多人看着，就是有个洞让你钻，旧舆情没压住，新的爆点不又上来？

尽管文雄一万个不相信，让他神经高度紧张的事，终于还是发生了。

当天晚上，屏羌刮了一场暴风，下了一场骤雨。

第二天一早，他接到报告：老峨山男观音佛头被盗割。

他握着电话，一声长叹，那鸡哪是什么"鬼附身"，是在为男观音菩萨鸣不平啊……

1.9 【男观音】

男观音佛头案发后，文雄找蓝守玉诉苦说，屏羌文物保护单位多，菩萨造像也多，菩萨多了，也麻烦，宁愿做泥巴石头胎神，也别做菩萨的保护神。

蓝守玉问："为啥？"

文雄道："保护神忙不过来啊。"

蓝守玉就笑："隔壁的二峨山穷得眼巴巴望老峨呢，你还嫌麻烦。"

文雄也笑："有道理，一个菩萨十两金。"

"不好吗？二峨羡慕嫉妒恨，"蓝守玉反问道，"你看老峨满山金矿……"

为证明菩萨多麻烦多的道理，文雄举了个例："比如，家里有矿，真的好吗？"

"哪家不是做梦都盼着地下埋着矿？"

"说家里有矿当然好，那是他家里压根就没矿，贫穷限制想象。"

"又不是铀矿。"

"铀矿就好了。"

"有啥说头？"

"不怕贼人惦记呗。"

蓝守玉顿时脸上飘过三种表情。

文雄主动打破尴尬："晓得贼人朋友圈叫老峨啥不？"

"还用说，三不管。"

"不对，人家叫'金三角'。"

蓝守玉"噗嗤"笑了："还不是一样……"

文雄同蓝守玉谈到的男观音，在屏羌境内的老峨山区。男观音是行内俗称，官方公布的名叫"水月观音"。当地的土专家考证说，男观音是工匠照着武则天的模子刻的。武则天是女的。男观音面庞又大又饱满，一脸庄严。土专家又扯出另一种说法，武则天就是个大脸妹。也许吧。不过，男观音的确开凿于武周时代，所以传说便可信了。若真的照着武则天模样塑就真身，说无价之宝，一点也不为过。多年前，蓝守玉就耳闻其名气。老峨一年到头，初一、十五香火不断，好多人冲的就是去拜女皇。

一个被斩首的石头疙瘩，至于吗？蓝守玉揣着明白装糊涂，谁不知道这种高古造像文物级别高。

文雄很郁闷。一级文物，可不是开玩笑的。

蓝守玉安慰文雄道："一级文物也不过一个物件而已，跟放羊娃丢了只羊有啥两样，又不是丢了魂。"

文雄更火大了："你这是安慰我吗？我听起来咋像火上浇油？说得轻巧，吃根灯草。真是丢魂，我就不找你了。一级文物被盗，对盗窃者来说可是重罪，对我们保护神来说，这就跟放羊娃丢了羊一样。失职，明白不？"

"失职？也许吧，不过文哥，我就喜欢听你种道貌岸然的大道理。"

"老兄，火烧眉毛了，拜托你来点实际的好不？"

重大文物案发，文雄是案件主官，哪有闲瞎掰。见文雄很无助，蓝守玉又生怜悯："找我也没用呀，又不是我偷的。丢了羊，寻呗，丢了魂，招呗……"

"说得轻巧，吃根灯草。"文雄有些着急上火，"现在需要线索。线索懂不？哪里有线索？你有吗？"

隐约记得，现代战争中弱势对强势叫"不对称作战"。

"破案不是猫和耗子的对称游戏。就信息说，你们这头强势，案犯那头是弱势，你们跟案犯，典型不对称。握着这么好的优势不去发挥，还想要证据，证据会自己生脚跑来，还是天下掉下来？"蓝守玉反问道。

"所以说，才找你出主意嘛。"文雄态度诚恳。

看这样，不来点实质的不行，文雄不得挂电话："不对称作战有不对称的打法……"

蓝守玉建议文雄，安排小兄弟去文管所把佛像档案照片调出来，贴到各个古玩网站和古玩市场……

文雄笑道："你确定你这叫'非对称信息战'？听起来咋像大海捞针，广种薄收？"

"啥大海捞针，广种薄收？大海捞针，那还是捞。广种薄收，那不还是收？人民战争有人民战争的打法。人民群众有多强大，几个跳蚤能成啥气候，群众的唾沫都会把他们淹死。一定要广泛发动群众，让犯罪分子陷入人民群众的汪洋大海之中……"

蓝守玉给文雄的这课上得……就说服不服？

文雄无话可说。

前段时间就有传闻，说老峨山上男观音，被人砍了头，警察正在追查。

睡得好好的，突然接到文雄电话，难不成，"非对称信息战"有结果了？

"你是不是想说，上次丢了的那颗佛头，找回来了？"

"果然料事如神，只是你不晓得费了好多神哩。"

"恭喜文副局长，这下你可以睡几天安稳觉了。"

"还真是你的'羊粪蛋哲学'，还有'非对称信息战'管用。"从语气听，文雄情绪明显跟前些时候不太一样。

"你这算给我通报案情吗？"他开玩笑的语气也是平淡。

"哈哈。也许吧。佛头并不是今天我打电话要讲的重点，讲点别的，比如羊粪豆豆。"

"羊粪豆豆？"蓝守玉一下坐了起来，也不知自己那根神经给戳到了。

莫非刚才梦里最后听到的什么——"利子"？

对了，或许就是它了——羊屁股眼里滚出来的豆豆！

那一刻，蓝守玉忽觉喉咙里有股子老胡羊的馊骚味，咕嘟咕嘟往上涌……

1.10 【铁骨素】

说不喜欢羊粪豆豆是矫情。蓝守玉对文雄来电"感冒"，还不是因为扯到啥羊粪豆豆。按他对文雄的了解，多半文物专案组又要寻摸搞点办案经费了。

羊粪好啊。黑不溜秋的，不定就有一颗变金蛋蛋。可是羊粪也带味，弄不好，一身羊臊气。

下海这么多年，早已习惯羊豆豆腥臊。

想法归想法，还是决定去看看文雄电话里说的，老峨山男观音佛头案的"羊粪豆豆"。

翻手机日历，星期五。起床，衣也没披，光了脚板，踱到窗前，伸个懒腰，嘘口长气。窗外，秋兰铁骨素开得浓郁。昨天还骨朵，忽尔就开了？凑近，深深吸股香……没春兰香，也足够馥郁，尤其那花挺拔，整个花薹都长出了草架。

关键那香耐人寻味。施云喜欢兰花，用的香水是兰香型的。施云容易吃醋。吃谁的醋？

还有谁？兰花香水呗。

有回，施云到"守玉楼"，童桐端来香茶。刚转身，施云发飙："你会所里的服务员竟敢用本姑娘一路的香水？"

蓝守玉纳闷："大小姐又咋了，不能用吗？"

"桃花杏花你乡下村姑随便用，我管不着，但就是不能用兰花。"

"谁规定村姑就不能用兰花了？"

"兰为王者香，没听说过？"

"就算你说得对，可是，姑奶奶，你曾经不也是村姑吗？"

"过去是过去，现在是现在！"

蓝守玉卡壳了，兰花香水的事，到施云的不讲理为止。不过，他提醒施云，那个用兰花香水的端茶姑娘是他的亲表妹。施云惊得半天没说一句话。

蓝守玉的表妹叫童桐，长得比施云标致几分。

看来，有人说得没错，女人婚姻失败，要怪就怪醋，为啥，越酸越容易上瘾。

还好，大清早的，撞见建兰铁骨素大大咧咧开，不然这周末，就又报废了。

2.1 【水财】

蓝守玉并不想恍惚梦着的"利子"，跟恶心到家的羊粪豆豆扯到一起。

鱼呢？

蓝守玉似乎有梦鱼的惯性。白日梦鱼，既非头一遭，也不是最后一回。

就像那个冬天，一道逐客令，他和文雄都从山上水电站岗位，灰溜溜卷铺盖走人。

文雄接到通知时，一身横纹肌，立马没了自信。没听说自己有绯闻啊。工作，怎么着也能对付。咋就被踢了？几个知根知底的好友私下里传，屏羌文物积案太多，市局督办组下来，汇报的时候，督办组长一脸严肃地质问，哪个局长管文物专案？正局长有些怕，怯怯道，一个……副局长管的。督办组问，副局长人呢？正局长苦笑道，在山上管水管电哩。人民警察不为人民撑腰，给老板站岗？牛栏里伸出马嘴来！督办组长拂袖而去……

蓝守玉也郁闷。年纪轻轻当逃兵，谁也不光彩。一直有胆小的毛病，常常半夜被噩梦吓醒，怀疑神经衰弱。做心电图，医生说，早搏了。早勃？他满脸羞耻感，我，我，有那么冲动吗？检查医师是个女的，年纪与他差不多，甩了个漫画脸，想啥呢？心脏早搏……

此早搏非彼早勃。想多了。不过此早搏，比彼早勃，更吓人。一个要面子，一个要命根。

屏羌有句老话，心病心治。回城当天晚上，蓝守玉心悸毛病竟好多了，一觉睡到太阳爬上屁股。还做了一个梦，梦见屏羌江发大水，冲了好多鱼到自家屋里。那些鱼呀，又肥又嫩，捞都捞不过来。就笑呀，笑得嘴巴都朝两边歪，口水直流……

醒了。

醒来，第一件事，跑去江边看。屁事没得，怪了……

胆战心惊拨文雄电话。文雄一阵嘲笑，有想法？蓝守玉似受了天大委屈，啥想法，明明发大水的……文雄也没留情面，又一阵批，读书读傻了？梦正做着，反着想，大冬天咋会发大水？

也是。日有所思，夜有所梦，潜意识累积到一段时间，不梦还不行。大脑自我释放的保护机制。潜意识，看不见，摸不着。心理学家说，可从梦里寻觅到无意识记忆的蛛丝马迹。大冬天，白日梦，又发大水，又捞大鱼的，莫非有啥蹊跷？去地摊上淘了本解梦的非法出版物，翻了几页，不淡定了……

"水"和"鱼"组合，叫"水财"，上等好梦。

有财要进？一拿死工资的，撑死一年到头小几万，还不吃不喝。有啥财进？不义之财？也不对，一个小差员，不被人捞油水就烧高香了！

骗人的鬼话！正要把那破书往电炉子里扔，又看到了下面还有一段尾注：

任何急功近利，都无助于兑现好梦的暗示；耐得住寂寞，顺势而为，方能心想事成。

……

2.2 【勾兑麻将】

蓝守玉约文雄喝酒。一瓶屏羌老白干，见底了。

他咬了牙巴子："老子……要不要……也弄个副科干干？"

文雄眯起双眼，看他一本正经，不像开玩笑："磨子上睡觉——想转了？"

"我是……严肃的！"

"那好嘛……干……我……挺你……"文雄想，我也就是酒后一说。

"你……挺我？"他不屑一顾，"有屁用！又不是……屏羌……一把手。"

"我可以，帮你打……一把手……"

他满脑子的神马……

"打……勾兑……麻将……"

"勾兑……麻将？"他眼望天花板，"才不陪他玩……老子……一身正气，两袖清风……"

文雄瞥了他一眼："别……把自己……说得跟……评书一样……"

"暂停暂停，你说清楚点！"

"就是说书……"文雄哼哼道，"封神榜都不晓得……"

"哈哈，封神年代，谁还不会吹几句牛皮？九尾狐……下凡……，听天由命，姜子牙……钓鱼……愿者上钩。是不是，你说是不是？"

他一连问了几个"是不是"。

"你是……聪明人，你懂的……"

"文哥……你说说，咋打……勾兑麻将，再说……勾兑哪个？"

"当然是……你说的……屏羌……一把手了。"文雄接过话道，"估计你还不晓得……他的……爱……爱好吧？"

他摇摇头。

"这就对了，告诉你……一把手……就……好……打麻将。"

"那还简单……我蓝某人……正式委托你……去帮我打场……勾兑麻将！"

"说得轻巧，我才不想当猪八戒。"

"猪八戒？"

"猪大头啊，没听说过？"

他摇摇头。

文雄耐着性子："你晓得……勾兑麻将……咋个……咋个勾兑不？"

他又摇摇头。

"就晓得你是个书呆子。"文雄继续耐着性子，"教你几……招。"

"不吝赐教……"

"在对头的……时间，对头的……地头，遇上……对头的……赢头，输上……对头的……猪头。"文雄说他的招数叫"四对头"，百试不爽。

"呵呵……搞腐败都……被你说得那么……头头是道。"他继续吞吞吐吐道，"你……干脆……直接……叫我拿钱……去送，还要……撇脱点。"

"要那么……撇脱，你早就是副科了，还用……等到……今日？"文雄冷笑，笑蓝守玉的官场幼稚病。

"你明天在屋里头等到……我……是严肃的。"他也冷笑道。

第二天醉过后，蓝守玉真的抱了一纸箱酒瓶子到文雄屋里。

他不需要晓得一把手的爱好，但他晓得文雄的爱好。

"一件六瓶，九二年正宗老版茅台，五十三度。"

那年头还没飞天啥事。

"搁了多年，晓得你就那点爱好。去找他，帮我打一场麻将。"他给文雄摊了牌。

文雄提了一个条件："我可以帮你去打麻将，但你也得帮我个忙。"

半推半就，他也没有矜持："你我什么关系？说吧，除了搞歪门邪道。"

"我手头一个棘手案子，不对，准确地说，是嫌疑线索，你去帮我搞点情报。"

"搞情报？"他丈二和尚摸不着头脑，"你是说，让我冒充人民警察，学电视剧那样？"

"可以这么讲。"

"那就相当于临时工性质的联防队了。"

"也不是，比联防队更神秘。"

"不是联防队，未必然……"他欲言又止。

"《无间道》，了解一下？"

"还是文哥了解我。刘德华太他妈有男人味道了，坏人皮囊也活成了好人脸面。梁朝伟阴了点，那么大个'摔锅'，憋屈呀。都是卧底，差别咋那么大？"说起《无间道》，他也不知道哪来的劲头。

"叫你学梁朝伟，干不干？"

"你他妈不会也来个苦肉计，让我先自阉，再去博江湖大佬的信任吧？"他的声音分贝提高了五十个点。

"没那么夸张。哪来江湖了？你看见江湖了？"文雄假装环顾四周，一脸煞有介事的样。

"吓死宝宝了，还以为真要我去江湖卧底。"他夸张地摸了摸胸脯。

"你说是，那就是吧。本意是请你给文物专案组写个文章，叫你去搞情报，是要你提前熟悉情况，就是你们圈内说的体验生活，文章回头才有血有肉，打动人。"文雄也摊了底牌。

"文哥，你他妈能不能别这么遮遮掩掩，会死人的！"他有些光火。

"咋了？天要塌？我倒是想给你来直接的，害怕你受不了，心脏病又发了。"

他不作声了，向文雄伸出一只手。

"又咋了？"文雄盯了他一眼，听语气似不耐烦。

"给我来杆烟。"

他从不抽烟的。

"你不是闻不惯烟味吗？洗心革面？"文雄本来也不抽烟，找出几条中华，"缴来的私货。我不会抽，都拿去，体验生活用得着，受不了，抽抽，还能压压惊。"

他二话没说，接过中华烟，扯开一包，找茶楼服务员要了火机，自个点上，猛吸，呛得不行，又掐了。那一刻，他的脑袋里塞满了马致远的元曲意境。

"我这算堕落，还是投靠光明呢？"那神情酷似男一号在导演的安排下，自我告白。

文雄也站起身："别矫情，干吧。"

"你确定我不会出卖你们？"他说此话的时候，一张白面书生脸，已拉出数条八月间的苦瓜皱纹。

2.3 【卧底】

文雄把蓝守玉摁到座位上，讲了缘由。

屏羌小三峡皇城山飞仙关一带，最近来了几个外地人，好像是两拨三人组合，一鄂市蒙人，一南方人。鄂市蒙人组合，说是做山羊跑跑生意，见羊就收，边收边放，边放边出。南方人组合，说是来踩点，找电视剧外景地。派出所报告，没看出啥名堂，又觉哪儿不对劲。专案组分析，会不会是盗墓贼？荒山野岭的，除了几个乞丐坟，有啥好盗？就找文管所。文管所的老头子，讲了两个传说，把专案组给吓着了。

一说明末南康王刘文秀，当年在皇城山上天生城屯兵，盖皇城，建小朝廷。后被清军和地主武装围剿战败，连夜密藏财宝，仓皇向西南蛮夷之地逃窜。

一说蒙古大汗蒙哥，在钓鱼城被南宋军民的石头砸死了，蒙军将士匆忙卷了龙体，沿江撤退。谁知长江水系发大水，一直撤退到屏羌小山峡，在老峨山、皇城山一带遭遇当地宋人顽强阻击。眼看大汗尸体就要腐烂，还过不了江，只好秘葬皇城山。

文管所的人猜测，两个组合会不会冲那传说来的？

"文管所的人，吃饱了没事瞎掰，你们专案组也信？"

"我当然不信。再说专案组人手就那么几个，多年积案差点把办公桌都给压趴，市局追得屁滚尿流，哪有时间对付瞎掰？"

"那就该干啥干啥，何必浪费表情？"

"文管所既然把难题摆出来了，信也不是，不信也不是。信了，最后啥事没有，浪费的警力和时间也就算了，办案经费呢？不信，万一，我说的是万一，真的是盗墓贼，而且真的从那荒山野岭挖到了蒙哥大汗的啥帝陵，还有刘文秀的啥宝藏，生米煮成熟饭，文管所再把之前那番书翻出来，咋整？"

"失职，当然是犯罪。不作为，视同犯罪。不过，你们不是正盼着搞点啥动静好表功么？"

"我是这个意思吗？"

"不是这个意思，你找我又搞情报，又体验生活，写啥文章的，干啥呢？玩僵尸游？"

"不好耍了。一点天机都被你看穿喽。既然如此，你说，该咋整？"

"将信将疑，放线钓鱼。你别是一个芝麻副局长，就想干到退休吧？"

"就是这么做的两手准备。没事，对大家都好。若他们真的下手……"

"那就让他们下手。文管所的人不也天天盼着神仙下凡，帮他们探路找地下文物吗？再说，炒点新闻，对各方都好。你们专案组不是也要群众的光环吗？"

"对头，所以，才找你蓝大师帮忙呀。"

"找我帮忙？一不会抓人，二不会钻地洞。"

"你有光环。"

"我的光环有屁用。你们人民警察，不是自带光环吗？"

"你这算自我批评，还是真心在拥护人民警察？"

"你说呢？"

"专案组小伙子都说看过你吹牛推荐的那啥盗墓笔记，主人公不是个善掐会算的风水师？"

"哈哈，那些玩意也信？闲得蛋疼。对不起，找错人了。看风水，去请阴阳。"

"你别误会。我们的意思是，让你去那转悠转悠，一来探探地下有无可能出啥情况，如果有可能接近那两伙人，可以试试钓鱼。钓鱼懂吧？"

"懂，也不懂，但是肯定不成。"

"不是叫你去怂恿那些人下手。你怎个聪明人，应该明白我的意思。反正不管咋弄，给弄点有用的东西回来，任务就算基本完成。接下来的事情我们来做，你只当观众，回头再发挥点想象，文章不就出来了。加上你的光环，还有我们的自带光环……"

"再次声明，不会看风水，更不会穿山甲。再说那两个组合，人多势众，我孤军深入，你们就不怕？"

"我们相信你。你也不是一个人在战斗，对不？只是我们现在就亮剑，那文章还没开头就结尾了。"

"还是不成，风险太大。我不是说安全，是我蓝守玉的名誉。吃饭事小，失节事大。"

"失节？哈哈。我去给你打勾兑麻将，那不是失节，是失身啊！兄弟。"

他想了想，有些不平："你这算绑架吗？"

"要说绑架也是相互的。一根绳上的蚂蚱，跑了谁都不行。"

"其实可以把那些人赶走了事。"

"要能赶走，还用给你掰扯？派出所的人，去找村里人，村里人竟然跟他们一个鼻孔出气。说什么南方人和鄂市蒙人，是他们的财神老爷。南方人说要来投资拍电视。鄂市蒙人呢，各家各户卖不掉的羊，因为他们的到来一下脱销。听村里人的意思，我们再找那两伙人麻烦，就是跟钱过不去。这年头，跟谁过不去，也别跟钱过不去呀。"

"这么说，我没得谈判余地？"

"啰唆个啥？你不想也练练手？"

"我看是你们想练手吧。还钓鱼……"

"做人也不要太精明了。啥事情，都想要看个穿底，你确定活着还有意义？就算你说得对，最后要有点啥，有我挡着哩。"

话说到这份上，不练白不练了。再说，他还想着人生第一个目标，副科哩。

蓝守玉找到街坊的打印房，弄了个名片，揣着一个相机，卧底的篇章就算开笔了。

2.4　【皇城山】

飞仙关在屏羌下游的南岸，名气不大。飞仙关背靠皇城山，加持名气。

皇城山，属二峨山系。皇城山是屏羌人现在的叫法。它的得名，与刘文秀在上面屯兵抗清有关。一座其貌不扬的矮山包，跟帝王扯到一块，身价翻几番。此山也有可圈可点之处，一面靠山，三面临水，山顶还有个平台，也算与众不同。平台上似乎有过小湖的，县志里甚至能查到原来的老名字：天池山。天池就是湖。民国以来，估计都没人看到过那天池。去过那山的，也只对疯狂的草木有点印象。

屏羌江下游，本来没啥曲折，偏偏在要出境的当头，被老峨和皇城两山，活生生给斩断了。拐弯，向外突围，出屏羌，南奔而去。皇城与老峨，隔江相望。两山把一条平阔的屏羌江，挤成了三节羊肠子，人称"小三峡"。飞仙关，像个黑张飞，横在峡口。

蓝守玉第一次登临飞仙，眼见关口占据两山一水风景，腰缠三面水，天生一座城，遂发感慨：一夫当关，万夫莫开，一山独秀，众山难活呀。要是皇城山再高点，周围三百里，估计就没老峨、二峨、蒙山和龙隐啥事了。

山不高，若临江，也有好处，可能最早就被开发了。屏羌江两岸，类似的小山，几处有点风水的，都被古人凿了造像。独飞仙关，啥名堂也没有。据说关口原来还有飞仙阁的，据说而已。除了飞仙关、皇城山一名，和子虚乌有的蒙哥墓、刘文秀藏宝传说，不见任何文化的烙印。

如此荒山野岭，真的藏有诡异的传说、有过帝王级别的辉煌？

2.5　【密葬大汗】

蓝守玉看了看周围，草木中零星能见到些凋零的乱石野坟，它们会是有钱有势人家的祖宗？当然不像，说逃荒落魄饿死鬼还有人信。

若再往下挖？

宁信其有吧，万一真的下面躺着惊天动地的那啥？他想到文雄转述文管所专家的猜测，听到了羊的咩咩叫。

没有路。循羊咩寻路，果然有条新踩的草径，草径上尚余热乎乎的羊粪蛋豆豆。

顺了羊豆豆的怪味，绕到关口背后的高处。

远处一坡三阶，成梯形分布的大平台。就想那三个南方人，会不会真是个啥神秘剧组，看上了此风水宝地，建外景基地，造几幢别墅，前有屏羌，后有皇城，就这地段，估计能卖到一万一平方米。

没出息！一万一平方米就到头了？要有理想，两万三万不是梦！蓝守玉隐约记得，那年头，屏羌的房地产新一轮涨势，刚刚起步。后来的事实证明，那天他骂自己没出息，还真骂对了，现在哪个三线四线城市的别墅不要几万一平方米？

骂完后，又回到蒙哥语境，像先锋小说的跳跃一样。

蒙哥的兄弟伙，抬着大汗龙体，边撤边战，撤了两月，从钓鱼城撤到屏羌。本来打算从小三峡过江，谁知江水更猛。加上两岸宋人，三天两头袭扰，此时大汗的龙体是个很大的麻烦。从逻辑上说，在这里就地掩埋，是有可能的。再说，一座皇城山，就是天然的要塞。把抵抗的宋人赶走，上去安营扎寨。等待江水退去，再图过江北撤，也符合蒙古人在钓鱼城失利后的战略。谁知，蒙兵在此一待，几个月又去了。忍受不了南方湿热的蒙兵，选择就地掩埋，不再纠结是否把领袖运回漠北，也在情理之中。当年成吉思汗，不也是就地秘葬的吗？

蓝守玉越来越觉得文管所老头子的提醒有道理。

他向平台那边望去，听到一群羊的欢叫。

光有羊欢，羊和放羊的人呢？想来都被疯长的草木淹没了。

千万别打草惊蛇，一切都还没开始，就搞砸了。他掏出相机，调焦，向远处移动。那一刻，他觉得自己很像一个狙击手，他要寻找猎物。猎物当然不是正在狂啃草木的羊了。他要找它们的主人，三个做跑跑羊生意的鄂市蒙人。

取景框里的确有啥不对头。放大倍数看，一乱石洞，几件胡乱晾晒的短衫裤衩，不见其他动静。就想，大白天，也不会有啥，要搞也得晚上吧，说不定这会儿正在洞里睡大觉哩。

就等呀等，等到天黑。啥情况没有。

再等呀等，等到月亮上来，依旧啥也没有。

难道他们真的是做跑跑羊生意的？还是有啥察觉？

2.6 【回马枪】

第二天，蓝守玉寻思还是要找峡口那户开农家乐的人家，打开突破口。

"你把皇城山上的荒坡租给鄂市蒙人了？"

农家乐老板把他从头到脚审查了一遍："你是谁呀？"

"写书的，来考古。"他下意识摆弄了下眼镜和相机。

"你打听他们干啥？"老板的警惕性挺高。

他甩了一沓百元票，又扔了一条烟："不干啥，想找他们喝酒，烤全羊，你找他们问，羊卖不，钱我出，他们白吃。"

老板捧着烟，手直哆嗦："你……啥意思？"

"烟你拿去打点。收拾个干净屋子给我，先住三天，够不够？收拾好，你就去谈，谈好了，弄个篝火烤全羊。"

"哦，"那人抱了烟卷走了几步，还是没想明白，"为啥要请他们？"

"没有那么多为啥，就想听他们摆龙门阵。"

见钱不赚是傻子。老板狠狠地咽了口唾沫。

他就在那户农家乐住了下来。

午后，不见老板。估计上山找鄂市人谈去了。文雄之前似乎说过，派出所报告，三个鄂市蒙人在山上打野铺，很少下山。

院子里似乎还住了三个人。一个戴鸭舌帽，也戴副黑边眼镜。那年头，黑边眼镜代表文艺范。同鸭舌帽一起的，是一男一女。女的，人矮，胸大，像个秤砣，穿着打扮，又像个站街的。男的退伍军人打扮，又黑又粗，估计是司机。一辆丰田越野停在院子里，挂了个南方牌照。

难道是文雄说的拍电视剧的那伙南方人？

他找鸭舌帽打招呼，递过一支中华："哥，拍电视？"

鸭舌帽没有接他的中华，从兜里掏了包红通通的烟盒出来，抽出一支："抽惯了这个。你也来一支？"

他收了中华，笑着接过鸭舌帽的烟，特别留意地看了下，过滤嘴上有两个红彤彤的字——"长征"。

闻所未闻。但看产地，是黔地的小牌子。

鸭舌帽给他点上。他抽了一口，辛味很重，他忍住没呛出眼泪来，奉承道："好烟，好烟！"

"啥好烟，几块钱一包，当兵时爱上了，放不下。"鸭舌帽笑道。

"老兄是个对过去有强烈责任感的男人。"他忽然想起包里的名片，就掏了出来，"叶思文，荣城人，他们都叫我叶诗人。"

鸭舌帽接过他的名片，扫了一眼："历史作家，考古爱好者？兄弟，你也是个对过去有强烈责任感的男人嘛。"

"彼此彼此，那，也交换一下片子？"他向鸭舌帽讨要名片。

鸭舌帽笑道："早不玩片子了，现在玩刷脸。他们都叫我冯导。"

"哈哈，还是冯导脸大。敢问冯导，可否剧透一下，拍啥电视？历史？寻宝？反腐？还是三角恋爱？"他嬉皮笑脸地请教道。

"呵呵，这个嘛，这个嘛，商业秘密……"鸭舌帽——冯导把脸看向远处。

"哦，商业秘密……我懂……我懂……"他说这话的时候，壮男人和秤砣女过来了。

"冯导，该出去踩点了。"秤砣女的嗓门像菜市场大妈。

鸭舌帽掐了"长征"烟头，笑道："你看，说曹操曹操拢，不好意思，他们又催工了。都说催工不催食，这才吸两口。这年头，周扒皮也被催命啊。"

他也掐了烟头，讪笑道："那，不打扰，你们忙你们的。"

"叶诗人有兴趣一道上山？"鸭舌帽临走的时候，丢下句客套话。

他也看得出人家是客套，婉言谢绝了："拍电视正事，我就瞎跑的……"

三个南方人出发了。三人前脚走，后脚他就后悔了，这么好的接触机会，咋就一口回绝了呢？

"长征"烟，真的呛人。若干年后，他对文雄回忆道。

那天下午，躺在床上，想半天，觉得还是自己胆小。两伙人，一比六，要真是坏人，他连喊救命的机会都没有。不行，切莫轻举妄动，保命要紧。

老板从后山回来，告诉一个坏消息，鄂市蒙人说，他们要在山上守羊。意思是，烤全羊喝啤酒，泡汤了。也是，人都没见过，就要同人家吃吃喝喝拉拉扯扯，傻子都会起疑心。他妈的，我是不是真的读书读成了棒槌？

估计山上放羊的鄂市人一时半会走不了。他决定先接近南方人，看看能不能找到啥突破口。

第三天晚上，他叫老板备了几个硬菜，约鸭舌帽冯导喝啤酒。

鸭舌帽冯导爽快地答应了。不过鸭舌帽说，啤酒早腻味了，要喝就喝屏羌的土烧。

他想，土烧就土烧吧，喝高了，才有机会渗透啊。

他一个人对他们仨。屏羌土烧，又叫"屏羌地瓜"，有股子很浓的地瓜味。三个人都说，好酒，好酒。他晓得他们是在奉承老板。这玩意，就是屏羌老家土货。地瓜味从来没喝惯，味道还有些寡淡。

他还是喜欢喝龙隐和甘南的土豆烧，土豆烧很浓烈，这是后来的事。

寡淡还喝。没法，就是毒药也得喝啊。《无间道》就是这么编的。他相信刘德华和梁朝伟都是精神分裂症患者。

壮男人没啥多余的话，一口一杯。他也一口一杯。

秤砣女人嘴巴甜，一个劲喊"弟弟"，这一喊，他还没喝，浑身的皮子都像屁蛋虫在挠。

鸭舌帽冯导有些矜持，导演嘛，还当过兵，原则性很强，一直强调，只喝一杯……

那晚，他跟壮男人喝了三杯，跟秤砣女人喝了两杯，跟鸭舌帽喝了一杯。杯子是啤酒杯子。六杯酒下肚，他梭到了桌子下……

醒来的时候，第四天中午了。贪杯害人啊。想灌人醉，结果自己瘫了。他妈的，就这么没出息？他又一次骂了自己。

去找老板，问拍电视的人呢，老板说，不晓得，估计还在睡吧……

还好，那伙人也醉了。要不然，谁知道他们会不会避开他，半夜偷偷上山？

第五天，周末。他忽然想出个欲盖弥彰的计谋。上午，大大咧咧上山，出门前冲老板放话，他上山去看风景考古去了，下午回荣城。

他真的上了山。这拍拍，那望望。仍然能听到羊叫，不见鄂市蒙人影子。岩洞前晾晒的裤衩还在，周围也无啥动静。越是没动静，越怀疑有啥大事要发生。他决定晚上再上山，接近岩洞。

下山的时候，看见远处有三个人影，是那三个南方人。他掏出相机挥一挥，算打招呼。鸭舌帽冯导取下帽子，算回应。他真想大声喊出，我要回荣城了——他需要他们知道他真的要回荣城了。

他叫老板用摩托把他送到乡场，并看着他上了回屏羌的中巴。他还说，必须得赶上屏羌回荣城的最后一趟班车。

中巴车到另一个乡场，他下了车，去饭馆饱餐了一顿。天黑尽的时候，租了个面包车，又悄悄"杀"回了峡口。想起自己的"回马枪"，好不得意。他相信老板傻，因为老板善良。他也相信那个冯导傻，只有傻子才会说自己是导演。他相信那个秤砣女傻，胸大无脑嘛。

他看见三个人的房间开着灯。放心了，先放过这拨人。

他悄悄摸上了山。最不放心就是山上的鄂市蒙人。

2.7 【濒死感】

那夜，天好黑……

远处的荧光，好似幽灵出没。

紧张提到了前所未有的高度……难道鄂市人正在挖宝……

羊都睡了。周围一片寂静，甚至能听到羊豆豆从羊屁眼里滚出的沙沙响。

他觉得自己已然接近那幽灵……

他仿佛看见，萤光映照鄂市人挖到宝贝时，一张笑烂的大黑脸……

他掏出相机，将长焦镜头对准了那笑脸……

做了那么多白日梦。可是，眼前的情景闻所未闻……

那一刻发生的事，某种意义上说，给此后的人生留下了很长很宽的阴影面积。当然，这是多年后，他不止一次意识叠加的后果。

在他看来，那一刻，确实发生了令人恐怖的一幕——两眼狰狞的空洞！

不可能是幻觉！

当然，更不可能是强迫症！

多年以后，他回忆的时候，总是不断强调这一点。

他并不善于自我暗示。他说过，他是一个认真而诚恳的人。他甚至认为梦里经常出现某些怪事，是否也与自己一贯的认真和诚恳有关。

说谎的前提，是得克服内心障碍。

他始终认为，认真和诚恳一旦形成理性，对于富于感情色彩的男人而言，就是冲突和难度。

他的头脑一片空白，像被啥揪住了脖子……

身体的每一根毛发，每一寸肌肤，每一条经脉，每一块骨肉，在急速扩散。一些东西在下降，一些东西在上升，一些东西在膨胀，一些东西背对黑暗而去……

这一切，在很短的时间内发生，短得来他无法抽出一点点空隙，去捋思路，继而做出正确的判断。

他觉得自己被放大和稀释了。

他觉得自己快要窒息而亡！

多年以后，他求教过心理医生。医生告诉他，一个人在遭遇极度恐惧之后，会产生濒死感，就是人临死之前的某种奇妙感觉。人死不能复生，能有濒死体验的人，那真是奇迹。极度恐惧体验与濒死的感觉，从心理学的角度看，并无多大的区别。很多人之所以能够描述濒死的感觉，并不是他经历了死亡，而是经历了类死亡或者死去活来，在高原雪域的各大教派宗师看来，属于重生的辩题范畴。

濒死感发生，可长可短。心理学医师解释道，一些人是慢死亡的，濒死感由此被拉长，比如病人和老死者。换用传统文化的语境讲，那就是黄泉路，哭哭啼啼，很婉转。另一些人呢，濒死感则成为某种强烈的冲突和爆炸体验。比如，意外死亡、将士战死、死刑犯被斩立决。

多年以后，回忆那一刻的体验，他说，极恐惧的东西，类似3D电影，直面而来，你无从躲闪，被击穿，甚至被洞成筛子……但是，你的大脑还活着，你的心脏还活着，你的四肢还活着……

你还能体验，你就还活着。

那一刻，他的四肢几乎是条件反射似运动起来，朝着一条橘红色的光明小径，玩命奔跑……

多年以后，他回忆那光亮应该是手电的光亮。

他的一百五十斤肉身几乎是连滚带爬地跑回了峡口。

衣服早已湿透了，鞋跑掉一只，眼镜差点也掉了，嗓子眼觉得被啥捏住一样。

还是不放心，又一口气跑到乡场。乡场上一片黑灯瞎火。

到哪去找面包车呀？他几乎就要绝望了！

强烈的求生感，仿佛一双神奇的手，在后面推着他，朝着前路奔去……

那天晚上，他超水平地发挥了皮下脂肪积聚的潜能，少说奔了五六十里路。

橘红色光明小径越来越宽。小径的尽头，他看见清洁工正在清扫街道。

之后……

两天以后，卧底岁月的第二个周一。医生告诉他，因为过度虚脱，他前天黎明前晕倒在街头，被清洁工发现，打了120。

他在医院输了一星期的安慰剂。

他给文雄发了个短信，"那活干不了"。末了，怕文雄误会，又补发了一句"啥情况也没有，该干啥干啥吧"。

文雄的回复，风马牛不相及。

文雄的短信，有些长。大意是说，兄弟，对不起了，那天晚上，我刚坐上去，就摸到一副清一色的万字天胡，正傻眼纠结，妈的，背后买到我马的江口区区长的长脸婆娘，突然发飙，直接把牌给我扑倒了……

很多年后，文雄都不愿意提起清一色万字天胡的事。他觉得那天要不是撞到鬼，摸了那手天胡牌，蓝守玉一定能弄个副科干的。

蓝守玉倒满不在乎，天胡，呵呵，不就是天意……

他其实向文雄隐瞒了一件事。出院后，想起那天晚上，对着他笑烂的那张鬼脸，似乎按了数码傻瓜相机快门的。他打了个寒战，赶紧打开相机显示屏查看……

一片空白……

原来从山上跑下来的时候，相机已被汗水浸透了……

他的心情灰暗到了极点。这下好了，啥痕迹也没留下。所有的体验，都成了个人的迫害狂想……

可是，那天晚上，他真的看到了两只空洞狰狞的眼睛。

这事，困扰他许久。

直到他下海倒腾古玩后，还是没琢磨明白是咋回事。

有一次他回老家，看到了一群羊挡着他的车路。在与挡路的山羊对视中，灵感突发，那天晚上他看到的，会不会是老山羊的眼睛……

3.1 【红楼】

蓝守玉一眼就被专案组桌上佛头造像的庄严给震撼了——残缺美无以名状。

蓝守玉常常自我标榜，对古物的审美距离是一丈五。东西对不对，好不好，就看五米之外的直觉。就像现在，石刻菩萨的正能量，让其晕眩。

"你们楼……长得太像地摊货了。"蓝守玉打招呼，听起来更像玩笑。

"不是太像，"文雄顺了话头，"本来就是地摊。"

两人说的楼，是屏羌县公安局文物专案组办公楼，的确很烂。烂是烂，有来头。红砖、金琉、茶玻，20世纪中叶的苏式建筑。楼前拱门上镶一铁皮红星，挂烟囱上，远看像男神，雄赳赳、气昂昂那种。想象小警察在里面办公，天天跟打鸡血一样，就好笑。

蓝守玉想到某楼的名字。算了，有些损，省了。

每次到专案组鉴定赃物，几根"小油条"各种恭维，多少有些安慰："鱼师，青总，你来得正好……"

"啥鱼师，啥青总，吊儿郎当的。"他一本正经地纠正道，"姓蓝，名守玉。"

"电视网络新闻不都那么宣传的吗？""小油条"们纳闷了。

"新闻你也信？"他半开玩笑地反问道。

"不信新闻，未必信谣言？""小油条"们好委屈。

"扯不清，说正事。"

"好，好，蓝总，守玉老师，就依你说正事。你现在好歹也算三江名人，给我们组呼吁呼吁，改善哈待遇，跟市局一样也造座金盾大楼，洋盘一回呗。""小油条"话里带牢骚。

"小油条"们一提到金盾，那洋洋自得的。就感叹，还是"85后""90后"好，阳光，不像"80后""75后"，里里外外长满"刺笼苞"，这也看不惯，那也不顺，逮啥喷啥。

语境代沟。

好在有文雄，要不对话还真别扭。就又顺了小警察们话头，搬啥搬，不挺好的？一幢楼，三五平房，七八古树，要多古意有多古意，要多诗意有多诗意，还上下左右一片红。可别身在福中不知福，那啥楼的，多少人想进去，还没资格哩。

"不对哦，蓝老板，我们正儿八经的五星楼！别看都是红，色彩大不同。"文雄貌似与蓝守玉的语境不同频。他是"油条"们的头头。

"红啥楼吗？"蓝守玉嗓音压得很低，"油条"们还是听到了。

"别听他，会掉沟里的。"文雄正色道。

"你的意思，我大老远跑来友情赞助，没得好话，还挖坑带路？"蓝守玉也正色道，"看来，还得你来带路。"

文雄便叫停"小油条"们的瞎掰，带路去案物室。

去案物室要穿过一个篮球场。没地方停车，半边球场改成了停车场。剩下半边，供"小油条"们打半场，消耗荷尔蒙和多巴胺。

案物室安静得出奇，一股子老霉味。蓝守玉呛了几口才缓过来："你这哪里是案物库房？！"

"这就是文物库房啊。"文雄道。

"文物是这个味道？医院停尸房都比这味道香。"

"是你不习惯那味道！缴来的什么砖呀瓦呀，墓碑墓门、石刻牌坊，还有那金丝楠乌木棺材板呀，你说香不香？"

"就不能处理处理？"

"我们是办案的。处理文物的事归文管所。就好像，我们只抓打架的，伤了人，得医院管。"

"我的意思，能不能消下毒，这味道搞不好要死人的。"

"喷福尔马林？那才真的成了停尸房。"

没法交流。

最近的案物摆了一桌。老远就看到那个佛头，摩崖造像，高规格的古代美术创意出品，富含信息，文物等级杠杠的。

兴许那就是让文雄坐立不安的"男观音"了，一个符合民间盗贼标准的审美创意。能够塑造它的工匠，内心也与盗贼有一拼。

"这么难办的案子，都让你给弄穿了，"他有些兴奋，"道高一尺，魔高一丈。开眼界了。"

"那是你们普通人的看法。文物案本来就难缠。哪个案子不是案中有案，案外有案，案案交叉。你不晓得我们的神经，天天有多脆弱……"

文雄一边苦笑，一边翻出一堆案卷来。

3.2 【案发现场】

老峨山佛头，是在夏天的暴雨夜里被盗的。接到报告后，文雄带着他的兄弟伙，第一时间赶到案发现场。

"男观音脑壳被割了，"老峨山文物协管员，其实就是山下一村民，屁颠屁颠迎上前来边报告边抒情，"太惨了，脖子以上只剩下光杆杆。"

"可惜了，太可惜了。"文管所所长，摸着那石刻头，眼里像吊丧。

"那玩意很美吗？"文雄小心问道。

"太美了！可惜呀！"所长取下眼镜，想擦眼睛，他的眼睛有些干涩，想起那光杆杆，又忍住了。

文雄常常自贬，说自己不像蓝守玉，天生就有审美细胞。记得初中历史书上有张图，画的是一尊"断手杆"菩萨。蓝守玉叫它"断臂维纳斯"。文雄应道，对，对，维纳斯菩萨。蓝守玉不再理论，菩萨就菩萨吧，像文雄这样的男人，有信仰总比没信仰好。

"谁那么缺德，下死手？老子把他龟儿子抓到，定让他捧着菩萨脑壳去老峨山，给菩萨烧七七四十九天香，每天磕九九八十一个响头！"文雄对着菩萨光杆杆，声色俱厉，像骂，又像起誓。

"头，不能在菩萨面前起毒誓。"手下小警察凑耳边悄悄提醒道。

"他们能干缺德事，还不兴我骂娘了？"文雄怒道。

"天要下雨，你要骂娘，别说菩萨，天王老子都不得管的。但你不能当着菩萨骂，图嘴巴爽。"手下继续友情提醒。

"爽了，又咋的？"

"还能咋的，菩萨没面子嘛。"

也是，人家菩萨是受害者，坏人早逃离现场。一个大警察，还是常务副局长，把受害人当出气筒，算哪回事呢？文雄想。

"再说，要是你没把贼抓回来呢？"手下问道。

"没抓回来，老子引咎辞职。"这当然不是"小油条"们第一次看文雄起誓。

"菩萨脑壳咋办？"手下又问。

"咋办？凉拌！你问我，我问谁？"他正窝着一肚子无名火哩。

"你发了誓的。"手下再次提醒。

"发个誓咋的，脑壳又不是我砍的。"文雄愤愤然了。

"是说，你当着菩萨发毒誓，一定要帮他找回脑壳的，结果……"手下欲言又止。

"有屁快放！"文雄骂道。

"没找回，会不会……"

"呸呸呸，"文雄火速打断了手下的话，"闭上你的乌鸦嘴！"

还能说啥？上司都把路堵死了。

手下不发话，文雄自己倒不好意思了："你说的……这个……倒是……"

文雄想了想，叫守菩萨的文物协管员点了一支叶子烟，插在断头的"男观音"前。边点边念叨："观音大士，观音菩萨，观音大人，你大人有大量，别给我一个凡人计较，来，点根烟……"

村民小声道："老板，观音好像不抽烟……"

"晓得个屁！哪个菩萨不抽烟？这灰灰，不是？"文雄煞有介事地摸了一把香灰。

本来是指着香客们敬拜留下的香烟灰随便一说的，谁知道下面的兄弟伙突然发飙，大声武气喊："头，这还真有你说的香烟……"

那个兄弟在现场找到了一堆干粮的包装盒和一个"长征"牌香烟壳壳！

怪了，当着菩萨面，还真不能乱说？说啥来啥。我这是该佩服菩萨呢，还是该佩服自己？这么想着，文雄已虚汗淋漓了。

干粮盒到处都有，"长征"牌香烟却不常见。"长征"牌香烟便宜，荣城、三江、西康一带，抽本地烟和云烟、沪烟的多，抽黔地小众烟的人较少，除非对黔地烟有某种特别感情。可有这嗜好的烟客去哪里寻？世界那么大！

手下给文雄打气："世界再大，还大得过法网？"

"口号谁不会喊？你倒是说从哪开始查呀？！"兄弟伙发现文雄一着急，眼睛瞪得比核桃还圆。

"这不有'长征'牌香烟呀？"手下握着纸烟壳壳，像握着一根救命稻草。

"一个纸壳壳，你以为是身份证？"说下这话，觉得不对，又发话，"把在局子里挂号的'挖挖匠'全通知到号子里来，再筛一遍，问他们抽啥牌子。"

"你以为那些人进出我们的号子，是来吃伙食的？吃完后，还会兴高采烈地说，我就喜欢抽这种烟，那烟盒就是我丢的？""小油条"语气轻蔑。

"看你们还是太年轻啊。"文雄为自己的意图未能得到部下的理解深表遗憾。

这一感慨，兄弟伙似被点醒了，顺着他思路说道："那，要不老办法？"

兄弟伙说的老办法，是派人去周边各大古玩市场蹲守，看有谁抽这种烟。现在都讲创新，说归说，图个新鲜没啥，要说管用，可能还是要老办法。文雄便没再接话。人海捞针的淘神费力事，他们并没少干。周边数十个古玩市场，几千家店铺，上万人搞收藏，要从中找一个抽"长征"烟的，他耗不起，他的上级也等不得。办文物案，抓"挖挖匠"，跟炒股票一个下场，猫抓耗子哩，何况文物案猫少耗子多。

股票涨百分之十五，跌百分之八，就卖掉。这是股神巴菲特雷打不动的法宝。老巴是庄稼，你是"韭菜"。要是你和他都买了同一只股票，涨百分之十五、跌百分之八就卖掉，那你就是庄稼，巴菲特就被你割了"韭菜"。事实上，这种逆袭几乎没有可能性。

文雄有句口头禅，弯道不能超车，那是教训新手的。一个老司机，谁没干过弯道超车的事，一打灯，二鸣笛，三拐方向，四轰油门，哧溜就过去了……

弯道问题一直摆在那里。现在的问题不是该不该超，而是对面究竟有没车过来。

文雄在佛崖前来回踱步。踱一圈，看一回周围的菩萨。还有好多完好的。谢天谢地，这贼还算有良心，没有把菩萨脑壳全部锯下来。在踱到第十圈的时候，脑门上忽如灵光一闪："守株待兔！"

"守株待兔？"

"对。'挖挖匠'——法盲不说，还无底线。相信他们一定还会来，除非观音脑壳卖不脱。卖脱了，他们就会回来。"

"等他们回来，观音脑壳不知道卖天南海北了，到时候，恐怕……"

"恐怕啥？害怕打屁股，就不吃娘奶了？舍不得孩子套不来狼。"

"狼饱了，再不来了呢？"

"不来，也要守。不信他不来。狼改得了吃屎，那就不叫狼，叫图腾了。"

"头，狼不吃屎的，吃屎的叫狗。"

......

文雄说自己确实有些着急昏头了。

3.3 【守株待兔】

说一不二的文雄，真的调了三个兄弟，昼夜蹲守老峨山，坐等兔子来。

第一周，兔子毛也没逮着一根。三个兄弟，三班轮倒。半月过去。仍无动静。

兄弟伙有些憋不住。憋不住，牢骚也来了。到前线潜伏最忌牢骚，容易暴露，就撤了两个暗哨。留下一个，谎称度假的，借了个农家住下来。度假的暗哨又守了一月，也没啥事。但还得守，日晒雨淋蚊子咬，也不说了，就是寂寞。

耐得住寂寞的屁股才是好屁股。文雄发了条闷骚的短信，力挺暗哨。

暗哨回短信，头，咋没发现你装怪也是那么文艺哩，叫我这个屁股诗人情何以堪：

> 早上八点：这里的早晨像初恋约会
> 第一只蚊子摸上我的屁股了，太他妈过分了！
> 中午十二点：这里的午后像新婚典礼
> 两只蝴蝶腻在一起半天不干正事。咽了三回口水
> 下午三点：这里的下午又阴又湿
> 蚊子们都摸上来了。痒啊！绝不投降
> 晚上十二点：终于可以心猿意马了
> 月亮姐姐你去哪儿？云朵妹妹你又去哪儿？
> 凌晨五点：村里有只公鸡打了三道骚鸣
> 老子两爿屁股也快遭不住了

文雄忍住闷骚火，耐心看完了守株兄弟的屁股诗短信，回道，啥子狗屁，给老子看丢了，回来直接关禁闭……

看来暗哨坚持不住了。花蚊子多、潮湿，还不能玩"王者农药"。这能算啥问题？蹲守是警察的基本功。生死都不怕，还怕个球的寂寞？

也有怕的。花了人力时间，最后无产出。对不起组织，对不起领导，对不起兄弟，对不起……各种自责和道歉。

好似转山狩猎，大山小山转，人晕了，狗也快瘫了，还在那转，瞎转，兔子仍然没逮着。你说，你的耐心等待，能对那只一直不出现的兔子，坚持多久？

照此下去，专案组也耗不起。时间越长，赃物就可能被反复倒手，以后再想找回来，不是一般的麻烦。文雄说，这是有血的教训的。

管球它是狼还是狗，怕都改不了吃屎。文雄恨恨道。

仿佛已经看到冥冥之中的影子。一直暗藏于某种无法预测的结局——或是最后出场的那一个江湖一号。

他并不是预测师，也不想预测。等待答案的时间越长，越闹心。又给暗哨发短信，你要写屁股诗就写吧，不用在乎读者的感受……

现在需要时间换空间。如果写屁股诗能换来那个作案者，那就写一百首，气死那些主流诗人！

守株的警察兄弟，当然知道文雄这是在骂人，若屁股都能决定诗歌的好坏，那还要脑壳干啥？

那兄弟到底写了多少行屁股诗，文雄不得而知。反正后来文雄自己遭不住了。

他决定收回最后那个暗哨，换成一当地农户。文雄对搞游击战这一套深信不疑。群众的眼睛，永远是雪亮的，百试不爽，颠扑不破。他要让那伙假想中的敌人，深陷于人民群众的汪洋之中。

他给农户开了一天一百五十元的工价。一百五十元可不是小数目。他对农户说："哥，你给我先守三个月，工钱嘛，月结，分文不少你。"

"真的？一百五？我没听错？"农民哥哥有些受宠若惊。这个价格相当于大牌房地产企业在三江抢杂工的抬杠价。

"你没听错。"他说道。其实，他在肚子里骂了句，妈的，便宜你了，不是楼盘赶着入住，老子最多给你开五十。

"你给我现金吧，明天我就不去工地了，忙死了，连上茅房尿尿都要跑步！"农民哥哥脸都笑烂了。

"土包子，不会给你打卡上的，晓得你担心密码被人偷。"

"那敢情好，警察兄弟，我一定照你的指示办，把菩萨给你看好，有情况马上报告。"

一个农二哥打个保证，听起来咋么那么耳熟？文雄皱眉了："谁让你给我守……菩萨，我要你给我守……活人！活人，晓得不？"

"晓得，晓得，"农民哥哥忙点头，"就是要我当卧底，对不？"

神剧害人，妈的！文雄又在肚子里骂了句。

农民哥哥接力警察兄弟蹲守。白天躲地头，装着干活，晚上睡觉，也竖起耳朵。从上弦月守到下弦月，没发现啥不对头。又从下弦月守到月圆。农历十五那夜本来应该见满月的。结果满月没见着，哗啦啦起了一场卷林地皮风，下了一场雷风火闪雨。

月黑风高夜，杀人放火天。不会出啥事吧？可这么吓人，你敢去守？你胆小，贼吗？农民哥哥左眼皮直跳。"左跳岩，右跳财"，意思是左眼跳要跳岩，右眼跳要折财，左右都不是好兆头。

他想起给警察兄弟打过的包票，摸了摸荷包里，厚厚的，上午有个小伙子刚送来上月工资，四千五哩！

农民哥哥忽然觉得裤包里的那玩意，有点像卖精血换来的。

他咬咬牙，妈的……穿上雨衣，带上手机，向佛崖摸去。一路上，眼皮还是跳。

快到崖边，跳得更厉害了。赶紧喊保佑，如来菩萨，弥勒菩萨，文殊菩萨，普贤菩萨，观音菩萨，地藏王菩萨，我来给你看门的，求求保佑，今晚别出事……

喊了好多菩萨，是因为他不晓得前面崖上供的是哪个菩萨。

谁晓得一乱喊，眼皮真的不跳了！

这么灵验？还没等他回过神来，头顶炸过一声巨雷。佛崖周围一片吓人的煞白……

果然有两个鬼影闪现！

差点瘫到地上。菩萨大人，我哪得罪你们了……

他的手机上全是水，也分不清是汗水还是雨水。

他握着手机，那上面有警察兄弟给的号码。他想起警察兄弟派的任务。手有些抖。妈的，没出息。他掐了掐那手。

这一掐，不抖了！

闪雷越来越近，骤雨越来越猛。

赶紧报信！

扯衣角擦干手机，拨通警察兄弟的电话。

电话没人接。

又拨……

还是没人接……

再拨的时候，那头打过来了。他哪敢接，鬼影还在不远哩，再说，打雷天，打电话不怕雷劈？

就挂了，发了条短信过去："兄弟，撞到鬼影了！"

"发啥短信，接电话！"那头回信。

"那么大雷，还有两个鬼影，天大的胆子也不敢接哩。"

"鬼影你还给我报告啥？我让你看人。"

"哦……错了，不是鬼影，是人鬼不分……"

3.4 【烟幕弹】

文雄说，那夜之后，男观音佛头案，终于有了突破口。他的专案组在老峨山摩崖造像现场抓了一个石匠，一个帮工。

兄弟伙押了两人回局里，一拨人分头上了两辆皮卡，一前一后，连夜往屏羌赶。一路上，雷雨一直追着皮卡炸。

兄弟伙也不顾危险，给文雄电话报告："抓到两个老头哩！"

"叫你抓鬼，你抓老人干啥？"

"就是鬼，就是鬼……"

"是鬼就突审，边走边审，要快！"

带头的前车警察，突审石匠："哪里来的鬼？叫啥名字？"

"报告，不是鬼，"石匠回道，"是蒲溪人，王福（富）顺。"

"王富顺，还是王福顺，说清楚点！"

"就是王福（富）顺啊！"

"算了。王福（富）顺，你现在要老实回答提问。晓得不？"

"晓得，晓得，坦白从宽，抗拒从严。"

"晓得就好。那你说，这么黑雨天，不在屋陪婆娘困觉，大老远跑去佛崖，想干啥？"

"婆娘跟别人跑了。"

"婆娘跑了，你就去烧香拜菩萨，菩萨要跟你当介绍人？"

"冤枉啊，警察兄弟，我从来不搞封建迷信。"

"哪个说你搞封建迷信了？烧个香就封建迷信了？"

"不是……你们喊说的吗……"

"老实点，别'煞偏锋'。是不是想当'挖挖匠'？"

"冤枉啊，哪个龟儿子敢当'挖挖匠'！我也是去帮小工。"

"这就对了。说吧，咋去当的小工，跟谁当小工，在哪里作的案？"

"报告，我老实交代。我也是被人临时从蒲溪雇来的。本来一直在石碑厂做碑。一天来了个老板，找到我，说有个活，包工，问干不干。我说，价好就干。就跟他去看货。那人指着一尊菩萨说，割下来，拿钱走人。菩萨脑壳，咋能割呢，就不干。老板说，涨价干不干，一个脑壳两千元。我一听，两千元，乖乖！凿一个月碑了！谁知道老天不作美，还没开工，雷雨就炸来了。哎，没那命啊……"

"啥命？谁起了坏心眼，天老爷看得清清楚楚。"

"对，对，对。我起了坏心眼，菩萨看不惯了。"

"有坏心眼不怕，怕的是起了坏心眼的那个拯救者。"

"你说啥，我没听懂？"

"就是让你不懂的。你说吧，咋个动手的？"

"没敢动啊，等雷雨停哩。这不，没等到停，天兵天将就拢了。"

"啥天兵天将？人民警察！"

"是，是，警察叔叔，警察大爷，高抬贵手……"

"算了，别扭。还是叫兄弟！"

"好，警察兄弟！"

"承认是兄弟就好。晓得犯了啥不？"

"犯菩萨。"

"犯了法！法盲！"

"兄弟批评得对！只是还没动手，就遭逮了，太倒霉了……"

"你不倒霉，菩萨就倒霉了。活该！"

"活该！活该！我悔过，我退钱。"

"退啥钱？"

"工钱啊？"

"谁说喊你退工钱？那叫退赃。"

"哦……退赃……"

"说嘛，两千块，就买了良心？"

"这不就遭报应了么……"

问过石匠。带头的警察叫停了前车，叫后车一个小警察上了前车，看管石匠。换他上了后车。

"谁放的屁，这么臭？"带头警察上车后闻到一股子土腥臭。

"报告，我放的。"老头说。

"吃过啥了，嘴巴这么臭？"

"是嘴巴臭……报告，晚上和石匠一起在山上烧土豆，吃撑了。"

"上山干活不晓得带干粮吗？烧啥土豆？"

"报告，以后上山注意带干粮，不烧土豆。"

以后？你还想以后……带头的警察心里想着，这盗贼都啥素质？

带头警察叫开车的警察把车窗开大点，边开边突审。

"石匠说不是他喊割的，那就是你喊割的了？"

"报告，我冤枉！"

"你冤枉？"

"凶手不是我！我是石匠拉来的。石匠拉我的时候，我在石碑厂旁摆地摊。"

"摆地摊？啥子地摊？老实交代！"

看来说漏嘴了。老头只好交代，他叫"石磙子"，龙隐人，到处赶场摆古董地摊……

带头的警察来了兴趣，没想到这么快就突破了……肯定是个"挖挖匠"！

"古董摊？你卖的古董挖来的吧？"

老头有点急了："报告，不是挖来的，挨家挨户铲地皮铲来的。"

像这种胡话，专案组警察听得多了。铲地皮，哄小孩哦。"看你一大把年纪了，为老不尊，胆子还大，连菩萨脑壳都敢割！"

"报告，冤枉呵。"老头哭丧个脸道。

"别哭丧了，"带头警察吼道，"老实交代割菩萨脑壳的事。"

"摆地摊，好几场都不开张。石匠喊我帮杂工，干半夜，算五天零工，每天五十。"

"五五二百五？"

"报告，是的，五五二百五。"

带头的警察表示无语。

有文化的警察和没文化的农民。没文化的农民回答"二百五"。有文化的警察，还能说啥？

有文化的警察其实很想说，你就是个"二百五"，但想到身上行头穿戴，这句话终究没冒出口。

一行人冒雨连夜回了专案组的红楼。

第二天上午，带头警察找卧底立功的农民哥哥做笔录："昨夜，还看到有其他人吗？"

"咋看得清楚？再说，那鬼影，吓死人，跑都搞不赢。"

"之前见过陌生人来踩点没？"

"来老峨山的，外地的多，脸生。本地人除了初一、十五烧香，没事拜菩萨干啥？"

带头警察没话了，又去审老头。

"今天，总要放个响屁了吧？"

"报告，今天早上吃的馒头稀饭，没屁放了。"

"没屁放就好。你真是石匠拉来的？"

"谁敢哄警察啊？借我几个胆子都不敢。"

"那……你要老实交代，问啥答啥，现在重新来，叫谁，从哪儿来，干过啥？"

"蒲溪石匠找我去割的，那个人叫王福（富）顺。"

"王福顺，还是王富顺？"

"就是王福（富）顺啊。"

审问的几个警察你盯我我盯你，好像也没搞明白是王福顺，还是王富顺。

带头警察继续往下审："'石磙子'，谁喊你去的？"

"石匠喊去的，工钱管问石匠要。"

问题又踢回石匠那儿。带头警察再提审石匠王福（富）顺："带你看菩萨的老板，长啥脸，叫啥，哪里的？咋联系？"

石匠说，他是老板临时去石碑厂喊来的。看货后，先给了五百定钱，说好割了菩萨脑壳后，带回蒲溪放着，他会来厂子找他。没告诉电话，也没告诉姓名，他找不到那个老板。只知道，是个胖子，有些秃，烟瘾大得很，看货的时候，一直在抽。

"抽啥？那么大瘾？"

"我抽核武器，人家爱洋玩意，各抽各，咋晓得？"

带头的警察想了想，又喊上兄弟伙，押了石匠去老峨山，在两人准备动手的菩萨前，找到两截"长征"牌烟屁股。问石匠："他抽的是这种吗？"

石匠摇头。

警察又掏出那夜在佛崖找到的"长征"牌烟盒子，递给石匠："这回看清楚了？"

石匠眯起眼睛看了半天，拍了下脑壳："对头，对头！"

这下搞明白了，同一人作的案。抽"长征"烟的秃头胖子，躲在幕后。临时雇佣石匠，石匠又拉了个帮手"石磙子"。两个老头是幕前的烟幕弹。

文雄的兄弟伙，没法再往下突破了。

只好来直接的。带头的警察继续提审石匠："最后一次问你，前些天老峨山掉了男观音脑壳，是不是你们干的？要老实交代！"

最后一次，石匠也没认账。

又审老头"石磙子"。"石磙子"说，石匠拉他来帮忙的，他是头回。石匠是不是头回，他说不好。

没法审了。两个傻老头，文雄想。再这么问下去，估计自己也离傻子不远了。

3.5 【"长征"烟】

在蓝守玉看来，文雄叙述的案情，可能隐含了以下玄机：

1. 两个老头的确动过邪念，想去弄菩萨。

2. 正要动手的时候，月亮隐去，雷雨来临。

3. 雷停雨歇之后，贼心又起。

4. 关键时天兵天将降临。

5. 老头邪念走心，佛头得保。

可不可以这样理解：邪念动了菩萨的奶酪，天老爷动怒，力保菩萨。菩萨终动了恻隐，免了俩老头的灾？

这一番演绎，触发了蓝守玉的回忆。

那是一场发生在他小时候的车祸。那天，爹妈带着他，陪着娘舅，搭进山返程的顺风大卡车去山外相亲。出发的时候，汽车师傅锅灰一样的黑脸，令他不安，哭闹，死活不上车。爹因此揍了他，你舅去相亲，小屁孩哭丧个啥？爹的揍骂，吓得他哭得更甚了。娘舅说，不去就不去吧，不相亲又死不了人。

娘舅是个老好人。娘舅的好，被村里人视作傻——闷洋芋。你个闷洋芋，呸呸！闭上你的乌鸦嘴，娘骂了他的幺弟。娘可以骂娘舅。在她的眼里，娘舅就是个不懂事的闷洋芋。

几人的吵骂，惹火了黑脸汽车师傅。还走不走，不走车就走了！黑脸师傅的话，有些绕，也有些耳熟。爹娘不想走路，想坐车，能搭个车去山外，多有脸面！就赶紧赔笑脸说，要走的……要走的……还没等他想明白爹娘说的啥意思，已被人像拧小鸡一样扔上了车厢……

后来，惨剧发生了。蓝守玉说，打小就任性，是个冷血人。灾难的蓦然降临，除了暗示，并没有给他任何的指引。唯有哭，没完没了地哭。全部的哭只为覆盖一个孩子对于悲剧应有的警惕、思考和记忆……

悲剧真的拉开了序幕。

车在半路出事了，翻到了沟里，一车五人，就活了他和娘舅。

他自此留下不治的头疼，并非一定是那次翻车被撞坏的。他甚至毫发无损。他被摔出车外，他的爹娘躺在他的旁边。神奇的是，他还试着站了起来，去搀扶他们，呼爹喊娘。但是，爹娘再也不能吭声。

很多年后，他仍不明白，那天爹娘最后说的那话，怎么那么像一句咒语？

要走的……要走的……

很多年后，他老发头疼病，一疼就想爹娘，一疼就对自己的任性懊悔不已。那天要不是那么要命地咒，也许爹娘就活了。但是，这事又不可验证。因为爹娘不可能起死回生。于是，终落下头疼。疼一遍，自责一回。也许，每一次的疼，都是爹娘在另一个世界为他的任性赎罪。而他，又有啥错呢？不过任性和冷血罢了。

他对多年前的那场灾难的反思，止于每一次疼痛之后。年轻人，莫好了伤疤忘了疼。一个声音在暗处。

说谁呢？

对于文雄讲到的案情，蓝守玉并无太大的情绪波动。他告诉文雄，别说割石头菩萨脑壳，就是割肉菩萨脑壳，他也难过不起来了。文雄问，为啥？他说，见过生死太多，都要走的……

又怎么能不难过？除非铁石心肠。据说体胖的男人，比瘦子更能承受悲剧。心宽肚子大，心搁不下的，还有肚子。蓝守玉的麻木，更像装一半、留一半。装的在脸上，留的在心肠。

这么想着的时候，他的心肠又一次激活颤动，牵扯额头的那根最为敏感的神经。之后，隐隐作疼，欲罢不能……

他摸了摸印堂上的青鱼印记，就像摸着一颗秋凉的土豆。他无法控制自己的下意识。

"啥时候撞了个青包了？"文雄忽然发现蓝守玉额头有颗青印。

他就捂了额头："没事，没事，刚才你说现场找到啥烟头呢？"

"'长征'烟，一种很小众的黔地烟，盆地周边极少有人抽的。"

"'长征'？"他问道，"就是外观有点像山寨中华烟的那种？"

"对呀，咋了？"

"你还记得叫我去皇城山小三峡口卧底那事不？"

"记得呀，你不是中途当了逃兵，不干了吗？"

"不是不干了，是不敢，还住院了，吓的。"

"吓的？我可从来没听你说过，你可别诈我？不过，后来我叫人去看过，的确也没啥动静。也许我们真是自己吓自己。"

"说起来也丢脸，不说了。"

"你刚才说啥来着？'长征'烟？"

"是的，听你讲老峨山佛头案现场找到的'长征'烟头，我忽然想起那回你叫我去搞情报，记得那伙找电视外景地的南方人，有个戴鸭舌帽的男的叫冯导，似乎就抽这种烟，该不会男人就是你们要找的罪魁祸首吧？"

"要那样巧就好了……"文雄笑道，笑得那么惆怅。

"还是继续说你的佛头吧。"他也笑了，笑得那么婉转。

3.6 【吴哥】

文雄说，原以为作案现场拿到两个现行，案子该破了吧，谁知，事情并没有那么简单。老实巴交的两个老农民，竟然成为破案的障碍。

于是有了之前，打电话找蓝守玉出点子那出。

还有啥点子呢？打个比方吧。蓝守玉的比方，其实就是他曾经不止一次给文雄洗脑的那句话："要找亡羊，得先闻骚。"

话糙理不糙。哥们之间的玩笑话，文雄当成宝。蓝守玉还真的出了个主意："非对称信息战"。

按照"非对称信息战"的破案逻辑，文雄和他的兄弟伙，把菩萨照片，从文管所调出来，发布到各大古玩论坛，张贴到周边市场。

几天后，收到举报线索：有人好像在荣城一个文物市场"吴哥"的古玩铺子里看到过那颗男观音脑壳。

兄弟伙就赶到市场，找到"吴哥"的古玩铺。哪还有人呢，早关门了。又找行内人打听，找到下一条线索："吴哥"常下南边卖货，可能去南边了。

就带人南下。一个市场一个市场地跑，一个铺子一个铺子地捞。

在案发第四十八天的时候，兄弟伙终于在那条著名的好吃街上找到了佛头。

天老爷终于开眼了！

文雄立马叫上兄弟伙，去好吃街，扎啤随便喝。

几人去好吃街，找个酒吧疯玩。那夜，文雄忽然想哭，要再迟几天，估计菩萨脑壳就倒腾到那边去了。

那夜，文雄独面对岸的灯红酒绿，想象着风情万种。

佛头新主人，也就是好吃街上那老板，交代了"吴哥"的一过期手机号码。老板说，"吴哥"很狡猾，每次交易完，就换号码。文雄问，想不想立功赎罪？老板答，愿意，愿意。过了半月，老板来电话说，"吴哥"又找他了，好像有新东西要出。

"吴哥"很快落网。一到局子里，就倒炒豆子，肠肝肚肺都吐出来了。

事情并没有如此简单。要是这样就交差了的话，也没接下来的那么多鸟事了。文雄说他破了很多文物案，但是这次估计要栽。抓到的"吴哥"，就是个棒槌。"吴哥"说佛头是一个秃子卖给他的。那人的确抽"长征"烟。但是他却找不到抽"长征"烟的秃子。他说那个秃子从来都是"铩独镖"，一个人拿着货，到铺子里找他。秃子每次送货，烟抽得猛，拢共没几句话，很干脆。从来没电话联系过，除了秃子和一个无法印证的江湖名号，他无法提供更有价值的线索。他说秃子自称"兵哥"。

"吴哥"的交代让文雄十分光火："国宝就是让你这些贪心的家伙搞掉的！"

"警察哥哥，东西可不是我去搞的哈，我玩收藏，我是保护文物的。"

"这么说，我们抓拐了不说，还得给你记功？"

"记功不敢，我只是讲一个事实。你们可以去行内打听，谁花那么多钱，去买一堆没用的东西？你们说是不是？""吴哥"慢条斯理地为自己辩护。

"不服气是吧？"文雄吼道，"你自己说，谁这么傻呢？你当我们人民警察个个是憨儿？"

"我说的是我们这些收藏家是憨儿。"

"你才不憨呢！把销赃说得那么清新脱俗。"

"我又没让文物流失。"

"没流失，那去哪里了？"

"我咋知道？"

"你不知道，咋说没流失呢？"

"我是说，东西反正都没人敢弄出去。"

"哪不一定。有些人可能吃了豹子胆。"

"吃豹子胆也不可能弄出去啊。"

"为啥？"

"要过海关哩。"

"那……过海关的事情就不用你操心了。就说，服不服？"

这话其实已经把"吴哥"的嘴巴堵死。他不开腔了。

落网的其他几个团伙成员，也称不晓得"兵哥"的行踪。没有发现有攻守同盟的迹象，看来"兵哥"是个单干户。追查线索，到"长征"烟为止。

那几天，文雄的脸拧得出水来。专案组小兄弟就劝，头，这回没找到"兵哥"，但好歹辛苦几个月，打掉团伙，佛头也找回，算是大功告成了吧？

文雄想：也是，拖不起了，累了那么久。

几个小兄弟问，能不能尽快拴死案情，上报挣点破案奖。兄弟伙的想法不算过分。按理说，"兵哥"没找到，案就不能叫破，叫挂起，还得继续追。挂多久，可能永远都没下文，成为僵尸案。没下文，兄弟伙的辛苦，估计也就泡汤了。文雄觉得对不住起早贪黑的兄弟伙。

于是，有了打给蓝守玉的那个电话。

3.7 【羊粪蛋蛋】

文雄的电话，打断了蓝守玉的白日梦，只是他不知道，文雄找他是想赶在与文物官员摊牌之前，搞定一个私心：给组里的小伙伴们找点办案经费。

"经费不足啊，兄弟。"文雄当着蓝守玉的面，此地无银三百两，对天发誓。

蓝守玉不是第一次听文雄发毒誓。文雄的小伙伴们也不是。发了就发了，谁还去较真？即便后来因为童桐的事，纪委的专案组调查文雄，文雄没说私下处理文物的事，再说纪委也不会问。纪委有纪委的原则。什么头，带什么兵。蓝守玉相信文雄的小伙伴，也不会干落井下石的烂事。

从文雄天一句地一句的闲扯中，蓝守玉大致听明白了：最重要的案物，已经完璧归赵。这是整个佛头案的亮点。

"你们可以睡安稳觉了。"蓝守玉宽慰道。

"所以……"文雄的兄弟伙欲言又止。

"有屁就放，蓝老师日理万机哩。"文雄自己都觉得这话听起来好假，还没说完，就笑起来了，笑得很诡异，"兄弟伙还是那个意思……"

"哪个意思？"

明知故问。他其实一进门就看到了佛头旁边，有些不大协调的异样。

"佛头案得以破获，你是立了功的。"文雄吹捧道。

"无功不受禄，一没出钱二没出米，立啥功？"

"你不是说，要找亡羊，得先闻骚吗？"

"我说过吗？"他看了看文雄的兄弟伙，"我啥时候说过这种混账话？"

"你肯定忘了。"

"忘了？是吗？呵呵……"

文雄的兄弟伙当然懂得起，红脸白脸地唱开了："蓝总，这次真的要谢谢你。专案组在最困难的时候，记得你给我们提到过啥破案理念，后来才打开突破口的。"

"谢啥，我又不是菩萨，哪有那么灵验？你们才别进错庙门烧错香哦。"

"不会错的。"

"你们要烧就烧羊脑壳吧"

……

文雄和他的小伙伴们一脸蒙。

"佛头不是羊头。汤锅里的羊头黯然无光。剩下那匹红布，空空荡荡，老远都能看到它的招摇。"他慢条斯理地说道。

"诗人又来雅兴了？"只有像文雄这样的铁杆粉丝，才敢这样开玩笑。

"啥子雅兴，我就是一打酱油的。"

"你快别打酱油了，兄弟们这不眼巴巴瞅着哩。"

"那好，说好的羊粪蛋蛋呢？"

"羊粪豆豆。你先看这玩意。"文雄指着石佛菩萨道。

"豆豆蛋蛋不都一样。"他瞥了一眼佛头，"这不就是个羊头吗？"

"豆豆是黑色的，蛋蛋是黄色的。"

"稀奇，你还怕涉黄？"

"不过，也许这回真的下的是金黄蛋蛋。"

"羊屁股开眼？"

"哈哈，谁敢吹牛。你还是自己拿捏吧，羊粪豆豆还是羊粪蛋蛋。"文雄指着桌上那堆赃物，火急火燎，像在做大保健。

"再忙也得沉住气吧？这么早就来电催促，就为看个佛头？"

文雄用手指示意，佛头旁边，还有一桌子破碗。

他对佛头不感兴趣。那玩意，级别很高，却不怎么好玩。动不动一二级，小心吃不了兜着走。

他皱起了眉。

他一皱眉，文雄忐忑了："兄弟放心，那些乱七八糟的破碗，与此案无关。不过，估计也不是啥好玩意。"

他并没有表现出明显的兴趣。

玩碗盘子，有好多题目可做。地摊上的，土里吧唧，说它是文物，或许是。说它不是，就不是。连文物官员都没正眼瞧过。再说，那些"垃圾"，"砖家们"的口头禅，搞不好景德镇樊家井刚出窑，还没等到降温，就抹上了泥，去乡下埋"地雷"哩。咋能把"地雷"搬回博物馆呢？闹笑话，砸牌子不说，万一哪天炸翻天了呢？

专案组的小伙子，办瓷器案跑得风快，办造像案又像磨洋工。偏偏屏羌辖区里，就有"金三角"一角，几百上千佛造像的安全，仿佛一把把利剑。悬！

青瓷，有七八件。龙泉系，大都福建一带土窑口，两件稍好点的，北宋金村窑刻花。青花品相不咋的，"福"字，"寿"字，草率的卷云卷草，明早到空白期前后。若拿到市场上摆摊子，估个价也就几百。

东西都没怎么清洗，脏兮兮的，一眼地摊货。这就是文雄电话里说的羊粪豆豆还是羊粪蛋蛋？

问题在他的脑海里至少过了三遍。

他越拿得住气，文雄越不安："咋了，不行？"

他看了看窗外。

一个令人愉快的上午。他看到了躲在大院后面的郊外。

3.8 【文物案生态】

郊外，谁家的羊，安静啃着秋草。

羊屁眼没遮拦，边吃草，边拉粪蛋。路上也拉。放羊的娃，把羊绳松了，一边玩。玩够了，不见羊，顺着豆豆，又找到了羊。羊不会丢，除非它不拉粪蛋。

蓝守玉小时候放过几群羊。

文雄不一样，他的爸妈都在铁路上。他只晓得羊肉好吃。后来到了雪域，他还晓得羊肉要大块地吃，还不能白吃，得混着老酒吃，大块吃肉，大碗喝酒。转业到屏羌，哪回不是他把那些个兄弟伙给干趴下。文雄说，他能有今天，绝对是"酒精"考验。

等到终于喝到常务了……

一次陪市局下来检查的兄弟伙喝，喝麻了。

兄弟伙问，还喝？

他伸出一根手指。

兄弟伙问，再喝一杯，还是一瓶？

他摇摇头，说，NO，一直……喝……

兄弟伙也摇摇头说，一直喝，可能就真的到头了……

同事的话，像酒话，又像谶语。酒醒的时候，就琢磨，琢磨来，琢磨去，觉得哪儿不对劲……

文雄就在局党委会上提要求，说自己有酒精肝，老婆分居在江口，"每周一歌亚历山大"。局长问，你这啥意思，好像我们班子其他几个都在喝水一样。他说，他不是这意思。不是这意思，是啥意思？局长脸更黑了。他说，他只是想来点具体的工作。局长这才笑了，文雄同志实事求是，喝酒咋叫工作呢？班子的其他几个想笑又憋住了。

正巧，文物那头缺人了。他就从山上电站回来了。他从山上回来，一来"金三角"文物案频发，二来市上的督办组对屏羑的工作不满意，再则上山之前，他就是管文物的。他一走，文物案成了局里的副业。他一回来，副业又转正了。文物案跟别的刑事案不太一样，别的案讲抓人，他的案要是没把东西给找回来，就是把渣渣洼洼抓光，也没用。

梳理线索。各个击破。抓人，放人。然后再梳理线索……

直到把最后一件东西归拢。

东西要是轻轻松松就搞拢了，那么古玩市场也关门了。这就是目前文物收藏业界的原生态。

站在专案组这头看，抓人其实百试不爽，你见过几个盗贼是抓错的呢？只有抓漏的。而且，永远有条最大的鱼在外头。

所以专案组永远有抓鱼的兴趣。至于文物局那帮人，算了，那伙人也是站着说话不腰疼，还嘴巴臭。他便怼道，你行，那你来？纸上得来终觉浅，百无一用是书生。文雄有时觉得自己也不是屁话大过文化。

能抓一个就抓一个，已是文物的万幸。

比如眼下这个案子，"吴哥"是大鱼？当然不是。"吴哥"背后，还有个"兵哥"。"兵哥"的后头，还有"强哥"，"强哥"的后头，还有……

"哥"，一直是个传说。传说从来就没完没了。

"兵哥"现在还只是无法确证的传说。

再说，传说中的"兵哥"，就是真抓了又咋样？

很多时候，即便你把人抓了，文物没收拢，效果打折扣。实际上很多案物都难归位，不是被破坏，就是倒来倒去，不知所踪。直到最后，你都会自感很失败，总觉得，是不是还有条最大的鱼漏网……

搞文物案，搞到最后都是强迫症！

文雄也有强迫症。只是他还是个工作狂，一忙起来，强迫症就被压下去了。

妈的，老子偏不信了，你个芭蕉精，还搞得过牛魔王了？男观音案的第二拨督察组要回市里了，班子去送行，他端起酒杯就拍胸脯说，他要是三个月没把男观音归拢，就三个月不刮胡子，三年没归拢，就三年不刮。县局纪检组长笑着怼道，你不刮胡子，脸往哪放？局长一旁下药，是呀，你文局长不要脸，我们要吧？督察组的组长赶紧帮他下台，自罚三斤，自罚三斤……组长的作风，比上次骂娘的那个要亲民。组长是上级，上级永远比下级作风过硬。

看来文雄真的霸王硬上弓，把自己当牛魔王赶了。

即便如此拼命，局里上下还是把他当棒槌。哪个不知文物案是烫手山芋。大家都在等着他文副局长出洋相。

文雄不怕出洋相。三月不成，就三年。三年还不成，他妈的别说自罚三斤，三桶都成！

谢天谢地，不用自罚三斤了。找回国宝男观音佛头，就是一辈子不刮胡子，他也有脸。至于"兵哥"，抓不抓，还不是凭兴趣。

趁现在还有兴趣。

文雄说自己就是个粗人。粗人有粗人的办法。他说，对付"挖挖匠"，还得讲兵法——"兵者，诡道也""堡垒总是从内部攻破的"。妈的，要不还记得这几句，两年军校就白上了。

文雄的所谓"内部"，源于古玩圈的人脉。那些玩收藏的朋友，被他开发成线人。他对蓝守玉说，你的眼力最好，要不你也帮弄点情报……当然遭到了拒绝，至少在此之前，蓝守玉对文雄搞的那套有多靠谱，一直表示怀疑。

"靠不靠谱？"蓝守玉问道。

"当然靠谱！"文雄说，这回他太有心得了。文雄的心得，受蓝守玉"羊粪理论"启发。

"那你就悄悄烧高香吧。"

"为啥？"

"羊粪豆豆啊！"

蓝守玉说的"羊粪豆豆"就在眼前。但是，现在它们还只是一堆破烂。要成为"羊粪蛋蛋"，必须找到它们跟羊头之间的必要联系，顺粪臊摸那羊。越美好的，越易让人绝望。找不到羊，这一桌子的羊粪就没意义。羊粪很臭，搞不好羊主人没找到，把自己臭一身。羊粪是过程，羊头是目的。

"羊头找到，就立下大功。"

"就这破观音，还是男儿身，把专案组整惨了，省厅挂牌督办，市局重点过问，一百来天，没合过眼。"文雄像在自我表功。

蓝守玉忍不住想笑："不就个佛头么，看把人民警察累的，我要是上司，就给你发张奖状。"

"可惜你不是。要不然我早就干到局长了。"文雄悻悻道。

"别拉着个脸好不，人家还以为我欠你们公安局好多人情？要替你打广告不，拍个图朋友圈推一下？"蓝守玉拿出手机，似要真拍的架势。

文雄拦了："别、别、别……等东西离开专案组了，你咋拍都跟我没关系。"

"离开？你文副局长想转移国宝？"

啥国宝？办了几年案，文管所都烦了。说办案越多，他们越麻烦，坛坛罐罐堆了一大屋，省里来专家要么说东西有疑问，要不就摆谱。害得他们七上八下，文保经费倒贴不说，天天担心闪失。文管所那头也就算了，最多讨点埋怨。兄弟伙总不能一天到晚白忙吧。群众来个举报，出警不？偏偏这种案子，瞎子点灯白费蜡，好不容易拿回来点啥，文管所还没句暖心的。兄弟伙有多辛苦晓得不？年初局里端盘子，专案组除了人头，就剩下几十万专项，打发讨口子呢。出几个现场估计就没剩下几个毛毛了。就像佛头案，前后跑了两个省会二三十个三四线城市，数十个古玩市场。交通费、电话费贴了一大堆不说，兄弟伙还天天泡面对付。文雄也是满腹牢骚。

蓝守玉开玩笑道，瞧你这副卖穷相，演小品吗？文雄道，还别说，一上台，我这张笑星脸就值钱了。蓝守玉道，是呀，带酱油的那种，还不用发酵。

文雄也自嘲道，你说我的脸黑嘛。蓝守玉笑道，哪是黑呢，这叫男人味。文雄道，那倒是，不过蓝老板的小白脸，更合中年妇女的口味。

真不愧屏羌警界一张嘴。蓝守玉见文雄贫嘴，也心照不宣："那就别绕弯子，不说羊头，说羊粪？"

蓝守玉对羊头不感兴趣，那些东西别看没啥，在文物专家和公安的眼里，可是重要的案物。很多"挖挖匠"和倒腾古玩的，就栽在上面。

"羊头过两天才通报文管所和有关媒体。到时候，你看报纸。"

说到羊头，文雄眉飞色舞。羊头是他即将要摆上台面的政绩。蓝守玉明白，文雄找他来，羊头不过一张面具。

他们的默契，指向了羊粪豆豆还是羊粪蛋蛋。

蓝守玉问："那，就说羊粪豆豆？"

"我喜欢快刀斩乱麻。"文雄挺爽快。

"就一堆垃圾。"蓝守玉没有动那些东西。

文雄并没有察觉他惯用的声东击西。其实，他一进门心里就已有数：羊粪堆里真的掺了一件黄货"羊粪蛋蛋"……

第二章 守玉

4.1 【绝世的甜白】

白瓷撇口盏，薄得揪心。周围的垃圾更衬托其与众不凡的气质，只有像蓝守玉这样对古物有着特别敏感的业内大行，才能觉察到。

他不动声色。胡乱翻看的时候，即便不易察觉的细节，也已了然。

麻仓土胎。薄如纸，甚至能照见影子。据说，看甜白瓷，需对光照影。他不会那么做。单独挑一只盏对光，还看那么仔细？这不是明白告诉自己的关注点么。货主可都是绝顶聪明的高手，你一个动作，或已把心思暴露。

就轻描淡写地翻，还闲聊。一副不经意的模样，其实早已从土黄色皮壳里，看见两条隐约的赶珠龙纹，透着王者气象。因为是印花，不特别细看，还难看真切。看宋元明清瓷，他虽不是一等一高手，也算见得多了。就想，如果不出意外，两条龙应该五爪。无款？因为无款，这玩意才得以安全地混迹于一堆杂乱的瓷器里。

金蛋包在羊粪里。其貌不扬的羊粪。绝世美女，混迹于众。见多了美色，个个如复印，灰姑娘排除在外。王子的眼神，宛若月色的邂逅。

多年以后，蓝守玉不无遗憾地讲述，那天他差点就失去定力。

心情自是忍不住地激动，美女就在眼前。唯一能做的，把目光移到别处，看向窗外的风景。没有谁能看透自己，两眼迷茫，除却一湖秋水，什么也不曾留下。手指跃跃欲试。最终没有伸手——依旧故作镇静。想象距离正在缩短，肌肤如玉，脱胎几乎达到纸的薄。它叫纸杯吗？

昨天它还是栊翠庵的尤物，连宝玉也要高看几眼的妙玉，为何独对一件其貌不扬的器物动情？

他想到一句古诗，只恐风飘去，还愁日炙销。

果然，那盏比诗歌还轻盈，以至于不敢捧在手上，担心不小心呵气吹掉。从陶瓷工艺来讲，薄是一道修胎的门槛。修得这么薄的，他还是第一次见。还好，他把持住了。

的确无话可说。只惜缺了盖，若不然也可约个姑娘，把盏言欢一番的。即便如此，也依旧不改它的血统——那来自于明初御窑的显赫气质。

它是不是应该叫做甜白暗印双鱼龙也就是摩羯鱼纹盖盅的？

蓝守玉说宝玉或是个脸盲，对于女生的颜值有审美疲劳。他说这话是在一个小年轻群里。小年轻们笑他，这么耳熟，呵呵，哪照抄来的？他不语。小年轻们又问，那你也是脸盲？他还是保持沉默。

也许他是对的。就像那些大佬，身边美女如云，却不知妻美。还有宝玉，大观园美女一大堆，看多了，就糊涂。小年轻们问，你确定妙玉最绝世？他摇头。宝钗吗？仍摇头。那就是黛玉了。还是摇头。在他眼里，肉身的女子，即便求得神仙美貌，又能如何？世俗的污染，那么汹涌！

很多时候，颜值并非幸福的指标，更可能陷入某种无辜。

就像眼前，那一刻，他真的有些揪心。每次读到姑娘们陪贾母喝茶那一回，就提心吊胆，顾虑老太太和姑娘们，大大咧咧，不小心摔坏，暴殄天物制造人间悲剧。他一直认为器皿甚至比人金贵。

心跳不止，也头疼。他说，头疼的隐疾与生俱来。

宝玉、黛玉、妙玉、宝钗们喝茶的瓷杯，已然眼前。绝佳的器皿，自己会说话。不过，能听懂瓷语的，凤毛麟角。蓝守玉说他能听懂。此刻，若在瓷房里，他一定会停下手里的活，一个人安静地守候跟前，任由它，不，是她，是他们——双鱼座的自述，与双鱼座的接纳。

曹雪芹眼里，大观园的小姐和丫鬟，个个一等一的美女。

蓝守玉说他没曹大师境界高。大师可是对天下的女人，都怀一份小心的博爱。她们都是绝世的。问题来了，大师眼里，就没钟情的那一个？

还真有。

大观园女儿堆，要说谁最绝世，不是妙玉，也不是黛玉和宝钗。

是那一只超越世俗的甜白茶盅。

此刻它就在眼前。

没有了呼吸，像被谁施了定身法术一般，恍若隔世！传说中的爱情，从天而降？

魂魄早飞走了……

4.2　【守身如玉】

眼不见，心不烦，有时候也是一种语境。

交流的对象不懂幽默，一群照章办事的文物警察。

"这些东西文物局来人看过了吗？"蓝守玉问道。

文雄说，打过电话，人家以为弄到国宝了，一听是一堆烂普货，态度立马转了一百八十度，还嘲笑说我们捡垃圾。你个文物局，吃这碗饭的，兄弟伙是抓人拿赃的，你问我，我问谁呀？牢骚归牢骚，文物法管着呢。一个烂碗一个烂碗地把图发过去。文管所的人研究了半天，打电话过来问东西咋来的？咋来的？我要说是挖出来的，你相信吗？我要是说了，那就是做伪证，没有证据证明那东西是挖出来的，证人没有，供词也没有。完全无凭无据，我们凭啥说是挖出来的？只好如实回，说是兄弟伙办一个案子，从嫌疑人家里发现了，感觉蹊跷，顺手就弄回来了。人家没好气了，有屁用，一堆烂货，还当宝。文管所显然不耐烦了，要挂电话。赶紧解释，那是家老实人，摆地摊生意的，看那些东西涂有新鲜泥巴，辣眼，就联想会不会出土的？话还没说完，对方先说了一句少见多怪，在丢下两个字"垃圾"后，把电话挂了。兄弟伙郁闷半天，这是热脸贴冷屁股，找骂啊。

他任由文雄发牢骚。

"我们少见多怪，你也是专家，你见多识广，你也说说，这是'垃圾'吗？"文雄愤愤不平，拿了块瓷片，在蓝守玉眼前晃了晃。

"首先，我澄清你的说法，我不是啥专家。专家是骂人的话。他们才是专家。东西是国宝，还是垃圾，人家说了算，你上火也没用。法院不会听你的，也不会听我的。"

"他们只认得佛头。这下好了，吃力不讨好，他们说是'垃圾'，那就像医生下病情通知，这也好，省了好多事。"

"你明白就好。"

"把佛头找回来，他们高兴，兄弟伙的差也交了。"

"那你还没事找事？"

"我们不是吃不准么。"

"这叫交学费。"

"所以才拜你为师嘛。"

"说正题。这些东西，要站在文物价值的角度，文管所说的，没错。就算它对，也就是几个粗瓷烂碗，不值俩钱。"

"这么说，你也认为是'垃圾'？"

"最关键一条，你根本无法证明东西是出土的。"

"不是在嫌疑人家里搜来的吗？嫌疑人有问题，这东西不就有问题？"

"那是你们办案的想当然。你说了，那家人就是摆个地摊的，这里买，那里卖，连嫌疑人自己都说不清楚东西的来头，就算文物局人拍胸脯说是出土文物，没有嫌疑人的口供支持，你能办人家的案吗？法院认的是证据。"

"怎么说，你也不感兴趣？"

"你说呢？"蓝守玉反问道。从他轻描淡写的口气，似乎真对这一堆"羊粪"无视。

"这样吧，我们之间来往，也不是三回两回。你再帮我们掌一下眼，看看到底有没价值。只要你说一句有，不管有没有，我们都给文管所那几个大爷送过去。要是连兄弟也看不上，你就拿去处理，一来东西在你手里，我们放心，你是收藏家，保护文物嘛，当然如果多少能给我们变点办案小费，就烧高香了。你晓得，办这种案子，卖力不说，几头不讨好。"

"你把我往火坑里推吗？东西是从嫌疑人屋里搜来的，你就不怕人家告你们？"

"这个你放心，东西是嫌疑人家属主动叫我们拿走的，说那东西不吉利。"

"就算如此，文哥，我的原则，你也晓得。我名字就是'守'，守身还守法，从不碰啥案物。不过嘛，你这一堆垃圾，来历不明，别说文物局看不上，连地摊贩子也难得看一眼。既然文管所没兴趣登记，能不能作案物标的都存疑。不过，你文副局长代表人民警察，找我解决点具体问题，我要是不帮，也说不过去。"

"那是，那是。"

文雄示意，一个小警察赶紧递上烟。蓝守玉本不抽烟，这回却没拒绝，接过点上，夹烟姿势，女里女气，他自己看着都别扭。几个小警察开玩笑道，看你这架势，跟一个姓汤的女明星学的吧？

他没有搭理。挖坑哩，一搭理就被埋了。"小油条"们说的明星，出演了一部电影的女一号，给汉奸当了情人。

他继续表白，说了一堆，无非就是说，帮专案组处理这玩意，他很不情愿。

"这回嘛，确实不咋样，行话讲，普、烂、脏。拿到地摊上，两百元一件喊，估计喊半年也不见有谁还价。要是拿去省城，找两个二五眼，说不定会鉴定成国宝，啥宋汝窑、元青花之类，还给你弄个洋歪歪的证书。拿回来，算在嫌疑人头上，那可是两三年以上的牢饭。你们这样做，对公，对当事人，都好。"

"兄弟文化人，说话水平就是高。我们办案人的心眼，哪个不是肉长的，对啥人心要硬，对啥人要软，还是有数的。"

"与文化没关系。弄点经费弥补办案，嫌疑人还少关几天，再说文物局也懒得料理。你要知道，他们连自家库房里成堆的正经出土货，都看不过来，要人没人，要钱没钱。"

"所以，才请你兄弟出面。你是菩萨嘛。"

"你还别说，有人就说我是菩萨。去年西康茗山县文管所找到我，叫我帮忙，拿几件东西，解决两个下岗文物协管员的问题。他们拿出一件疑似元青花牡丹纹梅瓶，让我看，说东西也是公安局那边送来的。之前地摊贩子已经转手了好几次，再也确认不了东西最初的出处，定不了性。拿到荣城博物馆，专家说东西出处不明，不同意以文物登记。入不了库，公安局又不同意收回，犯人还押着呢，收回去，不是没事找事？因为有熟人介绍，我看东西可疑，既然专家不认，也不能当元青花买，就象征性给了二十万元，下岗的两个员工拿了钱，一次性走人，茗山县文管所从此把我当活菩萨供。你们不晓得，据说那两个文物协管员，之前就下岗问题闹了两年，一直没落实。"

"你做了一桩好事。"

"屁话。"

"你就是那两个下岗文物协管员的救星。"

"才说了，屁话！救星这种话也敢乱说？"

"乱说了吗？"

"没有，好像茗山县文管所的人还真这么说的。"蓝守玉想起了几年前的那个牡丹纹青花梅瓶。在蓝守玉眼里，那就是件元青花真品。

不过他说了不算。公家的东西，陶瓷专家说了才算，你有一千个理由说他真，人家也不会听你的。办案的警察要负责的是东西来路。瓶子来路，案宗里能提供的信息似是而非，谁也不敢确认。文博专家不认，也正常。他们能上手研究的到代整器，太少。专家要是敢认，倒不正常。他们怕洪水猛兽，那来路不明的瓶子就是洪水猛兽。现实打乱了专家们的认知秩序。他们的臆想里，似乎认了那瓶子，第二天就会有爱好者抱来成百上千件，还都长得一个模样的。这不傻眼？总不可能都花钱买回来，一件一件地慢慢研究吧。再说研究明白了又能咋的？

京城那拨大专家说了，老百姓手里没元青花。这话把民间藏家惹火了，你博物馆不要，还不兴我要了？博物馆专家乐的，你几个"土豪"，爱咋弄咋弄吧，要真是元青花，也算自费保护文物了。

蓝守玉就这么想的。掏钱交学费，天天买，天天摸。一摸，经验说不上，情感上来了。后来那青花瓶子流转到别处，他也没按元青花转，四十万，价虽不合元青花的身份，也整个翻番了。果断出手，买的人也图便宜。没法，中国疑似文物的现状明摆着哩。

"只是还有个问题，这些'垃圾'，真的与那佛头案有没有关联？"蓝守玉很小心。他不能触碰自己的底线。

　　"不好说。东西是在一个老汉家里搜到的。这个老汉在佛头案里，扮演的是民工的角色。"

　　"民工？"

　　"从目前审讯的情况看，涉案有一个石匠，一个老头，都是以民工的角色，暂时客串了一回文物盗窃未遂嫌疑犯。老头或有其他嫌疑。老头姓石，叫磙子。"

　　"有啥其他嫌疑？"

　　"不仅他有嫌疑，他还有个养外孙郭大林，小名墩子，又叫郭墩子，似乎也有嫌疑。"

　　"推理还是猜测？就凭你们从他们家搜出这一堆出土破烂羊粪豆豆？"

　　"直觉。他没说清楚破烂的来历就有嫌疑。再说，他养外孙并没有同我们照面，协助调查说清楚问题。"

　　"你们的直觉？呵呵，我不发表意见。人呢？"

　　"跑了。估计在暗处看到我们带着老头到他家，就跑了。屋里搁的坛坛罐罐没带走。人还没抓到，也不知道跑哪里去了。"

　　"他爷孙俩没参与弄佛头吧？"

　　"没有，老头是石匠喊去的，还没下手，被抓了，典型的法盲，现在还关着。我们给老汉说，等他养外孙回来找到我们后，就换他出去。"

　　"老汉同意了？"

　　"没有，老汉说要坐牢自己坐。护犊子哩，他护的是养外孙。"

　　"你们不能仅凭这一堆破烂，就让老汉坐牢。"

　　"没有。我们只是等他养外孙郭大林回来说清楚。不说清楚，他的问题就是个问题。你知道的，问题有时候是自己说清楚的，有时候又说不清楚。"

　　"究竟是要他说清楚，还是不说清楚。听你们警察的话，像紧箍咒。"

　　"呵呵。我们可不是唐僧。没耐心念那玩意。"

　　"这么说来，你们现在还无法定性这一堆东西的来历？"

　　"对。老汉交代说，他做地摊生意，东西从市场上买来的。也没咋追问。你要知道，我们一般是一案归一案。牵扯出来的其他案，定性也需要证据。不然，上了庭，辩护律师问几句，就哑了。疑点问多了，漏洞也来了，上头还会说我们乱整。"

　　"呵呵，你们办案也难。这样吧，也不是头一回。这一堆，放市场上，跟垃圾没二样，放你们这，的确麻烦。那我拿回去，研究研究？"

"就是这意思。研究研究，再说。"

"算替你们保护文物了，我再不要，东西几不管，说不定藏个啥国宝，被破坏了，你我一辈子不安宁。"

文雄兄弟伙就都说，那是，那是。

蓝守玉拿出一沓钞票，想了想，又数了二十张出来，放回自己包里。"这回，给兄弟这些个辛苦费。本来想给兄弟伙几个凑整数的，觉得不值那么多。"

"够的，够的……"文雄脸都差点笑烂了，赶紧叫兄弟伙收起来。

蓝守玉也没叫他们打收据。又不是第一回了，都懂的。

小警察已把一桌子羊粪，装进一纸箱里。

临走，文雄又对蓝守玉说，能不能帮忙，利用他在古玩界的特殊身份，暗地里帮忙找找抽"长征牌"香烟的秃子"兵哥"的信息。

不当恶人，是蓝守玉在圈里立足的底线之一。他给文雄打气，承诺适时帮他物色一个更可靠的，推荐给他做线人。只要文副局长讲信用，找到"兵哥"线索，应该不算啥问题。

4.3　【黑土】

两人寒暄罢，蓝守玉拎了箱，钻进了"黑土"。

坐上车，赶紧拿出甜白盏，至少欣赏了半个小时，心脏那儿七上八下，突突蹦跶。最后才拿出手机拍了图，盏留在皮包里。驾车回三江，直奔古玩街，找到一地摊贩子，把纸箱扔过去。贩子一看，说现在老普不好卖。蓝守玉道，没关系，不要你钱，白送，行不？贩子还没听明白，蓝守玉已上车走人了。

"黑土"真的像黑土鳖，一哧溜从街头滑过。这或许是今天从三江古玩街头滑过的第三条土鳖。每一天，古玩街都在上演着一些土鳖和小鱼渣渣的悲喜剧情，不是土鳖大嘴巴一动小鱼渣渣连骨头都不剩，就是小鱼渣渣群起蚕食惊天逆袭。土鳖和小鱼渣渣就是古玩界的猫和老鼠的游戏生态。捡漏，吃药，吃药，捡漏……故事被一遍遍演绎，成就长盛不衰的人气。

蓝守玉给文雄打了个电话，再次询问那老头家的事，东一榔头，西一锤子地问，问得文雄丈二和尚摸不着头脑。

他需要那个老头家的准确地址，这是问题的重点。文雄的回复让他莫名的兴奋和纠结。

又是传说中的龙隐古镇！

街头人来人往，太阳差不多要把那些坛坛罐罐晒化。

木樨蒸。

这个秋天最后的酷暑。

4.4 【荔枝味的吻】

最后的秋暑，放大了窗外流行的丽影。

一如既往地一本正经，一本正经地瞎忙。

男老板们就一本正经。"没空，我们掌柜的很忙的"，几乎成为秘书接电话的指导性用语。

女诗人也在一本正经。诗歌被她们当宠物养，更可能是男宠，而非像"京哈"一样的伴侣狗。

晨曦，慢慢地臃肿，直到拉出两百行。晌午！别了，春宵一刻值千金。已是夏天的尾巴，昼的短长或也暧昧不清。下午，说好去看红叶的。

还未见秋色。

就冥想吧。冥想晚上，没有酒吧，却可以吟诗，吟那种大尺度的诗歌，"两百行"，据说正成为民间诗人的标配……

心累……

女诗人的午后，过滤掉性别差异，剩下竹林七贤的行为艺术，晒裤衩的晒裤衩，捉虱子的捉虱子……

男老板和女诗人们的瞎忙。还不能说人家不是一本正经。

蓝守玉忽然有种自我解剖的忏悔感。自己就一半闲人，忙又算哪门子？

逐渐丧失对季候的敏感，在随后的三百六十五天，他经历了逆生长，从秋天到另一个秋天。

此刻夏秋交际，有些奢侈，也有些恍惚。

还是双鱼座男人实在，冷也好，暖也好，皆已看透。春看蝶戏虫，听欸乃声；夏看鸡引子，听煎茶声；秋看蛛布网，听木鱼声；冬看鹊争巢，听棋落声。倘若退回去五百年，此男人就是爱青花也爱美人的朱瞻基。

现在呢？蓝守玉说，他也是闲人。都是一年三百六十五天日日闲，闲跟闲不同，欲寻得各种好看，各种中听，已属稀缺……

木樨蒸，热成这样，来闹心的？

罢了，罢了，不爽没关系，总算还能由着性子诅咒一回。

刚过三十五岁，肚腩就使劲往外挤。肉多，不经烤。一入暑，就上火，一上火，就不想出"守玉楼"。

　　"守玉楼"是蓝守玉的古瓷会所。他最喜一人独处。好像有谁说过，独处能提高思考力。热昏头了都，思考个屁？就吹空调，吹完空调，恹恹欲睡……

　　冰冻荔枝……一骑红尘妃子笑……六月的岭南荔，八月的泸戎荔……

　　喜欢的美人，喜欢的荔枝都在脑子里过了一遍……

　　那个午后，他的额头不再疼。醒来觉得那梦甚是奇。真是善解人意，没荔枝吃，有荔枝梦，也是有福之人。

　　既然梦好，该不该表达一下？写诗，还是？写诗还不够坚决，发毒誓吧——明天，让她把自己降了！

　　关于她是谁的问题，也就是臆想。

　　对"单身狗"的生活，早烦透。

　　一早起来，书房多了泡沫冻箱。啥情况？又有人送东西来掌眼？

　　赶紧打开，竟然是荔枝！

　　坏了，别真来个丑女老姑娘……转而又骂自己，发啥神经，想多了？

　　这几日，除了盆地西南最后的晚熟热带水果，哪来荔枝？管它呢，先下火再说。

　　箱子包装俗便俗了点，怀揣的果子却惹人爱。一口气吃了十二颗，月月红。

　　吃着吃着，一股子好怪的清新就来了。

　　吃着吃着，咬荔枝的小嘴巴就来了……

　　说有个小女孩第一次跟男生快亲上的时候，脸皮突然抽风式地僵住……

　　女生赶紧闭嘴，从包里掏出三颗水果糖味，草莓味、苹果味、荔枝味，让鼻尖前的男孩挑。

　　男孩纳闷，干吗哩？

　　女孩说，吃啥味？

　　男孩随便指了指荔枝味的。

　　没等说完，女孩已把荔枝味的糖，塞到他的嘴里，然后一把扯过男孩的脖子……

　　全过程一股清新香甜，柔软绵长的荔枝味。

　　女孩说，人生那么长，我没自信能让你时时怀想，只能让你记住你和我的初吻，是荔枝味的。

　　后来，两人分开了。男孩从此闹了个毛病，给荔枝和荔枝糖果较上了劲，见不得，又戒不掉。后来，男孩又交过两个女生，小女生自然忍受不了满嘴的荔枝酸馊。终于有一天，他决定去找荔枝女孩，想象一起吃荔枝、荔枝糖的模样……

再后，各种烧脑子的结尾。

左手荔枝味道，右手想入非非。不得不佩服，现在连初恋都满满的套路。

只这一大早送荔枝，几个意思？

这么想着，他的脑壳忽然有种被闪电击穿的感觉，几天前那个午后白日梦里所闻"利子""利子"，竟然在这里……

"荔枝"！

我是不是太他妈聪明了！他拍了下就要褪光的脑袋，兴奋啊。他几乎是容光焕发地来到了二楼茶坊。

几个服务员嘀嘀咕咕，盯着童桐窃笑。童桐没理他。童桐是蓝守玉的表妹，茶坊领班，装着没事的样儿，继续扒拉会所的流水账表。

难道是……自己咋那么糊涂呢……还发毒誓了！哎呀……

人生就是这样，凡事都要给自己留条退路，万不得已也不能发毒誓，发了毒誓，真要死人的……

老家的人都说，女生不可主动送男士荔枝，男士也不可主动吃女生送的荔枝。男的要吃了女的荔枝，那恭喜你，人家意思明摆着哩。浑身都是汗了……

不收也收了，不吃也吃了。那么好的果子，毒誓又兑不现了。赶紧回到三楼，发个朋友圈吧。既然没法兑现毒誓，那就退而求其次，写个歪诗，总不能白吃吧。

诗写成了这样：

> 有一种夏天，
> 叫春天。
> 重碧拈春酒，轻红擘荔枝。
> 她的红唇，乱了夏；
> 她的薄命，如春逝；
> 她的味道，
> 是难耐之夏，想象欲动之春。
> 有一种夏天，
> 若不是荔枝，
> 它就是夏天。
> 想想多么沮丧。

原来荔枝，只是复活一时之春意，

贵妃，也未彻底逆转，

这一辈子的凑合！

为了不想让人产生不必要的联想，还特意配了电视剧里的杨贵妃剧照，娘娘印堂上有颗红透的土豆妆印。

有些洋洋自得。这下好了，隔空喊话，又不至于叫人把诗想歪。

谁想到童桐第一个冒上来质问。啥品种，晓得不？唐朝的贡荔"妃子笑"，后改良，名"红粉"。闷心吃就算了，还贴个骚图恶心。缺心眼你？

又错了……

懊丧至极。此番情绪，一直持续到接下来的立秋和处暑。

入秋后的几场透雨，不紧不慢，正适合给夏天烧坏的脑子浇浇水。会所的生意越来越清淡。童桐不满了，数落一天到晚，不管不问。给她如何说？一个二流闲人，还忙，那不成了笑话？没有八小时，也不存在双休日。说自己正做白日梦，还梦到"利子"？

对了，有了！哏在"利子"这哩。

该不是要找谁结婚生子了？

5.1 【"娘炮"和"辣条"】

蓝守玉的聊天群，最近好似多了几个理工男。他们的话题，往往来得冲："老哥，女朋友说她喜欢暖男，不喜欢'王者农药'，她们是黑暗生物啊？"

典型的"90后"直男语境。

"那是你没有教她玩。"

"教她玩？那还不被她骂死？！"

"哪个品种的男人是骂死的？"

"听说过'娘炮'没？"

"听过啊，骂人的。"

"这不就对了。"

"为啥？"

"'娘炮'不就是被骂死的吗？"

"那是'辣条'们骂的，跟你女朋友没关系。"

"老哥，你也是'辣条'吗？"

"这个……话题嘛……且算且不算吧……"

其实，他也很想是的。生姜老的辣不？辣，才有味道。男人要雄得起，即使被女生拿扫帚赶来钻床脚，钻就钻吧，钻了就不出来，为啥要听老婆的，喊钻就钻，喊出来就出来？男子汉，大丈夫，能伸能屈，说不出来就不出来。对不？

显然这是理工直男愿意听到的"80后"冷笑话。

还有更冷的：一个男人能把一场平庸的婚姻，坚持十年，他叫男人；坚持二十年，他叫好男人；坚持三十年，他叫大男人；但是坚持终老，却不叫男人，甚至连人都不是了……

理工男着急："不叫人，叫啥？"

"男神呗！"

"瞎掰！"

小年轻们一哄而散……

瞎掰归瞎掰。仔细想想，哪里瞎掰了？

他自己就是个非典型案例。

蓝守玉的爱情，其实是给一场初恋害的。青梅竹马的初恋情人施云，同窗多年。大学毕业，施云去荣城，他回老家屏羌，婚也试了，最终只落一枕头。

他的案例，作为反面教材分享给小年轻——"床不过三"，意思是上床不能过三年，要么结婚，要么分手。

小年轻们纳闷："哪个世界的规矩？"

他说："'80后'文艺青年世界。"

小鲜肉们笑："好青年的世界。"

该他纳闷了："这还好啊？都差点祸害人。"

"上个床要熬三年，你已经是好人中的好人了！"

……

这是他被理工直男坑得七窍流血的一回。

5.2　【双鱼座的男生】

落枕头是蓝守玉与生俱来的毛病。在山上弄水电站项目那会儿，又给闹凶了，失眠、怕枕头。

枕头病，枕头医。再好睡的枕头，都不能入睡。就弄硬的。还真淘换到了一磁州窑枕头。枕上有宋人手书对联：人生百年常在醉，不过三万六千场。诗句的字面意思接地气，人一辈子活一百年算长寿吧，又能咋样？天天醉，也不过三万六千场。

三万六千场，打发一辈子。

刚学着上网那会儿，给自己取了个嘚瑟的网名："守玉楼主"。

小年轻一听乐了：柳下惠？自我洗白？

他疑心小年轻们又挖啥坑。

有个学历史的小屁孩建议他当初就该把"守"字去掉，说有此地无银的嫌疑。

蓝玉？那不是明朝监守自盗的大造反派吗？

造反派好啊！小年轻们异常兴奋。

小年轻们的话，让他激动得赌咒发誓：儿子才是造反派，孙子才是造反派……

他说他后来改名叫"青楼天子"。

"青楼天子"的网名，是从赵佶那偷来的。赵佶有名无名的老婆，一共六百四十七个。老婆多了自然忙。一忙，就烦，老想着忙里偷闲，到青楼里找枕头睡。

"咋不上天？不采白不采，采了也白采？想啥哩？"女友施云没好气了。

"咋会……只不过想借宋朝皇帝，讨个枕头，睡个囫囵觉，着啥急？"

"不着急，招人恨！"说这话的是景德镇师姐柳叶萍，"想学瘦金体，也照照镜子，就你这体型，也不支持啊。"柳叶萍开涮道。

至于吗，就一个网名而已。蓝守玉决定一段时间不再搭理施云和柳叶萍。

闭门思过。叫啥不是叫，偏叫个"青楼天子"，让两个女朋友闹这么大动静？

后来与小年轻们交流，谈了自己的反思。小年轻们起哄：最后还不是从了吗？老话说得真准，好男不跟女斗。

真是从了。赵佶，本来也不是个好鸟。那换啥名呢？想来想去，最后决定叫"双鱼座青花"。他继续给小年轻们吹嘘，当年抛弃那两个名，改为"双鱼座青花"是他的神来之笔。

还神来之笔？你那点小算盘，蒙别个呢，施云没有直接戳穿他的白日梦，因为给他留面子。柳叶萍呢，被"双鱼座"弄迷糊了，好在见着青花，就过了。男人嘛，不能让他脱得底裤都不剩。都把男人逼去走自己的路，女人自己也无路可走了。

"双鱼座青花"第一次上线，柳叶萍收到一连串青花双鱼。他的解释是，青花鱼相当于玫瑰名品"蓝色妖姬"。柳叶萍直接怼了句，我有那么俗气？

柳叶萍说她这个师姐不是白当的。饶州之南陶瓷美术学院的高才生。某个清晨，她听到有个文艺青年，独对水光山色，大声吟诵道，你或是双鱼座了，生于饶南玉树临风的男神，你是为我蹈火吗？

蓝守玉是柳叶萍的师弟。他没有读过陶瓷学院，到景德镇，是拜青花大师赵青花，学习高仿。他在师傅的工作室，见到师姐柳叶萍。

天上掉下个柳妹妹……戏里唱的《红楼梦》第一回。林黛玉貌若天仙，瘦比风柳，那是曹雪芹的虚构。柳叶萍呢，模样属于情人眼里出西施那种，漂不漂亮，都是个人真实感受。柳叶萍说，她不是柳妹妹，是柳师姐，只是她真的瘦。

瘦就对了。符合自己的审美。那天晚上，蓝守玉翻来覆去睡不着，就写诗。一写，果然有灵感。拿着手机念，感觉自己快飘起来。多年没弄文艺，手艺竟然还没退步！相当自恋。

高岭和瑶里就在美院旁边。那儿有数不清的古窑遗址，常出土些瓷片。他和柳叶萍偶尔去捡青花。

世间，有没有"心有灵犀"不重要，重要的是，他敢把"心有灵犀"的期待说出来。

从此，他叫"鱼哥"，也叫"青花哥"。

他在雅艺网发帖，研究各大博物馆陶瓷馆藏，疯狂"灌水"，"鱼粉"一天天看涨，终于造就古玩网站顶级专家"双鱼座青花"的鼎鼎大名。

现在叫专家，就是骂人了。不看不知道，外面世界太精彩。好为人师者比比皆是，行家专家满天飞。一上大街，稍微不注意，踩上一个人的脚后跟，那人抬头，正要骂，一看，挺面熟，你，你，我想起来，在电视上见过，那个……某专家……

蓝守玉喉咙有些痒……某专家……一炮走红，正走上坡路……或许就在某个频道的屏幕上……

后来，蓝守玉常去聊天群吹嘘，前些年还真上过荣城电视台的鉴宝节目，好像拿了件双鱼青花宫碗去。后来的事，地球人都知道了。

5.3 【像雾像雨】

"双鱼座青花"一举成名。

人怕出名猪怕壮。人一出名，就会被当靶子。猪呢，壮了吃肉。现在要掉过来，猪怕出名，人怕壮。人怕壮好说，红眼病，有几个臭钱就拽，不收拾你，收拾谁？那猪，出名有你啥事呢？这话不对，猪也好这一口，蠢蠢的样，要让它得到机会，各种短视频平台上露几回脸，流量就长翅膀了……

流量是猪的想象力。

"双鱼座青花"，是蓝守玉的想象力。

蓝守玉在三江古玩街，那就是个关于猪的想象力的存在。只要他一出现在市场上，藏友们就会满脸堆笑，鱼哥，最近没见你来，是不是又淘到啥宝贝了？碰上几个好事的，天南海北，胡扯一通。一说倒腾古瓷，他的嘴巴像糊了糍粑。没有人知道他的生意做到了啥段位。就猜，肯定不在业余了，专业六段，应该有的吧？猜归猜，有人不服气。不服气又咋样，人家一身硬装备，又咋说？黑色的"英菲尼迪"城市越野，能在三江城最好的路段，换两套两居室还是三居室的。再说人家也不在乎两居室还是三居室。人家玩的自办会所。江边那个小众会所，经常有一群高颜值小资女友出没。传说中的红颜？就说会所那名字，"守玉楼"，啥来头，你想，使劲想！

飘飘荡荡的"双鱼座青花"。像雾，像雨，又像风。

坊间传得最盛的，竟然说他靠傍上某富豪港姐，还把那只疑似明早期青花宫碗送了伊人。这件事没人说得清真假。反正富豪姐把青花宫碗拿回了香港。奇了怪，明代官窑能出境？据说出境把关的文物官员，连疑似的身份都没给，问得轻描淡写，地摊上还是工艺品店拿来的？港姐回答，内地陶瓷朋友送的。陶瓷朋友？他干啥的？她依旧轻松地回道，玩官窑的。玩官窑的？文物官员忍住没笑出来，直接就放行了。

当然这是来自坊间的话本。不管怎样，反正蓝守玉开上了黑色的"英菲尼迪"城市越野。

给你的坐骑取个啥名呢？童桐问他。他反问，别人咋叫这车型的？童桐道，网上都叫"鲨鱼"。

蓝守玉就道，还是低调点，"黑土"吧。

童桐一听，笑喷了，看宋丹丹看多了？下次碰上个白色的，难不成叫"白云"了？

蓝守玉道，白云好，纯洁、缥缈，最好是个女生开的……

蓝守玉开"黑土"，四处淘换官窑的事，在圈子里煞有介事地传开。

有人甚至说看见他和富豪姐，在"守玉楼"喝交杯茶。蓝守玉就笑，顺水推舟，一本正经地跟小年轻们吹上了，喝过就喝过，有啥，喝的"大红袍"，边喝边练功哩。说得跟真的一样。

还"大红袍"，还练功，我看是"大红炮"吧……小年轻们唯恐天下不乱。

蓝守玉半推半就，就是"大红泡"哩。雪茄，吃过没？荔枝，吃过没？草莓？吃过没？

小年轻们连连摇头，表示闻所未闻。

他笑道，你们要到了哥这把年纪，你们就懂了……

似乎并没有谁，真正看见过传说中的港姐。说不定，就是个穿越小说的女二号，不，还有女三号，女四号……专打擦边球博出位的那种。

就像他，二十来岁，叫"守玉楼主""青楼天子"，那会儿轻佻。现在呢，他是鱼，也是青花，早已没那么冲了。

想到小时候捉迷藏。小朋友们四下里藏，藏着藏着，都回家睡觉去了。只有蒙着眼睛那个，一个人在那里瞎摸，边摸，边喊，豆豆，洋芋，石头……你们都出来，不出来，我也能看见……

曾经伤感的蒙面男孩，现在成了暧昧的谣言。传他的谣言，也不奇怪，至今没听说有结婚对象。

蓝守玉，蓝总，守玉兄，"双鱼座青花"，鱼摆摆，青花哥哥……

就像元明清官窑，与各朝仿品。没有谁对谁错。

5.4 【荣城名记】

"守玉楼"书房，空间位置分成两块：案头上和屁股下。

在踱步三圈之后，蓝守玉忽然有种不踏实的感觉，幸福就这样不明不白、说来就来了？

便一屁股倒向卧榻。用劲捏了下，屁股下硬硬的是真实的。再凑近闻，老楠木的旧年陈香。

起身步向窗台。秋光拂过之后的铁骨素，温文尔雅，宛若民国淑女。

把甜白盏从包里拿出，小心翼翼放到铁骨素旁，那感觉像小学生贴奖状。他要制造另一种可能——贵气和俗气合二为一。他看到温文尔雅的后面又多了纯洁和高贵。这一切都是真实，形而上的，绝对不是意识流小说的心理臆想。

给文雄打了个电话，聊了聊之前提到的卧底，找"兵哥"线索一事。他劝道，"兵哥"的问题，可以技术上处理，悄悄挂起来。眼下，当务之急是找记者来，高调宣传一下。只要文物找回来了，加上有以"吴哥"为首的几个团伙落网，上下左右哪方面都该知足了。

他的主意与文雄一拍即合："那你把你那个女朋友借给我用一下。"

蓝守玉问："你开玩笑吧，喝多了？我有啥女朋友？哪个女朋友？还有，女朋友能借吗？"

"哪个女朋友？"文雄顺着他话挤兑道，"你有几个吗？"

"被你弄糊涂了。一个都没有，原来有过两个。"

"两个？哈哈，兄弟，你可得注意点了。这年头，拼的不是有权有势有财有色，拼的是身体啊，兄弟。"

"读书时有一个，后来学瓷时，景德镇又认了个师姐。"

"我说的是你那个老乡同学，荣城名记啊！"

"她啊……"

向施云求情，他一万个不情愿。一个自以为是的大男人找前女友帮忙，得有多大的心理承受力？

"老同学，施小姐，施大记者……"要不是文雄，蓝守玉给施云打电话犯得着这么低三下四？

蓝守玉的嬉皮笑脸，冲的是施云的名头和版面。

"蓝老板，你也有今天啊，"施云讥讽道，"江湖上不是传说你万事不求人吗？"

"江湖传闻，你也信？"

"听你这话，不像是在求我，是在显摆啊。"

"绝对没有，对天发誓。这事还真得你亲自出马。"

"切，一听就不是啥好事。"

"绝对大好事，所以才找你。"

"我算啥？"

"你不是名气大吗？"

"暂停，暂停……"施云打断了他的嬉皮笑脸，"我俩说话还是正式点好吧，每次给你说话，就头大。"

"帮个警察兄弟伙写个稿子。"

"那事啊……咋谢？"

"咋谢都可以，有一样除外。"

"别，别，别……你还是打住吧。"

"我就晓得你最好。"

"说实话，本美女仅仅看在当年情分上……"

"你说试婚的日子吗？哈哈，一日夫妻百日恩……"

"算我自作多情。不扯远了，叫你那个警察朋友，找部下弄个采访素材发过来。"

蓝守玉赶紧联系文雄，文雄说手头上正好有个半成品。他就将文雄转过来的半成品转予施云。

"没了？"施云问道。

他纳闷道："你还想要啥？"

"就没啥交代？"

"哦，有的，警察朋友问你施大名记出场费，被我给挡了。我说我的朋友清高得很。"

施云想想道："我要你陪我逛逛商场呢？"

"这事嘛，"他回答得倒挺爽快，"能给施大美女当绿叶求之不得呢！说吧，啥时候，我先准备点叶绿素。"

蓝守玉本来以为施云开玩笑才应承的，谁知施云说正好下午有个空当，便傻眼了："还以为你随便说说……"

施云丢下一句："蓝守玉，我正告你，施云是随便的女人吗？"

5.5 【美人鱼】

赶往会展中心路上，蓝守玉一直想，施云要他陪逛商场，有几个意思？

下车给施云打电话，施云说，在淑女楼试衣。又赶往淑女楼。见过，直接表态度，试好没，试好就买了，今天你的衣服我全包了。施云故作惊讶状，蓝老板这是要收买我吗？他说，哪里，表达个真实想法而已。施云忍住没笑，蓝老板有想法，那我还不好拒绝是吧，要不，这样吧，五千以上的你付，五千以下的我付。

转了两圈，逛了几个店子，终于有件满意的。趁施云试装，瞥了一眼，标价八千。这个价格，让他表演一回绅士，也像那么回事。试衣间出来，施云挺满意。蓝守玉掏出银行卡，叫服务员刷。施云道，莫慌，问服务员打几折。服务员说最低六折。施云就说，好，叫算一下。服务员说，原价八千，六折四千八。施云笑了，哈哈，没法，这衣服得我自己AA制了。蓝守玉道，不给我一点表现的机会？施云道，表现？多年前，给过你N多机会表现，你都让AA了，今天我主动AA，你却要表现，想啥呢？蓝守玉又道，那算我替朋友还人情。谁知施云很坚决，没缘分，有言在先，五千以上的你付，五千以下的我付……

蓝守玉一副好遗憾的样子，又道，既来之，则安之，要不要去看场电影。施云爽快应了。

两人就去了电影院。

施云问服务员，有啥爱情片没？服务员指着海报，看那哩。

蓝守玉一看，笑道，这个好，《嘘，偷完了别走》。施云冷冷地说，你想多了，人家是偷东西……

他又指着《类似爱情3》说，这个听网友说过，讲同性恋的，要不要体验一下？施云不高兴了，你搞错对象了吧？

也没更多选的，就只有看赵丽颖的……

进了放映厅一看，稀稀拉拉的，除了十来个小女孩外，就两对男女，他和施云算一对，前排一对小青年。有个放单的小男生挨着坐在他左边。

施云说这部《我们的十年》是女人戏，讲三个少女读书时的追男计划。这故事要是发生在他和施云读大学的时候，算玩前卫，可惜他上完大学都十年了。十年变迁，男追女，女追男，都已不是啥事。

见前排那对小青年，一会儿男的喂女的可乐，一会女的喂男的爆米花，施云就靠过来耳语，你看看人家年轻人，多会生活。他正色道，你确定那是生活吗？过家家吧……施云本来想好好地再聊几句的，一听这话，就只顾看电影了。

看了半场，蓝守玉梦见瞌睡虫来了……

真的是瞌睡虫。没看清楚长啥样，晕晕乎乎的。它们从裤脚钻进去，从领口里出来的，爬过脖子，爬到腮边，爬到眼皮上……

痒痒的，酥酥的，无力挠。想脱衣服，把它们都扔掉。谁知衣服就像粘在肌肤上一样，怎么脱也脱不得。

又见一条河。好清澈的一条河，能照见自己的影子。

还有鱼，那么多的鱼！

就跳河里。他想把瞌睡虫全都洗去。他想把自己沐浴得一尘不染。他实在受不了那种无名的痒痒……

谁知新的问题又来了。水里的鱼呀，见不得他脱，全都朝着他追来。

鱼又有啥呢？大嘴巴，长尾巴，瘦瘦的身材，只是没眼。没眼还怕啥，它们又看不见自己的赤条条！

他是被那些大嘴巴吓的。也不知它们为啥追来，难道瞧上了自己一身肥肉？这样一想，也来不及穿戴整齐，赶着往岸上跑了。

他拖着衣服，游啊，游啊……身后全是大嘴巴，在吐泡泡……泡泡都泛着青的光，紫的晕。

也顾不得多想了，兀自拼命游……

岸就在两旁，却无法搁浅。天上正飘着雪花，怎么会有雪花？明明树上红叶似火，坡前秋花正艳。

水越来越凉。终于累了，游不动，感觉被啥冻住，不确定是否水凝成冰。

索性停止了动。闭上双眼。坐以待毙。若它们真要吃肉，也只能任其放肆……

吃肉的悲剧最终没有发生。还是那么安静，水似乎在蒸发。水线在矮下去，一些东西窸窸窣窣往四下纷飞……

睁开双眼。他看见一个身材窈窕、容貌清纯的少女，正笑着朝他吹泡泡……

好吓人！怀疑遇见美人鱼。有一条长尾巴，又白又滑的尾巴……

醒了……

他是被左边挨着他坐的那个小男生给推醒的。

感觉哪儿又凉又湿，原来他的头竟然埋在小男生脖子里，又白又滑的脖子。

脸一下红了。不好意思，靠着你睡着了……他向小男生道歉。

小男生无事的样儿，笑着告诉他，说一同来的那位大姐中途走了，见你睡得香，提醒说别叫醒你。

就再次致谢，还问了人家名字。

小男生说，他叫"梦鱼"。

……你说啥，梦鱼？

对呀，美梦的梦，小鱼儿的鱼。

……

那一刻，他忽然有种五脏俱焚的感觉……

他打开手机，刷到施云留言："但愿上帝保佑你，另一个人也会像我一样……"

他知道那是普希金的诗句。

两天后，施云所在的某报头条登了署名"平井"的特稿：盗高一尺，警高一丈——看屏羌公安如何神速破国宝男观音佛头案！

冲这标题，蓝守玉便知道是施云的手法，高调、煽情，不像一个情感失败的女人。看来，施云是一个能把工作和私生活分得很清的女人。

因为"平井"的稿子，文雄更高调了。老峨山"金三角"，文物犯罪高发，这下好了，周边市县独他的专案组取得重大进展！屏羌县满意，三江市满意，就连西康和荣城也刮目相看了。

6.1 【龙隐镇】

风水风水，后山前水中分人。

直到很多年后，蓝守玉也坚持认为龙隐古镇占尽天下风水。

鸡鸣三县。行政区划归属西康茗山，地理人文更与屏羌密切。

有卧龙溪，一溪连两山，发龙隐，绕老峨，蜿蜒向西南，于屏羌县境汇入干流屏羌江。屏羌土著，并不习惯叫"屏羌江"，更喜欢叫"玻璃江"。玻璃江好，易懂好记，自带广告。热衷地方史志的老把式，私聚神侃时，还会提到一个老掉牙的名——"弱水"。蓝守玉的启蒙先生讲，取此名的乡绅，大约真读过满柜子线装书的。"八百流沙界，三千弱水深……"这话有些诡异。还有更莫名其妙的，"任凭弱水三千，我只取一瓢饮。"没明白究竟，问先生。先生不耐烦，毛毛虫嫩青一个，问啥问，长大娶了媳妇，自然会懂。先生也是，卖啥关子埋汰人？

青春期一去不复还。没吃过猪肉，也见过猪跑。漂亮姑娘再多，媳妇只能娶其一。原来先生批评人的大白话，是想给小屁孩留点念想啊。

弱水无声无息绕过村头。背后的龙隐，同老峨一样，也其貌不扬。它们都让二峨和屏羌给抢了风头。

老人们感叹，三十年河东，三十年河西，要在几百年前，百里之外的二峨，只配给龙隐提鞋。

这要说到龙隐的地理位置。脚踩平原，背靠盆地西北，宋元明三朝，归属嘉绒藏区十八土司之一的六番招讨司所治。六番招讨司一正一副，正的名高土司，副的名杨土司。朝廷给两人发委任状，哪曾想到留下后遗症，两人都把这当了门户，谁都想独占，谁都无法独占，斗得你死我活。其他州县怕惹事，更不敢伸手。此山长期处于拉锯战区，政权管辖放空挡。几不管的地界，四面八方三教九流，人气偏偏还旺。

高土司，信佛教，轮到他管事，大搞形象工程，修庙布施，请云游的喇嘛住持，吸引信徒无数。

杨土司低调，图实惠，想长生不老。打跑高土司，弄来太上老君清供，悄悄请来些江湖术士，炼丹药。

这方唱罢，那方登场。龙隐六十年姓高，六十年姓杨，像摆大戏。百姓也糊涂，究竟是去供寺庙，还是去拜道观？闹不明白，干脆都信吧，反正寺院道观不缺。于是一山香火，乌烟瘴气。

万历时，俩土司为争信徒群殴，死了好几百口，京城的皇帝发火，让盆地的王，把山给封了。龙隐也就成了妖山，没了香火，寺庙和道观渐渐式微。剩下些无名菩萨没头真人，淹没于一山荒芜。

土司跑了，妖气不散。龙隐山一年四季，烟云缭绕。人说，那是女妖出没。

龙隐山出女妖，没人见过。龙隐镇出美女，远近闻名。

茗山县搞旅游有个很火的广告"龙隐仙山，土司美人"，就花枝招展地竖在龙隐溪桥头。

6.2 【桃夭】

龙隐镇上，高、杨、郭，三姓显赫。

蓝守玉常去龙隐淘东西，听人摆龙门阵。三姓人家好似都有来历。高、杨自述土司后人。郭姓人调门低，不张扬，是个小姓，似有隐秘来历。

有来历就有家传。蓝守玉常去，偶有收获，还有得"土司烧"喝。"土司烧"，其实就是土豆酿的白酒，酿法跟"屏羌地瓜"差不多，一个地瓜味，一个土豆味，跟后来蓝守玉去甘南带回来的"土豆烧"一回事。当地人吹牛，说是"小五粮液"，桥头那家土司客栈，就有卖。

土司客栈老板是个娘们。

第一次去龙隐，蓝守玉点了盘烤土豆，喝了半瓶"土司烧"，喝着喝着就上头。醒来，身上披了件外套，一闻，有股沁人的麝香，凉丝缠绵。又觉不对，麝香咋会黏黏的……

对桌坐一女，狐狸眼正瞅。女妖降临？吓出冷汗。原来是老板娘，正一旁候着，等他醒来打烊哩。

店里出来时，还回味，啥香呢？痒痒的，好闻。狐狸？他努力地暗示自己，淡定淡定。聊斋看多了，会犯劫的。

这阵子，流行桃花劫。

都说成功男人若不犯点啥，就不男人。这是施云怼他的浑话。

施云有电话综合征，喜欢在睡觉前，胡乱打电话、发微信。电话一打一小时，微信没有几十个来回收不住。

他哪有那闲工夫泡手机！要不是狐狸眼老板娘，触动哪根神经，鬼才愿意被骚扰！

没有网络，就发短信，求助施云。今晚碰上狐狸眼，失眠，是不是被你咒准了，在劫难逃，比如桃花？

施云回，呵呵，太高看自个了吧，还桃花。你这种粗人能犯桃花？这么说吧，此劫随缘，想犯，犯不着，不想犯，偏中招。问世间桃为何物，直叫男人鬼哭狼嚎。

头晕。施大小姐，求你别抠痒了，你说的是缘，不是劫吧？

喝昏了头？施云再泼一瓢凉水，明儿买根高香去老峨山烧烧，求个菩萨指点指点，说不定能琢磨透，等琢磨透了，恭喜你，修成金刚不坏。

他说，我不想要金刚身，太假了。

又问柳叶萍：姐，我被桃花绊倒了……

柳叶萍在景德镇开了个工作室，他第一次去，就觉得名字好生奇怪：柳叶萍工作室。光听名字，就觉得一堆美人，亭亭玉立案前。想来主人一定爱清三代的。进去一看，果然，大大小小红釉瓶瓶堆满……宣德祭红、清三代美人醉、娃娃脸、桃花片、豇豆红、大红袍、晚清民国蔷薇红、胭脂水……几十样不重名。

柳叶萍回道，被桃花绊倒算啥，把桃花绊倒才牛！柳叶萍能说出这番话，说明她这陶瓷学院的校花，可不是光刷一张脸的。

蓝守玉不喜欢女人谈哲学，横竖明白的，结果给弄个比秋麻还乱，要命。柳叶萍不像施云，学中文的总有点犯神经。几年前诗坛闹女鬼，先是出了个"梨花体"，之后来了个"菊花体"，再后来又出了个……呵呵，还是算了吧，女诗人……蓝守玉想，他这辈子算倒了霉，左边一个施云，右边一个柳叶萍，一个胸大无脑，一个瘦得只剩下皮包骨头。江湖中传说的女人味，都去哪儿了？

施云其实要好点，嘴巴零碎，不会转弯抹角，胸不算很大，脑子也还将就使。她那种整人并不可怕，可怕是林黛玉那种，你遭整了，还拍手称快。胸大的女子，智商不高不会影响受宠，要如林黛玉瘦成闪电，还冰雪聪明，下一步就是抑郁症了。

人生要是二选一，真的很惨。实在不行就学武二郎，不怕谁谁脱成潘金莲……

"影"也不是可靠的选项。港姐"影"，已经很久没了联系。那个奇怪的邮箱，似乎正在成为僵尸。

只有一个人对天花板发呆。

"影"，听说过桃夭和狐狸没？

没，谁没事情发那神经。

狐狸跟桃夭有啥关系？

狐狸当然跟桃夭没毛关系，跟上床有关系。

和谁呀？桃花还是狐狸？

这不是二选一的事吧？

你的意思，都选？

男人不都是这样吗？

如果既怕桃花惹事，又怕狐狸味熏呢？

那你就只有跟武二郎一样去出家啦，还选啥选。

……

蓝守玉觉得头好重。"土司烧"上头，老板娘的香水也上头。

6.3 【下一场桃花】

蓝守玉再次造访龙隐，竟然带着超越桃花的使命。

一个人能够把桃花当作日子，婆婆妈妈地过，这个人无疑是幸福的。事实上，哪有天天看桃花的好事？很多时候，男人都在臆想：下一场桃花，在哪里。这么说，桃花也有些灰色了。

好吧，还是积极一点。此次重回龙隐，并非只为一场虚拟的桃花绽放。

"龙隐仙山，土司美人。"久违了！他反复默诵着桥头那广告语。

一条青石板古道，顺着溪水，从山间蜿蜒而出。

再往里翻过几座连绵山，就是涉藏地区了。文物专家考证说，古道已有千年，可做土司们茶马互市的活文物，是传说中的风水宝地。

再好的风景，也比不了村头洗衣浣纱的幺姑。龙隐古镇的美女，公认的天生丽质。有一年，世界旅游小姐西部赛区冠军，听说就是龙隐走出去的"玻璃妹子"，脸蛋水色，俨然拜玻璃江水所赐。

蓝守玉心情好似开梦花。他给自己此行定位，看风，看水，看美人。风水已经交代过了，美人琵琶还是半遮面。他下意识摸了摸包里的甜白盏。

荣城"土豪"齐鲁，N年前在某个陶瓷玩家的高端私人聚会上，喝高了，说了句不着边际的话："'官窑美人'，那是男人的真理……"

蓝守玉当时就在台下。那时候，蓝守玉还名不见经传。齐鲁是他无法超越的偶像存在。夸张一点，那时候，齐鲁就是放个屁，他也认为是真理。齐鲁有钱，有钱就有真理。

"官窑美人"是齐鲁的真理。那蓝守玉的呢？

6.4 【兰子】

他要去找一户农家。

午后。那人家在桥头金丝楠下。金丝楠的树冠差不多遮过一条老街。再往远，瓦屋天井，错落有致。

找路人打听。晓得"石磙子"家么？

那个神经病老头？

他有些惊讶……

路人不再说话，伸手指着某个不确定的高处。

他明白了，那儿有座天井。

敲开天井的柴门。

若不在意身高，还真糊涂，开门的幺姑，与刚才石桥下所见的洗衣女，会不会撞上同一张脸。她们的美，美得陌生，就连惆怅也如出一辙！

女子实在高挑，头差不多已经顶着门楣。一袭细花连衣裙，把最美好的都衬托了。蓝守玉又想起那个女演员，某次去戛纳走红地毯，穿了身雍正粉彩陶瓷装，媒体形容得很夸张：官窑美人。蓝守玉不以为然，说那些记者肯定没来过龙隐，少见多怪。

"磙子家吗？"

院落门前的幺姑正看着他的额头，愣着哩。

"幺姑，你是'石磙子'家啥人？"

幺姑这才回过神来："光顾着瞧你额头的印包了。我是他干外孙女儿。"

"那就对了。"

幺姑还在关心他的额头："叔，你被啥撞了？两个鱼青呢，像盖了章一样。"

蓝守玉下意识地摸了一下额头，仿佛还有些疼。

"叔，你找我外公吧？"

"是。他被警察抓了。"

"你咋晓得？"

"我姓蓝，是一个搞案子的朋友介绍我来的，你叫我蓝叔好了。那个朋友叫我去屏羌公安局打听过，感觉有些蹊跷，就过来了。"

一听说是搞案子的朋友，她就把他让进院子里，坐下。

院子里有股异香飘拂，馥郁如兰。凭他对花香的敏感，院里应种有龙隐秋蕙。循香望去，果然一竹丛下，几棵恣意绽放的秋蕙，一看就是龙隐刚下山的新品。

"守玉楼"铁骨素刚开，又在此遇见秋蕙？是自己长得帅吗？曾听那伙小年轻说过，男人一帅，什么花都挡不住。

正自恋，幺姑已奉上青茶："龙隐雪芽。"

见水即开，千峰翠色，便情不自禁喝彩："极似二峨雪芽。"

"不一样的，叔，龙隐雪芽有仙气。"

"二峨山茶农，也说他们的雪芽开过光的。"

她扑哧笑了。

忽闻院角有犬吠。她转身呵斥道："香雪，别乱叫。"

"香雪"，好熟悉的名字。

那是条正经的龙隐土狗，毛色如雪。有意思的是，狗项上套根牛皮圈。女孩叫它的时候，正一屁股坐地，呼呼直喘哩。

蓝守玉想起《卫都说收藏》里，讲过一只类似打扮的狗，不过是陶犬，汉代的，现藏美国一家博物馆。美国博物馆那只陶犬，名气很大，算眼前"香雪"的前世。两条狗模样都卡通，让人忍俊不禁。

"香雪"系根黑红布条，一头拴项圈，一头拴竹梢。想起读大学那会，看过一篇小说，叫《哦，香雪》。照着小说开头的叙述风格，此情此景，就成了这样：如果不是文雄交给他老峨山佛头木案的羊粪豆豆，如果不是羊粪豆豆里的那只甜白盏，你怎么也不会发现眼前的老街竟然藏着一个绝世的官窑美人……

还有更让人唏嘘的。

一丛竹，有七八株，多为六月刚长成的新篁。奇的是，竹节上了颜色，从梢到头，金黄、蓝灰、粉白、深绿、墨紫五种。一竹五色，头一次见。

女子进屋拿了块玉米馍，扔给狗。狗象征性地嚷嚷，低头啃馍，边啃边嘟囔，像国产动画片中的情节。

于是笑了。蓝守玉喜欢狗与生俱来，不过还是忌惮那种毛茸茸的感觉。他只是喜欢狗的旺财和憨厚。

他叫她也端来竹椅，坐着搭话。

她说她叫郭引兰，老街上的人都喊她"兰子"。

"你家大人呢？"

"被抓了，"她说道，"就是那个被警察带走的'石磙子'，我的干外公。"

"我知道这事。他是你外公？"

"不是亲的。"

她的回答，加重他的疑虑："你爹娘呢？"

"亲爹亲娘都没见过。娘是生我时大出血死的。我刚满月，爹就不在了，没印象。听干外公说爹在我出生前去龙隐山寻香香花，从山上摔了下来受了重伤。"

看来这家人命硬，接二连三犯劫。

"你还有个哥？"他似乎明知故问。

她想说啥，又打住了。对于刚才的发问，他自感后悔，怎么像警察搞调查？

既然话到嘴边，就干脆说开："我知道，你有个哥，叫郭大林，就是郭墩子，警察好像正找他。我朋友是搞案子的。我朋友看了他们的案子，叫我来看看，能不能帮你们想个路子。警察说，你干外公和你哥，现在需要找个律师。"

搞案子和律师当然是他胡说八道了。他其实不善说谎。

她很诧异："叔……是有个哥，也不知道去了哪。前几天，警察还来过。"

"警察来干啥？找你哥？"

"没找到。走的时候拿了些烂碗。"

"那……你看看，这个烂碗是不是从你们家拿走的？"他拿出手机，翻出双鱼甜白盏的图。

她点头。

他有底了。

"是这样。我去屏芜了解过了，你干外公去帮人弄菩萨才被抓的。拿走的那些古董，警察现在也没说啥，可能就是顺便拿走，如果没啥问题，本来会还给你们家的。但是，现在出了菩萨案，有些麻烦。"

"碗是我让他们拿走的。我说那东西是我干外公和我哥摆地摊剩的，要是觉得有啥问题，就拿走。再说，干外公从来都不让碰，说不吉利。"

"你这样做是对的。现在说的不是碗的事，我只是告诉你，你干外公确实比较麻烦。"

"他们会放了他吗？"

"本来会放的。但是，你哥不知道咋回事跑了。他又没参与，跑啥呢？"

"蓝叔，你那搞案子的朋友，说过这事还有法子没？"

"我来找你们，就有这个意思。"

"你是大恩人。"引兰扑通一下，给他跪了。

赶紧去搀她，道："别，别，丫头，先起来，忙还没帮上哩。"

她就起了，一脸泪痕。

"这样吧，我先打个电话。"

就到一旁给文雄打电话。声挺大，怕她没听见似的。他似乎是在正儿八经询问"石碴子"的案情。

文雄有些奇怪，你咋这么上心？他就道，老婆的外婆家是西康茗山的，有个远房亲戚，托人来问，推不掉。文雄又道，你好久有个老婆，咋没听说呢？他笑道，低调，低调，曾经的老婆好不？曾经的老婆不需要向组织报告吧？文雄也笑，现任都管不过来，谁管前任！既然你蓝总开口，好办，叫你亲戚转告郭大林，叫他来自首，把他干外公换回去就行。蓝守玉又问，有没有两全其美？文雄一听还有讲价钱的，就打官腔，这个嘛，不好整，你晓得的，省厅督办案，各方盯得紧。

见文雄说话满嘴跑火车，他也放开了，一点走展都没得？钱多多也不听使唤？

文雄江湖得很，也不是说一点走展没有，这种案子，主抓首谋，找回丢失的文物，打一下，起个震慑，多抓几个，少抓几个，没人追究。不过，上头要有人打招呼，也不好办。还有，今年秋天，风头有些大，多一事不如少一事吧？

不过他还是听明白了文雄话里的意思，"石碴子"的事有弹性。

就这个电话，多年后蓝守玉曾不止一次反思过，他说，这是他第一次在一个不谙世事的小女孩旁边表演。后来，其实有多次机会解释，那天为何他要大声武气通那个电话？但是，他放弃了解释。有些事情，越描越黑，并不是描的人错，是因为看的人与描的人之间，本来就有着不可逾越的心理障碍。就像他接下来一次又一次见过兰子，当他每次看到兰子那无助的样，就感觉所有的解释很可能无效，还无耻。

就像他并没有提到，那天电话里，其实文雄还聊到一句话，蓝老板，你可能要欠我一个天大的人情！印象中，这是文雄第一次越过朋友关系，向他提到"人情"问题。所以，他也没有想好回话，记得只是一个劲儿地回道，那是，那是，我记着的。

当他随后回到三江，一路上反复琢磨文雄那话的意思，最后也只落得唏嘘：与文雄交往这么多年，咋就没有发现他有啥不良嗜好呢？不行，等这阵子忙过，是不是该陪他放松放松？他知道，自己这么想，很俗气。文雄又是个大老粗，总不可能请他一起切磋诗文吧？打勾兑麻将？还是算了，人家堂堂皇皇一个常务副局长，怎么也不会缺那一场麻局。再说，多年前那场勾兑麻将的天胡阴影，文雄至今耿耿于怀哩。

那风情呢？

一个斯文人，与一个大老粗，邀约一场风情，想起来就觉得可笑。

6.5 【选择性遗忘】

那天向兰子复述与文雄电话沟通的情况，他有意识地选择性遗忘。

印象中兰子一听他转述文雄的话，是叫她哥去换她干外公，眼泪就下来了。

蓝守玉跟小年轻们，也跟文雄说过他是个中性人。中性人又不是木头，也见不得流泪。心一软，就说可以再想想其他办法，不一定非得换人……

文雄其实啥也没给他承诺。啥也没说，就成了心理负担。可他为何又心软，给她说可以再想想其他办法呢？

他语焉不详，东拉西扯，说啥时下人托人不咋管用了，再说找的人不对路，也白搭。他自己都不太愿意相信这些套话。

她说他们家城里头没关系。

他就笑，有关系又咋？人家不一定帮忙。这年头，找个亲戚帮忙也难。人家能白帮吗？

这话似乎吓着了她。他不得不说些实情。他说他从搞案子的朋友那了解过，她的外公和她哥在屏羌犯的案情。这事要出在茗山，找个西康朋友带个话，兴许管用。但是，他外公关在屏羌，案子跨了三江和西康两地。朋友是吃案子饭的，受人之托替人消灾。但案子只要一出了管辖，人托人，麻烦死了。现在那些人，油盐不进哩。

还没说完，兰子就急了。她担心她的外公。

他只好说，这事也不绝对。案子现在还在公安局，没有到检察院和法院。要移交出去，就只能听天由命。现在警察追查没完，案子尚未出手。他哥是年轻人，犯了事，就要追查。这可不是一码事。不过自己在屏羌还有点人缘。

她并没有再坚持说帮忙，只是眼泪一直流。

他只好说，可以找搞案子的朋友帮帮。只要找对人打官司，也有路子。

她说，打官司要请律师吧，可他们家请不起律师。

他没有直接回答这个问题，想了想，叹了口气，说他以前也是听说，打这种官司，找律师，差不多要花一二十万。一二十万，可不是个小数目。他说此话的时候，眼睛却盯着她家的四合院。

她有些哽咽了。

他慢腾腾喝着"龙隐雪芽"，说着茶和花的香。后来又说那丛竹子也好看。

她说，屋头还有今年下山的雪芽，他要觉得好喝，就拿点回去。

他就又翻出双鱼甜白盏照片，对着手机屏吹了一口茶气，问她的干外公和他哥，是不是以前一直在摆古董摊子。她点点头。他说，要有古董，他可以帮他家换点现钱用。他有个搞收藏的朋友，自己弄了个博物馆，喜欢玩点瓷器。他觉得自己这样说，是不是没有底线？

她怯怯道，都是摆地摊的东西，再说，都让警察拿走了。

都拿走了？他继续摆弄手机里的双鱼盏图。

她说，她见过的都拿走了。只是她的外公和她哥从不让她碰那些东西。

不让碰，就对了。这话，他没有说出来。

那天的谈话只是个开端，像之前每一次的古玩历险一样，事情总有个开端。再说，哪一次缺了表演呢？感觉台下的观众和台上的角儿，啥红脸、黑脸、花脸的，都让自己唱了。

兰子又聊了些家里的事。墩子小学没毕业，一直跟着干外公在西康打短工，有时也上山寻点兰，挣钱供她上学，直到她在西康上完高职。她是学酒店管理的。毕业后，去西康一家大酒店找了份洗脚房的工作。有一次，干外公和他哥去西康看她，才知她做那活，气得不行，连拖带拽地把她弄回来，再没出去。

她说，其实很想出去的。龙隐虽美，但穷。她又说，这回家里出事，想出去都不行了。

聊了一会儿，他看了看天。东边西边的天，碧透了。一轮圆月，不知不觉，已挂上溪头的金丝楠树梢。

时节已近中秋。要是她外公和她哥没出这档子事，一家人该准备过节了。

他掏出一张名片，说他得去镇上找个店住下来。他又嘱托她赶紧去找亲戚邻居，商量一下，帮拿个主意。想好了，给他电话。他说他明天回三江。

她求加了他的微信。她问，改个啥备注名呢？他道，随便。她就说叫"三江鱼叔"吧，她记得住。

"三江鱼叔"？好吧。他想起有个写书人也是叫什么三叔。不过，他并没有把这些想法讲给她听。

他对加美女微信，并无多大兴致。他的朋友圈有一千多个圈友，鱼龙混杂，搞文学的，搞书画摄影的，弄泥塑木雕的，玩古董瓷器的，栽花养草的，卖减肥药的……

临出门的时候，他又说院里的竹挺好，问能不能找几棵栽栽。

她就说，兰和竹是她哥从龙隐山上挖回来的，也不知道叫啥，就觉得好看，要是喜欢，下次挖两株就是。他就说好，过几天还要来的。

她叫他去桥头的土司客栈住，说那家的房间很干净。

又是土司客栈……

第三章　花神

7.1　【三个女人】

蓝守玉惦记着土司客栈，惦记土司、"土司烧"和狐狸眼。

客栈还是那客栈。主人，看着眼生。主人说，原来的老板娘一直独自打理生意。去年来了个温州卖皮鞋的，住了俩月，老板娘就跟着四处卖皮鞋去了。

蓝守玉有些怅惘。喝了二盅"土司烧"，早早上楼。

"土司烧"开始起反应。不对，是"土豆"味道有了反应。土豆屁在鼓鼓酝酿。关键有月色，睡不着。

胡乱编了条短信："好烫，谁来救我！"

如果不是她们回复，他还不知道自己那条短信是群发的。他发现时，已经不可逆转了！

"老婆一"："还是你自己开发创意吧。不作死，不会死。"

"老婆一"显然变着花样损他哩。女人还是不要太猖狂！

正要回"没良心"……

"老婆一"又来了："帮你把屏羌公安的吹捧文章办了，这人情嘛，蓝老板打算啥时候还呢？"

只能先记着，还能咋还？虱多不痒，账多不愁，差多少也是差，先赖着吧。也就没回施云。

"老婆二"没回短信。微信圈友"柳叶萍"有动静："好呀，你打飞的到景德镇来，马上，立刻。我这有的是瑶里凉井水。友情提醒老板用微信。现在哪个还发短信？"

"柳叶萍"这是在骂他土包子。

待童桐回复过来，他才想起自己干了件蠢事。童桐的短信是这样的："表哥，你是不是群发'月影梅'，发错了？"

发了多少个女生，他也没多想了。反正剩下的，都没理会他。

忽然有点想念"影"了。

"影"就是那个做古玩生意的港姐。她不能算他的正牌女友，最多算生意伙伴。他和"影"用邮件联系。为数不多的交流邮件中，"影"提到了宝物九眼天珠和两个名字："小林觉"和"土豆天猪"。她说，九眼天珠乃传说中的人间神物，一个叫"小林觉"的内地合作伙伴告诉她的。他说，他并不认识什么"小林觉"，一个围棋九段高手？她没有回答这个问题，也未表达出想认识"小林觉"的意愿，只是说在网上找到了"双鱼座青花"写的那个九眼天珠帖子，后面留有"双鱼座青花"的邮箱。

"影"，就这么找上他了。

之后，他们很长一段时间都在讨论九眼天珠的神奇，还聊到那个叫"土豆天猪"的末世诗人。她说她不懂诗，只是对天珠崇拜，她也不懂诗歌和诗人，偏偏对那个"土豆天猪"佩服得五体投地。她说，她是被"土豆天猪"的善良和智慧感动的。

之后，有了江湖上关于他和港姐的各种传闻。除了童桐，并没有谁知道她叫——"影"。

"影"已经很久没有回过邮件了……

7.2 【土豆体】

退回去十年或二十年，很多"80后"都有文青情结。会写几句酸诗的，估计当年都是网络流浪诗人"土豆天猪"的粉丝。

"土豆天猪"做梦都不曾想到，《狗屁的土豆》会一夜走红。

狗屁的土豆，我就骂你了。

我骂你狗屁，因为阳光、雨水和麦子都被骂过了，之外村庄已无可骂之物。

再说，准他们骂阳光、雨水和麦子，就不准我骂土豆？

骂你可有可无。可有可无的三颗土豆。

尽管从个子并不能分清，谁是老大，谁又是老二老三。

但区分又咋样？谁都可有可无。

吃饱撑的时候，你就是一肚子的土豆臭屁。

饥饿的时候，又不见得有多待见。

何况，早已——不再——饥饿。

又不止我一个人骂。村里人都骂，也不多我一个。

骂完后，也不顾一无所有了。狗屁的，除了土豆和土豆屁，又能有啥？

那些诗人和诗歌吗？狗屁！

当我烤完土豆，放完最后一通臭屁，然后我走了。

别了，我的四面土墙。

别了，我的西域，我的家乡。

列车一路向前。

车头和土豆在前头，我和土豆屁跟在车尾。

地平线向上，天色晦暗。

狗屁的！

除了睡觉什么也不想。不想狗屁的诗。

更不想狗屁的诗人，他们吃饱了喝足了风光了，就骂阳光、雨水和麦子。

骂了也骂了，还大叫饿死狗屁的！

我不会被你们饿死的。狗屁！

火车离开村庄的时候，我没忘了从路边的菜地，刨出三颗土豆兜了。

边兜边骂，狗屁的！

我就骂了，骂完也走了。三千里没回头。

一千里从西山到北山，又一千里从北山出了东关，再一千里看见大海了。

一望无际的大海，成群结队的鱼儿和海鸟，神出鬼没。

成群结队学狗爬的人儿，神出鬼没。大海好大。

再大也无我的立足，再大还是没把我淹死！

我摸了摸兜里，三颗土豆，早已化为一路的土豆烘烘！

狗屁的！！！

骂人，还一骂走红，是"文艺骚年"的怪事。那些年，文学圈都在传一个叫"土豆天猪"的少年诗人。有人说他红，因为嘴臭，还精神分裂，一边靠土豆活命，一边骂土豆狗屁……

7.3 【土豆天猪】

面对粉丝们的愤怒，"土豆天猪"的讲述，从头到尾一脸委屈——

我家在很远很远的西山，黄昏太阳在那里落去。娘生我的时候，大概在午夜。村里人说，那天正好过"鬼节"。哪有鬼呀！只有颗土豆，黑不溜秋从娘胎里爬出来。我听到有人在说，黑是黑点，但有两条命，一条天猪命，一条土豆命。我知道，村里人个个都会换着花样编鬼话诓我的爹娘。鬼话能信吗？我爹一言不发，闷着抽土烟。听见有人抽泣。当然不是我自己。哭啥，不就像个土豆浑蛋吗？我爹没好气地吼了我娘。

不被爹娘看好，小伙伴们一开始便疏远了我。尝试着去揍他们，反被他们揍趴下。爹娘恼了，把我同一窝猪仔关在一起。关于这点，我除了被动接受，还能咋的？死不瞑目？

那是座四面土墙的院子。簸箕大的天，面饼大的太阳。四面的土豆苗。那些苗啊，绿了又黄，黄了又枯。当春夏来临，它们捧出紫的蓝的亮色，让我和猪仔们枕着墙角的土豆花睡大觉。更多的时候，了无屁事。

某一天，迷迷糊糊中，院墙的门似乎一哄而开。谁干的？也许风，也许猪头，也许是土豆花。顾不得多想，推门进去。天啦！看见土豆，土里吧唧一大堆，码得像小山。真是山，还发着奇异的光！

刨呀刨。也许饿的，一刨竟不知天日。出了那门，忽觉身轻，快飞起来了，上下还长满了眼！就不满了。那些眼啊，怎么长得那么像我，又像土豆。像土豆又咋了？还有那些猪，我怎么能同它们没日没夜，搞在一起？它们成天只知吃了睡，睡了吃。我忽然对逆来顺受很反感。

我决定离开它们。土豆堆山的奇遇，仿佛给了我冥冥之中的某种启示。我最后看了一眼，可恶的土墙院子，可怜的猪，可爱的紫花蓝花。我差点动了恻隐，终于还是头也不回地翻墙走了。

离开的时候，似乎裤包里塞着三颗土豆，还有几页从土豆堆刨出来的纸，都皱成狗皮了。

除此之外，一文不名。

我爬上火车，由西往东。那车啊，人货不分，我被挤在一个角落里。很快睡过头，也许饿昏了。有人拍醒我。那人说，你裤兜里的，擦屁股的吧，借用一下啊？咋会擦屁股呢？我恼了，脸一定胀得像猪肝一样。我实在找不出报复他的理由。

想了半天，突发灵感：那是诗歌，你懂个球！那人本来想回骂，忽然语塞，摇了摇头，走了，扔下两个字：土猪！

"土猪"？"土豆"？"天猪"？！

我茅塞顿开。由此也相信那人是一番善意。

于是，我有了脱胎换骨的名字："土豆天猪"。

"土豆天猪"的讲述，像"土豆"的散骂版，也像"天猪"的传说版。

"土豆天猪"，一夜走红。诗歌圈似乎相信，是骂骂咧咧的"土豆"，催红了"土豆天猪"。

7.4 【事情本来已经淡忘】

事情并没有朝想象的方向发展。

一些高高在上的学院派，由不屑，再不满。满嘴土豆臭屁，也配叫诗人？

诗人，天生有种？"土豆天猪"自创名言。

这下更惹火了那些为阳光、雨水、麦子和土豆打抱不平的诗人。

不明白的是，那些曾经以骂阳光、雨水和麦子为生的诗人，也加入了对他的声讨。

他跟为阳光、雨水、麦子和土豆打抱不平的诗人对骂。

他跟以骂阳光、雨水和麦子为生的诗人对骂。

对骂没关系，越骂越响亮。更多的年轻人挺他，说狗屁的不装，实诚。虽然挺他的人都对写诗读诗不以为然。

诗人烂大街的时代。

诗歌烂大街的时代。

"土豆天猪"的"土豆体"飞快地传播。那时候还没有"网络诗红"一说，"梨花体""口号体""羊羔体""菊花体"……都不知道在哪旮旯。这么说来，"土豆天猪"，算他们的前辈了。

真应了那句话，土豆土是土，猪仔傻是傻，给个翅膀，照样飞上天。

后来的某一天，骂人的诗，终于烟消云散。

那些对骂，也几乎一夜之间哑火。

粉丝们善良地傻了眼……

"土豆天猪"消失了。他的诗歌被人扔进垃圾桶。还有点正常的人，开始反思：一个人在黑夜里的自言自语，喋喋不休，明明有些神经质，却被扭曲成抒情。

反思的这一伙人，占有话语权。诗人呀，又恢复常态，恋爱、娶妻、生子，该干啥，还干啥。

那些年，别说扔诗歌，就是扔个把诗人，与乡下的农民扔烂土豆没啥两样。

事情本来已经淡忘。

7.5 【体面的日子】

之后的某一天，江湖忽然传说，"土豆天猪"重现江湖！

曾经的粉丝，流着热泪在新兴媒体上，再次刷到他的讲述，只是土豆不是那土豆，诗也不是那诗——

离开土墙院子，我一路向东。天空很大，大到把大海整个盖住。海水阻断前路，差点没把我淹死！我真的命大？沿着海边，由东往北，到了一个偌大的城市。听说，那里的人以诗为生，诗歌像庄稼一样，种满大街小巷。可惜，去得不是时候，初冬的五彩落叶俨然成了染色的垃圾，正在替代诗歌，营造城里的常态。

碰见一群人，边捡落叶边劝我，你来迟了，干点别的吧，或许比写诗更有面子。可除了骂人，我啥也不会呀。就去酒吧，给老板看我的"土豆诗"，其实就是后来的"土豆体"，"土豆体"是理论家和文学史家们一厢情愿的说法。我说，能不能把它读给你的客人听？我不要报酬的。老板说，"土豆屁"就不必放了，给你面包和啤酒吧。我不是猪！我的是诗歌，更不是"土豆屁"！再说，我啥也没干，凭啥要你的面包和啤酒？

那天，我记得还吼了一句不知从哪里听来的名言：廉者不受嗟来之食！

在一个黑夜，我怀着诅咒，愤然逃离那个城市，那个酒吧。黑不择路。等我搞明白，才知到了南边。

南边的人脸色如菜，据说忙的。他们似乎谁也没工夫同我闲扯啥"土豆屁"。更多的时候，他们在谈票子的话题。他们说，没看见么，满地的票子哩。票子是啥鬼？他比诗歌好？他们笑了笑，又摇了摇头，仿佛上帝旨意一样讳莫如深。我犯了糊涂。难道，我的"土豆诗"真的狗屁不如？他们说，不是你的"土豆诗"狗屁不如，是诗歌狗屁不如。

他们甚至鼓动我，扔掉那些狗屁不如的诗歌，去捡地上那些票子，他们甚至诓我说那些票子都写有我的名字。真的如此？他们说，试试吧。他们这样劝我，显示从未有过的耐心，也似乎动摇了我。

顺着他们手指的方向，我也裹挟进捡票子的人群，很认真地寻找着自己的名字。可哪里有一张写着"土豆天猪"？我愈加沮丧。肚子更饿了。有几个女人对我笑，你裤兜里不是有诗么，当饭吃呗！我当然明白，她们的笑，不怀好意。我的三颗土豆早已成了土豆屁，兜里空空如也。

我会饿死吗？我问。没人理我。我就想，不能这样不明不白地饿死。在乡下的村庄，猪要是被饿死，那真的是彻头彻尾的"猪"了！

去工地上搬砖，去煤场铲煤，去火葬场帮忙，去医院卖血，去垃圾场拾掇垃圾……

终于有一天，老天爷开眼了，我真的从一堆码成山一样的垃圾里，翻出了一大捆的票子，而且上面真的写着"土豆天猪"的名字……

那些个笑话我的女人，改口叫我"土总"，也有叫我"豆总"的。她们为啥不叫我"猪总"呢？也不管了。反正几个女的争相往我的怀里扔她们的诗稿习作。

其实，我更怀念我的烤土豆。烤土豆是没有的，土豆会强化我不光彩的记忆，也会影响我享受到前所未有的体面。

体面的日子并不长。很快，我又不满了，那些往我怀里扔诗稿的女人，不怀好意。我知道自己那些票子是怎么辛苦得来的。她们被赶走了。不对，是我自己把自己关起来，与女人保持三米以上的距离。我要守着票子，那是我的，谁也别想拿走。

票子也许太多了，加上南方潮湿发霉的天气，小屋里的空气不知不觉被污染得很厉害，竟然毫无觉察，我很快陷入窒息。那是我见过的最可怕的黑暗。也许我得了某种可怕的绝症，快要死去……曾经四角的天空，干净的大海，不曾给我自由，"土豆诗"也不曾给我面子，如今票子却欲要了我的命……

我害怕自己死去……

我不能这么死！准确地说，我不能糊里糊涂死在南方这个鬼地方。我发誓，就是要死，也要回到我西边老屋的土墙院子，回到那一群猪仔身边，回到紫花蓝花的光芒下，回到山一样的土豆堆里……

7.6 【重生】

由南西归的时候，我站在二峨山顶，背对舍身崖，面朝西边大喊，我回来了……

我在华旦大学刚交的女朋友找来了，准确地说，她是冲我的"土豆体"才黏上我的。女朋友哭成了泪人，她以为我喊过之后，真的就会跳。不仅是我女朋友，所有的人都惊呼起来，以为我真的会跳下去。事实上，我的师傅再迟来一会儿……

那是一个人关于另一个人的拯救。我是当事人之一。另一个，从此我叫他师傅。

我仿佛听到他在人群中，念出真言——"唵、嘛、呢、叭、咪、吽"。

那最真最善的神谕。

我似懂非懂。但我察觉到，他是在为我而歌，给予我生与死的启迪。

我终于没有不顾一切，在跳下去的那一刻悬停于半空！

我想，那个让我回心转意的人，是不是该叫他师傅？

我的师傅是位善良睿智的高僧。他游走于四方。记得他面宽体胖，器宇不凡，额头上的青鱼印记，耀眼如日晕月华。

"跟我走吧，给你想要的。"师傅转身走了，留下玄机暗藏的禅谶。

我啥也不想要，只是不想人没了，还剩下一大堆票子！

师傅没有停下，继续走他的路，边走边自言自语，缘深缘浅，看你能放下多少纠结和诅咒。

我没有纠结和诅咒！我在内心里向自己吼道。

我吼，为给自己壮胆。也许，除了跟他走，已无选择。我不想一个人寂寞地上路，即使死去，也要在离开的那一刻，找回体面！

我跟着师傅，踏上返乡之路。我说，我西归，正好与大师同路。师傅说，那就跟我走吧。

我们去了雪山。在经幡飘动、鲜花烂漫的山岗，我第一次见到了传说中的九眼天珠。我迷茫了，"我想要的"，难道是……

师傅并没有回答我的问题，双手合十，小声默诵真言。那一刻，我忽然觉得比之前任何时候清醒。我掏出一直带在身上的那叠皱纸，我的"土豆体"，曾经被人骂成狗屁，我把它们抛向天空。一同扔掉的，还有大捆的票子，它们都是曾经欲要了我小命的"狗粮"！

我双手合十，默念道，土豆，我不再骂你们了，随风散去吧。

那一刻，我感觉我的身躯由远而近，我的灵魂由近而远，一如大病初愈。我以最虔诚的五体投地，接纳经幡和天珠。

我听见雪山下，有谁在歌唱："那一刻，我升起风马，不为祈福，只为守候你的到来……"

然后整个人像重生一样新鲜……

7.7 【九眼天珠】

"土豆天猪"没有对象的倾诉，被网友们当笑料传播。一个疯子，胡咧咧啥哩，你跟票子有多大的仇啊？

他没有理睬网友的质疑，继续一个人自言自语。

世间竟有如此执着的尤物！

网友们坚持要"土豆天猪"亮出九眼天珠的人证和物证。

蓝守玉清楚地记得，就在这个时候，他鬼使神差地收到了一个链接：宝光四溢的雪域天珠！那一刻，有多兴奋，可想而知。

蓝守玉以"双鱼座青花"的名义，公开九眼天珠的真图，转述"土豆天猪"的故事。他说，他以"双鱼座青花"的名义担保，九眼天珠绝对是宝物，"土豆天猪"的讲述也绝对可靠。

蓝守玉是"土豆天猪"的铁杆粉丝。他相信"土豆天猪"的讲述，就像相信"土豆体"和九眼天珠的传说一样。

网友岂肯罢休，仍不依不饶，因为他们自此再未见着"土豆天猪"现过真身。

"土豆天猪"彻底蒸发，不见踪影。

"土豆天猪"的传说还在继续。也许高僧并没有兑现禅谶。没了票子，与等死有啥区别？想来还是躲不过死的。

网友猜测"土豆天猪"最终没有逃过死亡的劫难。

这让蓝守玉不安。可去哪儿打听他确切的消息啊。就往好处想，"土豆天猪"或许还活着，说不定改了个索朗扎西的名，对一个叫格桑嘉措的姑娘，唱着"姑娘姑娘我爱你"哩。或许，还有别的可能，他真的赴了高僧的禅谶……

那会儿，电影《老炮儿》正热映。很多"80后""90后"看了半天没看出啥名堂，不买账，说：啥玩意呀，一帮吊儿郎当的老男人！

蓝守玉起初也没看懂，至少在"土豆天猪"讲述九眼天珠传说前没懂。

后来，豁然开朗，《老炮儿》的调，跟《狗屁的土豆》，太搭了！表面上吊儿郎当，骨子里痛并快活着。

《老泡儿》和《狗屁的土豆》活的是现世。

"土豆天猪"和九眼天珠活的是来生。

从《狗屁的土豆》到九眼天珠的传说，"狗屁的"骂娘没有了，痛苦也没有了，估计被高原的风吹干了，被雪山照亮了，只剩下隔世的纯净。就像"老炮儿"们痛痛快快死过一回后，便不再骂娘说荤话，也已成为别的亲人，和各位一道窝在电影院里，看着屏幕上花花绿绿的，像梦里压扁的人影片子。

7.8 【隐蓝】

"土豆天猪"和九眼天珠的传说，多多少少模糊了蓝守玉对施云和柳叶萍的不满。她俩都不是冷血的女人，他也不是值得她俩心疼的那个男人。

一早醒来，见有人发微信，网友头像是条雪白的狗。也没来得及看微信名，就打开聊天窗口，原来是张美女照，小姑娘搂着一条雪白的土狗。

好面熟。仔细看，才想起来照片上的姑娘，是昨儿下午刚见过面的兰子。

看微信名，"香雪"。蓝守玉本来想加个备注"引兰"的，想了想，觉得"空谷佳人"含蓄些。朋友圈人多，叫佳人之类的一大堆。想起一次在景德镇，同柳叶萍去酒吧玩，服务员推荐一款"红粉青花"情侣鸡尾酒。一蓝，一粉，其实就是玫瑰汾酒和青花汾酒，加些蓝莓汁、橘皮浆、柠檬水、雪碧、旺仔牛奶等乱七八糟的。调酒师有灵感，取名"红粉青花"，模糊了大杂烩的本质，还叫人想念。

"红粉青花"？还是觉得辣眼睛。"蓝颜之隐"呢？他马上联想到"隐蓝"。兰和蓝谐音，"青花"与蓝，在他的美学词典里，可以互换。

这个引兰，刚见面就跟人发照片，还真是"95后"！不过，这样的方式并不会让他反感，大大咧咧，没有心机，直见性情。

有人说"60后"的分裂，有点像猪鼻子插葱。

"70后"，准确说应该是"75后"，最后一拨红小兵，现在正走上坡路。

"80后"代表正在打拼中，男的拼人生态度，女的拼生活品质。

"95后""00后"呢，江湖刚刚开始，理想早行到远方。

蓝守玉说自己是20世纪80年代初生的，有"60后"的稳重、"70后"的自信，反正跟拼命不沾边。做男人，做到他这样的份，算是极品。还缺啥？

也不想了，就备注——"隐蓝"了。

那是一个青花绽放的清晨。

8.1 【人生就是遇见】

如果要在钗黛之间，让大家二选一，大多数男生会挑妩媚贤淑的宝钗。黛玉不受待见，太有才华是一方面，青春期抑郁又是一方面。一些人就想，能不能综合两个人的优点？能是能，如此问题也来了。人生即遇见，有没有缘分不好说，真的遇见，也不一定是好事。女人太完美，本身就是个问题。

双鱼座男人有个优点，民主色彩很浓，能容忍女生的各种毛病，尤其不会吃醋。

就像现在，蓝守玉开着车，眼皮很沉，开着窗吹点风风又太大，不开窗又担心走神。正纠结，施云的电话来了。

要账的来了！

"差你的人情，又不是不还，人不死，账不烂，睡个瞌睡，至于不辞而别？"他以为施云来电话，是为报复那天电影院里打瞌睡一事，就来了个先发制人。

"蓝守玉，我发现你最近自信心有点问题，不是爆棚，就是不足。年纪大了，内分泌紊乱，还是有啥不可告人？我还没说你，陪看个电影也心不在焉，自顾睡觉就算了，还倒打一耙。"

"没，刚才开个玩笑。晓得你不喜欢幽默。我现在为那天打瞌睡正式向名记道歉。"

"别嬉皮笑脸。人情的事且不提，不过你那个公安哥们的破事，要不是你，我才懒得管。你没发现我这个人有个优点，也是你的缺点？"

"没有。说说看？"

"算了，担心你受刺激。"

"我发誓，绝对不会。"

"那我说了？"

"说！"

"贱呀……"

淤血上冒，两眼发花。方向盘差点跑偏。

"算了。有个大喜事告诉你。"

"说。龙隐回三江的高速上哩。"

"好朋友的好朋友，要到你们老家当父母官了。"

"跟我有啥关系？"

"猪脑子。没关系跟你打电话？再说，我给你打电话，这不就是关系来了？"

"屁股决定脑袋。我早离开那个圈子了。"

"多个朋友不好？你真的一辈子不求人？"

"我是说，一个江湖中人，已经跟那些人没交集了。"

"你那个警察兄弟不是交集？"

也是，文雄在屏羌哩，有县委书记的关系，的确可以帮下文雄。

"人家荣城组织部组织二处的，姓向，来之前是处长，八二年出生的人，拟任屏羌一把手。"

"八二年？小我两岁。愣头青吧，还一把手？"

"冉冉上升哩。"

"不到三十五，打破三江历史纪录。只能呵呵了……"

"少见多怪。荣城刚过三十当处长的，可以排一操场了。"

"也是，现在哪个旮旯不是人头攒动。"

"就不问人家啥来头？"

"问啥？学你，成天跟民间组织部长一样，咸吃萝卜淡操心。"

"你要这个态度，就当我无聊好了。可惜你那公安局的哥们，其实挺能干的。"

"是吗？他就是一身蛮劲儿无处使。你要给你那个政治明星朋友的朋友推荐他？"

"算了。我瞎操心，不受人待见。"

"开个玩笑，还生气了。"

"蓝守玉，我要跟你计较，已经自杀九回了。"

"那不叫自杀，叫重生好不？"

"切……算了，再给你透露一点，那个姓向的，是我铁姐们柴瑶传媒大学的同学。"

"柴瑶？齐老板身边的那个花瓶？上次来'守玉楼'，好像瞧上我的一个康熙花神杯子了。"

"什么花瓶！人家是土豆艺术品公司的柴总。能不能不要这么污？"

不一直都这么污的吗？蓝守玉纳闷了。再说哪里污呢，他只是有洁癖。双鱼座的男生，不敢说阅人无数，可一般的美女的确难入法眼。即使如此，也不至于就推论他们的私生活有多混乱吧？

8.2 【空心女人】

柴瑶与齐鲁走得近。

齐鲁来头大，齐鲁置业的老总，齐老将军幺少爷。

齐老前些年爱上了收藏。齐老半身戎马，除了喝酒，玩枪，本没啥爱好。年轻时戎马倥偬，一次打了胜仗，想讨酒喝，竟同战友赌枪。桌上摆俩物，一瓶缴来的赖茅，一支左轮。左轮仅留一发子弹。规则吗，哪个敢用左轮朝自个脑袋开一枪，赖茅立马归他。还没等战友答应，他早抢过枪，对着自己脑袋，"咔嚓"一扳机。哈哈！枪没响！他高兴得跳了起来，提起赖茅就跑。嗜酒如命，暴饮暴食的齐老爷子，最终把自己弄成了慢性胃炎食管炎，还是反流性的那种：握枪，瞄准，正要扣扳机，一股裹挟着酒馊的酸味儿，从胃里强烈地往上冒……

这事是齐鲁在某次聚会的酒桌上讲的。施云和柴瑶当时听得目瞪口呆。

齐鲁说，人生本来就是一场豪赌。想当年，交大毕业，在老子的操办下，去了荣城的政研室，三十出头混到正处。要没赌性，后来他也不会扔下铁饭碗下海搞啥房地产了。抛弃正处不要，白手打拼，跟他老爹用命赌酒，一个德行。

齐老后来退下来，枪没得玩，除了喝酒，还是喝酒。老太太走了，齐鲁看老汉一个人天天喝闷酒，就在他面前有事没事鼓捣瓷器。齐鲁说，这叫熏陶。老人还真有了感觉，眼力有限，就常弄些假货回屋。真假并不重要，开心就好。

齐鲁同柴瑶玩暧昧的时候，小少爷齐天雷正上初中。像主播这种高光职业，也伴随高风险。再说，柴瑶还是荣城电视台的台柱子，盯的人多着呢。暧昧玩不下去了，柴瑶跟下海，弄了个艺术品公司。

少夫人徐昕蕾，本来也是睁一眼，闭一眼。男人嘛，哪个没点偷腥的破事。徐昕蕾最忍受不了的，是齐鲁突破底线，给柴瑶的土豆公司注资。那点可怜的尊严，沦陷了。她不愿做齐鲁屋里子的空气。

齐鲁也有反流性胃炎食管炎。但他不爱杜康，只爱美人。爱美人也得这怪病？说从老爷子那儿遗传的，也讲不通。老头子红色基因没遗传，偏落个反流性胃炎食管炎？还好，不是气管炎。齐鲁对徐昕蕾说，女人是面子动物，老婆要面子就给，尤其是公众场合，那不叫气管炎，叫尊重。

要回屋呢？跟个死人一样，精神出轨，同床异梦，叫尊重吗？徐昕蕾表示无法苟同。

女人的面子，泡泡糖。自欺欺人，女人不得已自保的权宜之计。徐昕蕾有自己的底线。她，齐鲁和柴瑶，哪个都是有头有脸的。她被动选择冷战，没有一哭二闹三上吊。女人一挂免战牌，男人往往会误判形势，错把女人的宽容当妥协，暧昧照样玩得风生水起。冷战的结果，徐昕蕾不得不退守最后那道防线，去太平洋那边陪读，眼不见为净。齐天雷去美国学商科，一学四年，徐欣蕾一次也没回来过。

徐昕蕾和齐天雷一走，家里就剩俩爷们，一下出现真空。家里其实还有个女的，保姆张姨，齐鲁老家的一远房亲戚，跟随齐家多年。张姨也无多余话，齐鲁应酬又多，没法听老人倾诉。

柴瑶却不客气，三天两头跑齐家，刷存在感、送官窑。光送还不得行，还好为人师，给老人讲课，讲五大名窑的传奇，讲元青花鬼谷子，讲明清宫廷官窑秘闻。柴瑶主持人出身，情商高，善解人意，嘴巴像抹蜜，老头子也乐得腾云驾雾了。

柴瑶说，别看那些宝贝是个物件，但它们会说话，天天守着看着，就跟晚辈们围在膝下一样。

老头子喜欢听这话。子女大了，也有自己的事业，再说他也不习惯人多，当年住牛棚多寂寞啊，靠的就是忍耐。

想要一个情感粗糙的老人，突然对古董产生兴趣，需要时间。

柴瑶先是拜京城四海国际拍卖鉴定师尚小林为师，并把齐鲁送给她的龙泉官窑板沿洗转手给尚小林。尚小林也不客气，关了关系，师徒规矩不能坏。柴瑶还大把小把花银子，遍寻名器，目的就为讨老头子认同感。银子是齐鲁的，羊毛出在羊身上。柴瑶拜师那阵子，尚小林已没在四海干了。据说，四海的老总，私自拍卖疑似出土等级文物，被同行举报，齐鲁担心尚小林受牵扯，干脆叫他辞了职，南下荣城帮她搞会所。

会所很快办起来了。于是齐鲁每天的生活成了这样：早上去一趟公司，说完事，下午约一帮富贵男女清玩，据说是主流圈的精神家园。

齐鲁的会所，建在南河边一湿地小区，名字也直接——"齐鲁会所"。与蓝守玉的"守玉楼"不一样。齐鲁会所，有些小众，相当于私人会客厅，名字却不如"守玉楼"婉转。

当初，齐鲁也只是想给他爹的老战友、老同事搞个活动场地。一帮白头发，本来也没啥爱好，齐老德高望重，齐老玩，就都跟风。要寂寞了，齐老会打电话，约些老人，带藏品到会所，喝茶闲聊。齐鲁一看，一堆地摊货，笑笑就过去了。都是老子一辈的，也轮不到他去教训。

尚小林有时会客串老头子们的讲解员，更多时候扮演齐鲁的围棋陪练角色，不过很快便腻了。正好，柴瑶干电视主播腻味了，准备辞职搞公司。齐鲁就说，搞吧。就搞艺术品投资，只是取个啥名呢？尚小林问齐鲁。齐鲁看柴瑶。柴瑶说，"土豆"吧。齐鲁那会儿，对柴瑶的土豆癖好，还不是很反胃。

土豆公司很快搞了起来。表面上，柴瑶出资任总经理，尚小林只是投资顾问。尚小林并不想吃软饭，再说又是老本行。齐鲁说，给柴瑶做个副手吧，尚小林也乐意。除了他们三人和徐昕蕾，没人知道土豆公司的五百万注册资本金出自齐鲁。后来，齐鲁还帮公司搞了个三级文物拍卖资质。

公司实际上掌握在柴瑶手里，齐鲁不过是挂个名头。哪有闲过问呢？夫人是大鸟，越洋迁徙了。他更需要小鸟的羽毛，比如柴瑶的温柔。没巢的小鸟，也孤独。他俩都是彼此的知己，一个红颜，一个蓝颜，惺惺惜惜。

土豆公司从最初的文物艺术品的征集、购买、展销和小拍，发展到去大拍拿货出货。齐鲁自然在暗中相助不少。公司小拍，他会到场，凑个人气。有回，他一人就烧了三百多万，拍走全场五件官窑。齐鲁说，瞎买也好玩，再说三百万也就是小钱，周幽王买美人笑还点了烽火哩。去大拍拿货走货，全权委托柴瑶和尚小林。加上齐鲁圈子还有些人脉，土豆公司的业绩直线上升。尚小林很快在荣城收藏界站住脚，柴瑶也成了圈子里著名的"柴总"。

柴瑶说自己没心没肺。没心没肺好，容易知足。不过，也有问题，缺少安全感。齐鲁说，和柴瑶在一起，老想到自己是有妇之夫。这话，满满的重口味。

大千世界奇妙，妙在每一个极品，都有对应的影子。

重口味的齐鲁，偏偏遇上空心人柴瑶。

柴瑶不止一次直言自己就好重口味。

据说一个人左手跟右手下半天围棋的男人，口味重。齐鲁算一个。

齐鲁说他就喜欢柴瑶的名，乍一听像"柴窑"，外面光鲜悦目，里面空空荡荡，拿也不是，放也不能。齐鲁这么一说，"柴窑"就在圈内叫开了。看来齐鲁私下里真把柴瑶当"官窑美人"的。身边本来艳妇如云，每一天都不乏投怀送抱者，齐鲁也算名流。再绝世的女色，不过生活里一点飞鸿飘羽罢了。观众和演员，互换角度。曾经阅美无数，又有多少优越感？只有，官窑的惊艳，更容易绞杀像他这样无比自恋的男人。

恋物癖的人，有短处被人拿捏，往往一招毙命。

8.3 【双赢】

"柴窑"……

蓝守玉想起来就想笑。取啥名不好？

那次齐鲁带了几个棋朋瓷友到"守玉楼"。柴瑶是新客，蓝守玉乐得不行，原来世间还真有传说中的"官窑美人"。齐鲁和柴瑶是尚小林引荐的，头回见面，怎么着也得留个面子。尚小林是蓝守玉的老熟人，两人的交集，限于生意场，还没有上升到朋友的层面。齐鲁这一来，蓝守玉的生意圈多了有共同爱好的"土豪"。

什么才叫朋友？你听电话那头，施云怎么说：你是我的好朋友吧？那个书记，是我好朋友的好朋友，也就是你的好朋友吧？他是荣城下来的大干部，对地方上不熟悉，你在三江地界属于重量级的人物，在古时候叫啥，叫贤达，叫名流，在今天叫公众角色，叫流量大V。既然他是我朋友的朋友，你又是我朋友，这不就扯上关系了。这不是搞关系，叫抱团，对吧？

你能说这话不在理？

再说，现在也该到市县两级干部的换届季了。九月底，县区班子人员基本调整到位，国庆一过，新的班子就算进入角色了。如果施云消息可靠，那个姓向的，这几天应该就会下来。

施云还真说中了，她的优点就是他的缺点，口是心非，犯贱。

回到三江，他不知吃了哪根葱，竟也找兄弟伙求证施云的小道消息。兄弟伙说，下到屏羌县的那个向某某，曾是现任三江市委书记蒲志的小老乡。蒲志从荣城组织部副部长到三江任前，姓向的是他的秘书。蒲志到三江后，姓向的当了组织二处副处长。这次老书记要离岗，回荣城二线岗位。荣城组织部下来征求意见，老书记唯一向组织推荐的就是他的小老乡向秘书。

听到这消息，蓝守玉并不意外。荣城二线，一般是指人大政协，因为年龄原因，不能再上台阶，往往会安排个专委会主任啥的，市州一级主官，表面服从，内心还是比较落寞。毕竟一下子离开主战场，心头虚，就想找代言人。此时向组织推荐一个优秀年轻干部，似也合规合理。

蓝守玉拨通了文雄电话："你运气来了。"

"大师洗我脑壳？"

"要换届了，你这个吃皇粮的正科级，不是一直盼抽正？"

"盼星星，盼月亮，只盼着脑壳来点亮。本人为啥拼命办那些莫名其妙的案子？说不想，对不起组织。"

"够坦荡。只是你干的那些名堂，组织上不一定在意。"

"还是你了解当哥的。"

"你们县马上要新来个一把手了，而且还是个年轻人。"

"你认得？"

蓝守玉就三言两语，说了个大概。

"这么说，要仰仗兄弟了。"

"也没啥，只是还有那么点关系。成不成，不好说。这两天我安排一下，叫荣城的女友邀请他到'守玉楼'，听说他也是个围棋迷。约棋的话题，应该正当。"

"我咋感谢你呢？请你喝飞天？"

"是我感谢你，前些天不是说过我茗山丈母娘家远房亲戚那个事？"

"'石磙子'？"

"嗯哪……"

"小事一桩。"

"这么说，我们互不亏欠？"

"何止互不亏欠，双赢哩。"

文雄说的"双赢"，想来也是心头话。他这个人，就是打官腔，也是秃子头上的虱子。

蓝守玉也不喜欢装。智商不够，装得不好会被人笑。智商够，就不叫装了，叫博弈。他喜欢博弈。只有真实的对局，才可以一拼高低。你的每一步都在对方的算计之内。反过来对手的心思，你也了如指掌。彼此肚子里都装了一面镜子，多有意思。就像下一局残棋，只有开始，没有结局，既没有打败谁，也没有被谁打败。

8.4 【七月兰花杯】

蓝守玉给施云打电话，请她约一下向书河。施云说，向在领导身边待久了，小心得很，还没来上任就下来，会不会有啥不妥。蓝守玉分析道，只要不到屏芃，就没啥。理由一，到三江看望老领导，聆听教诲。理由二，岗位前置，侧面搞搞调研。两条理由，哪条都加分，而不是扣分。

施云还给蓝守玉透露了一个隐秘之事。

柴瑶和向书河，都是茗山人。两人是高中同窗，后来一起考上西湖边那所传媒大学。班花柴瑶，传说中的女神。女神像天鹅，天鹅在天上飞呀飞，癞蛤蟆在地上磨推推……毕业后，向选调去了荣城。柴瑶，先去荣城电视台，后来下海，成为柴总。在向科长也就是后来的向处长看来，柴瑶早已置身上流，而他不过是个省直机关的小处长。尽管如此，柴瑶一直很欣赏向同学的人品，老实、憨厚，还会写纯粹的情诗。两人一直保持着同学加知己的关系。估计之间啥也没有，柴瑶最多算向处长单相思的梦中情人。

现在天平有些变化了。向处长即将成为向书记。

别看平调正处，出了荣城，赴地方主政，都懂的。这不是丑小鸭逆袭，是实打实的大权在握。

施云表态，她可以找柴瑶先问问。

施云便找柴瑶。柴瑶爽快答应了，她说她的面子在向处长那里，目前还能使。

施云很快回蓝守玉话，说事已搞定。不过柴美女提出附加条件，要蓝守玉表示点啥。

蓝守玉心想，这是柴总的风格还是你施云的风格？

想归想，应承还不能怠慢。施云说，你是不是有个啥花神杯子？蓝守玉想起来，上次齐鲁、柴瑶、尚小林等一拨人到"守玉楼"玩，看到有件康熙官款青花花神杯，柴瑶说那杯子好可爱，能不能转她玩玩。

那可爱的杯子，叫"七月兰花杯"。

蓝守玉爱瓷，也爱兰。杯子是他几年前在一户老藏家处淘来，好像花了好几万。上回，尚小林带齐鲁、柴瑶等人来"守玉楼"淘宝时，他忍不住拿了些东西摆在博古架上显摆。齐鲁看上了一对宋末元初龙泉刻花围棋盖罐。柴瑶独钟情康熙官窑兰花神杯，眼都看得直了。柴瑶不好给蓝守玉提。齐鲁只好硬着头皮求情，问能否把这三件宝贝转他。他们两个古玩界同行，蓝守玉要出啥货，齐鲁算一个下家，按道理，蓝守玉转他应是顺理成章的事。但是，他拒绝了。理由很简单，他太喜欢那三件宝贝了，尤其是那对盖罐。不过，他也没把话说死，留了半截话，说好东西都随缘，若遇上真爱，就随缘。

他隐约记得康熙兰花花神杯子上所用题词，选自唐朝人李峤的五言律诗《兰》。杯子本没有啥，就一件清三代官窑生活小品。只是配上那诗后，杯子就平添仙女般灵气，缠绕指尖，久久不能散去。

花神杯，成套十二件。传世极少，上拍要上千万。单这一件，行内交流少说也值十五六万了。十五六万，对蓝守玉和柴瑶，不过芝麻大点事，但是中间插了个文雄，对于文雄来说十五六万可就不是个数目的问题了。何况，如果仅仅是钱的事，那就好说了。

问题这次不是钱的问题。蓝守玉说过，好东西随缘。说不定，杯子还真跟"官窑美人"有缘。他能猜测到这个杯子对于柴瑶的意义。

8.5 【双性恋倾向】

蓝守玉把预约向书记到三江见面的消息反馈给了文雄，附带说了杯子的事情。

杯子的事情，是蓝守玉夹带的私活。他想起文雄那天说的，因为龙隐郭家的事，可能真的要欠文雄一个人情，这个杯子，就是预备还文雄人情的私货，不过，他又不能明说，得拐几个弯弯。但他晓得，文雄再是个大老粗，这其间的名堂，也是揣着明白当糊涂。还有一点是——明修栈道，暗度陈仓。约向书河见面是打算修的栈道，杯子则是那陈仓了。

文雄也不是白痴，一听说杯子，就笑道，你可别因为我，搭上你的杯子，那可是你前世的女人。丢女人这种黑锅，最好别让我这种大老粗来背。

文雄没有夸张。蓝守玉对瓷器的兴趣，超过对任何一个女子。把瓷器送给别人，等于把自己心爱的美人儿拱手让人。

美人儿能轻易送吗？如果要送，估计也与阴谋有关。文雄不是阴谋家，即使有点见不得人的想法，从他嘴巴里出来，叫案情讨论，阴谋也变成阳谋。

阴谋阳谋，附加在女人身上，会减弱女人味。女人味，女人没感觉，它只是男人的审美专利。

男人更喜欢没有心计的女人，傻乎乎的，像个安静的器皿。你把玩时，它会善解人意，伸胳膊叉腿，任你捏手里转来转去。

在蓝守玉眼里，美人如玉跟美瓷如玉是一个意思。

女人再美，终究经不住时间的蹉跎。岁月就像一把看不见的利刃，一点点把美丽剥蚀。瓷器不会，岁月只能增加美瓷的沧桑。也许易碎，但碎也美，大块的美，化成了零碎的记忆，更不易磨灭。

要让蓝守玉在古瓷和美人之间选择，他会毫无顾虑地选择古瓷。

如果是一件美瓷，可能他会发呆半天。你见过哪个男人半天盯着一个女的一动不动？如果有，那男的若不是性生理上有啥障碍，就是脑子坏了。

一个男人要真的患上了深度恋物癖，在女人和瓷器之间二选一，恐怕真的只有一个后果……

这可不是说来吓唬人的。

还有更大的怪物是"官窑杀手"，准确地说是"官窑美人杀手"。那是在情感上处于高度荒芜的男人，齐鲁就属于这类人。他不缺钱和所谓的情感。对于不差钱的主，讨论情感的意义要大打折扣。

蓝守玉的精神偶像之一——鸠摩罗什，一个试图洁身自好，步步为营，又似乎摇摇欲坠的情感无为者。

很多朋友甚至怀疑蓝守玉有双性恋倾向。

在蓝守玉的认知里，抛弃女人，无非抛弃今生的一个冤家。抛弃那满屋子的瓷器，岂不把前世和今生都抛弃了？

不知放弃，便不会选择。这句话是先锋派哲人说的。

蓝守玉不是先锋派的文人。物对于记忆的承载，远甚于人。人，虽有脑子，会说话，要看对谁说。一转身，刚说过话就记不起来的人，满大街都是。满大街的人，在按别人的套路走，像一具具丢魂的玩偶，就像早些年的他。还是自己做主好，想起早就起早，想过夜就过夜。

8.6 【水指】

兰花神杯，可能真的遇上缘分了。

文雄问他："你舍得你的女人？"

他说了句半是开玩笑、半是人生心得的话："好东西要大家分享。艳遇是福。"

"呵呵，我这个人命硬，我不分享你的艳遇。除了自己老婆，闻不惯第二个女人的味道。"

"山猪吃不了细糠，一条红苕藤都吃出感情了？说正事，你放心，你文哥的事情，啥时候都放在我蓝某的头版头条。"

"那是。谁跟谁？屏羌地界，谁不知道，文武双煞。"

"没让你表态。见面的时候，有啥想法，不好说就告诉我，我给施云说，让她去跟柴总说。"

"也没啥。只觉得这个时间太长了点。我也算兢兢业业吧。就说办业务，这两年也交着了几个文物案，尤其这回老峨山窝案，没日没夜，屏羌乃至三江的公安都跟着长了一回脸。干常务，打牌输钱不说，酒更没少喝，没功劳有苦劳吧。按现在的资历，再上个台阶，当个副县长或转正干一把手，排队也该轮到我了。"

"你给我说有屁用。我又不是你们的组织。亏你在系统蹲守那么多年，咋也算成精的活物吧？"

"不瞒你说，这些年建立的关系，也有一些。关键时刻，一个个溜得比兔子快。关系多，不如关系铁。十面稀松，不如一面铁实。"

"是这道理。你计划一下，看咋个在未来的书记面前，表现表现。"

"愿听兄弟吩咐。"

放下电话，蓝守玉给施云发了微信："一切安排妥当，望能尽早过来。若向大人正式到屏羌上任，再聚会，意义就大不如现在了。待复。"

发完短信，他翻出甜白杯子和兰花杯子，摆在书桌上，一青一白。若论价值，甜白杯子因有根冲线，会打折扣。青花杯子，完美无缺。完美无缺的，这次怕留不住。还好，是送给有缘的女士。要是送给某个男的，那真是比戴了绿帽子还难受。

骨灰级别的玩家有洁癖。青花杯子，完美无缺。此刻，完美无缺的已成路人。他的眼里，深深烙印着甜白碗的那根冲线。

施云的微信很快回了，大意是：向已答应柴瑶的邀请，这段时间，任职通知还没下，他也闲，正在考虑要不要去三江市拜见老领导，至于以棋会友，他并没有拒绝。

以棋会友，貌似很雅致的理由。

蓝守玉朝博古架上看去，上面摆放着那对宋末元初龙泉窑贴花鼓钉盖罐。

还好，围棋罐子安然无恙。那才是真正割舍不下的宝贝。

隐约记得日本人叫那品种的罐子——"水指"。静嘉堂文库就有一只。前些年，港岛拍过一只，一百多万。两件差不多大小，都无盖。日本人讲是文人用品，装水墨的。估计，他们认为东西本来就没盖子。在没搞到此宝贝之前，蓝守玉也这么想。那次，上家刚把东西摆上桌面时，他差点窒息……乖乖，一只都不得了，还一对，且完好无损！闭门研究几日，认为不是装水的。装水的水盂，如果带个盖子，那不画蛇添足？应该是文人装棋子的罐子。

水盂跟围棋罐，相当于小城美女跟网红。

9.1 【灵魂诗人】

暮秋的午后，盆地的空气难得的好，好得让蓝守玉怀疑人生。男人三大美事：升官、发财、死老婆。记得那年在景德镇赵青花工作室学瓷，就因为他津津乐道这三大美事，被柳叶萍捉弄过。

"知道为啥男人都喜欢死老婆吗？"柳叶萍问道。

"这个不用说吧？"他不怀好意地笑道。

"说，必须得说。"柳叶萍语气严肃。

"旧的不去，新的不来呗，就跟青花瓷一样。"他嬉皮笑脸道。

"错！"柳叶萍正色道。

"还有别的说道？"他纳闷了。

"道理很简单，不过，说了你也不明白。"柳叶萍道。

"为啥？"他紧张了。

"等你有了老婆，你自然就晓得了。"柳叶萍卖了个关子。

宁愿相信世间有鬼，也不要相信文艺女青年的一张嘴。这话是双鱼座男人的醒世恒言。

他有些落寞。

回到主题。这个秋天，自己有啥美事？遭遇甜白，邂逅"隐蓝"？还是"双鱼座青花"情绪蠢蠢欲动？

"土豆天猪"已久无消息。多久呢？忆不起来。忆不起来的落差感，怕有一个世纪。

想那些年，华旦大学来了个疯子——"土豆天猪"。他在华旦的临时根据地有二："九眼天珠"啤酒广场和华旦大学的东校门。

"九眼天珠"是个啤酒瓶堆砌的装置艺术，有人说来自"土豆天猪"的创意，此说无可考证。但有一点，那个玩意代表九眼桥酒吧一条街。它是什么时候弄的，没人关注，至少"土豆天猪"去之前，它一文不名。"土豆天猪"去那儿，往往是两件事，一是摔啤酒瓶，二是望天胡咧咧——据说，那是在忘情于诗歌。

华旦的东校门，少有人进出，似乎可以用门可罗雀来形容。只是，从那校门出入的，往往成双结对，保安私下里说都是中文系和艺术系的男男女女。东门边有座牌坊，有人说是为了纪念一位旧时的风尘女诗人所立，但更像贞节牌坊，这都不重要。重要的是，竹树环绕，曲径通幽，还真是个恋爱调情、海誓山盟的好去处。"土豆天猪"没有来的时候，保安们乐得每天晚上偷看西洋镜。自打"土豆天猪"把那里做了临时根据地，保安们如临大敌，不得不加强警戒，因为一夜之间涌来好多的文艺女青年。

"土豆天猪"并不想沽名钓誉，也无勾引谁的污念，喝醉了就发传单——那些"土豆诗"，无关意识形态，校方也不管，但环境卫生和安保是个问题。因为粉丝的聚集疯抢，校门前满地黄纸、粉纸、卫生纸，咋弄？粉丝疯抢，只为追赶时髦——叫"土豆体"的流行诗歌。

文艺女青年的热情，加重了"土豆天猪"的病情——兀自沉醉于虚妄，唠叨不止，自说梦话。也有说他在骂娘的。"狗屁？"骂谁呢？土豆？诗歌？票子？很多人说没听清，不过肯定骂了。

没有谁讨论这些无关民生的话题。媒体也不关心。媒体转述校方的说辞，那人就是个疯子。保安第一个相信媒体的说法，终于还是把他驱离了现场。后来，听说离开华旦的"土豆天猪"上了很多报纸，"土豆体"的名气从此不可一世。华旦东校门的保安逢人又吹嘘说，他们的确见过真人。

许多粉丝以为华旦的保安就是"土豆天猪"最后的真相。

离开华旦，"土豆天猪"去了哪呢？没有后续的确凿报道。

民间小道尚存一些说法。说几天后，二峨的舍身崖，去了个疯子，行为极似那个骂土豆是狗屁的诗人。舍身崖前，他像在华旦"九眼天珠"广场一样，当空抛撒黄纸片粉纸片卫生纸啥的。

寻死觅活钻牛角尖？民间小道对"土豆天猪"的选择表示无法感同身受。

舍身崖现场有游客猜测，疑似"土豆天猪"的疯子，可能迷恋上了天堂。

唯恐天下不乱的人甚至怂恿道，往下看也是天堂啊，中间卧隔一卷祥云。这话倒是挺佛系，还不能说讲此话的游客心存不善。可是谁又能真的脚踏祥云无恙？更多佛系追随者总是摒弃不掉私心杂念，被某种蛊惑代入。

真正有信仰之人，毫不含糊——真的踏上去可能就踏空了，还是泥土石块实在。

后来，现场又传出消息，说那个疯子可能要跳崖。

他跳下去了吗？民间小道追问。

没有说法。之后很长时间，依旧没有传出下文。

一切关于疯子的话题，有没有下文都会被无差别淹没，或者被选择性忽视。

蓝守玉隐约有种预感，那人极有可能是他仰望的灵魂诗人——"土豆天猪"。除了民间小道的传闻，无任何第三方信息确证猜测。

多年来，蓝守玉一直在将信将疑和动摇中度过。他没有见过"土豆天猪"。他的信息来源于民间的传说，甚至他没有读到过一篇可以拍胸脯的官方报道。这是可以原谅的。非主流的疯子又怎么可能占据主流媒体的版面和流量？好在还有态度——对于"土豆天猪"的态度，保持冥冥之中的某种期盼由来已久。幸运的是，很多年后，当他从"影"那里得到进一步的消息后，便更加肯定了自己的态度。

与他的态度格格不入的，是都市报的周末版，以及各种新兴媒体的流量，大多被一茬又一茬流行诗人的花边占据——个个都有着旺盛的表现欲。

真的要相信一句老掉牙的套话：踏破铁鞋无觅处。

不可思议的是，人间蒸发多年之后，"土豆天猪"奇迹般复活，竟源自一颗神奇诡异的"九眼天珠"，而且有了皈依谁的冲动。诗歌可能算一种归宿。不得不佩服，更多所谓的诗人，在选择活下来——昙花也好，苟且也好，诗人的存在绝非偶然。

那为何"土豆天猪"要选择放弃诗歌，放弃土豆和那么多的红粉呢？

想破脑袋也不甚明白。

算了，还是赴约吧。

9.2 【句句真经】

向书河、柴瑶、施云已从荣城出发。处长司机与美女乘客的谈兴，可以尽情发挥想象。

向处长打趣道，能与俩美女同"居"，十分荣幸。

施云回，领导，是同"车"好不好。

向书河解释，就是同"车"啊，古人都叫车是"车"的，不过此"车"，不是你们想的那"居"。向书河的一本正经，把柴瑶和施云逗得哈哈大笑。

荣城到三江高速，就两三根烟的路程。好人向书河，其实不抽烟，一路谈笑，相当于三根烟的消遣意义。

蓝守玉将"黑土"停在三江出口。文雄也在。咋没见文雄的警车？就问，车呢？文雄说"拼的"，那表情有点委婉。蓝守玉这才想起，原来早就车改了。

施云打电话说，马上出收费站。蓝守玉和文雄就朝荣城过来的方向迎了过去。

施云总忘不了自己的记者角色，一下车，就向双方介绍，这是向处长，哦，不，是向书河向书记，很快是你们的父母官了；这是柴瑶柴总，荣城新生代美女企业家，也是艺术品投资领域的红人；荣城资深主播；这是蓝守玉老师，老家屏羌，现居三江，骨灰级别文化人；这是文雄文哥，屏羌公安的一面旗。

大家就一一握手，客套一大堆。

向书河说他得先去看望个朋友，叫柴瑶和施云坐蓝守玉的车先回，他办完事情，即刻过来，就此分手。蓝守玉一行人先去了"守玉楼"。

蓝守玉和文雄都猜得到，向书河是去市政中心见老领导蒲志。

茗山老乡蒲志，在老家旁边某县当县委书记的时候，向书河刚出大学校门。蒲志回调荣城组织部当部务委员，刚好向书河考上了选调生。当蒲志看到向书河档案材料上写的家庭地址是茗山县时，直接将向书河的选调单位改成了茗山县委组织部。蒲志家乡情结很重，提拔乡贤，既做美事，也给自己留个念想。

服务期满后，向书河以优异成绩，结束基层锻炼，调荣城部里。在蒲志的调教下，向书河从科员干到组织二处副调研员。站在向书河的角度，蒲志就是他最亲的长辈，从某种意义上说，甚至比他在茗山县乡下当农民的爹还亲。蒲志到三江市任市委书记之前，将向书河提拔为组织二处副处长，主持处里工作。可以说，没有蒲志，就没有向书河的今天。这道理，二人谁也不说透，彼此心知肚明。蒲志这次离开市委书记岗位后，据说是去荣城政协养老，以后对向书河的关照，就不如以前那么直接了，毕竟没在主战场，干部的事情，再插手也不好。不过，他还是决定最后再帮小老乡一把。就向荣城组织部长建议，让向书河到三江下面的屏羌主政。蒲志的建议，明显带有个人感情色彩。但是，此时他的建议，并不只代表他个人，一个即将卸任的市委书记的所谓建议，代表的可是一级党委。这是个很重的砝码。建议被组织采纳，蒲志如释重负。

又一个可以放松心情的周五。蒲志接受了他的小徒弟向书河到三江市谈事的预约。

秘书把向书河领到书记办公室。蒲志停下手中工作，示意向书河坐下。向书河哪敢坐，就又站着。

"站着干啥？坐下，你站着，我有压力。"书记发了话，他方才敢坐下来。

在老领导面前，向书河也不必客套，就开门见山："书记，这次来三江，一来是看您老人家，二来专门来听听您的教诲，看您老对我下一步的工作，有啥指示。"

"今天上午，荣城组织部常务副部长已经叫我到他办公室谈过了。你到屏羌的事情，马上走最后的任前程序。今天找我去谈，也就是程序之一。"

"都是书记您的栽培有方。"

"别整这些，说点具体的。关于屏羌的情况，我已叫市委办给你搞了份资料，你拿回去，慢慢消化。过几天，我也要去喝茶了。以后你们干主战场，我敲边鼓。年轻人，有智慧，有冲劲，具体的工作也不用我唠叨。既然已向组织推了你，自然也信得过。"

"真希望一直在您手下工作。"

"哪有不散的宴席？再说，世界终归是你们年轻人的，这也是组织的策略和原则。"

"您退居二线，还得多关注屏羌。"

"只能是打话平伙了。不过，在上任前，可以送你十八个字。"

"您指示。"向书河翻开笔记本。

"别记了，哪有啥指示，你觉得有用，就用脑子吧。"

"嗯。"

蒲志先说了九个字，说是送给向书河个人的："强作风，慎交友，不出事。"

向书河："一定谨记领导教诲。"

蒲志又念了另外九个字："选干部，抓项目，树形象。"说是送给他的新班子的。

送完十八个字，蒲志也没啥要交代的了。向书河说他还安排了个纯粹的民间约见，想在去屏羌前，侧面了解些情况。蒲志说，也好，先交友，再办事，这也是年轻人的新做派。因为蒲志急着回荣城过周末，两人就此结束了谈话。

9.3 【守玉楼】

蓝守玉把几人领到会所，叫童桐安排大家到三楼会客厅喝茶，就又驾车到市政中心平台车位，等候向书河出来，驾车回到会所。

"守玉楼"，地处三江老城步行街一角。

沿街看去，"守玉楼"与别的咖啡屋、茶楼无二，也是仿宋风格。进院后，向书河却发现"守玉楼"装修与荣城的茶楼有别。底楼吧台、工作间和一通大茶廊。二楼一间宽敞的茶艺室和两溜棋牌包房。打眼的地方在墙上和案头，一色青瓷陈设。蓝守玉介绍，陈设瓷无一新货，图个怀旧氛围。向书河就赞道，资深文化人就是会玩，有股子仙气。

三楼是蓝守玉的私密场所。会客厅宽敞，博古架隔出小间，办公兼书房。两间侧室，房门一直掩着，估计是卧房。除几盆植物和墙上字画点缀，满屋所见更多宝光四溢的美瓷。

见蓝守玉领向书河上楼来，施云、柴瑶、文雄和童桐，就都放下手里茶杯，起身打招呼。

向书河指着墙上三字匾"守玉楼"，问道："谁的手笔？"

蓝守玉回道："书协主席的手迹。"

施云笑道："笔画这么别扭，还主席？"

蓝守玉道："以丑为美，美学的原始要义之一。了解一下？"

柴瑶笑而不语。

向书河不解道："笑啥？"

柴瑶道："想起小时候用木棍，在河滩上乱涂乱画。"

向书河道："这就对了，书法的最高境界是返璞归真。"

蓝守玉竖起拇指，赞道："一看书记对书法就颇有心得。"

向书河谦虚道："哪里哪里，皮毛而已，守玉先生才不愧三江头号雅士，高古，高古！"

蓝守玉还以客套："书记莫捧杀，守玉不过半闲书生而已。"

蓝守玉给自己会所取名"守玉楼"，源于骨子里流淌的文人气质。蓝守玉说他一直喜欢文震亨在《长物志》里讲的夹缝中偷闲的生活。

满屋古意弥漫，让向书河眼睛亮了："真是个财主，大饱眼福。"

既然叫财主，蓝守玉就又领众人，真的观摩起他的财宝来。

兰花杯子独自陈列在画案头，旁边依偎那丛铁骨素，只是花已快谢。

蓝守玉手捧花杯，递与柴瑶，道："欠你个人情，今天缘分拢了，物随人缘。"

柴瑶惊讶了，惊喜来得有些突然。上次来，也就随便一说，并没当真。当蓝守玉把杯子递过来时，她下意识地伸手，似又不敢接。

施云见状，赶紧插话："还客气啥，我代柴总先收下了。"

施云收了杯子，担心蓝守玉说着玩，把杯子揣在胸前，补了一句："不会变卦吧？"

蓝守玉笑道："我是花萝卜？"

"十个男人九个花。"施云怼道。

文雄见两人斗嘴，也逗趣道："别人花，守玉兄弟不会，人家出了名的金刚不坏。"

向书河也好奇地参与进来："啥宝贝让两个美女如此失态？"

施云就将杯子递过去。杯子轻盈如棉朵，向书河握在手里，不敢用劲。

蓝守玉就介绍道，这是康熙官窑花神杯子，全套十二件。

向书河惊讶道："官窑？怕要好几万吧？"

蓝守玉道："可惜仅此一件，不成套，值不了几个。再说，君子之交，若谈数字就俗了。"

向书河笑道："那柴瑶可欠了你一个人情。"

柴瑶仍然保持着笑意："放心，书记，我和蓝总之间，奇物共赏。我暂时拿回去，先玩几天，过过瘾。以后，寻见好东西，再与蓝总物物交换。"

蓝守玉道："好，好，啥时候到贵公司拿货，一定要优惠哦。"

柴瑶自然心知肚明，道："当然。不过，蓝总这一件的确难得，承蒙割爱，柴瑶真的可以说是超级喜欢。"

蓝守玉笑着又拿出一个锦盒，叫施云装了。

离吃饭时间还有个把钟头，文雄提议，是不是去找个地，泡一下脚。

施云不同意，说泡脚多俗，不如就在蓝大师这里玩。女士反对往往比较有效。

蓝守玉叫童桐送来扑克，交与文雄。文雄捏了扑克，看向书河，又不敢问话。向书河说，他不会玩，叫文雄陪女士们贴纸条。

蓝守玉道："听说向书记是有段位的业余围棋高手，今天能否讨教一二？"

初次见面，向书河自然卖起了态度，客气道："讨教不敢，切磋吧。"

两人就去里间下围棋。文雄、施云、柴瑶在会客厅里玩起了"斗地主"。

童桐坐在茶艺台，一个人忙着为几人煮铁观音。茶香很快弥漫一屋。

清中期的红木棋盘，早已备好。棋罐就是那对南宋龙泉窑贴花水指。

向书河也算见过世面之人，把古董当日常用品，还是头一回见识。不禁连连称奇，夸蓝守玉懂生活。

听向书河夸，蓝守玉就道，向书记要有兴趣，待会儿把这一副棋，拿回去玩。

向书河自然不会要，婉言谢绝："还放你这里吧，我不懂陶瓷不说，围棋也只偶尔玩玩，只有棋兴，没有占有欲。以后手痒想过瘾了，就到贵府切磋。"

"也好。"蓝守玉也没有再坚持。

两人玩起了一角棋。

一角棋，顾名思义只下棋盘的四分之一。四分之一也是天下。眼观一角，胸存天下，以一角，窥大局，谋全域。两人从厮杀到互劫不到两刻钟。最后蓝守玉以微弱半目，输了第一局。

随后两局，速度稍微有些放缓，也是以互劫决胜负。这后两局，向书河仍然略占上风。一胜一和。

蓝守玉对向书河棋艺赞不绝口。向书河笑道，不是棋艺好，是蓝大师承让。

屋外"斗地主"的也有了胜负。文雄输了五千，不过没有付现，贴纸条，五百一根，柴瑶和施云，各贴他五根。文雄笑着说输了面子，赢了青春。施云也笑，文局长你今天输给我们俩大美女的面子输得值。

一行人兴致十足地下了楼。

9.4 【闷你五杯】

"守玉楼"出来，五个人直奔外滩画舫。

蓝守玉没开车，他知道今晚的正事是啥。

外滩画舫，屏羌江边一固定船楼。因为临江，风景怡人，算得上三江城里喝酒赏渔的好去处。

进了包间，蓝守玉推向书河坐主席。向书河不同意，道，你未必然要让我埋单？蓝守玉就笑，哪敢，你不入主席，谁都不敢坐啊。向书河还是推辞。施云和柴瑶见状就围过去，拉了向书河入了主席，两人也一左一右围着他坐下了。蓝守玉和文雄坐了对席。

几人聊着屏羌江畔风景。稍事休息后，一青一红两盆黄辣丁端上来了。

文雄早从蓝守玉"黑土"尾箱里拿来两瓶矿泉水瓶装的"飞天"开了。

向书河说他只能以茶代酒，一会儿还要驾车回荣城。文雄又看蓝守玉。

蓝守玉道："书记是我们请来的贵人，更是在座的一号长官。书记以茶代酒，做表率。书记说不喝，我们不敢喝。"

"这哪行。就是两瓶本地老白干。再说，我的酒兴刚来，你们就不喝了，我还咋给书记汇报工作？"文雄急了。

"呵呵，文局长，今天纯粹朋友聚会，不存在工作一说。"向书河道。

"文局长为屏羌公安战线立下了汗马功劳，要汇报的。"施云比较直接。

施云一出马，蓝守玉的节奏顺着跟上，道："我早就耳闻书记作风过硬，也低调。看这样行不，今天书记来三江视察，给我们几个带来了兴致。我和施云是老朋友了。柴总呢，也早认识。书记又是两个美女的朋友，也就是我的朋友。文局长听说书记今天来三江，一早就赶来，想当面聆听书记对屏羌公安和稳定工作有啥指示，他也好回去准备准备，为书记即将赴任屏羌保驾护航。当然，我备几杯薄酒，主要意思为几个老友新朋聚会，烘托一下气氛。要不，书记就意思那么一点点，待会我叫人送各位回荣城？"

"要喝就喝尽兴，晚上还回去啥，三江好玩的名堂，我都不晓得哩，书记第一次带我和柴总来，是不是也要考察考察你们这边的风土人情？"施云道。

书记看了看柴瑶，道："回是定要回的。要不……也喝点点助兴？"

柴瑶一直保持矜持，没来得及插话，见向书河看她，就道："书记喝，我们两个女士不参与，就你们三个寡男人，是不是少了点兴致？"

文雄一听乐了："还是大城市来的朋友水平高，说话都带感情色彩。佩服！"就与众人斟了酒。

蓝守玉提议，第一杯酒，都敬向书记，以示祝贺。大家就附和，站起来端了酒杯。向书河也起座客套两句，感谢各位兄弟姐妹捧场，一定不负众望。然后一口把酒喝了。

第二杯酒，文雄提议，三江的两个地主，敬荣城来的三位贵客。蓝守玉道，好，好，假地主，敬真贵客，二比三。又都喝了。

第三杯酒，蓝守玉说是感谢酒，感谢各位大驾光临"守玉楼"，虽是陋室，唯友德馨。向书河纠正道，错了，错了，唯主人德馨。柴瑶附和向书河。蓝守玉坚持，唯众友德馨！各位大驾莅临"守玉楼"，让敝楼风景指数陡然上升不少。向书河笑道，你可能说的是来了两大美女。大家就笑着把第三杯酒喝了。

接下来，一对一。

蓝守玉是东家，端了酒，敬向书河。

文雄看两人喝完，也端了酒朝向书河靠近："书记，我敬你一杯。"

向书河道："猛了点吧，能否稍事休息？"

文雄道："做警察就要勇猛。无勇不猛，没战斗力。"

柴瑶插话道："能喝也是战斗力。"

有柴瑶鼓动，文雄情绪更高了："我先干为敬。"这话一完，一杯酒已经下去了。

向书河见状，面有难色，道："那……我是不是不干，就不能体现战斗力了？"

施云笑道："书记，你说呢？"

向书河道："看来是必须的了，要不美女们说我还没上任，就蔫了。"也笑着一口喝了。

大家就鼓掌叫好，赞书记好战斗力。

蓝守玉和文雄又分别敬了两个美女。

按三江规矩，做东一方敬酒完了，客人再行动。向书河就敬了大家一杯。施云和柴瑶也分别敬了。

酒一下去，谈兴也至，就摆起龙门阵。

向书河问蓝守玉对屏羌发展有啥看法。蓝守玉简单谈了向书河感兴趣的一些东西，比如资源、文化。向书河又侧面问干部问题，蓝守玉顺水推舟，说屏羌干部讲政治、素质高、能力强，文雄副局长就是其中的代表。不过，因为两届班子出问题，下面的干部也受了震，现在情绪很低落。

文雄一听，笑道："这话不完全对，我文雄情绪就不低落，工作不误，喝酒也没落下，刚办的几件文物重案，也可以说道说道。"

说到这里，他也就主动汇报了屏羌稳定上的一些问题。蓝守玉一听，还真像回事，看来文雄为这台酒是有备而来的。

待正事说得差不多了，文雄又端起了酒："书记，下面单独运动。这杯酒我敬你，理由嘛，热烈欢迎你来领导屏羌。我这个人，在组织面前，特别不善表达态度，我就喝酒，酒就是我的态度，书记你看如何？"

向书河也站起来："你是老屏羌，以后还要靠你们多承担些基础工作。"

"那是，那是。我文雄没啥优点，就一个，只要组织用我，我绝不拉稀摆带，我干一满杯，咋样？"

向书河就说行。文雄一仰头，喝了。

这头刚喝罢，蓝守玉又上去了。

"你们三江喜欢车轮战？"向书河还是保持矜持的微笑。

"不是，这叫加深印象。您是我们三江市，不对，是我们老家屏羌请来的客人，谁敢在您面前惹事？再说，你们是在荣城见过大场面的，还怕我们小地方？"蓝守玉端着酒，看着大家。

文雄也站着，没有入座。一桌子人你看我，我看你，不知道接下来还要发生啥。

老站着也不是个办法。向书河没表态，蓝守玉也不敢进行下面的动作，就那样尴尬地看看向书河，又看看文雄。

"看我咋呢？你要看重点，才能解决问题。"文雄道。

蓝守玉就又看看两个美女，文雄说的重点可能指她俩。

两个美女，一时也没话，光剩下笑。

向书河也朝两个美女笑。

施云想说什么，没说，柴瑶开口了："蓝总，我替书记喝，不反对吧？"

见有美女主动解围，蓝守玉当然高兴。要知道，书记第一次来三江，也不能给人有灌酒的感觉。就道："既然美女主动，我还能说啥，干！"

柴瑶也把书记的酒倒进自己杯里，一口喝了。

施云和文雄就叫好。

蓝守玉敬完向书河，又敬了两个美女。这轮，他强调的是，以个人名义，而不是三江名义，而且是最隆重的，发自肺腑的。两个女的见他说得那么文绉绉的，笑也不是，也没咋推，喝了。

轮到文雄敬美女。

文雄端酒走向柴瑶。柴瑶小声与之谈判，能否只喝一小口。文雄当然说不行，想想觉得不妥，又表了个态，说只要柴总喝一杯，他就喝双杯。

柴瑶看了看向书河，面带微笑。向书河也还以微笑。

柴瑶就喝了一杯。

按照刚才自己定的规矩，文雄喝了两杯。

还没等他敬施云，施云主动搭话："文副局长，不，文局长，看来你要敬我了？"

"是呀，咋了，挂免战牌？"

"文局长，你的能力，向书记和我们都看在眼里，记在心里。我的酒量和柴总一样，也不行，你能不能也像刚才和柴总一样，两杯对我一杯？"

"施小姐，你说得很对，本人没啥个性特长，就能喝点。政策一样，你闷一杯，我喝两杯。"

文雄说的"闷"，是"炸金花"扑克游戏中的术语，指不看牌，先押注。遇上这样的情况，看牌的要多出一倍的筹码。

文雄正要端酒喝的时候，施云提醒道："这可是你说的？"

"当然，我文雄说话就跟上杀场一样，令牌一发，人头落地。"

文雄话还没完，施云马上接过去："那好，我闷你五杯。"

柴瑶一听就乐了，"噗"的一声，喷了口茶。

向书河和蓝守玉傻了眼了。要知道，文雄至少已半斤下肚，施云说闷他五杯，意思就是文雄如果遵守诺言，得再喝十杯。十杯下去，估计他就趴下了。

文雄看了一下施云，脸有些红。不过，他还是来了句硬气话："施小姐，没关系，只要你能喝五杯下去，我的十杯就是潘金莲的药酒也要喝下去！"

施云说："那叫美人花酒好不好？"

蓝守玉和向书河就笑着劝道，花酒也不能赌着喝。

施云不同意，一口气把五杯喝了，憋红了脸："文哥，我的五杯已经下去了。"

话讲到这个地步，文雄也无退路，只得一杯接一杯地喝，边喝边自己数数："……五杯，六杯，七杯，八杯，九杯，十杯……"

一桌子人眼巴巴盯着文雄。

还没等第十杯喝下去，他的身子已软得像泥，梭到了桌下。

蓝守玉赶紧过去搀扶。

向书河见状就说，说喝就喝，也是干脆男人。就问蓝守玉，要不要送医院。蓝守玉说，没事，睡一觉就好了。他这人就这样，喝酒较真，工作上也是。书记，别见怪，他啥都好，就这一个毛病。

向书河就说，较真是好品质，咋会是毛病呢，送他去睡一会吧。

蓝守玉就把文雄扶到旁边沙发上，躺了。

文雄一醉，大家酒兴也冷了许多。向书河提议散，他们还得连夜赶回荣城。

蓝守玉征求施云意见，要不要再去"守玉楼"，喝点茶，休息会儿再走？

向书河坚持道，不去了，已经很尽兴，回吧。

蓝守玉也不再说啥，就叫代驾，开了向书河的车，送三人连夜回荣城。

荣城的人倒是打发走了。可这人事不省的文雄咋交代？

正犯踌躇，文雄醒了，问在哪？蓝守玉道，外滩画舫哩。文雄看了看，屋里冷冷清清，问，他们走了？蓝守玉回，走了。文雄道，那也走吧？文雄欲站起来，可是用不上劲头。蓝守玉问，往哪里走？送你回家？文雄摆了摆手，NO，回家？哪里有家？我想有个家，一个不需要多大的地方……

见文雄醉的，蓝守玉也心疼，半夜三更，送个醉汉回去，人家女人还不发疯？他可是早就听闻，文雄外强中干，怕老婆怕得要命。既如此，就去酒店吧。叫服务员喊来出租，扶文雄去外滩附近，找个酒店登记。一进房间，文雄就往卫生间跑，哇哇哇地吐一地……

待把文雄扶到床上，蓝守玉自己也不敢睡，给童桐打电话，说要陪文局长，不回"守玉楼"了。

卫生间里全是酒气。澡也没法洗，蓝守玉和衣上了另一张床，很快就迷迷糊糊了。

第二天一早醒来，见文雄床上没了人影。

第四章　瓷劫

10.1　【线人】

文雄一大早赶回屏羌，因为小聂副局长给他打电话，说接到线人报告，一伙咸阳人通过中间人找到他，想脱手一批生货，又不确定那伙人手里货的路数，正没个抓拿。

线人说，急需一个掌眼的。

路数莫辨，文雄和小聂的兄弟伙不敢贸然行动。当务之急得搞明白，那伙人是在装神还是在弄鬼。

蓝守玉接文雄电话的时候，已从酒店回到"守玉楼"，正在园子里小跑，耳机里正播放着歌曲：无奈的秋风从耳里灌进胸部……秋风，这阵秋风，在我胸口……

那是一场充满隐喻的秋风吗？

文雄说了意图。蓝守玉有些扭捏，此种渣渣事，还用麻烦？抓回来一审不就得了。东西对，定个盗窃文物团伙，东西不对，定个诈骗团伙，八九不离十，宁可错杀一千，不可漏掉一个。

"兄弟，一直以为你心地善良，原来还是冷血动物。再说，办案没这么蛮干的吧？"

"文副局长，你我谁没逮过几条蛇，就不说抓鱼的话了，是不？"

蓝守玉的话，戳中文雄的疼。文物涉案标的按文物价值算。有价值，买卖两方都跑不脱。没价值，蓄意的卖家一方，定个诈骗有多大问题？别的团队是不是这样搞的，文雄不知道，自家专案组，差不多都这么干的。

事情要这么简单，还拿专案组来干啥？按文雄的经验，若东西涉嫌文物盗窃和非法交易，那货目前很可能已分散，毛手毛脚抓人，一些关键案物会因此失去线索。若系文物诈骗团伙，也不必急，那些人必定贪得无厌，有一就有二，有二就有三，下不为例……呵呵。当务之急，得找个可靠的人，以江湖专家帮线人掌眼的名义，行钓鱼之实。而掌眼的差事，还非蓝守玉莫属。

"这回怎么也得蓝先生亲自出马才行。"

蓝守玉受宠若惊："此话咋说？"

"既不想打草惊蛇，又不想让蛇悄悄溜出自己的草垛子啊。"

蓝守玉没应承也没反对。

文雄就把线人的联系方式发给了蓝守玉，意思是可以入戏了。蓝守玉问，文导演有啥交代？文雄告诉他，自称"余古董"，说是强哥介绍的，线人会心知肚明，接上头后像真的去给人家掌眼一样，其他就不用管。蓝守玉笑道，意思可以跟神剧一样，自由发挥？文雄道，看个真假，发挥啥？就不怕暴露，被人打？蓝守玉道，那就算了，但东西对不对，给谁说？文雄，线人会报告。

撂下电话，蓝守玉又想起多年前，皇城山小三峡口卧底表演，那阴影，丢脸啊，不提也罢。

看《无间道》里梁朝伟和刘德华的卧底表演，只有仰视的份。都是表演，人与人差别咋恁个大？蓝守玉从小就特羡慕那些有才艺的，越羡慕，越有表演欲，越有表演欲，越深度自卑。

上大一时，有次系里搞活动，文学社女社长，见他长得像土豆，偏有个山歌嗓子，就叫他搭档表演《过河》。学姐身材好，脸蛋漂亮，才艺了得，关键那海拔，足足高他一个脑壳！于是，荷尔蒙，多巴胺啊，七上八下的。调情的台词就不说了，关键两人比身高那段舞，要没超常承受打击指数，估计还未搭上舞伴的手，立马就死掉了。

思来想去，这事恐怕得问问施云。施云的学校在另一个城市。电话拨过去，还没等他扯清楚来龙去脉，施云撂了句，哈哈，我没意见，你得问问文学社其他才子，只要他们不往你身上砸奶茶、扔冰棍棒棒就行。施云的提醒，吓得他一身冷汗。怪不得，最近文学社的几个师兄，个个看他眼睛都放绿光！三天后，他找到女社长，心有点虚……学姐，我胆小，能不能换别个来撑船……于是，《过河》泡汤了。据某师弟透露，学姐被他气倒了，三天不进奶茶。

打那以后，有人看见他常常一个人在校园边某片林子里对着一棵树哇啦哇啦，不明就里的还以为在练习鸟语。就是没人知道，他是在找骂……

不就是装大爷吗？这回咋说也得豁出去！他往线人号码发了条短信："强哥介绍帮看货的。"落款："余古董"。

真有短信回复，问下午有空不？他回，强哥交代过，随叫随到，不空也得空。线人又复，下午去趟西康城，有一批货。他又回，干吗要去西康？线人再复，卖家有地点决定权。

两人便约了，下午两点，西康廊桥。

10.2 【春回馆】

蓝守玉有个不良习惯，早午不分。明明起床不久，却差不多已到午饭时。问童桐吃啥。童桐说吃啥都还早，挂了电话。挂了就挂了吧，自家表妹，还能咋的？再说，兴许人家这会儿正在茶坊忙不开哩。去书房，以泡面对付。一看快十二点了，悄悄避开童桐，下楼驱"黑土"，直奔西康。

线人早在廊桥候着，人模人样。皮尔卡丹的深色正装，花花公子的橘红皮鞋，这都不是重点，重点是从头到脚的南红穿戴，金利来领带上头压着一根硕大的南红项链，坠一颗南红鸡心，左手一块镶碎钻的欧米伽手表，右手两根拇指粗的南红手圈……武大郎炫富？对了，他想起了港岛某个叫伟哥的明星。作为偶像标的，此人画风跟伟哥神似。

也太他妈夺目了！文雄怎么寻一奇葩当线人？

线人倒似有些涵养，见面抱歉道，说他不会烟。

正好自己也不会。两不亏欠。

廊桥人多声杂，两人并不忌讳，东拉西扯闲聊。线人感慨，挖过南红矿，有点闲钱，钱一闲，人就寂寞，一寂寞，意志力就动摇，上了朋友们的贼船。

蓝守玉没听明白："贼船？"

男人夸张地拖着从南边学来的腔调："古董啦，余老板不是也好这口吗？"

蓝守玉一听，这倒是比较超越的活法。谁说男人一有钱就变坏？

此念头仅保留了三秒。爱上古董？古董是啥人都可以"爱"上的吗？宝贝要真的落在暴发户土包子手里，那可能是古董的劫数。有啥法呢？人家有钱。有钱，比啥道理都管用。钱没罪过吧？鬼推磨过去了，眼下流行磨推鬼。再说，宝贝到他们手里，估计也难流通。没流通就没伤害，没流通，就等于保护。这么想着，也就释怀了。

线人给中间人打了个电话。中间人回话，说卖家叫等下。等下，啥话？没这规矩吧？中间人说卖家没解释，只说叫等电话。疑心这么重，还做啥生意？线人冲着电话吼。蓝守玉想到文雄托付的重大使命，就劝道，等就等吧，票子在你包包里，人家挣钱的不急，你个烧钱的急啥？

"妈的，烧钱都要排队。看来只有等啦。"线人看了看欧米伽表，"干等也不是个办法，要不去哪，边玩边等如何啦？"

"悉听尊便，今天就是来'打酱油'的。"

"放松放松啦？"

放松是男人之间的鬼话，无非异性按摩、泡澡、打鱼儿机。

"不成，我舅还等着我结婚哩。再说，人生地不熟，怕被抓。"蓝守玉这话，一半矜持，一半装。真实的想法是，彼此又不熟悉，哪有见面就放松的？被人家挖了坑咋整？不过，就眼前线人那智商，挖坑的可能性不大。再说信不过线人，信不过文雄，还信不过自己的眼力？

"不好耍啦。"线人一连打了几个哈欠，看来昨夜大概率熬了通宵。

"要不，去蒸个桑拿啥的啦？"看线人一脸倦意，蓝守玉忽然有些内疚。

谁知线人把头摇得像拨浪鼓，说最讨厌桑拿。

蓝守玉纳闷，居然还有和桑拿过意不去的："桑拿哪里惹你了？"

"没那么夸张啦，只是比锅大不了多少的几个澡堂子，像下饺子不说，男的裤衩，女的三点式，你看我一身肉，我看你还是一身肉，有啥意思的啦？"

蓝守玉想，这人估计自卑，不敢在一些暧昧场合，让别人看到自己的身体。上帝公平呀，给你财富的同时，又剥夺你部分尊严。对应这说道的，叫"貌不配财"。

线人想了想，又道："西康有个'春回馆'，来之前打听过，据说名堂多啦。"

蓝守玉一听那名，以为是黄色场所。线人解释说，别看叫"春回馆"，其实就是男人的专用养生场所，时尚一点叫"SPA"。

"不会挂羊头卖狗肉吧？"

"谁晓得？去了就知道啦。"

两人就把车停到附近一个地下停车场，上了的士。的哥问，去哪？线人说，"春回馆"。的哥就笑，据说那是中年男人的天堂。的哥这话，让线人的苦瓜脸皱纹，一下绷平了几条。

望梅真能止渴？再说，我看上去有那么老吗？蓝守玉想。

到了"春回馆"，有个服务生立马笑着迎上来："两位先生，上哪层楼？"

线人问，还分楼层？服务生说，底楼足浴，二楼沐浴，三楼心浴。

足浴就是洗脚。跑大老远来西康洗个脚，有病差不多？

服务生就给他俩推荐沐浴。

线人问，沐浴有啥新鲜？

服务生趁机大做广告，各种养生汤，尤以"养肾汤"为专利。

泡个澡还有专利？忽悠人的吧？蓝守玉质疑道。

服务生也没争辩，继续推荐三楼的"心浴"，还特别强调这是目前最流行也是最高级的手工养生项目。养生也分手工和机器，也是服了。

线人没明白"心浴"啥情况。蓝守玉取笑道："没听服务生说吗，手工项目，你看名字就知道啦，除了要动手，还要花心思按摩，专门放松情绪的啦。"

服务生一听，满脸堆笑："对对对，这位老板看来是熟客。"

"谁跟你熟客，猜的。"蓝守玉没好气道。

服务生没明白咋就拍错了马屁。

线人征求蓝守玉意见道："既然这么高级，要不上三楼？"

说着，服务生已带他上了楼梯。蓝守玉一看，线人一走，大厅里就剩自己一个大男人，觉得不好意思，又硬着头皮跟着上了三楼。

10.3 【心浴】

三楼其实就是顶楼。中间一个通道，地下铺满洁白的卵石和仿古地砖，两边一溜各种天然名贵竹木材料、珍稀藤萝绿植修饰的独立按摩房。低调的背后，尽显奢华。

蓝守玉后来回忆那天的遭遇，印象最深的就是进去后，鼻子里那怪怪的味儿。他说，那天，空气里流淌着一股子半是烤土豆，半是麻椒味的黏糊怪味。

到三楼，服务生征求意见，双人浴，还是四人浴？

双人浴？四人浴？蓝守玉吓了一跳，连说了几个"吃不消"。

服务生见他误会，解释道，"双人浴"就是单人间，"四人浴"就是双人间。

线人便说，开两个单人间。

蓝守玉说，太浪费了，打个酱油而已，有个沙发眯一下眼就行，再说，一会还有正事，在一间屋子好随时商量拿主意。

服务生就道："若二位要说事，还有双套，外面一大床，里面一小床，中间隔个屏风，只是共用一个生态浴井。"

"共用就共用吧。"既然上了床，就不要怕露屁股，蓝守玉也不想扭捏了。

线人却面露难色。

蓝守玉劝道："放心，各洗各。别说是你，就是一堆美人我也坐怀不乱。"

其实，他更想说，就你那堆泡泡肉，还怕被人看？

两人就随服务生去了一间叫"白露"的双套间。

双套间是半封闭的，里间的外面，有个超宽阳台，阳台上有山石，有树，四周青瓦粉墙，墙下垒了个仿生态的山泉水浴井。

服务生推荐先冲个泉水澡，一会儿就安排技师过来。

蓝守玉纳闷，天这么凉，冲泉水澡，不怕感冒？

服务生就科普，不是真的泉水澡，仿真的温泉，加上房间里有空调，浴井里还有个火炉，不怕的。

一会儿，进来两个女的，自报"八号""三十六号"。

"八号"瘦高，脑壳小得可以忽视，仍有肉感，尤其胸前两个包，被紧身衣给挤的，看上去像秋葫芦。线人就点了"八号"。蓝守玉咽了口口水，这算缺啥补啥？

"三十六号"矮小，不过还匀称，算个袖珍美女。美女问，要不要把浴井的温度升一下？蓝守玉道，随便吧。袖珍技师就去浴井，从炭炉子里夹了几块烧红的石头，放到地上。又取浴井台上一瓶土豆花精油，打开莲蓬头的水，浇那石头，边浇水边往石头上喷精油。一浇一喷，怪怪的味道就上来了。

胸大的女人问，你们两个是一块冲澡，还是分开冲。线人看蓝守玉，蓝守玉道，你先冲吧，我躺一会。线人就说，那我抓紧对付一下。

大胸女的就陪着线人去浴井。蓝守玉在沙发眯眼养神。养神的那会，袖珍技师已泡好两杯养生油茶，端了一杯给他，说是男士专用。蓝守玉大起胆子抿了口，酸甜中带点酥麻，还有些腻。就问，啥东西弄的？袖珍技师道，据说是山花蜜、枸杞，还有藤椒油啥的。蓝守玉问，藤椒油泡茶？袖珍技师道，是呀，这叫"椒茶"。蓝守玉问，啥叫"椒茶"？袖珍技师道，"椒房"听说过没？他使劲想了想读过戏说隋炀帝、金代海陵王、明正德帝私生活的几本闲书，点点头。袖珍技师道，"椒茶"就是"椒房"用茶，很有文化的茶。他问，凭啥说是藤椒呢？袖珍技师说，藤椒不是壮阳的吗？他便无话可说了，只好狠狠地喝了一大口。

他后来给小年轻们吹牛说，那是此生喝得最解气的一杯茶。

线人和胸大的女人，从里间出来。蓝守玉这下看清楚了，线人竟然跟他穿了同一个牌子的红裤衩——"猫人"，某网店的爆款。

他也属猴？今年三十六，还是四十八？如果不是本命年，为啥要穿如此夸张的一条红裤衩？难道，他真的是一个对自己的下体严重不自信的男人？

冲澡的时候，蓝守玉的脑壳里，全是红裤衩。

蓝守玉是一个容易陷于自我暗示的男人，一旦被某个问题困扰，神智就下降。心理医生说，这叫"倾向性疑妄"，一种尚未被认知的抑郁症类型。

一纠结，忘了来浴井要干的正事。袖珍技师照着课程表，一会搓背，一会抹泥，一会喷沫，竟都视而不见。还真是视而不见的，一来近视，再则浴井里水汽弥漫，若非贴着鼻子瞧，还真看不出所以然。

当他磨磨蹭蹭从浴井里出来，到了里间，听得外面大床上，哼哼唧唧，呼呼啦啦地响动，就问，他俩在外面干啥？袖珍技师答道，"心浴"啊。他又问，知道是"心浴"，我是说他们这会在弄啥程序？袖珍技师窃笑道，估计"吹仙气"，升天吧……

袖珍技师说罢，叫他躺下。

他有些诧异："咋了，要动手术？"

袖珍技师说："刚才完成了所有的手工程序，接下来心意按摩。你已经走过通污涤秽，焚香沐浴，现在带你面壁思空，一会儿再修仙升天……"

袖珍技师还没说完，已把自己并不丰满的胸板，一厢情愿地贴了过来……

周围寂静极了，仿佛置身空山。

他感觉自己快要被啥压住，一上一下乱蹦……

人闲桂花落，夜静春山空。不好意思，本来斯文透顶的诗句，被带出暧昧。

一轮秋月从山中升起。涧水潺潺，微风轻拂。两只画眉，上下翻飞。一只是另一只的爱人，身体的语言呼唤爱恋，心灵的对话升华相思……

莫非这就是袖珍女技师说的"面壁思空"？

那"修仙升天"又将是怎样的一种境界？

蓝守玉沦陷于新一轮的自我暗示……

就在他迷迷糊糊，快要无法自拔时，外间传来一阵电话铃声。一会儿线人穿着红裤衩风风火火闯进来了。

"有事？看你慌的。"

"妈的，早不来，迟不来，偏偏这档子来电话。"

线人骂过之后，又说，电话是中间人打来的，说卖家已到西康，并无意安排马上见面，只同意中间人，带件东西约他和掌眼专家上手。中间人胆子小，问他俩在哪。他想都没想，就说正在"春回馆"的"白露"间"修仙"哩。

蓝守玉问，你这不是暴露隐私吗？线人急了，说一接中间人电话，他就沉不住气，心眼也没了。也是，两个民间寡男人，还有啥隐私可言？

线人问蓝守玉，给中间人咋说？

不见就不见呗，他妈的疑心也太重了。蓝守玉本欲发火，考虑到自己的打酱油角色，又软了："见面吗，不慌谈，叫他先发个图看看再说。他不露底牌，我们也不慌，这叫礼尚往来。"

线人就给中间人打电话，得到的回复也干脆，图有，不能发，要看就见面，不看拉倒。

这算较上劲了？蓝守玉来了兴趣，看来有名堂。就征求道："换个地约？"

线人看了看坐在蓝守玉按摩椅旁边的袖珍技师，面露尴尬："这儿，其实挺安全啦，要不，叫中间人过来？"

蓝守玉也看了看袖珍技师，明知故问："这安全？"

袖珍技师说："啥安全不安全，未必然还有哪个会吃别个？"

"吃别个？哈哈，也许吧。"便对线人又道，"行吧，她俩都说安全了，那就叫人过来。"

他示意袖珍技师去总台候着，有朋友一会要来谈事。袖珍技师说，服务钟点还差一半，就这样出去，经理会扣钱，要不，把"吹仙气""修仙"先做了？他回，没兴致了，帮修修灰指甲吧。那女的说，修灰指甲要另外收费，再说她不会修灰指甲，要重新换技师。这么麻烦？那你胡乱弄弄脚趾丫，捏捏腿肚子啥的会吧。袖珍技师说行。说罢，袖珍技师给总台去了个电话，吩咐一会儿把"白露"间的朋友带进来。

线人谈完事，就又回外间大床上去了。

"三十六号"袖珍技师开始握着他的一双脚，磨起了洋工。

外面大床本来小点的声音，又涌起来了。估计在弥补"升天"最后那口气……

10.4 【甘南遗宝】

半小时后，服务生敲门，带进来一个戴顶球帽和一副墨镜，穿直筒领黑风衣的男人，看来是那个中间人了。

那人看着屋里有两个女的，有些诧异。

线人掏出一叠百元票，欲打发俩技师走。俩技师不敢要，扯有啥规定，还说，钟点还早哩。

蓝守玉道："这样吧，你们服务很到位，老板愿意给，还扭捏啥，我们又不会投诉你俩。"

两人就收了，但还是不肯走。

线人道："要不，你俩到后面浴井里泡一下，把水放大点声啦。"

胸大的美女就撒娇："好呀，昨晚上了通宵班，正困哩。哥哥这么开通，放我们进去泡一会，是要我们在里面等两个哥哥吗？"

线人巴不得似的，嬉皮笑脸道："要得，要得，等哥哥们把事谈完再说啦。"

看看中间人一脸尴尬，蓝守玉哭笑不得。又想，演戏，也得真演，看那男的浑身骚劲，估计中间人怎么也不会想到，那个赤裸着上身，穿红裤衩的男人，是公安的线人。

继续挖坑吧。蓝守玉满脑子的剧本台词在飞。

俩女的就带上衣包，进了阳台的浴井，一会儿，里边传来稀里哗啦的水声。

蓝守玉问："东西带了吗？"

来人打开背包，拿出一个琉璃的盒子来。

开门明中期货。从塔状的造型看，小乘教派的路子。底座一圈，镶有四颗绿松石，四颗玛瑙，看装饰风格有藏传的影子。

"问一下东西啥来路？"蓝守玉像电视鉴宝专家一样发问。

"老师内行，这种神物，可不大容易见着。"中间人回道。

"珍稀倒不见得。明代的琉璃盒子不值几个钱。听你这么说，难道是……"蓝守玉欲言又止。

中间人没有接话，屋子里暂时有些窒息。

线人抢着插话："你俩也不用打哑谜啦。舍利子函。去年我去法门寺见过，法门寺用的黄金，你这货像玻璃啦。"

"琉璃。"中间人纠正道。

蓝守玉试探道："靠近雪域一带出的吧？"

"行家。东西在甘南铲地皮铲来的。"

铲地皮就是跑乡串户淘换的意思。

"传世？"蓝守玉表示怀疑。

"好像没听说这路货能传世。"中间人喜欢用反问句。

蓝守玉不再发话，递与线人。线人道："不用看啦。既然我的鉴定老师不发话，那就是说，东西没问题，我可以要啦。不过，够不够档次，我自己会看。还有点别的啥啦？"

中间人想了想，问线人："要看老板愿出多少，我们老板看价下菜的。"

线人看蓝守玉。

"不见兔子不撒鹰，"蓝守玉唬道，"上小拍可能能卖一两万，你们敢上吗？"

"哪敢。"中间人道，"三五万都不值？现在东西好赖都不好弄了。"

线人憋不住了，嚷道："别磨磨叽叽，都拿出来啦。"

中间人摇头道："没啦。"

依蓝守玉的经验，这伙人天远地远，翻大秦岭来，绝对不只让人看个空盒子啥的，就道："没事，都是行内人，知道你们不会把宝贝都随身带着。

图总有吧。"

中间人看蓝守玉，又看了看那线人。线人骂道："看我干啥？别他妈装，要做生意就干脆点啦。"

中间人从包里掏出两张彩打照。

线人讥道："妈的，真是窝土包子，啥年头啦，还带照片，智能手机不会用啦？"

蓝守玉拿着照片，笑道："也对，这样安全。"

一图，半龛壁画的局部，拍了半龛。大致画的是一僧人，斜倚竹林。竹有色，虽有剥蚀，隐约还能看出竹节上，好像以朱砂、雄黄、松石蓝等颜料涂过。见过苏东坡的朱砂红竹子，但用多色画竹节的，还是头一回见。壁画的一角似有题诗，只那图有些朦胧，又未拍完整，从内容瞧不出啥名堂。不过可以猜个大概，比如寺院传说一类。

另一图，一件天珠，标准的雪域法螺化石玛瑙玉料，包浆厚实油亮，那种传世宝物独有的光气，让蓝守玉想起多年前"土豆天猪"发过的一组图片。可惜，那时候，对天珠没有经验，图片也没留，不然的话，可以就此对比一下。

线人问蓝守玉，东西咋样。蓝守玉回，壁画没明白，看绘画工夫一般，颜色脱落厉害，属于寺院的装饰，文物级别高，有兴趣可以玩，不过有法律风险。中间人回道，没风险，东西估计还躺在深山破庙，老板真的要，他们才去想法弄，价格也好商量。蓝守玉问，为啥不拍完整？中间人回，上家老板给的图，估计是怕出事吧。蓝守玉道，既然怕出事，那还扯个屁？蓝守玉的意思，表示出对那壁画没多大兴趣，他并不想自己的判断助长那伙人的贪欲。中间人又问，珠子呢？他又谈了看法，认为应属雪域一带大庙宇才有的传世物件，要是九眼的话，那可真算得上宝贝的。中间人回，听人说真的长九眼哩。

"听人说？"蓝守玉不解道。

"是的，东西也在甘南。"

蓝守玉大致明白了他的意思："这么说，东西还没到手？"

"这种大货，得有可靠的下家，上家才会去弄的。那珠子，是神物，人家看得严，不是一般胆识的人，谁敢动？"

"你们也是小心人，不打无准备的仗。"

"不是我们，是我的上家说的，东西也不是他们去弄，是他们的上家，还是上家的上家，都说不好哩。"

线人不耐烦了："谁管你那么多，就说东西能不能弄到手啦？"

中间人为难了，看着桌上的琉璃盒子，似犹豫了："看盒子能不能走掉再说吧。"

线人有些不满："太极拳谁他娘的不会打？我理解你和你上家的意思。这年头，谁的路都不好走啦。盒子也要的啦，但不是今天，包括那壁画，等你们搞到天珠再谈啦。"

中间人听线人这么说，把照片和菩萨装回包里，边说边笑道："没事，买卖不成情意在，随缘吧。要不是眼下市场不景气，谁愿抛头露面，拿自个压箱子的底货出来闯，万一撞到鬼呢？"

"呸呸呸，乌鸦嘴啦。"线人骂道。

"人家说的也不是没道理。行内，差不多都这样。"蓝守玉两头劝道，"也行，下来你们可以再联系。有没有缘分，要等时间。"

线人急得像猴，提出能不能拍一下盒子和那两张图，被中间人断然拒绝了。

蓝守玉一看线人脸色，寻思道，还真是属猴的脾气，连忙打圆场："没事，东西我都刻在脑壳里哩，小心驶得万年船。"

中间人笑道："还是老师道行深，后会有期。"

说罢，收了盒子和图片，风风火火地又走了。

中间人走后，两人就刚刚过手的东西讨论起来。

蓝守玉说，这趟多半碰上了条大鱼。如果现在就把他们抓现行，那就立功了。线人说，他不想立功，就想把缓刑解除就行。

"解除缓刑？"蓝守玉有些纳闷，"你惹事了？"

线人愤愤不平地说："娘的，去年刚上道，听别人说，石雕好玩啦，就跟人学玩生坑圹志，腥没沾着，惹一身骚，判了个一年缓刑啦。不然，谁他娘的愿意给公安卖命？"

蓝守玉笑道："谁叫你玩那玩意？就不怕鬼缠身？"

"我本来胆小的啦。带我玩的老师，叫我跟着他，去找一个道士算命，那破道士给我开了个啥鸟方子啦，竟然说我要玩古，先练练胆子，叫我弄一个墓碑圹志啥的，放到卧室里。"

蓝守玉笑得不行："人家也没整你冤枉。"

"还没整冤枉？就差没进去啦。娘的，那破道士别再让我碰到啦。"

蓝守玉就劝："算了，想想怎么再找理由约那伙人见面吧……"

话还没说完，线人电话又响了，一看是中间人的，就问蓝守玉接不接。蓝守玉说先吊下胃口再说，线人就断了电话。谁知中间人发过来一条短信："妈的，你们耍老子是不是？"

线人正要打电话问啥情况，外面早已闹翻了天……

10.5 【秋风行动】

"坏了,快跑!"蓝守玉第一时间反应过来。

线人问:"里面还有俩女的,咋办?"

"咋办?凉拌!先管好你自己吧。"蓝守玉边说,边整理衣服,催那男的穿衣服裤子动作快点。

两人正要开门出去,门却被一脚踹开了。

一伙人闯了进来,喊道:"都老实待着,别乱动!"

谁还敢乱动!蓝守玉一眼就看清楚了,门外站着一个高大的女警。

蓝守玉说,他先天患有"警花恐惧症"。

记得在乡中心校上小学二年级时,有次学校搞演出,女班主任弄了个吓人的节目《警察抓小偷》。这本来也没啥,法治启蒙教育。问题出在蓝守玉自己身上。老师让他扮小偷,让他同桌扮警察。同桌是个女生,长得比他高大多了。后来上大学,文学社搞演出,表演《过河》,搭档的师姐也是个高个子,妈的,这辈子咋都碰上电杆?关键同桌她妈真是个派出所女警。那女生平时就爱在班上管这管那,威风十足。演出开始,女同学站在他前面,声色俱厉,站到,老老实实回答问题!女同学从他的包里拿出一支蜡笔,在他眼前晃了一下,大声问,小丽同学的蜡笔是你偷的吗?接下来,他的台词是,是我偷的,我错了⋯⋯

在班上排练的时候都还正常,到了演出那天,一下面对台下那么多同学,加上话筒放大了女同学的大声呵斥,他当时就蒙了⋯⋯没,没,我没偷⋯⋯与他的胆怯恰恰相反,那个女生到了舞台上,看着下面的老师和同学,活脱脱一个人来疯⋯⋯还没?没偷,小丽的蜡笔咋会跑到你的书包里?他纳闷了,不是你让我装进去的吗,咋赖我了?他十分委屈。那女孩见他不配合,着急了,还不老实!说着,竟从荷包里掏了一张废纸片来,卷成了一个枪筒的样子,抵着他脑袋,煞有介事地敲了几下,坦白从宽,抗拒从严,这下你老实交代吧,是不是你偷的⋯⋯

坦白从宽,抗拒从严,这下你老实交代吧,是不是你偷的⋯⋯儿时的恐惧从此成为一生的梦魇⋯⋯

女警的身后,跟着一个着便衣的帅哥和一个扛摄像机的"眼镜"。便衣帅哥拿着一根砸门用的黑塑料棒,指着他俩脑袋,吓得线人裤子一松,差点又掉地上了。

没出息,那是塑料棒,又不是枪。蓝守玉暗自骂线人。

女警一本正经向他俩发话："奉命开展'秋风行动'，清查娱乐场所。请接受检查和询问。"

扫黄！切，早说嘛，还以为卧底行动泄密，被人举报。还好，刚才总算克制住了，没"修仙"，不然，他蓝大师那张明星脸就在西康丢大了……

女警指着外间大床旁边垃圾桶问："啥？"

蓝守玉一看，一叠黏乎乎的卫生纸，谁知道是啥？你问他呀。不过，这话他只在肚子里说。

线人吓尿了："没啥啦……"

"没啥？"女警用手套把那叠黏乎乎的东西捡起来，对着他二人眼前晃，"这不是男人专用的吗，没见过？"

女警展示那玩意的时候，扛摄像机的"眼镜"，已把镜头凑过去，似乎在搞特写。

线人的脸顿时就成了红萝卜。蓝守玉一看，傻眼了，刚才他们两个在大床上哼哼唧唧，不会就是用这个东西"修仙"吧？

里面浴池里，已没了声响。但是，空气中那股子黏乎的土豆麻椒香似乎更浓了。

"什么怪味？"女警嗅了嗅鼻子。

两人都不知道咋回。

女警像明白了啥的，带着摄像师就去了阳台。先听到里面传来几声惊叫，一会儿，女警带着两个女的出来了。

"是不是都带回去？"便衣帅哥问女警。

便衣帅哥没穿制服，不知道来路，估计有可能是扫黄打非办的。不过听那口气，今天的行动，这个小组里，女警是头儿。

女警凤眼瞪了瞪两对男女，那意思太明显了，对这些社会渣滓，还用废话？

线人盯着蓝守玉，一副无助的傻样儿。

盯着我干啥，还不是你他妈的没管住自己的那玩意，这下好了，都被整进局子，满意了吧？蓝守玉暗自骂道。

10.6 【大水冲了龙王庙】

当天晚上十点，蓝守玉从西康治安支队出来后，第一件事情就是给文雄打电话发牢骚，说事给搅黄了。文雄问咋回事，他就说了下午"春回馆"里的事。文雄听后也纳闷，大白天的，西康发啥神经搞"秋风行动"？

"你出来了？"

"没出来，你还能听我电话？"

"交代了？"文雄语气有些着急。

"老子啥都没做，交代啥？"

"我晓得你啥都没做。你要做了，那就不是蓝守玉了。对你，我多少还是有些了解的。我是说，你交代了卧底的事？"

他很严肃地说道："你的线人交没交代，不好说，反正老子没啥可说的。"

文雄一听，语气马上轻松下来："他，我倒不担心。除非枪架在他脖子上。这事，我亲自给他当过素质教练的。他出来了？"

"出来个屁！警察从垃圾堆里发现了一团黏乎乎的卫生纸。"他没好气道。

"公猪改不了拱食，关他两天就没事的。"

见文雄幸灾乐祸，蓝守玉不满了："你就这么草草对待你的线人，见死不救？"

"戏要演就演足。那么真实的戏份，打着灯笼火把都寻不来哩。"

"你太乐观了，文副局长。"

他提醒文雄，说两人本来约了中间人谈事，也看了货，确定是条大鱼，谁知中间人前脚走，后脚西康警察就来了。

"这么说，中间人没被一起打秋风？"

"一起打了倒好了。"

"没打就好，这样戏可以继续演下去。"

"还演个屁。人家前脚一出，警察后脚就把'春回馆'抄了，对方就是傻子也会怀疑是我们钓他们的鱼报的警。"

"中间人看到警察去了你们那？"

"对呀。他发短信的时候，估计刚出店不远哩。"

"正常情况下，统一行动在晚上搞的，大白天针对性地去踩一个按摩院，应该是有人举报。"

"举报？谁干的呢？"

"还有谁呢？按摩院竞争对手啊。"

"竞争对手举报，也不一定非得白天去呀。"

"白天去，动静夸张，收获并不会大。显然，这家按摩院还是有一定背景的。"

"还有种可能，贼喊捉贼？"

"那不会，谁他娘再蠢也不至于叫人来砸自己的堂子。"

"我的意思是，会不会那个中间人报的警……"

此话提醒了文雄，文雄想了想，道："如果是这样，那只有一种可能，这是个资深团伙，他们在试探你和线人，说不定他们那会儿就躲在附近一直观察你们是不是被真的带走了。"

"你的意思是我们被带走了，那伙人就会相信我们？"

"我只是猜，现在文物犯罪分子越来越狡猾。不过，你又说那边中间人最后好像发过短信骂你们，我看，贼喊捉贼的可能性不大。"

"我想也不可能。怪也怪运气不好，撞上了倒霉的搅局。这下那伙人彻底没影了。"

"天网恢恢，他们往哪跑？娱乐场所哪个旮旯没监控？线人有中间人的电话，你们不是还留下了案物的图片证据吗？再说……"

"再说个毛……"没等文雄讲完，他已无好气地直接挂了电话。

自以为是的官僚，你以为就你们是聪明的地下党，人家都是笨蛋军统？他对文雄专案组的能力，表示怀疑。按他的经验，监控估计处于关机状态，就算你运气好，开着机，你确定能看清楚中间人遮得那么严实的脸？线人留下的那个中间人的电话卡，估计也是从地摊上买来的，这会儿说不定已经扔到哪条臭水沟了……

11.1　【瓷睡法】

同样的电话骚扰，蓝守玉和施云，画风截然相反，一个醉酒后，一个上床前。男人喝高，燥火。女人脱衣，退凉。一燥一退，互补。

连夜赶回三江，上楼第一件事，冲热水澡。施云来电话的时候，蓝守玉正在浴房。

一路上，都觉得浑身上下有股黏糊暧昧的土豆麻椒腥味。非主流的味儿，塞满驾驶室。本来就有洁癖，不冲个透，瘙痒得慌，忍不住要挠，一挠瞌睡虫也给挠没了。与别的男人不太一样的是，蓝守玉还爱拿块瓷片标本退凉。摸那皮壳，瞧那文饰，凉梦悄悄地就来了。他管自己的发明，叫"瓷睡法"。

施云有失眠症。三五朋友一聚，扯闲篇。蓝守玉分析，施云的失眠，与记者加诗人的职业强迫有关。记者和诗人，两种职业凑一块更严重，稍有点风吹草动，便触发神经末梢。尤其是对婚史羞于启齿的大龄女，一旦得此病，无药可救。

施云一听光火了，大龄女，欺负人吗，谁还没青春过？再说，本人算三次待字黄花吧？

三次待字黄花？这第一次，应该就是他了。他之后，是二次。现在人家离婚了，真的是三次哩。

"帘卷西风，人比黄花瘦……"他作自我沉思状，似笑非笑道。

女人嘴巴再零碎，到底还是贫不过男人。就忍，黄花就黄花吧，只要不是黄花菜，再说，黄花菜又咋样，凉了，不是花也是菜。蓝守玉笑道，花菜没问题，还是黄色的，咬一口，唇齿留香……施云逗乐了，打住，打住……就说咋才能催眠？

于是，有了蓝守玉兜售的"瓷睡法"。施云一试，并非那么有效，还是睡不着。睡不着，又给他打电话，质问是不是恶作剧。

都说离婚怨妇胸大无脑，冰冷的瓷片咋能催眠？胸大这种话，他不敢说出口，便换成貌似专业还带关心的邪腔，施云小姐，你要学着对寂寞产生抗体。

施云嘀咕道，才怪，本姑娘哪里寂寞了？

听施云被带坑里，就笑，呵呵，对了的，寂寞之人才话寂寞，你现在这个样子，分分钟钟寂寞，估计都耐不住，还有强烈的倾诉欲，搞不好更年期前置。这么损她，还不过瘾，又添油加醋，国外有研究资料表明，女人的更年期最早已提前到三十五岁左右。

施云作悲情状，道，你的意思是本姑娘已经老了？

不是老了，是快老了。能想象得出，他补这一刀的时候，电话那头的施云，是如何切齿地恨了。

切齿之恨，也不影响有事没事与他煲电话粥。

男人难忍小寂寞，女人难忍大寂寞。大小寂寞通吃的，定是有性别障碍。

11.2　【施云】

响铃第一遍，显示"老婆一"，没接。他在等第二遍铃响。

待披上浴巾，欲上床时，果然又响了。就笑，还真会踩点子。

"青楼哥，猜，今天啥事？"

"别这样肉麻好不好，我刚洗完澡，怕冷……半夜三更的，闹啥聊斋？"

"幽默点好不？"

"那把聊斋换成狐狸？"

"切……"

"切啥切，要嫁男人啦？"

"嫁你个头！哪痛戳哪，不知道心疼人？"

"痛就好，痛并快乐着。"

"你的快乐总是寄托在别人的痛苦之上。"

"绝对是误会。感同身受哩。"

"没工夫陪你调情。说正事。那天柴瑶收了你的兰花杯子，高兴坏了。"

"她有恋物癖，又懂行，康熙官窑，还是值点点银子的。官窑对有恋物癖的女人，杀伤力等同毒品。"

"不是和你说这个。那天她和向书记，回荣城一路上挺带劲儿的。"

"酒壮色胆。"

"你们男人是不是三句话不离本行？今天柴瑶打电话，说那天书记情绪特好，一直夸你。他说在荣城，要找一个围棋对手，比生个二胎还难，麻将高手倒是满大街。书记不是个俗人，业余生活也要讲品质。他说，没想到你蓝总还会下围棋，说你算三江的一个人物，放到荣城也称得几斤几两。"

"夸我有毛用。想当年，本人无数次地被夸，又咋样。被夸不是啥好事，说明出头了。出头鸟的下场，了解一下？"

"你会不会一直没吃过葡萄？人家给你说正经事。"

"女人上床前，给单身男人打电话？正经事？"

"真受不了你。柴瑶让我告诉你，书记对你引荐的文副局长，比较'感冒'，说还有点能耐。"

能喝是吧？他忍住了冒到嘴边的话。想到，文雄这两年在副局长位置上的确还做了些人事，就道："对啊，没能耐，能把副局长当正局长干到现在？"

"你把心爱的兰花杯子割爱，人家总不能亏欠你，女人嘛，见不得男人对自己好。"

"女人多情，男人弱智。这话，我已经听N回了。"

"你转告文副局长，人已经引见，能否如愿，看个人造化了。"

"也请转告柴总，文哥最擅长挣表现。再说，上头下来的干部，人生地不熟，哪个不先搜罗几个信得过、又熟悉情况的当地人搂起？"

"柴瑶就这么说的。她说，你和文副局长，比较合适。"

"就不扯我了，不是一家人，不进一家门。文雄吧，可考虑，他自己也有想法，说不定一拍即合。"

"一拍即合？好端端的事，咋从你嘴巴出来就变馊了？要我说，不是你找我，才懒得管。"

"是，是，我的小姐，不，大姐……又错了……算我欠你。"

"你欠我好多回了。"

"放心，出来混，迟早要还的。"

"你还？我宁愿相信世界有鬼，也不会相信男人一张油嘴。"

"你这算是拐着弯夸我吗？"

"看把你美的。你猜，柴瑶为啥巴心巴肝引荐文哥？"

"你面子大噻。"

"我算个屁，在蓝大师眼里，还不就是颗前朝的珠子，再好也只能放在箱子里，不能揣在怀里。"

"我以后天天蹭，行了吧？"

"蹭豆腐？门儿都没有。你的杯子起作用了。"

"那么大个美色老总，还缺个杯子？"

"揣着明白装糊涂吧？以为不知道谁肚子里那点小算盘。你算把她吃定了。真起作用的，杯子被她送了人。"

"有啥奇怪。我也经常做顺水人情。"

"送谁晓得不？"

"貌似此种问题，没智商含量吧，还用猜？"

"你晓得？"

"肯定送齐老头噻。"

"算你狠。"

"我还知道他为啥要送齐老头。"

"为啥？"

"在齐鲁面前得分噻。"

"还说你们不擅心计。看来，与你们男人，尤其是与有文化的男人打交道，得倍加小心才是。"

"别夸，本人，仅仅有点屁话而已。"

"还真是屁话……不扯了。柴瑶也不容易，她的事业，全靠傍了齐鲁。她一直在努力，想在齐鲁心目中有个说法。可惜好男人家早有室，位置占着哩。"

"我看她最适合现在的角色。齐总有老婆，不在国外吗？她柴瑶，说不好听点，小三享受了老一的待遇，还想啥？"

"你永远不懂女人。妻不妻，妾不妾，就是小三，总得图个名分吧？"

"小三？呵呵，女人一过三十岁，就没小三资格了。生个娃，可以升格二奶。我看她可以给齐鲁生个娃。"

"损人感觉很好？"

"算了，别人家的事，我俩瞎掰啥？看那个向处长，呵呵，有点意思。"

"不是有点意思，人家痴情，好吧。大学到现在，柴瑶一直是他的梦中情人。只是，喜欢柴瑶的男人，娶了别的女人。柴瑶喜欢的男人，又被别的女人抢了。向喜欢她，她喜欢齐。生命中的两个男人，都跟别的女人生了娃。她一个人还在原地转圈圈，还是命。"

"我没同别的女人生娃，你可别又把我绕进去了。"

"谁说你了？自作多情。就你那点情商，还想谈风月？你同屋头那些官窑瓶瓶生娃去吧。哦，对了，明天中秋，不表示点啥？"

"送呀，咋不送，不送白不送。想要啥，花器，还是茶皿？"

"才不喜欢那些冷冰冰玩意。"

"那就送你入梦乡吧。看你失眠，于心不忍。"

"算你还有点男人样……说说，咋送呢？"

"隔月拥怀，飞吻传情，二选一……"

"好心没好报……"

施云直接把电话挂了。

11.3 【暗喻】

那天毫不犹豫送出兰花杯子，现在看来即便是一时冲动，也冲动得如此正确。比如柴窑，喜欢柴窑的，一辈子乐此不疲，哪怕它不知所终，永远是个传说。就说这些天吧，他的传说从甜白杯子开始。柴瑶的传说从兰花杯子开始。接下来，传说咋继续，归宿又在哪，未知。

人生一直都在求证未知的路上。蓝守玉隐约觉得，自己正在切近一场暗喻。

明儿一早得回屏羌了。给"隐蓝"留了个言，说明天去屏羌关押中心，看一下她干外公"石磙子"。"隐蓝"回复，问能不能把她也带去。

就又试着拨文雄电话，竟然通了，看来都是夜猫子。不对，文雄是警察，熬夜是职业习惯。他把柴瑶叫施云转告的意思，大致对文雄讲了，顺便说了明天同郭引兰一道去看"石磙子"的事，问方便不。文雄说，在哥那儿，这种事比天还大，在他那儿，也就一句话。两人遂约了明儿下午两点，在关押中心门口见面。

就回了"隐蓝"。转又问"隐蓝"，墩子回来没。"隐蓝"说，还没，每次都是他打电话过来，看号码是外地的座机，她也找不着。她问他是不是有急事。他说，没事，就问问。

终于得会儿闲。翻出手机，刷朋友圈。一看，都在晒月饼卡。

又是一年中秋。微信给"梅"发了张贺卡。打开邮箱，给"影"也发了。然后，关机上床。

"梅"的微信，可能会在途中飘摇一夜。

"影"呢，还有下文没？

12.1 【独身主义倾向】

还不到茶楼开门的点。他的醒来，一点预兆也没有。

昨儿西康城那档子烂事倒是小菜。一人江湖，江湖一人。这话是别人写给金庸大侠的，用在自己身上倒挺贴切。做男人就要做自己的江湖。没吃过猪肉，还没见过猪跑？他愤愤然，倒不是昨儿在西康丢了丑。电视新闻画面，他们两个当事人的脸上应该都打上了马赛克。不打马赛克，也才多大点事？再说，啥都没做。还有，就算看西湖出妖怪，也得有观众啊。童桐在三江，施云在荣城，柳叶萍在景德镇，哪个没事，专门去看个小小西康城的花边？

难道，自己这么不中用？卧底岁月，真的又重蹈覆辙？算了，还是闻桂香吧。

中秋了，我的贵族我的桂，我的千杯我的盏，你们都还好吧……

你们的模样，是不是像今天早上的桂一样婉约，犹抱琵琶，三步款款，两步也款款？芬芳还没整个打开，就已不能自拔？若如此，愿意投入一辈子的怀想，来接纳你们的暗艳。

原以为盛开是你们的全部，原以为两个人是我们的全部……现在看来这是致命的错误，我们都被时间蒙骗了……

那一刻，他的思绪比桂花的飘落还惆怅……原来初恋不是像桂花的飘落一样缓慢，是从来不曾长大。就像这个馥郁的桂香之晨，秋光已然放慢脚步。

莫非早已习惯那尖锐和迟钝？

男人喜欢慢性子的女子，本无毛病。慢等同于柔。柔得有度，过了，也成了毛病。吃饭一口三嚼，走路一步三摇，说个事，咿咿呀呀，半天没上正题，急死你。

他说，柳叶萍的柔，职业惯的，时间一长，得从哲学的层面理解：是不是有独身主义倾向？

柳叶萍说，不爱搭理你们男的怎么了？独身又怎么了？宝二爷算清高吧，在黛玉、妙玉和岫烟跟前，还不就是一堆臭肉。

好好好，我们都是淤泥，你们都是不染！

柳叶萍是手艺人，对流行和时尚不敏感。她认老祖宗。老祖宗有话，慢工出细活，火急火燎的，咋能手随心意，流淌花色？

12.2 【作瓷手记】

自从扔了铁饭碗下海，一晃七八年没了。

前些年，去景德镇拜在赵青花门下，学过一段时间作瓷，琢磨元明清官瓷仿烧技术。柳叶萍在陶瓷学院硕士专业是陶瓷美术史，对瓷艺特别痴迷，毕业后投奔赵青花，先他一步入师门。

柳叶萍去赵青花工作室的时候是夏天。到了冬天，她见到了盆地来的蓝守玉。按入行规矩，柳叶萍比蓝守玉早那么两季，算师姐。蓝守玉不干，说你个小"85后"，身子骨瘦得像根干柴，还戴个袖珍眼镜，凭啥？柳叶萍瘦小是瘦小，理论起来嗓门却不示弱，本来就是师姐嘛，死要面子不认账！

师姐，他喊不出口。印象中的师姐，应该像孙二娘那样，腰粗比黄桶，做人肉馒头，敢打武二郎。柳叶萍妖娆道，孙二娘是嫂子好不好？他说，你说的是过去时，现在流行叫二师姐。前些时候的确播过一出神剧，孙二娘摇身一变，成了武松的师姐，两人搞了场姐弟恋，有模有样。柳叶萍就转过身子去，不再理他，一个人在瓷坯上画她的二月春风，柳丝抽条，两只燕子横着飞，燕子的尾巴像两把含恨的剪刀。

喊不出口，姐还是姐，同门规矩不能坏。

柳叶萍其貌不扬，常年和瓷瓶打堆，浑身上下却有股难得的文艺范。工作的时候，一动不动半天，活脱脱一"官窑美人"。

柳叶萍说她的工作叫"作瓷"，古色古香的一个雅词。作瓷是门手艺活。柳叶萍边学边记，记了一大本。他没事的时候，借来翻读，读着读着，就被陶瓷艺人那种与世无争的情绪感染。景德镇多阴雨，读柳叶萍笔记，总觉有绵绵阴雨弥漫指尖。到精彩处，不禁叫绝，可惜了，可惜了，你应该成为"汪曾祺第二"。柳叶萍就道，汪曾祺是帅哥好吧？他就笑，嗯，那就是"淑女版汪曾祺"。柳叶萍嗔道，谁稀罕做个无用文人？他道，文不如艺，瓷艺却兼具文与艺的气质。柳叶萍道，这么说，作瓷也是文艺人生？

柳叶萍请他给笔记取了很雅的题目《作瓷手记》。说以后不弄瓷器了，就转行，写写心情文字卖点零花钱。他夸道，你手上感觉抓得住，内心也存锦绣，就写作瓷，若一出手，估计很多文人要去讨饭。柳叶萍回道，没事，你随便吹，师弟么，咋吹捧，姐都受用。

赵青花有次同他理论，认为柳叶萍学的才叫手艺，他学的不叫手艺。

他说，我晓得，仿古其实就是假。造假不是你老的看家本事吗？我们搞收藏鉴定的，不研究仿古，咋能辨今识古。仿和鉴，其实是耗子跟猫的关系。

师傅一听，奉承话咋怪里怪气的？不高兴了，哪个是猫，哪个又是耗子？

他赶紧纠正道，不对，师傅你不是耗子，是耗子精，啥猫都逮不着。

柳叶萍一旁乐了。

师傅也乐了。你本事大，才几个月哩，就把猫和耗子的几门手艺都学到家了，好吧，你可以出师了，滚回盆地去吧。

12.3　【一口气】

柳叶萍的性子，一直不曾改变。像平日一样，慢条斯理回复微信，问候中秋。

她先发了一组短视频。

一轮明月，倒映于饶南的清溪。人头攒动，仿佛村庄的人，都挤向溪边。他们用废弃的窑渣匣钵，搭了窑塔，架了柴火。窑火熊熊，把一条清溪都给烧红烧透了。烧红烧透的，其实是那人影。老的，素衣翩翩，满脸吉祥。少的，手捧月饼，追来逐去。男的，短裤凉褂，猜拳喝酒，好不闹热。女的，翻出最好的秋衣，拍照的安静，跳舞的婀娜，俨然窑花。蓝守玉知道，那个村庄叫"瑶里"，那条清溪叫"瑶溪"。瑶里人，在中秋这一天齐聚瑶溪，架火烧"太平窑"。

视频传达的信息是，瑶里人以独特的方式，庆贺自己的中秋。

柳叶萍还发了件器皿。一件"吴牛望月"青花盘子。

画工没得说，发色过硬，釉色含蓄滋润，连缩釉和胎的火石红都有了，不过胎釉的火气尚在。

蓝守玉一看，就知是柳叶萍自创，典型仿明空白期民窑青花。从工艺的角度看，若做旧，杀伤力会很强。好在他知道柳叶萍为人，造假卖假会为她不齿。她追求作瓷的境界和快感，骨子里更像一个文人。撇开亲疏不谈，与赵青花相比，蓝守玉更欣赏柳叶萍。

师傅是个把造假当成人生来做的怪人。他一辈子都在找对手，但对手早在几百年前就已作古。过不惯已无对手的人生，就跟自己较劲。师傅造假，已然超越一般意义。严格讲，从赵青花作坊里出来的各朝官窑仿品，本也精美无比，可惜被那些陶瓷贩子，各种乔装打扮后，成了让文物专家和收藏家们头疼的怪物。

陶瓷界一直有两派。一派力挺仿古，认为古陶瓷就是一场不断催生仿古和超越仿古的砥砺。这派还有一种观点，没有什么不可仿造的。哪怕汝官窑和乾隆瓷母。另一派则针锋相对。没有创烧，哪来仿古？这就好比，创烧是鸡，仿古是蛋。前面那派一听要笑岔气，你确定是鸡生蛋，不是蛋生鸡？后面那派，脸红了，懒得与尔等理论。懒得理论，是创烧品的天时、地利、人和不可逆转，仿古再高明，也与真品有异，行内叫差"一口气"。

"一口气"是什么鬼？他不止一次请教过赵青花。

赵青花摇摇头，看来你还是没明白作瓷的灵魂。作瓷如人生，每个瓷人的路都是自己走的……

我知道，世上本没有路，走的人多了，也便成了路……他记得这是鲁迅说过的一句很有名的话。

所以说，世上没有两条路是一模一样的，也没有谁的人生是可以复制的。赵青花说这话，让蓝守玉怀疑其曾经是不是早年陶瓷学院的哲学学霸。

差"一口气"，就是天壤之别。别看是"一口气"，"一口气"不来，逼死很多仿古高手。师傅嗟叹不已。

蓝守玉似懂非懂。

师傅说，他卖作品的时候，明确表明过态度，他的作品就是仿古工艺，属于当代艺术品，买家拿去做啥用他不管，谁买谁受。买家当然答应爽快，你老放心，我们拿去欣赏的，不会当古玩卖。师傅哪信这话，不过还是善意提醒道，"杀猪"（古玩行话，坑人的意思）的时候最好刀子还是别太快了。哈哈，赵青花这话有意思了。吸烟明明有害健康，你烟厂为啥还要开工？现在，烟造来摆起了，你又叫人家卖烟的少卖几包？拿假瓷当古董卖的商人笑道，听赵师傅你这意思，是不是叫我们回去也弄个"假瓷有害健康"的口号贴上，才拿去上市？

赵师傅又一声对天长嗟……

那是赵师傅人生中最惆怅最无助的——"一口气"。

12.4 【月影梅】

"吴牛望月"引发蓝守玉的博古雅兴。

赏完桂花，又去客厅，找出"月影梅"蒜头瓶来——三件元代民窑青花瓶。准确说，是一对加一个。一对，画得很有意思，都是半月，一弯实心，一弯空心。月下，一瘦骨嶙峋梅枝。瓶口莲瓣，瓶底青花卷草弦纹。

最初从"铲子"那儿看到那对瓶时，就被其造型和画意吸引。为啥那月牙儿，一实心，一空心呢？

"铲子"讲，那是一公一母。古人陪葬陶瓷器皿，成对往往有点区别，不是一高一矮，就是一胖一瘦，或在工艺上有点异趣，又不会太大，仔细方可看出，或真为协调阴阳。这样解释，倒是新鲜，便忍俊不禁了。

后来就发疯似的研究元青花，查看海量资料，上手大堆标本。蒜头瓶造型源于战国，有青铜，有陶。瓷作的蒜头瓶，自宋始。元时，青花盛行，景德镇工匠模仿青铜，作蒜头瓶，与青铜不同，有时候在瓶下加了个座。类似的蒜头瓶，明确记载的有五件，尺寸都不大。

一对在景德镇市郊民墓出土，景德镇陶瓷馆藏，青花缠枝菊带座蒜头瓶。一对在江苏扬州出土，被扬州博物馆藏，青花月影梅蒜头瓶。一件被广东省博物馆藏，青花月梅纹蒜头瓶。

目前资料所载元青花蒜头瓶，有无座和带座两种。主题纹饰与至正型元青花主题纹饰相比，过于简单，施青白釉或乳浊釉。蓝守玉手头的，更接近于广东博物馆那件：蒜头瓶口、细颈、胆形腹，圈足略外撇，底无釉，露胎处留有铁锈斑点痕迹。蒜头边纹饰为一周双莲瓣纹，颈部一周回纹，腹部绘折枝梅花纹，腹下部绘一周勾莲纹青花，色泽有深有浅，有浓有淡，梅花瓣浓艳，因为苏麻离青重点涂色，其余淡雅之处，施以乐平陂塘土青。每层纹饰淡雅灰青间隔。看来是工匠先用土青绘画，后在重点部位绘洋青，如此更具视觉上的立体感，又突出进口料的金贵。

就元青花收藏价值而言，首推官窑，也就是所谓的至正型大件青花瓷器，以大维德基金会至正十一年纪年款青花象耳瓶、伊朗国家博物馆和土耳其托普卡帕皇宫的七十二件精美元青花为标准器。相比之下，手里的三个民窑小物件，玩可以，投资意义则谈不上，说白了，不值钱。他更感兴趣的是画意。什么玉壶春、双耳瓶、高足杯、蒜头瓶、围棋罐、水洗、水盂，等等，都是些适宜文人把玩的案头小器。

画意原本叫"月影梅"，典型宋元文人画意。元时，蒙古人四肢健壮，统治着智商发达的汉人。汉族书生自然不服气，不服气就把一腔愤懑倾诉笔下。最典型的是那个王冕，画的梅花才叫铮铮铁骨，一树傲气。王冕的文人气质，影响景德镇陶瓷艺人。月影梅图案，于是大量出现在元末明初的陶瓷器皿上。后来姓朱的庄稼汉，邀一帮汉族秀才，得了天下。那个朱大头，不是个农民吗？偏就农民造反能成气候。富人怕死，人一死，钱再多有毛用。秀才呢，又有句俗话，秀才造反，十年不成。

瓷痴就是痴。几件瓷器，也能生出好一番人生感慨来。

12.5 【暗香盈袖】

继续说手中三件宝贝。

得到那对"月影梅"瓶后，他无意中发现雅艺网高古论坛，又出现了两件，不过都在网友手里。

就试着给两个网友发了论坛短信。

第一个网友，江东古玩城打工一小青年。小青年回话，说那瓶子从景德镇旁边两省交界的山区老家出土，拿到江东，没人要。认识的都说，小玩意不值钱，更多的说不认得，东西可以转让，遂打款。三天后，快递送达。

第二个网友，京城一元瓷资深玩家。那人在论坛发了很多资料。他最初的元代瓷器常识，多来自那个京城网友的资料。网友没有回话。打电话过去，一阵吹捧，对方云里雾里的，竟然乐呵呵愿意割爱。好了，剩下讲价。叫对方开价。对方也有名头的，此等路份小玩意，开价？怎么好意思。就坚持要他先开。没法，就小心开了个一万五。网友说，一万五，也不少了，可你知道，我一般不卖瓷器，懂不？当然懂，不就是不差钱吗？但他没有在电话里抬杠。只说，你知道，手里已有三件，三件的买价加起来也就一万五，因为配对，才开了个高价。对方一听，乐了，呵呵，一万多也算高价？这样吧，也不为难你，你拿去配对，市场上的话语权就归你掌控了，我给你个最低心理价位，五万，行，东西拿走，不行，它还放我的案头。五万？这在元青花爆炒的头两年，确实不算高，但对他来说，超心理预期了。五万，可以从一线"铲子"手里买一堆明代青花了。

就这样，一对半瓶子，再也没搞成两对。

没搞成也好，那瓷画里的月亮不也缺吗？人生哪有那么多圆满？

这样一想，就对三个瓶子也生出几多温暖来。是不是心目中的三个元朝女子？

插梅拜月，击节而歌，梅梢月斜人影孤，恨薄情四时辜负。

马致远在踏歌？

不对。梅花在兀自清唱。

月冷。女子瘦比梅枝。有暗香盈袖。

12.6 【双面人】

"月影梅"，拆开来，是"月""影""梅"，仿佛谁的心上美人儿。

施云并不知道，在蓝守玉那儿，她相当于"月"。施云是屏羌人，跟蓝守玉从小学到高中同窗，土俗点叫"毛根儿"，文艺点叫青梅竹马。两小无猜，甚至连小时候彼此穿啥颜色的裤衩，都记得。曾经，施云是他正牌的女友。

青梅竹马的一对男女，分别从两个城市的大学毕业。那会儿，大城市的女大学生要比男大学生吃香。施云去了荣城的媒体，他回老家屏羌进了机关，由此开启遥遥无期的筹婚之恋。与其说筹婚，不如说试婚。这也是施云结束的第一次待字闺中。

那些年，还没"80后"啥事，试婚，算"70后""75后"的新发明。

他"80后"打头，施云"75后"赶底，也算"80后"。不上不下，正好玩点创意。加上两地分居，无钱无车无房。三无人员，不玩试婚玩啥？好在，两人除了玩试婚，还可以玩文艺，写豆腐块，抒人生醋味，在"75后"的面前玩青春，在"85后"面前玩沧桑。

"80后"似乎都这么过来的。

玩了几年，施云资本无多，再不嫁，就划归剩女一枚了。我得嫁了，她道。嫁吧。他应道。

施云结束了二次待字闺中，嫁了个做中药材批发的生意人。生意人粗糙、实在，不谈缥缈。施云过起了小日子，生娃，做记者。本来也没他啥事，那会儿正忙着从小官僚到自由人的角色转换。也不知是鬼使神差，还是合谋而为，总之本来毫无新意的人生套路，有了转折。

两人参加某次笔会，互相毫不忌讳地把对方当倾诉对象，大谈人生无奈。他虽然常混女人堆，但说到结婚就头疼，算"准处男"，只这个"处男"的确有些可疑了。施云说，她老公找了个小三，受不了，便又重回独身，那个小三成了孩子的新妈。也就是现在，三次待字闺中。

待两人心理垃圾清理完毕，又陷入长时间的无话。一男一女，男为干柴，女为烈火，况且两人都有前科。景区人迹寥寥，路灯昏黄。该发生的顺理成章会发生，不该发生的也会在某种特别的氛围下走偏。用主流的话说，叫死灰复燃，用现在"90后"的话说，叫擦枪走火，用他的那些"90后""00后"群友的话说，叫"曾经沧海难为水，除却巫山不是云"。小年轻们的话自是老话，但分明又有喻世的深意。

那个黄昏，两人彼此改变了于对方的偏见。

他的内心深处，大约在念一句宋词："众里寻他千百度，蓦然回首，那人却在灯火阑珊处。"

难得的意境。人生如戏，正面观众，转身戏子。焉能例外？

转了一圈，又回到原地。施云想到宿命。不过，此地已非彼地，那人已非伊人。

还是那些"90后""00后"们深谙传统，吹捧他装神时也不忘保持本色。自那之后，施云对瑜伽和佛学有了疯狂的兴趣。犹抱琵琶半遮面吧，只那面不是一张，是两张，准确说：一个亮面，一个灰面。

初恋那会儿，他其实很想看看施云的另一面。于是，有了两人的试婚。

施云于他的感觉更多的是一职业女性，传统、正面，同她试婚上床简直就是上课作息，按部就班。

他需要激情。施云却过了激情的年代。

那次擦枪走火事毕，有些干巴巴的，意犹未尽，他忽然想说，你把施云改成施雨吧，说不定会找到真爱。

那话终于没有出口。好个蓝守玉，这么损的话，你也能说？他暗自骂道。到嘴边的话，没出来，当然会堵得慌。再堵，还得演下去。

施云晓得他在做戏。都是成年人，谁也别"过家家"。那个黄昏，老套的情节，类似20世纪二三十年代的黑白电影。后来发生的一切，两人都可预期，谁也没有去预言，以默契展示彼此最隐秘的渴望而已，他们都需要这样的渴望。但他并不认可这是他要的爱情。

时间能打磨人，正面和负面，都被镌刻得玲珑剔透。

同施云玩正面和负面的时候，"影"和"梅"悄然走近。

12.7 【"影"】

他手机电话簿里，没有叫"影"的，"影"在邮箱里。

其实那个邮箱地址，代表一个自称大他五岁的虚拟美人。美人说，只可做他遥想的"影"，不可以呼吸与倾听，更不可以观看和触摸。

啥都不可以，生意却还得做。她在港岛。他俩的见面，遵循不越雷池的原则，搞得像地下工作者接头。

第一次见面之前，他幻想如何遭遇一场风花雪月。很遗憾，没有风月，他见到的是一个壮男人。壮男人说他是"影"的生意兄弟。他纳闷道，"影"没让你带句话吗？直到做完生意，离开的时候，壮男人也没有回复他的疑惑。

另一次见面，他碰上的是一个年轻的女子。年轻的女子，说她并不是"影"，但这并不影响他的臆想。于是，才有了坊间各种流传，比如"大红炮"之类的。臆想之后，他终又陷入困惑。壮男人和年轻女子，会是"影"特意安排的替身吗？

没人给他答案，而这并不影响"影"让其欲罢不能。

有一次，他突发奇想，发邮件呼"影"见面。"影"没理他。许久，"影"回邮件，你这要求算非分吗？他答，你若见，则算，你若不见，何来非分？"影"发来一连串的虚拟括号，然后连带反问，你们男人就好这一口，万一见面是个"恐龙"或"见光死"，如何让人不堪？他说，别说是个"恐龙"，你就是同性的鸠摩罗什，也认了。

"影"许久没有再理他。

龟兹天才鸠摩罗什，风流倜傥、才华横溢，据说是个离红尘最近的高僧。

鸠摩罗什是男儿身。

不见也罢。他想，见面或真的会见光死。既然不能在彼此的当下"活着"，那就在彼此的怀想里欲罢不能吧。欲罢不能，作为过程的审美，最具陌生化、期待感，以及三百六十度的张力与混沌。

譬如，从肉体到精神。

鸠摩罗什，并不认为肉体和精神，有着本质区别。

谁的身上没几两活肉？

一个人，当他的肉体已然死亡，如何能奢言精神？

12.8 【活人不如死物】

那个惆怅的秋晨，蓝守玉把自己比作桂花。他试图以桂花的温和与感性，去接近"月""影""梅"。

"梅"即将在桂香之后登场。她在等待一个人？她的等待会是"为伊消得人憔悴"？

柳叶萍憔悴，的确可比"梅"的。

"梅"的出现，契合了他之于女人审美标准的缺失。东方气质，母性情怀，就像手里的瓷瓶一样。她，可以用来观瞻，用以呵护。与"梅"的交往，他一直怀以小心。当然得小心，万一失手，不就碎了。不过，"梅"依然没能成为他的结婚对象。

有次，几个小年轻听他瞎掰，就质疑：既然"梅"被你说得好如上辈子的林妹妹，为啥不娶？

他竟然说，林妹妹太嶙峋了，硌人。小年轻们"噗嗤"全笑趴，怕是嫌弃人家面条，养不了娃吧？他说，非也，她很骨感，线条无可挑剔，一如柳叶尊。小年轻们一听，遗憾了，看来你命中注定无女人缘。他急了，不，我很有女人缘，就算"梅"难如意，不还有"月""影"么？小年轻们笑道，"月"？那个记者？还是算了吧，这辈子没女人都不要娶记者。他纳闷了，为啥？小年轻们说，记者，总爱捕风捉影，结了婚，还不得三天两头无事生非？他又说，那"影"怎么说？小年轻们说，"影"，你确定她是你的菜？是男是女你不都没确定吗？

小年轻们连番"群殴"，终于让他低下了高贵的头。见他丧气样，小年轻们又打气说，青花叔，你这么大个人物，何必为情所困，问世间情为何物，直教人生死相许，没了女人，有官窑嚛，上帝从来不偏心的，你看，我们就没官窑。小年轻们的得意，他自然懂，小屁孩们从来不缺"过家家"的伙伴。

其实，蓝守玉自己也没闹明白，"月""影""梅"，算咋回事。

既然自个都糊涂，就别奢望别人清醒。无人懂没关系，不影响"月""影""梅"在其心目中的定位。施云、柳叶萍，还有"影"，哪一个都出色，都是品级上佳的美人儿。可要真与会所里所藏官窑比分量，的确可能扫兴。活人不如死物，这话谁说的，如此不中听。不中听的话，往往有道理。

好像童桐说过那意思。童桐是他没有血缘关系的表妹。童桐上完高职后，南下沿海"漂"。几年后回来，自己当老板。那会，他的秘书生涯刚刚结束，正处人生低谷。惺惺相惜，两人合伙搞了"守玉楼"。

童桐一直把他当"玉表哥"，碍于家族伦理，"玉表哥"也只能嘴上喊得带劲儿而已。

南归的表妹已出落成熟女。老家的老舅和新舅娘不开心了。如何早日把熟女打发出去，成了蓝守玉的心病，而童桐并不领情。他一次次托人张罗给表妹介绍男友，一次次热脸贴冷屁股。什么科长、老板，第一次聚会，就被她的尖刻气得不行。他反倒有些紧张了，问题出在谁身上？想来想去，还是童桐自己的问题。就埋怨道，你态度上能不能端正点？这年头，缺好男人，不缺女人。童桐一听啥好男人的，不乐意了，玉表哥，你可别跟我提你们男人了，前些年去南边，本人也算阅人无数，"好男人"，切……我不是说你，玉表哥，你可能真是个含金量很高的"好男人"！他立马没了态度，只好道，是，好男人都死绝了，你表哥也不算好男人，充其量不好不坏，这下如意了？童桐笑道，还需要我来提醒你吗，可别被你那些"月""影""梅"弄疯了。

谁疯，还不一定。不过，细想童桐此话，个中似有玄机。

男人三十出头，这在老家，小孩都上初中了，可他现在还打光棍哩。

不是不想结婚。小时候，他的人生最大理想就是跟戏里的人儿一样，同哪个相好的，厮守屋头，不慌不忙生一堆娃。

后来的人生告诉他，演戏的是演戏的，看戏的是看戏的。

他和施云也未能脱离世俗，终分道扬镳，又再相遇时已非曾经的彼此。爱情拒绝表演，婚姻更是。如果说，爱情尚存浪漫和虚幻，那么婚姻则是一肚子闷心食。对爱情失去信心，婚姻就只剩得鸡肋，食之无味，弃之可惜。唯那欲望在远处熊熊，远了，它诱惑你，近了，又分明灼人。做作的爱情，难堪的婚姻，撩人的欲望。十多年了，爱情和婚姻，渐行渐远。就连那点可怜的欲望，也快撑不住了。

好在还有一屋子官窑。它们置于案头，娇小玲珑，楚楚动人。捧于手心，触摸肌肤，意境无穷的东方素色、青花和斑斓。担心呵，担心它们一不小心会摔落指尖，给寂静的人生，制造一缕另类的尖叫！

他不忍怵目，又难割舍。且把伊们置于最隐秘最安稳处，曾经用以盛放爱情的地方，现在让位。准确地说，是女人，活蹦乱跳的女人，让位于满屋的僻冷尤物。它们会不会在某个夜晚活过来，学会爬床的功夫？

贾宝玉是曹雪芹的现世尤物——他的对面，也有一群女子，真实的三十六度五，也没有温暖他！蓝守玉甚至固执地认为，曹雪芹会不会就是一个超级恋物癖患者，说不定还是个痴迷于虚拟肌肤触觉的玉痴。证据嘛，贾宝玉挂在胸前的那个前世通灵宝玉便是。

12.9 【江山美人】

都说玩物丧志。这话到了明代文人那里，变了味。明宣宗朱瞻基、晚明书生文震亨，几个书生明明活得累，却要滋润！朱瞻基骨子里就是双鱼座。双鱼座的男人，又具有两面性。

比如这样——

"双鱼座"老公：老婆，去郊外玩玩呗，家里一点都不好玩。

"处女座"老婆：荒郊野外，有矿啊？

"双鱼座"老公：……（无语后的潜台词：没矿，但有帅哥美女呀！）

"处女座"老婆：……（无语后的潜台词：别以为我不晓得你们男人那点

花花肠子，帅哥美女能当饭吃？还是好好待在屋里看书吧。）

"双鱼座"老公：……

"处女座"老婆：……

据说，朱瞻基的老婆胡皇后就是处女座，他们之间的谈话从来没有推进到第三句。

朱瞻基还幻想着第四句，第五句……于是，想着把聊天对象换成天蝎座的小孙。便小心翼翼怂恿胡皇后，散了吧。胡皇后温柔地问，为何要散，老婆不好吗？朱瞻基弱弱地回，没有为何，只为我们都不是对方的菜。说罢，两个人背对背，呼呼睡了。醒来后，朱瞻基身边的胡皇后，真的换成了孙美人。

天蝎座的小孙，是朱瞻基的梦中情人。

爱江山也爱美人，这话太对双鱼座男人的胃口。朱瞻基把明朝的江山，玩出了个性。

文震亨是文徵明的曾孙子。晚明王朝摇摇欲坠，文震亨累。累就玩吧，玩物，说不定能明志。

现实已经被折腾得面目全非，就连最后离开你的美女，都着了画皮，不认得的。用文震亨自己的话说就是，"政不如凝尘满案，环堵四壁，犹有一种萧寂气味耳"。

如此，你还能对啥保持信心？罢了，罢了，不如以超然"玩物"，寻那隔世之"我"。在蓝守玉看来，《长物志》影响了明以后的士大夫们，因为文震亨为众书生找到了活着的最佳状态。所以说，作家往往不是在虚拟的世界里重建现实，而是呈现潜意识。蓝守玉说他上中文系，学个美学，也就剩下这点歪理了。

真以为自己是现代派文学批评家？

12.10 【童妹妹】

童桐对男人的不屑，击中蓝守玉的软肋。她本不想刺激他，只是蓝守玉的优秀，让身边的男人皆失色。并非谁伤了她的心，像表哥那样优秀的男人，才是伤心的理由。

男人优秀，也成了双刃剑，伤人，伤己。优秀的女人呢？

童桐并不想被人伤，也不想伤人。她只是怕表哥真把她当"童妹妹"。她当然知道不可能一厢情愿。在蓝守玉眼里，童桐是老板、合伙人，也是一个涉世未深的"85后"。

这就注定了她不能成为继"月""影""梅"后的又一个谁。

如此说来，童桐对他与那些女人的渣渣事不以为然，说话阴阳怪气，也好理解了。

　　晨曦中的桂花带给他惆怅。童桐的关心，在惆怅上又加了点佐料。

　　"玉表哥，中秋了，你不给三个心上美人，发点肉麻的啥？"

　　套路？

　　套路就套路吧，于是回道："你不说，我还忘了。"

　　怎么会忘？只是给他们发点啥，的确是个问题。

　　他看了看案头的三个元青花蒜头瓶。有了。

　　给三个瓶子，拍了个合影。她们收到"月影梅"，会大发诗意吗？

　　童桐呢？他想了想，自告奋勇道："送你一条花裙，好吧。"

　　"又送花裙子，你当我是橱窗里的塑料人吗？不过，不义之财，本姑娘来者不拒。"占便宜，不卖乖，倒还真是童桐的秉性。童桐并不是街头拜金女，知道适可而止，别人送个啥，哪怕小东西，也会放大几成满足。

　　"你能不能说话正经点？还来者不拒，就不怕自毁形象。不过，这是最后一次送你裙子了。"

　　"你确定？远离那些官窑，从良了？如果是，那么让我猜猜，你会被谁收了呢？施云，二婚？柳叶萍，太古板。'影'，男女都还未知。难道，还有第四人？那她又是？不会是你们群里某个小帅哥吧，如果是，想想都可怕！"

　　"不要瞎猜。你收了这条裙子，以后要穿裙子另请高明吧。"

　　"感情是要把我赶走。好，好，我会抓紧找个男的嫁了，省得碍你眼。说吧，好久给裙子，我好走人，现在，还是立刻？"

　　童桐的咄咄逼人，让他有些诧异："给你开个玩笑，还认真了，不是现在，也不是中秋节。"

　　"这么说，还得谢谢你判缓刑了？你不用纠结，我一定兑现承诺，啥时候给花裙子，啥时候我走人。"

　　看童桐不像开玩笑，他又露怯了："要不，待冬天吧。"

　　"冬天？冬天表哥有大喜？"童桐假装恍然大悟，"明白了，要娶表嫂。"

　　"又跑题。你生日不是冬天吗？"

　　"我生日你记得？我是谁呀？"

　　"你这话有些对不住表哥了。我有很多表妹吗？"

　　"那，好嘛，真难为蓝老板了。"

　　"我很认真的。"

　　"我也没跟你开玩笑。花裙子的事，就此打住吧。对了，今天你不是要去屏羌看个人吗，我陪你一起去。你上次带来的文哥，我看他比你顺眼。"

"你可别打主意。人家可是有主的。"

"看把你吓的。算了，我是真想陪你回去一趟。"

"你天一句、地一句的，谁知道你又会弄出啥幺蛾子。"蓝守玉尽管对童桐不满，也只能点到"幺蛾子"为止。

"哈哈！你太善解人意了，童桐就是个幺蛾子，一百年才出一个哩……"童桐大笑道。

什么奇葩理论？他竟然找不到回怼的台词。

第五章　水月

13.1　【诗歌死了】

七十二行，古玩为大。这是古人对行当公平原则的放大。事实上，古玩行从来是鱼龙混杂，说三步一泥坑、五步一陷阱，并不夸张。

在崇高和低俗之间寻求妥协，正合蓝守玉的人生定位。

十年古玩人生，弹指一挥间，世事纷纭。

还是给底线留点余地，天王老子再不当回事，脸面总要吧。京城有个文友说得好，我跳舞，因为我悲伤。

正如"土豆天猪"的案例：一个傻子的悲伤，不是傻，而是遇上诗歌。

"土豆天猪"从南边来到盆地。盆地盛产美女，也盛产诗歌。"土豆天猪"身边似乎从来不乏美女，不对，是诗歌从来不乏美女。那些"土豆粉"怀抱"土豆体"，哭昏一地，也未能挽留"土豆天猪"的决绝："这个时代最大的悲哀，是诗歌死了，诗人还活着。"

"土豆天猪"说这话的时候，蓝守玉正在"九眼天珠"下面，酒气熏天，怀揣一页自以为是的诗歌册页。诗页是在包间卫生纸篓里找到的。

"狗屁的土豆！"他学着流行腔骂，夸张地向上擎举诗稿，旗帜所向，一条街都是分行的修辞和意境。

很遗憾，他的迷乱止于三个字——"狗屁的！"

脚下似乎踩上了一摊黏糊腥臊的暗血。

据说"狗屁的"煽动了华旦中文系和艺术系很多"土豆粉"的热情。很多年后，蓝守玉才知道，有一位着白衣的和一位着红衣的超粉，就在红粉之列。"土豆天猪"被红粉裹挟着朝远处走去，像极了蚁群裹挟一截腐烂、又散发着某种异味的香蕉。

蚁群所过之处，留下一地香蕉皮屑。

此后，"土豆天猪"再也没有在贞节牌坊和"九眼天珠"广场出现过。江湖传闻，他的离去是因为娶了个富有的女人，一位"土豆体"的超粉。蓝守玉当然不信。诗歌如此崇高而纯粹，怎会甘做皮条？再说，北归的"土豆天猪"，看样子并不缺钱，委身富婆一说，匪夷所思。不过，"土豆粉"的确多得去了，碰上不要命的，一起私奔，隐姓埋名，浪走天涯海角，像江湖传说一样玩人间蒸发，也符合其性格。

有传闻，"土豆天猪"蒸发于自杀，患迫害妄想症——抑郁症的一种，跳了二峨舍身崖。

形而上的"土豆体"，本用以自我救赎，又怎会抑郁？蓝守玉百思不得其解。

"土豆天猪"没有死，或换了并不如普通人的常态，只是终究无法预测其怎样地非主流"活着"而已。

"土豆天猪"是大神，自己则是看戏的。蓝守玉一直以为如此。

看戏的，谁没好好活呢？

就像那些文件、女人和官窑，替代诗歌，俨然成为新的日常。

文件。文件。文件……

女人。女人。女人……

官窑。官窑。官窑……

蓝守玉的日常，堆积大堆小堆的冗余。

诗歌或真的死球……

13.2 【人艰不拆】

熟悉的地方没风景。审美疲劳之故。

蓝守玉接听施云电话，总给人公事公办的感觉。如此也罢，最不能忍的，是边接电话边想入非非：电话那头，躺在床上，玉体横陈，要换成谁谁的话……

仅限于想入非非。

"正占着嘴巴吃面哩……"

电话那头似有察觉："吃面？你已经发福了，就不怕摄入碳水化合物过剩？以后弄出个事来，别说本美女没提醒你。就一句话……"

他鼻音哼哼，没当回事。怕胖，不是蓝守玉！继续吃。干拌面是他雷打不动的早餐。童桐就忍受不了他的执着口味，有次竟然怂恿他找个专做面条的厨娘当老婆。

半小时后，电话又响了……

"刚才我话还没完，咋就挂了？你一挂，把下半截话也给挂丢了，害人想半天。"电话那头正是催命鬼施云。

"催工不催食！"他没好气了。

"刚才的话没完。有些饭局不能吃，祸从口入……"

他想笑又笑不出来："那么严重？"

"不严重，我花这电话费跟你调情？想多了吧……有些话不能说，祸也从口出……"

有些堵。进出都是祸，还吃不吃？

扯这些……

挖坑请便，再说多吓人的坑呢？有自媒体上那些自拍姐吓人？要真有自拍姐们的熊胆，还不流量至死？别废话，牙一咬，眼一闭，火坑也当风景瞧了。

最近流行新兴词语，听小女生说"人艰不拆"，神了。问童桐。童桐笑趴，老表哥，你不是一般的土包，是"呕吐暴"……人家的意思是说，人生如此艰难，我明知道你在说谎，偏不拆穿你……

13.3 【"隐蓝"求助】

文雄说蓝守玉早练到刀枪不入了。这话是夸还是损，看咋找角度。

"守玉楼"后院，转到第十圈，刚有点情绪，微信语音有动静了。"隐蓝"要求连接语音，他皱了下眉头。

"鱼叔？"

细致绵软的声腔，仿佛空谷传响。

"蓝叔。我哥……"

对方改口称"蓝叔"，才想起来，头像里的那只狗，叫"香雪"，"隐蓝"就是刚认识不久的龙隐姑娘郭引兰。

"你哥有下落了？"

"昨天半夜……"她欲言又止。

"半夜咋了？"他有些担心。

"……我哥回来了。"

"回来了？……好……你把上次我的意思，给他说了没？"

"说了。"

"咋说？"

"他说，他不想被抓。"

"你没给他说你们干外公得病的事？"

"说了。他说也不想让干外公坐牢。"

"你们干外公已经被抓了，不是想不想的事。搞案子的朋友说，佛头一事，他和你们干外公都得去说清楚才行。"

"所以才给你发微信。"

"你墩子哥太年轻……他犯了啥事……现在不好说。"

"我晓得，犯法比天大。叔，你啥时有空呢？"

"有事？"

"我哥说，他想见你。"

"电话上好说不？"

"他说到龙隐见面说。"

蓝守玉挂了"隐蓝"的微信语音。郭墩子想见他，会有啥事？

下楼找童桐，聊了些会所上的生意，心不在焉。

他说最近得把文哥所托之事落实，会所只有拜她操心了。童桐说，来点实质性的内容。他说，不是说好送裙子？童桐说，一码归一码，裙子当然要，去屏羌见文哥也要把她捎带去。

想啥呢？童桐道，你才想多了，多一个朋友，多一条出路，说不定在齐总和瑶姐那，还能找点活。他问，会所那么多事，不够你折腾？童桐也不客气，你折腾还少了？只许州官放火，不许百姓点灯，啥逻辑？

屏羌的项目，现在八字都还没着落。再说，自己是屏羌人，都知道"水天花月"那项目就是个烂尾子，也是替他们着急。童桐挖苦道，杞人忧天，天掉下来有高个子扛，与你何干？他道，不是杞人，就不能着急？童桐又道，你天天担心天塌下来，塌了吗？

每次跟童桐聊天，他都觉得头好晕……

上三楼，给茗山县方志办的一个文友去电话，要龙隐山地方文史资料。朋友问，一个三江文化人，研究西康？他说，纯属个人爱好。朋友说，那定是在西康捡到啥漏了。他不置可否。

挂了朋友电话，蓝守玉下楼叫上童桐，驾了"黑土"，直奔屏羌去了。

13.4 【关押中心】

三江到屏羌正建高速，大小车还跑老省道，路况可想而知。"黑土"减震好，可当皮卡开。到关押中心，已过上午十点。

引兰早等在大门前。看见蓝守玉，眼泪差一点就流下来了。家里出了这么大变故，搁谁都难扛。

文雄不在现场。打电话问，说手里正有点事，走不脱，已与关押中心打过招呼，现在过来不便，叫他们完事联系，找个安静地过晌午，他做东。

　　童桐本虎着脸，一听文副局长要请客，立马阴转晴。嫉妒大约是女孩子的专利，尤其是女孩跟女孩，美丽往往会成为相互瞄准的靶子。引兰没童桐世故，因为她还没有离开她的乡下。童桐打拼多年，算半个城里人。灯红酒绿大染缸，酱缸待久了，哪里还没几处斑斑点点。

　　童桐说要去逛街。逛街当然是扯谎。他也不好说啥，叫她打出租。童桐偏要他给文副局长打电话，叫文副局长来接。这让他很意外，开啥玩笑？人家是你司机？童桐有点生气了，不打就不打呗，咋呼啥？头一扭，拼个过路出租走了。

　　来接洽的是关押中心一个姓宋的副所长。宋副所长解释道，探视规定多，既然文副局长打过招呼，规定也是活的，再说要见的人是个古稀老人。

　　三人就去探视室。引兰发现她干外公头发白了许多。正要问，才想起忘了介绍，赶紧道："这是蓝叔，来帮忙的。"

　　"石碾子"伸出手，正想说啥，停住了。他看见了蓝守玉额头的青印。

　　蓝守玉握着"石碾子"手："老人家，我老家就在屏羌，还有些关系，只是现在你和你干外孙郭大林郭墩子的案子，在公安那里挂上了号。"

　　"石碾子"正看着他额头的双鱼印发呆哩，听蓝手玉这么一说，有些紧张："引兰，你哥咋了？"

　　"还在外面跑呗。"引兰答道。

　　"警察正找他，"蓝守玉插话道，"他最好能回来自首，争取宽大处理。"

　　"石碾子"道："他再有事可咋得起他爹妈……我一个人在里头待着，能抵他就行，只要他不进来。"

　　引兰道："哪行哩，你身体本来就不好。"

　　蓝守玉道："今天来，给你谈此事，想听听你的意见。"

　　"石碾子"道："我就是个没用处的等死老汉，还有啥想法。"

　　蓝守玉道："按说郭墩子没摊上石头菩萨那事。只是，公安说你们家有几个破碗，怀疑是出土的。这种事，可大可小。说大，你晓得的；小，也只能往好的想了。"

　　"石碾子"道："警察要看上，就拿去。我们不要了。"

　　"出不出土，其实全凭专家一句话。"蓝守玉看"石碾子"有些着急，安慰道，"听说东西已经拿走了。他们也没说一定有啥事，只是希望你们爷孙俩能把来路说清楚。我这头呢，再看看能不能争取一下。"

　　"石碾子"道："大兄弟，我们家的情况，可能你都晓得了。"

蓝守玉道："今天来就是谈这事的。"

"大兄弟……""石碌子"哭丧着脸，不知说啥好。

见老人情绪激动，就叫引兰先到外头等着，他跟老人单独聊一会儿。

"是这样的，你们家这事，我尽量。"蓝守玉说这话的时候，"石碌子"一直在看他的额头。

他说了他的想法。"你看这样行不，你外孙手头上还有啥，我找一个开博物馆的朋友帮忙看看咋弄。"

"石碌子""噗"地给他跪下了。

"叔，这不行，哪有老辈给下辈行礼的。"他赶紧把"石碌子"扶住。

"石碌子"泪就像八月雨一样下来了："我们家怕是真的碰上贵人……"

探视室出来，又打了俩电话。一个电话给施云的，问施云最近有无兴趣考察民风，施云当然乐意。另一个电话给童桐的，童桐说她正在政府大门口看热闹，说堵了好多人。

摞下电话，问引兰，要不要一起吃个中午？引兰摇头，她得马上去车站，搭回茗山的大巴。他知道，引兰并不是怕见生人，而是没心情。

送引兰去屏羌客运中心的路上，两人又约了见墩子的事。

14.1 【水天花月】

送走引兰，蓝守玉驱车去政府大院。

老远就看见门卫处凑了一堆人在看热闹。骑三轮的，过路的，不时围拢，或闲聊，或自言自语，又散去。

三辆警车横在人堆旁。队伍被切成几小块。

有个女的正在解释啥。好有耐性的样，边说边劝，估计是群工部门的。

人多声嘈，没听出个究竟，便找人堆一正经模样的打听。那人也认识，一起搞过水电站，现在"水天花月"指挥部负责一个部门。

那人讲，都是来要钱的，有南岸"水天花月"项目材料供应商，有施工民工，更多的是放高息给李铁锤公司的"水客"。

听说过李铁锤，屏羌本地土包子，早些年屏羌发现铅锌矿，他东挪西借投了一百万满山刨，弹尽粮绝的时候，神戳戳竟然挖到鸡窝聚生矿，一夜暴发。老天爷总是垂青那些好赌者。很快，李铁锤成了全县有名的矿老板。有钱就烧包，也想搞房地产，投了"水天花月"。"水天花月"是前任书记亲自抓的项目，去年下半年才上马。书记半月前离任了。

前任书记是个工作狂，在屏羌南岸规划了一千六百亩地搞高大上。亮点是屏羌大桥旁的五星级酒店，还有商住区外围大片湿地景观。项目分三块。第一块商住，占地七百亩，先期两百亩，后续五百亩。总概投十八亿，其中先期两百亩，八亿。第二块五星级酒店和第三块湿地公园，都是南岸新区配套项目，采用PPP和BOT模式。五星级酒店占地两百亩，五亿。湿地公园七百亩，两亿。三个项目，拆开看，相互独立，整体看，又不可分割。总投资高达二十五亿，屏羌前所未有，放眼三江也是数一数二的。

湿地属于投资环境项目，加上先期商业开发两百亩，征地拆迁和湿地本身的建设成本，三亿概投并不算多，对于小小的屏羌县来讲，却是天文数字。屏羌财政前些年一直在替那个大型水电站移民投资超预算背书，现在哪有闲钱，去砸一个虚拟效益的"生态景观"？

没钱没关系，有地就有金主。两百亩土地开发权挂了牌，公告起拍价八十万一亩。前期，来了几个开发商，考察意向，混吃混喝，没下文。公告期满，一个报名的都没得。

县委班子内部，各种说法也来了。几个本土常委在会上提出质疑，说项目过于超前，并不切合屏羌实际。

书记这下不好交代了，就亲自找矿老板李铁锤做工作。矿老板知道意思，不就是要在换届前，搞个啥动静么，这好办，顺水推舟人情，也不能白送。他是本地人，见过的书记县长一排排。流水的县官，铁打的衙门。不对，到矿老板这里，成了流水的县官，铁打的老板。李老板自然不是省油的货，王顾左右而言他，说啥项目无论拆迁、政策，还是收益，哪方面都不确定，风险太大。

他向书记提了四个条件：

1. 两百亩商业开发挂牌起拍价降到四十万一亩。

2. 五星级酒店，政府得承诺三年内完成投资招商，五年内实质性开工。

3. 湿地公园PPP模式调整为县政府直接投资，项目建设与挂牌的两百亩土地出让招标挂钩，也就是以湿地公园的规划项目投资核算标的作为两百亩土地出让附加，谁最后竞得标的土地，谁获得公园工程，土地出让金在项目投资中抵扣。

4. 县政府配套融资优惠，协调金融部门在未来五年开发期内融资八亿。

表面看，这四条似乎都还站得住脚。仔细看，还是玩的套路：地产开发，政府保底，开发商包赚不赔，风险甩给了政府。搞活南岸开发，建个湿地公园，提高城市品位，也在理。要政府去搞五星酒店，就不好说了。明眼人一看，两项配套，最大受益就是那七百亩商业地，眼前看得见的是那两百亩开发权收益。谁又会去捅破呢？屏羌那么好的生态，迄今没有一个亮眼的城市化项目。全县人民一条心，屏羌江水变黄金。口号喊了很多年，江水还是江水，黄金呢？节骨眼上，谁能招来商，就是屏羌的救星、天王老子。这话就是前任书记说的。

来看李铁锤提的几个条件。第一条降低起拍价，不会对项目招商构成实质性障碍。市场的眼睛在那雪亮着哩。土地一旦被举牌，天王老子都不认，只认落锤。第二条和第四条提到的招商和融资更是市场行为，搞不搞酒店，好久能搞成，不是谁拍脑袋能搞定的，即便政府做些书面的意向性承诺，基本还是属于君子协议一类，没啥约束力。

老书记力排众议，说服班子其他人，答应了这两条。但是，矿老板提出捆绑参与湿地公园建设，用土地出让金抵扣工程建设投资，明摆着违规。湿地公园立项就是PPP，现在要改成政府直接投资，没有操作性不说，谁能承担责任？不过，老书记的智囊团还是想了个办法，对湿地公园辐射期望的土地权益进行了估算，即便刨开五星级酒店，也至少有七百亩。找了家第三方公司，按七百亩测算，正好对应七百亩湿地公园，湿地公园辐射的"影响收益"提前锁定为每亩开发土地溢价二十万元。

好了，这下先期招商的两百亩土地再次挂牌，不过标的附加了湿地公园潜在收益，也就是说最后的成交价是竞拍价，加上湿地公园溢价二十万元。第二次挂牌，终于没有流拍。李铁锤自己报了名，还去西康市邀来一哥们围标。三江本地也来了家地产公司试探性报了名。

有竞争，也就有天价。李铁锤最后以每亩八十万元的高价竞得项目。县政府大院一片欢呼，因为这个价格加上预期的湿地公园潜在开发土地溢价二十万元，每亩已达百万，超出所有人的预期。政府一下获得两亿的土地出让收入，无论是屏羌还是整个三江，都算是爆了冷门。

两亿的两百亩土地收入里面，含四千万湿地溢价，按政府决策初衷，羊毛出在羊身上，羊毛卖了就要反哺那羊，四千万专项用来建湿地。

按理说，四千万打底，招个两亿的PPP，问题并不大。李铁锤拿到"水天花月"的土地后，很快找来几个包工头，修售楼部、拆迁、铺路，三月两月往政府跑，磨磨蹭蹭装样子，试图通过竞争性磋商，获得湿地公园的PPP标。李铁锤玩的不是小聪明，是大聪明，左手将两百亩土地待价而沽，右手又想拿个PPP倒手，守株待兔，等"王老五"来当接盘侠。

李铁锤天算地算，没算到土地计划会出问题。屏羌国土部门告知，五星级酒店和湿地公园用地计划，与原来编制的大纲有较大出入，计划报到省厅后，卡住了。虽然做了些公关，仍因屏羌的整体用地计划前些年用力过猛，南岸园区此批计划不得不被动削减一半。削减一半，意味着取消五星级酒店、缩小湿地公园和随后的商住开发规模。计划一缩小，项目就成鸡肋。哪里去找"王老五"呢？

现实与老书记的宏伟理想相距甚远。书记找到李铁锤，叫他加大拆迁和基础设施力度，无论如何搞个看点出来，县委保证项目不做大的变动，不够的土地计划，政府继续做工作，眼下的项目不能停，停了工作更不好做了。矿老板当然明白个中奥妙，立马拍胸脯，书记放心，你的大事就是我的大事，项目肯定要搞起走，只是不能逼得太紧，慢工出细活，要做就做精品。书记安抚道，只要你的项目大张旗鼓在走，三年搞不成，就五年，五年够不？五年？！够了，够了，书记。矿老板笑道。

项目继续上马。

这边李铁锤照样磨洋工，那边四下网罗投资人合伙。这年头骗子太多，傻子明显不够用。李老板的自有资金据说就五六千万，拿土地花两亿，短出来的缺口就去许高利息，东哄西哄，还真有傻子给他凑够了一个亿。最后仍然差县政府四千万土地出让金。

资金链一断，工程马上烂尾。八方找人，想甩山芋。山芋还没甩脱，换届了，书记调整回市人大当调研员。老书记前脚走，李铁锤后脚跟上，小动作一个接一个在路上……

他当然知道人走茶凉的潜规则。一走，一凉，项目保不定会走样。前些天，就听有人点火，即将上任的一把手，是荣城大机关下来的"80后"愣头青。照以往情况，新班子一般会在上任之初，重新检视项目，调规的调规，整饬的整饬。谁都不想踩别人的后跟，谁都想把自己那特别的烙印，一迈脚就深深镌刻在这片火热的土地上。李铁锤需要在这个节骨眼上，做些小动作，以引起新官的垂青。他不能让新上台的书记忽视他和"水天花月"的存在，更不能让自己这个"铁打的老板"，在与"流水的县官"的对峙中，造成真金白银和潜在利益的损失。

于是，发生了眼前这一幕。

听那人如此一说，蓝守玉寻思，堵政府门事件的幕后，多半是那个矿老板。

闹哄哄的都是些材料商、民工和"水客"。他们知道老板小心眼，不过他们把老板没奈何。警察知道、群工干部知道，那些围观的，像蓝守玉这样的民间观察人士，也知道。蓝守玉把自己定位为三江的民间观察人士。

屏羌终于也有了"风吹"！唯恐天下不乱的观众，兴奋地等待下一步的"草动"。

走势还不明朗。能左右走势的那个人，尚未出现在众人的视野里。

14.2 【鲜艳的口子】

从政府大院朝南岸望去，屏羌大道两排银杏，像拴在政府大院裤腰上的两根整齐翠带，再过两月，翠带就成金腰带了。

满目的葱绿挡住了蓝守玉的视线。他看不清楚屏羌的彼岸，但能想象得到，彼岸一定有群挖掘机、推土机，正在成片的土地上推出几条道路，向四周蔓延。那些野蛮机器的深入，犹如在女人身上撕开一道道鲜艳的口子。

发展需要付出代价。他觉得自己很矫情。

"文哥，你不来亲自坐镇，指挥你的人处理发展和稳定的问题？"他把自己的看客情绪，通过电话传递给了文雄。

"是钟馗还怕几个小鬼？"文雄显然知道了他说的是啥事。

"据我观察，南岸开发遗留问题多，你这个主抓发展环境的公安局常务副局长不好整吧？"感慨之后，又觉不妥，补了句，"不对，下一步你应该会升，谁说坏事不会变好事呢？"

"搞水电站移民拆迁，啥阵势没见过？"

"然而，今天这局面，你如何看？"

"小儿科。矿老板那点花花肠子，不就是趁换届，在新班子搭建之前浑水摸鱼，搞点响动，叫别个不要把他搞忘了吗？"

"那，敢问，南岸下一步？"

"换届中，有些项目停了，等待新班子新指示。"

"哦……"

"饿了？那还不马上过翠竹园酒楼来？"

"呵呵，也是，马上打童桐电话。"

"不用打了，她就在我旁边。"

"她不是逛街去了吗？"

"早逛完了，在县政府门口处理事的时候，凑巧碰上她，就一起先来了。"

蓝守玉有些诧异，啥情况？不过，这疑问一闪就过去了。

14.3 【风水轶事】

翠竹园在银杏路旁。从政府大院往南，穿过屏羌大道，到银杏广场，左转不远就是。

银杏路的尽头是魁星阁，再往东是青云路，青云路的尽头是屏羌一中。一中学生每年高考前，有个仪式雷打不动，结对步行往西，经青云路，去魁星阁祭拜，祈祷平布青云，金榜题名。

银杏路，是现在的名字。蓝守玉念高中那会，叫"金牛路"，因为旁边建了个"金牛广场"，广场上放了头硕大的铜牛。广场的北侧，是屏羌大道，大道的尽头就是他曾经供职的政府大院了。

说起那头铜牛，还有个笑话。屏羌是农业县，老百姓历来有耕牛崇拜传统。有个企业赞助了一头铜牛，安放的时候，牛头本来朝下游的，顺风顺水嘛。后来大院里有人出了事，觉得那牛在作怪，莫不是"拉下水"？于是，铜牛无端给扭了个方向，头朝屏羌上游，据说寄寓逆水行舟。如此，并没有解决根本问题。大院里，还是不太平。有游方道士又造谣，会不会牛的北面山上有座庙宇，庙宇在上，牛在下，像个啥字？！

谣言当然没人信的。到了他读高中的时候，那头铜牛神不知鬼不觉消失了，换成了几株高大的银杏。这还没完。未几，大院里还是继续发酵爆猛料。就又纳闷，啥风水呀？偏偏有人不信邪，不就是有圈石头围栏吗？外面一框，里边一木，原来是那个"困"字在兴风作浪。好吧，想个招数把外面的框镇住不就行了！于是，银杏广场的石头围栏，一夜之间漆成了朱砂红……

后面的故事不讲了，有兴趣的，自个猜吧。

14.4 【青春期骚动】

从大院到一中，一条大道，一个广场，两条老街，一幢古楼。它们都是蓝守玉曾经的青春期。

高考完那个晚上，约了施云，到魁星阁外的江边湿地狂欢。月色很好，草地上似乎还有其他的情侣，三三两两，是不是一中的，不好说。

先是对饮，一人喝了几瓶啤酒。体温，并没有随夜气退凉。至今记得施云那夜穿的是连衣裙，他穿的短袖还是T恤，倒是模糊了。反正浑身燥热，施云也一脸汗水。两人四仰八叉，躺草坪上，眼望苍穹。夜色如此干净，书袋草比情人的发丝还柔顺，正适合打滚。终于要离开魔鬼训练营一中了，亢奋啊！

半轮圆月，漫天星子，一缕江风，几点渔火，该有的情绪都有了。两人就滚呀滚，边滚边唱，唱够了又喊，喊累了就躺，谁也没多余的白话，望着夜空，好温暖，好安静，静得能听清楚远处的渔歌，近处的鸣虫，彼此的心跳……

就这样一直磨蹭到半夜。

施云说，回吧。他说，回。

两人就起身。

月色泻过，把他俩剪成纸片人。

走着走着，施云发现他的屁股上，似乎粘了一团啥，亮晶晶的，夸张地摇来晃去。以为是啥草虫子，就伸过手试图帮他拍掉。

这一拍，不得了，施云像摸到尸骨还魂一样，一下缩了回来，"哇"……

他被施云的尖叫吓到了。没见过男人屁股？大惊小怪。

施云捏着鼻子，大声说，不是屁股，是屁股上粘了啥……

还有啥，不是蚯蚓，就是毛毛虫呗！

不是，不是，都不是！

那，就是卫生纸嘛，还有啥？

他虽然这样说，还是忍不住好奇，自己反过手去，大大咧咧摸了一把……湿乎乎的，又滑又黏，一种说不出来的奇妙快感。肯定不是虫子和卫生纸。啥玩意呢？那时候高中生不准玩手机，也没带手电筒，他就把那团黏乎乎的东西，凑到眼前，对着月色，有滋有味地看……

他这么看的时候，施云在一旁捏着鼻子骂道，蓝守玉，你好无聊……

东西当然被他扔了。不过，疑问并没有解决。那天晚上，究竟是啥让施云那么激动，那么恶心？

他有猎奇欲，不过常常又告诫自己，好奇害死猫。那团黏乎乎的东西，困扰了他很久。

后来，他跟施云，分赴两个省会城市各上各的大学。再后来，他回到屏羌，去了大院上班。

在大院上班的时候，他的出租屋正好在银杏路上。

银杏路因为在城乡接合部上，一直未纳入旧城改造，对了，现在叫"棚改"。前些时候，听说有老板看上了那片地，离一中近，打算"棚改"搞学区房。政府就组织人员去调研，回头征求意见，结果一拨老同志极力反对，说偌大一县城，就剩这片还有老屏羌的记忆。反对有效，"棚改"遂作罢。

14.5 【月色暧昧】

蓝守玉再次走在银杏路上的时候，发现老街破旧的门脸，装上了好多的霓虹灯，又昏又暗，闪烁迷离。

空气里似乎有股很重的霉腥味，跟霓虹灯一样暧昧。闻不惯，是矫情。久入鲍鱼之肆，谁还想得起来那鱼臭？

清晨的老街，最安静。穿过寂静逼仄的两排棚户，右转朝北是两公里屏羌大道，大道尽头直抵政府大院。

下班正好相反。道，还是那道，路，还是那路，感觉却大不一样。

迎着晨曦，胸怀理想，甚至还有神圣之感，一路向西，又向北。

"你好，小蓝。"领导们见面都主动给他打招呼，心情很好，步子迈得像飞。小路越来越宽，最后完全跟"大道"连缀一起了。高大上的成就感，油然而生。

黄昏来临，大院渐渐消失在身后。面南背北，那是坐在办公室的感觉。出了办公室，又无声无息淹没于人海车流。

目不斜视，低头小步通过。都说没做亏心事，不怕鬼敲门。可那一刻，却像偷了谁东西一样，愧疚、忐忑。一步也不敢停，担心只要一抬起头，两旁倚门卖弄的女子，会不怀好意地喷他一脸瓜子壳，哎，那帅哥，要一下哇……他一口气溜回出租屋，关上门窗，躺在床上大喘粗气，啥时候才能离开这鬼地方……

前些年，柳叶萍来三江看他，他也不知道发哪根神经，竟约她到屏羌故地，重游银杏老街。

空气里依旧飘荡着霉腥，灯光愈加地暧昧了。门帘里那些女子，不知已轮换到第几茬。

柳叶萍走着走着，起了疑心，问道，当年就住这旮旯？他反问道，有啥问题吗？柳叶萍皮笑肉不笑，安慰道，没问题，只是真难为你……

他并没有理解柳叶萍话里的套路，继续推荐老街外的那片河滩草地。

柳叶萍就跟着他到江边怀旧。

两人躺到草地上，他正要说，那年高考完，月色很好……

谁知柳叶萍像被蛇咬了一样，抓住他的手，吓得瑟瑟发抖，似乎看到了啥恶心的东西。

他也看到了，他和施云当年打过滚的草地上，那种黏糊腥臭的橡胶小套套，肆无忌惮，扔得到处都是……

15.1 【农家乐进城】

文雄和童桐已在翠竹园楼下。

着便装的文雄，看上去少了精气神。蓝守玉开玩笑，人是桩桩，全靠衣裳，哥的身板还只合武人制服。文雄笑道，可惜今天不敢帅。

顺风顺水的翠竹园，真的种了片修竹，加上仿古的竹楼风格，蓝守玉说像农家乐进城。

文雄接话道："你落伍了，这叫'两化互动'。"

"'两化互动'？"

"不知者不怪，毕竟兄弟你离开官场多年。就是城市和农村两个轮子互相滚。"

"玩概念？城市和农村的关系，几千年不都是这样滚过来的吗？"

"现在是从理论上进行了提升。"

蓝守玉想说啥忍住了，道："提升总要有点'升'吧？"

"屏羌的目标是'荣城的乡村田园卫星城'，你说'升'不？"

"乡村田园卫星城"，第一次听说，还真是个事物？

一直以为，现代化是让城市更城市，让乡村更乡村。乡村变城市，是人类自离开森林直立行走以来，对于文明的一贯向往，这是否定。城市又变乡村，是人类经历蜕变之后，重新对自己生存环境的忧虑和回归，是否定之否定。

若反过来，是否定还是肯定呢？

15.2 【玻璃妹】

包间里站着两个着便衣的年轻人。文雄介绍，一个是他的"司长"小张，一个是刑警队的小喻。好面熟，是不是那天在专案组看佛头见过？

文雄请蓝守玉点菜。蓝守玉说随便。文雄就把单子给童桐。童桐道，文哥请客，就不客气了。服务员推荐了时令招牌，黄辣丁和斗鸡菇。蓝守玉嫌贵，童桐说好吃。文雄道，童小妹看得起，就随便点了。童桐就点了青烧斗鸡菇和黄辣丁，配点素凉，还有新出的南瓜月饼。

素凉和南瓜月饼上来，童桐捏了一颗月饼就咬："蜜甜蜜甜，还不腻。"

文雄指着一小碟蜜糖，提醒道："蘸二峨山舍身崖崖蜜吃的。崖蜜美容，吃不完，可用来敷面。"

"舍身崖崖蜜，听名字就吓人。"蓝守玉皱眉道。

童桐倒是不客气道："文哥别听他的。待会送我点美容月饼，还有崖蜜，好不？"

文雄道："自然，自然。"

屏羌的门面菜，有口碑。几人吃得投入。

童桐叹气道，可惜少了酒趣。文雄道，童小妹要酒趣？文雄看看童桐，又看看蓝守玉。蓝守玉瞪了童桐两眼，道，别看几位帅哥穿便衣，人家可是警官，中午咋能喝？两位年轻人也附和。童桐不满了，又没外人，文哥，你说呢？文雄想了想道，既然美女有要求，文某当赴汤蹈火，在所不辞。蓝守玉对童桐的任性不满，见文雄没说啥，也不好再劝，因要驾车，就道，只能奉陪两杯。两个年轻人坚持说不能喝。童桐道，那就跟文哥喝。文雄道，好嘛，他们不喝，我俩对饮。童桐来了劲，对饮就对饮，喝瓶子。文雄没明白啥叫喝瓶子。童桐一本正经问道，没听说过？文雄摇摇头。旁边的一个小伙子悄悄咬耳朵，就是以瓶为单位喝。文雄就笑了，喝瓶子，这主意豪放……

服务员就抱来一箱啤酒。

一人两瓶，很快见了底。

很快，童桐有了醉意："文哥最帅。不仅懂办案，还懂生活。"

蓝守玉心想，他还懂风月哩。

文雄道："妹子是我见过最有味道的妹子。"

童桐明知故问："你确定？"

文雄道："当然。你有'三大才'嘛。"

童桐眯了眼："咋说？"

"杨贵妃的身材，林黛玉的嘴才，还有吗……"也不知文雄吊胃口，还是挖啥坑。

童桐两手衬着脸问："讲……"

"潘金莲的干柴！"文雄终于忍不住，脱口而出。

"切……，就知道你想使坏。"童桐眯眼笑道。

文雄道："你是我守玉兄弟的表妹，就是我表妹。捧着都怕化掉，谁敢使坏？"

"又来了。不过，我喜欢听哥话。只是……"童桐也卖了个关子。

"只是啥？"文雄有些着急，也不知道童桐嘴巴里会冒出啥来。

"不是表妹，要做就做妹。"童桐强调。

"哈哈，那敢情好。"文雄一脸正中下怀的讪笑。

童桐拿过一个酒瓶，摇了摇："酒呢？"

文雄就喊上酒。

蓝守玉道："没有了。都少喝点，别出洋相。"

"出啥洋相？文哥，我说的妹是干妹。今天，小桐就拜你为干哥。"童桐见文雄和蓝守玉看着她，不满了，"傻看啥呢，我是认真的。"

文雄顺水推舟："我也是认真的。我白捡个干妹，还是玻璃妹子……"

"是呀，我是玻璃妹，你是玻璃男。结拜可是你说的，莫反悔。我和你再对饮一瓶为据，表哥作证。如何？"童桐忽然说起了普通话。

文雄也改口说普通话，不过多了股椒盐味："喝，你是玻璃丝丝，我是玻璃罐子！"

文雄一句"玻璃丝丝""玻璃罐子"，把屋子里的女服务生笑得弯腰。

文雄挺挺肚，一本正经道："笑啥笑，屏羌江叫玻璃江，晓得不？"

女服务生摇摇头，又点点头，笑着开门出去了，估计笑得不行才出去的。

文雄见状，笑道："当然，我没得人家蓝大师瘦，人家是玻璃棍棍。"

童桐"噗"地笑趴了："他那个肚子叫瘦吗，你没看见跟怀了三个月娃一样？"

蓝守玉也笑道："哈哈，别看你文哥风风火火，忽然来点幽默，还不习惯。"

文雄道："还不是跟你蓝大师学的，要不来点幽默，童小妹还以为我没点文化。"

蓝守玉本来想说"屁话"的，忍了。

刑警帅哥插话道："要是像童美女这般身材，那就好了。"

"司长"也插话："我最近的目标，就是减肥，像童妹妹一样，瘦成一道闪电。"

"别看小妹瘦是瘦，但是瘦得有灵魂。"刑警帅哥继续夸道。

文雄瞪了刑警和"司长"两眼："兄弟些，我咋没发现你们拍美女马屁一套一套的。"还没说完，看童桐脸色有点变化，又后悔了，"我有错，不是拍马屁，是点赞，点赞。"

"自罚一瓶！"童桐道。

文雄除了喝，还能说个啥哩。

一屋子的人更笑得不行。这是喝对台酒吗？

15.3 【良辰美景奈何天】

文雄自罚一瓶了结，女服务生又开了酒。文雄和童桐又各自干了一瓶。

这一瓶下去，文雄没事，童桐就显得勉强了。

童桐站起来，对蓝守玉说："表哥，去，去，把门关了。"

"小桐，你要干啥？"蓝守玉脸色一下变了。

"看把蓝总吓的，别担心。"童桐慢条斯理道，"今天好像是中秋，良辰美景。文大帅哥喝酒又那么爽快，本美女难得有兴致，给几位大哥吟曲一首，这在你们两个的圈子叫啥来着？助兴？"

文雄一听，美女正表扬他哩："助兴，对，助兴！鼓掌！"

"司长"顺手关了门。大家就开始鼓掌。

童桐道："一会儿你俩也要来哈。我先来……来个《明月几时有》……听不听？"

文雄喝彩道："听！听！"

童桐也不客气，站起来说唱就唱："明月……几时有……把酒……问青天……"

因有几分醉意，气息不咋连贯，一唱，酒又上涌，打嗝，边打嗝边唱。身子稳不住，也不知是在舞蹈，还是醉了，看上去摇晃得还有节奏感。一摇一唱，脸庞、身段，哪儿都是妩媚在飘荡。

文雄和两个小兄弟，两眼发直，也就随着童桐的摇晃，击掌、喝彩："好……好……"

童桐是人来疯，几个男人一叫好，表演欲就上来了，继续操普通话："不好意思，本美女确实……有点晕了哈……呵呵……呵呵……下面再给几位哥哥表演一段戏词……《良辰美景奈何天》……鼓掌！"

文雄起哄道："兄弟些，掌声，掌声！"

刑警和"司长"赶紧给掌声。

童桐的京腔，是带椒盐味的，不过夸张地配了点舞台表演，顿挫感也有了："原来……姹紫嫣红……开……遍，似……这般……都付与断井颓……垣，良辰美景……奈……何天，赏心……乐事……谁……家院……赏心……乐事……谁……家院？"

词虽不熟悉，意思大致明白。文雄边听边小声问蓝守玉："念的哪出？"

蓝守玉小声道："《牡丹亭》。"

"哦，"文雄没听明白，又装恍然大悟，"好！好！玉人加美景！妹子多才多艺！"

文雄近乎肉麻的掌声和褒扬，童桐很觉受用，借着酒劲，把浑身上下的媚态，展示个淋漓尽致。

最后那句唱词，已累得童桐香汗四溢。都说女人的美丽，一半是天生，一半是男人宠出来的，这话不假。

童桐摇摇晃晃，道："本美女……表演……完毕，该……几位哥……哥了。文哥你……先……来？"

文雄自然没醉，推辞道："我咋行，那点椒盐三江话，笑死八块仙人，就不丢丑了。"

童桐不依，伸手拉文雄："要嘛……要嘛……"

文雄坚持拒绝。蓝守玉见状道："算了，你已给我们最好的心情，最好的中秋了，别为难文大局长。"

童桐道："不表演，那就……罚……酒！"

文雄道："好，好，我罚，我认罚。"拿起一瓶，咕嘟咕嘟就下去了，气也不换。

童桐哪见得男人这么赌气，不明摆着仗势自己很男人么。也拿过一瓶就往嘴里倒。蓝守玉想阻止，已无机会……

他俩几乎同时喝空瓶子的。

蓝守玉想，看这架势，她在南边漂的那阵，喝了不少。

童桐飘在座位上："本美女，高兴……本美女，没醉……文哥……你最懂生活……"

童桐这一醉笑，蓝守玉感觉脖子下有股凉意直钻："小妹看来醉了。大家也吃得差不多了。要不，散了？"

文雄叫服务员安排茶包间休息。

蓝守玉就把童桐搀扶上楼。

高挑丰腴的童桐，喝醉了一脸妩媚不说，走路袅袅娜娜的，边走，边念叨："良……辰……美酒……奈……何……天……"不知是故意把"美景"念作"美酒"，还是她记晕了，拿腔拿样的，真有点戏中人样。

安顿好童桐，文雄问蓝守玉，玩牌不。

蓝守玉说，算了，要守童桐。要了杯"飘雪"，说等她醒来就回三江。叫文雄去忙事，不用管。

文雄道："这哪行，要陪的。"

蓝守玉推却道："不用了，你去吧，今天耽误你，还让你破费，小妹已失态，不好意思。"

文雄看着沙发上躺着的童桐，腿舍不得挪动，见蓝守玉坚持，也不好再说，就叫服务员拎来四份礼盒包装南瓜月饼："小桐要的崖蜜在月饼盒子里，每盒月饼里都带有一小罐。"

"她随便一说，小孩子的玩笑话，不必当真。"

"守玉兄弟，这可不是送你的，送干妹子的。"

蓝守玉没明白，老老实实道："有啥区别吗？"

"东西是山上亲戚拿来的。请放心，跟公家没一毛钱关系。你我又不是第一天交情。再说，今天刚拜了干妹，总得表达点心意吧？"

蓝守玉收下。文雄一行也告辞走了。

看着那杯"飘雪"，蓝守玉一直在想童桐的事。喝那么多，像在赌气，又不能责怪。作为表哥，他唯一能做的，就是耐心候着她醒来。

15.4 【活久见】

童桐醒来已是黄昏。

文雄估计也喝多了，没再来过电话。蓝守玉问童桐，要喝点啥糖水不。童桐说，头疼，叫回家。两人就驱车回三江。

上了"守玉楼"，困得不行。就又拿出甜白杯子，上床把玩。

睡意很快来了。搂着杯子睡觉，梦里全是白衣女子的影子。

白衣女子是谁呢？朱瞻基的孙美人、《红楼梦》里的妙玉，还是《聊斋》里的狐女？

后来，蓝守玉把那天晚上的梦，讲给那帮小年轻听，小屁孩们咬定白衣女子是蓝守玉的某个相好。

小年轻们当然是在取笑他。身边哪有过一个"白衣女子"？有，怕也是活久见。

第六章　龙隐

16.1　【猎奇者】

墩子并未出现在龙隐家里。兰子告诉蓝守玉，派出所前些天又来人，叫她转告墩子去一趟派出所，她也联系不上。墩子昨晚突然回家，让她无所适从。她拿不定主意，这才给蓝守玉打了电话。

再访龙隐，除了对"石碾子"一家动了恻隐，是不是还有某种职业的好奇与冲动？

为把老峨、龙隐一带涉文物发案率压下来，茗山、屏羌、蒲溪三地政法委签署了边际协作备忘录，首问管辖，不管哪一家派出所发现线索，可直接移交立案地专案组。老峨山"男观音"造像案，在屏羌立案，省厅督办，部里挂网备案。三地信息共享，各自所辖派出所直接对接。

从"男观音"案目前显示的案情看，"石碾子"糊里糊涂给搅了进去，只是另一起文物盗窃未遂案的从犯，养外孙郭大林也未涉案。蓝守玉注意到一个细节，屏羌民警在"石碾子"家中搜出疑似出土货，就是那些破碗烂罐，问"石碾子"，称同干外孙铲地皮铲来的，平时靠摆地摊转手挣点活命钱。本来也没啥，关键是警察两次到他家，并未见着墩子，也没有得到可以帮爷孙俩开脱的有效证据。也就是说，"石碾子"和墩子与涉嫌倒卖出土文物，就一步之遥。铲地皮和摆地摊只是"石碾子"一个人的说法，墩子若不到案讲清楚，两人都摆脱不了嫌疑。至于墩子去了哪儿，"石碾子"和兰子说不上来，警察怀疑他们一家有所隐瞒也正常。基层派出所报告摸排情况，说爷孙俩经常在盆地周边地区古玩市场活动，无疑也增加了两人的嫌疑。当然，这些都是文雄专案组合理的猜测和推理。不过，问题也来了，现在就结案，是否起诉年老体衰随时可能患病的"石碾子"是个麻烦。

有毛头小警察怂恿文雄，搞点小手段，突破突破？文雄没开腔，问一个出道早的老警，老警道，搞啥手段，两个土包子法盲。遂放弃手段。省厅给"男观音"案的督办时限是年底，现在佛头追回，案子完结八成。然幕后人物线索忽然消失，案子走势也难确定，年前能不能销案，文雄不敢打包票。当务之急得找到抽"长征牌"烟的秃头胖子，纠结"石碨子"家的几个破碗，就有点捡芝麻丢西瓜了。

脾气急的小伙建议，几方出击，说不定能搞个案中案、案外案出来，专案组就上位了。文雄痛批，上啥位，干得越多，错得越多，先保住佛头成果再说下文。看得出来文雄说这话时，屁股已从"红啥楼"坐到"水天花月"那边去了。

不能老被案子牵着鼻子走，兄弟伙也不能。办类似的案子有几十种不确定，且掌控不了，不说啥时候捅出个鬼来，单取证都会耗死人。即便找到证据，法院或因为逻辑链条不严而驳回，专案组的面子往哪儿搁？

老头那点问题，秃子头上的虱子，明明白白。不过几个破碗，墩子能有多大问题？之所以不急于洗清墩子嫌疑，因为文雄在下一盘很大的棋。蓝守玉当然知道，墩子是文雄棋局的小卒，自己现在要做的事，就是帮卒子过河。如此便能解释老头为啥还要关在里面了。

站在文雄这头来看，不是蓝守玉，他也不会把自己的那点把戏露出来。蓝守玉呢，不为帮郭引兰，也不会同意拿墩子做交易，换回"石碨子"，替文雄卧底，钓啥"兵哥"线索。

蓝守玉答应文雄，说服墩子当线人，基于墩子没有涉足佛头案的基本判断。再说，自己鬼使神差陷到这案堆里，还因为那个甜白盏。

真是个上好的杯子，蓝守玉一想起它的模样，心头就似有股子绵柔在挠。

文雄的兴趣在抽"长征牌"的"兵哥"，蓝守玉的兴趣在甜白双鱼盏。若非说有什么不可告人，只能说是这个秋天，"石碨子"和墩子刚好出现于两人的兴趣交集上。

蓝守玉的内心按捺着更大的冲动，似有某种神秘情绪在酝酿，价值尚不能确定，也足够令人激动。利用"石碨子"一家，去揭示充满变数的价值。但有个前提，老头、墩子和引兰一家三口不能出事，这是做人的底线。他们是无辜的，他并不想其有所牵扯。他给自己立下规矩，若揭秘的进展超越掌控，就会及时刹车。

一个天生的猎奇者，谁不想成为惊天秘密的第一个占有者？

蓝守玉有些纠结。自私一点，他更希望潜在的价值永远排除在文雄和专案组的管控之外。专案组的确也对节外生枝的那些破碗烂罐，包括甜白盏，了无兴趣。他们的目标在于"男观音"佛头和"兵哥"，破案是饭碗和生命线。他们被媒体推到曝光处，别无选择。蓝守玉则躲在暗处，进退自如。

16.2 【不见狐狸眼】

蓝守玉相信墩子一定会见他的。兰子的电话，印证了这一点。

"墩子哥叫我约见你的，"她告诉他，"这事有点唐突，你不介意吧？"

"我也正找你哥。"

"我和哥已无更多亲人。"

"这我知道。"

他决定先去土司客栈住下来。离开时，嘱咐她，若她哥回了话，马上去客栈找他。

客栈还是客栈，小夫妻还是小夫妻，依旧未见狐狸的媚眼。他笑自己太傻，还是文人气太重。

要了一碟烤土豆、一碟狗肉腊肉、二两"土司烧"。镇上狗肉出名，本地土狗，散养的，肉结实、耐嚼。吃不惯狗肉，店家小两口，见他一人，还戴着眼镜，吹嘘说不吃会后悔。

硬着头皮点了份狗肉香肠。兰子匆匆来了，说墩子答应见他。就纳闷，问道："你哥躲在镇上？"

兰子并没有回答他的问题，只道："他刚约了去后山脚罗汉桥口见叔你哩。"

"见个面，搞这么神秘？"

她说镇上人都认识他哥。想想也是，"石磙子"现在里面，警察又在四处打听墩子，他不躲，等着被镇上的人举报？

"现在就走？不会远？"

"进山只一条石板路，四五里。"

就跟她朝罗汉桥赶去。

16.3 【大乘山水月寺】

罗汉桥是山区常见的那种老石桥。过桥，有一条朝山古道，沿龙隐溪谷而上南面的卧龙坡，一直爬到龙隐山顶。路少有人至，早埋在草丛藤蔓中。翻过龙隐，下北面寻龙至山脚，就到茗山县车岭镇了。

屏羌江两岸，沟壑纵横，自古多桥。开山取石，垒石为桥。石条只作简单处理，并无更多雕饰。留意一点，还能看见糯米浆和石灰调和的粘痕。罗汉桥比较单薄，长不足两丈，宽可容三四人并肩。单拱，半圆。溪水潺潺，穿拱而过。水中倒影，成就另一个半圆。两圆相接，宛若一轮明月蒸腾水上。桥头可望龙隐。山如金刚，头顶青天，脚踩卧龙。一桥如罗汉，打禅思静，看古桥流水，听明月溪声，一应美色尽收双耳两目。

茗山。龙隐。古桥。溪水潺潺，古道蜿蜒，杂花生树。要不是心里的那点小心思，蓝守玉真想赋诗一首。

小心思在一行桥铭，历经数百年风吹雨淋，其上的字迹亦可辨认："宣德七年冬至日大乘山水月寺应文奉缘鼎建。"

怎么冒出个大乘山来？明明叫龙隐山的。

遂想到茗山县方志办朋友提供资料一事。打开数据流量查看邮件，朋友已将邮件发发。朋友的邮件提示龙隐山有关宗教文化背景。

从唐始至宋元，龙隐佛道两家香火均旺。高杨二土司为争夺信徒，你来我往，打得不可开交。明正统二年，杨土司挫败高土司，气势汹汹来大乘山。得势的杨土司信奉长生不老。正统二年到万历前后，山上多炼丹炉。万历时，杨土司倚仗朝廷信任，满足现状。高土司后人卧薪尝胆，养膘蓄肥，又跟杨土司在大乘山摆了场终极对决，双方参与械斗的僧人和道士死伤千人。皇都发怒，叫盆地的藩王把山给封了。朋友提供的资料在蓝守玉看来，并不算啥隐秘。他需要搜寻更多不为人知的线索。比如，大乘山为何方神山，水月寺又是咋回事。

又拨了那朋友电话。他并未告知发现了石桥，只是请朋友再帮看一下，茗山历史上有没有叫"大乘山"和"水月寺"的。朋友回复，这涉及佛传学术，向他推荐西康学院的朋友，一个藏汉文化专家，拿政府突出贡献津贴，手头有很多老版地方文献，理论上是可以查阅到大乘山和水月寺的相关信息。令他纳闷的是，大乘山、水月寺那个叫应文的僧人，舍近求远来龙隐干啥？方圆几百里内的老峨、二峨、蒙山，都比龙隐名气大。老峨、二峨远些，两山和蒙山一样，名字在隋唐时就已固定，为何独余龙隐被淹没？

眼前的石桥就在龙隐南麓。这样想着，疑问更大了，莫非龙隐山之前不叫此名？若如此，明以前山里应有过一座叫"水月寺"的庙，否则解释不通。从来都是求佛的香客，修桥补路，做善事，捐功德。罗汉桥，竟然颠倒过来由僧人发起，真是古风盎然啊。

16.4 【墩子】

兀自沉浸间，一壮小伙不知从哪里就冒出来了，黝黑敦实，鬼影一样站到他身前，吓他一跳。

小伙子就是郭大林，兰子的墩子哥。

"你妹子说你找我有事？"

"妹子说叔是好人。"

如此，也没必要遮遮掩掩了。他就说，墩子和墩子外公的那点事，他找朋友打听过了，"男观音"佛头案，墩子外公应该是被人利用，且未遂。要不是还没抓到主谋，早就放回来了。现在只要没有其他事，应该问题不大。

"那……要是还有其他事呢？"

"还有其他事？还会有其他啥事？我都问过公安了，他们没说你外公还有啥事。"

"兰子不是说，他们把我和外公赶集摆摊子的破玩意拿回去了吗？"

"你说那些破玩意啊，他们说没价值。"

"听兰子说他们来过我们家，好像还在找我。"

"他们想带你回去问情况。"

"都拿走了，还问啥？"

"按理说是这样。现在你外公在里面，他们也不一定能顾上你。要有个人顶着，也行。"

"可外公他有老毛病。"

"我这是第二次到龙隐来找你的。你外公只有你能帮。"

"我咋帮？我不想去公安局。"

"没人愿意去。"

"听说他们要我进去，换外公回来。"

"是这么说的。"

"不去。"

"不去也可以，要想个办法。"

"叔，我知道你是个好人。只要我不进去，外公又能出来，你让我怎么着都行。"

"我跟你妹子说过，现在办事，人托人，挺麻烦。"

"我可以去你公司打工挣钱，慢慢还你。"

"我哪有什么公司。一个茶楼而已，也不需要卖力气的。"

"妹子也可以去你茶楼。"

"也不用。再说你妹子那么好，你舍得？"

"那……我可以单独约你摆会龙门阵吗？"

他当然懂得墩子"龙门阵"的意思。

郭墩子就叫兰子先回家，说他要约蓝叔上龙隐。兰子就一个人回家去了。

他并不担心墩子会不会耍滑头。就跟着墩子，沿朝山草路，往上爬去。

龙隐与老峨一样，不高，海拔刚过两千米。在平原西部边缘上，一下耸起一山，也显得突兀。

墩子说去佛耳崖，翻过前面两座小山就到了，差不多全是陡坡，风景倒不错，藤条刺蔓野着，走走看看，不紧不慢，一两个钟头就到了。

墩子说的风景，就是高树耸立、泉水叮咚，山道蜿蜒入胜，一路鸟语花香。可眼前只见青山，不见古寺，人迹也了了。与二峨相比，龙隐还是破落许多。

墩子说，他干外公讲过早年山上有很多庙宇的，与老峨、二峨，还有西康蒙山，都不相上下，香客也不少。

此一时，彼一时。现在的人，还有几个有信仰？

没有人迹的山路，阴气太重。墩子说，逢初一、十五也有香客婆婆来罗汉桥烧香叩头的，只是她们一般走到桥头，便不再往上了。

"山上没庙吗？"

"听老辈人讲，佛耳崖原本就是个大庙基，以前造过寺院，不过早塌了。现在的小庙，是我师傅新修的。"

"你师傅？"

"对呀……扯这话要一夜。师傅就是六如居士。龙隐镇的几个老人，都认得的。师傅死了有十年了，要活着的话，算起来也六七十岁了。"

郭墩子还有个师傅？蓝守玉忍住了继续追问的冲动。他并不想真相来得太快。

两人就朝佛耳崖爬去。

17.1 【谶语】

望山跑死马。山奈何高，路奈何远。蜿蜒的确可算风景，去佛耳崖的朝山路，掩映于树丛和藤蔓中。鸟声依稀和流泉叮咚，平添三分生意、七分寂味。

墩子路熟，爬山如履平地。蓝守玉累得不行。闷声走了一阵，墩子冒了一句："叔，你真的能帮我们？"

蓝守玉没有回答墩子的问题，讲了个故事。猴子被老虎追杀，到一岩下，路没了。回头一看，老虎跟屁股后头哩。惊吓中，攀根老藤，嗖嗖嗖上了崖。老虎没辙，只好在藤下傻等。猴子挺得意，优哉游哉，往上爬。爬呀爬呀，听有窸窣声响，见几只耗子在头上咬那藤，只剩一点藤筋挂着哩……猴子那吓得爬也不是，下也不是。四顾中，见旁边有树红果子，又鲜又亮……

猴子的故事引发两人的一段对话。

"猴子咋了？"

"猴子没咋。"

"猴子真的没咋了？"

"把红果子吃了啊。"

"吃了以后呢？"

"没以后了，吹龙门阵的吹到此，就刹车了。"

"吹龙门阵的？不是你吹的吗？"

"我也是听人吹的。"

"你听谁吹的？"

"信佛的人吹的。"

"信佛的人又是听谁吹的呢？"

"听佛吹的。"

释疑的语焉不详，问话的似是而非。一问一答，还真像结伴而行的俩师徒。

徒弟说，看来菩萨也整人，吹个龙门阵都要留一手。

师傅讲故事的蕴涵：不知道猴子是否在藤断了后，摔下了崖，被老虎吃了，还是爬上了崖。有一点是肯定的，最危险的时候，猴子饱餐了一顿鲜红果子。

徒弟就笑道，听明白了，佛要我们死也做饱死鬼，不做饿死鬼。

师傅就笑，笑徒弟半懂不懂。佛的意思，人在危险的时候，得反着想，顺着做。若顺着想，反着做，就是自寻烦恼。烦恼也没啥鸟用，佛才懒得管烦恼哩。

高明的师傅，总会期盼别人相信自己都没底气的东西。有觉悟的徒弟，明明知道是谬论，也会憋着去排除各种干扰，往相信那头靠。

倘若终有一天，徒弟把这个问题倒过来想时，徒弟也便修成了师傅。

17.2 【蜀王公用】

一路说笑，似乎遗忘了爬山的艰辛。

终于到了山腰平台处。平台稍宽阔，怕是作过庙基的。佛耳崖在一侧，再上头隐约可见龙隐主峰。回头北望，众沟壑参差披拂，仿佛条条修长绿褶，四下披散，直达盆地边际。远处，二峨和老峨，一高一矮，一远一近，远的含黛，近的青葱。两山与龙隐遥相呼应，构成方圆几百里优美的景致。

"那就是龙隐寺。"顺着墩子所指，见一精致小院，青瓦、红墙。龙门上刻对联：

> 胸阔隐万壑，
> 眼界画峨眉。

墩子说对联是师傅六如写的。

大将军锁把着庙门。墩子带了钥匙，钥匙是六如给的。

厢房简陋矮小，依墙而建。三间正房，瓦木结构。三层重檐，立柱雕龙。中庭，挂有木匾，上书"龙隐寺"。木匾两旁悬挂有一对联：

> 山高仰圣明，佛乃心中大事；
> 清风伴明月，吾本蓬莱中人。

"寺名有意境，联也有寄托。还是你师傅六如弄的？"

"师傅说，寺名原有传说。匾是师傅找木匠新做的。"

"有啥说头？"

"说有皇帝来过。"

"皇帝去过的山多去了。"

"说那皇帝来了就不想走了。"

来了就不想走了，有矿呀？蓝守玉想笑，皇帝朝山表虔诚，大多作秀，住几日，题个寺名，留些诗词对联，就都要回的。没有哪个傻冒会赖在穷山沟，何况还是皇帝，他舍得宫里的美女佳肴？

正房似新造，大小柱础，却是明早期老工。墩子说，石础是从庙基取来的。院里现在都还有几块多余的石础。旧庙址造新房，虽说大煞风景，仍属难得。毕竟，它代表了墩子师傅的虔诚。

寺院正间供铁佛，花瓶一般高，罗汉造像，衣纹表情生动。磨盘底座，为明早造像风格。仔细看，似有鎏金痕，不过早已脱落了。

"你师傅买来供的，还是香客送来的？"

墩子说是师傅六如多年前，造第一间茅舍挖庙土挖出来的。

还有架铁香插，就在罗汉前，蓝守玉并未在意，东西黑得油亮，以为修庙时的新作。半人高，上下九层。"九"，寓天长地久。帝王喜欢用九，以示九五之尊。一般的小庙也不敢用"九"的，除非与皇权有关。这玩意，现身名山古刹并不稀罕，皇族或藩王尊奉，供香客上香点长明灯用。油亮的皮壳，透着岁月的幽光。从造像和香插的材质、工艺、光泽看，应属一路货，大致可看到明中早。

蓝守玉问能否搬动。墩子摇头，说六如交代过，佛像和供器都不能动。就凑近花插细瞧，底座边隐约有字。打了小手电照看，小篆刻阴体，字迹斑驳，有些笔画已残缺。好在还练过几手三脚猫的书法，大致也看明白了，似乎是"蜀王公用"四字。

罗汉桥刚出现个修桥补路的"应文"，再又来个"蜀王公用"。难道撞见盆地藩王家庙？

盆地藩王姓朱。王治理蜀地，直至明末。开山蜀王，叫椿，排行"献"，太祖十一子。之后传了十二代。排行派语出自太祖手下的迂腐文人，悦、友、申、宾、让、承、宣、奉、至、平、懋、进、深、滋、益、端、居、务、穆、清。二十代派语传完，往少里说五六百年去了。事实上，历史都不是迂腐文人书写的。传到第十代，大西军提前终结了王的家族史。荣城沦陷那天，王率众妃妾投井，"全宗皆被害"，后面的十字派语，便成文献里的摆设了。或有漏网的。比如，江南皇都那边一个叫"奋"和一个叫"彝尊"的，据说能活下来，全靠装疯。

说王椿。王椿是读书人，世称大秀才，算皇族士大夫。封至盆地，对上朝贡，对下怀柔，两头讨好，"皆检饬守礼法，好学能文"，"以礼教守西陲"，"人由此安乐，日益殷富，盆地二百年不被兵革，椿力也"。

蜀王家族兴盛，体现在其墓葬群数的规模。凤凰山世子悦爌地宫，如王府翻版，地宫陪葬仪仗陶俑群，发掘后陈列荣城博物馆。

蓝守玉去看过那些俑，忍不住感叹，多么婀娜！盆地难，难难难，难于上青天，周边都是大山。山高皇帝远，乱不得，乱了从皇都调兵怕搞不赢。只有求助人心。

人心向背，关乎王事。水能覆舟，亦能载舟。人心去哪儿了？要问佛哩。

王椿就去二峨问佛。常去，不能白去，心得厚实，还不能一般家什，周边官府贡的、朝廷赐的，啥好，献啥。王椿成了二峨的头号施主，住持笑得合不拢嘴，专门修个接王亭，盛情款待。二峨香火再旺，也不能吃独食。盆地周边名山古刹多去了，都得去打点，一样的厚实哩。西北藏汉杂居一带，名山古刹扎堆，每一处都怠慢不得。

龙隐山现身蜀王的家庙宝物，也不是啥稀罕事。蓝守玉纳闷的是，它的主人是哪一代的王？

遂想到山脚的罗汉桥。以他的文物鉴赏经验，基本可以排除罗汉桥纪年宣德七年系后人乱涂乱画，如此，可不可以理解为，一个叫应文的僧人，姑且说是寺院的住持，为迎蜀王的朝奉，修造了此桥？

于是，问题也来了：宣德七年，盆地有大事？

能有啥大事？旧王薨，新王立？

17.3 【王埗】

新王名"埗"。去年新薨的老王名"堉"，埗的兄长。

王堉治理盆地七年，还是大小伙子一个，也未及留下子嗣片羽，便没了。

王堉跟王爷椿一样，也是个诚者，心眼实在，胆子小，行事低调，精通文墨，算贵四代。

往上溯至贵一代，要提到曾外公。王堉的曾外公名"玉"，而玉有个姐夫名"遇春"，太子"标"的丈人。太子妃得管玉叫舅，不算隔衣亲吧。这么说，玉便跟太子算一伙的。

王的家族史，就这样翻开篇章。

另一厉害人物，靠个人英雄主义，一夜之间成就逆袭。牛人名"棣"，太子标和王椿的骨肉兄弟。小时候太子标、王椿和王棣一同和平共处宫内。长大后，按照秩序，各自摆布不同封地，太子标和王棣便反了目。跟太子标一伙的玉，皮被剥下来，填实了草，送到盆地蜀王府上。玉的婿和女，也就是王椿和王妃，每日进门出门，头都要撞着那皮草，忍不住就想，那是他们的爹，曾经权倾八面，现在只剩一张软弱的皮。一天想两次，早一次，晚一次，这么想着，再好的心情也给破坏了。

王椿的老爹"爀"呢？

到爀这一代时，王室系统的性子业已磨平，成了失去脾气的大善人，被他的叔叔，原来的王棣，后来的皇棣视为亲儿。

皇棣当然寄希望王椿某一天薨去，让他的老好人侄子爀，肩负王命。一厢情愿罢了。爀还没及坐上王位，夭了。爀死的时候王椿还年轻。皇棣不甘心，拖谁的后腿呢？多年后，等到同父异母幺弟"葵"即位时，宫里有人方想起来，原来欠爀一个王位。于是，埋在凤凰山上的爀，改称王爀。

回来继续说王塝。王塝的哥哥王堉薨后，谁来继承王家产业，真的成了一个不成问题的问题。按顺序，有资格做王的，轮到小弟王塝。风水轮流转，明年到谁家？那就上呗。

哪那么简单啊！

王塝立任新王，怎么说也破格了，在这之前他只是个芝麻大的罗江王。

罗江王，别看也是个王，但王与王不同，其能主宰的权力，还不如一个九品罗江知县。

这一年，王塝二十四岁。少年得志，心高气盛，想搞名堂出头，革新也便提上王府日程。从水底冒出来的罗江王，怎么也得笼络八方，攒点人脉资源吧。

故事便有了起色……

王塝还真打听到，龙隐山来了个高僧。

他需要个大动静，需要藏康地界万千僧众把目光都朝王城瞧过来。于是，今天的人们便可以想象，这座纪年石拱桥得以存在的大致理由。

王驾到，总不能让阁下涉水而来，寺院得有自己的态度吧。如此，寺院住持自己出钱给老百姓修桥，也算正解。

有兴趣的或会深挖，接王造桥，应由官府操办，哪轮得到寺院出风头。这是个疑问。官府没参与，可见寺院并不想把蜀王内心的某种情绪，闹得天下尽知，还是低调点安稳。先前，王椿不也去过二峨么。那时候，住持还不是悄悄搭了接王亭，闷声发大财哩。

这么说来，此桥就是接王桥了。

17.4 【香火味】

可以想象，事情并非如此简单。若真像石刻铭文记载的那样，一座接王桥，几百里地的信徒怎么也要嘀咕开的。然而，龙隐镇并无此传说。目前能获得的信息，仅限于百姓传闻——此地曾来过某位隐居的通天高僧。

西康朋友提供的信息表明，目前并无任何官方文献记载此处来过比王更高级别的通天人物。只能兀自猜测，王塝或悄悄到山上去过，也施了供奉。不想让官府弄得天下人兼皆知，只为某个神秘的人物。

比如，皇都双鱼座的瞻基？

一厢情愿地追慕而已。双鱼座的瞻基虽有青花的爱好，也不见得熬得住寂寞，偶尔跟天蝎座的孙美人野玩，终归不是全能自己做主的。瞻基的身边，一大堆读书老头看得很紧。像出城这种事，那可不是他一个人能说了算的。

如果不是，那又会是谁？

蓝守玉透过问号，隐约看到一个神秘的名讳。一把香火，业已式微。人影绰绰，余温暖遍，铁佛、香插打上时间的烙印，那传说的痕迹。

再回来说那两件宝物。六如从土里挖出的宝贝，附加罗汉桥的陪衬，出处便有着很高的可信度。要证实猜测，首先得弄明白，"大乘山"是不是龙隐山，"水月寺"是不是龙隐寺？

18.1 【阴阳脸】

太阳刚落去，半天积云便慢慢推移过来，像一床大棉被，铺过山顶。

"阴阳脸！"墩子望天大喊，调门儿恐惧。

天空果然整齐切割成两爿，南边云天，北头蔚蓝。硕大无朋的一对胡子鲇，不，一对摩羯，一紫一蓝，中隔云墙，阴阳昏晓，宛若刀切。

紫蓝双鱼，一阴一阳……我的额啊……！蓝守玉眼前一黑。诡异的天象，双鱼青印的疼。多年前的夏日午后，遥远而清晰……

谁在草丛中熟睡。那头老牛，朝夕相处，埋头雨后的草色。蓦地就醒了，有些怕。好端端的一块天，一破为二，如拦腰斩过。也是一青一紫，两条大嘴巴鱼……

哪还有睡意！

披蓑，戴笠，麻利跳上牛背，闭了眼猛抽，一路狂奔，不敢抬头。回屋，还不放心，躲进暗处，直到天黑。天黑了还在怕，担心那两爿天会不会塌下来，那一对大鱼会不会慢慢地爬上山，爬上树，爬上窗户……

娘数落他。小孩子，乌鸦嘴，好端端的天，如何会塌？

不是两个大嘴巴，嘴对嘴吗？那鱼至今铭心刻骨。

你个小毛孩，懂个屁！娘的话，仍未缓释内心的恐惧。明明就是嘴对嘴的，娘为何要数落他？

天到底没有塌下来，大嘴巴鱼也未爬上窗户。多年前的那个午后，最终被认为是凶兆的反面……

眼前的这一幕，跟多年的午后，何其相似！莫非，也是凶兆的反面？比如，好天，好风水。

以气象学看，如此景象应是冷暖两种气流在龙隐山顶交汇所致。龙隐山，处横断山与盆周交汇静风处。农历二八月，出现这天气，不足为怪。大自然真是造化神奇。

阴阳脸。大乘山，龙隐山。水月寺，龙隐寺……

除了名词与名词，有无别的可能？

18.2 【水月禅院】

西康朋友及时转来藏学专家的短信。

第一条关于水月寺。

正德刻本水月寺《通志》载，水月寺自唐创建于大乘山，称"鸟鹫灵祗园"。

绍兴二十五年敕赐"水月禅院"。宋末元初高杨土司为争寺产结仇。此后，两家为争势力范围，小殿不断。明永宣年间，普明、妙悟二上师，施怀柔，编"禅门普佛仪轨"，感化土司。一时到大乘山求学问佛者众。水月寺与蒙山禅惠寺甘露祖师道场，同为西康佛门圣地。宣德七年应文大师云游至此，化银重修。逢二、六、九月十九日行观音会，善男信女云集，香烟袅袅，数日不散。同年冬至，蜀王贡水月寺佛茶奏请朝廷恩准，定水月寺为藏汉杂居地唯一蜀王家族指定寺庙，开设僧会衙门，应文出任僧官。此后数十年太平。万历时，高杨两土司再次械斗，死伤千人。王奏准朝廷封山。明末，大西兵犯，寺院毁，宗风没。至清中，已无片瓦。

短信表明，水月寺就在大乘山上。宣德七年僖王供奉过大乘山，命那叫应文的高僧主持寺务。

第二条短信提供此山地名传说。道光刻本《车岭镇志》载，龙隐山，茗山境，佛事兴盛。山藏古刹，下有车岭、龙隐二镇。传某帝隐居此山信佛，得名龙隐。车岭郑营现在尚存地名"寻龙坡"。

两条信息连起来，把水月、大乘、龙隐的轮廓，勾勒了个大致。

一山两镇，各据山南山北。龙隐山南，车岭山北。别看两镇同属一匹山，山大着哩，从龙隐到车岭，得沿卧龙溪到屏羌，由屏羌沿江而上，再沿支流溪溯流而上，车岭就在龙隐与蒙山的交会处。也有捷径，走龙隐寺的朝山路，不过路早荒芜了。早些年朝山香客，就冲龙隐寺去的。龙隐寺就是水月寺，至少这个名字在明中期是这样。明末，两家土司内斗，王封山。后来，大西兵乱，剿杀不听话的地主和土司，寺院废毁，大乘山、水月寺的名字渐被淹没。老百姓便只记得龙隐了。

好在又见石桥，佛像和香插，它们共同锁定某个特定的时代，将之前遭遇的双鱼甜白盏的预示，进一步赋予想象的空间，并在某种偶然的环境里，同时闪现。

真的应该感谢传说，梳理时空的关联。传说之外，更有文献的印证。现在，又多了几样看得见摸得着的遗存。在这个深秋或初冬的黄昏，在这个人迹罕至的荒山野岭，那是怎样一种前所未有的震撼。蓝守玉相信自己正在接近某个真相。刚才的那一幕天象，分明就是真相的背光再现。

这么想着，心情也难平静了。

曾经的偶然还少吗？一层纸隔出两个世界。穿过去，便无神秘，没穿过去，薄纸也成厚墙。

所谓隔行如隔山，是纸还是墙壁，一穿就明白。

就问郭墩子："你要给我看的秘密完了？"

墩子并未多想，淡淡地道："才开始呢。"

……刚刚吓出的冷汗，倏地又回去了。

墩子说，今晚住此山，要看秘密，得待天暗下来。

18.3　【紫鱼遗诗】

没了天光，周围一片寂然。好在空气透明度高，露气伴月而起。凉寒差不多刺到骨头了。

墩子也不知从哪找来蜡头，点出一屋子的亮。月色渐淡。

两张铺就草垫的床，破棉絮胡乱堆了。墩子说，那是六如师傅多年前准备的。有不怕山高路远的香客来，会进屋躲风避寒。

墩子拿出干粮，边吃边聊。

墩子不善说话，还没有谈到正题，就没了话说。一冷场，忽然想起啥，端了蜡烛出去了。

屋里顿时陷入幽暗。没有声响，有点让人害怕。蓝守玉反复提醒自己，所谓的可怕，不过是一个人的自我暗示和胡思乱想。便睁大眼睛，屏住呼吸，以排遣凉寒和孤独。

正胡乱想着，屋里又亮了。墩子回来，拿出一样东西。

香插旁那只和尚敲的石鱼？之前，石鱼搁在香插的旁边，黑不溜秋的，蓝守玉并没注意，光盯铁佛和香插了。

因为灯光暗，仅能看个大概，像是半爿石磨。肯定不是石磨，石磨有上下两爿的。古玩市场，常见袖珍的单爿石磨，有人说吉祥之物，寓财源滚滚。也有说，镇宅神权，权重嘛，反正这玩意非实用。属于法器一类，道家的还是佛家的，则不好说。

此石磨与见过的一些老石磨，大有区别。角碰角的一对雕件，似鱼非鱼，似龙非龙。有暗刻，看纹似鱼鳞，看头又似龙。如此气质的鱼，好像叫摩羯，羚角鱼身，俗称"鱼化龙"，就是跳了龙门的鱼。两条鱼，不对，是两条龙，头顶着头，中间留了个孔，系根黑红的绳。包浆老厚，加上光线又暗，难怪之前在佛堂并没有发现它的存在。

开个扁方孔的底，似掏了浅空，放在手里敲，能传音。便寻思，这应是一件石磨子鱼，僧人云游随身携带的那种，相当于袖珍版的木鱼。石头做的双鱼，还做成石磨形的，算石头磨子鱼，还是鱼形的石头磨子？

郭墩子提醒蓝守玉，那宝贝他不止一次对着日光看过，似有颜色的，好像不是石头，石头比它重。

蓝守玉就打开手机照明，对着宝贝细看，竟然透光，极似某种玉，又觉比玉轻盈。透过包浆，隐约还能看到色纹。青中泛紫，有一种微汗的温润。难道碰上了稀有的和田紫玉？

古时，紫玉被视为祥瑞。《宋书·符瑞志下》记载："黄银紫玉，王者不藏金玉，则黄银紫玉光见深山。"南朝·梁·刘勰《文心雕龙·正纬》又说："白鱼赤乌之符，黄金紫玉之瑞。"

传说以紫玉制作佛器，显示觉悟的高级。佛往往自带紫气真金之色。和田紫玉，几乎就没几人见过。深山野庙，还藏有如此宝贝？想到这，蓝守玉便感觉那心，快要蹦跳出来。业内有专家曾说，养兵千日，用兵一时，一个职业藏家平时练就十八般功夫，派上用场就几分钟。

两三分钟，蓝守玉调动所有的文物经验，确认它不是紫玉，应该是老琉璃。只是其毛孔、色泽和温软感，模拟和田，足可以假乱真。从战国始，贵族工匠常常以琉璃仿玉。琉璃仿玉的技术含量很高，这么看来，此物也算稀罕。

竟然差点错过！白玉、青石、牛骨、沉香、金丝楠做的鱼都见过，独没见过琉璃做的。听玩玉的大行们说过，遇上清以前的老琉璃，果断拿下，何况还是琉璃法器。能使用琉璃法器的信徒，往往背景神秘。从做工看，此物有江南苏作遗风，极有可能出自宫廷造办。

职业的敏感，提醒他不能放过任何一个细节。

明代传世的，料和题材蛮好。他仿佛一个人自言自语。

郭墩子提醒道，上面似有字。

琉璃鱼底部有个小面，果真刻字。笔画细如游丝，加上满布包浆，不特别留意，真的会忽略掉。

诗文大致还能辨认：

> 应声留杜羽，五月离渭湟。
> 竹立召四面，僧还巡八荒。
> 水出龙眼刹，月摇凤栖坊。
> 寺山入大乘，文君了无常。

意境古意，情绪蕴含某种曾经沧海之味。"留"和"离"，分散嵌句，表面上主人纠结，看结尾又如此决绝。

"留""离"，"琉璃"？莫非二者真有关联？留离诗，琉璃鱼，是不是有种特别的伤感？

18.4 【佛音曼妙】

精彩的龙隐之旅，也许刚刚开始。

"这诗，就是你要给叔看的秘密？"

"叔以为呢？"

"也许吧。"

"六如师傅说，能看懂那个白碗的，就能看懂这秘密。"

"白碗？"蓝守玉打开手机里的甜白双鱼盏图，问道，"是它吗？"

墩子瞥了一眼道："对。昨天晚上，引兰妹子说，叔能看懂那碗，还能救我干外公。"

"你干外公的事，说复杂，也不复杂，就一句话，你要去公安局说一下，从你们家里拿走的那些碗的来头。"

"都是些破碗，有啥来头？"

"人家不相信啊。不过，他们找我出鉴定意见，我也觉得没啥，烂大街的货。"

"他们要放人了？"

"还不行。你先进去录个笔录，说你没参与割佛头，顺便说说那堆破碗的来头，给你干外公作个笔录对比。"

"佛头的事，我确实不知道。可那堆碗……"

"那堆碗，淘来的吧？我没看过你干外公案子的笔录，但听朋友说，好像是从地摊上淘来的。"

"哦……"

"我晓得你是孝子。救你干外公心切。我来找你们兄妹俩，就是看看能不能帮上点忙。"

"你能答应随我上山，我已有了几分主意。"

"那，我也不绕弯子了。你看你们家还有没有好点的货，我拿去给朋友弄博物馆。我朋友做博物馆的，喜欢淘点好的老东西。要有的话，就给看看。"

"我也是这么想的。可找人办事要钱的。"

"钱和东西都不是关键。找你商量的是，如果我朋友帮你们，让你干外公回来了，你能不能继续去各地摆摊卖东西，帮公安找个人？"

"摆地摊，找人？"

"对。"

"找谁？"

"你可能不认识，一个抽'长征牌'香烟的古董贩子。他可能是佛头案的关键案犯。"

"我不认识他啊。"

"不认识没关系。你不需要认识他，不认识才方便，也安全。在市场上，发现了他的线索，第一时间给我打电话，其他就不用管了。我也不想让你搅得太深。"

"如果你觉得行，就听你的。"

"回头再说此事……今天你让我上龙隐来，就是让我看磨子鱼？"

"我干外公和六如师傅都说，能看懂白碗的，就看得懂磨子鱼。他们俩都相信，有这样一位高人。"

"那，你的意思是？"

"白碗在家放了十年，一直没人识得。好几次，拿到市场上摆摊，所有的人都说是假货。听得几回，也烦了。这不，碰上你了。"

"那个碗的确是老的。"

"碗被警察拿走了，我们也不想拿回来。"

"警察也看过的。不过坏了，也没多大意思，喜欢的话可以找朋友弄出来做个标本。"

"警察拿走了。要还在的话，就给你了。"

"没事。"

"还好有这条鱼。只想等个人来，把磨子鱼交给他。师傅说，有缘见鱼的，是我们家的贵人。"

"哦……"他所有所思，也没再往下问。他知道，文火才能炖入味。上火之人，或许只能求得真相的皮毛，就将琉璃磨子鱼小心地放到包里。

大乘山，水月寺。龙隐山，龙隐寺。明朝铁佛，"蜀王公用"铁花插。明代琉璃磨形紫鱼。无题诗。若无缘，再多的心思也惘然；若有缘，纷繁也总能理出牵连。夜色愈来愈沉浸，似有曼妙的佛音自远而近。

第七章 宦游

19.1 【黑马】

中秋之后的屏羌，秋高气爽。

党代会闭幕，向书河一反常态，并未在会上高调宣示施政理念。有人猜测，未急于表现，是在等待半年后的春暖花开。现在，他需要为南岸开发形象注入实质性内容。

市上给向书河配备的四大班子，个别职位暂无恰适人选，虚位以待。常委班子九个职数。县委和政府，一边一个主官。几个老部长从市里面下来已久，糠箩筐，米箩筐，也该转转圈了。一个萝卜坑，后面跟着一堆皆大欢喜的萝卜，类似市场的流动性。流水不腐，有流动，就有创新。县委副书记，升县人大常委会主任。统战部长转宣传部长，宣传部长转组织部长，组织部长转常务副县长。分管教育的女副县长升统战部长。纪委书记监委主任与临县对调。政法委书记升任县委副书记。常务副县长提拔去市上部门。市稳定办的年轻副调，又下来任政法委书记。

九个常委，全部到位。原以为有个常委的出缺，结果空的是副县长兼公安局长。不管如何，有缺总比无缺好。领导职数是稀缺的政治资源。

向书河在三江没啥人脉，唯一的老领导蒲志，也在班子框架搭好后，去了省城的政协。换届期间，上头三令五申讲规矩，蒲志就最讲规矩。向书河没圈子，正好大刀阔斧，组织也不用担心生出是非。有闲不住的，猜来猜去，还是抓不住重点：为何缺一个副县长，还是公安局长？莫非是市委留给向书河的屏羌土菜？

蒲志和向书河心照不宣。能争到空缺，也意味组织赋予向书河履新空间：话语权与能动性。屏羌的两大主题，稳定和发展。向书河首要抓稳，遂向市委建议，政法委书记或公安局局长要从熟悉屏羌县情的干部中产生。建议归建议，组织有自己的原则和态度。组建班子时，从市稳定办放下来一个政法委书记，这本身就是态度。政法委书记和公安局局长，事关稳定左右二膀，给一只，留一只。应了一句实话，妥协也是讲政治。

再看政法这条线，好像也跟向书河没啥关系。公检法三家一把手，规矩得从屏羌外面进来。公安局长暂缺，法检两长，调整到位。检察长是个"80后"，政法大学女硕士，之前是市检察院公诉处副处长，才貌双全，人称三江检察一枝花。法院院长也是个"80后"，戎州警官大学学霸，刑侦学和法学双本科，本来可以去荣城，因女朋友回三江，夫唱妇随去三江干了几年律师，又公考入职法官，一路绿灯做到三江某县法院副院长，这次属提拔。据说，两个小朋友都是善读书的主，也有难听的，说他俩当年干学生会就有官瘾。

法检两长放了黑马。向书河的黑马最大。别看也是个嘴上无毛的"80后"，可人家是从荣城组织部门下来的人，来头大。原在省城大部门幕后跑堂子，现在推到了前台，下面黑压压一大片，都是他的观众。

文雄不敢以观众自居。论年龄要比向书河大一轮，论江湖规矩，向书河称他哥妥妥的。扛了二十多年枪，干到副团，本来可以转业回江口，但江口属中心城区，不能挑单位。娃读书去了外地，屋头剩个驴脸婆娘。驴脸婆娘要留他在身边，说要把失去的青春补回来。老夫老妻了，还青春？文雄说他的青春在屏羌，便攥着去了屏羌，一干十年。耍枪算本行，笔杆子不擅长。军人本色，做事一码归一码。十年，三千六百多天，喝了多少酒，陪了多少人，办了多少案，到公安局常务副局长也顶天花板了。他说，官场不如意，是被驴脸婆娘的青春咒给咒的。

刚转业那会，碰上电站移民，文雄同蓝守玉有了几年的交集。一文一武，混成传说中的铁哥们，三天不打个电话就想，三年来个问候又伤。

天下没有不散的筵席。蓝守玉找到了自由，文雄熬成了男人婆。

用文雄自己的说法，他认得屏羌一操场的老板，熟悉政府大院几百个干部，算不算优点？蓝守玉问，他们认不认得你？文雄点点头，又摇摇头。蓝守玉又问，就算他们认得你又咋样？文雄反问，那你要我咋样？去给向书河鼓掌送花拍马屁？蓝守玉笑道，没那么难听，向书河不是演给你文雄看的，你文雄也不是他最好的观众。文雄问，那我算个啥？蓝守玉给了他建议：努力成为忠实的前台观众和后场跑龙套的"那个人"。

文雄有些郁闷，那还是没人能认得。蓝守玉笑道，让一个人认得就行了。文雄问，谁呀？蓝守玉答，向书河呀……

19.2 【脑袋和屁股】

召见文雄是不是向书河上任的第一件事，没人知道。不过他的确找文雄谈了话。

"文副局长，你知道为啥公安局长人选，给空缺吗？"向书河的话语开门见山，也没有像江湖传说的那样，与文雄称兄道弟。

向书河的牌，超出文雄的设计。他不知道向书河是在讲政治还是在打诨语，既然无底数，那也讲一回政治："向书记，你说的这个岗位，对屏羌县的发展和稳定举足轻重。"

举足轻重，还空缺？牛头不对马嘴？

见向书河并未表态，文雄补充道："书记你从省里下来，这个岗位是你抓稳定的一只膀子。"

向书河仍未吭声。

"上次推荐的几个乡镇党委书记拟任副县人选，就没一个合适？"文雄开动他的官场经验和信息库试探道。

向书河忍不住了："文副局长，你倒知道这是个举足轻重的岗位，人选肯定有的，还不止一个。市委大楼、县委大楼，啥时候缺过干部？"

"这话没毛病，现在最不缺的就是人。"

向书河盯了他一眼："你仍然没明白我的意思。你们屏羌，不对，现在是我们大家的屏羌，搞稳定、抓项目，缺的只是人才的问题，那你说你文副局长能排上多少号？"

"书记批评得好，屏羌政府大院年轻干部多着哩。"书记一启发，文雄自然明白了，"书记，你见过大世面，屏羌的大山大水就需要你这样的大人物来主持。"

文雄依旧问牛答马。

"搞政治的，尤其想踩政治风口浪尖的，不单是人的问题，关键要看算不算得上人物。你看国际上那些头目，他们哪个不是人精？当然，用世俗的眼光去看，他们并不符合我们的标准。"

"没想到书记还是思想家。"

"没那么高深。我告诉你，你文雄是我到屏羌县后，第一个正式约谈的正科级领导干部。"

向书河特别强调正科级。文雄就是正科级。屏羌的正科级，大大小小上百个。要说做官，这一百个都还算不上。

文雄除了感动，不晓得如何回答。

"上次施云记者介绍我俩见面，我看你还算得上屏羌县一个人物，还有那位下围棋的古玩商蓝守玉也是。"

"我就一个大粗人，耍枪弄棒还行，其他的哪能入书记法眼。蓝老板文化多，不仅在屏羌县，在整个三江，名头都大。可要说人物，在屏羌，谁还能有你书记大呢？"

"马屁又来了。有施云这层关系，我俩就没必要打花腔，肚子里有啥就直接掏出来。"

文雄又是一阵感动。

"今天既然找你来，就不必绕弯子。"

"书记，有话直说。文雄知无不言。"

"就需要你这态度。屏羌县的稳定，真的还需要一支膀子。"

"屏羌县水深，民间和官场的风气也野，几届县委班子或多或少都出过问题。"

"所以，县委必须带头，尤其是我向书河必须带头，没有一身正气，咋压得住邪气？"

"邪不压正。"

"话虽这么说，但是，县委又不只是我向书河一个人，是一个班子。这次市上给我圈定的班子，包括你们政法系统的几个主官，对屏羌的情况，加起来恐怕都没你熟悉吧？"

"书记，你要我直说，我就直说了。熟悉县情的大都去人大政协了。只有政法委升上来的老曲是屏羌土生土长的，但老曲是乡干部出身。再说，他和市里下来的政法委书记，一个在县上，一个在市内，还都没出政法圈子，彼此太熟悉，似乎也不咋对付。他俩会不会耗着，不好说。"

"咋能这么说，他们两位都是你的老领导。再说，不是还有你们公安局一大帮子吗？"向书河想想又道，"屏羌县几个重点项目都停工了，稳定问题一抓一大把，没个强势的镇堂子，光喊口号，也弄不出多大名堂。"

文雄听了这话后，若有所悟："我在屏羌公安搞了十年，也常务了快两届。毫不谦虚地说，公安这块我算老人了。那些停工的、开工的项目老板背景，都在掌握中。我这个人，没啥优点，就认两条，一认领导，二认群众。领导叫干啥，就干啥，绝不拉稀摆带，群众哪里有需要，就往那里冲，毫不含糊。"

"两条的顺序要捋一捋，一认群众，二认组织。群众的利益永远是第一位的，不过组织的原则又是工作的准星。"

"你是大人物，官比我大，观念比我先进，思路比我长远。我是军人出身，军人以服从命令为天职。在我看来，组织就是领导。你现在代表县委，你就是组织，我听你的，就是听组织的，我说得不对，你可以批评我。"

"我俩推心置腹，无所谓批评。再说，你说的也像那么回事。"

"如果，"文雄顿了顿，"书记信任我，给我压点任务，我愿意加倍努力，发挥自己的特长，做点实实在在的事。"

"你也不用急着表态。施云给我说了你的情况。我自己也有观察，你确实算屏羌公安战线一个人物。抓屏羌县的稳定，还真需要有个像你这样既懂业务，谙熟社情民意，还有冲劲能打硬仗的。市委找我谈话时，我就这么说的。"

"组织选你当屏羌的一把手，真是选对了。你审时度势，大智若愚，懂策略，有水平，不愧是荣城下来的，关键不带半点官气。我这话绝对不是奉承书记你。"

"你看，你这不是此地无银吗？今天说正事。既然有施云这层，给点关照也属分内。关键你愿意承担重任，自己又有几把刷子。我看这样，现在局长也缺了，你先挂个名义上的代理，局里面的日常事务让政委多管管，你抽身干点别的啥。等县委把接下来的工作理顺了，尤其是停工了的几个项目理顺了，我会认真评估你的情况，再向市委建议。"

"谢谢向书记特别关照，一定不辜负你的期望！"文雄本来说公安的事务也可以一起抓的，到底还是忍住了。

"是县委的期望。我还有一个想法，政府那边暂时不再安排副县长具体分管公安，不干扰他们抓经济中心。也就是说，今后稳定这块，你还得自觉担当些，多在老曲、政法委书记和政委之间沟通磨合。"

"书记的信任，就是我的动力。我喊不来口号，请县委看我的行动。"

"都说在其位，谋其政。但是，这话对了一半。"

"请书记教诲。"

"不在其位，也要谋其政。这叫主动作为，也叫政治担当。"

"书记的话，我明白了。有没位置，是县委的事。干不干，怎么干，干到啥样，是我的事。"

"这个态度就很好，不像有些干部，屁股决定脑袋，那是干不好的。"

"这个请书记一万个放心。我是脑袋决定屁股。"

两人第一阶段的话题，止于脑袋和屁股。

19.3 【鬼和捉鬼】

第二阶段，两人聊上了"水天花月"。

文雄说，"水天花月"项目原来有个指挥部，指挥长由县委书记担任，县长兼了另几个项目的指挥长。下面有四个副指挥长。一个兼任的副县长，调到外地了。两个副指挥长，一个从人大副主任调整到县政协任副主席，另一个县政协副主席，因为年龄问题，离岗待退。还有个副指挥长，就是文雄自己。

向书河说，这些情况他已找县委办问过了，现在想听听深入一点的。

这印证了文雄的预感：今天的谈话重点是"水天花月"。幸好前些日子，他同向书河见过面后，就已着手打了提前量。书记召他来之前，他还特意做了功课，梳理了几条。不过，他也算老官场了。什么叫韬光养晦，什么叫一腔热血，什么又叫忠心耿耿？他不能一下把这些都兜给向书河，那是他的底牌。

"'水天花月'是屏羌最大的亮点，放在三江市也排得上号。当初上这个项目，从市上到县里，狠扯了一阵人来疯。"

"我明白。重要性就不说了，直接点，对于县里的新班子，或者对于我来说，这个项目，你如何看？"

文雄一看书记的态度不像装的，也没了戒备，就放开了："你可能都知道了，因为太超前，前任书记力排众议，搞霸王硬上弓，上上下下有争议。"

"此话咋讲？"

书记这话会不会是明知故问？文雄有些纳闷。

"'水天花月'牌，老书记也晓得不好打。这牌也只是发出去了，还没开始翻牌。他自己也底气不足，压不住，被调整了。"

"你的意思前任书记把一手好牌给打烂了？"

"责任也不全在他。拿了好牌，也得看天时、地利、人和。天时嘛，就是运气。地利嘛，看是否顺风顺水，关键看人和，团队很重要。若碰上猪队友，自己不就成了猪队友？"文雄说完这话，看向书河脸露赧色，赶紧补充道，"书记莫误会，屏羌没这样的队友，上上下下对前任书记是支持的，市上也力挺。"

"那'水天花月'咋烂了？"

"天时与地利。"

"你的意思是运气不好？"

"上天对人公不公平，各人自有发言权，旁观者都是站着说话不腰疼。"

"有道理。我来之前，市里找我谈话，正如你所言对前任的确是充分肯定的。"

"那书记还想听啥？"

"你不是说了知无不言吗？你有啥想法，尽可以说来听听。"

文雄就从三个方面分析了"水天花月"烂尾的问题。

一是政策风险。项目用地计划，因为与县里原来获批的土地大纲有出入，需要上级国土资源部门重新审批，获批有政策难度。

二是融资难度。一个典型的地产项目，一次性投入这么大，无论是投资商还是政府，都面临天文数字的融资。

三是稳定问题。拆迁、开发商跑路，等等。

向书河也谈了几点。土地计划，虽然不能掌控，但也不是说没希望，可以再做工作。比如，编制个土地整理，向国土资源部门汇报争取，可对冲超出的用地计划。第二个问题，不是已经招了商吗？找老板谈谈，推进就是了。融资的主体，是开发商自己，政府只是协调。至于稳定，更不是问题，县委有的是手段。

文雄抛出三个问题，向书河一一给出对策。与其说，两人在谈话，不如说在寻求共识。

"书记你说得很对，你说的这是常态。'水天花月'的问题，一开始就埋下了。土地计划照你这么说，确实应该没啥。问题出在投资。当初，开发商矿老板李铁锤，并不情愿，是被老书记绑架来加分的。拿土地的时候，借了很多高利贷，现在资金链断了。"

"他是资本家，没肉的包子，他会吃吗？"

"你说到了要害。那个矿老板，比谁都精，在县里，从干部到老百姓，都知道他是个老油条。县里找他来谈投资意向，他却向县委提条件，拿到承诺，才去弄土地。"

"这有啥问题呢？有承诺，只要不违法违规，就给人家解决。政府要讲诚信，不讲信用，谁还来投资？"

"道理虽说如此，问题是那问题解决不了。"

"还有政府自己做了承诺，又解决不了的问题？"

"解决了，项目早就热火朝天了，前任书记也就升到市里，而不是被调整。当然，你刚来应该听说了这两天很多人来县政府大楼门口要账的事。"

"有这事。好像那个矿老板在玩障眼法。他是鬼吗？"

"他要是鬼，那我们就是捉鬼的。"

第二阶段的话题，止于鬼和捉鬼。

19.4 【真相】

　　文雄继续兜售自己的看法。当初，老书记代表县委给李铁锤做过意向性承诺，一是政府上马五星级酒店，二是开工建湿地公园，三是融资。酒店和公园项目，土地计划削减，暂时搁浅，目前还看不到前途。当然，这些都不是关键。关键在融资。老书记答应给他协调的贷款，因为用地只是部分获批，项目需要调整，融资也未获准。问题绕了一圈，又被踢回来了。

　　"那他拿到手的两百亩土地的住房项目开发，应该没问题吧？"

　　"矿老板鬼得很。政府事先做过承诺，他才被拉上马，去拍土地的。上马后，他就磨洋工。见老书记承诺的几个意向水了，就将住房开发搁起，土地出让金，实际只按最后的八十万一亩的竞拍价，到位了一亿六。湿地公园潜在收益的四千万至今还拖着。当然他拿到台面上扯的是湿地公园潜在的收益。但湿地公园在哪呢？老书记做了承诺，在人家眼里书记就是政府。谈判下来，政府也同意先上马。谁知道，这个老油条，土地手续还没办好，就整了些道路和场地设施，修了个售楼部。轰轰烈烈折腾了半年，现在又没了动静。"

　　"你讲的这些，我也摸过。开发商都这样，不见兔子不撒鹰。拆迁呢？"

　　"拆迁是政府的承诺。别说湿地公园那一片，就是先期挂牌成交的两百亩开发地，挂牌时几户还没弄走的，都与工作组谈得差不多了，就差签协议。谁知李铁锤拿到土地，一家家又反水了。李铁锤作为项目老板，刚开始还热心帮做工作，后来不知咋的也没了积极性。老板都没积极性，干部们咋去做工作呢？你也看到了，政府门口那些人物多半都是矿老板勾扯来的。"

　　"拆迁按政策办，做群众工作，补偿资金到位快点，还有啥问题？"

　　"南岸新区的开发项目，参照老城的棚改拆迁政策。指挥部的工作组，从第一天开始，就遭受巨大的工作压力。我参与了其中部分工作，所了解的情况，比县委办公室给你汇报的，可能更接近真相。"

　　"啥真相？"

　　"从社区干部反馈来看，我们的补偿政策表面好像没啥问题。老城和新区，一个棚改，一个开发，似乎应有区别。再说，群众东说西扯，说啥房子天天在涨价，生活物资天天在涨价，他们的土地价格、旧房补偿、过渡生活费等也要重新谈，没谈好之前，打死不搬。"

　　"见惯不怪。工作一到位，还不一样搬。"

　　"你说的是拆迁户一方面的问题。开发商同拆迁户暗地里一个鼻孔出气呢？"

"不可能。老板不想早点把项目搞成？多拖一天，银行就要多收他一天利息。"

"问题是，他哪有资金啊。听说拿土地时，有一个亿都是借的。他本来以为拿到土地，很快有开发商从他手里把项目接手的，好坐地赚个地差，挣热钱！"

"你是这么看的？他只是想囤积项目用地，等待'杀猪'？"

"县里上下哪个不清楚？只是当初这是书记的项目，谁没事去说这些？"

"你的意思，他试图绑架那些放水的和拆迁户，来达到不可告人的目的？"

"何止绑架，他就是把那些人当枪使。没有调查就没有发言权。这个我是做过调查的，不过，还没来得及向县委汇报，就换届了。暗地里他怂恿拆迁户，只要坚持住，等他喊他们搬迁时才搬迁，补偿到手的费用，至少能拿到现在的两倍。"

"雕虫小技。"

"不仅如此，他还找人混在那些闹事的债主、材料商和小包工头里头，敲边鼓，搅浑水。"

"又不是政府差他们钱。"

"问题他们都说，政府不修五星级酒店和湿地公园，李老板才跑路，让他们的钱成了死账。"

"你们公安就拿那些闹事的没辙？"

"哪个愿意为这些事情去冒政治风险？搞不好，事情一整大，就捅出娄子了。项目本来就有争议，干部私下里都这么讲的。"

这一次，向书河没应声。

19.5 【如意算盘】

见向书河也意识到李铁锤可能是问题的症结所在，文雄也就趁热打铁了。

"李铁锤打听到县里换班子，你从省上来主事，又七翘八拱了。我们都清楚，他想给新班子来个下马威。"

"他的底牌你摸过没？"

"还用摸吗，司马昭之心。他就是要告诉新上任的你，这个项目的重要性。至于项目前途嘛，我估计他也看到了，肯定不会也没有能力再往里面砸钱的。除非你把当初县委承诺的几个条件立马兑现。兑不了现，对不起，项目只有慢慢搞，等有人来接手，他直接卖项目。"

"这么说，他对自己的如意算盘很有信心？"

"极有可能。不赚个盆满钵满，也不会轻易撒手。"

"他也太高看自己了。我们会等着他来挑软肋，坐以待毙？"

"他这么干，只有一个目的，明知道是个烫手的山芋，还是要向新的县委班子兜售。"

"县委会听他的？他凭啥？蚂蚁撼大树？"

"他晓得县委的软肋在哪里。"

"哪里？"

"稳定啊，哪个县委书记不怕生事？"

的确有些道理。向书河想了想，口气也软了："你调查过，李铁锤究竟差了多少钱？"

文雄就又分析了李铁锤的财务状况。

固定资产，几乎都已折算抵押给了银行。算上三角债，还算正常，毕竟资能抵债。问题出在拿土地时，当时只有五六千万自有资金，放水的见资产负债那么好，争着要借钱，连本带利，一个亿。开发权拍到手后不久，听说酒店和湿地公园土地计划出了问题，一夜之间，单边借钱变成了单边追债。拿不到钱，欠政府四千万尾款就到不了位。到不了位，国土部门谁也不敢给他办理土地出让手续。也就是说，他并没有拿到实质性的土地使用权，也无法从银行获得融资。之后，政府允许他先行开工，搞基建，随后又产生新的负债，主要是材料商和建设方合同款，一千多万。这些负债，还不含放水的利滚利。据初步统计，他光差高利贷的利息也有一两千万。也就是说，除了正常可控的银行负债外，资金缺口一亿七。

"不到两个亿。这个负债对于一个房地产项目，不算啥嘛？"

"对实力开发商来说，确实不是问题。但是在李铁锤那里，就是大问题。他本来只是一个地方'小土豪'，根本不具备房地产开发融资能力，跑路也很正常。"

"高杠杆催生了火爆的房地产，一夜之间吹出很多'土豪'，一夜之间也让很多'土豪'脱得只剩条裤衩。这不到两个亿，让曾经的屏羌地王李铁锤倒下了。"

"高利贷害死人。"

"这还是一个李铁锤，接下来还不知会不会冒出张铁锤、王铁锤来。"

"屏羌上下就有此说。"

"算了，别扯远了。我问你，如果你是我，关于这个项目，应该咋拿主意？"

文雄见时机已成熟，这才把他的三点想法抛出来：调整项目、缩减投资、寻找更有实力的开发商接盘。

"你这几条，我也想到了的。看得出来，你能用心做事。具体的想法，我就不再问了。下来你代表指挥部搞一个详细的调研材料，提交给县委。"

"好的，一定按你的吩咐认真落实，决不辜负书记期望。"

文雄以强硬的表态结束了两人的谈话。

20.1 【军令状】

新官上任三把火。谈完话没两天，文雄接到县委办通知，参加理论学习中心组扩大会议。

老远就看到大礼堂外面的标语，"发展是硬道理，稳定是硬责任，廉政是硬纪律"。据内部人士透露，向书河很想再加一句"政治是硬措施"，忌惮此乃前任班子集体定制，也不好再戴一顶帽子。但他还是在常委会研究中心组扩大学习内容时，表达了自己的观点，政治就是压力，自上而下，一层抓一层，一层带一层，没有压力，哪来动力？常态化，矫情的说法叫无为而治，不客气点叫懒政。发展经济，与讲政治并不矛盾。经济搞上去了，就是最大的政治。没有压力，咋来项目，又如何讲政治？

文雄到会场一看，好家伙，怕有千人。确实不缺人，清一色副科级以上。

这是向书河新班子到位后，第一个千人会议。主官位移，思想随变。把干部们集中起来，无非还是想传导点想法。

向书河说，他要推行一个观点：压力传导。

向书河大学里学过一门学科《政治经济学》。但他的老师又说，还有门学科叫《经济政治学》。他搞不明白两者有多大区别。从政多年，慢慢琢磨，有了心得。《政治经济学》从经济的角度诠释政治，《经济政治学》从政治的角度诠释经济，有点绕。有一回，同施云和柴瑶聊天，大谈政治和经济的辩证法。社会就像一驾马车，政治就是驾车的车夫，经济就是马和车轮。马和车轮，只对车的行驶安全背书。而驶向，要靠车夫脑袋。从车夫的角度看，这就是"政治经济学"，从马和四轮的角度讲，这就是"经济政治学"。车夫的皮鞭和缰绳的使用，维系二者的角力，所谓市场经济学问。当然，马匹、道路和车辆本身的品质，是车辆安全和高速行驶的保证。皮鞭和缰绳，至少在相当长一段时间，还没有替代的手段。

千人大会，就一个内容，听向书河讲课。这次向书河没有讲他擅长的经济与政治的学问。他一手拿着讲稿，一手拿着一份文件，讲了一通有为才有位。

向书河手里那份文件，是一个科级干部关于南岸开发项目的推进建议。他的讲话就一个中心意思，像这样主动作为，能站在全局谋划，替县委分忧，是有为的干部，也是今后的用人导向。看来，县委要动干部了。书记这是看上谁了？

所有的人心里都在打鼓，又都装着一副淡定的样子。

散会后，开常委会，专题研究有关人事事项：

1. 政法，由曲副书记分管，政法委书记主抓。

2. 文雄代公安局长，向曲副书记和政法委书记汇报工作。

3. 南岸"水天花月"项目指挥部调整成屏羌南岸新区管委会，管委会暂定按正科级管理，主任高配享受副县级待遇，机构设置和人员编制马上报市上批复。党工委书记人选空缺，新人上任之前，名义上有个一把手，就是县委书记本人。文雄代表县政府，出任主任兼党工委副书记，主持工作，也就是实际的负责人。副主任三个，重点抓招商引资和安全稳定。调整到县政协任副主席岗位的原来那个副指挥长，继续留任副主任，协助抓招商。还有两个就是新上任的"80后"法检两长，重点协助拆迁。另外还从有关部门和南岸镇，抽调的数十名干部，设立多个工作组。向书河特别强调，县委全力支持南岸新区开发，他将以百分之三十的精力，百分百的信心，当好指挥长。文雄和法检两长，百分之二十精力抓各自部门事务，百分之八十精力抓南岸项目。那个副主席和抽调的其他干部，自然是百分之百了。

4. 公安局的老政委主抓公安日常事务，让文雄抓南岸项目不分心。

这是屏羌县委，第一次把干部的精力，以百分比来量化，常委们个个脸上画满问号。这百分之二十和百分之三十如何拿捏？

问号归问号，常委会上议定那些百分比，很快以文件形式，得以明确。

按向书河的要求，县委督查办通知文雄代表南岸新区管委会，向县委、县政府立下军令状，三月动起来，半年出形象，一年大变样。其实也就是签目标责任书。责任书有个条款，完不成任务，文雄要引咎辞职，除了要抹脱管委会主任，还有公安局的实职。也就是干不好，代理局长没有不说，可能还要去人大政协喝茶。

军令状就军令状。干了那么多年公安，啥名堂没见过。

做人要讲知遇之恩。文雄别无选择，而且还得一本正经、全力以赴。向书河从省城下来，书生意气，人生事业正爬坡，现在用你，是看得起你。干了这么多年的常务，不还是一个有编制的副局长吗？向书河一来，就请你出山，给你代局长干。人家又不认识你，凭啥让你代？

文雄二话没说就签了军令状。还想啥呢？也老大不小了，这村要赶不上，怕也没下个店了。

军令状一签，文副局长，现在应该叫文代局长、文主任，就走马上任了。究竟是叫文代局长，还是叫文主任，专案组的小警察们有些纠结，也有些嗫嚅。还是叫"文哥"习惯。原来叫文哥，是亲称；今天叫文哥，是尊呼。此时的文哥，已非彼时的文哥。

20.2 【软肋和七寸】

文雄上任南岸新区管委会。昨天还是公安局一正科级副局长、副指挥长，今天摇身一变，已然实质上的新区一把手。表面上只是分工不同，但常委会上向书河说得再明白不过，主任要高配。现在的级别，跟之前没变化，并不意味着以后没变化。主任就是个坑，现在他这个萝卜且先占着。

任"水天花月"项目副指挥长，很多事情说了不算，在他前面有常务，有指挥长。只能和其他几个副的一样，自己把着业务耍。原来只管安全保卫，规划招商基建这些都不能插手。现在不一样，他成了主任，一人之下，众人之上，啥都要管管。管也属分内，他需要对县委、县政府负责。按常委会分工，书记和县长各管一重大项目。县委书记是党工委书记，县长不会管南岸开发。说穿了，他需要对向书河一人负责。

文雄坐在主任办公室里，等着下面的人汇报工作，送签文件。要看的文件没几份，都是些拆迁上的陈谷子烂芝麻。送文件的、汇报的，都走了。办公室还是那办公室，大班桌还是那大班桌，摇椅也是那摇椅，闭上眼，满脑子的金星。

幸福也来得太突然了！总觉得哪里不对劲。

文雄给蓝守玉去了个电话，告诉他，工作调整了。

蓝守玉正沉浸在龙隐山三大谜中哩。文雄并不喜欢文物，他对蓝守玉的三大谜，没有一丁点兴趣。隔行如隔山，大老粗的嗫嚅，与双鱼座的寂寥，彼此都无法感同身受。文雄的来电，正好撩动蓝守玉的"后懒惰主义"情绪。

"我也听说了，正琢磨咋给文哥道喜哩。"

"只是代理局长，暂叫园区主任，还是正科，等市里下一批副县提名。"

“那不就是排上队，坐上席了？挺好，铁板钉钉。”

“就算是奉承话我也爱听。你晓得的，书记说要我赶紧弄点名堂出来，到时他给市委推荐，才有底气。”

“你不是南岸新区管委会主任吗，那可是你们县重中之重的岗位，市里自然会特别关注。管委会干好了，是你的政绩，也是向书河的政绩。”

“啥重中之重？其实就一个放大的地产项目，还是烂尾子。说好听点，临危受命，土俗点，揩屁股。”

“灭自己威风？这么没自信？县里走马换将，书记从荣城空降，年轻有为，还亲任党工委书记，肯定是想在南岸的开发中，有所作为。你是书记的大先锋。你的政绩直接关乎他这个空降兵的三板斧。”

“是这理。只是感觉两三个月要出形象，也太科幻了。现在我满脑子一团糟。”

“忽悠我？你给向书河的几点建言，施云都传达了。”

“老弟真不愧三江的通天人物。那都是我麻起胆子瞎扯，说实在的，我自己都没谱。”

“谁不知道你文雄是个拼命三郎，有啥困难能阻挡文大局长积极上进的步伐？”

“别涮了。给你电话，就是想听听你这个民间观察人士，对南岸开发的建议。”

“中国有句古话，屁股决定脑袋。我的屁股又没在你们的政府大院。”

“哈哈，我给书记说的是，我是脑袋决定屁股。”

“好好，脑袋决定屁股。讲政治！那我也讲回政治。不过，算帮你，还是帮向书河？”

“当然算帮我了，不行吗？”

“行行，我俩谁帮谁呀，‘石磙子’和墩子的事，还不在你那压着？再说，要不是因为你，我跟向书河八辈子都挨不着。算了，再谦虚你说我矫情。送你三个字。”

“三个字？”

“短、平、快。”

“请明示。”

看来文雄还没有完全与蓝守玉的语境同步。

“时间要短，平稳推进，快出形象。”

“吃根灯草，说得轻巧？原来的开发商，是县里出了名的不良老板，老油条一根。他一直没在项目上用心，拍了土地后，又与拆迁户搞在一起，煽动他们与县上作对，想以时间换空间，坐等地价暴涨后转移项目，大捞一笔。"

"在商言商，生意人不都如此？"

"我对南岸项目，对那个矿老板，太了解不过。按你说的，自己努力，搞出短平快，短时间没可能。人家根本不配合。"

"不配合有不配合的理。你们后续酒店和湿地项目土地计划，搁浅了，答应人家的八个亿贷款也落实不了。这是你们的软肋。"

"贷款还没那么急。谁开发，谁掏钱。后续土地计划才是要害。现在被上头卡了，我们在李铁锤那说话，的确没硬气。"

"你们有软肋，他也有七寸。"

"咋讲？"

"他的七寸就是目标太短视，不想真正开发。你要知道，一百万一亩，在屏羌算天价。从之前的开发看，搞不好要亏本的。他当初敢冒这个险，还不是因为你们前任书记求他，才提了个八亿贷款的附加条件。八亿融资额度，别说你们县里，就是在三江，也不一定能拿得到。何况，还有个土地手续问题。当初，他肯定不仅仅是看中项目，更可能看中的是那块地的潜在收益。花血本囤积土地，转手开发权，直接变现出逃。"

"他花啥血本？两个亿的土地出让金，只拿了六千万，又从别人那借了一个亿，还欠四千万。"

"小地产商的套路。人家公开竞标弄到的土地，从程序上说，站得住脚。拖着项目，还不是因为你们啥承诺没兑现。说白了，你们短着理哩。"

"兄弟，就别绕弯子了。直接说，现在这个项目，咋弄？"

"矿老板跑路，项目肯定烂尾。估计一时半会，要找新的下家来接招，也没多大可能。首先要过土地手续关，其次资金关，最后开发权转让关。关关都要让人脱一层皮。"

"我也考虑到了。项目太超前，在本地融资和招商都无可能。"

"不愧是老江湖，看得倒挺准。要把这个庞然大物消化，就要减肥。土地计划必须削减，尤其是五星级酒店，屏羌上下的说法，我也听到些，难听的，说是给你们县委几爷子修的啥楼。你们任期内，谁都别去想它了，必须拿下，否则永远都迈不过这坎，搞不好，县委就要为这个好看不好吃的蛋糕付出政治代价。项目一调整，融资压力自然小不少。再扩大视野招商，包括到荣城找大集团，看是否有到二三线城市拓展的布局规划。说不定还真能招来有识之士。"

"你说得太对了。只是，这要掀翻原来的思路，别说在老书记面前不好说话，就是去向老领导蒲志那儿也不好交代。"

"还真信脑袋决定屁股？哪个新官上任就只搞些老套套，不整点新名堂？向的前任，不懂游戏规则？蒲志是向的老上级，只要向扭转了眼前的局面，照样是在给蒲志脸上贴金箔。"

"最伤脑壳的是，我们咋把那个矿老板撑得起走？你要知道，瘦死的骆驼比马大，他在屏羌根深蒂固，不好惹，现在落了难，正愁没地方擦痒哩。"

"他是硬球，你文大局长是软柿子？在屏羌，就是猜也能猜到你的路数。这点还用我点破？"

蓝守玉还真是个人物，一番话，给文雄又上了一课。大班椅转了几圈，文雄似乎不再紧张。也不晓得是上次在翠竹园喝来的底气，还是蓝守玉刚才一番话打的鸡血。

不管如何，接下来，轮到文雄出牌了。

20.3 【风水轮流转】

下午，文雄主持开了上任后第一次主任会议。蓝守玉电话里与文雄谈的想法，落实成了会议纪要：

1. 南岸的项目必须强力推进，这是本届县委县政府的目标，也是上下达成的共识，必须加大绩效管理，园区管委会也要层层立军令状。他代表指挥部给县委、县政府签了。下面的各个部室一把手，也要给指挥部签。完不成的，自己去县委背书。当然，赏罚会分明，完成了的重奖。

2. 近期的工作任务主要有三个。一是三个副主任，带领群工部和南岸镇的工作队员，抓紧找开发商和拆迁户谈，了解项目推进的具体困难，尤其要了解清楚开发商的内心想法，既晓以法律法规政策，又动之以情。二是规划牵头，发改、城建、国土、财政、金融、旅游、交通、水务、供电、园林等部门通力协作，抓紧拿一个项目调整的新东西出来。三是由他负责，摸清涉及南岸开发的背景，包括开发商的资金链和拆迁问题。这些都牵涉重大商业内幕，必须保密，暂时不可与开发商和拆迁户直接谈条件，只能旁敲侧击。

三天后，正面摸排的信息报上来了：

1. 开发商明确表示，项目推进问题主要在两个方面。一是贷款。二是拆迁户不配合，之前政府规划的南岸开发，拆迁户一律安排在江北的安置区。这两条政府能落实，李铁锤表示马上加大投资，三个月内拿出项目。

2. 拆迁户反映土地和拆迁补偿标准低了，新城要有新政策，不能参照老城的棚改标准，要提高一倍，理由是他们去江北后，生产生活不便了，否则他们不挪窝。

对摸排的结果，文雄早就有心理准备。此次发动这么大的攻势，有个目的，放信号给开发商，抛一个烟幕弹，把矿老板和拆迁户的想法搞乱，让他们去猜。这叫先发制人。

李铁锤的底牌也摸了上来：两亿七八千万左右的转让标的。文雄有些意外，这个矿老板完全可以狮子大开口，要个三亿四亿的。估计也是被放水人逼的，只想快点了结眼面前的债务。

规划的意见也出来了。基于土地红线，项目占地可压缩到五百亩，符合县政府的土地大纲，县里已经拿到新增三百亩土地使用计划，不过是城市绿化项目，也就是那个湿地公园项目。开发项目虽然还是两百亩，可以悄悄做容量，来个暗度陈仓，想来有关方面会睁一眼闭一眼，若用点力也能做到三十万平方米到四十万平方米，投资八亿大体可以不变。取消五星级酒店项目，可以减轻五亿融资压力。湿地公园压缩到三百亩，投资削减到八千万。加上政府必须得投资的路水电气，算来一个亿多，至少又可缓解两亿融资压力。几项下去，总投资可控制在十亿内。金融办的建议是，如果开发商有诚意，拿出实际行动，他们初步找市县几大商业银行谈过了，十亿打包的项目，可以拆分，向几家银行分期争取融资，短期内三亿左右的敞口没啥问题。

文雄心里有数了。有地，有项目，有贷款。何愁没老板？

传说中的李老板，李铁锤，李油条，李公鸡，文雄寻思自己当副指挥长那会，那家伙连正眼都不瞧自己一眼。

风水轮流转，明年到我家。上半年是你矿老板转，现在轮到我文雄了。

几十年的官场生涯，练就文雄忍者一般的功夫，能吃能睡，能伸能屈。他不会把自己此时的想法，写在脸上。

他知道，与李铁锤真正的较量才刚刚开始。

20.4 【开局】

情况和想法反馈给向书河。向书河不是个动不动上情绪的人。

土地？项目？资金？老板？这每一个问题，都是一本书。

一寸土地一寸金。大地震和次贷危机之后，房地产熬过了一段低迷期。上头加大灾区重建力度，以此拉动盆地的实体经济，像屏羌这样的次重灾县，房地产和旅游地产市场，也随灾后重建春风，逐渐向好。项目呢？屏羌南岸"水天花月"项目就是梧桐，还是种在黄金滩上的梧桐，若成功，将是三江市旅游与地产结合得最好的样板。只是，全球尤其美国和欧盟的经济形势，一直在低谷徘徊，国内银行家们仍然感到投资信心不足，发放贷款也是战战兢兢。银行不发贷款，企业又要吃饭，只有搞民间借贷，无形中放大了金融风险。温州老板因为民间借贷，最后导致局部崩盘，给上下敲了警钟。眼下，"水天花月"项目，倘若贷款一有眉目，南岸项目就活了。

一盘开局不畅的棋局。执黑的向书河，已经先起一子，白方还没反应，甚至连白方的影子都还没出现，究竟要否重新确认对手，不得要领。台上台下观者的一双双冷眼，让人纠结。

他需要有一个出其不意的开局，高调亮相。他得在很短的时间内证明，老上级蒲志的提携，并没有忽悠组织。

他给文雄发短信，说他想与蓝守玉切磋一局棋。文雄立马给蓝守玉打了个电话。蓝守玉回道，切磋没问题，不过，他给向书河推荐的是另一棋手。向书河要的这局棋的效果，只有那人能给他。蓝守玉说自己下棋，性情使然，向书河要的定不是书生的路数。文雄问，他是何方高人？蓝守玉道，还有谁？齐鲁置业的老总。文雄纳闷，这人好像不熟悉。蓝守玉回，省军区齐老的公子，柴瑶的后台老板。蓝守玉的点子，让文雄轻松了许多。文雄恭维道，老兄真不该离开官场，当个民间文化头目真是屈才了。蓝守玉付之一笑，因为早已习惯性的边缘化了。

两人都清楚对方在笑啥，但笑过不捅破。

20.5 【警情通报】

公安局办公室送来一份警情通报。有一则信息说戎城会江县公安抓到一伙鄂市人，那伙人以放羊卖羊打掩护，盗掘古墓。抓了几个，案件进一步侦破中，请求各地协查。

文雄本想给小聂副局长打电话，告知前些年屏羌皇城山那事。小聂已正式接替他负责文物专案。凭文雄的职业敏感，他怀疑戎城作案的鄂市人，或与前几年皇城山那伙人有关联。皇城山那事，蓝守玉是当事人，文雄觉得还是侧面听一下他的意见，再拿主意要不要告诉小聂，让专案组好决定是否通报会江方面。

蓝守玉的态度，让文雄大跌眼镜。当年受文副局长委托，前去卧底，结果闯了鬼，害得大病一场，心理阴影迄今未消。再则，那三个傻乎乎的鄂市人就是个卖苦力的，幕后的策划应是三个南方人。会江这出，只能说作案路数与几年前皇城山上那事接近。可没有迹象表明，当年那伙人在皇城山上曾经犯下前科。

蓝守玉提醒文雄：

1. 皇城山上的事已过去多年。

2. 当年屏羌文物专案组并没有就此作为一个案件留痕。

3. 现在会江方面抓了人。如果把当年的信息通报过去，那伙人却打死不承认来过屏羌，或者承认了他们就是原来那伙人，但并没有在屏羌作案，这不是说屏羌文物专案组弱智吗？若他们承认了是那伙人，而且当年就在屏羌犯过那案，挖出了啥宝贝，消失了几年，现在被会江公安抓住了，这不是又反过来狠狠打了文雄和他的专案组的脸吗？

言外之意，往事不堪回首。保持缄默是上上策，千万别没事找茬，往自个脑壳上扣屎盆子。

文雄再草包，敏锐还是有的。他没有将蓝守玉的多虑，转告小聂。他给自己找了个台阶，屁股决定脑袋。前几天向书河找他谈话，就此批过他。批就批吧，几人能免俗？眼下他的大局得跟上书记的大局，跟上书记的大局就是跟上屏羌的大局，也就是他要讲的最大的政治。

向书河的大局是啥？

可以肯定，别说这大局有十条、二十条，就是五十条、一百条，小聂副局长管的那摊子，估计都排不上号。

21.1　【土豪与上师】

童桐的前老板一拨人，从南边来盆地溜达，欲去二峨佛光禅院供养金丝楠乌木普贤。

前老板给童桐打电话，道明来意。佛光禅院投资人是童桐前老板早年在二峨山下某部当兵管营房基建时合作过的一建筑商。那会儿建筑商是个乡镇企业包工头，遇上前老板，捞了第一桶金。此人知恩。前老板后来转业，平安着陆，南下开辟新天地，此人倒过来帮他，给过一笔创业扶持资金，明里说是合伙，暗里算回报。两人究竟谁是谁的贵人，还真不好说。建筑商发达了，偏又患上抑郁症。甘南来了个云游上师，两人一见如故。抑郁症不治而愈，一高兴拿出全部身家，搞了个禅院。说是禅院，其实一禅修文化主题的奢华会馆。今年春天，建筑商也就是现在的禅院老板，觅到一巨型乌木。请名匠费时三月，雕成十面普贤，前后斥资三百万。童桐前老板一听说建筑商搞了这么个镇院之宝，主动认领供养，承担全部费用，算反过来回报当年转业南下创业所受扶持。作为对供养人的回馈，禅院住持，就是甘南来的上师，第一个对供养人摸顶赐福，另赐一粒上师现身幻化舍利子。当然，这些事，蓝守玉也是从童桐那听来的。

童桐前老板给童桐打电话，说这次过来，除参加佛光禅院金丝楠十面普贤开光和捐功德外，也有看看她的意思。这话靠不靠谱，都让童桐感动。从南边回来，一别几年，难得老板还记得自己这个打工妹。蓝守玉不屑道，"土豪"都一个德性，乱搞搞大发了，啥供养，屁话，还不是烧钱买心安。这种人，还有个毛病，就是爱在小姑娘面前显摆，说穿了，骨子里还是自卑。

要是平日，童桐就怼回去了，她不想跟他表哥争辩。现在，她只需一个态度，表妹前老板驾到，你这个现老板，要不要陪一下？

太阳从西边出来了？蓝守玉有些纳闷，不就一个前老板嘛！只是心头想一出，出口成了另一出："他是前老板，又不是钱老板，我是现老板，又不是县老板。干吗要陪？"

"哈哈，你还撞对了，他就姓钱，叫钱演。"

"钱眼？"还有叫这玩意的？蓝守玉憋着没让自己笑出猪叫来。

童桐说，她的命都是钱总给的。那年去南边，没学历，漂了大半年没着落，不知哭了几十回。最后，两眼一抹，脱得剩一件内衣，去了歌厅。第一次陪客，遇上钱总。喝醉了，钱老板握着她的手，一连说了五声"可惜了"。第二天，她接到钱老板电话，叫去老板的仓储公司上班。童桐感叹，要不是钱总收留，她早就堕落在南边的风尘中了。

英雄救美，温柔打工妹碰上霸道总裁，老掉牙的肥皂剧情。不过，他还得装出感动："你要表哥咋陪？"

"放心，不会让你献身。他的女朋友堆里不缺文艺青年。"

蓝守玉讪笑道："现老板也算文艺，可惜不太年轻，关键还是个男的。"

童桐没有同他瞎扯，直接说了自己的意思，能不能约几个女诗人、女书画家啥的。要求并不过分，蓝守玉也有资源。但是，这也是最痛恨的。都啥人啊？几个臭钱，就想买感觉？只有悄悄骂了。骂了，还得寻思，去哪弄女文青？好在开口的是表妹，要换成别个……

换了别个又咋的，未必然……读书人最大的劣根性，自己吃醋吃到吐，还嫌别个冒酸水。

"说时间地点。"蓝守玉咽了那酸水，到底还是给了自己台阶下。

童桐便说上午钱老板参加佛光禅院金丝楠十面普贤开光，下午酉时上师要为钱老板和禅院老板幻化舍利子。

"舍利子？"蓝守玉神志恍惚。

"对呀，有啥大惊小怪的。"童桐并不知道前些时候的某个秋日午后，有个叫"利子"的梦魇，一直困扰着他。

蓝守玉说那就去禅院，看幻化舍利子。童桐说，看不了。他问为啥。童桐说，不为啥，人家钱老板并没有邀请，据说场合十分私密，只有上师和两老板。他想笑，忍住了。也是，幻化要能随便看，舍利子也就不值几根毛线了。童桐又说，幻化看不了，不过钱老板说，下午约了在禅院见面，禅院老板专门备香道、茶道、食道的禅意全套，招待大家。他喷道，啥禅意全套，无非是洗手、吃素、焚香、喝茶，哪儿的禅餐都是这套路，关键能不能看到舍利子。童桐说，这个吗，只有去问"土豪"和上师了。

"土豪"与上师，有意思。蓝守玉来了兴致，跟文雄打电话，问要不要去开开眼界，看看舍利子。文雄说正被南岸的事搞得焦头烂额哩。蓝守玉劝道，那就更应该去，说不定上师还能点化点化，帮你解开眼下疙瘩哩。文雄答应了，承诺带两朵"屏羌金花"去。

文雄说的两朵"屏羌金花"，不提名字，蓝守玉都知道是某某和某某。一个是文雄的小老乡，美院科班，市中区某民办院校美术老师，文雄把她弄到屏羌，推荐给文化馆，以特殊人才名义引进，破格给了个事业编。另一个屏羌交警一枝花，三十五六，经历倒是有些丰富，华旦大学优大生，选调屏羌县委组织部，后调公安局政治部任主任，现已是交警大队政委，前些年还出了本诗集《红绿灯》。两人蓝守玉都见过，年纪稍微大些，写诗作画且不提，重点是有没有色胆和酒量。

"啥'金花'，不就一对活宝？"童桐取笑道。

看来童桐对文雄身边的文艺青年不待见。蓝守玉就又推荐施云。

童桐笑得更厉害了："肥水不流外人田吗？"

蓝守玉就给施云打电话。施云是个人来疯，此种场合，想来不会拒绝。

谁知施云劈头就一顿："蓝守玉，你以为本姑娘沦落到要当三陪吗？"

蓝守玉厚着脸皮下话，说了童桐难处。童桐的难处，就是他的难处。

施云一听是童桐的前老板，也不好说啥。童桐在蓝守玉心目中的分量，她还是能掂量得出来的。作为同窗，人家拉下脸求她，说明童桐和她都在其心目中有着不可替代的地位。再说啥，不是扭捏，也是矫情了。

蓝守玉与文雄便约了在佛光禅院碰头，叫童桐去荣城接施云。童桐说，这么难得的机会，还是表哥自己留用吧。她要等她的文哥来三江接她哩。蓝守玉提醒道，最好自己开"四环素"去，别当电灯泡，人家车上有两朵"金花"哩。童桐笑道，钱老板有恩，这次到盆地，第一件事就是给自己打电话，感动哩，得跟钱老板喝两杯的。蓝守玉道，注意点形象好不，陪喝有表哥，一个女孩子家瞎逛啥能？童桐瞟了他一眼，嗔道，更年期提前了？

蓝守玉只有自己去荣城接施云，马不停蹄往二峨赶去。

21.2 【九香虫】

到禅院差不多是晚饭时辰。

打电话问童桐在哪，童桐说大殿欣赏金丝楠乌木十面普贤。两人径直去大殿，见过童桐、文雄，还有两朵"屏羌金花"。

开光法事已毕，围观者仍未尽兴。这类场面见得多了，金丝楠乌木造像对蓝守玉没杀伤力。几个女生倒是一脸兴奋，像碰上了西湖精。

童桐接了个电话，是钱总朋友贾总的秘书打来的。这边电话刚挂，那边秘书就来到大殿，带众人去禅房。

早已闻见一股子异香。金丝楠乌木弥勒？印度熏香？

都不像。植物的香，轻松、淡雅，闻得惯。此香有股不太主流的骚味儿。蓝守玉尖了鼻子闻，除了鼻眼痒得慌，未得体会，莫非院子里哪个在烘焙屁蛋虫？对屁蛋虫的香味敏感，是小时候吃屁蛋虫留下的强迫症。屁蛋虫，屏羌有名的一种美食，有九种香味，又名"九香虫"，放屁臭的臭屁，入冬会爬到石缝里吸食泥浆。小时候常挨饿，就同小伙伴去河里掰那货，见石头就掰，一掰一窝，弄回来，用瓦盛上，放火上烤，满屋子油油的腥香。那货到底充不了饥，却能满足小孩子的好奇，顺便弥补点身体发育所需的蛋白质。只是吃多了，夜里会睡不着，脑子里飘来飘去，全是瑟瑟发抖的翅膀。天亮起床一看，浑身红包包。

如此高大上的佛事禅院，咋会有下四烂的味道？

蓝守玉不敢问。他并不想让童桐的前老板笑话。再说，还有上师。对了，咋没见着前老板和上师？

这么想着的时候，前老板和禅院贾老板拥着住持上师从密室红光满面步出。瞅着俩"土豪"满脸肉笑，蓝守玉寻思，上师幻化舍利子真的大功告成了？

"幸会，幸会。"钱老板做出拥抱的姿态。

童桐哪有准备啊，嘴巴喊着"钱总"，身体却不敢有迎合的意思。

钱总似乎觉得有啥不妥，收回双手："叫啥钱总？南边街头踢着绊着都是啥乱七八糟老总。叫演哥！"

"演哥？"童桐笑道，"呵呵，小桐叫不习惯。"

"叫叫就习惯了。"钱老板指着童桐身边的蓝守玉问道，"这位就是你常说的？"

"我表哥，蓝守玉。"童桐介绍道。

"童桐常给我提起钱总对她的帮助。"蓝守玉伸手道。

"才说了，叫演哥。"钱老板道，"久仰蓝兄弟大名。兄弟是江湖大侠。"

"这两位是？"蓝守玉问道。

"哦，忘了"，钱老板就向几位介绍道，"佛光禅院的贾总，禅院住持云登上师。这位兄弟是官窑大师蓝总，我原来公司员工童女士的表哥。"

蓝守玉就同云登上师互行见面礼，与贾总握了手。回头又向几位介绍了文雄、施云和"两朵金花"。介绍文雄时没点出公安身份，只说在政府大院里头做事。钱总问文雄具体管哪个口子。文雄道，为钱老板服务。钱总笑道，说得好，为人民服务，老板也是人民群众嘛。大家就都笑了。

21.3 【吉祥三宝】

禅室正中纵放一金丝楠条形大禅桌。贾总示意云登上师坐当头主位，云登坚决推迟，贾总也不勉强，自己坐了。云登上师和钱总一左一右，蓝守玉挨着云登坐了。对座是个女的，听贾总介绍是钱总从南边带过来的，文雄挨着她坐了。几位女士顺位入座，剩下条桌当头对着贾总的末位三个禅凳虚着。

服务员送上热水和热毛巾，男生递热水，女生递毛巾。热水一人一小钵，毛巾一人一张。有点像农村迎亲，娘家送亲的人到了婆家，婆家的接待队伍马上手忙脚乱起来，端水的端水，递毛巾的递毛巾。众人也没在意，估计也是餐前卫生程序，就象征性抹了水，用毛巾擦脸擦手。只那毛巾是肉色竹制纤维的，看着糙，摸着腻，还有一股子天然竹香。

待众人擦洗完，贾总笑说，刚才大家用的毛巾，是他从建筑产业转行后，拓展的旅游产品之一。不过，此水可不一般，乃正宗二峨山神泉寺天然矿泉，今儿早上，云登上师特意吩咐禅院小师傅，去神泉寺取回来的。禅宴之前，有"五开"式，这是第一式，叫"开净"。之所以要一早取神泉寺圣水，乃因云登上师专门教诲，"开净"绝不可用隔夜水，一盆水隔夜，就粘秽气了。几位女生一听，面面相觑，有这规矩咋不早说，刚才潦潦草草的，可惜了那盆啥神水。

"开净"毕，贾总正式推出开场白："今天佛光禅院大吉之日，欢迎远道而来的钱总、蓝总和文领导，还有各位青春美丽的女士。本院住持云登上师，今天特意坐镇禅宴发功，给各位赐福。下面，禅宴正式开始前，我要隆重地向各位高人推出禅院的'吉祥三宝'。"

"吉祥三宝？"众人面面相觑。

"没错。第一宝自然是禅院金丝楠乌木十面普贤，镇院法宝。刚才大家也目睹了宝贝真容。第二宝呢，就是传说中云登上师幻化修得的正果舍利子。"

一服务员递上来两个盒子，放在当头的贾总、云登、钱总和蓝守玉前面。盒子以紫布覆盖。蓝守玉寻思，盒子所装莫非就是贾老板刚才推荐的"幻化舍利"？之前也听过"幻化舍利"，从未当过真。法门寺地宫出土真身舍利也曾见过，据说源自佛祖肉身变异。"幻化"全凭上师意念偶得，无中生有，绝对灵魂级别的物件，当然，前提得是真的，只是那得有多高深的修炼啊！以前看过一些报道说，所谓"幻化舍利"，不过是些俗世遗物，这珠那珠之类。今天云登上师发了半天功，不会也是珠子吧？

见大家一脸疑惑，贾总笑道，盒子里的秘密是"五开"最末一式。最末，那就得压轴。

照贾总的话头往头里捋，开盒露宝，舍利乍现，压轴一式，想必叫"开眼"了。那二、三、四式呢，又啥名堂？

21.4 【月月红】

正瞎琢磨，三位带发修行的女居士，进了禅房。

两人拧篮，一人握件竹管乐器。持竹乐器的坐了贾老板对面当头中位。拧篮的一左一右。

贾总要女士们先猜个游戏，这三位都是干啥的，猜中有红包。说着，真掏了三个红包放桌上。

女诗人第一个举手，猜中间那位禅乐师。禅乐师放下乐器，起身，行合十礼。猜对了。女诗人得到了贾老板的红包。

女诗人从红包里夹出一叠百元票，夸张地叫道："哇，这么多！"

女画家问："咋个多法？"

女诗人道："月月红。"

"月月来红？"文雄明知故问。

众男生便不怀好意地笑了。都懂的，笑得女诗人脸红。女诗人一脸红，其他几个空手的女士憋闷了。一百二？一千二？蓝守玉看了看桌上那红包的厚薄，就想贾老板在二峨怎么着也算个大"土豪"了，一千二也就掉根毛。掉根毛，买得"屏羌金花"尖叫，值得。

"不好意思，保密。"女诗人装出一副从容样。女诗人这么说，本想免俗，觉得还是失态，起身朝贾老板鞠了一躬致谢。蓝守玉看见，女诗人弯腰的时候，红包已塞进自个坤包。

女画家受到刺激，举手道，另外俩师傅，是茶道师？一位师傅起身，向大家行了礼。看样子女画家也猜对了。女画家也得到了"月月红"。

另一个呢？童桐问施云，施云告诉她是香道师。童桐就举手，顺理成章也收获了贾老板最后一份"月月红"。

大家猜谜的时候，茶道师和香道师，已在禅桌上摆开一应道具，都是些熟悉可心的器皿。

茶道师面前，一溜好玩的：清代的陶风火炉、和田玉匙、青瓷茶经、民国的藤编茶盒、日本回流老铁壶、宜兴紫砂冲滤套盅，另配一叠景德镇新仿成化青花萱草纹压手口杯。紫砂青花，谈不上老，但看也是大师级别作品，非轻易能取之物。

香道师那儿，更有说头了。清一色文人用器：龙泉窑梅子青篆式小炉一只，胆瓶一对；两瓶插银质香匙一套；两个银料香盒到宋；哥窑闻香敛口袖珍杯，从器型看虽是清代官仿，也算稀罕。亮点在龙泉炉瓶三事，即便没上手，满身宋韵，已入脑入心。

蓝守玉粗略估算，且不提那舍利子，单眼前所见一堆世俗物件，也够七位数了。

这贾"土豪"，还真不假。蓝守玉寻思。

21.5　【龙涎香】

点炉煮水，小扇蒲葵。茶道师神情枯寂，极像南宋钱选名画里的那个红衫烹茶人。

茶要一会儿才能熟。香道师的仪式已然就绪。

取盒中香片，放鱼耳篆炉火红炭面，"嗞……"第一缕异香，随声袭至。不见烟绕，唯闻香细，好似绣花针刺破纸窗。香片不可久烤的，久了会焦。想那香片，差不多等同一大叠钞票在烤，片刻就成纸钱灰，谁不着急？

遂以香匙舀出香片，置哥窑闻香杯里，递与服务小姐，服务小姐又送至贾老板跟前。

贾老板说这便是第二式"开慧"。

施云不解："开慧？"

蓝守玉悄悄提醒道："就是开脑。"

"明白了，"文雄问道，"脑筋急转弯？"

童桐笑文雄："文哥，说你是个乡巴佬，竟然还晓得'脑筋急转弯'！人家这叫'脑洞大开'好不好？"

童桐本来图个乐子的，谁知贾老板竟叫起好来："童小姐说得好，闻香识美，香催慧根。"

众人听了，有这奇效，那还了得！就都附和叫好。

香烧得快，得趁暖闻。贾总接过杯子，递与云登，上师没有接杯，念六字真言。贾总解释道，上师的真言，意思是算闻过了。又递与钱总，钱总凑拢鼻尖，咔咔咔，三秒即逝，睁开眼，仿佛豁然开朗："天下奇香！"

"怎么个奇法？"童桐愈发好奇了。

钱老板转身将闻香杯递给服务员，卖起了关子："一会儿你就知道了。"

服务员依次递给文雄等人闻了，几位女士一致称奇。蓝守玉纳闷，一边倒地称奇，皇帝的新装？问童桐，如何个奇法？奇花，小众的法国名牌香水，还是啥神秘来路？童桐说，讲不来，反正不是花香，也不是香水的香味。

那还有啥名堂？

带着疑问，蓝守玉最后一个闻了。闭眼，发动冥想……

据说，正宗的日本香道，闻香真得闭眼静吸的。闭眼，有多斯文都可装，即便识不得那异香，也要在一堆没多少墨水的人面前，晒晒仪式感。再说，自己又有几多学问？无非读了几本没用的闲书而已。不过，到啥码头装啥货。装就装呗。要不然，他这个读书人跟贾"土豪"钱"土豪"有啥区别？

就真的拓开脑洞了，想象一缕星光，万剑齐下，一扇幽窗，捅开暗夜，恶气驱，渊薮散……

那遥远袅娜的，是啥？麝骚？兰桂？小时候老屋里的木馊和土霉？渔村海腥，从海天飘至？新娘第一次面对心爱的男人，敞开暖热的肌肤，传说中的玉女体香？

他自己也说不上来。

顺了奇香细线，他已然捕捉到了香尽之后的一丝焦煳，那记忆深处的肉味⋯⋯

小时候，想肉吃，趁大人下地干活，悄悄割片老腊肉，放火上烤，也是"嗞嗞"异香直冒。

幸福很多时候不在记忆的开启，而在一次又一次地重复与叠加中。

无法在雷同中去感受幸福，多半审美出现了疲劳。

小时候那肉香好闻，是因为能驱除寒冷和饥饿。此刻，还没上饭菜，却莫名其妙有一种潜在的恶心往上冒⋯⋯

不得不面对突然而至的尴尬。做不得贵族，又回不到民间，就想啊，啥时候自己开始矫情了？

这么纠结的时候，贾老板揭开谜底，刚才给大家闻的叫"龙涎香"，一种叫抹香鲸的口水凝结物。原来真有"吃货香"！童桐可没这么土包，道，要是真的，还不贵死。贾老板笑而不宣。钱老板接过话，一克就一万来块。

"一万来块？早晓得就多闻一会儿了。"女画家正矜持，这下坐不住了。

女诗人一旁帮腔："几年前一个老板要送我香水，才几百哩，都吓得我没敢要！"

施云看了看那俩女的，又看了看蓝守玉。蓝守玉明白施云的表情，当年，他送给施云的定情礼物，就是一瓶八块钱的花露水。

21.6 【达摩茶】

众人闻香时，风火炉上铁壶已沸。见那茶道师傅挑出茶经里的一枚茶匙，取藤编盒子的茶，倒入紫砂冲壶。待沸水稍凉，再冲水滤茶，分盛青花手杯。仿佛戏曲的表演，一招一式，不疾不徐，急了，仪式感就要打折扣。

众人握着手杯，像握着一袖珍美人片子。

想来要喝下去的，不只是一杯茶，还是一种信仰了。

没等茶道师讲要领，文雄一口吞了。蓝守玉提醒不要"牛饮"，要斯文点，佳茗得慢品细啜。

"'牛饮'就'牛饮'吧，我是个急性子，不过味道真的算得上好。"文雄赞道。

贾老板道："是吗？各位喝的可是二峨中峰寺最高级别的'竹叶青'。"

"传说中的'达摩茶'？"钱老板惊道。

贾老板看云登："这要问上师了。"

云登依旧微笑不语。

"贵不？"童桐关心的还是价格。

"四千八一两。"蓝守玉悄悄告诉她。

蓝守玉早就听闻二峨"竹叶青"奇品"达摩茶"，只是一直未见真容。中峰寺内有数十棵镇寺宝树，虬曲老道，已两百多年，寺僧以为达摩化身。每个清明前，在丽日撩开云雾的清晨，采刚冒尖的嫩芽，拣光鲜型正的，柴火小锅焙制。焙制好的茶粒，颗颗锋利如匕，抓一把，当茶匕朝纸窗扔去，茶穿过去了，窗户纸却不见筛眼。更厉害的是那茶，据说吸得二峨佛光仙气，用神泉寺泉水泡，云开雾散一般。

今儿个真的开眼了。几人喝罢，却都说"好淡"。

"新茶本就极淡的，淡泊如清风夜露。"贾老板道，"禅的境界，与声色刺激正好相反，所谓壁立千仞，无欲则刚。"

施云笑问："如此说来，白开水还是好东西了？"

贾老板先是一愣，继而笑了："对呀，真正高级的竹叶青，你是不见茶叶的。"

女画家指着青花杯中的绿叶插话道："你又忽悠我们，这不就是一杯绿叶子吗？"

女画家此话，倒把贾老板堵住了。是呀，这不是茶，还能是啥？

蓝守玉反应快，一句话打破尴尬："贾老板没乱说的，你看看，哪有茶呢，分明就是一杯竹叶嘛。"

"你说它是竹叶，它就是竹叶吗？明明是茶叶嘛。"女画家不服气。

"年年岁岁清明叶，达摩新簧寂寥声。"蓝守玉仿佛在自言自语。

"好诗。"女诗人鼓掌喝彩。

"童小妹，你这个表哥深藏不露哩。"钱总也凑热闹赞道。

贾总继续向大家介绍，这式名叫"开发"。一年伊始，雪融春至，万物生发，吐故纳新，喝了此茶，肌体机能被激发，腑脏废气被消融，浑身上下满满的清明气象了。

乖乖！还有这番说道？蓝守玉暗叹，幸好自己没插话说是"开胃"，不然得找地洞钻了……

21.7 【尺八】

这边茶道师为大家续茶，那边禅乐已然奏响。神秘的竹管乐器爆发力很强，每一次起音，便有种自万劫不复的深渊，历千辛万苦方才逃将出来的感觉，听得众人脸红筋涨，毛骨悚然，谁都不敢出大气。

好在曲子只有七八分钟。曲罢，众人赶紧喝口茶塞住，不然，先喝进去的茶水，怕要倒灌出来。

贾总让大家猜，啥乐器。童桐抬杠道，还让猜啊，是不是老板又有红包要送？贾老板道，必须的。

童桐猜"箫"，钱总摇头。女诗人猜"洞箫"。

贾总摇着红包，问施云："大记者见多识广，说说看？"看样子，他有意把红包安排给施云。

不是"箫"和"洞箫"，还会是啥？施云悄悄撞了撞蓝守玉问道。

"尺八。"蓝守玉声音很小。

"吃吧？"施云没听清楚，又撞了下，"你说啥哩？"

蓝守玉解释道："尺八，一尺八长，一种失传的中国古老乐器，后来传到了日本。"

施云明白了，大声说道："是尺八，贾总，我答对了吧？"

贾老板盯了盯她，又盯了盯蓝守玉，看样子，他并不认可是施云的回答。

"我答的尺八，哈哈，我的红包……"说着手已伸过去了。

蓝守玉拐了她一下。施云刚伸出去的手，又收回去了。

贾总见状，索性给了她个台阶下："是尺八，最后这个红包归施记者了。"

施云哪敢起身去接？贾总就叫服务生送了过来，放在她跟前。

拿了红包，施云窃窃道："啥曲儿呢？"

"我听了好多遍的，也说不上来，反正很遥远高古的那种。"听贾总这话不像是装的。

文雄插话道："真的开了耳，电视里播日本男女失恋了，就是这曲子，一听曲子进了耳朵，再来两杯忘情水，啥烦心事都打耳边飘过。"

贾总接过文雄话说："第四式不叫'开耳'，叫'开心'，文先生粗中有细，难得还识得灵与肉。"

此话惹得几个女生差点喷茶。

21.8 【开光】

四式已毕，情绪也调理到位。贾老板说，最后一式是请云登上师为舍利"开光"。

众人正襟危坐，眼巴巴瞧着桌上的两个盒子。舍利子乃上师幻化，包袱自然得云登亲自来开启了。云登起身，双手合十，念"阿弥陀佛"。蓝守玉心里也情不自禁"咯噔"了一下，他看见了两位老板眼里的光芒。光芒遮住了虔诚，却遮不住受宠若惊。传说中的宝贝，分明就在眼前，那心动的……

云登并未立马将舍利盒赐予两位老板。两位老板虽有佛缘，但尘缘依旧有瓜葛，算是两界中游离人。舍利现世，第一眼得留给上师自己。上师是佛门中人，此物又是下午在密室集中精神所幻化。那玩意他自己都不一定来得及看明白。也不用看明白，现在要做的，只是赋予宝贝的世俗共识。说白了，得让大家相信眼前所见，与心之所诚有关。事实上，他已在密室里当着两位老板的面，完成了一切的仪轨，什么洒净水、念经咒、请圣、拂尘、点眼耳鼻舌身意，再加上七遍开光咒，以示虔诚。此刻，他要当着众生的面，向佛祖陈诉最后的表白。

他缓缓地揭开覆盖在盒子上的紫布，嘴里念念有词："开！开！开！"

三为多意。三声"开"，叩开佛门最后的虔诚。然后是贾老板、钱老板的起身，双手合十。上师的虔诚，若无众人回应，虔诚便要打折扣。好在两位老板真的诚惶诚恐了，众人的心也悬至高处。

舍利盒子不可沾俗人气的。盒子虽在两位老板的眼前，从理论上说，上师揭开盒子那一刻起，宝物已然赐予他俩。可是，谁又敢造次？如此纯洁圣物，需要小心供奉，而非世俗观瞻的。

文雄的眼睛一直盯着盒子，恨不得起身近看，猴急得不行。几个女生虽然也是扯着脖子想看，心悬吊吊的，眼含晶莹。

这便是信仰的力量？所谓的幻化传说也听了不少，但无一件让蓝守玉能坚定地抛弃杂念。难以置信没关系，宝物就在几步之外。盒子里的舍利，究竟啥模样？自己也很想凑上去看个究竟，还是猎奇心理在作祟。太俗了，妈的！他骂了一句，也许在骂自己。这一骂，自在多了。宝物啥模样，并不重要，重要的是要笃定，那宝物同自己的信仰凝聚在一起，在意念深处一道孕育和焕发某种料想的光芒……

21.9 【禅宴】

"上菜，开宴！"

贾总的吩咐，打断了蓝守玉的沉思。看来，"五开"是今天的禅宴正式开始前，贾老板的刻意而为。如此良苦用心，无非表达他对于钱老板和蓝守玉一行，造访佛光禅院的热忱和重视。

又进来一拨服务员，每人面前放了一个九宫大食盘。原来是分餐。清一色全素，菜品为两凉五热一汤共八素，主食格暂时闲着。

两凉："玉树琼花"（凉拌竹耳）、"天机妙算"（泡独蒜）。

五热："吾本无忧"（糖醋萱花菜）、"仁者无疆"（烩豆腐片）、"九老出山"（烧冬笋）、"拈花一笑"（清蒸秋兰）、"佛见清明"（爆炒普贤菜和芥菜）。

一汤为："三界归真"（雪魔芋汤）。

主食用个大木盆盛着，放在餐桌中央，还未揭盖，谁也不知道是啥。蓝守玉想，搞得如此神秘，怕来头不小。它会是贾老板说的吉祥第三宝吗？

并无想象中的酒局。文雄小声问童桐，说好的酒呢？童桐哪敢造次，眼巴巴望着钱总，那意思是不是叫我带人来喝酒的吗？钱总自然做不得主，毕竟是贾老板的地盘。贾总见大伙不动箸，解释道，佛光禅院的禅宴，是真禅宴，不是挂羊头卖狗肉那种。云登上师能亲自主宴，有一个要求，就是须免掉一切俗套。

童桐问蓝守玉："以茶代酒，敬客人也取消了？"

蓝守玉笑而不语。

童桐还是不解："不是说了，免掉一切俗套吗？"

施云算听明白了，小声道："看今儿个这阵势，压根不是喊来赴宴的，而是看摆设的。"

蓝守玉回道："这样好啊，我们几个的确需要脑补一下灵魂。"

贾总揭开主食大盆的那一刻，所有人都闻到了一股奇异焦香。

女诗人鼻子灵，夸张地嗅了嗅："啥味？"

女画家眼尖嘴快："乡下出生的娃，谁还没烤过几颗土豆吃？"

"说谁呢，哪个不是乡下出来的？烤土豆味有那么重？"女诗人怼了回去，女画家也不再发话。

服务员递过青花勺子和碗来，云登上师给每人盛了一碗。说是一碗，其实就是十来颗拇指大点的球，黄里透白，玲珑剔透，十分可人。施云问是不是糍粑蛋子，童桐说不是，糍粑蛋子哪有这味。两人说得很小声，还是给对面的文雄听到了。文雄说像烤公鸡蛋子。

"烤公鸡蛋子，亏你想得出来。"童桐小声笑道。

几人正琢磨的时候，贾总就讲，这道招牌禅肴，佛光禅院的"吉祥三宝"之一——"光明之顶"。

"光明之顶"是云登上师的禅修成果。

食材取自甘南雪域一种叫"天珠"的原生珍珠土豆。云登云游二峨神泉寺，发现寺旁一天然溶洞。溶洞有个暗河，春始水涨，秋至水落，冬暖夏凉，正适合面壁禅修。上师就带了一大袋甘南珍珠土豆，住了进去。

溶洞有个传说，说里面常有鱼龙出没。鱼龙当然没有的，有的是一种神异的飞虫，没蝙蝠和岩燕大，倒像林子里的大金龟子，不过可以肯定不是金龟子。春时神虫面迎春光出洞，秋时又成千上万飞回来，在上师的土豆里吃喝拉撒，搞得一洞腥臊。上师也管不了那么多，以烤食土豆度日。谁料神虫爬过的土豆，以木炭火一烤，且不说好吃，光满洞异香，也令人神清气爽。

云登上师在鱼龙洞的禅修课业，虽无新的觉悟，却收获了一洞的土豆虫香。后来，上师把神虫造访过的土豆带回甘南，找到师傅仁波切求解。仁波切在品尝了土豆虫香后，也似是而非，说不出所以然。仁波切对弟子云登还是知根知底的，一个脚踏佛门和俗世两地的修行者，莫非这宝物就是为其来回的自由穿渡量身定制？于是，有了云登和贾总之间的合作，就是眼前这道镇院名肴。禅院用它接待前来寺院云游的四方上师和供养上宾。他俩这么做，或便是在等待料想中的那个人，重叙一段与生俱来的缘分。

听到这里，蓝守玉忍俊不禁了，原来下午闻到的怪味，不是啥"屁蛋虫"，还真有高深讲究的。

"那，等着了吗？"蓝守玉问道。

"当然。"贾总回道。

21.10 【光明之顶】

贾总的下文，从多年前的某个黄昏开始。

寺院里来了四个人。两个来自华旦的女大学生，着红衣的"红娘子"，艺术学院西画系的，着白T恤的"白娘子"，中文系的。来人中，有个上师叫"六如"，来自甘南。还有一个少年诗人，有些神经质，他的名字在民间传得很盛。

少年诗人带俩女粉丝，就是红衣少女和白T恤姑娘，去了二峨，把诗稿扔舍身崖。黄昏的时候，三人被六如从舍身崖带进禅院。云登和贾总接待了他们。六如和云登，都是仁波切的云游弟子。云登给一人一盘"天珠"土豆。红衣少女，吃得矜持。少年诗人，两眼放光。白T恤姑娘甚至吃撑了，弯着腰上了两回厕所。少年诗人天生一个腌肚子，倒没撑着。诗人说，自打离开西边，去了东南，已经很久没吃过土豆了。这怕是天下最有情怀、最有信仰的土豆。他说，原以骂土豆闻名诗坛，现在不会骂了。

那天，少年诗人写下最末一首土豆诗：《光明之顶》。

贾总说，那首诗至今还记忆犹新：

> 恭喜你，儿时的土豆。
> 改头换面，堂而皇之登上——
> 光明之顶。不过还是更欣赏，
> 不离不弃的土里土气和狗屁——
> 普照谁的余生和来世。

似曾相识的语气。

"这不是'土豆天猪'的风格吗？"蓝守玉差点跳了起来。

"对呀，"贾总很惊讶，"怎么，蓝先生认得诗人？"

蓝守玉想到了《狗屁的土豆》，一贯的厌世和戾气。高贵和世俗之间，诗人选择挣扎。不过，《光明之顶》的背景，他是第一次听说。

绝好的"土豆体"，咋就成了天才的绝笔呢？蓝守玉不胜唏嘘。

云登道，土豆虽属俗物，更接近信仰。土豆诗人为土豆生，为土豆死，又为土豆而新生，在俗物信仰之间来回穿梭，终完成轮回，想来这个诗人天生具有菩萨的情怀。他，就是宝物要等待的那个人。于是，有了这道禅修名菜——"光明之顶"。

"光明之顶"触发蓝守玉的灵感门阀。他仿佛看见，黑夜正如晚秋初冬的虫声退却。阳光从东山升起，经幡一样拂照过千里雪域，万物自由呼吸。人生从来没有像今天这样宽广。远行的诗人，胸藏与生俱来的土豆。生与死，寂寥和信仰，诗意随歌声翱翔。

天啦！真是"土豆天猪"？蓝守玉暗自叹道。就赴个宴，谁知还接上了"土豆天猪"断裂了许久的信息。

"土豆天猪"一出现，什么金丝楠乌木十面普贤，高古的尺八古乐，抹鲸神香，达摩竹叶……都黯然了。

贾总和云登没有回应蓝守玉。贾总提醒大家，好好品尝眼前的土豆，他自己也是一年难得几回吃到的。

童桐一口一颗，一连吃了几颗，没尝出味道。

钱总道："你这叫囫囵吞豆，如此赏心悦目的宝贝，将就着吃就浪费了。"

"说得那么神，不就是乡坝头的土豆么。"女诗人吃了一颗，满脸沮丧，"不过，倒是有点忆苦思甜的感觉，读大学那会，记得最消遣的，莫过于一边吃烤土豆，喝夜啤酒，一边读'土豆天猪'《狗屁的土豆》。"

本来女诗人想卖弄一下的，如此唯美严肃的场合，说啥"狗屁的"？童桐捏了一下施云，施云不作声，埋头喷茶。

"这位施主咋能骂土豆呢？土豆是人口活命的宝贝，生之根本。它在饥饿的时候，养活了你我，给了你我光明。你我不感恩便罢，咒骂又是哪出？"看来云登上师对女诗人的话有些情绪。

贾总主动惹火烧身，接了话茬："美女诗人是'土豆天猪'的粉丝？"

女诗人更惊讶了："贾总也认识'土豆天猪'？"

贾总说，他不认识，他的老婆认识。他老婆就是那个"红娘子"，多年前在荣城华旦上学，对"土豆天猪"佩服得五体投地。"土豆天猪"的女友粉丝，就是那个穿白T恤的姑娘，是"红娘子"的闺蜜，"土豆天猪"上二峨舍身崖跳崖，红白娘子都曾陪伴左右。

"竟然真的有女粉丝跟他去舍身崖殉情？"女诗人愕然了。

"听你这话，是有啥问题？"贾总笑问道。

女诗人并没有顺着贾老板的话回："就说嘛，当年他来华旦是有很多女粉丝，搞得男生们得红眼病，女生打翻醋坛，大家都在打肚皮官司，琢磨谁才是她正牌的女友。"

贾老板笑道："你们当然不知道，我老婆也是在'土豆天猪'上舍身崖的时候，才听她闺蜜说的。闺蜜怕他跳崖，我老婆又怕闺蜜跳崖。"

"他最后不是没跳吗？"女诗人问道。

没有谁回答女诗人的问话。云登上师一脸严肃。

他要是跳了，也就没有今天晚上大家啥事了。

"那，诗人呢？"女画家问道。

"走了呗。"蓝守玉道。

"走了？去哪了？"女诗人问道。

"谁知道呢，"贾老板道，"跟上师走的。"

"出家了？"童桐很诧异，见没人说话，又问道，"白T恤姑娘也跟着去了？"

"你说的是我老婆的闺蜜'白娘子'吧？或许，也未必吧。谁知道呢，"贾总语焉不详，显然对两人的去向并不感兴趣，便轻描淡写了，"从二峨下来后，她说她要远行，去找'土豆天猪'。我老婆说她异想天开。那段时间，我老婆，哦，那时还不能叫老婆，叫'红娘子'。'红娘子'不知发了啥神经，闹着要速嫁，我喊她找别个嫁了，谁知她就认定了我，哎，一失足成千古恨啦。从此，红白娘子再无共同语言，劳燕分飞。也许'白娘子'真的辍学去追寻'土豆天猪'去了。"

"那么抓狂的自恋徒，都被降服了。收他的'土豆天猪'真的有你们说的那么厉害？"施云半天没搭调，一搭调，"屏羌金花"和童桐就不开腔了。

都盯着蓝守玉。看她们眼神，似乎蓝守玉不是事件的始作俑者，也是事件的知情者。

蓝守玉如何又能知道呢？他的嘴皮子动了几下，似乎在嘀咕贾总话语里，不经意提到的另一个上师的名字："六如"。

"六如"是在"白娘子"之后，与"土豆天猪"有过联系的最后一个线索人物。贾总的叙述证实蓝守玉之前的猜想，"六如"改变了"土豆天猪"。正如云登上师所言，"土豆天猪"天生有菩萨情怀，只是还没碰上高人开悟。

"土豆天猪"和"六如"，在二峨续了上辈子所欠下的缘分。

叫"六如"的师傅很多。也许此"六如"并非是蓝守玉所想的墩子的师傅，那个闲云野鹤般的四方游僧。

"六如"，梦、幻、泡、影、露、电……似自言自语，声音小得只有蓝守玉一个人才能听见。一碗土豆扒拉入肚，仿佛无所事事，傻瓜一样看着众人细咀慢嚼。不敢张嘴，怕嘴巴里、喉咙里、肚子里的，那股子土豆混合屁蛋虫的怪味，热烈地喷出来……

就那样憋着，试图让那些土豆团子，在唾液和胃液的浸润下，一点点化去……

第二部　隐鱼

第八章 尘缘

22.1 【出关】

自打二峨回来，蓝守玉发现童桐一直不在状态。算流水出错，好几次打电话还占线，茶楼一天到晚又不见她人影，一问服务员，说是躲屋里给谁煲电话粥哩。

自己又何尝不是？身虽回了"守玉楼"，魂却丢在了龙隐。佛头案跟自己有毛关系？甜白盏，又岂是意外的冲动？

文雄要他帮的皇城山和"兵哥"案的忙，至今无头绪，害得还丢尽颜面，就当插曲吧。多年前的"九眼天珠"图，这个秋天以来西康卧底所见明代舍利子石函和壁画，还有二峨佛光禅院与云登上师和贾、钱两人的聚会，大开眼界自不必说，"土豆天猪"和红白二娘子的传说，也让插曲有了由来。

龙隐山之谜，已然超出逻辑和经验。

脑子里装的东西多了，没有玄思也有梦，不是面团也熬糊。一闭眼，五花大绑，鱼龙不分，仿佛白日秋梦的继续。

紫琉璃磨子双鱼，的确令人魂不守舍。琉璃鱼为明代可以确认，题诗却晦涩难懂。大乘山、水月寺、"蜀王公用"和龙隐寺名等信息，究竟与琉璃鱼有何深度关联？

头脑一片空白。

据说，凡夫与上师的距离，在于处理空白的经验。在普通人看来是陷阱，在上师那儿，是连接另一个世界的黑洞。正如生与死，不在别处，就在心里，可它制造凡夫的痛苦，也缔结上师的快乐。凡夫的能量都消耗在向外的投射上，就算用力思索也会被急速变化的心念和情绪所蒙蔽。上师的经验启迪我们，改变方向往内看，本初、纯净、原始的知觉，就会由下而上明智、清晰和光明起来，避开错误，接近真相。

最虔诚的修行方能开启心性的法门。日常的证悟，又不可或缺。上师告诫，若能在身体和环境中创造祥和，禅定和体悟将自然而生。便躲进"守玉楼"，去聊天群放话，称"闭关"勿扰。小年轻们自然笑话，说纠结仁波切的"方法论"，不是迂腐，也是造作。

放下一切俗务，达到无我的寂寥与通透，也就是一句自我安慰的空话。就像现在，老提心吊胆担心文雄的电话一样。

人啊，经不得念叨，电话果然来了。

文雄说，郭墩子已到屏羌专案组，说清楚了几件破玩意的来历。"石滚子"办了行政拘留十五天的处罚，罚款五百元回家了事。郭墩子答应卧底寻"兵哥"。蓝守玉提醒道，郭墩子的事，不能直接联系，得通过他这个中间人，其实还是担心年轻人陷在案子太深。文雄说，来电话就是这个意思，以后三人单线联系，问要不要给墩子准备点"子弹"。蓝守玉问，经费吗？文雄笑道，专案组就缺那玩意，不过蓝老板不缺。文雄堵了话头，他还能说啥呢。不过，文雄还是信誓旦旦地给他保证，案子破了，一定发奖金。蓝守玉便想，还奖金呢，那家人不出啥差错就烧高香了。

文雄的电话，动摇了蓝守玉的"闭关"。他决定明天去三江的古玩市场，弄几件土货给墩子。道具也是必要的，不能让墩子与之前的生活有差异感，那样搞不好会演砸。要想碰见"兵哥"，光摆个摊，守株待兔，也不行，信息支持不能少。比如，哪开交流会，哪出东西，都得告诉墩子。从网上下载了一堆石佛石雕残件图，弄在一张图上，留下"QQ"号和"长期有货"字样。"QQ"号不是郭墩子的，是蓝守玉找小年轻们要的无名废号，自己的"双鱼座青花"太扎眼。回头又去打印部，弄个十二吋彩打片子。

接下来该是三访龙隐了……

22.2 【出轨对对碰】

作为一味现代人排遣寂寥的"百药"，微信群和朋友圈令蓝守玉无法免俗。"瓷睡法"也只能去忽悠施云这样的女人。

一个叫"大千女人"的网友，在"水天花月"群转了个小程序游戏——"出轨对对碰"。玩法简单。某人建个出轨圈子，邀群友参加，签到，只要有两人，游戏便可以激活，然后开始。在三组十二张图里，挑三张，启动对对碰，系统自动寻找最佳出轨对象。

微信群是童桐那天在佛光禅院面对面建的。蓝守玉给取的名，叫"宋时花香"。几天后，群友就有二十多。童桐和"屏羌金花"都邀请了各自好友。施云邀了文雄，柴瑶邀了齐鲁和向书河。他自己邀了尚小林、"青花娘子"柳叶萍，还去聊天群拉来了几个小年轻，改善了群的年龄生态。

蓝守玉发现群名被"桐花不败"改成了"水天花月"，这一改，贴上了文雄和向书河的项目标签，像个工作群。本来要拉"隐蓝"入群的，见"屏羌金花"画家发那帖，改主意了。他知道"大千女人"是"屏羌金花"里的那个女画家，"红绿灯"是警花诗人。

"出轨对对碰"，就像潘多拉的魔盒。帖子刚发上来，潜水的一个个就冒出来了，发表情的，点赞的，撒红包的……

蓝守玉也蠢蠢欲动，反正无聊，缺个消遣呢。

第一组：色彩。红、黄、蓝，放弃。红和蓝之间，拿不定主意。权衡后，选择放弃。

第二组：形状。圆的鹅卵石、方的水井、尖的金字塔，放弃。本来想选水井，又怕"井"的形状有玄机，担心中套，仍选择放弃。

第三组：数字。阿拉伯数字、中文数字、结绳计数，放弃。阿拉伯数字，太直白了，估计喜欢钱的人都会选。中文数字，又觉得死板啰唆。结绳计数倒似包含某种朴素的人生意蕴，想选吧，又觉得会不会被施云、童桐笑话，都21世纪了……

啥都放弃，不是自卑，也是颓废。现在，还有谁会守株待兔，傻等别人出轨？

反观灵魂，得多大的勇气？他放弃了提交测试。打小就自卑，尿尿也不远，被小伙伴嘲笑，后来上大学去公共浴室也不敢脱内裤。

"云知道"在群里发话追问他测试的结果，他直接发红包堵嘴。"高原红"和"桐花不败"也帮腔，叫他老实交代。"高原红"是文雄，"桐花不败"是童桐。群里行动，他俩也是共进退。也只有他们三个才敢这么给他说话，便又发红包。不料那帮小年轻上来起哄，说不要红包，要真相。

真相？坦白自己全都放弃？

当然不能坦白的。"云知道"严重不服，说"双鱼座青花"估计性别取向有问题。"云知道"这话，等于是在骂他不是男人。

"云知道"是施云。不是就不是吧，他也懒得费口舌。

"云知道"一开骂，"高原红"来了兴趣：美女，你知道"双鱼座青花"的兴点在哪吗？"高原红"这话匪夷所思，"大千女人"蒙圈了，"兴点"是啥鬼？"高原红"就笑，哈哈，此"兴点"非彼"×点"！见"高原红"挑逗姐妹，"红绿灯"抱不平了，我们女人没你们男人那些花花肠子，我们白天是白天，黑夜还是白天，你们白天是黑夜，黑夜也是黑夜，好不？"天下柴窑"本来在旁边看热闹，也忍不住了，哈哈，不都一样，黑白不分！"天下柴窑"是柴瑶的网名。"天下柴窑"一发话，一直在潜水的"青花娘子"，冷不丁上来冒了个泡：白天瞎操夜的心。"青花娘子"这是摆着怼"天下柴窑"。"云知道"和"桐花不败"就上来围攻，你个青花也敢叫板天下第一的柴窑？蓝守玉知道，她俩这是找茬，给柴瑶站台呢，群里除了自己，就施云和童桐知道"青花娘子"是柳叶萍。

见女生打架，男人都来了劲。"贾总真人"（贾总）和"钱福星"（钱总）冒头问："青花娘子"何方仙女，嘴巴这么刁？"我是齐鲁"也不管别人咋看，一上来就发了个一千二的红包转移话题。谁胆子这么大，敢抢两位"土豪"的风头？"贾总真人"和"钱福星"，怎么也不会输豪气的，也一人发了个一千二。"桐花不败"连续三次抢了个最佳手气，就说老实话，玩啥"出轨对对碰"，还是老板们来现实的好要。"大千女人"和"红绿灯"也附和，怂恿男生发红包。小年轻们不干了，说青春期一穷二白，要发也是小姐姐们发。年轻就是资本，也只有小年轻们敢在一帮熟女跟前撒娇讨软饭。

蓝守玉发了一串笑脸，以示支持小年轻，又觉态度不够鲜明，添了句：男人就该坐怀不乱。

"云知道"有些生气了：坐怀不乱的男人都死绝了。

"云知道"如此说，显然是觉得"天下柴窑"受到"青花娘子"的挑衅，"双鱼座青花"并无一个让她满意的态度。

"高原红"：你让他换你坐怀看看。

"桐花不败"和"天下柴窑"发了一串看不懂的表情。那是女人过了三十常有的表情吗？

"青花娘子"抢了群里女生的风头，更来劲了：有没有天下第一，我不知道，但我知道作瓷之人眼里本无性别之分。真正爱瓷之人，并不在意"色"。当潮水退去之后，就知道谁在裸泳。

"云知道"：柴窑不是天下第一？

"桐花不败"："青花"不是"色"？

"青花娘子"不作声，翻出一堆元青花、永乐青花、宣德青花、成化青花、嘉万青花、康熙青花的美图：苏麻离青知道吗？平等青知道吗？回青知道吗？珠明料知道吗？它们谁是第一？

"我是齐鲁"和"天下柴窑"当然知道这个理的。

尚小林除了抢红包，几无动静，也冒头凑热闹：哈哈，可惜我们齐大官人只喜欢康熙的五彩、雍正的粉彩、乾隆的珐琅彩……

而那个潜水中的"向天歌"，连红包也懒得抢……

"青花娘子"发了两个字"泥巴"，后面是一堆面包图案！发完面包，头也不回地走了。

这画风有点辣眼！还好，云登上师没在群里。否则这个场面，该是如何的毁"三观"啊。

22.3 【今夜的土著】

双鱼座男人并非天生的乐天派，瞻基的困惑也需要天蝎座美人小孙分享。"出轨对对碰"，是个绕不开的困惑。为啥一定要在爱情和欲望两者之间选边站队？设计这个游戏的人，可能并没有研究过鸠摩罗什。

鸠摩罗什是蓝守玉的偶像。龟兹女王破了鸠摩罗什的金刚身子，也还原了鸠摩罗什的人格。鸠摩罗什的悲剧，不在于能不能彻底除去俗根，炼成一尘不染正果，在于当爱情和欲望双双降临的时候，转而对功德恋恋不舍。面对情欲的干扰和诱惑，倘若不能难得糊涂，那还不如视而不见，做一个自欺欺人的"清醒"者。

一个俗人，做得半个清醒者，已属难得，岂能奢望看齐鸠摩罗什？

问题也来了：一半睡意时候，另一半清醒谁来买单？

很多时候，他不得不放弃清醒，选择糊涂。

就像某个百无聊赖的晚上，那关于"土豆天猪"的怀想……

"土豆天猪"一定有着土豆的模样，矮矬的，四肢粗短，腰板厚实，脸也晒成了灶台样的黝黑。武大郎？"炊饼！卖炊饼！"真有叫卖夜饼的，从街头过来，又渐渐远了。"土豆天猪"虽说长相并不出众，但脑子灵光着，话还多，絮絮叨叨没完没了。

那些猪仔呢？似与土豆混为一谈。睡了吃，吃了睡，一夜醒来，"土豆天猪"已然远离猪仔的圈子。

"土豆天猪"是猪仔们曾经的主人。主人似乎永远地离开了。

没有了主人，那墙头的草色，墙角的花架，便不再有谁欣赏。

当月色来临。月色隐约有的，黄昏的惆怅，平添些许的亮色。

事情并非如此简单。

月亮不只是梦境转场的道具，它甚至扮演引领的角色。月色引领之下，猪仔们摇身一变。

他看到了一群狗仔。从猪仔到狗仔，并无本质的区别。

它们都是今夜的土著。

22.4 【土著的宿命】

媒体报道，文物专家在洛阳城里挖到东周天子驭六车马坑。真是能挖的一帮"砖家"！哪个城市不是天天在挖，见多不怪。挖老祖宗已然让人深度麻木。即便挖出了国宝，很难再引起关注，流量差不多给了非主流网红。

没有人关注，"砖家"们的挖宝是不是解决了汉代以来，夏商周三代"天子驭六"还是"天子驭四"的争论，除了几个痴迷于线装古籍的读书人。

蓝守玉并不认为自己是那种皓首穷经、不食人间烟火的书呆子。虽然，常常被小年轻们视为文化大过屁话。

文化屁话，互为调料。"天子驭六"是那个秋夜的调料。

现在说文化。那从容赴死之犬！为此伤感了大半个夜晚。

数千年前的东周王朝。贵族们衣食无忧，驱车狩猎，风度翩翩。车马下奔跑着一群土狗。作为玩物，它们小心侍奉百样怪癖的主人，招之即来，挥之即去。

车马坑中的七只土狗，六只出现在最北面的马车车轮下。由此推论，土狗被绑缚于车下，一同活埋。惊恐万状，无路可逃，死于车辙之下，濒死之状保存到今。剩下的那只，逃脱了！真是绝顶聪明！它在车马坑的半腰被发现，伴随一枚鹅卵石。也就是说，那条聪明的土狗在伙伴们被车轮撵过的瞬间，挣脱绳索，逃向生的方向。很可惜，被人识破了意图。鹅卵石击中头部，生的希望悬停于死的边缘……

仿佛月色悬停于夜的边缘，见证那夜的怀想。他努力猜测着那只土狗的毛色，是不是也如"隐蓝"家的"香雪"。雪白也好，月白也好，都会稀释伤感和忧郁。

甚至跟"土豆天猪"的猪仔们也无二样。

幸运的是"香雪"和"土豆天猪"的猪仔们，都还"活着"，那赴死的第七只土狗早已成为化石。

死不瞑目，是"天子驭六"的活法。隐而无忧，是"香雪"的活法。"土豆天猪"骂骂咧咧追求诗歌而去，他的猪仔们以土豆果腹，是另一种活法。

"土豆天猪"的猪仔们不知道"土豆天猪"骂土豆并不如它们以土豆果腹好过。往舍身崖抛撒诗稿的时候，"土豆天猪"忽然觉得曾经不屑的猪仔和土豆才是神的存在，而他的诗歌却从未逃离浮云的宿命。

23.1 【鬼场】

三江古玩市，是荣城周边出了名的"鬼场"。

蓝守玉对"鬼场"一直有浓厚的兴趣。

中旬第一个周日，约定俗成的月场。三江汇聚，离荣城又近，文物古玩遗存丰厚，口岸得天独厚，号称"西部古玩之都"。荣城的老板们，更不会放过每月一次的检漏机会。

经常有串乡跑地皮的"铲子"，去窜"鬼场"。淘宝的，也要抢早，天还没大亮，一条街已是蠢蠢欲动了。这有点像20世纪八九十年代京城的潘家园。潘家园"鬼市"，是为京城一大风景，功劳要归功于监管部门睁一眼闭一眼。"鬼市"成就了京城鉴赏大师们的第一桶金。三江地处盆地西部，人气比不得京城。三江"鬼场"前些年兴起，真货比例大，估计跟又一轮大兴土木有关。

开发捣腾出来的土货，难免有些流失到各地"鬼市"。开发，开发，边开（开挖），边发（发财）。这话就算不是蓝守玉说的，也是他想说的。

23.2 【陶犬和画像砖】

地摊沿街挤满，像秋天打谷场铺晒垫。

逛地摊，多看少动，只图那"逛"的闲趣。有无漏捡，看个人眼力。

道高一尺，魔高一丈，赝品泛滥成灾，能从地摊上捡到漏的，是高手，以捡漏价捡漏的，是高手中的高手。只是很多时候，倒过来被漏捡。

有漏捡自然好，没漏也不影响找乐子。去古玩街，似乎还为满足某种视觉癖好。这跟女人嗜好逛服装店，一个意思。

古瓷就是蓝守玉的衣服。

他在一个老头子的摊前，停了下来。

耀州钢盆碟、福建龙泉盏，还有陶罐陶碗陶碟，陶鸡陶狗。乱糟糟，看着挺原生态。

"摊不错嘛。"

"全是资格货。"

"老普破吧。"

"再好，怕没几个人认。"

"有好的？"

老头呵呵笑了，不置可否。

那就是有了。

老头回头在身后的纸箱里，一阵鼓捣，翻出一只陶狗来。

红胎，生坑皮壳。丰满娴静，耸立有范。可惜脖子上缺一项圈，不然就跟活宠无二了。

"看皮壳和胎土，应从盆地中部一带过来的。"

"一看老板就是行家。还真是去那边跑田坎跑来的。"

"还跑了些啥？"

"就这一堆陶。"

"砖啊啥的，有没？"

老头想了想，从身后纸箱里，又翻出一块砖来。

典型的汉浮雕画像人物砖。有近三十厘米长，刻两人像。人首蛇身，身子缠绕，头中分，一人顶颗太阳，一人顶颗月亮。隐约可见"日""月"二篆字。

原来是神仙故事图。此玩意作冥器，可见主人生前等级。

"今天老板算撞好运了。"老头开始套话头。

此时得沉住气："何以见得？"

"要在平日，这东西不会轻易给人瞎看的。"

"瞎看？"

"光看不买啊。"

"那又有啥？宝贝又没丢。"

"可不是一般宝贝。"

"敝帚自珍……"

"啥？"

"就是说，娃儿都是自己的好。"

"哈哈，那是。"

"拿到地摊上，就不要怕给人看。"

"瞎看不买，会惹事的。"

"那，老先生且说说，我是瞎看吗？"

"听你言语，就晓得碰上真买家了。"

"这么说，我只好赶鸭子上架，猪鼻子插葱，问一问价喽，不然，也成了瞎看。"

"我就一说，别介意。老板真要？"

"鸡啊鸭的不要了，问问砖和狗。"

"两件五千，贵不？"

"按理说也不贵，一两千年的东西。想来你拿来不会高。"

"四千一枪拿的。一起要，给你少五百？"

见老头也是实诚人，蓝守玉便不好说啥了："本来没玩土陶的。要不是看这小狗狗旺财，也就看看便过了。"

"砖不要了？"老人似惺惺相惜的样。

"老先生要觉得有赚，也可要，我可不想占便宜。"

"老板见外了，赚多少也有的。你要喜欢，把砖也拿去。"

"看老先生也爽快，狗也装起来吧。"

老头边包装，边道："可不是么。我们家小孙子也喜欢这狗哩，比活物还讨人爱。"

老人把包好的纸箱递与蓝守玉，接过钱，想了想，又说了个事。上次去那户人家拿犬看砖，上家讲，同坑里见了两具白骨，怪瘆人的。

两人合埋一窝？如此，倒有些稀罕。

常在古玩圈里转，怪事听过不少，一男一女抱着死，头一桩。想来要么被逼人殉，要么心甘情愿。死都要抱在一起，无论如何，都值得感动。

23.3 【心有灵犀】

想着墩子卧底也需要道具，就又把老头的余货全拿了，顺带扫了旁边几个摊子。真还捡了一件老雕带盖歙砚。石材上等，宋元龙尾老坑，罗纹清晰，单面坡工。远山、深壑、秋树、小桥、流水、茅屋，典型的宋元文人山水。题材少见，算得古砚佳品。

打算把砚台送给齐老爷子。现在送礼费神。太贵，人家也怕；便宜了，自己又觉送不出手。送文房，便没那么多纠结，书生情怀嘛。

齐老武人出身，退休后，除了收藏，还迷上了写字。蓝守玉看过其字，跟"老年体"不太一样，今人搞书法，不外乎书法家的书法、文人的书法、官员的书法，名人的书法。齐老的字，笔下生风，满纸豪迈，啥名堂？

送齐老砚台，也有帮向书河和柴瑶的意思。向书河需要齐鲁的项目，帮柴瑶就是帮齐鲁，帮齐鲁就是帮向书河，帮向书河就是帮自己。

记得一次，听施云转柴瑶话，说找过半仙，半仙说柴瑶的爱情和事业，在荣城的西南方向。西南方向？不会是屏羌江那边吧？柴瑶有些诧异，便把半仙的话，讲给齐鲁听。齐鲁笑而不答。

蓝守玉明白了，便说哪天碰见那半仙，一定要去当面致谢。施云不解。蓝守玉道，你就没看出来心有灵犀的意思？施云挖苦道，心有灵犀，也是人家心有灵犀，你掺和个啥？

是呀，自己瞎掺和啥？就因为自己也是个屏羌人？

23.4 【死了都要爱】

回"守玉楼"，给陶犬冲了个澡，摆三楼会客书房，急匆匆打电话叫童桐上楼来。童桐纳闷道，瓷都一树"梅"要过来，还是又捡到啥宝贝了？

"你不是想要只狗狗吗？"

童桐一直想养条土狗，蓝守玉嫌脏。此狗非彼狗，总算有个寄托。童桐看那狗狗的眼神，比看他表哥还亲热，笑道："有点喜剧，像那谁。"

"谁呀？"

"自己看啊。"

"没看出来。"

"两耳竖立。头，有点秃。憨憨的，忧郁种。"

童桐盯着他笑。

"谁呀？憨死人。"

童桐更笑得不行。

这下他明白了。表妹童桐，注定是他的克星。

童桐从头上取下根花布发带，给狗狗做了领结。又去他的里屋，寻了块破毛衣，剪了袖子，把狗狗围起来。

"真的人模人样了。"

"变着法子骂人？"

"骂了吗？表哥你不够聪明啊。没听出来，表妹这是在表扬别个吗？"

"算了，还是骂要顺耳点。"

童桐当然是开玩笑。待童桐回茶坊，蓝守玉这才打量起那砖来。

伏羲女娲图。混沌之时，世间尚无人烟，只有伏羲和女娲兄妹。记得此事收在唐朝李冗的闲书《独异志》里。

聪明的土狗，死了都要爱。忽生感动。

古砚送齐老爷子，画像砖又给谁呢？施云？

一直想向施云表达点意思，总觉得亏欠。只是老找不到冲动。亏欠啥，又冲动啥，偏说不清。

男女之事画像砖，成年人都懂哩。

记得施云上大学那会儿，特别爱唱：死了都要爱，不淋漓尽致不痛快……

24.1 【独向风月】

人面蛇身的画像砖，到底不能证明信誓的可靠。"死了都要爱"？但凡有两颗花生米，也不至于喝成这样！

龙隐之谜，真的让蓝守玉感到沮丧。山名变迁、"蜀王公用"、琉璃磨子鱼，三者之间，究竟有何关联？一次次假设，又一次次否定。

得找个第三者，看看能否寻出蛛丝马迹。找谁呢？历史学者，还是文物专家？

见他魂不守舍的样儿，童桐奚落道，又为你的"月""影""梅"害相思？

童桐的玩笑话，倒是提醒了他。记得几年前，"影"在网上聊到过有个长者修国学，便将能发的信息都打包给"影"发了邮件。找"影"有多大把握？蓝守玉自己也没底。唯一拿得稳的，是那件永宣至空白期无款官窑双鱼纹甜白盏标本。眼下尚需给宝物正名。

正名的事，得找赵青花和"梅"。甜白盏，微信图传"梅"。琉璃磨子双鱼，且不提。不想让"梅"涉足太深。当局者迷，旁观者清，倘若有一天不能自拔，有谁能在一旁提醒，或有助于真相的揭示。

做观者，"梅"挺合适。

平板的"月"，硌人的"梅"，缥缈的"影"。"影"男女未知，与"梅"亦从未捅破那层纸。"月"则不同，说青梅竹马有美化嫌疑，打小一道厮混，真无隐私可言，甚至清楚记得彼此身上有几处痣。就算如此，也不能说对"月"有多了解。"月"是投射湖底的落痕，"梅"是落痕之外的涟漪，"影"则是最不靠谱的外围那一圈。落痕也好，涟漪也好，聚散终有时日。

一半清醒一半醉的歌者。生死如过客，看透又如何？一个人独向风月眠去，梦里有你追随，已属万幸。

蓝守玉在景德镇拜赵青花门下学瓷那会儿，常跟"梅"开玩笑，说"梅"是拯救猴子的观音，自个是搅动红尘的悟空。这话马屁拍得香艳。"梅"是乐得做水月观音的。

水月观音有两面，"梅"是开脸的那个。还有个背光者，会是"影"么？

24.2 【辞职】

蓝守玉有句人生心得：体制内和体制外，最大的区别是跟空气的距离。

文雄表示没明白。他提醒文雄，珠穆朗玛看人爬过？文雄道，打小就仰望，八千八百四十八哩。他道，那就好，要不然，你会很后悔。文雄惊讶道，为啥？他道，有仰望的心就行，未必然还真想去爬？文雄道，不是男人都想爬它，以证明自己是个男人吗？他道，你以为你是谁，要爬没人阻拦，只是搞不好会死人。

还有没讲透的。别说身体了，就算有孙猴子的通天本事，会耍筋斗云，七十二变，又如何？

小孩子都晓得，孙悟空大闹天空之后，就被如来埋在五指山下。五指山，说白了，就是一巴掌。孙悟空被如来一巴掌，一拍五百年，要不是唐僧度他，再过五百年，他还是个吃土的毛猴。

孙猴子能耐大，菩萨也不是啥善茬。人生有很多事情无法顺理成章，还会碰上许多料想不到的事。所以，认命吧。

多年前那个冬天，蓝守玉没有完成文雄给的卧底任务，文雄帮他打的那场勾兑麻将也莫名其妙告吹。

伤自尊了，情绪无限低落。一个做装修的"毛根儿"求约见，说要给他指条路。多条路也是路，不能老在文雄那里吊死，便给自己定了条底线：最后一回，不行就卷铺盖走人。

"毛根儿"是个发达了的木匠，姓谌，很拗口的小姓，叫"谌木匠"，还是"剩木匠"？木匠找到蓝守玉上班的屏羌大院。他把木匠引荐给管屏羌政府大院物业的上司。后来，木匠接了进城的第一个大单，装修大楼内饰外墙。予人玫瑰，手留余香，都不必再提。

木匠唯一的爱好是打猎。每次去木匠家，蓝守玉最害怕的，是听不得笼子里猎狗对他无名狂吼。

木匠笑道，风水轮流转，明年到你家，该兄弟你走运了。都被狗咬，还走运，他想哭却哭不出来。

木匠说他认识一老客户，外县来的某某，刚调屏羌管宣传。木匠向老客户推荐了他，他的实职副科，很快会有的。这话也就当木匠调侃了。几天后，木匠一本正经地说，他要的乌纱帽老客户口头答应了。口头答应算啥？？他一头雾水。

木匠笑道，这么说吧，万事俱备，只欠东风。他没明白，又问，你老客户不是管宣传的吗，他都答应了，还等啥东风？木匠道，兄弟揣着明白装糊涂嘛，这种事得有人正儿八经推荐。他愈发纳闷了，你不是说都帮推荐了？木匠道，我推荐哪能拿出来说，得走前门。他有些犹豫，再容想想吧。两天后，似乎想明白了，再次约见木匠，递上一卷纸。木匠问，啥玩意？他回道，一个策划。木匠有些光火，策划，啥意思？他怯怯道，就是弄了一个屏羌文化发展的建议，打算自荐。木匠当时就拉下脸来，迂哦，直接上程序，找人噻，还瞎扯啥策划？

木匠说他没兴趣继续陪他瞎扯，头也不回地走了。他没听清木匠嘟哝的啥，但肯定嘟哝了的。木匠究竟嘟哝了一句啥呢？那天"谌木匠"给他讲的"程序"，究竟是啥程序？

想了很久，也没想明白。

人生，自此画了个一百八十度的弧。

与木匠的谈话，最终传到施云那去了。施云讪笑道，你还是回家待书房写寓言吧。他求施云说明白。施云道，那要看你选东方还是西方了。他便问，东方咋讲，西方又咋讲？施云道，画蛇添足听说过没？他摇摇头，又点点头。施云再问，天方夜谭听说过没？他点点头，又摇摇头。

施云笑得更放肆了。

施云的笑让他发麻。

同施云的谈话，间接导致了他从大院里卷铺盖走人的后果。

24.3 【后懒惰主义之鱼】

刚炒屏羌大院鱿鱼那会儿，他还没去三江弄会所，童桐也没从南边回来。无所事事，吃了睡，睡了吃，很颓废。施云去屏羌看过他几回，严厉斥责其犯三宗罪过：懒、不像话、没救了。

施云的三宗罪过，到底拯救了他，要不然他至今都还活在神话里，以为天上飘来飘去的人样，都是虚无主义者。

蓝守玉相信自己患上了典型的"双鱼座男人综合征"：散漫麻木、全无所谓、丧失激情和快乐、缺乏正常的价值和意义。

价值和意义与己无关。至今未琢磨透彻，"90后""00后"小年轻们，曾经的一场关于"三观"的讨论。

无为而治，无欲则刚。施云在与他理论的时候，觉得使用成语很解气。他也不屑于以牙还牙。

"影"的出现，未能制止蓝守玉的堕落，还加剧了其滑向渊薮——倘若真的有渊薮。

"影"，尽管最终未能得以见面，但他固执地认为"影"的存在：一位视文艺男为怪物，却煽动末世爱情谬论的港岛富豪姐。

同"影"的邮件往来，古董生意例行公事之外，偶尔也满足过他的情感诉求。

"影"的亮点，是给他贴了张"后懒惰主义之鱼"的标签。

鱼就鱼嘛，还"后懒惰主义"。哪条鱼有那么高情商？

"影"直接举例为证：一个人饿了，眼前悬个馍，想吃，又不想动手，就等着别人喂嘴里，是"前懒惰主义"；若饿得不行了，也不会动馍的心思，连等别人喂的欲望也没有，就那样一直"饿"下去，直到饿得麻痹殆尽，就是"后懒惰主义"。

"后懒惰主义"不过是"影"刻意地套近乎。她过高估计了他的深沉。他没有她说的那么"纯粹"和"高尚"。

邮箱里，至今还留存"影"早年的那一段聊天——

"影"：你幸福？

"双鱼座青花"：无所谓幸福和不幸。

"影"：看来你不开心了。

"双鱼座青花"：也许吧。

"影"：你缺少性爱。

"双鱼座青花"：我不缺，我只是没母爱。

"影"：弗洛伊德的学说，母爱和性爱，潜意识是同一回事。

"双鱼座青花"：那又如何？

"影"：所以你并不幸福。

"双鱼座青花"：母性关怀都没了，还要性爱干啥？再说母爱是不能逆转的。

"影"：错。母爱，并非一定要从你的生娘那获得。

"双鱼座青花"：是吗？咋听起来像在教唆未成年人犯罪？

"影"：聪明。

"双鱼座青花"：那要领呢？

"影"：你尚未突破潜意识的伦理障碍。

"双鱼座青花"：？？？

"影"：可以尝试在身边的一些年轻异性身上，努力想象她们的好，以此获得慰藉。

"双鱼座青花"：意淫？这玩意青春期就玩过了，可依旧没啥幸福可言。

"影"：要不是你真傻，就是没找对人。

"双鱼座青花"：也许，未必……

"影"：相信你不是装傻。试着想想，圈子都有哪些要好的异性？

"双鱼座青花"：这个吗……你，算不算？

"影"：的确够聪明，会踢皮球。不过，姐今天豁出去也破一回例，配合你。

"双鱼座青花"：要我做啥？

"影"：是姐配合你，你不用做啥，只管提问。本小姐允许你提一个要求。

"双鱼座青花"：还是不敢。

"影"：又不是要你杀人。再说从来都是我向男人提要求的。

"双鱼座青花"：可否给个问题的方向？

"影"：只要不是非分那种。

"双鱼座青花"：如此……你给讲个女生笑话？

"影"：笑话还分男生女生？

"双鱼座青花"：男生不宜那种。

"影"：还男生不宜，你这是要冲年度排行榜的节奏啊。

"影"还真讲了一个蚂蚁和大象的故事，只是结局悲惨，大象死了。

窗户一打开，聊天便无所拘束。

就开始讲笑话，你一个，我一个，讲得天昏地暗。虚拟的时空本无昼夜一说。一来一往，一百多条回复。用邮件聊天，毕竟不方便。还是用"扣扣"和微信吧，他求道。"影"当然没有满足他的非分。他百思不得其解，使用即时聊天工具聊天就是——"非分"？

临下线，"影"忽然莫名冒了句：哦，修（修内司）君，光记着聊天，忘了也给你提个啥要求。

"修内司"是他早期逛雅艺网的另一个网名。

"双鱼座青花"：应该的，礼尚往来嘛。只是，怕不能满足你。

"影"：真提了？

"双鱼座青花"：提吧……双鱼座男人一言九鼎。

"影"：双鱼座男人……

"双鱼座青花"：洗耳恭听。

"影"：好想是那只蚂蚁。可双鱼座男人……能不能，也满足蚂蚁，扮演一回那大象……

"双鱼座青花"打了个激灵。那感觉，仿佛从温泉出来，又进了冰窖。

24.4 【青花娘子】

与施云和"影"不一样，柳叶萍不苟言笑，喜欢搞些小朋友式的精灵怪。

柳叶萍成为蓝守玉在赵青花工作室同门师姐之前，两人已是网上资深的瓷友。除共同的爱好，还因为柳叶萍第一次同他聊天的时候，把蓝守玉母校传媒大学称作"肉鸡大学"。

那会儿精力旺盛，过了午夜好多网友都下线了。有些寂寥，打开微信想找个人说话。找谁呢，都在潜水哩。

一个叫"青花娘子"的叩开了门，一阵小激动。心想，叫"双鱼座青花"这名真好，连"娘子"都有人送上门来。

"青花娘子"还没等他开口，扔下一句："双鱼座青花"，见到本宫，激动吧？

没等他回答，"青花娘子"自己回答了：肯定激动了。

在一串莫名其妙的乱码之后，他回道：那娘子，你远隔千里，咋见着我激动了？千里眼？

"青花娘子"：一点不幽默，你没看我给你送福利来了？

"双鱼座青花"：福利，哪有福利？

"青花娘子"：你叫"双鱼座青花"？

"双鱼座青花"：奇怪？

"青花娘子"：要奇才怪，没看我也叫"青花娘子"？

"双鱼座青花"：那也没法激动。

"青花娘子"：这么大个福利，你视而不见？"捂嘴"……"捂嘴"……"捂嘴"……

乱码……乱码……乱码……"双鱼座青花"指法有些乱。

"青花娘子"：听说，你在雅艺网弄瓷器，挺牛的。"青花娘子"转了个话题。

徒有虚名。"双鱼座青花"努力保持淡定。初次见面，要矜持，一开始就摊底牌，那是愣头青。这话是施云教的。

"青花娘子"：看来"肉鸡大学"没大家说的那么低俗，也能培养出稀有品种，还挺能装的。"青花娘子"依旧咄咄逼人。

"双鱼座青花"：哪里来的歪理邪说？高级黑嘛。鄙人母校传媒大学是准211大学，专业吗，正牌四年制中文系本科！护卫母校声誉，他义不容辞。

"青花娘子"：不对，你毕业那会应该还瘦，属于瘦肉型的。

啥瘦肉型，那叫拒绝继续肥胖。这样的无力辩解，连自己都不相信。

肉鸡大学早已不是新闻。自从被发配到那所"肉鸡大学"——那会儿还叫学院，一看到学校挂的是学院的牌子，就想断绝跟高中以前同学的社交来往，包括施云。他的大学，在民间的确被视为"肉鸡大学"，就是圈养肉鸡。老教授们呆板的教学方式，被学生们讥笑为饲养行为。四年本科平铺直叙，老师喂饲料，学生吃，吃了又睡，睡了又吃。他不想让同窗们知道，所在大学的学长们从一只小白"蛋"，进入"肉鸡场"，孵化成"鸡雏"，在各种蛋白质配方的作用下，经过四年圈养，成为最土最地道最肥胖的"书呆子鸡"。他是个例外，算微胖。微胖型男人，有玉树临风的味道。

他并没有因"肉鸡大学"生气。

"青花娘子"：看过你发在雅艺网的帖子，有想法嘛，倒腾个破古董还能成"网红"。

"双鱼座青花"：最近最好别惹本人，本人脾气跟天气一样，不大好伺候。

"青花娘子"：丑人多作怪。不过，你可能没见识过美人作怪，那才是你们这种自以为是的男人的世界末日。

"双鱼座青花"：尽管放马过来。即便长得如恐龙又咋样？自我感觉"金刚不坏"。

"青花娘子"：给你讲个吓鬼的故事。

"双鱼座青花"：捉鬼者，还怕谁吓？

"青花娘子"：这个故事可是鬼都怕的。

"双鱼座青花"：聊斋还是封神？

"青花娘子"：小儿科。此故事，专门用来吓你这种稀有动物。马湘兰你知道吧？

"双鱼座青花"：秦淮名妓。

"青花娘子"：低俗，人家是艺妓，只卖艺不卖身。

"双鱼座青花"：咋卖，还不都是卖？她的兰花画，的确值点价的，东京博物馆就有一件。

"青花娘子"：看来得给你来点狠的。马湘兰画兰，为啥那么好？

"双鱼座青花"：炒作呗，婊子作画，这个噱头口味重，有流量。

"青花娘子"没有接他的问题。后来他给小年轻们吹牛，说那天被"青花娘子"的重口味给弄乱了。

一个青花女子，还好重口味。他很好奇，琢磨才女隐私，是"双鱼座"男人的不良嗜好。

"青花娘子"就讲马湘兰的身世。说马湘兰本是湘南一官宦人家千金，流落金陵，沦为秦淮河畔卖笑女。明时秦淮河，金陵烟花柳巷之地。画舫林立，红粉如云，移船换景，步步美人。没有十分姿色，很难立足。马湘兰绝色谈不上，才情超群没得说。吟诗作画，博古知今，小鸟依人，善解人意。用今天的话说，属于有女人味道的才女。有姿色的美女，街上一抓一大把。有女人味道的才女，绝非易得。能成为其床上郎君的，除了有权有钱，还少不得有人模人样。"北方有佳人，遗世而独立。一顾倾人国，再顾倾人城。"北方佳人，内柔外刚。此类女子会让男人心生爱慕，相付终身，却难让男人迷恋成癖。

耳目一新的观点。他兴趣高涨，咋样的女子，才会让男人迷恋成癖？

"青花娘子"回道，马湘兰就是，男人爱也至极，恨也至极，受不了，又放不下，如食鸡肋。马湘兰的一生就是兰的一生，吐芳山间，遗世独立。她痴心钟情书生王百谷，又难委身婚嫁为妾，"囊空难向街头买，自写幽香纸上看"。王百谷七十寿诞，马湘兰抱病赶到姑苏祝寿，为其放歌，听得男人老泪纵横，马湘兰后来也因此伤感而逝。

马湘兰如何让男人欲罢不能？原来有市井率性。经常有些老痞子，想让她画个兰花。她表面上没拒绝，心里直骂道，你个老贼想得美，让姑奶奶给你画兰……这话像她的版本，很本真，很马湘兰。她若不喜那男人，一嘴巴脏水泼过去，不过瘾，还要心思，往死里整那些老色痞。

大奸臣魏忠贤求马湘兰作画，马湘兰一千个一万个不愿意。惹不起，想了个损招，撒了一泡尿，研尿画兰，再在画上喷些花露水。初几日，还有怪香。几天以后，尿臊味出来了。老贼智商低，天天嗅，也不闻其臭。可惜，那些造访的客人受不了，千岁爷，你这兰花，味重呵！

"青花娘子"：你说痛快不……

的确够损的，他笑了。

"青花娘子"：损要看对谁了。大凡真正的才女，脾气怪。还都一个德行，自命清高，受不得臭男人的污秽气。

"双鱼座青花"：那我在你眼里，也臭不可闻？

"青花娘子"：你也不能免俗，不过被青花和兰花的芳香给遮挡了，隔远点，还闻不到，要近点……

他纳闷了：近点又咋样……

"青花娘子"就此打住，并未往下深入。

"青花娘子"就是柳叶萍。柳叶萍后来引荐蓝守玉拜赵青花，两人成了瓷学同门。

也许真的近了……

24.5 【约棋局】

柳叶萍是景德镇陶瓷文创园区青花新锐，创作、仿古和识假能力没得说。尤其就图鉴物，即便像师傅赵青花那样的前辈也非常认可。

柳叶萍收到蓝守玉的图样，很快回复。以她的眼力看，甜白盏到宣德晚期没啥问题，因未上手，尚难确认。她建议再找师傅看看。蓝守玉说，他就是这个意思。柳叶萍告诉他，师傅这些日子窝在瑶里乡下老窑坊研烧永宣青花，闭关期间概不接待，规矩可不能坏，电话定联系不上的，得她登门拜访，一有结果，会马上发过来。

消失了许久的"影"，竟然破例回了邮件，所有资料已转国学长辈，目前没有任何说法，若有新发现会及时告知。

师傅那边本无问题，东西在自己手上，开门到代，他并不需要师傅的认可，不过，他相信师傅一定会认可的。之所以要找他，也是还老人家一个承诺，靠自己的眼力帮师傅发现一件永宣官窑全品，提供给老师一比一仿造。现在，机会就在眼前。

"影"那头的希望仿佛镜中花、水中月。现在需要更为广泛的视野，而不至于让自己陷入某种误区。此时若有个局外人提醒一下，或许会纠偏。

要不要给齐鲁和尚小林上上手呢？

齐鲁和尚小林是花真金白银的实战派。让他俩过过目，并非坏事，再说自己也有意借此与齐鲁加深合作。只是，他不想唐突地把东西塞到荣城，那样会让齐鲁认为他就是个古董贩子。再说，像齐鲁这号文化"土豪"，只要愿意，随便去哪个大拍场，弄几件永宣甜白，就跟玩一样。给老将军送砚台，从情感上也说得过去，晚辈拜访长辈嘛。顺便让双鱼甜白盏露露脸，与大家一道分享得宝乐子。不过，还得找个得体的说辞，比如约个棋局啥的。

想到向书河是。可谁给向书河提呢？

想来想去，柴瑶最适合。

第九章　半闲

25.1　【土豆寂寞】

柴瑶在收藏拍卖业界的名声，蓝守玉早有耳闻。

就说最近吧，艺术品领域有些乱，老爆头条。先是上文交所金融创新，搞艺术品证券化，一下炸了锅。跟着杀出刘"土豪"，频频出入内地港岛拍场，下大注、拿封面、炒作《砥柱铭》真假、拿成化斗彩鸡缸杯喝茶、天价拍得南宋官窑，人称"刘买买"。后有某卫视品牌栏目"寻宝天下"砸坏宝贝，惹了官司，被迫停播。没过多久，又听说H大佬被抓，坊间秘传或涉文物案子。

胆小见险象，胆大见商机。柴瑶的土豆公司，就是那胆大的，一时也风生水起。

生意流水并未给柴瑶带来更多快感。当主播那会，见钱眼开，这会儿钱见多了，又觉得好像缺了啥。施云便感叹柴瑶，上天如此公平，让你得到这头，就会让你失去那头。

柴瑶给公司取名"土豆"，或因寂寞。咋会寂寞？该寂寞的是齐鲁远在大洋彼岸的夫人徐昕蕾。齐鲁不缺女伴，缺寂寞。一个连寂寞都不缺的男人，算自恋狂。荷戟独彷徨，高处不胜寒。举杯邀明月，对影成三人。"土豪"的世界，不是个人物，还真不会懂。能识得者，引为知音。有时，"土豪"也发牢骚，千金易寻，一票难觅。柴瑶就懂齐鲁。如此，问题也来了，柴瑶的出现，让齐鲁既兴奋，又觉得少了安全感，就像想飙车，可又担心车祸。看来，像齐鲁这种"土豪"，还算自律。

齐鲁希望柴瑶是人世间最贴心的那件器皿，柴瑶又不想自己成为特供的"柴窑"。

官窑易碎。柴瑶渴望自己是一颗特立独行的高海拔土豆。许多人别说没吃过雪山土豆，听着都怕，担心有毒。有毒也想尝尝，因为没吃过。

江南的有钱人，最喜欢一道菜——河豚。河豚好吃，毒死你不偿命。

雪山土豆，会不会也有毒？

没有人告诉你。如果你迷信传说，它就有毒。某一天，当你烤过土豆，吃过土豆，你才晓得，那是天大的误会。

柴瑶告诉齐鲁，同窗向书河到屏羌任职后，找她当传话人，希望齐鲁能去屏羌闹点大点的动静，齐鲁一下没反应过来。柴瑶说的是向书河那事，齐鲁再和她有点啥，也不能明说。点到为止，给齐鲁留点揣度的余地吧。

自遭遇齐鲁，因为寂寥，柴瑶常陷于纠结。现在，向书河再次走进她的生活。作为一个女人，当她无法驾驭男人，不是一个，而是两个，真的好落寞。

25.2 【土狗爱上土豆】

柴瑶的落寞，从一只杂毛土狗开始的。

准确地说，那是一只毛色被黄昏淹没的土狗。蜷缩在黄昏里的土狗，与土豆并无二样。

她对土豆有着天然的敏感，也许互生亲近和怜悯，便也惺惺相惜了。

混迹于城市边缘的流浪狗，如游荡在黄昏中的幽灵，甚至没有名字。它的灰色淹没在城乡接合部成堆的白色抛弃物里，还有聪明、伶俐，以及善解人意。

它更像一团从乡下扔到城市的裹脚布。灰青色的缓慢，习惯性的冗长，世纪末的忧郁。比如某次厮混，毫无新鲜感的黄昏之始。它正为寻觅一块失落的面包而忧郁。多么典型的忧郁，忽然契合了冥冥之中的情绪。

记不起第几次路过齐鲁的别墅，横穿广场，绕过一大片建筑垃圾之后，回到高楼林立的小区。逆时针地溜达，记录寂寞的轨迹。

垃圾场，她遭遇那条狗，不禁唏嘘。之后，携手回家。有时候齐鲁也来，偶或的亲热，还是潦草了。

半醒半睡的柴瑶，坚持做完了那个春暖花开的奇梦。

植物怀春，蝶虫对舞。咋觉得浑身毛瑟？长叶开花不可能。不是禾苗，也过了花期，这很可怕。一到谈情说爱，浑身的毛毫不犹豫会拒绝亲近。那些异性啊，衣冠楚楚，谈吐不凡，举手投足，堪为风流。站在爱情的制高点，君临天下，自我感觉好极了。他们是爱情的头领。

长发飘飘不再，光鲜可人已逝。啥时候还疯长起来？唯有自我反观。反观之时，面容姣好、眼含清晖，感觉被什么照耀。已足够，还奢望啥。朝圣也好，奴役也好，当爱情业已结束，安静地生儿育女，又安静地终老而去？

浑身的毛，仿佛一道篱墙，不，一道盾牌。然后，醒了，没了墙。墙是用泥土或蒺藜做的，一推就会垮掉，没垮就翻过去，再高的墙也有人壮着胆子逾越。肯定是盾牌。安全感，为何总要担心呢，担心那些异性过来，拔弄毛，拔疼自己？那些毛，还真特别，既不像土拨鼠的那么浅，又不像灰喜鹊的那么轻，当然也没有刺猬的那么坚硬。有着坚硬毛的刺猬，被另一只刺猬爱抚的时候，毛会柔软，像一地倒伏的草、开花的草，散发某种类似幸福的味道。

她总是担心会疼，就像迫害狂想患者一样，由此孤独，被判成土著，打入另类的孤独。

终忍不住渴望。渴望遭遇，彼此倾倒，褪去毛，心甘情愿献出第一回疼，那土豆的盛开或者绽放。

土豆开花，她是见过的，幽深的青紫，彼此映照，令人沉醉。

土豆的梦，在黎明前发散和流淌。

她梦见自己真的褪了毛，浑身溜光，仿佛一颗等待发芽的土豆。

土豆也是柴瑶的情结。

土豆改变了柴瑶的饮食习惯。柴瑶也曾试图以土豆为说头，对齐鲁实施"和平演变"。没有成功，这是没有办法的。她特别崇拜视土豆为生命的德国男人。把一个性伴侣改变成土豆男人，终成奢望。

就像洛阳车撵下那只东周土狗，埋藏于地，除了黑暗还是黑暗，眼里散发着土豆一样的幽蓝。

开了花，就结土豆了。土豆在哪里？怎么找寻不见？

还有那埋在地里的土豆，真的有毒，不能吃？

土狗并不这样认为。当土狗爱上土豆，土狗浑身瑟瑟，土豆有芽。

25.3　【合奏】

齐鲁电话说，他一会要到"土豆"来一下。柴瑶吃住都在公司。齐鲁虽是控股股东，平日并不关心土豆公司业务。"来一下"，只有柴瑶才明白啥意思。

久违的感动。

卧室的小电视正在播《杨贵妃秘史》。

宫廷剧，持续火爆。男主人公，似乎总那么帅气、矜持、自以为是，要他们主动赏个光，打个电话，发个微信，约约爱人，见见后妃美人，比吃个贵妃荔都难。

情况从《杨贵妃秘史》开始好转。每次差不多都是男主角主动，为跟剧中的"儿媳"见个面，皇帝都不想当了，隐姓埋名，去剧团卧底，成了长笛手"李三郎"。

"李三郎"向琵琶手倾诉说，你是朕的真爱！这话让她听起来有些不靠谱，毕竟自己的身份，是面前这个老头的儿媳，这算啥事！荒唐归荒唐，反正故事有滋有味往前推进。琵琶手的演员还没入戏，已愣愣地被爱了。

剧组的同事说，愣愣地被爱，这感觉好。

齐鲁有回跟柴瑶说，这个琵琶手的扮演者看上去挺傻，倒适合演女一号"杨玉环"。

柴瑶嗔道，是不是你们男人都喜欢女人傻？再说，见不得又离不得，还屁颠屁颠地不要江山要美人，不更傻？

齐鲁无话。他其实想说，谁傻呢，往下看吧，到剧终再来点评，爱江山，还是爱美人？

屏幕上正演长笛手"李三郎"和琵琶手"杨玉环"的合奏。摄像师的摇臂摇得慌，双人舞也给拍出了秋风扫落叶的醒世特效。

这一幕，白居易当然没看到，但他很能臆想。某个伤感的秋天，听有人讲述长笛手"李三郎"和琵琶手"杨玉环"，触景生情叹道，可惜了，这么好看的双人舞，竟然没几个人能欣赏！

有人不买账了。名嘴李敖就不买账。李敖斯文，没揭开白居易的谎言。他只是打了个比喻，说东方的盘古把四肢五体转成四极五岳，西方的亚当却把肋骨奉献给了女人。

李敖说东道西，正好用以诠释一个很多人都没想明白的问题：君王除了宠幸，到底有无真爱？

李太白大约思考得比较透彻。他把自己的心得写成了诗，"借问汉宫谁得似，可怜飞燕倚新妆"。

说的谁呀？看了半天愣没看出个究竟。想问，打住了。一个失恋莽男，闹点花边新闻，也不奇怪。不过，还是觉得有些遗憾。毕竟太白哥哥，书呆子气，太白，太白，太直白。

李太白其实想说，被君王爱上也是一种不幸。只是这话，剧组不让李太白说。直到在马嵬坡被剧组要求上吊，女主角仍然没想明白。

"杨玉环"糊里糊涂地死在了马嵬坡。她至死都还沉浸于"李三郎"的爱情幻像，忘了扮演的是"贵妃"，而非爱人。

心甘情愿为光环赴死，似乎就是爱情的真谛，哪怕它是存于认知盲区的某种假象。

入戏太深。

柴瑶也是。她觉得女主角有自己的影子。

正好，齐鲁说要过来，柴瑶不禁触景生情。

柴瑶昨天下午才给齐鲁去的微信，希望他能帮帮向书河。

她电话里问齐鲁，吃没？

齐鲁说，没呢。

她又说，那过来吧，炸土豆饼。

电话那头无话。

又是土豆饼！齐鲁也是醉了。不过他能迁就，迁就土豆，就是迁就柴瑶。

柴瑶的冰箱里，经常存有土豆。

土豆条、土豆泥、土豆丝、土豆饼、土豆酱、红烧土豆、青烧土豆……

土豆换着花样在她和齐鲁在一起的饭桌上露脸。

齐鲁敢怨而不敢言。饭桌就是女人的日常平台。最好别在饭桌上跟她们发生冲突，否则，死得比土豆还花样百出。

最严重的是，女人会化一脸土豆妆，再穿一套韩式的土豆吊带，提一个草编土豆荷包，还像模像样，拉着你去女生聚集的土豆闹市兜风。

当齐鲁接过柴瑶夹往嘴里的土豆饼时，忽然嚼出了寂寞的味道。

他像咽寂寞一样咽了饼，抱了柴瑶去卧室。

留下一屋子土豆妆、土豆衫、土豆饼混搭的异味。又浓又稠，怎么撩也化不开的那种。

齐鲁从柴瑶"土豆"屋出来的时候，答应柴瑶去屏羌弄房地产。还柴瑶的人情，算一个理由。去屏羌拓展旅游地产，似乎也是最近一直在思考的问题。

天上不会无缘无故掉馅饼，尤其是掉土豆饼。

25.4　【向天猪】

柴瑶将齐鲁答应去屏羌发展的消息转告向书河。向书河感动了，叫柴瑶约约齐鲁。

柴瑶答应了。约啥哩？他们两个的交集，好像只有围棋。

大干部齐鲁从小就见得多，他老爸就是离休干部。场面上那些套路，已无甚兴趣。约个棋局，倒是两头对路。可向书河毕竟是县委书记，怎么着也得矜持下，不用这么主动吧。再说，书记跟"土豪"，八小时以外，就算闲情逸致，也怕底下人搬弄。向书河犹豫了，照齐鲁脾气，他也不会主动的。柴瑶就说，不是还有蓝守玉么。向书河说，那就好，蓝守玉是个正人君子，棋局有他，那他和齐鲁的聚会，说不定能清新脱俗。

柴瑶笑道，那还是要先聚聚。向书河怯怯地问，和谁呀？柴瑶说，还有谁呀。向书河没明白，你和我？柴瑶就笑，嫌少，多叫几个，把在荣城的那几个传媒大学的同窗，弄一起撮一顿。没想到向书河满口应承，好啊，他"向天猪"做东。

　　柴瑶这才想起来，"向天猪"是老同学的笔名。多年前，她和"向天猪"相互发愿，要成为像"土豆天猪"那样的诗人。

　　"向天猪"的确是个怪怪的笔名。

　　某一天，那个叫"向天猪"的男生，把一张校报放在她的桌子上，摊开，闭眼，轻轻地朗诵，面带阳光。

　　其时，柴瑶已是传媒大学的校花一号。她隐约记得"向天猪"朗诵的是《狗屁的土豆》。

　　"那么恨土豆？"

　　"谈不上恨，小时候吃太多了，老放土豆屁，女生都不愿同桌。"

　　"还是恨了。"

　　"就算吧，又有啥用呢，女同学都跑光了。"

　　"不还有那——谁吗？"

　　"对呀，怕你也熏跑了，一上课就憋呀，实在憋不住，举手请假，去厕所。"

　　"哈哈，以后不用憋了。"

　　"为啥？"

　　"我们俩的老屋乡下，哪家不是顿顿土豆？"

　　柴瑶抿着嘴笑了。

　　"那，我……真的不用……憋了？"

　　他小心问道，一张红脸埋得很低。

　　这下，她更笑得抿不拢嘴了。

　　他也笑了，似被自己逗笑的。

　　他就是"向天猪"，群里叫"向天歌"现在应该叫向书记，她的同乡。他们俩都是"土豆天猪"的粉丝。

　　一晃十余年了。十余年光阴，青春女生被雕刻成了精致女人，青涩少年被雕成男人。

　　十余年光阴，改造了两个乡下土著。他们来到荣城，单位、家里，两点一线，画圈，一个接一个地画。大都会就是个超级秀场，成功也好，成为豆腐渣渣也好，不过都是宿命。

　　青春无俗事。土豆屁的馊味，早冲洗干净了。只是，他和她都没有成为像

"土豆天猪"那样的诗人。

柴瑶问，去吃啥？向书河道，随便了，就想见见同学。柴瑶笑问，那么想见同学？向书河回，怀旧呗。柴瑶又问，青春都没有了，有啥可怀的？向书河回，咋没，在他的心目中，青春记忆一直就在。柴瑶鼻子有些发酸，青春也只剩下记忆，她早已不是那个青涩的村姑，那他还是那个憨憨的"向天猪"吗？

25.5 【同学会】

荣城某个角落。一场黄昏的同窗情绪。

甲同学当年作文和泡妞水平一个样，士别三日，现在成了硕导，正高职，关键有个文学院书记的头衔，正处级虽有些虚，但与向书河相当，体制内就讲这个。

甲同学那会儿就是学霸，成天拿一本厚厚的现代派美学论著当面包啃，啃成了博士。过早谢顶的秃头，成为大家取笑的话柄。有女生甚至说，甲同学是新闻一班的"萌主"，注意不是"盟主"，而是"萌主"，叽叽歪歪，装深沉，还发不完的宝。甲同学喝酒说话很夸张，也很自信。人家可是一桌子人中最有资格敢藐视官本位的。

乙同学也是官员，某机关吃皇粮的副处级，级别没向书河高，但两人风格雷同，在女同窗的面前，就像一个模子铸出来一样，说话调门小。低调好，闷声发大财。

丙同学，似乎真发了财。丙同学当着柴瑶和丁同学（女）面，大大咧咧在电话里训斥下属，好像在扯一笔啥投资。

甲同学似乎对丁同学有一万个为什么，竟然问人家丁同学的单位为啥叫"奶办"，太穿越了，难道还有如此奇葩的部门，专门管"二奶"？丁同学本就腼腆，这下脖子都红透了。向书河赶紧解围，说人家是郊区县一个奶业发展办，正儿八经的事业单位。丙同学就笑，说，"奶办"好呀，就算是个坑，也是个美丽的坑，专门坑美学教授的。

寒暄中，甲同学和丙同学被柴瑶和丁同学灌个半醉。

接下来的活动，去卡拉OK。到音乐量贩，一伙人还喝，不过换成了啤酒。

喝的，草莽英雄似的塞北苍凉味。唱的，西北风加江南小调了。

甲和丙抓起麦克风就吼了几句，还带霹雳风。

两个扮相有点生猛，合唱了一首《一无所有》。一伙"80后"唱老歌，装老成么？老实说，唱得不咋样，柴瑶也没搞明白咋还和丁同学鼓起了掌。

折腾得差不多了，几个男生提出换个玩法。乙同学建议，要不低调点，去房间里玩小麻将？丙同学当场就否定，赌钱也太不像传媒大学的风格了，叫丁同学推荐新玩法。丁同学让向书河推荐，向书河又让柴瑶推荐。柴瑶说，咋玩，还不都是你们男人说了算。甲同学就说，去隔壁按摩？说完，见大家傻眼了，赶紧解释，别误会，是素的，不是荤的。按摩还分素的荤的，素的咋样，荤的又咋样？乙同学也不晓得是不是明知故问。丙同学一本正经道，素的是大家一块按，荤的嘛男同学女同学分开摩。几个男生一唱一和，被丁同学一阵臭骂挡回去了，守着冰清玉洁的女同窗，不好好珍惜，要素要荤的，低俗！

几个男人就自责，的确太俗，可是现在清新脱俗地干吼，也吼不了几嗓子呀。

柴瑶笑道："不干吼，未必然还想伴舞？"

甲同学拍手赞道："对呀，咋没想到，柴主持和丁美女那时候可是新闻一班的舞林高手。"

柴瑶道："舞林高手是同学你吧？"

丙同学跟着起哄："对呀，甲同学和丁美女重温旧梦，翩翩一曲噻。"

甲同学道："你们这是害我。同学会，同学会，昔日没成双，今日就成对，搞成一双是一双，搞垮一对是一对。"

乙同学问："你巴不得吧？"

甲同学道："不行，我胆子小。炒股炒股，炒成股东；跳舞跳舞，跳成老公，我得喝酒壮胆才行。"

大家就怂恿甲同学和丁同学喝交杯酒。

"喝就喝。"丁同学也不知哪来勇气，主动端了酒杯，向甲同学发起攻势。

甲同学只得被动迎战。喝罢，两人手挽手，进入舞池，玩双人舞。乙同学和丙同学不停起哄，唯恐天下不乱似的。

丙同学问向书河："向同学，你不是属狗的吗？"

乙同学嗔道："咋能这么给书记说话呢？不过，当年好像书记同学和属鸡的瑶姐姐，真有过一段意思，是吧？"

丙同学趁火打铁："我没说错吧。那书记和柴主持，来一段鸡犬不宁？不对，来个鸡犬相闻！"

柴瑶保持着矜持。向书河一脸的红，不停地喝红茶压惊，不喝还好，越喝越羞红。

向书河一脸红，乙同学和丙同学，就指着他笑，看嘛，不打自招……

25.6 【扎玛格蓝】

没人知道，向书河和柴瑶曾经都爱过"土豆天猪"和"土豆体"，更不知道"土豆"和"土狗"是他俩上一辈子的共同属相。

某种情绪继续在那个寂寥的夜晚升温。

歌星的兴致正浓，舞林高手的兴致正浓。

柴瑶悄悄给向书河发了个微信，问他要不要去咖啡厅单独坐坐，向书河回复好。

趁几人情绪高涨，眼神迷离，他俩悄悄溜了出来，去咖啡厅，捡角落坐下。

向书河要了杯无糖菊花茶。柴瑶道，点咖啡吧，又不是办公室。她自己点了冷的扎玛格蓝。服务员小妹赞道，小姐你点得真有气质，这咖啡本来是葡萄酒味的，热吃时有些酸甜，少有女士点冷饮的，苦得有些怪。柴瑶道，热的甜得腻嘴，就要冷的，冲热后加上冰块就行。向书河牙不好，受不了酸，也怕生冷。就道，我也要那位小姐点的扎玛格蓝，只是别加冰，加点牛奶和糖即可。

等咖啡端上来，向书河才发现柴瑶点了冷扎玛格蓝，没有泡沫，自己点的热扎玛格蓝，泡沫漫边。服务员解释说，你的加了奶泡、焦糖、巧克力和肉桂粉。向书河道，好，好，是我喜欢的味道。但他不知咋饮用。端起来，像喝啤酒一样，想把那些泡沫边边啜去，一啜，满嘴的泡沫。柴瑶想笑，终究没有笑出来。

那一刻，向书河分明有了某种久违的重逢之感。本来要感慨下的，柴瑶这样，感慨也没了，谈起正事。

"齐总真的有意去屏羌弄项目？"

"不是蒸的，未必然还是煮的。"

"谢谢你，他是看在你的面子才去屏羌的。"

"也不全是，你们俩有缘分。"

"三江的蓝总也有缘分。"

"几个弄逗头了，可能真是有缘人。"

"谢谢你和施云搭桥。"

"齐总看好你，也看好屏羌。屏羌是你的福地，也可能是他的福地。"

"齐总有眼光，屏羌是块亟待开发的投资沃土，他一定会赚得盆满钵满的。"

"房地产快到天花板了。他一直在思考去周边转型做旅游地产，屏羌是他的投资选项之一。"

"齐鲁集团发展得很快。在荣城，除了几个上市地产公司，就要数它了。这得益于齐总的战略眼光和团队共识。"

"去三四线城市拓展，不是简单造个楼盘那种，而是做一个惊心动魄的旅游地产大项目，好像是他的梦想。"

"你和他都有梦想，我给你俩跑腿。"

"你说啥哩，大家都羡慕你。"

"羡慕我啥？写'土豆体'？"

向书河这么一说，柴瑶想起"向天猪"和"土豆体"，笑道："是哩，忘不了那土豆味哩。"

"取笑了。一个吃土豆长大的猪脑壳，土豆不像土豆，猪不像猪的。"

"这年头，土豆和猪都成了稀缺品种。"

"可惜土豆和猪都不解风情。"

"叫唤的麻雀不长肉。沉默是金哩。"

"那时候真不懂。也不晓得咋来的胆子，还敢大声给你读。"

"是我有眼无珠，也没耳福。不过，你'向天猪'现在再复述一遍，倒是愿意倾听。"

"真的？"

"绝对的。"

"那我来了哈：狗屁的土豆，我就骂你了……"

"对，对，就这股老实巴交的味道。"

向书河苦笑道："算了，乡巴佬，拿不上市，不提也罢……"

向书河的苦笑，跟多年前那个土头土脑的小老乡男生相比，已判若两人。向书河的苦笑，在柴瑶看来，时光的柔藏不住现实的锐，仿佛一柄竖在两人跟前的十字架，封杀了接下来的想象。

读张爱玲，阅青花瓷器，就有这种感觉。张爱玲的文字，还有青花，绵里藏针，冷暖自知。它们原本就不是世间的俗物，也经不得时光的拿捏。稍微一开小差，一个世纪就过去了。

25.7 【土豆的悲观主义】

同学会让柴瑶莫名的情绪低落了。

廖一梅的作品《悲观主义的花朵》，几个图书电商正卖得寂寞。花朵是寂寞的，爱情也是寂寞的。花朵的寂寞，即便如爱情的悲观，都不可同时间作对。时间一直在，爱情不曾绝世。只是，若时间乱了套，断裂或者倒行逆施？天堂里，时间就逆着生长。植物开花结果，完全由着性子，哪管春夏秋冬。

爱情要由着性子发育，该有多好？

柴瑶没去过天堂，也不相信所谓的永恒。向书河的苦笑，是城市里随处可见的那种，拘谨、客套、令人窒息。自来到这个城市，她已是很久没有看见过当年那个木头男生的微笑了。

苦笑的背后，或还藏掖着阳光灿烂。她不能怀疑它的存在。

柴瑶也没了继续往下聊天的词语，只能回以微笑，保持着职业的优雅和知性。咖啡厅的故事，止于柴瑶的微笑。本来渴望谋一面的新鲜感，最后也只剩下了加了冰块的扎玛格蓝。

情绪速冻，扎玛格蓝止于冰点。邻桌的妹子，正甜甜地吃着小男友用嘴巴送过去的土豆条。自打某美食节目上线后，土豆条就成了姐弟恋的标配。

柴瑶克制着悲观。绕了一圈，终回到土豆。

那一场旷世的忧郁。

26.1 【半闲真人】

约棋局一事，向书河和柴瑶都想多了。蓝守玉明确向施云表态，受人嘱，才找施云托柴瑶，现在又踢回他这里，若书记和齐总不介意，他定然当好局中人，至于齐总那头，还请柴瑶出马撮合。柴瑶抱着试试的态度，给齐鲁发消息，谁知齐鲁比向书河还急，秒回："古有刘关张，今有向蓝齐。正合吾意！"

几个不谋而合的牛人。谁都晓得，所谓的棋局还不就是为"水天花月"项目背书，个中暧昧，都懂的。

蓝守玉希望施云和柴瑶也能参加。施云叫他送礼物。他欣然道，必须的。施云顿迟疑，果真要送？他态度坚决，啥"果珍""雀珍"，早就准备好了。施云迫不及待问准备的啥，他故意吊胃口，说保持神秘感。施云怀疑他是不是挖坑，无尿不起夜，该不是送别人的搭头？他笑道，还真蒙对了。施云好不郁闷，本来随便一说，没想到人家并不忌讳，直接认账。郁闷归郁闷，施云的确很想知道自己被搭头的是哪个女主。童桐？还是柳叶萍？

与施云聊完，便致电文雄，问向书河有无档期。文雄回话，书记上午要主持常委会，讨论南岸开发整体招商工作。叫施云和柴瑶那头，先同齐鲁碰碰，倘若方便，最好下午就去荣城。

施云把话转递柴瑶，柴瑶又转齐鲁。

齐鲁直接微信蓝守玉。看蓝守玉那回复，颇有禅味："鄙人就是个闲人。一半俗世，一半江湖。"

齐鲁转过来回柴瑶："那个蓝守玉，果然是半闲真人。"

蓝守玉便准备赴约。甜白盏自是不可忘带，他有自己的心机，叫童桐把画像砖和砚台用礼盒装了。临出门时，被童桐叫住："玉表哥，你要去哪？看你一脸喜色，有啥好事，一人独吞？"

就说了去荣城，替向书河和文雄约齐鲁下棋之事。

童桐叫来会所服务员，交代工作，也说要去。

他面露愠色："就你喜欢凑热闹。"

童桐道："没办法，谁叫你有一个黏糊的表妹？"

也就随她了。

26.2 【女人四十一枝花】

上高速，蓝守玉又叫童桐给施云打电话，说中午到荣城，一起在宽窄巷子午餐。

待两人抵达宽窄巷子，停好车，施云来电话问在哪。蓝守玉说，在大门停车场。施云叫稍等，她马上打的到。

一见面，施云就给童桐开玩笑："你倒把你表哥看得紧。"

童桐道："谁喜欢看他个榆木脑壳？你喜欢，送你。本姑娘是去看齐帅哥、向帅哥和文帅哥的。"

蓝守玉道："能不能斯文点？什么齐帅哥、向帅哥和文帅哥？"

童桐道："好好好，我一会儿不会这么叫啦，要斯文点，给蓝总挣点家风分。"

施云道："你要这么叫，还不把他们几个美成花？再说，叫得亲热，不怕我跟你瑶姐吃醋？"

童桐道："云姐和瑶姐不会小心眼吧？"

蓝守玉道："赶紧找东西吃，想吃点啥？"

童桐道："拣好的吃呗。"

施云道："我来挑，比你俩熟。单呢，算你表哥的。"

三人就朝巷子深处踱去。

国庆刚过不久，又临周末，人也渐多。

童桐有留痕强迫症，一个老房子门，要摆几个造型，扭着蓝守玉给拍，以示到此一游。

蓝守玉喜欢逛古镇，江南、盆地的古镇，大都去过。印象最深的是景德镇瑶里。瑶里同宽窄巷子，一个古意在骨子，一个穿衣打扮出众。若讲，瑶里是西施，宽窄巷子就是东施。只是无那巷子里的古墙，蓝守玉估计也不会有啥兴致。一两百年的老巷子，一堵墙，会照你千年。汉雕高古，宋瓦精致，明砖粗犷。晚清民国正适合给童桐当背景。

三人又去一老宅看展览，老城影像志一类，名字没记住。

临近中午，人气也旺。倒腾小玩意的，皮影、葫芦、拨浪鼓……少不得吃的，牛皮糖、凉粉、三大炮……一街的椒盐味吆喝。人越来越多，无甚稀奇，本不缺有钱的闲人。吃喝玩乐，腰包里刚鼓起来，之外，还有啥可乐？

施云似发现新大陆："到了，到了，铁板烧！"

三人就进铁板烧坐下。施云和童桐一人点了个168元的自助套盘。童桐点了美极九节虾、蒜蓉生蚝、蜜汁鸡排、特色寿司。施云点了串烧、法式鸭胸肉、日式乌冬面、雪蛤甜汤。童桐给蓝守玉点了78元的小盘，好像只有串烧和日式乌冬面。蓝守玉笑问，塞牙缝？童桐一本正经回道，为你好，免得"三高"。

真的是塞牙缝。三下五除二，蓝守玉面前盘子空了。

施云数落他，吃个饭像农民工进城。蓝守玉笑道，本来就是农民。

施云吃不完，请蓝守玉帮忙，蓝守玉开玩笑道，狗才吃剩食。此话一出，又挨施云一顿数落，狗咬吕洞宾。两人都拿狗背书。

童桐才不会搭理他俩撒狗粮，自顾埋头憨吃，辣得一脑门子汗，有些撑了方作罢。

施云给柴瑶去电话，问咋安排。柴瑶回，齐总会所约棋，晚餐安排南河外金城广场西餐厅。金城广场，是齐鲁集团开发的一个样板商住小区，兼有小型综合体功能，在齐鲁会所旁。齐鲁重要的私密会客，一般安排在会所，然后去金城广场西餐厅用餐。

三人就上车，朝齐鲁会所赶去。

车上，蓝守玉把画像砖递给施云。

施云想拆开，还是忍住了，神秘兮兮说回家再看。童桐问，隐私？童桐这么说，施云反不踏实，看蓝守玉，蓝守玉微笑不语，又看童桐。童桐脸一甩，看我干吗，又不是我送你东西，不过，我哥可不是只送你一人，见者有份的。施云惊讶道，你也有啊？童桐道，是呀，一只乖乖狗。施云问，你表哥真送你狗狗？童桐说，奇怪吗？施云道，不是，我是说要是送我狗狗，我可不要的。

童桐似乎不高兴了，便道，所以他送你的一定不是狗狗，再说，狗狗咋个不讨你喜欢？施云道，脏啊。童桐道，狗狗再脏，都比人干净吧……施云道，蓝守玉，你看你这个表妹，嘴巴像刀子。

蓝守玉本来不想接话，见两人话头不对，就劝道，你云姐有洁癖。

童桐就学着蓝守玉强调道，你云姐有洁癖，看看，又撒狗粮了吧。施云也不客气，年轻就是王道啊。童桐道，这话不对味啊，云姐不也是资深美女？

蓝守玉"噗"地笑了。

施云问，笑啥。蓝守玉道，女人四十一枝花。施云不解，说反了吧，不是男人四十一枝花吗？蓝守玉道，那是过去时。施云追问，啥花？蓝守玉道，三角梅呗。施云问，不会吧？四十岁的女人，有那么漂亮？蓝守玉道，那还用说，花大，还艳，关键是花期长。施云没明白，自言自语，花大、花艳、花期长？蓝守玉笑得更厉害了，只是……施云问，只是啥？蓝守玉道，不说了。施云伸出玉手，欲掐他脸的样，说不说？蓝守玉道，我说便是，别下狠手……施云道，从了不就对了。蓝守玉只得回道，那意思嘛……不那么……嫩爽了……施云一听，急了，真要下手。蓝守玉赶紧叫道，别别别，君子动口不动手。

童桐见他俩那样，不满道，哎，哎，两位，公共场合，少儿不宜哈。施云住了手，道，你们这些男人……算了，让你送东西是开玩笑的，晓得我对你玩的那些物件没啥兴趣，要不给柴瑶吧，放在她那里，我也能常看。蓝守玉想了想，道，也好。

三人说说笑笑间，齐鲁会所到了。

26.3 【小林觉】

齐鲁会所外有条南河，南四环与南五环的界河。小区名字叫锦城长岛。当初齐鲁看中此地块时，除了河滩，啥也没有。那会儿南四环外地产刚刚起步，几年工夫，五环外也高楼林立。还有更远的小区，已经连到郊区的龙溪古镇了。城市延伸的节奏，似乎停不下来。

"土豪"会所，蓝守玉也曾见识过，但如此低调不做作，逍遥隐于闹市的少见。

会所藏在一幢大洋楼内。

施云和童桐下车，按自动通话门铃。柴瑶和尚小林下楼，打开地下停车库，叫蓝守玉把车停进去，乘电梯上三楼。

蓝守玉问咋不养只狼狗啥的。柴瑶道，养狼狗的人不一定凶煞，养花的也不一定是软柿子，就都笑了。

尚小林笑得诡异。蓝守玉寻思，虽说与尚小林算同行，熟归熟，但两人无甚深交。

"青楼兄，不对，叫你青花兄，还是鱼兄？"尚小林主动握手。

尚小林的暧昧，一时让蓝守玉找不着语境："都一样……我应该叫你……"

"小林觉。"

蓝守玉惊讶道："小林觉？你就是当年古瓷江湖传说中的'小林觉'？"

"正是不才，请青花兄指正。"

"一直听说有这么一个高人，今天总算对上号了。大隐隐于市啊。"

尚小林附和道："兄台高看。古玩嘛，讲究的就一个字——玩。"

蓝守玉道："一语道破天机。同样都是玩，各有各的门道。"

尚小林道："所以才叫江湖嘛。"

蓝守玉道："往大说是江湖，往小说叫圈子。"

尚小林道："江湖再大，也是圈子。圈子再小，也是江湖。"

这话，多年前在"雅艺网"就有过一番争论。当时讨论的话题就是"古玩江湖"。有个叫"小林觉"和他还有过交锋。难道，他真是当年的"小林觉"？蓝守玉忽然想起，"影"似乎在几年提到过"小林觉"……莫非，尚小林同港岛那边的圈子也有交集？这么想着，蓝守玉感觉背后一阵寒意。

闲聊中电梯到了。蓝守玉跟着尚小林进了电梯。会所连地下车库，上下五层。二楼，厨房和保姆房。四楼，齐老住房，齐鲁儿子齐天雷没出国前，也住四楼。五楼，齐鲁和老婆徐昕蕾的主卧，私人浴房和屋顶花园。三楼最宽大，做了会所。一间大书房，齐老平日在里面读书习字。一间棋牌室。会客厅，也作茶室。还有一间齐鲁专享的古陶瓷工作室。

26.4 【盆地画派】

齐鲁会所真有股与众不同的"土豪"加书生气质。

客厅、书房、棋牌室、陶瓷工作室，墙上挂满近现代盆地画派作品，蒋兆和、吴一峰、陈子庄、赵完璧、谢无量、冯建吴、孙竹篱、晏济元、岑雪恭、赵蕴玉、苏葆桢、吴凡、李琼久……

晏济元多些，水仙小品、川江山水、琵琶人物，好几件。

有几张晚清民国龚清皋墨笔山水立轴，张善孖老虎斗方，同盟会员公孙长子的书法。

蓝守玉道："齐总，看来你对盆地画家有感情。"

齐鲁道："老头子喜欢，喊弄点，一弄，就弄成了庄稼，你可别笑话，这些东西都没啥名头。"

蓝守玉道："谦虚了。诗经里的小雅，其实就是大雅。能花如此心血，对盆地画派寄托一份情愫，已属大雅。对了，上次西泠印社盆地画派专场，成交率不错，去看了吧？"

齐鲁道："蓝大师不愧业内大行，我只是玩。不瞒你说，那场拍卖，上拍五十件，差不多都被我吃了。"

蓝守玉道："厉害，厉害，世上无难事，只怕有心人。盆地画派市场刚刚起步。晏济元的作品近年一路看涨。2008年，十六尺《荷花》，二百二十八万元，还不含佣金。晏老去世后，其作品更是被爆炒，大尺幅《三峡朝晖》以八百万成交。"

尚小林插话："他的画作被市场认可，跟他是张大千的同乡身份有关。新兴的收藏家，买东西比较感性。"

蓝守玉道："也对。张大千引领盆地画派风骚，没有大千，便没有盆地画派。"

齐鲁道："最近的几次拍卖，我都在买晏济元。赚不赚钱，已不重要了，我希望它们留在盆地。"

蓝守玉道："放心，买他们的画作，不会吃亏。盆地画派总体被低估。像山西董寿平，学术没那么高吧，煤老板要送人，没得其他选择，就送他的作品，价格炒上去一大截。与董老相比，盆地画派，未来很有成长性。现在的问题是收藏家们对他们不熟悉。随着盆地画派在美术史上应有地位的进一步确认，得到认可是迟早的事，不过还需五到十年。你现在吃进，动机可能带个人情感，几年后回头看，情感就转化成投资了。当初有个台湾机构做当代油画'四大金刚'，也像你一样，事实证明，那个机构具有相当厉害的艺术发掘眼力。"

齐鲁道："蓝老板过奖了，真的只是玩。我的书画，差不多都是这个圈子的，收了一百多件。我就是收着玩，老头子才是动了真情的，他给京城老朋友吹，说明年准备进京办个专题展。"

蓝守玉道："应该的，你得支持老人家，难得一份乡土情怀。"

齐鲁道："自南下到盆地，他就一直把荣城当第二故乡，也交了不少圈内书画朋友。"

蓝守玉趁机就说，给老人家带了方老砚来。

老人刚上楼午休，齐鲁问，要不要叫醒他，当面奉送？蓝守玉道，不必打扰，一份小意思，转送即可。

齐鲁就说恭敬不如从命，替老头子收了。

蓝守玉又拿出画像砖盒子递予柴瑶，道："这是施云叫我给你淘换的，不知柴总喜欢不喜欢？"

柴瑶也没推迟，道："是吗？蓝总真是有心人。可是，无功不受禄，柴瑶如何好意思？"

蓝守玉倒没矫情，道："淘换些小物件，家常便饭，柴总何须客气？"

施云帮腔道："柴姐，打开吧，听说是一块砖。"

柴瑶就笑道："蓝总知道柴瑶经常被人砸？"

"蓝大师的砖，定有来头的。开吧。"其实齐鲁也好奇，想知道蓝守玉送女人会送些啥。

也不止他一人着急，就都嚷嚷开吧。

柴瑶就开了盒子。

"啥来头？"施云凑过来看了会，摇头，表示不懂。

尚小林解释，汉陶，盆地先人美术品。

齐鲁赞道："不错，伏羲和女娲画像，十分珍稀，有母性气质，适合文青女生放置闺房。"

齐鲁这么一说，柴瑶脸色又起来了，道："那我得拿回去，放枕头边了。"

施云信以为当真，赶紧制止道："别别，千年的砖头，不定出幺蛾子气哩。"

齐鲁道："放土豆展厅吧。奇物共赏，我和老爷子也可常去看看。"

柴瑶道："开玩笑的。一个女孩子闺房哪能承受如此厚重的玩意？"就叫尚小林收下，回头陈列在土豆公司的展厅里。

26.5 【官窑杀手】

几人又参观了齐鲁的陶瓷工作室。同样都是工作室，齐鲁与蓝守玉的风格并不一样。蓝守玉的，胡乱堆满古陶瓷标本和研究著作，像文物专家的办公室。齐鲁呢，除了一堆拍卖图录外，摆满的官窑瓷器，更像博物馆。

蓝守玉目测，多是元明清官窑，三代的多些，有拍场拿的，有海外回流的。就笑道："齐总家有官窑美人，外有人间仙女。不知道哪个排老大哪个排老二？"

齐鲁也笑问："哈哈……敢问大师你呢？"

蓝守玉也没谦虚，道："我倒想家里红旗不倒，外面彩旗飘飘呀，可惜迄今独身一人。"

齐鲁就笑道："兄弟待价而沽？"

蓝守玉也笑了。

玩官窑的男人，对瓷器的痴迷，超过其他任何兴趣。在他们眼里，怕是官窑第一，美人第二。天涯何处无芳草，只要魅力够，身边从来不缺美人。这个时代很疯狂，管你张总李总王总，谁要没个三宫六院，都不好在圈子里混。办公室里搞暧昧的，为拉业务五花八门搞勾兑提供情色贿赂的，纯粹为了利益出卖的，也有不为钱不为名不为利就为寂寞投怀送抱的……至少可以列出十种名堂来。据说有个老板，外面的女人多了，安排不过来，竟发挥工商管理硕士的专业特长，今天谁谁，明天谁谁，作息表井然有序。贫穷限制想象呀！

只是，一个男人，如果一辈子的寄托除了女人还是女人，怕得有四个肾吧？

玩物，要对它们有恒久的兴趣，真得上升到信仰才行。就是说，玩物丧志，前提得有那志。

卡夫卡躲在窑洞里写《城堡》。大师眼里，女人的身体，终抵挡不了关于虚构的兴趣。

又如酒徒，嗜酒如命，命悬一线。命悬一线了，还不能放弃。女人可以没有，生命可以不再，垂危之际，最后一滴，送其抵达极乐世界。

再如瓷痴。官窑天生丽质，不像街上的脂粉。任何的绝色，与其相比，也自讨无趣。经过无数人抚摩，官窑终又回到自个手心，真切触摸到那玉体肌肤，醋意和占有欲瞬间释放。便感慨，女人可以老去，然而世间女子从来生生不息。瓷器坏了，便不可再生。当它跌入地面，摔碎一地，满地除了尖叫，便余永伤。

瓷痴变态、偏执，尽管没有四个肾。

官窑是瓷痴的终极追求，没有什么能动摇。

蓝守玉属于这样的男人，齐鲁也是。

作为一等一的官窑杀手，他们都有洞察岁月的绝世眼力。

他们死也是死在官窑的怀里。

死在官窑的怀里，残美，悲壮，如血色渲染黄昏。

27.1　【物以类聚】

几个人正聊得开心，文雄来电话，说他和向书河已到南河边。童桐就陪蓝守玉去接。

向书河和文雄是齐鲁会所的稀客，齐鲁自然要显摆一下自藏的书画和官窑。

文雄边参观，边赞道："啥叫开眼界？这就是开眼界。齐总的玩法跟屏羌小地方的土包子，完全不一样嘛。"

施云问文雄："屏羌土包子玩些啥呀？"

蓝守玉插话道："还有啥，吃喝嫖赌四大样呗。"

向书河道："资本家和土包子，分属两个层面。荣城和屏羌，又是国际大都会跟小县城的区别，根本没可比性。"

尚小林道："几位仁兄高人，今儿个大老远从屏羌赶至齐总会所，品瓷论画，以棋会友，实为佳话。"

施云道："这叫物以类聚，人以群分。"

尚小林道："按古人说法，是不是叫屏羌雅集？"

向书河道："不，是齐鲁雅集。"

蓝守玉附和道："那是。"

齐鲁道："齐某就是个摆摊的。寒舍能迎来各位，那是齐某的荣幸。如果大家觉得齐某这小地方尚能落脚，齐某真诚欢迎各位常来常往，如何？"

大家就都称好。

齐鲁征求几位女士意见，要不要坐下来闻闻香，品品茗？童桐和施云嚷嚷道，要不出去逛逛？齐鲁说好，叫柴瑶带她俩，去逛金城广场。

齐鲁掏出一叠代金券，说一个朋友在金城开了个奢侈品店，请他做风险投资，办了些代金券，没时间去逛，今天难得几位美女赏光，五千元一张面额，一点小意思，叫大家去那店看看有无喜欢的。又问几位男生有没兴趣也先去逛逛。蓝守玉笑问道，奢侈品店不是女生专卖吗？

文雄见向书河和蓝守玉没表态，道："忘了主题，以棋会友。"

齐鲁把券递给童桐："这位小妹，你不会推辞吧？"

童桐道："不会的，齐总。女人是消费的主流，女生购物，文明社会一大风尚。没有女人，就没有生产力。"

"说得好。"齐鲁笑着递了几张给童桐。

童桐怯怯道："我只要一张的……"

齐鲁道："没事，他们几个都不要，你拿去，说不定能买件喜欢的。"

童桐看蓝守玉，蓝守玉没理她。又看文雄，文雄眨了下眼睛。童桐就又道："那，齐总，我拿……两张？"

齐鲁就递了两张给她。后又拿出两张，一张给柴瑶，一张给施云。

柴瑶就带施云和童桐去了金城广场。

27.2 【以棋会友】

尚小林早在工作室摆好棋茶。

向书河和齐鲁喝铁观音，蓝守玉、文雄和尚小林喝竹叶青。

蓝守玉和文雄给向书河靠膀，尚小林给齐鲁靠膀。

齐鲁做东，向书河作客。

齐鲁请向书河执黑："书记，玩布局，快棋，还是名局？"

向书河谦虚道："齐总大雅性，本人却身居宦场难免俗。冒昧前来叨扰，为取屏芳开发真经，当然也夹带点私货，玩玩黑白子，释放疲惫。还望齐总不吝赐教。"

齐鲁见书记谦虚，赞道："岂敢妄称大雅。书记褒扬，齐某就一生意人。平时渣渣事也没闲过，瓷棋书画，小玩而已，书记才是做大局面的。"

尚小林插话道："玩布局，以小博大，切磋战略眼光。快棋，拼反应。名局，考记忆。"

蓝守玉建议："布局和快棋，要玩一局，至少半天。一会书记还得走，不如玩征吃？"

尚小林附和道："蓝总这主意好。"

向书河问道："征吃布局？随意玩，玩一角，还是名局？"

齐鲁道："如此，还得听蓝总的。"

蓝守玉建议玩"一子解双征"。他说他经常一个人在"守玉楼"，左手下右手。

齐鲁接过话道："一子解双征，说白了就是一手棋，同时解除两块棋被征吃之忧，也可叫一箭双雕或一石二鸟。"

蓝守玉就跟大家普及"一子解双征"的来历。

"一子解双征"的首创者，一直存在争论。有人说是王积薪，也有人说是顾师言。史载，东洋国王子到大唐切磋围棋技艺，曾和国手顾师言对局，最后败给了顾师言的"一子解双征"。

蓝守玉说他经过研究，认为"一子解双征"来自民间的创造。当然，不管出自唐朝国手王积薪还是顾师言，都是民间高人中的极少数尖子。山外有山，天外有天，高手在民间。最耀眼的高手，隐于市井和乡野。

文雄笑道："你这算不算自我暗示？"

蓝守玉一脸严肃道："在书记、齐总和尚先生的面前，包括你文雄，个个都是身怀绝技，事业丰收，我又岂敢妄自尊大？要暗示也是暗示书记和齐总才是。对吧？"

尚小林和文雄就笑着附和了。

27.3 【盛唐三绝】

向书河提议，蓝先生不妨再讲讲王积薪。齐鲁也道，蓝大师见多识广，给大家上上课。

见众人来了兴致，蓝守玉便不再扭捏。

王积薪，一听名字就有股子贫寒气。事实上，他就是靠打柴为生的。同其他围棋高人一样，经历充满传奇。打柴之余，庙里偷艺。偷啥，偷围棋。并无所谓的高人做其师傅。三人行必有吾师。拜众僧为师，习众僧之长，棋艺日渐了得，连庙里的僧人也不再是对手。

年轻气盛的王积薪，想找人练练。回乡里找，哪有对手。又一路游历，边游边寻，也无人能当其对手。

听说太原尉李九言府摆擂台，国手冯汪扬言，未逢敌手。王积薪便不服气，闯到李九言府，与国手冯汪在金谷园叫阵。五比四取胜，名声大振，尊为天下第一，进翰林院，做玄宗皇帝棋待诏，赐封九品。王积薪表面上做体育工作，其实就是宫中陪帝王妃嫔太监达官们下棋的御用娱乐人士。跟李白角色差不多，一个写诗，一个下棋，并无高下之分。

李白系"盛唐三绝"之一。

民间传说的"盛唐三绝"，历来有官方和民间两个版本。官方的版本说是文宗皇帝发文件，授予李白诗、张旭狂草、裴旻剑舞为"盛唐三绝"。民间士大夫不满了，诗书为文，夹带个武算啥？于是，民间的"盛唐三绝"，把裴旻剑舞换成了王积薪弈棋。天宝十五年，安史之乱，唐玄宗在长安城待不住了，逃到盆地。逃命途中的李隆基，少了娱乐就心虚，把王积薪也带了去。

某夜，王积薪暂宿于一老妇人家屋檐下。夜里的茅屋，黑灯瞎火。忽听屋内有人对话，对话之人似老妇人和她儿媳。老妇人说，夜长，下围棋吧！小媳妇回，嗯那。

王国手就奇了，看都看不见，咋下呢？便把耳朵贴于窗前，细细偷听。

起东五南九放一子。

东五南十二放一子。

起西八南十放一子。

西九南十放一子……

黑屋里，你一句，我一句。

第三十六步，老妇人道，娃，你输了，我赢了，赢你九路。这下，王积薪吓坏了。荒村野店，竟然碰上了两个女人隔着夜空下盲棋，佩服得不行。天亮后，向老妇人请教。老妇人便叫儿媳给他讲昨夜棋局。此棋局乃婆媳首创，没名，王积薪就给取名"邓艾开"。"邓艾开"的核心着法，即"一子解双征"。

向书河和齐鲁听罢，也都称奇，叫蓝守玉速摆上"一子解双征"，一睹为快。

蓝守玉便摆了：至白四十二，黑三以下一块棋和黑七以下另一块棋都将被白方征吃。

27.4 【一子解双征】

齐鲁让向书河先手。

向书河执了黑。他知道这是名局，不可图快，须深思熟虑。一招不慎，会酿下不可逆转的苦果。

他并未抢着捏子，而是细细算计起来。从柴瑶和施云那已打听到齐鲁和蓝守玉都是业余围棋中级段位选手，而自己只在上了大学才养成此爱好。不过，实战的棋局，他也有过深研的。

左下角一块黑棋缺少气，有一眼至为重要。若被白方占据，这一坨便无路可逃。

向书河尝试着在那眼里着了一子。所谓占据先机，前提是那先机要被自己发现。要给对手弄走了，局面极有可能朝相反的方向推演。

齐鲁瞥了一眼，没有理那子。在右上角外围一串白子外尖了一子。显然，齐鲁并不认为那个眼是双方争夺的唯一机会。

向书河一看，齐鲁要从外围消灭他，也跟着尖了一子，往外围长气。

齐鲁见向书河跟了上来，忽然转到左边堵了一子，打吃，顺手夹了右上边一块黑子。

向书河一看，两块棋都没眼了，便认输道："黑三以下一块棋已被征吃，输了。"

几人又品茗寒暄了一阵。这当儿，蓝守玉已将棋局还原。

按照围棋礼仪，这回轮着齐鲁执黑。

有了向书河的前车之鉴，齐鲁寻思半晌，在右上角，紧挨白棋，往右尖了一手。这一手，既保护自己，又可往外拓展，对白棋形成反包围。

哪知向书河也没理他，兀自在刚才执黑看中的那个亮眼处，布下一子，把白棋的眼气堵死了。

齐鲁一看，这不是刚才的翻版？难道，书记逼我以其人之道还治其人之身？也不敢怠慢，赶紧回过来也长了一手，准备往外突围。

向书河没让他喘气，直接在左下白棋势力范围之外，下了一棋打吃黑棋。

齐鲁一看，黑棋以下一块棋已被征吃掉，也认输。

靠膀的、对局的，继续品茗，交流观棋心得。

尚小林建议，可以尝试一下在最外围开辟土壤，不顾局部棋的死活，或是一个思路。尚小林的建议，被向书河和齐鲁异口同声否决掉了。

不顾自己的士兵，临阵脱逃，再多的地盘也不够丢。在原则问题上，两人观点一致。

研究一阵后，向书河和齐鲁，请蓝守玉发话。

蓝守玉不客气点评道，此局面，一般高手，有两种着法，皆拘泥于把眼光放在如何贯黑子的气，解眼前之围，但仍然无法挽回败局。王积薪的下法非常高明。跳出一般棋手的思维定式，从外围着手，一子定下了最大一个赌局，激发了埋伏于内部的那些棋子的生命力，竟救活了自己死掉的两块棋。

蓝守玉示范着执了个黑子，在左上角，对着一串白子尖了一手。

几人一看，这一手，果然占据了战略位置。既断了白棋想包围的想法，又呼应左右两片。

向书河叹道："一夫当关，万夫莫开。妙！"

向书河推荐齐鲁对阵蓝守玉，把棋局完整演绎一遍。从黑一"一子解双征"起，把白棋困在中间，到黑十七手，黑棋全局颓势陡然改观。

见向书河和齐鲁兴致颇高，蓝守玉又摆了个"一子解双征"实战学习的案例，让二人对局。

向书河执黑，先行，走成了死局。

换齐鲁执黑，也走成了死局。

两人百思不得其解，又请蓝守玉演示。

蓝守玉就演示。放了一子，救活了两块几乎死掉的棋。

27.5 【偷换概念】

玩了几局，几人开始闲扯起来。

尚小林问："蓝先生，今天你这么一出，是在给向书记和齐鲁，演绎做局还是救局？"

蓝守玉笑而不语。

齐鲁道："没有做局，何来救局？"

尚小林道："会做局，也会救局。救局的天才，也是做局的高手。"

向书河道："蓝先生是在变着花样给我们上课啊。"

齐鲁和文雄也附和道："是啊，是啊。"

蓝守玉道："几位修炼极好，觉悟高出常人一大截，何须在下班门弄斧，见笑了。"

向书河道："我和文雄来，其实也是恳请齐总和蓝守玉先生，给屏羌的开发支个招。"

蓝守玉仍是笑而不语。想来他该说的，已在刚才的棋局中演绎过了。

齐鲁道："屏羌南岸项目情况，施云和柴瑶已与我提到过，蓝先生也有推荐。不瞒各位，我也有到屏羌投资的想法，一直苦于没有想到解决方方面面遗留问题的招数。"

其实，蓝守玉和施云何时向他说过此事呢，都是柴瑶说的吧？

蓝守玉清楚，当着向书河的面，齐鲁也只能如是说。蓝守玉和施云就是两张挡箭牌。

向书河问道："那，齐总现在的意向如何？"

齐鲁想了想："意向一直有的。只是原来开发商，就是矿老板那儿，不是还有个过不去的坎吗？再说，资金链恐怕也是哪个开发商都会面临的困窘。"

文雄道："齐总放心，只要你有信心，我们就有足够的诚意。"

向书河补充道："如果齐总能去屏羌看看投资环境和项目意向，就是不投钱，也是对我们屏羌，包括对我本人和文局长最大的支持。我们可以共同克服困难，想一个搁平方方面面的万全之策。"

齐鲁道："今天与书记对弈，又有蓝先生暗示，我很高兴，忽生灵感。"

向书河道："哦？那还请齐总不用客气，不吝赐教。"

齐鲁道："书记发话，我就直言不尽了。按理说，你们那个'水天花月'

项目概念老套，土地和资金是两道槛，囤积土地的土包子又是方脑壳，确实有问题，几个小迷局，弄成了一个大死局。"

向书河道："你说的这些，我们团队也看到了。现在就是需要各位支招，解决眼前的死局。"

齐鲁道："开发商有句行话，换楼盘不如换老板，换老板不如换脑壳，换脑壳不如换概念。"

向书河似乎得到了某种启发："换概念？"

齐鲁道："对。就是换概念。"

向书河两眼茫然。

齐鲁笑道："书记是搞政治的，可能对我们这一行不是很有心得。"

向书河道："那是，那是，你是资本家嘛。搞经济，还得向你拜师补课。"

"岂敢称师。再说这课也不好补，交学费交出来的。学费是啥？学费就是资本。资本是啥？"齐鲁捏了一枚棋子，在棋盘上轻轻敲了一下，"这就是资本。你说它是一个子，它就是一个子。你要说它是某个撼动全局的劫，它就是劫。紧一口气，是死劫，缓一口气，是活劫。是死是活，那要看下棋人把它放在全局的啥地位。在已经摆好的局部看，本来是死的，放在接下来的全局看，有可能它又活过来了。为啥？"

"一子解双征！"尚小林和文雄两人一口应道。

大家就都笑了。

齐鲁道，资本狂人刘某某，20世纪90年代买卖国库券和认购证，后来倒腾法人股，搞定向增发，最近又高调涉猎高端艺术品投资，由"法人股大王"摇身一变成了几大艺术品拍卖机构的"封面王子"，专买拍卖图录封面最贵的那件艺术品，最后自己把自己生生弄成古玩圈的网红。

蓝守玉和尚小林自然知道齐鲁说的"封面王子"是谁。向书河和文雄不知道。

齐鲁就给向书河和文雄聊刘某某。齐鲁友情提示，他的信息来源于沪地朋友圈私下里的传闻，不可不信，也不可全信。刘某某自吹自播，是玩投资概念的高手。他玩的叫概念吗？齐鲁说他就没见过啥才真的叫"概念"。以后有机会，本公子玩给他看看。说到概念，齐鲁就又扯开了。屏羌的城镇化项目，要由卖房子转为卖文化。开发投资，从硬融资死投资，转为资本活运作。几个概念闻所未闻，大家也听得云里雾里的。扯者神扯，闻者神闻。向书河更像听天书，上眼翻下眼。不过，看得出来，几人对齐鲁的话题很感兴趣。

蓝守玉也感兴趣，附和道，城市本来就应弄文化。附和点到为止，要过了，就有拍齐鲁马屁的嫌疑。

姑妄言之，姑妄听之。说笑中，也到了晚餐时间。

尚小林提议，项目的事情，既然书记和齐总有意向，下来再进一步洽谈细节，现在去吃饭。几人就随尚小林到金城广场西餐厅。

柴瑶、施云和童桐已逛完奢侈品店，在餐厅里点菜候着。

27.6 【书记家事】

黄昏时候，向书河、文雄、蓝守玉和童桐，告别齐鲁、柴瑶和尚小林，打道回府。

文雄建议向书河回一趟家。向书河道，家里就一女孩，在堰城一所私立学校，快上初一了，因为没到周末，孩子在住校。

童桐问，回荣城家吗？向书河道，荣城哪有家，他就一根藤。童桐不解，这么说，嫂夫人不在省城？向书河并没有直接回答，不是没在荣城，是没在人世了。见蓝守玉、文雄和童桐都不说话，向书河才说，他的爱人原来在堰城中学教书，大地震时，留在废墟里了，那天，孩子刚满周岁。

几人一阵唏嘘。

童桐道，向大哥父女福大命大。蓝守玉瞪了她一眼，咋说话呢？向书河道，没关系，她没活过来，是命。听蓝守玉提醒，童桐来了兴致，问向书河道，那书记每周都要回家陪孩子？向书河道，自己做父亲并不称职，孩子委托一个表妹带着，还放心，但毕竟跟父母带不一样，所以只要能抽出时间来，都会回。

几人又一阵唏嘘。

童桐自告奋勇道，这回书记到屏羌，恐怕陪孩子会少了，要不把孩子带到三江吧，帮书记带？文雄附和道，对呀。蓝守玉道，你大大咧咧，像带孩子的人吗，先把自个料理妥当吧。向书河道，谢谢，孩子从小内向，认生，走一步算一步吧。

几人也不再说啥，分头上车。文雄随向书河回屏羌，蓝守玉和童桐回三江。

第十章　五祥

28.1　【留一手】

蓝守玉收到“隐蓝”信息，说她干外公和墩子哥都已回家，老人请他去龙隐谈点事。

跟一个农村老头有啥好谈的，会与甜白盏有关吗？难不成“石磙子”还留了一手？

直觉没错，“石磙子”和郭墩子还真留得一手。想到甜白双鱼盏和龙隐山上的未解之谜，连日的疲倦一下轻松许多，就早早地睡了。

寒露之后，三江的清晨一日比一日凉。凉好，到周末，终于可以裹条慵懒的被子，睡个长觉了。

蓝守玉没恋床习惯。

清早起来打开手机，提醒有新信息。

柳叶萍回复，师傅赵青花已过目甜白双鱼纹盏图，货不错，景德镇永宣御窑。师傅特意夸奖，说眼力不在胡子长，徒别三日，令师刮目。能得到师傅的友情支持，奢侈。老手艺人，哪个不是倔脾气，较真起来，几头牛都拉不回的。师傅不认可你手艺，哪怕玩意是国宝也无用。柳叶萍顺带提到师傅仿烧永宣官窑进展，甜白算失败了，欲弄出和田玉一般的“甜美感”，火候分寸实难把握。至于像纸一样薄的胎釉，非一般大师能拿捏，厚则不到位，薄了一烧就裂。试烧十余窑，一件未成，应为胎土差异所致。高岭附近一带的老麻仓土，早已禁采。能否觅到最佳替代胎土，成了烧造的瓶颈。甜白釉未成功，青花红釉却烧出八九分，青花和釉色发色尚可，剩下的问题，釉下宝石红还有点距离。师傅仍在寻觅对比标本。

蓝守玉回复道，永宣红釉现在对比器都在大博物馆，瓷片少不说，瓷都龙珠阁御窑窑址出土也无多，大都藏在文管所的库房里，秘不示人。窑址被文物部门关闭后，在普通市场上找对比标本，不是完全没有可能，而是概率太小。

“影”回了邮件，大意是团队的国学长辈研究甜白盏、磨子鱼诗及相关资料，基本可以认定甜白盏的景德镇御窑出品身份无问题。

国学大师不是古陶瓷鉴赏家，但大师也不是白叫的，常年浸淫历史文献、传统文化，对古物的把握八九不离十。没吃过猪肉，还没见过猪跑？鱼诗虽说晦涩，仔细研读亦能从中悟得此物曾经主人的大致背景。目前尚难准确梳理两者之间有何必然。此问题，蓝守玉倒是有数，只是他并未告诉"影"，大师自然无法获得更多信息，不敢确认也在预料之中。"影"的回信提示，大师尝试过解读琉璃磨子鱼题诗：大概是那个神秘的主人，离开一个叫"渭湟"的地方去盆地，闻得杜鹃幽怨，睹物思情，顿生伤感；诗里关于大乘山上美景笔墨，烘托某种看破人间冷暖、享受尘世之外的逍遥意趣。只是，从文理上看，不大顺畅自然，或刻意而为。莫非，主人公在躲避与纠结？

"影"还谈到一点，国学长辈反复研究藏头诗后，尝试还原了一个版本："应五竹僧水月寺文"。水月寺符合目前掌握信息。如此便可以解释，为啥"大乘山"叫"龙隐山"了。若藏头诗一说成立，还须解决"五竹僧"是谁的问题。接下来，需要找到琉璃磨子鱼来历的证据链条，以确认诗跟他在龙隐山上所遭遇一连串神秘事件有关，比如能将"大乘山"改名"龙隐山"和"水月寺"改名"龙隐寺"，以及"蜀王公用"供奉器三者联系起来的线索。

从这个方向出发去突破的话，破解也就值得期待了，甚至有可能揭开一个惊天大秘密。不过，此猜想暂时还不能透露，需要等待更多的线索冒出来强化印证。把时空放大些，会发现叫龙隐寺、龙隐山、卧龙坡、卧龙溪、寻龙坡等的，也非个别现象，大多与一些传说附会有关。比如某个帝王造访，留下传说。题诗提到两处地名不容忽视，可"龙眠刹""凰栖坊"怎么着也不只是主人即兴想象那么简单吧。作为学术的想象和假设，有个度，这也是需要考虑的因素。

要解开此秘密，需进一步实地细察宝物来龙去脉。宝物的主人，当年究竟遭遇了什么？

"影"特别提到，因年纪关系，国学前辈不能亲临，委托龙助理来盆地实地察看。

前辈就是厉害，蓝守玉之前也看了那么久，想到多种可能性，可愣没看出是藏头诗！磨子鱼上只刻了四竖行，每行上下两句，不提醒还真想不到这一点。

引兰院子里有五种颜色的竹子。龙隐镇上现五色竹，本就蹊跷。现在又冒个"五竹僧"出来，难道也与龙隐寺有关？如此，"五竹僧"又是谁？他的身份与龙隐山有啥关联，与甜白盏有甚关联？

蓝守玉忽然有一种强烈的预感，假若龙隐山深藏某个惊天秘密，那么随着甜白盏的问世，好多东西将浮出水面。

自己正是那个秘密的寻找者，只是暂时未果。

不仅自己在找，很多好事者都在找。他们都在寻觅一个人——"他"的踪迹，已然是天下读书人的不灭永伤。

就是"他"！国学前辈并未直接道出这个假设，但他相信大师与自己的想法不谋而合——都指向某一位尊者。现在确认为时尚早，眼下还缺乏最有利最直接的证据。他笃信自己的直觉。

蓝守玉回复"影"，请她代为致谢前辈，也表达了欢迎龙助理到龙隐考察的意愿。"影"要能一同前来更好了。他在信末画蛇添足附上一句："望能早一点见到传说中的你。切切！"

回复完邮件，忽然有了修一下边幅的冲动。下楼叫童桐把洗面奶给他。童桐说，今天有啥特殊情况，相亲？他没搭理她，又上楼翻出刮胡刀，对镜装扮起来。

吃完早饭，捎上给墩子的东西，准备出门。

童桐问，真要去相亲？他道，做你的事，前段时间会所生意不好，就你心不在焉弄的。童桐道，你难道没觉得又被哪个女的灌迷魂汤了，成日东窜西窜，还赖上我了？说罢，又觉不放心，问去哪，要不要也一块去。他道，去龙隐。童桐戏问，龙隐出妖精了？看你三天两头往那跑，才不去哩，去屏羌还差不多。他道，东想西想啥哩，人家文哥是个干部，有家有室的。童桐哪听得这种话，便吼道，干部咋了，要朋友也高人一等？他也懒得搭理了，径往龙隐赶去。

28.2 【风起的时候】

风起的时候，蓝守玉看见了引兰在古镇桥头张望。还是第一次见到的那身细花衣裙。有秋风卷动。

引兰惊慌地试图去捂，又捂不住，弯着腰，一脸的囧。

他不敢看，刚开的车窗又掩上。

不过还是未能避开，瘦得令人揪心的女孩。想到"面条"，一个瘦削精致的名词。高中时，学校来了位年轻漂亮的音乐老师，同窗们背地里都叫她"面条"。"面条"又如何能衬得美女老师的好？有次，路过教师公寓，老远就见着她在晾晒衣服。她在二楼，他刚好打楼下路过，一抬头，便明白了"面条"的意思。不对，肯定不是一个赞美的词。那又是啥？对美女老师高冷之态的惩罚性恶搞，还是青春期的莫可名状？自寻烦恼罢了。风，飘过。荡漾，飘过。剩下"揪心"，真的令人揪心。单薄如丝的"面条"，那是他第一次对女人的身体担心。

作为悲剧的"揪心"，并未随时间淡忘，却被赋予幽默的光彩。就像现在，他的"揪心"被重新唤醒。

看过一部电影，卖鸡毛掸子的周星驰，瞧见青春姑娘袅娜过桥，吹一口"星仔"气……那一刻，刚好有风可借，姑娘的衣裙掀飞了，周星驰吓得赶紧躲到银幕的一角。

姑娘成了周星驰的女友。

好笑很快凝成眼角的惊讶——后视镜里的姑娘，正朝他款款而至。

他有些担心，天愈来愈凉。姑娘，你该加衣了。他不知道怎么无缘无故有了诗性。

他下车与引兰互致招呼。而后，朝黄桷树下走去。

28.3 【重阳】

老远就闻到一股熟悉的肉香。蓝守玉自觉纳闷，谁家烧腊肉？引兰说，我家啊，哥正烧猪蹄。烧猪蹄？久违的口福呀，他自言自语道。她说，是呀，先用柴火烧一下皮，煮起来好香脆的。

"香雪"已早恭候在龙门。脖子上的绳也解了，正舔着舌头打招呼哩。他有些怯的。她说不用怕，聪明着哩，一次就把你记住了。记住啥了，"双鱼"味道，还是"土豆"模样？他自己也莫名其妙。

听他俩说话，"石磙子"和郭墩子也出厨房打招呼。

引兰说，她去泡"龙隐雪芽"。

"石磙子"身体更佝偻了，脸色也不太好，同他寒暄，上喘下吁，接不上气。看来石像案一事，把他给弄垮了。他就劝"石磙子"进里屋休息，不用管他。"石磙子"就吩咐墩子和引兰，把晌午弄好，好好款待老板，说老板帮了他家大忙，至今还没吃过一顿素饭哩。他就顺着话说，吃，今天一定吃的。

捧了"龙影雪芽"，又想起"香雪"、秋兰和五色竹。"香雪"还是前些时候的逍遥样，秋兰已过花期。没了暗香，残蕙也被秋光的斑驳给淹没了。大黄菊的金，倒是火爆亮眼。临午的阳，叠加了菊的金，辉照五色竹丛的枝干，颜色愈加夺目，老远也能大致分辨竹节上的三五颜色。

怎么跟上次看到有些异样？细看才发现，少了几株。

见引兰正好在往堂屋里送菜，就问了要竹栽的事。她说挖了几棵放墙角了。一看墙角，果然卧放着一捆，连笕带枝，用秋稻草打了包。他纳闷了，问道，不说让墩子上山挖么？她道，去了的，又空手回来了，说迷路了，什么也没找着，就挖了院子里的。

他又夸她家茶好，乡下农家的小惬意，也喝出神仙的感觉。掺了三回水后，她招呼他进了堂屋。

一张老八仙桌。四根凳，七副碗筷，堂壁摆了一香案。"石碌子"正在上香。引兰道，今儿重阳，老人在祭祖哩。

重阳登高，采菊怀旧。祭祖倒是头回听说。

老人上完香，招呼他坐了右席里头，自己坐了主席。引兰和墩子坐了下席。空席放了三副碗筷。老人说，三副碗筷是给引兰爹娘和墩子的六如师傅备的。

28.4 【额上双鱼】

待大家坐了，"石碌子"挑了话头："今儿请蓝先生来，原有两桩事一直闷在心里。六如师傅和引兰爹娘，生前有话托付。第一桩呢，就是引兰了。她爹娘托我照顾。第二桩呢，一桩隐事，六如师傅和引兰爹也有专门交代。我们家是几姓人，我一姓，墩子一姓，引兰一姓。一个老光棍，本来一人混吃，全家不饿。谁晓得还有缘，遇见墩子和引兰爹娘。墩子有娘没爹，引兰爹收留了娘儿俩，这样说来，引兰的爹也算墩子的爹。乡下有这规矩。引兰爹娘死得早，她娘生引兰大出血死喽，没见过引兰，引兰也没见过她娘，有啥办法呢？引兰爹，对引兰娘，对墩子，对我都好，人家同意收留我们三个，就有恩于我们呐。他有手艺，会做豆腐，是个好人。好人咋就死得早呢？不说了。反正，你们两个娃要记住你爹的好。"

引兰和郭墩子就说记着哩。

"石碌子"又道："记着才是孝子，乡下人要懂得知恩图报。今天把蓝先生请来，因为蓝先生是我们家的大恩人。"

蓝守玉道："老人家折煞了，蓝某哪敢称恩。"

"应该的，不是你，我老骨头扔里头不说，墩子也怕要遭罪呀。"

"举手之劳，不值一提。"

"要提的。乡下人讲规矩，滴水之恩，当涌泉相报，何况救命。我也不能为你做些啥。请你来，一是把两个娃转托付给你，再是六如师傅和引兰她爹有嘱托。"

说罢，就叫引兰和墩子跪到香案前，请蓝守玉站在一旁，碌子自己站另一旁。

"石碌子"自言自语道："今儿重阳，我们家开祭祖，请你们几个故人回来作证，你们要找的印堂上天生一对青鱼的贵人找到了，他就是蓝先生，我们家的大恩人。在此备薄酒一杯，完成你们的遗愿。我有一个想法，让引兰和墩子拜蓝先生为小干爹。不过，这事还得征求蓝先生意思……"

"石碌子"说印堂上天生一对青鱼的贵人，会是谁呢？蓝守玉下意识地摸了自己的额头。额头有没鱼印自己也见不着，汗珠子倒是一挂接一挂往下赶。

见老人不像闹着要把戏，还能说啥呢，也就应承了："使得，使得。白捡着一对干娃，托福哩。"

老人又对俩娃道："磕响头，磕三个，喊干爹。"

引兰和墩子就喊"干爹"，磕了三个响头。

干爹也不能白叫。蓝守玉伸手拿出钱包，数了两叠百元票子，给干儿干女，作利事。

俩娃咋敢接哩，望着老人。老人想了想道："蓝先生这算是认了这门干亲。利是钱，有个心意就行。乡下规矩，月月红的。"

蓝守玉就一人数了十二张，递过去。老人看了，道："十二块也是月月红哩，不用那么多的。"

他坚持要给。老人也不好再推，道："你们干爹仗义疏财，看来，我没把人找错。"

俩娃就收了"月月红"。

原来天上真能掉饼子。他摸了摸额头，不会又做白日梦了？

还有更大的意外等着。

老人牵他手道："今天请蓝先生到龙隐来，其实还为了一件重要的事。"

他丈二和尚摸不着头脑："不是刚收了一对干娃吗？"

"那是一桩。"

"还有一桩？"

"嗯。"老人边说边指着香案，"在那哩。"

老人的意思是那块红布。一块普通的猩红布，色有些暗，有点像僧人的袈裟。细一看，红布下似笼着啥宝贝。

"今天特别要交代，就是它。"

"引兰爹娘还是六如师傅的交待？"

"算引兰爹和六如吧。这事瞒着她娘哩。"

"哦，你先前说的谁有嘱托？"

"对。他们说要等一个人。"

"谁呀？"

"也没说。引兰爹先走，走时说找六如师傅。六如也走了。六如走时又说，等一个人来龙隐，他不是一般人，只有他识得甜白双鱼碗，额头上长双鱼青印，也会喜欢上五色竹。六如说，那人是我们家的大贵人。"

"贵人找到了？"

老人直接把话说开了："六如厉害呀，能掐会算。我们家也不知上辈子造了啥福，遇上了老板你，果然跟六如说的一模一样。"

又是看宝贝，又是招干儿干女的，"石碌子"和墩子的意思，他也明白。可是，这……？

他早已抑制不住好奇，红布下究竟笼着啥宝贝呢？便道："我哪能白看你们家宝贝？"

"石碌子"盯着他额头说："咋叫白看哩？老板帮了我们一家那么大个忙。"

老人盯，俩娃也盯。盯得心慌哩，难道额头上真如老人说的有两条青鱼。若真的有，它们是不是也如梦境一样自由自在……

正寻思，老人已叫墩子揭了香案的红布。

听得谁"呀"的一声。是引兰。引兰的尖叫，有些尖锐，仿佛有啥落到一团空气里，由远而近，从甜白杯始，到龙隐山上的一串谜，莫名的神秘愈加黏稠浓烈……

令他窒息的，何止那黏稠浓烈，还有一屋子不可思议的深蓝四溢。

下意识地揉了揉眼睛。堂屋的光线并不如院坝的敞亮，又哪来宝石蓝的闪烁和晶莹？

当他真切地瞧见那宝贝时，脑袋"嗡"的有些晕眩……

28.5 【大龙缸】

大个子的宝贝，差不多半人高！

青花看得多了，釉里红也看得多了，能散出如此宝光的青花釉里红，他是第一次看到。

第一直觉落在宝光上。此玩意手艺当属神物级别，没法传授，只可意会。从文物鉴定学的角度讲，要靠眼学，日久天长积累的一手经验，加上不可复制的天赋，最后形成某种特异性的感官敏锐。

凭直觉，他认得此宝物应是明早永宣到代无疑。最近一直有某种持久的冲动和预感，这下好了，冥冥之中的青花釉里红大缸！

双鱼龙纹。唇口，直颈，丰肩，上半部腹鼓，下半部微敛。平足。肩颈和足，绘了些青花植物和海水江崖纹饰。主体为两尾摩羯鱼龙了，一青花，一釉里红，釉里红发色红里带紫，准确地说是釉里紫。中间火焰纹，也是釉里红。跟甜白盏的纹饰一样，两条硕大的鱼龙，围着缸沿，神行抢珠，明朝皇家的经典纹饰。摩羯鱼龙，传说中的神物，游于天，游于海，游于人间大地，体现永宣时代的开放和自由。

釉里红很惹眼。王朝开国皇帝朱元璋喜欢红，朱就是红嘛，小时候光脚赤贫，参加红巾军发了迹。从草根干到红得发紫，"朱"姓氏似乎带给了家族的运气。事实上，整个明朝，对红色都极为推崇。包括晚明的"红绿彩"，大红大绿，今天认为"红配绿，丑得哭"，明朝人看到的却是，绿叶红花与生机勃勃。

青花是永宣发色最标准的那种，玲珑剔透，如雨后晴空。正宗苏麻离青幽蓝，传说中五百年前西域的流行色调。

"鬼斧神工"才能匹配它的神貌。

类似大缸，他并非第一次见。上海博物馆有一只次品，发色浓重，釉面略微起伏。景德镇龙珠阁有件瓷片修复品。御窑遗址永宣到空白期地层，出过许多青花龙纹和鱼龙纹标本，没见着青花釉里红的鱼龙纹标本。窑址标本青花发色稍差，所以被砸。

上海博物馆和窑址的青花大缸有个共同点，无款，且都是青花。文物专家推测，应是宣德晚期到空白期正统朝的过渡品种。师傅赵青花就此与他还谈到过，这种过渡品种也算官窑。那为啥不写款？赵青花研究了一辈子都没搞明白，就猜测，理论上明朝永宣前后，还应烧造过青花釉里红的龙纹或鱼龙纹缸。他同意类似东西可以判断成宣窑一说，不过，对师傅关于青花釉里红的龙纹或鱼龙纹缸的猜测，他却不以为然。今天看，师傅的猜测可能是对的。

每次去上海博物馆，到了宣窑青花大龙缸前，就不想挪步。恁大的缸，咋烧制的？

烧造青花龙缸，难度系数超过想象，何况青花釉里红。青花和釉里红的最佳发色温度，误差五十度左右。全靠肉眼分辨窑炉火色，在青花和釉里红之间寻找一个两头都能出彩的平衡点，比登天还难！

嘉庆时，有个著名的陶瓷鉴赏专家叫蓝浦，他写了部研究景德镇陶瓷烧造的书——《景德镇陶录》。书里讲，明时烧造一口中等大小龙缸，也就是差不多一米多高，且不说之前数十道烦琐工序，光最后一道窑烧，就要费时十九天。费时，自然费柴。民间小窑，对烧造工艺要求不高，只能烧小器。小器可攒烧，一窑千余件，费松柴百杠。大窑烧大缸。一窑烧数件，费松柴四五十杠。

御窑烧大龙缸呢？民间大窑烧不了龙缸。景德镇最先进的工艺、设备、人力、财力的御窑厂，才能干这事。烧中等个的龙缸，一窑三四件。像眼前这种大半人高的超级大龙缸，放进去三四个坯，出来能有一件成，就要烧高香了。关键是，瓷缸放在窑火里，结果咋样，无人知晓，只有等火灭掉，窑温冷下来，进去看，是啥样就是啥样了，听窑神由命。他就听师傅说过，师傅曾经仿烧过中等个的青花龙缸，十窑九坏，十缸九歪。大龙缸就从来没烧成过。再说，宫廷对御窑产品，那个挑剔呀，跟选秀一样。蓝浦就说，"百不得五"，烧成一百件，挑中不到五件，尚不含那些本来在窑里就已坏掉的。没有挑中，往往有啥瑕疵，按一般人理解，也算成品，但监陶官说不行，还得打碎掩埋。

文献又载，御窑厂烧造瓷缸，每件估银五十八两八钱。啥概念？当时官窑瓷，平均成本估银一两。也就是说瓷缸，为其他官窑器成本的近六十倍。烧大半人高的超级大龙缸，成功率更低，根本不计成本。万历时烧大龙缸，烧了几年，一件都没成。还有个故事，清代监陶官唐英在《火神童公传》里讲的，说万历朝童姓窑工，奉旨烧龙缸，屡烧屡败，烧得天昏地暗欲罢不能，索性跳进窑火，这一跳，大龙缸成了。

也有个纵向的比较。明朝瓷器有三个高峰，永窑甜白，宣窑青花，成窑斗彩。本来，永窑青花就已十分稀罕了，常见青花一束莲盘子，动辄逾千万。永窑青花，与宣窑比，相当于河套绿洲最优质的良种马，比西域汗血宝马，差了好几个档次。从价值上说，同样的瓷器，宣青为永青数倍。有人不理解，凭啥宣青那么贵？不是"永宣不分"么？宣青贵，可能因为双鱼座的宣宗朱瞻基，没五行缺木的成祖朱棣名气大。在历史舞台上，两个人表面上一家人，其实还是两路货，一个低调，一个高调。要专心致志看宣青，内心可能会动荡。原来发色绘工，与情绪如此契合！看其他朝青花，难生此种妙觉。曾经不止一次去景德镇御窑看过，被宣宗娘砸掉的蟋蟀罐。朱瞻基喜欢斗蟋蟀。正统帝祖母，也就是宣宗娘，张太皇太后执政时，就对宣宗的嗜好挺厌恶。正统登基，怕小皇帝染此恶习，下了个"罢去玩好之物"诏令。张太皇太后砸掉宣德蟋蟀罐，也砸掉了双鱼座男人的白日梦。

宣窑青花釉里红鱼龙抢珠纹大缸，十分珍罕。有人作过估价，龙珠阁那件瓷片拼成的大龙缸，估值二千万。上海博物馆那件次品，少说也要两三亿。眼前这件，比那件次品大不说，釉光品质、青花和釉里红发色、绘画题材和工艺成就，哪一样都高出一头。说是国宝中的国宝，一点也不过分。

关键还不仅于此。让蓝守玉心眼提到脑门子上的，是他竟然发现了缸口下沿有一行字款：

　　　　大明宣德七年宣皇帝下旨遣太监侯显赍敕水月法工特样饶州府浮

梁县督制

三十二字!

愈加窒息了。

字款意思大致是说宣德七年,皇帝专门发话,赐龙缸制式,让浮梁知县督
烧,最后派大太监侯显赍赐奉水月寺。

若非刻意的新仿恶搞,那么题款以物证的形式证实了宣德皇帝对汉藏杂居
地僧众百姓施以怀柔政策的文献记载。龙缸的胎釉青料和工艺符合他所掌握的
宣窑青花标准。看内容也是平淡中藏有一股子煞有介事。

他下意识地捂了捂自己的额头。汗珠子又下来了。

28.6　【青花遗事】

瓷器上写如此长的青花字款,似乎有两件传世物件有印象。

大英博物馆大维德东方艺术基金会藏至正十一年元青花象耳瓶,铭文
六十二字。早背得烂熟:

　　　信州路玉山县顺城乡德教里荆塘社奉圣弟子张文进喜舍香炉花瓶
一付祈保阖家清吉子女平安至正十一年四月良辰谨记星源祖殿胡净一
元帅打供

景德镇龙珠阁御窑遗址出土永乐黑金釉炉,从窑里出来即被砸坏,字款已
不全:

　　　永乐二十一年岁次癸卯……吉日喜舍湖坑大桥求……

至正十一年元青花瓶的字款,讲述了一个叫张文进的富豪,向寺庙进贡宝
贝的来龙去脉。从内容看,属于私人定烧。龙珠阁黑金釉炉关键的字款遗失,
只能推测也属于御窑的定烧瓷,且与纪念某个吉祥的事件有关,不过不知是官
家自己定烧,还是用以赏赐。专家都在自说其话,而蓝守玉在研究后认为用以
赏赐某个著名寺庙的可能性大,一般宫廷用瓷无须特别说明。

从黑金炉记载的永乐二十一年,到眼前龙缸说的宣德七年,时间不过十一

年。十一年，明王朝有啥大事发生？

目前能得到的御窑体制信息看，前后十一年并无甚变化，只是成祖换成了宣宗。事实上也非如此简单，永宣过渡时期，很多东西正在微妙演变。比如对于后藏和前藏的管辖，两个皇帝都认识到怀柔的重要性。

这里有必要提到一个人，大龙缸青花题款说的太监侯显。蓝守玉酷爱明朝官窑，明史自然熟悉，对明初洪武、永乐、宣德三朝的兴衰也有了解。永乐出了郑和，明中晚期出了几个专权的大太监，如正统王振、成化汪直、正德刘瑾、天启魏忠贤，他们的故事贯穿了一部明史。像低调做事的侯显，参与重要内外事务，在明初三朝也在情理之中。

永乐宣德时，侯显有些传奇，干的事情可不比郑和小，名气却没郑和大。郑和七下西洋，拓展海上丝绸之路。侯显屡进藏区恩抚。一出海，一进藏，水陆并进，都干的开疆拓土、稳定江山的国事。

《明史·侯显传》载，侯显老家在藏地甘南，原来的名字叫洪保希绕，最大的功绩是"五使绝域"。侯显五次奉诏进藏，分别为：永乐元年二月、永乐十一年二月、永乐十三年七月、永乐十八年九月、宣德二年四月。

第一次进藏，他干了两件事，一是把甘肃青海境内的藏区动乱摆平了，老家临潭的藏族笤土司还派了人马，随他到了卫藏。后来他带了哈利麻等一拨宗教首领到京，把成祖高兴坏了，立马升为司礼少监。后来还跟着郑和参加了第二次和第三次出海。

第二次进藏跑得更远，去了尼八剌、地涌塔两国，搞定山南。把格鲁派的创始人宗喀巴的大弟子释迦也失请到皇都，封了个大慈法王。

第三次从海路，绕道到了更远的东印度，足迹几乎遍历藏地。

第四次，有些曲折。藏区有个小佛国叫沼纳朴儿，要攻打另一个小国榜葛剌。榜葛剌的国王赛佛丁赶紧告诉朝廷，侯显又进藏给两个小国宣谕，赐金币，两头撮合搞定。

最后一次，京城的皇帝已经换成了宣宗。侯显受宣宗所遣进藏，历时两年，加强了明朝中央政府与其所封西藏地方的联系。

五次功劳，明史都给予肯定，"劳绩与郑和亚"，这话语焉不详。表面上说比郑和差不多，但仔细揣摩，似有隐情。

从时间看，眼前所见的大龙缸所载宣德七年赏赐水月寺，应属于五次进藏之后的事。《宣宗实录》只说到宣德四年，侯显归自乌思藏（西藏自治区），不久向朝廷告老还乡。朝廷在这个时候赏赐造水月寺，地处盆地西部，目的应为遏制前藏。那里民风彪悍，土司动不动就要闹械斗，从某种意义上说比侯显老家甘南更不纯净。水月寺又为汉藏杂居佛寺，举足轻重。

也许有人会说，王会搞定的。

哪个王？肃王还是蜀王？蓝守玉迷茫了。既然王自己能搞定，侯显跑来干啥？难不成，还有啥要紧的秘史？明朝初年，除了开疆拓土，安抚藩国诸王，还有啥更大更蹊跷的事，需要侯显这样的帝王心腹亲自督办？

想到这里，蓝守玉仿佛看到一道闪电。闪电照亮水月寺庙的后院，三个隐约人影，趁了夜色，促膝交谈。侯显、明王，还有谁，蓝守玉不敢肯定。应该是他！

那千呼万唤的人物！

甜白双鱼盏、寺院香插、"蜀王公用"、宣德龙缸，所有的信息都指向"宣德七年"。

世间哪有如此巧合之事？

28.7 【千呼万唤】

蓝守玉不敢往下想，新的疑问悄然萌动。

大龙缸载宣德七年安抚水月寺藏汉信徒，应属朝廷一等大事，《明史》关于侯显的传记里却无交代，且宣德二年后，也不再记录有侯显的其他大事。

上网搜索，竟找到一份资料，提到宣德二年进藏后不久，侯显告老还乡，回了甘南临潭老家，就是现在临潭流顺乡上寨村。侯显回家安度晚年的猜想，并无更多的信息佐证。有限的资料显示他想在老家建家庙，朱瞻基批准了。侯显的家庙叫园城寺，藏语"叶尔哇桑珠林"，现在的名字叫侯家寺。侯显忽然没在朝廷待了，选择告老还乡，建造家庙，被朝廷授于园城寺世袭僧正，这些《侯显传》都有记载，但没有交代深层次原因。有学者认为，宣宗或让他在老家甘南弘扬佛法，兼怀柔西康、甘南等地。然甘南园城寺到西康水月寺，路途遥遥艰辛。甘南归肃庄王管，侯显怎么又跟蜀王搅和一堆？如果从朝廷安抚嘉绒藏汉杂居地区角度讲，也没啥，朝廷同意就行，但为何史书又把宣德七年间较为重要的一件事情给遗漏了呢？

蓝守玉认为，应该不是无意疏漏，而是有意隐瞒，甚至不可告人。如果这样，那还有啥超出正常的藩王治地公务等级的秘密？再往上，莫非指向王室的更高级别隐私？

蓝守玉不敢相信自己的推断。按此思路继续，怕会指向某个名字！把此名跟侯显和某王连在一起，就是"宣德七年"这个重要的时间节点。

对，就是他！

蓝守玉相信自己的直觉和推理。再说，最近发生的这些事情，串联在一起，又强化了他的推断。最后的真相大白，若印证了猜想……

天上不会无故掉馅饼，事情也非想象那么简单。历史都是后人写的，所谓的真相已然过滤多回，一些信息说没了就没了。岁月拉长淡化，真相由此愈发模糊。

忽然有些悲凉，并不止于遭遇的蹊跷，甚至最终亦未能觅得一个如意说法，使得真相于背后兀自烟消云散。

宣德七年，某王、侯显，你们俩去水月寺做甚？

正走神，墩子打断了他："干爹，你看这龙缸是不是宝贝？"

且暂时搁置疑问吧。

印象中，宣德青花双鱼龙纹大缸，根本就未在市场上出现过。国宝中的国宝，市场价值究竟有多大，自己也没个底。

不是啥文物都可以叫国宝，但大龙缸算。既如此，宝贝又如何能简单地用世俗的价钱来衡量？蓝守玉告诫自己。

但他还是忍不住要拿窑址的标本，和上海博物馆的那件质量要差点的次品说事。窑址标本，已经修复，现在估值超过二千万。博物馆里的那种完整器，参考市场上交易过的宣窑其他青花立件，保守两亿以上。眼前这件又值多少？它可是超过上述宝贝至少两个等级的官窑中的官窑。

三亿？五亿？还是十亿？

钱……钱……钱……咋老想到钱？

呸……呸……呸……

这么骂着，额头愈加湿润了。

赵青花曾送他一册景德镇御窑出土官窑标本图册，里面就有这件官窑美人的姊妹。

那些美人啊，早已散佚，流落民间。终有一天，其中的某位，又得以重现江湖。天下第一的绝色美人。她出身贵族，此刻，她就在跟前，似梦非梦。

28.8 【醉卧东墙】

"干爹，咋了，好半天没说话。"引兰打断了他的遐思。

"石磙子"也着急了："身体不大舒服？"

"没事。这东西是你们家的？"

"石碾子"并没有回答。

引兰插话道："堂屋里放这块红布，大人一直说是一块神物，我还以为供的菩萨。"

不让她动是对的，再好的宝物，也比不了引兰。他们不想让引兰沾上任何的不吉利。

"干爹，你看这东西，邪门？"郭墩子着急地问道。

"邪门？这宝贝真的要很大的官家控制的寺庙，才镇得住的，属于佛前超级供器。原来只见明朝皇室供奉家用。此路供器，明代早期青花，也见得多，大同小异，但这么大这么好的，还真没见过。只是宝贝为何在神秘的龙隐出现，的确很考人。"

"我们也不懂。"墩子道。

不懂就对了，他不能把猜测都告诉墩子。墩子是个无辜的老实娃。

蓝守玉想了想，又看了看"石碾子"和郭墩子，问道："这玩意一直在你们家？"

"石碾子"说，原来也不清楚。引兰爹快死的时候，才说他在兰房里供了它。他问过引兰爹，可那时人已瘦得只剩根竹竿了，哪有说话的力气？问墩子呢，墩子又如何知道？后来上龙隐寺，同六如摆龙门阵。六如告诉他，缸子的事，引兰爹托付给他，让他暂为保管，到头来留给引兰。再后来，就想既然大缸子是引兰爹留给引兰的念想，也不带去寺庙了，叫墩子把兰房锁了，直到前些时候家里出事。

"石碾子"的讲述，听起来似乎还另有隐情。蓝守玉就问墩子。墩子想说啥没说，眼神异样。或许，"石碾子"并未说谎，他知道的可能真就这么多。故事或藏在引兰她爹和六如师傅身上。但也不一定，比如，引兰她爹和六如师傅之间的秘密，会不会有第三者知情？若有，最有可能的只能是关联两人的墩子，而他们俩皆已作古。秘密若没掌握在墩子那里，那就已随他俩离世，埋在了龙隐山上。

墩子欲言又止的细节，似乎印证了他的猜想，墩子一定还知道些啥。墩子没告诉他的干外公和引兰，也是为了他俩好。

他隐约感到自己，正在接近一个更大的谜团。

一桌子的土菜，还有一盘腌制的毛豆腐。他说腊猪蹄汤是他的最爱了。引兰道，好吃就多吃点。"石碾子"插话说，做毛豆腐是引兰她爹的手艺。引兰爹会做五色豆腐，后来引兰娘也学会打下手，引兰爹娘走后，好手艺也没人会了。老街上有几户爱做毛豆腐，也是跟引兰爹娘学的，可惜他们并没学会做五色豆腐。他们爷孙三个也不会。要不，今天就请他吃五色豆腐了。

又是五色？之前有五色竹，现在的五色豆腐。这龙隐究竟还有多少神秘掖着？

忽然有了喝两杯的躁动。墩子就去里屋拿了一罐"土司烧"，给"石磙子"和蓝守玉斟了。

蓝守玉遂陪着老人喝了个小兴致。

太阳已往西斜。恍惚中，五色竹影，还有那丛秋天的兰菊，已醉卧于东墙。

29.1 【传说叙述者】

蓝守玉是在秋光里睡去的。

重阳的秋光好啊。三五人，驱一车，随便找条小路，总有一款适合的农家乐等在前面。有浅坡，去爬爬，有初凉，去吹吹。果蔬匝地，乡趣随意，正宜"打秋风"。毛豆花白，老腊肉香，点鸡杀兔，三炒两炒，再来一罐"土司烧"，那食诱！

身居盆地小城，不仅会玩麻将，还会过日子。

太阳已然偏西。蓝守玉醒来时，引兰早已冲泡好醒酒雪芽。酒后一支烟。蓝守玉不抽烟，喝醒酒茶，半杯下去，熏气也压住了。"龙隐雪芽"干净、新鲜，有一种韧劲，还消食散郁。

墩子问蓝守玉，急着回三江？他道，不急，你干外公的事，不是解决好了？引兰道，要不急的话就到老街上转悠转悠，体验一夜龙隐的风情再回。他说十几年前就体验过了。

墩子就咬了个耳朵，要不再上龙隐？蓝守玉寻思，再上龙隐，干吗呢，学人登山玩，还是有啥隐情？

他一进院子其实就已觉得有啥，都写在墩子脸上哩。

引兰提醒道，往返一趟龙隐几小时，怕要走夜路。他笑道，有啥好怕的，大不了撞上狐狸精。

哪有狐狸精呢？狐狸眼老板娘早跟温州皮鞋老板跑江湖了。

没有狐狸，龙隐还在。此番来古镇，冷不丁撞上了大龙缸，多大的饼，还没吃下，这墩子又来个再上龙隐。天上从来不会无缘无故掉馅饼。一个馅饼一个坑，老祖宗传了千年的话，自然有它的道理。龙隐山上真有个更大的坑？

他笃定墩子神神叨叨的，一定有名堂。

去也无妨，只是，大龙缸咋处理？

墩子说今天请他来，就是要把大龙缸交他带走。又说，这也是干外公"石碌子"的意思。卖又没人识得，闲放着也添堵。

墩子说得似也在理。因为双鱼甜白盏，一而再，再而三，往龙隐古镇跑，图甚？大龙缸神现，出乎他的意料，听起来像一朵花。

大龙缸的传说或刚刚开始。缸上的红布揭开那一刻起，他已然成为传说的叙述者。

遂决定拉走大龙缸。之前让引兰给墩子带话，就想过墩子家会有点啥惊喜，只是没想到会有这么大个宝贝。问给多少钱合适？"石碌子"说，大龙缸是引兰爹的，六如师傅说要把它交给头上有双鱼青印的恩人，现在缘分已到，恩人就在眼前，谈钱见外了。

他坚持要给。"石碌子"也倔，说那也不能收现钱，以后要能卖掉，随便意思点就行。

墩子从屋里翻出个大木箱，把大龙缸装了。五色竹自然没法带走。墩子让写个地址，回头去镇上搭个顺风皮卡，明儿一早捎三江。

他写了两张纸条，一张"守玉楼"的地址给墩子，一张欠条给引兰。意思呢，希望"石碌子"一家先把欠条存着，缸子算他预订，回头玩博物馆的那个朋友要看上，转手变现，买缸子的钱还得给，如此，有人问东西来龙去脉，好歹也好有个说道。

"石碌子"本就没想过打欠条，何况还是一百万。听蓝守玉这么一说，觉得也是这么个道理，就应了。"石碌子"叫引兰收下欠条，是不想让他为难。

墩子背着木箱，跟着蓝守玉到了镇头。"黑土"的尾箱空间不够，把后排椅翻下往前挪出个空间，才勉强装上。

蓝守玉把"黑土"开到桥头土司客栈外路边停了，进客栈给老板娘打了招呼，叫留了个临窗的房，便随墩子再上龙隐。

29.2　【鱼菩萨】

黄昏的龙隐，美得干净。西边的佛耳崖，染上了一片热烈的紫红。蓝守玉说，那叫火烧云。

墩子却说龙隐人叫火烧边，火烧边有腿，两条腿，四条腿都有，像啥叫啥。蓝守玉笑道，难不成四条腿的，叫牛云、马云、狮子云，两条腿的，叫鸡云、鸭云、雀雀云？墩子道，四条腿、两条腿，没啥稀奇，要鱼菩萨才怪哩。

"鱼菩萨？"

"大脸长腿云，大脸像菩萨，长腿像鱼尾巴。"

"你说的是美人鱼吧？"

"美人鱼没听说过。你看那云，外面一朵圆圈，里面有尊鱼菩萨。"

佛耳崖果然有个圆圈，罩个影影绰绰菩萨。

"六如师傅说，在佛耳崖撞见鱼菩萨，造大福气啦。"

"城里人叫'佛光'。"

"师傅说叫鱼菩萨。"

墩子开口闭口"鱼菩萨"，莫非也见过？

墩子就道，见过的，就在佛耳崖。这让他十分诧异。

"那会儿，我娘怀了引兰，快要生了。龙隐、老峨、二峨、蒙山一带人炒兰花，炒得凶，就是龙隐人说的香香花，家家户户上山寻，发现一窝好的，要卖几万。没事忙的人，都巴望香香花发财，干爹、干外公和我，也巴望哩。干爹迷香香花迷到疯，除了镇上赶场，一家子卖五色豆腐，闲下来就四处跑，打听谁家扯到好草了，去看，花再多钱也想搞到手，后来竟买了一屋子。我跟干外公哪舍得花钱，就上山寻，老峨、蒙顶跑遍了。龙隐山更是三天两头爬，不晓得翻了好多回。从头年冬天，折腾到来年七八月。那会儿，差不多八九岁了吧，每天提只编织口袋，往林子里钻。干外公说，佛耳崖凶险，别去。我说不怕哩，胆子大，师傅六如就住在佛耳崖旁边。我真的去问过师傅，师傅给我打气，说他也常常一个人去佛耳崖。去干啥，师傅没说。那天早上，一场初秋的透雨过后，佛耳崖烟里雾里一片。师傅说，秋蕙在吐蕊哩。就等午后雾气尽散，去佛耳崖寻秋蕙，东转西转，又累又饿，睡着了。醒来，看到头顶一朵硕大的圆圈，圆圈里有个大脸菩萨在晃，像打翻了紫墨水蓝墨水一样，尾巴拖到地，跟六如师傅的和尚衣裳一个色！"

"和尚衣裳？"蓝守玉笑道，"袈裟吧？"

墩子不置可否，继续鱼菩萨的讲述。

那天，他分明闻到鱼菩萨降临的奇怪味道。林子里的竹树花草，都染成青色紫色的了，好似天河漫灌一样……

"也像打翻了紫墨水蓝墨水一样吗？"

"就是哩，可哪有那么大的墨水瓶呢？天河吗？"

墩子的讲述，强调两点：

1. 云雾有两种颜色。

2. 云雾从天上拖到林间。

此种景象，违反地理和天气常识。但墩子的神色淡定。

墩子的讲述打通了眼前和多年前的午后。同样的午后，同样的大脸长尾巴云。也许，当年自己年纪尚小，尚不能明白母亲话里的深蕴，无法把天上的那两条大嘴巴长尾巴鱼，与某种隔世的情缘关联起来。现在看来，同样木讷的墩子，也无法想到眼前的那一幕或就是龙隐山传说的某种暗示，比如，六如师傅关于佛耳崖鱼菩萨的故事。六如师傅真的见没见过鱼菩萨，已无从考证。墩子也许见过的。

在那个下午，作为第一人称的娓娓道来，暗示也好，传说也好，墩子的讲述，让蓝守玉笃定，自己真的在一步步接近某种极限神秘。

29.3 【蛇鱼和五色竹】

"你究竟是开小差还是睡着了？"

蓝守鱼暗自寻思墩子是不是同他一样爱做白日梦。

墩子很果断地摇头。

"肯定醒了的。林间满布青云和紫云，看不见路，不敢走动。停下来，更吓得不行，隐约觉得周围有两色彩旗在飘，以为眼花了，使劲揉……原来真的有一对蛇鱼，一青一紫，四眼圆睁，蹲在眼前，跟天上和林子里的烟云一样。"

"蛇鱼？一青一紫，烟云一色？"

蓝守玉迅速搜索脑海里关于神话和童话的常识储备，但未找到任何相关的对应。

"你真在佛耳崖下见着一青一紫两条蛇鱼？"

"是呀，当时隔那么近，不到一竹竿远。"

"蛇倒有可能。可谁见过啥鱼长了腿爬到山上去的？"

"我也纳闷呀！头和身子像蛇，嘴巴尾巴像鱼，有鳞有甲，还有鳍，是蛇鱼，还是鱼蛇，讲不好，反正怪！"

"如果你说得没错，应该叫摩羯，就是跳了龙门的鱼。"

"跳了龙门的鱼，不就成了龙吗？"

"不是一般的龙，是鱼化龙，龙中个头最小，也最机灵，能上九天，入江海，还能跋山涉水，要不你咋会在佛耳崖碰上？"

"鱼化龙？我那天看到的可是个活物。难不成世上真有活宝？"

"当然没有。你那天看到的似鱼非鱼似蛇非蛇的东西若没假，只有一种可能，就是佛耳崖下的蛇长了鱼鳍变异了。当然，也可能是山溪里的化石鱼，比如四条腿的羌活鱼。羌活鱼进化得好，离开水环境，也能短暂存活，在古老阴暗的洞穴环境下，更为积极的进化也是可能的。看到过报道，说云贵高原的天坑洞穴里，有鱼就进化成奇异的纯色，红色紫色金色蓝色白色的都有，有些还有腿。"

"我是说，咋这么怪！"

"世界那么大，啥稀奇没有？再说，龙隐也算老山，山高林密，云雾缭绕，溪水潺潺，加上多年来少有人叨扰，出个啥稀奇，也有可能。不过，冷不丁在山上碰上个怪，真的瘆人。"

"那天下午我真的吓了的！"

"白日扯梦？"

"我也想过是不是梦。可真的出了一身冷汗！"

"有梦也会吓醒的。"

"吓过了，又想起六如师傅讲过鱼菩萨，莫不是菩萨显灵了？就站起来，想找根竹竿，给自己壮胆。正找，一股子针尖样扎人的异香就来了。一定是香香花，就又来了劲头。仔细闻，那香味细归细，烈着哩，怕就在不远。只是，咋能动弹？前面蹲着青紫的蛇鱼，还怪！怪也就怪了，鼻子里还闻得那么香！干爹说过，越细越浓，一定出奇。师傅也说，山上遇到怪，不能动的。那对蛇鱼，眼前盯着哩。不敢动，周围青紫一片，更傻了。吓过后，胆子也大了。就轻轻挥手，说，让一让吧。蛇鱼还真听懂了似的，一转身，朝前挪了一步，就借着也朝前一步。谁知蛇鱼又继续走，跟带路似的，奇了！记得干爹说过，有蛇呀蚯蚓呀啥松过的土厚，香香花最喜欢蛇拱过的松土。香味越来越近了。边寻边想，今天遇上青紫蛇鱼，不会找到一根缟草吧？缟草就是长出几色的奇草。"

"找到了？"

"蛇鱼还没说完哩。"

"蛇鱼跑了？"

"跑到一处竹丛里，不见了。"

"咋就跑了？"

"以为飞走了，活宝有鳍哩。就找呀。找到青紫的云雾散去，鱼菩萨也没了，林间一下豁亮开来。这才看清，前面是一片竹丛。那些竹呀，花花绿绿，极好看的。就是送给你的那种竹子，竹竿上，有一条一条的彩带，五种颜色哩。"

"五色竹原在这里呀？"

"我从来没有见过那么好看的竹子。"

"以前也只听说过，在你家还是头回碰见。"

关于五色竹的传奇存在，蓝守玉好像在某部闲书里读到过。书里讲，碰见五色竹，非富即贵，能不能驾驭，看个人造化。

自己能不能驾驭并不重要，墩子一家的命运才是他的最重。

29.4 【白娘子红娘子】

五色竹当然不是那个午后龙隐奇遇的终点。

墩子继续讲述那个奇异的下午。

"在最好看的一棵竹根下，真找到了一蔸香香花，好奇异的香。干爹说过，越香的花越奇。果然，那棵香香花亮晶晶，奇奇地对我笑哩。蹲下来，一瞧，原来是龙隐八月蕙。当然不是普通的八月蕙！每片叶，底子都发着银白，叶尖到叶脚，穿了好多条蓝丝紫边。花瓣更奇了！底子也是银白的，瓣跟叶一样，也穿了一溜的蓝丝紫边。鼻子更绝，比见过的最奇的香香花的鼻子都大，紫得夺目，不带一点杂色，不会是鱼菩萨在花心打坐吧？"

"鱼菩萨打坐？"

"反正我是想到天上那云的。不过，也说不出来那怪怪的感觉。"

"那对活物会不会是来给你带路寻奇花的？"

"我也纳闷呀。寻到花后，反倒不怕了。后来，又想到六如师傅的话，不仅不怕，还兴奋。就寻思，恁个好的花，弄回去，豇豆干爹不得笑死？"

"你说谁会笑死？"

"呸呸呸，怪我乌鸦嘴，不会说话。哦，就是我干爹，瘦得像豇豆。"

"你还有个豇豆干爹？"

"'郭豇豆'呀。豇豆干爹，香香花老谜哩。我那高兴地就准备开始挖，不过得先找点竹根皮草软泥垫上。挖的时候还得当心，稍不注意，好端端的香香，就被弄死了。"

"不是吗。奇花还没现世，就被你弄死，到手的钱打水漂不说，怕要遭报应哩。"

"犯愁呀。拿不定主意时，发现香香花旁边有个洞，被好多的竹鞭子编织的墙挡着。想来，那蛇鱼定跑洞里去了。就找来节枯竹，捅进去试探，捅的时候手感没啥着落，空落落的，不带劲。莫不是遇见蛇鱼洞了？看过一部电视剧，说二峨山上有两条蛇，在二峨半山蛇洞里修炼成精，还嫁了个瓜娃子。"

"什么蛇洞，叫龙洞好不？你说的电视剧叫《白娘子传奇》，瓜娃子就是许仙。"

"干爹也看过？"

"看过啊，白蛇和青蛇嘛。"

"白蛇青蛇跑到龙隐来了？不对，白蛇不是被法海罩在金山寺雷峰塔下了吗？难不成，她从雷峰塔下跑出来，带着青蛇又逃龙隐来了？可我没看到白蛇，莫非换了紫色的衣裳，隐姓埋名了？"

蓝守玉本来想说，照这么讲下去，"白娘子"该改名"红娘子"，只是那青蛇又叫啥哩？肯定是瞎掰了！二峨山佛光禅院贾老板不是说过，他有个画画的老婆叫"红娘子"，"红娘子"有个诗歌爱好者闺蜜叫"白娘子"，"白娘子"是"土豆天猪"的粉丝。这哪跟哪呀？扯远了。再说，他对贾老板并无好感。

算了，还是往下继续吧。便问道："你进洞去了？"

"谁敢呀，吓得一连打了好几通土豆屁！臭屁一出，胆子更大了，就下狠手挖。边挖边瞅，发现洞口在一处山崖边，想来怕是到了师傅说的佛耳崖了。琢磨还是赶着把香香花弄回去，回头再把发现蛇鱼洞的事，不对，就是你说的鱼龙洞的事，告诉给豇豆干爹、干外公和六如师傅。终于把香香连土挖好了，用竹根地皮泥包裹妥当，太阳已快西下。担心下次来，忘了洞口，就又解下腰间的一红带子，干外公给拴的，每次上山前，都要拴，干外公说，找六如师傅开过光的。在洞口旁找了根最端正最显眼的竹子，把红腰带系上，崖风一吹，像军旗一样，老远就看到在飘。这下好了，不用担心下次来寻不见的。"

"你后来进去看到啥了？"蓝守玉有些好奇。不仅因为那棵奇花，还因为花香覆盖下的神秘洞口。

29.5 【墩子身世】

接下来的叙述，让蓝守玉大感意外。

"我没进去，豇豆干爹进去了。"

"'郭豇豆'？"

"他是我的干爹，引兰的亲爹。引兰爹是我们家的恩人，娘叫我喊他干爹。不仅引兰爹是恩人，'石磙子'、引兰娘，还有干爹你，也是我和引兰妹子的恩人。"

"一个干外公，一个干爹，你爹娘哪去了？"

"我也闹不明白。打记事起，我就跟着干外公和娘，一路往南，寻香香花四处搬家。后来搬到龙隐来了。再后来，就见着豇豆干爹和你了。"

"寻香香花搬家来了龙隐？你干外公和引兰娘不是龙隐人？"

"干外公好像提到过，说我是他在很远的一个野庙子里捡来的。那时候，干外公在老家那边犯了事，一路逃，慌不择路地逃，终于找到一座僻静的庙。老住持老得不行了，人却好，见干外公老实、壮实、有力气，就让他在庙里帮粗活。一天早上，干外公去扫山门，见跪了个女人，抱了个娃，便带女子找住持。见了住持，女人扑通跪下。住持心软，闭眼直念阿弥陀佛。干外公看明白了，住持的意思是娃可以留，女人得走。佛门净地，哪能收来历不明的人，还是女的？女人一直不起身，住持一直在那念叨阿弥陀佛。干外公是个粗人，大男人家家，哪见过女人这么跪的，就求住持，留下女人和娃，他养活他们，等小孩子稍微大点，一定带他俩离开。住持也就顺了干外公的话，直说罢了，罢了。干外公明白了，这意思是应允哩。女人带着小孩，真就在寺院里住下了。"

"我没有猜错的话，那小孩是你郭大林郭墩子了？"

"那个娃就是小时候的我，女子是我亲娘，叫邱蕙香。后来长大了，我不止一次问过娘我爹的事。每次问的时候，娘总是把脸背过去，独自抹眼泪。我觉得是不是哪儿伤了娘的心了，就去问干外公。干外公一顿骂，说，没见你娘那么伤心？后来，干外公还是隐约说了些啥。说我是娘跟一个当兵的私下好后有了的。不知啥原因，我娘家里的人不待见娘。不待见就不待见了，反正家里兄弟姐妹一大堆，也不缺她一个。我娘生下我后，就抱了我，离开了那个家到了这里，后来住到了寺院后厢的香花房里，直到我稍微懂点事才离开。我现在都还隐约记得，那座寺院好多的香香花。住持爱香香花，在寺院后厢修了香花房。花都是从山里采来的下山草，有时候住持云游回来，也会从外地引些香香花种上。娘儿俩住下后，娘除了带我，还做一件事，替住持管香花房。有时候，娘也上山寻，周围的十几个山头差不多寻遍了。香香花房花品也多起来，有名无名的，一年四季都香，把个寺院都香透了。不过香客们只能闻香，不能到后厢。住持不能让香客们知道，庙里还养了一个女子和一个小孩。"

"是呀，寺庙后院专门弄个香花房就够奇了，还私自养了女子和小孩，初一、十五来寺院进香的香客们知道了，那还不闹翻天？"

"差不多在我两岁的时候，我们一家三口离开了寺院。那年，住持已经很老了，他把干外公找去内屋，从黄昏谈到天明。天明时，干外公从住持屋里出来，叫上我娘，带着我，在山门外，磕了三个头，连夜就走了，再也没回去过。"

两人边聊，边朝龙隐寺山门那边走去。

29.6 【 "郭豇豆"和五色豆腐 】

墩子一家的经历，让蓝守玉唏嘘不已。

"石磙子"会土石活，离开那寺院后，到处求人弄点石匠活，有时候也下乡收点古董旧货啥的，去各地摆地摊，赚点零花钱。

墩子娘呢，一门心思地采香香花、种香香花、带墩子。

那些年，修房造墓的活不少，香香花也俏，他们一家也能将就过活。等墩子到了差不多该读书的年纪，一家来到了龙隐。墩子娘说龙隐这个地方跟梦里一样，后山坡上的树林下，都是香香花。来了就不走了，在村后搭了个棚。"石磙子"摆古董地摊，几场碰不到一个买主，就去龙隐周边乡场打石工短活。墩子娘呢，还上山寻花卖花。

与"郭豇豆"的遭遇，改变了"石磙子"和墩子娘的命运。

那天，两人上街摆摊，卖古董，也卖香香花。来了个瘦子，瘦似干豇豆，还戴个眼镜。墩子娘的摊子，正好上了一堆下山新草，有素的，也有蝶的，都是上好货品。

"干豇豆"男人问香香花，论苗还是论窝卖。墩子娘说，不论苗也不论窝，打堆卖。"干豇豆"问，打堆要咋卖？墩子说，不要钱。"干豇豆"问，不要钱咋卖？墩子娘说，认个干娃，让墩子娃在镇里读书就成。

"干豇豆"看了墩子，又看了看"石磙子"和墩子娘。墩子娘身子娇小，也瘦得像豇豆，露着豇豆的水色。屁股后藏了个刚学会跑的屁孩，就是墩子。墩子胆小，见不得生人，不停扯他娘的衣角。墩子娘明白，这是要娘俩跟"干豇豆"男人走哩。

墩子娘看了看身后的墩子，又看了看跟前的"干豇豆"男人，问了句，干脆不？

"干豇豆"爽快，没多想，就应了，干脆，走吧。

墩子就认了"干豇豆"男人作干爹。

那天晚上，"干豇豆"男人就把娘儿俩接回自己家。

后来，才晓得"干豇豆"男人姓郭，镇上人叫他"郭豇豆"。也有叫他"郭豆腐"的，因为很会做豆腐。

再后来，墩子娘帮"郭豇豆"种香香花，还学会了做豆腐，五种颜色的那种。

墩子去镇头上学。"石磙子"没有住进"郭豇豆"家，一个人还在场头墙角棚子住，不过很多时候都不见人，许久才晓得，他常去外乡帮工。

"石磙子"几个月没回棚子，等娘俩再看到他时，才知道他帮人挖墓基时，一闪手，摔到坑里，半边膀子折了。折了，也不看郎中，上山找草药，熬着喝。后来，听说在龙隐山上六如的破庙里养伤。也不白住，帮打理破庙、修修漏、砌砌墙、打打柴、种种菜啥的。打那后，没再回镇头的棚子住过。

六如师傅年岁比"石磕子"小，两人以师兄师弟互称。墩子懂事后拜六如做师傅。拜了师傅，墩子在镇上待不住，三天两头往山上跑。他娘说，天天野脚发疯，爬山做啥，山上有你亲爹？

墩子并不关心亲爹是谁，反正也没见过。

墩子一直把"郭豇豆"当亲爹。

墩子干爹本名郭孝文，是郭家独苗，"郭豇豆"是他最早的一个外号。"郭豇豆"学得一手好豆腐手艺，祖传的，做的毛豆腐，发五色。"郭豇豆"店招写三字："郭豆腐"。镇上老人叫他"郭豆腐"，只有年轻的开玩笑，才叫他"郭豇豆"。"郭豆腐"听起来像个娘们，不如"郭豇豆"叫得响亮。

"郭豇豆"祖传豆腐手艺，豆腐长五色毛，红毛、紫毛、粉毛、金黄毛、栗子毛，吃过的都说好看也好吃。

墩子说记不起哪部电视节目讲到豆腐是玉皇大帝的发明，隐约还提到过五色豆腐。

蓝守玉寻思自己也许看过那节目的。玉皇大帝是道家的神仙，豆腐是道家清供，五色的说不定也是道家拿来专门做了供品。据说，玉皇大帝的老家就有很多人会做五色豆腐。

墩子问蓝守玉，玉皇大帝老家在哪里？蓝守玉回，在淮北，淮北往西，有武当山。那里的道仙似乎也做五色豆腐。

只是，从淮北武当到盆地，几千里地远，五色豆腐的风俗咋会传到龙隐？

莫非附近还有谁会做五色豆腐？

墩子道，就他们一家人会做。

倒有些奇了，一样老街习俗菜，咋仅此一家人会做？

"郭豇豆"豆腐生意红火，身子瘦得却像干豇豆。瘦归瘦，有筋肉。镇上的人说"郭豇豆"身子骨底子好。爱穿条穿风的薄裤，下身一年到头不怕冷，下身不怕冷的男人克妻。原来有两个正式过门的婆娘。头个婆娘，娶回来五年，怀不上娃，家里人想了很多法子也怀不上。还莫名其妙染了头风，冷时痛，热也痛，一年四季都痛，活生生给痛没了。后来娶的那婆娘，也怀不上，前后折腾好几年。也不知郭家人想了啥法，女的来了喜。婆娘怀了几个月后，高兴得不行，一激动，气喘不上来，女人和肚子里的娃都给憋死了。

"郭豇豆"克妻，传遍了龙隐镇周边几个乡场。

也是命苦，便去龙隐寺找六如师傅。六如道，干虾男人命硬，娶一个，克一个，怪不得谁。六如此话，像唐僧念紧箍咒，"郭豇豆"哪还敢娶老婆。

此事是后来"石磙子"告诉墩子的。"石磙子"打听到"郭豇豆"那些陈谷子烂芝麻的事以后，并没告诉墩子娘。他不说，怕是不想伤"郭豇豆"的好心。

墩子娘带着墩子娃，到郭家后，勤快没得说。养香香花，是在遥远的庙里学会的活。墩子娘除了学做五色豆腐，还极会打理香花园，光鲜，也应景。五色豆腐的生意也渐渐红火。惹得周边几县花友来访，羡慕得要死，开玩笑说，要雇他屋里头新来的女人，帮着侍弄香草。"郭豇豆"哪听得别人吹捧，拿出最好的"土司烧"，与花友对饮。一个瘦子，何来酒量。几口下去飘飘然，一飘飘然，忘了戒色不娶的提醒。

他对墩子娘说，你嫁给我不？你愿嫁，我愿娶你，娶了你，墩子就算我亲生的儿。

墩子娘没听过"郭豇豆"克妻的传闻，见他对墩子又那么好，也就应了。

待酒醒后，"郭豇豆"不干了，死活不娶墩子娘邱蕙香。

墩子娘哭着闹着不干了，答都答应了，还反悔？

两人就去找"石磙子"做主。"石磙子"思前想后，狠狠训了"郭豇豆"，说人家女方都不介意，你个干虾男人，啰唆啥？

"郭豇豆"就在一个冬天正式续娶了墩子娘。那天，一字长蛇摆了坝坝宴，院子还不够长，就往龙隐街上摆宴席，一直摆到了场口。镇上老人说，活了几十年，头回看见传说中的"长龙宴"。

"郭豇豆"白捡了漂亮婆娘，还捎带个现成的小孩。村里人又都改口了，开玩笑，说他荤话，"豇豆"瘦归瘦，有吃豆腐的福气。

29.7 【鱼菩萨奇花】

每个春天，墩子娘会第一个上山寻香香花。龙隐人看墩子娘出后门上山了，就会说，春花开了。

每个八月，墩子娘又会第一个上山寻香香花。镇上的人又都说，秋蕙开了。

又一个春天，香香花再吐蕊，墩子娘怀上了引兰。

那个春天到夏天，"郭豇豆"和墩子像过节一样，天天往龙隐山里钻，寻回的香香花，种满一畦花坪。

秋天来临的时候，墩子在佛耳崖撞到了鱼菩萨云，还有那对蛇鱼，那棵像鱼菩萨一样的秋蕙。

手捧五色竹下、鱼龙洞口寻见的鱼菩萨秋蕙，墩子去龙隐寺找到六如和"石磙子"。两个老头围着花，上看下看，眼睛瞪得老圆，说不出一句话来。活了一辈子，没见过恁个神奇的秋蕙！

墩子就摆菩萨云、五色竹和鱼龙洞。

六如听了，也信。六如说，龙隐山宝传说，也听过，四件异物，真的见过俩，五色竹和蛇鱼精。有回，去佛耳崖采药材，踩空了崖边的石头，摔了下去，天昏地暗，醒过来，似也见着那对蛇鱼宝，菩萨一样活见跟前。以为看花了眼，揉几揉，还没看清，蛇鱼没了，人却得活命，原来被坡上的一丛五色竹给挡的。

至于鱼菩萨云，六如说也听之前守破庙的老住持讲过。他见着老住持的时候，老住持似乎得了啥毛病，快不行了。老住持也是圆寂前，才告诉山里那些灵异之事。

老住持说，龙隐寺佛耳崖鱼菩萨现，那是坐化高僧显灵。

六如问老住持，师傅真见过鱼菩萨？老住持摇摇头，只说也是听前任师傅这么讲的。他没见过，他的前任师傅也没见过，他们师傅的师傅一直这么传下来的，也没听说谁真见过。

听墩子讲那天见闻，六如便真信了前辈们的口口相传。

六如和"石磙子"，并不认得墩子采回来的奇葩。叫墩子问他豇豆干爹。

墩子把花带回龙隐。"郭豇豆"一看那花，眼珠子半天没转动。

墩子怕"郭豇豆"看傻了，赶紧叫醒他。

回过神来，"郭豇豆"说了一句话，娃，你撞到大运了。

墩子问，一棵草而已，有啥大运？

"郭豇豆"便跟墩子讲了那花的奇。叶银白底，带中透青紫缟，花更异，同叶一样银白底，带中透青紫缟。最妙的是那紫色的花鼻，酷似高僧打坐。花书上讲，花名应是银白中透青紫边叶双缟佛兰。此等三绝奇花，就是兰界的不老传说！

墩子问，能卖多少钱。

"郭豆腐"盯了他两眼，卖多少钱？没价，卖多少都可以！

听豇豆干爹这么说，墩子也吓住了，那，把它卖了？

"郭豇豆"皱了皱眉，只道，卖是肯定要卖的，不过不是现在，等你娘肚子里娃落地，再拿去卖。

墩子便要先交给娘养。

"郭豇豆"摇了摇头，道，花间高僧，一副不食人间烟火样，终归还是佛门气太重，你娘怕养不了。

墩子就问，咋养不了？

是呀，不就是棵草么，搞得那么夸张？

"郭豇豆"想了半天，做出个决定，还是亲自认养。

花太金贵，同后院兰畦杂花混种，不放心，担心被偷。堂屋后背，有间老经堂，老郭家人拜佛所用，早弃了。"郭豇豆"爹娘去世后，已锁起来，再无人去过。把经堂翻腾出来，上了护栏和铁条，安了换气扇，拿掉地板，铺了烂砖头，专门搭了方兰台。又搬来香案，紧挨兰台放了。

一番折腾，只为供养那棵奇葩。待安置好了，"郭豇豆"叫上墩子，洗净手，换新衣，点三香，对那花三磕响头，还叽里咕噜念叨了些啥。

"郭豇豆"一本正经道，此花从今天起叫"龙隐佛光"，这名字只有他"郭豇豆"、墩子、墩子干外公"石磙子"，还有六如师傅能知晓，除此以外，不可再与人提起。

墩子问，娘呢？

"郭豇豆"道，也不能。

"郭豇豆"在经堂养奇花的地下工作，瞒过了墩子娘。墩子娘也纳闷过，两爷子在里屋藏了啥，成天见一将军锁把门，进不得，还不能问。

她如何知道，"郭豇豆"哪里在养花，分明在供神哩！

豇豆干爹和墩子偷偷避开墩子娘，还得成天担心那花，透不透气，土干土湿。"郭豇豆"的一番虔诚，终弄得跟做贼似的心虚。

29.8 【五祥献佛，鱼龙拜花】

一日。"郭豇豆"忽然决定叫墩子带他去佛耳崖，寻那鱼龙洞。

墩子断然拒绝，只道此事要问一下干外公"石磙子"和六如师傅。

"郭豇豆"皱了皱眉头。

墩子见"郭豇豆"猴急样，也不管了，上山问"石磙子"和六如师傅。"石磙子"正在山上陪着六如，帮庙里做些杂活。

怕去不得的吧？"石磙子"也心虚，扭头问六如。

六如道，庙里一直在传哩。传佛耳崖下有龙隐寺历代高僧塔林。当年高杨二土司械斗，住持为避战乱，把寺里历代香客的一应供宝，偷偷藏到鱼龙洞。只那塔林和鱼龙洞在哪，无人说得清。

老住持到底还是留下了一句话：

> 五祥献佛处，
> 鱼龙拜花时。

此话源自历代师傅的口授。六如听得似是而非，莫非是禅诗？老住持还没来得及回话，便圆寂了。

"五祥"啥意思？佛又在何处？若真有鱼龙，那花又是啥花？再说，塔林和鱼龙洞到底在山里何处？

龙隐山分北山南山，又连三市，大着哩。讲述又含含糊糊，历代的师傅们，将信将疑，权当传说听了。

六如从墩子的亲历讲述获得印证，猜测禅诗指向的四件宝物，或真让老实憨娃墩子遭遇了。墩子在佛耳崖下撞见那洞，怕就是鱼龙洞。若如此，便是墩子跟佛门有缘。缘分缘分，无缘哪来分？有缘不用求，来了挡都挡不住。再说鱼龙洞会不会就是传说中的藏宝洞，连着塔林？六如相信，只是如何能进去，会不会惊扰佛门？倘若弄出些不吉利的蹊跷来，他这个看庙老居士，就对不起山寺的列祖列宗了。

墩子原话转告豇豆干爹。"郭豇豆"听后，眉头皱得更紧了。

次日。"郭豇豆"叫了个车，载了墩子娘去老峨山观音树下求签。观音树是棵银杏，树梢高过周围的树，方圆十里也能望见。求菩萨的女信徒，在树下供奉好多的红丝带。风一吹，满天的彤云在飞。

墩子娘求了送子签：

> 卦占六甲是女童，
> 确有惊慌不必惊，
> 早向佛前求神保，
> 亥卯子时见生身。

三日。墩子娘问"郭豇豆"说的啥。

四日。"郭豇豆"说好签，肚里的是个女孩，早点嘛这个冬天来，迟点嘛怕要等冬春之交。

五日。"郭豇豆"寻思，墩子娘身孕应有六月，待到腊月，正好满十月。菩萨灵着哩，暗喜。

老峨山求签回来，"郭豇豆"消失了几日。有说去西康茗山赶秋兰交易会了，有说去荣城兰花大老板那拜门子去了。反正墩子和墩子娘说不清楚。

六日。无话。

七日。半夜，墩子听到窗户外有人喊，"墩子娘开门！"

墩子一听，声音有些小，还能辨得，是豇豆干爹在喊。凑到窗前往院里瞅，这一瞅，不得了！见一血人，背个大编织口袋，瘫在院坝里。天！差点吓了个半死！

墩子娘也被喊醒了，开了院门，还没来得及看清血人是谁，已晕了过去。

墩子赶紧把娘扶回床上躺了。又奔院里，扶那血人。血人浑身荆棘伤，脸上伤了半边，手上脚上全是血。人也只剩一点鼻息，只见进的气，不见出的气。

墩子就问，咋了？

"郭豇豆"道，我要死了。

墩子又问，好好的，咋说要死的丧气话？

"郭豇豆"道，不是丧气，真遇见鬼了，从崖上摔下来了哩！

墩子吓了，纳闷道，真一个人去佛耳崖了？

"郭豇豆"没回话。

那便是去了。墩子不高兴了，埋怨道，你肯定去了，干外公和六如师傅说去不得的，你偏不信！

"郭豇豆"一声长叹。

墩子指了编织袋，问装的啥。

"郭豇豆"道，叫你莫问就莫问。

墩子帮着把大编织袋搬回经堂香花房。手忙脚乱中把编织袋割开，搬出一个大缸子来，上画一青一紫，两条活灵活现的鱼化龙。

就着手电看了看缸子，"郭豇豆"一连叫了三声"好"，庆幸没把它弄坏。

"郭豇豆"从缸子里，捋出一小包来，小包用林子里的苔藓包了五层。

墩子问，又是龙隐山上采来的奇花？

"郭豇豆"煞有介事地道，不是，不过比奇花还奇。

两人就打开那包袱……

原来是个白杯子，也是两条活灵活现的鱼化龙……

29.9 【引兰身世】

听墩子讲到这里，蓝守玉算明白了。

那青花釉里红双鱼龙抢珠纹大缸和甜白双鱼杯，是"郭豇豆"一个人去龙隐山搞的，极有可能就出在佛耳崖下的鱼龙洞。那洞疑为当年龙隐寺僧为避土司战乱藏宝所用。藏宝洞呢，兴许连着塔林。从到龙隐来后耳闻目睹的一切，还有墩子描述鱼龙洞的奇异天象，鱼龙洞和塔林或就在山顶佛耳崖下，所谓的"五祥献佛处，鱼龙拜花时"。

照诗句的字面理解，发现此宝，须具备四个条件：

1. 五祥出。
2. 菩萨显。
3. 鱼龙现。
4. 奇花开。

既然六如说他见过五色竹，墩子又自述见过鱼龙，想来墩子话便没有假的。只那祥云、菩萨和奇花，六如没见着，也难信。问题是，不信又如何？豇豆干爹把那些个宝贝，活生生搬回来了哩。

就算六如不信，蓝守玉信呀。蓝守玉揣摩那"五祥"的意思是两说了，一说五彩祥云，一说五色竹。菩萨是那"佛光"。鱼龙是那一青一紫蛇鱼。奇花自然是那株奇葩秋蕙了。如此一番关联，墩子的缘分便真的算得到家了。

还是有疑惑。"郭豇豆"从崖上摔下来，背上那么大个缸子，能走动？

"我也纳闷。后来才听干爹说，弄那缸子时，被蛇鱼追，吓得在林子里连滚带爬，左钻右钻，一身都划烂了。"

"寻到鱼龙洞了？"

"啥鱼龙洞？"

"就是你说的蛇鱼出没的那洞呀。搞不定真是蛇鱼精的地宫哩。真听你干爹讲他进去了？"

"干爹也没细讲。打那天半夜从山里回来后，他天天去经堂，一声不吭，像打闷了头的鸡。"

"后来呢？他没再说过啥？"蓝守玉的言外之意，墩子并不明白。他其实在意那缸子和杯子的来历。

"后来？后来，家里接连就出了很多事。"墩子很郁闷，似乎并不情愿提及。

出事？蓝守玉寻思，里面定有隐衷，按他的性格，自然要追问。

墩子便喃喃自语了。

墩子说，他不该去佛耳崖的，他豇豆干爹也不该去的。这一去，就把他干爹和他娘给害了。

引兰娘生引兰的时候，大出血，抬到西康医院，医生说，引兰娘有先天性心脏病，又是高龄产妇，出血不止，大人和小孩只能保一个。豇豆干爹当场就吓半晕，给医生跪了，求着说大人小孩都要保。医生丢下一张纸，说，签字吧，大人还是小孩，只能选一个，别太贪心。医生也心硬。豇豆干爹咋会签字呢？就又跪到引兰娘床前。引兰娘说，豇豆留了他们一家，她好歹也做过一回真女人，知足了，肚子的娃，不管是男是女，都叫"引兰"，引兰长大后，让她替豇豆照看香香花吧。引兰娘说这话的时候，豇豆干爹的眼泪下来了，墩子和他干外公，还有手术室的医生，眼泪也都下来了。那天，豇豆干爹签字的手抖得好厉害。

后来，村里人又传开了，说"郭豇豆"命太硬，把他第三个老婆又给克了。

墩子不信村里人的传话，六如师傅和干外公也不信。

可"郭豇豆"信呐。"郭豇豆"自觉内疚，想来是他上了佛耳崖，给引兰娘带来了邪。

"郭豇豆"背上缸子和杯子，上山找六如忏悔，笃定要出家。六如道，你带着引兰，舍得？想想也是，墩子干外公正在家，替自己侍弄引兰哩。

豇豆干爹一心软，又背着缸子和杯子回了。

那些天，"郭豇豆"天天对着奇花、大龙缸和白杯，以泪洗面，不思茶饭。

墩子和"石碨子"就急，找六如来开导。

六如来看时，"郭豇豆"已快瘦成一根人干，依旧茶饭不进。六如说，"郭豇豆"的魂已被招走了，眼前所见的是他的空壳。

引兰一满月，"郭豇豆"也跟着引兰娘走了。

镇上的人又说，"郭豇豆"的命硬到家，把自己也克了。

"石碨子"和六如，还有墩子，都知道，哪是他命硬哩，是"郭豇豆"扰了鱼龙洞哩。

"石碨子"重新搬回镇上的老院子住下来。"石碨子"搬回来，是为带墩子和引兰。打那后，镇里的人总会在夜里，听到院子里有老人和小孩哼哼唱唱。那是"石碨子"背着引兰在院子里吸奶瓶，守夜。

引兰家的五色豆腐生意自然不能做了。"石碨子"和墩子都不会做。

香香花归了墩子管。墩子找来花贩子。先看了园子里的一应细花，挑了几口袋。又问，还有值大钱的没？墩子想了引兰吃奶粉很凶，又没钱买，就把花贩子带到经堂。

花贩子到经堂一看，那株龙隐秋蕙早蔫了。

花贩子是个见过世面的大行家，仔细查看了兰叶、花型、花色，连说了数声，可惜了……

花贩子说他这辈子见过各色奇花，从来没见过这么绝的，太可惜了……几百万银子哩，眼巴巴化成了水……

墩子和"石碌子"，却无心动。没了就没了吧，那花或许就不该下山的。

蓝守玉和墩子就这么一路轻松聊着，也便不觉有爬山的累了。

龙隐寺已然在眼前。

30.1 【六如】

墩子说，见着龙隐寺，就如见着六如师傅。

六如是龙隐寺最后一任住持。六如并无意做住持。住持六如，其实就是寺里唯一的修行者，一个带发居士，山房漏了需要修补，屋后一片菜地，佛耳崖下有列祖列宗。

六如一天天老了，很想有个年轻人来接替他的事业。

六如或许看过《红楼梦》的。惜春看破红尘，入栊翠庵，带发修行。惜春去的时候，要了黛玉的丫鬟入画随身伺候。

六如或还是竹庆本乐的粉丝。台北的春天，开始躁动。"摇滚仁波切"竹庆本乐，一边喝着咖啡，吼摇滚，一边写仓央嘉措派的情动之诗。竹庆本乐常穿一条潮流短裤，很讽喻，也很另类。

"我是个叛逆者，每个人的心，都住着一个叛逆之佛。"竹庆本乐如是说。

六如的师傅说，我不叛逆，只是在红尘和生活的夹缝中，选择妥协，六根五净，尚留此生一丝眷恋。

惜春的情丝，有人说是给宝玉哥哥留的。

六如蓄意的头发，又留给谁？

"郭豇豆"还在的时候，"石碌子"和墩子爷孙俩，是龙隐常客。很长的一段时间，只要没有外出打工，"石碌子"就在寺里住。"郭豇豆"死后，"石碌子"回龙隐镇，再少上山。墩子倒也常去，帮六如砍柴种地。

闲云野鹤的六如，很多时候在云游的路上。

同样闲云野鹤的还有云登。云登是六如的师兄，更加年轻派的释徒。"石碌子"和墩子并没有见过云登。六如云游归来的时候，他俩才从天南海北的闲聊中，获知云登的存在。

六如认识云登的时候，是在仁波切主持的一场说法会上。那时候，六如的师傅融照已然圆寂。师傅没了，便不再拘泥信仰的派别。

六如开启了四方修行的云游模式。

六如去了雪域。听从仁波切的呼唤：这人呀，得隐藏几多秘密，才能巧妙度过本生？看那佛光普照、晶莹闪烁的雪域，刚刚迈出去便如进入天堂……

仁波切与竹庆本乐天各一方，距离并不影响他们接近最高处的灵魂。

仁波切说，你们走吧，既然不再执着，就莫回首。

云登说，我不执着，我只是想做点实在的功业。云登果真去了二峨。云登的功业在佛光禅院。

与云登不同，六如无法用禅式发愿。

仁波切当然懂得的。说法会上，慕名而来者都在闭目念叨各自的修为，唯有六如双目有神，一言不发。仁波切看到了一个情感笃定的淡泊者。

六如说，自己无意于浮云。

仁波切说，既如此，切勿纠结，奔你的来路去吧，那里有你的姑娘，有你的鲜花和掌声。倘若通向世界的只一扇窗，那么开启或者关闭此窗的一定不是别人，而是你自己。

仁波切的教诲，洞若佛前灯明。六如只想做个歌行者，穿梭于雪域与龙隐。就像一句歌唱，他内心的隐秘没有谁知道，就像没有谁知道仓央嘉措一生有多少隐秘一样。仁波切只是洞察到六如的遐思，并没有探究到他思考的底部。

因为有着割舍不掉的秘密，六如也算不得无牵挂。

六如无意做龙隐寺最后的居士。不曾想到的是，收了墩子做关门俗家弟子。六如并不认为自己的修行有多么彻底。既然如此，他只能交给墩子的随缘人生，至于能有几多觉悟，且托付给西边的那一扇明窗，独对众山和夕阳吧。

六如云游前，也没啥特别的牵挂。就一道山门，锁了便是。

墩子有把山门的大钥匙。六如老了，不再远游，墩子手里的钥匙，也没要回。墩子来去龙隐，像回自家老屋一样。六如圆寂，墩子接替师傅，成了龙隐寺的新主人。

墩子并不能算龙隐寺真正意义的住持。偶尔去照管照管，只为兑现对师傅的承诺。师傅说，龙隐的香火不能熄灭。

深远幽僻的野庙，还有谁舍近求远去奉香火？龙隐周围的人家，早忘得一干二净。

墩子不在的时候，庙里的供油盏，燃着燃着，油尽灯暗。

30.2 【暗窖】

六如已然圆寂许久。

山门婆娑。寺院凄清。

墩子带着蓝守玉径直去了佛堂，油灯已枯。没了光明，任由昏暗弥漫，加重佛堂的幽深。

山里的黄昏来得有些快。太阳刚落下，天色很快暗下来。

墩子在里屋喊道："干爹，你过来一下。"

蓝守玉循声四望，没见着人。

看着里屋有光，便绕过佛堂，进了里屋，接过墩子手里的蜡烛。

里屋一直是住持的居室。六如住过，六如的师傅住过，龙隐寺的列祖列宗也住过。

"石磙子"和墩子住的是西厢房。东厢有两间，留给偶尔来的香客。

六如圆寂后，里屋一直锁着。

六如住过的床，又大又沉。墩子说，得挪一下。挪床干吗？墩子没有解释，只说要搭把手。两人就把床挪到一角。

墩子说，要揭地板。这下蓝守玉明白了，原来墩子带他上山来，真的有事掖着哩。

墩子小心地揭开两块颜色稍微有些浅的地板。蓝守玉把蜡烛凑过一看，原来地板下有个三四尺见方的洞口。

咋有个洞？蓝守玉纳闷了。

洞口窄，烛光微弱，黑黢黢，照不见底。

"听六如师傅讲，这是庙里的暗窖。"

如果真如墩子说的暗窖，那洞里一定有啥不可告人的名堂。蓝守玉寻思。

墩子说得有人照着蜡烛，才能下洞去。还没等蓝守玉反应过来，墩子已攀住剩下的地板，顺着洞壁，一溜身子下去了。

蓝守玉提醒墩子别滑落了。墩子说洞壁有小台阶，滑不了。

墩子传话，叫把蜡烛放下去。估计已到洞底了。

墩子早已准备好了细绳拴了蜡烛的。蓝守玉就提了绳，小心地把蜡烛吊进洞里。

烛光一会就不见了。也许，窖洞又横着开了一段。

像龙隐寺这样的深山古刹，囤粮藏宝，躲兵灾匪患，有个老窖洞也在情理之中。何况，高杨二土司，一直在龙隐山上搞事。

挖个竖井，再横开俩敞室，寺院大的，还有开三五个的。竖井洞口用石板覆盖，上面弄些泥封，跟地面无二样。室内暗窖，往往还在上面盖地板。甚至还要在庭院种些花草，放个大水缸啥的，遮人耳目。横室和竖井之间逼仄，仅容一人侧身方能通过。人进去，里面会堵上大石之类。窖室其实是缩小的居室，甚至有床、有水、有茅坑，可生火做饭，几月不出来都没啥。抽烟排气，倒是要考虑的。央视探索发现做过一个节目，说屏羌科甲山虬子坝原始灌木林里，发现了几十个神秘地洞。洞口很小，杂草灌木掩映，很难发现。扒开草丛，探身下去，天光乍现，豁然开朗。原来挖洞的人在地窖里，斜着开有一两处烟道，疏烟通风。文物专家说，科甲山虬子坝大规模地洞，可能是明末清初，当地豪强为防大西军来犯而凿。那洞真的大，一洞可藏两三家人。

莫非，龙隐寺的暗窖……

30.3　【青花莲纹杓】

蓝守玉很快又释怀了，这么着急去猜测啥？墩子既然选择了在这个秋天的黄昏，让他看到了暗窖，即便有秘密，离真相大白还会有多远？

洞口又有了光。

"干爹，接一下。"墩子在洞里喊道。

蓝守玉便往回拉绳。

"呀……"蜡烛不小心掉地上了。

"咋了？"

"没啥，手抖了下。"

真的紧张得抖了的。余光中，隐约看见绳子上拴了一件宝贝。烛光虽暗，苏麻离青特别的幽蓝，还是被职业的敏锐捕捉到了。作为资深的古玩人，心不静，不能看，手不稳，不能动。毛里毛糙一接手，说不定宝贝就脱手坏事了。

很快稳住了情绪，也稳住了接下来的青花！

然而，刚才的确像被冰块啥的重重地敲击了。冰花四溅，冻河八开。蓝守玉有些控制不住情绪。

真的尖叫了，短促地尖叫。他触摸到瓷片的疼！

真的是青花！

两片青花，青花朦胧。需点亮强光手电，才能看清底细。

能连起来的青花片子，也不知在啥时候就已断裂。它的造型超越了他的经验，狭长、弯曲，仿佛夜空的北斗。

尚能严丝合缝地拼起来。

是个大勺子。他想。

谁家用一尺来长的勺子？家勺这么大，得是啥人家？大家族集体用餐，还是寺院里用以分粥？

都不像。

那青花不见日常的俗。

勺瓢书梵文五圈，柄内梵文横向排列。勺背绘散点式摘枝宝相朵莲。莲花呢，疏朗、画朴。中锋勾勒，细笔晕染，柔软中见力道，一看就是大师级别的绘工。

并不认得那几个青花字迹。就当天书吧。青花书写的梵文，蓝查体，从古印度传来，唐玄奘西游取经时，就已无人识得。

想起读过的某个故事。说大诗人王维吟诗抒情，感慨蓝查体梵文难认，就恨，恨其像一尾尾莫名其妙的小鱼，唱道：

> 楚辞共许胜杨马，
> 梵字何人辨鲁鱼。

连王维这样的巨匠，都没闹明白这玩意跟小鱼有啥分别，奈何今人！

便猜测，会不会并无清晰的意义解读，只是古密宗教徒的装饰符号？若如此，那么一字代表一佛也有可能，与莲花组合，装饰在大型陶瓷罐、盘、碗、匙上，想来与诸神密法的咒语差不多的。

青料凝重清雅，锡光飘荡。黑色结晶斑，深入胎骨，凹凸不平。古波斯进口的一等苏麻离青，遥远、幽怨、深邃，仿佛来自梦境。

几乎一眼就锁定了青花勺子的烧造时代——明早中期。经验源自多年浸淫古陶瓷，厚积薄发后的审美直觉。

勺内外满釉，甜白肥腴，微闪青，仿佛和田青白玉石。想起一个词语，"滋润"。每次读到"滋润"的时候，百思不得其解。后来，接触多了，慢慢有了感觉。那是一种只可意会、不可言传的个人经验。勺子如是，之前的甜白杯子和大龙缸也如是。

勺缘剔釉，露出陈腐光滑细胎。传说中的"婴儿屁股"？特制的支垫物留下的烧造痕迹。釉刮没了，泛出少许火石红。听名字，其实能猜出永宣官窑"婴儿屁股"，是一种如何的手感。

没有款，也不可能有款。学术名称应叫"永宣御窑青花宝相朵莲纹杓"。

类似的完整器，即便像他这样的资深大行，也只在博物馆和拍卖会上见过。台北故宫有件完整的，放在一木制天鹅座台上。见过那玩意的，估计都会纳闷，这家人，真是大方，汤匙都比瓢还大！

1984年，景德镇珠山龙珠阁明代御窑厂遗址永乐后期填埋文化层，出了一件标准器。文物专家研究半天，没搞明白用途。即便帝王家的粥勺，也不用这么夸张吧？有人便认为是宫廷佛事法器。

就算断为两段，也是一等文物。有一年，粤城天海夏拍，上过一完整器，估价三百八十万。近年，新兴藏家追永宣官窑爆棚，若再上拍，估价应超两千万。此种路份的宝贝没有传世记录，完整的话，一上来就是猛价。

现在它碎了，碎成了一地幽蓝，幽蓝的深处，谁在喊疼，谁又在尖叫……

蓝守玉早已陷在苏麻离青的惆怅里，不能自拔。

30.4 【双鱼密咒】

五百年前，作为某段迷情，青花莲纹大勺安放在皇城的寺院。

迷情者瞻基，是个双鱼座的英俊少年。他对勺子充满追问。准确地说，是对勺上盛开的花朵充满了追问。

瞻基虽然姓朱，却迷恋青花，就像他的皇爷棣也姓朱，却迷恋甜白一样。他俩骨子里都是软弱之人。

青花是瞻基的美人。美人小孙，并不出众，论出身不如胡善祥，论长相……

不说长相了，民间的土著女子，一颗土豆混入一堆土豆，淹没与被淹没。

没有认识瞻基之前，小孙与土豆并无二样，要说特别，无非比别的土豆长得清纯脱俗，用今天的话说叫乖巧玲珑骨感版土豆。

"土豆美人"小孙，有个致命的亮点，会做瞻基一样的好梦——一条鱼与另一条鱼，睡在同一条水苔上。

这就够了。瞻基说，我是双鱼座，我就好双鱼座的青花，还好玩。谁好玩，谁就是我的女人，哪怕她是天蝎座。

瞻基对青花的好感与生俱来。他并不排斥天蝎座的小孙。

瞻基在蟋蟀罐上画青花，画得私密疯狂，画小鸟，画鸳鸯，画秋花，画芦荻……

瞻基的青花，清纯、善良、新鲜、好奇。那是一个繁华都市纨绔少年对乡下民间的无尽向往。

瞻基永远有画不完的童年。

青花并未改变瞻基世俗的人生轨迹。他成亲了，同一个叫胡善祥的处女座女士拜堂。胡女士知书达理，她要的男人，不再贪玩，读书上进，成就一番伟业。

这不是瞻基要的。

孙美人的造访，满足了他的梦想。在事业和爱情上，瞻基选择了爱情——倘若两个人做同一个梦，就算爱情的话。

孙美人的前生，还原了瞻基关于土豆的民间情结。瞻基喜欢去乡下玩，像那些民间的小伙伴一样，拆土墙、捉蚂蚱、斗蟋蟀、烤土豆吃。

这并不影响他对于青花的推崇。从土豆到青花，孙美人的逆袭，挠中瞻基的痒。中了青花魔的瞻基，很快老去。

老去也画青花。他用青花抒发爱情，就像眼前的勺子——以青花寄托前生和来世。

有人猜测，瞻基老来终于想明白了一个问题：爱情并不能当饭吃一辈子。曾经沧海难为水，除却巫山不是云。爱情淡了，男人的虔诚，如止水。

世人都说，勺子承载的是瞻基的人生失重感。

可没人知道，瞻基以青花装饰勺，也书写了双鱼座男人的爱情密咒——一条鱼同另一条鱼，它们睡在同一条水苔上。

瞻基在青花勺上留下自言自语：八百年前的王维，是我的隔世知己……

没有人知道，瞻基正在制造一场惊心动魄的悬念。

多年后，瞻基的母亲，亲手把它的青花摔成了碎片。瞻基的母亲，这么做究竟出于一种什么样的私心？也许她喜欢刻板的胡善祥，对活泼的孙美人心存芥蒂。

瞻基制造悬念，或有意而为，他的幽怨，无人述说。唯以密咒，把双鱼座男人对于青花的好奇，对爱情的哀怨，书写在时间的缝隙里。

他无从知道，从皇都到王城，那些伙伴呀，就是皇都王城的皇子公主王子郡主太监侍女们，是不是也同他一样充满好奇与幽怨？他们在某一天，玩到某个寺庙里，忽然撞见那玩意，冷不丁有了共鸣，没有共鸣也没关系，一个小小的激动也行。倘若如此，所要的悬念效果便聊以自慰了。

比如，某代蜀王，姓朱名埙的小男孩——

埙正同他的红颜知己捉迷藏。小姑娘不见了踪影，也许躲到佛堂后面去了。

才不去管她们哩。佛堂这么多好吃好玩的。

噫，谁家的大勺子啊？王埙发现了青花勺子。

好奇心促使他翻上供台，取下它，到花园的池子里，舀了水，你一勺，我一勺。淋湿了衣服的那些王室的女子呀，嗔了，夺了勺子，也舀了水，追上去，哗……

又如，龙隐寺的某个无名的小沙弥——

小沙弥每天的执事，是擦拭佛堂的器皿和供物。青花勺子已经被他擦拭了不知多少遍。

握着勺子，就想，这么大个勺子，放这干吗哩，不拿去食堂舀粥，真是可惜。舀一勺子粥，怕可以分七八个师兄师弟。还有呀，勺子上明明是些小鱼，应文师傅咋说是密咒？应文师傅老得连鱼也不认得吗？

后来的事情，没有人再记得，那是怎样一个料想中的清晨与黄昏——一个双鱼座小男人，关于青花和爱情的悬念，忽然被另一个小男人捡拾，又不小心打碎。

捡拾，重提青花爱情的温暖和活泼。

打碎，加剧青花爱情的揪心和刻骨……

30.5 【青花的尖叫】

青花是易碎品，记忆也是。

小时候，家里有个搪瓷碗，母亲为他专备的一日三餐玩具。摔了又拾，拾来再摔。黑边搪瓷碗皮实，玩具的目的甚于食皿，除却一碗南瓜叶玉米糊，余啥可装？

青花瓷碗的确最耐看。母亲不让他用，太金贵，也是出于实用的考虑。一只莲花小碗，五毛钱，稍有不慎化成水。可惜！母亲说，好看的东西往往不中用。好端端的，散成一堆烂片，白花花扎眼，听起来像毫子叮当脆响！

逢过年这样的好日子，母亲才会解下腰间的钥匙，打开柜子，取出一叠小碗，摆上饭桌，刚好每个大人一只。他不喜欢搪瓷碗，轻飘飘的。那东西，早已被他搞得面目全非，也几乎不曾离开过它。不用想后果就把它摔了，还不住地嚷嚷要一只细花瓷碗。母亲拗不过，又回里屋，重复那几个神秘的细节，终于补回一只。母亲把碗交给他，不放心，又说，娃儿，摔不得呵，过年过节的，手要拿稳，打碎东西会背霉。母亲这话，现在看来显然很腐朽，但那时候对于他的几个姐姐，却具有强烈的警示作用。姐姐们吃饭的时候，总把碗靠在桌上，偶尔端起来凑到嘴边，也是两手紧紧握着碗边，多此一举的动作，在母亲看来做得那么把稳，而且是他不得不一一照搬的范本。

要命的事情还是发生了。他们中的某一个人终于没有把握住拿碗的要领，失手了。叮——当！没有谁在喊叫，是青花在开放，仿佛有啥在迅速瓦解。从一个声音的原点开始，由里而外，仿佛电影散场，所有的人渐渐离去，剩下自己站在原处不知所措！姐姐们打住说笑，母亲的表情也凝固于那最末的响声处。她们都听见了青花碗擦过地面的尖叫，一闪而过，惊心动魄。乡村的黄昏，一败涂地。

还是文艺青年的那会儿，表达过类似的情怀——聆听青花碗摔向地面的尖叫。他并不知道，某个黄昏或者清晨，打碎一种美丽的同时，也制造了另外一种美丽。他不是与生俱来热衷于从破坏里寻找快感的男孩，仅是出于对青花伤裂本能的敏感。用敏感一词是比较确切的。那时候，他的词典里用得最频繁的恐怕就是它了。他找不到别的什么可以自圆其说。正如他不喜夏雨打落小池畔的莲。雨中的莲朵，三片五片，随涟漪四下荡去。美丽被手刃，血在疼的背后。谁的小嘴被捂住，喊不出那疼？

怀抱一大摞青花碗，从厅堂里穿过，是一件很快意的事情。花朵一般的器皿，总让人想到阳光的灿烂。母亲清洗碗碟的时候，他在一旁候着，想帮手。尽管母亲不让碰，说是大盘小碟的，要摔坏了不得了。终于等到母亲清洗净，差不多十来件吧，就抢着抱在胸前，沉沉的，好高的一摞。过厅堂，不用担心的。有微风穿过，也无碍。脚踩稳，一步一移，那样子似乎就是镇上馆子里打杂的店小二。终于到了里屋，感觉小臂有些酸，母亲的百宝厨已然眼前。老屋异常地静，静得能听见心跳。正要往橱柜里放，传来一声叫，似乎是只猫。蹭什么油腥？母亲已洗得十分的洁净，千万别来捣乱。没及细想，那猫已蹿到怀里。好快呵！嗖地像一阵风。随后，便是哗的一声，不，是一串。一串女人与小孩的惊声和尖叫。

听见什么訇然而倒。

譬如大厦将倾。那时候，尚无大厦的概念，也许是后山上一棵苍松，男人们费了好大的劲，才把它伐倒。先是嘎吱一声，随后哗啦一阵。那一刻，似乎所有的女人和小孩，都在一阵异口同声地尖叫之后，目瞪口呆，喊不出一个字来！

骨头携带肌肤撕裂的声音。骨头在深处嘎嘣钝响，肌肤在浅处隐隐喊疼。青花没有骨头。有人说，青花有骨头的，胎就是青花的骨头。青花的胎原本是泥做的，有谁见过泥一般绵软的骨头呢？这样说，青花应是怀柔的了。洁白的釉皮，像美人莹润的肌肤。钴蓝的花朵，是缠绕在肌肤上的柔情。他至今相信青花有知觉，知道疼。青花香消玉殒的那一刻，分明听见它们在谁的怀里小声尖叫。村里所有的人都听见了。他们的耳朵，都在那一声青花的尖叫中隐隐作疼。都把心悬置起来，替一群青花失声喊疼！

之后的某一天，那时候他还没有跨入收藏圈，准确地说，他只是开始喜欢收集青花瓷片，收集那些疼而又疼的碎伤。

乡下的黄昏缓缓降临，他从一位老太婆手里换回来一堆鱼藻小碗瓷片，给二十块钱可以出手。老人讲，她是在田里做活，一锄下去叮当响，就挖出来了。他相信老人的话，因为相信那一把年纪。

瓷片还真不错。细细拼起来，还原了几只完整的双鱼花碗。没有款，但看双鱼纹饰，青花的发色，年代能到明宣德晚期。窑口景德镇也无疑。从胎釉的细致，绘画的精巧，甚至可以归为无款官窑一路。于是，按捺不住心跳，甚至喜形于色了。

其中的一只，略有残损，碗心里刻个繁体的"坝"字。

真的是"坝"！简直匪夷所思！

估计谁用锥子一样的尖锐利器所镌刻，想必第一任主人所为。多好的莲池小鱼，多好的瓷，就因那毫无修饰的一处笔伤，失去投资的价值。主人狠心拿起利器的时候，就不心疼？看过那碗的朋友，无一例外地表示遗憾。

然而，他并不这样认为。幸运呵！他更关注那个叫"坝"的主人，他是谁？家在何处？年方几何？是否也像自己一样，是个自由散漫、不拘小节的毛头小子？

他并不知道，五百年前的"坝"，又叫"王坝"，他和瞻基一样，都是双鱼座男人的前世，就像现在，以青花的面孔掠过黑暗问世，制造散漫"败笔"的同时，也制造天马行空的尖叫。

五百年后的尖叫、乡下的尖叫、龙隐的尖叫、小碗的尖叫、大勺的尖叫，都是双鱼男人的尖叫，它的疼痛分不清性别，又似曾相识，划过黄昏与暗夜。

30.6 　【那一缕光】

"干爹，你走神了。"墩子早已完成暗窖秘密的提取。

他再次回到了眼前的暗夜。

"还真是秘密。青花碎片打算咋处理？"

"咋处理，都听干爹的。"

"还别说，碎瓷片到我手里，还真能派上用场。类似的片，我手里也有些，没你这么大。大老板都不要片的，不过，好的片，对研究有用。"

"干爹是青花老师。"

"原以为这东西买卖就一两千的。"

"那么贵？我还以为几十哩。"

"几年前，收到一个脆碗，双鱼青花的，也以为就几十。后来慢慢明白，是有这么贵的。"

"那也无所谓。干爹喜欢，就送干爹了。"

"暂时还不能收。"

"为啥？就俩。"

"别看只是俩，在你手里是秘密，但没用，要在我手里，秘密就是钱。但这事压根不是钱的问题。既是秘密，没弄明白，你说收你东西干吗？"

"干爹吃这碗饭，我懂得起，除了当大老板，还当探险家，喜欢追寻秘密。我就是个闷油瓶。"

"你怕是看《盗墓笔记》看多了，连闷油瓶都晓得。"

"我本来讨厌读书的，一次，看地摊上有一本，就买了，花了五元钱。也不知道那书为啥吸引了我。"

"肯定想得到寻宝秘笈。五元，你买到了闷油瓶，还有那么多秘密法子。"

"原想着里面有秘密法子。回头翻了半天，快翻遍了，没翻着。"

"很多人都跟你一样，上了那书的当。以为找着秘笈，就可以扛个洛阳铲，走遍天下无敌。"

青花冰凉，烛光微弱。《盗墓笔记》里的恐怖场景，恍惚正弥漫。手指头粗的尸蟞石蚁满地爬，五花大绑的"粽子"，忽然翻了个身。长长的女鬼头发，自水底飘起，像水草把谁缠住，听得有啥低沉地叫，水泡一样往上冒。吓得不行，呼吸也缓慢了……

窗外的夜，愈加凝重。比任何时候渴望那一缕光的飞升——一道紫光或一团青云，且与异香为伴。

那一刻，静夜与虚空，分明被巨大的光球刹那间充斥。也许就是一闪而过，甚至并不知道它的发生或存在。

莫非遭遇传说中的"地明光"，或者"明点"，某种证悟的"光之经验"。

也许耽于暗示而已。名分并不重要，重要的是照亮。

这样想着，似乎真有细节蓦然展开，彤球青云一闪而过。之后，是隐隐的轰隆，彤球青云之后，由远及近。

紫色的光点，诡异的天青，终布满巨大的穹顶。

肯定不是聊斋里面的狐仙出没，也不是南派三叔暗示的氛围。

也许是高密度的球状闪雷。极度浓缩的光，以不同于常态的速度、形式，运动并传递某种特别的信息。

只是，怎么会有闪雷？农历九月从季节上属于秋冬之交，打雷扯火闪，极其少见。

小时候听老辈人警告，"九月打雷谷堆多，十月打雷坟堆多"。意思是说，九月打雷出好天，十月打雷扯怪叫。眼下是秋冬之交，算九月还是十月？

正纠结，一连串的火闪隐雷过来了。还有林涛与秋凉，全都由窗外往里挤了。看来，要变天。黄昏还好好的，咋说变就变？

天地漆黑一片，忽然来个火闪隐雷，本来收了的汗，又拱了出来。随汗一同下来的，还有山雨。秋冬之交，雨被火闪雷声裹挟，愈来愈近。最近那颗炸响时，浑身已然湿透。湿透倒好，一屋子的凉意，只那火闪照亮的瞬间，分明看见林间似有千军万马在冲杀……

攻城的云梯，火箭自头顶掠过，兵士的尸体填满护城河。踏尸而过，城楼上抵抗还在继续。双方都在前赴后继。士卒们顶着硕大的檑木撞向城门，仿佛一队齐心协力的蝼蚁。城终被攻破。冲杀的铁骑，掠门而过，如割秋风……

火光，火光，火光……

满城哭丧逃散的人影。穿着奢华，披头散发，连帽和鞋似乎都跑掉了……

仿佛《摩诃婆罗多》一段叙诗。太阳飞速自旋。兵器在燃烧，大地在燃烧，大象在狂奔。热河滚滚。大片的鸟兽死去，大片的敌人倒下，马和战车一片狼藉。大火劫后的余生，死一般的沉寂。而后起风了，天地点亮……

这么想着，果然奔来一位尊者，是的，他是仁波切，飘若鸿影，由近而远……在火光深处，在风起天亮之时。他的歌唱那么幽怨——无力挽留闪电的浪子沦落为王，一粒青稞终于使众生重获宽恕。

农历九月、十月的龙隐，没有青稞，也没有刀枪和杀戮。一切重归柔软与沉寂。宽恕和救赎，意义和真理，来自仁波切，来自爱和被爱，来自一句流行歌词，你是电你是光，你是唯一的神话……

第十一章　佛现

31.1　【打鬼者】

暮秋的闪雷，退至穹顶边际。

那一缕光，已成暗幕，深不可测。蓝查体梵纹满身的大勺，随双鱼座男人的青花情事撩动。若说瞻基和孙美人是青紫双鱼，胡皇后便是那善良可靠的素胎和釉底。

王垍呢，难道也与自己一样，是有着性别障碍的独身主义者？

怀旧的逆流已然唤醒。

左手蜡烛，右手混沌。仿佛泥与火，在酝酿和弥漫。

墩子递来一尊怪物，一具三管。长相的暧昧，突破了蓝守玉对于古物的认知，烛光加重了怪物的离奇。

莫非金字塔法老"木乃伊"复活？大漠契丹彼岸花转世？昆仑山"九层妖塔"的"三体"版？

显然都不是。陶瓷圈造假贩赝多的去了。三教九流，啥鬼没见过，似乎也不敢以打鬼者自诩。池也不见得多深，只那些打鬼者热衷埋头表演，掩耳盗铃装"潜水"。流量时代下潜水的，鱼眼926看岸上的鱼人儿。歪笑者不相信鳄鱼的眼泪。拒绝善良的歪笑，因为虚拟的生动，似乎比诚实令人信服。

"90后""00后"的小年轻，一本正经奉他为打鬼前辈。还不好揭穿他们的不怀好意。身为"80后"，似乎也疯狂过。那又如何？抗打能力比不过"50后"、声音比不过"60后"、情商比不过"70后"。

也莫少见多怪，物极必反，否极泰来，打鬼者也呈现低龄化。不看不知道，世界真奇妙。就算白骨精变化多端，也适应不了唐僧的各种变化。

且卧倒吧。

31.2　【又见甜白】

当某种不可捉摸的未知即将抵达，期待也赋予揭示的力量。蓝守玉终于有了机会，去接近真相，即便离大白尚有距离。

墩子从洞里掏出的三管物件，是明早期的甜白器，不过开了细片。甜白本不开片的，出现片纹或与火候有关。故宫里的宣德款蟋蟀罐子，似乎也开一身鱼蛋纹。片若开于宋瓷身上，往往被视作缺陷美。比如哥窑，金丝铁线，不规则的冰裂，沿片往上，会有一种出乎意料的陌生感——开片不断颠覆又重生可能。然甜白开片，便有碍观瞻了。一尺来高的宝贝，因开片，价值大跌。好在隐隐绰绰，也不算丑。也有亮点，比如造型：口做杯样，敛口的那种；杯底漏多个小眼，似沥粉条的筛子。

再往下，三根带球底的扁管。仔细看，器身上下堆刻七道弦纹，中世纪西域金属器皿常见的那种。釉和纹饰之精美且不说，单就造型，也够辣眼。轮制拉坯旋削成型，还有模印，分段安装。从陶瓷工艺学角度看，此玩意费工费事，难度系数颇高。

尽管有些把握不住，还是想起了它的名字："三壶连通器"。名是当下专家取的，谁也不知出窑时该叫啥。

景德镇御窑厂遗址曾出土过一件标本。查遍古陶瓷文献，也没闹明白。有说香薰的，有说酒壶的，有说花瓶的，还有说尿壶的，简直是集体性癫狂。

那年，去景德镇拜师，赵青花带他上手标本，两人就此讨论过。达成的共识——应非普通生活用，很可能为祭祀盛器。只是，装啥玩意呢？佛事插花不用折腾，如何弄得三足？三足不是鬲，也是薰了。装酒更不宜，要渗漏。薰香片，又嫌太窝，咋添火加香？尿壶一说，纯粹羞辱佛门。似乎跟赵师傅戏言过，或与香事有关。此香非香签，亦非香片。莫非香水？这话当然是蒙的。谁知，赵师傅眼睛一亮，道，当年那玩意公开亮相，就有研究者猜香水器。蓝守玉就笑，看来自己并不笨。赵师傅泼水，古玩行，瞎猫撞个死耗子，有啥可嘚瑟？

蓝守玉和赵师傅的神侃，无法与墩子分享。墩子说，此物太奇，豇豆干爹、干外公，还有六如师傅，都说没见过。

墩子这么说，难道是他们三人弄出来的？蓝守玉便有些纳闷了。

"是。"墩子想了想，又道，"不全是。"

"不全是？"

"听妹子说，干爹有张白杯子的图？"

"警察说那杯子，是从你们家拿走。我有些糊涂，这三根管子的怪物，跟警察拿走的白杯子，会不会一个来路？"

墩子点头道，警察拿走的杯子，与青花大龙缸，都是豇豆干爹在佛耳崖鱼龙洞发现的。豇豆干爹进了鱼龙洞，弄出宝贝，大缸子和白杯子搬回老屋，剩下几样怪的，藏在佛耳崖。警察来时，搜走了一堆明代土青花碗和那白碗，缸子没要，说那玩意像新烧的。龙隐镇的豆瓣缸子多了去了，谁家没几个大缸，不是土陶，就是黄釉、红釉、青花啥的。几个警察看不上眼，大缸子就留下了。杯子不是有根冲线吗，原来摆地摊时，好多人都说不认得。他不服气，明明老的，便与人争辩，不是有根老冲线吗？看的人笑着摇头，说冲线也是造的假——苦肉计。

"确实不开门。明代早期的素白器，极难认。没几个人见过真的。"

"城里那些搞古玩的老板，也是吹得凶。"

"看古董瓷器，门槛高。有人一辈子跨不过去。"

"杯子被警察拿走了，咋干爹又能见着？"

"我是文物顾问，他们找我去看的。办案的时候，收回赃物，有时候会找我估算价值，说白了就是给嫌疑人定罪。"

"定罪？"

"别吓着了，就是定价值，办案的警察拿了意见，做案子定性的参考。检察院也要看这个，评估要不要向法院起诉。法院最后也以此量刑。"

"那，你跟他们说了杯子的路份？"

"我能说啥？我说值五千，你和你干外公就进去了。我说，值一百万，那跟杀人有何区别？"

"干爹是菩萨心肠。"

"也许吧……"

于是想起那年高考后，他跟施云，还有几个同窗去老峨山玩。寺里有个老和尚，是施云一远房表叔。老和尚会看面相。施云缠着和尚表叔给他看。老和尚扭不过，看了半晌，道，蓝施主天圆地方，颜面白皙，脸宽肚大，眉目传情，说话斯文有节，浑身上下，骨头骨节都结着善缘。施云问，啥叫善缘？施云的和尚表叔自然没回她。施云转问他。他看着弥勒菩萨，一言不发，搞得施云以为他中了邪。

甜白官窑盏，品相完美的话，估价五十万左右，成对更难求。只惜有根冲线，冲掉四十九万。三壶连通器，不开片的话，算得上宝贝。五百万？一千万？要上大拍，两千万可能不止！若按此论罪，杯子和勺不坏掉，弄这玩意出来的嫌疑人，估计大半辈子栽进去了。好在杯子和勺子都坏了。怪壶也满身开片。要不，定多大的案物价值，还真不好说。东西既然残了，在蓝守玉眼里就是个文物标本，没法谈价值。残了，东西就不应该再出现在文物艺术品市场，它们的归宿是博物馆。也许有人会骂，暴殄天物吗？怎个好的东西，竟然只做标本？

他虽是收藏家，但给藏物定价值，与文物专家不一样，完整性是硬性尺度。谁买个残品回去当传家宝，等投资增值，转手卖差价？还是免不了俗，文商嘛，除了斯文，还有个商字，商人逐利，标签一贴上脸，扯都扯不掉。

"这怪物真是你虹豆干爹弄出来的？"

"对呀。"

"这么说，你虹豆干爹不光从鱼龙洞弄了大缸和甜白盏，还发现了这个暗窖？"

"是从佛耳崖鱼龙洞里弄出来的。"

"那，这勺子，还有甜白这些，咋出现在暗窖里？"

墩子便说，"郭虹豆"去佛耳崖那些天，六如正好云游回来。"郭虹豆"从鱼龙洞把大龙缸和白杯子连夜弄回了屋，剩下几样怪物，也不敢都弄回，就藏在龙隐寺佛堂暗窖里。

"看来，你虹豆干爹还真是地下窖藏宝贝的主人。"

"他怎么会是主人呢？六如师傅才是呀！"

"跟六如有啥关系？"

"师傅不是龙隐寺的住持？"

"那又咋样？"

"东西原来就在佛耳崖下，算是龙隐寺的吧？"

"也对。可六如不是圆寂了，你又做了六如的关门弟子，这些宝贝就在你的名下了。"

"不对，是在龙隐寺的名下。"

"要这么讲的话，你虹豆干爹确实犯下罪过了。"

"那……我是不是……也有罪过？"

"你只是发现了鱼龙洞，又没进去。"

"我不是把那奇花给挖了吗？虹豆干爹也因那奇花才去的鱼龙洞。"

"就算是吧。可你虹豆干爹不是已经死了？"

"六如师傅也说，虹豆干爹，是以死赎罪。"

"死了，便一了百了。你虹豆干爹要不死，你和你干外公还真不好说。"

"你的意思是警察会找上门来？"

"不是找来了？就算他们不来，龙隐寺的老祖宗能饶恕？"

"我干外公就是这个意思，叫我约你来看这些东西，请干爹拿拿主意。"

是该给一个说法了。五百年，不见天日。就算是天机，能经得住五百年时光？

31.3 【黑金鬲】

最后一件宝物，映照烛光之下。

黑釉三足炉，按《宣和鼎彝录》的说法，叫"鬲"。造型一眼可看到明。明代黑金釉极少，从洪窑到成窑，难成一件。晚明的见过，不过釉质下降厉害。看此物明显与嘉靖万历黑釉不同，特别肥厚滋润，烛光一照，比熏肉还油亮。

难以置信的是，此炉跟青花大缸一样，也有醒目题款：

大明宣德七年宣皇帝下旨遣太监侯显赍敕水月法工特样饶州府浮梁县督制

内容与宣德青龙大龙缸完全重叠，书风也一路，仿佛一人所为，只是青花缸子使料笔写就，黑炉子以篾刀刻写阴款。

要没有它，青花缸真成孤证了。这下好了，又来个同路份。心脏跳到嗓子眼！

一眼开门明早期黑釉炉子。啥叫一眼开门，就是说，傻子货，不懂明代官窑的文物傻子，拿到东西都会傻傻地说老。

炉底施黑釉，字款在黑釉中，篾刀手刻露胎款。此类刻款，元末始流行。木光抹油釉，极肥厚，最浓厚的地方，照得过人影。棱处露筋，仿佛永宣红釉器的灯草芯。黑色本沉闷，因油亮可鉴，黑也就活了。露胎阴文字款，见过火后，会泛出隐隐的火石红。灯草芯边子，隐现火石红，与黑釉的过渡中，微闪丝丝金红。照文献的说法叫"黑金"，在元末明早级别相当于祭红和雪花蓝，属于最高等级的宗教用色。真正的黑金，只有御窑或能烧出，其珍稀程度不言而喻。

有回去瓷都，在龙珠阁御窑博物馆见过一件黑金炉子，不过那件是永乐款的。珠山南门御窑厂遗址发掘，在永乐地层找到了那炉。折沿、鼓腹、双鱼耳、三足、腹刻火石阴文"永乐二十一年岁次癸卯……吉日喜舍湖坑大桥求……"炉残缺，字款也不全。连起来看，大致是说皇家祭祀定制。当然，这是当今文物专家的猜想。

眼前所见宣德黑金炉，字款完整，于是之前专家的说法便不是瞎猜了。再说，此炉也非孤证，与宣德七年款双鱼龙青花大缸、青花无款梵文勺、无款双鱼甜白盏、无款三联通管状器一道，构成一条文物信息链，互相指认见证，个体的信息得以强化和确认。相当于法律意义的证据，一旦形成链条，推论也令人信服。再说，五件佛事用器，凑在一块，不正是传说中的"佛前五供"？

"佛前五供"的出现，会不会指向一直苦苦追寻的那个传说？

31.4 【佛现鸟】

宣德七年水月寺僧人应文捐建石桥。

明中早铁佛，"蜀王公用"铁香插，琉璃磨子鱼。

它们并不孤独，以自己传世的方式，述说某个秘密。

它们真的会说话。

它们呢喃自语，有了黑夜的松涛和鸟虫鸣的衬托，如此分明：

> 应声留杜羽，五月离渭湟。
> 竹立召四面，僧还巡八荒。
> 水出龙眠刹，月摇凤栖坊。
> 寺山入大乘，文君了无常。

巫一样的鸟，黑夜里咒唱？倘若不是，为何听起来有洪荒之感？如果是，夜莺抑或老鸦？

秋冬换季，夜莺和老鸦早已隐去，连蝉声也噤了。还有啥鸟，如此幽怨、淡定，像黎明的预言者？

棒槌么？

传说中的佛现鸟。九月，山明，鸟鸣，佛现。

五百年前的秋天，明朝书生杨慎，在盆地某座有名的佛道灵山，遭遇传说中的棒槌——佛现。

这个秋夜，隐约也有棒槌，撩开暗幕，盛装出场，绅士一样，一步一款，引领谁步入高处。

槌啼，佛现。

他相信自己正在遭遇一场宏大的证悟。

甜白盏，宣德龙缸，青花大勺，甜白怪壶，黑金鬲炉。

每一件都神圣虔诚，牵扯某位信徒的寄托。它们集体铺陈而来，只为举办一场水陆全息道场。若如此，要何等显赫的人家，方能摆得如此排场？

31.5 【宣德七年】

五百年前，能予水月寺添置香火、敬献整钵佛银的乡绅土豪多了去。高、杨二土司，董声三五百里，影响力没得说，供奉的寺院可不止水月寺或叫水月禅院，单说康藏交接地带，灵山名刹就有几十座。观盆周诸山，一圈之内，能比得过高、杨的，也就称王了。

宣德七年，以及铁香插和"蜀王公用"。隐隐约约，给人以预示。

宣德七年。悼庄王嫡三子，原来的罗江王"埙"，因长兄靖王"堉"旧年新薨，王堉膝下又无子，王埙便得以捡漏进封，世袭蜀王，称僖王。

宣德七年。盆地最大的盛事，是不是这档子？

若判断没错，可否作如此猜测——

宣德七年，王埙进封。

自京都皇兄瞻基那儿讨赏，金银、瓷玉以及更多的佛事用品，敬献水月禅院。瞻基泽厚仁心，上任伊始便下恤民诏，治前朝后遗，譬如巡边怀柔，使老太监一路向西，暗访失踪前朝皇伯下落，也顺理成章。

王埙的王，捡来的。王埙白捡个蜀王，当然得好好致谢皇兄瞻基。讨回旨意，抚恤盆地西北藏地僧众，应属分内。性情温润的王埙，朝拜大乘，供奉龙隐，不排除新王自嗨。也许还是出于政治的考量，怀柔安抚藏汉杂居康藏交接地带百万僧众信徒，尤其是镇住高、杨两家土司。从朝廷对盆地管辖意图来看，也合乎惯例，且新皇登基以来，一直在做西北西南少数民族政权的安抚事务。侯显在这个时候，出使藏地的用意也便可信了。

只是，为何单单选中水月寺？

盆地西部藏汉杂居大小寺院，几百座不止。能被皇家选中，怕有皇帝本人看重的大师于此。且大师的影响力不仅要王埙认可，还得皇兄钦准。

从暗窖里掏出的证据看，这些宝贝都是皇帝本人亲自审定的官作样式。对应供奉等级，水月禅院超越一般名山古刹，甚至超越日常供奉的王室寺院。若如此，水月禅院已然具备像报恩寺一样的意义。报恩寺是皇帝的家庙。水月禅院的当家方丈，即便再牛，也不过偏远西康一住持而已，何以有德有望被钦定，让王室代为供奉？

蓝守玉不敢往下深究，还有些怕。

31.6 【龙隐地宫】

得给墩子提个醒了。

"莫非你豇豆干爹，撞见龙隐寺的塔林地宫？"

"地宫？"

"就是鱼龙洞啊！"

"你说那野洞哦。洞口本就没找着。再说，里面的蹊跷，豇豆干爹就没有给我讲过，六如师傅、干外公和我，也是猜的。"

也许墩子说得没错，"郭豇豆"或就是个臆想狂。触发他患毛病的，是墩子从佛耳崖下挖回来的奇兰"龙隐佛光"，还有墩子那天下午的神奇之旅。墩子自言自语说梦话，"郭豇豆"却信以为真，就算不是臆想狂，估计也离抑郁症不远了。

蓝守玉纳闷了。要说墩子的豇豆干爹命也硬，咋就镇不住那些宝贝？转而又想，不捉弄人，也便无命一说了。

墩子说，六如圆寂前，他才知道豇豆干爹干的那事。

六如撬开暗窖，带墩子进去，就着手电瞎看，只是不让摸。六如讲，暗窖是寺里存南瓜、红薯和土豆的地方。豇豆干爹在一个黑夜里，给他送去三件宝贝，说是佛耳崖找到的。豇豆干爹害了引兰娘，他自己也惹了一场鬼病，只得把宝贝还回暗窖，为求六如宽恕。六如说，宝贝原本就是寺里祖上留下来的，现在送回，地下列祖列宗想来也不再说啥。六如还说，那天下午，墩子撞见鱼菩萨云、五色竹、双鱼龙和奇兰"龙隐佛光"，是塔林下的师祖们显灵。墩子没有找到洞口，是善缘阻断了堕落。"郭豇豆"本是好人，好人命不长，只是善缘浅了。

"你豇豆干爹做错了两件事，乱钻鱼龙洞，私藏大龙缸和甜白杯子。"

"可是，六如师傅是在豇豆干爹死后，才晓得他私藏大龙缸和甜白杯子的。"

"你的意思是不是说，你豇豆干爹倘若把大龙缸和甜白杯子也还回龙隐寺里，就不会死？"

"师傅说，因果是不能颠倒的。一切既已注定，所有的试图改变都是徒劳。"

"你豇豆干爹也许就那点善缘。善缘尽了，命也没了。"

"干外公后来同六如师傅谋过，要不要把缸子和白杯子送回寺里。师傅说，'郭豇豆'没了，因为私藏大缸和白杯子才没的。大缸和白杯子，换了他一条命。他死了，他的命就寄托给了缸子和白杯子。那缸子和白杯子就是他自己的现世寄托还体。命没了，寄托还在。就让他留在我们家，让我和妹子天天看着，也是个念想，像念想亲人一样。"

"你师傅看破红尘，深得佛缘。他知道人心的自由安宁，比啥都重要。"

"干爹你这么说，我似乎也明白了。"

"缸子和白杯子，是老祖宗创造的神物，它献给佛，佛又将其藏于暗里。你豇豆干爹用命把它赎回人间。就像春种，夏管，秋收，冬藏。一切美好的，都是新的轮回。烧造它们的，奉送它们去了寺里，埋藏它们的，发现它们的，包括现在看到它们的你和我，都是人世间匆匆过客。唯有神物独自逍遥，一万年永恒不朽。"

"师傅倒没这么敞亮地讲过。师傅说，豇豆干爹怕是找到传说中的龙隐寺藏宝洞。师傅又说，豇豆干爹命与运相冲。"

"换今天的话讲叫财不配德。也许这么说，对你豇豆干爹并不公平。"

"……"

见墩子有些郁闷，蓝守玉便换了话题，道："还是聊聊塔林地宫吧。"

"你说鱼龙洞吗？其实我也不知道那是啥地宫，只看到五色的竹子和奇花长在洞口，一青一紫鱼龙把守。鱼龙洞还是豇豆干爹给取的名。塔林地宫是六如师傅说的。师傅说，当年高、杨土司恶斗，殃及龙隐，师祖们就将寺里的宝物藏到某处。哪里呢？没人知道。留下一句晦涩莫测的禅诗，'五祥献佛处，鱼龙拜花时'。师傅说，鱼龙的窝，估计连着塔林地宫。几样东西，还有家里的那大龙缸和警察拿走的双鱼白杯，怕都是塔林地宫里的。鱼龙洞就是地宫，地宫就是藏宝洞。"

"六如师傅的话，也是我的猜测。不过，你讲得这么明白，莫非，知道东西咋弄出来的？"

"我哪晓得哩？师傅并没细说。他只说过，刚才看到的三样宝贝，跟干爹背回屋里的大缸和杯子，怕都是藏在地宫的宝贝。师傅还说，宝贝是在一个黄昏重新回到寺院的。那个黄昏，天很黑。起着风，雨也像这么大。半夜，师傅听见有人敲门，掌了灯，开门一看，看见个血人。血人就是我豇豆干爹。师傅见豇豆干爹，跟半夜里我和娘看见的那一幕，一模一样。"

"这么说来，你豇豆干爹一人上佛耳崖，钻鱼龙洞，弄出宝贝后，并没有先下山，而是去了龙隐，找到你师傅六如？"

"怕是吧……"

31.7 【六如圆寂】

"郭豇豆"因为招惹龙隐地宫，克了引兰娘，留下引兰、大龙缸和甜白盏，也死而无憾了。

"郭豇豆"死后，六如不再云游。六如说，老了，也寂了。

六如守着他的龙隐。原来还有"石磙子"，偶来寺院里搭个帮手，做些杂活。龙隐寺香火愈显清寂。几日碰不见一个兰农和樵夫。若逢大年前后，香客们上山来，才难得有份热闹。

"郭豇豆"死后，就只墩子去寺里帮活。"石磙子"要带引兰。墩子不会做豆腐，就上山寻兰，挖药材啥的，弄些宝贝卖了，给引兰买奶粉。

六如是在秋冬之交的黄昏圆寂的。

墩子和"石磙子"便去龙隐，送六如。

圆寂前的六如爱清净，神情异样，似有啥牵挂。

"石磙子"道，你放心去吧，寺院会给你照看哩。

六如一言不发。

墩子也不晓得宽慰些啥让师傅释怀。

三人就这么坐着，谁也不说话。到了下半夜，墩子瞌睡实在太重，正打盹，忽听得有谁在喃喃自语。念叨啥呢，没听明白。

"石磙子"劝道，有啥放不下的尽管说。

六如说，出家人，该舍的舍，不该舍的也舍，要说放不下，就是引兰啊。

"石磙子"道，引兰有我看着呢。

六如说，"郭豇豆"从佛耳崖回来后，找过他。回家后，得了怪病。后又上山，专门嘱咐，叫帮引兰祈福。

"石磙子"道，托佛祖保佑，引兰长得好着哩。

六如说，跟你们一家有缘，有因果哩。"郭豇豆"没福享命，也有因果的。他不该一人去佛耳崖，钻鱼龙宫，消耗自个的命运，折了寿。福祸本不单行，又咋能说清楚？

墩子半懂不懂。

六如道，慢慢就懂了哩。缘起即灭，缘生已空。今生修来生。寻见五色竹和奇花，看见紫蛇鱼和青蛇鱼，是你的缘分。"郭豇豆"闯鱼龙宫，缘分也好，劫数也好，都有定的，强求不来，割舍不掉。今生都是苦，才修来生。你豇豆干爹走之前，守着我忏悔多日，修来引兰的现世。引兰就是你豇豆干爹的来生，也是你们一家的福分。

六如这话，听得墩子如驾青云。

六如道，听不大懂好，听不大懂，人也麻木，不知疼痛。能听懂，便有了疼痛。能感知痛苦，在于苦求和执着。你豇豆干爹本执着的。弄兰花是执着。认识你娘，是放弃执着。后来你寻来奇花，又唤醒他的执着。去鱼龙洞，是那执着在施魔障。走之前，他又放下了。比如现在，我也要走了，没啥好执着的。你要相信，付出了，一定有好报，好报是给来生的。这就是因果和轮回。

也不管墩子懂与不懂，说完这话，六如就让墩子回佛堂后院睡了。

六如说，他要同"石磙子"两个人摆龙门阵。

墩子一觉睡到大清早。醒来后，去了佛堂，见"石磙子"在化纸钱。

墩子明白，他的六如师傅，真的圆寂了。

墩子帮着干外公，把六如装到大罐里，放些柴禾和煤油，一把火点了。

火燃了七天七夜，也不晓得烧成啥样。也没细看，便盖上个大盖，绑五花绳，抬到佛耳崖。

两人从清晨寻到黄昏，终未找见墩子当年见过的洞口。

紫鱼龙青鱼龙都不见的。

五色竹也不见的。

墩子道，天快黑了。

"石磙子"道，是哩，天黑了，游魂再找不着归路，要散的。

墩子道，埋吗？

"石磙子"道，埋吧。

墩子道，埋哪呢？

"石磙子"道，棒槌鸟在哪叫，就埋哪。

墩子侧耳听，哪有棒槌鸣叫？

真的奇的。说棒槌来，棒槌就来了。

"佛现！"

"佛现！"

两人闻声，伏地作揖，念道，菩萨保佑，菩萨保佑！

念毕，刨个大坑，将六如骨灰罐子安放进去，填实土。找来几块石头，垒个金字坟头，下大上尖，不足三尺高，像座袖珍的灵塔。

六如入坛那天，墩子看见那只棒槌，盘桓灵塔上翻飞。紫红的帽，灰色的羽，跟六如圆寂那天的打扮，一模一样。

32.1 【狐狸精】

"老婆一"的来电，打断了墩子的讲述与蓝守玉的倾听。

龙隐寺的信号若有若无，好在佛堂正好有个漂移点，也是怪了。

"老婆一"也就是个预案，换小年轻们的说法叫"备胎"。半夜三更打啥电话，就算真资格老婆，也等明天不，这急吼吼的，出妖怪？电话那头的施云，自然也不客气，嗔道，几日不见，拽了？

听那口气，"瓷睡法"的疗效似要打折扣。

来者不善。

施云说，本来也是拨着玩的，谁晓得还真接了，果然是夜猫子，在哪呢？他没好气道，龙隐山哩。施云表示惊讶，不会吧？不是说，有性别障碍么，咋也学着带窑姐，钻林盘找感觉？施云这坑挖得巧妙，要扯谎应么，会冤死，老老实实说同行的是个小年轻，那就真掉里面，一辈子爬不出来了。

善意的沉默，被施云当成理亏，竟发神经坚持说要开夜车，来龙隐揭露真相。施云的把戏，如何能瞒住他？所谓的"揭露真相"，不就是恨铁不成钢，想听软话，当一回救世主吗？

便顺了施云那话，嘿嘿道，哪有啥真相？能看到的"真相"，都在洗白的路上。

施云说，他这是在质疑荣城首席名记的口碑。

误会！

赶紧解释道，绝对不敢有半点质疑，只是这半夜三更的，他怕"犯错误"。

他为"犯错误"一说自鸣得意。不是欲擒故纵，是置之死地而后生。

还别说，今夜真的适合"犯错误"。秋雨刚透，星子漫上来，寂寥也有了暧昧的意味。秋宵一刻值千金，浪费可耻。若能成就一段佳话，犯个男人都会犯的错误又如何……

还没等他"男人都会犯的错误"冒出来，施云已咬牙切齿了，算你狠，不过，请记住，今晚这话，是从你自个嘴巴里蹦出来的，可别后悔……

听她挂电话的坚决，不会真的摸黑来龙隐吧？施云脾气，他太了解了。别看平日爱唠叨，可从不遮遮掩掩，说到做到。

赶紧下山吧，要不然想洗白也来不及了。

32.2 【五供的缘由】

若说那夜是场大戏的序幕，"老婆一"只能算插曲。他的情绪，纠缠在"郭豇豆"和六如的传说里。

"郭豇豆"和六如的传说，乍一听没啥，细细想来，颇有名堂。

墩子并未道明白六如圆寂那夜，"石磙子"陪六如最后一程，两人究竟聊了些啥。

"郭豇豆"从鱼龙洞窟冒死弄出来"佛前五供"，分藏两处，双鱼甜白盏和大龙缸，藏古镇自家院子，青花大勺、甜白怪壶、黑金鬲，藏寺里暗窖。撇开对墩子一家的信任，看最近发生的一切，更像古玩小说的套路。

放出甜白盏作诱饵，推出琉璃磨子鱼、铁香插。大龙缸是终极诱饵，古玩贩子靠此杀手锏"地雷"，炸掉对手的贪婪。道高一尺，魔高一丈，古玩圈遍地埋雷，浸淫其间的不是人精，也是猴精，谁会甘做雷灰？若真是雷，龙隐寺和古镇郭家院子就是雷区。今晚目睹的一切，只为强化买家入戏"踩雷"的执念。

光有道具，并不够说服力，还得有书和说书者。墩子和"石磙子"就是那说书者，六如、"郭豇豆"、引兰娘等几个"死者"，就是那书。说书者安排他们"死"，无非出于死无对证的目的，信不信由你。

死者为大。"郭豇豆"、六如和引兰娘，确凿地死去了。两个重要角色的存在，并不符合说书人的人设："石磙子"的诚实善良和引兰的天真无邪。除非是苦肉计加美人计。"石磙子"犯案，苦肉计上演！引兰的入戏，让戏中人戏中事，与此中人此中事，难解难分。

一切须在预设的前提下展开："隐蓝"就是那传说的终极骗子。

"石磙子"犯案，文雄的兄弟伙刚好找到他帮忙处理"羊粪蛋"。如此，文雄和他的兄弟伙，正好无意中扮演"隐蓝"的帮凶。

骗局一说，至少有两点过不了关：

1. "隐蓝"一家自始至终，没提过钱的事情。

2. 标的物"佛前五供"，凭他的眼力，目前并未察觉到有何破绽。

古玩圈子的故事，他也听得多了，能在道具细节上做足十分功课的，他还没有碰到过。

就算"隐蓝"一家经某高人洗脑设局，他自己找上门来，甘愿被骗，这个要站得住脚，必须存在利益交换。重要标的物——大龙缸的处置权，现在已经无偿转到他的手里，"隐蓝"一家并无所获，至少目前是这样。显然，利益交换一说不攻自破。

不相信自己的眼力，也绝不会怀疑"石磙子"、墩子和引兰的善良。就算是雷区，他也愿意去蹚。

何况，"佛前五供"真的是五件无价之宝。青花釉里红鱼龙抢珠纹大缸、黑金炉、青花勺、三管器，为佛事礼器。双鱼甜白盏，似饭食俗物。只是，为何单出一件日常饭食俗皿？

若甜白盏真有出处，会不会是寺院某位得道高僧，一人专享之器，而非寺院的日常用品？

一炉两瓶两盏，或一壶两瓶两盏，算五供。五宝个个不一，还是头回见。

一番寻思之后，蓝守玉便叫墩子再想想，会不会漏掉了啥？比如，牛皮卷、羊皮卷之类的。

"啥牛皮卷、羊皮卷？"

"就是书写有字的羊皮书、牛皮书。"

"没有。再说，那些玩意本来就不是豇豆干爹和六如师傅给我的。是后来干外公告诉我，才知道有暗窖。有的话，第一次进去就会见着。"

"你就是见着了，也早烂成炭灰了。"

"类似的事倒是听干外公讲过，说他有回摸坑，以为摸着了啥，软软的，一抓，粘了一手黑泥。是不是羊皮书、牛皮书烂成黑泥了？"

墩子此话，令他诧异："你干外公干过摸坑？"

墩子自知说漏了嘴，欲言又止："这个嘛……不好讲哩。"

"那你咋说他沾了一手黑泥？"

"听他吹牛皮吹的呗。"

"你干外公还挺能吹的。看他不像个凡人，估计肚子里有干货。"

墩子也没多想，道："你要爱听，一会下山吹吹。"

太晚了，若不是施云的电话骚扰，两人可能会待在佛堂里神侃，坐等天亮的。

现在下山，刚从暗窖里掏弄出来的三件宝贝咋处理？当然不能贸然带下山。六如说过，"郭豇豆"用自己的一条命，换了大龙缸和甜白盏。三件宝贝是"郭豇豆"还给龙隐寺，为墩子和引兰赎命的。

墩子有些犹豫。

"弄也弄了，坏也坏了。它们的主人，也就是你豇豆干爹和六如师傅，都不在了。按理说，留在暗窖里，也是无主，不如把它们交给公家妥当。"

"我也想过交出去的。"

"可你想过没有，就算送出去，人家要不要，还是个问题，就像大龙缸一样。"

"这倒也是。不过，我干外公说，咋处理，都听你的。"

"交公人家不要，说你东西是地摊仿品。不交也不是办法。不管咋样，东西肯定不能再动。从哪来，还到哪去。问题是这些东西，原本在哪？"

"我干外公让我看的时候，就在地窖里了。我也是听说，豇豆干爹从鱼龙洞弄出来的。可鱼龙洞在哪呢？我也只见过鱼菩萨云，紫鱼青龙。六如师傅说，豇豆干爹从佛耳崖弄到宝贝那天晚上，起了很大的地皮风，又扯火闪，又下暴雨的。后来，我还一个人去佛耳崖找过，可咋也找不着紫鱼青龙，五色竹也不见了。佛耳崖下，确实新冒出个塌过的龙拖槽来，一直拖到山下五里地。"

"龙拖槽？"

"就是泥石沟呀！"

"哦……那就不说鱼龙洞的事了，说宝贝。原来就没问你师傅和你干外公？"

"豇豆干爹死后，我也问过师傅，师傅总把话题岔开。师傅圆寂前的晚上，他也闭口不谈。这些东西，也是后来干外公告诉我的。"

"如此来，你干外公是最后的知情者？"

"六如圆寂前晚上，干外公守了一夜。至于师傅说过啥，只能猜了。我想，应该说过的，不然干外公咋就晓得佛堂后院有个暗窖，还藏了宝贝？"

"六如师傅也不想让你知晓更多。你干外公肚子里装得住事。"

两人聊到这里，蓝守玉心中有数了。解开龙隐寺佛耳崖鱼龙洞塔林地宫秘密，"石磙子"是个关键。

便谈了自个的想法。既然鱼龙宫原址找不着了，那还埋窖坑吧，毕竟是寺院的窖坑。以后，龙隐山搞旅游，重修庙宇，就把它们拿出来，让香客们供奉。祸福自有缘由。"郭豇豆"以死赎罪，留下终极遗憾。现在，墩子把宝贝送回暗窖，"郭豇豆"捣毁鱼龙宫的灾难，也算有个交代。

唯一的顾虑，六如死后，庙便荒了，初一、十五偶有人来进香，其他时候，人花花都不见一个，现在连初一、十五都没了人影。如若无人管，暗窖会不会被盗墓贼发现？

想得过于遥远，便是矫情了。做好自个修行，求个良心宽恕，如此便行。

32.3 【夜色澄明】

三件宝物，最终送回暗窖。

两人都松了一口气。蓝守玉把摆摊的图和手机卡交给墩子。几件"鬼场"上淘回来的陶鸡陶狗、破碗烂罐早已准备妥当。它们都是墩子摆摊、卧底、寻找"兵哥"线索的"道具"。

按照跟文雄商谈的"卧底"任务细节，接下来，墩子就得去各地摆摊赶场，等有人来找挖挖活干，直到等到一个抽"长征"烟的秃头。墩子不抽烟，也不认得"长征"烟的模样。他便道，不认得没关系，记得那烟是大红色的，硬壳，翻盖，写有两个大红字"长征"。

蓝守玉还给了一摞钱给墩子，说是预支的工资。给墩子的钱，是蓝守玉自己的，他不想让墩子白冒险。墩子便应了，说有线索，会第一时间联系。蓝守玉告诉墩子，龙隐家里的事情，也不用管，他会经常去看"石磙子"和引兰。还特别交代，这以后有人要问起，就说自己是茗山的，叫曾胖子，师傅姓范，龙隐的事，只字不能提。

交代完后，蓝守玉道："大龙缸替你们先保管，以后交给公家，就说是你和你干外公主动交的，争取宽大处理。"

墩子不明白，道："大龙缸不是已经送给你了吗？再说，还收了你一百万的欠条。"

"一码归一码。龙缸算送我，一百万算给你们家的。大龙缸我会找机会交公的，交公才能洗脱干系。至于啥时候交，还没想好。眼下，得先给大缸子弄个身份证。"

"龙缸交给公家，我们咋能收钱？回头我让引兰把欠条撕了。"

"没事，我只是说送他们，人家要不要还不定哩。再说，也不是现在就交。"

"哦……不过那东西真跟我和干外公没啥关系。"

"我会给警察说的。现在的问题是，东西怕交不出去。"

"公家不会收吗？"

"来历不明，谁敢收？"

"你不是说是好东西吗，他们咋不会收？"

"好不好，我说了不算，文物专家说了算。专家认不认得，收不收，现在还是你我的一厢情愿。"

"热脸贴冷屁股？"

墩子这话，让蓝守玉无言以对。热脸贴冷屁股，俨然周遭常态。对于大龙缸的归宿，他早有预期。热脸也好，冷屁股也好，并不影响他的情绪。再说，那晚的夜色是真的好，想着施云来龙隐，便忘了疲劳，下山路走起来像飞。

32.4 【因果】

墩子一路上都在聊"石磙子"的因果。

六如和"石磙子"信佛，"郭豇豆"信烟火。

蓝守玉相信墩子所言。"佛前五供"是"郭豇豆"从鱼龙宫弄出来的，跟六如和"石磙子"没啥干系。

墩子说，他的干外公"石磙子"信佛，是因为犯过菩萨，得赎罪过。

"石磙子"老家在北边的兰考县。粮关那年，爹娘没了，"石磙子"成了流浪儿。流到禹地，见周围村庄在造窑，正缺帮工。有窑主找他帮挖窑，管饭，还给工钱。从小到大，帮人活路，干一天，讨一口吃，现在的主人管饭，还给零花，便干得更起劲了。头几天，主人在地上画了个圈，叫往下三米挖窑膛。就往下搞了三米。过些天又来，说再横着三米挖烟道。就又遂主人愿，横着挖了三米。挖到三七二十一天，出事了。记得那天，太阳明晃晃，横着的烟道，也有了光亮。听得"嗵"的一声闷响，腰上似被啥砸了正中，又疼又麻，原来是件一尺来长的疙瘩，赶紧用衣服把泥一抹，那疙瘩露出黄灿灿的一层皮壳。

莫不是挖到"金娃娃"了？

那兴奋啊！差点晕过去。蹲下来，抽了根烟，再看，啥"金娃娃"，是菩萨哩！脸都吓青了。赶紧跪下，一连喊了好几声"菩萨饶命"。

后来的事，超乎意料。主人拿走菩萨，扔下五十块，说是工钱。五十块，要买三百斤麦子了！差点把那家主人当活菩萨供了。再后来，窑主被人告了，说是盗挖青铜佛像。警察大张旗鼓来村里抓人。幸好他在窑场，老远就看见警察抓了他家窑主。

逃命要紧。这一逃，到了龙隐。

关于"石磙子"逃命，是头回听墩子说。不是说"石磙子"先到了一座古庙，拜了师傅，捡了个娃吗？蓝守玉纳闷了。

"石磙子"捡的那娃，便是墩子。蓝守玉更关心那古庙的名分，只是墩子不得而知。

要解开问题症结，绕不开"石磙子"。老头向来寡言，谁能打开他的心扉？引兰还是墩子？

"石磙子"很老了，挖菩萨逃命的谜，六如的谜，"郭豇豆"的谜，引兰娘的谜，兴许早烂肚子里了。他并不想连累墩子和引兰。

凡事都有因果。

挖菩萨是"石磙子"的因，拜菩萨是"石磙子"的果。

寻香香花给引兰买奶粉是墩子的因，撞见"五色竹"、紫鱼青龙和"龙隐佛光"是墩子的果。

闯鱼龙宫是"郭豇豆"的因，抑郁而亡是"郭豇豆"的果。

那，双鱼青花梦和大龙缸，又有何因果？

秋天以来的遇见，或在个人之于信仰的造化，如果说虔诚和善良也算信仰的话。

既然信仰可以选择，为何人生又有那么多的匪夷所思或不可理喻？

多年前那场车祸，货车司机一句"走了，都走了"，带走他的爹娘，也带走了他的童年，烙下双鱼青印的隐痛。

墩子误入佛耳崖，撞见鱼菩萨云，觅得龙隐奇葩，挖回五色竹，发现紫鱼青龙，如此佛缘，得有多厚？

"郭豇豆"钻了龙隐寺的藏宝洞，弄出"佛前五供"，照说也有大运。可惜命薄，受不了沉重，好运也翻过来，走了背时。

"郭豇豆"得了不义之财，心里不踏实，畏惧菩萨的庄严，不得已找六如开窍。纠结中私留大龙缸和白杯子，六根算不得干净。他的善缘或本来如此。"郭豇豆"把剩下的三件宝贝留予六如，以宿命抵孽债，也死而无憾了。

六如终于验证了龙隐寺的"五祥"传说，耗尽修炼的成果，也是佛的立意所在。

"石磙子"帮人割老峨菩萨脑壳被抓，倒了血霉。鱼龙宫和菩萨案，墩子都没沾惹，是"郭豇豆"和墩子娘在另一个世界护佑。

他们都没把鱼龙宫里的宝贝草率出手，人生的缺失也算完成自我修复，换个角度讲也是走大运。

就算看上去最背霉的"郭豇豆"，也是见过大世面的。他和六如、"石磙子"，都在冥冥之中，各自赴了人生的下一程。

财来财去，缘深缘浅，人生就如这般莫测如梦。

只是墩子家里搜出那么多来历不明的土陶青花，已沾上倒卖出土文物的嫌疑。墩子卧底，帮警察找"兵哥"，法理上叫将功赎罪。将功赎罪本不只是世俗间的功利转换，更是信仰的因果轮回。

双鱼座的蓝守玉，似更渴望秋天以来，青花如梦的心愿，踏踏实实睡一场瞌睡。如此，那双鱼好梦，是因，还是果？

33.1 【猪跑那些事】

双鱼甜白盏引发蓝守玉的好奇，客观上帮了"隐蓝"一家的忙。也因此对"石碾子"搅进老峨山佛头案动了恻隐，既担心"隐蓝"一家遇事凶险，又巴不得拿甜白盏通天入地。若果真如此，龙隐镇和龙隐寺注定是这个秋天的福祉了。

更想知道"石碾子"的背景。

墩子说，他干外公绝不敢动佛像的，神戳戳地给石匠当枪使，想来也是撞了鬼。

"石碾子"一事说大就大，说小也小。爷孙俩遭文雄兄弟伙盯上，也是让人家拿了话茬。蓝守玉相信"石碾子"就为挣个手艺钱，偷鸡不成倒蚀把米。他有理由去找文雄说情，且文雄和小聂信了他的说法。

相信归相信，案子搁在那哩。一日不破，疑点永远存在。爷孙俩哪有自证清白的能耐？让墩子去卧底，找"兵哥"线索，协助文雄和小聂早日破案，是他和文雄达成的权宜。"兵哥"归案，"石碾子"的事便不了了之。不过，这也是一厢情愿，墩子愿不愿意，还得自个拿主意。

"干爹还是为我们好。"

"就算吧。"

"干爹帮我们一家躲过了脑壳上那灾，墩子下辈子天天记得哩。"

"你们家人本分，我乐意帮。"

随后又给墩子细致交代了做线人一事。

蓝守玉和引兰，前些时候去了趟屏羌关押中心，记得文雄明确告诉他，"石碾子"的确参与了佛头案，起诉怕是跑不脱。不过小聂负责的专案组这头，认为老头态度诚恳，情节看轻，若跟检察院沟通好了，弄个刑事免处也有可能。

墩子说那是干爹面子大。蓝守玉说，忙也不能瞎帮的。墩子说，他知道，就是帮警察找"兵哥"，他打小喜欢看警匪片，不怕。蓝守玉提醒墩子道，就担心怕哩，得不动声色找线索，再也别主动去挖，有人要找帮忙抬土扛货啥的，不能生硬拒绝，怕走漏风声，鱼就不上钩了。墩子兴奋了，道，早想回圈干本行哩。他笑问，还挖？墩子也笑，早不挖了哩。又追问，当真挖过？墩子怯怯道，犯法的茬，豇豆干爹和干外公可让不干。他笑道，豇豆干爹不也去了鱼龙洞吗？墩子道，去过一回，就遭报应哩。他便反问道，"石碾子"不是惯犯吗？墩子呵呵笑道，听干外公讲年轻时候那些事，也就当吹牛了。

便问道，说挖挖事，是不是刺激你了？墩子脸有些红了，说老街上有句实话，没吃过猪肉，还没见过猪跑？

蓝守玉大笑道，那就吹吹猪跑……

33.2 　【望闻问切】

"石磙子"在老家禹地犯的事，最终也没个说道，总之是跑了。跑了啥也就没了，铜菩萨砸坏腰椎偏又落下隐疾，一逢雨季腰腿要疼几回，想来是挖菩萨应遭的罪哩。一路流浪摆地摊倒腾古董，渐渐识些卖货的老板，瞎帮过些人忙，就吹上天。替人挖窑基，无师哪能通？不过，要活命，会不会无关紧要，多一门活命的石匠手艺倒是没话说的。

墩子打小就跟娘上山学寻香香花，跟豇豆干爹学识花养花。香香花风头败落后，又跟"石磙子"摆地摊，偶尔也做石匠的门槛粗活，日子稀稀松松，总算混过来了。

"石磙子"有句话，别看那些个"挖挖匠"，喝酒耍钱，小地方的好事，差不多都玩过，个个赛过神仙，谁知道是不是把脑袋别裤腰带上，提着命要哩。

七十二行，行行有规矩。挖挖一行，冷是冷点，规矩也不少。比如，两人搭伙便是。两人嘴紧，三人嘴杂。文物局把警察喊来抓了人，一问，两人各说各，信哪个？哪个都不敢信。要都闭嘴，警察也没辙。血亲搭档，更铁了。不过，血缘也非万能。还得提防见财起意，行凶害命，忘了血脉。父子、兄弟搭伙上道的少，大舅搭外甥，姨父搭侄子的多。断子绝孙的事，小心驶得万年船。单干吃独食也不行，没个放风，不被抓才怪。两人分工，有照应。一人里头挖，一人洞口倒。坑里人拿货，轻扇几巴掌，就着绳子扯几扯，洞口的人一拧货兜就上去了。拉完货，再拉洞里人。洞口的人会不会变心？人心隔肚皮，想来也有吧。生生活埋的也有。待洞下人快爬出洞，装着失手，绳子说断就断了，咕咚，跌下去一竹竿深，摔不死，也被填下来的土给堵死。冤死之人，至死也不明白，好端端的绳子咋会断呢？怪谁呢，要怪就怪自个命浅。

"还不是被穷给逼的。'土夫子''地拔鼠''穿山甲'，也不晓得换了多少茬。酸甜苦辣，也不见人同情。"墩子说这话时，情绪低落。

"自生自灭，跟老鼠蟑螂有啥分别？也许这便是几千年来民挖行当冷冷清清、倒死不活的本来生态，还是官挖风光。"

"官挖？"

"对呀，东汉的董卓、三国的曹操、唐朝的黄巢、民国的孙殿英，都是狂人，明火执仗哩。"

　　"这么说来，大大咧咧招民工，还派人站岗，也算？"

　　"你说的是考古。古时候哪有考古？挖挖活自古不入流，归入下三十六行，可见古人认为挖祖宗，不是啥光彩事。"

　　"听干外公说，挖挖活不算手艺，却也有技术含量，他咋学也没入门哩。"

　　蓝守玉便不置可否了。

　　墩子说，当"挖挖匠"，要会踩风水。

　　这话，是看书看的，还是听人吹牛吹的？

　　墩子说，一半看书，一半听人吹牛。

　　还真的吹上了。

　　挖挖一活，蓝守玉也看过些闲书，墩子吹的那些，有好事者都写上书作闲龙门阵哩。古人造坑自然要挑风水。富贵人家，捡上风上水。帝王人家，择名山大川。男向凹，女向包。坑坐圈椅中，上山不必爬太高。宋朝开圆盘，明朝八开样，拜须在下方。这都是古话了。汉坑要挖十几米，唐坑直接凿山，宋坑椅子，明坑桌子。最好的风水，背靠九龙，左青龙，右白虎，面南一条皇水向东流。

　　看坑也有讲究。坡地崖畔、黄土河湾、半山沟坳，除了树林，就是玉米红苕，咋看？山环、水绕，头枕、足随，龙脊、虎背、凤嘴、鱼梁啥的，地形学问，样样得会。尤其得会四样手艺——"望、闻、问、切"。

　　"望、闻、问、切"一说，显然是把挖挖当成郎中瞧病了。坑在地下，如病入脏腑。"挖挖匠"从外看内，如中医把脉问症。

　　一望风水。古人视死如生，选墓地迷信。挖坑自然要会望气发坑辨地形。一处好风水，不懂的，在上面走一辈子，也无感觉，会的哩，眼睛跟孙猴子一样会穿山钻地，几里外都能看出名堂。

　　二闻气味。用洛阳铲取土，一闻，便知是"死土"还是"花土"。"死土"没坑，"花土"有戏，有"花"才活哩。一等一的高手，还能以味辨汉唐，鼻子比狗还好使。汉以前，泥巴味。明清坑，砖石结构，啥味都有，臭死。要下雪天，去山里转转，看雪，看那种很细很细的霰雪，下面有啥土，便可猜到三五分。

　　三问信息。就是"踩点"。扮个记者、历史老师、艺术家啥的，到乡下游访打听，表面上搞采访、调查，暗地里探听风水传说。

　　四切方位。坑有多大，形状啥样，坑道在哪，坑门朝向，都是很硬的学问。

似乎也有问题。老中医讲"望、闻、问、切"，可令人信服的又有几个？跑江湖扯幌子的，见得不少。就算进正规大医院，也是中西结合，没十来样检查谁给你下药？

聊到医生开检查单，墩子笑道，挖挖也有体检工具的，洛阳铲了解一下？他纳闷了，那玩意不是北派的吗，南派哪听说过？墩子道，你说的是过去，现在的南派讲实用，啥玩意好使就用啥玩意，也不管家伙什是南是北了……

33.3　【南派高手】

南方水多，铲不好使，有人便鼓捣了更便当的玩意：钢管探条。一节两尺长，多做几节，套起来，要多长，有多长。墩子感叹道，南派发明的这玩意，好归好，名气远不如洛阳铲有名。

有名无名不重要，重要的是管用。现在的考古队似乎也弃了洛阳铲，用钢管打探点。选好探点，往下打，取土，感觉手上轻重。先打出生土，生土往往是后来各种垮塌码上去的，有点铁，打得慢。打三五尺，还不见五花活土。换个眼再打，忽然手下一松，一钎打穿一两米，往往会碰着回填的熟土。再往下，啥积石、流沙、木炭、木屑、石灰、朱砂的跟着也带出来了。四下再打几眼。左一个，没打到，"过了"。右移一点，再打。多打几眼，便能看个大概。接下来要做的就是，看形状、深度、石质、砖质、坑灰，以推断坑门、坑道、坑墙的方位。

"说得头头是道，好像你就是考古高手一样。"

"吹牛你也信？"

蓝守玉也权当墩子吹牛了。只是墩子这一吹，还没完没了。

再厉害的高手，找口子都不敢出大气，说大话的。有时候，在一块地上，转了半天，回头有人突然指着你脚，嚷道，别动，在你脚下哩，吓你一跳。吓过之后，寻思道，从哪开始弄呢？点没弄对，会塌方的。打个比方，跟坦克一样，坑墙、防盗层，就是装甲，不能直接去钻这些地，硬得很。坑墙、坑底，就是漏洞，坦克不是也有个盖子吗？大坑有坑道，挖开坑道，从坑道进去。小坑没坑道，刨个洞就进去了。一般打斜洞，爬上爬下方便，坡度大的，要挖得深，费时。有时也要打直洞，挨着坑边直直下去，再横打。脾气急、胆子大的，就用探条掏个小洞，填一小包炸药，一炸一个洞。不过，响声大不说，坑炸塌，东西碎了，眼睛都要冒血。宋元明清砖头坑，七纵七横十四层，坑顶厚，要是打到顶子，几天都弄不开。

"继续，吹牛反正不用上税。"蓝守玉笑道。

"吹牛？"墩子急红了脸，"还有吹上天的，更邪门哩。"

说麻烦当数古汉坑。西汉坑没耳房，东汉坑俩耳房。唐坑用坑砖搭个穹顶，那会儿还没造出三合泥哩。明清坑用砖，也有用石条的，用石条的，一般比较晚了，半截露地面，目标摆着哩，一动准出事。

啥坑都要会点，不能只懂汉坑，遇上元坑明坑咋办？总不能像考古队，花几个月，来个夸张的"大揭顶"。逼急了，也有直接炸的，那样罪过可大了，再说文物局和警察盯得死紧。

元明砖石坑多。砖石坑后墙只两三层砖，沿后墙打个洞，再凿开两三层砖，跟玩似的。遇上和尚坑，也有说地宫的，往往位置太毒。比如险山绝壁，依势凿个崖洞，用青砖和三合泥，坑道上堵几块大石条，封个结实。那就伤脑筋了，根本没法直接钻，半边崖半边山，只有老老实实移石条。

"《盗墓笔记》里，不是说还有卵石坑、流沙坑和水坑吗？"

他似乎来了兴趣。

"说书人说书，也靠谱？"

"你的意思南派三叔是冒充的？"

这会儿轮到墩子不置可否了。

蓝守玉怎么会不知道？就算说书，也不是闭门造车，瞎琢磨。南派三叔的第一手经验，或来自民间的传闻，一番艺术加工之后，土法子也成了高大上。

比如，卵石坑、流沙坑和水坑。地下渗水，本没啥，家常事嘛，怕就怕阴流不断。古人自然不会把坑埋在水里，那是坐水牢。也有不信邪的，让先人坐水牢，目的就是防盗。造卵石坑和流沙坑，也是。砍些树枝当角钢，做三角镶架固定流沙，像挖煤那样，一点点往里面支进，啥事没得。这法煞有介事，似乎跟江边淘沙工学的，不明就里的，还以为人家在搞土木工程。听起来像那么回事，根本当不得真，谁信谁上当。

33.4 【"活地雷"】

蓝守玉打小喜欢听评书。小地方哪有说书的，只有看《盗墓笔记》，一看就上瘾，地有四势，气从八方……啧啧！那个南派三叔，上辈子会不会真的是摸金校尉？

《盗墓笔记》的"闷油瓶"骗了文艺青年，也哄了理工男。南派三叔正好挠中了"80后""90后"的那痒——闭眼是因为黑夜本已疲惫，好不容易睁开眼来，你却看到黎明的一地鸡毛……

一个颓废主义者，更需要从墩子这样的民间小人物身上，找寻救赎的活力。

他喜欢墩子的烟火气。

墩子说，前些年，到处都在修高铁高速、造房子、挖沟渠，地摊也火了，满街都在吹牛说哪哪又弄出了啥。他和"石磙子"也半信半疑，抢着串乡收货。也不知咋的，好多人家屋子里也有破碗烂罐哩，每回都不会空手。三年不开张，开张吃三年。工地上出一坑吃三年。两人转一个乡场，吃三月。就是东西太便宜，跟白菜一样，好多时候都没人要。警察和文管所的人来地摊，一看，皱皱眉，走了。不是看不上，就是看不懂。石雕器，笨重不值钱。陶器直接打批发。铜器要的人少，好容易找到有兴趣的，一问，大学教授，没啥钱，买着研究，保护文物，便不能太黑，见钱就甩。金银器，好出。瓷器多，却无几人识得。倒腾来倒腾去，也就是挣个糊嘴巴的渣渣钱。

不过，像替人帮忙割佛头这样的罪事，墩子没干过，"石磙子"也是头一回。当然，也听说有胆子大的。胆子大的，也不是天天吃香喝辣。生意越来越不好做，要是去三江古玩街，看看那些跑江湖的，哪个不是怨声载道……

这年头，楼房越修越高，庄稼地越挤越窄。上三十六行，下三十六行，哪一行容易呢？

老掉牙的挖挖行，也充斥各种整人套路。摆地摊的，也就占个便宜。三块来，五块走。想一夜发财，没门。到处都在摆悬龙门阵，埋"活地雷"。

悬龙门阵听多了就不怕埋"活地雷"。他不怕墩子给他埋"活地雷"，因为他信"石磙子"，信"隐蓝"。

聊到埋"活地雷"，墩子又吹上了"探宝器"，就是金属探测仪。那玩意据说能穿透地下一米深，像二郎神的第三只眼……

"电影里，鬼子用来搞地雷的那种？"

"现在'"挖挖匠"'用来搞坑。一物多用，不算得稀奇。"

"还有奇葩？"

"老鼠衣见过？女人穿的那种高级紧身游泳衣，要上好的，滑溜，不沾泥土，一梭就进去了……"

听墩子这段吹，蓝守玉的脖子上下，全是冰凉。

他想到了那只被啥咬掉半边脑袋的不死鸡，想到夏秋以来的噩梦不断……

咋自己也装神弄鬼起来？

33.5 【装神弄鬼】

墩子说，"挖挖匠"一行，多有讲自己不怕"鬼附体"的。撑死武二郎，饿死武大郎，蛇有蛇路，鼠有鼠路。

墩子说得没错。见财起意，胆子横生。七十二行，行行有门道。可就算道行高深，哪个打包票说不怕鬼，还真是吹牛。

"拍胸脯，打包票的，不是吹牛，也是玩障眼法。就说那障眼法吧……"

墩子这话，不是哲学家，也是预言师了。

便又听他吹上了障眼法。

搞小坑，一个雨夜必须搞定。大点的，要先把主人搞定，拿钱，说是包种药材，交几个月租金。有时候还要盖个茅草房啥的，把土拿出来先堆上。别家人，还以为主人家野地里搭的粪坑房哩。十天半月，干完，回填封洞口，把茅草房捣垮，谁知道下里面有个窟窿……也有填不结实的，暴雨一淋，陷了，放牛娃一看，漆黑一片，头都晕了……明白啥？没人能整明白的，文物局的人，研究来研究去，也一塌糊涂。再说，谁有那闲心研究个黑咕隆咚的窟窿？

最邪门的就是机关了。墩子说，听行里人讲，当年龙隐山下哪旮旯，山民开山造田，碰了个坑。那兴奋地，一哄而上，去撬石门，门还没全开，箭就飞过来了，像下雨。赶紧扔石头雨，对砸。箭雨好歹停了。一看，又是一道门，守门的木人，像个卫士正舞剑。就又喊口号又扔大棒，木头卫士终于被打倒在地，都奔上去，人人踏上一只脚！终于看见，一口大棺，悬吊着哩。爬上去一看，呵呵，明晃晃一堆亮眼。正要下手，大棺材两只角，朝脸上喷飞沙。还不快跑！就都发疯似跑，回头一看，沙把门堵死了，好家伙，差点没埋在里面！

墩子说木头卫士的龙门阵，是从一个跑江湖的古董老板那听来的。老板是个半拉子书生，还给他扯过一个白狐的故事，印象很深。说一个叫栾书的古人，埋了很多宝贝。盗坑人进去一看，宝贝都烂成泥了。正郁闷，白狐跑了出来，吓了一跳。就打那白狐，结果把白狐左脚给搞伤了。回头做了个噩梦，梦见白发老头，说你咋扎上我的左脚呢？边说边使手杖，扎那盗坑人的左脚。这一扎，那人吓了一身冷汗，醒了，一看，左脚肿得老高，生了大脓疱疮……善有善报，恶有恶报。真应了老话，不是不报，时候未到。

"你倒是像个真说书的。"

"听引兰妹子说，干爹你才正经写过书？"

"哪来那么多正经，还不就是装神弄鬼。"

"干爹你也装神弄鬼？"

"哈哈。写书人装神弄鬼，也许吧……"

他也给墩子摆了个装神弄鬼的名堂，算互动了，不然墩子这一路的神吹也成了独角戏。

说是一伙游客遍走天下，其实就一帮流窜作案的。在某地发现个风水大坑，跟县官申请，要移民，批宅基地，住下来不走了，官府就给批了。这伙人还真住了下来，开荒，种麻草，几个月麻草就长到一人高，正好打掩护。就挖。挖到石头门，有个会念咒的，说别慌，先搞个仪式。一伙人就吃了几天斋饭，人人闭目念经。念着念着，三扇石门，搞开两扇。又过了几天，中门也搞开了。门内闪出来个管事的，其实是来谈判的，说别进去了，我家穷着哩，没好东西招待，你们回去吧。说完，关门进里屋去了。那伙人才不信这个邪，接着念经、吃斋饭。后来，屋头又出来一个，还说，各位请回吧，别耽误大家正事。那伙人仍旧不听。正要强行撬开中门，大水涌了出来，淹死好几个。有个会游水的，好容易跑出来，到县官那悔过，求宽大。县官哪信呐，就亲自到现场察看，看见中门里摆张石床，床上真睡了个骷髅，好几尺长，头和脚漂在水里……

墩子便吓得起鸡皮疙瘩了。

他说，这就怕了，还有更骇人的。

说有两口子，搞了个挖坑组合。挖坑时，两口子拎着酒去壮胆。开棺后，男人自己先整一杯，说我是客人，敬主人，先干为敬。干后，又灌了一杯给骨头，说，我干了，该主人你了。这时候，旁边婆娘插话，我女汉子买一匹马哈。婆娘也陪了一杯。都干完了，男人问，酒钱问谁出呵？婆娘说，我不得出的哈，我是买马的，酒钱该主人出才是。这算是将主人军了。那意思嘛，就是拿你东西，还酒钱。两口子，就开始拿东西。有一回，当然也是最后一回，男人把酒灌给骨头，谁知道那骨头，灌着灌着竟哈哈哈笑了，把两口子吓的。两口子就扶那骨头坐起来，坐起来干吗，腰上有根金腰带唄。骨头说，轻点，轻点，腰疼着哩。这下，还真把那两口子吓着了。

"干爹见多识广，神吹也有文化哩。"

墩子拍他马屁，看来并没信他吹牛，而信文化的。

"屁的文化，装的。"

"不会吧，我看干爹满肚子墨水。"

"或许……未必……。"

他语焉不详，顺了话茬又给墩子吹了个没墨水装墨水的。

没墨水的是双鱼座的余秀才。在故事的开头，说过余秀才赶考的事。蓝守玉给墩子说的是余秀才当年高中之后，应了朝廷职事，去某地赴任。途中遇上个和尚，同船夜航。新科的余秀才春风得意，一路上高谈阔论，就连上床了，还拉着和尚听他瞎吹，把和尚唬住了。和尚一个人，蜷缩一角，不开腔，意思是你摆你的，我且睡了。睡着也便是了，脚却不能伸直。余秀才四仰八叉占了大半张床位哩。和尚其实哪能睡着，睡不着就琢磨余秀才话里似有漏洞，便试探道，请问……余相公……澹台灭明是一个人，还是两个人？余秀才想，就这水平还考我，还真把我新科高中进士看成乡坝头冒充的秀才？便大声说道，是两个人！和尚又战战兢兢问，这，尧舜是一个人，还是两个人？这话问得余秀才额头痛又犯了，好不耐烦，道，自然一个人！和尚一听，终于忍不住，胆子也大了，这说起来，且待小僧伸伸脚。不管余秀才同不同意，把脚打直，自个睡了，反占去大半边床位。

"呵呵，这个好耍。"

"你正经听懂了？"

"没，没，干爹你不是说的，哪里来那么多正经，装神的哩……"

两人一说一笑，不知不觉，二三十里的山路就下来了。

第十二章　桃夭

城里人过夜，不叫过夜，叫过夜生活。过夜，有台电视，有张床，好歹一夜也能草草对付。

在蓝守玉看来，乡下过夜仅保留关灯上床一个选项。城里人矫情，应景啥极简主义，那是饱汉子不知饿汉子饥。

蓝守玉并不是个人来疯，比较随意。在三江，这个节点正宜极尽声色，或在三江边画舫狂吃，远点兴许就去九眼桥酒吧一条街烂醉成泥。

没有灯红酒绿，也无鸡鸣犬吠。夜幕给龙隐男人女人那点破事，上了一道厚实耐用的保险套。

走了半天的山路，浑身的骨头关节，快要散架。

"已出发来龙隐路上。"若不是施云之前又发了条短信，蓝守玉真想去土司客栈，猪一样地睡到自然醒。

回到镇上，联系施云，说快下高速了。让墩子拿了道具，就此话别。还特别嘱咐，一定要扔掉原来的电话卡，不可再与家里联系。还叫他跟"石磙子"和引兰说，是去办一件大事，要两三个月才回来。

土司客栈早已打烊。叫了半天，老板才开门，便说来了朋友，要加房。老板问，男朋友还是女朋友？他道，男朋友？啥眼神，再说我是那品种吗？老板不解，那还加啥房间，钱多烧包不是？他道，跟钱不钱扯不着。老板估计是真的没见过，老实巴交地一脸蒙，摇着头又在对间加开了一间。其实也是为他好，半夜三更的，从荣城跑来个女人，就是傻瓜也会起疑。

做人难，做好人更难，做好男人真是旷世了。

在这穷乡僻壤，他想做一回好男人，都不被理解。他感到疼，这一次，不是头疼，是腰疼。

下楼去桥头找到"黑土"。刚打开应急灯，文雄来电话。纳闷了，咋全是夜猫活鬼？便没好气："这会儿不睡觉，跟你老婆又干了？"

"干你个头！"

"别误会，我是说你跟老婆干嘴了？"

"哪都没干！"

"可惜了。"他叹了口气。

真是钱多火大，几日不见，咋怪里怪气？不过，文雄忍了，毕竟有事要找他麻烦，遂问道："在哪发财？"

"发毛财！在外哩。文哥有事？"他并没说在龙隐。

"在外？出省了？"

"出省倒没有，不过没在三江。有事直说。"

"是这样，你介绍的齐鲁集团的齐总，他们公司明天组团到屏羌考察'水天花月'项目。"

"好事呀！恭喜文哥！刚当上几天常务副指挥长，项目就落地了。看来，运气对头了，那啥都飞上天。"

"你要觉得骂着开心，就骂。我可没想过要上天，还不都是向书河给赶的鸭子。齐鲁集团项目真能落地，得感谢兄弟。不过，明天是来谈意向，不算落地，离签约还有距离。"

"意向，上次在荣城不是谈过了？"

"上次算向书记亲自带领我去招商，这次投资方回访确认。做还是不做，总得有个靠谱说道。"

"我看齐总靠谱。你们得好好准备，争取留个实在印象。经济下行，现在找个真能下蛋的鸡，不那么容易。"

"蓝总出场还能说啥？就算文雄眼拙，也不至于公鸡母鸡一把抓嘛。"

"你确定这回来的是母鸡？"

"啊，不喜欢母鸡？那就公鸡吧……不对，这年头就算公鸡能下蛋又咋样，还不都是铁公鸡。"

"你就瞎扯吧。"

"真要感谢你的。不过，不是现在。"

"无功不受禄。那是人家施云和柴瑶的功劳。"

"要不先有你，咋会认识她俩？"

"屏羌是我老家，帮吃喝吃喝，本分吧？做红娘，办得成、办不成，还得看新人意思。你们要多磨合。至于我，不提也罢。"

"你骂你文哥，是吧？别还说，我就认你。向书记就这么说的。他说，'水天花月'，要多听你的，举足轻重哩。"

"书记捧杀，蓝某哪有如此能耐。你们进入程序后，剩下的事，其实跟我没多大关系了。”

"书记说，我必须给你保持每日热线。今晚找你，是有这档子事，明天你能不能赶回屏羑来，一起陪陪齐鲁集团的考察团？"

"明天不是星期天么，你们官员就不过周末？"

"书记新上任，要求白加黑，五加二。"

"真是好干部！可是，我又不懂项目，当'三陪'？"

"兄弟是文化名人。屈尊当个'三陪'，这叫礼贤下士，不掉价。"

你才三陪哩。蓝守玉正想怼回去，觉得不妥，堂堂公安局代局长，重点工程项目园区管委会主任，正科级领导干部，咋叫"三陪"呢？不过，咋又不是呢？现在找个老板来投资，父母官们就跟去寺庙上香一样，赔笑陪喝，没日没夜。那些老板来，这块地指一下，搞个生态观光项目，至少投两个亿，那块地上比画一下，搞个超五星级，再投两个亿。陪同的都说，明知道老板不靠谱，混吃混喝，吹的牛都用的是十年前的版本，还得耐着性子听，听完继续赔笑陪喝，边陪边说，好，好，老总有战略眼光，大手笔！当然，也只能在心里嘀咕，不能拿到桌面上。很多话，能干不能说。很多事，能说不能干。

向书河和文雄，也不容易。一上来，就遇上"水天花月"烂摊子。要在那坑里爬起来，搞点名堂，还真不容易。不过，齐鲁要现货实料几个亿砸过来，屏羑南岸就真的天翻地覆了。文雄做梦都等着这条咸鱼哩。向书河更无须说，他得拿出说服力，证明老领导蒲志推荐他是多么正确。

想到这，蓝守玉就道，好吧，明天中午赶来，同齐鲁和向书河见个面，陪同考察啥的，就不参加了，又没拿工资，只是想老朋友见个面而已。文雄笑道，只要肯来，其他悉听尊便。

34.2 【七年之痒】

挂了电话，一辆红色的"四环素"，"嘎"地停在"黑土"前面。天黑，又开着车灯，晃人，蓝守玉并不确定对面车里的那人是不是施云，就下车凑近瞧。车里人也刚摇下车窗，两人正好碰个正头。

是施云。就问，饿没，吃点夜宵不？施云道，吃夜宵，长肥肉。他道，奔四的女人，有肉就有资本，老男人可不愿意啃骨头。施云骂道，有些老男人，吃着碗里肥肉，还想着锅里骨头哩。他觍着脸笑道，骨头好呵，就喜欢有点肉肉，咋啃也啃不下来的感觉。说完，让施云的车随他回了土司客栈。两人又到镇西头，真有家叫"啃骨头"的夜摊。念叨啥，来啥。他笑道，还真有骨头，啃不？施云没理他，径直进了店。

　　蓝守玉先点了一小锅冬萝卜炖猪筒骨。施云要了盘鸡爪鸡翅膀。他又喊老板拿了六瓶啤酒，道，一比二，喝完回客栈困觉。施云道，喝那么多干吗？啤酒桶啊？只喝一瓶。他道，一瓶不是你荣城名记的风格吧？至少俩，好事成双，再说天远地远的山旮旯，一男一女，喝个夜啤酒，要逍遥有逍遥，要暧昧有暧昧，可比你们荣城的"九眼天珠"接地气。施云道，我没觉得"九眼天珠"不好啊？他道，那是你爱屋及乌，一条街的啤酒肚和啤酒瓶，你说说，哪里好了？

　　他其实还想扯白"土豆天猪"的，只是，跟施云不相干。那是他的另一个话语系统。他和施云此时语境交集，除了九眼桥的啤酒肚和啤酒瓶，也只有啃骨头了。

　　啃骨头，把瓶对饮。很快，他的四瓶见了底，施云第二瓶还剩大半。他道，我最后一口了，干了？施云道，不能干，胀肚皮。他道，男人不能说不行，女人不能说不干，再说，天黑，没人看得见你肚皮撑没撑亮，喝，喝完，喝高，一觉睡到大天亮，开夜车的疲劳，也就没了。施云道，好吧，你不就是想让我喝醉么？拿起瓶子就吹，咕嘟咕嘟，半瓶下去了。

　　这一通下去，施云头晕乎乎的，有些醉意，伸手叫他扶。他条件反射似的把手伸出去，又缩了回来，还是有心理障碍。眼前的施云，似乎已同她的药材老板离了婚，那么，问题来了，她算自己的前女友呢，还是算药材老板的有夫之妇……当然，障碍瞬间就崩溃了，这鬼地方，别说碰见熟人，熟狗都不见一条，想怎个复杂，自寻无趣，不就是个"扶"吗？又不是"摸"……

　　就扶了。咋这么轻？每次他喝高了，打电话叫童桐搀他回家，童桐都说，哥，我搀不动哩，怎个沉！只这女人一喝酒，咋就身轻如燕呢？

　　上楼时，施云脚步下意识抬得老高，两步当一步，飘着飘着上去了，仿佛敦煌飞天跳太空舞，边飘边絮叨，你那点小眼，哄小姑娘？不就想让我醉吗，我就醉给你看，看嘛，看巴适没？说着，翘着腿，身子半仰过去，重心完全偏离，还特意转过来，露个媚脸给他，像唱青楼戏。

　　要不是扶着，估计施云就仰翻过去了。施云这一仰，他再一次看清了她脸。只是，那么白皙的皮肤，咋就有了鱼尾纹……

　　他莫名地有些伤感。

　　倒在床上，施云絮叨个不停。他便任由其絮叨了。

　　奔四的女人，随便嫁了个只认得老婆和钞票的粗糙男人，以为粗糙男人可靠，何曾想到粗糙只是男人的婚姻假面道具。施云的粗糙男人终于不出意外地跟如花似玉的小三跑了。

刚离婚那段时间，施云像没油的灯，空落落的，三天两头约柴瑶，去九眼桥灌啤酒。两回三回还能忍受，三天两头柴瑶有意见了。

柴瑶的背后是齐鲁，柴瑶的意见是否意味着齐鲁有意见？

齐鲁想见柴瑶的时候，总有一个奔四女当灯泡，又不可能无视。齐鲁说，不就是跑了男人么，犯得着如此颓废？柴瑶就数落施云，能不能出息点，世间可能缺好多有趣之物，就是不缺男人。施云说，你有齐总欣赏，当然站着说话不腰疼，可谁欣赏我？柴瑶说，会有的，即便天下好男人都绝种了，也一定会给施大记者留一个。

没了男人的施云，不得不面对一个人的漂流。三天两头出入上流社交圈子，与各色假模假样的大小男人在办公室和社交场合装矜持，有时候也打情骂俏，还不能过火。累！做柴瑶那样的大女人累，做施云这样的小女人也累。

这年头，男人的累，都被风月释放了。女人呢？

女人的累，是一个人的无助。

如此也好，简单，让人亲近。很多女人愿意像施云那样过活。她们的世界，就不该有太多刺激，太多惊天动地与无事生非。

想远了。

蓝守玉决定明天不让施云去屏羌，中午就把她赶回省城。

屏羌的事，本是男人圈子，柴瑶进来，也是迫不得已。施云本来就是"打酱油"的，糊里糊涂卷进去，对她不好。谁能保证以后"水天花月"，不会扯出些啥幺蛾子？

阴暗角落的那些事，归宿于黑暗，只有黑暗本身才会让黑暗保持信任。大庭广众，光天化日，一切神秘被光明挤扁，踩在脚下。影子退到影子后面，失去审美的诱惑。诱惑对于跨过三十六"奔四"的"80后"男人女人，已不再具有杀伤力。所谓的"七年之痒"。

等施云迷迷糊糊睡去，蓝守玉也上眼皮唔下眼皮了。就掩了门，踉踉跄跄回自个屋睡了。

34.3 【舍身崖的花朵】

龙隐那夜睡得短暂，也不是白睡，酒精一过，梦也来了。

他对自己睡觉质量严重自卑。有回问童桐，有秘方没？童桐说，玉表哥不是给你的"月""影""梅"推荐啥"瓷睡法"吗，怎么自个也不信了？他道，"瓷睡法"对付上半夜还行，下半夜，梦一来，也不受控制。童桐道，那你抱个"美人肩"花瓶睡呗,下半夜即使忍不住还做梦,估计也是好梦。他纳闷了,咋讲?童桐戏谑道,抱得美人归呗。

玩笑话归玩笑话,童桐真戳到他的痒处。一段时间,老在梦里出现一个影儿,好像是自己,又不确定,从来没见过自己啥样。照镜子还是吃不准,老觉得镜子里影儿有些生分。梦醒前,仿佛满世界在找一个对手,似乎是"她",又不确定。地方呢,也天南海北——

雪山、草地、大海、二峨山舍身崖、大都市、舞台上、花丛中……

什么乱七八糟的……

众里寻他千百度,蓦然回首,那人却在灯火阑珊处。出其不意,还富于设计感。很多时候,结局和过程的浪漫,又如何能兼得?

他明明看见千百回魂牵梦绕的"她"——就在那里,却不得相见,即便试图走近一点,刚动了心思,浪漫就剩下一地支离破碎的独身主义了。

无法遏制的梦残,脱光衣服,赤着身子,凉凉地露在清晨。

某个清晨,梦见来到一座人迹罕至的深山,叫不出名字。那山像龙隐,又像二峨。像龙隐,因为山脚也有一道石桥;像二峨,也是梦见个舍身崖,崖很高很高,高得本来想好寻死的人,也吓得不敢下末日决心了。

梦见过了石桥,跟随采药人,爬呀爬,鬼使神差找到了一条赴舍身崖的捷径。

到了崖下,忽见大片鲜花,紫如烟云,蓝如幽灵。

蓝的,会不会是土豆?土豆花司空见惯了。从小娘就警告,土豆花好看不能近,有毒哩。娘还说,鬼火荧光样的花,好看,可都有毒。便从不敢靠近,离开老屋后,更对土豆花的模样日渐模糊了。直到他那天梦见,也不敢确认。

紫色的会是桃花吗?倒是像的,也有五朵瓣,只是瓣大,比桃花大多了。况且桃花的粉色很肤浅的。

无忧吗?不是,无忧有叶的,不会开得如此诡异。

紫花本无叶的。无叶有花,还是花吗?

甚为惊奇。也许是烟岚,是云雾,是某种不可言状的幻念而已。

幻念中的神秘烟岚和云雾,几乎把舍身崖的高度给淹没了。

雪山彼岸花?

多年后,关于此梦,他一本正经给小年轻们回忆道,他坚定地认为,那夜,他确定见着雪山彼岸花了。新生代的小年轻们哪信,也一本正经怼道,舍身崖那么高冷,哪来的彼岸花?彼岸可不能开在雪线之上的。

有代沟,不再理会他们,且独自笃信了。那夜所梦,就是雪山彼岸,没有根，没有叶，紫色的烟云，蓝色的烟云，无边无际，通达山巅。

于是，爬呀，爬呀……胖哩，身心俱累。就快筋疲力尽的时候，他看到了高处。高处站了一个瘦子，长相平平，两眼空洞。他俩并不认识。

正要近前打招呼，瘦子不见了。又来个更瘦的姑娘……

确认是——"她"。

没错，全是"她"的影子……

他看见了那件青花连衣裙。山风袅娜，"她"也袅娜。风掀了连衣裙，像谁在使着性子，往四下里扯了衣裙。衣裙终究没有被扯掉，倒是越裹越紧了。太瘦了，没有曲线，没有三围，双峰发育不良，该有的臀也只剩下嶙峋了。奇的是，那瘦竟天然与青花连衣裙融为一体。他想靠近一点为"她"祈祷，想走近，腿却如灌铅，再说迈得动又咋样？隔着烟岚和云雾，虽然近在咫尺。

咫尺天涯与隔世。

紫色的花朵，蓝色的花朵，铺就的烟岚与云雾之路，终于消失了。

剩下两人之间，梦里梦外，一年四季三百六十五天，以及千山万水，替"她"揪心。

天，那么纯洁；风，那么轻扬。

"她"，如此消瘦，瘦得只剩下连衣裙的一条条悠长的皱褶，在风中摇曳……

34.4 【"80后" "90后"】

诡异的好梦，不辞而别。

龙隐的清晨，没有惆怅，也无激情。

蓝守玉敲了对面施云的房门。

"门开着哩。"施云在屋里喊道。

进了屋，见施云正坐在床边，接柴瑶的电话。

"醒了？"

"以为我是猪？"

"昨晚你喝多了，我扶你回屋，见你睡了，才回房的。"

"你咋就不学学诗人们写情诗，一直守着我到天明？"

"诗人你也信？真的喝多了。"

"还不是你成心灌的。"

"干吗要灌呀，那么好的夜色，还有美人……"

"又来了。不就是想我喝醉吗，还不认账。"

"你确实醉了。"

"没印象。"

"这么快就忘了？"

"你不是说醉了吗，谁还记得？"

"还以为你要睡到日上三竿。"

"你以为，女人都跟你一样，胖蹄子两双，猪脑壳一头，脖子上插杆象旗！我一早就醒了，没看见你，找了老板娘来，又开了你的门，看你有没酒精中毒。一看你正抱美人做梦哩，又回自个屋了。"

"估计你做梦都想着我酒精中毒。"

"狗咬吕洞宾。"

"吕洞宾是男人。"

"我又没说你是狗。"

"算了，发现你离婚离出口才了。"

"鬼扯。昨天急着叫我过来做啥？恁个急的。"

"是你说要来龙隐找我的，好不？"

"我这是去屏羌说事路过，自作多情。齐鲁要我叫上你一起去的。"

"去屏羌？谈啥？文雄和向书河他们的项目？"

"明知故问。人家向书河八成又想柴瑶了，催着齐鲁集团派人早点过去。老相好，鸳梦重温，一日不见如隔三秋哩。"

"你咋把人家领导正儿八经的大事，想得那么八卦？"

"我这不跟你说道么，又没在大庭广众之下广播。"

"昨晚，他们的文局长的确来过电话，请我过去，也提到此事。"

"看吧，金子放哪都是黄的。不简单哦，蓝总，你可是屁股发热，两头都在抢。"

"你把我搅进来的好不？前几天啥事没有，现在都给你打乱了。"

"昨儿跑哪去淘宝贝了？"

"说远就远，说近也近。"

"真淘到了宝贝了？我看看？"

"要真淘到了，还不让你看么？"

"吞吞吐吐，可不是你蓝老板的风格。有屁就放，心慌。"

"担心吓着你。庙里的东西，看不？"

"庙里的你都敢弄，不害怕得罪菩萨？才不看，折寿。"

"还以为你胆子大。对了，刚才跟柴总通电话？"

"她让我今天上午去屏羌。"

"我要下午才回去，晚上见面，也没啥事。估计向书河和齐鲁想见面，拉我当个灯泡。"

"既然这样，我也下午过去。昨儿才喝了，不想中午又喝。"

两人正聊着，蓝守玉手机提醒有信息来了。一看头像，憨憨狗，原来是"隐蓝"。

便向施云建议，上午去古镇逛逛，中午吃了饭再去屏羌。施云道，行，看看古镇上有啥好吃的，给柴姐、齐总、向书记、文哥他们几个买点。他道，那要找一个本地人导购才行。就给引兰去了个电话，说荣城女同学过来了，想买点好吃的土特产，叫她一会过土司客栈来，带带路。引兰问，女同学？女朋友吧，嘻嘻。他没回话。引兰电话那头道，没回答，就是了？好，带你俩去，镇西头有家土司土豆酥，好吃着哩。他把土豆酥的事给施云说了。施云道，很好，最爱各种酥了，管它是土豆还是红薯。他相信施云是真话，离婚的女人，爱上甜腻物，据说是抑郁症的自我对抗方式。

刚放电话没多久，引兰就到了楼下。蓝守玉听到有人在窗外喊"干爹"，就开窗看去，见楼下俩女孩正朝他吹泡泡，打招呼呢。纳闷了，咋俩女孩？一瞧，原来看花了眼，一个真人在吹泡泡糖，还有一个，是引兰穿的吹泡泡T恤，T恤前胸印了个女孩吹泡泡头像，差不多跟真人一般大，占了T恤的大半。

小女孩吹泡泡？好熟悉的画风，在哪见过呢？

他想起了前些时候，在世纪会展影院里，那么多鱼眼泡泡满天的怪梦……

施云还在收拾她那张脸，也不敢催。啥事都可催，唯独女人收拾脸不能催，可不是闹着玩的。不能急，一急，潦潦草草，那张脸就目不忍睹了。女人的脸给男人看的。最担心的事是，大清早撞上张唱戏的脸，一整天都没食欲。那会儿还在电站搞移民，几个女同事经常赶急，妆没整到一半，那头领导叫开会，赶紧跑会议室。一看，你红一块，我白一块的，像粉刷匠打翻了涂料瓶！

他叫引兰在楼下等一会儿。

等施云完妆，两人才下了楼。

"干爹好！干妈好！"

"干妈？"施云看了看他，又看了看引兰。一头短发，尖上飘了几丝艳色。T恤，配蓝花小钱纹迷你短裙。脖子上，还围了条雪青色的棉线围巾。如此打扮，有姑娘的气质，年轻没得说。回头又看看自己，问道："我有那么老吗？"

他笑道："不是干妈，是施姐。这是我刚收的干女引兰，龙隐本地的小姑娘。"

引兰于是赶紧改口叫道："施姐好！"

施云讪讪应了："好。蓝守玉，你收干女随便收，别把我辈分整低了就行。"

他凑过去，小声道："叫你施姐，是为你好，难道叫你施姨？"

施云没啥好气："爱咋叫咋叫！"

引兰就带了二人，朝镇西头沿街逛去。

35.1 【伤心凉粉】

施云老远就看到有个卖"伤心凉粉"的，纳闷道，啥意思？引兰道，辣得伤心。蓝守玉道，那好，去抒抒情。

说是凉粉，其实是热粉。入冬，凉粉需热吃。只那"伤心凉粉"，名字惊悚，辣椒的皮，土豆的心，皮辣心凉，冰火两重天，真不适合未成年人吃。偏偏现在的年轻人仿佛"吃货"投胎，辣得伤心，也管不住嘴。瞧眼前凉粉摊那人气，觉得饮食文化，真的用不着担心传承。

施云挑起凉粉，煞有介事呵气，旁敲侧击道，蓝总啥时候跑到西康山旮旯儿来，认了个标致干女？蓝守玉就把引兰家找他帮忙的事说了。施云道，正儿八经帮也没啥，可别杀偏锋。蓝守玉道，听这话里意味，帮忙还得向你约法三章？施云道，谁管你那点破事！蓝守玉觍着脸笑道，有"老婆一"监督，绝对不会。话还没完，挨了施云一筷头。看来生气了，不过更像吃引兰醋。快三个本命年的都市熟女，与涉世未深的青涩村姑，吃醋也正常。施云现在的情况，说好听点，是淑女，要难听点，三十女人一枝花，四十女人牛屎耙。夹在花和牛屎之间，尴尬。她和引兰，本未在一个量级，再说初次见面，吃这醋，有点此地无银了。

蓝守玉不再搭话，专心吃凉粉。

"猪胎投的，没吃过凉粉？不嫌烫嘴，谁给你抢啊？"施云见蓝守玉不搭腔，有些不快。转又问引兰，吹泡泡T恤多少钱。引兰道，不贵，街边店买的，二百四十八哩。要在平日，施云一定会说，差点"二百五"。毕竟也算城里小资，此话若从她嘴里出来，丢嘴德不说，还自毁名媛形象。看蓝守玉心情蛮好的，不知道是因为自己的到来，还是引兰今天的打扮？施云很纠结。一纠结，东一句，西一句，尽扯些闲白了。

"伤心凉粉"名不虚传，汗很快如筛涌。毛细血管一扩张，加上施云零零星星略带醋意的牢骚，又觉有些凉。

正逢龙隐冬场。老乡场，图个人气。摆摊的，一大早得去占地。周边县镇，从几个方向涌过来。十点过，一条街闹开来。山货琳琅没的说，人来人往也成就一大景致。

35.2　【思想家】

见桥头有个算命摊，施云问要不要去算一卦。引兰说那是个长摊，听说准哩。要在平日，蓝守玉不会理的。今儿在古镇，施云顺道体验，再说引兰也附和了，他也无话。女生优先嘛。

算命的是个中年人，戴副眼镜，自称算易经八卦，拆男女八字，问桃花姻缘，点财路官运。一看此路数，就知道啥半仙，撑破半拉子算命匠。好在肚子里还有点货。

七十二行，行行出状元。读书人干算命营生，比农村活菩萨搞迷信强。

施云拉着引兰一道问算命的："先生，准不准哦？"

算命的抬头，一看俩女的，啥表情也没有，又埋头看书。

引兰有些急了："跟你说话呢。"

算命的没好气，指着地上一块纸："看好了，'你的人生你做主，我只负责指点'。不是我拉你算的，算不算由你，信不信也由你。准不准，你说了不算，我说了也不算。"

"那谁说了算？"大清八早的，遇到个"胎神"，施云有些无名起火。

恼火也不碍事，人家仍然兀自看书，没搭理。

"自己说了算。"身后的蓝守玉笑着搭讪。

算命的头也懒得抬，慢条斯理训道："这位兄弟说得好。命是生的，路是走的。天生八两，难求一斤。为啥要说爱拼才会赢，因为要拼命。"

有两刷子，哪像个街边摆摊乱掐胡吹的。蓝守玉来了兴趣："说得好。大哥另类，像个思想家。"

"你别夸我。啥思想不思想的，扯球远了，就是个算命的。拿人钱财，替人问路。预测学知道吧？全世界都在研究这玩意，大有名堂哩。人生难料，但天机也有迹象可寻，就看你能不能举一反三。"

"满嘴的哲学道道，说你像思想家吧，还不认账。"

引兰见两人话里带刺，要斗架？就软了，赔笑道："好，好，信你，信你。大哥会看啥哩？"

算命的依旧不冷不热，有点欲擒故纵的意思，便道："拆生辰八字，指点人生迷津。以书为证，不乱说。十元起看，钱多话多，钱少话少。哪位小姐要问？"

施云和引兰指着身后的蓝守玉说，给他算。咋都指着我呢？蓝守玉一下没了话。

算命的一脸蒙，似乎在问，还以为小姐要问人生，结果来个闷油瓶。

蒙归蒙，送上门的活，还得做。都说古玩生意，三年不开张，开张吃三年。算命算小营生，即便三月不开张，开张也能凑合三两月。就问："要看便看，矫情个啥？"

施云道："看着办嘛，我们又不懂。"

算命的回："先看这位老板兄弟八字？"

两人就推攘蓝守玉坐下。

35.3　【双鱼星】

施云报了蓝守玉的姓名和生辰年月。

算命的翻了翻书，道："蓝守玉兄弟，生于农历庚申年戊寅月壬申日戊戌时。这就是老板的八字。庚申年生人，乃食果之猴，顾名思义，一辈子手脚不住停，利官近贵，却自命清高，相当于出淤泥而不染。"

蓝守玉道："貌似说的我，中听。"

"老板先别急，"算命的跟着道出下文，"名行清高，命犯指背煞。"

"大仙明示。何为指背煞？"蓝守玉道。

"做好不讨好，不懂？"施云一旁插话道，"呵呵，老师，看我说得对不？"

算命的听施云这一说，惊讶道："这位小姐乃市井高人，竟一语道破天机。"

轮到施云得意了："哈哈，我看你今后还啥人都帮不？"

蓝守玉当然知道他说的啥事。像引兰这样涉世未深的姑娘，又咋能听懂。

算命的不慌不忙："蓝先生虽为食果之猴命，很多事情相信自个儿的用心，却不被朋友信任，生误会，也不怪自己的，要怪只怪世态炎凉。"

"说的那朋友就是你。"蓝守玉看了看施云。

"但凡事物都有两面性。猴人一根筋，并非意味至死不悟，一条道走到黑。"算命先生继续点拨，"比如，蓝先生可能更善见机行事，又能坚持己见，说明有自信。不做墙头草，左右摇摆，没定力，这乃世间稀缺奇品。猴人生活观务实，加上天赋的精明和能干，后天的善思变通，又能持之以恒，所以猴人成功率往往比身边的人高，成为羡慕嫉妒恨的靶子。"

"切，还羡慕嫉妒恨！"施云怀疑算命先生有为蓝守玉贴金的嫌疑，"我咋没发现他有这么好？"

蓝守玉却沾沾自喜了："切什么切。蜡壳是病，猴人是命。别不信。"

施云想，我一定要灭了你蓝守玉的威风，不就是要在"90后"引兰小朋友面前显摆吗，便道："即便如此，敢问大仙，这位老板爱情婚姻家庭如何？"

算命的不紧不慢道："小姐问得好。作为一个优秀男人的存在，恐怕还不能限于自恋。是否有美满的爱情，或许更有说服力。蓝先生，五行土旺缺木，日主天干为火，同类火木，异类金水土。而桃花为木中之秀，桃花运自然不缺的。一生中，与花木有着天然的亲近感，同样，花木之人也是蓝先生人生富贵相助者。"

本想让算命的给蓝守玉弄个难堪，没想此段论述更让人无语。蓝守玉自己呢，也以为说得有些天花乱坠。看来这个算命匠，不是冒牌货，横竖说来头头是道。

"算你福大，不过讲得也过于玄了。"说罢，施云转又问算命的，"那大仙能实实在在在推测一下这位先生的一生运筹不？要说干货，别扯虚的。"

"我从来不扯东扯西，没用。我的客户有两种，理想主义和实用主义，看来小姐是实用主义，我也来实用的。刚才我说的值十元。我说过，人一生命运玄机很多。"

"这么说，还有文章了？"施云问道。

"我有言在先，理想主义也好，实用主义也好，那都无关命运本体。文章嘛，当然也有的，要穷尽究竟嘛，我也是卖技术活的……"算命的欲言又止。

"但说无妨。"蓝守玉当然晓得算命的话里深意。

"钱多话多，钱实话实。"算命的脸皮也厚，并不遮掩。

引兰插话道："说吧说吧，会给你加钱的。"

算命的见答应爽快，破天荒抬头看了一下几位："好啊，可老板的八字已经看完了……"

算命的一抬头，蓝守玉才发现这么站着跟人家说话，是不是太那个？

蓝守玉就叫施云和引兰在算命的跟前蹲下来。一蹲，额头差点碰落算命的眼镜。

麻烦了。算命的看着蓝守玉额头，嗫嚅道："兄弟……你……额头上有颗……土豆星……不对……是双鱼星……"

蓝守玉见算命的脸刷白,似信非信,转头问施云和引兰:"是吗?"

两人凑近看了看。施云道,呀,牙印吧?昨晚让哪条狐狸给咬了?引兰没听出施云话里意思,道,不像咬的,像印度女生额头上的玫瑰妆。施云说不像,玫瑰妆哪那么夸张,就跟袖珍土豆一般点点大的,你看这印恁个大,莫非昨天晚上喝酒喝高,撞哪了?蓝守玉道,谁记得,真还喝多了,可没觉得撞过啥,是不是老年斑啊?引兰道,干爹,你真会开玩笑,这么年轻,想长老年斑,也不行的。施云道,他还年轻吗?引兰小朋友真会拍马屁呀,蓝老板已经是你干爹了,不过恐怕你不晓得,你干爹在外面像小帅哥,其实早过气了,正跑步进入更年期哩。

说我吗?蓝守玉暗自嘀咕。引兰却在一旁掩嘴嬉笑。

算命的还在看:"是有颗印,晃眼一看,像土豆。兄弟小时候吃山洋芋吃多了?"

施云"噗嗤"笑了:"他肚子里全是土豆屁。"

"仔细看,更像两条小鱼。奇人才有的面相。"算命的没有搭理施云,自言自语道。

引兰一听,来了兴趣:"先生,还会看面相?"

"不会,不会,从来不看面相的。"算命的赶紧摆手,眼睛仍落在蓝守玉额头的双鱼青印上。

施云帮腔:"给看看吧,看你一直在瞧这位先生的额头。莫非这位先生额头上的青印藏着啥天机?"

"没有,没有,有,也不可乱说的。"算命的摘下眼镜。

施云摸了一张纸币拿在手上:"给钱,乱说不?"

那人一看,面额一百的,改口了:"不是钱的问题。八字随便算,面相么,不能啥人都给看的。"

施云把钱扔在算命的瓷钵里,道:"你看,这位先生的面相,是不是不简单?"

算命的没搭话,算是应承了。

"哈哈,还是钱管用。"引兰道。

这下把蓝守玉的眼睛看傻了:"这么爽快,不心疼?"

施云不理他:"要你管。"

算命的看了看百元大钞,心动了,像是回话,又像是自言自语:"这位蓝先生才华奇高,属于那种灵巧的天性,擅长文艺,有高尚的嗜好。倘若努力做些拼搏，勤学苦练，会争得一席之地，这种情况小时候就应该得到验证。不过脸皮子薄，受到打击后，常常一蹶不振。蓝先生祖上本富贵之人，得不到祖业，福分减少。受父母之庇护，一生少劳苦。要接班经商下海做生意，须得碰上贵人相助，尤其兄弟伙和女人的提携，这样往往受益不浅。年龄嘛，大概在本命年前后，事业有重大转机，然后兴家立业。到了晚年，方大有财聚。现在，刚过三十六。俗话说得好，打不过三十六。啥意思哩？人生三十六是一道坎，跨过去了，火力全开，境界跃升。从西方的星座学来说，先生又是双鱼座。双鱼座的男人，极品中的极品。感情上具有双重性格，不缺感情，那要看站在谁的角度说。在处女座的女人看，就是个感情吝啬鬼，缺陷吗就是自抑或寂寞啥的。先生也是明白之人。言多，便无秘密可言，再说双鱼座的男人，私下的秘密可要藏好掖好哩。"

施云一听，还蛮像回事："大哥，也别光挑好听的糊弄人。说得那么好，跟蓝先生额头上的青印有毛关系？"

"关系大了，听说过红尘吗？"算命的故弄玄虚道。

施云和引兰，摇摇头，又点点头。

算命的道："先生额头上浅浅的青鱼印，就是红尘的反面。面相书上说，这种面相叫啥来着？"

没等算命的说完，引兰接话："双鱼星。"

"你知道？"算命的很诧异。

施云道："不是刚才你扯的闲篇吗？"

"不说了，不说了，天机真的不可乱说。"算命的有些着急，"我已经坏了规矩。你的人生你做主，我只负责指点。想来这位先生自己也明白的。"

蓝守玉想，你糊弄吧，这个世界有能掐会算者，但一定不是算命的。算命的，极懂得察言观色和人情世故的主，哪个不巧舌如簧，死人都要说活，逗你玩哩。这话，蓝守玉只在心里闷着，没有道出来，他不想扫她俩的兴致。再说，他说得还真受听，分寸也拿捏得好，拍马屁也不过分。谁不喜欢听点顺耳的？只这"双鱼星"倒是头回听说，什么鬼呢？

引兰直夸："大哥你看得真奇，说得头头是道的，干爹，你说对不，嘿嘿。"

蓝守玉没有应话，脸侧向远处，他想起了黎明前那个短梦。额头似还在隐隐作痛。

35.4 【施云的缘分】

蓝守玉当然认为算命的在说鬼话。

他常常在文雄的面前自我标榜是朴素的唯物主义者。不过，他也相信梦。这不矛盾，梦是潜意识，折射和倒映一个人在极端情况下的独立思考。啥情况能称为极端？醉驾？遭遇危险？人生挫折？美人艳遇？还是彩票中了大奖，飞来横财？

施云没有蓝守玉那么多浪漫。世间哪有浪漫？标榜浪漫的，无非给自己道德放纵找托词，说不好听点，嫖客婊子立牌坊。

施云不认命，但认"算命"。人生有很多投机，抓住了，投机也趋正面，叫投资了。

"大哥再给我算算？"施云似动了心，"大哥，也掐算掐算妹子我是什么星？有光没得？"

施云找算命的跟玩电子游戏，买各种资格差不多。

蓝守玉笑道："啥子星，天王星，海王星，还有那长长尾巴的啥星？"

施云没理他，叫算命的只顾看。

算命的坚持只看八字，不看面相。不看就不看吧，施云就报了自己生辰八字。

算命的问道："施小姐也是双鱼座？"

施云答道："有啥问题？"

算命的没有答话，再问："小姐想问啥来头？"

施云答道："从俗吧。问财运。"

算命的絮叨起来："施小姐，不好意思，本人首先要告诉你，你可不是个易守财的主，大手大脚惯了是吧？"

施云道："对呵，我也想存点钱，可我买买买不停咋弄？"

算命的道："你这叫指头缝命，又叫施财命，啥意思，就是会花钱，不会找钱。"

蓝守玉接了话茬："说对了，人家曾经的老公是有钱人哈。"

施云道："别理他，大哥继续说。"

算命的就又道："我只管算命，说得对不对，你自个心里有数就行。平日是不是手头宽裕，就在家人朋友前操大方，要这样你当然留不了余粮。反过来，你手头即使再紧，该花的还得花，你命里注定不是那种一毛不拔的吝啬鬼。不过，你喜欢做些莫名其妙的投资，比如跟朋友一起合伙做生意，不小心就亏了本。原因是你命里对财路看不清楚，说白了不能分辨和掌握风险，既好面子，又不懂得拒绝。当然，也好，钱嘛，双刃剑，拿来做事，也可生事。对于一时，钱可能重要。对于一生，你会认为只有用过的金钱，才算你施小姐真正的财富。银行卡上的，就是个数字。"

蓝守玉想，这人还真够狡猾的，懂得揣摩女人心理。但人家话里头的道道，何尝不像真谛？

"刚才你问我双鱼座，啥意思？"施云似想起了啥，"我还想看看缘分。"

算命的道："这么说，小姐你是想看桃花运？看桃花运的，都是要和男人合在一起算的，一人不合八字，两人才看缘分，一个巴掌拍不响。施小姐八字，己未丙寅丙寅戊子。对于心仪的男生，常常有心动，没行动。俗话说，从来都是藤缠树，哪来的树缠藤？所以，心目中的那点秘密，常常也无疾而终。"

施云边听，边朝蓝守玉递去个奇怪的眼神，那眼神在蓝守玉看来，呵呵，逗你玩哩。

算命的接着道："对爱情不太用心，并非不在意，因为老实，没经验，又讨厌包装和营销。甚至有些时候，你的表达，仅仅停留于欣赏，为何不向对方来点直白或倒追，哪怕一点点暗示？"

施云心想，哼，人家骄傲，本姑娘也没那么贱，才不会去给人家低三下四，搞得自己好像很缺爱。

算命的最后又道："人一辈子会犯很多傻，有些傻很美，像天边的云。有些傻，就是真傻了，它会把唾手可得的幸福赶走。"

施云点点头，又摇摇头，问道："大哥能不能看看，我跟这位双鱼座先生？"

算命的想想道："还是讲传统文化吧。"

蓝守玉接话道："问五行。"

算命的道："五行可以讲。有两种算法，小姐你可以自己对比。"

施云道："都说来听听。"

算命的道："小姐纳音全是火，天上火、炉中火、炉中火、霹雳火，五行火旺，缺金木水土四样，这本来不是啥好现象。福兮祸之所伏，祸兮福之所倚。因为火太旺，尤其遇到同类之火，估计此火烧不过彼火，熊熊烈火，相冲。所以一生中可能有几段并不大好看的感情。但谁能说它又不是你的真爱呢？对吧。蓝先生土旺缺木，火应为同类。你们在一块，理论上共同语言会很多。如果说有啥不妥，鬼使神差没走到一块，估计还是缘分不够。一说缘分天定，佛家又有一说，修为也可挣得缘分。"

蓝守玉寻思，这算命的，说得去说得来，总之让掏钱之人，欲罢不能，还不是套路。

施云一听，心里像噎了个土豆，道："那……另外那种算法，也说来听听……"

算命的说，这第二种是用男生和女生的生辰八字和姓名进行缘分配对，看一见钟情的得分，很多年轻人喜欢玩。

施云激动道："行呀，不拐弯抹角，直接打分。"

算命的拿出一本书，把两人的姓名和生日，跟书里的几张表对来对去，道："你和蓝先生的一见钟情得分六十五分。"

"六十五分，这么低？"施云的信心降到低谷。

算命的解释道："单从分数看表面，你们之间不存在一见钟情的关系，也算不上青梅竹马和天作之合，只是平淡交往型，两个人在一起难以产生销魂的感觉。当然，我说的是表象，内心的真实想法，更取决于爱情中人的定力和决心。"

"那就是说我和蓝先生没缘分喽？"施云问。

算命的道："也不是，万事不可绝对。我给人算命，是科学算命，讲辩证法，从来没有啥宿命论，所以才需要认真去维护与营造。缘分不够，并不是缘分已尽，事在人为。人世间，正因为有那么多有情人的些许牵挂，才成就了诸多传奇和佳话。人有悲欢离合，月有阴晴圆缺，此事古难全。但愿人长久，千里共婵娟。"

施云点点头。

蓝守玉在一旁早不耐烦了，这哪是在算命，摆明了就是在作心理辅导，八成大学时是心理学课代表，就对施云道："我早就说过吧，我俩没缘分，你看，这不是我一个人的意思哈，命就是这样的。"

"滚滚滚。"施云怒了。

"干爹开玩笑哩。"引兰赶紧劝道，转又对蓝守玉道，"干爹，人家施小姐也是一番好心。"

施云起身，恨恨道："蓝守玉，我发现你上辈子肯定是只大鸟。"

"什么大鸟？凤凰？还是……"蓝守玉飘飘然了。

"凤凰的现实版。"施云道。

蓝守玉不置可否。他知道施云想说孔雀。

35.5　【命犯桃花】

见施云算罢，蓝守玉提醒道，该去屏关了。施云道，又不是去拜堂，要踩时辰，慌个啥，就叫引兰也体验下。

"好呀，"引兰欣然道，"这位大仙，你能不能也给我和这位先生合合？"

"这位小姐你也要和蓝老板合八字？"算命的瞪大了眼睛。

蓝守玉也瞪大了眼睛："施姐是算着玩，你个小朋友捣啥乱？"

"我也是算着玩，"引兰问施云，"施姐，是吧？"

施云没搭话。

引兰就报了姓名和生日。

算命的道："那我就说了？"

引兰挺爽快："大仙直说无妨。"

算命的哭笑不得，盯着引兰，脸上似乎写着疑问，"大仙"？啥时候成"大仙"了？还是叫我"算命的"听得踏实。

算命的又侃侃而谈起来："郭引兰小姐，生辰八字是乙亥乙酉壬寅己酉。本命属猪，山头火命。五行木旺缺火。又因为日主天干为水，生于秋季，必须有土相助，土又生金，但金又不能太多。不能太多是好多呢？命中有就有，没有不强求，顺其自然就好。你的本类木，同类土火金。名字里有个兰，这字用得好，兰也是木，草木一家，而且是开花的木，柔木。生于秋天，秋兰如火旺，又不是实质性的火，这么看来就很有意思了。从五行来说，你和蓝先生，还真有缘分，他土火缺木，你木旺，缺土火，不正互补么，如此命相，按相书说叫夫妻相。"

昏头了？没看年龄么，跨代了，咋扯上夫妻相？蓝守玉忍住没发火。他不想此时此地扫引兰兴致。

算命的继续分析："引兰小姐八字格局挺有意思，若对应西方爱情心理学，就是童话世界里与世隔绝的灰姑娘。你的王子风度翩翩、机智幽默，常常是人气王，所以你也最能吸引你的目光。你与这位兄弟爱情配对得分是九十分。九十分是啥情况呢？命书上最高就是九十分，相当于满分。但命书不能说绝对了，所谓的满分就是绝对，那种命叫绝命，极容易出事的。现在你俩得分九十分，就是传说中的一见钟情。如果换成桃花命书的说法，就是头顶九朵桃花的那种红粉知己运。所以，历经大风大浪的航海英雄辛巴达，是你今生的崇拜，也与你速配。"

算命的这么一说，蓝守玉扑哧笑了："大哥，你还真把这位小姐当'95后'了哈，啥睡美人、王子、英雄辛巴达，还啥桃花速配，动画片看多了？"

引兰一听，有些不高兴："干爹，'95后'咋了，'95后'也是大人，爱听好话的。"

蓝守玉道："你要爱听，这位老叔可以给你瞎掰三天三夜。"

算命的道："没蓝老板吹得那么玄。小姑娘还真是命好，我实话实说。"刚说完这话，算命的又觉冲了些，瞥了施云一眼，打住了。

施云还在纠结中："实话实说好，算命也要讲职业道德的。引兰小姐的桃花运，真的有九朵？大哥，你看我的桃花是几朵？"

算命的也不客气，道："不瞒施小姐说，你命中注定的桃花，也不是说一成不变。若能提前预测，从技术上做些手脚，也能支配。小姐你今年桃花位在南方，有些弱势。"

施云有些着急："先生可有解术？"

算命的道："小姐要问的可是如何催化那朵属于你的桃花？凡事求个顺其自然。不过，有些事，也不妨试试。比如，朝南放一个素色花瓶，瓶里满盛清水，水里还要插上四支青花。需要注意的是，必须素瓶青花，水要常换，不要等到花临枯萎，才想起来更换。施小姐可懂？"

施云问道："桃花不是艳吗，为啥只用素瓶清水青花催化呢？"

算命的道："物极必反，可懂？如果想不明白，得避免用此方法。等你想明白了这一切，接下来你就唱歌吧，我在这儿等着你回来，等着你回来，看那桃花开。我在这儿等你回来……"

蓝守玉赶忙打了个手势："打住，打住，收钱吧，别等桃花了！"

算命的就道："三个人，一百二，给你们打个七折，八十。"说着准备找零。

蓝守玉道："你收一百整的，不用找这位小姐了。"算命的谢谢两字还没出来，已经收起票子了，气得施云说不出话来。

引兰提醒，下面该买土豆酥了。

施云看了看手机，快十二点，道："今天算了个穷鬼命，没心情，肚子也叫唤了。土豆酥等下再来买，走，又去吃'伤心凉粉'，吃完去屏羌。"

又吃"伤心凉粉"？感情是刚才算命，又伤心了。蓝守玉就问施云："你真不给你文雄哥买礼物了？"

"不买了，买去，要是人家不喜欢，不是热脸贴冷屁股？"

引兰建议，先前才吃了"伤心凉粉"的，还是换点别的吧。施云道，随便吧，反正吃啥也没心情。引兰就带二人去吃龙隐泉水石磨豆花饭。吃罢，回客栈。蓝守玉和施云取了车，同引兰告别，蓝守玉在前，施云在后，朝屏羌赶去。

从龙隐到屏羌，是一条蜿蜒的沿江公路，等级不高，开车快点差不多一个多钟点，女士速度，也就一个半。蓝守玉在车上给童桐打电话，说要晚上才回来，要去屏羌说事。童桐问，你也要去屏羌？蓝守玉道，什么我也要去，是你文哥他们说项目，请我去。

童桐那个"也"的用意，蓝守玉等下午到了会场，才琢磨明白的。

36.1 【文雄的心事】

快拢屏羌时，蓝守玉接到文雄电话，说向书河和齐鲁已在南岸新区管委会等候。

差一刻钟午后两点。

"不到上班时间，着急啥？"

文雄道："像齐总、蓝总这样优秀的男人都在拼，谁还敢怠工？白加黑，五加二，项目落户，要吃就趁热，不然只能吃馊饭。这话是我们向书记说的。"

蓝守玉心想，开口闭口我们向书记，我知道是你们的向书记，我也知道你们的向书记白加黑，五加二，不用天天挂嘴巴上吧？算了，还是客套下："齐总他们到了？"

"上午就来了，南岸新区管委会一班人已陪同齐鲁集团朋友现场考察完毕，下午向书河主持恳谈会。"

"中午应见缝插针，安排齐鲁和向书河切磋一局，以棋会友，让他俩加深加深印象。"

"你跟我想一出，可人家两个想另一出，都问过了的，说下棋还去齐鲁会所，在屏羌只谈正事，说这叫到啥山头唱啥歌。"

"既然那么正式，下午啥恳谈会我看就不必掺和了，一个江湖中人，打下酱油还行，书记和齐总若想切磋手艺的话，我看还有共同语言。"

说到这，蓝守玉听电话那头语调有些异样："蓝守玉老师，你是屏羌和三江的大文化人，我们也知道你一直关心家乡的发展，县委和齐鲁集团都想听听你这个民间高参的金点子呢，怎么叫没共同语言呢？"

蓝守玉一听，这官腔不卑不亢，不像文雄风格，向书河？看来文雄把电话给了他，于是语气也变了："向书记，你过奖了。下午的场合，有点正式，我怕坐台上。"

"给书记说话还矫情个啥，上午已和齐鲁集团就一些话题，谈得差不多了，就等你过来把脉。"电话那头又换成了文雄，好像没得商量的意思。

正要挂电话，又听文雄似了个安静的地方，声音有点小："我在会场旁，向书记进去了。有件事，还得你兄弟拿捏。"

"老兄那么大能耐，还有啥问题搞不定？为情所困？"

"兄弟，莫开玩笑，真有事。县里很快要开党代会了，尚缺一副县长兼公安局长。"

"这事听你摆过，不是向书河给你留的菜吗？"

"他的确给我说过，已向市委推荐。你懂得的，市管干部不在他的权限范围内。"

"作为一县之长，他推荐了，那就代表县委意见，力度很大的。"

"你说的是面上的常态。可现在好像还有别的说法，屏羌这边传闻都有了。"

"听到啥了？"

"不是新的市委书记没来吗，市委的工作由市长主持。有人说，好像市长不大喜欢向书河。"

"潜规则嘛，也理解。虽说蒲志去了政协任常委，不好再插手，但市长该顾忌还要顾忌。"

"话虽如此，但你不晓得一个事，市长的老婆原来是屏羌县'80后'检察长在警官学院念本科时的大学老师。"

"那个'检花'不是政法大学的吗？"

"对呀，那是念硕士，本科是在戎州警官学院上的，据说研究生还是她老师出面保荐的哩。"

"明白了。好像你们市长就是从戎州调过来的。"

"我本来不晓得这些，是三江市局的小哥们告诉的，小哥们的小哥们在三江监委，是那个'80后'的同窗初恋。"

"有危机感好啊，危机危机，没有危，哪来机？"

"这么给你说吧，你说一个管委会主任是不是就是我的人生天花板了？"

"人往高处走，水往低处流。支持老兄的理想。"

"你不用挖苦。不过，本人作为副县实职人选进入组织程序的概率也是有的。问题是，我在公安干临时主持期间，加上脾气不太对付，得罪了不少人。"

"你要相信群众，更要相信组织。再说，你现在的活路是南岸新区管委会主任，工作也有声有色，同志们看在眼里，组织上挂在心头。"

"总觉得不踏实。"

"不做亏心事，还怕鬼敲门，有啥不踏实的？这段时间，你倒要悠着点，别在后院整出啥幺蛾子。"

"你还真神了。我给你打电话就是给你说你嫂子的事。"

"她有啥事？"

"我到管委会负责，不是经常加班么，时间长了，你嫂子就疑神疑鬼的。"

"中年领导干部家属的通病。两口子的琐事，起不了风浪，安抚稳定又是你的强项。"

"电话上给你说不清楚，算了，南岸项目和'兵哥'案，还得兄弟随时指路。"

"这倒不用客气。我还望着兄弟出政绩，沾点光哩。屏羌是我的家乡，义不容辞。"

与文雄通完话，蓝守玉电话联系施云，叫"四环素"跟上"黑土"，一起往南岸新区管委会赶。

36.2 【大手笔】

会场还真像大人物莅临那么回事，蓝底白字会标，几盆低调的鲜花，面对面两排人，会谈式布局。管委会和相关部门人员坐一边，向书河居中，齐鲁公司人马坐对面，齐鲁对向书河，柴瑶对文雄。齐鲁右侧是个着西装的"80后"集团副总。向书河旁还空一个位置，没有摆座牌。

向书河见蓝守玉进了会议室，即请他坐了空位。

原来空位是留给自己这个没有正式职衔的民间"首长"的，蓝守玉忽然有点受宠若惊的感觉。

文雄也示意施云捡了公司末位空座坐了。

向书河的话题，从介绍"首长"开始："这位刚刚莅临恳谈会的蓝守玉先生，是屏羌本土走出去的文化人士，在三江甚至在荣城都颇有名气。曾经在屏羌的一个全省重点工程搞过移民，现在是市政协委员，资深的作家、收藏家、艺术品投资人，民间观察人士，我向某刚来时就为屏羌的发展思路专程请教过蓝先生。"

"书记过奖了，蓝某就一江湖闲人。"蓝守玉起身，躬腰致敬众人，"齐总好，各位好。"

"身处江湖之远，心系庙堂之事，书生本色嘛。请你来，只为不吝赐教，给大家讲几句？"

"赐教更不敢了。正式的场合，我可不敢乱讲。台子脚卖米，拿不上市。"

齐鲁也示意他讲讲。

蓝守玉侧身问文雄："你们谈完了？"

文雄道："是这样，上午齐总一行考察了南岸开发区。回头，双方又就'水天花月'合作谈了个框架。"

"那肯定是宏伟架构了。"

"齐鲁集团和县委都抱了诚意的，达成的共识是'三新两高一大'。'三新两高'是向书记提出来的，新时代、新起点、新目标，加上高标准、高水平。这'一大'出自齐总，就是大手笔的意思。'三新两高一大'，齐总一出手就大手笔，风格跟我们向书记很对路。"

看来这书记跟齐总很对路嘛。

向书河叫文雄把双方洽谈的南岸项目投资框架向蓝守玉汇报一下。

文雄就向大家介绍了项目概况。

齐鲁集团投资开发南岸新区核心地产项目两百亩，总投资十二亿。整个开发项目主题，齐鲁集团并未透露，目前可以明确肯定不是之前的"水天花月"了。其中，主体地产项目八亿元，分三期开发。一期开发生态型多层家居一千户，十万平方米，投资两亿，半年完成主体，九个月交房入住。二期开发小康型高层电梯公寓两千户十八万平方米，投资四亿，半年后开建，十五个月内建成。三期开发改善型别墅一百五十户六万平方米，投资两亿，与二期同步建设，同步交房入住。在核心物业中心配套一个微型综合体，有快递中心、微型博物馆、微型超市、微型影院、微型健身和游泳馆、微型幼教体验园、微型西餐厅和休闲酒吧长廊，核心元素是南岸项目主题博物馆。综合体总投资两亿元，与一期项目同步建设，同步完成。加上土地出让金投资二亿元，整个开发完成后，可望实现投资物业毛价值十六亿。

此外，南岸新区管委会还将配套投资基础建设项目南岸新区湿地公园三百亩和水电路气，重新调整规划后，打包捆绑继续以PPP项目招商，建设周期三月到半年，管理维护营运期三年。当然，齐鲁集团也可以找战略伙伴参与投标。若齐鲁集团同一致行动人中标项目，因为投资量大，为表达屏羔人民诚意，向书记今天上午考察的时候就已表过态，可以为齐鲁集团投资该项目协调两到三亿的商业开发融资额度，并在屏羌县提供最便捷最优惠的金融敞口。

果然是"三新两高一大"！

"二位都是大手笔！"蓝守玉伸出拇指赞道。

"是向书记的大手笔。"齐鲁笑着插话。

向书河道："哪里，齐总在一二线城市做开发的，屏羌小地方，算四线城市了，不过小地方有小地方的优势嘛，不是有处女地一说吗？处女地，那肯定是有青春魅力的吧？"

众人轰地笑了。

向书河又道："比如，我们投资环境就很好，是吧，文局长？"

文雄当场表态，一旦齐鲁集团项目落地，管委会将提供一流的政务、政策、安全、稳定保障。

齐鲁便道谢谢。

"万鑫铅锌矿的李总没来？"蓝守玉看了一下对面屏羌方面，好像在找一个人。

文雄转过脑袋来，小声道："有钱能使鬼推磨，还怕搞不定一个跑路的小商人？"

"'水天花月'土地不是还在那个李老板手里吗？"尽管蓝守玉有些纳闷，但他并没有看到李铁锤出现在会场，便又问道，"你们同前任开发商谈好了？"

文雄压住声音道："向书记的场子，齐总的荷包，这种小事，我文某还搞不定一个跑路的土包子？找人给他放话，讲新书记的态度，摸一摸底牌，还不是啥都招了。再说他开出的条件，与齐总摸底，误差两三千万。两三千万，对你我可能很重要，对偌大的齐鲁集团，那就是几幢别墅而已。"

"那就好，旗开得胜。"

"也离不开你这个高人。今天喊你来，也就是再请教，可不要保守。"

"那就恭敬不如从命。既然向书记和齐总点名，我就扯几句闲篇，要不然，各位还不得在背后指责我蓝某矫情。"蓝守玉结束与文雄的窃窃私语，对大伙说道。

蓝守玉再次对项目，对县委和齐鲁集团极尽美言，说"三新两高一大"在屏羌算得上前无古人，后无来者了。末了，又不忘说些套近乎的好话，说今天是周末，屏羌方面向书记、文主任等一班子，齐鲁集团的齐总、柴总还有其他几个老总、项目经理、技术人员一班子，都没回家陪家人，在这里吃工作餐、看工地、开会，没日没夜为屏羌发展操心，作为屏羌人，真的很感动。

没人认为蓝守玉是在拍谁的马屁。再说，就算拍也拍得有文化，不粗，听着受用。

文雄更是听得心花怒放。他是南岸项目实际的推手，没有他之前搞的那些名堂，费的那些口舌，向书河和齐鲁不可能坐在一起，当然也没他蓝守玉啥事，更别说在此种场合高谈阔论了。

齐鲁和向书河自然很高兴，提议蓝守玉再说说项目名称建议。取名、出点子是蓝守玉的长项。

蓝守玉接下来发言的要点，大约是说在项目初期同步搞城市综合体，配套城市湿地公园，虽然高端了点，也烧钱，在整个盆地的市州一级，恐怕也是头一份。综合体规划更符合上头的导向，也应了屏羌百姓期盼。综合体貌似不大实用，不过一下提升了城市现代化品质。就此一个项目，屏羌的城镇化至少超前周边市县五年，庞大的固定资产投资还将带动整个县域的发展。屏羌正在致力打造盆地生态旅游第一县，城市建设不能模仿其他地方，明明是个"90后"，偏偏穿个汉服，改造啥仿古步行街之类的，再说屏羌本身就不是一个古城。城市湿地公园更是一个民生工程，虽然大家都在搞城市湿地，但屏羌的湿地是真正的山水一体，建成后，屏羌南岸真的是绿水青山，碧波流金了。以后屏羌江就是名副其实的玻璃江，屏羌城就是名副其实的玻璃城了。

向书河和齐鲁带头鼓掌："说得好！说得好！"

"至于名字嘛，'水天花月'本来很好，可花呀月呀的，貌似有些想入非非，对不？"蓝守玉说这话时，齐鲁正朝他微笑。

蓝守玉说他想了个名字："传世皇庭"。齐鲁见向书河和文雄不解，插话道，名字俗了点，但有身份，显贵气。蓝守玉寻思，齐鲁这么刻意迎合自己，诠释"传世皇庭"一名，还不是为了推销楼盘。

施云一旁接话，荣城好多花园的名字，都跟"传世皇庭"一个路子的。

蓝守玉解释道，城市花园建给中产们居家的。中国人讲传统文化，啥叫传统文化，大俗即大雅，搞个阳春白雪的花园名字，有几人能懂呢？

听到这里，向书河便道："'传世皇庭'名字好，接地气，我同意。不过，这是人家齐总的项目，还得齐总认可。"

齐鲁道："我们是造花园的，花园的名字就是拿来大家叫的，老百姓咋样叫舒坦，我们就咋样取。只是……"

蓝守玉似乎明白了："所以，我推荐的名字就强调传世。"

齐鲁笑着示意蓝守玉讲下去。

蓝守玉继续阐述，传世就要像传家宝一样世代流传，而不是一锤子买卖。

取个寓意直白的名字，其实是给齐总集团的项目定格核心文化灵魂。自从他被向书河、齐鲁和文雄请来，参谋南岸项目，就一直在思考，给弄个啥文化，想来想去，最后想到齐总是官窑收藏家，便有了灵感。他建议，今后规划中的小型博物馆，主题可以弄成古陶瓷博物馆，"传世"二字也就不言而喻了。

说罢，他提议听听柴总的意见。

大家就都把目光转向柴瑶。

柴瑶看了看齐鲁，又看了看蓝守玉，有些矜持："那我说说？"

大家就都点头。

柴瑶道："做实业，我一个小女子是外行，屏羌县和齐鲁集团都是人才济济，岂敢班门弄斧。说文化，蓝总在行。不过，刚才听蓝总讲，弄个陶瓷文化主题博物馆，这个倒与我不谋而合。齐总这次叫我过来，估计也有类似想法，是吧，齐总？"

齐鲁笑着点头。

柴瑶继续道："我的公司是做艺术品投资的，除了投资，一直对做公益还是蛮有兴趣的。蓝总说，配合南岸的项目做这么一个博物馆，我个人非常欣赏，也有意来投资，至于是叫博物馆还是艺术馆，我觉得可以深度探讨。"

蓝守玉笑道："当然可以，做博物馆，只是一说。你的项目，你做主。"

"我的意思是，两者可以结合，既做公益，也弄个文化小产业。"柴瑶说话同她的人一样不张扬，一句是一句，有板有眼。

向书河插话道："我完全同意，文化局来没？"

旁边有个人举了下手。

向书河道："你是副局长吧，这个项目就这样定了，回去给你们局长带话，叫他抓紧同柴总公司碰头，尽快进入项目角色。"

文雄提示道，综合体的三产项目，管委会整体立项，几个便民服务中心，还有电影院、咖啡厅和博物馆等子项目，管委会一定会抓紧与文化局等职能部门协同推进。

向书河继续道，不仅管委会和文化局，相关部门会后都要抓紧进入角色。他还向大家宣布，与齐鲁集团的合作，之前谈过几次，今天上午也已实地磋商，会后，管委会和发改局，会同齐鲁集团的老总们，弄个整体合作意向出来。

文雄正要表态，有人提醒道，两百亩的开发权还在李铁锤手里，协议还没签，现在就与齐鲁集团签意向，可能不妥。蓝守玉回头一看，说这话的貌似一个眼镜，坐在身后二排。

向书河听眼镜这么说，看了看文雄，道："你看看这位政策组组长说的，啥情况？"

文雄小声道："好像是这回事，跟齐总的合作，目前还只能是幕后意向，不便公开。"

"那就别公开了，意向还要弄，等那头正式弄好了，马上给人家齐总吃定心汤圆，另外，再与李铁锤谈一下，叫他给个痛快答复。"

文雄便说好。

向书河又道："我和齐总旁边休息一下，你一会扯个回销，再总结。"

文雄点头承诺。

向书河的雷厉风行，做事不过夜，蓝守玉是见识过的，不过像今天这样跳跃，让他在惊讶中狐疑，狐疑中又佩服了。

柴瑶悄悄同齐鲁咬了个耳朵，说蓝总提议的项目名字，很有创意。齐鲁就道，那就定了，又转身同身边的"80后"副总交换了意见。副总叫来了个中年男子，貌似负责南岸项目的，那人拿了本子，记下几条意见，又下去了。

36.3 【柿柿如意】

一年轻女子过来请向书河和齐鲁到旁边休息室休息。蓝守玉一看，这不是童桐么？童桐也对他笑，没搭话。

文雄解释道，是他叫她过来的，书记周五就同齐总定了今天的活动，书记特别交代要把齐总陪好，琢磨童桐去过齐鲁会所，齐鲁对她有好感，就通知过来了。

文雄这么说，也算理由充分，蓝守玉又能说啥呢？再说，童桐虽然是他表妹，但那么大个人，总不能还把人家当小朋友，啥都管吧？

蓝守玉、柴瑶就陪向书河和齐鲁到了旁边的休息室。

童桐请大家就座。向书河和齐鲁坐正中，柴瑶挨着向书河，蓝守玉挨了齐鲁坐，施云又挨了蓝守玉坐。

童桐走到向书河和齐鲁跟前，弯腰问道："书记和齐总喝点啥？"

向书河问齐鲁。齐鲁道："这不是有柿子吗？"

童桐就叫服务员端了一叠热毛巾来。几人擦过脸手，她自己也挨了柴瑶坐了。

童桐给大家推荐果盘里的柿，说屏羌这时节，柿子刚好上市，本地牛心柿很有名，据说还养颜，祝各位领导事事如意。

施云道：“'柿柿如意'好，打小就喜欢吃柿子，一说吃柿子，脑袋里就红彤彤一片。”

蓝守玉道：“真是名记，说啥都要来点感性。”

施云剥了一颗吃，连说好，推荐柴瑶吃。柴瑶剥了一颗，也说好，润而不涩，刚好点点甜，跟小时候在老家茗山吃过的味道一模一样！好喜欢呢。柴瑶这一喜欢，竟把她和向书河果盘的四颗都吃了，发现向书河还没动过嘴，红着脸道：“不好意思，把你的口粮给吃了。”

齐鲁道：“没事，我们这边还有。”回头一看，四颗柿，施云消灭了两颗。剩了两颗，就端了递与向书河，向书河拿了一颗。齐鲁见向书河动了嘴，才自己剥了一颗。

“还有么？”施云问童桐，“不好意思，我们把你守玉表哥那份也吃了……”

童桐有些为难。蓝守玉道，自己年年都吃，屏羌的柿子只要熟了，童桐都要叫家里送来的。

向书河吃完柿子，同柴瑶闲聊起来，大概谈的也是艺术品投资和博物馆产业的话题。

蓝守玉同齐鲁讲，现在地产形势有些尴尬，上不去，下不来，半空中提心吊胆搁着，到处都在去产能去杠杆，谁还加杠杆，到三四线城市砸钱？李铁锤弄成那样，除了实力不济，也是乱加杠杆的后果。齐鲁集团到屏羌，把项目拿过来，还得将他做个反面，汲取教训。

齐鲁认为蓝守玉的担心不无道理。他之所以出手，也为看好屏羌的生态旅游这张王牌。国家级生态旅游县，打造国际旅游度假目的地，全国有几处？旅游一上去，地产还不火爆？他上午已同书记就南岸项目的规划达成了共识。碍于土地手续红线，项目可压缩到五百亩占地，这个计划符合县政府的土地大纲，且县里已经拿到先期三百亩湿地公园土地配套计划，这对于齐鲁即将吃下的项目肯定是大利好。后续开发土地计划不好说，但李铁锤已经控制在手的两百亩，齐鲁接手后可以做到三十万到四十万平方米，投资八亿大体可以不变。取消酒店项目，可以减轻五亿融资压力。湿地公园压缩到三百亩，投资可削减到八千万左右，加上政府必须得投资的水电路气，不过一个亿多点，至少又可以缓减两亿融资压力。几项下来，总投资可控制在十亿左右。十个亿的投资，对于齐鲁来说，即使加点杠杆，也还可控。

齐鲁同蓝守玉正谈得起劲的时候，文雄进来说，他刚与李铁锤通了电话，李铁锤提出二亿七千万的转让标的，接下来他马上安排法检二长组织一个工作组，对李铁锤投资"水天花月"负债情况进行清算，再与齐鲁集团洽谈开发权转让。向书河强调，必须抓紧，依法依规，别弄出舆情，最好赶在月内完成。

童桐进来，说总结会场已准备好，领导们可以入座了。

柴瑶和施云离座时，还赞不绝口，说屏羌的牛心柿可口。

童桐道："要是喜欢，一会就去屏羌科甲山，那有一棵三百年的老牛心柿，个大不说，味道比这个好很多。"

柴瑶道："好呀，屏羌还是第一次来，去乡下逛逛挺好。"

蓝守玉听这话，似说给向书河和齐鲁听的。人家两个大男人都很忙，不像她那么小资，再说谁陪她去呢？齐鲁？向书河？

文雄插话道："是这样，我已按照书记意思，提前叫童桐安排了今天下午和晚上的项目。一会童桐就带大家去科甲山玉水谷度假村体验体验。"

童桐道："我有个初中同学家就在玉水谷下，一会去他家吃全素餐，摘牛心柿，还可逛逛状元台，谁家里有小朋友读书升学，还可问个签啥的。书记家不是有个千金，明年要小考吗？"

"你个鬼精灵，谁派你卧底来的？"向书河笑着看了看文雄，又看了看柴瑶和童桐，笑得很婉约。

童桐一本正经地回道："书记，状元台的签很灵的。"

向书河说的卧底，和蓝守玉跟文雄之间的约定并不是一码子。咋解释呢？没法解释，就当自己真的是聋哑人了，便说他和文局长一会还要开会，研究落实南岸项目杂事，童桐先陪齐总、柴总去，蓝总是屏羌人，也可做个东当个向导，他晚上同文雄上玉水谷来陪大家。

蓝守玉表态，一定按书记意思，把齐总、柴总陪好，当好地主。

齐鲁见状，笑着推辞，说他一会也要同副总和项目经理谈谈项目落地，晚上，他还要回家陪老爷子，说老爷子约了个老部下，明天晚上请客，要他张罗。

向书河就道："齐总也是真的忙，只有下次再邀请了。柴总和施记者一定要赏光的。"

柴瑶道："不忙的，博物馆的事情，会叫尚总监尽快上手，齐总和书记放心好了。"

施云凑热闹，道："我就是个闲人，哪好玩，就飘向哪，像一朵流云。"

众人笑着再次入了会场。

36.4 【拭目以待】

人还是那些人，貌似还来了几个记者。看来，向书河对今天与齐鲁的成功谈判，大致有数了。

文雄主持总结会。

照例齐鲁表了个态度，只讲了两句话：

1. 到屏羌来做"传世皇庭"项目是齐鲁集团向三四线城市转移的战略构想，也是自己的人生梦想。

2. 没啥可再要说的，投钱就是了。

屏羌县政府研究了很多处理的途径。

开发遗留问题，马上就签约，签约后三天之内开工！自己和齐鲁集团的人，说到做到，请屏羌的父老乡亲们拭目以待。

齐鲁这话，算是认可了蓝守玉改名"传世皇庭"的建议。

照例向书河做了个热情洋溢的发言，他也强调三点：

1. 感谢齐鲁和齐鲁集团来屏羌投资。

2. 屏羌是个风水宝地，欢迎更多像齐鲁集团一样的实业来屏羌投资开发。

3. 县委一班人继续发扬白加黑、五加二精神，为齐鲁集团提供最好的投资环境和配套服务。

随后，文雄提议合个影。

快门声中，向书河到屏羌第一个得分项目，就算在三江地界轰轰烈烈地拉开了序幕。从这一刻起，人们会渐渐忘掉"水天花月"，记住了"传世皇庭"。作为一个文化符号，"传世皇庭"将会在屏羌人心中扎下根来，大家会不会记得那个取名的文化人则不重要了。

蓝守玉有些落寞。出了会场，抬头，还好，透明度很高。一块翡翠屏风，横亘视野尽头，隐约中悬白练。翡翠名"科甲山"，因为山下出过状元，声名远播。白练名"玉水谷"，传说谷里常有玉女出浴。

送走齐鲁和尚小林一行，童桐和施云把车候在会场门口。两辆"四环素"。蓝守玉认得，除了施云那辆，还有一辆是童桐的。文雄开玩笑，今天两大美女撞了车妆，这是要去拍婚纱？施云笑道，就是不晓得人家蓝总当不当背景？文雄笑着给柴瑶开了车门，柴瑶上了童桐的"四环素"。蓝守玉将"黑土"钥匙给了文雄，文雄说感谢你支持车改，不然晚上跟书记到玉水谷只有打的了。蓝守玉说他当回车夫，让施云坐了副驾驶。两辆红色"四环素"朝那翡翠白练奔去。

第十三章　底牌

37.1 【孔亮】

到了一个叫雁湖的秋池边，见着童桐同学孔亮。童桐说孔亮小时候有个外号"独火星"，人老实，没啥心眼，大学毕业后响应号召，回老家状元村当了"缺心眼"的村官。

介绍蓝守玉时，孔亮说跟守玉表哥认识的。蓝守玉似有印象，道，你是童桐原先那个亮子？童桐一听，有些光火，道，表哥，说啥呢，啥叫原先那个亮子？明明就此一枚，说得表妹多花心似的。蓝守玉方才想起来，前些年回屏羌老家，两人还曾见过面。童桐向柴瑶和施云介绍孔亮，说他至今未娶，蓝守玉明白些底细，是童桐后来从南边回来，也叫孔亮去广东，孔亮舍不得村子和外婆，没去，她就把人家给甩了，还倒打一把，说孔亮是官迷。一个"缺心眼"的村官，就算是迷，又能迷到哪呢？

"外婆听说童桐要来，可高兴了，一早起来就推了豆花。"孔亮倒是不忌讳，先赞起童桐来。

柴瑶一听有吃的，来了精神："最爱石磨泉水豆花，想起来就流酸口水……"

"那快走呀，"孔亮邀请道，"去我家要爬九百九十九阶石梯，还有个读书台，可求签。"

施云拉着一张脸，问："读书台有啥好？不是说有柿子吗？"

孔亮笑着应道："中午童桐打电话说过，下山前就已摘下备好了。"

大家就把车停在路边，跟着孔亮爬石头阶。

风从西北吹来，携带鸟语和花香。爬到半程，花鸟更蓬勃了。满目黄的矢车菊，白的野棉花。矢车菊，一开一大丛，热烈、奔放。更热烈的是野棉花，准确地说那花非花，霜降前果实炸开棉球，霜降后会散掉。矢车菊和野棉花，虽无想象中透凉的馥郁，却可借花名尽情想象某种磅礴，如火如荼，铺满整个秋天。想象九百九十九阶盐铁古道，白花花两条洁白的玉带；想象花树之间，麻雀画眉，左右忽飞。那些就要迈向初冬的鸟儿，并不在意陌生人的造访。两边山坳，三五院落，青瓦泥墙，炊烟袅袅。偶尔有鸡鸣声传送，绵延、悠长，宛若泉丝。桃花源或许就是如此景象了。

37.2 【上上签】

登上两三百步时，忽见一石洞，上刻"龙涎洞"三字。

更像一块大石板上开凿的石屋。石屋两旁，尚可见着古时书生石刻手迹。"委雪屯烟"，有些晦涩，书法倒是好，明人书风。一些小字配诗已模糊，隐约可辨四句：

> 望入岩烟古道斜，
> 遗踪旧是读书家。
> 绿盘碧草垂春带，
> 寺顶丹柿霜月花。

似在说此处如何形胜。

施云表示看不懂，咋看，咋怪。

蓝守玉笑问，如何怪法？

施云道，两头窄，中间粗，像个纺锤。

蓝守玉笑而不语，正暴露了自己不怀好意——那洞在他看来，就是一个女性下体的抽象。看过一个研究资料，说此洞系唐时女道士修炼开凿，一为夏天泄洪，又寓生生不息。

柴瑶也正琢磨洞像啥，听得施云尖叫，看见了，看见了，便问，看见啥了？顺了施云手指方向瞧去，原来是一棵金黄大树。孔亮说，就是那棵大柿树，挂的柿子，大如牛心。

望见牛心柿，大家的腿好似注了鸡血，噌噌噌，到了一平台。回头看，九百九十九阶石梯已然矮去。

孔亮说刚才爬过的山崖，是块大石块，叫"巽岩"。

蓝守玉纳闷，这里也有一座山岩叫"巽岩"？

印象中，老峨山有片岩也叫"巽岩"，据说跟当地一大书生有关。想来，科甲山的"巽岩"，乃本地人附会了。两片"巽岩"似乎都面朝东南。秋冬之交，西北风开始吹来。要在春夏，眼前的景象应是这样：东南而望，有风拂岩，有湖如黛，有丘如眉。不过，秋色尤其是深秋的景致更绚烂些。蓝守玉更喜欢那种明晃晃的油画质感。

几人就扶了岩石，小心穿过凹腔。岩腔窄处仅容一人，宽敞处密密麻麻，凿好多造像。蓝守玉陪柴瑶和施云看，边看边科普。科甲山摩崖造像，跟别处不一样，从唐到宋元明，跨度大，有道家真人、佛家菩萨，来的香客，也是各敬各神，井水不犯河水。佛道两家，在世俗化进程中，从干仗到融合，都想争夺百姓心目中的偶像地位，谁也吃不掉谁。

极宽处有一泉，泉从洞出，流入一硕大石臼。孔亮说此泉连通山顶玉水谷，可以美颜。几位女士就以水洗面，皆叹"好凉"！

蓝守玉继续讲道，宋末，科甲山大岩腔曾作为抗蒙堡垒，屯兵数千，前后悬崖，石梯一堵，万夫莫开。

还真的找到了一些残损的柱础石臼。石臼原为老寺楼的柱眼痕，楼名"状元楼"。楼虽不在，状元像还有。

真的有尊浮雕线刻书生像，帽翅似飞，上面有四颗尺余大字——"科甲名山"，只是没找着题名。

蓝守玉道，这个宋朝状元书生就出生在状元村，后来当地人造像供奉，传说"科甲名山"就是他的手迹。

孔亮建议大家给家里的小朋友们问个签。施云说她家娃才上小学四年级呢，又问柴瑶，要不要给谁求个签。

柴瑶就到状元像下签筒里，默念、取签，让蓝守玉给瞧瞧。

蓝守玉接签道，不是上上签哦。见大家脸色一下不太好，又道，是上签。签文："丑宫，姚能遇仙，茂林松柏正兴旺，雨雪风霜总莫为，异日忽然成大用，功名成就栋梁材，鱼。"

童桐是个急性子，道，快说啥情况，不要啰嗦了。

问个签还急，你急人家菩萨也不买账哩。蓝守玉就签文含义，谈了自己的看法。姚能遇仙的故事已经失传，他也不晓得是啥，只能猜想可能是一个叫姚能的遇上贵人了。后面四句诗，大致言吉祥之事，啥宜于学业前程之类。柴总若替小孩子问学业，此签便算得极品了。后面的"鱼"字，费解。会不会是问财呢？老家乡下就有梦见鱼要发财一说。会不会说的爱情呢？如果说爱情，也忒晦涩了。若如此，可不可以理解成问签之人心绪纠结？算了，这种佛家与道家合伙搞出来的东西，且信且不信吧。

柴瑶当然信的。刚才还纠结，听蓝守玉如此一说，也便舒展了。不过没人知道她替谁问的，蓝守玉和施云也不知道。柴瑶家里哪来小朋友的，齐鲁的孩子也在美国上大学呢。还有谁？向书河？好像听说过，他的闺女正在堰城上小学毕业班呢。

柴瑶用手机拍了签文，施云问，拍它干吗。柴瑶不好意思笑道，拍着好玩。当然，没人知道，接下来的这个晚上，柴瑶在玉水谷的浴池里，把签文给向书河看了。至于她为何要把签文给向书河看，而且选择在玉水谷，也只能当小说摆了。那天夜晚，向书河躺在浴池里，仰望满天星子，他的内心一定升起诸多感慨，甚至含些纠结也未必。不过，这是后话了。

接下来的冬天和春天逝去，夏天来临的时候，柴瑶把向书河的孩子从堰城接到荣城，帮她在一所有名的初中办理了入学手续。没人知道，柴瑶并未找齐鲁帮忙，而是动用了荣城教育电视台同学的人脉。这一切，都是柴瑶幕后操弄，齐鲁和向书河都不知晓。施云和童桐，或许知情。向书河本人的态度，可能大家更感兴趣，就像那天星夜，他和柴瑶究竟在玉水谷浴池里聊了啥，又做了什么，那就是小说之外的无聊八卦了。

几人边笑边走，又见一块更大的巨石凸出岩腔，成一天然屏障。果然是处适宜打防御战的绝佳阵地。

里面的人咋出去呢？

孔亮指着石壁旁的树丛道，那里藏着上去的石梯。石梯很陡，跟之前的九百九十九步一样，不过更窄。从屏羌通达名山的岩铁古道，在科甲山腰拦成了两截。

孔亮先上，三位女生跟随。孔亮拉童桐，童桐拉施云，施云拉柴瑶，柴瑶欲拉蓝守玉，蓝守玉说不用了。

一行人手拉手，沿石板路，斜着往上爬出不足百步，一下红艳夺目，晃得人睁不开眼，还以为谁家油彩打倒了。原来已到一平坦开朗坪地，还能闻听到鸡鸣犬吠，真有点穿越渔人洞、误入桃花源的恍惚感。蓝守玉等人眼前所见村庄，人称"状元"。

泼油彩的是那棵传说中的大柿树。终于看见传说中的牛心柿，施云有些失态："蓝守玉，孔亮，快上树摘，我们几个在下面掀开美人裙接。"

霜降前后，科甲山牛心柿渐渐熟透了，一颗颗艳如灯笼。

孔亮道："施姐，表哥是个文人，爬树得山猴子哩。"

施云笑道："哈哈，正对路子，你表哥就属爬树猴的。"

童桐来到崖边柿树下，欲脱鞋，做爬树状："表哥正好大我和亮子一轮，像不像三猴爬树？"

孔亮赶紧上前拉住："小姐姐，这树你能爬的吗？小心走光。"

柴瑶和施云笑着拍照，童桐不语，似在犹豫孔亮说的走光一事。爬还是不爬？

孔亮正要解释，蓝守玉插话道："不让你爬，因为下面有陡崖，连我都不敢爬。想想吧，走光事小，摔下来，鼻青脸肿咋办？"

孔亮也跟了话："柿子我已给大家摘回屋，一会大家就可尝鲜的。"

听孔亮说有柿子吃，施云劲头又来了："赶紧的，回吧。"

一行人就说说笑笑去孔亮家。

37.3 【一张老照片】

孔亮外婆早候着了，大家打招呼，寒暄。老人对蓝守玉尤其客气，说表哥好久没来状元村走亲戚了，肯定做大事忙的。蓝守玉客气道，瞎忙呢。童桐对老人很热情，扶她进了屋。自打到镇上念初中，每年柿子熟，童桐就要跟孔亮来状元村摘柿子的。

老人已备好一小桌农家菜肴。老腊肉烩冷竹笋、新豆石磨豆花、干拌跑山鸡、老南瓜大锅汤，还有冬寒菜、阮豆、萝卜秧等可口时蔬。最惹眼的是中间那大盘牛心柿。

施云和童桐手里一人拿了一颗，正要往嘴里送，蓝守玉道，豆花和柿不能混食，只能选其一。施云尽管不舍，最后还是放下了柿子，说回头再消灭它，先拿下豆花。童桐道，才不管呢，哪有那么多伪科学，先饱口福为快，三下两下，掀开柿皮往嘴里送，边吃边赞，确实比今天去市场上给大家买的好很多。孔亮外婆就说，先吃豆花，柿子都给大家准备的，一人一袋，带回家，慢慢尝。

蓝守玉吃饭粗糙，再好的菜肴，也品不了，吃个饭像刮风。很快下了桌，一个人散起了步。

在一花窗前，见着一大镜框，里面挤满老照片。一一看都有谁，其实他想看看，有没童桐。没有，正失望，一张老照片引起了注意。照片是"一二〇"老相机弄的早期彩照。照片已成为记忆，由此珍惜，可见照片于这家人的分量。

是三个人的合影，一老态高僧和两个青年军人。高僧与军人合影，题材确实不常见，便生好奇。细看，原来右边的青年军人，眉清目秀，印堂上有一颗凸起的青鱼痣。

蓝守玉下意识地摸了摸额头，上次在龙隐，看相的就说他是"双鱼星"，不过自己也没注意，这一摸，除了有些潜意识的隐痛，也没摸着啥。照片上的青年军人额头上分明有个青印痣的，只那照片发黄，看得不甚分明。就寻思，那痣不会也是两条鱼吧？

男人印堂上长印，面相书上讲好像不太吉利，叫"冲女相"。青年本来一脸方正清秀，若非寂寥的冲女相，真是个高人也未知。更奇的是见着一只似曾相识的磨子双鱼，握在额头上长青印的青年军人手中，高僧的一只手，轻轻搭在双鱼的额上，作活佛摸顶赐福状。

磨子双鱼，触动了蓝守玉神经里的敏感处。那鱼与龙隐寺佛堂里发现的琉璃磨子双鱼，仿佛是一个模子倒出来的。照片褪色太凶，仅可模模糊糊辨认形神，要是能见着本色，凭借其对文物的经验，就能断定是否琉璃。不过，即便如此，已经引起了他的敏感。磨子双鱼特立独行的气质，如何能逃得过他的一双慧眼？

世上哪有如此巧合之事？！难道是一对，还是本来就是同一件？如果是同一件，两个青年军人和高僧是孔亮家啥人呢？之前曾经遭遇的那件神秘的琉璃磨子双鱼，为何出现在他俩的手里？

照片貌似在一个寺院的院门前拍摄的。因未见全景，具体的拍摄地点也没办法确认。三人背后的那副对联倒是隐约可见：

五竹寄洪福
万松成大观

篆中藏隶，圆润中显峥嵘，想来是哪位落魄骚客的出品了。
职业的觉悟，促使他掏出手机，拍下了那张珍贵的照片。

37.4 　【草黄金】

忽听得"呀"的一声，见几人围着孔亮和童桐，一看，童桐倒在孔亮怀里正喊疼。

原来，柴瑶看见屋角种了三盆石斛，来了兴趣，叫孔亮端下来赏看。孔亮真提了根板凳垫了，爬上凳把草端下来，递与童桐，童桐一手递，一手又不忘拍照，边退边拍，一下撞到装柿子的大背篓，没站稳，孔亮一把拉住，自己也失去了重心，被童桐重重压到背篓上，柿子也弄坏了几颗。

蓝守玉问孔亮，摔着没。孔亮说，山里猴，天天摔的，没啥。童桐也说，他真的是经摔的，但可惜那几颗柿子了。

就都拥过来看孔亮拼命护着的石斛长啥样。

蓝守玉原以为是山里人家屋顶上常见的黄草。孔亮说不是，前些时候他去玉水谷山崖上采回来的。蓝守玉这才认得是横断山区特产的铁皮兰。孔亮介绍道，铁皮兰在一块很滑的石崖上，有一大丛，他攀了藤才得以采着，挑了三株，还把脚给扭了。

柴瑶问道："听说，这种草草现在很火？"

蓝守玉道："草黄金嘛，据说养颜，防衰老。"

施云哪能信，道："有那么玄？"

蓝守玉道："铁皮石斛，本地叫铁皮兰，外地叫枫斗。俗话说，北有人参，南有枫斗，南枫斗就指这玩意，道家传闻的救命神草。知道秦始皇要找的那长生不老之药是啥吗？"

施云纳闷道："最后不是没找着？"

蓝守玉道："对呀，徐福原来发现了这玩意，想去取，结果被一条大龙给制止了。后来报给秦始皇，秦始皇再去找时，已经不见了。"

施云道："秦始皇寻长生不老之药未成，寓意人的求长生之道，最后都是给堵死了的，世间本来就没有那玩意。"

蓝守玉道："施小姐正解。古人都不相信的玩意，今人却当成了宝贝。"

"那，咋用呢？"柴瑶还真对那草草产生了兴趣。

蓝守玉笑道："直接吃，立竿见影，颜值噌噌噌就长上去了。"

童桐也凑热闹，怼道："别听他的，就会哄人。"

蓝守玉说他没哄人。还煞有介事地讲了个故事，说他真见过有"土豪"直接吃的。有一回，造访一有钱人别墅，见一物正埋头吃园子里的草，往前仔细一瞧，天啦，竟然是"土豪"本人！不解道，老总在吃啥？那么有味？"土豪"道，吃草黄金哦，也来一口？他一看，原来是一大盆铁皮石斛，"土豪"正嚼着那新叶，满嘴的叶绿素呢。这吃相，还是算了吧。这口味重的……

蓝守玉的没哄人，原来是冷幽默。众人大笑。

孔亮已装好了柿子，装了一大背篓，柿子一人一袋。大家也就与老人打了招呼告别。孔亮背了柿子，送众人原路下山。

37.5 【磨子鱼线索】

一路上，蓝守玉忍不住问了照片的事。

孔亮说，穿军装的两个人，右边的是他大舅爷孔云樵，左边是大舅爷的连长，连长姓赵。孔云樵原来的名字叫郑云樵，跟他娘并不同胞，是从茗山车岭郑营外叔公郑循阔家过继来压生的，是他堂舅。他外公叫郑循远，老家车岭郑营，到孔家上门，算入赘。把自个侄子过继来，孔亮外婆还真怀上了他娘。

蓝守玉问道："没看见你爹娘呢？"

孔亮说在屏羌县城帮姐姐看孩子。

蓝守玉旁敲侧击问道："那张老照片咋回事？"

"你说大舅那张哦。大舅年轻时候在甘南当汽车兵，惹了一个祸。"

"啥祸？"蓝守玉感到蹊跷。

孔亮就讲了缘由。当年他大舅在甘南当汽车兵，让当地一寡妇怀了娃，出事被抓，送到戈壁滩劳改。后来，郑家人问孔家要人，孔家哪里去找人呢？两家成了仇人，没了来往，他外公也为此事，气背了，再也没醒来。

"你大舅现在去哪了？"

蓝守玉问这话，其实关心的是照片里那块磨子鱼，孔云樵或许是他能找到的唯一关联的线索。

孔亮不无忧伤道："打小就没见过，只看过照片。听村里人隐约说，原来发配去了大戈壁。后来又听人说，大约带发修行了，家里人也不确定，将信将疑，反正我也没见过真人。"

"知道你大舅的那个女的，哪儿的人？"

"听爹妈私下讲过，甘南渭源的。"

甘南？渭源？他想起了琉璃鱼上的一句诗，"五月离渭湟"。莫非二者在此找到了契合点？

这可是条新线索。不过，目前还不能算，只能叫线索的引子。

不过，蓝守玉对不断冒出来的一些信息，越来越有兴趣。世间之事，说沾边就沾边，说不沾边也不沾边。沾不沾边，要看有无缘分。缘分在哪？当然得有缘人，才可见着。谁人可见？凡人置身其中，往往有认知盲点，难得要领。啥时候又能打开那扇明窗呢？于是，有了邂逅一说。

今天，他就在状元村，与那张神秘的照片邂逅。神秘的高僧，神秘的青年，神秘的磨子鱼。

龙隐寺和状元村所遭遇的一切，想来是注定的。此时尚不明真相，只因缘分未到。

38.1 【情人谷】

去玉水谷，得转道旅游专线盘山路。蓝守玉压着速度跑，童桐却一溜烟不见了。施云笑道，"80后"追"85后"，得绷紧了六档才行。

到了玉水谷度假村，天色擦黑。童桐提前预约订了房，例行入住。周日的温泉山谷，不见几个人影，有啥隐私，也毋庸兜着。

叫"野百合"的木屋独院，位于温泉别墅区。

正房两间大红床，蓝守玉提议右间给柴总。童桐提醒道，向书记和文哥还在县上开会，晚点也会上玉水谷的。蓝守玉就改口道，另一间留给书记吧，男左女右。两边厢房间各一，施云说她挨着柴总，蓝守玉剩左厢没得选了。

童桐急了，你们两个都选完了，我和文哥咋办？蓝守玉道，只得委屈文哥与我同居了，不超标，符合环保规定，只担心那呼噜别太响。童桐威胁施云，说自己晚上要夜游，有些吓人。施云更离谱，你装神，洁癖你怕不怕？蓝守玉不解，你还有洁癖？施云说，对呀，打小就不愿意给人睡一屋。蓝守玉问，为啥？施云半开玩笑回道，自个身子给别人看，不羞死？蓝守玉说，将就对付下，没那么悬的。施云不满了，道，一定要挤，只有和衣而卧了。童桐大笑，哈哈，没事的，正找不到理由离群索居。施云吓了，道，你不会真的夜游吧？童桐笑道，要吓了，那就把床让给你。施云怯怯道，那，你呢？童桐道，跟文哥去情人栈道旁的露营地搭帐篷咯。蓝守玉制止道，这哪行，深山老林的，搭啥帐篷，不害怕招来狼？童桐回道，就怕没狼，定房间时就晓得多了俩。童桐是真的还定好了一个帐篷套房，别墅区服务生早搭好了。蓝守玉觉得有啥不对，想说啥，忍住了。

晚饭后，文雄开着蓝守玉的"黑土"，搭了向书河上山来。车停在野百合的院内。关门熄灯，外面都不知道里面住没住人。安顿好二人，童桐看才九点，怂恿去泡温泉。玉水谷的招牌就是天然氡温泉，大大小小十多个池子。有五个VIP私密汤池，可供夫妻和三口之家沐浴。

几人就去了温泉区。

38.2 【天下第一汤】

温泉区开放管理。只要没人的池子，都可随意进。尽管是周末，来的人大多不是拖家带口，而是江湖萍水，来温泉找某种感觉的。

文雄指着一块大石道，"天下第一汤"。

蓝守玉一看，原来是屏羌前任书记的手迹。

VIP浴场外，有个提示牌，表明汤池位置，有"星辰汤""莲花汤""海棠汤""太子汤""尚食汤"五处。

向书河请教蓝守玉，啥来头？

蓝守玉回是西安华清池山寨版。"星辰汤"，唐太宗专用浴汤。"莲花汤"，另有个名叫"九龙汤"，唐玄宗专用。杨贵妃浴汤名气大，叫"海棠汤"，太雅了，谁记得住，都管它"贵妃池"。"太子汤"，顾名思义，供准皇帝沐浴的。"尚食汤"，尚食局官员沐浴专供。五个汤池，现在都还在，皆为遗址。

童桐去前台买浴衣，回头招呼大家换衣，脱了脱了，男女搭配，干活不累，浴场规定，只能男女同浴，没得两男两女的汤池。向书河问施云，真有这规定？施云貌似吃不准，弱弱地一旁搭腔，怕有吧？向书河还是不解，又看柴瑶，柴瑶悄悄道，她俩逗你哩。向书河"哦"应了，就说嘛，哪有这霸王规定。

贵宾池，"太子汤""尚食汤"客人还在里面，还剩三间，正好。童桐安排书记和柴总用"莲花汤"，施小姐用"星辰汤"，她自己挑了"海棠汤"。

文雄问道："那我和蓝守玉兄弟呢？"

童桐道："随便你俩啦，反正男女搭配，我这间，你和表哥各自选了。"

文雄道："哪有表哥表妹同浴的？"

蓝守玉也不同意。

柴瑶替童桐解围道："谁说表哥表妹不得同浴了，就你们男人花花肠子多，泡个温泉还要闹幺蛾子？"

童桐笑道："柴总大气，说他们俩土包子哩，音乐细胞严重匮乏。好了，我跟文哥一池，表哥自己去找施小姐吧。"

施云怯怯问服务员，"星辰汤"啥鬼？服务员就笑。童桐道，啥鬼？山鬼！可以数星宿的。

施云"耶"地尖叫，说看星星正合意。说罢，硬牵了蓝守玉手，进了"星辰汤"。

38.3 【流行诗体】

蓝守玉讨厌泡澡。一直以为，这玩意极易消磨意志。人一躺在热水里，血脉一贲张，惰性也就钻血管里去了。不过，有时候又想，哪能天天紧绷个驴脸，惰性就惰性吧。人生难得几回浴，权当喝大了。

"星辰汤"在林荫下怪石旁。上面开个天窗，盖了块钢化玻璃，并无多余设施。水色倒清澈，暖气氤氲。

施云急不可耐，脱衣入水，冲他喊道，还愣着干啥，下来帮搓背。

蓝守玉怯怯地下水，脚踩脚对着施云坐进池子里。

施云见状，也没了搓背的兴致，不再说话，背靠浴池，看着黑夜，数星星。

蓝守玉知道，她叫他帮搓背，不过是外交说辞。谁也没有互相搓背的闲情。就闭目养神，渐觉脚板心有啥在挠痒，以为施云作怪，就道，别挠了，我怕痒。

施云没理他。

还痒，睁眼一看，原来围来好多小鱼，便致歉道，不好意思，还以为你在给我开玩笑。

施云依旧没搭理他。

施云也许是假装的。蓝守玉给自己找了个下台阶的理由。人家就是假装，也是正经的假装哩。这样笑着，自觉无趣，遂忍着小鱼挠脚板心，闭目养神。

还别说，温泉水一漫上胸，"毛"塞顿开，倦意全无。有些人啊就是贱，说原谅自己就原谅自己，一放松原则，便飘飘然。就像现在，他就觉得自己真的躺在唐朝的华清池里，身边还有个贵妃娘娘——只是没那么胖。寻思李隆基坐在台上是个皇帝，脱了衣服裤子，也就是个普通男人，身上那玩意，长也好短也罢，就那么回事。如此臆想，也觉得自个真是李隆基了。还好不是相反，若真在一个汤池里，碰上脱得精光的李隆基，咋打招呼？

蓝守玉编了不下十种台词，也未能找到一个称意的。身体里的每一个毛孔，好似都散发着网上疯传的"尿尿体"。

他的嘴角下意识流露出诡异的两片鱼纹。他不怀好意地偷瞥了施云一眼。

施云眼望苍穹，正一二三地数星星。

他很落寞，总算心怀鬼胎一回也竟被她无视。忽然很想尿尿，又尿不出来，不爽。潜意识里数星星的施云，该不是自己不能正常尿尿的障碍吧？

咋老想着施云？！这么多年了，两人也就剩下那点情分，不是缘分。此类问题已探讨了N遍。互相欣赏？也谈不上。他对施云高高在上、自我标榜的才德，没啥兴趣，就算貌若天仙、肤如凝脂，又咋样？不提也罢。

他自认为有三才：帅才、嘴才、文才。

此三才，施云也不见得买他的账。

也许世上真有冤家一说。他和施云不算冤家吧，要不施云咋会与他相处几年后，忽然宣布要嫁药材老板，嫁了又离，离了似乎也没回头与他再叙？冤家是不是一条路走到黑？果真如此，最应该检讨的是自己，一直在寻找冤家的路上，却从未曾有过一回的谋面。

人生百年常在醉，不过三万六千场。聚就聚，散就散吧。即便黑夜无可奈何地抵达，不还有高深莫测的星辰？

施云还在那瞎望。不知是在数星星，还是在尽情享受下半身被鱼围挠脚板的奇痒……

绕了一圈，又想到"下半身"！

中了邪了……

罢了，罢了，想多了。

咋也中了"下半身"的流毒？忽然觉得有些堕落，便自骂了。骂着骂着，想起"土豆天猪"的好处来。

年轻的时候，很想成为"土豆体"诗派的传人。一直固执地认为，"土豆体"要比"梨花体""下半身""尿尿体""菊花体"之类的好许多。好在哪呢，又说不上来，好多诗体似乎都过气了。时下网络诗坛，正是"菊花体"的天下。

> 准备与菊花单相思，再死缠到底
>
> 冬就菊花解酒
>
> 春以菊花作春光
>
> 夏饮菊花冰棒提提神
>
> 这么说，还是太道貌岸然了
>
> 说秋天吧，去后山天崩地裂睡一场
>
> 别想歪了，我说的是以菊花为床
>
> 是黄是白是青是紫都没关系
>
> 我要的是它的无边无际以及喊天喊地
>
> 只为我一个人眩晕和摇晃

"菊花体"，一如它的主人，摇摇晃晃，真如菊花酒喝高了。别扭就别扭，敢写这样的诗，就不怕别人审判。况且抛开道德的尺度，你还不能讨厌如此撩人的分行叙述。

果然是诗从狗屁出？

"菊花体"是用身体的全部写作，它拒绝承认自己对诗歌犯下的罪孽，就这一点，就比"下半身"要强一倍。

说这话，可能要被人骂。好在，蓝守玉自述有道德强迫症，先天遗传后天获得的免疫力，都还在。

今生与"土豆天猪"遭遇，许是天意。

天意说，你写诗吧。

他回道，写诗能当土豆，填饱肚子？

天意说，那就写"土豆诗"。

他问道，"土豆诗"？究竟是诗，还是土豆？

天意说，玄机不可泄露，问"土豆天猪"去吧。

天意提到"土豆天猪"，唤起了他的记忆。天意说的"土豆诗"，是"狗屁的土豆"，还是吃了土豆放土豆屁？

……

天意已然淡到夜幕背后。

满脑子的土豆和土豆屁……

"土豆天猪"，到底去了哪呢？

二峨佛光禅院聚会，好似听贾总说过，"土豆天猪"去过二峨山的舍身崖。难道他真的对红尘毫无眷恋，不是说粉丝如云吗？也许粉丝们一个个远他而去，诗人也成了光杆。一个诗人，若真的对读者没了眷恋，是不是挺可怕？没了读者，会不会陷入自恋和抑郁？好在小众的诗人即便自我戕害，也不具有传染性和普遍性。尤其是像"土豆天猪"那样的抑郁症患者，内心形同枯蒿，万劫不复，绝尘而去。

被红尘抛弃的诗人，只有像蓝守玉这样的俗世清流，会留下怀想的痕迹。

"土豆天猪"若还在，他愿意零距离去感受。放下小资身段，向其下跪，尊之为师，有模有样地学"土豆体"，骂人也骂得深刻，有诗意，还不露骨。

半睡半醒中的想入非非……

39.1 【运动】

泡完温泉，穿戴整齐，出了池子，听向书河和柴瑶直喊累。

"泡个卤卤澡会累？玩水上芭蕾了？"施云笑道。

向书河和柴瑶当然知道施云开的啥玩笑了。平日里，施云跟柴瑶私底下说话或更开放，若无闺蜜经验，无法想象她俩的对话语境。就像现在，两人当着另外三个男的一个女的，私密性要受约束，可靠度要打折扣。

柴瑶的回答于是有了"怼"的意味："啥运动，想必施记者和蓝大师，更有心得？"

柴瑶不经意地反问，蓝守玉和施云竟一时语塞。柴瑶话里明摆有坑，只是蓝守玉对无聊嘴仗没了兴致，柴瑶也是。说白了，搞艺术品事业，内心积淀的秀气，已然装点了两人的清高，相视笑笑也就过去了。

文雄似乎经常面对此种场合，插科打诨，搞黄段子，在他一张油嘴那里，就是小儿科："啥运动还用明说？前后运动，一二三四；上下运动，二二三四；左右运动，三二三四；内外运动，四二三四……"

童桐受不了，摇头道："打住，打住！"

施云笑道："文局长，你这是泡澡，还是下操？"

文雄道："没法，职业习惯。对不，蓝总，你可是未婚大龄青年一个，不会还少儿不宜吧？"

蓝守玉不置可否："人一奔四，明显感觉骨头关节肌肉有些松垮，才泡一会儿，也累得不行。毛孔打开，微循环稍许改善，浑身就软。所谓物极必反，放松疲倦之极，亦即劳累之极。"

蓝守玉喊累，显然是对接下来还会安排啥夜生活有了警惕。

果然童桐问文雄："才十一点，文哥，这么早就睡，今夜的浪漫时光可不要错过了？"

施云建议去棋牌室玩麻将。此时的施云，与泡澡时判若两人。

蓝守玉说想一人玩。

施云不解其意："自己有啥好玩的？"

童桐接话："还能咋玩，发呆呗。"

文雄当然不能同意："发啥呆，既上得梁山，都是来入伙的，装啥无辜和纯洁。"

柴瑶稳住没笑："早就听说过蓝总的棋艺，想必牌技没得说了。"

"陪书记切磋一下？"施云也怂恿道。

蓝守玉笑而不语，眼神示意看向书河。

就都看向书河。向书河笑道："不用理睬我，在八小时以外，我可是非主流，你们几个玩。"

童桐道："与民同乐嘛，书记不参与，娱乐效果要大打折扣。"

"三大美女，一大片风景，手气不来，颜值凑啊。"向书河说着，便要告辞回房。

"这么早急着回，屋里有狐狸啊？"施云脱口而出。

向书河四下望望，煞有介事笑道："狐狸？有吗？那我回去挑灯夜读，说不定半夜会撞个真的哩。"

"这个世界哪有啥狐狸，聊斋都是骗人的，"童桐有些不舍，"书记真不想参与一下？"

向书河道："你们玩，你们玩，我真的带了一本混时间的东西。"

施云问："啥宝贝书呀，要一个大书记天天带在身边？我也借来看看？"

"你不会喜欢的，"向书河神秘地笑道，"《阿弥陀佛么么哒》。"

名字显然有些怪，施云问蓝守玉："你听说过？"

蓝守玉没有搭理她。

柴瑶插话道："是有这书，听说正火，好像讲生死真爱的。"

"果然书记是非主流。"童桐笑道。

向书河微笑不语。蓝守玉替他解了围："非主流，换种说法也是真性情。"

文雄见状道："既然书记要看会书，我的意见就让书记休息休息，如何？"

童桐问："那书记总要指派个代表，是吧？"

向书河道："就童妹妹你了。"

童桐摇头道："我不行的，技不如人，牌风还不端正，哪能代表书记形象？"

向书河道："那，施记者呢？"

施云不依了："什么啊，你要不好明说，我来指派，就柴瑶代表书记吧。大家同意不？"

文雄和童桐都举手说同意。

"那，你们好好玩。"向书河不置可否地笑道。

文雄见书记要离开，便说他也不参加，回屋里了。施云笑道："文局长，也要回屋读书，领悟真爱？"

文雄解嘲道："守着几位美人，我哪读得进去呀。"

童桐道："那走呗，啰嗦啥。"

文雄征求向书河意见："要不，我去靠膀子？"

向书河便提醒大家别玩久了，输了时间还亏身子，不划算。

39.2 【麻将局】

童桐提议玩血战到底，无人反对。

柴瑶、蓝守玉南北对坐，东西闲着。

施云对文雄道："站着干吗，坐下呗。"

文雄说他靠膀子。靠谁的膀子呢？施云看了看童桐。童桐哪敢坐，就自告奋勇："我胆子小，给大家立个门槛，别弄大了，一百元起给，五番到顶。"

蓝守玉指着那空位："文局长，说话。"

文雄看童桐。童桐道："我哪敢上这种野场子？只能傍强哥膀子。"

文雄坚持说他要靠童妹妹的膀子。

施云怼道："谁靠谁的膀子，你俩商量好没？商量好就赶快。书记叫我们不要玩太久，赶快呗，春宵一刻值千金。"

施云这话，好像很久没玩似的。蓝守玉怼道："现在是初冬了。"

施云有些扫兴，求助柴瑶。柴瑶才不会去掺和她和蓝守玉的嘴仗，只道："文局长让一下，美女优先？"

文雄当然听得懂柴瑶话里有话，道："柴总都发话了，童妹妹你上！"

童桐半推半就入坐，边坐边征求文雄意见："我俩关起，一人一半。"关起，就是打平伙，风险共担，收益共享。看来，风风火火的童桐还是不够自信，需要男人在后面撑腰。

"没事，你随便玩。赢了一人一半，输了算我的。"文雄给她打气。

童桐就坐下，问道："柴总，玩啥规矩呢？"

还能玩啥规矩？表面上是一个大男人，陪三个女的。可童桐现在代表文雄，文雄陪柴瑶？柴瑶又代表谁？代表老同学？那他和施云呢？

今天晚上这麻将……

文雄提议玩三江规矩，定张，门清，带幺九，中张，全兴，自摸加一番，不叫不吃雨，三花包满坎，引杠上身开花，自己承包。

柴瑶说随便。

童桐小声提醒文雄，是否百元起给、五番到顶？

文雄看蓝守玉，蓝守玉看施云，施云看柴瑶，柴瑶又说随便。柴瑶一随便，蓝守玉有啥话也说不出口了。有书记同学在，今晚这牌的意味……

蓝守玉征求施云意见："听说现在你们荣城人玩麻将玩的是无纸化？"

与其说征求施云意见，不如说拐着弯子，帮柴瑶挑明。

施云就说："现在都玩微信，发红包，兑点子哩。"

童桐好聪明一个人，听施云这么说，自然不犯糊涂："是呀，现在谁还直接把现金摆上牌桌子，又不是乡下进城的地主老财。"

文雄帮腔："对，我们几个虽从乡下来，可都不是土包子，这主意好。输家给赢家发红包，讨点喜庆利事。"

蓝守玉打开微信查了下，红包零钱不到一千元。不过，微信关联的银行卡上貌似还有几千元，究竟还有好多，自己也没谱。

硬着头皮上，大不了一会给童桐发微信，叫她转点款过来。得沉住气，好歹在柴瑶眼里，他也算是个人物，不能掉份。

开始转骰子，蓝守玉还没玩过大麻将，感觉就像端了枪上了战场，却对枪里有几颗子弹没谱。

玩了几圈，蓝守玉每把都想做大牌，不是推清胡，就弄暗七对，门清带幺九或中张啥的，成功率几乎为零，自然垫底。施云嘲笑道，选择高收益，就要承受高风险，怪不得别人。蓝守玉真的平日极少玩麻将的，即便偶尔在圈内陪亲朋好友，不过友情麻将，从不贪心做牌，一场牌下来，输赢也不大。今天晚上这风格，不像他蓝守玉。也是，一个点子就走了，短平快，小气不说，柴瑶那头咋弄呢？总要弄点风生水起，才好玩的。

胡牌不多，常下雨，也有点点收成。柴瑶道，蓝总打的这牌叫"父母牌"。文雄问啥意思。施云解释，父母官，打父母牌，带关怀噻。童桐笑道，玉表哥就一白丁，还父母官？父母官在膀子上都没发话呢。文雄道，蓝总曾经是官的，标准的股级，哪怕只当了一天，也忘不了父母情怀，这叫官场职业病。

蓝守玉本来想解释，打牌就打牌，不伤身子不伤情，柴瑶话里的意思，他当然不糊涂，转又道："各位的意思是想来点波，还是来点浪？"

施云道："波就波，浪就浪，谁怕谁？"

蓝守玉出牌便有些自由散漫了。

一会儿，童桐就不适应了，老埋怨蓝守玉吃她张子，只要她推一色，蓝守玉就收张，不像亲表哥。

柴瑶跑得快，没啥更多名堂，差不多都是自摸，自摸加一番，也不错。几圈下来，也进了四五十个点子。每次胡牌收点子，还不忘自我解嘲："我这个人，忒没理想，打个麻将也是。"

文雄当然听得明白，道："柴总这叫闷声发大财。"

柴瑶笑道："我可是一分两分攒的，一分两分也是财嘛。"

又玩了几圈，文雄电话一直在响，每次都是拿起手机摆弄一下，又放下。

不知道是有电话，还是有微信消息进来。

柴瑶和蓝守玉一次手机都没看。手机都放包里了，支付的时候才拿出来，支付完后又放进包里。

童桐也是手机不离手，一直嘟嘟响。年轻人花样多，"QQ"和微信，各是各的朋友圈，一样不落下。

施云最投入，把手机揣进包里，一本正经"打酱油"。

蓝守玉见文雄手机一直在响，貌似不停在回信息，便问道："书记找你？"

"哪有，人家书记正用心研究真爱哩，哪像我们，"说罢，文雄又觉不妥，改口道，"不像我，满脑壳浆糊。"

柴瑶看文雄心不在焉，还是不放心："今儿周末，书记不会给部下安排啥工作吧？"

文雄说没有，书记只是提醒别玩太久了，叫我明天也回三江看看老婆子。

童桐笑道："书记也关心贵夫人的事？不会是贵夫人想文大局长了，拉书记做挡箭牌吧？"

文雄有些不好意思，说哪有啥贵夫人，她是问我在哪里，又在干啥，我还能说在哪呢，肯定在陪上头领导。童桐就笑问，这是算"撒狗粮"吗？文雄被问得有些尴尬，没话对了。

看文雄表情有些暧昧，蓝守玉明白，文雄说的书记给他发微信之类的可能性不大。

还是柴瑶替文雄解了围，说那就按书记指示，早点结束，书记明天也要回荣城，她替书记约了闺女的班主任，谈孩子情况。

蓝守玉小心地问："孩子要小考了吧？"

柴瑶道："开学才誓师呢。现在只剩七个月，不到二百天了。"

"那你转告书记，明天他放心回吧，项目我照看着哩，叫他放心好了。再说，孩子的事，可是天大的。"文雄这话，在蓝守玉听来，总觉得哪里别扭，又说不出名堂来。

每支付一次点子，就会收到一条短信提示。蓝守玉看着短信提示卡上的余额从六千多一点点缩水，最后只剩下不到两千块。

施云发话："差不多了，最后一把哈。"施云说这话的时候，眼看蓝守玉，蓝守玉自然懂的，此话似在针对童桐哩。

童桐不傻，巴结柴瑶道："柴总，今晚你都没赢钱。"说着，还看了一下自己的红包，"呵呵，这都是我赢的吗？"

蓝守玉道："每次输的，都是人家文哥给点子，赢的都转给你了。当然你是赢家了，光进不出。"

"是吗？"童桐一看，还真赢了两千多，笑道，"文哥，一人一半，我发一千红包给你。"

文雄道："全靠美女你手气好，我本来就是陪各位的，图个乐子，红包你留着。"

"那就不客气了，算文哥送我一条花裙子。"童桐笑道。

柴瑶一旁接话："别说人家文哥送你一条花裙子，送你别墅的胆子都有。"

文雄哈哈大笑，估计不笑也不晓得说啥好。

施云也笑，笑得不服气："说我'打个酱油'吗，就算了，咋蓝老板也啥好处没捞着，还白赔了半夜瞌睡。不行，还有一把牌，我才不信，我和蓝老板手气这么孬。"

不是我蓝守玉手气孬，是我不得不孬，不孬也得孬。你施云在那认真"打酱油"，知道我放了他们多少马吗？该抬炮的，弄成了放炮，该自摸的，弄成了查叫。你施大小姐，能看得穿这是传说中的啥牌局？蓝守玉自个嘀咕道。

传说中的牌局，有求于人。蓝守玉求谁呢？求文雄，还是柴瑶？不会吧。貌似文雄喊他一起回屏羌，说屏羌南岸新区开发破事的。要求人，也是他柴瑶和文雄求他吧？就算是向书河，他也没事去求他吧？既如此，这牌局不仅不该如此，还应逆转才对。想想额头就疼，自己给自己下台阶，瞎琢磨个啥哩？输个小钱，还嘀咕。大不了赔个瞌睡而已，人家向书河从荣城过来帮屏羌，人生地不熟。柴瑶呢，背后有齐鲁。且不说向书河与柴瑶同窗，他要齐鲁铁下心来做南岸项目，柴瑶的脸，恐怕也要看的。如此也想开了，算回报文雄和向书河建设屏羌老家吧。

蓝守玉也装着打了鸡血样，附和道："按施大记者说的，再看一把，我才不行这个邪，说不定一盘翻梢哩。"

柴瑶笑道："没问题啦，先赢的是骰子，后赢的才是银子。谁说得准呢？"

牌一洗，一摸，啥可能性都来了。世间千万种变化，其实就浓缩在一副麻将里，人生于是乐此不疲。

39.3 【五个九】

麻将机已码好最后一局牌。

上把牌蓝守玉一炮双响，点了柴瑶和施云的雷。

好歹轮到蓝守玉扔一回骰子了。

一个四点、一个五点，"九在手"。

蓝守玉拿了头牌，四个九万，加上"九在手"，已凑够五个九。

五个九的黄金，叫"十万金"，意味着真金。在计算机系统中，五个九代表目前技术指标能够实现的最大可靠性。亲子鉴定中，五个九宣告拥有不容置疑的父权。于是，年轻人又把五个九引用到爱情世界，没有百分百的真爱，但五个九已无遗憾——爱你，不分日月昼夜，没有时间限制，如果一定要加个时间，希望是一万年，不，是99999（久久久久久）年。99999年是个什么概念？这么说吧，大约在十万年前有了人类，不过那时的人类一直处自生自灭的状态，除了狩猎，啥都不会，根本谈不上爱情之类的"情感"。而到了一万年前，人类才开始尝试书写自己的历史。这一万年，人类从无文明到用上手机。之前的九万年，就是个黑暗而又漫长的空白。幸好，人类走出来了。那么，照最近一万年的发展速度，未来不到十万年，比如99999年后，人类或许早已灭亡，爱情也成了茫茫宇宙中的远古神话。啥意思呢？五个九，在人类的已知世界里，相当于天长地久，长长久久，直到永恒。五个九，在麻将局里，还有个说法，叫东西南北中，都是好运。这还没完，五个九还有个特别的意味，"九五"嘛，数有九，九为最高，五居正中，九五者，为鼎盛之势，不偏不倚……呵呵，这麻将数字，极富美学意蕴哩。

哎呀……真是山不转水转，运气碰头，挡都挡不到。那份窃喜，仿佛小孩子摸了个十元刮刮奖。

有啥东西涌上了嗓子眼，欲跳出来。淡定吗，淡定……

39.4 【菊花和□□】

第三手摸到后，蓝守玉忽然有种不好的预感。好兆头极尽，无懈可击，好兆头也就成了凶兆，所谓物极必反。就像世间好果子太多，切不可都尝一口是一个道理。

莫非，出事的节奏？

这么想着，手和脚真的不听使唤了。乡巴佬，没见过世面？尽管使了劲，手稳住了，脚还是"嗖嗖"抖。他看了看众人，一个个上眼皮耷下眼皮。

这么好的起手牌，对手们咋就不上心？

荷戟独彷徨。他像唐·吉诃德一样，不无落寞。瞥了眼窗外，没有月，最后几颗星子似已睡去，草虫噤，凉风紧。

看来，第一场冬雨已不远了。

回头看自己已翻转的三手牌，清一色万字，一个九万暗杠，三万、六万各三张待杠，一对八万。蓝守玉就笑自己，人呀，真念叨不得，一念叨，妖怪真的就来了。

正开小差，施云提醒跳牌了。蓝守玉回头一看，文雄正全神贯注盯着童桐手上的牌，就放心了，把牌覆了过来。

施云吼道："蓝老板，你打盲牌啊，不害怕出错？"

蓝守玉说自己记性好，没事。其实，他是不想让文雄知道他今天晚上陪牌局的底细，就装着漫不经心样跳了牌。

先看了一张，条子。把手头早已码好的另一张翻开，还是条子。他一本正经地道："柴总、施记、童桐，你们定没，我缺筒子，大家小心哈。"

天生缺一门，按牌规要先通报。但像他这样大张旗鼓威胁，别人也就当玩笑了。

"我可要打条子啦，最多打两张。"在通报缺筒子后，他又画蛇添足补了句。

柴瑶一听："啥意思，蓝总？你缺筒子，就缺筒子，故意放出口风，假巴意思最多打两张，莫非你除了两张条子，都是清一色？想吓唬我们，还是此地无银三百两？"

谁吓唬你们？谁此地无银？不过，这两个反问，都被他咽进肚子里了。

"还没看清，也不晓得是不是。"他想都没想，随手就把手头那个条子放出去。

牌还没落地，他忽然后悔了。手上有四个九万的暗杠，咋忘了暗杠呢？不过，很快了然了，因为可以做龙七对，如果和了龙七对，对他来说，今天晚上也算和了一把稍微大点的牌，那最后的牌局，也就毫无新意地结束了。

算了，也不管那个条子是几条，就算自摸，也要扔出去了，想想七对，就胡个清七对。这样想，似乎不是给几个牌友较劲，分明是在自己较劲了。

柴瑶见他打出的条子，立马来了精神，夸张地喊道："暂缓摸牌，杠起。"

他正要付柴瑶的条子杠雨，柴瑶已经打了一张三万出来。

三万，杠不杠呢？

犹豫一闪而过，不杠白不杠，这年头，谁见着手头经过的便宜不占？且不顾了，先杠，进雨。蓝守玉便也夸张地喊道："我也杠起，退水啦。柴总，我们两清。"

童桐不满道："你们两个做来回生意？"

他没理会童桐，杠了一张起来，一看是八万，为难了。这要不打埋在桌上的那张条子，就叫起了带暗杠大对的自摸牌，此时暗杠的话，下一张暗杠牌会不会是自摸那张条子呢？要是，岂不就是暗杠开花了？

他不相信世上有这么美好的事等着他。麻桌上有各种传说，它们似乎给自己没啥关系。

如此想来，另一张条子背后就算是暗杠后自摸，所谓的暗杠开花也无保留必要了。

他把埋在桌子上另一张条子打了出去。他更满足于眼前的视觉刺激，充满变数，陌生而又熟悉的某种观感——清一色的万字，它们会不会一个接一个开放，像菊花一样？

万字、万字、万字、万字、万字……

菊花、菊花、菊花、菊花、菊花……

那一刻，他的头脑里全是"菊花体"……

前几天，我说我要睡菊花

桃花杏花李花山茶花都来了也就算了

你个油菜花凑啥闹热

为给你面子，明明青天白日

春光乍泄，明明伸手就是五指也不见

我知道，你背着骂我自以为是

还变态。你觉得骂能达到顶点就骂吧

反正眼睛一睁天就亮了

说真的，他极力推崇的"土豆体"，还真没有"菊花体"的才华，就算口水，也要计算流量，何况还外带那么多的桃花杏花李花山茶花油菜花……

39.5 【十八罗汉】

转了一圈过来，他的脑海里，不是菊花，就是菊花的骂声不绝。

他摸了一张牌，也不知是筒子还是条子，反正不是万字。也不管那张牌留着有多大风险会抬炮，或者有多大机会自摸，都不用多想的。除了万字，他的头脑里只剩下菊花和菊花骂了。

不过，他也难得清醒，得暗杠。再不暗杠，会增加时间成本，跑了谁，那还不少了进现钱，便欣然喊道："暗杠九万。"

大家都用手机刷给他暗杠雨的点子。

暗杠牌起来后，一看是条子，直接扔了，也不顾跟刚才摸起来的那牌是不是对路——就算自摸暗杠开花，也不如清一色的菊花有观感有刺激。

要横便横到底。他对今夜忽然冒上来的菊花，越来越淡定。和牌，只是一种胜率的比拼而已，他更渴望超越胜率的极端和偶然。

"切，这麻将糯米做的，好耙，打条子，摸条子。"他依旧假装漫不经心，其实，菊花正在往高处酝酿……

柴瑶连喊带唱："碰起，谢谢蓝总。莫说青山多障碍……风也急风也劲……六万。我也缺了。"

施云一旁央求道："蓝总也打一个福利给你表妹和我噻。"

"面包会有的，福利会有的。六万？杠到。"他回过神来，翻出六万，杠上。杠牌起来还没及看，他已拿出手机要收柴瑶的雨。

柴瑶问他："不先看看牌，留啥打啥？"

柴瑶话没完，他已把之前摸起来的那张不确定是条子还是筒子的牌，推了出去，道："先不管了，进现钱比啥都重要。"

等柴瑶刷完雨钱，他这才翻了刚才的杠手牌，果然有好事。"哈哈，不多不少，来了个二万！"他情不自禁，哑然失笑道。

看来一切正在接近某种偶然。想啥来啥，臆想的菊花，果然灵验？

此时他的手牌，清对子开叫。独钓二万，清对带三钩。至少八番牌，也就是说，随便打，都是封顶了。

他打出去的是张九条，条子注定不是今晚他的菜，哪怕也是个"九"，再说六个九就过了。过，犹不及，儒家和道教的冲和之道，他还是很认同的。

那边柴瑶再次喊道："九条，我也杠起，对冲，对冲。"

柴瑶杠了一张估计是条子上去，换了另一张条子出来："叫起了，清胡，双钩，小心点哦，蓝总。"

蓝守玉明白，此话说给他听的。看柴瑶牌，明的双钩，手上清条子，六番，少他一番。

他手里的四张牌，又是啥呢？

施云开玩笑，试探道："蓝总，手头是要胡条子，还是万字呢？"

"怎敢胡美女们的牌。"其实，他可以胡条子的，起码规则允许，而且也有换牌的可能性，只要不是筒子，理论上都是胡牌。

施云就道："那，我可要摸牌了。"

文雄脸都涨红了："快摸，快摸，别理他，他万字也是清一色呢。"

施云就打了定张，是个筒子。

"不忙。本姑娘也开张碰到，这叫山不转，水转。"童桐碰牌后，打了一个定张一万。

柴瑶见状，着急了："小美女，蓝总硬是你亲哥喃，这节骨眼上还喂他，不害怕点人家炮？"

文雄替童桐解围："她没法，定张，必打，死活都要从的。表哥，该放炮还得放炮，是吧？"

童桐脸一下红了："文哥，你确定你这是在帮我说话？"

"装样子的吧，你那么聪明的姑娘，确定没听明白？"施云似乎话里有话。

童桐也不示弱："施大姐也吃我们村姑的醋？"

童桐这话有点冲，施云一时还找不到啥词来对，应还是挡，都不太妥当，只好"切"了一声，敷衍了。

两人这一怼的，瞌睡分分的文雄也给逗乐了："没想到童小姐，嘴巴还厉害。"

大家正打嘴仗间，施云和柴瑶也摸了牌。

又轮到蓝守玉了。

他摸了牌，是张八万，就翻了三张牌。

施云不敢相信自己的眼睛："蓝哥哥，你运气爆棚了？又是八万暗杠？"

那是运气爆棚，还是菊花在赋能。不过这话，他不敢造次。他当然不想给施云做心理疏导。八万暗杠已经翻开了。牌一翻，他的牌就是明牌了，清一色万字杠，全杠出，桌上扑了独钓牌，那是人家的胡牌底牌。

这是一局十分接近传说的牌局。

大家都在暗猜，那张不会还是几万吧？

众人给雨的点子时，没了之前的喜气，一脸严肃。谁都盼望着传说再现，谁都不相信传说能成为现实。

童桐道："玉表哥，你和柴总哪来这么多雨，要变天？"

柴瑶道："十月一过，可不就是屏羌的冬天了。"

施云接话道："冬天到了，春天还会远吗？"

"记者就是有文化，还会写诗。"听童桐这话，马屁不是马屁，挖苦不像挖苦，搞得施云也不敢还嘴。

蓝守玉替施云抱不平了："人家本来就是诗人，你孤陋寡闻了吧。"

施云插话道："这年头，说谁是诗人，那是骂人的话。那个叫菊花的，不是被人骂了？"

"说反了吧，是她骂别个吧？"蓝守玉道。

"你们俩说谁呢，谁骂谁呀？"童桐问道。

"别理你表哥，专心打牌，他和柴总牌大着呢。"施云警告道。

几人正轻松聊谁骂谁的时候，蓝守玉隐约感觉杠后，摸到的那一张牌牌面上笔画密密麻麻的。以他的经验，这百分百是一个万字。他没有声张。

施云有些着急："快看是不是二万？"

"你怎么知道我独钓二万？"他问道。

施云笑道："你不是先前摸牌的时候，自己漏风了吗？"

"二万？你就那么相信表哥之前说的二万？"童桐表示不信，不过很快也起疑心了，"表哥不会真打老实牌，说自摸二万，就自摸二万？不对，自摸的话，那不就是杠上花了？"

他真想敲打一下童桐，明摆起的四杠已出了，再是二万，何止杠上花，那是清一色，"十八学士"了！

当然，这话他没有说。他不说，是想提醒旁边给童桐靠膀子的文雄。

文雄看了看他的牌面，对童桐道："你表哥已经开出了四杠，哪是清一色杠上开花就能解决的呢？这牌创纪录了，太吓人。你真得小心啦。"

柴瑶给童桐普及麻将常识："十八罗汉，麻将书上叫'十八学士'，传说中的极雅番局。你数嘛，你表哥前面已经摆了十六张明牌，还扑了一张钓牌。如果你表哥手上叫二万，又自摸二万，就是十八张牌了，叫清十八带自摸，十番呢，要是不封顶，你我有好多输好多哩。"

"就是输到内裤都要脱光那种。"施云悻悻道。

"又不是我一个人脱光，要真是他和了，得给多少？"童桐明显呼吸有些急促了。

"十番加倍是一千零二十四，十元起给，得给一万零二百四十元，一百元起给，你说得给多少？"文雄补充道。

"那么多？！"童桐脸色顿时就变了。

"童小姐，没关系，他哪有那种手气？说不定你表哥摸的是个筒子呢。莫怕，我们都不会脱内裤的。"施云表面上在安慰童桐，其实也是给自己壮胆子。

"不怕，输了算我的，五番封顶，就是出个清十八，也不过三千二百元。"文雄当然得给童桐打气了。这时候，还是男人沉得住气。其实，也是强忍心虚，外强中干，抑或色厉内荏？

童桐这才笑了："幸好封顶，不然本姑娘连裙子都要输没了。"

童桐没有说脱内裤，因为想着蓝守玉秋天曾答应送的花裙子。

文雄也笑："咋输，也不能输童妹妹的裙子呢。小赌怡情。"

几人还在猜想蓝守玉摸了啥时，柴瑶看到他脸色已经变了："咋了，蓝总是摸了个条子，怕放我的炮吗？"

哪是怕放你的炮？他心里直骂。不是骂柴瑶，而是骂自己。咋这么邪门？怕来啥就来啥？

他脸色变，是因为他摸出了那个万字上面的两根深深凹进去的横线……

39.6 【黑色幽默的二万】

蓝守玉的头脑里，全是菊花开败的空白。

施云把手也伸了下来，想看看他摸的啥牌，被他挡了。

蓝守玉把牌覆在面前，翻出之前的那张牌，没好气地打了出去，恨恨道："二万！"

"我就说嘛，你表哥哪有那么好手气。你看，他改张了。"文雄似在对童桐说，又像是在替蓝守玉代言。

很快，童桐放了施云一炮，施云走了。一会，柴瑶也放了童桐一炮，童桐也走了。

剩下柴瑶和蓝守玉。两人边翻，边扔。柴瑶是真扔。他呢，装着不想改张，翻一张，扔一张。边翻边后悔："哎，要改张，任随一个万字都胡了。"他说的貌似是一、四、五、七万，因为他翻出了一长串。

终于，柴瑶胡了："胡了哈！蓝总你抬炮，清胡双钩，四番。"

施云和童桐对他放了柴瑶的超级大炮没啥兴趣，她们更关注他手里握着的那张牌是啥，就都想翻看。

谁知他早把那张二万，混到没翻出的杂牌里了："还是柴总有胆有识，牌技高明，还有手气撑腰，夺取了最后的胜利。"

"哈，蓝总这话，我爱听。"柴瑶高兴坏了，因为要是他先于自己胡了牌，那她前面两小时就白忙乎了。

他打开微信，向柴瑶转账一千六百元。

施云没好气了："不好耍，好不容易看到一手好牌，打飞了，散了散了。"也拿出手机，准备给童桐转账。

柴瑶对蓝守玉说："不好意思，今天第一次跟蓝总打牌，就赢了这么多。"

童桐好奇："柴总，赢了好多哇？"

柴瑶笑着说："一点小钱，呵呵，主要是蓝总牌风好，打女生让手、幽默，还有娱乐性。开心，开心。"

蓝守玉笑道："我这人向来有娱乐性。柴总是书记的贵客，柴总开心，我们就小心应着，是吧，文哥？"

文雄道："当然。"

"嘀"的一声，又一条短信来了，提醒卡内余额只有二百五十元。

"二百五？"这个余额还真有点戏剧性。他想笑，终于没笑出来。

据说，胡了"十八学士"，会有血光之灾。据说而已，将信将疑。好在，这一幕被自己生生扼杀了。祸兮福之所倚，福兮祸之所伏。

那天晚上，谁都不知道，他手里最后握着的，真是一张黑色幽默的二万……

第十四章　官窑

40.1　【会江案破】

玉水谷回来，蓝守玉收到"影"的邮件，要陪国学大师去一趟欧洲讲学，即日启程，半月后返港，无法亲临内地，委派龙助理明天下午前来报到，考察甜白双鱼盏和琉璃磨子双鱼题诗背景。

"影"再次含蓄地拒绝了与他的见面。"影"，你到底在回避啥？是男还是女，是人还是鬼？

荣城和三江古玩江湖，一直有风闻，说他和某港岛富姐打得火热。当然是没影的造谣，搞得他在小年轻聊天群中没有了形象。试图解释，谁知越描越黑。哎！身正不怕影子歪，也懒得理了。

他没有见过"影"的真容。之前生意上往来的，每次都是张助理来李助理去的。这次又要来个龙助理，还是"影"的影子。

龙助理就龙助理吧，他现在要的是大龙缸的真相。

天还没亮开，满园的清霜已升华，草尖唯余夜霾。

门卫传话，有人送来一捆新鲜活竹。

见竹如见人，遂想起给文雄做卧底的墩子，也不知"兵哥"的事有无进展。试着拨了下事前约定的那卡号，提示关机。文雄追踪了那么久，也没弄着点有价值的线索，想来对手绝非等闲之辈。他对墩子并未丧失信心，想到自己挖空心思弄的那张图片诱饵，忍不住暗自窃喜。偷惯了腥的猫，岂是说戒就能戒的？

正巧，文雄来电话，会江案破，涉案人员全部归拢，无一漏网。无一漏网？你说的是你们公安内部的通报，还是新闻报道？他怀疑自己听错了。有啥区别吗？文雄笑问。他也笑，没区别，我只是发感慨，之前不是猜测说那伙人，跟几年前屏羌皇城山上老案子手法相似，都是一伙鄂市人放羊掩护？

文雄说他也纳闷，已嘱咐小聂副局长电话咨询过会江方面。

会江方面回复，鄂市人涉案的信息属实，不过那伙人竟然统一了口径，仅交代了此次作案的缘由。

说是草原那边传得凶，某权威历史研究者搞出了啥新成果，鄂市人的祖先蒙哥大帝，在长江边上的神臂山战死，就地秘葬，留下神秘宝藏。连歌谣都编出来了：

> 神臂山，
> 神臂弓。
> 一箭飞十里，
> 百马筑汗宫。

神龙活现的传说，那伙人信以为真，几兄弟一碰头，喝大了，说干就干，千里迢迢奔赴神臂山，谁知毛都没挖着……那伙人说他们也是受害者，呼吁警察一定要把传播谣言的骗子抓了才解恨……

黑色幽默！文雄的信息来源于小聂，小聂是屏羌公安的第二张王牌，就算小聂不太可信，文雄是铁哥们，总该信吧？

可蓝守玉胆小啊，娘胎里带有头疼病。胆小之人，怕鬼，更怕警察。有次，他开着"黑土"，去江边瞎逛，逛着逛着，转到个岔路口，瞅见一堆警察。嚓……他下意识踩死刹车，等警察过来敬礼。但没人理他。正郁闷，一个愣头青警察过来了，没有想象中的举手礼。警察拍了拍车窗，问道，发神经吧你，又没拦你，咋停了？警察这一问，他蒙了，是吗？不是检查我？我停了吗？那我走吧……这语无伦次的，没事也会搞个事出来。警察的确生了疑，试探道，颠三倒四，喝酒了吧？驾照、行驶证拿出来……

说出来都是泪。

他有次跟文雄开玩笑，说自己某一天要患了迫害狂想症，这账得算到文雄那身警服身上。文雄晓得他这病是当年皇城山那破事给闹的。警服，背了锅而已。

别看文雄一粗人，外强中干，见不得别人示弱。就像这次主动把会江案子信息透露给蓝守玉，还不是为他好，那意思，无非告诉他，不要再提皇城山的那壶了，再提对他文雄，对屏羌公安，包括对蓝守玉自己，都是个笑话。

不提就不提吧，"兵哥"逍遥着哩。还有之前在西康见过的倒卖出土文物的中间人呢？他那天真的拿着一琉璃舍利子函的。就算他不是"挖挖匠"，文物捐客的身份也可疑，说不定身后就藏着团伙。团伙没落网，鬼才晓得还有多少国宝要遭罪。

蓝守玉把自己的担忧告诉文雄。文雄也无奈，只道，他们也着急，但是只有线人同中间人交往的线索。卧底的事，又遭西康公安"秋风行动"给搅黄了，那个中间人忽然消失，线索说没就没了。

你们这是不作为，就冲那舍利子函，最少也可追究个贩卖文物罪。他也不知道哪来的无名火。文雄也火大，喷子谁不会当？光杠有屁用！人海茫茫，去哪抓人伏法？你去抓吗？你去把人给我抓到，我给你发红头奖状！再说，那人又不是屏芥的，我们只是有线人提供的线索而已，那函在哪个辽国挖出来的都不知！老峨山男观音的事，已够我折腾了，你这是叫我去帮外人？

抓不抓还不是你们公安一句话，冲我吼啥？几天不来个电话，一来电话，好像我欠个多大人情似的。蓝守玉也吼道。文雄赶紧赔笑道，你敢说你不欠我人情？文雄这话，倒是戳了蓝守玉"一痒二疼"。

"一痒"：双鱼龙纹甜白盏和青花釉里红鱼龙抢珠纹大缸。

"二疼"：一疼嘛，"石碨子"、郭墩子的案子，关乎"隐蓝"的疼。"隐蓝"的疼，就是他蓝守玉的疼。二疼呢，在西康见过面的那个文物贩子，手里不是有张九眼天珠的照片吗？他并不确定九眼天珠是不是多年前"土豆天猪"在"雅艺网"上晒过的那件。若是，图流落到文物贩子手里，是不是意味着宝物已经被坏人盯上？若不是，那图为何那么眼熟？难道"土豆天猪"讲述九眼天珠的救赎传说真有其事？

"土豆天猪"，你到底是人是鬼，是死是活？

是活，咋不见人；是死，咋不见尸？

40.2 【土豆体】

他习惯称"土豆天猪"的诗为"土豆体"。
同样都是"体"，"体"与"体"不同。

给大家看看"下半身"吧——

她说，她饿了
饿了就去吃面呗
她牵着我的手
满街找面摊点
走呀走啊，我都快低血糖了
她却带我进个塑料门
没有面，也没有饺子

她买了啥也没注意

反正出门时我肚子忽然不饿了

歪打正着啊，那啥专用品店

"梨花体""羊羔体""海啸体"，不值一提。"尿尿体"和"菊花体"，之前也涉及过了，再搞也搞不出新意。还有"雪马体""口号体"，发明此两种诗体的人，前些年没了。出于对死者的尊重，此处不再提及。诗歌这些屁事，牵涉蓝守玉个人隐私，他并未对别人讲过，连文雄、施云这么亲近的人也没讲过。

小时候那场车祸后，他得了一种怪病，老家的人叫"起夜病"，一晚上起夜上厕所，要闹腾几回。去看男科，漂亮的女医生，吼着叫他脱下裤子检查，摆弄半天糊涂了，自言自语道，前列腺不肥大，尿道又没发炎，咋会把持不住？显然，他的症状颠覆了女医生的常识。你是医生，你问我，我问谁？他脸红筋暴地反问道。女医生毛了，裤子都不让他穿整齐，就开门叫他滚蛋。那一刻，他忽生一种莫名的羞辱感。后来，又去看老中医，老中医皮笑肉不笑询问，是不是小时候常做坏梦？他不解道，啥叫坏梦？老中医仍是一脸坏笑道，比如在草地上跑马跑得下身胀了，张腿乱撒那种。他想了想，有吗，没有吧？摇头，又点点头，他自己也记不住有没有做过这样的怪梦。老中医神秘兮兮拿出一本老汤头书，说好多年没开过这种方子了，家传的秘方，能让他瞧见这病，也是有缘。就冲老中医的诚意，他原谅了那一堆乱七八糟，不知所云的药引。临走的时候，老中医还特地关照道，回去吃好点，缺啥补啥……也不知是老中医的汤头有效，还是心理作用，他的怪毛病真的好转了。但是，自那天在玉水谷泡温泉，鬼使神差想起了尿尿体，加上杠上开花的和牌，晚上，他又做梦了……半夜醒来。凉醒的，寒战。于是又泡床单，又洗内裤……

再后来，他总觉得自己的"起夜病"又复发了。这事咋提哩？不大光彩呀。

还是"土豆体"好。想到玉水谷泡温泉那晚，施云一直绷着脸，眼望苍穹，不吭一声，就憋屈，仿佛躯体刚刚蒸腾至沸点，突然又被盖上高压锅盖一样……

第二天一早醒来，竟然觉得好释放。就胡想，打完麻将，躺到床上，做了坏梦，出了大汗……

呵呵……

不只第二天醒来之后怀念"土豆体"的好。直到现在，他仍然相信"土豆体"，最理解男人。

40.3 【国宝中的国宝】

似乎有阵子没在会所里见到童桐了。

蓝守玉给童桐打电话，问在哪。童桐道，屏羌齐总工地上哩。他纳闷道，在那干啥，不回"守玉楼"照看生意？童桐解释道，屏羌也是生意啊，才开辟的新天地呢，文哥跟齐总推荐了她，她正在帮齐总负责张罗售楼部的事。楼都还没造起来，弄啥售楼部？他向来对地产商们的套路心怀不满。童桐就笑他老土，等造好楼，房子都卖完了。没说完，就把电话挂了。

重色轻友，招呼不打就跳槽，还挂电话！看来，他算是正式被告知，已被童桐炒了鱿鱼。

童桐短时间不会回"守玉楼"了。蓝守玉去了前台，找到一个年纪稍大的服务员，交代了几句。又到车库，打开"黑土"门，摸了摸大纸箱，妥妥的。寻思既然龙助理明天下午才到，那干脆先去一趟荣城。随后把宣德青花釉里红双鱼龙纹大缸和双鱼甜白盏的照片，微信原图发齐鲁，特别注明，缸和盏，是他从事古玩以来最大的发现。他又去街上叫了个三轮，把门卫室墙角的竹捆子，搬到后院，折腾半小时，竹子也栽好了。

齐鲁来电话，问图片啥情况。他当然没提"羊粪蛋"与磨子鱼的事情，更没提"石碌子"、墩子、"郭豇豆"和六如的事，只说东西一共五件。

"就说嘛，刚才也猜是不是还藏了三件，'佛前五供'嘛。"

"不是藏，人家主人死活不让动，说是神物哩。"

"东西到手了？"他听得出来，电话那头齐鲁虽然依旧表现出一贯的沉稳，却掩饰不住某种期待。

"之前在屏羌发现甜白盏，当然盏已归'守玉楼'所属。随后，私底下追踪一月，猜啥名堂？老天不负有心人，终于在龙隐镇看到了大缸子。缸子目前暂时归我保管，只是受人所托。"

"传世还是？"齐鲁看来很在意是否流传有序。

"国宝中的国宝！齐总认为传世的概率有多大？再说，东西留下来的，不都是传世？难道传世就一定要讲个天方夜谭？"

电话那头忽然很静，静得能听到气喘。

"蓝总，这玩意可开不得玩笑。"齐鲁虽然不会认为这是在讲天方夜谭，但开玩笑蓝守玉是干得出来的。

蓝守玉不动声色，淡淡回了："有拿此路级别的东西开玩笑的吗？"

这问话终于把齐鲁底牌逼出来了。

齐鲁说，收到图片后，第一直觉，两件东西开门到代。当然，宣德青花釉里红双鱼龙纹大缸前所未有。神物级别的货，齐鲁也担心自己走眼，又发给了尚小林。尚小林立马又将图片转给京城某大拍一鉴定哥。鉴定哥虽然认为一眼开门，可谁能相信这种横空出世的玩意？就约了鉴宝团队两个官窑专家，一个首博退下来的陶瓷研究员，一个自小琉璃厂打拼出身业内大行。鉴定哥和尚小林年轻时在琉璃厂做买卖的时候，跟的就是那大行，三人算师门关系。鉴定哥综合研究员和大行意见，回复尚小林，就图而论，所见之物，应属重要发现。至于缸子，他们均无话可说。只是有个疑问，这玩意如何会横空出世在盆地？

蓝守玉一听，不爽了："就你们京城人才能玩这路子宝贝？盆地偏远是偏远，自古也算人文繁华之地，谁说不出贵族？"

齐鲁也笑："我也认为京城几个专家问得没名堂，古陶瓷收藏，博大精深，他们见过多宽天地？"

"就玩明清官窑路份，你齐总还不甩他们几条街？"

"低调，低调。我知道蓝总您厉害。"

"互相吹捧。不过，都说天上可以掉下个林妹妹，地下就不能出来个宣德缸么？"

"地下？啥情况？"

"齐总，你这是算明知故问吗？"

"没有，谁敢质疑你蓝大师？不过，东西咋说？"

"咋说？听你齐总说呗。你可是第二个见到这两个玩意真容的。"

"第二个？还有别个见过？"

"齐总，你这算不相信我蓝某人吗？这第一个是本人。"

"哦，好，好……那缸子杯子，现在……你的意思……"

"当然送到府上，让官窑王子一睹为快喽。"

齐鲁就道，那赶快了。原本今天要去一趟屏羌项目部的，现在改主意了，让集团一个副总先过去处理，他要等着看宝贝。

两人就约好午后在齐鲁会所见面。

41.1 【雅贿】

午后的齐鲁会所，安静怡人。冬青一脸矜持，波斯菊似睡非睡。

蓝守玉把车刚停在别墅外，齐鲁和尚小林就过来了。两人早迫不及待。

三人把大缸搬下车。一看包得挺严实，齐鲁欲暴力撕开，被尚小林制止：

"得先搬上工作室。没有包裹，着不了力，挪动怕失手。"

就往电梯里搬，到工作室，一看没其他人，蓝守玉问道："柴总呢？她不来看宝贝？"

"跑文物局了，我让她负责'传世皇庭'艺术馆手续。"齐鲁道。

蓝守玉似有所悟，又像开玩笑："莫非齐总有先见之明，预感会给你搬这么一个宝贝来？"

"那天听你说'传世皇庭'名字，就已期待。"

"即便没这宝贝，就齐总目前的收藏，弄个官窑艺术馆，还不是你一句话？"

"不敢，不敢，得仰仗蓝总鼎力协助才成。"

等待尚小林细细剪开包裹的空当，齐鲁叫蓝守玉看了一幅字，工作室临时书画鉴赏墙上挂着的启功款"仁者寿"，旁边还有个行草六尺。

"'仁者寿'，寓意好！字面深邃，笔意沉着，相得益彰啊。六个印章！好东西！有三平尺吧？"

"不愧大行。十年前拍着玩的，花了十万多。老头子八十岁寿辰时，我买来孝敬他的生日礼物。"

"大师出品，雅俗共赏，符合高层推崇的审美导向，市场公认度高，无论官员还是老板都认，热门着呢。此应酬之作，已炒到一二十万一平尺。有一个问题，不知当问不当问？"

"无妨。"

"似乎齐总并不收藏这种路份的书画作品。"

"对呀，孝敬老爷子玩的。书法原则上只收民国以前的。给你看，因为打算送出去了。"

"老头子玩腻了？"

"不是，是要重新派用场。"

"托人办事？"

"是，也不是。东西已经送给老头子，处理权不在我。晚上，老头子约了个老下属见面。那人兴许你认识。"

"我认识？谁呀，这么有面子，还得齐总亲自出面？"

"你们三江的。"

"三江有老首长部下？"

"已退下来，去省政协喝茶了。听说，酷爱书法。"

蓝守玉隐约察觉齐鲁说的喜欢书法的那人是谁。齐鲁并不是在征求他意见。不过，他还是有些好奇。

"挺好。不过……"他欲言又止。

"不吝赐教。"

"齐总若真有事相求，送这个，合适不？"

"若我应酬，送这种档次，像我齐鲁的风格吗？这回，老头子的主场，没多少讲究的。老首长送部下点小玩意，也没啥。我就一'打酱油'的，安排个吃饭桌子而已。"

"应该的，应该的。"蓝守玉已大致猜到齐鲁那点意思了。

齐鲁要请的客人是蒲志。齐鲁背后做蒲志的文章，打啥算盘，个中奥妙，蓝守玉早已谙熟。齐鲁是资本家，资本逐利，资本也是江湖。即便自我感觉良好的齐鲁，恐怕也是把道德排在利益的后头。他一直在利用他老子的余热，这一点无可厚非。他老子让不让他利用，牵涉两代人的"三观"。

老头子跟蒲志不仅仅是上下级那么简单。蒲志退居二线，按照纪律不能插手三江事务，但他在三江待了整整一届，影响力还在吧。现在，齐鲁在屏羌搞项目，说高大上点，是为三江的开发做贡献。通过老头子找到蒲志，为他的项目加力赋能，也在情理之中。齐鲁实际只是希望项目能上三江的重点名录，融资窗口也需三江政府方面同银行通融。诸多事务，按理属于三江和屏羌官员分内。民营企业家，促进社会进步举足轻重。你说，谁利用谁啊？本来，这点事搁蒲志那，也不算个啥。现在做事，说难也难，说不难也不难。很多困难，在老百姓看来如登天，在权力面前，不过一句话而已。

"你对书画鉴赏有心得，再看这张呢？"齐鲁又让他看另外一张行草。

蓝守玉一看，省书协新上任主席的六尺行草整纸。年轻人如何能耐，傍上谁谁也只是耳闻，不过年轻人的口味对了书协展览路子倒是讲得过去的，而且的确拿过一次兰亭展金奖。

"师法米芾，又没米芾野，学二王又比二王洒脱，字也周正，隐约还有魏碑汉隶的意思。至于名头嘛，上升期，被市场看涨的那种。去年出场费两三千，今年六尺价位直接就吹到一两万，将来还可能更上台阶。"

"我并不在乎什么价位不价位的。请教你，是想评估一下这东西，老头子能否拿得出手。"

"老爷子的部下若真好书法，送它，也挺好，低调、不张扬。大师款那件，市场上有参考价格，会不会让人误会，以为搞啥不正之风？领导怎么着也得忌惮点的。"

"我也有顾虑，老头子脾气挺怪的，若拿启功的去，被人家拒绝了，回头还不被骂死。可光送这个青年书家的，能拿出手？"齐鲁有些为难了。

看样子，齐鲁是真的想听听蓝守玉意见。蓝守玉只好硬着头皮道："出个不成熟的主意。"

"请讲。"

"真有求于人，两件玩意都得送出去。办法嘛……"

"愿闻其详。"

"主送书协年轻主席的，反正名气还没那么打眼，权当同领导交流书艺了。启功大师题款那件，不必再在老头子面前说是拍来的，不是一直放你这里的吗，估计他也忘了。就说前些年，朋友送的，你看着挺好，感觉不错，是不是真迹，你并无研究，也吃不准。不就有个题款吗？现在市场上托款的东西多得去了，真假难辨。那位领导，喜好书法，就让老头子给他，让他琢磨琢磨。他们二位不是原则性挺强吗，弄个好看眼熟，又不确认的东西，都不会犯嘀咕。晚上与他们一起聚餐，你在饭桌上打下边鼓，聊聊对这件作品的看法，兴许想要的氛围就都有了。"

这一番分析，正对齐鲁的想法。这个蓝守玉果然是个老江湖！一点点心思都被他看穿了。齐鲁暗自寻思道。

41.2 【皇帝的新衣】

尚小林已把大龙缸展示好了。

开三个聚光灯。强光一打，大龙缸的发色和胎釉，比在室外看得明朗。

尚小林赞道："不看不知道，一看吓一跳。"搞拍卖的，就是善于营造气氛。

蓝守玉问道："'小林觉'此说，咋讲？莫非……东西有啥问题？"

尚小林没有直接回答："要看齐总咋说，他可是国内数一数二的官窑杀手。他摸过的官窑，要么被枪毙，宣判死刑，要么被拿下，秘不示人，少有第三种结果。"

两人就问齐鲁意见。

"不是不太保险，是太保险了。"齐鲁这话，如云似雾。

太保险，几个意思呢？两人犯了狐疑。

齐鲁就讲，官窑收藏，讲开门。越厉害的官窑，仿造门槛越高。绝对顶级的宣德大龙缸，其门槛的高度会超过历代很多高仿大师的想象。第一个问题，就是大器的分寸感。器大可以弄，但器一大，拉坯动作便不够精细，弄出来的玩意，跟真品貌似，神韵上老觉得有哪不对。哪不对呢，分寸感啊。俗话说，差一口气。这一口气，几乎成了压坏众多顶级高手的最后一根稻草。

尚小林也附和，说曾跟京城的一帮哥们吹嘘过一口气。一口气这玩意，谁都没见过，没见过，大家就神吹，有谁会较真呢？

蓝守玉道，这是古玩界一个通病，跟竹林七贤当年玩的路子大同小异。当局者装，旁观者迷。所谓的高手，碰头了，往往会回避谈各种鉴定技术，而谈玄，似乎不聊几句玄，都不叫有眼力。

尚小林不解："青花兄所言，一口气就是官窑界皇帝的新衣？"

蓝守玉就讲了一口气和眼力的问题。一口气，其实就是官窑鉴赏者最顶级的审美尺度，它并不精准，却综合反映鉴赏家对官窑天赋的理解。而后天养成的审美经验、掌握的瓷片标本常识、出土和传世标准整器的各种信息维度、时代美学、陶瓷材料和烧造工艺史，等等，形成一个庞大的知识经验高度融合的体系，结合个人的审美趣味，最后在官窑鉴赏上找到某个最佳契合点，这便是通常说的眼力。

齐鲁边听尚小林和蓝守玉的讨论，边结束了对大龙缸的上手，坐了下来。他已经围绕大龙缸转了七八圈，翻看底胎三五回了。

齐鲁问蓝守玉，盏呢？蓝守玉就掏出盏，放在茶几上。齐鲁捧了盏，手心里转了几圈，一句话没说，腾出一手，叫尚小林给了一支烟。尚小林从包里掏出一精致盒子，抽了一支给齐鲁，又掏出电子打火机给齐鲁点上，自己也点了一支。

蓝守玉不抽烟，但知道那是一种很小众的古巴雪茄，道："齐总，你也抽红色资本家的大炮筒？"

齐鲁笑道："红色资本家，这定位好。抽着玩的，很久没来灵感了，跟你业余搞写作一样，抽烟找灵感。"

尚小林说齐鲁平时的确不咋抽，有洁癖。别看他嘴巴叼的是"罗密欧与朱丽叶"，烟云里恐怕全是苏麻离青的幽蓝。

"罗密欧与朱丽叶？"蓝守玉明显缺乏雪茄常识。

尚小林就给他普及："'罗密欧与朱丽叶'，就是这玩意，丘吉尔和古巴领导人曾经的至爱，现在中国富人圈的身份标识。不过，市场上能够看到的，大抵假货多。"

"西方贵族奢侈品假货在中国畅销，跟中国官窑赝品欧洲市场烂大街，是一个道理。像齐总这样的资本才俊，抽最小众的雪茄，玩最艰深的官窑，恐怕贵圈里也属凤毛麟角。"蓝守玉借奢侈品话题，把齐鲁的马屁也拍了一通。

"哪里哪里，蓝先生跟尚总，都是高人，我是叫唤的麻雀不长肉。大隐隐于小市。我不过比你俩，多两个闲钱罢了。"齐鲁捧着盏端详，轻轻吐了一口烟圈。

很快，满屋子都飘浮着"罗密欧与朱丽叶"的烟云圈圈了。

蓝守玉平日很烦屋里抽烟的，身边有谁掏出烟来，他就像躲瘟神一样，找理由避开。

那天，他却在二人吞云吐雾的世界里，破天荒地闻见草木的清香。

41.3 【底线】

齐鲁有个怪癖，离了雪茄，没法动脑子。

大龙缸对不对，不是他思考的用力点。如果京城来三个鉴宝专家，仍然不排除集体走眼的可能性。现在这间屋子，聚集国内一等一的三个实战派，同时走眼的概率有多大？

齐鲁认为，应比京城的三个专家还低。

得出此结论，并非齐鲁自信心爆棚，更有实证支撑。甜白盏和青花龙缸，两件东西路份如此接近，又互为印证。它们同时出现在一个概率事件里，剩下不多的那个百分比，会不会接近底线？

从哪里来，到哪里去？

世俗的问题，也被齐鲁弄出形而上的意味。有次给尚小林吹嘘，说当年上大学时的哲学成绩，班上没有第二人能挑战他。

从哪里来，蓝守玉已经在上午的电话里有过交代。齐鲁明白，蓝守玉的说法虽然疑点很多，可人家的确搞到了一些有价值的东西，以齐鲁对他的了解，不弄个水落石出，不会罢休。至于，到哪里去，倒是得开动机器好算计了。

蓝守玉把东西送到他的会所，意味着把龙缸的命运托付给他。毕竟完整开门的宣德青花釉里红大龙缸，目前为止还没有哪个私人机构有过收藏，也就是说市场上根本就无参考。宝贝一旦横空出世，无论对文博、收藏、投资，乃至陶瓷工艺领域，都是一次前所未有的冲击。前些时候，一件宣德青花龙纹罐子出现在香港佳士德春拍，立刻引发关注，各种讨伐也来了，可以说枪声一片。结果呢，人家照样挂头牌，以一亿五千八百万港元成交。眼前的大龙缸，从题款、器形、尺寸，都要高出佳士德宣青大罐至少三个等级。要说估价，没法说。天下唯一，换句话说，就是无价。再说，这玩意还是在景德镇陶瓷走上坡路的明代才有的顶级品种，遇上对头的机构投资者或"土豪"藏家，那真是天文数字，根本不敢讨论的，上十亿也有可能。

齐鲁没有急于抛出自己的牌，他需要听听蓝守玉和尚小林的意见。并非蓝守玉和尚小林是他的竞争对手，怕泄密，某种意义上说他们二人就是自己需要争取的统战对象。现在他们三个，可以叫"官窑三角"，大龙缸的最后归宿，离开任何一人都无法兑现，尤其是蓝守玉。从他主动分享龙缸讯息，齐鲁就明白了蓝守玉对自己的信任。古董商人，见利不忘义，鲜见。

尚小林的意见，要让这玩意在公众面前站住脚，最重要的是给它一个海归身份。

蓝守玉当然不同意，这宝贝明明在龙隐镇发现的，咋会成了"海龟"呢？

"文物收藏界的怪现象，外来的和尚好念经。国内的文博和艺术品市场，就认海归，没法。"尚小林谈的是业内生态问题。

齐鲁补充道："'海龟'在海里，也不值价，最后还得游回来。"

齐鲁和尚小林的意思，就是把大龙缸走私出去，又出口转内销。据说，很多天价瓷器，就是这样从地下冒出来的。美其名曰，文物拍卖运作。潜在的法律风险，谁能掌控？这还不是蓝守玉最担心的，反正不是他走私，关键东西真的弄出去，却弄不回来了，他莫不是要背负国宝流失的千古骂名？

齐鲁当然懂得蓝守玉的心思，道："东西你今天给我后，可不用再操心。待东西出去转一圈回来，你再介入，一道给它找个归宿。你总放心吧？"

蓝守玉明白齐鲁说的不用操心，多半还是利用尚小林的渠道，把宝贝从地下不明不白搞出去，便坚决反对，道："这么好的东西，绝对不能出境。首先，我这一关就过不了。如果那样，还不如把它放在'守玉楼'安心。"

尚小林解释道："你先别急。我和齐总的意思，并没有封杀最后弄回来这个选项。"

"那也不行。走私渠道，谁能保证不出点差错？再说，东西出都出去了，我又如何掌控，让它毫发无损回归。万一不成呢？"

见蓝守玉来了倔劲，齐鲁甩了一句话："蓝大师，我知道你玩古董陶瓷，玩的是情怀。好不容易找个龙缸，那感觉跟五十岁来儿子差不多。但你想过没有，这东西放在'守玉楼'，你能给个啥名分呢？"

蓝守玉一时语塞。

虽然他对宝贝的底细心知肚明，但能放在明处讲吗？即便讲了，又有谁信？连警察和文物官员都不认可，他一个普通民间文物赏玩者，人微言轻，若天天忽悠大家去"守玉楼"看官窑大龙缸，估计圈内的人都会笑他是不是犯了狂躁型抑郁症。

尚小林见两人完全没在一个点子上，就打圆场："青花兄，你知道眼下文物市场现状，再好的货，不是传承有序，那就跟没爹没娘的私生娃差不多，在国内低端的地摊市场，辗转流浪，根本起不到保护文物的作用，只有在境外拍卖，才会有个公认的身份和价格。"

"小林兄说得没错。如此级别的官窑，出现在国内市场，哪怕它再牛，那就跟新的没啥区别。说保护它，呵呵，蓝总，我不是打击你，基本上扯淡哦。"齐鲁笑道。

尚小林也帮腔："齐总说得一点没错。青花兄是以保护文物刷存在感的。一个好端端的东西，在你手里虽然被保护起来，结果人家说你辛辛苦苦保护的玩意不真，这可不是丢谁脸那么简单了。对那玩意本身也不公正。再则，蓝总以后咋混呢，从你手里出来的国宝，会不会从此都要打上问号？"

蓝守玉将东西送到齐鲁会所，本意是想让齐总能收下。好东西除了交给齐鲁这样的实力派藏着放心，别无选择。再者，那天在屏芟讲"传世皇庭"艺术馆的事时，就已在考虑一个问题，要真能将宝贝放进艺术馆保护起来多好。实际上，他今天来，也为此。不过，他没想到齐鲁与他的初衷有了冲突。现在面临的选择，要么把龙缸又搬回"守玉楼"，忍受别人的嘲笑，要么听从齐鲁和尚小林的，留下宝贝，听天由命。

蓝守玉心有不甘。国宝不流失，是他的底线。宝贝从他的手里，被弄出去了，又没回来，跟他自己把国宝弄坏掉的罪过，有啥区别？他不想成为刽子手，也见不得杀场的血腥。

齐鲁和尚小林抽完第二支"罗密欧与朱丽叶"的时候，蓝守玉妥协了："缸子可以出去。但不能由地下渠道出去。"

"不由地下出去，难道驾云去？"尚小林反问道。

"由我负责，从海关正常渠道出去。这样，我才能保证它不出一丁点差错。"蓝守玉道。

"从海关出去，青花兄，你确定你脑袋没发昏，是正常说话，不是开玩笑？"尚小林有些愕然。

"我自己想办法。如果，你俩相信我，我们就谈下一步。"蓝守玉并没有向二人生硬抛出想法。

他藏得住心事。齐鲁、尚小林同他扯如何弄出去的时候，他的主意已经成型了：去景德镇找柳叶萍，帮寻几件类似的仿品，找家工艺品公司开张发票，一缸换一缸，蒙混过关。毕竟文物官员对大龙缸这种玩意的认知太少。鱼目混珠，暗度陈仓。这种事情，他曾经也干过，但这么大胆，还是第一次。

尚小林劝道："蓝大师，我的青花兄，拍卖这一行你恐怕不如我和齐总熟悉，尤其境外拍卖。缸子一旦上拍，媒体会大肆渲染炒作。就算你有通天的本事，估计也是狸猫换太子之类的把戏。你想过没有，疑似文物通关，海关文物部门要留存图像资料，缸子在境外公开拍卖，哪天某个环节的有关人士忽然想起来，文物、海关和公安部门，随时有可能倒查，到时候过关图像资料就成了定时炸弹。"

经尚小林一质疑，蓝守玉心里更没底了。

三人的对话陷入僵局。

齐鲁见状，劝道："蓝总的意思我明白，他的意思只要过了文物官员这关，就万事大吉。缸子偷偷出去，又不便公开拍卖，像做贼一样，有啥意义？尚总说的那些风险是存在的。我们不能公开赌有关部门。世界上最怕认真二字，有关部门不讲认真就算了，一认真起来，真还不好对付。不要相信越危险的就越安全这种鬼话，越危险的当然就越危险了，对吧，蓝总？"

齐鲁一番话，让蓝守玉无言以对："那，'小林觉'兄说咋弄……"

"我负责弄出去，百分百安全，再由港岛的古玩圈朋友给龙缸编个故事，送到拍卖公司，我的事情就算完了。怎么弄回来，归齐总。"尚小林似乎信心满满。

"那，我想知道你凭啥有把握百分百保证东西安全出境？"蓝守玉似乎对尚小林的渠道持怀疑。

尚小林想了想，道："这么给你说吧，我的办法与你的办法差不多，肯定还要正常通关的，不同的是，我的东西过关时，留在海关文物部门那里的资料与我的货有点区别，比如，龙缸出境，留在海关的资料可能是个替身。"

"这不可能，清单资料和货物要现场开箱查验的。"蓝守玉根本不相信有这种可能，"你当有关部门是摆设？"

听蓝守玉这么说，齐鲁自是付之一笑。

蓝守玉问道："笑啥？有关部门最讲认真的。"

"老兄，那是像你这样的书生对认真的理解。我不能说书生误国，那会打击一大片。但你应该知道，可能我们每天挂在嘴边的认真，跟我们最后看到的认真，不一定能对上号。"齐鲁提醒道。

"齐总把我绕晕了。请直说，心脏还受得住。"蓝守玉道。

本来齐鲁要说的，被尚小林插了话："青花兄，我问一个小问题，你就明白了。"

"请讲。"

"你当年结婚，婚前体检没？"

"我还没正式领过结婚证呢。"

"对不起。那我问你，假如，我说的假如，我知道青花兄弟对结婚这档子烂事，貌似无甚兴趣。假如，你忽然来了冲动，想明天就结婚，你怎么说服你已经上了床的未婚妻，我说的是假如哈，你别当真，你说说，你怎么把她弄到计划生育部门去脱光了检查？"

尚小林这么一说，还真的把蓝守玉问住了。假如结婚对象是施云当然好说了，反正人家系再婚，怕个球。要换别人呢，比如谁谁，哪家小姑娘能乐意？

蓝守玉憋得脸通红，不过，好歹也挤兑出一办法："我让屏羌的朋友帮忙打招呼，弄张体检表，去计划生育部门，走走过场，就行了。"

"这不就结了。"尚小林摊手道。

蓝守玉恍然大悟，原来尚小林在这等着哩。不过，他仍不敢相信文物出关和婚前体检的关联性，吞吞吐吐道："不太一样吧？"

这么问，也是不自信。

"蓝总明白人。两码事，一个天大点，一个屁大点。天大的和屁大的，还不都是处在认真两个字那儿，认真就天大，走过场就屁大。这恐怕就是我们每一天都在遭遇的哲学悖论。"齐鲁为蓝守玉和尚小林打圆场。

"你们这么说，我明白了。不过，齐总，反正我见不到东西回来，大家也别想睡好觉。我可不愿意看到这东西最后在我的手里流失。"蓝守玉道。

"没想到蓝总还挺可爱的。威胁人，听起来像在征求领导意见。就按你说的，这个我不用给你签协议吧？"齐鲁笑道。

齐鲁半是开玩笑，半是认真，倒让蓝守玉不好意思了。再坚持己见，齐鲁情绪一来，大龙缸的出路，说不定就夭折了。

"那倒不必，齐总也是场面上的人物，面子可比龙缸大多了，我当然相信。"蓝守玉说这话，也是在给自己下台阶。

秀才遇到兵，有理讲不清。去电站搞移民那会儿年轻，血气方刚，加上书生气，他发现路子越走越死。

据说，"妥协"是一门没有高智商，便难以无师自通的学问。

41.4 【阳谋】

齐鲁让蓝守玉开个转让价。

蓝守玉道，缸子受人之托，委托人并未提钱的问题，那户人家目前确有难言之隐，不过不是钱的问题。齐鲁说，不说钱，咋好意思把东西拿走？齐鲁的观点是，能用钱搞定的事情，千万别用情感，会很烧心的。

蓝守玉就道，东西不是卖给你，是让你保管，目的想给缸子一个说法和归宿。齐鲁道，给缸子造个艺术馆，行不行嘛？蓝守玉回答，那敢情好，就放在"传世皇庭"艺术馆。不过，一个艺术馆，放一个缸子，会不会少了？齐鲁笑道，少了吗，就再装点官窑进去。蓝守玉道，当然好，不过这都不重要，重要的是那个宣德大缸子，值千当万，镇馆重宝，就一个玩意，艺术馆也能立起来。

谈到这个地步，看来几人的想法并无多大出入。接下来再谈啥，也无甚障碍了。

齐鲁说缸子暂时放在会所，他再研究几日，明天让柴瑶的土豆公司，转五百万给蓝守玉，蓝守玉咋给卖家交接他不管。蓝守玉始终称不会要齐鲁钱。齐鲁坚持道，钱，柴瑶公司一定要出的，她的土豆公司就是做艺术品投资的。蓝守玉就说，土豆公司的钱也不能要，要柴瑶的钱，跟要齐鲁的钱没啥区别。齐鲁道，你这是书生矫情，想当婊子，又想立牌坊。

尚小林见齐鲁和蓝守玉正式进入实质性的谈判，友情提醒道："齐总，青花兄，大龙缸虽然好，只是我们三人的圈内说法而已，市场认不认可，还不好说。理论上这个东西叫生货。从近年拍卖情况看，生货面临两种结局，要么被高度认可和热捧，要么被一边倒怀疑。所谓冰火两重天。市场对这种横空出世的宝贝，存在较大分歧。大龙缸，算绝对的顶级重器吧，无论拍卖公司，媒体，还是买家，都会十分谨慎，即便港岛古玩圈朋友，花心思编个天花乱坠的故事，但要让市场形成一致共识，仍差一口气。"

"差一口气？恁个好的东西，一出现在大拍场，理应抢头牌吧？"蓝守玉不解。

"就算头牌明星，争议也不断的。那些个专蹭红地毯的明星，不也还是质疑不断，绯闻满天？"齐鲁道。

"二位的意思？"蓝守玉问齐鲁和尚小林。

尚小林没有回答，只是看着齐鲁，显然在等齐鲁的下文。

"东西预展的时候，有个同它一路的仿品放在旁边对照，我出五千万。预展时，那个仿品当着记者被砸掉，我出五个亿。"齐鲁此话不像开玩笑。

蓝守玉表示没听明白。

尚小林解释道："文物拍卖有些潜规则，可能青花兄不很清楚。东西成交，与人气有关，人气一参与，市场往往失去理性。东西好是一个因素。还不能被仿，或者说仿的东西，被证明与真品仍然存在不可逆转的差异，说白了东西被证实，是另一个因素。当然，仿品最后消失掉，也就意味着怀疑被彻底消除，继而真品地位宣告确立。这也是影响价格的重要因素。"

"二位的意思，还要把缸子送去复制一件，一同送到境外？"蓝守玉问道。

"并非简单复制，是找景德镇最顶级的高手复制，以此证实东西不可复制。"齐鲁道。

"最后再回购，陈列在'传世皇庭'艺术馆，它一定得是唯一的，不仅缸子本身被证实是老的，没有臆造，大有来头且唯一，而且还被当代陶瓷界一致认为无法仿制，也就是说连仿品都不存在。"尚小林说。

蓝守玉道："找老东西很难。要仿个东西，景德镇很多作坊能做。这事好办，我负责去弄。只要能证明缸子老，仿十个八个都不成问题。"

"不要一般高仿，要大师高仿。景德镇仿造青花，黄云鹏、刘新园和赵青花，算金字塔顶端的三位人物了。只有像他们三位级别的大师证实不可仿，才有权威性。"尚小林道。

"黄云鹏比较高调，根本不承认有元青花人物重器的存世。我个人比较反感。"齐鲁道。

"刘新园已不在人世。现在黄大师在景德镇一家独大。像叶宏明、汪亚东等，在人家黄大师眼里……呵呵，不说了。"蓝守玉道。

"赵青花呢？他不是你当年景德镇学瓷的师傅吗？"尚小林问道。

"对呀，我也听行内朋友说起过，说赵先生是个世外高人，现在市场上好多青花重器与他脱不了干系。"齐鲁道。

"这个我真不大清楚。离开景德镇已好几年了。你们知道的，我玩考古鉴古，是师傅的对头。再说，好似他早已闭关，除了讲学，不再作瓷。"蓝守玉道。

"我们已经托景德镇圈内朋友打听了，他老先生正遇上一个人生难题。"齐鲁道。

"你们背后调查我师傅？老师傅碰上啥难题了？"蓝守玉问道。

"不是调查。你的师傅，就是我和尚总的师傅，尊敬还来不及呢。不过，他老人家真的遇上人生难题了。"齐鲁道。

"你们都听说啥了？"蓝守玉着急了。

"也没啥。是他老人家建艺术馆的事情。"尚小林道。

"这个我知道，前些时候和师姐柳叶萍还谈到，他一直有块心病，想弄个人青花艺术馆。景德镇寸土寸金，大大小小的艺术馆多了去了。他不会搞名堂，怎么能拿到地，再说也没钱搞。"蓝守玉道。

"我可以资助他把艺术馆的梦想圆了。"齐鲁似乎胸有成竹。

"齐总要帮师傅建艺术馆？"蓝守玉刚跌下去的情绪又起来了。

"不过，不是在景德镇。"齐鲁道。

"地点不是问题，只要他的官窑仿古作品能保存下来，不再流入灰色市场，他一定会同意的。"蓝守玉道。

"这个我也了解到了。我的意思是，将赵先生的艺术馆同屏羌的'传世皇庭'陶瓷艺术馆概念结合起来，弄成国内顶级的官窑艺术馆。"齐鲁道。

"师傅最讨厌他的作品流入市场，尤其是被那些不良瓷商用以骗钱。若齐总真能帮师傅圆了此梦，我相信他会同意的。"蓝守玉道。

"我也没啥要求，只要他为我仿制这么一个大缸子就行了。而且要用这件真品比对，一比一复制，要能代表目前为止宣德青花最高仿造水平。不过，我晓得此事有风险和难度。我也打听到你师傅最讨厌别人拿仿品去搞歪门邪道。此事，还得兄弟你亲自去景德镇跑一趟。"齐鲁道。

"应无问题。我们是传承他老人家的手艺，再说，二位老总又不是拿仿制的龙缸去搞事。"蓝守玉道。

"一为保护龙缸，二为给你师傅圆梦，两全其美。"尚小林道。

"三全其美，不是还有齐总屏羌的事业吗？"蓝守玉补充道。

"也是，"尚小林回道，"当然，仿造的花费也不会让青花兄出的。"

"我打算让柴瑶的土豆公司给你五百万，这里面有五十万，是给你的师傅仿缸子的。"齐鲁道。

"师傅面子薄，本羞于谈钱的。可烧龙缸估计花费却不是小数，松柴都要五六吨，光柴钱也要几万哩。五十万元应该差不多了。你给五百万，不是还剩四百五十万，又咋安排呢？"蓝守玉问齐鲁。

"不是要弄你师傅的青花艺术馆吗？这事我没闲工夫做，得你这个大师高足亲自操作。名字也想好了，就叫'传世皇庭'赵青花陶瓷艺术馆。房屋、地、装修这些，都给你弄好，你负责把你师傅那些仿古精品陈列进去，再找两三个人常年管理。还得弄点老东西作个陪衬，你和我捐点，一人弄个几十百把件没问题吧？你再从民间征集点小玩意。一个像模像样的陶瓷精品艺术馆便有了。"齐鲁道。

"没问题。照你这么说，硬件我不管，单说征集、陈列、运营，三百万应该够了。"蓝守玉道。

"剩下也不多了，你拿去安抚你的上家吧。"齐鲁这么说，估计也大致猜到了货主并不在意龙缸的啥文物价值。

"一百五十万处理货主，按理说应该也无问题。但是……"蓝守玉犹豫了。

"还有啥坎？"齐鲁问道。

"缸子出在龙隐镇，估计也是龙隐寺的东西。那庙现在已经破落，能不能给龙隐寺捐点功德，维修维修？"蓝守玉怯怯道。

"这是你的意思，还是卖家的意思？"齐鲁问。

"卖家的情感吧，人家也没直说，主要还是我想从情感上，弥补一下那方圣土。"

"感情是你的个人寄托吧？"齐鲁笑道，"寄托就那么回事，就算拜菩萨吧，心意到了就行了。"

齐鲁并没有拒绝，但蓝守玉听得出他对修庙补寺没啥兴趣，只要钱能搞定的，对齐鲁来说就不是问题。但是，人家已经答应艺术馆的事了，再钻出个修庙补寺啥的来勉强人家，也不合适，蓝守玉便不再坚持。齐鲁最后明确表态，艺术馆建成后，他只任个啥理事长的虚职就行了，至于馆长嘛，除了蓝守玉，一时半会还想不出第二个合适的人选。

蓝守玉自然又客套一番。

没想到，荣城一行，龙缸的归宿出乎意料地顺利解决。弄艺术馆两全其美，既圆了他师傅赵青花的梦，也圆了他的梦。屏羌是他的老巢，作为土生土长的书生，在家乡弄个文博事业，也算是有头有脸。

成功，说远便远，说近便近。于是，抑制不住有些激动，虽然那激动不可告人。

那个下午，蓝守玉兴致颇好。

若不是齐鲁马上要开车，去接他老爹请来的客人，蓝守玉真想坐下来，同齐鲁切磋一局黑白双煞的。

42.1 【去景德镇】

柳叶萍前脚把蓝守玉发来的大包裹签收，后脚就接到蓝守玉的电话，问大龙缸子有无损坏。

柳叶萍没好气道："守玉师弟，本姑娘找了两个帮工才把你那坨大包裹搬到师傅工作室，一声谢还没求到呢，你就没句讨好的宽心话？姐一个大活人不如个冷物件？"

蓝守玉赶紧献殷勤："小姐姐，师弟也何曾不日思夜想？"

柳叶萍由嗔转笑："嘴巴像抹蜜，晓得哄女孩子了，有进步。不鬼扯了，那青花大疙瘩哪弄的，我看中铁快递保价一百万，比师傅最顶级的青花仿古作品还夸张？"

"先甭管，只要东西没弄坏，一百万算啥？把东西看好就成，我马上要登机了。对了，师傅在没？"

"不是你让他回来，仿青花大缸子吗？刚从欧洲讲学回家呢，那货还没送他老人家过目。"

蓝守玉听说师傅已回景德镇，缸子平安，就放心了。委托尚小林给柳叶萍发货，心里还真似打翻了几只水桶。好了，现在水桶们躺着在肚子里，正睡得踏实哩。

柳叶萍准时出现在青花机场。她不会开车，开车的是一壮实小伙，柳叶萍的徒弟。

上车后，小伙子自我介绍道："叶瑶溪，叫我小叶好了。"

小叶名字倒像轻盈的女子，身子骨没得说，拉坯和装窑，可都是个力气活。

蓝守玉笑道："你徒弟这虎背熊腰身板不做群众演员可惜了。"

蓝守玉这话是对柳叶萍说的，却把小叶逗笑了。

蓝守玉问道："笑啥？你这身材，比电视上那些奶油小生有男人味。"

柳叶萍道："你估计不晓得他笑啥吧？几年前拍电视剧《青花》，瑶里是外景地。小叶还真去客串过一个装窑工半脱镜头。"

蓝守玉道："是吗？记得你和师傅的工作室就在瑶里？"

柳叶萍回道："是呀，记不记得《青花》有个镜头，是在一条小溪里？"

蓝守玉似有印象，道："一条小溪？貌似有印象。大秋天，杨子和小龙女水中热吻，也不怕冷，好像网上还有人炒作过这事。"

柳叶萍道："小溪就在小伙子家外头。拍戏时，小叶一直在远处观看，看杨子身材比小龙女还瘦，神了，他女朋友喊他几声都没应。一气之下，女朋友走了。回头，他娘就把他送到我的工作室来了。再后来，剧组再拍开窑场景，要肌肉型装窑工，就去报了名。"

听柳叶萍这么说，蓝守玉也顺着杆子把师徒俩都给夸奖了："肌肉男现在很吃香。作瓷之人，哪能个个跟'小奶油似'的。好了，在柳师傅那儿，长本事不说，肯定安分多了。"

两人的说笑，小伙子除偶尔侧头笑应，一声没吭。蓝守玉想，小伙子看来被柳叶萍调教出来了。

路越来越窄，明显感到有些颠簸。蓝守玉脑海里老想着，中铁快递的车，咋没把缸子给颠坏呢？

晕晕乎乎中，感觉车停了下来。柳叶萍说，瑶里到了，要不要逛逛？蓝守玉说快十年没见师傅，有点想了，求速见。柳叶萍说，猴急啥，知道你想，不是才下午三点么，师傅这回正和小叶外公闭关切磋，谁也不能打扰的，他约了几个朋友五点半与你见面。便问蓝守玉，还有两小时，去哪磨蹭？

蓝守玉心里虽犯嘀咕，还是下了车。

42.2 【瑶里】

瑶里的秋天，满眼开阔，疏朗干净。开阔的天蓝，疏朗的远山，干净的青瓦与白墙。

"景德镇的天，是明朗的天……"

饶南！瑶里！我"双鱼座青花"又来了！他在心里用劲呐喊。

柳叶萍问，要不要去陶花源看看？

"桃花源？瑶里也有桃花源？"

"不是桃花源，是陶花源，瑶里古窑保护区。"

"瓷都也搞旅游噱头？再说这里的古窑保护区大同小异，有啥好玩？"

"看瓷片啊，当年不是好稀罕瓷片的吗？"

真有瓷片看？蓝守玉来了精神头："那就去陶花源捡瓷片。"

"捡啥捡？保护区，捡一块瓷片，罚款五百。"

"你不是说有瓷片吗？"

"也没喊你去捡啊。想淘东西，逛古镇，手气好，指不定能碰到一件官窑呢。"

蓝守玉当然听得出来这话的意味，不过他不生气："可说不准。就去镇上逛逛，寻官窑？"

一男一女结伴逛古镇正好，开车的小伙子自然不愿意当灯泡，留下看车，两人就朝老巷子深处走去。

瑶里古镇和盆地的古镇没多大区别。在景德镇学瓷，也曾来过，不过那会儿没现在有人气。

蓝守玉想起下车前的疑问："你刚才说师傅同小叶外公闭关，啥意思？"

柳叶萍答道："小叶跟他娘姓的，他爹本来是个窑工，从婺源入赘瑶里。

他外公就是叶师傅，你还记得不？叶师傅头发很长，脸很黑，爱喝酒？"

柳叶萍的描述有点民国京城琉璃厂文艺青年的味道。现在是瑶里。蓝守玉表示没啥印象。

"都说人一发达就健忘，还真是。才离开瑶里几天，就忘本了？"

"想起来了，是不是偶尔来师傅作坊里喝酒的叶景生老前辈？"

"看来你还没失忆嘛。当年你跟师傅学作瓷时，叶师父正被他的上门女婿当摇钱树，天天在瑶里老家烧仿古瓷哩。"

"对的，记得叶师傅偶尔也回市区，去赵师傅那喝酒解闷。那段时间似乎跟两个老头喝过几台。一喝酒叶师傅就又哭又骂的，脾气可不大好。"

"怎么能好？两位师傅原来都在建国瓷厂，师傅人白净，作瓷，叶老前辈脸黑，把桩，人称建国瓷厂'黑白双煞'。后来师傅去了陶瓷学院，叶师傅留在瓷厂。'文革'时，两人又都关到窑厂的一个坯房里。"

"好像赵师傅提到过。"

"这不是重点。重点是后来瓷厂垮了，叶师傅女婿，就是婺源入赘的那个老板，说他没本事，逼着他回瑶里弄了个袖珍小柴窑，烧仿古瓷挣钱。柴窑不好烧，赔钱时候多，后来就被他女婿一脚蹬了。"

"是柴窑被电窑和气窑一脚蹬了。"

"师傅从陶瓷学院退休后，弄了个工作室。"

"赵师傅建国瓷厂出来后，不是跟那个叫皇柴窑的合作吗？"

"是呀，皇柴窑老板拿赵师傅当摇钱树，小叶爹拿叶师傅当摇钱树。你离开景德镇后，赵师傅就因为叶师傅，又把工作室搬到瑶里来了。"

"这么说，建国瓷厂'黑白双煞'又联手了？"

"聪明。"

"如此看来前几年国内拍卖场好多官窑，怕都出自他们二者之手了。"

"或许吧，也未必。"

"没想到如此本分的两个老人，到头来仍然走到造假弄假的路子上去了。"

"你这话说的，可别让师傅听见，会气死的，东西又不是他俩卖掉的，他们只跟经义斋的孔老板供货，一会儿我们将要去的山庄，还有山庄的葫芦窑，就是人家孔老板给他俩投的钱，不过人情债早抵完了，窑火也熄了。"

"他们俩建了葫芦土窑？"

蓝守玉显然对葫芦土窑来了兴趣。此番来景德镇，仿烧大龙缸，葫芦土窑是成败关键之一。不过，从景德镇学艺回来已有多年，物是人非，很多事情并非想象那样。

废弃在叶师娘家菜地里的明代老葫芦窑窑址，塌了一半。年轻时，叶师傅到瑶里耍朋友，无意中找到了窑址。土地下放后，窑址没人要，叶师傅跟叶师娘说，找队上要回来吧，那老窑是宝贝疙瘩哩，以后有钱了，再烧起来。叶师娘听了他的，真把窑址要回来了。可哪有钱复烧呢？只得闲着，在上面种上了油菜和南瓜。那些年，叶师傅和小叶爹弄的小柴窑，就在葫芦窑的旁边。建窑的时候，小叶爹提出来，去葫芦窑址里搬点窑砖，叶师傅坚决不同意，窑址这才保存下来了。有一回，叶师傅同经义斋孔老板喝酒喝高了，说漏了嘴，向孔老板透露了雪岭还有明代老窑窑址，怂恿老板出钱，把葫芦窑给重新弄起来。葫芦窑就又烧起来了，叶师娘家老屋也成了雪岭瓷庄。小叶爹，就是叶师傅女婿，当年就是在葫芦窑里跟叶师傅学掌窑火的，嫌当窑主没卖假瓷器来得快，自个回城里弄假瓷器卖，跑单飞。现在，小叶大了，他娘又把他送到柳叶萍工作室，一边跟柳叶萍和赵师傅学作瓷，一边替他爹娘照顾二位老人。

"两位师傅的葫芦窑封了好几年了？"

"五年了吧。这回师傅从欧洲回来，本打算弄好他的个人微型艺术馆就彻底洗手。你知道仿烧官窑这行水有多深，两位老人蹚了半辈子水，就是呛也呛够了。这不，为了你那个大缸子的事，他没法，只好又拉下老脸，跟叶师父商量，重新点火，烧最后一窑。成不成，也只烧这一窑了。"

"最后一窑？那以后你工作室的瓷器去哪烧？"

"我不是做新派的吗，电窑、气窑都可接受的。以后，一定要烧柴窑，就送到别家代烧了。皇柴窑不还点着火吗？"

"你的意思，他俩把我的缸子一事，当成封关之作？"

"可以这么说。"

"要失败了，我那缸子的事不泡了汤？"

"你对他俩那么没信心？"

"不是我没信心，是时间没信心。想干仿烧宣窑器的老刀很多，貌似都没几把利落。"

"他俩不是一般的老刀吧？"

"那倒是。'黑白双煞'呢！"

"呵呵……"

两人来到一个旧货店。旧货店，不是古董店。从旧货店淘古董，看个人眼力。蓝守玉眼尖，老远就瞥见角落里有一大堆瓷片。

问老板瓷片咋来的，不是说捡一片罚五百吗？老板道，你说的是保护区，不过，瑶里最不缺的就是瓷片，你看外面这条河，好多这种瓷片，一直铺到昌江，有啥稀奇？

此话并未干扰蓝守玉的兴趣。很快，他在里面翻出了一片，上了很厚一层灰的瓦状老瓷标本，问卖不。老板道，五十元买的。蓝守玉二话不说掏钱，贼一样溜了。

瓷瓦递到柳叶萍跟前时，柳叶萍也傻了眼。两人到了一茶楼坐了。因为心思一直在瓷瓦上，以至于柳叶萍问他要喝点啥，他说随便，回头又翻弄那瓦，你看这胎，这釉！柳叶萍也没生气，要是施云，估计转身就走了。

柳叶萍脾气好，知道他现在一门心思，正想着刚淘到手的宝贝："还真是宝贝？"

蓝守玉挺得意："踏破铁鞋无觅处，人间难得几回闻。"

"你个中文系学渣，忽悠陶瓷美术学霸？这两句不挨边的吧？'踏破铁鞋无觅处'，下句不是'得来全不费工夫'吗？'人间难得几回闻'，上句是'此曲只应天上有'吧？"

蓝守玉道："怎么敢忽悠柳大师！我就纳闷了，这么一块破玩意，怎么就我蓝守玉天远地远地赶上了？"

柳叶萍"哼"了一声，道："不就是块永乐甜白宫瓦片子，至于吗？"

蓝守玉很认真地看了柳叶萍一眼："大师，就是大师。这么说，你早有研究？难道这玩意瑶里烧的？"

"咋会？宫廷用瓷，粗细都在龙珠阁御窑烧的，只有到了嘉靖万历时，皇室自用和赏赐用瓷量突然增大，才官搭民烧。告诉你吧，这是赏赐给瑶里的士大夫们造老宅用的。那些官僚们拿回老屋来，盖在屋脊上，象征沐浴皇恩。"

在旧货店看到这玩意时，还以为瑶里窑址出的，经柳叶萍这么一说，也释然了。想来师姐肚子里的墨水也不是水货。

看来不拿出看家宝贝，似乎镇不住这个师姐的心气。蓝守玉从包里掏出了那甜白盏。接下来发生的，将是天底下最普通，当然也天天都在发生的故事，换个地演绎一回而已：再高傲的美女，也经不住奢侈品的诱惑。

哪来的奢侈品？

再说柳叶萍是谁，景德镇年轻派的陶艺大师，可没自己想的那么俗。还有啥宝贝能入她的法眼？路易威登坤包？冰种飘花翡翠镯子？错。

那还有啥？

双鱼龙纹甜白盏。

"天……这胎……咋能修到这么……薄？这龙……咋美得……像刺绣一样

……少有，少有……"

柳叶萍边转动手里的甜白盏，边赞。本来口齿伶俐的大师级人物，在甜白盏的面前，也没自信，连词语也显贫乏，语无伦次了。

"先别夸。给你寄过来的大缸子看了没？"

"还没来得及打开哩？只听你说是个宣德款青花釉里红大缸。"

"什么宣德款？！是宣德本朝！"他特别强调。

"别吓我，我胆小。宣德本朝的青花大缸我在博物馆都没见过几件，再说还是青花釉里红。"

"博物馆算啥？那几件水平低不说，还破了，粘起来的。不过也是，说来也没人信，一会见到缸子了，让它自个说话吧。"

柳叶萍一言不发，把玩着甜白盏。像她这样的大师，似乎也没上手过几件永宣官窑真器。

42.3 【雪岭瓷庄】

快到五点，两人才离开茶楼，叫上小叶，钻进瑶里丛山。

说是山，不见得突兀，与盆地高耸的大山相比，只能叫泥丸。实际上，地图把赣西北至皖南一带标注为丘陵。蓝守玉知道，别看浅丘猥琐，从晚唐五代到明清，那可是"十万陶工，万炮齐轰，家家窑火，户户陶埏"哩，可惜，今非昔比。手工坊和古窑被消灭，代之以流水线的陶瓷产业园。土炼泥，手拉坯，绘青花，烧柴窑，坚持老祖宗手工法度的顽固者，逃离现代化，舍弃暴富，躲进周边丛山，比如乐平和瑶里，已然与世格格不入的稀缺物种。作瓷大师赵青花，把桩师父叶景生，即如此类。

就觉得自离开师父十年，晃晃悠悠，入世不成，出世不得，算哪回事？"画虎不成反类猫"吗？

蓝守玉情绪有些失落。好在还有刚捡漏的永乐甜白宫瓦，而且分明看到了青花瓷片装饰的招牌："雪岭瓷庄"。

那是柳叶萍常常给他提起的一处美好所在。记得离开景德镇的时候，师父工作室名字还叫"赵青花工作室"，何曾想到十年后，就换作如此时尚怀旧的商业招牌。

就问柳叶萍："招牌上全是烂瓷片，你给的馊主意？"

"馊主意？就这块招牌，都快成网红了。"

"师父和你不是最讨厌炒作吗？"

"人家经义斋孔老板说，赵青花工作室，名字太正经，搞学术还可以，市场认可还得是雪岭瓷庄出品。雪岭，连欧洲人都家喻户晓。"

　　柳叶萍说的雪岭，就是高岭。传说中的神山，盛产高岭土，纯洁如雪，做出来的瓷品，天下第一。没有高岭土，就没有景德镇。

　　柳叶萍也算智慧女人。被她损也是难得的交流，很快他又从失落中找回了真实的自己，便不再说话。在景德镇，在瑶里，一切多余的话，都是苍白的口水。且安静地打量吧，用心，也用情。

　　瑶里诸山，个头本不高，大半截还掩映于茂松和修竹之间。作瓷山庄，农家院落，散落溪畔山湾，乍一看，青瓦白墙，不显山，不露水，走近呢，原来那么清幽秀气。在饶南乡下，或许其貌不扬，要搬到大城市，哪一家也都是豪宅。

　　老远就看见两位白发苍苍的老人和一个可人儿，倚门翘首以盼。

　　蓝守玉还没等车停稳，就开门下车，急匆匆地奔到老人跟前。

　　没有寒暄和矫情，一切与师徒情谊无关的虚伪形式，都被简化掉。恍惚地端详和握手后，积压许久的相思，浓缩成一句举重若轻的关切。

　　"师傅的头发比以前白多了。"

　　"守玉，你也开始发福了嘛。"

　　还有一个老人和一个可人儿。

　　赵青花正要介绍，蓝守玉主动上前招呼道："您是叶师傅吧，当年我们还喝过几盅的。"

　　叶景生并不确定："你是？"

　　"在赵师傅那学作瓷的小蓝啊。"

　　"哦，记得，记得，你还会写诗，对吧？"

　　"难得叶师傅还记得我。"

　　两人紧握手，互致问候。

　　柳叶萍提醒蓝守玉，旁边还有个美女。

　　蓝守玉又向那可人儿打招呼："妹子是？"

　　"柳姨之前提起过你的，蓝守玉叔叔？我是苏小离。"

　　"苏小妮？你好，小妮。"蓝守玉道。

　　可人儿貌似没听明白。柳叶萍补充道："苏麻离知道吧，人家是苏小离，不是苏小妮。"

　　蓝守玉恍然大悟："苏小离！"又转身看了身后的叶瑶溪，"好有情怀和诗意的名字。"

柳叶萍道："小离是华裔，母亲嫁到了日本，本名山口小离，苏小离是赵师傅给取的，去年夏天从日本过来，在景德镇陶瓷学院读陶瓷美术硕士，一直在我工作室跟师傅和我，算我和师傅两师徒的外国徒弟。不是两位师傅要仿烧宣青么，她又跟着我到雪岭瓷庄来了。"

"一个日本姑娘近距离观摩仿烧宣窑，师傅不担心技术被偷走了？"蓝守玉笑道。

"几年不见，变得这么狭隘？就没点文化自信？中国陶瓷，博大精深，人家千里迢迢来求学，你觉得是在偷手艺，还是在传播我们的优秀传统文化？"

尽管柳叶萍说得很小声，蓝守玉还是听出了话里的深意，脸便微红了。

42.4 【麻仓御土】

雪岭瓷庄同瑶里其他的山庄格局大同小异，左右厢房，一条檐廊穿过花园，前庭后院。几个院子，并未挤满花草，随处可见各种盛水的大缸。缸盖着油布，用以沉淀泥料。

赵青花指着放在院坝中间的两个缸子道："里面啥料？"

"陈熟的高岭土吧。"蓝守玉道。

"高岭土？高岭土咋能做宣德青花？只能仿晚明和清代官窑。这是已经陈腐多年，真正的老麻仓官土。今天刚倒进去缸子里，开始最后的炼制。"

"麻仓官土？不是说万历后就采绝了？"

"没错，连麻仓山也找不到了。"

叶景生插话道："文献记载，麻仓山出麻仓土，元青花和明代洪武、永乐、宣德、成化、嘉靖、万历诸窑，都用它。又叫御土，一种和高岭土一样品质的瓷土，甚至比高岭土强度还大，更具可塑性，又不易烧裂。仿造宣窑大龙缸，没有麻仓土根本做不到，一般的高岭土不是烧裂，就是变形，要起泡，用来烧小器也许能烧成，但那泥胎一看也跟明代有差距，经不起行家推敲，当然不算仿造成功了。"

赵青花道："这些麻仓土，已选过数次，淘洗之前有一吨半，现在差不多少了一半，可以烧五六个大龙缸。"

蓝守玉感到不可思议了："既然已经失传许久，那宝贝又从何而来？"

赵青花道："我可没这个本事，连麻仓山在哪里都无从知晓。这是给我和叶师傅建雪岭瓷庄和葫芦土窑的孔老板五年前搞到的。"

"麻仓山不是已经从景德镇窑人的记忆里消失了吗？就连高岭山也差不多

开采殆尽，现在被政府禁采，搞成了文物保护单位和旅游景区，哪里还有如此上乘的宝贝可以挖？"蓝守玉问道。

赵青花道："孔老板名堂多。也不知道用了啥法，据说在一个老窑工那淘到卷古书，上有张老地图，人家就照着图，一座山一座山地找，功夫不负有心人，还真找到了麻仓土老坑。不过，坑洞差不多坍塌完了。孔老板挖这点泥，是在一个月黑风高暴雨夜。好不容易从坑道尽头铲到几筐瓷土，风雨更猛了，吓得赶紧把泥土往外搬，连滚带爬，总算弄出来几大筐。谁知，前所未有的大塌方发生了。孔老板说，第二天雨过天晴，他到那里一看，别说坑洞找不到了，就连小山丘也面目全非，整个山头矮下去了半截。他也不敢伸张，头也不回走了，再也没有去过那里。"

蓝守玉道："也就是说，孔老板找到了麻仓山？这些瓷土就是传说中最后的御土？"

赵青花道："你觉得在给你瞎编？五年前，孔老板把我叫到他家里，让我看那几筐泥土的时候，我也不相信，以为人家在瞎编。可我揭开盖布，相信了，确实是我从未见过的最好的瓷土。有效瓷土率大概在百分之五十以上，比最好的高岭土还要高至少十个百分点。"

"这两缸子泥价值应不菲。"蓝守玉道。

叶景生道："按元代的市价，这一千五百斤值银十两。"

蓝守玉道："十两银，在元朝可以买十坛子绍兴老黄酒，十坛子绍兴老黄酒今天卖多少钱，一万元应该不止吧？"

柳叶萍插话道："不能这么简单地比。古时要弄到麻仓土，也没啥可嘚瑟的，整整一座大山可以挖哩，就费点人力挑工而已，哪像现在只剩下传说。"

蓝守玉道："对，虽然只是一堆泥巴，但可以用来造官窑。"

赵青花道："五年前，孔老板找我去，你猜他想干啥？"

"卖你高价。"蓝守玉回答得很快。

柳叶萍插话道："卖啥，跟师傅做交易哩，他出麻仓土，师傅出手艺，烧元青花，烧出来，一人一半。"

蓝守玉道："师傅答应了？"

柳叶萍道："当然没答应。师傅跟孔老板合作，最先也只做公开的仿古，底款标明雪岭瓷庄出品，还编了号。后来孔老板不满足了，说建山庄和葫芦土窑投资太大，卖仿古工艺瓷，难以收回投资，公然向两位师傅提出来，不能在仿造的瓷器上再留下山庄出品的字款和编号。师傅知道孔老板故意想把这事闹大。又有啥办法呢？端人家饭碗，服人家管，也就妥协了。近年来出现在各大拍场的好多官窑，就有两位师傅的心血。最后一次，孔老板把麻仓御土放在师傅眼前时，师傅挺清醒，他和叶师傅已经拿定了主意。除了几个当事人，理论上从雪岭瓷庄出去的元青花人物大罐，应该再无人能分辨出与馆藏官窑真品的区别。这很可怕，于是师傅给了孔老板一个很遗憾的不字。孔尚云说，没关系，他不敢等两位，但那些御土可以等，三年不行，就五年，五年不行，就十年。"

蓝守玉道："孔老板如果仅仅出于生意目的，可以把御土给别个师傅做的。"

柳叶萍道："孔老板是景德镇少见的人精，瓷土来之不易，不给像师傅这样的顶级仿古高手，自个也不放心，就真的等了。拒绝合作，两位老人的山庄和葫芦土窑也关门熄火。一个讲学，一个喝酒。五年光景，仿佛很漫长。"

蓝守玉还是不解："那，这泥土又咋回事？"

赵青花道："我来说吧。从欧洲一回来，不是接到你说仿宣德龙缸的事么。我晓得，要仿龙缸，前提条件得有御土。说到御土，我别无选择。还好，孔老板接我电话，第一句就是，赵师傅，等你这个电话，等了足足一千八百多天。五年了，他还想着用这泥巴烧元青花人物罐子呢。"

蓝守玉又问："可是，光有瓷土还不行，还得有釉里红料和苏麻离青的。"

"釉里红替代料，不是问题，关键是苏麻离青永远没有了。"赵青花叹了口气。

"也是，中东两河流域的苏麻离青几百年前就开采完了，此料已不可逆转。如果师傅都认为苏麻离青效果不可仿烧，那景德镇的元末明初官窑仿烧真的可以熄火了。"蓝守玉道。

赵青花道："也没那么悲观。这五年，我其实也没咋闲着，而且的确已经找到了仿制苏麻离青的关键，那就是在现代钴料里，按比例掺入乐平的陂塘青和锰铁矿，这样就能部分解决仿元明青花发色沉稳老气的问题，当然无法烧成真正的苏麻离青的幽蓝发色。"

叶景生补充道："松柴窑也很关键，只有松柴窑才能解决釉和料，由外到里又由里到外的发色过程，还能还原窑屎窑粘这种元明老窑气氛。这两天正琢磨这事，外孙小叶已经联系好了松柴，足有几万斤。"

蓝守玉忙致谢："给两位师傅添麻烦了。"

叶景生道："客气啥？五年了，你师傅四处讲学，我可憋坏了，正想着干票大点的，最后起一把旺火呢。"

蓝守玉赞道："二位老前辈会成功的。连传说中的麻仓土都找到了，可以说天时地利人和都具备，就等那一把火了。"

两位老人又带蓝守玉转到后院里，看了水碓、坯房和葫芦土窑。

葫芦土窑并不像想象中那么大。柳叶萍说，葫芦窑火旺了几年，至少帮孔老板烧出了五千万元。蓝守玉笑道，如此说来，葫芦柴窑就是"糊涂财窑"了，窑炮一响，白银万两。柳叶萍说也没那么夸张，仿古"柴窑"也是花钱破财的"财窑"，很多窑主就死在"财"字上，一心想烧惊天动地的官窑，耗费工夫不说，花了的银子最后落得一窑叹息，像赵师傅和叶师傅那样走到食物链的顶端，属凤毛麟角，给老板烧了不少卖钱的，自己还留下了一百来件精品，够建一个艺术馆了。蓝守玉欣慰道，他这次来就是帮师傅圆那最后的宣窑梦的。

看完葫芦土窑，赵青花道，去客厅吧，孔老板在客厅等着呢。蓝守玉忽然想起他的宣德缸子，问柳叶萍能不能先看看。柳叶萍当然知道他的心思，就道，包裹妥妥地放在师傅的密室，还是先见客人吧。

几人就去了客厅。

42.5 【高仿江湖】

"红黑二煞"正在客厅等候。

红衣红裤的，拿一把折扇，忙不迭地奔来，招呼也蛮夸张："久仰久仰，蓝守玉，蓝大师，以前听赵师傅和柳小姐讲，那就跟听说书一样，仰望不已，今天可算见到真人了。"

"你是孔总吧，师傅刚才也还提起你，见到你很高兴。"

"孔尚云，孔老二的孔，高尚的尚，天上的云。"

"人如其名，一看孔总就是个儒商。"

"不敢称儒，一个生意人，为赵师傅和叶师傅的雪岭瓷庄跑跑腿，添点柴火而已。"

蓝守玉听孔尚云这话，皱了皱眉，寻思道，明明占便宜，偏又说成帮忙，反了吧？

又跟孔尚云身后的黑衣黑裤男子打招呼："这位是？"

黑衣男子没做声，孔尚云接过话头道："我的一秘，王龙兄弟。"

"一秘？"蓝守玉纳闷了。

"第一秘书，其实就是保镖兼司机。"柳叶萍小声道。

蓝守玉很快反应过来，道："孔总真乃奇人，别的老总秘书都是花姑娘，老兄的秘书是武林高人，佩服，佩服。"

孔尚云哪听得了吹捧，高兴道："孔某凡人一个，免不了俗，不像蓝大师，青年才俊，闲云野鹤。"

蓝守玉道："浮云而已，哪像孔总，资本实力杠杠的。"

柳叶萍问蓝守玉，泡杯茶，先和孔总聊聊？蓝守玉没表态。孔尚云道，好，聊聊。赵青花一看时间不早了，道，马上吃饭了，要不去餐厅，边吃边聊？

一伙人就去餐厅，小叶娘已摆好一八仙桌子的瑶里土菜。

赵青花和叶景生坐了双主位，蓝守玉和孔尚云，一左一右对坐双宾位。柳叶萍和苏小离依次坐了蓝守玉一边，王龙和叶瑶溪自然挨孔尚云坐了。

赵青花先作开场白，蓝守玉和孔尚云客套，之后就是能够想象到的餐桌上的各种你来我往。有两位老人和两位女士在，孔尚云收敛了些江湖习气，装起了斯文。

酒过三巡，孔尚云憋不住切入正题："蓝先生，此次来景德镇，听说要找赵叶二师父烧个啥重器？"

"重器不敢言，少见倒可以拿稳的。"

"谦虚了，谦虚了。蓝先生要烧的啥宝贝，可否将真品原型让我等一睹风采？"

"蓝某也是受人之托，原器尚在盆地朋友那呢。"

蓝守玉想都没想，就撒了个谎。

"这么说，可能是有些不便展示了。难为两位师傅，得凭空想象给你朋友烧造重器了。"

蓝守玉听懂了孔尚云话里有探口风的意味，道："不全凭师傅们想象，有张图的。"就打开手机，让孔尚云看了缸子背款的那一面图。

孔尚云屏住呼吸，反复把图放大又缩小，缩小又放大，说了一句话，让蓝守玉差点背过气去："好，好，这才是真正到位的高仿宣德青花釉里红大龙缸，我玩高仿二十年，像这种级别的大师作品，我还真没见过。方便透露在哪家窑口出来的么？"

孔尚云这么一说，寒暄中的众人顿然鸦雀无声。装大行的，蓝守玉见多了。像孔尚云这种原生态装大行，他是第一次见。不过，啥场面他没见过呢？换别人，估计憋不住，一下就拉伸了。此行，不是来跟孔尚云论古的，有着更为隐秘的心思，又咋能被一个素昧平生的古玩江湖"老油条"看穿。这年头，装啥都不如装傻，闷声发大财。

蓝守玉瞥了眼窗外，天蓝山青，他努力想象着一朵浮云飘过，淡淡地回道："我也正琢磨呢，说东西对吧，大家都要笑话。说东西高仿吧，还真没找到出处。不管哪样，我也觉得东西还算个东西。所以，才到景德镇来，找两位师傅合作。"

"太对了，这年头，不是啥东西都能拿上台面来说道的。顶级的高仿，那也是个东西，说不定将来也有传世的价值。敢问，你朋友这东西出手不？要出的话，直接找我，我可以出到这么多。"孔尚云竖起了一根指头。

"十万？"柳叶萍问道。

"少了个零。"孔尚云道。

"一百万？这可是比故宫来景德镇专仿的永宣官窑要高出八九倍了，孔总真不差钱。"柳叶萍这话的意思是，她并不相信孔尚云敢出一百万买一个高仿宣窑大缸。

蓝守玉真想破口大骂，你啥意思？一个宣德官窑真品青花釉里红大龙缸，被你东说西说，差不多就成了铁板钉钉的仿品了。想想这是在人家的地盘，口气也软了，尽管不情愿，还是耐心解释道："不是价钱的问题，我压根就没有处理的权力。朋友的东西，我只是受托，说白了，一个临时保管，做不了主。再说，我朋友也和孔总一样，是不差钱的主。"

听得孔尚云那边"哦"的一声叹息，觍下脸来："那请二位老师傅，顺便也给我搭烧一件？"

赵青花看蓝守玉，蓝守玉没表情。没表情就是态度，赵青花当然读懂了，便道："孔总，是这样，蓝守玉这次让我拿主意仿大缸子，可我从来没有弄过恁大尺寸的，估计失败的风险极大。你的麻仓土就那么点，要不这样，还是烧元青花保险，我和叶师傅心里有数，你拿去出手也有底气，我保证给你出一件完好的元青花人物罐子，咋样？"

此话，五年前就开始等了。赵青花，景德镇排名第一的元明清青花仿古高手，能得到他的元青花出品，那就等于送钱。叶师傅把葫芦窑复烧后，孔尚云在雪岭瓷庄烧了不少元青花。送来烧的半成品，大都出自景德镇的仿古高手，其中也有些赵师傅和柳叶萍的作品，但元代人物题材的青花，却是一件也没有。一堆死泥巴，换一件超级高仿元青花人物罐子，这生意已经满满大赚。再说，宣窑龙缸真的没听说过谁烧成功，见好就收吧。

"赵师傅如此诚恳，孔尚云也不是个见利忘义之人，就这么定了。来，我同王龙兄弟一道，敬我们景德镇最德高望重的两位陶瓷泰斗，也敬远道而来的盆地古瓷收藏才俊蓝守玉先生，当然还有柳小姐、苏小姐和小叶兄弟，我俩喝一小碗，先干为敬。各位随意。"孔尚云说完，一斗笠盏酒下去了。看那青花盏，少说也有三四两。

转身看王龙，王龙端的茶水，没有喝。孔尚云就催道："喝噻，还愣着干吗。"

王龙一碗喝了，孔尚云这才反应过来："我昏头了，王龙一会儿要弄车的，他喝的是茶，不算，他那碗，我替他喝了。"叫小叶娘赶紧给他满上，头一仰，又下去了。

人家日本人喝酒，可是一小杯一小杯啜的。苏小离没见过如此喝酒的阵势，吓得"呀"地尖叫了。

蓝守玉当然要陪陪彩，一碗下去了。小叶也将盏中酒一口见了底。两位老人和柳叶萍、苏小离，各自浅酌。

待重新入座，孔尚云一下从座位上滑到了椅子下面。王龙赶紧把他扶起来，听得孔尚云吞吞吐吐道："蓝总，蓝兄弟，我可是一口两碗哦……"

蓝守玉道："孔总豪爽，还好酒量，小弟单独敬老兄一碗？"

柳叶萍见状，这是要打酒架？便劝道："孔总可能喝多了，要不王龙兄弟先送他回市区？"

王龙就跟大家告辞，扶了孔尚云上车，离开了瓷庄。

蓝守玉虽只喝了一碗，但喝得急啊，头也有些晕。又不敢多夹肉，磨磨蹭蹭，总算等着大家吃得差不多了，给柳叶萍咬了个耳朵。柳叶萍提议二老早点休息，明天早上蓝守玉一早要去青花机场的。赵青花说行，先休息。大家就各自回房休息。

小叶领了蓝守玉上三楼房间休息。一下午都没见着大龙缸，蓝守玉有些不踏实。可折腾一天，心事再大，也压不住瞌睡。冲完热水澡，换上睡衣，倒在床上，忍不住摸出手机，看看有没有谁刷朋友圈。

柳叶萍发来个信息："五分钟后下楼，我在楼下等你，去见两位师傅。"

原来师傅早已安排。知我者谓我心忧，不知我者谓我何求。看来，自己就是师傅肚子里的一根蛔虫。

42.6 【古窑密室】

柳叶萍点亮手电，带蓝守玉绕到后院，走过一廊檐，进了水碓和坯房。

蓝守玉问要去葫芦窑吗？柳叶萍示意别出声。至假山处，忽向左拐，蓝守玉记得去葫芦窑要右拐的。

左拐后，植物的味道更浓了，貌似穿过几片菜地。道路的尽头，落一矮亭，矮亭傍山而建。师傅并未在亭里等他俩，再说，矮亭也只有一昏暗路灯。

蓝守玉不解道："师傅呢，黑灯瞎火的，你要约会也不用打师傅幌子吧？"

柳叶萍没好气道："别贫嘴，谁跟你一个花花公子约会？帮我把那盆棕竹挪一下。"

蓝守玉就把依山的那盆大棕竹挪一边，露出一道浅山墙来。山墙，瑶里常见的那种，青瓦粉墙。粉墙上用墨描绘一门两窗。棕竹没挪开，刚好在门中构成一幅风景画。现在只剩下假门。柳叶萍上前，在门框的转角部按了一下，假门竟然开了，后面藏着一道真的铁门，不过铁门已经漆成山墙的泥巴色！真的是，假到真时真亦假啊，便暗暗称奇了。

进门，光线虽暗，见一人立于门后。原来刚才是赵师傅开的门。柳叶萍把门关上，反锁。蓝守玉与师傅小声打过招呼。两人跟着师傅又走过一条几米长的暗甬，遂见一道木门。

密室藏在木门背后。

开门的是叶师傅，蓝守玉又与叶师傅打过招呼。

密室为一硕大窑形山房。砖砌的墙，砖砌的地面，两边砖搭的两张矮床，还有几只木桶，蓝守玉认得那桶是用来施釉的。貌似还有道侧门，墨书"茅房"二字。

蓝守玉问柳叶萍："砖砌的窑房，怎么跑出茅房来了？"

柳叶萍道："师傅的临时卫生间。"

蓝守玉似乎明白了："赵师傅就在这作高仿？"

"国内市场上出现的最重要的一部分官窑，它们的施釉和彩绘，差不多都在这里完成的。原来是一废弃的葫芦老窑窑址，多年前孔老板加盟，钱一砸进去，窑址也圈进山庄里了。因为孔尚云心太满，胃口越来越大，惹火了两位师傅，窑火五年前歇了。"

"两位师傅身上有景德镇瓷人千年传承的骨气。只是有些可惜，窑火熄灭，也就废了。"

"废就废吧，感慨个啥？"

"古窑址啊，可以做文物单位保护起来的。"

"那么多废弃老窑，保护得过来？不过，还真是，像这种完整的明代葫芦老窑，也没剩下几个。"

"这么说，密室算非法建筑？"

"你要这么说，也对。农村建房，山高皇帝远。再说原来就是生产队的烂窑厂，谁管？"柳叶萍笑道。

密室的正中，放了一张硕大的环形大案，当然也是砖砌的。案头上随意放了些瓷片、青料、料笔。案头的正中，硕大的一个缸子，摆得稳当着呢。

我的大龙缸！蓝守玉奔上前去。

叶师傅向蓝守玉竖起大拇指。蓝守玉没明白意思，看赵青花："师傅，叶师傅啥意思？"

"说你牛呗！"赵青花道，"小萍和小叶去机场接你的那半天，我和叶师傅就把你发过来的缸子开了箱，我们俩一动不动，在这屋子里看了一下午。"

"发现啥破绽了？"

"你要我说真话还是假话？"赵青花问道。

"师傅，我也算是见过世面的，你尽管说，大不了说它不对。"

"这倒是老实话。说错了，你别不高兴，反正我给你叶师傅喝了二两，你晓得的，管不住嘴。"

"徒儿听着。"

"我回瑶里后，听柳叶萍说你要发一个宣德龙缸来仿，还真没上心，寻思，你会送一个啥标本来，估计还是别人的高仿之类的。若不是，难道还能把上海博物馆的那件搬来不成，便没打算弄。不过，柳叶萍转你的话，说是替一朋友弄的，你朋友又愿意支持我建艺术馆，你晓得，我真的很想把艺术馆弄起来。也就动了私心，找叶师傅说了我的想法。叶师傅呢，也闲了几年，手也痒，一拍即合。不对，三拍即合，还有那孔老板，他也等我给他弄元青花人物，一直留着麻仓御土哩。也不是冲那点钱的，你晓得我俩弄官窑，都是帮孔老板挣的，人家老板卖钱，我们卖手艺。"

"两位师傅在瓷都举足轻重。二老眼里，钱就不是个东西。刷手艺才是二老的存在感哩。哪像我，一身铜臭。"蓝守玉本来说的真话，谁知听着还是有些变味。

"听这话有点奉承我们两个老头，你自我贬低的意思？话说回来，没钱，又万万不能。你们新兴派，靠眼力、魄力和手艺挣钱，无可厚非。是吧，小萍？"赵青花道。

柳叶萍应和道："师傅教诲的是。"

"教诲啥？我和你叶师傅辛苦折腾一辈子仿古瓷，撑破头了也没几个钱，想建个艺术馆，还得找人帮忙。还是你们厉害。尤其是你蓝守玉。"

蓝守玉回道："守玉也听师傅教诲哩。"

"哟，唱和上了？你是真厉害。我没有奉承谁。这也是叶师傅的心里话。"说着，赵青花也竖起了拇指，"你算碰上真正的宣窑龙缸了。"

"真的呀，宣德龙缸？"柳叶萍尖叫起来。

42.7 【不老的青花】

摄影专用照明灯，让大龙缸的细节之美纤毫毕露。

"标准的麻仓玉土，标准的宣青和釉里红发色，标准的宣德画风，标准的官窑造型，标准的皇族气质。"赵青花一连说了"五个标准"。

"这些标准在行外人看来，可能不知所云。"蓝守玉道。

"此话倒不假。你蓝守玉也算见过不少真东西的青年大行了，不用细言，也明白就那么回事。"

"师傅还要多指教，守玉是半壶水。"

"过分谦虚，就是矫情了。"柳叶萍道。

"厉害就厉害，真人面前不说假话，鲁班面前不耍大刀。"叶师傅道。

蓝守玉似乎没听明白。

"真人面前说真话，真话听不成假话。鲁班面前耍大刀，那是关公。"叶师傅的幽默，把几人都逗乐了。

"有几个细节，真值得说道的。没见过珍品，死读书，读书死，一味迷信江湖传说和故事，把地摊仿品当标准器研究，永远不知细节对于鉴真的意义。"赵青花道。

"细节决定成败。"蓝守玉插话道。

"就说四个细节。一呢，分寸感。多一点不行，少一点也不行。龙珠阁御窑博物馆里头的那件御窑遗址出土瓷片的复原品，还有上海博物馆的完整器，都不可能让你亲自去用尺子丈量，用天平称重。仿品的尺寸感，便永远差那么一口气，过不了关。就是我，若没真器对仿，也没底。二呢，宝石光泽。宝石光是时光反复打磨浸润出的含蓄和深邃感。没见过的冥思苦想也不得要领，看过的再也难忘。三呢，沉稳的幽蓝隐紫。绿中带蓝，或蓝中带紫，或蓝中带灰，因为都是窑炉出来的，没个标准，色泽也少了内涵。四呢，釉里红。釉里红不好烧，温度高了，烧黑甚至烧飞，低了，颜色又出不来。何况，洪武窑和永宣窑的釉里红，据说掺杂有珍稀的红宝石矿料。苏麻离青替代料，迄今无法获得，因为来自西域的青花矿料早就失传了。"赵青花侃侃而谈。

"你看这些料，"赵青花指着案台上的青料说道，"为了接近宣青的发色，我反复尝试用现代仿古钴料，与锰铁原矿和景德镇乐平山区一带出产的青料配方比例，还反复调试窑位，最后才达到现在的水平。"

赵青花拿起一块带款的青花釉里红大瓷片道："这是我五年前葫芦窑息窑前仿的宣德花卉，你看，过得了你这一关不？"

蓝守玉仔细察看瓷片后，道："除了胎质有点小问题，还有古瓷的岁月感也过不了。不过，单从釉色、画风、青花和釉里红发色，足可以秒杀很多玩瓷高手了。鉴赏宣窑器，画风不讲，只要认真学过，线条也能做到跌宕有致、刚柔兼济，最后，倒逼龙的运动姿态和花朵的生长性也出来了。除非顶级高手，一般看不出画风的问题。其实，还有金属斑点和笔触的问题，很多人死在这两点上。黑斑可以做，人为的不生动，容易露馅。不过，师傅你是权威，只要解决这个问题，笔触自然生动，重叠的地方，也如毛笔在宣纸上作画一般，该重叠才重叠，讲得出道道。青料浓艳之处，自然往下垂流，忽然又收敛住，完全不可控。金属斑点，宛若水墨画一般，连点成片，自然晕染。"

"胎釉和窑炉氛围也不可逆转，"赵青花两指捏了一瓷片，道，"你看这块老宣窑罐底，几百年前柴窑烧的麻仓土应该是啥感觉？瓷书上讲，胎干燥陈腐，窑屎老化，釉光收敛，没看过真品，挖空心思也理解不了。见过标本的，都知道咋回事。高仿要解决这个问题，一定得用当年的老御土，用它调釉水，用老窑烧柴火，最大限度还原当年的窑炉气氛，不然也有破绽可寻。"

"釉里红呢？釉料掺杂的红宝石料，可不大好找。"

"问得好。今天我就告诉你，那玩意我也找到了替代材料。"

"不会真的用红宝石吧？一颗红宝石几百万，这也太科幻了。"

"当然不是红宝石了，谁干那种亏血本的买卖，用的是一种南红料。"

"我们盆地西南高原的南红玛瑙？"蓝守玉愈发激动了。

"猜准了，的确如此。我试了很多种红玛瑙，最后发现南红玛瑙烧出来的颜色，最接近永宣釉里红。"

"麻仓土、南红玛瑙、老窑、松柴，模拟永宣老窑该有材料，也都有了。"蓝守玉道。

"别高兴太早。做宣窑器，不是我一人能完成的。我能做的是胎泥的炼制，釉料、青料和釉里红的配方，拉坯造型，控制尺寸感。叶师傅负责掌窑，尽可能还原当年烧窑气氛。绘青花釉里红和题款，年轻时候还行，现在老了，眼睛半瞎，看不大仔细了。这事还得小萍来做。"赵青花叮嘱道。

"作瓷师、青花师、掌窑师，景德镇三个最牛的大师连体合作，真乃天助！"

"是四体合一，怎么能忘了鉴赏家蓝大师哩。"

"我不重要，重要的是你们三位大师。"

"鉴赏家也少不得的，鉴赏家的意见，就相当于矛，我们三个是盾，没矛，我们就算能弄出绝世之盾，会很孤独的。"柳叶萍道。

"谢谢几位师傅。我蓝某愿意当各位的矛。以我之矛，攻子之盾。"

"盾究竟咋样，先埋个伏笔。记着下次来景德镇，别忘了给二位师傅带瓶好酒。至于我嘛，随便给点啥就打发了，比如一个元青花小瓶啥的。"柳叶萍笑道。

蓝守玉这才想起来今天似乎空手就上了飞机，遂道歉："怪我，走得慌，竟然忘了这茬，一定补上，'一五七三'，还是五粮液，随便喝。"

"我的元青花小瓶呢？被老鼠吃了？"柳叶萍似乎不依不饶。

蓝守玉当然明白柳叶萍此话的意思了，便道："怎能少了小萍师姐，我可不愿意被师姐骂成小白鼠。"

"我们几个再牛，还能牛过这大缸？没摸过它，我们几个这辈子，就算想破脑壳，也不一定能弄出来真正的宣德青花釉里红大龙缸。"赵青花感叹道。

是呀，千百年来，在饶州，在昌南，大大小小的窑炉明明灭灭，几十上百个姓氏的陶瓷世家，兴的兴、衰的衰，走马灯似的换。一茬接一茬，四方奔走的瓷器浩如烟海。唯一能与时间抗衡的，只有那一江清水和江水深处那一朵不老的青花。

那一夜，蓝守玉久久不能释怀。

第十五章　人境

43.1　【红月】

三江严格意义的冬天，从农历的十一月开始。

现在还是十月上旬。三江人的十月不叫小阳春，叫"红月"——盆周山区各大景区红叶指数，将十月中下旬到十一月上旬，绘成一条向上斜行的红丝线。

景德镇回来，蓝守玉的几个小年轻朋友发来邀请，光雾山看红叶不？他直接拒绝，早去过了。

小年轻们在群里发了一段话：二十看红叶，想结婚；三十看红叶，想离婚；四十看红叶，想重婚；五十看红叶，想再婚；六十七十看红叶，脑壳昏；老兄今年三十六，猴本命，试看漫山红叶，成双出对，你是选择离婚还是选择重婚？

本来想报复他们，结果还逗笑了。呵呵，跟小叔我要这些，你们当年都是我的跟屁……本人至今还光棍一条，离婚重婚都不沾边。现在网络段子也是，别看东抄西抄，没啥技术含量，无聊的时候读读，还挺打发无聊的。

柳叶萍昨晚微信告知，雪岭瓷庄已闭关，大龙缸的作瓷程序启动，短则半月，长则俩月，之后才是惊心动魄的点窑火。此间，一律不闲聊，有事留言。

知道柳叶萍不爱凑热闹，炼泥、拉坯、绘画，得何等心细。再说仿大龙缸绝非平常难度，更需作瓷者全身心投入。童桐不知在忙个啥，朋友圈也看不到信息。就自己闲，除了放不下大龙缸，便无所事事。

左右寻思，给文雄去了个电话，询问"传世皇庭"项目进展。

文雄回道，这段时间因为南岸的项目忙得不可开交，加上私事有些变故，都不好意思开口说。

兄弟伙有啥不好说的，蓝守玉觉得文雄忽然有些生分，再说，自己早不是屏羌官场中人了。

文雄才说，不是生分，是的确有些纠结。前段时间，市委组织部牵头的机构、编制和干部人事综合调研组来过屏羌，不是考察，是调研。调研组走后，并没有留下任何有价值的意向。昨天向书河私底下告诉他，说了一些情况，他可能与公安局岗位没缘分了，甚至吃管委会主任高配的待遇也有问题。

"难道调研时出了啥不利情况？"

"这个倒没说。不过，他说，若两个岗位都没戏，万不得已，他就把南岸新区管委会的党工委书记拿出来给我干，他慢慢再想办法。"

"这个岗位是副县吗？"

"不是，是相当于，有实权，目前是书记本人兼的。这个是县委常委们的分内分工，不牵涉干部职数和级别。"

"一个责任大过权力的工作岗位。不过，你要真干了党工委书记，那你就是书记的代言人了。书记私底下说说可以，但要在常委会上讨论通过，可能性小。"

"有人认为是宝肋，我认为那就是骨头。"

"为人民服务不挑肥拣瘦。"

"别给我讲这些大话。真到了这一步，还不得任凭组织发落。要想干点事，还真得有权。"

"能不能弄个副县且不说，只要人家向书河还挂到你，可见对你的器重，不是忽悠。副县长、公安局长这些，都是高风险岗位，双刃剑呀。"

"向书河也是这么说的，还叫我但管出发，不问前程。"

"话是这么说，可是好像对你还是不太公平。"

"不管结果如何，书记说都要给我搂起，叫我莫要情绪，要想法把园区形象抓上去，有为才有位。"

"他这是策略，相当于大战前的政治动员，稳定你的军心。"

"作为组织的一员，这点觉悟我还是有的。再说，我想他一个县委书记，也不会忽悠人吧？"

"向书河应该不是那种官油子，目前还单纯，你跟了他，或许是对的。你这么想，一个县委书记给一个下属兜底，一定是那个下属在他心目中有所倚重。所以，你得死心塌地，士为知己者死嘛。"

"也就只能往好里想了，谁叫你是我朋友，他又是你朋友呢？"

"他不是我朋友，是我朋友的朋友，这是有区别的。"

"管他呢，咋说没有你，也没有我文雄现在这版书。你文哥我军人出身，说出的话，就跟石头砸地上一个样。"

"哪样？"

"落地踏实呀，一砸一个坑。"

"那不正对眼下的干部任用路线？"

"我才不会管那些。书记说得好，干好自己的事，问心无愧就行了。现在项目全面铺开，调规要批，设计要评审，土地计划也要重新报批，这些都要走程序，虽然市县相关部门承诺'一站式'服务，为重点项目亮绿灯，时间可以缩短，但是哪一个程序都得有人去推动。"

"对你这种经验型干部，按部就班也是自我保护。"

"我也就是个瞎忙的命。"

"忙就对了，相信天道酬勤。现在该叫你文代局长文主任，还是叫你文书记中听呢？"

"兄弟又取笑我。没有老兄相助，我文雄还不是只无头苍蝇。真希望项目早点告一段落，陪你喝几场。"

"小醉怡情。"

"可惜我文雄没长三头六臂，分身无术，还请理解万岁。"

"理解万岁，都成了你们屏羌大院的高频词了。我当然能理解，忙好呀，谁让你们叫父母官呢？"

蓝守玉本还想再寒暄几句，听电话那头在喊文主任，估计下属在找他，便挂了电话。

又想起"兵哥"一事，就掏出备用电话，一拨，还是关机。也不知墩子有无进展。

想给施云发个微信呢，好像她也在朋友圈里一个劲刷红叶季，记者的职业使然。算了，要被她抓了壮丁，喊着陪看千篇一律的红叶，不是自投罗网？

齐鲁那头呢？棋逢对手，人生妙遇。围棋是他和齐鲁、向书河的人生交集。可惜，向书河忙呀，三人又未同城。算了，那么大个老板，不可能有那么多空闲。

自己又如何能闲得住？复活大龙缸的命题，才刚刚开始演绎。

43.2　【青铜立人】

人呀，真不经念叨。正想着，齐鲁就打电话过来了："蓝总，景德镇一行，可好？"

"尽在掌控之中，齐总放心。听文局长和童桐说，你的'传世皇庭'排场拉开了？"

"集团的一个副总具体在弄。这也不是齐鲁集团单方面的事情，屏羌也在抓呢，向书记和文雄还得靠它出政绩。哦，给你打电话，是想转告柴瑶一个话，说你那个童表妹，十分能干，基本能独当一面了。"

"就一个愣头青，胆子也忒大，你和柴总得常敲打，小心她翘尾巴，给捅出啥娄子来。"

"你那么不相信人家？小姑娘做事，有时候比我们自己做还要放心，对吧？我们还是弄字画啊瓷器啊这些老人活靠谱。"

"也对。齐总，我忽然想起个事。"

"请讲。"

"那天令尊大人请客，你带去的两张字，客人还满意？"

"太满意了！幸亏你提醒，我把两件东西都打发了。"

"都收了？"

"本来只收兰亭奖的，启功款那件老蒲同志坚决不要，我们家的老头子硬是命令人家，才勉强收了，而且承诺没事情要他帮忙。"

"只要老蒲同志收了，也就认可了你。"

"本来我还以为他就那样收了便罢，多大个事呀，就两张字，又不值几个钱，谁知他真的提出来要送我老子一件青铜器，说是互通往来。"

"那位领导要送令尊大人青铜器？"

"是呀，而且我们家老头子当场也应了。"

"青铜器得值多少银子哦？他不亏？你爹收了，就是你收了，以后你还咋给领导汇报项目的事？这不是整反了？"

"说读书多，会成书呆子，还真不假。我给你看看，你就知道了。"

挂了电话，齐鲁微信发来几张照片。

他一看，青铜立人，三星堆出土的那种，不过比三星堆馆藏的小了许多，应该是按比例缩小版工艺品……

原来是这路"国宝"！

就回信："好标准的青铜立人，价值不菲，抵你爹的启功款没问题。他们谁也不欠谁，也没给别人留下啥话柄。收得太正确了！"

齐鲁一连回了六个笑脸。

43.3 【曾子羊】

刚同齐鲁聊完，童桐就来了电话。不是都在玩消失么，咋赶着趟来了？

"童桐到哪里都是玉表哥亲亲的表妹，是吧？"

"接你的电话，老觉不踏实，无利不起早。是不是你的售楼部遇上啥麻烦了？"

"孔雀开屏。会有啥麻烦呢？就算有，柴总和文哥撑着哩。"

"算我自作多情，好不？"

"没事就不能骚扰？"

"没个正经。挂了？"

"别，别，别……"

"我说有坑吧……说吧，惹谁了？"

"也没多大个事。不是我正弄'传世皇庭'售楼部么，这些天柴总一直找我，齐鲁集团到屏羌推旅游地产项目，虽然在屏羌这旮旯，针对的也是荣城周边二三线城市，尤其是荣城的客户，他俩希望弄个啥电视节目炒作一下。"

"你说这些，跟我不挨边吧？"

"挨边，太挨边了。表哥，这回你真得好好帮帮我。你晓得我读书不多，哪懂策划啊、炒作啊啥的。想想不是有你吗，你是谁呀？"

"我是谁并不重要。地球离了谁，都会照样转。"

"你是谁确实并不重要。可，你是我表哥呀。"

"还讹上了？"

"多么高尚的事，被你说得那么难听，助人为乐嘛。表妹打心眼惦记着表哥的好呢。"

"你表哥最怕被人惦记。"

"没做亏心事，不怕鬼敲门。"

"打住，打住，发慌。"

"表哥你可不就是图个名？表妹真心惦记哩，再说你表妹也不是忘恩负义之辈。"

"我说过我不要回报了吗？"

"你还真敢要？我可是你亲表妹，又不是捡来的。"

"算了，算了，每次跟你打电话，老扯不上正题。不就是八字还没一撇，就想在图纸上把房子模型卖出去吗？说吧，你们想弄个啥名堂？"

童桐就在电话里简单说了柴总的想法。

荣城电视台都市频道有个柴总朋友，是个栏目制片，叫曾子羊。这个曾子羊熟悉，几年前弄过一档选秀节目"终极女声"。曾子羊的那档子节目，一开始并不被看好，扯的文化大旗，走的选秀套路。最扯眼球的，无非是嘉宾们现场即兴爆料，拿小女生的青涩开涮。与其他电视节目相比，换汤不换药。

令人大跌眼镜的是，一档并无新意的选秀节目，报名的女孩子居然排了几里地的队。热情持续数周，电视台、报刊、网络，一应娱乐栏目加盟炒作。荣城两家都市报的版面几乎被节目的各种八卦给覆盖了。网站更不用说，资讯频道见天滚动，论坛帖子多如牛毛，聊天室人满为患。一个国际大都会的流量，好像都给了曾子羊的"终极女声"，跟过狂欢节一样。

曾子羊弄"终极女声"，弄成了个人物。

"终极女声"终究是个正宗的娱乐节目。"传世皇庭"是旅游房地产。此次，曾子羊找到齐鲁集团合作，将娱乐节目与实体项目融合，似有转型的意思。如何融合，身边却无借鉴的现成案例，这只螃蟹，可不咋好吃。

"我能帮你们啥呢？又不懂电视。"

"柴总约了今天下午同曾制片谈合作事项，为保密，柴总和我向曾制片的剧组推荐，专程来拜访'守玉楼'，当面向你请教。"

看来"守玉楼"被柴总给盯上了，便道："琢磨你是不是已先斩后奏，应承柴总了？"

"哈哈，聪明。柴总让我转告你，请蓝先生不吝赐教。"

"请教谈不上，曾制片和柴总搞电视科班出身，大家一起聊聊天，还是可以的。"

如果是聊聊天，也就没有接下来的那么多事了。此为后话。

挂了童桐的电话，去吧台特别嘱咐，下午茶坊不对外，有客人来访。

43.4　【头脑风暴】

午后两点，柴瑶、童桐、曾子羊和剧组一行造访"守玉楼"。

奉承话自不必说，曾子羊虽然不像柴瑶懂瓷器，但传统文化也是搞传媒的必修课。参观会所展品后，曾子羊坐下来的第一句话是："我有了。"

柴瑶开玩笑道："别吓人。曾导，你有啥了？"

"有话题了。"

"莫非蓝总的'守玉楼'给了曾导灵感？"

"当然，几乎是一念之间。"

蓝守玉有些好奇，道："这么说，我也似乎有了，莫不是寒舍埋下了曾制片的伏笔？"

柴瑶插话道："听二位这么说，我想，我也应该有了。"

童桐见三人都"有了"，就道："曾制片、柴总、表哥，既然三位都有了，这样，不忙说出来，先玩个游戏。"

蓝守玉道："打住，柴总和曾制片的剧组，正开策划会聊正事哩，玩啥游戏？"

童桐道："我的游戏也是说正事，草船借箭听说过吧？"

曾子羊一听，来了兴趣："小童同学的意思是不是让我们三位，也学学三国古人，在手心里写个啥，一会儿亮出来？那我同意。"

柴瑶也道好。

童桐给大家发了笔，让大家写一个关键词。

待写罢，童桐让三人一道亮出来。

曾子羊写的是"电视寻宝"，柴瑶写的是"宝贝"，蓝守玉写的是"官窑"。

虽然不像诸葛亮和周瑜都写的一个"风"字，但三个关键词的指向也是高度集中，说白了，都是给"传世皇庭"的灵魂贴个啥文化标签，现在流行的说法，叫"赋能"。

其实，接到童桐电话后，蓝守玉就已有主意，造个馆事小，造出名声得仔细琢磨。齐鲁把建艺术馆的活派给他后，他就一直寻思咋才能征集到一些玩意，这下好了，可以借助曾制片的电视项目这个东风，邀请栏目组去屏蔽弄节目，说不定就是齐鲁的一步妙棋。看来，齐鲁真不可小觑，处处都比别人想得长远，地产老板的智商都像他这么高……他不敢往下想了。

曾子羊介绍道，他的栏目原来走娱乐路线，最近被有关部门敲警钟了。所以，一直在寻思如何创新。打选秀和新闻的擦边球，选秀媚俗，有眼球，新闻枯燥，有流量。想来想去，最后落脚在传统文化。

剧组有人接曾子羊话道，曾导的意思是这档子节目，娱乐还要保留，现场感又不能缺失，还得注入传统文化内涵，不要被有关部门抓了辫子。

蓝守玉听明白了，这是自媒体抢电视的饭碗，电视人要反制了。

曾子羊道，栏目组最近一直想弄档子"现场"节目，现在类似的电视节目收视率持续看好。现场，有煽动性，然而各家电视台搞的，无非是关乎社会公众心理纪实，或聚焦民生热点，或探秘私人情感。观众群定位为一些有强烈社会参与意识的青年人，也不乏官员和知识分子。这些观众，有一定文化素养，也有闲，兴趣和精力的背后，有潜在的巨大流量。

柴瑶道，与曾总即将合作的项目，齐总也很重视，明确表示合作费用不是问题，栏目组不用另拉广告。

曾子羊道，齐总也是一番好意，不过电视人的收视率就是生命力。他希望这档节目能持续运行，也希望更多的企业家参与。所以，一开始就要把眼球花样要够，不然很可能短命。对于一个职业电视人，这是不能原谅的。收视率每况愈下，是眼下电视人的生存危机。

曾子羊此说，契合蓝守玉的关注点。

蓝守玉道，当下电视节目娱乐化，脱离现实，高层应该看到了问题的实质。曾导思变，这就叫电视人的职业敏感。要娱乐，也要现实；要流量，也要使命。不能像有些节目那样，一个人在那发表电视时评，自说自话，完全忽略观众的存在，真到了问题深入的关键，又欲言又止，如蜻蜓点水，不过瘾。传统媒体落伍，核心问题还是观众的审美疲劳使然。

曾子羊道，现在电视人普遍处在一种关注点转移的迷惑期。他们需要更换口味，需要加点麻的辣的。

童桐听三人讨论得入神，就说她不太懂，问这是不是传说中的头脑风暴？

童桐所说的风暴，在政府官员们那里叫"务虚会"，只有话题，没有主持人，也没有明确的讨论方向和任务。

说是风暴，不仅指话题讨论要契合热点，引导席卷线上线下关注重心偏移，还指讨论的形式是自由的。可以举双手赞成，提建设性意见。也可以"灌水"、搞笑，发些无关主题的言论。甚至口诛笔伐，往死里批，一针见血，体无完肤。一切都在某种假设的前提下进行。

"守玉楼"的头脑风暴，一步步达成共识。

剧组里一个小年轻是搞策划的，建议可以像网络论坛一样，搞个"寻宝直播"之类的节目。

女采编表达了她的担心，电视媒体搞网络风格，恐怕有难度，直播室只有那点空间，请上几十上百个人挤在屏幕前，我行我素瞎折腾，喋喋不休发诳言，会不会把观众搞晕？

两人的争论，倒是给曾子羊一个启示：搞个现场仿真的BBS电视版本呢？

曾制片抛出这个想法，无疑又为一屋子的脑袋点了一把火。螃蟹模样越狰狞，越要有敢于先尝一口的勇气。

43.5 【共识】

"守玉楼"聚会，达成三点共识。

一是现场感。

观众所关注的那些正在发生的，电视人为你记录。注意是记录，得强调现场原生态状态，可以仿真，可以预谋，可以暗访，当然更多是随性，有一点要注意，不能露"电视"马脚，不能"穿帮"，要原汁原味，不假思索。

"不能低估观众的智商"，曾子羊一直强调这句口头禅。他说自己是栏目制片，是老板，必须考虑节目收视率，从市场中寻找观众，从观众中赚取效益。

曾子羊还有一句口头禅，"有一只眼睛无处不在"。他说电视人的眼睛与众不同，因为发现，百分之九十九的努力才能成为现实。百分之一的发现，就是催化剂和着火点，从某种意义上说，百分之一的用力，与百分之九十九的努力，都是百分之百的不可或缺。光参与，没有发现，不是记录，也不是关注。

栏目组老编剧如此诠释曾子羊的"发现"，因为身边正在发生，所以便没有理由不低下来。只有讲述的话题，没有腐朽的主题。老编剧这话像诗歌，又像哲学。

蓝守玉寻思，这个老编剧估计年轻的时候就是个文青，说不定还是"土豆体"的粉丝，最近转而研究"无主题诗歌""本原诗歌"之类的玩意了。据说"无主题""本原"，是继"土豆体""下半身体""梨花体""羊羔体""口号体""海啸体""菊花体""尿尿体"等这体那体之后，最先锋最后现代也最流行的诗坛网红名词。

存在便是合理，流行自有其流行的道道。曾子羊并没有打住老编剧的后现代发言。

摄像的理解是，只有直播的眼睛，没有直播的镜头。从技术上可以处理电视摄像机与当事人的互相干扰：用针孔摄像机，让摄像师淹没在当事人之中。

蓝守玉皱眉了，啥情况，这是做电视还是卧底搞案子？

二是参与度。

蓝守玉道，这档节目，需市民广泛参与。要实现这一点并不容易，都是搞了多年媒体的"油子"。

年轻策划道，栏目组可以公开从市民中物色寻宝主持人，引导现场事态和观众情绪，宝主可事先安排去现场卧底。

曾子羊道，现场分第一现场和第二现场。第一现场一般是现成的。

道具师认为，第一现场也可能是虚拟的，但一定得接地气，比如乡村社区、公共场所，又如古玩商场、地铁站口、大街闹市、公共汽车内，等等。这些场合人多眼杂，有"戏点"。道具师百分之百从电视端口出发，没有别的用心。尽管，他选择的那些场所，容易无事生非。无事生非也没关系，第二现场，会拓展第一现场的时空，化解后遗症。

副导演兼制片助理建议，寻找合作媒体，把不同媒体的受众和更多的有关无关的人吸引进来。找啥媒体呢，报纸、电台，还是网络？媒体都有排斥心理。对剧组来说，没有啥比收视率更为重要了。何况，这回是剧组的原创，电视频道仍然是大哥，其他的媒体仅是打个有钱大家赚的"酱油"而已。

副导演提到的问题，几乎没有杂音，最后一致同意寻找"宝虫网"为合作伙伴，开设网络寻宝现场论坛。

三是娱乐度。

娱乐节目是曾子羊的强项。按他的说法，现在已进入媒体争霸的"娱情时代"。

一个"终极女声"，就搅得一个城市风生水起。

柴瑶批电视人其实是个发育畸形的怪物，她早些年和曾子羊搭档弄娱乐节目，但自己都不爱看。

这就有点奇葩了。喂猪的，讨厌吃猪肉。柴瑶的意思是，年轻时做媒体冲动，现在神志清醒了。这不是电视职业的错，是爱情、婚姻和家庭惹的。婚姻就是一只煮熟的鸭子，不要担心它会飞，怂恿它飞它都没有那个能耐。一个幸福的女人，跟一个不幸的女人的区别就是，好歹家里还有只鸭子。啥时候想起来，还能吃上那么几口，看着腻，却不会塞牙。食之无味，弃之可惜，细细咀嚼，又没那闲。

柴瑶也许是对的。若说齐鲁对她还有一点吸引力，那也不会是在床上。齐鲁十天半月要去柴瑶那一次，有点像例行公事。柴瑶不满了，埋怨齐鲁，把我当啥人了？柴瑶心里跟明镜似的。齐鲁反感她做那事时的冷寂寞。人家瞎忙乎半天，自己却无动于衷。

完了？完了。那要回去忙了？是，回去吧。

齐鲁下了床，很快穿戴整齐。柴瑶把脸转向窗外，有稠鼻的香袭来，夜来香？柴瑶对夜来香的馥郁，并无好感，也谈不上厌恶。

有一天傍晚，齐鲁无事，鬼使神差转到娱乐频道，屏幕上柴瑶被曾子阳临时抓了特邀嘉宾。很久没上镜头的柴瑶，一见摄像机，就神采飞扬，对一大帮女孩子横挑鼻子竖挑眉毛。节目叫"热辣辣之夏"，齐鲁来了兴趣，破天荒看完了那期节目。怪不得这个夏天热得心慌，原来都是柴瑶惹的祸。"凉粉""盒饭"，还有啥"荔枝""果冻""拉面""泡馍"等，不吃都饱了。多时不看时尚节目，还不知道街上正流行一种怪病，集体失语和强迫性狂想。这话是齐鲁那天做客"荣城创客"访谈讲的。那话不是说给现场和电视观众的，他的对话对象只有一个人——柴瑶。有一句口头禅咋讲的，吃不着葡萄说葡萄酸，但真吃着了，也没话说，葡萄要酸起来会掉牙，要甜呢又腻味。大男人的口味也是大男子的单边主义，不好将就。

关于娱乐度的问题，曾子羊的态度很鲜明，尽管有人质疑，目前看娱乐依旧是主流。现在娱乐节目为了流量，都往死里血拼。想走得更远，引领新媒体时尚，必须在媒体大战中频出险招怪招。要是屏幕上老是同一张面孔，同一个声音，炒冷饭，卖过期黄瓜，是个正常人都会腻。

柴瑶道，正因为如此，齐鲁集团"传世皇庭"项目，才选择与曾制片剧组合作。她的意见还是，"传世皇庭"项目组仍然搞选秀促销，老套是老套，但百试不爽。

蓝守玉出个点子，说可以解决大家提到的共性问题。把选秀、寻宝、赛宝、砸宝混搭，反正大家说的现场感、参与度、娱乐度都可以给点面子，虽说像大杂烩，点子绝对创新，甚至还可以更疯狂点。下来他可以弄个策划文本给曾制片和柴总。

曾子羊说行。柴瑶强调，齐鲁集团希望剧组尽快完善策划，尽快开工，征求曾子羊意见，是否搞个新闻发布会啥的。曾子羊认为可有可无，要图快就直接在电视上和"宝虫网"播出广告，十一月中旬就可开机。具体流程吗，等蓝总策划出来再说。当然，这事都得最后让出钱的齐总拿主意。

43.6 【万事俱备】

三人分了下工。蓝守玉负责流程框架策划。曾子羊负责台里面的项目入库、筹备剧组人马、与"宝虫网"洽谈合作，以及前期宣传。柴瑶负责协调齐鲁集团和屏羌电视台的合作，寻求赞助。

按风暴会共识，曾子羊的同仁们重新调整各自工作状态。他们对那些趾高气扬的同行娱乐频道，还有不可一世的自媒体的不满由来已久，终于能同仇敌忾了。

出其不意，反其道而行之，整合寻宝、鉴宝、新闻、选秀节目，把所有的空间媒体都调动起来，招数险也好怪也罢，只要能一招毙命。

曾子羊找台领导，兜售策划。不用花费太多口舌阐述，台领导太熟悉他了。他跟别人永远不一样的，就是敢吃螃蟹，制造爆炸性事件。栏目创意，得到了台领导的首肯。分管副台长特别嘱咐，第一期节目要以最新锐的面孔最快的速度问世。话题确定为寻宝，估计也没啥违法犯罪嫌疑，也不会去踩这样那样的雷。每一期播出，直接上，栏目组自己审片，不用上报，一切以收视率为标准衡量。

台领导的一句话，无疑授予了尚方宝剑。台里提供一季黄金时间段，至于制作经费，曾子羊承诺他负责拉赞助。

与"宝虫网"的合作，因为利益趋同，谈判也没遇啥障碍，无非是一些技术细节之类。齐鲁听了柴瑶意见，明确表态，第一季合作，给剧组三百万。同屏羌台的合作比较简单，屏羌只需提供一套小型摄制人马和演播室，支持广告播出档位。

各方意见于是高度一致。抓紧组建联合剧组，封闭式工作，事前不能向外界透露任何资讯。为确保万无一失，信息的获取和保密至关重要。曾子羊吃过类似的亏，有次辛辛苦苦搞了个访谈节目创意，因为走漏了风声，被另一家电视台捷足先登，功亏一篑。同样的低级错误，不能犯第二回。

万事俱备，只等蓝守玉的策划书问世。

44.1　【楼市问题】

别看老总们个个掌管着牛哄哄的大公司，很多时候并非江湖传闻中——"那么忙"。

比如齐鲁的日常事务，是由一个叫董秘的影子高管来打理的。具体到开发项目，又由各项目经理部负责。运营模式与政府大同小异，只是老总们似乎要比市长、县长们权力大，不像行政首脑，需要通过各种会议来推动落实意图。齐鲁反感形式主义，但不开会不签文件，似乎又刷不了存在感。就算精文减会，一周总得签一回文件，一月总得开一次总裁会吧？还是烦。

烦的时候，齐鲁会将更多的时间，留给会所里的官窑。但官窑也有看腻味的时候，就去下面项目溜达。如果哪天，他忽然在朋友圈玩起了消失，那一定是找人切磋棋道去了。

齐鲁自诩为"土豪"中的逍遥派，逍遥并不意味对企业失去掌控。

齐鲁办公室里有个斗大墨书："舍得"。有舍才有得，看来还是信奉中庸。

一个守财奴，咋能成就气象？齐鲁给合作伙伴分享项目股份，便是舍。副总和项目经理们死心塌地，为集团卖命，便是得。

他在一个早晨，等到了柴瑶转来的与曾子羊剧组的合作策划。荣城和屏羌电视台原则上通过项目，播出障碍已经移除。柴瑶同曾子羊、蓝守玉联袂献计，又给了他足够信心。

荣城和三江最最聪明的三颗脑袋，还当不了诸葛亮？何况还有齐某人。

齐鲁常以范蠡自比。范蠡做生意，要比孔明强许多。

柴瑶发来邮件之前，齐鲁已将有关房地产泡沫的资讯跑了一遍。

珠市、杭城、合市、荣城的房价突然发飙，让一度消失的"泡沫"声音甚嚣尘上。危言耸听的，扯啥历史地球顶，重蹈日本覆辙，唯恐天下不乱的，预言啥最后的疯狂，"闪崩"之类，云云。

现在的流量专家和媒体人，不懂政治经济学、经济政治学，也就算了，房地产是纸上谈兵能搞的吗？

外行看热闹，内行看门道。房地产大亨李某某和王某某没有撒谎，正契合齐鲁投资屏羌"传世皇庭"的思考，一线城市房价暴涨绝对是个炸弹，但这炸弹政府不能让它炸。此时，地产老板们困守大城市"等靠要"，必死无疑。李某某加大投资，主要在旅游文化地产，所传递的信息，是高层认定未来旅游地产，将是承接转移地产投资又不加大泡沫的宏观选项。如此，便能解释三江和屏羌市县两级，为何要全力以赴助推屏羌南岸开发了。

炸弹终究要炸的，不能在炸开之前全身而退，也要将爆炸冲击波风险转嫁别人。这个别人是谁，齐鲁已有个头部轮廓。

房子是用来住的，不是用来炒的。几千年来的"地主情结"，已然成为国人冥顽不化的人身依附。一辈子都在挣固定资产，好像没了房屋田舍就没了安全感。诗人杜甫很忙，所忙之一就是买地造房。杜甫是房奴的鼻祖。逍遥的李白另类，想做高官，寻觅佳人，赋得一鸣惊人的大诗，还不是为了那流量。李白是月光一族的超级偶像。既为谪仙，普通人又如何能学得。聪明的"80后"差不多都在模仿杜甫，当面吐槽房市，背地里忍不住偷偷搞小动作——看房、摇号、投资二房三房。李白也好，杜甫也好，他们哪一个指头在动，又怎能逃脱李某某和王某某们的鹰眼？于是，李某某和王某某，迎来了房地产泡沫的升级版。

聪明绝顶的齐鲁，早已做好分享房地产最后一杯残羹的打算。

齐鲁越想低调，可越低调不了，其在荣城地产界的名声不允许他低调。既不想独领风骚，也不想蹚浑水，那就选择暗度陈仓。

"传世皇庭"承载着齐鲁的"暗度陈仓"。

44.2 【醉翁之意不在酒】

屏羌的项目咋说也该造点事，生点是非了。是非就是流量，流量推升流量经济，流量经济造就流量时代。

跟齐鲁集团合作的媒体多得去了。齐鲁想换思路，找个并不熟悉财经领域的文化记者传递想法。

他想到了柴瑶的闺蜜施云。早些年，柴瑶引荐认识施云，荣城文化领域媒体的美女主笔。

秋天之前，两人也只能算认识。施云真正融入齐鲁的人脉圈，要从屏羌的项目算起。

施云愉快地接下了齐鲁的活路。

齐鲁欲借施云之笔，为屏羌项目造势：盆周山麓尤其是盆地西南三山环抱的三江流域旅游地产，或是未来承接荣城房地产投资转移的黄金三角。

一二线城市地产泡沫已然显现，没有谁会想着泡沫破灭。去年底推出去库存宏观政策。大城市哪来的库存，都在三四线。一二线城市蛰伏一年，再次突然无症状传染涨价，这显然不是各方愿意看到的。一厢情愿的状态或是，一二线城市房价稳定，三四线城市房价稳步上升，以时间换空间，慢慢挤掉一二线城市房价泡沫，实现软着陆。齐鲁预测很快会出台新一轮的限购政策，挤干像荣城这样的一线城市地产泡沫。然而，又不能搞休克疗法，只好退而求其次，遮遮掩掩小敲小打，限购并增加土地，走一步看一步，实在不行了，后面还备着一揽子家伙什哩。总之，赶着投资向盆周山麓旅游地产转移。

眼下该不该下手买房？去哪儿买房？齐鲁联想到棋道。顶级高手能看十几步，一流高手能看七八步，棋艺平平的马马虎虎也能看两三步。丢掉几个子不重要，重要是结局。放大时间尺度，买不买房已无须讨论。现在该关注的是，去哪儿买？

是呀，去哪儿呢？齐鲁给施云讲了一个概念："朝阳地产"。他预测，盆地未来的黄金三角在旅游资源丰富的屏羌。

施云也是明白人，齐鲁要她写的这篇文章，醉翁之意不在酒。

44.3 【左右手】

同施云通完电话，齐鲁想到一件事。

齐鲁并没有像别的"土豪"那样，温水煮青蛙，一边收获财富，一边丢失快乐。他早已习惯了一个男人、一个老人和一个保姆的世界，以及没有女人气味调和的周末。虽百无聊赖，可也自由。十点起床，等保姆送来早餐，潦草充饥。尔后，躲进阳台的沙发里，任秋光晃来晃去，半睡半醒自在。

临近中午，寂寥了，奔办公室。

生活秘书刚好送来盒饭。"土豪"吃盒饭，用媒体人的话说，叫"亲民"。亲民的盒饭，并不能抬高"土豪"的道德。"土豪"的道德，价高着呢，作为偶然的个案，盒饭是"土豪"人生的非常态。

非常态的那个中午，齐鲁在办公室打开盒饭，用手机拨了老婆徐昕蕾的网络视频。

没有应答。这才想起来，人家在大洋彼岸，十二个小时的时差呢。

齐鲁有个致命的缺陷，有啥事都藏不住，尤其在最亲近的女人面前。可又忍不住与人分享的私欲，独乐乐不如众乐乐。于是，好多的"土豪"乐意当大众的"情人"。现在回忆起来，年轻时候那轻佻啊，天天想着女生的各种好。真拥有了，新鲜感直线下降。俗话咋说？九月的新米。新米本来还是图个鲜的，可新米终要熬成老粥，一日三餐，翻来覆去，新米也会腻味。

他把老婆孩子送至大洋彼岸，试图以空间换得从新米到老粥，又从老粥到又一茬新米的逆转。

也是跟别的"土豪"学的。是个男人，便免不了俗，齐鲁也免不了。柴瑶已然烙印在他的人生里，欲说还休，欲罢不能。柴瑶不是他的妻子，也不能算情人，甚至不属于任何法律和社会学的范畴。衣服？不像。冷起来想加，热时嫌肿。饭食？不太像，饱了不想，饿了也能忍着。鞋子？也不像，新鞋子嫌挤，合脚好看，穿久了会松，还失了光彩。那像啥？想来想去，觉得像手。有句流行语，俗是俗了点，还真掐准了：握着老婆的手，就像左手握右手。左手右手，天天看，碍眼。少了哪一只，恐怕也不行。更像头发指甲，生就与肌肤根连根，貌似无用，一拔生疼。五官呢，似是而非。谁不想着眼睛、鼻子、嘴巴、耳朵，好看还要中用，不当摆设？

柴瑶早已成为齐鲁身体的某个部分，比如最细致的那毛孔。齐鲁永远无法读懂柴瑶的全部。古人发明成语心心相印，还不是为了自我麻痹。不识庐山真面目，只缘身在此山中。既然一副肩膀长不出两个脑袋，那又咋可能心心相印？

他放弃了继续联系徐昕蕾，转而拨通柴瑶电话。柴瑶说策划已经发给董秘了。齐鲁问，除了策划书，没别的事了？柴瑶问，还能有啥事，贼喊捉贼？齐鲁道，要这么说，那就有吧，今天周五，请你吃个饭？

电话那头，一连串的光信号乱码……

44.4 【标题党】

董秘送来蓝守玉、柴瑶、曾子羊的策划书，单看标题就足够吸引眼球："传世皇庭·官窑美人秀"。

标题党时代，有个好标题，创意胜一半。"传世皇庭·官窑美人秀"，绝不是标题党，这只是齐鲁一人的看法，需要得到印证。他叫董秘通知办公室、营销部、宣传部的几个年轻主管到他的办公室。

几人传看策划，只为要回答他的一个问题：点子如何？

"80后"某男说：这个策划有可能将是一枚炸在三江和屏羌的"核弹"。

营销部女部长恨恨不已：炮制这个策划的就不是一个脑袋。

那是，三个脑袋哩。他笑了，忽然有了想见到谁的冲动。

45.1 【你慢慢飞】

会议草草结束，齐鲁直奔农贸市场。

齐鲁好一口烤鸭。她呢，豆腐脑？

还在做电视主播的时候，每个周末下班前，柴瑶会收到外卖小哥送来的一只烤鸭，还有袋豆腐脑。如果没收到，定会在楼下停车坪见到一男的。接下来，男的和她，便有了个热气腾腾的周末。他买菜，她做饭；他抹桌，她洗碗。激情终有冷却的一天，结局如此雷同：似乎都不再有肉体的饥饿感。他躺在沙发上，方便面加《足球报》，半天便打发了。她呢，半杯牛奶，一个化妆台，一坐两小时。一日三餐，已然日常的多余。谁也不再计较烤鸭的酥腻，豆腐脑的酸牙。

温馨，与廉价并无相关。他决定重提烤鸭和豆腐脑。亲爱的，你慢慢飞……

烤鸭和豆腐脑廉价的温馨，替代两只蝴蝶的芬芳。真得感谢那份策划书，是它让两人有了重提温馨、如沐秋光的理由。

柴瑶已在沙发上候着他回家了。准确地说，那是她的居室"土豆屋"，不是他俩的"家"，他只是给了她一套没有名分的大房子而已。

"猜猜，给你买啥好吃的来了？"

"又不是小年轻，放冰箱吧。今天晚上不在屋头吃，去皇朝大酒店，我已定下'双色土豆'包间。"

"'双色土豆'？情侣包间？"

"听你这话，好像不大情愿？"

"没，只是觉得两人去那么文艺范而又高大上的地方，吃烤鸭……"

"要面子，就扔掉呗。"

齐鲁咋也没有想到挖空心思忙乎半天，最后得到的是个欲罢不能的片段。

"买都买回来了，要不带上？"

"你一个大老板，要好意思就带。我无意见。"

都是荣城有头有脸的人物，去皇朝大酒店自带烤鸭和豆腐脑，不是开玩笑，就是非主流。

齐鲁并没有下得去手，扔掉烤鸭和豆腐脑。它们只是被他俩遗忘在餐桌一角。

选择性遗忘而已。

45.2　【情侣套餐】

　　皇朝大酒店是荣城一家超五星酒店。"双色土豆"包间情侣套餐，连带包间费，一束鲜花，一瓶美人葡萄红酒，最低消费一万三千一百四十元，寓意"一生一世"，潜台词都懂的——赚你高兴，还没商量。他俩曾经的各种应酬，差不多都在这个酒店。不为应酬，只为两个人合伙吃顿饭，倒是头一回。

　　情侣套餐有六道菜。

　　头道凉拼。红萝卜和芹菜雕刻的玫瑰花和两颗心形，名字叫"心心相印"。名俗了点，做工尚不错。

　　主菜两只清蒸乳鸽。服务小姐介绍道，菜有两个名，老夫妻叫它"百年好合"，小情侣叫它"随爱而飞"。齐鲁觉得后面那名实在搞笑，看柴瑶矜持的样，又忍了。

　　素菜是百合花清蒸老南瓜片。南瓜切成月牙状，围上一圈百合花瓣，叫"花好月圆"。

　　副食是珍珠土豆和红樱桃罐头做的糯米饭，叫"冬天里的一把火"。齐鲁有些小激动，我晓得，你是糯米，我是土豆，樱桃是两个人谈恋爱。柴瑶怼道，反了，你是糯米，我是土豆。齐鲁想了想，对对，忘了你的土豆妆和土豆餐了，从来都是糯米黏土豆，哪有土豆黏糯米的。

　　最后一道菜煲汤，藕片、莲米、枸杞、大枣、桂圆，配以冰糖熬的稀粥。其实就是八宝粥，熬得稠，味道想来应比家里的要好。服务小姐正欲介绍菜名，齐鲁道，不用介绍了，"早生贵子""连生贵子"嘛。服务小姐道，名是俗了点，好喝是真的，还美容。齐鲁就道，换个"海枯石烂"名咋样？齐鲁是善于制造喜剧效果的，此话一出，服务小姐笑得捂嘴，柴瑶呢，本来没啥情绪，也忍俊不禁了。

　　服务小姐问，套餐的主食朱砂点皮喜沙心子汤圆，赠送的，要不要上？齐鲁问啥名。服务小姐摇头。柴瑶小声道，听别人讲过，好像叫"家和万事兴"。"家和万事兴"？这么高大上？齐鲁不解。柴瑶解释道，就是外面光鲜，屋里甜美。齐鲁道，那还不如叫"家中红旗不倒，外面彩旗飘飘"。这像啥话？柴瑶自然不会附和，不附和又不能扫齐鲁兴致，也就轻描淡写哼了声"切"，以示不屑。

　　齐鲁不喜甜食，征求柴瑶意见，说反正是赠送的，不上白不上。柴瑶道，你们男人是不是，见便宜就上？两只鸽子就把肚子撑了，还吃得下？

齐鲁当然懂得柴瑶话里带损，就让换成本地五彩缤纷的酸泡菜。

服务小姐笑道，先生，你们订的是情侣套餐，要甜甜美美，不能吃酸的……

服务小姐的善意，差点让齐鲁喷饭。

45.3 【我想要有个家】

两人的酒杯，已斟满粉红。

"晓得今天是啥日子不？"

"情人节？'官窑美人秀'签约？不对，我今天刚看了你发来的策划文案，签约也要等我批复之后啊。"

"齐总，你太忙了。就算你忘了啥，我也能理解。喝一杯吧。"

"要放幺蛾子？"

没等他端杯，她已兀自饮了。

"今天是你我第一次……那夜，月色好美。"她两眼朦胧。

"记得那么清楚？是……有月亮的。"他被她的情绪感染，也语无伦次，糊里糊涂喝了。

"还以为你忘干净了。"

"我是不是太冷血了？"他像是在问她，又像是自言自语。

"不，是我们都是彼此的人生过客。"

"……"

月色在杯中摇晃。

"那天，晚上……是不是？"

"好像是吧，谁记那个……你喝多了？"

"我就是想醉。你们男人在外面，不是总爱看别的女人酒醉后的笑话吗？你看，我酒醉后，是不是笑话？"

"没有，好看还来不及哩。"

他发现她的脸上真泛有一种美人葡萄一样的粉红。

"听说她要回来了。"

"谁知道呢，回来又咋样？"

"她回来，我……是不是……该隐居了？"

"有关系吗？"

"没有。"

"那你……咋会有如此可怕的想法？"

"可怕吗？"

"当然，这想法对我来说相当可怕。我是不是哪做错了？"

"你……没错，我……也没错，是时间……把我们都蒙蔽了。"

"时间是双刃剑嘛。不过，你好像已免疫了吧？"

"免疫？也对，心如磐石。"

"不是，是海枯石烂。"

"海枯石烂……骗小姑娘的把戏你也信？"

"宁信其有吧，总得要有理想。"

"理想？我有理想吗？"

"当然，你那么要强。"

她没有接着往下说。他听到了那首熟悉的恋曲，我想要有个家，一个不需要华丽的地方……

他握着她的手，泪流满面……

准备了一个下午的烤鸭和豆腐脑，原想给她一个惊喜，谁曾想到这样，越想逃避，越跑不掉。

剪不断，理还乱。那还说啥闪崩呢？

闪崩是要超付代价的，谁都会怕。

房价不会闪崩，情人更不会。

45.4　【独角戏】

两人手牵手出了皇朝大酒店，一路上谁也不说话，只听到粗气喘，把情绪的温度保持到她的"土豆屋"。

他手忙脚乱地扯了她的衣襟。她的嘴唇微微颤抖，依然沉浸于那片月色。哪里来的月色呢？只有柔软罢了。

她忽然止住了他的进一步行动，"别……"

"咋了？"

"好像……有啥声响。"

"没有啊，门和窗帘严严的哩。"

"有的，一只土狗，它的双眼好可怕，我看见了的。"

"幻觉吧？"

"我明明看见的。"

他下床检查门窗。门窗是关严的，也没有啥土狗。

他的继续，并未得到她的迎合。

"还是洗洗吧。"

他的情绪一下从高山跌到低谷，似曾相识的一幕已然发生。

好好的，咋会有土狗？

她从浴室里出来，他又进去了。等他回到起点，再次准备启动程式，两人已筋疲力尽。

她终于把自己毫无保留地陈设于他的面前，仿佛奉献一件圆润的官窑。

"今天心情还好，送你一件礼物，很大很大的礼物。"

"啥宝贝，如此神秘？"

"你就那么无趣？猜猜呗。"

他说猜不到。

她说不上心咋能猜到。

他说不猜，直接分享得了。

她摇摇头，叹了口气。

之后，还是把眼睛合上了，喃喃自语："就像那夜一样，我把整个都给你，你拿去吧，想咋样咋样。这算不算最大的礼物？"

原来给予他的是——一片月色！

他凭借想象，努力还原着曾经那片荡漾月色。

难得有如此情怀。跟着节奏，他小心地适应角色和剧情的需要，每一个层次，每一个环节，都不能出现纰漏……

她的皮肤鲜艳起来，像一朵面承月色的玫瑰，刚打开一点，便定格在夜色，分寸拿捏恰好。

在她看来，成熟女人应张弛有度。是不是自恋了？

优秀的女人可不都是自恋狂。就像精美的官窑，陈列在展台上，不会铺陈言说，也无需招摇，超尘脱俗的釉光，早已将岁月的尘埃淹没，经年的玉色令人感动。于秘不示人的某个角落，独有的暖，以冷的形式向内释放。光环退却，尘嚣暗淡，身体的全部，亮给最后那一个忠实的观众，即便他走了，偌大的世界空无一人，不是还有自己吗？自己把自己感动。早已不再渴求喝彩，若有应和的，那就赐予今夜的合掌吧。

她闭上眼睛，等待另一只掌心的贴面。

这并不是他特别追求的高度。高处不胜寒。倘若爱情开始沉迷自恋，那就离危险不远了。

前些时候，他接待了南方某时尚媒体一女记者。女记者年龄一大把，聚会时谁的邀请都不接受，一个人在舞池里发疯独舞。舞姿没得说，可他并不欣赏。全场的人都看到了，但喝的照喝，唱的照唱，没谁关注她的独舞。听人说，那女的离婚了，前夫做了一个当红美女作家的老公。

他并不欣赏自恋女人的独舞。女人如花，说的可能不是自恋的花容，是女人特有的味道。

她的身上散发土豆花型欧罗巴香水的味道，一种幽僻艰深的香。他倒是渴望来一场夜来香，通俗浓烈，充满蛊惑，与夜色的陷阱纠缠不清。

她欣赏不拘一格。站直身子，谁也不服软，老是站着，再坚强的腰也会疼。他喜欢直抒胸臆，空白渐渐积聚，鼓胀提升，悬浮飘荡，即便重重摔在低处，也是一种释放。

他每次同她一起的时候，总有种幻觉，案上的官窑摇晃着摔跌地上，尖叫自远而近，那么揪人心！尖叫终未持续太久，虽然他更渴望那尖叫更强烈更具破坏力更余音绕梁。其实，除了喘息和极细小的颤摇，什么也不会有。荷戟独彷徨。没有对手，对手已然不辞而别。剩下无声无息，兀自弥留。

今晚注定是他一个人的独角戏。

他不再是十年前的"官窑杀手"，她也不再是十年前的"末世妖精豇豆红"。

45.5 【末世妖精】

他和她相识在网上。那时候，徐昕蕾还没出国，她还只是一个冉冉上升的节目主持。

之前，他并不知她的貌美如花，她也不知他的财富指数。除了网名"官窑杀手"和"末世妖精豇豆红"，连照片也没看过。特立独行的网名，引发了相互的猎获，也撩拨了一场旷世争论。

"官窑杀手"说，豇豆红是清三代官窑单色釉绝品，本来很雅，偏凶叉叉蒙个妖精面具，一副网络江湖恶人像。"官窑杀手"认为"妖精"二字破坏了"豇豆红"的意境。

"末世妖精豇豆红"反驳道，"豇豆红"美得极致，令人窒息，"妖精"强化窒息之美。再说，允许你当"官窑杀手"，就不允许别人变"妖精"？

"末世妖精豇豆红"：知道为啥叫"妖精"？

"官窑杀手"：美到极致，你说过的。

"末世妖精豇豆红"：还可以大胆点。

"官窑杀手"无话。

"末世妖精豇豆红"：比如情色。

"官窑杀手"：这是要先发制人，你当"官窑杀手"是空气？

"末世妖精豇豆红"：色厉内荏罢了。

"官窑杀手"：也对，也不对，此色非彼色。

"末世妖精豇豆红"：此色为何？彼色又为何？

"官窑杀手"：以例为证。此色如"问渠那得清如许，为有源头活水来"。彼色如"小荷才露尖尖角，早有蜻蜓立上头"。

"末世妖精豇豆红"：还有吗？

"官窑杀手"：此色如"春潮带雨晚来急，野渡无人舟自横"。彼色如"落红不是无情物，化作春泥更护花"。

轮到"末世妖精豇豆红"语塞。

"末世妖精豇豆红"又问：喜不喜欢网恋那套？

"官窑杀手"表示不可理喻。

"末世妖精豇豆红"：妖精嗜血，煎熬难忍，欲罢不能。

"官窑杀手"：故事很老套，世人趋之若鹜。美女作家廖一梅长篇小说《悲观主义的花朵》，就演绎了一个专吸哥血的网妖故事。

"末世妖精豇豆红"：选择一个优秀男人，吸干其血，再把他逼疯，手不血刃。

"官窑杀手"：女人一旦疯狂起来，男人也只有俯首称臣。

"末世妖精豇豆红"：那是你们几千年来太自以为是了，否极泰来。人都有两面性，因了双性的潜意识使然。所或缺的，男的从母系那找补，女的从父系那找补。不是有句古话，缺啥补啥？

此回又轮到"官窑杀手"语塞。

相见恨晚，柴火上房。两人一发不可收拾。

……

后来的故事，也没啥新意了。

此处翻篇。

网络神话，并未坚持多久，终于走到摊牌了。

"末世妖精豇豆红"：你爱我？

"官窑杀手"：多么严肃的命题，来得这么早！

"末世妖精豇豆红"：不要回避。

"官窑杀手"：好吧，我回答你……我说我爱你，你不信，我也无法证明。我说我不爱你，我也不信。我自己如何能推翻自己。我说我们彼此相爱，更荒唐。没有人知道我们的真相。当局者迷，旁观者清，可我们连一个旁观者都没有。

"末世妖精豇豆红"：爱不需要证明，我只在乎你是否爱我，你必须给出正面的答案。

"官窑杀手"：那……你爱我吗？

"末世妖精豇豆红"：当然，这还用问。

"官窑杀手"：爱我啥？

"末世妖精豇豆红"：全部，包括身体。

"官窑杀手"无话。虽然并不相信，可也找不到回击的破绽，且信了。

"末世妖精豇豆红"：我知道你的爱在你老婆那里。我问你的是，红尘之外。

"官窑杀手"继续无话。他的精神被两个女人瓜分成两半，剩下的身体也快被肢解，还有啥可说？

他知道，网络对面并不是一个虚拟的符号，一定连接着一副柔软多情的血身肉躯。她宣告爱他的身体乃至全部，他就已不战而败。

看过一个研究资料，说爱也要分层次的。浅层次的，附加道德的准则和社会的责任，按部就班，一成不变，仿佛戴着镣铐跳舞。中等层次，身体的防线形同虚设，食之无味，弃之可惜，终日惶惶，像吸食大烟。最高层次的，一切在虚拟的前提下进行，精神的愉悦，升华了原始的肉欲。可是，现实又那么残酷，覆辙也好，火坑也好，终忍不住两眼一闭……

遂陷入一种悖论，难以自拔。他和徐昕蕾的爱情，被婚姻的外衣遮盖了。表面上相安无事，总觉缥缥缈缈，游离肉欲外。跟"末世妖精豇豆红"厮混，方才感到爱情和肉欲是重叠的、光亮的。

某个黄昏，"官窑杀手"被"末世妖精豇豆红"彻底击败。

某个秋天，徐昕蕾带着齐天雷去了大洋彼岸。徐昕蕾只是暂时选择了后退。她相信，没有谁能同时间作对，她不能，"末世妖精豇豆红"亦不能。时不我待，那就让位给空间。她在等待，等待一场虚拟末世的到来。

妖精无处遁形。

此篇再翻过……

45.6　【情人史】

柴瑶的怀旧情绪，让齐鲁面对月色黄昏泪意满面。

徐昕蕾，曾经的最爱，柴瑶亦是。为挽回婚姻的尊严，徐昕蕾远走他乡。为灵与肉的升华，柴瑶如履薄冰。她俩都未能逃脱世俗的惩罚。

　　"咋了？这么消极？"柴瑶睁开眼。

　　"没有，就觉得没能给你名分。"他或许真的伤感了。

　　"已经不奢望了。我不怪你。"

　　"我可能真的老了。"

　　"不是你老了，是妖精在末世现出了原形。"

　　"这么说，最高级的爱情也是骗人的？"

　　"也许吧。就算真有末世妖精，又如何？"

　　"谢谢你的善解人意。"

　　"这就是命，我也累了。说正事吧。"

　　"依你。"

　　"周一同荣城都市台签约。"

　　"我俩是不是最佳工作狂搭档？"

　　"这得问你自己。"

　　"我不善言辞，就做点实事吧。"

　　"嗯。"

　　"'官窑美人秀'创意很好，我已经签了。首期合作，给三百万，支持你。"

　　"真的谢谢你。"

　　料想中的结局，也是传说中的结局，没有一点新意。

　　有人说，情人史就是一部地球史，要经过几个阶段。第一阶段：星地大碰撞，相识热恋，情感大放电。第二阶段：古生代，肉体大融合。第三阶段：板块运动，票子、车子、房子、孩子，"四大板块"基本成型。第四阶段：侏罗纪，关系锁定后相当长的一段时期，男人是啮齿类，女人是蜥脚类，互为对手，谁也灭不掉谁，也有说叫"二人转"。第五阶段：火山喷发期，男人由不满到怠工再到逃避，"二人转"成了"二人战"。第六阶段：冰河期，冷战时代，二人对峙。最后一个阶段：新新人类诞生期，曾经的最爱，也成了最恨。

　　散了就散了吧，毕竟轰轰烈烈，爱过恨过。

　　齐鲁没想到柴瑶突如其来的幻觉，竟是一只土狗。或许，她的潜意识里，还是缺乏安全感，而他自私冷血，未能感同身受。

　　也许两人的情感已逢冰河期。土狗终老成传奇。

双鱼座青花

沈荣均 著

（下）

成都时代出版社
CHENGDU TIMES PRESS

图书在版编目（CIP）数据

双鱼座青花 / 沈荣均著. -- 成都：成都时代出版社，
2024.11

ISBN 978-7-5464-3182-6

Ⅰ.①双… Ⅱ.①沈… Ⅲ.①长篇小说－中国－当代
Ⅳ.①I247.5

中国版本图书馆CIP数据核字（2022）第219357号

双鱼座青花
SHUANGYUZUO QINGHUA

沈荣均　著

出 品 人　　达　海
责任编辑　　周佑谦
责任校对　　蒲　迪
责任印制　　黄　鑫　曾译乐
封面设计　　原创动力
装帧设计　　原创动力

出版发行　　成都时代出版社
电　　话　　（028）86742352（编辑部）
　　　　　　（028）86615250（发行部）
印　　刷　　成都博瑞印务有限公司
规　　格　　145mm×210mm
印　　张　　30.75
字　　数　　1137千
版　　次　　2024年11月第1版
印　　次　　2024年11月第1次印刷
书　　号　　ISBN 978-7-5464-3182-6
定　　价　　96.00元（上、下册）

目　录

第三部　窑神

第十六章　　秀场 / 466

第十七章　　天籁 / 480

第十八章　　传说 / 506

第十九章　　甘南 / 535

第二十章　　拈花 / 573

第二十一章　香毒 / 599

第二十二章　古窑 / 624

第二十三章　破局 / 661

第四部　彼岸

第二十四章　对决 / 700

第二十五章　止观 / 735

第二十六章　临界 / 766

第二十七章　如烟 / 799

第二十八章　花离 / 823

尾声 / 965

第三部　窑神

第十六章　秀场

46.1　【官窑美人秀】

荣城电视台都市频道同齐鲁集团栏目合作签约仪式，在皇朝大酒店多功能会议厅举行。

有关各方都很在意签约的传播效应。项目主体荣城电视台除曾子羊的栏目组，还来了个副台长；媒体合作方"宝虫网"来的是片区艺术总监；三江方面是文物局局长；战略合作方齐鲁集团总裁齐鲁和负责"传世皇庭"项目的集团副总，屏羌宣传部门和县电视台一拨人，以及他们的官方代表文雄等一干人也到了场。此外，荣城、三江和屏羌三地平面、视频、新媒体，扎堆来了三十多家。

作为资深古陶瓷鉴藏家，又是三江文化名人，蓝守玉应邀担任栏目寻宝顾问。

副台长坐了前排主座。艺术总监、曾子羊、文物局局长、齐鲁、文雄、齐鲁集团的副总、柴瑶和蓝守玉，依次落座。

主持签约的是柴瑶。虽已少有出镜，毕竟是吃职业饭出身，无需刻意，也自信满满。

简略路线，是曾子羊、柴瑶和蓝守玉的共同做派。各方长官，似也不在乎排场。大家的目标高度一致，那就是让"官窑美人秀"以最快的速度登上各家媒体头条。

核心程序是签约，之后是曾子羊和齐鲁的发言。

签约代表是曾子羊、"宝虫网"艺术总监和齐鲁集团的副总。副台长、文物局局长、齐鲁、文雄和蓝守玉，大屏幕前一起见证。副台长没有讲话，甚至连一句套路式的祝福都没有，出乎蓝守玉的意外。

刚刚拿到手的"官窑美人秀"策划简案，成了参会媒体现场议论的热点。

荣城电视台都市频道将节目定位为传统文化重磅推出。档期从现在到春节前后，一周一期，共十一期，播出时间为周末黄金时间段。"宝虫网"平台全程跟踪，齐鲁集团"传世皇庭"项目独家冠名，三季共赞助一千万元，活动收益由荣城电视台都市频道、"宝虫网"和屏羌电视台按6：3：1分成。节目以选秀和寻宝为看点。

整个设计框架，没有超出蓝守玉、曾子羊和柴瑶那天达成的共识。

单看创意程式，不过是选秀和寻宝的共生体。

节目分三季推出。

第一季：网络海选。新闻发布会后一月内，"宝虫网"面向民间开展"淘宝宝贝"网络海选，报名者自制短视频，由选秀组参考选手容貌、文化背景、才艺展示，选出"传世皇庭"之"淘宝宝贝"，每周选五名，十周五十名，入围的"淘宝宝贝"，获两万元寻宝基金和两万元"传世皇庭"购房基金。

第二季：电视寻宝周赛。"宝虫网"每周推荐"淘宝宝贝"五名，参与剧组电视寻宝，客串寻宝主持人，使用两万元寻宝基金，到民间现场无剧本无导演寻宝、制作视频，所寻宝物限定为陶瓷类。每周末五名"淘宝宝贝"，到演播厅参加电视录播活动，现场赛宝砸宝，由专家组根据寻宝表现、宝贝指数和才艺表演，晋级周冠军参加总决赛。十期周赛冠军入选"传世皇庭"之"官窑美人"。每名"官窑美人"获十万元"传世皇庭"购房基金。

第三季：电视总决赛。参赛选手为十名周冠军。总决赛只有一项内容："美人秀宝"。至于"美人秀宝"，美人和宝贝占比如何评判，曾子羊也没有想好。不过，谁主导，是明确的。嘉宾组合依然是三人，不过文物专家换成了赞助方，栏目方嘉宾是曾子羊，才艺专家也不是前面第一季和第二季的那位，而是新加盟的美学专家。三人组合依据选手综合表现，决出前三，且三名专家都要给予通过才行。那么问题来了，谁来敲定冠亚季军呢？曾子羊的打算是，在三人组合都通过的选手中，由赞助方、美学专家和栏目方依次挑选，赞助方代表挑冠军，美学专家选亚军，栏目方定季军。冠亚季军，最终会获得五十万元、三十万元、二十万元不等的"传世皇庭"购房基金。

曾子羊向媒体解释，如此创意不是电视人和文化人向资本妥协，而是寻求交集。表面上由资本说了算，其实对资本也是一种无形的压力。资本本身并非万能，资本借助其他手段，挂文化科学的羊头，卖资本的狗肉，强推品牌价值，一来是资本自我更新的需要，再则也是未来文创产业的发展趋势。

曾子羊的观点，正对齐鲁的路子。荣城电视台与齐鲁集团的双赢共识，顺理成章。集团回报有五，一是活动冠名，二是每期电视节目播出后三分钟插播"传世皇庭"项目电视广告，三是"宝虫网"活动专页广告专享，四是所寻古陶瓷真品实际拥有权利，五是"传世皇庭"购房基金先期购房权的带动效应。

齐鲁向媒体承诺，"传世皇庭"购房基金，经齐鲁集团同意可以办理有效转让，寻得的古瓷真品也将作为"传世皇庭"青花艺术馆重要文物入藏。

当柴瑶宣布签约仪式结束，台下的记者一时还没回过神来。

完了？

站台的一拨头面人物，已经走出会场。齐鲁溜得很快，"防火防盗防记者"，此话用在像他这样深居简出的"土豪"身上再合适不过。别看齐鲁是"土豪"，还是有自知之明，一个搞房地产的，随便你咋玩文化，人家照样说你是"土豪"，给你面子的呢，说你是投资人，没好感的呢，甩你一句卖房子的。

早点闪吧……

46.2 【大咖】

作为项目的总策划和总负责，曾子羊走出会议大厅时，面对围拢来的媒体记者，只说了一句话：请大家关注栏目，关注屏羌，想要了解更多的背景，请采访蓝老师。

此话成功地把包袱甩给了蓝守玉。

大咖的嘴巴，据说都是镶了金边的。

蓝守玉以书生自我标榜。书生跟戏子究竟有多大区别，得看嘴巴。戏子张嘴，口吐黄金。书生少言，沉默如金。

既然都离不开金，为何又有高下之别？

蓝守玉有"恐记症"，只要一暴露在镜头下，总觉最隐秘的那点心思都给曝光了，没底气。还是那句口头禅：只要站在台上，很难保证第三句话不走样。

第三句话保证不了，说两句是靠谱的。一是此活动与其他的选秀节目肯定不太一样，除了比颜值和才情，还要比眼力和运气；二是请大家关注都市频道和"宝虫网"的"官窑美人秀"活动进展情况，赶快去"宝虫网"报名，参加海选，拿淘宝基金和购房基金。

两句又如何下得了台？毕竟自己还算三江古玩界一个人物，声名早已在外，此次参与寻宝，自然也成了各路媒体围猎的对象。本不习惯抛头露面，但架不住柴瑶和三江、屏羌的几位官员，一定要他说说三江和屏羌，再说人家齐鲁和曾子羊也封了他一个寻宝顾问，不说点好话，也不太近人情。

蓝守玉是明白人，知道他们的意图，无非是文化人口碑好，发个声有人信。好在有家乡情结，给屏羌打广告，就算吹牛不打草稿，也会被人原谅。

他就讲了三江环抱三山，构筑独特的盆地内河三角洲文化现象。水运发达，佛道兴盛，汉藏交融，遗迹遍布，藏宝于民。三山三江环抱之地，也是人居福地。尤其是屏羌，生态环境在盆地周边数一数二，加上离荣城近，景观价值和区位价值明摆着哩。之所以讲这些，是蓝守玉故意塞的私货，家乡情怀嘛。

吹得尽兴，竟也有点飘。三江和屏羌是有名的"淘宝天堂，艳遇之乡"，欢迎大家去三江去屏羌淘宝旅游购房耍朋友。这几句话，倒是把那些年轻记者给逗乐了。

回三江路上，蓝守玉给齐鲁发微信，祝贺签约成功，顺便还留了个玩笑尾巴："齐总，签约仪式接受媒体采访，替你的'传世皇庭'项目打了广告。你是活动的最大赢家，一千万元小钱就让你的'传世皇庭'占领了明天荣城大小媒体头条不说，关键是将收获很多官窑和美女。"

齐鲁回的微信也是同样的画风："美女和官窑归你，房归我。柴总已经给我说了，也只有你才能弄出这么好的点子，真的要谢谢。节目和艺术馆的事情，还得请你多上心。"

话里意思，蓝守玉自然明白。

美女的由头，虽说有点老掉牙，可公众的兴趣未有减弱迹象。平日里的早间头条，一半以上都是美女八卦，多了也腻。美女之后，加个官窑，境界大不一样，美女是娱乐，加上官窑便成了文化。

蓝守玉是文化人，齐鲁和柴瑶算半个文化人。文雄没文化，代表向书河主持南岸开发，得弄文化，不是时髦是大势，耳濡目染日久，就算大老粗，想来也会沾文化气了。

47.1　【海选】

几乎一夜之间，"官窑美人秀"就占领了荣城媒体头条，扩散速度超出蓝守玉所料。

市民无需搞醒豁"淘宝宝贝""官窑美人"的概念，也不必关心"现场跟踪""特别心动""超级体验"是玩还是套路，只要有钱拿，其他可以免谈了。两万元寻宝基金，两万、十万元、二十万、三十万、五十万元购房基金，实打实真金白银。别说刷朋友圈美颜照的"小白甜"心动，就是天塌下来都不会管的空巢留守，也莫名地情绪高涨。

"宝虫网"热线刚开通，网友甲就打进来了："听说你们要搞一个征婚活动，咋报名呢？"

看征婚节目看多了吗？接线的客服并未生气："这是'传世皇庭·官窑美人秀''淘宝宝贝'海选组，你要参加'淘宝宝贝'海选吗？"

网友甲：那我搞错了。

客服：你没错，海选现场美女如云。

网友甲：信你个鬼……

客服：……

网友乙："'官窑美人秀'海选视频，对选手穿着有要求没？"

客服："我们提倡素颜，可也不用素成三点式。"

网友乙："那就好，我男朋友就担心我走光。"

客服：……

网友丙："我家里有元青花，请问咋参加节目的海选？"

客服："大爷，这是'传世皇庭·官窑美人秀''淘宝宝贝'海选组，你有孙女要参加海选吗？"

网友丙："不是寻宝吗，我自个把宝贝拿来就是了，孙女就不用来了，她还要上学哩，抛头露面不好。"

客服：……

客服无语也得耐心解释，虽说是寻宝，但得先寻美人。

客服的说法显然超出普通观众的电视经验。

客服保持耐心，不耐心不行，的确电视寻宝这梗还真得梗过去。

网友情绪前所未有。"宝虫网"的活动官微"官窑美人秀"，每条消息后面一长串跟帖，显示大波的流量正在奔袭路上……

"老鼠爱大米"："快发美人照，让俺一睹为快！"

"心太软"："胎神，五十万！得搬多少砖呐！"

"全智贤"："额娘说，就冲那五十万嫁妆，额就得去。可额男朋友说额腰有点粗，眼睛有点细，声音有点大，去了怕受打击。天哪，额听娘的还是听男朋友的？"

"我不是潘金莲"："大郎死了。只好亲自上街卖炊饼了。卖——炊饼哩——炊饼——又香又脆，又白又软和的炊饼哩，大官人可要……"

"战狼"："重要的事情说三遍——流量、流量、流量！"

"X麻糖，咪咪甜"："我在马路边，捡到一块钱，交给警察叔叔手里边，叔叔说，一块钱能买啥？于是，我来了。你们说，一块钱能买啥？不理我？不理我，没关系，记住我的名字'X麻糖'就行。X麻糖，咪咪甜……"

......

更多各种莫名其妙的喷。

"美女老公超级帅"："有种就上，选不上，回家看俺咋收拾你！"

"股神显灵"："股票不灵了，房子也不行了，就只剩下个破古董……"

"没房娶老婆"："老婆，盆地边边的房子都要涨了，我还是没房。等我攒够了首付，是不是得去大山里订婚房？"

"我就是豪门"："还选个屁的官窑宝贝。我就是宝贝，我就是美人。"

"弘历"："江山是朕的，官窑是朕的，美人也是朕的。"

"一本正经"："海选主要看网友对海选者的网络人气，靠点击上位的美女，怎么说？"

......

为了节省时间，就此打住。讨论和纷争，是制造流量的必要噱头。还不能光造好听的，骂也要有。

人气都是骂上去的，曾子羊如是说。

47.2 【粉丝阵营】

当成功的预感不期而至，曾子羊忽然有些招架不住。焦虑、紧张、弹性超过限度。有状态就好，就怕懒懒散散，无所事事，没状态。这话不是曾子羊原创，是曾子羊的台长上司讲的，他只是拿来主义者。

"官窑美人秀"第一季海选，在网络评委和参选者粉丝的合谋下，人气攀升。

有了网虫们的推波助澜，首周海选排行榜浮出水面。

"奶茶公主"是个"90后"，长得像"奶茶"，收获人气第一。

"奶茶公主"的死党，在其名下灌水死跟帖，不可一世——

"我们是'90后''95后'的宝贝，没有最大胆，只有更大胆，让'70后''75后'去二婚吧，让'80后''85后'去二胎吧……"

"不喝不知道，一喝吓一跳……"

"奶茶奶茶！"

刀光剑影，此处无声。

网友们对"奶茶公主"的综合印象：洁白无瑕，阴阳眼迷，风情万种，天下无敌。

人气暂居第二的，是一名叫"苏三"的"85后"。她的个性签名令人遐想："与郎共舞"。

想入非非的网友，便去起底"苏三"，终于在她的才艺日记里，挖出来一段真情告白："相信真理吧，甜美和温柔是天生的，那种糖果般的甜美，恰似水的温柔。我没有魔鬼般的身材，但有沉溺的慵懒、肥度和性感，以及标准的猫步。愿意在你需要的任何时候，出现在你身边，陪伴你，静静地看着你做任何的事情，而不会打扰你，就当我不存在好了。你不在的时候，我会想你的，我会斜倚窗前向你回家的路口张望。"

"三迷"们还在网上贴出"苏三"人气指数表："美丽指数五星，亲密指数五星，才艺指数三星，流行指数四星。"

网友们对"苏三"给出的综合评价：性格温柔，身材健美，精灵一族，和平大使。

围绕"奶茶公主"和"苏三"，形成两大粉丝阵营：奶茶粉丝"奶粉"和苏三粉丝"三友"。

"宝虫网"活动官微成了粉丝们大打口水仗的所在。

骂"奶粉"的，骂吃劣质奶粉吃多了，发育受阻，没智商。

骂"三友"的，骂成了三友牌。有网友也是此地无银，问三友牌是啥，引来一长串海狗油广告跟帖。

……

还可以举出更多。

挑刺、戳伤疤、揭老底、泼脏水……凡是想得出来、能整倒对方的法子都用上了，一个个恨不得吐口水把对方淹个半死。

47.3 【死亡准备】

"官窑美人秀"扰乱了蓝守玉固守的宁静。眼前的喧嚣，只是秋天的过往，并不能改变谁，又动摇什么。

倘若真有改变和动摇，那也怪自己不够定力。秋之后是三秋，三秋之后，白日梦并未消解意志。景德镇的青花大师，接纳大龙缸的梦想，这让他有了更多闲暇，去梳理接下来的一些事情。白日梦也好，惊天秘密也罢，对于一切指向真相的揭示，都应葆以期待。还有男观音、皇城山、戎州会江神臂山、咸阳人的琉璃舍利子函诸案下落，以及最隐秘的"红娘子""白娘子"和"土豆天猪""九眼天珠"……

"双鱼座青花"并未沉寂。瞻基和蜀王的家族，一直在寄托。冥冥之中，那一缕光。

"官窑美人秀"横插一杠，正好打发秋冬之交的大段空白。便有了更多的闲暇剑走偏锋，选择性思考一些极端话题。

譬如死亡。

死亡并不会令人沮丧。

> 那些相信他们有充足时间的人，
> 临终的那一刻才准备死亡。

莲花生大师的教诲，叫人警醒。

得为接下来的冬天和春天做些必要的准备。若有可能，可能还将拖延到下一个秋天和冬天。

放下，放不下，都是执着。

下一个秋天来临，所谓的真相，或者红尘，或已了然。

> 时常认知生命有如梦幻，
> 减低执着和嗔怨……
> 不管他们做什么，
> 你当他是一场梦，
> 就会变得那么不重要了。
> 关键是在梦中保持正面的意图。
> 这才是真正的修行。

口吐莲花的鸠摩罗什是个踩钢丝的另类：他不守戒。也未曾向美色妥协，以换取苦短肉体生命的复制。他只是以难以置信的方式，启迪众生如何在尘世的欲望中把握真理的要义。

欲望是污泥，真理是鸠摩罗什在污泥中捧出的莲花。

仁波切选择了回忆和倒退。他的生死，他的爱恨，他的梦里梦外，在遥远的东山。仁波切以世间全部退路，奔向一个人。向左，再向右，向北，再向南。向任意方向的回顾。从哪儿来，到哪儿去，正如月亮低至湖心，野鹤折向闲云。

接下来的那一场大雪，封住了所有人的嘴。关乎生死和爱恨。

乍暖已寒。

48.1 【寻宝】

拿到首周入围的名单后，剧组迅速投入现场寻宝拍摄。

"奶茶公主"和"苏三"等五名选手，收获两万元寻宝基金。两万元能买啥？对古瓷藏友而言，两万元不算多，也不算少。若去小拍，或能买件清三代青花小器或民国中档精品。古玩城打硬仗，也可买件大点的文化古陶、元代龙泉大盘、明中晚期民窑。眼力不济的，估计会盯着唐三彩、宋代五大名窑、元青花、明清官窑转，最后打个不见声响的水漂。

主办方出此招似埋伏笔——两万元捡漏已足够。蓝守玉就是捡漏出道的。以两万之小、博二十万甚至两百万的潜在大货，理论上是存在可能性的。马无野草不肥，就算是贵族，也信这个。英国大维德爵士、民国古玩行家仇焱之、当代陶瓷大咖卫都，莫不如此。

剧组给"淘宝宝贝"的寻宝有多个选项：下乡铲地皮、家传、朋友赠送、古玩网、古玩城、古玩地摊、古玩店铺、古玩交流会、古玩沙龙和各种小型拍卖会。

古玩网限定只能是合作方"宝虫网"。如何弄着宝贝，选手有很大空间，甚至私底下作弊也被默许。比如，找个古玩店铺，叫朋友埋个雷，安插个卧底的老板、店小二或者游客之类的托，戏份也有了七八成。

剧组摄像师跟着你，踏上寻宝之路，你就是寻宝的主人，你的任务就是花掉两万元。可以买一堆，也可以买一件，剩了揣着，倒贴也无必要。两万元归你，电视镜头也归你，目的只有一个，寻个真东西和奇故事回来。

曾子羊特别交代，要想在周末的现场录播赛宝砸宝活动中胜出，宝贝的确得出彩，还得有吸引人气的名堂。此话等于亮出了底牌，只要别穿帮得太离谱，随便演。寻宝时间，周一到周三，周四留给剧组剪辑VCR。周五下午在屏羌电视台演播厅现场"PK"，周六晚上黄金时间播出。

那两万元，究竟能寻个啥宝呢？

48.2 【奶茶公主】

周一，五名"淘宝宝贝"分别带一名摄像师、一辆车，自屏羌电视台大楼分头出发。

车是剧组统一租借的。无主持人，无电视编导，无镜头对象，也无脚本。摄像师不会说话，更不会替美女出谋划策。一切细节将被原汁原味记录，作为周五录播大厅寻宝专家的评判依据。

"奶茶公主"选择网络淘宝。

幕后的掌眼团在"宝虫网"古陶瓷论坛物色了三款宝贝：定窑萱草纹小碟、元青花玉壶春龙纹瓶、明代红绿彩小罐。价格当然是事先谈妥的，定窑小碟八千元，元青花瓶和红绿彩小罐各一万二。几件宝贝是荣城的同一个卖家，刚在"宝虫网"开张的一家网店。

"奶茶公主"电话联系卖家，约定周二下午把货送到屏羌某酒店，当面验货。

两人在酒店棋牌室约见。摄制组携针孔摄像机一旁喝茶，公开偷拍。

编导已经事先告诉她，偷拍无处不在，不过也不用过于紧张。"奶茶公主"并不紧张，她关心偷拍会不会导致卖家隐私被侵权？摄像没有搭理她。也是，流量时代，谁还装无辜和清纯？

不见明目张胆的镜头，"奶茶公主"很快进入角色。事前，版主和网友，已就卖宝人所晒宝帖有过讨论，"奶茶公主"对寻宝之旅自信满满。现实或充溢风险，虚拟的网络相对还算可靠，一切在开放的前提下进行，即便有陷阱也是阳谋而非阴谋。她对选秀的兴趣，远大于宝贝本身。

简短交流之后，"奶茶公主"做出决定，花完全部两万元寻宝基金。网友推荐三件宝贝，总价超过两万，她得自己拿主意，也可只挑一件。挑一件有挑一件的风险。选两件又不倒补的话，八千元定窑小碟一定要的。隐约可见那碟白茫茫中，一朵盛开的梅。"奶茶公主"长得有些肉感，潜意识渴望嶙峋。

元青花瓶，让她犯愁。审美库存不足，可又不能露怯。她随时提防着旁边的偷拍。

她问卖家，青花瓶啥造型？卖家说，玉壶春。又问，有啥说头？卖家说，"一片冰心在玉壶"。她忘了诗的出处，没有往下接。得跳过这坑，就又问，小罐呢？卖家说，红绿彩。红配绿，丑得哭。她摇摇头，表示没好感。卖家有些紧张了，老板，这是明代老货，很老的。她笑道，我晓得是民国的，一百来年到头了。

卖家一脸蝌蚪云，心想，就这半壶水的历史学问，还想捡漏？

她其实也犹豫，若定窑小碟和元青花壶都要，那二万元就没得剩了。遂寻思，就算进不了级，也要先保住收获。那就要玉壶吧，就冲那句诗。卖家担心生意打倒，赶紧拍马屁，小姐好眼力，这可是元青花，比民国早不止一百年呢。

"奶茶公主"寻得元青花玉壶春瓶，包里还留了八千元。

节目组剪辑这段影像时，一致认为，"奶茶公主"虽说没读啥书，但有利润意识。八千元，让她收到了意外的效果。

48.3 【苏三】

"苏三"也开启了她的寻宝之旅。她要寻找的宝贝已经埋在送仙桥古玩城某古瓷店。

摄制组小青年提醒她，这是做节目，得有"逛"和"淘"的感觉，不能一来就掏钱买货露馅。

亲友团已事先踩好点。不能直接掏钱，那就声东击西，先去另一家店。花花绿绿一屋子，一件名都叫不出。叫不出来好，可胡乱问价。咋卖？她指着一堆瓶瓶罐罐问，眼神飘忽不定。店主见她心不在焉，没了好气，你问的是哪一件？她指着最好看的青花大罐，就这件"大元至正国制"大罐。店主小声提醒，小姐，元青花，好几万。她不服，不就一破罐子吗？店主说，还有更贵的，这件鬼谷子下山，二十万还不一定卖。她嘀咕道，二十万，别哄我，我胆小，谁知道你这是不是真的？这话只能咽肚子里，她记着寻宝亲友团的提醒，进古玩店，得懂装不懂，若不懂装懂，闹笑话不说，瞎起哄，断了人家财路，可能还有麻烦。

麻烦倒不怕，有摄像当保镖呢。再说这个店，就是个铺垫。

终于来到踩过点的那家古瓷店。心中早已有数，按事先的演练，接下来的场景成了这样：

她一言不发，围着店瞎转，装着把店里的宝贝检视一通。店家问，小姐，你喜欢古瓷？她问有没好点的。店家反问，可有看中的？她不能直接答，得轻描淡写说再看看。店家说随便。就一件一件挨着看，那认真样像逛博物馆。她得和店家比耐心。店家估计沉不住气了，会主动搭讪，小姐也玩老货？她得笑着接茬，吹捧店家，吹得店家心花怒放。然后，再泼冷水，东西老是老，看上去都不咋值价。之后，直奔主题，要看店家的私藏宝贝。老板当然要装着十分犹豫，末了还得跟卖儿卖女一样不舍得，有倒是有……

一阵铺陈之后，终于迎来了亮点。店家从里屋搬出一小盒，打开最后一层黄布后，她得择机加上一句台词：成化款的青花秋葵纹，这官窑，不太好玩吧？卖家赔笑，看来小姐眼睛真的毒，我也是从一个老板那收来的，吃不准，如果不喜欢，还有件高古。店家又拿出一件三彩来。三彩在她手心转圈，转到第五圈的时候，她得试探，不够唐吧？店家说，小姐姐果然厉害，是五代的，也有说北宋的，巩县窑的三彩豆。她依然不能露出得意，继续保持淡定，唐的就好了。店家回道，唐的可要加个零。店家这话，是即兴的，超出了她的剧本，不过可以不用理，反正说着玩。关键是，她得打击卖家，不到唐，只能买着玩玩了。店家当然不会放过这么好的一次出货机会，自卖自夸，这种三彩，挺高古的，宝相花哩，拿回去与佛结缘，供奉在案，求保佑哩。卖家这么说，反倒让剧情有了需要的虔诚味。表演并未结束，还得装作很内行似的杀价，一边表示对宝物的浓厚兴趣，一边胡乱杀价。加个一万的头是可以的，零头可不多，三千，如何？店家讨价还价，一万三？三年前就卖了，三年了，要说钱贬值不止三成吧。既说到这个份，她得拿出所谓的诚意来，从一万四千八开始，慢慢求得与卖家的理解。卖家说，四不中听，再走一步，一万五千八，真喜欢，就别纠结零头了，过了这村可没这店。这是一句关键的台词。然后水到渠成。

后来，剧组讨论，也有反对意见，说"苏三"摆拍痕迹太重。但曾子羊支持，说她不是专业的古董商，但有演技。

48.4 【旗袍美女】

周六黄金档。"传世皇庭·官窑美人秀"开门周赛如期见面。

主持人，三名专家，剧组和"宝虫网"各一，还有位从荣城藏协请来的专家。蓝守玉、曾子羊、柴瑶并未露面，照媒体推测，三人或会出现在新年贺岁的总决赛里。

虽说寻宝和选秀节目五花八门，只因"官窑美人秀"的原生态和现场感，"宝虫网"专栏和官微引来众多网友围观，可知节目的观众期待程度——像看西洋镜一样看那些"淘宝宝贝"如何闹出笑话，看她们的宝贝被寻宝专家赞赏或砸掉后毫无修饰的各种失态。

"苏三"和"奶茶公主"的寻宝故事平平。收藏专家说，玩收藏，最忌讳的"听故事"。砸宝阶段，美女们的视频被收藏专家们直接无视，据说经常上电视的收藏专家心肠都较硬，"苏三"和"奶茶公主"亲眼目睹了前三位美女宝贝被砸后的失态，说是大惊失色，一点不为过。

前面两位美女的故事和宝物，没啥精彩。所寻宝贝也未引起专家重视，首先出场的美女，寻了件建国后仿龙泉窑，"五六七"创汇瓷，没有被砸，但也没有晋级第二环节赛宝。第二个美女拿来成化官窑，地摊上淘的，主持人砸掉她的宝贝，收藏专家也没一点怜香惜玉的感觉。好在帅哥主持人一直吹捧她的着装，日本小姑娘休闲三件套，戴一顶太阳帽，脖子上还裹一条真丝围巾。

主持人提醒道，演播厅很热的。她笑道，没事，出去谁还敢说热？美女此话一出，现场观众一下乐坏了。

旗袍美女，第三个出场。旗袍并未带给她旗开得胜。她的双手斜抱一唐三彩侍女，步履摇曳，大屏幕播放着寻宝故事。美女的唐三彩，来自祖爷爷辈的家传，爷爷是洛阳人，早年南下盆地，已去世多年了，唐三彩是爷爷从洛阳携带过来的旧物。爷爷说，唐三彩是离开老家到盆地时，他的爷爷送给他的礼物。美女带着摄像师，去了她家，在一间幽暗的老屋里，翻出了爷爷的爷爷的唐三彩。剧组文化专家并没有表示出对于宝贝的兴趣，却与美女胡扯起了诗歌文化，竟然问美女知道宝物说的哪一句唐诗不。美女微笑不答，眼神深邃，猜不透是不知，还是不屑。文化专家说，云想衣裳花想容，听说过吧？美女照样笑而不答。电视机前的蓝守玉，注意到美女瞥了一眼自己的旗袍，注意，只是瞥了一眼，很快，又保持矜持的微笑，可惜这么精彩的细节，竟然被现场的专家和观众忽略了。

电视主持人是个帅哥，比较直白。帅哥从收藏专家那里拿到了鉴定意见，旗袍美女忐忑了，问道，能不砸吗？帅哥答，真的就不砸。她道，我爷爷的爷爷的宝贝，还不够真？帅哥笑道，别说宝贝不真，就是爷爷的爷爷也不一定真。这话，让旗袍美女一脸疑云。

帅哥想了想，决定给美女一个台阶，要退不？美女吓着了，抿着小嘴点头，观众一阵哄笑，美女不干了，就又摇头。帅哥一脸茫然，不过还是明白了，你的意思是同意砸？美女坚定地点头。所以，现场的观众听到了"呀"的一声尖叫。

当大家缓过神来，唐三彩成了一堆碎片，旗袍美女泪流满面！

收藏专家坐不住了，赶紧劝道，这件唐三彩其实还是做得很好看，虽然它并不像你讲的那样，甚至它的年份还没有你的年龄大，你说是你爷爷的爷爷传下来的，如果不是你记错了，那就有可能是我们听错了……

蓝守玉发现，大庭广众之下，要将真话当谎言编，其实也很难。

48.5 【血拼人气】

凭借手中宝贝，"奶茶公主"和"苏三"淘汰了前三位选手。

问题也来了，每个周赛只有一名"淘宝宝贝"能晋级总决赛，荣膺"官窑美人"。

三名专家一阵耳语后，认为单从元青花玉壶春和宋三彩宝莲花豆的文物价值，无法决出第一，得追加"PK"选手才艺。

"苏三"表演了歌曲《新贵妃醉酒》，那一年的雪花飘落梅花绽开枝头，那一年的华清池旁留下太多愁……

男人假嗓唱女声，蓝守玉向来反感。"苏三"是美女，美女唱女声，有些跑调，也可原谅。

"宝虫网"才艺专家的点评雷人："美女，你的发音是不是有点问题？"

"苏三"耸了耸肩。

专家煞有介事道："这么给你说吧，最有韧性最好听的发声点在黄金分割点上，也就是零点六一八的位置，而你的发声位置大概在零点七一二，所以声音过于尖厉……"

蓝守玉感觉喉咙里，像糊了坨烤土豆泥。

专家得寸进尺："你的高音还是蛮好听的。不过，我还是要指出来，副歌转调后，音准偏低了大概百分之八个音程……"

这下，烤土豆泥完全堵住了那嗓子眼……

"奶茶公主"最后一个上台。她反复提醒自己，要低调，低调。

她给台上的专家说，自己没啥才艺，给大家朗诵一首诗吧，我叫奶茶公主，我白，我纯洁，我守身如玉，我不是一个人的公主，我是大家的公主……

咋这么耳熟？哪读过呢？蓝守玉寻思道。

观众席一阵呐喊："奶茶！奶茶！奶茶！"

奶茶的粉丝志在必得。

一个是歌，一个是诗，五十步比一百步，难分高下。

三位专家表示只有看人气了。

"奶粉"和"三友"轮番尖叫呐喊，演播厅分贝显示红柱子噌噌往上涨，像灌了鸡血。

"奶粉"人多势众，最终把"三友"踩了下去。"苏三"止步周赛，"奶茶公主"进阶总决赛，率先获得"传世皇庭"十万元购房基金。

"苏三"的结局，令蓝守玉唏嘘，毕竟宋三彩宝相花豆也难得。

活动规定，海选产生的五名"传世皇庭""淘宝宝贝"，获两万元淘宝基金和两万元购房基金。所寻宝贝，除被砸的，"传世皇庭"青花艺术馆有优先议购权。

齐鲁的淘宝基金，换得美人归自不必说，坛坛罐罐也会淘换到一大堆的，它们将送到即将开建的"传世皇庭"陶瓷艺术馆里。

然而，蓝守玉的大龙缸呢？

第十七章　天籁

49.1　【两朵桃花】

蓝守玉发现治失眠除了"瓷睡法"，还有一招：找骂。

比如这种——

> 什么贞洁什么美貌
>
> 去你丫的
>
> 拜堂的粉饰和伪装
>
> 进了洞房
>
> 横竖一躺
>
> 剩下的还不都是
>
> 去你大爷的

果然，多巴胺来了精神。"菊花体"有些被动，也有些黄，蛮不讲理的黄。

相比之下，"土豆体"没有那么身体性了。

"狗屁的土豆！"一出口，便注定它是自愈系的。

失眠的时候，他愿意是那臭烘烘的土豆。找骂找到这个份上，也释怀了。

已久无"土豆天猪"的讯息。"土豆天猪"的粉丝哭晕在酒吧街的"九眼天珠"广场，曾造就诗坛铭心刻骨的一场诀别。

最近一次与"土豆天猪"的交集，是在二峨山麓"佛光禅院"。第三者贾老板的转述，仍属江湖传说一类，信不信都叫人纠结。

找"土豆天猪"骂，还差一场面对面，这并不影响"土豆体"在心目中的崇高。

"狗屁的土豆"……

"狗屁的土豆"……

"狗屁的土豆"……

他能不能找到那本印有"土豆体"的民间诗刊？"土豆体"似乎早已淡出他的视野。

骂人和自骂倒是成为常态。骂了便骂了，自骂便自骂了。骂人和自骂，一个人的夜晚，双鱼青印不疼，土豆疼，土豆的兄弟姐妹疼。

又何曾有过兄弟姐妹？父母早亡，剩下三个亲人，老舅和舅母，表妹童桐。舅母和童桐不算亲，他跟老舅并不待见，这是童桐的看法。老舅怕人多，不想出村。他又常犯头疼。最要命的是，脾性都怪。怪有怪不同，偏又摊对头，好似上辈子有赊欠。舅母到他家，搭来个新表妹。如此看来，舅母还了他跟老舅的欠账，童桐还了他老舅跟他的欠账。

到底还是他欠童桐娘儿俩的，想还也没得本钱。

谁要你一个"闷洋芋"还了？童桐不止一次地嗔道。

山里人以臭烘烘的土豆为主食。臭土豆有臭土豆的福气，救过好多乡亲的老命。臭土豆俨然山里男人的隐喻——"闷洋芋"，老实巴交、又臭又硬。女人骂男人"闷洋芋"，得反着听。

表妹童桐的话，蓝守玉也反着听。

或正陷入中年男人的矫情，他高度怀疑自己有抑郁症倾向。成天忧心忡忡，怕得要命，好似天塌地陷一般。那又如何？就算天塌地陷，找骂的自找，骂人的照骂。

咋就生出"土豆天猪"这种尤物？

随口胡诌的狗屁，也能上热搜。

也许，"土豆天猪"就是跟"菊花体"的主人一样，从娘胎里就不待见人世的。一睁开眼就骂，一骂就火，挡都挡不住。可惜，骂人这手艺，就算是个天才也只能瞎琢磨自找，正儿八经却学不了。

天才也好，狗屁也好，"菊花体"和"土豆体"都学不了。"下半身体"也学不了，脑袋和屁股从来不是孤立的存在，为何选择性地宣誓，替下半身伸张正义，难不成缺啥补啥？

　　一朵桃花
　　或许泛不了春水
　　三五朵桃花
　　足以让黄昏沦陷

蓝守玉在手机记事簿里留下了凌晨突发灵感的"桃花体"。

默念两遍，总觉有种放眼千里、寸草不生的感觉。倘若回到刚上大学那会，"桃花体"也算好诗。只是"土豆体"的出现，彻底颠覆了他的审美标准，也掐灭了"桃花体"自成一派的野心。

久不写诗，便抑制不住发朋友圈的冲动。又寻思，狗屁"桃花体"能入"老婆一"的法眼？

想起施云空洞的鱼儿眼，顿感整个初冬都要废了。柳叶萍是学陶瓷美术的，而施云当年可是正儿八经中文系文学社的女诗人。这年头，有几种人不能惹，一是诗人，二是女诗人，三是活着的女诗人……

什么乱七八糟的？还是连衣裙的小姑娘和雪白土狗清纯耐看。

几日前，蓝守玉在朋友圈里发了一段骚情。童桐跟了个喷帖，传说中的男性更年期综合征兆？男士何来更年期？他恨恨道。没有么，那就是变态误入了，屏蔽，屏蔽！童桐跟帖作决裂状。

回头去聊天群"吐槽"，小年轻们一致认为，他若不是病入膏肓，便是要交桃花大运。

桃花大运，你们确定？他问道。

一定的，否极泰来嘛。小年轻们集体起哄道。

思来想去。几日前，在龙隐凑热闹算过一道命。莫非真是命犯桃花的前兆？不对，既有预测之方，就有破解之法，如无破解，预测或也可疑。这话有点谶语的味道，听起来耳热。要不要试试？

便给施云发微信："云姑娘，龙隐半仙的算命术灵不，你的桃花催开否？"

他牢牢地记得叫"老婆一"挨的劈。

施云的回复劈头盖脸："真当自己'双鱼星'下凡？也太自我感觉良好了！谁不晓得你们男人肚子里那点花花肠子！"

呃……

49.2 【售楼部被堵】

再次醒来，耳朵里已塞满手机铃声，所以鲜花满天幸福在流传……

从秋天到冬天，铃声"两只蝴蝶"转场"倾国倾城"。

是文雄的电话。

"这么早就来电话，还让不让人活了？你们领导干部个个都是工作狂？说吧，是又要我去给你清理'羊粪豆豆'，还是'兵哥'的案子有了眉目？"

"都不是，遇到点麻烦。"文雄好像挺急的。

"多么牛哄哄的文大局长还会有麻烦？"

"是代局长。"

"代局长不还是局长？"

"代局长也干不成了。"

"哈哈，那又有啥？能上能下。"

"能上能下就简单了，这回恐怕要脱警服。"

"警察也不让干了？"

"记得上次跟你说过的空缺副县长兼公安局长人选问题不？"

"有进展？"

"按惯例党代会之前会落地。"

"那还说啥，一个萝卜一个坑，你不就是向书河眼里的那萝卜吗？"

"他只有推荐权。"

"你说的是干部管理权限的原则。市管干部，当然得听市里大书记的。"

"没有大书记，现在是市长主持。"

"谁主持，这个职位的产生，也得看看向书河的态度吧？"

"态度归态度。裁量权在市里的组织部和纪委那帮人手里。"

"向书河的意见举足轻重。他代表的不是他本人，是整个屏羌县委。"

"理是这个理。你懂的，市长同老蒲书记并不对付。向书河在人家看来，好像是老蒲那头的人。"

"瞎猜这些没用。关键是，县委到底推荐你没？"

"我也只是听他说过，市委组织部前一阵子来屏羌调研，他就人选问题跟调研组有过交流。"

"这就对了。书记的交流代表的是县委的态度。按组织原则，县委不能直接把萝卜拔出来给大家看，可暗度陈仓弄个萝卜坑，上上下下也是心照不宣。你瞎操啥心？"

"不是听说市局一个科长要下来吗，那科长是女检察长戎州警官大学的同窗。背后的背景也给你透露下，市长夫人是警官大学教授，屏羌法检两个'80后'的老师。"

"想多了吧。给这萝卜挖的坑，别的萝卜想种也种不下去，大小深浅不合适呢。不过，要让我说，我倒觉得公安局长位置，并不适合你。"

"兄弟咋也这么说？我可是正规干部出身，回来在屏羌警界摸爬打滚也十多年了，难道还有谁比我更了解屏羌公安这摊子？"

"我不敢说你太高看自己了。这么说吧，这么多年组织上啥时候缺过人？"

"那倒是实话。"

"你没明白我的意思。我是说，像公安局长这种岗位，看起来高大上，背后有多大的政治风险你不会没感觉吧，说不定啥时候就给你冒一个地雷出来。你不是早就磨皮擦痒了吗？现在选择抽身，全身心投入南岸的开发，说不定更适合。不是说，退一步海阔天空吗？"

"问题是，自己在副局长位置窝了十多年，就这样走了，不甘心。"

"有啥不甘的，那个副县级的括号，别人得想一辈子呢。"

"括号也挂得高。"

"啥意思？"

"学历倒没啥，在部队时，就拿了个自考的管理本科，应该是年龄，区县四十八岁，不再提名副县，本人四十七，差点踩线，给个括号算是组织关怀。就为了那个挂得高的括号，向书记说，他还给市委组织部的女部长下了许多话。"

"这叫跳起摸高。轻轻松松让你够着了，那点阳光还值个毛线。"

"我也就是发发牢骚而已。组织一句话，喊脱警服，我还能说再穿两天吗？"

"能直面妥协就是进步。拿向书河跟市里那帮人来说，可能会在人事安排上，说白了，就是在你的安排上有个相互支持的问题，说妥协可能不太讲政治。到了你这儿，向书河赏识，你也不能让他下不了台。毕竟，他代表的是一种关怀。"

"喊脱就脱呗。老实说，公安我还真干厌了。"

"这就对了。少过桥，就不会落水。过了这村，还有那庙。南岸新区管委会主任，在很多人看来，那就是屁股上冒烟，又肥又热哩。也许真到了脱警服那天，就是你一身轻松、大显身手的时候。"

"我还是有自知之明的。原以为项目就是香饽饽，哪想到大小麻烦一堆。所以还得求兄弟友情支持。"

"有啥麻烦？"

"李铁锤，晓得不？"

"'水天花月'项目原来的老板？"

"就是他。"

"咋了？"

"今天早上，弄了些人到'传世皇庭'工地，挖挖机都被喊停了。"

"阻工？"

"意思差不多。"

"那就抓人嚓。光天化日之下，哪个敢打你文局长的脸？"

"要是几个月前，我就直接调人上了。"

"也是哈。现在虽然还穿警服，但跟公安系统已貌合神离。"

"我也只管那百分之二十。管多了，不好。"

"这次是在你的地盘你的本职范围，恐怕不是百分之二十吧？"

"想甩也甩不掉呀。"

"那，你在现场没，局面还能掌控？"

"……"

电话那头无声。

"咋没声了？"

"……"

蓝守玉听到电话那头很多人在吵。

看来文雄在现场遇上了麻烦，就给童桐去电话，拨了几次，都是忙音。莫非，童桐也去工地上了？

也不明白自己着急啥，难道就因为屏羌是老家，或者齐鲁和文雄两人都是自己朋友？其实，更放不下的是大龙缸和青花艺术馆，没有"传世皇庭"项目，大龙缸和青花艺术馆，真的只是个白日梦了。

他决定去一趟屏羌，不管"传世皇庭"是条啥船，怕是一时半会下不去了。

49.3 【稀饭局长】

蓝守玉老远就瞧见屏羌南岸俩塔吊，竖在多层叠墅和电梯公寓工地上。湿地公园开挖场，肆无忌惮摆满机具。

纳闷的是，江边啥时候冒出一幢小楼，是童桐之前提过的售楼部？小楼背后，围了半圈板房。

看来齐鲁把荣城速度搬到屏羌来了。在荣城，从弄地基到盖好一幢主体，短则月余，长也不过半载。三四线城市，如屏羌，同样规模的楼盘，起楼的周期至少拉长三四倍。

蓝守玉发现向书河最近接受三江和屏羌的媒体采访时，爱重复的口头禅是"白加黑、五加二"。据说，一个口头禅若在领导讲话和官方文件里出现三遍，极有可能成为公共的某种文化现象。

"白加黑、五加二"，是从延长工作时间的角度，相对加快进度。这在干部们的概念里，可能也叫"速度"。速度的加快依赖三个前提，一是项目审批程序和手续一路绿灯，二是资金链不出问题，三是安全稳定的投资环境。

围堵售楼部就是影响环境稳定的头等大事。

蓝守玉看见售楼部外聚了一大堆人。看来之前文雄打电话时，那些人还在工地上，现在转移至售楼部外面了。

一旦有人开始闹出动静，又没有及时处理掉，项目的形象和进度恐怕要重新评估。

有人抬来一大锅南瓜稀饭，还有碗筷馒头包子豆腐乳泡菜啥的，放到售楼部前。这应是早晨送来的，现在也快吃中午了。

文雄叫人盛了稀饭和馒头，还在碗里夹了些豆腐乳和泡菜，递给那些大呼小叫的人。童桐也盛了碗稀饭，挨个送但似乎无人动心。

听得有人说："谁吃你们的稀饭和馒头？打发叫花子？"

"那就再加个盒饭，两荤一素，马上送。"文雄赔着笑脸道。

"还两荤一素？九大碗都不行！我们是来谈正事的。"

"天大的事情，你们还是要吃了再说噻，人是铁，饭是钢，饿着肚子咋谈？你们从昨天上午到今天，都不吃饭，其他不说，饿到自个身体，那才真的搞出了大事。"

"吃啥吃，叫当大官的来。做不了主的，免谈。"

"我就是管这个项目的，我说了也要做点数。你们有啥问题，有啥诉求，也要先吃饱饭，填饱肚皮，我们再坐下来说噻。"文雄说完，一手端了一碗稀饭，一手拿了一个包子，递给面前一中年妇女。

中年妇女犹豫了。这时候有个老男人走过来，接了文雄手里的稀饭和包子："吃就吃，不吃白不吃。既然这个大官放出这个话，我们就吃，吃了再说，说不好，我们还是不得走的。大家说要得不？"

老男人一带头，其他人轰地围拢了。文雄赶紧叫人给他们盛稀饭，分馒头包子。

这架势，跟多年前搞水电站见过的阵势不太一样。同样也是起事的没日没夜，工作队员挨着发馒头包子，盛稀饭，下软话，起事的就是不动心，竟说那是糖衣炮弹。两相对比，便觉好幽默。不得不服，时间真能改变很多东西。过去的人，一根筋，生闷气，不知变通。现在呢，连闹个事也闹得有审美的味道。画风有些面熟。哪见过呢？想来想去，貌似《投名状》里的苏州城，刘德华和李连杰有过一场文艺范的对台戏。

他偷拍了几张现场，微信发给文雄，附带留言："稀饭局长，没想到你那么亲民，这是要蹭头条的节奏？"

文雄没有回复，也许来不及搭理。

本来想着跟文雄和童桐打招呼的，但看几十号人，把个售楼部门前堵爆，也就微信留了个言："我已来过屏羌，见忙，没敢打扰了。抽空电我。"

然后，发动"黑土"，一溜烟回了三江。

49.4 【以毒攻毒】

前脚进"守玉楼"，后脚童桐来了电话。

"伤心了……"

"谁敢惹我的大表妹啊，我饶不了他！"

"还有谁？表哥你惹我了。"

"我惹你了？"

"来屏羌都不打个照面。"

"看你和文哥那么忙，不想添堵。"

"还真是。文哥正同那些人对话，不便通电话，叫我给你打。"

"他有啥事？"

"想叫你支个招呗。"

"哦……堵你们项目的都是啥人些？拆迁户、材料商还是民工？"

"好像都不是。那些遗留问题，齐鲁集团在接手项目时，指挥部作为中间人，专门协调负责处理好了的。现在来的，说是放水给李铁锤做'水天花月'的水客。"

"叫他们找李铁锤，齐鲁集团不是把钱给了那矿老板吗？"

"我们也是这样说的。那些人才不管呢，说有些人还了，有些人没还，现在又找不到矿老板，只有找我们。"

"肯定是李铁锤捣的鬼。"

"文哥叫人背地里调查过了，正是你说的情况。"

"那你们找李铁锤。"

"找他谈了，他说也没办法，之前给他的钱，已经花没了，债还没还完。"

"奸商玩套路，你们也信？"

"文哥才叫我给你打电话，想听听你的意见。"

"我又玩不来那些。"

"文哥说就你会对付套路。"

"他这是坏我名声，你表哥啥时候玩过套路了？"

"人家就是一说。他是真的想听听你的意思，如何对付眼前这帮人？"

"还能咋对付？烧钱免灾。"

"也想过这出。只是，园区哪来钱呢？"

"只要是说钱，事情都好办。你们给齐总汇报没？"

"汇报了，没表态。"

"为啥？"

"按道理讲，事情责任在园区，可齐总是开发商，羊毛出在羊身上。要换以前，文哥直接就派款了。因为是齐总的项目，为难，才找你出主意。"

"问题出在齐鲁和李铁锤身上。"

"你的意思是？"

"以毒攻毒。"

"没听明白。"

"就是解铃还需系铃人。"

"向书记好像也说过这话，不过他好像不好意思再找齐总了，毕竟出了这档子问题，放哪儿去说，都是园区的事。再说，文哥刚刚得到重用，向书记还看着呢。这段时间，他吃住都在指挥部，一脑壳的包。"

"听你的意思，是让我厚着脸皮给齐总说情？"

"表哥就是聪明。"

他还想说啥，童桐已挂了电话。

看来已无商量余地，只有硬着头皮，编了条有事相求的短信，发给了齐鲁。

49.5 【李铁锤的肥肉】

齐鲁很快回了电话。

"你个蓝大师，还有啥事需要我一个俗人帮忙参谋？让我猜猜，如果不是想切磋围棋，那就是又发现啥宝贝了？"

"棋局是有的，宝贝也是有的。不过，不是现在，况且那些都是小事。今天的事，得齐总亲自出面才能搞定。"

"这么严肃？你不是在给我下套吧？"

"绝对没有。齐总是性情中人，我也不必拐弯抹角。是这样的，'传世皇庭'的事，你知道吧？"

"他们似乎提到过，说是几个'虾子'去工地捣乱。"

"不是捣乱，是你的项目被弄停了。"

"没事，你屏羌老家那个文哥会摆平的。他手腕多，也是职责所在。"

"你高看他了。我就是受他所托，才找你的。你说得非常正确，你是投资人，出了这种事，向书记和文哥责无旁贷。但是，我好像听文哥说，书记不同意他再搞过去那些套路，明的暗的都不行。现在的形势，你懂的。"

电话那头一时语塞。

"他们知道没法向你交代，才找我当个传话人。"

"蓝大师有何高见？"

"高见不敢当。齐总，你看，是这样，我分析问题的症结，还是你到屏羌后，重新拿下项目，原来的开发商李老板，估计不大服气。"

"一个土包子，占着茅厕不拉屎，有啥不服气的？不服气，他砸钱，继续弄呗，又不是我不让他干。"

"齐总就是高人，一语道破天机，貌似他就是这么想的。"

"还真以为我给他抢吃的？我齐某人肚子头啥时候缺过油水？"

"那是，山珍海味，在齐总眼里就是浮云。"

"兄弟不用绕弯子，请直言。"

"你不是一下砸了好几个亿下去吗？"

"几个亿的项目，有啥可嘟瑟？"

"对你齐总当然没啥，对李铁锤那就是一大碗油水。你说呢？"

短暂的沉默后，齐鲁问道："你的意思是？"

"像李铁锤这种土包子，耍的还不是乡坝头那套野路子，上不了台面。不就是要点剩饭剩菜吗？"

"他想多了吧？"

"我上午刚去了现场，文雄和童桐他们还在售楼部前，给那些人赔笑脸，送早餐哩，跟供先人一样。我看工作队员和贵公司的员工那作风，还真令人感动。"

"早晨项目部的事，我也听说了。"

"我专门打听过，那些人都说是李铁锤差他们材料款工钱啥的。"

"就算是这样，跟我有啥关系？不是已经了结了？"

"你说得没错。问题是，看他们架势，怕是铁下心来，要在工地闹一阵子，不达目的不罢休了。李铁锤一耍赖，项目部又不能来硬的，这对'传世皇庭'项目形象不是啥好事。那么多施工队和机具都进场了，这账你比我会算，是吧？"

"文雄他们了解过没，李铁锤到底差了那些人好多钱？"

"大致统计过，一两千万。貌似手里都拿着李铁锤的欠款条子，利滚利的欠条。"

"一两千万？他当初开的转让标的，含了负债的。算高利息，我就背了一次锅，这回还要背，人家认为我齐鲁是瓜娃子。"

"齐总，你是何等的大智慧。现在那些来要钱的，是他们单方面说的，项目部会核实的，他们自己也知道没啥实质性的意义。但是，这个问题确实摆在那呢，你说是不？"

"你的意思是？我发善心，白给那些人钱？那还不是瓜娃子。"

"你白给他们钱，那就是活菩萨。那些人估计也是李铁锤去哪里吆喝来的，你今天去摆平这拨，明天又会有另一拨。如此三番，怕没完没了了。"

齐鲁那头一阵沉默后，道："那，这样，兄弟，你给齐某出个主意，尽管说，不必担心啥障碍。"

"我的意思是以摆平李铁锤为原则。"

"摆平李铁锤？"

"没错，打蛇打七寸。"

"吓唬他，还是拿钱砸他？"

"哈哈，这个嘛，最后还得齐总你自己下决心。"

"哦……让我想想。"

齐鲁"让我想想"的意思，蓝守玉是明白的。齐鲁和文雄，包括那个矿老板，都需要以时间换空间。

傍晚，齐鲁发来一段微信语音，大意是托蓝守玉找个江湖中人，给李铁锤放话，他可以再放血一千万元。但，这是最后一次，不会有下一次。那些人，哪里来回哪里去，钱明天就到位。以后工地上要是再来取闹，不管是不是李铁锤喊来的，也不管有理无理，齐鲁都要把账算到李铁锤头上，要么李铁锤把一千万一分不少退回来，要么李铁锤从三江地界消失。末了，还特别强调，将这话原汁原味转告李铁锤。

蓝守玉要的就是齐鲁的这个态度。他把齐鲁的话，转告屏羌一个"放水"公司的铁哥们。那哥们是放水公司的合伙人，蓝守玉做生意买卖瓷器，有时候遇上大货，需要资金周转，就找那哥们儿走业务。

"放水"公司哥们很快回复，一切已妥，明天起来，工地上不仅不会有李铁锤的人出现，其他捣乱的，李铁锤也已经放出去话，谁再去闹，不是给谁过不去，而是给他李铁锤过不去。

他原汁原味给齐鲁微信扯了回销。齐鲁回信吹捧道，还是大师的面子管用。

"是齐总的钞票有面子，也管用。"

"也对，也不对。对与不对，让别人去说吧。再说，像你我这种人，钱好像已经不是第一位的了。"

"我哪敢跟齐总相提并论？齐总真是洞察人间百态，大事不乱，一锤定音，蓝某甚为佩服。"

"哪里，此番功劳我齐鲁不敢跟你抢，兄弟在三江和屏羌的面子，齐某会记一辈子。"

齐鲁的回信，流露出心情正好。蓝守玉想想，又回道："那，我可以请你帮个小忙不？"

齐鲁回道："必须的，你帮我弄了这么一桩好事，我自然也得来点现实的。"

见齐鲁表态，就想，正好有事闷着，再不说，过了这村，没这店了。就回道："是这样，上次不是提到过青花大龙缸的主人吗？那个乡下姑娘，难得的好呢。青花大龙缸是她已过世的爹娘留下的，现在她和毫无关系的干外公和同母异父的哥哥相依为命。我的意思是，想让她参与'官窑美人秀'选秀，若能得到齐总的关注当然更好。"

没想到齐鲁爽快地答应了："小事一桩，本来就该帮她的。我给柴瑶说，叫她操作一下。"

蓝守玉明白"操作"的言外之意，心情蓦地好起来，给文雄发消息："文大局长，所托之事搞定，明日起，贵局长大可不必再去给人盛稀饭了。"

文雄回复道："啥局长，莫乱叫，很快警服都穿不成了。就晓得老兄能量大，不像我，遇到这种事，就只有喝稀饭。十分感谢！不过请相信，你蓝兄弟认真，我文雄也绝不会拉稀摆带，要不然还真被人看成了稀饭局长！"

稀饭局长，有意思。这帽子可是文雄你自己要的，不是我给你套的。这话，蓝守玉并没有说。

50.1 【窑火】

又一个凌晨。蓝守玉的长裹脚瞌睡，被微信视频连线吵醒。

是柳叶萍。

柳叶萍说大龙缸已装窑，即将点火。

老葫芦窑终于要点火了？可视频黑灯瞎火一片，咋看？

柳叶萍把镜头摇向远处，远处火星明灭。两个人影，一人一炷香，似正念念有词。

"不是说女人不得进窑炉吗？"

蓝守玉尽管问得小心，还是遭柳叶萍嘲笑："书都读猪狗肚里去了？灵魂邋遢。"

"后面的人影是赵师傅和叶师傅？"

柳叶萍本来不想理睬，觉着这算问正事，便道："师傅们祭窑呢。"

"半夜三更祭窑？天下无贼时代，防火防盗，形式主义？"

"谁都不防，瑶里人没那么缺心眼。"

"你误会了。我的意思瑶里哪家没几十百把件元明清仿古官窑，摸黑祭窑是怕遭贼人惦记？"

"那倒不怕。"

"这……夜间祭窑？"

"我说的是敬畏，敬畏明白吧？"

他摇摇头。

"只有最懂作瓷的老艺人，方明白信仰的重要。"

柳叶萍是对的。只是似是而非的仪式感，在二位师傅心目中除了信仰的分量，会不会还有其他？比如世俗的风险。

"景德镇做顶级官仿，到底风险有多大，你个局外人终究还是不大明白的。"

"不会真的要防小叶爹吧？"

"小叶爹当然得防。现在的问题是在小叶身上，表面上小叶听他娘和外公的，背地里跟他爹勾勾搭搭，谁说得清？还有苏小离，一个东洋小姑娘，我倒是没啥，两位师傅哽着气呢，到底不是一个祖宗。再说，给孔老板烧元青花人物罐子，也要讲点祖宗道德吧？"

"可不是，作瓷圈子世风日下，就剩那点祖宗规矩看家了。"

"听你这话，师姐我也算没白做。"

"装窑得好几天吧？动静搞那么大……"

"满满一窑松柴几万斤，山庄的人全部发动起来，都干了三天。可谁知道还有大龙缸这档子事？他们以为两位老师傅重操旧业，复火葫芦窑，只为孔老板的元青花哩。"

"这么说，瓷坯刚刚装罢？"

"我掌灯，两位师傅抬桩，你那大龙缸坯子，沉呀，没想到两位师傅身子骨还硬朗。"

"两对龙缸？"

"不是要给你定的那个大缸上保险么，就做了两对四件一模一样的，放在中室和后室四个窑位。叶师傅说，即便如此也难保万无一失。坯进了窑，任由窑火摆布。火又咋能听人招呼呢？于是，有了窑变。青花其实就是窑变。进窑，乌黑一片，出窑，幽蓝万象。"

"你的意思是，给我的大龙缸上了四道保险？"

"孔老板的元青花人物，只做了一对。窑位选了温度稍低的前室。叶师傅对烧元青花胸有成竹，他说做一对就够，即便背霉到底想来也能成一只。"

"照这么说，此回雪岭瓷庄下了大血本，估计麻仓土也剩不下多少了。"

"本来还有点的。师傅舍不得，又做了几件元青花和永宣青花的小器，一并装烧。永宣小器装了匣钵，高高低低，放在中后室不同窑位。叶师傅说，装几摞匣钵在窑炉里别火势，一来可以调整炉火流向，再则也为测试宣德青花烧成的准确窑位。若四个缸子都烧坏了，这些小件的永宣青花，或许能留下些可以参考的信息。"

"师傅想得周到。青花绘工都出自师姐的笔下？"

"必须的，师傅早已不绘青花。密室里光线那么暗，老人家老眼昏花也看不了。"

赵师傅炼泥、拉坯、调釉药，青花后起之秀绘青花，景德镇首席掌桩叶师傅执掌窑火，三强联手，不用想，也能看到至少成功了一大半。

柳叶萍提醒道，远处的红星，是叶师傅正在起火。

黎明的天色本来就暗，影影绰绰。柳叶萍就把镜头聚到亮处，这下看明白了，果然是窑火。松柴早已干透，一点就着。想着未来的日子，火蛇会把整个窑膛给窜满，蓝守玉隐约觉得有啥在涌动。

他分明看到了屏幕上剪影斑斓，如大千泼彩："太美了！"

"那你就烧高香吧。"

"祈祷窑神保佑我们的大龙缸。"

"葫芦窑已经熄火多年，又生又冷。眼下正值冬寒，烘窑就得好几天，慢慢烘，还不能心急，急了，坯受不了，会炸。"

"我急个啥？心急吃不了那谁的豆腐。"

"说啥，吃谁豆腐？"

"呵呵……我的意思是慢工出细活。"

"要半个月，甚至不止，看窑炉回温情况。"

她移开视频镜头，瓷庄外面，北风正一点点紧。

他告诉柳叶萍等烧成了一定再来瑶里观摩开窑的。

柳叶萍念了一句诗："待到阳生日，还来就青花。"柳叶萍这诗，大约是从王摩诘那儿化来的。只是，"阳生日"是啥情况？

柳叶萍叫他回头自己查书。他说，师姐不是说书都读猪狗肚里去了吗，还查个啥？柳叶萍就数落他听不来女生话。听不来就听不来，自己想着总可以吧，只是那么大个神缸浴火重生，该是如何的悲壮？他自言自语道。柳叶萍接过话，宣德青花釉里红大龙缸对于两位师傅，那就是神的存在，出窑的景象，呵呵，我的确不敢想。

蓝守玉也不敢想。青花釉里红，幻彩如蓝宝石创世？不对，宝石尽管来自神的赐予，也有规律可循，只有最飘渺深邃的秋水幽灵，最接近伏藏大师仁波切的经传模型。

他打了个寒战，再次陷入秋天以来的某种语境。

50.2 【 "隐蓝" 参选 】

瑶里的窑火，为官窑美人而生。远处的青花大龙缸，秘藏瑶里。近处的美人，双鱼纹甜白盏，谁是这个冬天的红袖添香？

宣德纪年款青花釉里红双鱼龙抢珠纹大龙缸，是不是官窑中的官窑，目前还只是齐鲁和蓝守玉的一厢情愿。瓷都景德镇的师傅师姐力挺，不排除有情感的成分。

宣德晚期至空白期的甜白盏，是傻子都认得的老货，美人中的美人。东西自己会说话，美誉过了，便成了画蛇添足。

语言是贫乏的，好在古人留下有话，天生丽质难自弃。

他打开手机图册，翻出"隐蓝"和她的土狗"香雪"。世间有几人能真正懂得"难自弃"？双鱼纹甜白盏，又有几人能识？阳光纯洁，清丽照人的可人儿，为何偏落得贫寒人家？

他不是在自问自答，只是忽然得到自我的暗示。

便登录"宝虫网"的"传世皇庭·官窑美人秀"主页。打开海选论坛，他试着挂了个报名帖，只上传了一张照片，他的"隐蓝"与"香雪"。用的是"三江鱼叔"的网名。他自报家门，说是照片里女孩的叔叔，女孩叫"隐蓝"，初次见面，还请网友们多多关照，支持"隐蓝"参选"传世皇庭·官窑美人秀""淘宝宝贝"。

一切只是在不由自主地挑动。

50.3　【我本将心向明月】

施云打电话，不管有事无事，想起就拨，从来不会考虑他的感受。

他谈不上怜香惜玉，只是好男不跟女斗是他一贯的原则。那些年去景德镇学瓷，柳叶萍就常批他"床乱"，不注意私生活保洁，一条裤子穿俩月也不下水。吃面，一吃一斗碗。吃就吃吧，关键是吃相夸张，"哧溜"……

柳叶萍说，你可以给陈佩斯当替身了。他问，啥戏呢？柳叶萍笑道，吃面呗……

他当然知道柳叶萍的开涮并不友好。他并未反驳，一本正经地给柳叶萍说，有研究发现：丢三落四的男人比秩序井然的男人更淡泊名利；爱睡懒觉的比按时起床的更具同情心；不守时间的比从不迟到的善良高出百分之五十；饭量大的比饭量小的情商高出一倍；床上纤尘不染的比床铺乱糟糟的乱床率要高出两倍……

柳叶萍笑了，蓝守玉，我发现你真是个人才，除了能给陈佩斯当替身，还可以干编剧……

他差点没把刚吃进去的面吐出来……

笑话归笑话。三江冬天的清晨，空气好，就是冷也是阴冷，真的适合赖床。

他很正式地接了施云的电话。还没等到他的客套，施云的抒情自己来了，玉水谷那夜好开心，本小姐可是一笔一笔记得清清楚楚，还有孔亮家的柿子……当然，接下来又一堆"吐槽"，也不全是高兴事，什么单位领导自己看不顺眼，同事呢又不屑理睬。牢骚发够了，又兴高采烈地说前些时候在荣城南门买的房子又开涨了，账面浮赢翻了一番。他也缺心眼，没顺话吹捧也便罢了，竟然质问咋会涨那么多？施云也没搭理他，仍旧自说自话，你放心，肯定会涨不停。他便很觉无趣了，有啥嘚瑟的，既得利益者的从众心理而已。

施云还沉浸在她的投资预期中喋喋不休。终于耐着性子等到施云口干舌燥处，便问道，完了？施云道，你就不关心荣城南边要建新城？他说，新城？与我有啥关系？施云道，没关系就不能聊天了？他无言以对。施云还不罢休，道，你以为你是月亮？他便郁闷了，这哪儿跟哪儿？胡扯月亮又啥意思？

　　事不关己，高高挂起，笨！施云奚落道。好不容易打嘴仗占了回上风，施云颇为得意，顺口溜了句"春风又绿江南岸，明月何时照我还"。

　　"我本将心向明月，奈何明月照沟渠"。他也不知道为何就脱口而出回了施云那句神诗。

　　好意境！还没等自己赞完，施云这才察觉被他带偏了，质问道，谁是那明月，谁又是那沟渠，你说清楚？

　　你当然不是那明月，我也不是那沟渠。这话，他也只能跟自己说了。算了，还是说正事吧。他主动转换话题。

　　施云这才从自恋语境里回过神来，道，本小姐是真有正事哩。

　　他立马后悔接她电话了。

　　施云说早晨打开柴瑶推荐给她的选秀活动网站，看到有人给郭引兰报了名，"隐蓝"，报名的人叫"三江鱼叔"。一个男人，咋对小女孩那么上心？她寻思来寻思去，估摸着这行事风格像他。

　　原来是兴师问罪来了！他不置可否，你说是就是吧。施云道，心虚了吧？你不是节目的顾问么，这算塞私货吗？他道，帮个忙也有问题？再说，这也是齐鲁的意思。施云当然不会相信。施云见过引兰。施云吃引兰的醋，虽然不掩饰，但怎么着也上升不到原则性问题。就冲这点，他有理由说服施云一同来帮帮"隐蓝"。

　　他讲了"隐蓝"的家事。不是丑小鸭变白天鹅，也不是金枝玉叶流落民间，他说他只是在传递纯洁和善良。他需要施云，以及更多的人，加入这场爱的接力。

　　施云到底是刀子嘴豆腐心，答应把帖子转给柴瑶和齐鲁。

　　很快，齐鲁回了个"OK"的手形和笑脸。施云把齐鲁的回复转给了他。他明白，齐鲁算是确认了之前的承诺。

　　他又将帖子转给童桐。

　　童桐回电话询问底细。他的想法是能不能多找些朋友上去回帖捧场，给小姑娘凑人气。

　　幕后的一切，"隐蓝"并不知情。现在还缺女孩本人的态度。海选、周赛、决赛，这些对她来说，都是陌生的语境。她的日常宁静恬适，一如龙隐秋水。没有谁认识她，走近她，惊扰她。她的存在，只是这个冬天，还值得挽留的某种意义。

50.4 【又发疑案】

手机收到一条推送来的信息。

荣城蒲溪交警凌晨交通秩序大整治，在荣城到蒲溪高速茗山方向出口，挡获一辆旧面包车。挡获理由，没按时车检。交警歪打正着，查获一堆疑似文物：石雕佛像，青铜树灯，还有模样高古的陶坛瓷罐。现场只挡获了司机，货主并未同路押车。目前案子在进一步审理中。

从报道的现场图片看，几样货有滇文化背景。西康的严道县、茗山县属滇文化边缘地带。文物专家和古董贩子对那一带的出土文物认知并不足。自屏羌上游大规模水电和旅游开发，不断有地下文物流失到普通市场，专家们才后知后觉。公安部门只得被动跟着案子跑，每年都会留下一堆积案。有一段时间，西康的文物保护，被荣城有关部门亮了红灯。西康成了典型，周边的蒲溪、屏羌也不轻松。

莫非又有一批滇文化文物流失？

车从荣城方向过来，又是荣城的车牌，看样子是往茗山方向送货。若真是好东西，很可能是从严道、茗山一带出土后流失的。这里面有个问题无法解释：出土文物案的流失线路，一般是从小到大，从贫穷到发达，从农村到城市。从繁华的荣城逆向流往偏僻的茗山，贩运逻辑讲不通。

他打电话问文雄情况，文雄说还没接到正式通报。他便谈了自己的看法，认为这车货的确可疑，说不定背后就藏有屏羌公安需要的信息。文雄有些兴奋，难道会是"兵哥"，还是那个咸阳人？他说古玩文物案涉及的圈子，说大就大，说小也小，一切皆有可能。文雄表态马上叫小聂通过渠道打听一下。

面包车上的货，并不是蓝守玉要关注的。"兵哥"和咸阳人，也是他一厢情愿替文雄着急。

文雄才不急呢。戎城会江方面抓获鄂市人，就一笑话。民间历史"砖家"放了个大臭屁，一伙人想发财想疯了，把那屁捡起来当空气宝贝，最后才发现上当了。上谁的当呢？"砖家"说，这锅我不背，你找媒体。媒体说，我只是给"砖家"当传声筒，言者无罪，闻者足戒，再说第一个言者，也不是我们呀。锅又甩了回来，"砖家"便找出一大堆确凿的文献资料，质问道，不是要追究始作俑者吗……

当事者只有摁掉牙齿往肚里吞。

同样的笑话，每一天都在翻版。蒲溪这出，也是翻版？

有次同文雄醉得不行，信誓旦旦撂下一句狠话：这个世界的趣味在于，大家都在当演员，你我就别装了，谁也不是一边"吃瓜"、一边看人笑话的傻帽。文雄问，听起来好深刻，咋讲呢？他没有顺着往下捋，转而念了一句诗，你在桥上看风景，看风景的人在桥上看你。文雄惊讶道，没想到你除了会聊"土豆体"，还是个哲学学霸嘛……

他闭上眼，懒得搭理，脑袋里全是酒精酝酿的风景……

他的额头青印又犯病了，那是个切肤的痛点。

更远的痛点在龙隐。

夏秋以来，"双鱼"和"土豆"，交织日常情绪。

昨晚抚摸过的甜白盏，正兀自独立案头，空灵而淡定。

窗外，有草色映入。近处的苔和韭葱，远处的豌豆和胡豆，更远处的麦和油菜。

甜白和草色，都令人感动。

51.1　【云卷云飞】

打离开屏羌政府大院便无周末一说，天天都过周末。想自己刚上班那会儿，一逢周一就跟打仗一般，总觉时间不够用。有首歌咋唱来着，时间都去哪儿啦？现在呢？手背手心闲得皮痒痒，又觉哪儿不自在。哎，围城心理，矫情。这么想着，终又觉着还是自己做主的好，云卷云飞，花开花落，想闷骚闷骚，想寡欲寡欲。

柳叶萍发来消息，说小叶的爹，昨儿到雪岭瓷庄来了。蓝守玉问，来干啥？柳叶萍道，拎了一大包东西，称看望两位老人。他便回道，无尿不起夜。柳叶萍没搭理他。又发个问号过去，那边回一"污"字。赶紧发语音解释，胡扯无事不登三宝殿、有钱买得鬼推磨之类敷衍，反正不能让她想歪了。

蓝守玉提醒柳叶萍，小叶爹这会儿来雪岭，冲的怕是那葫芦古窑复烧点火。柳叶萍道，自己猜也大致如此了，不过两位老人也纳闷，他消息咋那么灵通？狗鼻子？他问，会不会出了传说中的"内鬼"？柳叶萍说，就算像你说的那回事，那又会是谁漏的风呢，小叶、小离、孔老板？他分析道，逻辑上孔老板和小离都讲不通。苏小离来景德镇学手艺，也不用偷偷摸摸。孔老板的注意力集中在那几件高仿元青花上面，倒是可能不太乐意有第三方知晓古窑复烧一事。柳叶萍就道，孔老板身边的那个喽啰呢，谁又能包他不出卖主子？他补充道，要这么说，小叶也摆脱不了嫌疑。柳叶萍就感叹，照你这么说，人与人之间就没真情可言了？他道，利字当头，感情算个鬼。

童桐打电话来，说"隐蓝"的海选报名帖，人气不旺，得继续上点后续爆料。他给童桐讲了"隐蓝"的身世，让童桐编成软文贴上。他说那姑娘，家贫如洗，还没爹没妈，一个外公，一个哥哥，都不是亲的。童桐说，光煽情有毛用，得弄点抓人的"痒"。

可是，一个乡下姑娘，白得像一张纸，哪来"痒"？"香雪"吗？

"香雪"是一只狗的名字，就是它了。如此看来，还得再访龙隐。

51.2 【立冬的节奏】

"影"发来邮件，说龙助理已出发，午后抵达荣城三岔河国际机场。

说来就来？

翻开手机日历，原来今日"立冬"。

倘若没有雾霾，盆地的立冬和深秋也无多大区别。几日前气象预报，有雨夹雪。好了，PM2.5，再见。

心情甚好。揣上甜白盏、琉璃磨子鱼，直奔三岔河机场。

龙助理比想象的要年轻，若不听他声音，光看个脸蛋身材，真的会性别误判。

"在下龙海泉，您是……"

"姓蓝，名守玉。"

"蓝先生，久仰久仰。"

上车后，蓝守玉征求龙海泉意见，要不要直奔三江美食城？龙海泉没有回答美食的问题，只说这次来荣城，国学大师交代的任务是考察两件宝贝。

他征求蓝守玉意见，能不能先上手一睹为快。

又来一个着急的。

蓝守玉掏出磨子鱼，龙海泉接过，细细抚摸，一连喊了三声"妙"！

如此看来，龙助理是真冲龙隐的秘密来的。寻思正愁"隐蓝"的事，就建议陪龙助理，先去龙隐。

51.3 【人间烟火气】

蓝守玉和龙海泉入住龙隐"土司客栈",已是午后。

午后的龙隐,场已散,一些店铺正打烊。生意忙过,就聚街边吹牛,"打乱戳""二七十",自得其乐。没了熙熙攘攘,小镇的午后,比黄昏还缓慢。

几百米的老街,逛了一小时。冻粑、麻花、狗屎糖、竹叶菜、水芹菜、干蕨菜、土烟、老酒、女红,令人眼花缭乱。龙海泉感觉好似穿越回了民国,这也摸摸,那也尝尝,恨不得把一条街都买下来。

两头都是像画片一般的帅哥靓女,引兰和龙海泉都不自在。招呼客人坐下,拧壶,放叶,冲水,泡上龙隐雪芽,引兰像绶带鸟一样飘来飘去,把龙海泉眼睛都看直了。蓝守玉寻思,港岛小伙也许没见过乡下小姑娘,要不就是近视眼,戴了隐形眼镜。

蓝守玉说了两人的来意,嘱咐引兰抽空去办一张银行卡,他好把拿走大龙缸的欠款给打上。引兰说,不急,再说那么多钱,他们一家也不知咋用。两人正争执,听到屋里老人问话,谁呀?引兰回,蓝叔和他的客人呢。老人又传话,那请人家留下吃顿饭才走。引兰回,知道了。

听老人说话,似不大方便。难道"石磙子"病了?就问引兰。引兰道,老人的腿肿了。他问,要不要进去看看?引兰拦了,屋里脏乱,哪能接待贵客?他就又问,没去看医生?引兰道,前些天去茗山县医院看过骨科,医生说关节坏了,发黑,照核磁、查骨髓,花了一万多。他问,赶紧住院,可不能拖的。引兰道,就是个富贵病,要做手术,住院得一二十万。他叫引兰尽快带老人去荣城医院。引兰道,本来要找同学借钱的,老人脾气犟,死活不让,说去荣城大医院就是白送钱。他道,白送也要去。

又聊了龙助理来龙隐考察磨子双鱼的事。引兰一脸疑云,啥磨子双鱼?他便说了墩子师傅六如留给墩子磨子鱼的事,还拿出鱼来,叫引兰给老人看看,问他晓得点啥不。

引兰将磨子鱼给老人看了。结果并不是他想要的,老人除了感叹,一句多余的话也没。蓝守玉就想,难道磨子鱼有隐衷,那双鱼盏呢?

龙海泉接过双鱼盏的那一刻,尖叫了:"薄如纸,声如磬,尤其是这釉色堆脂,分明就是和田羊脂嘛。传说中的双鱼甜白?"

对着天光,转动半天,龙海泉说还需对比磨子鱼。便要了磨子鱼,左手握玉,右手持盏,赞不绝口:"太像了!景德镇明早甜白盏和琉璃磨子鱼,都在试图模拟和田羊脂,的确也做到了以假乱真,难分伯仲,气质非同凡响!"

蓝守玉接过话，道："龙助理眼睛尖，古陶瓷行内，叫'一眼抓'。不懂瓷器没关系，陶瓷审美属于国学审美体系，两者是枝叶与干的关系。看龙助理的眼力，没十年八年修养不成。"

"琉璃磨子鱼，从风格看，基本可以断代元明时期。磨子双鱼，带有明显佛道融合的风格。从刻诗看，那股子孤芳自赏、看破红尘，不食人间烟火的气息，应属私人定制，或出自鱼的主人。磨子鱼可能讲述的是主人非凡的人生际遇，甚至有暗示主人神秘行踪的意思，这也是国学大师让我来内地的目的。"

龙海泉的话，正好印证了蓝守玉的猜想，便说已安排好了考察线路。

"你不是在邮件里还说，磨子鱼和一件'蜀王公用'铁香插，都是从龙隐山的老寺庙里发现的么？"

"山就在龙隐镇背后，从唐到明，寺院香火一直未曾间断，晚明突然荒废。发现磨子鱼和香插的山房，是前些年一个老居士在废墟上复建的。"

"那个居士呢？"

"已经去世了。他就是引兰姑娘同母异父兄长的师傅，磨子鱼就是他发现的。"

"历史上有很多的秘密，之所以难以真相大白，就是因为重要的证人，往往都在真相大白之前随时光流逝了。"

"这便是历史解密的趣味所在。"

"不过，你提供的物证很有意思。可不可以上山看看？"

"那倒不用。此山的佛文化、土司文化，以及发现的磨子鱼、铁香插、一座石桥，还有茗山县文史朋友提供的藏汉杂居文化资料，都在我发给国学大师的邮件里了。"

"我们的团队已经研究过那些资料。大师叫我过来，主要是看磨子鱼背后，还有无隐藏的传承故事，若弄明白个中大致，便可以印证之前的猜想。"

"莫非老师发现了啥可疑的信息？"

"现在还不能说，不过八九不离十了。"

蓝守玉寻思，国学大师跟他的猜想应指向同一个人。他自己掌握的信息比国学大师要多，比如宣德大缸、甜白盏、黑金炉，都是些见不得光的地下文物，要作为历史"物证"，又如何能得到主流学界的认定？

想到这里，蓝守玉道："我带龙助理来龙隐找引兰姑娘，本来是请小姑娘陪我们走一趟，试着去探寻那位叫六如居士的生前轶事。但是，你看，她家里老人的这病……"

引兰见状，便道："没事，老人的腿病只是这些天又发作了，我离开几天，也没多大问题的。"

本来要劝阻，引兰已进里屋去了。一会，她出来道："干外公说，干爹的事，是大事，干爹对我们全家有恩，叫我陪你们出去走几天，他一个人能照顾好自己。"

蓝守玉想了想，就道："也好。不过，回来后你得马上送他去荣城医院，能做手术就做。我不是还差你们家大龙缸的钱么。回来你把银行卡号发给我，先给你们转二十万过来。"

说着，他把甜白盏递给引兰："今天来龙隐还有件重要的事要商量。"

他跟引兰商量的事，与"香雪"和甜白盏有关。

51.4 【兰花谷】

给兰子商量的是报名海选"传世皇庭·官窑美人秀"一事。

蓝守玉并没有说名是他叫给报的。乡下姑娘，谈不上社交圈子，因为在职业学院上的旅游专业，电视选秀相亲寻宝之类也是知道的，可她哪能想得到，这些城里人的事会落在自己身上。

见引兰狐疑，他又道："老人病还拖着，三长两短也未必。要真能选上也对老人有个交代。选不上也没关系，就当见见世面。"

"我能选上？"

"能的。"

"可我啥都不会。"

"你有盏啊。"

"盏早已归蓝叔干爹您了，干外公和哥专门交代过的。"

"盏之所以到我手上，还不是你干外公和你哥出事，阴差阳错。再说，老人眼下正犯病，理当物归原主，你拿去选秀。要能上，主办方会奖给你一大笔购房基金，盏呢，又让主办方拿去办博物馆，怎么着都能落个好归宿。"

"那还是不能收，干外公和墩子哥不会同意的。"

"盏本来就是你们家的，如果它能带给你好运，我想你干外公和你哥也不会说啥。再者，主办方叫我帮寻宝贝，办博物馆，原打算东西也要捐给博物馆的。你拿去参赛，在情在理。"

"那，我听干爹的。可我能做啥呢？"

"等电视台来人，到你家拍个片子，你配合出出场，露露盏，再加点照顾老人的镜头就行。"

"上电视吗？"

"拍个花絮，能入选的话，再将盏送到电视台录播，讲讲盏的故事啥的。"

"可我不会讲啊，干外公和墩子哥从来都没给我提起过。"

听这话，引兰可能真不知道盏的来历。蓝守玉就道："也不用你讲道道。要真讲，就讲你干外公，讲墩子，讲你自己，实在不行就瞎掰。"

"瞎掰也能上电视？"

"电视上瞎掰多着呢。不过要会点啥最好不过。你嗓子那么好，唱歌会吧？"

"上学时爱哼徐千惠，不过都是老歌，怕过时了。"

"《兰花谷》会不？"

引兰点了点头。

他便让她清唱了《兰花谷》，这首歌几乎没啥技巧。恰恰没技巧也成了难度，极少有人能唱好。蓝守玉也是第一次听人清唱《兰花谷》，唱者还是个未受过专业训练的村姑，纤尘不染，宛如天籁。这或是歌曲创作时也不敢想的效果。

他和龙海泉都听得入了神。

没有聚光灯，没有舞台，没有伴奏与和音，天地中央，一袭细花连衣裙，兀自漫舞……

51.5 【关灯吃面】

蓝守玉给齐鲁发了条微信，说大龙缸主人大病，近日得去荣城大医院，急需住院费，可否先安排支转二十万货款。齐鲁回复已通知柴瑶办理。

又与童桐通话，说了陪龙助理去茗山车岭孔亮亲戚家考察一事，问可否有空叫上孔亮一道去玩。童桐道，柴瑶安排了"官窑美人秀"的事，走不动，她已联系孔亮，让他前往。

"石碌子"医药费一落实，蓝守玉便无后顾之忧。他告诉引兰，叫她放心送老人家去荣城医院。引兰说，老人犟着，还要做工作。

就问引兰要银行卡号。引兰说，这事她做不了主，得问问老人。

引兰就进里屋找老人商量。老人的意思，茗山一带，她比较熟，去荣城医院的事，等她回来再定。他寻思，老人腿病，可不能再拖，拖出大毛病了，他没法给一家子交代。就道，他们去茗山后，可能还要去甘南，寻找兰子外公和兰子娘原来寄住过的那个寺院。引兰道，那当然好。他又道，去甘南七八百里，打个往返也要三四天。

两人就商量，明天去茗山，后天回龙隐，早去早回，然后带老人去荣城看专科。甘南的事，兰子先不用管。

就又约了曾子羊，叫他的栏目组周三上午到龙隐镇会合，把引兰的寻宝节目先做了。

这边同栏目组谈了意向，那边来了个陌生电话，原来是孔亮。孔亮说了童桐托他陪两位老师去车岭的事情，就约好明天一早赶到屏羌见面，同去车岭。

引兰本要留两人吃饭的，蓝守玉觉着屋里有病人也不太方便，便婉言谢绝了。

回到土司客栈，吃过晚饭，龙海泉想再去街上逛逛。蓝守玉提醒乡场上的夜景，比不得都市，黑灯瞎火吓人。龙海泉不解，黑灯瞎火有啥吓人？他们港岛，一逢台风季，也会大面积闹停电。他道，大城市就算大面积停电，也不会神出鬼没一团黑。龙海泉纳闷，神出鬼没一团黑啥意思？他道，像龙隐这样的古镇，要没了灯光，死一般地静。龙海泉还是不解，问道，他们晚上没夜生活？他"噗嗤"笑了，有啊，关灯吃面。

盆地的冬天，雾霾加重。黄昏也短，还没转个来回，天光便整个暗下去了。店铺早就关了门。先还能闻得两旁窗户里有人在拉家常，走着走着，两旁的灯也暗了。待最后的几声犬吠下去，一条老街就都淹没于无边暗色。

51.6 【"兵哥"现身】

回到客栈，童桐转来一条链接，"宝虫网"的"官窑美人秀"活动专题"隐蓝"报名帖，点击已上两万加，回复三百加，稳居本周海选排行榜第一。

看来童桐还真的会搞事，便回复致谢。按目前人气预测，下周引兰晋级电视寻宝活动，应无障碍。

正待关灯休息，包里的"棒棒机"有了响动，那是留给墩子的私密电话。这么晚来电话，发现"兵哥"行踪了？

果然。

墩子告知，这几天万州搞古玩交流会，他去摆地摊。有个秃头，到他的地摊来过三四次。

蓝守玉记得文雄说过"兵哥"就是个秃头，还抽"长征"烟，便问，秃头抽烟不？墩子回，前两次都没抽，不敢确定是不是要找的那人，就没打电话，今天下午又来了，在摊前待了十几分钟，看了石雕照片，还抽了会烟。他来了兴趣，问那人抽的啥牌子烟？墩子道，"长征"牌哩。他追问道，看清楚了？墩子回，红彤彤的，两个大字。他提醒道，"中华"烟也是红彤彤，两个大字。墩子回，弄不混，咋说也认得"长征"俩字的。他想，那就对了，就问，秃头留过啥话没？墩子道，一句都没，也问过那人，喜欢石刻不，是要买还是卖，那人没吭声。墩子这一说，他踏实了，没吭声正说明秃子心中有鬼。

若那个秃子是"兵哥"，想搞事，一定会在暗地里观察墩子，甚至会自己撇开墩子联系照片上留下的电话号码试探。他提醒墩子，明后天还去摆摊，那人来不来都没关系，继续摆，要是那人再来，不管提啥要求，都应着，稳住他，再打电话报告。

不来全不来，一来排长队。

"传世皇庭"闹事、瑶里龙窑点火、龙助理来考察、引兰参选"官窑美人秀"，现在"兵哥"又现身……

莫非，这就是立冬带来的节奏？

第十八章 传说

52.1 【咸操心】

一大早，三人就到屏羌接孔亮，往茗山车岭赶。路上，蓝守玉接到文雄电话，因为开着蓝牙，一车人都听见了。

"兄弟，给你说件事，向书河又找我了。"

"副县长的喜事落实了？"

"你又拿当哥的开涮。"

"哪里，我是听你这急吼吼的，估摸着也该有啥名堂。"

"没有名堂，就不能嘘寒问暖？"

"哈哈。说吧，县委正式推荐你了？"

"又来了。再说也就是个并不明确的调研意向。"

"组织调研，是人选发掘程序。有了意向，离板上钉钉就不远了。"

"说了只是人选之一。最近得到的消息，市里头的意思，好像从市局空降个啥科长来。"

"这也正常。"

"不是随便一个科长就能下来的吧？"

"人家是上级，市里部门科长下来，哪个不是戴副县的帽子？"

"你迂吧。下来当公安局局长的，能是随便一个科长？"

"那倒是。公安局长，举足轻重。"

"据说下来的是学霸'两长'戎州警官大学的同窗，市局都传开了。"

"貌似前些时候传过八卦，说人家和你们学霸'两长'同为市长爱人的得意门生。"

"我说过吗？你可别瞎传。市长主持工作，但毕竟还不是书记，你懂的。"

"喝屏羌江的淡水，别就去操太平洋的咸心了。你把你的代局长干好即可。你要相信组织，再说大家都长着一对眼睛窟窿。"

"这一点，老弟尽管放心。我不会傻到把个鸡毛当令箭使的。我只是不想浪费一身肌肉，想给屏羌做点事。"

"当官不为民做主，不如回家卖红薯。好同志。我是不是应该为你点赞？"

"你很多地方好，就是嘴巴子零碎，不理解人。"

"我还不理解你？不就是一直找机会上，终于有机会了，又怕遭遇对手，心里不踏实呗。"

"那还不给当哥的想个出路？"

"我又不是你的组织。再说，现在你们向书记应该比谁都着急。"

"我给你电话，就是说这事。"

"扯了半天，才上主题！我开着车呢。"

"他昨天下午喊我去他办公室，说老领导蒲志已到省政协文史委履新，现在他在三江有些被动，想听听意见，看能不能搞个动静，引起一下市里的重视。"

"你想多了，向书河是政治家。他的事，用不着你操心。"

"你还别不信。他真的问过我，要不请老领导下来走一转。"

"我觉得行。"

"书记的意思，又不能太露骨，三江的圈子，就那么大点，他同蒲志的关系，都盯着哩。高调视察调研，他也开不了口，蒲志也不会同意。"

"这倒是。"

"给你打电话，是转告书记的意思，你老兄可否给齐鲁说一下，请齐总在老首长那儿吹吹风，老首长再出面邀约。下来也不一定要说项目，看看文物保护啥的，有个说得过去的由头就行。"

"我懂书记的意思。老首长爱古玩，蒲志又在文史委，把有关部门叫上，三江这边，有关人士总要出出场吧。齐鲁开发屏羌南岸，弄艺术馆，也是在做文保。首长视察，表示重视，对他的项目会有啥好处，他比谁都明白。"

"那，等你消息？"

中途去服务区的时候，蓝守玉给齐鲁通电话，说了向书河的意思。齐鲁答应，只说老人家脾气怪，下来的随行不会很多。至于具体到屏羌的项目，他本人不会陪同，老头子也不会在现场，柴瑶那头会做好相关准备，一定会给向书河加分，而不是减分。

52.2 【郑大膀】

到车岭，正是午饭时间。

孔亮找饭店老板打听去郑营的路况。老板说要翻一个好长的望龙坡，又问去郑营做啥。孔亮说去找一个叫郑循阔的老人。老板问找"郑大膀"吗？孔亮道，对呀，你认识？老板道，车岭人都认识，斗牛的大力士哩。蓝守玉来兴趣了，斗牛大力士咋讲？

老板就摆了"郑大膀"的龙门阵。"郑大膀"牛高马大，膀子粗得像根木头，浑身老有使不完的力气，算得上方圆几十里的一号人物。

20世纪70年代，蒙山维修天盖寺，他当背二哥背砖。馒头不够吃，饿得眼花，跟管事的套近乎，能不能让他吃饱。管事的说，吃饱可以，你吃了多少人的口粮就得背多少人的砖头。管事本来一句玩笑话，谁晓得他真的一口气咽下去十二个馒头。十二个馒头，二斤四两，六个背二哥的口粮，把管事的给吓着了，自然不敢再提背六个人砖头之事。谁知他人耿直，眼睛都没眨，一定要兑现诺言。一匹青砖四斤多，还是爬陡坡，年轻汉子也只能背二十匹。"郑大膀"吃了六个人的馒头，就往自己背夹上塞了一百二十匹砖。管事傻了，怕出事，拦住不让上路，说开玩笑的。"郑大膀"犟，吃也吃了，背就背吧。一百二十匹青砖，真的被他从永兴寺背上了天盖寺。乖乖，七八里陡坡，五六百斤重青砖呢！

20世纪80年代，有回郑营村里不知咋跑来一头野牛，有说龙隐山下来的，有说蒙山下来的，有说更远的大雪山下来的，总之野牛迷了路，跑村里来了。那牛猛，横冲直撞，搞得鸡飞狗跳。"郑大膀"一人前去吆喝，老婆子吼他，你个半蔫子，逞啥能耐？他哪里会听。终于在望龙坡上，和牛干起来了。那牛真凶，见"郑大膀"拿根木棒，怒了，埋头顶过来，木棒断成两截。他便丢了木棒，揪住野牛角对顶，牛退他进，牛进他退，僵持半天，谁也把谁顶不倒。等大伙赶拢，见他和野牛两眼对两眼，正难解难分呢。大伙赶紧把人牛分开。牛见吃不过，后退了几步，歇了一会，悻悻地上了山，再也没来过。

事当然没完。第二天，县林业局的公安来了，说"郑大膀"捕杀国家一级保护动物，拘了人，好在没几天又莫名其妙放了回来。

"郑大膀"的名声，从此传遍周围村庄。

蓝守玉笑道，以前听说过罗士信，看来真有力大如牛之人。老板说，罗士信我晓得，《隋唐演义》大力士傻子，秦叔宝义弟。蓝守玉便问，"郑大膀"还在？老板说，精神头好呢，赶场就上街，到他饭店喝二两酒，饭量还大，一顿饭少说两大斗碗，喜欢老人到店来，他一来，店子也有了生气。

蓝守玉请老板帮忙联系。老板就去电话，"郑大膀"电话里说，村里一房人正办喜事，他管柴火，正劈柴花子。老板就说了他屏羌老哥家有几个后生要来拜访，了解郑氏族史。老人爽快地答应了。

52.3 【雨雾蒙沫】

一干人往郑营赶去。

荣城是大盆地，荣城边上的茗山是小盆地，大盆地套小盆地，以蒙山、老峨、龙隐三山为屏障。去车岭得穿过两段峡谷，先是小三峡，再是黄金峡。黄金峡风景最美，传说中的"雨雾蒙沫"就出自那里。

第一次听"雨雾蒙沫"，觉得说法有问题。后来才明白，"雨"和"蒙"分指两地，"雨"为西康，古有"雨城"一说，"蒙"为蒙山，"雨城"天漏。

坡翁写过一句诗，"白鱼紫笋不论钱"，寄托其在杭州时对家乡的怀念。"紫笋"不是竹笋，是"雨雾蒙沫"滋养的一种名茶。

"雨雾蒙沫"最美应在初春，要是入了冬，阴湿冷浸，加上雾霾影响空气的通透，"雨雾蒙沫"便徒有虚名。

52.4 【腰磨石】

雾气已然散去，原来已出峡谷。盆地村庄，豁然开朗。

见一老人，卷一黄纸，村口张望，想来是"郑大膀"了。

蓝守玉上前问候道："老人家是郑循阔老前辈？"

郑循阔道："你们是屏羌状元村来的？"

孔亮赶紧鞠躬致敬："二叔公好！"

郑循阔道："小伙子是？"

孔亮道："我就是你外侄孙孔亮。"

老人一脸疑惑："你外公？"

孔亮接过话："郑循远啊！"

郑循阔笑了："循远外孙？了不得，没想到我们郑家还有长得这么俊的后生。你家婆好吧？"

孔亮回道："家婆硬朗着呢，我和她住在乡下，爹娘在城里给姐姐带娃，家婆经常念叨你呢。"

这后面一句是孔亮的即兴发挥，他外婆因为云樵舅的事，给郑家闹翻了。

听孔亮这么说，郑循阔也道："回头代问你家婆好，有啥大小事，也请捎个话。"

孔亮就道："要得。"

孔亮向郑循阔介绍同行的客人。龙海泉和引兰，也鞠躬问好。

郑循阔笑道："好，都好。这位小姑娘，长得像天上的星宿子，是你的女朋友？"

孔亮解释道："不是的，二叔公。"

郑循阔就又道："那就是这位龙先生的女朋友啦？"

龙海泉也笑道："老人家，也不是，我是外地人的，头回来盆地。"

"弄错了，弄错了，那肯定是这位老板的秘书喽。"郑循阔又指着蓝守玉，恍然大悟似的。

大家便笑得不行。引兰道："二叔公，我要是能给老板做秘书，还不嘴巴子笑掉？"

郑循阔被大家笑糊涂了："人老了，看不懂你们年轻人的心思。"

蓝守玉向郑循阔说了几人的来意。

老人把黄纸一摊，道："车岭的饭馆老板给我说过了，你们要了解啥来着？"

老人递过来的是册《郑营郑氏族谱》。蓝守玉翻看族谱的时候，孔亮道："二叔公，他们想了解云樵舅的一些事。"

一听说是找云樵的，郑循阔把孔亮叫到一边，问道："他们几个是部队来的，还是公安？"

孔亮给老人解释道："都不是，他们是弄文化的。"

"弄文化，找我们家云樵做啥，他又跟文化不沾边。"郑循阔看来有了戒备。

蓝守玉见状，就拉着郑循阔的手道："是这样的，孔云樵不是原来在部队上么……"

"郑云樵，孔云樵那名早不叫了。"郑循阔纠正道。

"对，郑云樵。是这样的，云樵离开部队后，你们知道他去哪了吗？"蓝守玉也觉得这样问，是不是有些唐突了。

老人从腰里解下一烟斗，翻出土烟丝，递与几人，蓝守玉说不会，龙海泉和孔亮也说不会。再说，会抽也无法，没烟斗。现在还抽烟的，至少是爷爷、太爷爷辈的老人了。

更让蓝守玉惊讶的，是烟杆上那块鸡蛋大小的石磨牌子，早已被旧年的尘烟熏得乌亮了。

老人掏出火机，孔亮凑上去点亮烟丝。

烟云袅娜，天光乍泻，石磨更油润了。

蓝守玉心里怦怦跳，像揣个兔子。石磨太熟悉。墩子在龙隐寺佛堂里找见的那块，是紫琉璃，比老人烟杆上悬的块头稍大。颜色和质地或有区别，遥远旧年的气质，分明又是一致。孔亮家看到的老照片，孔亮云樵舅和那位高僧，手握的也有这种磨子鱼，咋回事？看老人那玩意，也不单像个实用件，一根烟杆，悬个老石磨，咋叼得住？

　　老人点亮烟簇，蓝守玉抓紧机会套近乎："老先生高寿？"

　　"甲戌狗，满打满算离九十不远。"

　　龙海泉一听老人高寿，惊讶不已："真的是膀大腰圆，身子板这么硬朗，奇人！"

　　龙海泉这话，老人爱听，便自吹道："'郑大膀'也不是吹牛皮吹的，现在还能背一两百斤谷子去米厂。"

　　蓝守玉试探道："老人家，那，这烟杆定算得上宝贝啦？"

　　"跟了我一辈子，算不算宝贝？"老人颇得意。

　　"算，算，烟斗是铜的，烟杆是老竹根，不过不算名贵。"蓝守玉道，"这石磨倒是很有些年份。我见过有把珠子、圈子吊在烟杆上的，还没见过吊石磨子的。"

　　"没见过吧？石磨本来不是吊烟杆上的，祖传的，打小就别在我腰间，晚上解裤子，弄丢过几次，又找回来了。怕再丢，就拴在烟杆上了。天天叼，再也没丢过。"

　　"腰上别个啥不好，翡翠、玛瑙、珊瑚啥的，偏弄个黑不溜秋的青冈石磨子别腰，多沉！"

　　"翡翠、玛瑙、珊瑚，你们年轻人就喜欢弄那些名堂。别看这石头沉，有来头，别着腰杆硬气。"

　　"腰杆硬气？"

　　"郑家祖传腰磨石，你说硬气不？"

　　"这么说，石头磨子还有来头？"

　　老人神采飞扬，欲言又止。

　　几人就来了兴趣。

　　"石头是我们郑氏祖上传下来的。我们郑氏是保皇派呢。"

　　"保皇派咋讲？"龙海泉问道。

　　"保皇派嘛，当然是保皇帝的……"

　　郑循阔吧嗒抽了一口烟，浓浓的老烟味，见呛得引兰掩鼻，赶紧拔了烟嘴道歉："呛着幺姑了，我不抽，我不抽了。"

引兰摇头道:"没事的,郑爷爷,你随意抽,我干外公也抽的。"

老人就笑着征求几个年轻人的意见:"那,我再抽几口?"

就都道:"抽,边抽边摆。"

52.5 【荥阳侯】

老人便吧嗒吧嗒抽起来,有些猛,也有些惬意:"保皇帝嘛,是六七百年前的老黄历喽,我们老祖宗叫荥阳侯……"

"荥阳侯?反元义军头领,明朝开国元勋郑遇春?"龙海泉纳闷了,"他不是牵涉胡惟庸案,被朱元璋诛杀了?"

蓝守玉道:"没错,应该就是此人。"

"老祖宗叫郑孤贞,就是你们说的郑遇春的后代。"郑循阔道。

"他世袭荥阳侯,爵位没被夺?"蓝守玉虽然对这段历史有过了解,但是对郑孤贞其人却知之甚少。何况按朱元璋的脾气,郑遇春被诛杀,他的后代世袭爵位的可能性并不大。

"老板和这位兄弟兴许读的是正史,正史里确实没有这番书。"老人翻开族谱,"我们郑家的祖先叫郑孤贞,的确世袭了荥阳侯。不过,他本名不叫孤贞。除了族谱,他的事迹还记在了茗山的县志里。"

老人翻开了第一页,上面摘录有民国《茗山县新志•士女二•流寓》的一段话,大致是说当年南京城火宫阙,盛传帝削发披遁于盆地,孤贞誓不臣贼,埋名化装入盆地寻帝,流寓于此,自号孤贞,意思是伤孤臣之守贞。死后葬郑营寻龙坡,遗命勿为碑,置腰磨石于墓,取转徙折磨义。

建文元年,燕王朱棣以武力取了帝炆的皇位。郑家是帝炆的忠臣,抗燕失败,去向不明。皇城南京被燕王占领。后来,宫里起大火,帝炆也去向不明。野史有许多说法,比较有趣的是说他从地道成功逃出,落发为僧。至于去哪里出家,众说纷纭,浙江说、福建说、两湖两广说、江苏说、西康说、巴州说、邻水说、崇州说、江油说、广元说、青海说、甘肃说、广西说、海外说、法国说,等等,各说不一,似是而非。

茗山县志应该是采纳了郑家的渊源传说。族谱记载的真实程度,直接关系传说的可靠性,其中暗含的东西,或有助于他解开秋天以来的那个最大悬念。

郑孤贞入西康寻帝,没有下文。推测有两种可能:一是寻帝不得,不得不在郑营住下来,以腰磨石明志;二是找到了,但有隐情,不便说。

如果是第一种可能,历史虽无话可说,却留下个耐人寻味的尾巴。

第二种呢？若真的找见了帝，然帝已非当年之帝，按县志所说"削发披缁"，那么两人将以什么方式见面，见面后帝又会给郑家人留下什么念想，是问题的关键。如此说来，郑孤贞一路寻帝，最后落叶茗山郑营，郑家人于情于理应该传承有更为私密的痕迹。

只是，这段记载会不会有假？

郑氏族谱表明了此事在郑营家族上下口口相传。但是，仅仅有族谱是不够的。

还有孤贞墓和腰磨石呢，郑循阔信誓旦旦。

孤贞墓？腰磨石？

老人说去后山寻龙坡，就一目了然。

52.6　【孤贞墓】

山腰平台，果然蹲着一圜丘状土冢。

的确是块风水宝地。一山如壁，坐北向南。一溪环绕，流金淌银。郑循阔说，别看是条山沟沟，名气大得很，上了县志的，就因为沟边的孤贞墓。

墓土风化严重，看上去的确有年份。

"这就是县志里说的腰磨石。"老人指着坟前一块黑不溜秋的青冈石说。

原来是一爿石磨，碎成两半，一半一条鱼，凑拢一堆又似太极。

石上尚有字迹，模模糊糊，能大致分辨，有"孤坟属南想未忘楚　一身不北知欲吞燕"和"明成化元年乙酉卯月建碑"字样。

孤贞墓和磨子石，是继龙隐山诸样宝物之后，又一重大发现。

似无必然，又似被啥纠缠。

墓叫"孤贞墓"，显然主人本不叫"孤贞"，而是以"孤贞"自称隐名。刻碑铭志，勒字于磨子顽石，可见家族意志。不仅如此，鱼形磨子石，还被雕琢成袖珍版本，世世代代别在家族里德高望重的长者腰身，寸步不离！

一种特别黏稠的预感，再次升腾起来。远处，炊烟袅过村庄。有风刮过，渐渐逼近的寒气。

蓝守玉打了个寒战。初来乍到，便收获如此有价值的线索。只是，与此行郑营寻找郑云樵踪迹，又有何联系？

蓝守玉一贯相信自己的直觉。

52.7 【云樵】

见老人心情好转，孔亮趁机问道："云樵舅后来回过郑营没？"

老人说，那年云樵婶娘带了一拨人来郑营要人，他才知道云樵出了事。人是孔家送到部队的，现在出了事，孔家找郑家要人，郑家当然不干。两家人又哭又闹，人没找着，从此结上了梁子。此后不久，村里又来了一老一女一少，也说找云樵，被郑家人给撵走了。

老人的讲述让蓝守玉颇为意外："这么说，孔云樵没有回过郑营？"

"郑家就当没养这个娃。"

孔亮就劝道："二叔公别生气，说不定云樵舅的事，不是想象的那样。"

蓝守玉不会放过任何一个求证的机会，追问道："云樵原来在甘南当汽车兵，回郑营探亲，给你们讲过拜佛这种事没？"

老人想了想，道："好像有过。他们长途跑车，走的有条路是有一座庙的，也常常去那借宿。拜佛倒没听说。不过，他寄来过一张相片，好像是跟一个大和尚的合影。那年，他提志愿兵，彩照才刚刚时兴，就拍了一张寄回来了，家里人可是洋盘了一回。"

蓝守玉想，老人说的相片应该跟孔亮家的那张照片是同底的，郑家、孔家各寄一张。

"照片还在？"

"人都不见了，还留它干啥？"老人看来对云樵的失踪耿耿于怀。

"这么说，后来没啥消息了？"

"也不是。村里有人说，在孤贞墓地里看见过哩。"

孤贞墓地见过？这郑营蹊跷也太多了。

老人就又讲，前些年，有人去孤贞墓地，见有人在那焚香，打扮像个出家人。孤贞墓地是县级文保单位，不时有啥外地人来仿古，村里人也见惯不怪。只是这人不太一样，蓄个发，穿僧衣，半遮脸，也不见说话。这事传到老人耳朵里，老人叫年轻人要留意些，别是啥外来做生意的假和尚。村里之前就来过几拨假和尚，尽卖些药酒啥的。后来又有人报告，说那人又来墓地了。老人问，看清楚没？报告人说，哪敢靠近，只偷偷跟着，总算看了个正面，有点像郑家云樵呢。就又问，看清楚是云樵了？回答还是不敢认，因为那人显老。老人寻思后，问人走没。报告人说，走了。问，往哪走了。报告人说，走的朝山路，像是往山背后去了。

报告人说的山，就是郑营南边的龙隐山，山背后就是龙隐南坡。龙隐镇在山南。从郑营翻山去龙隐，有条茶马古道，"郑大膀"也是年轻时，上山挖天麻，走过那路。只是现在哪里还有路呢，洪荒着呢。"郑大膀"说他至少三十年没翻过那山，现在还有没有路都不好说，报告人说那人翻山，他都不信。

老人疑惑是不是报告人看花了眼，就又问，看清楚那人脸上有青鱼印没得。报告人纳闷，说只看到半边脸，也许有吧。

孔亮说，他看过云樵舅的照片，额头上是有颗青鱼痣的。蓝守玉问"郑大膀"，那个出家人额头真有颗青鱼印？"郑大膀"回道，不是他本人所见，也许有的吧。

蓝守玉想，从目前所获两条信息看，貌似存在某种逻辑：孔亮家保存照片，与孔云樵手里的紫鱼和郑营腰磨石有关。

只是，琉璃磨子鱼图在孔亮手里发现，孔亮又是郑家后人，会不会是郑家秘传宝物？若不是，那为何郑家又有极其相似的腰磨石的传说和物证？若是，可郑营老人郑循阔似乎并不知道有琉璃磨子鱼的存在！

郑循阔的大哥郑循远早年入赘屏羌状元村，做了孔家女婿，与老家人来往甚少。作为长房，他手里掌握某些不可告人的秘密也有可能。顺着这逻辑理，若琉璃紫鱼真是郑家秘藏之物，一定得按规矩由长房随身携带保管，到了郑循远这一代，他离开郑营，入赘数百里之外的屏羌状元村，后来那玩意出现在郑家长房独子孔亮手里，也就顺理成章了。但是孔亮却只有一张他老舅云樵的照片，磨子鱼也只在照片上见过。

一切都还是假设，核心的问题并未解决。琉璃紫鱼是在龙隐寺发现的，郭墩子师傅六如的遗物，与郑家人何来交集？

假若一定有交集，那就是第二条信息：孔云樵额头有颗青印痣记。"郑大膀"讲报告人曾提到过，前些年幽灵一样出现在孤贞墓地的那个僧人，额头上似乎也有颗青印痣记。

孔云樵从西边刑满释放后，没有回家，失踪了。也就是说，出现在郑营的神秘出家人，便是失踪多年的孔云樵的概率大大增加。如此，云樵在甘南附近某寺院出家的可能性最大。

新的疑问接踵而至。找到孔云樵的下落，能否进一步接触到龙隐寺发现的紫鱼秘密？目前的信息，似乎有所指向。

还可以圈定一点，眼下的蹊跷似乎与一个叫六如的居士有关。

六如已经离世。也就是说，解密的关键线索，在六如那里断了。现在又冒出孔云樵这条支线。事情已然超出之前的猜想，似乎又暗藏着某种隐示。

莫非，云樵和六如……

便不敢往下猜想。

现在要做的事情，是让猜想一点一点得到印证。

联想到了孔亮家照片上那副对联。此副对联或在某个特别的时间、地点，出自某个特殊的人，而且极有可能是下一个突破口。

蓝守玉给茗山县方志办的朋友去了个电话，请朋友查一下对联出处。

52.8 【郑营那夜】

一行人从后山腰返回村里。

郑家年轻人早已备好一桌丰厚的酒菜。年轻人车轮马战，几圈下来，蓝守玉已有了七八分醉意。

茗山朋友来电告知，对联为甘南五竹山五竹寺无名人士出品。

"五竹寺"？蓝守玉的思绪又回到龙隐镇。

引兰家的五色竹。"郭豇豆"的五色豆腐。郭墩子从山上寻得的绝世奇葩"龙隐佛光"，还有疑窦重重的鱼龙宫和五色"鱼菩萨云"……

53.1 【立案】

文雄半夜来电话向蓝守玉漏风，公安局小聂副局长托关系，打听到蒲溪公安在蒲溪高速出口挡获文物的最新情况。

车主被抓，交代出雇主手机，号码显示为洛阳孟津。一看是洛阳，小警察们傻眼了，还真有闷兔子自己撞大树？傻眼之后是头大，可别真弄个督办大案出来，下不了台不说，连正常双休假也会整没的。

发牢骚并不影响案子走程序。蒲溪致函孟津方面，请求协查。孟津从电话号码着手，顺藤摸瓜，摸到一保安。保安是个老实人，没啥前科，自述以前掉过身份证。看来显示孟津的机主信息系盗用。手机线索，失去意义。

审车主。车主交代送货目的地，茗山一穷乡僻壤人家。去那户人家搜出一堆破陶烂铜，还有洛阳铲、金属探测仪、钢钎、千斤顶啥乱七八糟的。

一家三口。老头子和老太太，名下有个五十几岁还单身的脑瘫瓜儿。两个老人对屋里的东西也是一问三不知。脑瘫瓜儿比画半天，警察才明白个大概，东西是两个自己找上门来的外地人，临时存放到他家的，收了货主三千元房租，并没有留下外地人任何信息。

外围调查也无眉目。众邻居早搬到大路边新村去了，方圆几公里独留那一家人。毫不夸张地说，搬到大路边的新村人早已不知还有那家人的存在。

线索到此为止。

蒲溪公安留置脑瘫瓜儿的期限已到，下一步咋弄，前提得确认那批货的性质。

公安按规定通报县文管所。文物管理员一看，这不是滇文化吗？紧急向荣城文物部门报告。荣城文物部门又向上面的文物部门报告。上面的文物部门指示荣城两级博物馆，各派两名专家，赴蒲溪协理。专家到场，看法出现分歧。两人认为青铜玉器疑似滇文化，另两人认为东西别说跟啥文化没关系，连真假都不好说。

二比二，咋立案？

警方又通过古玩圈，了解到蓝守玉，是盆地古玩市场的实战高手，眼力了得。恰好小聂为调查"兵哥"信息，打算搞点蒲溪案的内幕，便找到蒲溪的警校同窗，谁知那个小同窗，正纳闷咋个才能找到蓝守玉，这下两头对了路。

小聂向文雄报告，能不能帮忙约约蓝守玉，支持支持蒲溪的同行？

便有了文雄的来电。

文雄也是多事。蓝守玉并不想掺和案物鉴定，费力不讨好，还容易搞出是非来。虽不情愿，没等到天亮，蓝守玉还是从郑营出发返程。

路上，车载蓝牙电话又响了。

还是文雄。文雄告诉他，蒲志明天上午到屏羌考察"传世皇庭"综合体配套项目赵青花陶瓷艺术馆规划建设情况，向书河点名要他陪同，上午去南岸参观，中午陪餐，下午座谈会有个议程，由蓝守玉代表博物馆建设方面向蒲志汇报。蓝守玉没好气道，汇报是县里头的事吧，再说陪餐也要讲规矩。文雄说是向书河点的名。蓝守玉想，餐是免不掉了，就问陪酒不。文雄道，中午工作餐，茶水意思意思就可以了，下午座谈会听汇报才是重点。蓝守玉还是不同意，说自己就一个草根，混吃混喝也便罢，汇报那就名不正言不顺了。文雄道，县里头当然要汇报，但是蒲志感兴趣的是文化，县里头代表政治，你这头代表文化。蓝守玉坚持道，文化能乱代表？文雄道，不是喊你代表文化，是喊你代表屏羌地方上的文化人。蓝守玉道，那更不能代表了，一个屁民代表啥文化？文雄急了，你不汇报，难不成让齐鲁向他家老子汇报？蓝守玉问，齐老要来？文雄道，市里面的官方通知，暂时没说有他，不过童桐转柴瑶的话说有。蓝守玉只得勉强应了。齐鲁和向书河的面子，他还是要给的。

接完电话，蓝守玉对龙海泉说，他要陪引兰回龙隐做节目，还要送引兰和她干外公去荣城看医生，完了再说考察的事，问龙海泉是在屏羌玩，还是一道去龙隐和荣城。龙海泉道，荣城不去了，可去周边哪里玩玩。蓝守玉道，屏羌正推山水园林IP，去体验体验。龙海泉说好，叫蓝守玉先办正事。蓝守玉就叫孔亮陪龙海泉。

孔亮和龙海泉在屏羌下了车。

53.2 【宝主】

"隐蓝"就是郭引兰，即将露面的身份是"官窑美人秀""淘宝宝贝"的宝主。

与前几期节目一样，栏目组来龙隐，为记录"隐蓝"发现甜白盏的故事。

VCR的叙事，其实从栏目组与"隐蓝"见面就已开始。原生态的镜头，不作任何修饰，"隐蓝"的心愿，通过日常照顾老人的细节叙述：把甜白盏交有缘人，为老人看腿病。

小镇老院的迷人风情，无论动静，作背景都挺好。

黄桷吊脚石板路，老街老铺老手艺。青瓦灰墙的农家小院，柴门咿呀。冬天的阳光，漏过五色竹。龙隐雪芽，氤氲袅娜。"香雪"踱来踱去。一袭细花连衣裙，平添飘逸。

一切如蓝守玉第一次造访时所见。

所有的镜头语言，共同营造了双鱼龙纹甜白盏的问世意境。令人窒息的安静，时间戛然而止。尖叫被某种气质轻轻捂盖。

"隐蓝"的讲述不见任何的剧情痕迹，让甜白盏的品质，有了令人信服的保证。作为叙述的主体，明朝官窑的技术手段和审美特征，任由那寂寥代言。

绝世往往也寂寥。当甜白盏现于微焦之内，舒缓的镜头，拉长岁月，也加重寂寥。

"隐蓝"说，宝物属于她木讷的哥哥、早已过世的父母，以及腿脚不灵、重病缠身的干外公。

"隐蓝"侧向里屋。隐约听见谁的咳嗽，随长焦的变换，由远而近，又由近而远……

显然是导演组想要的那种久违的原生态。

拍摄几乎一气呵成。蓝守玉又与栏目组磋商了"隐蓝"参加"官窑美人秀"现场录播档期。栏目组请示曾子羊，曾子羊说蓝总推荐的尤物，绝对艳压群芳。蓝守玉问，你说的是官窑杯子，还是美女宝主？曾子羊没有回答他，只说VCR的成功，是周末录播的关键。

送走栏目组，蓝守玉和引兰搀扶老人上了"黑土"，往荣城医院赶去。也就在昨天，蓝守玉已把土豆公司提前划来的二十万元，转到引兰个人账户。因为蓝守玉提前挂了专科，"石磙子"入院也顺利。待老人安顿下来，已近黄昏。

遂告别兰子和"石磙子"，打道回府。

53.3 【哪壶不开提哪壶】

出城不久，车窗上珠光渐渐多起来。

下雨了。交通台说最近在实施人工降雨防霾。背景音乐，熟悉而又陌生：让我掉下眼泪的，不止买房的苦；我泣不成声的，那是摇号的痛，房价还要涨多久，我始终不懂……

就跟着旋律哼，眼泪也随雨意下来了。荣城周边的房价，是不是又水涨船高了？

还是听笑话吧。交通台的主持人正说曹操。曹阿蛮多么手眼通天的男人，也有为房子火上头的时候。兴师动众，撒银子，兴土木，动静搞得很大，谢天谢地，终于造了个还算过得去的铜雀台，有些洋洋得意。下头的人不理解，道，大王，你辛辛苦苦弄个球台，就为表演"对酒当歌"？下头的人一直认为大王是行为艺术家。大王向后拗过头去，一脸不屑，你娃懂个球，舍不得孩子套不住狼，成天吹那江山美墅有毛用，还是接地气点，弄个硬核的三室两厅，否则，娶老婆，门儿都没有！

扯了曹阿蛮，又扯白娘子和许仙。法海早就不管雷峰塔那点破事了。白娘子不回家，法海和雷峰塔只是个背锅的。许仙傻呀，一把鼻涕一把泪，娘子，我再也不打游戏，好吃好穿都给你，家务活全包，跟我回家吧……白娘子哼哼道，跟你回家？你晓得西湖边上弄个跃层要费多大劲不？就凭你那个诊所？

还有街头混混阿拉丁。阿拉丁突然走神运，在巷子里捡到一盏神灯。魔法师走出神灯，发话道，我俩相遇，拜真主所赐，可以满足你一个请求。阿拉丁好感动，啥三室两室的不想了，就想要个九平方米的卫生间。魔法师没耐心听他扯，转过身去，恨恨扔下一句话，想啥呢？要能给你卫生间，我还住在灯里干啥？

别说，交通台主持人的苦笑，还真善解人意。不解风情的，是那人工冷雨。

53.4 【牛鬼蛇神】

"守玉楼"也顾不上回,直奔蒲溪。照着文雄给的号码,蓝守玉找到了小聂的警校同窗。

蒲溪警方挑出来的几样疑似文物和作案工具,陈放在专案室。文管所的人和荣城的四个专家都不在。

不出所料,挡获的青铜、玉器和瓷器,并非啥滇文化,全为新仿,无一例外。

小聂的警校同窗提醒他,事关文物安全,可看准了。

他捧着瓷瓶,自说自话。玩意叫"琮",天圆地方,礼天祭地,仿商周青铜礼器造型,天青发色,满身螃蟹纹,非汝非官非钧,还有芝麻钉纹。难道是柴窑横空出世?

小聂的警校同窗来了兴趣。他不玩古董,只是喜欢看水煮历史,听说过柴窑很值钱,拥其一件,笑傲江湖。

他认真地回道:"柴窑就是传说,目前为止,没有发现一件传世真器。正因为如此,牛鬼蛇神就出来了,好多国宝帮说他手里有柴窑。"

"蓝老师有吗?"小聂的警校同窗小心问道。

"有,我就是国宝帮了。"他表情暧昧。

"这么说,要是柴窑的话,是不是抓到大鱼了?"小聂的警校同窗像打了鸡血。

"这种东西要当生活的调料也没啥,较真就玩笑大了。"

他让小聂的警校同窗试着触摸琮瓶刻线,问有啥感觉。小聂的警校同窗说,毛刺磕手。他道,毛刺磕手就对了,说明火气大。

青铜没毛刺,只是有味。他又让小警察闻青铜,是啥味道。小聂的警校同窗说,有点像刚从泔水里捞出来的……

显然,蓝守玉对东西有了七八分怀疑。小聂的警校同窗见状,又建议,再看看玉。

仍然不出所料。

"真品吗?"

"是不是真品,就是外行也看得明白的。"

小警察看了半天,还是不得要领。

"往细致里看。"他指着陀线痕提醒道。

小聂的警校同窗说,是有好多锯齿痕。

没有岁月的自然剥蚀，便生毛刺。若在泔水里蒸煮做旧，会生酸馊。陀线边带锯齿，说明用电动刻刀打跳刀了。这是几代古玩人总结的经验。

"一摸、一闻、一瞧，这种鉴定方法靠谱不？"

"三板斧，也可以说一招鲜，古玩行讲这个，今天叫核心技术。"

"就不用用放大镜？"小聂的警校同窗显然对他的民间手法心存怀疑。

他很想再喷两句的。看古董，带个放大镜，那是"砖家"。东西自己会说话，真就是真，假就是假。别说放大镜，就是用显微镜，李鬼还是变不成李逵。弄文物案子，要是碰上李逵，会死人的，至于李鬼嘛，娱乐还是要的……

53.5 【蒙古黑星宿图】

墙角散放的一堆破烂，引起了蓝守玉的注意。职业敏感告诉他，那堆破烂，并非李逵李鬼那么简单。

明代牛角罐，汉代陶鸡，元明青砖，十几件。这类玩意，古玩市场多如牛毛。

凑近一扒拉，竟然发现有一块过度打磨的石板，有点像墓志供物啥的，黑里透金，平坦如砥。以他的经验看，疑似元末明初老坑口蒙古黑金刚石。有意思的是那刻画的纹饰和诗句，断断续续，星星点点，旁边还刻有谁的狂草。单个的字很难认，连起来，还是弄明白了。

是李白《蜀道难》诗句：

> 扪参历井仰胁息，
> 以手抚膺坐长叹。

古老的蒙古黑石板，神奇的图案，配着太白诗……

"黑石板也是一起挡获的？"

"是的。"

"那，咋当垃圾放墙角呢？"

"荣城的专家好像对它不感兴趣。"

"就因为它是一块石板吗？"

"四个专家，有三个是老专家，老专家认为这是淘宝网上常见的家居装饰材料，现在的年轻人，喜欢在房间里摆弄星象图这类玩意。只有一个刚入职不久的博士专家说东西可能对，不是西方的星象图，是中国古代的二十八星宿图，博士专家据说是华旦大学宗教学的博士。"

"华旦的博士也不是白拿的，他说得没错，这就是二十八星宿图。现在的问题是，这块石板果真老的话，很可能是个大发现，这是目前我能看到的第二件完整的古代二十八星宿图遗存。"

"那，第一件是？"

"几年前靖边渠树壕汉墓，就发掘了一块砖雕二十八星宿图。"

"哦……但是那个宗教学博士，没经住几个老同志的七嘴八舌，最后自己也动摇了，说吃不准。"

"博士到底还是年轻了。当然，这不是他的问题，要怪就怪文物学术界的生态。"

博士的书并没白读，竟然还知道星象图与二十八星宿图的区别。博士不得不妥协，不是博士的书读得不够多，恰恰是读得多了。年轻的博士，代表话语权弱势一方。文物鉴赏圈子，很多时候不是常识问题，而是社会学问题。

看蒙古黑石头的皮相，这件星宿诗文图石板，与靖边渠树壕汉墓砖雕一脉相承，极可能是出自元末明初汉族风水学家的文化遗产。西方文化认为星象与人格命运有关。中国传统文化，赋予星宿的是神秘的地理意义。譬如，明孝陵神道的"斗"。张岱《陶庵梦忆》说，朱元璋、刘基、汤和在选陵地的时候，就扯到过梅花山上孙权墓挡道的问题。朱元璋到底认为孙权算得上是个好汉，就叫他守门，于是孝陵墓的神道"斗"，没有搬开孙权墓也讲得出道理。孝陵的神道依梅花山形成一半圆，陵墓笔直排列，犹如天际"北斗"，神道为"半勺"，陵墓为"斗柄"。为了一个古人，朱元璋走了弯路，这样的先例并不多。

星宿图孤立地出现在一堆破烂里，令人惊讶。一幅星宿图，为何要配上李白？何况那诗句真有些生僻。当然，前提得断定东西是对的。只是，文物对不对，那要看在谁的手里。

故意造一件谁都看不明白的石刻，按古玩行逻辑讲不通。若是老的，为何混在一堆真假难辨的青铜器、玉器和瓷器里？会不会这玩意就是用来做引子，故意去茗山埋"地雷"，诱人上当的？还有一种解释，东西太过诡异，把它混在一堆假货里，试图瞒天过海。

蒙古黑金刚石刻星宿图的出现，打乱了蓝守玉既定的方寸。当他听文雄讲货主用的手机卡是在孟津买的，就已有了自己的判断：一起文物造假贩假未遂案。现在，眼前所见物证又互为矛盾，唬人的，没价值的，有价值的，被忽略。

他是小聂的警校同窗请来帮助蒲溪警方掌眼的最后一位专家，前面已经二比二了。他的这一票，直接关乎面包车主和茗山那个傻子一家的前途。也许，他们都不是知情者，因为自己的愚昧，惹来牢狱之灾，这是他不愿意看到的。从情感上，他与车主和那个傻子是站在一起的，都是底层和弱者。现在，只要他一句话，小聂的同窗就会放过车主和傻子。只是，他将对墙角那块疑似星象石刻文物犯下罪过。

小聂的警校同窗，此时也是七上八下："莫非老师对石板有看法？"

"哦……那倒没有，"他言不由衷，"我在想啊，不是说货主的身份信息是孟津的吗？"

"是有人盗用了孟津那个保安的身份信息，真正的货主并未找到。"

"孟津是出了名的造假大县，前些年那里造的北魏俑，送到乡下'埋地雷'，把京城的专家都给蒙过去了。"

"所以，今天特意请蓝老师来，再帮我们拿拿主意。"

其实在他犯狐疑的时候，就已拿定了主意："我没长火眼金睛，一摸、一闻、一瞧就把文物看明白了？吹牛可以，真要叫下结论，就是孙悟空也没那个胆子。"

"那老师的意见？"

"我的意见嘛……"

"老师但说无妨。"

"以人为本。"

"以人为本？"小聂的警察同窗表示没明白。

"就是说，人是对的，东西有疑问。"

"能肯定吗？"

"如果你们不放心，可以再去找理工大学做个热释光或碳十四啥的。"

"我们当然放心。加上你，已经有五个专家看过了。"

他无意暗示三比二的结果，至于小聂的警校同窗要做啥心理回应，那是他的事。实际上，他也只是给出了仅供参考的质疑：这是批假货，所谓的盗墓工具，为"埋地雷"打掩护。也就是说，这个案子，很可能涉及文物诈骗，而不是文物盗掘。但是，新的问题也来了，若是文物诈骗，又没有受害方报案，咋弄？

他不想在此事中纠缠太深。毕竟司法文物鉴定，是件严肃的事情。趁着夜色，匆匆离开了蒲溪。

53.6 【查岗的女人】

回到三江"守玉楼"，已快半夜。毛毛糙糙冲个热水澡，正欲躺下，陌生电话进来了。

"喂，那个？"

"我家那个死鬼是不是和你在一起？"

听声音是个女的。这半夜三更的，谁家女眷这么没头没脑，这么冲？

"哪个和我在一起？你是哪个？"

"我是文嫂……"

"文嫂？"

他还是没有听出"文嫂"是谁。

"文雄说他和你在办公室搞事，还说刚才在上卫生间。我不信，他让我打你电话。听他支支吾吾，还挂我电话。你们两个是不是在外头鬼混，就晓得他死鬼爱哄我。"

原来是文雄江口区屋头女人的电话。老婆查房无小事。赶紧顺着话头，往下编续集："是文嫂哦……对……对，我是和他在一起说事，文哥真的正上卫生间。你找他有事哇？"

"没得事。就是家里的浴霸坏了，叫他回来换，浴室里黑灯瞎火的。他上个周末就没回来了。你们单位咋那么忙？"

蓝守玉哭笑不得，你家文雄有单位，我哪里来的单位？对着话筒，他却不敢发火："嫂子，单位真是忙，文哥没哄你。我叫他必须马上连夜赶回江口来。"

"忙就算了。等他周末回来弄吧，半夜三更的。"

"那谢谢嫂子，理解万岁。还有，文嫂，你咋有我的号码？"

"文雄告诉我的啊，你是他们单位的蓝老弟吧？"

单位的蓝老弟？这个文雄，自己在外面乱晃，害人跟着撒谎，不知道撒下一个谎，接下来得用十个谎去圆吗？

他咽了一口唾沫。正要拨文雄电话，文雄自己打过来了。正说曹操哩，曹操自己送上门来了。

"说吧，这回又是哪根神经发了？"

"兄弟，没时间瞎掰了，"文雄打断了他的话，很小声，看样子真在厕所里，"你嫂子马上打电话过来问你，就说你和我一起在屏羌办公室，我在上厕所。"

正要告诉他老婆刚打来电话，已经安全了，电话却断了。再拨过去，文雄关机了。拨了几次也是关机。难道真有啥事？是不是真和谁在一起不方便，才打电话伙同自己糊弄他老婆？

就又拨了童桐，电话一直处于未接状态。

第二天一早，被童桐电话吵醒了："玉表哥，你昨晚是不是喝麻了，又失眠了，我看手机里六个未接，全是你。"

"我还没问你昨晚哪疯去了哩，你倒找上门问罪来了。说嘛，昨晚是不是和他在一起？"

"玉表哥，你是不是提前进入更年期了，管好你自己吧。我和谁在一起，惹得你发这么大神经？"

"问你呢，是不是和他在一起？"

"你说的是哪个？"

"还有哪个？"

"噢，你说文哥哦，我昨晚是和他在一起，不过是在开发区办公室里加班哩。"

"半夜三更，加啥班？我提醒你，你无所谓，人家大小是个领导。"

"咋了，明天要给省上来的领导讲解我们公司的艺术馆项目，正加班演练，请文哥客串领导听听，有啥？"

"演练也别弄那么晚。人家老婆昨晚找上门来了。我是你表哥，提醒你还错了？"

"你没错，那就是我错了……那个女的，一个没文化的怨妇，心里阴暗想得污，怪谁？你堂堂蓝总，大文化人，也跟那怨妇一般龌龊？"

这劈头盖脸的，哪跟哪呀？

53.7 【大画饼】

去屏羌路上，蓝守玉一直在想昨晚的电话。

出了屏羌城北出口，老远就见向书河、文雄一拨人在那等着。他们要等的是齐老和蒲志两个老同志。

把车停了，与向书河、文雄与打过招呼，也陪着在路边等候。

文雄凑近耳朵道："你比荣城和三江的客人正好提前一刻钟。"

"先别套近乎了，说说你自己吧，昨晚你老婆打电话，咋回事？"

"她真的给你打电话了？"

"找我对话呢，说你说的，和我在一起加班。"

"那你咋对的？"

"还咋对？扯谎帮你对拢呗。"

"互相理解。"

"互相个屁，到底咋回事？"

"没咋回事啊，就听你表妹演练今天的讲解，她练得挺认真的。"

蓝守玉没有顺话往下："你也是，家里浴霸坏了，抽个空弄一下，人家一个女人在屋头，一两个星期看不到男人。"

"她就是醋罐子，胡搅蛮缠。浴霸坏了，自己买来换了便是。"

"算了，周末早点回去，工作永远干不完，别官场没混好，还委屈了女人。"

只能把话说到这里了。算是对他俩敲警钟吗？蓝守玉觉得自己很无聊。

有个年轻人过来带话，说客人到了，四辆公务车停在路口。

向书河带人迎上去。蒲志与向书河握手致意，又向大家介绍齐老。向书河示意众人向齐老问好。市里来的两辆车，一辆车坐的是政协副主席和文史委主任，另一辆车坐的是文物局局长。蒲志只带了一名随行和司机，齐老的车是荣城老干局派的。到路口陪向书河接人的，除了文雄，还有县委办主任、县政协主席、一位县政协副主席、县政协秘书长、县文史委主任、县文广旅局局长、分管文物的副局长和文管所所长。现场并无记者出现。

车队一路向南开去。

蓝守玉的车，跟在文雄的车后面。到南岸大桥桥头，见三江接人那车，带着齐老的车，离开车队，左拐进了城。其余的车，上桥去开发区。

车在指挥部外一字排开。十多个戴安全帽的正候着，给众人递上安全帽。看样子大多数是文雄的园区管委会和屏羌媒体方面的人。

一个夹着"小蜜蜂"的小伙，操着屏羌口音的普通话，领众人看展板。

与其他开发区所见展板一样，图纸上画出一道道红杠、紫杠、黄杠、蓝杠、绿杠，涂上红块、紫块、黄块、蓝块、绿块。五种颜色的线条和色块，原来是一片生长稻子和玉米的土地，无中生有地长出公路和各种管网，长出湖泊和湿地，长出工厂、高楼，以及一连串令人兴奋的GDP。

蓝守玉相信，那些图不是谁吹的牛皮。在资本的世界里，一切的异想天开，皆有可能。阿基米德曾经说，给我一个支点，我就能撬起地球。这话要放到现在，我们都会相信阿基米德没有吹牛。因为，满世界的资本已经干过这样的异想天开了。

看完展板，向书河带众人上了一辆考斯特，沿屏羌江边，参观正在开工的滨江湿地公园。公园的前身，原来是南岸小河岔道，遍布杂树、芦苇、水草，但更多的地方被江边的村民分割，种上四季庄稼果蔬，算是天然的一块半湿地。现在它被赋予城市绿肺的功能：纵横的小河道、小池塘，被挖掘、疏浚和拓展，成为湖泊；湖泊与湖泊相连，据说是各种风格的桥梁和步行栈道；挖掘翻出来的泥土又堆成沙洲和岛屿；植物会按照园林的构想来栽种，让它们与湖泊、沙洲、桥梁、栈道一起，铺成观赏的画面。

一行人都发着感叹。蓝守玉也感叹，几日不见，向书河和文雄真的做成了这么大个"画饼"！

考斯特载着众人的感叹，继续深入"传世皇庭"工地。柴瑶、童桐和齐鲁集团项目部的人，早候在各个参观点了。

继续大同小异地看展板，欣赏五种颜色的线条和色块。这一次，向观者形象地描绘那些"画饼"细节的，由小伙换成了美女。

美女是童桐。

童桐带着大家努力拼凑着"传世皇庭"的浮想。

在一张叫赵青花陶瓷艺术馆的写真图版面前，童桐的描绘，有了诗意和激情。她说，艺术馆的构想出自齐鲁集团老总的文化情怀，更是县委向书记等一班人的神来之笔，是"传世皇庭"项目配套综合体的核心建筑，是整个项目的灵魂。

蒲志和向书河，显然被她的排比句式抒情感染了。蓝守玉看到他们的眼睛似乎在闪烁，寻思那亮晶晶的东西，是不是就叫"光"。

53.8　【雪中送炭】

看完展板，一行人进了售楼部的会议室。文雄昨天邀请他的时候就说过，向书河和蒲志等人，将要在那里举行一个见面会，这也是蒲志此次调研的一项正式程序。

座谈发言从文雄代表项目指挥部向蒲志和三江市政协、市文物局等一行汇报南岸开发概况开始。柴瑶的发言，主要是表态性的，什么依法依规，高标准推进湿地建设和"传世皇庭"开发项目，奋战一百天，到明年春暖花开的时候，拿出形象云云。

柴瑶发言的时候，蓝守也玉简单组织了下自己的发言思路。自己一不是县上的干部，二不是项目的老总，就一民间人士。蒲志想听啥呢？想来想去，还是拣好听的说吧。

轮到他发言，抛出"双魂"概念。

一是屏羌的魂：山水、远方和诗意。"传世皇庭"就是屏羌江边看得见的诗意和远方。

二是"传世皇庭"的魂：青花艺术馆。它让房地产开发不再只是枯燥乏味的资本和钢筋混凝土的游戏，还有鲜活生动的文化和记忆。有了青花艺术馆，"传世皇庭"便有了生机。有了"传世皇庭"，屏羌南岸即将成为盆地西部最有魅力的生态家园。

光吹捧也有问题。向书河、文雄请他来陪同蒲志一行视察项目，他代表的是赵青花陶瓷艺术馆的筹建方，不能光说虚头虚脑的，还得来点干货。就又简单介绍了他的师傅赵青花的愿望、谈了谈筹建设想，最后也表了个态，他个人向艺术馆捐赠一百件古陶瓷收藏精品，回馈屏羌父老乡亲。

一番激情演绎和慷慨表态，赢得满场掌声。向书河汇报的时候，沿用了蓝守玉的说法，要把"传世皇庭"做成屏羌南岸开发范本，把南岸新区建成屏羌乃至三江的诗意和远方，回馈以蓝总为代表的屏羌社会各界对他们一班人的期望，尽心竭力为屏羌人民谋文化福祉。

蒲志自是对向书河的汇报予以高度评价，指示三江和屏羌文物部门，要为艺术馆项目，在政策层面当好参谋，做好服务，提供支持，有需要的话，可以配套民间文博扶持项目政策。柴瑶代表企业表示感谢，企业的愿望就是能进入在册民博机构序列，至于资金问题，集团自己想办法，不给政府添麻烦。

蒲志特别强调，荣城政协文史委和三江政协，要共同搞一个调研报告，介绍屏羌南岸新区的开发，如何注入文博灵魂，打造诗意栖居的成功经验。他还当场表态，说自己一个过气的二线干部，帮不了基层的干部多少忙，还有点余热，可以找政协领导，以建言的方式，送给荣城要员参阅，尽量争取捧个批示回来。向书河一听，自然高兴。像屏羌这样一个小县的开发，作为案例摆在荣城领导的案头，得到领导的书面批示，想都不敢想。至于批示本身，能给他本人带来多少加分，倒是可以预期的。

会场出来到指挥部伙食团吃饭路上，向书河一再向蒲志表示感谢，说啥老书记出马，就是不一样，马力大，有能量。他本人，若没干好"传世皇庭"，就是对南岸新区的失职，若没干好屏羌，就是对屏羌人民的失职，对老领导的辜负。向书河这番话，算是对会场上的表态补充，会场上表态说给屏羌人民听的，这个表态是给蒲志听的。

向书河看来动了真情。自屏羌上任以来，荣城有关方面第一次来看他，带队的还是提携自己的老领导！

几个月的憋屈，忽有化成泪意的释放感。他想到了一个词："雪中送炭"。

"雪中送炭"，还是过于闹热。虚浮的闹热，难以掩盖背后的陌生和变数。蓝守玉的发言、蒲志的表态，在向书河看来，更像是朋友圈的"两肋插刀"。

没有谁能离开朋友圈独善其身。齐鲁、蓝守玉不能，向书河也不能。只是，中国式的"两肋插刀"，就算道德上站得住脚，要面对陌生和变数呢？

54.1 【神秘来电】

一上午，齐老都未现身。蓝守玉猜测，午间吃伙食或会碰上。到了中午，文雄安排大家在指挥部吃盒饭。

见过抠门的，没见过这么抠门的，怎么说蒲志也是个在位的正厅级，这接待规矩谁定的？文雄道，还有谁，组织呗。

文雄眼里的组织，是蒲志和向书河。

依旧未见齐老。问文雄，方知文化局和收藏家协会的人，单独安排老爷子喝茶聊天寻宝贝去了。

正吃着，蓝守玉感觉裤兜里的备用手机有响动。墩子报告线索？一看，却不是郭墩子的那张卡打过来的，号码陌生，难道是"兵哥"？

遂回拨。

"喂，哪位？"蓝守玉用的是夹杂椒盐味的普通话。

电话那头并未回答他的问题，反问道："范总，你要石雕吗？"听口音，那人似盆地南边一带的。

"范总"是他和墩子约定的称呼，他给墩子的广告图和电话号码旁就印有"范总"字样。此人开口称"范总"，看来并不避讳，难道有戏了？

"我姓范。你是？"

"别问我是别个，就说石雕要不要？"

"路份普的，不要。"

"哦……"那人顿了一下，"范总玩高路份？"

"你有？"

"现在没……"

"那算了，有再说。"

电话那头"哦"应了。

蓝守玉没有直接挂电话，而是明知故问："你咋有我的电话，这号除了乡下的徒弟娃，没人知道的。"

电话那头停了下，道："你徒弟娃是不是摆古玩摊子的那个胖子？"

蓝守玉差点跳了起来，应该就是"兵哥"了，得稳住："是呀，曾胖娃。"

那人想了想，没有顺他话往下说，道："壁画呢？"

咋又换卖壁画的了？蹊跷。

"荣城这边，哪来壁画，假的吧？"

"不是你们那边，货在石梁。"

一听说石梁，蓝守玉就有七八分把握了。

"货在石梁？是不是画在泥巴墙上的那种门神，盆周南部山区一带常见，没啥意思。"

"清代的确实多，也不值钱。我说的是更远的，画在白灰墙上，戏里的人物。"

石梁出白灰墙壁画，元明清都有，要是戏剧人物，最远可能到元。如果此人所说的壁画真能到元明，那又得好看了！

"灰墙人物？要是唱戏的，可能到元明，只有老寺庙才出。"

"老板就是内行。"听声音，那头看来对他也有了兴趣。

"至少要到明，"他故意卖个关子，"才值得看看，有图没？"

"没有。"

"咋说？"

"图不方便发，老板有兴趣的话，直接看实物。"

"实物也行。文保单位吧？要是，就别去费神了，我不会要的。"

"当然。谁敢干犯法的事？东西是在一个荒废的老房子里发现的。"

"传世的？"

"对呀。"

"在哪？"

"石梁山区，原地没动。"

"货主说好没？"

"有啥主，无头的，当地人介绍的。"

"介绍人放心吧？"

"放心，一个老铲子。"

"好吧，"为不引起怀疑，蓝守玉装着犹豫样，道："算了，太远了。要不你送到荣城来？"

那人想了想，道："没法，老板，东西还在山上，你没定，哪个敢贸然去弄？"

"那……我更不能去看了，危险我是不得犯的。你弄到货再联系吧。"

"你不看，我弄到后，你又不要咋办？"

"这样吧，我可以叫我徒弟先陪你去看看。"

"那也行。"

"我让徒弟打你这个电话？"

"你把你徒弟电话告诉我，我会联系他的。"

"也好，那你记下号吧。"蓝守玉就把郭墩子的电话号码告诉那人。

通完电话，蓝守玉马上联系墩子，说了那人来电话的事。特别嘱咐，可能那人会跟他打电话，甚至会到地摊上找他。不管咋样，都要沉住气，要喊去看东西，就随他，少说话，多动脑子。拿不准的，就打电话。

回到餐厅，蓝守玉将神秘电话告诉了文雄。蓝守玉分析，这人就算不是"兵哥"本人，也很可能与"兵哥"有关。文雄问要不要派人协助。蓝守玉道，要时自会报告。文雄解释道，他的岗位在开发区，但是老峨山男观音案，是他一手弄的，案子虽然移交，日常事务政委负责，按规矩一般案子他不应该再接手。男观音案算大案，郭大林的事，是他和蓝守玉事先讲好的，案子未了结前，线索没法移交，也只有接下去了。蓝守玉就说行。

54.2 【男人出轨三十六】

回三江路上，蓝守玉老感觉有些乱，神志恍惚。最近，一揽子杂事都赶上了，会不会患上了"强迫症走神"？

"强迫症走神"是他自己的说法，专业的说法叫抑郁症前期。曾在微信群问过，小年轻们一阵好笑，啥"走神"，"走肾"吧？

他仔细回味秋天的一则前话。

那天从佛光禅院吃罢禅宴，听云登大师讲"光明之顶"，还有"土豆天猪"和红白二娘子，蓝守玉送施云回荣城，贾总叫顺道送送跟钱总一起从南边过来的女朋友去机场。

钱总的女朋友很符合蓝守玉的"三角梅"理论，花大、花期长，只是不大水灵了。事实上，人家皮肤保养得好，不看眼角，似要比施云年轻。贾总称那女的"叶姐"，具体是"野姐"还是"夜姐"，他没听清楚。

一上车，施云嗝就往上涌，土豆味、龙涎香、屁蛋虫味，全串了，熏得蓝守玉皱眉犯困，车也不敢开快。

施云自嘲道，本来自己也在减肥的，咋就看那"屁蛋虫"和"土豆"就没了自制力？摇摇晃晃中闭目养神，一会儿呼噜也来了。

那女的不乐意了，师傅，能不能开点车窗？他回道，高速呢。女的只好忍了。呼噜声越来越响，快冲破天窗了。那女的忍无可忍，师傅，盆地女的也打呼噜？他道，打不打呼噜，给女的没关系，跟盆地也没关系吧？

只要稍微多个心眼的人，都能觉察他这话的味道，女的不会说话，他婉转提醒，以示互相给个脸面。

一会，女的又说开了，师傅，都说盆地女的皮肤多好，粉都不用搽，用你们的话说叫水色，咋名不符其实呢？听女的这话，有点冲。这才想起来，下午禅宴一句腔没搭，会不会憋着气？就问那女的，你说的是下午禅宴上表演茶道、香道和器乐的，还是贾总禅院的服务员？他这是把话递到女的嘴里了。身边不是还有个盆地女子在打呼噜吗？谁知那女的脑壳木，竟然回道，不是，说的是桌上一道吃饭喝茶那几个。

话还没落，呼噜声没了。蓝守玉转头一看，施云两眼像挂灯笼。施云并没发话，毕竟人家大老远从南方来，玩都还没玩，忽然改变主意要回，估计正一肚子怨气哩，咋说也得给个面子吧。给她留面子，就是给贾总和钱总留面子。也不晓得那女的是故意，还是没发现施云已醒酒，又嫌车慢，说他硬是把英菲尼迪开成了奥拓。他笑道，这样好啊，安全，再说，这大晚上都困着呢。那女的讥道，困吗？那就开一百五噻，她说自己经常一个人开宝马上高速，一百五十码轻轻松松，再沉的瞌睡也给跑没了。他本来想说，何止瞌睡没了，命也会没了的。想想还是忍了，摇摇晃晃，那感觉是不是奥拓不好说，但肯定不像英菲尼迪。

女的自感无趣，甩了句"一点也不好玩"，说完也眯眼装睡。蓝守玉不知道她说的是今天不好玩、盆地不好玩，还是贾总、钱总不好玩？难不成，几个女生中谁惹她不开心了，童桐吗？

想到童桐，便无言语了。

车里更憋闷了。天黑，还起了夜雾。上眼皮开始奔下眼皮，本来欲开车窗，想到之前施云打呼噜，那女的叫他开，他没给开，也作罢。

下了高速，转机场路，前面不知啥时候又塞了个粉红车进来，也开得慢，开得慢不说，还压线占了两条道。趁转弯，蓝守玉看见粉红车上是个桃花眼女司机，一边悠车，一边给谁打长脚电话。驾驶技术能到这份上，也算老司机。他从粉红车的左后视镜上，一连瞥了桃花眼几眼。惊艳呀，这样想着，也就原谅那女的打电话，开得慢了。反正自己脑壳晕，困呢，也跟着优哉游哉往前挪。

他收了油门，不时提醒自己，看桃花眼，别睡着了，走桃花运，别睡着了……实在眼皮沉得不行，就又下意识回踩下刹车，稳稳神。

悠着悠着，眼皮更沉了……

游着游着，神也散了……

桃花眼化妆没？她给谁打电话，相好的？肯定不是男朋友，男朋友没那么黏人。小白脸？小白脸有几个钱呀，现在有钱的都是"油腻"男，不会真是个老油条吧？那么水灵的卷心白菜，可别给猪拱了……现在女的眼神不太好，小白脸好看不中用，老油条又恶心，像自己这样快"奔四"的，不老不少，还未婚，又啥情况？

王朔的出轨心得，让他佩服得不得了，一出就惊世骇俗，把世面上的男男女女三观搞晕完。王朔说，出轨就像童话中两个贪心的人，挖地下的财宝，结果挖出一个人的骸骨，赶紧给埋上，甚至在上面种了树，栽了花。但两个人心里都知道地下埋的是啥。看见树，看见花，想的却是地下的那具骸骨。

上中学那会，读到王朔这话，不明白，有了树，也有了花，还想啥骸骨？又不敢瞎想，担心被施云骂。上大学时，男男女女那点破事，渐渐见多了，啥出轨不出轨的，也是自己跟自己过意不去。参加工作后，施云自己找上门来，要跟他理论，他偏没多大兴趣了。

好了，终于混到过把瘾就死的出轨黄金年龄。

哈哈，女人出轨一十八，男人出轨三十六……想想就兴奋！

这么想着，更飘飘然了，眼睁睁看着前面的桃花眼越来越清晰，愈来愈妩媚……

"嘭"……桃花眼飞了。

他打了个激灵，赶紧踩死脚刹。副驾驶上的施云，一边帮他拉手刹，一边嘲讽道："蓝老板，这是想谁呢，真'走肾'了？！"

满脑子的桃花眼在飘。

"妈呀，还真敢打瞌睡？"听语气，后排女的八成被吓倒着了。

赶紧回头道歉："对不起，惊扰美女了……"

女的也不客气："本来就没真睡，车子里空气这么闷骚，还能睡着？"

施云的灯笼眼，更红了。要不是蓝守玉给他使劲递眼色，照她平日脾气，早回头怼过去了。

54.3 【去甘南】

终于回到"守玉楼"。联系孔亮，询问陪好龙助理没，明天从三江过来接他俩出发去甘南。说完，又给引兰去电话。引兰说上午刚给他外公的腿做了核磁共振，情况不好，医生说还要做病理分析。

一听说做病理分析，蓝守玉心咯噔一下往下掉，老人的关节怕是遭了。引兰又说，可能三五天出不了院，去不了甘南。蓝守玉叫她别操心，陪好老人才是头等大事。

躺在床上，满脑子问号打架。

中午打他备用手机那人，真的是"兵哥"？老人别得了啥绝症吧？童桐最近咋了？

现在看来，几个问题都得先缓缓。自打郑营回来，他的脑子里就有一个强烈的想法：去甘南……

第十九章　甘南

55.1 【打油体】

杜甫说，冲动是魔鬼，一冲动诗气会堵。李白说没事，吾本谪仙，段位比魔鬼要高。

杜甫把写诗当做学问，卖老实苦力，作成一行诗，捻断数根须。李白就全凭抓眼球了，一冲动，眼球满天飞。

比如这样："噫吁嚱，危乎高哉！"

三个感叹词不嫌多，啊！啊！啊！牛气哄哄。发哪门子骚呢，令好事者们丈二和尚摸不着头脑。

漫天的流量飞向李太白。

多血质加抑郁质，太白和子美都是蓝守玉的偶像，但骨子里更欣赏朱瞻基。于是，五竹山路的崎岖和陡峭，就算是病态，那也是文艺范了。

李白和杜甫逃离长安，蓝守玉逃离荣城边上。长安，是李隆基和杨贵妃的长安。

荣城边上，有个江城叫三江。

同样都是逃离，杜甫苟延残喘，惶恐不安；李白自信爆棚，两腋生风。

老婆，去郊外玩玩呗，屋里一点都不好玩。朱瞻基给老婆说这话时，耳根子软得像小绵羊。

是屋里有老虎，还是荒郊野外有矿啊？胡皇后明知故问，关闭了纵容小朱贪玩的绿灯。

蓝守玉夹在李白、杜甫和朱瞻基之间。

五竹山夹在长安和荣城之间。

两头八百里，外带一个唐朝，一个明朝，即是眼前的去路。

哪里有路，明明是鸟道。龙海泉这么说，并非与蓝守玉心有灵犀，而是压根就没见过啥叫海拔。

海拔不是蓝守玉所要关心的。他的脑海里全是蒲溪那块蒙古黑金刚石"二十八星宿图"。

耳边似有呼呼声作：

东方青龙：角木蛟、亢金龙、氐土貉、房日兔、心月狐、尾火虎、箕水豹

南方朱雀：井木犴、鬼金羊、柳土獐、星日马、张月鹿、翼火蛇、轸水蚓

西方白虎：奎木狼、娄金狗、胃土雉、昴日鸡、毕月乌、觜火猴、参水猿

北方玄武：斗木獬、牛金牛、女土蝠、虚日鼠、危月燕、室火猪、壁水貐

"二十八星宿图"，《淮南子·天文训》将其对应地上"九野"：

中央钧天：角宿、亢宿、氐宿

东方苍天：房宿、心宿、尾宿

东北变天：箕宿、斗宿、牛宿

北方玄天：女宿、虚宿、危宿、室宿

西北幽天：壁宿、奎宿、娄宿

西方颢天：胃宿、昴宿、毕宿

西南朱天：觜宿、参宿、井宿

南方炎天：鬼宿、柳宿、星宿

东南阳天：张宿、翼宿、轸宿

"九野"大体指"九州"，西南朱天为其一。

太白诗云：

扪参历井仰胁息，

以手抚膺坐长叹。

问君西游何时还，

畏途巉岩不可攀。

"参""井"大体指益雍二州犬牙交错一带。观其地理位置，即甘南、陕东、剑南，现在所处的五竹山即是。难道，之前蒲溪公安挡获的元明老坑口蒙

古黑金刚石上面的"二十八星宿图"及太白诗句所暗示的，就是脚下这片"鸟道"和"巉岩"？

盆地的二峨、老峨、龙隐、蒙山，不曾见得如此峥嵘险峻的石栈，几乎就是竖起来的天梯。三个男人，边爬边聊，上气不接下气。

此情此景，适合抒情：

> 鸟道巉岩迎参历，
> 手脚并用爬云梯。
> 甜白紫鱼和黑石，
> 白问西还我问底。

诗还没念完，蓝守玉已经后悔了，这算啥体呢？"蓝打油"？蓝守玉咽了唾沫，嗓子眼有股子浓酽干涩的腥咸。

55.2 【又见五色竹】

终于到得山顶。其实就一个逼仄高台，两面悬崖，东西成脊。西南望去，白茫茫一片，想必便是传说中的甘南雪山了。

北崖对面，数峰兀立。一二三四五六七。孔亮数了一下，正好七个山头。一山对七峰，西北两峰，中夹一谷。谷中一水，东流，应是渭河上游清源河。两岸村落人家，稀稀疏疏，因雪色覆盖，已不辨瓦屋和泥墙。

"不出意外的话，"蓝守玉指着村庄道，"远处的村庄叫郭家村，河谷叫'银沟谷'。"

龙海泉问道："老师之前来过？"

"查过资料。"

"有何发现？"

蓝守玉就说了自己的看法。对面七峰下山谷，有镇名"五竹镇"，有村名"郭家庙村"，有庙名"郭家庙"，庙里种有五色竹。现在脚踩之山，叫"南山"。山下那条河是渭河的支流清源，原来叫"南河"。上溯到三国，又叫"镇南河"。南山南河的名字，估计早被人忘了，只有在更早的地方史志文献，或能找到蛛丝马迹。至于此山啥时候叫五竹山，山上的菩萨也不一定晓得。

"五竹山顶也许有个破落的寺院。"蓝守玉道。

寺院话题触动了龙海泉的敏感："五竹寺？听名字，像个古刹。有世外高人？"

蓝守玉不置可否。

东南望去，诸山绵延，由东往北，与对面七峰挤出一高山小盆地，地势明显比清源河谷高，好似半山多出一块四面环山的飞地。村庄也可见的，稀疏分布的老屋被群山环抱，炊烟袅袅，俨然与甘南两般气象。

好一个屯兵福地，屯兵者姜维，武侯诸葛北伐爱将。此地借四围山峦自构防御体系，坐视甘南和陇东。驻守的兵士，天天吃好睡好，稀稀松松站岗，来犯的魏国兵将也无可奈何。至于后来，那个叫邓艾的将军带领兵士们绕过山系，在东南边的摩天岭，觅到一条千年古道，成功偷袭姜维后方，改变三国鼎立的态势，自有历史的偶然与神奇。不过，这并不影响姜维营，以此作为村名流传下来。

两条腿的交通时代，李白诗歌里的鸟道，乃盆地到甘南、陕西的必经之处，地位可比剑门关。"一夫当关，万夫莫开"，靠的是天堑。不用修啥堡垒，驻守多少兵士，仅筑个拍电视剧玩的草台寨楼，插几竿唬人的旗帜，风一吹，哗啦啦气势就来了。

就像现在，风从对面的七峰可劲地刮过来，整个人也欲吹翻。三人扎紧领口，朝平台深处寻去。

寺院隐约在远处。屋顶、松枝、竹丫、石级，铺就薄薄一层雪。没有尘嚣，虫鸣鸟声也匿迹，唯余踏雪的脚步声和呼吸声。该有的肃穆气氛，根本无需刻意营造。

雪山映衬的粉、黄、青、绿、紫，以及更大范围的绿色。色彩的冲突，终被无边的生长性，融合淹没。

"真有几种颜色的竹子！"孔亮惊讶道。

云中的天光，从林中泻下。满园的竹子，愈加明白。蓝灰的，粉白的，深绿的……尤其是那金黄和墨紫，让年老失修的古刹，平添神谕意味。

"五色竹！"

一个声音在涌动。

料想中的五色竹，神色和气质，与龙隐引兰家所见一模一样。

五色竹的再现，在蓝守玉大脑深处潜在的信息链条之上，又加了一条长长的绝壁，一段暗红的泥墙……

秋天以来的神秘猜想，从来没有今天这么贴近！

55.3 【五竹寺】

山寺并未见着有"五竹寺"字样的题匾，唯一有件似曾相识的朽木刻板对联，也已锈蚀斑驳。

依稀还能从那残缺不堪的字迹，复原此山此寺曾经的意境：

> 五竹寄洪福，
> 万松成大观。

真的是"五竹寺"！

蓝守玉掏出手机，翻出了深秋季节去屏羌孔村摘牛心柿，在孔亮家翻拍的那张照片。

四十年了，照片早已褪色，院门更破败了。庆幸的是，对联的岁月还在，风骨依旧。

孔亮凑过来看了看，惊讶了："这不是我家的老舅吗？"

"对呀，照片就在你家老屋的镜框里。"

"照片里的青年军人，真的是我老舅，这是他四十年前的照片，只是失踪多年了。"

"可不可以这样猜测，"龙海泉指着照片，似有所悟，"你老舅四十年前来过这里，还跟庙里的老和尚合过影？"

仅凭一副对联，还难有说服的力量。寺庙对联，相互抄袭复制，也不奇怪。仅仅以此，确认照片和眼前场景的关联，逻辑上还有问题。若能找到照片里的主人，谜团也就明了。问题是，关联的当事人孔云樵已失踪多年。另外，手握磨子鱼的另外一个军人是谁，他又去了哪里？

高僧也许是一条残存的线索。只是，四十年了，高僧尚在否？

时光荏苒，往事蹉跎。淹没与尘封，自然会伴随某种偶然的发现。对于那些冒险和探秘者，兴趣可能会是持续的探索动力。何况，没猜错的话，高僧应与五竹寺有关。若如此，甘南或许有更多的期待。

55.4 【壁画】

山门虽掩，一行人的心思早已翻墙入院。

"有人吗？"孔亮朝院里喊道。

"里边的师傅，"龙海泉学着武侠电影的台词味叫门，"初来乍到，可否回应一声？"

接下来的镜头，是不是该有个鹤发童颜的高僧出现？

当然没有。

没有高僧，小沙弥总有吧？

小沙弥也没有。

竹的香消彻夜，加剧萧瑟，欲罢不能。漫天大幕垂垂老矣。暮秋的风，吹落吹倒；初冬的凉，凉透凉煞。温暖爬上柔软，怅惘醉不见底。

门咿呀开了，也不知是谁先推开的。也不用推，一把无法上锁，虚位以待的门扣，风一吹自会开合。

等待谁呢？

院里场景，比料想中的影视剧场景，还破败寥落。

两间僧房，坍的坍，朽的朽。看来，已久无人在此修炼了。中间三宝殿，一佛两菩萨，作为某种形式，正襟危坐。比真人大点的木雕菩萨，腐朽得厉害，面容衣纹，倒还可见一二。

龙海泉道，看塑像，明风尚存，可推测此庙至少可以上溯到明中晚期。蓝守玉补充道，有资料表明，此山在唐时就有了香火，信众来自周围数百里汉族村落。让龙海泉不解的是，甘南为何还存有古老的汉传佛教老庙？蓝守玉以为，这便是蹊跷所在，甘南藏传喇嘛寺院多如牦牛。元明时，朝廷以喇嘛寺院怀柔前藏甘南。从甘南往东往北，至今仍保留许多汉族村落，多是因为中央政府派兵与当地藏民和汉人同垦共守，扶植汉族土司参与管理的结果。此山一脚踏三省，西临甘南陇东，南接盆地西部，东接陕西，保存有这样一个汉传寺院，逻辑上也讲得通。

"壁画！"龙海泉指着右边的半截泥墙道。

说是泥墙，其实框架还是木头的，只那木板上抹了泥灰。先前在院门所见矮墙，纵然全使泥土夯实固坚，也难抵岁月的侵蚀。

君子不立危墙之下，谁也不敢靠近细瞧，怕心气重，把那半截危墙给吓着。

两厢隐约可见壁画遗痕，墙泥早脱落不见，木板泥也多被损坏，龙海泉所指之处，尚能看个大概。

甘南寺院多唐卡。眼前所见为稀缺的泥墙壁画，粉灰泥墙为底，墨笔勾勒皴染，局部尚见淡淡敷色。

壁画远处隐现山门。画上僧人，依悬崖种竹。颜色虽然脱落，能看到高僧所着黄色毡衣，以及竹之红、黄、白、绿、蓝五色。

壁画、僧人、五色竹，此情此景，不禁让蓝守玉联想到咸阳的那个中间人，在西康"心浴"馆给他看过的那张图。"壁画、僧人、五色竹"同时出现的概率，已然可以排除偶然性。甚至可以推测，咸阳人手里，真的仅存那张模模糊糊的图片，想来咸阳人没有说谎。只是拍那照片的人，对壁画的价值估计不足。出于自身安全需要，那人仅拍摄了个局部。

照片里的宝物就在眼前，还完好存在，说明作为文物，至少现在还是安全的。

55.5 【忽如远行客】

最令人惊讶的是，壁画旁边所题墨书：

> 午年下火蹈，
> 子期上莲塔。
> 五祥绕竹氏，
> 七翠赐郭家。
> 兰枯馨墙隔，
> 雁落鸣云崖。
> 磨鱼随君去，
> 大乘访名刹。
> 应文

与琉璃紫鱼题诗，如出一辙。几个人便大气也不敢出了。这巧合的！

巧合若因为时间、地点和情绪的叠加，本身就有放大的效果。不可思议的是，这种互相放大，竟然在调换时间和地点之后，再次复制。

还不是最后的结果，通向求证未知之旅，已然开启。

壁画题款，竟然也叫"应文"！想来这个叫"应文"的题诗者，也是遁入佛门的某个远行客。

若说之前罗汉桥看到此法名，朋友又发来"水月禅院"，已然证实龙隐山的确曾到访过一个叫"应文"的高僧，若还未能引起足够重视的话，那么眼前的"应文"又该作何解释？

人生天地间，忽如远行客。

心跳与槌鼓同频，唯有作灵犀解了。蓝守玉和龙海泉相视而笑。孔亮不解，求教龙海泉。龙海泉便谈了自己的看法。

此诗主人，大概应是一个叫“应文”的高僧。诗中叙述道，午年，他遭遇了人生麻烦——惹火上身。“午年下火蹈”，便说的是与“火”有关的麻烦。从全诗情绪看，有死而复生的感怀。子期，也就是题诗的那些日子，他来到此山——“上莲塔”。种五祥竹，也就是五色竹，观七翠峰。枯萎的兰花和落雁，流露几多暗伤。亮点在结尾，留下一个致命玄机，主人带着磨鱼，去了大乘山。有可能是留给谁的磨鱼信，相当于邀请函，暗示要找本人的话，得去大乘山。

“从哪里来，要到哪里去，很高深的哲学命题。”蓝守玉感慨道。

孔亮揣着明白装糊涂：“有玄机？不就是到此一游吗？”

蓝守玉道：“没那么简单。”

“蓝叔，你就别卖关子了。”

“你看，”蓝守玉道，“中间的竹氏和郭家，啥意思呢？”

龙海泉也摇头。

蓝守玉道：“这个‘竹’，字面的意思是说竹子，我看更可能与一个同音字有关，比如朱。郭家，大约说的是北山下某个村庄。”

孔亮问道：“刚上山时，你说的那个郭村吗？”

“诗的主人用了一个‘赐’字，意思是把周围的七座山峰，都赏赐给郭家，想象这是多大的气象？”

“天子气象！”龙海泉应道。

“知我者，海泉兄弟。”蓝守玉叹道。

蓝守玉便拿出琉璃磨子鱼来，道：“磨子鱼也有一首诗。”

孔亮接过，磨鱼底座下，果真刻有几行小字：

应声留杜宇，
五月离渭湟。
竹立召四面，
僧还巡八荒。
水出龙眠刹，
月摇凰栖坊。
寺山入大乘，
文君了无常。

"好像也有大乘和竹僧！"孔亮道。

龙海泉道："若没猜错的话，两诗出自同一人。"

也就是说相当于姊妹诗，且都提到了竹。倘若有特指的话，定非普通之竹，应是像墙上题诗里谈到的"五色竹"。关于此竹，古代文献鲜有记载，网上也不见有种植的资料。从龙隐山和五竹山的考察情况看，确是真实存在的，只是到底有些稀缺了。

至于墙上墨题，想来那云游诗人，曾经一度在此做过主人，比如住持或扫地高僧之类。离开寺院时，书下此诗，会不会专门留给某个等待中的谁？从字面看，壁画墙上所绘景异，自然说的是眼前，磨子鱼一句影射的也许就是龙隐。两诗情绪一致，墙题悠远，紫鱼了然，在时间和逻辑上，似有某种关联。

写诗者谁？读者又是谁？

蓝守玉的分析，启发了龙海泉。龙海泉道："照蓝先生的意思，写诗的主人，可能在等待谁，将来的某一天破解琉璃紫鱼题诗？"

"不得不让人做如此猜想。也许主人写完后，真的如诗中所言，离开此山此寺，此情此景，去了某地。这也正好印证了磨子鱼上说的，'五月离渭湟'，渭湟可以理解成甘南。五月，甘南草长，盆地鹃啼，富有诗意的季节，也正适合怀旧。诗人想到了古国望帝，触景生情，便有了紫鱼题诗。两座名山古刹，一对姊妹谜诗。磨子鱼、五色竹，冥冥之中，或指向一个行云野鹤般的高僧。"蓝守玉分析道。

"两山二寺院一高僧？"孔亮问道。

"此山算一山，此寺算一寺，还有一山一寺在龙隐。"蓝守玉道。

"那就是大乘山，水月寺了。"龙海泉道。

"我咋越听越糊涂了？"孔亮问道。

"旁观者清，当局者迷。只是山是哪山，寺是何寺？"龙海泉道。

"远在天边，近在眼前。"蓝守玉道。

"不识庐山真面目，只缘身在此山中。"龙海泉道。

"在紫鱼里。"蓝守玉指着手里的磨子鱼道。

"里面？你说的是我家老舅的老照片上，他手里那玩意？"孔亮惊讶了。

"我也希望它们就是同一件宝贝。"

做蓝守玉的学生，不轻松。

55.6【众里寻他千百度】

打开手机相册里孔云樵那张老照片，蓝守玉讲了状元村的发现。照片背后的故事，龙海泉并不知情。

"你之前不是提到过，磨子鱼是在龙隐寺发现的吗？可我看老舅留影的背景，又像在这里，咋回事呢？"孔亮问道。

蓝守玉道："我也疑惑。推测此鱼此诗主人，曾经来过五竹，多年后，去了龙隐。而你的老舅成了此鱼此诗最后的主人。"

龙海泉仔细观看了照片后，道："若是那样，原来的主人离开寺院时，应该没有带走此鱼，而是把它留在了寺院里。"

"为啥？"孔亮问道。

"等一个人。某一天，那人来到此地，若有心者，定能识得墙上题诗，也一定能解开诗题的暗示，找到寺院的主人，得到此物。来人从寺院主人那里，见到宝物和题诗，如见故人。"蓝守玉道。

龙海泉表示认可他的推测。

"不过也有疑问。"蓝守玉道。

"有新想法？"龙海泉问道。

"我查过资料，此山并无叫龙眼刹和凰栖坊的，倒是龙隐山曾经有过此两处地名。如果琉璃鱼题诗和墙上题诗都出自这里，无法解释主人后来到了龙隐山，却在之前的题诗里，提到了龙眼刹和凰栖坊。除非互发灵感或者穿越。"

"当然不是，他可以有意预设两处生僻的名，且一定在别的地方都没有的。也就是说，他是命名者。命名者有理由先留下地名，然后到达龙隐后，为山景题名。这个逻辑是存在的。"龙海泉道。

"如此的话，一定有所等待，也许是等待料想中的谁。那个人又是谁呢？只有找到他俩互动的信息，所有的猜想才可以坐实。"蓝守玉道。

"也不排除一厢情愿。我们这样猜，好像又是我们的一厢情愿。"龙海泉道。

"恰恰相反。历史巧合似是而非，因为有些冥冥之中的东西，确如海市蜃楼般再现了。"说罢，蓝守玉转身指着另外一座泥墙，问道，"你们看，这是什么？"

原来泥墙有字迹。虽然斑驳，大致尚可辨认。

那是一首更像"蓝打油"的七言诗：

众里寻伊千百度，

原来五竹为谁栽。

东去西来不复返，

流水落花两人间。

打油诗的背面，藏文署款。

为何偏署藏文名款呢？蓝守玉以为，也许题诗的主人是另外一个云游的喇嘛，或者某位藏族贵族。从诗意看，题诗似在同另一人聊天。

龙海泉道："崔颢与李白的互动？"

蓝守玉道："唐朝的佳话，在此山此寺翻版。高僧题诗在上，故人寻觅天涯。"

"即便如此，那人如何能感觉到有人在满世界寻他呢？"孔亮问道。

蓝守玉道："问得好！我是这么看的，那个等待的人，本隐居在此，周围的人都不知来历。后来，他一定听说了等待中的那人已来到甘南。也许，他要等待的人，是大摇大摆来到甘南的，目的就是造声势，唯恐他不知道。"

孔亮道："那何必打哑谜，直接去见他，不就得了？"

龙海泉道："若能直接相见，也无传说可听，怕会少了许多解开人生疙瘩的大乐趣。"

孔亮道："另有隐情？"

蓝守玉道："天大的隐情。只能通过这种方式暗示。若等待中的人别有用心，一定能识。若那人并不在意，也就罢了。出家人嘛，心静如水。"

孔亮道："这么说，你是不是已发现那人要等待之人是谁了？"

蓝守玉道："我猜测的，不过八九不离十。"

龙海泉道："可不可以这么讲，那人与某件绝世宝物有关。"

孔亮道："绝世宝物？"

龙海泉道："你没有见过一件漂亮的双鱼龙纹甜白盏，你以后会知道的。琉璃磨子鱼和甜白盏，就是我这次来内地的原因。我没猜错的话，也是蓝守玉老师带我们俩到甘南来的原因。"

孔亮道："你们俩寻到答案了？"

龙海泉指着泥墙道："此诗正是。"

蓝守玉提醒道："里面还有一个重要的问题，琉璃紫鱼是在龙隐山龙隐寺发现的不假，却不是龙隐寺的传寺之宝。发现的人说，是一个叫六如的居士留下来的。"

"六如？"龙海泉并不明白蓝守玉所言者为谁。

蓝守玉故意卖了关子："四十年前，孔亮老舅孔云樵和他的连长，跑车路过五竹山下，上山与高僧合影，他们手里拿的搞不准就是这玩意。"

"对呀，"龙海泉纳闷道，"怎么到了六如手里，又怎么登上龙隐的呢？"

"要解开谜底，还可以大胆猜测，"蓝守玉缓缓说道，"四十年前，孔亮的老舅在甘南当汽车兵，不是要了个女朋友在北山下郭村吗？"

孔亮道："家里人和茗山车岭郑营人是这么传的。"

蓝守玉道："你家老舅和他的连长经常出车，路过北山下的郭村，很可能常常上山借宿。他和那姑娘相识和初恋之地，应该就在甘南附近，比如郭家庙村或某座老庙，更可能就在此寺。甘南周围的喇嘛庙，在民国毁损大半，后来炼钢铁、'破四旧'，香火不经闹腾，零落了，包括像临潭侯家寺那样名声在外的大庙，也未能幸免。"

龙海泉道："我来之前，国学大师和师姐提醒过，说临潭有个侯家寺，是明朝永宣时候大太监侯显告老还乡所建家庙。"

蓝守玉道："侯显是个厉害人物，跟郑和一样。他五次进藏怀柔，《明史》却没有给予足够重视。第五次进藏后，他回到老家甘南。两年后，又回皇都，向宣德皇帝请求告老还乡，宣德竟然应允了，还敕赐任了侯家寺的第一代僧正。细心的人可能会发现，侯显和宣德在此时达成共识，十分可疑。"

龙海泉道："你的意思，此鱼此诗与侯显有关？"

"五色竹、墙上的题诗、紫琉璃磨子鱼和刻诗、郑营的孤贞圹传说，以及那个甜白盏，分开看，都不能说明问题。"蓝守玉继续分析道，"连在一起，会得出啥结论，很有想象空间。"

信息还不止蓝守玉提到的这些，单龙隐山发现的"五供"就能说明问题。"五供"只有郭墩子和他知道，"石磲子"知不知，不好说。它们又都在暗处，除了宣德七年款双鱼龙纹青花大龙缸和无款双鱼甜白素盏，其他几件又如何能放到台面上说呢？就像现在，蓝守玉想到了咸阳的中间人曾经给他看过的壁画，分明就在眼前。

愿意相信眼前所见壁画和题诗，与咸阳人手里的壁画图片是同一处，但又不忍。真的是同一处的话，那也麻烦了。

秋天以来一直苦苦追寻的线索，眼下或正在面临潜在的盗毁风险，纠结呀。

55.7 【失重感】

西北风自甘南陇东吹来。

蓝守玉忽然有种玩海盗船往下坠落的失重感，又似黄昏里，不小心撞破了额际，惆怅隐动。

且别说黑金釉三足炉、青花无款梵文勺、无款三联通管状器，可能就此自生自灭，单那件绝对一等一的国宝大龙缸，也难得到世人认可。类似的幽默，文物界多的去了。"砖家"振振有词，指鹿为马，瞎叨叨的，还少吗？

"所以，"龙海泉若有所思，笑道，"蓝先生就想到'炆'了？"

蓝守玉也笑："关于这个问题，期待兄弟回去通报国学大师和你的师姐，看他俩如何说。现在要搞明白的是，孔亮的老舅和磨子鱼的问题。"

龙海泉道："漏了六如师傅。"

蓝守玉道："孔云樵和连长手里的紫鱼，咋到了六如手里？"

孔亮突发奇想道："有没有可能，你们说的六如师傅，与我们家失踪了的老舅，本来就是同一个人？"

龙海泉道："也有可能是他的连长。"

蓝守玉道："脑洞是个好东西，我们家童桐表妹，咋就没发现你的优点呢？"

孔亮笑道："她说我的脑洞叫门给挤了。"

蓝守玉道："呵呵！你俩说的两种可能，不排除都存在。只是，我更愿意相信六如就是孔云樵。当然，目前还缺少关键的实证，光靠猜测难以服人。要弄明白这鱼怎么到了你老舅的手里，或者说他俩是同一个人，我们还得去下一个地方。"

"去郭家庙村？"孔亮恍然大悟。

蓝守玉和龙海泉都竖起了拇指。

55.8 【似梦非梦】

天色已近灰暗。雪也越下越大。

孔亮说，今晚没法走了，下山路有暗冰，只能安静地等待明天雪停。

蓝守玉查了甘南天气，今晚垂直降温，明儿雪后天晴，三人遂决定就在庙里对付一夜。

孔亮找来柴禾，生火围炉，人影涣散。

蓝守玉没了睡意。

没睡意，因为牵挂壁画和题诗。其中的秘密，并非只属于他们三人，咸阳人还有咸阳人后面的团伙，想必正觊觎。只是，眼下这秘密，弃婴一样扔于荒山野岭。秘密的前途，充满不测。作为未面世的文物，它的价值仅限于破庙残垣。文物专家需要更多的背景材料，去评估其意义。以蓝守玉的职业敏感，咸阳人背后的文物团伙，看重的可能不是一件明代破庙的壁画本身。咸阳人去西康，兜售一张模糊不清的壁画，或为羊头。倘若壁画价值在咸阳人看来立竿见影的话，他一定会拍得更完整。蓝守玉想到了明代中期舍利子石函和九眼天珠。咸阳人最想要找的应该是舍利子石函的买家。西康"心浴馆"遭遇舍利子石函，同样的时间、地点、环境，不得不让人将其与五竹寺的壁画、九眼天珠相联系。现在，他似乎得把秋冬以来遭遇的老峨山男观音案、琉璃紫鱼、双鱼甜白盏、青花大龙缸、孔云樵的老照片，包括刚刚碰上的元明蒙古黑金刚石"二十八星宿图"等，放在一个笭筐里来拿捏。它们或都是个案，冥冥之中又互相关联——

土豆双鱼梦→"余秀才"→"双鱼星"→荔枝→"利子"→"鬼附身"？

"兵哥"→男观音案；

屏羌老峨山、西康龙隐镇→龙隐山→龙隐寺→甘南五竹山→五竹寺→郭家庙村→临潭→？

屏羌皇城山案、戎城会江神臂山案、西康咸阳文物贩子→明中期舍利子石函、壁画图、"九眼天珠"图、蒲溪高速路口挡获疑似文物案→？

双鱼甜白盏→琉璃紫鱼、青花大龙缸→"五供"→侯显→神秘高僧；

墩子→兰子、"石磙子"；

→六如→孔云樵；

车岭→"郑大膀"→腰磨石→孤贞墓；

→"荥阳侯"；

王埙、皇叔、皇爷；

→皇伯；

"狗屁的土豆"；

"白娘子"→云登上师；

"梨花体""下半身体""菊花体""口号体""尿尿体""蓝
打油体"……

→"土豆体";

→"土豆天猪";

→鸠摩罗什、仁波切……

它们共同构筑了夏秋之交，那个午后白日奇梦的时空纵深，仿佛黑洞将其
四肢和神魂，牢牢吸附……

深不可测，黑暗的渊薮。

所有的信息交织于此，仿佛火山酝酿濒临爆发前的临界值。

额头的隐疼正朝周围神经系统的末梢扩散。

越疼越没了睡意。没了睡意，三人边吃干粮边聊。一聊，头更沉。

聊着聊着，龙海泉和孔亮都睡去了。

聊着聊着，就剩下他一个人自说自话了。

自言自语，据说是抑郁症早期典型症状。抑郁症和文艺天才，常常又是连
体人，两颗脑袋，一颗想象膨胀，一颗疑虑重重。

比如林妹妹。林妹妹梦见宝哥哥，本来多美的事，相思入痴也自然。日有
所思，夜有所梦。梦见宝哥哥，偏担心哥哥跟别人家跑了，宝哥哥咋会是那种
负心男子呢？好说歹说林妹妹还是不信。宝哥哥就诅咒，你要是不信，我就给
你看我的心，说着真掏出一把刀子，往自个胸口上比画……

林妹妹梦里一大片血斑……多好的梦给做成噩梦，得有多偏执？

多年以后，蓝守玉回忆道，那个晚上，他的确似梦非梦了。

梦见自己，带一帮子十三四岁、十五六岁的小屁孩瞎戏，都有些谁呢，他
也不确定。男的好似以前做白日梦里的那个余秀才，又好似从来没见过面的瞻
基和"土豆天猪"。女的，童桐？施云？柳叶萍？兰子？似又不是。糊里糊涂
中，邀约一道闲游，爬山。爬龙隐山，说是去看五色双鱼祥云，好像也说过看
流星雨的。祥云也好，流星雨也好，似乎也没见着，要能见着，估计也是梦的
下半程。反正中途醒了。为啥醒了？碰上地震啊，山崩地裂，风雨大作，你看
不见我，我看不见你，自己也顾不了那些小屁孩了，撒腿就跑……跑呀跑，跑
呀跑，衣服都跑掉了也没发现。等终于停下来，发现一个人孤独地站在五竹山
顶。小屁孩们跑丢，他也忘了去料理。一门心思去寻矮墙，寻壁画和题诗，寻
遍了山顶每个旮旯，也寻不着。没有了壁画和题诗，他无法给小屁孩们交代。
牛已经吹了许多遍了。现在，说没就没了。怎么给他们解释呢？他悄悄回头，

小屁孩一个都不见了。不见了好，要不然真有一种无法自圆其谎的负罪感。很快，他又心安理得了。因为很多东西都没有了，寺院的山门也没有了，五色竹没有了，整个五竹山，除了雪，一棵活着的草木也没有，白茫茫一片，连他的胡子和头发也都白了……

他忽然感到自己老去经年，好冷，好惆怅。

那夜，有风无月。一颗雪亮的星子挂向西北的夜空。

56.1 【堆日措那的大雪】

仁波切向南回望的时候，目光灼灼如炬，一场旷世的大雪正笼罩堆日措那，更宽阔的雪霁向南铺就。

时光倒转，花雨漫天，云霞叠彩，大地震颤。

再向南……

东山的皎月，矮去，而后升起。

东山，堆日措那以南，低的干净，高的通透，更高的怀柔。

向南而生决意。

谁眼含琼结？五体投地。故乡的炊烟，依黄昏而起。月色泻满山冈。王朝的家底，那些坟冢啊，它们一直在那里。堆日措那，全部的雪意。直到琼结，三千里尘埃业已看够。雪域推向纵深，横过炊烟和暮霭。下降凝聚的尘埃，终于复归。

仁波切的肉身诞于琼结，连接尘埃的圣洁。山冈一贯低调，接地气。王朝背影更迭，孕育与埋藏。

有容乃大。仁波切的宽广，终将覆盖雪域。琼结，折向内心的隐秘。

他再一次假想自己就是自己的辩经对手。

自我发难：我们从何处来？从谷物而生……

仁波切的自辩，从泥洹而生，到泥洹为止。

到原点。看见纳木湖畔，东山之巅，冷月苍白迷离。叫桑洁卓玛的姑娘，清晰而生动。姑娘倒在青梅竹马的门隅，雪地嫣红渲染。

回望。目光婉转，于琼结绾个曲髻。

便往甘南吧。甘南的冬，在琼结和堆日措那之间，并无鲜明的季节界限。仁波切的智慧，在于参透时空的纠结，并上升到信仰的层面。

冬，嫣红遍地。

春，堆满雪寒。

啊，啊，啊……

就此别过。传说语焉不详，止于堆日措那的初冬，或者春夏。

堆日措那的那一场大雪，至少有三个版本。信众们更愿意相信，仁波切已遵照灵魂的指引而遁隐。堆日措那的遁隐，试图终结王朝的一场公案。

终结的还有仁波切的肉身，迷踪由此孳息。

别无选择地南下西康，二峨。二峨不叫二峨，叫"象山"，在西康以南。象山古老的砖殿，供养山巅十面菩萨的坐骑。

56.2 【初见甘南】

并无可靠的证据，显示仁波切到过甘南。关于甘南的自我讲述，只是某种情不自禁。

多年以后，蓝守玉回想初见甘南的情绪，一如仁波切的诗意：天上的仙鹤，借我一双洁白的翅膀，我不会飞得太远……

仁波切南往象山，或路过龙隐。蓝守玉做着合理的猜测。

堆日措那往南，定要途经甘南，才能往西。仁波切得以再看一眼东山和琼结。回不去，看一眼也行。看不见，听听也行，琼结或者东山之上，谁的姑娘踏歌而行。

已无遗憾。

然后，再向南。再向南，就是西康了。

甘南去西康的路上，仁波切努力尝试将年少轻狂时尚未吃透的肉体之苦，全都还上。

真的是乞丐，颜面愈发浮肿和苍白。前面是一片翁郁之地，天那么蓝，地那么广，炊烟袅袅，野花遍地，情绪从未有过的释然。

仁波切自述的那方乐土，蓝守玉怀疑就是甘南。

仁波切这么想着的时候，已在南下造访某座破落村庄的路上。此处人迹已罕。尽管如此，仁波切还是感染了水痘，病倒于一棵葡萄树下。缠绵悱恻之树，只有在雪域与秦岭交错的褶皱地带或有生机。由此坚信仁波切也来过五竹寺。仁波切短暂的修行人生中，此寺应是最先接触到的一座汉传寺院。他靠野果拯救了濒死的肉体。

后来，在康地的打箭炉，搭上一群做茶马生意的商人，结伴南行。仁波切又讲，此后出了大山，沿一条清澈江水往南。蓝守玉猜测，那条江或是"若水"了。若水边，星罗棋布点缀着二十多座江村。仁波切后来回忆，说从未落下过一个村庄。若水横亘，涉江而过，抵达某个大镇。诡异的是，同行的向导，一夜之间不辞而别。仁波切只好独自登上象山，寂寞地住了一段时日。很遗憾，如此宝贵的经历，却没有被象山的高僧们记录流传。

是真的被忽视，还是别的不可告人的原因？还有那向导又怎会神秘失踪？

这是一团谜。照之前的计划，仁波切还将一路南下，向西，再向北。

神秘的叙述继续。

离开象山之后，仁波切返回西康。之后，便无下文。

在象山突然失踪的向导，会不会去了下一个更为私密的远方？比如，有没有一种可能……

蓝守玉想到了龙隐。

由冬而春，由春而夏的龙隐，除却不为人知，便是荒芜与寂寥。它更符合仁波切修行的理念与归宿。

多年之后的某个春夏之交，比如鸡年，荒芜寂寥的南方山水，已有琼结、东山和甘南一样的盎然生机……

56.3 【清源河谷】

"不可思议！"龙海泉说，他从来不像今天这样，离上帝如此近。

"这里不讲上帝，讲天堂。"蓝守玉纠正道。

龙海泉道："说的就是天堂，头顶满翠，脚踩半璧，如此玲珑剔透，可惜少了人气。"

雪域甘南，三省交界，一处尚待揭示的秘境。因为天气的原因，很多人选择夏秋之交游玩。其时，原上鲜花弥漫，半边山的秋叶也开始枯黄，色彩要比现在生动。冬天来临，雪往山下的海子赶，路也有了冰冻，蓝天、白云、雪山、海子、霜林、枯原，少了看客的欣赏，空间色调愈加空旷。

"甘南，我们来了……"

呼喊并没有传到更远。书写六字真言的经幡，随风吹送达天际。

现在，他们行走在清源河河谷，渭河之源。

秦岭从此过渡到高原。三面临山的河谷，仍可见接天的辽阔边际。清源河，邀约白洮河，构成黄河的上游。因为地处定西、陇东和甘南交界，从三国始，就是兵家必争之地。汉藏回杂居，大小村落，点缀两岸，乡风淳朴，古意盎然。此地其实只能算文化意义的甘南。要去地理的甘南，还得翻过西边的雪山，方可抵达地理意义的临潭。想来山南的临潭，会有另一番陌生景象。

现在，要去清源河源头，据说那里有个明朝的移民古镇。

56.4 　【白娘子】

蓝守玉怎么也没想到，在甘南竟然有一场美丽的邂逅。

着白色T恤的女子，与古镇农贸市场的横竖和斑驳，明显不搭调。

"土豆，土豆啊，土豆……正宗甘南珍珠土豆啊……干净、生态，一点污染都没得，巴适得很……"女子正大声武气地叫卖。

"巴适得很……"椒盐味的普通话？

蓝守玉想，八成遇上老乡了。循声来到土豆摊前的龙海泉和孔亮，正饥寒难耐。大冬天，甘南古镇，吃烤土豆，暖心。

焦点在女孩文化衫上——"狗屁的土豆"！

这修饰有脾气！见过卖瓜者自卖自夸的，没见过自卖自损的。龙海泉困惑了。

"80后""90后"，不都是这般非主流么？蓝守玉的淡定，仅保持了几秒，脑皮已似被啥钝物给杵了下。

"土豆妹"转过身子那一刻，他感觉有股子温热的液体，向上喷涌，又找不到出路……

孔亮搭上了讪。

"你的土豆？"

"知道还问。"

"呵呵……甘南冬天，哪来土豆？"

"第一次来甘南？"

"啊……有啥问题吗？"

"难怪。甘南的土豆名气可宽广呢。"

"名气再宽广，那还不是土豆，难道土豆自己会摇身一变，脱胎成西瓜吗？"

"看老板这话说的。土豆是土豆，甘南土豆是甘南土豆。这就跟地上的桃子是桃子，天上的桃子是天上的桃子一样。"

"听说过有神仙桃子，没听说过神仙土豆。"

"这么给你们说吧，这是村上的农业合作社正宗出品，甘南珍珠土豆，你要说是神仙土豆，也差不离。"

"稀奇吃货？"

"我说了不算。嘴巴长在老板的脑壳上。"

女子的意思,好不好吃,吃了不就晓得了。孔亮便无话了。

他上前打破僵局。

"美女也是山那边盆地来的吧?"

"你咋知道?"

"不是巴适得很吗?"

"土豆妹"放下手里的烤土豆,笑着抬起了头。

他一眼就看见女娃脖子上那串九眼天珠!天呐!

甘南,土豆妹,"狗屁的土豆",九眼天珠……

有点乱……

"你的土豆跟你一样水灵嘛。"他嘴上像抹蜜。

龙海泉瞥了一眼她的脸,又看了看蓝守玉,那眼神分明对他拍"土豆妹"马屁有态度。他其实也在想,哪里水灵呢,挺黑的。高原的女娃,皮肤黑不说,还起皱。

"别光拣好听的说,来点实际的。"

"老乡见老乡,两眼泪汪汪。你看我们眼泪都下来了。"

"是口水下来了吧?"土豆妹笑道。

"土豆妹"的幽默,把三人都逗乐了。

"你咋骂你自己的土豆?"他问道。

"土豆妹"一脸茫然:"我?骂了吗?"

他指着她胸前的T恤:"这不是骂,是表扬?"

"哈哈……也是……不过,不是你们想的那样。珍珠土豆,尝尝?"看样子,貌似满不在乎。

孔亮挑了几串,算了钱。龙海泉问哪有水洗洗。她道:"烤得皮焦心软的,洗啥,还担心本美女下毒?"

还没待她说罢,蓝守玉已拿了一颗烤土豆,"咔嚓"一口:"对,对,天那么蓝,山那么远,水那么净,阳光那么温暖。"

几人便都顾不得烟尘了,边啃土豆边问:"你刚才说,不是我们想的那样,哪样啊?"

"后现代,懂么?"

"不懂。"

"那你问啥?"

"不懂才问呗,不耻下问。感情妹子是诗人?"这语境有点跳跃。

关于土豆的对话，"土豆妹"本来占上风的，这一调成诗的频道，也不淡定了："没想到大哥是高人嘛，沉得住气。"

"肚子里就那点货，还都被你看穿了。"说完，又转了个弯，"你喜欢天珠？"

"喜欢啊，不过，我这颗不是天然的。""土豆妹"捻着脖子上的珠绳道。

"我知道你的是大路货，我问的是你喜欢'土豆天猪'的诗？"

"土豆妹"像发现新大陆一样，两眼放光："老板，你很会装嘛？连'土豆天猪'这种珍稀物种你都晓得。看来，你也是不食人间烟火，也骂票子，写狗屁诗？"

蓝守玉不置可否："我才不骂票子哩。至于狗屁诗，哈哈，无聊的时候，胡诌胡诌，找找骂的感觉。"

"算遇见奇人了。还真有自己找骂的……你咋知道'土豆天猪'？"

"我和你一样，都是他的死党。"

"土豆妹"一听，乐得不行，顺手拍了一下他的手臂："太意外了，死党……你会看相？"

"土豆妹"这一拍，他手里的半块土豆就抖地上了。"土豆妹"赶紧道歉，又拿了一串递予他，老板，吃这串嘛。他道，不用，吃过了。女子坚持道，再吃一串，不都是"土豆天猪"的死党么。他呵呵道，死党好……

这女子有点意思。蓝守玉想，既然来趟甘南，也留个念想吧。就小声问女娃，脖子上的天珠可否出让。女娃摇头，护身法物，咋能让？他道，又不是有啥名堂，高原玛瑙，烙铁做的珠眼，大路货，我送朋友，你还可以再买嘛。女娃还是不愿，道，大路货就大路货，可它是"土豆天猪"留下的，高僧开过光哩。"土豆妹"这话，有信息量。就追问道，高僧，哪个高僧给开的光嘛，现在好多旅游景点卖的东西，都说开过光的。女娃道，说真话，你都不信，看来你们这些男人平日里听女人假话听出惯性了。他回道，对，习惯成自然么，再说开光就是一个无可验证的说道而已。女娃道，不相信，因为没有一双慧眼，慧眼痣听说过吧。他道，没听说过。女娃道，那个云游的高僧，右眼皮下就有颗红痣……

高僧面宽体胖，器宇不凡，右眼下有一颗朱砂痣，耀如红日——跟我走吧，给你想要的。高僧留下两句玄机暗藏的禅谶……

一如"土豆天猪"传奇的延续。

"我在这卖土豆十年了，没人给我谈过T恤的事，更没有人给我谈过"土豆天猪"和九眼天珠，你是第一个，算我们俩有缘。但是……"

"还是不能送我……"他接过"土豆妹"的话，"没关系，这并不影响我俩的缘分。相识即有缘，君子不夺人之爱。要不，你给我讲讲'土豆天猪'和'白娘子'的传说，总可以吧？"

蓝守玉这么一说，"土豆妹"有些愕然，土豆烤出焦糊味也忘了。

一瞬间的微妙变化，还是被他捕捉到了。倘若世间真有巧合的话，眼前的"土豆妹"，或有华旦大学辍学的那个"白娘子"的影子。"土豆妹"和"白娘子"都是狂热的"土豆体"粉丝，他相信自己的直觉。

"好啊……那……你们咋还站着呢，"女娃语无伦次，与刚才的快嘴判若两人，"进来吃土豆啊，反正天冷，也没啥生意。"

三人便坐到摊前，边啃土豆边聊。

"土豆天猪"是真正懂诗的人。《狗屁的土豆》，尽管诗学史上并不认可，但网友们一致公认开创了"土豆体"，是最接近诗歌的东西。真正懂"土豆天猪"的，只有那个长了一颗慧眼痣的云游高僧。就像九眼天珠的传说一样，"土豆天猪"与云游的高僧，都太寂寞和飘渺。

他一个人自言自语的时候，"土豆妹"正转过头去，她的伤感，隐于白色T恤的背面。

"土豆天猪"戳痛了"土豆妹"，也戳痛了蓝守玉。《狗屁的土豆》也好，九眼天珠也好，似乎都在演绎某种宿命。

自言自语之后的蓝守玉，忽觉无话。他的嘴里，全是烤土豆的焦煳味道。

56.5 【五竹庙】

假如"土豆妹"就是"土豆天猪"的粉丝"白娘子"，她或知道九眼天珠的传说。"土豆妹"说她没有见过真正的九眼天珠，但听过九眼天珠的故事，不仅她听过，五竹的人，甘南的人，都听过。

千里来寻之地，原来是其貌不扬的五竹！蓝守玉差点跳了起来。多年前，五竹很小，也没几户人家，连个村子也算不上。之后，来了一家人，姓郭，随身带丛五色竹，种下后便不走了，在此繁衍一大家子，从此便有"五竹"的名字。又过去多年，山那边的临潭来个高僧，找到五色竹，也给村里送来福音。从高僧的讲述中村里的人知道了他们的祖上，曾经保过一个落魄的明朝皇帝。皇帝从内地来，入了佛门。郭家人保皇帝，就是保雪域，护佛法。高僧赐给郭家一串九眼天珠，祈祷五竹永世安宁。

九眼天珠显然是个关键的信息节点。龙海泉说，只要找到郭家的后人，寻着九眼天珠的下落，传说的说服力就不言而喻。蓝守玉道，如此简单就好了，郭家后人还在否？即便族人还在，五六百年世事纷纭，九眼天珠怕早已不知所踪。

　　"土豆妹"问道，三个老板来甘南找九眼天珠？蓝守玉点点头，又摇摇头，说来找五色竹的。女娃道，那去五竹庙啊。还有个五竹庙？蓝守玉更觉不可思议。"土豆妹"道，很多人不知道它还有个名字叫五竹庙，其实就是郭家的家庙，那庙很小，不起眼。蓝守玉问，庙里可有五色竹？"土豆妹"道，只晓得叫五竹庙，从来没人去想过庙里到底有没有五色竹。

　　几人就说要去五竹庙。

　　"土豆妹"道，去五竹庙要爬坡，路上结着冰，而且坑坑洼洼，轮胎上要绑链子，问带链子没。蓝守玉摇摇头。"土豆妹"就打电话，一会儿来了个小伙，又矮又黑。她叫小伙帮她守了土豆摊。小伙坐在土豆摊前，活脱脱一颗金刚版的土豆。

　　"土豆妹"问小伙要了钥匙，道："加上链子走吧，带你们去。"

　　"土豆妹"打开"皮卡"的车厢，正要让孔亮过来帮搬链子，又觉不妥，就叫小伙过来，给"黑土"加防滑链。

　　小伙一声不吭地忙乎开来。这当儿，"土豆妹"也闲着无事："看你们心急火燎的，没吃午饭吧？要不要吃点啥？甘南美食多着哩。"

　　蓝守玉指着孔亮的土豆："不是还有'土豆西施'吗？"

　　"土豆妹"笑了："好吧，我喜欢被人叫'土豆西施'。"回头对小伙道，"算了，还是收摊，你开车带他们去。"

　　两人就收了土豆摊。"土豆哥"开了皮卡，带着"黑土"朝郭家庙驶去。

　　碎石路，不太平整，尚未化掉的雪和土砣板在一块，又滑又硬，十几公里路，颠颠簸簸差不多跑了一个钟头。女娃上的是"黑土"，一路上又唱又喊的，也没听明白唱了些啥。好像有首歌的词也没记住几句，歌名有点意思，《甘南美得让人愁》。蓝守玉就想，有一种愁绪叫美，这甘南人也忒自恋了吧。

　　到了村口，"土豆哥"叫大家下车步行。"土豆哥"是"土豆妹"的网友，现在应该叫男友，郭家庙村的，"土豆妹"说他叫郭金鑫。龙海泉没听明白，还以为是郭晶晶。"土豆妹"就笑，村里人都叫他郭晶晶。"土豆哥"有些不好意思，强调是金鑫，四个金哩。蓝守玉道，小郭是老实人，四个金多好，有财运！蓝守玉这么逗，"土豆哥"也乐了。

"土豆哥"道，郭家庙村真有五色庙和五色竹的。蓝守玉道，他们来甘南，也为找个人。"土豆哥"纳闷。蓝守玉就掏出手机，翻出孔亮家那张照片。"土豆哥"一看，啥时候了，照片上的军人那么土。蓝守玉道，是土，因为有四十年了，他们俩那时候就在甘南这一带当兵，运输团的，经常跑附近的一条国道。"土豆哥"道，那时候自己还没出生呢。蓝守玉道，照片上的年轻军人，估计找不到了，高僧呢？"土豆哥"道，甘南寺院跟天上的星星、地上的牦牛一样多哩。蓝守玉道，五竹山的高僧不会很多呀。"土豆哥"道，五竹山他没去过，也不知山上还有过寺庙。蓝守玉道，曾经有的，现在荒芜了。"土豆哥"道，那高僧要活着，怕有一百多岁了吧？蓝守玉道，估计不在了，既然有个五竹庙，或许村里有老人晓得。

五竹庙在一个僻静的岔口，泥墙院子，甘南常见的那种。泥墙早已破朽，屋瓦也七零八落。不过还能看出泥墙外曾经刷过的灰粉。蓝守玉注意到青瓦粉墙的细节是江南风格，在甘南，即便是汉族聚居区，在20世纪还能看到一些泥墙老院子，现在差不多都被掀了，盖成了红砖琉璃的新楼。甘南人骨子里习惯了黄土的颜色，那颜色与皮肤，与太阳的颜色搭调。即便那些老掉牙的泥墙院子，也少见有人家在泥墙上再抹一道白灰的。显然，这个在甘南人看来多余的装饰，来自老屋主人曾经的江南记忆。

"土豆哥"道，自从有了公路，郭姓的人家，陆续搬到几里地外的坝子上去了。村里人大都姓郭，知道郭家庙是家族祠堂的估计也就几个老人了。祠堂就祠堂，咋又叫五竹庙呢，蓝守玉问道。"土豆哥"没法回答，只说从小都叫它郭家庙，说是本家祠堂，也没见举行过啥香火会之类，听长辈说，住在庙里的最后一个老嬷，多年前过世了。蓝守玉问，村里还有谁记得那个老人的事？"土豆哥"道，他爷或许知道。

院子的破败自不必细述。相信世间有一种神秘，与时间的缓慢流逝有关。正如眼前所见，蜘蛛和蚂蚁兀自沿泥缝游走，阳光随意漫过门楣，风把三面墙头的草棵吹弯，草籽无声跌落墙角。一切只为烘托院墙后面一坡五色竹丛。垮掉的后墙，显示竹丛的坚韧和生机。那些植物肌肤的靓丽，早被高原阳光的七彩虹色淹没，若不是玲珑精致的模样，与周围的壮阔格格不入，还有谁记得它们叫——五色竹，那生于江南的高贵气质。

一群被遗忘的贵族，蓝守玉忽然有些寂寥。

"土豆哥"说，小时候还同小伙伴们来过院子，在墙角捉过爬虫，也去竹林里逮过猫猫，却从来不曾关注过它，也不记得有谁研过竹竿派过啥用场。总之，他和小伙伴们一致认为，那丛竹与甘南的树木和花草，没有二样。蓝守玉想，不怪小孩子有眼无珠，那竹子的高贵早已融入甘南。

五色竹、五竹庙的物证，只是串接了五竹山和五竹寺，这是蓝守玉能够想到的。现在，他需要核心的人证，庙里最后的那个老嬷或许是。可是，她早已不在人世多年。

好在，"土豆哥"说他家还有个爷，或许是个突破。

"土豆哥"的爷，在地窖里翻拣土豆。"土豆哥"道，爹娘、姐和姐夫，一早就押车去定西市送土豆去了，剩下的土豆要等到开春再卖，过了冬天，定西的批发价也会涨一些。

"土豆哥"向他爷引见了蓝守玉一行。蓝守玉从赞美土豆开始切入来意，孔亮也递上一支烟套近乎。老人就带着众人，出地窖，到院子，就着夕阳西下开启了神秘的家族记忆。

56.6 【保皇族】

郭家祖上的确保过皇上，五竹庙作为家族的集体记忆留存至今。老人的讲述，印证了"土豆哥"的说法和蓝守玉的猜想。

蓝守玉问，保皇上的祖上是不是叫郭节？老人纳闷道，老板咋晓得？蓝守玉道，渭源县志记载，郭家祖上是个明朝的亡臣，叫郭节，来到甘南，采南山五色竹种于家庙，南山是不是就是五竹山？老人不紧不慢继续回忆道，村里的年轻人定不晓得的，晓得南山就是五竹山的，估计也没剩下几个活起的，县志大体是对的，祖上刚来的时候，是在干净沟董姓商户家当仆人。

蓝守玉问："干净沟在哪？"

老人道，清源河谷啊。那会儿不叫清源河，叫南河，水从南山上下来，一年四季清凉干净的，土名就叫干净沟。那会儿，也没五竹村，就叫干净沟。祖上在干净沟娶了当地女人，有了家室，建了家庙，上南山移种五色竹。祖上晚年就是在家庙里出家圆寂的。郭家人自称庙子叫郭家庙，村叫郭家庙村，五竹庙和五竹村是给外地人叫的。

老人半文半白地讲述，在蓝守玉看来，颇有南人遗风。

蓝守玉问道："那你听说过你们祖上保的那个皇上叫啥没？"

老人道："皇上就是皇上，皇上的大名也不是我们小民随便能叫的。"

蓝守玉有些疑惑了，关于流亡皇帝下落的猜想，仍然无法从五竹村的家族传说得到清晰的确证。

蓝守玉指着"土豆妹"，问老人："在镇上卖土豆的这个女子讲，你们郭家传说还有过九眼天珠？”

提到九眼天珠，老人掐了烟头，严肃地纠正道："啥传说，是真的！"

原来确有其事，蓝守玉继续追问道："这么说，老人家见过九眼天珠？"

"见过啊，庙里的郭嬷嬷一直戴着哩，那是郭家的家传。那年，临潭侯家寺的高僧，把天珠赐给祖上，九眼天珠就成了我们郭家的传家宝。多少磨难，郭家人都躲过了，神灵保佑。九眼天珠能通神灵。天珠传到谁的手上，谁就守候在庙里，不得挪窝。我小的时候，就见郭嬷嬷戴着天珠，一个人住老庙里。再后来，郭嬷嬷过世了，天珠也不见了，据说甲子那年侯家寺重烧香火，老人把天珠又给送回去了。"

天珠又送回侯家寺了？对于这个信息，蓝守玉一伙人和"土豆哥""土豆妹"都感到惊讶。

"这是村里人讲的呀，郭嬷嬷死后这么多年，大家都这么在讲。"

"侯家寺的僧正不是把天珠赏赐给了你们郭家，咋又收回去了呢？"龙海泉问道。

"年轻人，你不信佛的吧？咋能这么讲？"老人显然对龙海泉的问题不满，"天珠本就属于神灵之物，并非谁家独占的财富。侯家寺是在丁酉那年毁的，已有多年。多年后，上师重建香火，信徒们贡献随身之物，是为弘法。再说，佛都是大家的信仰，我们都是佛的弟子，咋能像你们年轻人心胸狭窄，分得那么清楚？"

龙海泉便汗颜了。

老人又絮絮叨叨道："从哪里来，到哪里去，佛法无边。九眼天珠就是郭家人的佛，是甘南人的佛，是雪山草地的佛。不管郭家人走到哪里，心中有天珠，佛就不灭。"

老人的虔诚，叫人感动。说得多好，不管九眼天珠下落如何，它都是甘南的照耀，雪域的佑护。

56.7 【那一束光】

蓝守玉又问了五竹山五竹寺的一些情况。

老人说，年轻的时候去上过香。那时候，香客也不多，不过总是有的。寺院不大，记得有一个叫融照的大和尚做住持。有一年，郭嬷嬷还请融照大和尚到家庙来给族人弘过法。

蓝守玉就打开手机相册，问道："你看，是不是照片上这个法师？"

老人看了片刻，很确定地回道："是他。"

　　蓝守玉继续拨动老人的记忆："老人家，你再看看，这两位年轻人认得不？"

　　老人凑拢看了看，说灰不溜秋的，看不清。蓝守玉又遮了光，开启高亮，把照片反复放大，让老人看个仔细。

　　老人还是有些犹豫："左边矮胖的，像陇南汽车团的赵连长，右边瘦高的不认识，也是汽车团的？"

　　孔亮有些激动："对的对的，他们俩是汽车团的，瘦高那个是我老舅，当年就在汽车团当兵，那个矮的，是老舅的连长。不过，后来老舅失踪了，这次来甘南，也为寻他下落。"

　　"失踪了？"老人不解，"当年，赵连长不是牺牲了吗，你老舅也失踪了？"

　　"赵连长牺牲了？"蓝守玉问道。

　　"是呀。他是郭嬷嬷的干儿嘛，那事挺大，整个甘南都传遍了。"

　　郭家庙村是甘南到盆地北边、陇东、陇北、陕南的要冲，地理位置很重要，历来都是兵家必争之地。甘南住了个汽车团，经常来五竹。五竹四面临山，路不好走，尤其出南山到盆地北边，路都挂在半山上，经常出事。跑车的兵娃胆子都大，不怕。大集体时，老人干了二十年大队支书，土地下户后，又干了十年村支书，跟汽车团的人很熟。郭嬷嬷的独苗郭成福，在南山道班上班。那年雷雨天，汽车团的一台"解放"车，在南山半山腰被飞石砸中，两个当兵的当时就埋进了石堆。成福跑去一看，山上还在飞石，两个大头兵埋在泥石堆里要不弄出来，会被飞石活活砸死的。就顶着飞石救人，硬是用手刨，把两个兵娃救了。汽车团给道班上、村上和郭嬷嬷家送来锦旗。后来，成福因为救人后脑勺被砸，留下了严重的脑伤，汽车团的人送他到甘南医，没医活。郭嬷嬷一气，眼瞎了一只。当年被救的有个兵，就是赵连长，好像是东北的，后来认了郭嬷嬷当干娘，经常给郭嬷嬷送土豆、麦面。郭嬷嬷信佛，她的虔诚别说五竹村，就是清源河和渭源县，都没几个人能比得了的。每年正月十五，甘南要摆晒佛节，到了八月十五，五竹山又要摆朝山会，赵连长就会请假来背郭嬷嬷去敬个香啥的。来来往往，赵连长就成了村里的熟人。好人命不长，赵连长出事了。那年，甘南雪灾，部队去甘南给藏民送棉衣，在翻西边大雪山时，车翻到了谷里。这一次变故，对郭嬷嬷来说就跟天塌一样。她气瞎了另一只眼。

　　老人讲到郭嬷嬷另一只眼睛也瞎了的时候，蓝守玉看到老人揉了揉自己的沙眼。夕阳从西山映过，老人的眼里似有饱满的颗粒在闪烁。

　　梳理所掌握的信息，大致可以得出结论。孔亮老舅孔云樵的连长，姓赵，多年是在甘南牺牲的。孔云樵现在下落不明，孔云樵和赵连长之间的关联，也无从知晓。或许郭嬷嬷是知道的，可郭嬷嬷也已不在人世。继续追寻孔云樵，还是要回到五竹寺法师融照，还有孔云樵犯事的女子身上。

　　蓝守玉就问老人，当年听说过汽车团有个当兵的在甘南这一带要了个女朋友，出事了，送到西疆戈壁劳动的事没？老人道，那事大体是知道的，但是女娃不是他们郭家村的，是南山下邱家村的，叫邱蕙香。两村隔三十里地，也没啥来往。不过，当年听说邱家人闹得挺大，部队下不了台，就把当兵的处理了。后来，那女子硬生下了小孩，邱家人也不待见母子俩，女子就带着娃，悄悄出走了。蓝守玉问，知道女子去哪里不？老人道，谁晓得，别村的事，外姓人也不便过问。

　　蓝守玉听郭墩子讲过，墩子和墩子娘当年就是墩子的干外公"石磙子"，在一个庙里捡到的。六如认识"石磙子"，又是郭墩子的师傅，如果六如就是孔云樵的话，"石磙子"一定知道内里秘密，只是出于某种原因，他一直掖着。但这也只是猜想。现在，还剩下最后一条路，寻找五竹寺的住持融照的下落。老人说五竹寺和临潭的侯家寺在丁西那年受了震，侯家寺夷成平地，五竹寺也差点毁掉。后来，融照大和尚圆寂。再后来，南山下凿了个隧洞，修了新国道，过往的车从半山的洞里进出，不再走盘山道，寺庙也便没了香火，荒芜了。寺里不是还有年轻师傅吗，又去了哪里？老人说，是有一个年轻师傅，叫可明，原为融照的弟子，五竹寺废，侯家寺兴，就离开五竹寺，去临潭侯家寺皈依藏传。蓝守玉问，记清楚了？老人道，清楚的，那年就是可明背着郭嬷嬷去侯家寺的，村里老人都记得，送回天珠是郭家人比天还大的事。

　　踏破铁鞋无觅处！

　　这下好了，当所有的路都走不通的时候，忽然有一束光从天而降！

　　五竹寺最后的僧人可明，就是那一束光！

　　如此安静。回到龙隐山上发现的青花釉里红大缸子，回到几百年前。此时的无声，指向同一个名字。围绕那名字的，是并不确定的猜想，大龙缸、明朝永宣大太监侯显、五竹寺、九眼天珠……

　　一切终指向某个恢宏的名字……

　　侯家寺！

57.1 【天下无贼】

甘南的一天，是从呑口的抹红开始的。加装防滑铁链的"黑土"，屁颠屁颠跟在皮卡后面，一路的小跑和歌声，撩开东山晨曦。

甘南之美以最清晰的细节，由东南，向西向北展开。

安静啃食的牦牛，宛若书写天际的乐符，离星星那么近。浅草不再嫩绿，身姿、蹄窝与眼眸，又如何保持笃定。乌鸦并非无所事事，它们披风戴笠，巫师一样占据村庄的耸起。草石在低处，树颠在高处，晨曦混合牛粪与炊烟的膻味。

"咿呀……啊呀……嗯呀……"枯燥而深沉，来自另一个上方世界的六字真言？

狐狸和松鼠，追随阳光的游弋，闪烁飞奔，随后消失于灌木的丫隙。芦苇、枯草，以及不知名的野花，与河谷保持一顺，安静、缓慢地追着雪线生长。

直到看见紫色的寺墙，金色的廊檐，白色的经幡，矗立河谷尽头。蓝天白云之下，如此雍容。

身着"三格玛"的姑娘们，每一天都有倾慕"香巴拉"的好心情——背衬仁波切的光环，三步一小叩，五步一大叩。

"见过磕长头的人吗？他们的手和脸有些脏，可他们的心特别干净。"蓝守玉想到一句电影台词。

上师正在侯家寺行摸顶礼。石榴形的莎茹帽子，点缀五色珊瑚、玛瑙、银珠和松石。信仰就是天命！她们的衣裙和高鞋，大红大绿，富丽堂皇。一左一右，留下两绺黑丝长缨，仿佛灵魂在世。手镯宝戒装扮手腕和指尖的高贵，一举一动，那么夺目。五体投地，虔诚接纳上师的恩赐。最美的那一面呈现给雪域，从无保留和怨悔。

她们是离仁波切最近的光影。

即便更高处也是那么清晰。阳光仿佛天珠，幻化出七种色彩。阳光之下，巨鹰翱翔，蓝天从容而缓慢。仁波切的指引，赋予极目所及的生生不息。

"土豆妹"在大经堂前虔诚地跪下来，双手合十，等待上师的赐福。她的打扮神态，藏不住盆地人的烟火气。

便想起《天下无贼》的镜头：自感罪孽深重的贼婆，在拉卜楞寺虔诚忏悔，以求灵魂救赎。不同的是，电影镜头以飞雪渲染冬天的肃穆。正如此刻，天气很好，屋檐透过阳光点点，恍惚中真的有雪花飘扬……

一行人不禁肃然起敬，而他的思绪早已渗入高原的深远处。

"屯军"之乡临潭，与中原政府的联系，至少可以上溯到明朝驻防。藏、土、回、汉杂居，加上朝廷和拉萨方面的怀柔，催生多元文化交融。那个叫侯显的明朝大太监衣锦还乡，建造侯家寺，彰显家族显赫荣耀的同时，也促进藏传佛教格鲁派在甘南的传承。

"土豆妹"虔诚地接纳上师的赐福。

几人顺着转经筒来到后院。

值日的执事，引领他们找到叫可明的喇嘛。可明正坐于一蒲团之上修行。灵塔的下面，最高一台殿台的边角，高原的光彩将其修饰成一尊剪影。紫红的斗篷遮住热烈，也遮住岁月的胡茬和皱纹。

丽日高远。经幡插满整个甘南。

57.2 【那一年】

可明的讲述夹杂盆地、秦岭和甘南诸种乡音，亲切得令人感动。

那一年，可明十五岁，五竹寺发生了很多事。

赵连长、孔云樵和郭嬷嬷，是五竹寺的座上宾。赵连长和孔云樵跑车，路过五竹半山腰，有空就来寺院坐坐，同师徒三人闲聊。

那一年，甘南大雪，从冬天一直下到春天。寺院本就又小又破。那场雪，压塌最后的僧房，也断了远近求访的香火，后院兰房的花草也都蔫了。准备接替融照主事的师兄，去别的寺院了，只剩下可明和他的师傅。师傅说，赵连长、孔云樵和郭嬷嬷好似有一阵子没来五竹了？师傅一个人自言自语的时候，雪开始融化。师傅说，你去吧。可明遵从师傅教诲，下山去五竹镇上打听赵连长的下落。

村里的人都在传说，赵连长和孔云樵去临潭送棉衣棉被的路上，车翻到坡下，赵连长没了。赵连长没了，还有孔云樵。孔云樵接替赵连长，做了郭嬷嬷的干儿子，给嬷嬷送土豆和麦面。可明没有见着孔云樵，见着了嬷嬷。嬷嬷说，云樵出差去了，春暖花开佛祖圣诞，云樵就要回来的，到时候就上山给赵连长求签。

又一个佛祖圣诞来临，孔云樵真的背着郭嬷嬷来到五竹寺。融照师傅和可明能看见郭嬷嬷，郭嬷嬷看不见他俩，她的另一只眼睛也瞎了。郭嬷嬷请融照师傅赐签，是给干儿子赵连长求的，赵连长可是大好人。求得平安签，郭嬷嬷也安心，孔云樵背着她满意地下了山。孔云樵说，等办完嬷嬷的事，还来寺里的。直到秋天来临，也没等来孔云樵。可明和融照师傅很纳闷，别又出啥事吧。两人忽然有些担心。

好在那个秋天，来了个河南人，师傅见他身体好，肯出力气，加上修复垮塌的僧房，需要人手，师傅就把河南人留下了，做了居士。

蓝守玉问道，那人是不是姓石，叫"石磙子"？可明说，许是吧，那么久远了。蓝守玉便未再细问。

57.3 【九眼天珠】

之后的一个冬天，雪没有前一个冬天那么大。河南居士皈依五竹，寒冷的寺院又恢复了原有的暖意。

再之后的佛祖圣诞节，融照师傅说，孔云樵这么久没来，去看看嬷嬷吧。可明就去郭家庙，村里的人再见到可明的时候，就都躲了，像躲瘟神。问到村支书家，村支书说，孔云樵不会来了，被部队来的人带走了。

好好的人，咋就被带走了呢？支书除了摇头，还是摇头。一个出家人，不可与世俗人论世俗事，更不能刨根问底。

可明就去嬷嬷家。

嬷嬷问，孔云樵咋的好久没来呢？

可明道，也许出了远门。

嬷嬷问，有多远啊，临潭那么远吗？

可明道，比临潭远多了，可能去内藏了吧。

嬷嬷问，这么说，不再回来？

可明道，谁知道哩，部队上的人归部队管的。

嬷嬷问，别出啥差错吧，赵连长才走不到一年！

可明道，不会的。

可明就离开嬷嬷走了，留下土豆和麦面。

甲子那年，也就是藏历木鼠年，格桑花比之前都要绚烂。

可明再次去给嬷嬷送土豆和麦面的时候，嬷嬷又说，她估计等不到云樵回来了。可明应道，不会，有九眼天珠保佑，老人家定能长寿。嬷嬷说，那就去临潭侯家寺，求上师给问问云樵吧。

可明回来给师傅说了，师傅说你去吧。

可明背着嬷嬷，走一路，叩一路，头、手和脚都叩了厚厚一层血茧，终于见着上师。

上师正为重建侯家寺忙得团团转。嬷嬷献上天珠，念道，当年的皇帝派老僧正，赐给郭家祖上九眼天珠，现在郭家恩人有难，愿把天珠送回，求上师为恩人赐福。

上师召集全寺的喇嘛，给云樵念了三天经。上师说，九眼天珠显灵，恩人定能感应到仁波切的保佑。

郭嬷嬷送回天珠，帮了上师的大忙，正愁重建香火的开销差一大截呢，这下省心了，侯家寺终于又建了起来。

天珠如何为上师变来现钱？

因为发生了一件奇异的事，可明也是听说的。侯家寺的上师终于等来了一个信徒。那人可靠，不仅虔诚，还有现钱。信徒是个南方游商，自述得了某种怪病，挺蹊跷的怪病，天天担心会死掉的那种。是一个游方居士介绍来侯家寺，寻求解脱的。

上师说，来侯嘉寺就对了。侯嘉寺的九眼天珠就是替有困惑和病痛之人寻求出路的。

上师把九眼天珠赐予游商。游商走后，丁酉年毁掉的大殿和灵塔也重新起来了。

可明在送郭嬷嬷回五竹村的路上，嬷嬷也走到人生尽头。可明在路边点一把火，捡嬷嬷的骨灰带回郭家庙，埋于五色竹丛。嬷嬷的灵魂，一如八月雨后的彩虹。

可明回到五竹寺，给融照师傅讲了九眼天珠的事情。融照师傅说，那你也毫无牵挂地去吧。

可明就告别师傅和河南的居士。离开师傅，可明不再有牵挂。出了院门，向着五竹山，三叩，九念，头也不回去了侯家寺。

追随九眼天珠去的。

"后来呢？"蓝守玉问道。

"后来，你说的是眼下吗？"

"五竹寺呀，你的师傅融照法师，还有河南逃荒来的居士，就是您的师弟啊，他们人呢？还有游商呢？"

"出家人，说走，扔下头绪就走，头也不回的。师傅应该圆寂了，师弟也许老了吧？"

"这么说，你没再回过五竹寺。那么，您说的游商又是咋回事？"

"一个云游居士介绍来的游商，很有钱的，听说真的得个啥怪病，捐了笔大钱给寺院，大殿和灵塔就又得以复建。听说他还捐了所藏汉双语学校。"

"游商的病好没？"

"也许好了的，谁知道呢，我也没见过那人。我是在寺院里静修的，他是游学的，听说就在雪域四处游修，我一次也不曾谋面。"

"若真这样，定拜九眼天珠所赐吧？"

"此言极是。别说侯家寺，整个临潭都这么传说的。"

"那……，九眼天珠和郭嬷嬷呢，您在临潭，在侯家寺，就没见过谁回来打听过啥？"

"或许有吧，也未必记得。凡事讲缘分的，万法缘生，皆系缘分，缘起即灭，源生已空。"

可明讲这话的时候，高原的阳光正缓慢地摇过。他的脸颊油亮黝黑，宛若一件古旧的经筒。

57.4 【亲爱的土豆】

当七十度的酒，遇上三百度的火塘，再寂寥的寒夜也会燃烧。

酒是洮州男人欲死欲仙的尤物。叫"土豆烧"，使用当地高海拔原产紫皮珍珠土豆，老法酿制的七十度原浆。

洮州男人，都好这口。七八个围一圈，以拳为弈，一口一杯"土豆烧"，一口一颗烧土豆。

生态珍珠土豆，原汁原味，古城一绝。放到嘴里，不用咬，就已化水成津。啥味道呢？棉花糖？比棉花糖脆。雪梨？比雪梨还爽。蓝守玉琢磨半天，还是未得要领。

许是被七十度的野性，搅乱了味蕾。

味蕾一乱，男人就猜拳——"打通关"："元宝来了""一心敬你""二喜临门""三星高照""四季发财"……全是四字句，与盆地的"独占魁""哥俩好""三桃园""四季财"之类的三字句相比，更显斯文。

七分姿色，三分打扮，洮州女人更有心得。前额搭个大银牌，后勺梳起个突兀的"骨朵"，别枝银簪或人造玛瑙发卡啥的，一钩上弦月亮，便向脑后斜斜弯过去了。有意思的是，那高髻、弓鞋和膝裤，"头上云髻峨峨"，凤头鞋鞋尖轻翘起，一条花花绿绿大膝裤可以关风，咋看咋像明朝老画片。

男人的通关酒喝胡了，就上头。女人的美滋滋偷窥了，就胡想。末了，"土豆妹"又来曲《甘南美得让人愁》，唱得人心柔。

那一夜，"土豆妹"和蓝守玉喝了好多的"土豆烧"，喝得忘了彼此的年龄差异。

喝到最后，"土豆妹"解下颈上的九眼天珠，套到他的脖子上，口齿不清："蓝叔……不……守玉……哥，九眼天珠，是你的了……记着……是我'土豆妹'……给……你的……"

他也不推辞："九眼……天珠……宝贝啊……我……要了……要了……你可明白？"

"土豆妹"点点头，又摇摇头："哥是哥……妹是妹……人心……隔肚皮……妹子嘟个……晓得……"

"纵然……人心隔……肚皮……还不就是……一张皮……"

"我送你的九眼天珠……是假的……不值钱……可是……妹了的心……是实打实的……"

"那，我又送你啥呢？……"他伸手掏荷包，掏了半天，也没掏出个啥来。

"土豆妹"笑得更欢了："反正……守玉哥……欠妹子……一个人情……"

"那是……那是……天大的……人情……"

好久没有如此放任过了。

甘南，亲爱的。土豆，亲爱的。

57.5 【像鱼一样窒息】

对于蓝守玉来说，甘南不仅有新鲜的暖阳、干净的空气、亲切的土豆，还有自由神秘的梦境。

蓝守玉的梦境，颠来倒去，都是九眼天珠。

它不是一颗，是很多颗。它们有翅膀，像山鹰一样会飞，会唱歌：我看见山鹰在寂寞的两条鱼上飞，两条鱼儿穿过海一样咸的河水……

到底是九眼天珠，还是山鹰？咋又像鱼儿在吐泡泡？一对鱼儿躺在水底下，悄悄说话？咋听得那么清晰？不对，明明有翅膀的。鱼儿旋舞。好多的眼睛，一只，两只，三只，四只，五只，六只，七只，八只，九只……明明就是九眼天珠嘛。哈哈，笑死人。那个说"笑死人"的，是一个女娃。穿了个白色T恤，脸涨得通红，像一坛醉倒草地的珍珠土豆……都喝醉了？那些土豆，刚才还眨着眼睛，咋一下就变作土豆……黑色的精灵……玲珑剔透……要把戏么……好多的土豆……好多的圆圈……好多的眼睛……好多的鱼儿……好多的乌鸦……好多的巫师……好多的精灵……

大的像月亮，小的像梅花……

月斜如钩，梅枝旁逸，乱影斑驳。尝试着捋清，不捋还好，越捋越乱……

那些眼睛啊，仿佛月影梅。究竟是月色，梅影，还是谁的惆怅？又如何能捋得清？

看见一张熟悉的脸，影影绰绰。谁呢？施云？不对，施云头发短。柳叶萍么，可眼镜呢？……会不会是"影"？从来没有真实地见过"影"，见过两个助理，一个是之前在南边海城见过的女助理，一个是现在一道来甘南的龙助理。两个助理，会不会就有一个是"她"，不对，也许应该是"他"……怎么一会儿是"她"，一会儿又是"他"……乱了……哎，别不是暗度陈仓……谁又说得准……

额头青印的疼，又犯了。青鱼似乎也在跳，一跳，更疼了。

有人端来了一杯茶。好香的龙隐雪芽。是个姑娘，咋是她？穿细花连衣裙的引兰？她不是在照顾生病的干外公么吗？咋也来甘南了？如果是"她"，那"隐蓝"又去哪了呢？上电视么……这样想着的时候，姑娘转身飘走了，留下一串清新与芳香。

余香萦指，啥味呢？以为是烤土豆，烤土豆哪来浓郁的性感。悄悄跟在身后，走着走着，姑娘回头嫣然一笑，不对，回眸一笑的不是细花连衣裙的引兰，也不是微信朋友圈的"隐蓝"，是她，那个"土豆妹"。"土豆妹"的回眸一笑，让人诧异。

便对女娃的傻笑，无所适从了。

傻笑着走，到一处幽深的所在。

"土豆妹"也不见了。

看见一个水池，水不深，刚没过腰，更像潭。悬有蓝瀑，宛若一条蓝练，贯穿蓝色的空气，紫色的空气，飘来荡去。潭边和水里都开满一种好看的花，紫色的花，蓝色的花，又大又艳，浓香馥郁。

久违了，他的梦境叠加秋天以来的另一场梦，蓝色的土豆，紫色的彼岸，似曾相识的，通达梦之极寒。

花呢，岸上和水上都有开的？还有如此神秘的水陆两栖之花？不像睡莲，从没见过，更叫不出名字。花香的浓郁，比最性感的睡莲还叫人窒息。

花香催动情绪荡漾，越闻，越窒息，越窒息，越高涨。便觉浑身被灼，需脱光下到水里方能浇凉。

紫花蓝花，再次复活，坚信那不是臆想，是生活的断片。时间并未流逝，所谓的前世今生，或者来世，被所谓的梦打乱堆叠于断片。

流逝的是情感，是身体的每一部分，身不由己。

又如何能控制！触到凉意的那一刻，看到了谁的魅影。美人鱼，美女蛇？只有妩媚和窈窕，没有脸，脸被头发和花朵遮住。魅影，越挨越近，柔软地相拥，没命地缠绕——一条紫色的瀑布，缠绕另一条蓝色的瀑布。

感觉快要沦陷于那瀑布缠绕瀑布的漩涡。

一条紫色的河，垂在另一条蓝色的河之上。双手的泡沫在荡漾，迷离的仙乐在升起。花的馨香，那么柔媚，那么窒息。嘁嘁喳喳，什么在次第而开。

终于濒临深渊的尽头 ——一张无法丈量长宽和高度的花床。清澈无底之蓝塑造，同样温柔的质感。一紫一蓝的倾心，纠缠和互动。紫鱼蛇去哪了？怎么感觉都是一片空白，无处使力……蓝色的鱼蛇自由出没……全部的花朵开放成满河的烟云，全部的水意蒸腾为彻夜的怅惘……天上人间，还是另一个鲜为人知的世界……一切都不可回溯……

不知，今夕何夕。

紫蓝的鱼蛇，皆已奉献最后的情绪，连身体也无保留了。

57.6 【肉体和灵魂】

很多时候，他都有一种难以自我原谅的愧疚感。唯回想那场梦的结局，愧疚感便烟消云散。似乎有谁说过，只有在虚拟的世界里，男人或女人才会不吝啬自己的身体。

他相信那一夜毫无保留。

如何让梦想照见现实？无法回答。求助鸠摩罗什，鸠摩罗什似也爱莫能助！他自己也不曾明白，每次讲经的时候，那些打扮得花枝招展的信徒，怎么看起来个个都像自己的表妹，那个清纯可爱的龟兹公主……

他和鸠摩罗什都遇着同样无法通过拷问的两难命题：别说肉体经不起拷问，就算形而上的灵魂也薄得像一张纸。

鸠摩罗什喜欢他的表妹，这是不容置辩的事。

鸠摩罗什更崇拜信仰。他知道树叶的香气也能引乱寂定。两眼紧闭，繁华的龟兹国只剩下沙漠的空空荡荡。

热烈奔放的表妹，仿佛一泓沙漠里的泉眼。

还是得躲呵！心理学家说，这叫自我封闭。

沙漠里的修行，犹如一场从肉体到灵魂，又从灵魂到肉体的马拉松……

鸠摩罗什的肉体终究没有通过拷问。

灵魂呢？

此后，鸠摩罗什再也不敢正视女人，任何一个女子都不行，她们坐在经堂里，听他讲课。她们并没有刻意地动摇他。他不敢睁眼，因为他已不辨谁又是谁了。

脑海里全是表妹的影子……

鸠摩罗什终无法寂定。忍受灵魂煎熬之痛，要比忍受肉体煎熬之痛要难。

心理学家又说，自我封闭后的修复，不仅无法消解苦难，反而会放大痛楚。

就像现在，蓝守玉自己也搞不清楚，甘南那夜为何会生别样的奇梦——始终都有花朵飘零，快把两条鱼蛇都淹没。他不敢相信，所思所梦能照见现实。清晨起来，他的确感受到了空气里弥漫的某种情绪，甚至比梦的尽头还令人窒息。

便不止一次地惆怅，以致额头双鱼青印持续犯疼，愈演愈烈。

57.7　【施云破梦】

一觉醒来，他感觉头重脚轻。初到甘南，是水土不服，感冒发烧呢，还是喝了土豆烧，以酒疗毒所致？

灵魂的疼，终让流逝的记忆难以拼凑。何况那么诡异！别有啥不好的暗示？

很快又自我否定。平日里虽多有不着边际的浮夸之语，但他发誓所述之梦境，句句是真。

让他纳闷的，深渊里那最后的纠缠，除却似鱼非鱼，似蛇非蛇，所有的痕迹也就剩下隐约了。

想起上初中时，读过一个故事。说有一个人，梦见一个影子，影子后来现了身，活人发现影子跟自己长得一模一样。

暗示原来在这里。

蓝守玉坚持认为那夜那梦那影子，不是谁谁，就是他自己。

倘若如此，会有啥暗示？就蜷在被窝里，对着天花板寻思，想破脑袋，想到大天亮都不得要领。

那天清晨，施云打来电话，神叨叨要他猜，昨晚她梦见谁了？

哪有心情猜啊，浑身无力，额头正疼，自身都难保哩。他嘟囔道："还有谁，你中学某个同桌，曾经其貌不扬，现在摇身一变，发财了。"

"说啥呢，"施云并没有生气，"人家梦见你了！"

"你确定是我，再重复一遍？"

"是呀，你比我矮，围着我转呀转，转呀转。我被你转晕了头，就从头上抓了一把头发向你撒去。"

"你梦见抓头发了？"他煞有介事地胡扯道，"这不是好兆头，是不是生啥怪病了？"

"是抓了，一抓飘下来一大把，还不觉得疼。"

"你本来就没真抓，咋会疼，要疼你就醒了。"

"木头人。每次给你说正事，都心不在焉，是真梦见了的。云彩一样的头发，漫天飞舞，竟然没有一朵砸中了你。"

"抛绣球，还是扔花环？"

蓝守玉的若即若离，怂恿施云更多地联想："我也纳闷，那些头发丝丝从我手里飞出去，咋就变成一朵朵的花瓣呢？"

又是花瓣。看来今天早上真是踩了狗屎。千里之外，两人各做各的梦，还都与花瓣有关！只是自己梦见好几个人，施云梦里只有一个人。

他有些不好意思，又道："那我呢，就没来点互动的意思？"

"还在那瞎转悠呀，估计被我的花瓣砸傻了，可惜那些花瓣了，被你踩成了泥。你说，这是几个意思？"

本来想说，还有啥，雕栏玉砌应犹在，只是朱颜改。不过，他最终说出口的是这句："你是不是认为我特不解风情？"

"你说啥呢？"

忽然觉得有些突兀。他并无伤害她的意思，就又搭讪道："我俩说过其他啥没？"

"说呵，你说你迷路了，问我接下来的路咋走？"

"接下来的路？具体问去哪了没？"

"没啊，没头没脑的！"

"那你咋说？"

"正想问你呢，我自己都搞不清方向，就没回。"

一个迷路的，与另一个迷路的碰对头了。

施云的电话，是那天早上的夹心烧白，完全跟土豆不搭边。

第二十章　拈花

58.1　【回到原点】

甘南回三江路上，郭墩子、柳叶萍打来电话。

郭墩子报告"兵哥"打过电话，还去了他摆的地摊，问他是不是叫曾胖子，师傅是不是叫范总。柳叶萍借龙缸的事叙旧，复烧大龙缸的葫芦老窑，一周前已降火。蓝守玉急了，以为烧窑出了啥问题。柳叶萍笑道，有啥问题，烧穿了，自然得降，这些天景德镇过寒潮，窑冷得快，就等冬至开窑亮宝了。

今天初一，初五冬至，距离开窑也就几天。

服务区休息的时候，蓝守玉给齐鲁打电话，说了冬至开窑一事，邀请齐鲁一道去一趟瓷都。齐鲁道，大龙缸的事，当然得优先考虑，只是刚接个活，有朋友场子要找人站台，点名要蓝老师出场。蓝守玉客气道，自己就一个闲人，哪个老板那么看得起？齐鲁道，不是最近操心"传世皇庭·官窑美人秀"赵青花陶瓷艺术馆，还有个二人书画展么。前两件蓝守玉知道的，都是曾子羊和柴瑶的团队在弄，二人书画展又咋回事？齐鲁道，正要说这档子事，记不记得之前给看过书协新任主席的作品？蓝守玉道，兰亭奖新贵，作品不是给了蒲志？齐鲁道，不是说作品之事，是说人。蓝守玉问，人咋了？齐鲁道，那人有恩于老头子。蓝守玉有些晕头，一个后生，咋成老革命的恩人了？齐鲁道，一时半会扯不明白，回三江再商量。

后来才知道，齐鲁是给书协新掌门人，也就是齐鲁老爷子的恩人，举办一场展览。齐鲁既发了话，参不参加，蓝守玉都没得选择。这哪是商量？离开体制已久，但他知道，书记同乡长、司令跟政委说事，就叫商量。齐鲁当然不是自己的司令，自己也不是齐鲁的政委，"赵青花陶瓷艺术馆"尚在筹建，馆长也就背个名声也好，最多算齐鲁的管家。老板有事，安排管家也在理。这么说来，自己真成齐鲁的下级了？

体制外游离了一圈，又回到原点。

还真够顽固的！蓝守玉咽了口唾沫。

58.2 【恋父情结】

快要到三江时，电话又来了。

"玉表哥，在哪晃荡？"是童桐。

"正回三江哩。"

"回三江？找'月''影''梅'约会了？"

"能不能好好说话？去趟甘南，正往回赶哩。"

"不说去茗山吗，咋又跑甘南了？"

"说了，你也不懂。"

童桐一听，来情绪了："表哥，你不用教训，我有自知之明，那些个云啊萍啊兰啊啥的，不就比童桐多几毛钱文化，至于吧？"

"几天不见，吃上了火药？"

"她们敢情是仙女下凡，还不能扯白？跟你说话真累。"

"累就挂电话，开着车哩。"

童桐一听他要挂电话，赶紧道："别，别，别，正事还没说呢。"

"那还胡搅蛮缠个啥？"

"表哥，我发现你最近自我感觉是不是过头了？谁胡搅蛮缠，是老家来人了！"

"老家啥人？"

蓝守玉爹妈早不在了。

"我妈，你舅娘啊，表哥，你有些忘本啊。"童桐提醒道。

"哦……那一定是她老人家要来屏羌考察你啦？"

舅娘，是童桐的亲娘，蓝守玉娘舅的再婚老伴。娘舅自小经历那场车祸后，得了一种病，听不得喇叭叫，不光真的汽车喇叭，就是电视里的也不行，喇叭一响，浑身冒虚汗。村里人说他娘舅疯了，医生说叫创伤性迫害狂想，也是抑郁症的一种类型，只好不让他出村。乡场也不行，乡场通车到山外，天天有车跑。

不出村有不出村的好。蓝守玉娘舅天天守老屋，外面那些七葫芦八茄子的，也与他没了相干，他成了村里名声最好的男人。那年，童桐亲爹埋在小煤窑，童桐就跟着她娘，到了蓝守玉娘舅家。童桐娘看中的就是蓝守玉娘舅的憨实。记得蓝守玉娘舅见了童桐娘和童桐，一人傻笑半天，这下好了……这下好了……村里大人都说他娘舅疯病又发作了，叫小孩们躲他。蓝守玉不信，童桐也不信，大声向小朋友们嚷嚷，他没疯，他真的好了。小朋友们也不管，一个个跑远了。

他娘舅的疯病真的好了。

童桐说是她娘治好的。

蓝守玉道，不对，是你治好的。

童桐问，为啥？

蓝守玉道，你脖子上不是有块鱼牌子吗？

童桐脖子上的确有块鱼牌子。童桐第一次到他家的时候，胆小，扯着她娘裤脚往背后直躲，怯生。他娘舅想了想，从屋里拿出那鱼来，系在她脖子上，她便不再怯了。

后来，蓝守玉悄悄给童桐说，多难看的鱼，只孤单单一条不说，还是生了铜锈的，扔了吧，以后给你换好的，要双鱼。童桐那会儿不明白双鱼不双鱼的，反正死活不扔，说是新爹给的。蓝守玉诱惑道，扔了换金的银的。童桐道，金的银的，谁稀罕？

老掉牙的那条铜鱼一直挂在童桐脖子上。

很多年后，蓝守玉反思此事，觉得没扔掉那鱼或是好事。譬如，这个冬天之后的下一场春夏，童桐差点捅了天，终于还是平和地对付过了，会不会与那鱼牌子有关？

童桐并不知道那鱼是蓝守玉娘舅去老峨山寺庙里求来的，她只觉着戴了那鱼，就有个男人一直陪伴左右。

蓝守玉一直认为童桐有恋父情结。童桐眼里呢，表哥和新爹，自然是这辈子遇见的最爱她的两个男人。

58.3　【替身】

蓝守玉忽然有些伤感。

"舅娘来三江，肯定是想看女婿。"

"这才像我表哥。"

"蒙对了？"

"所以，打电话求助呀。"

"找我干吗，你找帅哥呗，赶紧给老人家造一个惊喜。"

"想多了，是真的找你出主意的。"

"那就赶快三言两语。"

"这不快冬至了嘛，老家杀年猪。我娘说要送年猪肉来，其实是想来三江看看你。”

“老人家是想你了。”

“昨儿她打电话念叨的可是你。”

“好哇，最恨不过亲女，最亲不过外侄。”

“完全跟我想的一模一样。昨儿接她电话，就听她一阵数落，你看人家蓝守玉，文化那么高，生意那么大，人还那么好。你看你，快奔三了……”

“我觉着舅娘说得对。”

“给你根思茅秆，你还当梯子了。这会儿我还真的没办法。你舅娘说今儿就要到屏羌，明儿来三江。”

“没问题。你告诉她老人家，侄儿也挂念她哩。”

“怕没那么简单。她说这回是带着我新爹就是你娘舅的话来的。”

“老舅还发了指示？”

“对呀。两条，其实就是一条，相亲，第一要见女婿，第二要见侄儿媳妇。”

“这指示落实起来怕有难度，那你还不赶紧张罗。”

“我嘛，你就不用操心了。关键是你，我看你这回喊哪个来，是‘月’呢，‘影’呢，还是‘梅’？”

“你再没正经，我真的挂了！”

“别，别，别……依我看呢，那叫啥云的，你的初恋情人，白领、名记，还在大都会，就是嘴巴零碎了，不大适合你这款男人。‘影’呢，还是不提了，有没这个人，是男是女都不好说。景德镇叫啥萍的女匠人，有文化，隔远了，牛郎织女不靠谱，也算了。倒是叫啥兰的，天真烂漫，无知少女，这要回到旧社会，也算才子佳人，可惜跨了辈分，都替你惋惜。”

“还是说你吧。舅娘肯定是冲你的婚事来的，看你咋糊弄。”

“哈哈，我已经联系了替身，让他替我未来的男朋友友情出场。”

“找替身？你还真演上电视剧了？”

“满街的男人女人，不都是在上电视剧吗？”

“算你狠。舅娘还不是指望你好。”

“我晓得她是指望我好。可我也不能乱跳，万一下面是火坑呢？好了，不扯闲白，免得你一走神，把方向盘弄歪了。今儿你舅娘进屏羌城，明儿我就带她到三江来，她可捎着老家的年猪肉呢。”

“我这是该谢谢你呢，还是谢谢老家的年猪肉？”

“咋说话的？一说到相亲，吓得舌头都打卷了？赶紧把车上的那个帅哥给我载回来，顺便在路上捡啥好吃的果果带点，挂了。"

因为用的是蓝牙，他俩的通话，孔亮全都听见了。蓝守玉虽不敢看后排，但能猜到孔亮的脸一定在发烧。

一会儿，孔亮电话也响了。孔亮在电话里悄悄地一个劲应承道，嗯，嗯……

蓝守玉想，电话那头，八成还是童桐。就笑，童桐说的替身不就是后排那个小伙子么！

58.4 【烟幕弹】

进城后，已是晚上。蓝守玉让孔亮陪着龙海泉去酒店住下。

"守玉楼"还没打烊。蓝守玉到吧台，跟领班的姑娘打了招呼，说老家有亲戚来，安排明天多准备点菜品。

回到三楼，给童桐打了个电话，问舅娘明天啥时候过来，好去接。童桐道，不用接，直接送到"守玉楼"。蓝守玉问，那吃啥呢？童桐回，还用问，肯定是自己亲自下厨，做老人家最爱的屏羌黄辣丁。末了，童桐又问，孔亮是不是也回三江了？蓝守玉回，刚去酒店住下。童桐道，叫他退房，连夜赶回屏羌，明儿一早去市场上弄点黄辣丁。蓝守玉就道，已经安排孔亮明天早上送港岛的客人去机场。童桐便不再说啥。

聊完，又换了电话给郭墩子打，聊"兵哥"的事。

从"兵哥"给他打电话和郭墩子报告的情况看，"兵哥"已经对他俩有了信任。"兵哥"在石梁发现了几件元明彩绘泥墙壁画，正寻找下家，急于出手。他已答应"兵哥"，可以看货，不过不是他亲自去，是叫"兵哥"联系他的徒弟"曾胖娃"。他叫"范总"，郭墩子是他的徒弟"曾胖娃"。估计这几天"兵哥"会给郭墩子打电话，如果是预约看货，墩子就答应，咋个去，都得听"兵哥"的。郭墩子的任务是记住"兵哥"的相貌，货在哪。若发生啥意外，要多长脑壳，少说话，不要接打电话，一定要找他，等摆脱"兵哥"后再见机行事。他判断"兵哥"不会直接同郭墩子说交货的事，可能还在暗处观察动静，这也符合"兵哥"多疑的特点。甚至有可能会叫郭墩子交一笔定金，目的是考验诚意。

聊完，蓝守玉问郭墩子记住没。郭墩子说记住了，复述了一遍。又问，两万元还剩多少？墩子说没花过。蓝守玉道，不是让你花吗？墩子说摆摊赶场做小买卖，以为那是公家的钱，压根就没想过花。蓝守玉又叮嘱道，"兵哥"如果喊叫交定金，就交，两万元足够了，对方不管喊交多少，都要装出没带够钱的样子，杀杀价，最多给他一万。蓝守玉管这招，叫放"烟幕弹"。

58.5 【莲花山】

龙海泉是上午十一时的飞机。三江去机场要一个半小时，蓝守玉一早就驾着"黑土"去酒店，把车交给孔亮，叫孔亮送龙海泉去三岔河国际机场，自己叫出租车回"守玉楼"。

不是周末，上午到会所喝茶谈事的客人寥寥无几，几个服务员闲着没事玩手机。见蓝守玉来，一个个"蓝总好""蓝总好"亲热地叫着。好久没过问茶楼生意，姑娘们个个看上去面生许多，也客气起来。领班问，蓝总最近在忙啥。蓝守玉道，一个闲人，除了瞎忙，还能有啥？领班报告，天冷，生意也清淡，加上几天不见老板影子，姑娘们怕是心都散了。蓝守玉安慰道，临近元旦和春节，人气自会上来。

一姑娘问道："是不是蓝总最近遇到啥喜事，心情好，这么清淡的生意，都说没得事。"

"我心情好吗？"蓝守玉也扯起了闲篇。

领班抢着插话："蓝总红光满面，那一定是遇上喜事。听说今天老家要来客人，蓝总要相亲了？"

蓝守玉正色道："尽胡说，舅娘要来，就是你们的二老板童桐的老娘要来。"

姑娘们一听童桐娘要来，更来劲了，嚷嚷说童桐姐那肯定要回来看玉表哥的。说笑着一个个簇拥过来，掏出手机，要蓝守玉发红包。他问，为啥啊？领班道，为童桐姐姐跟玉表哥呗。他也没推辞，在"守玉楼"群里，一人发了个一百二十元的私包。

正乐呵，童桐打电话说到了。蓝守玉就下楼，见童桐娘下车，赶紧搀扶，询问舅娘来三江想啥看。童桐娘反问道，大冬天有啥好看的，给说说。蓝守玉回，没啥好看，要不去逛逛网红水街，人花花多得很呢。童桐娘摆手道，不去，不去，童桐发视频给我看过，尽是人脑壳，看得发昏。童桐说，你那是密集恐惧症，跟抑郁症也沾点边。童桐娘问附近有没庙子？蓝守玉回道，舅娘是想去拜个佛，敬个香的话，那去南岸莲花山，有观音。童桐娘说好。

童桐把黄辣丁和年猪肉交给领班，交代把黄辣丁先剖洗好，一会儿她回来烧，年猪肉不用熏制，回头做香肠。

三人就去了莲花山。三江地处盆地腹地，山都不咋显高。莲花山其实就几个小丘，挤成一堆，因为在大江边，也显得突兀，远远看去，真像一朵盛开的莲花。寺庙不大，老树多，也是三江本地人的休闲去处。

童桐娘点香烛，作三揖，叩三头，嘀嘀咕咕着啥。念罢，叫蓝守玉和童桐也作揖叩头许愿。

两人也作三揖，叩三头，默默许愿。

蓝守玉问童桐娘："舅娘刚才跟菩萨都说啥了？"

"求菩萨保佑一大家子，平平安安。"

"就没求菩萨早点给童桐介绍个对象，早点把她嫁出去？"

童桐瞪了蓝守玉一眼："你啥意思？"

是呀，啥意思呢？蓝守玉自己也道不明白。

童桐娘一脸淡定教训道："叩拜个菩萨，你俩啰嗦个啥？"

见蓝守玉脸都涨红了，童桐又靠过来，小声道："你表妹不至于要求菩萨才嫁得出去嘛？"

蓝守玉道："我掌嘴，谁家表妹有我们家童桐俏，男生排长队追呢。"

这话彻底把童桐惹毛了，也顾不得她老娘教训，怼道："还是说你吧，刚才给菩萨扯了些啥，是说'月''影''梅'扰乱了心神，花眼吧？"

"呸呸呸，"童桐娘听童桐嚷嚷，气坏了，"上个香，都不让人省心。"

蓝守玉转脸给童桐娘赔笑脸："舅娘，童桐这是变着花样夸我呢。"

谁知热脸贴了冷屁股。"切……不嫌肉麻？"却见童桐头一扭，挖苦道，"看来表哥很受用别的女的也这么肉麻地夸男人吧？"

这话狠的……

58.6 　【童桐的心事】

孔亮已从机场返回。孔亮跟童桐娘虽熟，也是几年没见，就又亲切地叫起来，一个喊童孃，一个喊小亮子。

童桐纠正道："人家现在已成人物，叫孔大书记。"

童桐娘不解："小亮子当上书记了？"

孔亮道："童孃，你别听童桐瞎掰，就是个芝麻官。"

这话把童桐娘说得有些头晕："不是说七品芝麻官也是官吗？"

孔亮道："支部书记就没品。"

童桐娘一听，高兴坏了："支部书记，大小也是书记，当权派。"

童桐正色道："妈，几十年了，你还是官迷不改，还别说我新爹看不惯你，在这点上我跟新爹是一条战线的。"

童桐娘道："你新爹成天夹着尾巴做人，屁都不放一个，有啥资格看不惯我？"

童桐一听："说些啥哩？表哥还在，你就不顾及一下，我新爹不是表哥的亲舅？"

蓝守玉打趣道："没事的，一家子没那么多弯弯绕。"

童桐娘道："你看人家玉侄子，就是比你会说话。"

童桐便不再搭理，叫上孔亮一道进厨房打理。

蓝守玉道："舅娘，孔亮是有为青年，现在不是提倡年轻人回乡创业，振兴乡村么，他可是当着芝麻小的官，操着西瓜大的心呢。"

童桐娘道："对，对，对，我检讨，你知道舅娘就是个红卫兵跟班，虽说在乡场上演过样板戏，也就会吼几句李铁梅，但也懂点规矩，官大官小听谁的，不糊涂。话又说回来，小亮子也算出息，怎么着也比我们家小桐好，快三十的老姑娘了，成天东晃西晃，也不知道弄些啥名堂。"

悄悄话还是被童桐听见了。童桐边做鱼，边回道："妈，没事的，反正今天你女儿就是来当表哥和孔亮的反面教材的，你尽管把你女儿当反动派批。"

童桐娘道："批斗你又咋了？你看人家玉侄子事业做得好，又有文化，小亮子也当上大队书记了。你呢，疯疯癫癫的，没个准心，还不服气。"

童桐道："算了，算了，锅里忙着呢，没空聆听你老人家教诲，还是去给你侄子倾诉吧，他可是你们这些新农村坝坝舞大妈的偶像。"

蓝守玉就带童桐娘到三楼闲摆。

童桐娘问，童桐没摆啥摊子吧。蓝守玉想了下，说童桐没在茶楼了。

童桐娘一听着急了："你把她赶走了？"

蓝守玉道："没有啊，她去一个朋友的房地产公司做事去了，不过还是茶楼股东。"

童桐娘估计没听太懂："你得把你表妹的事管好，我可是交给你的。"

蓝守玉道："必须的，小桐是我的表妹，在我心目中，没有比她更大的事。她放手去打拼，说不定也是个机会，即使折了跟斗，回头不还有茶楼吗？"

童桐娘问："小桐是不是又跟亮子好上了？"

蓝守玉道："不是一直好着吗？"

童桐娘道："蒙人哩，几年前小桐就放话把人家甩了。"

蓝守玉笑道："年轻人闹小情绪，你还当真？亮子可是一直惦记着小桐的。"

童桐娘道："听你这么说，这回算弄稳了？那我可要抱外孙子的。"

蓝守玉道："我看行，等童桐眼下的项目弄得差不多，你就可以放心地帮他们操办了。"

童桐娘道："亮子虽说刚起步，童桐也没小姑娘有优势，半斤对八两。你说行就行，舅娘听你的，你看紧点，我想最迟明年把他俩的事办了，到时候还得你这个表哥做主，弄光鲜点。"

蓝守玉到："我听舅娘的。"

孔亮上楼来，请他俩去餐厅。加上四个服务员，刚好一桌人。一上桌，童桐给领班说，吃快点，别等，吃完赶紧去茶楼把摊子守着，那还有几个客人。蓝守玉说没那么急，慢慢吃，这可是童姐姐亲手给大家做的屏羌家乡名菜黄辣丁。领班笑道，不会吧，童姐的手艺可是冲玉表哥来的。童桐瞪了一眼，说啥呢？领班吐了下舌头，桌上的确还有一位不开腔的帅哥。

孔亮倒是沉得住气，只顾给童桐娘和童桐夹鱼盛汤。

童桐娘喝了一口，赞道："真是好汤，比母鸡汤好喝多了。刘文彩家的姨太太怕也没喝过几回吧？"

童桐"噗"地喷了："妈，你水平高了，还晓得刘文彩家的姨太太。"

童桐娘道："我咋不晓得，还晓得刘文彩吃过鸭脚板，喝过奶妈的人奶呢。"

童桐笑道："喝人奶有啥稀奇的，哪个不是吃奶长大的？"

蓝守玉道："我就没吃过。"

童桐道："这么快就忘本了？你妈没喂过你奶？"

童桐那话，惹了童桐娘一筷头子。不过不怪她，蓝守玉从来没给她提到过，他娘生他后，就没来过奶水。

地主家的生活话题，看来不能继续了。蓝守玉给童桐娘夹了两条黄辣丁，道："这个味稍重点，你尝尝？刘文彩家那边缺水，没听说过有黄辣丁的。"

童桐娘也不客气，一口一条，很快碗里就剩两根鱼骨头。

童桐娘也吃好了，擦了下嘴，问童桐："你表哥说你去跟房地产老板打工去了？"

童桐道："是呀，你女儿被你侄子蓝总炒了鱿鱼。"

童桐娘当然晓得童桐这话是发牢骚，打小她哪回不是由着自己性子行事。

蓝守玉便顺童桐话道："舅娘，茶楼本来就是我和小桐两人弄起来的，庙子小，来去都由她。再说，她去那家公司是荣城朋友投资的，楼盘在屏羌南岸。这叫良禽择木而栖。"

见娘没听懂，童桐插话道："好鸟攀高枝。"

童桐娘还是一脸蒙，孔亮又给她夹了一条黄辣丁，道："就是人往高处走的意思。"

童桐娘这才放下心来，对蓝守玉道："你得帮你表妹看着点，别是个皮包公司。听说，现在好多房地产老板跑路了。"

童桐这边给孔亮夹了一条黄辣丁，回头却对她娘道："妈，你真的赶时髦哦，跑路都懂得起。"

"不是电视里天天在说么，"童桐娘道，"玉侄子，你是属猴子的，过三十六了吧，也老大不小了。在老家，别家人可是要看笑话的。你舅天天跟我说，你爹妈死得早，看你一个人在外打拼，还没成个家，搞不明白你们年轻人现在都咋想的。"

"妈，人家表哥这是新潮，对传宗接代没啥兴趣。"童桐话里似有意味。

"你也一样。我和你新爹是农民，有话就直说。我这次来的意思，你俩也应该明白的。"童桐娘绕了半天，还是忍不住说到正题了。

蓝守玉又给她夹了一条黄辣丁，道："舅娘，我这头没事，关键是童桐。对吧，亮子？"

孔亮还是那样，没啥好说的，就劝大家："吃鱼，吃鱼。小桐现在做大事情，忙着呢，也不在乎一天两天的。"

童桐正往嘴里灌鱼汤，一听孔亮话里那傻味，立马放下碗筷，道："亮子，啥意思，做几天村官，学会打官腔说风凉话了？"

童桐娘道："我咋没听出人家亮子打官腔说风凉话？"

蓝守玉劝道："小桐，亮子的意思，还不是听你的。人家可是在幕后暗暗支持你，给你当绿叶呢。"

童桐用纸擦了擦嘴："好人都让你们做了，我童桐不懂事，好了吧？我吃饱了。先去茶楼看看，一会儿回来收拾。"

蓝守玉见状，也不知说啥好。童桐娘就对亮子道："别理她，由她去，就那个性子。刀子嘴，豆腐心。口无遮拦，揣着明白当糊涂，打小惯的。"

孔亮便自顾埋头刨饭。蓝守玉和童桐娘一时也没了多余的话，各刨各的汤饭。

59.1 【佛系·双人舞】

送走童桐娘，蓝守玉总算闲了下来，给齐鲁去了个电话，问书画展的事。

齐鲁就摆了来由。二人书画展主角是个年轻人，原在小县城学书法，耽误了学业，高中没毕业就到荣城漂，拜师学艺，从县书协会员一路往上混。混到中书协会员时，才发现那个会员身份其实养不活人。经人推荐去老干部活动中心谋了个外聘书法老师，给老同志纠正"老年体"。齐鲁两父子就是那会儿与年轻人交往上的。

有个夏天，齐鲁家保姆张姨回山东走亲戚，老爷子孤独，就叫年轻人抽空去他家，给他开单灶，当面指点。老头子有狠劲，拼了老命练。有天下午，劳累过度竟晕倒了。小伙子碰巧来验收作业，见状赶紧叫救护车。医生说，老头子突发高血压，幸亏抢救及时。后来住院，小伙子代替齐鲁陪床尽孝，端茶送水，接屎接尿。老头子说小伙子，比得上半个儿。齐鲁一家也重情重义，先是帮他谋了荣城书协副主席和书法教育专委会主任虚职，算正式混进荣城书法圈子。有时还得来点实际的，收他点力作，算资助新人。不晓得小伙子祖坟上冒啥青烟，后来竟然撞上了兰亭奖。齐鲁这下乐坏了，吃葡萄吐葡萄核，没想到葡萄核竟生出一大片葡萄秧来，比自个拿了一块地还兴奋。齐鲁兴奋，是他的"长线投资"见效了。

小伙子也是命好。齐鲁帮他忙，也就图个性情。齐鲁找到老主席，帮忙顺关系。临换届，年轻人半路杀出，干掉书协机关的常务，把个书协上下搞蒙了圈。年轻人正式打进荣城文化圈，一举跃入名流，再干教书匠就有些掉份了。有关组织找到他，问要不要去哪个事业单位，搞个特殊人才岗位？年轻人问齐鲁，齐鲁道，算了，还是边缘点好，去了卖字不踏实。现在这个主席是编外的，润笔费拿多少，组织也不好管。可是，要走市场，光有个主席的名头，少了说服力，还得有"土豪"隔三岔五来捧。这年头，流行圈子交易。书协主席跟"土豪"，谁捧谁呀？

齐鲁这么一说，蓝守玉明白了，书协的年轻主席，再是个角，没得捧脚的，就是个摆设。蓝守玉是齐鲁请来给主席捧脚的。

老爷子在小伙子拿下兰亭金奖后，一直想让齐鲁帮小伙子搞个专题，齐鲁却将重心放在帮年轻人谋主席位置上。书家办展的多得去了，主席仅此一人，齐鲁的想法比老头子要远大。

年轻人终于如愿以偿，坐上荣城书协第一把交椅。应该说，是齐鲁如愿以偿，虽然主席是个虚职，没工资，没编制，甚至还没啥权，权都在常务副主席那里。即便如此，上上下下都是眼红的。刚上任书协主席，就以书协名义搞个展览，会不会太显摆？

齐鲁一筹莫展的时候，柴瑶出主意，说屏羌有人向她推荐一女画家，也想弄个展，那推荐人得罪不起，要不给两人凑个小展，两边送人情。齐鲁问柴瑶，屏羌还有啥人得罪不起，向书河是谁呀？柴瑶道，看你酸的，向书河是谁不假，也不能任性，再说我是那种人吗？有洁癖，轻易不求人，屏羌的事，也是为你齐公子打㠯。见柴瑶认真样，齐鲁就问谁推荐的，推荐的谁，画家啥水准？柴瑶道，画家是童桐推荐的，屏羌美术馆美女馆长，屏羌两朵金花之一，文雄的老乡。柴瑶这么说，齐鲁当然明白，柴瑶说的推荐人得罪不起，指的是文雄。屏羌还有够办展水准的画家，咋从来没听蓝守玉说过呢？齐鲁表示怀疑。柴瑶道，并非是给那个美术馆美女馆长办展。齐鲁也是被柴瑶搞晕头了，不是文雄推荐的她吗？

柴瑶才说是"屏羌金花"给文雄推荐了另一个女画家。女画家是二峨佛光禅院老板娘，华旦大学艺术学院美术系毕业，后被大风堂关门弟子收了，据说深得泼彩真传。"屏羌金花"也不知咋攀上女画家的，女画家又引荐"屏羌金花"加盟了大风堂再传弟子朋友圈子。

齐鲁同蓝守玉聊"屏羌金花"和女画家的时候，蓝守玉想起秋天去佛光禅院，在贾老板茶室里，听贾老板提到过他老婆，就是"白娘子"黄锦诗在华旦上学的闺蜜"红娘子"。"红娘子"那天并未在场，从现场气氛看，"屏羌金花"是第一次与贾老板相识，"屏羌金花"再来事，也不至于这么快就攀上了老板娘吧。齐鲁就笑，你真傻还是装傻？"屏羌金花"不可以先攀上贾老板吗？齐鲁一句话点醒了蓝守玉，一边是"屏羌金花"，一边是老板娘，都说异性相斥，必须得有个男的当磨心。

"如果没猜错的话，年轻的'屏羌金花'，已被贾老板给收了。"蓝守玉道。

齐鲁道："此般风流韵事，版本千篇一律。如有雷同，纯属虚构。"

"可惜了，一窝干干净净的土白菜，给猪拱了。"蓝守玉忽然有种淡淡的失落。

"说你喉咙感染吧，还真喘上了。你们屏羌那朵金花，确定干净？她不是文雄的小老乡吗？据我所知，其人是作为特殊人才引进，到屏羌干美术馆馆长的。"

"如此说来，'屏羌金花'傍上了贾老板，贾老板暗度陈仓，向自家老婆引荐，成为大风堂同门。'屏羌金花'为报答贾老板知遇之恩，向文雄举荐

'红娘子'，文雄又向童桐和柴瑶举荐，最后到了你齐总这里。"蓝守玉做了一番反推演绎。

"这事你别问我，得问你表妹，问文雄啊。"齐鲁又把皮球踢回来了。

秋天以来，蓝守玉同文雄的交集主要还是在具体的案子上，自从童桐去了柴瑶公司，两人也少交流。女画家的事，蓝守玉压根就没听人摆过。

"你的本意是推书协主席，半路杀出个大风堂女弟子，几个意思呢？"他试探道。

"明知故问，还抬杠？"齐鲁笑道，"本来就想拉个人，降低年轻主席的关注度，结果来了个三流女画家，这不正好接地气？"

蓝守玉也笑道："好花还需绿叶衬，反正都要还人情，乐得两头一锅烩了。"

齐鲁并非白送顺水人情。贾"土豪"推荐自个老婆加盟书协主席的书画双人展，承诺会收藏此次推出的书协主席全部共二十件作品。作品内容也是双方事先商定的。而贾"土豪"并未提出，要齐鲁这边收藏他老婆"红娘子"的作品。贾"土豪"不缺钱，他老婆也不缺，缺的是光环，你要说，他俩就是冲着去给书协主席当灯泡的也对。书协主席不需要光环，至少在荣城光环已足够。眼下能在艺术品市场一下走掉二十件作品，可是个不小的实惠。书协主席并不在乎大风堂再传弟子拉低他的艺术水准。

事实上，"红娘子"还是个真性情的人，不算附庸风雅的花瓶之流。作为"土豪"的画家老婆，她并非传说中的那样迷失自己，而是有着明确的艺术追求，这得力于前些年的高人指点，才能摇身一变成为大风堂的关门再传。本来英雄不问出处，齐鲁说他看过她的"地涌金莲"系列，还真有泼彩味道。与齐鲁的交谈中，蓝守玉明显感到齐鲁对"红娘子"蛮欣赏的，于是，倒很想看看"红娘子"的"地涌金莲"，难道真如所言，一颗泼彩新秀诞生了？

齐鲁把展讯和邀请函推送给他。

蓝守玉一看，"佛系·双人舞"，名字就扯眼球。书协主席打头，还是米芾风格。只是如何诠释"佛系"？莫非米字中，一边往怀素狂草跑，一边朝弘一正书靠？都不是，只是内容是清一色流行的禅诗佛联，如此倒挺适合"土豪"们悬挂。怪不得，贾"土豪"表示要把二十件作品一并收入佛光禅院。

"红娘子"笔下的"地涌金莲"，名字叫地莲姜，一种旱地莲花，四大佛教圣花之一。以某种植物作为对象，本来没啥，关键看表达。"红娘子"笔下的"地涌金莲"，似乎真用了泼墨金彩。泼墨金彩，为大风堂所创，当代水墨画家真正能领会其精髓的，蓝守玉没见过几个，很多时候，是把泼墨和金彩弄成了两张皮，要么墨一团糟，要么"彩"鄙俗无比。"地涌金莲"当然没走出此番套路，一样迎合流行的"土豪"趣味。题款书风仿大风堂，已达八分。蓝守玉粗看几件，见件件题款言及"大风堂再传弟子红娘子……"这款还是有些唬人的。能唬人就对了，书画讲门阀，要想在圈子里混，没谋个像样出身，闭门造车的确难被认可。于是，书画界各种门第附会的乱象，也见怪不怪了。

"佛系·双人舞"主办方和展览地点，是柴瑶在荣城的"土豆艺术馆"，时间定在明天下午。

蓝守玉问齐鲁，参加活动有无具体指标？蓝守玉这话的意思，我就是个玩艺术品的，叫我去，不就那点意思，出出手，捧捧场么。齐鲁告诉他，此次邀请他是作为赵青花陶瓷艺术馆的名义去的，一起被邀请的收藏机构，还有大风堂艺术馆和佛光禅院两家。佛光禅院，自不必说，收藏书协主席作品，一来禅院需要主席装点门面，二来也为给她老婆办展作交换。大风堂自是冲那再传弟子名头去的，谁晓得贾"土豪"和大风堂之间背后有何交易？

如此，赵青花陶瓷艺术馆又去干啥？

齐鲁告诉蓝守玉，"红娘子"的东西，看上几件拿几件，没看上也没关系，出个场，捧几句，兴致来了现场预定几张也行，不用真付账，回头购画账款还从赵青花陶瓷艺术馆对公拨到土豆艺术馆。

蓝守玉一听乐了，听说过书画圈各种交易，今天算开眼了。左手给右手，互相捧脚吗？只是那脚——香脚焉，臭脚焉？齐鲁讪笑道，你懂的……

同齐鲁通完话，蓝守玉给童桐打电话，没通。又给文雄打，文雄道，下午在市里开园区项目推进工作会，正说晚上要不要一起聚聚。蓝守玉想，童桐自离开"守玉楼"，他的生活终于有了自由，想吃啥吃啥，想睡哪睡哪。文雄问吃啥？蓝守玉道清淡些，三江河鱼。文雄问，江团还是"葩老汉"？蓝守玉道，奢靡之风不可长，"清波"将就。文雄就笑，"清波"，三百元一斤，还将就？两人就约了去"三江亭"。蓝守玉叫文雄记着带上文嫂子。文雄说，带她干吗，一个神经病。蓝守玉还想说啥，文雄已挂了电话。

59.2 【大千清波】

"三江亭"严格说起来是"楼"，地下一层，地上三层，一个做美食发家的老板开发的，整栋楼穿金戴银、流光溢彩，据说楼上那金顶，花了一百两真金。入夜，江边看看那亭，真算得上三江的辉煌一景。去亭里，可观江中渔火，听四面涛声。"三江亭"口岸得天独厚，加上奢华的装修和菜品，在三江人眼里，那就是餐馆中的超五星级。刚开张那会儿，公家接待、"土豪"请客、小资约会，差不多是首选，后来整治"四风"，人气散了不少。即便如此，每逢周末，三层楼依然满座。

文雄预定的是顶楼，靠江边的卡座。蓝守玉问服务员，几年没来过，咋还是人多？服务员道，全靠老板们撑起，政府整治腐败，"三江亭"的客人都差不多快给整没了。蓝守玉笑道，是把公款吃喝、大吃大喝给整跑了吧？服务员道，要不是降价搞促销，真的就垮了。

服务员递上菜单。蓝守玉边翻边笑问，"清波"有啥新鲜吃法？服务员道，"三江亭"的招牌菜就两道，"红掌拨清波"和"大千清波"。文雄问有啥区别？服务员道，有啊，干煸鹅掌配烤清波，泡姜椒煨清汤清波，一个清淡，一个重口味。文雄道，那就将就蓝老板，来个清淡的"红掌拨清波"。蓝守玉想着下午同齐鲁聊过大风堂弟子，忽有显摆冲动，就说要不来份"大千清波"，装装门面？文雄道，行，就"大千清波"，也假装一回文化人。

服务员正要离去，蓝守玉忽又想起啥，问道："多少钱一斤呢？"

服务员道："清波都是一斤半到两斤左右的，不论斤论份卖。小份一条，四百八；中份两条，八百八；大份三条，一千二百八。"

文雄拉下脸来："有这么夸张吗？"

服务员一本正经道："老板，你看来很久没来过本楼了吧？生意好的时候小份都要六百八，大份一千八百八，现在都是打七折。"

文雄本来要发火，被蓝守玉劝道："不贵，现在弄条正宗清波上来也不容易，这价算接地气，一条清波四百八，到了卖鱼人那，两百总还有吧，两百块，在你我这里，就是个茶水钱。多体谅民生吧。"

文雄苦笑道："搞腐败都被你说得这么高大上。"

两人就点了个中份，搭上两杯"荞花水"。

59.3　【狗拿耗子】

等清波的空当，两人从墩子卧底的进展，聊起了案子。文雄问郭大林这边有没动静。

蓝守玉道："似有风吹吧，只是现在还不便透露。"

文雄笑道："你对我还有啥密要保？"

蓝守玉就简单说了墩子之前的电话内容。文雄道："好吧，暂不打草惊蛇，破个案，也不差那几天。"

蓝守玉又问了会江和蒲溪的事。文雄道，内部通报会江案子现场抓了几个鄂市挖宝的，也没审出个所以然，听说已送到检察院，检察院没接招，给打了回来，理由呢，挖宝证据不足，一是现场勘察结果并无古墓，只有挖的土坑，二是宝也没有，也就是说一件案物都没掌握，既不符合盗掘古墓葬，也不符合盗掘遗址，无法定性。

　　"口供呢？口供可以支撑动机。"

　　"看来你不知道警察办文物盗掘案的门道。像这类案子，证据比口供有意义，现场抓到啥是啥，家里搜出啥是啥，又不是贪腐案，嫌疑人的态度决定法官的尺度。"

　　"没进一步深挖？"

　　"深挖啥？往自己身上揽活？他说在东西南北中挖过宝，你就去东西南北中找那个所谓的坑？"

　　"找坑有毛用，关键要将遗失的文物找回来，这才是打击文物犯罪的终极目的。"

　　"对呀，他说宝物卖到东南西北中了，你还真派人东南西北中找？那会找死人的。"

　　"找死人也要找啊，要不然，养你们警察干吗？"

　　"警察也是人，再说，我文雄只管屏羌好不好，他会江的警察也只管会江好不好？"

　　"那好，多年前，屏羌皇城山的事，你没忘吧？"

　　"你怀疑会江案子，与屏羌皇城山案子有关联？"

　　"不是我怀疑，这手法明明如出一辙嘛。"

　　"别想多了。皇城山那事，就让它过去吧，搞得好像我们不作为，真丢了啥宝贝一样。"

　　"我的意思是，小聂他们可以主动点，对接会江那边，共享信息，说不定真弄出啥大案串案来。"

　　"打住，多一事不如少一事。这年头，干得越多，错得越多。老峨山佛头案还头疼着呢。"

　　"那蒲溪公安在高速路拦获的那些疑似文物呢，也不了了之？"

　　"对呀，几个文物专家意见不统一，谁敢立案？"

　　"可以搞司法鉴定的。"

　　"文物单位意见都不统一，谁还去弄司法鉴定？要是司法鉴定出来，人也抓来关起了，但是文物专家跳出来质疑，咋收拾？"

"也是。对了，小聂给你说过没，蒲溪案子收缴的东西咋处理？"

"你想打人家注意？那是蒲溪，不是屏羌，少给我惹事吧。"

"我是说，上次我去看时，见到了一方'二十八星宿图'石刻板子。"

"打听它干吗？既然案子没立，那些东西，鬼晓得会不会卖给哪个收荒匠了。"

"卖了？"

"要是我也会叫下面拉去卖了，送人也行，留着终是个包袱对吧，即便以后有人问，就说那东西丢了，谁去追究？"

文雄说蒲溪警方向周边市县通报案情，小聂听了蓝守玉建议，到理工大学做碳十四物理检测，确认青铜、玉器和瓷器年代并不久远。当然，蓝守玉也知道，元明的蒙古黑金刚石板和那堆破烂并没有送去检测，在这件案子里，它们不是影响案件走向的关键案物。

既非文物，又没有审讯出所涉诈骗的相关信息，就不能叫案物，没了案物，案件也立不了。因货主一直未出现，无法笔录，那批嫌疑货，既无法排除，又不能确认，只好通知文管所领回去。

文管所不是放文物的吗，咋能放仿品，真假混装，以后还咋玩？蓝守玉感到很滑稽。

文雄就又解释，文管所的确没接招，说他们不保管疑似文物，再说库房早挤爆了，不愿意领。蒲溪的公安就问文管所咋处理。文管所说，咋处理都可以，反正他们不要。皮球又踢回公安这边了。公安没办法，就把那堆明显的老破烂，封存到局里的案物临时库房，把那些已经检测过的假货，叫收破烂的拉走了。

胡搞……

蓝守玉不知道自己在骂谁。

骂过之后，还是念念不忘那块蒙古黑金刚石"二十八星宿图"诗文雕板。

那天走得匆忙，咋就忘了留一张资料图呢？那东西让收破烂拉走，丢了可就太可惜啦……

"咋了？就一烂石板。"文雄问道。

"啥烂石板……我感觉，那玩意有点像藏宝图。"

"还藏宝图。哪有那么多宝？如今哪儿没几处工地，修路、造城，能翻动的地皮都给翻了，还能有啥宝。走火入魔了？"

蓝守玉没有讲藏宝图，讲了文雄也不会相信。他讲的是五竹寺土墙壁画的事。他说，那壁画在西康见过。

"西康见过？你说那次去卧底，被西康警察扫黄给搅局的事？"

"本来要找你算账的，下来再理论。对了，那线人后来联系过没？"

文雄摇摇头。蓝守玉说他怀疑咸阳人背后有个团伙，他手里的舍利子函，很有可能是在甘南一带盗的，而且他记得那天咸阳人给他看的壁画图，与前几天在五竹寺考察看到的壁画酷似。

文雄赞成蓝守玉的分析，不过，他也提出一个疑点，就没第二处壁画吗？蓝守玉坚持说，绝对没有。文雄就笑他是个人看法，站在破案的角度，这只能叫推测，且不是唯一可能。

蓝守玉道，这些天老担心那壁画，被人惦记，要不要往甘南渭源发个函啥的，请那边弄点措施，保护保护。文雄笑说他这叫狗拿耗子——多事。

文雄这么说，有他的道理，别说这事跟他的团队没关系，跟屏羌和三江都没关系。蓝守玉看到的图，在咸阳人手里，又是在西康看到的，现在壁画在甘南发现，你说叫文雄团队给甘南发函件，说一件似是而非的事，不是狗拿耗子，是啥？

蓝守玉想，这事跟他蓝守玉有关啊。甜白盏、琉璃鱼、青花大龙缸的事，已让他沦陷。此事若最终没个说法，他蓝守玉对不住很多朋友，也对不住自己，更对不住那些宝贝。就说那壁画，要是有一天被盗了，咋弄？它可是大龙缸事关五竹山的重要物证，若人为灭失，秘密在这段最为重要的环节里，出了空白，当他有一天公布探寻秘密结论，宣布寻觅到真相，还能有几个人信？

正惆怅，"大千清波"端上来，两人正要动筷，文雄的微信来信息了。

看文雄脸色，好像有啥事。文雄道，好不容易挤个周末，来这有文化上档次的酒楼，还点了这么"土豪"的清波，可惜，得马上回屏羌。蓝守玉问，啥事急上火，也等吃了鱼。文雄道，不行了，真有急事。蓝守玉问道，临时开常委会？还是园区出事了？还是发了啥案子？文雄不置可否，抬脚便走。蓝守玉拉住他，要走也吃几口鱼，味道那么好，不吃真可惜。文雄就胡乱夹了几片鱼脊肉吃了，边吃边道歉，说车都来楼下了。蓝守玉纳闷，你的车不是放回屏羌了吗？文雄道，是放回去了，来接的是一朋友。蓝守玉问要不送你下楼？文雄坚持不让送，说家里还有点私事，本来想今晚请他帮忙参谋参谋的，只有改天了。蓝守玉道，这么忙？公务员要个个八小时以外都当八小时以内，远大理想早实现了。

文雄就笑着告辞下楼。

大周末的，连饭也吃不踏实，不会园区真出了啥事吧？

也许童桐知晓点情况。掏出电话，发现童桐有个微信留言，有啥事呢？

中午"守玉楼"吃黄辣丁，童桐也说屏羌事多，才叫孔亮开她的车送他舅娘回去的。

留言只有一句："表哥，说好的花裙子呢？"

蓝守玉拍了自己脑壳，坏了，今天是童桐生日，入秋时说好生日送花裙子，这么大个人情，咋就忘得一干二净？

赶紧拨电话求谅解吧。一连拨了几次，没通。就想，童桐会不会也跟着回老家了，这会儿也许在老家过生日呢。算了，要欠人情就欠大点，虱子多了不痒。

蓝守玉决定放纵一回，把两条清波吃个精光，外加四瓶啤酒。夹一片，啜一口，望一回江景。待最后一瓶啤酒见底时，这才发现偌大一层餐厅，只剩下他和几名服务员。

59.4 【手拈秋花】

车扔在停车场，没法开了。蓝守玉摇摇摆摆，沿江边朝河心岛晃荡，那儿有片开阔湿地。

寒风飕飕，灯光昏暗，脑子里除了急剧升高的热度，剩下便是大量杂乱无章的空白……

"我知道我终将老去，没有人能阻止这件事的发生，你的爱情也不能。"迎着江风吟诵《悲观主义的花朵》的开头也挺有氛围的。他惊讶于自己的过目不忘，以及主人公对悲剧的结局或叫濒死感的超常预感。甚至相信作者可能曾经一度患上了抑郁症。据说，抑郁症会无意识拔高患者的想象力。

疑心自己正遭遇所谓的"泥洹"——意识逃离肉体，接近于寂寥和湮灭——仿佛最后的芦絮，不，芦炬，高擎黑暗，随风飘荡悬浮——风，那黑暗的深邃——影子已游离，游离于躯体之外，就那么冷漠地飘荡悬浮——吸到半空到远处——被一股旋风给卷走——或许影子在旋舞——这已不重要。

重要的是黑暗在往深处推进。看见一个风口，巨大得类似黑洞——影子急速地向前飞升，没有体重，最轻盈的鸿毛也不过如此——仍然被牵扯挤压和粉碎——谁的肉体早已消逝——而意识不灭——风口还有风，它超越四季存在，鼓荡很多人，也许有医生，也有亲人，甚至有女子似曾相识——尚能清晰辨认她们的容颜，只是不确定她们是否还爱自己——爱自己的影子——好似奇异木偶一样，出现在意识的外围，衣着华丽而隆重，大声喧哗，放肆地评价一个男人的前世和今生——就像评价一个毫不相关的"泡泡"一样——双鱼一样笨拙的泡泡——土豆一样善良的泡泡——他们或者它们并无痛楚，也无快乐，与此刻独自远走的心情何其一致……

然后，意识趋向无边，幻化一束花或者光——周围都是花的瑰丽，光的璀璨，那么绚烂——绚烂彻底令人释怀——终于找到最为可心的"她"——谁的至爱——她的美丽，绝无仅有；她的心地，一览无余——然后再无追求，回到起点，彼此深爱如磐，仿佛主宰今生来世的轮回——那一刻的全部和永恒……

从泥淖而生，至泥淖而灭……

悲观主义也好，魔幻现实也好，他的玄思止于一团泥淖。

而且真的找回了血肉的肢体，有了忽冷忽热的燥感。

他摸了摸自己的脸庞，触电的麻木感。咋又活回来了？朝着暗处吐了一口唾沫，裹了裹衣领……

半天难见人影，真有些寂寥了。好好的夜色，难道如此平铺直叙任由流淌？

前面一座石桥上，好似坐一人影，着青衣鱼尾人身的女子，一动不动，雕塑一般……

肯定不是雕塑。这么晚了，又会是谁？别不是有谁想自杀吧。

遂莫名地兴奋。最近三江出了几起跳楼跳河的，有为情所困的，有被高利贷所逼走投无路的，更多的据说是无名无姓的抑郁症患者。

偌大的湿地，倒是块风水宝地。

便寻思，若真的憋得无可救药，哪天想自杀了，一定要选个类似的意境：枯藤老树，小桥流水，古道西风；最好有一匹瘦瘦的老马，有一抹斜斜的夕阳。一个百无聊赖的书生，穿戴干净整齐，嘴角含笑，优雅地去了，那棵著名的元朝古树也跟着出名了。一群，不，一只，旧年的乌鸦，也出名了，它们贴着秋风低飞，嗯嗯，啊啊，仿佛谁的灵魂，绕树三匝，叩头离去……

又觉哪不对。就想呀，是不是还缺了啥推广的道具或者标识，比如手拈秋花……

世上有没有完美无缺的爱情，他不知道。但一定有最接近理想的花开，它叫悲观主义……

这么想着的时候，忽然发现已经鬼使神差地撞到桥墩前。

咦……人呢……刚才分明还见着的。

莫非……

好家伙！冷汗和着啤酒，"哧溜"往外冒……

60.1 【抑郁症前期】

上午无事本打算睡个自然醒，而昨晚湿地公园又受了惊，哪晓得一大早文雄就打电话来倾吐心理垃圾，咒骂他老婆是不是得了抑郁症。

文雄老婆养了一只金毛。金毛原主人是前几年屏羌有件跳楼案的楼主，一个单身美女。楼主一个人抛弃这个世界走了，金毛便无着落，文雄从派出所领回金毛，跟老婆做伴。一个没了女主人，一个有男人当没男人，金毛和文雄老婆，一拍即合，都把对方当新欢，一个喊"宝宝"，一个叫"吼吼"，那亲热劲好长一段时间让文雄都禁不住醋意大发，后悔不已。未久，他发现金毛的好处了——老婆不再黏他。

"那还有啥可烦，不正合你意吗？"

文雄说本来相安无事，谁知几个月前，金毛吃了他从屏羌馆子里打包回来的酸汤鸭，拉肚子拉死了，他老婆怀疑是他在酸汤鸭里放了啥坏东西。

"是呀，谁知你是不是为报金毛的夺妻之恨呢？"蓝守玉笑道。

文雄又说，为此两人吵了好几场架，后来不吵了。每次回家去，女人一言不发盯半天，盯得他全身毛都要竖起来。他怀疑他老婆是抑郁症前期。

"可能还没到那地步，疏导疏导吧。"

"找你就这意思，要不你去给你嫂子抚慰抚慰？"文雄语气哀婉。

蓝守玉便说了齐鲁邀请下午去荣城参加"佛系·双人舞"书画展一事，问文雄要不要也一起去给"屏羌金花"捧场。文雄道，这事也听说了，可园区忙，脱不开身啊。

蓝守玉就按文雄意思，给文雄老婆打了通电话，问要不要出来散散步？电话那头，那女的半天没吭声，最后问了一句："能带闺蜜不？"

蓝守玉就去"三江亭"停车场开车，赶到文雄家楼下接文雄老婆。等了半天没见人，就玩手机，玩得兴浓，忽觉有个人影在他车边。抬头一看，原来是个胖嫂，侧着身子不发话，有些狐疑，文雄女人？就这身材？那女的也盯了他半天，阴阴问道："文雄呢？"

这也没啥，也许文雄就没给她提起过，要请他做思想工作一事，再说这事能提么？

"他在三江忙。昨晚还在一起，连夜又赶回去了。"他敷衍道。

那女的没有搭话，把眼神移到远处，很不屑的样，意思自然懂的：忙个锤子！

"嫂子，去哪散步，还是喝茶？"他有些怯场。这话能让那女的把身子转过来正眼看自己一眼吗?

那女的依然看着远处,一言不发。虽然和文雄是多年的熟人,但是他老婆却是没见过几面的,再说见面也就吃吃饭,没啥深刻印象。他察觉那女的对他有着从未有过的戒备。这让他忽然也信了,可能真遇上一抑郁症女人。据说,更年期加抑郁症,有个临床体征,就是猛然发胖,诱因呢往往是暴饮暴食。若真如此,贸然提出两人散步喝茶,怕不合适。他打定主意,下次文雄在时再一起约。

重新打火动车,想起女的电话里提到闺蜜一事,有些蹊跷,便多了句嘴:"你闺蜜呢?"

那女的缓缓转过身子来。这才看清楚了,女人怀里抱着一只瘦骨嶙峋的布织金毛……

60.2　【审美疲劳】

"佛系·双人舞"书画展如期举行。土豆艺术馆一扫隆冬气象,暖意融融。荣城书画界、文博收藏拍卖界自不必说,老干部活动中心和政协书画院老文青估计也是一个不落,都冲齐老爷子名望站台来了。

蓝守玉老远瞧见齐鲁站在馆门口,还以为在等哪个大人物,就打了声招呼,叫齐鲁自个忙,他先进去了。齐鲁道:"有啥大人物,你蓝守玉不就是大人物么?"

蓝守玉以为他在开玩笑,一个人径往里赶,齐鲁跟上来,道:"不瞒你说,老兄面子够大,就算你们向书记来,不一定有此待遇。"

"啥待遇?"蓝守玉仍是没在意。

"亲自恭候大驾光临啊。"

蓝守玉停了脚步,从头到脚看了看齐鲁。

"看啥?"齐鲁给看岔了,"晓得老兄清高,但我齐鲁也不是大俗人。今天你们三江的前任市委书记来,我都打发老头子自己去接的。"

"哦,"蓝守玉回过神来,"我算哪根葱,你该从北上广去请名流的。"

齐鲁道,整那些没用,请老弟来,是以民间收藏家名义,要干活路的,你懂的。蓝守玉就说"我懂",不就是一会儿拿几件东西捧场吗?齐鲁道,也不是真的买,只是借老弟名义,要买的作品都是事先定了的,到时候有人引去,现场点个头,亮个相,意思一下就行了。

"不花一分钱,还能过收藏大咖的瘾,那不是赚大发了?"蓝守玉笑道。

知道是玩笑话，齐鲁便呵呵敷衍了。

齐鲁向老爷子、蒲志和一帮老同志引见蓝守玉，头衔美其名曰"三江隐士"、网络收藏大咖"双鱼座青花"。老头子们也是网络菜鸟，听齐鲁说啥"大咖"，一堆人就挤过来认识和握手。蓝守玉平日哪见过这阵势，再说都是些前辈，一紧张，手心便冒冷汗。

离开展还有半小时，蓝守玉就在馆外四处转了转。

以小取胜的土豆艺术馆，在柴瑶的土豆公司有拍卖的时候，充当了预展的功能，很多时候闲着。闲着也是闲着，齐鲁就帮着网罗些小型艺术展生意，一来扩大土豆影响，再则也给齐鲁集团各地新楼盘打打广告。

从蓝守玉个人趣味看，书协主席不说，大风堂传人的东西只能算三流。因齐鲁亲自参与策划，策展水平没得说，无形中提升了大风堂传人的艺术水准。显然这段时间齐鲁也没闲着，正是不怕穷人闲，就怕有钱人瞎忙。齐鲁说他一瞎忙，审美就疲劳，就寂寥。这便是有钱人的矫情。

有种说法蓝守玉并不认可，谁说有钱人空虚，生活无趣味？说此话之人，定无"有钱"的真实体验。乾隆老儿算天下第一有钱有闲的主吧，何时见着乾隆"寂寞"呢？有也是矫情。比如，过中秋。乾隆寂寞了，就海吃，各种点心就不说了，关键是那三斤重的大月饼都嫌不过瘾，最后加餐一只大猪蹄髈……终于吃撑了……朕累了，想一个人静静……宫女们都下去了。留下俩太监，左侍茶，右侍点。乾隆也当两位不存在，怀抱如意，呆望树梢圆月，望着望着，走神了……此番场景被清代宫廷画家冷枚给记录下来。蓝守玉看过那画，得出个结论，"土豪"就是"土豪"，啥寂寞，啥空虚，你个搬砖的，瞎替"土豪"操哪门子心思？

齐鲁把审美疲劳挂在嘴上的时候，说不定正在兴头上，乐此不疲哩。就像乾隆，你以为人家寂寞，其实人家不过患了海吃的强迫症。这世间，最难拥有的不过乐子之类的形而上了。但是乐子再牛，它在钱的面前，都是中秋的圆月和浮云。

一个服务员过来告诉蓝守玉，说来了两拨客人，齐总请他过去见见。心想，又是哪两拨神仙呢？

到了一看，似有两个面熟的，正想谁呢，一男一女主动过来打招呼了。

"蓝总好。"男的满脸堆笑。

"好像在哪见过面？"蓝守玉伸出手问道。

"佛光禅院啊，呵呵。"男的答道。

蓝守玉想起来了："对对，你是贾总，失敬失敬。"

女的自报家门的时候，蓝守玉确认了，正是"屏羌金花"之一。

贾总和"屏羌金花"，向齐鲁和蓝守玉介绍今天的主角之一，大风堂关门弟子"红娘子"。"红娘子"又向几人引见大风堂众徒子徒孙，一群人自然各种客套。看得出来，今天是"红娘子"的主场，浑身上下也是满满的存在感，感谢土豆赏识，感谢各位光临，嘴巴像抹了蜜。

服务员带那两拨人到候客室的工夫，蓝守玉把齐鲁拉到一边，说了宣德青花鱼龙大缸熄火等待开窑的情况。

齐鲁一连说了几个好，并未急于表态。

蓝守玉试探道："难道齐总没有打算亲自前往瑶里，见证大龙缸问世的这一历史时刻？那宝贝可是出自赵青花和叶景生之手，景德镇排名第一黄金搭档的天作之合。"

"当然想去，做梦都想，"齐鲁并不掩饰情绪，"这辈子，还没真正被一件官窑仿品魂牵梦绕过，但这次我承认，只要脑壳一空，装的都是那玩意。"

"这不对了吗，啥审美疲劳，我看更像临界状态。"

齐鲁也觉着像有大事要发生，很是为难，想去吧，老婆和娃圣诞节前就要回来。

"这有啥，又不是诚心玩消失，去去就回，老婆老婆，老了都是婆，多看一眼，不会变年轻，少看一眼，也不会少根头发。"

"道理是这道理，但经与经不同，只能各人念各人的。"齐鲁决定同尚小林商量后再回复蓝守玉。

60.3 【三丈二】

开展仪式简洁务实，该省的给省了，不该省的也给省了。柴瑶主持，依次介绍莅临嘉宾。令蓝守玉不解的是，现场并无一家媒体。尚小林小声告诉他，土豆事前已得到齐鲁口谕，此次展览，纯属圈内沙龙，不得高调。蓝守玉寻思，齐鲁的口谕，或与保护年轻书协主席有关。

齐鲁致辞不到五分钟。原以为接下来少不了请老同志中某位德高望重者宣布开展的，结果齐鲁直接宣布仪式已经结束。至于"佛系·双人舞"书画展的男女主角，更是免了答谢的流程，直接陪众来宾进场观展。

低调的形式背后，或隐含内容的奢华。大风堂传人"红娘子"的水墨金彩系列"地涌金莲"，被粉丝"土豪"一抢而空，剩下两张六尺，也被土豆的工作人员标注为非卖品。也不知是贾"土豪"同大风堂事先谋划好的局，还是真卖完了，等蓝守玉想起来齐鲁邀请他今天出场的目的时，已无画可买。蓝守玉找到齐鲁、柴瑶和尚小林商量，说"红娘子"的泼墨金彩，大红大绿的，色彩似乎扎眼了点，"土豪"们买去挂办公室玩玩可以，不太适合收藏。齐鲁道，捧个场附庸风雅而已，不必较真，反正赵青花陶瓷艺术馆以后开馆也要买点厅堂大画装饰。

柴瑶问："挂几张？"

尚小林笑道："还能挂几张？贾'土豪'要的是他老婆的面子。"

蓝守玉也笑："好办，那就来张离谱的。"

齐鲁和柴瑶一脸问号。

蓝守玉道："就是来张大的。"

柴瑶问："多大？"

"不是书画圈子流行说，水平不够，丈二来凑么。"蓝守玉道。

齐鲁想想又道："要弄就弄响点，给大风堂面子，就是给书协主席面子。至于给多大面子，还不是蓝大师一句话？"

柴瑶纳闷道："丈二还不够大，不至于两丈二吧。""两丈二"，就是两张丈二的意思。

齐鲁道："三丈二。"

"这似乎有点吓人了，"蓝守玉道，"不过，如今的画家，谁不贪大？"

柴瑶吐了下舌头："那，开多少价合适？"

"开多少价都合适，本就是个游戏。"齐鲁道，他和贾"土豪"是对等帮忙，贾"土豪"拿书协主席作品出了多少价，他老婆的大画就定多少价。

柴瑶道："书协主席参展作品大大小小二十件，计一百二十平尺，主席市场评估一万一平，难道他老婆一张画就抵一百二十万？"

"账不能简单这么算。"齐鲁道，"主席的作品事先说好是整体转藏。眼下艺术品市场不景气，有价无市，我跟主席商量的是三十六万。"

"三十六万买一个三流女画家，也会让人笑话的。"蓝守玉笑道。

尚小林也笑道："关键她画过三丈二没？"

"这倒不用操心，"蓝守玉道，"人家又不是一个人在战斗，有大风堂背书的。"

"都想多了。"齐鲁打断了几人的对话，"去定画吧。"

蓝守玉就去找"红娘子"预约。一听"三丈二"的超大画，"红娘子"先是一愣："你们的陶瓷艺术馆真的要收藏我的东西？"

蓝守玉点点头，他并没有告诉她幕后的背景，她的"土豪"老公也没有告诉她。尽管装着超脱，却抑制不住喜形于色，她知道自己几斤几两，难道真的天上掉馅饼？她甚至从未想过"地涌金莲"也有人出大价钱收藏的这一天。钱对于她已无多大意义，她更需要光环，虚拟的光环，让她很享受。

她甚至有些飘飘然了，掏出手机，问道："蓝总，可否让'红娘子'加个微信？"

他答应了，并约好赵青花陶瓷艺术馆开馆前交货。"红娘子"主动要加他微信，不是信奉他的权威，而是骨子里的不自信，这让他颇感意外。

第二十一章　香毒

61.1　【代沟】

"传世皇庭·官窑美人秀"第二季，正在荣城电视台都市频道黄金时段热播。

晚上八九点钟混电视，对"土豪"来说，不叫娱乐精神，叫要命。这个点应该在健身会所里忙乎的。若要问咋不晨练？只能说"土豪"哪有早晨的概念，从来都是睡到自然醒的。下午，赶紧去户外，打打高尔夫，爬爬山啥的。如果董秘来电话，那一定是有啥要紧事，得董事长亲自出马不可了。于是，高尔夫和爬山，被董秘们偷换成午后的一根虚线——主持开会、签署文件、听取汇报、约见客人、视察项目……到了饭点，还得应各种局。

齐鲁并不喜欢凑圈子刷存在感的。有背景，又自诩新生代，低调就是存在感和流量，就是一个人窝于会所，翻弄围棋瓷片看蚂蚁。假"土豪"的流量用来挣钱，真"土豪"的财富自带流量。譬如，贾总和钱总的光环，在齐鲁那就是天空飘来五个字——"那都不是事"。

齐鲁的傍晚时光，是在餐桌上陪他老爷子。家里就俩，不对，准确地说是仨，他、老爷子，还有保姆张姨。张姨是山东老家的乡下亲戚，跟老人二三十载，齐鲁也早把她当成家人。

老爷子饭量大，动作快。老爷子反流性胃炎食管炎比齐鲁要严重，偏偏胃口还那么好。齐鲁就不行，一到冬天，胃里食管里的毛病，反应强烈，没食欲啊。

齐鲁还没咋动筷子，老爷子就说吃好了。

"老汉儿，你这是吃饭，还是倒饭？"

"吃个饭，多大点事，还磨蹭？"

"又没人给你抢，消化得了？"

"敌人在抢哦，动作慢了，炮弹就来了。"老爷子笑道，"消化你就不用替老汉儿我操心了，我自己的家伙什，国防级别，底子好，几十年来哪天不是一顿两大碗？"

"算我没说。"说完,齐鲁又自个埋头细嚼慢咽了。

"对了,"老爷子似又想起啥,"你那项目咋样?"

"哪个项目?"

"屏羌那个啊。"

"还好。"

"国家在限房价,去杠杆,没受影响吧?"

"屏羌是三四线城市,现有政策支持搞房地产。再说,又是生态园林城市,热着呢。"

"我看好多地方弄的生态旅游地产之类的,最后下场都不见得乐观。"

"你说的是那些小公司,齐鲁集团不会。"

"蒲志前些时候到过屏羌。"

"柴瑶已经给我说了,说你也去了。"

"我就是去'打酱油'的,他去是工作。"

"对,他去视察'传世皇庭'配套的赵青花陶瓷艺术馆。现在,他在荣城政协抓文史,比较闲。"

"瞧你那语气,不要瞧不起人民政协和文史工作,我退下来之前也是在二线发挥余热的,文史是我们的根。你弄房地产,不能没根吧?"

"齐鲁集团不是正策划在屏羌弄了个艺术馆项目吗?"

"他给我说了,已将调研报告给荣城有关领导了。"

"领导表扬了?"

"对呀。你是屏羌请去做开发的,有关领导表扬当地,还不是冲你那项目。"

"我一个生意人,不需要在意这些吧?"

"你做项目的,何必分得那么清楚。有关领导的表扬,对屏羌有多重要,你可能理解不了。不过,有一点你要记住,齐鲁集团的项目为屏羌加了分,人家自然会高看,也能为项目做点添砖加瓦的事。"

"我砸在屏羌的是真金白银。说不好听点,我有钱。他们是冲我的钱,不是冲我齐鲁这人。"

"有钱就能耐了?你拿土地,不拆迁?不给银行赊账?"

"啥赊账,那叫融资,资本运作。"聊到这里,齐鲁忽然觉得两人偶尔一次的谈话,也扯不到一块,果断打住,"算了,我们两个没在一个频道上。"

没在一个频道上就对了,一个老革命,一个"60后",这叫代沟。在屏羌项目上,齐鲁并不想让老爷子介入太多,其实就是不想让向书河、蓝守玉这些牛人看低，认为自己就是个趴在爹妈背上摘果子的二代。

齐鲁离桌，去客厅拿来一个老峨山丑柑剥了，边吃边翻朋友圈。翻出柴瑶的几条信息，提醒八点钟看都市频道"传世皇庭·官窑美人秀"第二季"赛宝砸宝"，还说曾导特别为他推荐了一个神秘嘉宾。齐鲁回信息问，有多神秘，网红、瓜子脸还是奶茶脸？齐鲁其实知道她说的神秘嘉宾，可能就是蓝守玉大龙缸的上家，仍明知故问。柴瑶道，网红一周一个，但今晚出场的嘉宾，就不是地球上的，绝对耳目一新。齐鲁问道，有那么夸张？好歹自己也曾阅人无数。柴瑶道，你说的是数量级的，我推荐的是物种级的。

蓝守玉算一个物种，双性男人。齐鲁也算，"土豪"中的非主流。那，女人中的新物种，又会是啥样？

61.2 【七宝溺器】

晚八点，齐鲁准时打开都市频道。

老爷子纳闷，啥电视比手机还好玩？齐鲁道，公司赞助的，赛宝选秀。老爷子来了兴趣，赛宝？好看吧？齐鲁回，没看过，朋友说，今晚好看。老爷子又问，有宝贝？齐鲁道，应该有吧。一听说有宝贝，老爷子也修改了傍晚的散步计划。

第一个出场的寻宝嘉宾，叫"瘦瘦"，此人身材骨感。

"瘦瘦"一上台，观众还没反应过来，她自己就开始尖叫了："辣妹的辣，就是骨瘦如柴。我是瘦瘦，各位嘉宾，观众朋友，大家看我身材火爆吧？"

台上三个嘉宾和台下观众一看，果然感性，跟"芦柴棒"有得一拼。

才艺嘉宾是荣城某时尚杂志的女主编，问旁边曾子羊栏目组的电视嘉宾，女娃长这点肉，能生娃？电视嘉宾是个"80后"，还算比较理解现在姑娘们的想法，就说，既欲美，何生娃？文物嘉宾是个老古董，附和道，没事，怀娃的时候，多吃点，肉就回来了。

"瘦瘦"表演了一段模特步，按齐鲁的眼光，也就是个三线城市水平。

"瘦瘦"带来的宝贝，清晚浅绛彩小名家玉山氏花鸟粥罐，民俗用品，东西到代没问题。"瘦瘦"讲述的得宝经历倒是亮点。她说东西是第一次初恋男友家，老人送的见面礼。小伙子老实，不懂得浪漫。两人分手后，人家也没提罐子的事。后来交了好几个男朋友，觉得一个不如一个。这次来上节目，也希望初恋男友能看到她和这个罐子。女主编问，你是想和你的初恋男友重归于好吗？"瘦瘦"就点头。于是，三个嘉宾一致亮了绿灯。估计他们都是冲自己的"第一次"亮的灯。

随后上场的两个寻宝美女，脸蛋还行，个子偏矮。一个唱了一曲老歌《童年》，一个来了段朗诵——高尔基的《海燕》。

老爷子说，这俩女娃好，模样端正，好看，还有文化。齐鲁打击道，老爷子，你能提高点审美不，一张驴脸，又没身高。好在，她俩的东西对，只是普通了点，不然，估计齐鲁得上两回厕所。

第四个上场的美女嘉宾，一亮相，就让台上嘉宾和台下观众乐了，所有的目光都聚焦在她手里的青铜马桶上了！

齐鲁也尽量克制自己的笑意。

一看来了"国宝"，还是笑料级的，文物嘉宾忍不住卖弄起肚子里的墨水来。

前些时候，媒体报道海口市曾展出一款价值不菲的金马桶，相当于现代版"七宝溺器"。不过到了今天，使用金马桶已是老土了。超级"土豪"现在玩得更高级，都是使用人工智能和数字化，那才叫含金量！

再"土豪"，也不及孟昶的马桶："七星溺盆"。孟皇帝玩马桶，不像今天的"土豪"们为炫富。孟皇帝有纯精神的审美需求，跟烧香拜佛差不多。五代末期，中原动荡，帝王对杀伐生涯也生厌倦，日常兴趣从权力争夺，转移到对器皿的迷恋，今天叫玩物。玩物，往往丧志。主宰盆地的孟皇帝，有件起居用的陶瓷器皿"七星溺盆"，是个宝贝。宋朝皇帝灭掉他后，见到这玩意，不认识，一问，才晓得是个尿盆，就骂道，连尿盆都如此奢华，不亡国才怪！便把尿盆给砸了。因没几个文人见过这玩意，现存文献中便不见有文人对于此物的癫狂赞美。"七星溺盆"还算寄托之物，两个皇帝的恩恩怨怨都刻在上面。

"七星溺盆"，也有叫"七宝溺器"。材料现在已不可知，金器的可能性大。从其名猜，似镶嵌有七颗宝石。"七星高照"嘛，福星、禄星、寿星、文曲星、武曲星、七政星、月老，大吉大利。当七颗星星照亮你时，就该走帝王级的好运了。

寄托归寄托，这玩意并没有给孟皇帝带来好运，倒惹出天大的麻烦来。宋太祖赵匡胤从孟皇帝家里搜出"七宝溺器"，觉着晦气，砸了。边砸边痛斥，这个孟昶，肯定不是个好鸟，沉湎酒色，奢侈无度，连撒尿的夜壶都用珍宝制成，那吃饭的家伙什，还不上天了？

盆地人也羞于提及此事，没脸，玩个马桶，把江山都玩丢了！

人呀，就是不长记性。

几百年后，第二个金马桶又来了。

明人余继登《典故纪闻》载，太祖朱元璋见了陈友谅有张镂金床，想起孟昶的七宝溺器，好不恶心，便学赵皇帝，把那床当金马桶给砸了。只可惜那床了，替马桶背两口黑锅。

文物专家也算见多识广，听说过千奇百怪的马桶，青铜马桶是啥怪物？文物专家的发问，表明并不认可那玩意。

一听女娃讲宝物系祖传，还是汉代的，齐鲁终于忍不住，给柴瑶发了好几张笑脸，问道，这就是你和曾导让我看的来自天外的"神秘嘉宾"？柴瑶回道，别急，好菜都是最后才端上桌的。

61.3 【砸宝】

"隐蓝"并没有像在寻宝阶段那样，以一曲清唱展示原生态的歌喉。不过，齐鲁还是从她的VCR里，听出了柴瑶说的一尘不染是啥情况。

与他俩相比，同样坐在电视机前的蓝守玉，仿佛又回到了龙隐：她的清唱，宛若天籁佛音，那种欲说还休，欲罢不能的震颤，先于肌肤之间传递，针灸电疗一般流过经络血脉，细若游丝。

"砸宝"现场的"隐蓝"，似乎并未察觉接下来的凶险。她的故事，阳光干净，根本不设防。

"好呀，会动嘴巴也是才艺。明星主持人谁没有一张三寸不烂之舌。"才艺嘉宾点评暗含挑逗，显然并不认可她的阳光和干净。

引兰，现在叫"隐蓝"。她的故事讲述了两个男人，都与双鱼龙纹甜白盏有关。

她是个不善倾诉的女孩。眼下的困窘，包括干外公的病情，哥哥墩子的惹火上身，她也只是像拍摄VCR一样，淡淡带过。或有哀怨和惆怅，也已随VCR旋律，向远而逝了。

她说，今天能上电视，要感谢一个人。主持人问，谁呀。她没说出他的名字，只道那人与他们一家非亲非故，第一次到龙隐古镇，喝了一杯素茶，之后又来过两次，给她外公留了一大笔治脚病的钱，还送来了这只杯子，说这杯子能让她上电视。

蓝守玉遇见"隐蓝"，忽生恻隐，欲把"隐蓝"推荐给有着同样审美怪癖的齐鲁。对于阅人无数的齐鲁，仅仅如此是不够的。

此时，需要深度隐秘的情感寄托。双鱼龙纹甜白盏的出现，无疑扮演了信物的角色。

当齐鲁看着"隐蓝"手捧双鱼龙纹甜白盏，皎月一样从演播厅升起的时候，他也同样被照亮。

"东西咋来的？"主持人的话题很生硬。

"我干爹给的。"

一听是"干爹"，台下轰地一片倒彩声。"隐蓝"也不知道大家笑啥："我没说假话，真是我干爹给我的。"

观众正要起哄，被主持人制止了："你说是你干爹送你的？"

"嗯，刚认不久的一位干爹。"

"干啥的？"

"不晓得。"

"你干爹为啥要送你这杯子？"

"干爹说拿着它可以上电视。"

"你很想上电视？"

"没想过。"

"咋又来了？"

"干爹让来，就来了。"

"你很信任你干爹？要是大灰狼呢？"

"大灰狼是啥啊？"

台下观众笑得更放肆了。主持人也笑道："不说大灰狼了，说杯子吧。你干爹给你说从哪来的没？"

"隐蓝"摇头。

"地摊上买来的吧？多少银子？"主持人刨根问底，一脸不把女孩打回原形死不休的悻悻之色。

"隐蓝"依旧摇头。

"你干爹花了多少钱买的？"

"隐蓝"还是摇头。她牢记着他的提醒，而且也确实不知道白杯子更多的内情，再说，第一次上电视，主持人又那么咄咄逼人。

"咋老摇头？"

"隐蓝"除了摇头，不知所措。

对于老以摇头作答的嘉宾，主持人也没辙。这哪行，收视率管着呢，怎么也得制造点舞台效果才行。

"既然你啥都不知道，那么，我问你。"

这次，她没有摇头。

"你干爹告诉过你这杯子是啥吗？"

"他说过，说是明代的官窑。"

"明代官窑？你可别吓唬人。"

"就是我干爹说的，我不觉得他在吓唬谁。"

"好吧，就算如你干爹说的，是明代的官窑，那他告诉过你值多少钱没？"

"二十。"

"二十元？"

"不是，二十万。"

所有人扑哧笑喷了……

主持人也笑得不行。观众都知道主持人笑里的意味：有一种玩笑叫国际玩笑。

"隐蓝"也在笑。

面对"隐蓝"的淡定，主持人一下没有了对手："要是，一会儿文物专家说这杯子不对呢？"

"不会的。我干爹说是官窑就是官窑。"

以柔对柔是不行的。看来，必须来点狠的。主持人装着威胁道："东西不对，是要砸掉的。"

"不会的。我干爹说，没人敢砸的。"

还真说不准。俗话咋说滴，舍不得孩子套不来狼。很多电视寻宝栏目的持宝人，在栏目导演的一遍遍启发下，一上台就装一副啥都不懂的样，只为剧情的需要。谁晓得她和主持人，是不是合伙来套狼的呢？

"你这杯子，我看不靠谱。"主持人煞有介事晃动一把金色宝锤。

"隐蓝"赶紧护着杯子，小声道："大哥，你可小心你的锤子。"

主持人只好草草收兵，无奈道："你真相信它是明代官窑？"

"隐蓝"点了点头，道："我干爹就是弄官窑的，我相信他。"

弄官窑的？

台下观众终于忍不住笑翻了……

别说台上文物嘉宾，就是各地博物馆的大佬，搞一辈子陶瓷，还不敢说自己是"弄官窑的"。有没有专门弄官窑的呢，印象中有一个，叶专家，可人家在故宫。台北故宫有一个女士，也是搞官窑的，她兜里一天到晚揣着一挂钥匙，清宫旧藏的官窑锁在三重门后的库房里。台北那个女士那才不愧是搞官窑的，天天把宝贝撇在腰带上玩。

所有人等着女娃出洋相——口无遮拦，两眼清澈。

退吧！所有的观众都不看好"隐蓝"和她的明代官窑。

齐老爷子也不看好官窑。不过，他觉着女孩单纯，台风也好，杯子要被砸掉，可惜的不是杯子，而是女孩自己了。

齐鲁倒是保持与女孩一致的淡定。淡定，并不难。难的是，保持淡定。"隐蓝"相信蓝守玉，她的淡定基于素昧平生之人的基本信任。齐鲁的淡定，源自他对女孩阳光无邪的欣赏，那是一种甚至比明代官窑甜白盏还稀缺的品质。再说，那盏他是认可的，对其结局，早已了然。此时的齐鲁，包括蓝守玉，他俩跟"隐蓝"和甜白杯子一样，急需来一场意料之外的光，点亮这个冬天的晦暗。

古玩界，屁股决定嘴巴。屁股是角色，嘴巴是话语权。一件古物的传世和现世，太需要圈内排得上号的屁股和嘴巴了。

齐鲁和"隐蓝"都在等待台上文物大佬开金口，"朕"以为……

文物大佬，就是此刻的"朕"。于是，有了淘宝版的"朕"以为："这是国内罕见的明代景德镇御窑甜白脱胎盏真品，有线小冲，但瑕不掩瑜，虽残尤珍，保守估价二十万元，完整的在两百万元以上！"

之前，是二十元！

之后，是二百万元！

如此落差，可比天上人间！

"隐蓝"破天荒地笑了。

那是一种稀缺的人间灿烂。齐鲁着实为她捏了一把汗。当然，也为蓝守玉和柴瑶。齐鲁知道，没有蓝守玉和柴瑶，小姑娘和甜白盏，不可能登上荣城的电视屏幕，他也无缘得见那久违的人间灿烂。要不是蓝守玉和柴瑶的推荐，他甚至怀疑"隐蓝"的灿烂，是不是曾子羊的舞台产品。

齐鲁难得地笑了，尽管有些矜持。

61.4 【徐昕蕾回国】

齐鲁正寻思如何回复柴瑶，手机上见有个美女图像跳到桌面，邀请视频，一看是老婆徐昕蕾。这么晚了，还视频，查夜吗？

"齐大公子，齐总，别来无恙？"

瞧这挑衅意味！

齐鲁没有接话，虚晃一枪："老徐同志，已经晚上八九点了，还玩视频，真当自己是'90后'？"

徐昕蕾一听乐了："智商让狗吃了？太平洋西海岸，太阳刚晒到儿子屁股。"

男人的智商，在女人面前会降低，看来是真的。这个傍晚，齐鲁的脑袋里，就装了三个女人，柴瑶、郭引兰、老徐。一个大男人的黄昏本来就短暂，三个女的挤着来，给你调控的智商空间能有多大？

"夫人批评得好，最近忙得晕头转向，连时差都忘了。"

"没让你做检讨。你不一直都忙吗？"

"瞎忙，刚才还在想屏羌项目的事情。"

"齐大公子，你咋还是那么官僚？"

徐昕蕾提醒得对。跟自个老婆拿腔拿调，真的生分。齐鲁便换了话题："你那边还好吧？"

"托齐大公子的福，娘俩平安。齐天雷同学，学业将成。你们齐家派给我的书童活，也快交差了。"

"老婆劳苦功高，齐某感激不尽。"

"少来这套。"

"我是发自肺腑的。老婆，你要不信，我会很受伤的。"

"你受伤？我第一次听狐狸跟鸡说自己很受伤的。还有，不要张嘴闭嘴都把老婆挂上，别扭。"

"忘了徐小姐是国际友人，应该称夫人，达令。"

"齐鲁，你老大不小了，还贫？当我还是小姑娘，被你一张臭嘴给哄了！别杀偏锋，说重点。"

"忙乎半天，夫人竟以为我在做前戏。"齐鲁作欲哭无泪状。

"不给你瞎掰扯。给你说，天雷毕业了。过几天就是圣诞节，我跟天雷回来，一家人商量一下这以后，是留在美国读研呢，还是回来跟你创业。"

一听徐昕蕾说要回国，齐鲁的神经一下没缓过来。前年放暑假，娘俩回来，有回在饭桌上，齐鲁批评齐天雷好高骛远，被齐天雷给怼回去了，徐昕蕾又借题发挥，跟齐鲁吵了一场前所未有的大架，娘儿俩提前回了西雅图，走的时候放话，下辈子也不想再见。这次咋来了一百八十度的大转弯？

"你要回国？不是，前年你回来，就说今生不会再见的，这弯转的大啊！"

"心虚了？我和孩子回来打扰你们小两口的蜜月生活了？不欢迎？"

听这话，徐昕蕾对之前的三人世界还在计较。

三人世界里，没有老爷子，也没有齐天雷。

三人世界说的是三角情感。

话里有坑，得避实就虚。

"尽胡扯，谁和谁小两口，家里就我、老爷子和张阿姨三个人，平淡着呢。孩子回国咋回事呢？"

"我还没说啥呢，看你激动的。现在美国总统要换届了，留学生不好签证找工作，估计孩子还得回来跟你混。哦，那明星主持人，古董生意可好？"

"人家是正经人，都是业务上的合作，我只是她和尚小林公司的大股东而已。人家的生意，与我有啥关系？孩子要回来就回来吧，帝国主义的钱不好挣。"

"你是大股东，咋与你没关系？你当我是涉世未深无知小白甜？也是，那点钱，对你来说，就是毛毛雨。当扶贫，是吧？"

"越说越跑调。扶啥贫，钱多钱少，也是股东。"

"套路。咋说的，股东股东，先是股东，后是老公。"

齐鲁一下短路了。这往下的视频，还会有啥坑？

也只是自个嘀咕而已。不过，就这点心思，也被徐昕蕾给捅破了："放心，齐大公子，我不是来找茬的。四十年风尘，啥套路没见过？算了，说正事。"

"听着哩，哪天的飞机？"

"还有几天，回来过圣诞。"

"好吧，提前把航班发我。"从齐鲁的语气看，明显在老婆面前不够自信。这是咋了？

看齐鲁紧张的，徐昕蕾撇过脸去，暗自好笑，不就男女之间那点破事，不偷天天想，偷又偷不成，就是要让你难受，嘻嘻……

62.1 【文雄女人事】

打那天见过文雄老婆，蓝守玉午睡便不踏实了。夜晚失眠，白天尚可酣补。要是两头走神，生物钟离停摆就不远了。

三十六真是个迈不过去的坎？

天花板的空洞，若隐若现。谁的眼睛？窗外无风，窗棂枯白。空洞被放大，看见一张失血的脸门儿。

文雄女人的驴脸。

闭眼也不行，驴脸的坑坑洼洼，比月球上的环形山还分明。

就骂文雄，自个不爽就算了，咋还拉我垫背？

"你女人太吓人了，是不是缺少爱啊？"

"一个老婆娘，谈啥爱不爱的？她缺一只公狗。"

"你就不是男人。"

"书呆子。我是说，家里原来那只公狗死了，她现在需要重新搞一只。"

"那你还不赶快弄。她真会疯掉的。"

"早疯掉了。"

"你倒好，一天到晚花天酒地，留女人独守空房。夫妻本是同林鸟，你有没有同情心？"

"你又没老婆，懂个屁！我同情她，谁又同情我？"

对于文雄的质问，蓝守玉一时竟找不到怼的，脸涨得通红："没老婆不等于没女人吧？"

"呵呵……我发现你胆子的确越来越大了。"

"胆子大了？"

"大到包天哩。"

"我只是没那么多花花肠子而已。"

"所以嘛，哥哥才请你帮忙，找她谈谈。对了，谈得咋样？"

"咋样了，谈好了还给你打毛的电话。"

"也就是没谈拢嘛。那再谈，继续谈。"

"再谈，我怀疑哪天不定也会传染上抑郁症的。"

"好人做到底。顺便帮她搞一只狗，"文雄一本正经道，"记着，要的是男人狗。"

还好，文雄没在跟前。不然，估计会忍不住冲动，一巴掌给他扇过去。

62.2 【男人狗】

甘南之行，意料之内和意料之外都有了。一个秋天和冬天都在追求真相，所要的秘密，快见底时，纠结来了。真相从来都是阶段性的相对，秘密也无终极可言。哪怕底牌都翻完，总还有些啥，失去了就失去了，不可逆转，便有了残缺美和遗憾美。

龙海泉已回港岛。关于龙隐山的秘密，还有好多想法，没来得及与他沟通。龙海泉的上司，也就是冥冥之中的那个"影"，还有国学大师，是个啥态度，似乎没有了下文。

他需要下文。

眼下急需处理好文雄女人的狗事。文雄女人的狗事，与他的生活并无交集，只是鬼使神差撞着他的腰。

也许文雄女人需要"香雪"。"香雪"倒是挺适合的。可他不想扰乱引兰的日常，再说，看"香雪"的温顺样，不像男人。

童桐好像在屏羌养了一只男人狗的。文雄女人养狗狗，那是因为文雄。童桐养啥狗狗呢？不是有条陶狗狗吗？

他打定主意，欲拆散童桐的狗狗好事。就给童桐打电话，尽管很婉转。

"你名义上送给表妹的陶犬，似乎又被你拿去放在你自个的屋里了，莫非你连这份兄妹名义也要收回去？"童桐的反问，得理，只是听起来有些绕。

他说，他想明白了。

"你不是不养宠物吗？"

他说，是送一个人。

"送人？谁？女生？"

"女士。不是女生。"

"知道送女人好处了，进步不小嘛，哪怕女士年龄大些。我对你现在的情感荒表示理解。"

"不是你臆想的那样。一个朋友的老婆，似乎患了抑郁症，医生说需要一只狗狗。"

这话不像闹着玩。

"有啥具体要求？比如，狗种。"

"没有，"他转又否认道，"有的，朋友说了要男人狗。"

童桐于是忍不住大笑了："男人狗，算男人，还是算狗呢？"

他不知该如何回答童桐的反问。

"不过，你还真有缘分。柴总刚来屏羌的时候，在南岸的工地上捡回来一只，就是你要的那种男人狗，叫我养着。"

"君子不主动夺人之爱。"他嗫嚅道，"不过嘛，被动是可以的。她舍得送不？"

"柴总最近往返荣城和屏羌，似乎对狗不太上心，好像齐总也讨厌宠物。估计有合适的人家，她也舍得的。不过，我去说也不太合适。你可以找你的施小姐去说，估计能成。"

就找施云。他说，他需要一只男人狗。施云想都没想就应承了，她没童桐那么多心思。

施云找到柴瑶。柴瑶道，得感谢你，不然都忘了黑毛土狗那档子纠结了。施云道，不对哦，这事是从蓝守玉那来的。柴瑶想了想，又道，也是，相信蓝总给狗狗找的，一定也是个能善待的主。

便直奔屏羌找童桐要狗，怕夜长梦多变卦。车上，他给文雄打个电话，说男人狗已落实。文雄道，兄弟立功了，不过那是我的事，不是狗的事。他道，对，对，就是你的事……还没说完，文雄已挂电话。他很失落，别人老婆的事，人家都不在意，自己上啥心？很快，他原谅了文雄，也原谅了自己。

还是太闲。

62.3　【世纪末忧郁】

那是一只乡下随处可见的黑毛土狗，柴瑶在一个黄昏遇见了它。即便有了新的主人，它仍没有褪掉超凡脱俗的气质——游荡的、深邃的幽灵，甚至没有名字。它的黝黑淹没在城乡接合部的暗里，包括它的聪明、伶俐，以及善解人意——甚至可以用更多的形容词来揭示它的品质，包括至少追溯到祖父那一辈的道德底线。作为一只确切来自遥远乡下的生命，不惜使用如此繁复如此美好的形容词，除了加重土著身份认同，难以有第二个说服的理由。

从童桐的手里接过狗链。为啥拴着呢？童桐道，那么野，认生，一撒手说不定又会逃掉的。

更像从乡下扔到城市的裹脚布。灰青色的缓慢，习惯性的冗长，世纪末的忧郁。

冬天的午后，了无新鲜感。狗狗有些忧郁，面对递过去的奶油面包，竟无动于衷。后面将要叙述到，这将是一场风花雪月式的忧郁。

狗狗并不知道正在成为新主人的某种幻象——习惯性的冗长——已记不起是第几次从南岸开发区的售楼部被牵出来，然后是工地、工地、工地，最后到江边，那里有一片湿地。也没啥意思，无非是拍照，撒尿，被动地接纳狗食……

上一家主人给予它的，已了无趣味。

蓝守玉在屏羌遭遇了它。它的眼里没有流露出任何的依恋。它知道，现在的自己，只是一具好看、会哼哼唧唧、暖度尚存的皮囊，皮囊已不属于自己，就要被旧主人转手，也可以叫抛弃。它并不是第一次被抛弃。

黄昏的时候，蓝守玉把狗链子交给了文雄的驴脸女人。女人没有表示出料想中的惊讶，只那脸色的确红润了些。

看来，她定是喜欢上了。蓝守玉告诉文雄女人，小家伙还没名字。她没有吭声，喃喃叫道："宝宝……"

"宝宝？"他困惑了。也许叫黑毛更像个男人的名字。他望向远处，黄昏正在弥漫。

文雄女人不置可否，依旧摸着黑毛的脸："嗅我哦，花裙子哩，还有刚喷的夜来香……"

他忍住了恶心。可惜黑毛没有很好地配合，也像他一样，空洞地望向远处，眼含忧郁。

他说，他永远忘不了黑毛空洞的眼神，仿佛秋梦里的土豆和鱼眼。

62.4 【善解人意的狗】

黑毛算是落了个好人家，从此衣食无忧。何止衣食无忧，说锦衣玉食一点也不为过。黑毛常常告诫自己，一只狗要懂得知足，何况自己还是一只不入流的男人狗。知足者常乐，但兴致还是低落。不知道是不是受了男女主人的情绪影响，不对，身边只有那个新的女主人，男主人除了周末能见着，其余时间连电话也少的。之前的两个女主人，给吃给住，主人也没啥怪癖。现在换了一家，女主人有车，有房，有工作。据说现在家庭主妇也算正式的工作了。还有个好男人。连着换了两个新主子，怎么着也应无话可说的。

黑毛还是念起乡下的那些伙伴，努力想着它们的好处。想它们为了争宠，各自夸奖自家主人的先祖如何如何地光耀，常常面红耳赤，仿佛主人的先人就是自家的先人一样。想它们一同追咬另外一群狗，追得它们逃出村庄。逃出村庄后是不是也去了城里？想它们彼此较着劲，望着夜色中央的一轮明月长吠不止，直到把圆月生生地咬出一块牙印来。

诗意并不能改变它的抑郁。它还是有优越感的——比乡下的那些狗伙伴过得要好。过不好也不能回头，难道继续流浪，或去车站、地铁口乞讨？实在不行，大不了重操旧业——给人看门混口饭吃。这也比回乡下让伙伴们看笑话好。它们的笑声里并无恶意，但终忍受不了那种嘲笑。宁愿孤独，不愿蒙羞。它的骨子里也许并不情愿做一只宠物，尤其是寂寞女人的宠物狗。可是，自己又如何能掌控，一切已然不可逆转。上一任主子，就是柴瑶和童桐，它乐意陪她俩洗澡，照镜子。洗澡后，会去阳台。阳台不宽敞，植物也不多，可以晒太阳。躺在七楼的地板上晒太阳，有一种悬在半空的感觉。

新家少有人来造访。没有陌生人造访，也省了许多烦心的应酬。最近的事，无非是陪女人唠唠私房话，哼哼流行歌。黑毛其实也不会，只是女主人喜欢哼，哼得跟猫叫似的，两眼一闭，很投入也很伤感。耳濡目染，也会哼几句，只是瞎哼哼。它一点也没有讨好女主人的意思，要拍马屁，第一天就会爬上女主人的床陪她睡觉了，可到了第三天，男主人回家，也许是看不惯它，就说要让它独自睡客房，这话解放了男主人，也解放了黑毛。不是真的解放，哪里是啥同志式的伴侣，说不好听点就是个附庸，一切都得听从女主人的摆布。

关于文雄不喜欢黑毛的问题，蓝守玉同他闲聊过，会不会是闻不惯老婆的夜来香水味道？这一点，文雄也没注意，不过那天，给黑毛洗完澡后弄上床，很快发现浑身痒痒，呼吸急促，血压上升，差点晕了过去，便再也不想让它上床了。文雄说他有香水过敏症，他老婆给黑毛喷了很多香水。

也不是全为恶感，文雄说那狗也干人活，比如，会把他的袜子和鞋子叼来叼去，像一个花鼻子丑角。他只是不喜欢那股人狗混杂的怪味而已。

黑毛终究无法认同这一家子。他和她都不是它的主人，带它来新家的那个男人，也就是蓝守玉，也不是。它从来都是特立独行，不是给人宠的，也无法学着去宠别人。情商这玩意，怕也是天生的吧。在它刚进新家的时候，她就向它交代过——它属于她。它的狗吠属于她，她叫它学猫叫，就得学，不像也得学。实在不会，会猫步也是时尚。女主人给它吃，给它穿，给它用最新潮的化妆品，就差没有给它染一身最流行的金毛。它在家里的地位越来越高，就连吃饭也与女主人平起平坐。男主人只得下座，它吃剩下的东西可以乱扔，男人不能剩下饭菜，要是女人发现男人嫌饭菜不好吃，就会叫它监督他吃下去，直到颗粒不剩。但它还是有自知之明，不可能取代男主人——它永远是专属于她的一条——宠物狗。

它跟男主人的关系是暧昧的。它喜欢他的脾气，别看他一脸恶相，但在他老婆面前，连半句多余的话都没有。兔子逼急了，还咬人呢。像它这样的胆小狗，有时不也要虚张声势空吠几声？女人有疯病，常为一些鸡毛蒜皮发火，男人一般不会去理会。忍无可忍了，男人扔下手机，抬起头来，哼唧一句那啥，连蚊子叫也不如。

62.5　【逼良为娼】

文雄向蓝守玉诉苦，说自己是不是得了"妻管严"。蓝守玉道，你这样说，很俗也很善良，谦让女人，是男人的风度。文雄委屈道，除了谦让女人，还得谦让一只狗？我连一只狗都不如？蓝守玉笑怼道，那可不是一只普通的狗狗，是男人狗，有家庭地位的。这话怼得文雄无话可说。

黑毛呢，当然知道女主人宠它甚至有点变态，于是感激不尽受宠若惊战战兢兢绝对忠诚之外，还是打不起精神，对上床也无半点兴趣。

蓝守玉告诉文雄，黑毛可能对他老婆的发型、时装和趣味不感兴趣。越高冷，越有贵族气质。这一点很像文雄女人，她的忧郁令许多男人望而生畏。

"你能不能对你老婆脸色好点？凑合总会吧。"

"别说我和她没有爱，连性也没有，还能凑合？逢场作戏？"

"文雄，你太高估你自己了。爱情和婚姻，原本就是猫抓耗子的游戏。没性爱咋了？凑合又咋了？"

"你这是逼良为娼。"

文雄这牢骚话令他诧异。

"我说的是黑毛。"文雄解释道。

很多时候，黑毛是独自在家的。独自在家，也不能老晒太阳，老看报。那又能干啥呢？想了很久，找不到更多选项。对于城市家庭生活，它能获得的经验不会超过一个男人、一个女人和一座房子。

女主人每天上午是搂着它昏睡。下午，它会获得短暂的自由。女人从下午到第二天早上一成不变的程式是：吃饭——洗澡——看韩国的肥皂剧——睡觉——然后重复。肥皂剧，给了女人虚拟的幸福，也给了黑毛空间。

有一半以上的活动，黑毛是要参加的。比如吃饭、看电视、洗澡等。与其说是女主人在吃饭，不如说是她在照顾它吃饭，而男主人只能一个人安静地扒拉——这让黑毛愧疚不已。

还有洗澡。女人洗澡的时候，往往会让黑毛在浴室门口守候她的衣服——它是新家里唯一有机会最接近女人裸体的成员。女人忘了啥，唤男人拿过来，但男人只能送到门口。它不能让他进洗澡间。

女人把水放得哗哗响，雾气弥漫起来。

关于老婆洗澡的事，文雄不可能同蓝守玉谈，咋启齿呢？文雄其实已经知道，那只狗是童桐送给蓝守玉的。

关于黑毛的话题，文雄是当事者，童桐则怀揣偷窥心理。

"黑毛会不会偷看她洗澡呢？"文雄问童桐。

童桐不屑道："你老婆的身体很特别吗？"

"已经那样了，还有啥特别？"

"哪样了？"

"还哪样？就那样啊。"

"你能不能对女人好一点。"

"对谁啊？家里那个驴脸婆娘？"

"都说男人是喜新厌旧的动物，一点不假。"

"人都是动物。"

"做一个女人本就可怜，何况还是一个没性爱的女人。"

"那是你们女人的看法。你要是站在男人的角度，你也会觉得自己才是最后那个受害者。"

话题探讨到这里，童桐觉得没有必要继续了。她并不想说服文雄。都说女人是一本天书，还是用女人的专属符号书写的，一辈子也别想读懂。女人是一本好书不假，但男人也只在想起来的时候随便翻翻，却不想掏钱买回家细读。

文雄其实知道，他的女人洗完澡，会把黑毛也放进池子里。洗发膏、沐浴露、香水，都是她刚用过的。就连洗澡的姿势也像她一样——仰卧在池子里，闭眼，让水漫过胸颈，喘不过气来。这让文雄很不爽。这种不爽，只有在与童桐的交流中，获得某种释放。而童桐对他老婆的不屑，又让他纠结。他知道童桐看不上他的女人，并非仅仅出于醋意。

63.1　【冷血男人】

齐鲁再有定力，徐昕蕾回国似乎也打乱了他的方寸。他在布局，一个关于宣窑大龙缸的局。他也知道，老婆徐昕蕾对坛坛罐罐并不关注。不关注也有悬念，幺蛾子可说不定啥时候就从茧包子里跑出来了。

得抓紧搞定赴景德镇之事。给尚小林发完短信，还是不安。正遇屏羌项目和大龙缸仿烧的节骨眼，徐昕蕾却要回国，就因为柴瑶吗？如果是，四年时光还不够对冲？

事情还真赶了巧，尚小林刚把明天飞景德镇的机票订好，徐昕蕾就发微信过来，一看，是她和齐天雷的机票。西雅图当地时间十二月二十一日中午起飞，日本成田机场中转，北京时间二十二日晚落地荣城。二十二日就是后天。

后天冬至，计划中的宣德大缸开窑吉日。赵青花和叶景生两位陶瓷大师，选择冬至开窑，祈祷能有个好窑彩。能亲眼目睹国宝重生，是齐鲁的梦想。老婆儿子回国也得放在心上。后天晚上，娘儿俩十几小时跨洋奔波，但自己却去景德镇，跟一帮朋友举杯言欢，这的确让齐鲁两难了。

齐鲁给蓝守玉打电话，言不由衷。他感叹，一辈子玩自我，牛烘烘的啥阵势没见过，咋到关键时刻也婆婆妈妈？是去景德镇看青花窑彩，还是去机场迎接老婆娃儿，他拿不定主意。蓝守玉劝道，佛说若不能从心，那就随缘。齐鲁问，佛真有此话？蓝守玉道，我也没细究，只是听别人都这么说。

齐鲁就去办公室找出一盒子，翻出彩金猴年纪念币来。他与蓝守玉同生肖，今年都是猴本命，只是大了一轮，是蓝守玉的猴哥。齐鲁有收藏洁癖，一直不咋喜欢玩钱币，在他看来要个钱，要说有啥文化，有也是伪文化，铜臭嘛。今年是他的第四轮猴本命。前些时候，意外收到一快递，拆开一看，五盎司限量版彩金币，据说市场价飙至七八万了。七八万在齐鲁看来也是浮云。不过，猴金彩倒是可爱，看上去喜气洋洋。画面上手舞足蹈，吉祥如意的猴子，倒是对情绪。快递留下的寄件人名并不熟悉。谁呢？地址是屏乡的。齐鲁平日低调，公司里知道他生日的，也没几个。就笑了，看来是她了。把彩金币微信拍发给柴瑶。柴瑶回道，猴男吉祥。此后，彩金猴就一直成了齐鲁办公室的案头清供。有时候午间没事，就掏出来握在手心，闭目养神。还怪，猴子似会施催眠术一般，竟然比在家里还睡得好。

齐鲁捏了猴币，闭了眼，这回不是养神。老婆对应天安门，景德镇对应猴子。这样想着，硬币已在案上转悠起来。就念叨，天安门、猴子，猴子、天安门……啪……停了。不敢睁眼。心里其实想骂，齐鲁，你也太无聊太阴暗了，拿老婆对赌自己的私人趣味？

瞭了一眼翻在案上的猴币。灯光有些晃眼，趁还没看清楚是天安门还是猴子，赶紧捏了那币，边捏边自言自语，好，猴子，就去景德镇！

他给老婆回信，跟玩瓷器的友人定了明天去景德镇，一件非常重要的事，大后天回荣城，另外委托好友来接机，请老婆原谅，回荣后，加倍补偿。徐昕蕾并未回。咋了？生气了？没那么小气吧，就又原谅了自己。这会儿西雅图正半夜三更，娘儿俩肯定在为倒时差，提前补觉呢。

晚饭时分，齐鲁跟老爷子说了徐昕蕾和孩子回国接机，还有去景德镇见证开窑的事。老爷子当然支持他，便道，放心去景德镇吧，安排个司机载我去机场接昕蕾和孙子就行。齐鲁自是不能放心的，八十多岁老人，拐杖都拄不稳，又是晚上落地的航班。就说安排集团的董秘小宛去。老爷子咋会同意，只道，小宛是新人，又不认识昕蕾和孩子，要换人，也要换家里面的。家里面还有谁？保姆张姨从来没接过机的。齐鲁不明白老爷子说的是谁。老爷子见他着急，才道，当然是柴瑶啊，只有她去，我才放心，你马上给柴瑶打电话。齐鲁面露难色，道，不好吧，柴瑶这会在屏乡呢。老爷子坚持道，不管，要不你推掉景德镇，自个去机场。看来老爷子是认真的。他不会真的把柴瑶当成家里人了吧？

便不再说啥。拨柴瑶电话，竟然不知咋说妥帖，柴瑶听了半天也没明白，问是不是喝酒了。齐鲁道，呵呵，正陪老爷子喝呢。老爷子就夺了电话，一五一十给柴瑶说了。柴瑶回道，没问题，明天一早赶回荣城。

挂了电话，齐鲁自己也犯狐疑了，今天咋的，魂不守舍，三言两语的事，像一团麻？

63.2 【美人肩】

第二天一早，尚小林赶到齐鲁会所楼下车库等齐鲁，正碰上柴瑶从屏芄回来。柴瑶说，她要上去一趟，老爷子叫她回来接齐家少夫人和少爷。尚小林听得云里雾里的，上没上去一趟？也不用着急回的，飞机要明天晚上才到。柴瑶回来是给齐鲁送行的。

上一楼大客厅，给老爷子和齐鲁打招呼，问，有没有要帮忙收拾的。老爷子道，家里张姨已收拾妥当，你只管去机场接人就行。柴瑶就说好，又对齐鲁道，谢谢齐总看得起，接夫人少爷这么荣耀的事，落到我头上，面子有些夸张哈。齐鲁小声道，是老爷子看你面子大。当着两个老人面，柴瑶也不与齐鲁分辨，只问，去景德镇，准备好了？齐鲁道，带着嘴巴就行，没啥好准备的。柴瑶道，不给朋友带点啥？齐鲁一愣，笑了，柴总想得周到，应该的，你来正好帮我看看。两人就去三楼工作室，选了两瓶五粮液、两瓶限量版的"一五七三"，一件竹编双面观音。酒是给两位大师的，竹编观音是柴瑶建议送给蓝守玉的师姐柳叶萍的。

柴瑶帮齐鲁把礼物装到一个纸箱里，打包捆好。末了，在齐鲁工作室四处转悠，道："本美女这回帮你齐大老板灭火，不表示表示？"

"当然，能表示点心意，那是齐某有面子。看看，这些玩意，件件都是我的心肝，你柴美女随便挑，别人可没这么好的礼遇。"

"你说那些坛坛罐罐？本美女审美疲劳。"

"你也是资深艺术品投资人士，按理说不该审美疲劳的。"

"如此说来，我客气了？"

"客气就见外了。"

"说真的，换别的时候，我今天真得狠狠宰你一下，"柴瑶话锋一转，指着一个瓶子道，"比如这件。"

齐鲁一看，柴瑶双手搂着一康熙青花花鸟美人肩瓶，笑问他："像不像？"

啥像不像？不过很快又回过神来，柴瑶是在问她自己跟瓶子像不像哩。

"太像了，天生一对！"

柴瑶内心是相信齐鲁这话的。美人如瓷，既说的是姿色，也说的是身材。尤其是那瓶，从上到下，差不多都以女人身体部位以名，脚、腿、腰、肩、颈、唇、口，等等。柴瑶怀里的瓶子，取名"美人肩"，喻瓶子造型，宛如美女轻扬，看那肩放得那么溜，腰条收得那么紧，一收一放，性感就出来了。

"假，你这是担心我把瓶子拿走，说的奉承话。"

"咋会。虽说本人也阅人无数，模样好的，身材好的，有一大堆吧，但像美人肩一般，有模样有身材的，凤毛麟角。"齐鲁边说，边朝柴瑶走过去。

柴瑶把瓶子捧到肩膀，左边右边，换着摆"Pose"。当然，柴瑶的"Pose"对于一件官窑，就是险象。

齐鲁两手条件反射式地做了个接的姿势，有些紧张，生怕柴瑶拿走似的，但又拉不下脸面制止，便放下手道："小林从深圳一个小拍场捡回来的，没花多少，大几个拿的，不过放市场，少说也能走二三十个吧。"

"怕了？"柴瑶显然是在拿他开涮，"我晓得拿这些东西，比剜你身上肉还疼。"

"那是别人。柴美女不是别人。如此宝贝，应与美人同居，才是最好的归宿。"

"同居？"

"此同居非彼同居，是说日守夜伴，耳鬓厮磨的意思。"

"齐大公子也希望我和美人肩天天同框？"

"那当然。朝思暮想。"

"切，不过，你这一说，我倒真想不客气了。"说着，柴瑶做了个似要把瓶子抱走的姿势。

"相得益彰，相得益彰嘛。"

也只能相得益彰了。话已说出口，舍不得，也要舍。像齐鲁这样的大老板，在女人尤其是自己在乎的女人面前，互相的那点好感可能比什么形式都更有意义。

"不过，本美女今天不夺君子所爱，"柴瑶笑了笑，把瓶子放回原处，"好不容易造访齐大公子私人领地一回，空手而归，是不是有点遗憾？"

齐鲁纳闷道："你对我私人空间感兴趣？猎奇吗？好奇可会害死猫的。"

"你别说，我还真好奇，认识你那么久，还从来没去过你们家卧室。该不会跟传说中的那些'土豪'一样，弄了啥西门床、金莲桶之类的吧？"

"西门床？金莲桶？什么腐败玩意？"

"装，尽管装。"

"真心不懂。你晓得我不大喜欢读那些花花书的，哪比得了柴美女是文青。"

西门床是西门庆三娘孟玉楼的陪嫁，名"南京拔步床"。床自然大，上下四柱，菱花片壁，能铺八床被子，两个人躺上去，想咋打滚，就咋打滚。西门庆有心理障碍，觉得那玩意再好，也是寡妇孟玉楼跟前夫睡过的，想起就不爽，不爽还是要连床带人一起娶进西门家来，终是舍不得那豪赚的。后来，他把那床做大小姐的陪嫁送了出去。送出去也耿耿于怀，阴影面积大。六娘李瓶儿家也是有钱人，陪嫁是张螺钿床，照样极尽奢华，比三娘孟玉楼的拔步床有过之而无不及。李瓶儿的螺钿床被五娘潘金莲复制，主意是五娘出的，钱是大官人花的，放在五娘的房间里。西门庆每次去五娘房间，一见着那床，男女之间的兴趣真的盎然。螺钿床其实就是文化意义的"西门床"，成为小说家塑造西门庆和潘金莲这一对世俗人物的重要道具。当然，这是《金瓶梅》里的花花事。齐鲁应该读过此书的，按柴瑶的性格只是点到为止，心照不宣嘛。

"一个睡觉的塌榻（方言，小地方的意思），有啥稀奇？"齐鲁笑道。

"内行看门道，外行看热闹。"

"感情你是看热闹不嫌惹事？"

"我可不是内行。这感觉是不是刘姥姥进大观园？"

"哈哈。也好，就当你的家，看见啥，随便。不过，你不一定能满意，想象的西门床、金莲桶之类，估计都没有。"

"是吗？难不成我猜错了，齐大老板也是纯洁之人？"

柴瑶说着，还真的起步，似在找啥："密室在哪？"

齐鲁也不好阻止，就跟上："哪有密室，就一普通卧房，五楼。"

63.3　【金莲桶】

柴瑶便随齐鲁进电梯，上了五楼。

徐昕蕾去美国后，五楼卧室就齐鲁一人住。令柴瑶不解的是，齐鲁的卧室质朴、简洁、干净，与她想象中的"土豪"卧室，对不上号。也有亮点，一张金丝楠双人床，床头挂一张青春女性肖像油画，床一侧放四开门的大衣橱，另一侧置金丝楠梳妆台。一间装磨砂玻璃，隐约能见浴池卫生间。对着床是一排落地大窗，推开有个平台花园，顶部装木架和磨砂玻璃，两面半墙，迎面全开。靠窗瑜伽座，一条卵石小径，小径深处是各种植物，高低间种，层次分明。平台流水，经一条竹筒，滴入墙角石臼。石臼是最老的那种，上面叠放一台足够年份的石塔。

"齐老板的卧室花园不算得大，却也小巧精致，足见禅意。跟日本人学的吧？"柴瑶站在瑜伽座旁边，深深吸了一口气。

"难得主持人点赞。我没事爱在两个地方待，一个是我的工作室，就是书房兼官窑工作室，另一个地方就是这小花园。一人独处，也不用太空旷，放得下心即可。"

"咋是一个人，明明二人世界嘛！"柴瑶回头，对着屋里的那张大床道，"虽说没西门家的床那么夸张，不过也够奢侈的，金丝楠木。"

"她喜欢木头。"

"她？你老婆徐昕蕾？"

柴瑶边问，边打量地板，进来的时候没注意，原来地板也是金丝楠的。柴瑶这么问，其实是废话。此时此地，她还得没话找话，总不能两人在一个私密空间里，一句话都不说，那还不弄出点啥来。

"女主人？"柴瑶指着挂在床上的油画问道。

"耍朋友的时候，一青年画家朋友给画的，她很喜欢。"

"看来，她和你都很在意曾经的青春美丽，挺有意思。这是我见过的第一个没有挂夫妻婚纱的'土豪'卧室。"柴瑶也知不是真的羡慕还是嫉妒，便道，"一个大男人，如此用心，看来你老婆在你心目中，地位很高嘛。"

齐鲁以为她话里有坑，解释道："跟我毛关系没有，她走的时候，把三间柜子的衣服和宝贝都拿走了，留下了这张画，还特别强调，叫我别动。"

"那玩意也是金丝楠的？"柴瑶指着玻璃里面卫生间旁浴房的大扁浴桶道。

"是吧。西康一个做金丝楠家具的朋友送的，原来只安装了淋浴，后来那个朋友来我们家，说我们家似乎缺一个男女同浴的黄桶。后来，还真送来了，一直放在那里，没用过。"

"没用过？你当我是无知少女。给你说吧，这就是传说中的金莲桶。"

"还真是第一次听说。"

"看过电视剧《水浒传》吧。"

"看过啊。咋了？"

"潘金莲洗澡的镜头可记得？"

这回挖坑是一定的了，不能上当，就道："切，谁没事，记那干啥？"

"切西瓜哦。自看了那电视剧后，据说，好多'土豪'把家里的淋浴器改装成了黄桶浴。"

"金莲桶"原来在这等着呢。

63.4 【香水有毒】

正要出门，柴瑶见梳妆台上有个好看的紫色香水盒子，脸上一下有了光彩，笑道："得来全不费工夫，原来我最喜欢的'打油体'藏在这里。"

柴瑶边说，边快步过去，拿起盒子，看了两眼，自言自语道："王薇薇，你用的？"

齐鲁摇头，觉得不妥，又点头。那是一款男女混用品，徐昕蕾上次回国送给他的礼物。齐鲁没有用香水的习惯，就一直放在那没挪动过。

"神秘的紫水晶瓶，多面钻石造型，像不像女人的心脏？"柴瑶打开盒子，拧出瓶，喜欢得不得了，"太喜欢颜色和造型了。今天的表示，就是它了。"

齐鲁一看，咋有瓶香水呢？从来没动过，也没啥印象。那是徐昕蕾的梳妆台，自她去了美国，台上杂七杂八的，除了保姆张姨做卫生，谁去注意它。本来是老婆送给他的，因为不介意，早忘得干干净净了。齐鲁本来要说啥，见柴瑶似乎真要将盒子放包里，就又改口道："没事，就一瓶过期货，喜欢就拿去。"

柴瑶说："说啥呢？啥叫过期货？在我们女人眼里，从来没啥过期货，只有待价而沽。都讲女人过了三十，一天一个价往下垮，但你听说过三十女人一枝花，四十女人是奇葩没？"

齐鲁笑道："闻所未闻。不过，我还是比较相信三十女人狗尾巴，四十女人牛屎粑。"

"典型智商高、情商低，一点没有幽默感和同情心。比如这瓶香水……"柴瑶欲要说啥，又止住了。

"香水咋了，劣质货？"

"开啥玩笑？堂堂齐大老板家里会放劣质产品？你们男人不懂的，没开瓶的原装品，保质十年。"柴瑶捏了香水瓶，无名指和小指像兰花瓣状一样翘起，道，"像这种放过两三年的，闻起来，绵软悠长。"

"你确定你说的不是酒？"

柴瑶转身瞪了他一眼："如此尤物，在我们眼里，就跟你们眼里的茅台、五粮液、'一五七三'样,没有谁能抗拒。"

"也不一定。我就不大喜欢茅台、五粮液、"一五七三"!"齐鲁并没有顺了柴瑶话头,不过也没有明显对抗。

"有一首歌叫啥?清华的胡椒唱的。"柴瑶边问,边往门边走。

齐鲁提前一步,欲伸手拉门:"香水有毒。"

柴瑶在靠近门半步的地方,脚步明显放慢,似乎停住了:"不错嘛,没看出来齐大老板蛮接地气的,还追流行。"

谁追流行,这不是打脸吗?齐鲁个子很高大,站在门里竟然把门堵住了,有些紧张:"什么最流行?我齐鲁还要追啥流行?我自己不就是——"

"流行。"柴瑶抢着把后面两个字说了出来。

齐鲁很惊讶:"你咋知道我要说这两个字?"

柴瑶闪过齐鲁,欲自己去拉门把:"我是你肚子里蛔虫呀。再说,这不是你常挂嘴边的口头禅么?"

柴瑶到底还是抓住了齐鲁的软肋,这下齐鲁倒不好意思了,但又没有要开门的意思:"是么?我说过吗?何时说过?"

柴瑶并没有回答齐鲁的问话。门把已被齐鲁挡在身后,不过齐鲁的动作十分自然,看上去并不是有意要挡住那门把。其实柴瑶将手伸到齐鲁腰后就能握住它,一拧门就开了,但是她把手悬在了齐鲁腰际,抬头望着齐鲁,哼了起来:"你身上有她的香水味,是我鼻子犯的罪……"

齐鲁也盯着柴瑶的脸,静静聆听。十几秒的旋律,柴瑶却把它演绎得如此唯美醉人。那一刻,两人挨得很近很近,甚至近得能听到彼此的心跳和鼻息……

旋律演绎到高潮处,齐鲁的眼睛和鼻子里,似乎都有一种酸酸的虫子,在随着那有毒香水的旋律,痒痒地蠕动……他埋下头,像初恋的小年轻一样,傻傻地看着柴瑶。那一刻,他竟然发现柴瑶唱歌的时候,眼睛那么神秘伤感,嘴唇那么鲜艳动人,都是稀缺的冲动。这就是传说中的一见钟情?

齐鲁伸出双手,从柴瑶的后面将她环住,如果稍微地再一用劲,柴瑶就已拥到怀里。可是,他的鼻尖却顶上一个又硬又凉的东西……

是那只香水瓶子。

"看来香水真的有毒,连齐大老板这么强大的男人,也不能拒绝……"柴瑶举着香水瓶子,喃喃道。

"对不起……"齐鲁似要表达啥。

被柴瑶堵了话头:"我知道你要说什么。我们没有谁对不起谁,要说对不起的，是那无可奈何的时间，是那曾经流逝的青春……算了。今天咋了，酸溜溜的。你说，这是不是我吃你老婆的醋了？"

"她这次回来，可能一两年不会再出去了。"齐鲁这话答非所问，也有些此地无银三百两。

"我知道，所以……我们还是把门打开吧，小林他们还在楼下等着呢。"

齐鲁想了想，转身拉开了门把。

两人出了门。

柴瑶道："要不要叫尚小林上来帮搬酒。"

"不用，我自己抱。你帮我拎包就是。"

"还是你自己拎包，我帮你抬吧，别闪着腰。都是老年人，少跟年轻人一样逞能。"

两人就抬了酒箱，从电梯下到底楼大客厅，与老爷子和张姨打过招呼，出了门。尚小林过来接过齐鲁的包，司机小池接了两人手里的酒箱，放到奔驰商务的尾箱里。小池叫池金水，是齐鲁的健身教练，除此之外，工作是开车。朋友们都说，他是齐鲁的保镖，齐鲁解嘲道，齐某命没那么值钱吧，又不是明星？当然也只是嘴上硬，现在哪个"土豪"身边没个神秘人物，表面上是秘书、司机、教练，其实就是个全能保镖。小池正宗少林武校出身，全国大学生武术全能第三名。齐鲁有一次被浙江朋友叫上，参与投资某个电视剧，去横店瞎逛认识的小池。那会，小池是个挣苦力活的动作替身。齐鲁游说他，干替身，出生入死，太辛苦，去荣城吧。小池一看，这个"土豪"跟别的不太一样，脖子上，手腕上，没那些圆溜闪光的东西，倒是眼睛清澈，二话没说，跟他走了。齐鲁这次没叫他一同去景德镇，还是不想让更多人知道大龙缸的事。这段时间，他一想起那缸子，心里就觉悬吊吊的。

齐鲁问柴瑶，明天去机场要不要帮她派个车？柴瑶说不用，她开自己的宝马去。齐鲁说那好。待齐鲁上车，柴瑶看了看天，脸色不大好。齐鲁从包里拎出一个新口罩，要不戴上？柴瑶一下乐了，道，齐大公子老婆回国，这是要封我嘴巴吗？

第二十二章　古窑

64.1　【瓷都往事】

飞机上一直在播那首歌，分别总是在九月……

与"土豆天猪"的分别就在九月。没有歌，没有酒，没有垂柳和艳遇。寒潮义无反顾，一次比一次决绝。

憋闷的九月，憋闷的秋冬之交，憋闷的冬天。曾经五体投地的诗意和远方，被灰霾轻佻地埋葬。

这个冬天，比任何时候都蠢蠢欲动。

也只能是欲动。想象自己未能彻底地演变为蝴蝶，哪怕脱单也好，醉了就撒野，朝四个方向骂那"狗屁的土豆"，骂过之后，再找个角落，守株待兔——万一真的等来兔子呢？说的是万一。在天文学的尺度里，小概率就是真相。只是，就算天天醉，一辈子也就三万六千场，谁还那么瓜？就连那只最有可能撞上枪口的兔子，也进化了。

没有不拘一格的风花，也没有惊世骇俗的雪月。

真是沮丧！

不提也罢！现在是在饶南的瓷都。

瓷都没有灰霾，也没有"九眼天珠"和"狗屁的土豆"。凑巧的是，那年离开景德镇，也是在九月。

记忆中瓷都的九月，里里外外都是干净的。高岭是干净的、昌江是干净的、瑶里是干净的、窑火是干净的、天青是干净的、甜白是干净的、釉里红是干净的、粉彩是干净的、五彩是干净的、青花是干净的……

他和柳叶萍，倒映于彼此干净的明眸。

之后，很多人，很多事，来不及打量，就已擦肩而过。九月，淡入幕后。

之后，是眼下的冬天。明日冬至，阳气始生。怎么样也要往好处想了，就像眼前的昌江，在饶南转了一弯美丽的瓷弧，再蜿蜒东去。而第一场雪，刚刚飘落浮梁、瑶里和湖田。

因了霾粒和雪朵的含蓄，饶南的透明度增之不少。远山比盆地的显矮。山尖山腰苍松翠柏，隐约可见。风，可劲地裹寒，极猛时，竟也横行。云，一笔带过。寒潮浸洗过的昌江，宛若新玉，碧透清冽，清得能照见青花。

就是照不见自己的影子。

九月已然往事。

64.2 【御窑窑址】

接机的是柳叶萍本人。柳叶萍驾车拉着三人，没有直奔瑶里，蓝守玉纳闷。柳叶萍解释道，先去工作室。去那干吗，赵师傅和叶师傅不是在"雪岭瓷庄"么？柳叶萍没有搭腔，留了个悬念。

赵师傅和柳叶萍的工作室在龙珠阁旁边一僻静处。当年，蓝守玉就在工作室学拉坯、绘画、上釉。记得工作室不远处就是御窑窑址，原是市政府所在地，因为发现古御窑遗址，大院被迁走，建了博物馆。

景德镇御窑窑址得以建博物馆，是个笑话。

说是一官员，去政府大院公厕方便，脚下忽然陷落，人整个掉下去，无意中发现有好多个新挖的洞，连通到围墙外，吓了一大跳。赶紧报告警察和文物官员。原来有人从大院外面往里钻洞，试图偷挖御窑遗址。文物专家既激动，又担心。激动的是，真发现了御窑窑址？担心的是，窑址会不会已被毁？不管咋样，得赶紧找人公开挖。一挖就挖出几十万片元末明初洪永宣成诸瓷片。

此前，关于明清官窑，人们的常识仅限于博物馆里隔着玻璃柜子陈列的传世器物。它们从哪里来，又是何人所造，别说柳叶萍不清楚，就连赵青花这样的陶瓷名宿，也只是当传说，云里雾里，姑妄听之了。这下好了，传说中的宝贝，有了明确的出处和标本对照，争论就此告一段落。

当年，柳叶萍讲这故事的时候，蓝守玉乐坏了，说那个掉茅厕的政府官员真是撞了大运——"踩到了粑粑"。

柳叶萍不解，"粑粑"很香吗？蓝守玉哭笑不是，大粪咋会香？柳叶萍皱眉，既如此，那"踩到了粑粑"咋说？他道，反话啊，以臭为香，相当于审丑美学。柳叶萍急了，踩到臭粪不嫌脏脚，还审丑美学，你们男人是不是忒爱口是心非？

只好打住了。再不打住，估计柳叶萍会决裂。

64.3 【大师工作室】

工作室楼前，苏小离的四十五度角的弯腰，让齐鲁生疑。东洋人？蓝守玉笑道，传播传统文化，你管人家是东洋人还是西洋人。

柳叶萍征求几人意见，要不要先上茶室喝杯茶？蓝守玉正惦记那缸子，就应了。柳叶萍道，别说你们几个不放心，自从把那玩意送到工作室，整个人就高度紧张，像守着个定时炸弹一样，担心啥时候给炸出个爆炸性新闻来。

柳叶萍和苏小离带一行人去地下车库。

长城皮卡货箱上已套上油布，貌似装了货。柳叶萍说，里面四个木箱子，大龙缸占了一只，剩下的箱子尚空着，要留着去"雪岭瓷庄"装货。齐鲁问，要不还是打开看看？蓝守玉为难，道，要是柳大师都不值得信任，这世间也没啥可留恋的了。柳叶萍却不介意。

齐鲁便叫尚小林解开篷布，真有四个用于发货的木筐。柳叶萍指着其中一只叫尚小林验货。尚小林用细棍在内层纸箱戳了一个小孔，打了手电凑近看，回头向几人比了个"OK"的手势。

柳叶萍问，要不要现在就把车开去酒店？齐鲁说，好像御窑就在旁边。柳叶萍说今天闭馆，要去御窑只能等明天。蓝守玉说明天去瑶里了，没时间。齐鲁一脸遗憾样，他这次来有个目的就是看看真正的宣青是啥样。柳叶萍说她的工作室有些标本可以上手，比隔着玻璃看要直观。

工作室底楼是一套带后院的瓷作坊。跟别的作坊一样，院子里少不了炼泥的几个木桶。泥料、釉料、青料、彩料，分别陈放，在这里将完成入窑前最重要的程序：拉坯、阴坯、绘画青花、上釉。若是粉彩、五彩、斗彩，初烧的瓷坯，还得从窑场拿回来，完成绘画，再复窑。

完成绘画工序的青花和彩瓷，晾放在门厅。客厅也是柳叶萍日常去处。赵青花现在是名人，待工作室少，游学讲课多，回来后也多在二楼，守那些瓷片和作品，日不能食，夜不能寐，一守大半天。因为蓝守玉交办的那件仿烧大活，前些时候，柳叶萍又随师傅去"雪岭瓷庄"住了半月。烧窑之事，有叶师傅管。大龙缸入窑后，柳叶萍不放心蓝守玉的那个真家伙，又和小离悄悄把宝贝运回工作室，不敢有半点闪失。

二楼作了展厅。所陈作品，出自赵青花和柳叶萍师徒二人，亮点是元明清各朝官窑仿古。齐鲁边看边赞，一间瓷艺作坊，两代青花大师。柳叶萍说，赵师傅和她已经决定，将这一屋子心血，全部交给齐总和蓝总拿回盆地屏羌，建艺术馆。齐鲁自然高兴得不得了，赞道，能把官窑烧到真假难辨的境界，估计也只有赵师傅和柳师傅的工作室了。蓝守玉补充道，都说天时不如地利，地利不如人和，人当然是决定因素，但两位师傅的工作室也有个别的工作室不具备的地利条件。齐鲁知道他说的是与御窑窑址为邻。

柳叶萍带众人上手柜台里陈列的御窑标本。

柳叶萍说景德镇遍地流金，就这大堆的瓷片也是价值不菲。她是杭州人，当年不远千里拜师，冲的就是赵师傅手头的那些御窑瓷片。蓝守玉也是。

64.4 【青花双鱼】

蓝守玉清楚地记得在景德镇拜师学艺的那个冬天和春夏。刚去的时候是初冬，瑶里送来夏天暑热湿雨历练的瓷坯。他跟着柳叶萍作画，画那种简笔的花鸟，人物山水只有羡慕的份了。等到了冬至，送到窑场。窑场的冬天，有了他陪着叶师傅和赵师傅小饮，不再寂寞。开窑后，烧成的瓷器送到老板们手里，春天就到了。瑶里解冻，阳气回升，又该去踩泥拉坯了。赵师傅说拉坯是个气力活，可为何柳叶萍每次都那么轻松？那玩意活，光瞎琢磨有啥用，得亲自上手，一次次地与那滩软泥较量，拉了再垮，垮了再拉……不管咋样，过了端午，他也会拉两三百件的大瓶了。学会了拉坯，似乎有些闲，也有些膨胀了，感觉作瓷也不过如此，再说新作的瓷坯还在瑶里的坯房里晾着，等第二个冬天。就这样空手而归有啥意思？他立志做个鉴瓷家，可现在还被那些五花八门的官窑搞得似是而非。他惦记着赵师傅一屋子的瓷片，于是，每个黄昏就帮着师傅搬出瓷片来，一边陪着小酌，一边听赵师傅神吹。

赵师傅小时候常去龙珠阁下政府大院玩。有人在那挖出瓷片，也没人介意。就约了小伙伴也去挖，专挑破瓷碗挖，玩撞瓷碗的游戏。分头找，看谁能找到最完整最精美的那种。素白的，带彩的，釉里红的……更多的是青花。画的啥也不认识，得选差不多完整的，保留不到四分之三原大的还不能要。挖着，就用破瓷碗对撞，看谁的瓷碗筋骨最硬。当然，胜利者拥有了处置对方被撞坏的破瓷碗的权力。这种奢侈的游戏，甚至到赵师傅儿女们那一代，都还在继续。那时候，公家的瓷厂已破产，也没得班上，赵师傅就干起了收荒匠，从小孩子们手里收货，收一个一个的破碗，一件一件的碎片。至于，两代小伙伴，撞坏了多少"碗"，记不清了，反正很多。想起来就后怕——价值几万元、数十万元一件的破瓷碗，只是小孩子平常稀松的童趣。多么昂贵的游戏！多么惊心动魄的记忆！好在文物盗贼和贩子，最后终结了更多幼稚荒唐的行为。珍贵的碎片，被迫挖掘问世，清洗、复原，陈列于博物馆的柜台。

蓝守玉不止一次跟着师傅参观过御窑遗址博物馆，亲眼目睹过那些传说中的稀世珍宝：洪武的釉里红、永乐的甜白、宣德的青花、成化的斗彩……

独钟情宣德的青花，钟情于那个叫"苏麻离青"的西域女子。

清代景德镇人氏蓝浦，写了本书叫作《景德镇陶录》，对宣窑瓷器评价极高："诸料悉精，青花最贵。"

此话一出，古瓷藏界遂跟风把宣窑青花炒到极致，奉为月宫嫦娥、人间麟凤。达官贵人，甚至为难以拥有片瓷而抱憾终生。玩不了真品，就仿造。群起而仿，搞得现在随处可见不同时期仿烧的宣窑青花。

宣窑青花的魅力有这么夸张？御窑博物馆，在二十一件宣德青花蟋蟀罐面前，蓝守玉的小心翼翼，被那些拼合的旧年残器尖尖提起。

明宣宗朱瞻基，永乐皇帝的嫡孙。二十六岁登基，三十六岁陨世，在位九年零七个月。双鱼座的青年朱瞻基，自是蓝守玉一等一的偶像。瞻基对于诗、书、画及游艺的兴趣和敏感，远甚于政治。在这一点上，与大名鼎鼎的宋徽宗赵佶有一拼。有人质疑道，一个沉迷于小玩意儿的男人，能有啥宏大气象。说此话的人，那是对双鱼座男人缺少了解。瞻基并不揽权，又长于决策，休兵养民，治腐裁冗，不搞形式主义，与他的老爹仁宗洪熙，并称"仁宣之治"。就做皇帝而言，也非不学无术，浑浑噩噩的"皇几代"。其不过是在工作之余，多了个爱虫怜花的个体性情。在整个明王朝，家族出了十六个皇帝，玩啥活的主都有，能将蟋蟀玩到文艺级，无出其二。可惜，终是个颓废的市井爱好，留下扰民的恶名。为找一品好蟋蟀，下属甚至把民墙给强拆了，农作物也毁了不少。上有所好，下必甚焉。如果止于他一人之爱好，也就罢了，问题是王朝的男人们都好上了那玩意，也不管自己是不是双鱼座，这让他哭笑不得。

公元1455年春天，艺术家瞻基在一片促织声中猝死，皇棒交由八岁的儿子正统帝朱祁镇接力。小孩子玩物，易上瘾丧志，这是做家长的常态思维。太皇太后张氏，也就是瞻基的母亲，发布了一条命令，将宫中一切玩好之物、不急之务悉皆罢去。

有记载说，那一年遵太皇太后懿旨，不仅砸掉了宫中的蟋蟀罐，连景德镇御窑场刚出窑、尚来不及进贡的罐子，一律无差别地打碎深埋。

这一埋就是五百年！寂寥的五百年！不是瞻基一个人的寂寥，是双鱼座男人的集体寂寥！

据说，双鱼座的雄鱼，或是瞻基的前身与来世。双鱼座的男人，做皇帝做得累，一天到晚破事多，还不能由着性子来。便发牢骚，朕累了。处女座的胡皇后应道，有臣妾呢。男人并不理会。一个人闲卧于午后，做白日梦，梦里自己真的变作双鱼，青花的、幽蓝的双鱼，游呀游，鬼使神差地出了御花园，到了郊外……

他混淆了天蓝与青花。

他沉醉于春风泥土和水草的馨香。

他纠缠于双鱼首尾追逐的游戏。

他闭上眼，看见自己在梦里笑……

他的梦游成了天蝎座孙美人的笑柄：好玩的双鱼，你是那条，臣妾是不是就是这条……

他没有理会孙美人的乡下姑娘腔，闭上双眼：哪里有另一条？两条鱼都是自己，再说又如何能分男女？

这话让孙美人困惑。也顾不得那么多太监宫女看笑话，美人疯狂扑过来，把他当成了另一条雄鱼。他还是无动于衷，惹得美人嗔道，不嘛，一男一女才有意思……

那一刻，双鱼座的男人好寂寥……

64.5 【此曲只应天上有】

青花碎片，能照见男人性情。此话是柳叶萍说给蓝守玉听的。柳叶萍内心细，细得除了双鱼座，别的男人都装不下了。

柳叶萍是胡皇后附体。然双鱼座男人却痴迷于梦游，别说处女座的胡皇后，就是天蝎座的孙美人，都把他喊不醒。

双鱼座男人不是装睡，是真的有性别障碍。

正如瞻基钟爱的青花，总是那么不同：海水江牙，云雾蒸腾的那种；海怪飞龙，天马行空的那种；芦花珍禽，小鸟依人的那种；瓜果秋获，缠绵悱恻的那种……分明就是十四世纪的美少男主义。

柳叶萍绘画宣青，柔软也罢，纠结也罢，她都能容忍。除此之外，一丝不苟。

柳叶萍和胡皇后似乎都有洁癖。

柳叶萍挑出一片极为清雅的折枝花卉纹片，道："二位老总，你们一行难得造访，是给我和师傅面子，既然来了，送给你们留个念想。"

蓝守玉道："美女师傅这是送给齐总的吧。齐总你看看，穿越五百年的神秘幽蓝，是不是有自己的影子？"

片子上画的是山茶花枝，一只小鸟侧身俯视。听不见小鸟幽啼，唯闻晚春寂寥。

齐鲁翻来覆去地看，喜欢得不得了："真正的宣窑苏青，发色如此内敛含蓄，幽深夺目。传说中的一片难求之物！真个是应了古人心境，此曲只应天上有，人间能得几回闻。"

蓝守玉道："此曲便是为齐总量身而制的。"

齐鲁问道："何以见得？"

蓝守玉道："你曾厌倦了傲慢和偏见，那么地自命不凡，然此时此地，却把自己揉碎再揉碎，与手里的冷艳青花一道，兀自轻伤与哀怜！"

齐鲁大笑道："没想到蓝大师还是个文豪，出口成章。不过，真说到了痛处。我这人就是命贱，世间啥奢侈品没见过，咋对一破瓷片放不下呢？"

柳叶萍应道："正如一句唐诗的意境，曾经沧海难为水，除却巫山不是云。"

齐鲁问道："此诗又作何解？"

柳叶萍绕开话题，笑问道："齐总没有跟原配夫人分手吧？"

齐鲁道："没有，没有，我这人心眼死，从一而终。不过她的确较少在身边。"

柳叶萍有些诧异："传说中的贵圈分居？挺时尚的嘛。"

蓝守玉插话道："俗话说得好，远香近臭，久别胜新婚。"

齐鲁道："绝对不是刻意的，哪有你蓝总说的那么复杂。她在国外陪孩子读书。"

柳叶萍道："这么说，嫂夫人给很多女生留下想象空间了。想来齐总平日也不乏红袖添香的。"

蓝守玉笑道："哈哈，总算说到亮点了。"

齐鲁也笑道："浮云，浮云。"

柳叶萍道："浮云就对了。齐总现在的心境，应与元稹当年偶得此诗一致。"

齐鲁不明白："被柳师傅绕糊涂了，点拨点拨？"

柳叶萍没有回答，矜持地保持了一贯的微笑。

蓝守玉接过柳叶萍的话题："不是俗话说，娃是自己的好，老婆是别人的好吗？"

柳叶萍瞪了蓝守玉一眼："刚好弄反了。上课没专心，还是别有用心？"

齐鲁打圆场："蓝大师说的是常态。对沉默的极少数来言，可能正好相反。"

柳叶萍道："我相信齐总说的是内心话。就像齐总和你手里的瓷片，都是沉默的极少数。玩过宣德青花，对各种缤纷，也难正眼一瞧。"

齐鲁道："柳大师年纪不大心眼还挺多嘛，瓷作造诣一流，对爱情哲学也挺有心得。"

柳叶萍道："若我现在告诉你，本姑娘现在未婚，你还这么认为吗？"

齐鲁道："柳美女尚未婚配？那一定是处女座了。"

蓝守玉掩嘴，笑而不语。

齐鲁打趣道："守着天姿国色、冰雪聪明的处女座不娶，谁那么自以为是，有眼无珠了？"

柳叶萍的眼神在蓝守玉脸上停留了片刻，准确说是三秒，最后还是落向屋里的某处空气："有吗？咋没感觉？"

一屋子的笑，也藏不住尴尬。

蓝守玉似想起啥："来而无往非礼也。你送齐总宣青标本，那也请收下蓝守玉的青花。"

蓝守玉从包里拿出一个瓶子，递与柳叶萍。

"天啦！"见是自己最爱的元青花月影梅，柳叶萍有些失态了，惊讶道，"我不是在做梦吧？这可是江苏镇江博物馆和广州博物馆才有的宝贝！"

齐鲁笑道："没想到吧？蓝大师没给你说过，他有三件？"

柳叶萍摇头："三件？有一件都称得上元青花藏家了，还三件！不可思议。这要放到市场上，估计要被电视寻宝专家说是樊家井出品！"

尚小林插话道："说得是，现在这种路份的专家真的很多，不过是砸砖的砖家！"

"砖家？"蓝守玉盯着齐鲁、尚小林和柳叶萍道，"你们三个也是砖家？"

蓝守玉稳住表情，煞有介事地问话，逗得大家都憋不住笑。

尚小林说的"砖家"，是个笑点极低的关键词。

收下月影梅瓶的柳叶萍，兴致很好，一高兴又捡了几件御窑瓷片，分给三人。

64.6 【三十六度五】

预订的酒店在工作室不远，过一条瓷器街即是。景德镇叫瓷器街的有多条，珠山附近的那条，最为有名。蓝守玉提议，把装缸子的车开到酒店停放，那比较安全，有监控。柳叶萍说地下室也有监控，不过她已安全交接大龙缸，剩下的事不便做主。齐鲁就叫尚小林去动车，柳叶萍叫苏小离驾小车带路。齐鲁和蓝守玉，则随柳叶萍步行，穿瓷器街，去酒店。

珠山的瓷器街，并不像陶瓷工业园商业味浓，依旧保持着一贯的文艺范。柳叶萍介绍，四百年前，就有荷兰游客描绘过：

> 一条中心大街，几乎贯穿这个富裕的港镇，道旁商店林立，贩售五花八门的商品，但本地最主要的生意仍以瓷器为主，产量之丰不可胜数。

齐鲁表示惊讶，如此生僻的文字，柳叶萍竟如此烂熟！蓝守玉插话道，古陶瓷美术"学霸"可不是白当的。

沿街一溜的陶艺展示门面，最好的多被做艳丽彩绘的青年大师们租走了。在一个不起眼的角落，柳叶萍带二人进了弟子小杜的工作室。

小杜的青花工作室，也是瓷作坊。成品、半成品和原料，挤满一屋。上门的顾客，有站脚的地，没挪脚的皮。

满屋都是年轻陶瓷艺人起步的氛围。两年前，小杜从陶瓷学院毕业。小杜上陶瓷学院那阵子，在柳叶萍门下学过绘画青花。毕业后，没有本钱，造不起窑，作品都是同别的年轻师傅，合伙租窑搭烧的。窑主只管烧窑，不管产品质量，烧出来，是啥就是啥，听天由命。有时候，一窑烧出来，有一半要废。稍好点的，就拿到店铺里卖。因为是搭烧，只能做一些小件的文房、茶具和香具。不能做赏器，大件赏器做的功夫深刻不说，送到大窑混烧，风险更不能把控。即便小件，因为是手工作，成本要比大公司的机械货高。少的也要小几百元，流水线下的出品，不过一二十元。价格一比，小杜的青花，也没了竞争优势，一天也卖不了几件。

他的同窗原来也与他一样，一肚子青花的梦想。刚出校园的小青年，个个意气风发，也想搞点"纯艺术"。

如今哪还有"纯艺术"，凡是"纯粹"的"艺术"，都是奢侈的"理想主义"！景德镇作青花的，大师头衔一大堆。都说大师多、大师贵、大师富、大师忙，对马路上踢着绊着的大师嗤之以鼻，骨子里还是羡慕嫉妒恨。为啥？"土豪"们认"名头"啊，于是作瓷之人削尖脑壳要弄个头衔。

大师梦可望而不可即。年轻的瓷人忍耐不了绘画青花的寂寥，便委身流水线，挣现钱了。独小杜坚守手工作坊，默默地拉坯、画青花、上釉……有客人来了，他也不大愿意说话，一个人默默地做，客人默默地看。多数时候，客人还是空手离开了。似乎也有感兴趣的，摸摸、聊聊，最终没有动手掏钱买。

见师傅带着客人进来，小杜说，手工青花不像流水线上的彩绘光鲜好看，没卖相。小杜说话的语气，没有无奈，唯有平静。小杜是平静的，他的作品也是平静的。简单隐约，不带半点玲珑和娇柔，仿佛瓷心。

就冲这一点，挺你！齐鲁和蓝守玉都竖起了大拇指。

离开小杜青花作坊的时候，齐鲁买了件村姑浣衣图玉壶春，蓝守玉买了件其貌不扬的独鱼洗。

不是传统意义的双鱼。双鱼是愉悦和欢快的。独鱼就有些寂寥了，婉转地游走，心无旁骛。也不是形而上意义下的特立独行的鱼，若能上天入地，分明就是龙了。它只是一条平常不过的鱼，没有荷塘和水草，连水波也没有。不绘水波，是因为它平静。平静如水。摄氏三十六度五，与体温一致。

摄氏三十六度五，也是可以开窑的温度。

64.7 【陶花源】

出窑仪式，定在次日下午申时。

上次送大龙缸来景德镇，蓝守玉无意中在瑶里淘了件永乐宫瓦标本。想起来就兴奋，就嘚瑟地撺掇齐鲁先去瑶里"陶花源"逛逛。

一早就往瑶里赶。齐鲁、蓝守玉、柳叶萍，坐小叶的车。尚小林的皮卡，载着大龙缸和苏小离随后。

饶南的古镇，一下雪，深灰的基调上，便多了层水墨青蓝，渐渐流淌的那种，点点晕染于宣纸的白，至少显出四个层次：远山含黛、瓦屋默然、竹影疏离、人迹已了无。中国画里，了无便是留白，了无朝深处退隐。白透纸背，那是最后的层次。寒潮突袭，镇上住家户，早将赏雪兴致，收拢于一盆火。

见家家户户男女老少屁股下都坐一老土火炉，都称奇。齐鲁以为是做烧烤的灶台。一问，才明白确是烤屁股的，便忍俊不禁了。

蓝守玉纳闷道，屏羡老家的火盆，是放置在跟前，伸手烘煨的那种，瑶里人家的红泥火盆，模样别致，还是坐着烤，就不怕屁股糊？

蓝守玉的冷幽默逗笑了柳叶萍，道："入乡随俗，蓝总也坐上去烤烤屁股？"

古村瑶里，原本写作"窑里"，与火有着特别缘分。瑶里人家，奉火为神明。女子出嫁，陪一对缩微窑炉——火盆，企望日子红红火火。雪天，老人小孩、男男女女，守店铺、上班、打纸牌、串门，屁股下都坐一炉火。三五人围拢来，再炖上一大锅香喷喷的萝卜猪肉，如此美妙的画面，让街上稀稀拉拉的外乡游客，羡慕得要死。蓝守玉大发感慨，此情此景，便是传说中的家吧？

家是三五片瓦，和片瓦下的天井。南方天井，老屋低眉，一门虚掩，面南背北。瑶里土著——那些古派的饶地人家，从祖上接纳过来的荣耀与温暖，高悬门楣。"大夫第""进士第""翰林第"……相比曾经显赫的声望，三字牌匾仍显低调了。牌匾的主人们保持了饶地读书人和为商者的一贯做派。此刻，他们正撑一把油纸伞，携三五挑担伙计，沿麻石铺砌的瓷茶古道，踏雪而来，一路紧走慢赶，行色匆匆。昨天担里使稻草包裹的饶州影青瓷碗，已换作徽地黄山的毛峰。一来一往，生意层次便有了，境界也走得远。宋人描绘饶州的影青瓷，如假玉，称"饶玉"。景德镇影青算是青花瓷的祖上。从宋到元明清，从"饶玉"到青花，从水路到陆路，徽商遍走天下千年，瓷碗一辈子不离左右。毛峰就送给留守浮梁县衙的监陶官吧。巡视一天的窑活，陶官许是累了，用影青斗笠瓯，或青花压手杯泡一盏，怀想冬天的缭绕和氤氲。

　　蓝守玉很想坐下来，就着优雅的影青或者青花，听听白发长者的讲述，讲"窑里"传说中的烟火，讲浮梁城里监陶官老爷的往事，讲那些关于泥土的烟霞，青花的碎片。

　　雪渐渐落满瑶里的溪头溪尾。那些曾经脱胎换骨的瓷土，渐被那白淹没，瓷土在内，青花在外。雪意和烟霞萦绕碎片。碎片很近，也很遥远。远近的碎片，远近的雪色，疏离与纷扬。

　　倘若回到昨天，从饶地到徽州数百里，山水无限。

　　"今天，你们只能在火炉和雪色里，去还原'水是眼波横，山是眉峰聚'的场景了。"

　　柳叶萍的感叹，触发了蓝守玉的想象。瑶里，不，整个景德镇，要能回到曾经的手工时代，眼前之景即是兼带青绿和水墨，吞云吐瑞，绵延生动的宋元文人山水的大型原景。倘若那山水，不是画于绢纸，而是写将瓷土，恐怕就不叫青绿和水墨，而叫青花的，散落于山水间，散落于黄昏和黎明。黄昏，依偎千家窑火，窑火明灭。又一个黎明，鬼魅的呢喃。妖冶的蓝、绚丽的青、东方的晓。夜色欲白，青趋于瘦，天地趋于明朗，植物拔节生长。青花，来到饶南的江畔，捣衣、打水，不时抬头朝江上扁舟张望。舟头，玉树临风的男人，是青花的男人，是一群男人。青花们的男人，才下驿道，又上水路，一路颠簸，风姿绰约。那是谁在烟雨朦胧中，一遍遍地浓妆或者淡抹，安静中守候，惆怅中等待？

　　"要是回到三百年前，景德镇就是一个烤着三四千个窑炉，日产万件的大火炉。"柳叶萍道。

　　"家家窑火，户户陶埏。"齐鲁随口背了句古诗。

"重重水碓夹江开，未雨殷传数里雷。"蓝守玉也附和了一句。

"我读书不多，好不容易记得几句，也都被你俩说出来了。"柳叶萍谦虚地道。

两人就都笑了。在景德镇，跟才女比文艺，那得多自信才是。

柳叶萍又念了一句："欲问行人去那边……"

话未完，蓝守玉急着接过："这句我背得，下面是'眉眼盈盈处'。"

齐鲁颇为惊讶："是不是柳叶萍教的？"

柳叶萍笑道："他那么自负，教不了呢。"

"到底去哪边呀？咋一座古窑都未能见着？"蓝守玉问道。

蓝守玉没说假话，瑶里已无古窑。湖田也无，珠山也无，整个景德镇都没有。真正的古窑，得有生命迹象，顽强地呼吸吐纳，繁衍生息。火一直不曾熄灭。把桩师傅是记忆中的那位。仿佛年轻时那么矍铄，不曾老去。掌灯分，师傅陪掌柜，还有手下的伙计，多喝几盅，有了醉意，下半夜忍不住打瞌睡。一个盹工夫，又醒来。没有谁提醒，也能照时往炉里递上一把窑柴。一切的重复，只为将昨天或者昨天的昨天重复再重复。生活即重复。因为重复，而"生"，而"活"，不可磨灭。

64.8　【古窑】

在古陶瓷旅游博览景区，几人目睹了曾经的活窑，只是现在差不多已死了，摇身一变，甘做供人观赏的道具。

它们是"活"着的化石。既是化石，它的时间则早已凝固。凝固在三百年前的臧窑、唐窑、年窑、郎窑，五百年前的隆（庆）窑、万（历）窑、嘉（靖）窑、正（德）窑、成（化）窑、宣（德）窑、永（乐）窑和洪（武）窑……倘若继续回溯，还有七百年前的枢府窑，九百年前的湖田窑、湘湖窑，一千年前的景德窑，一千三百年前的霍窑和陶窑……

柳叶萍说她至少能辨别出十数个鲜明的断面——那些竖立生长的年轮，一圈复一圈……现在已停止发育。

也许是真的老了。不断扩张的现代陶瓷流水线，挤占了古窑最后一线骨缝——那些维系古饶州文化生长的细胞和钙质，不再坚持生物的活性。不（音 dǔn）子、釉果和高岭土，炼制为规则的"三宝"，码成几何体的墙，做摄影摆设倒是不错。水碓没了"呷呀"声，城里的新派年轻人，已难踩动水碓的脚头。拉坯，更不是年轻人能干的活，要有臂劲，且要有相当坚持的定力。村里有此般力气的窑户，被游说到了"古窑"景区，换上早年的粗布青衣，为游人表演。他们是景德镇最后的窑户，只会拉最民间的、最朴素的圆器。琢器和官古之类的，在他们父亲那一辈，就已不会了。

隐约记得圆器的要领，是还称得上窑户的起码本事。泥，也没咋淘洗和踩炼，刚半醒就被放上台车。巧劲地一拉，泥有了大致模样。"巧劲地一拉"，这是用来吃饭的手艺，说起来似乎有些轻松。好长一段时间，老人还是不习惯这样的"轻松"。可老板是看中了老人的"轻松"本事，才让他到景区的。不用太专注想着变一个啥物件出来，手上有那功夫，意思意思就行。老人最初也不好意思，拉了那么多坯，也没见烧成几件，工钱一分不少。游客不计较就算了，景区老板干吗也不计较？这不是吃干饭？老板说，你吃就是了，唠叨个啥？老板在窑户面前是雇主，在游客面前是"窑主"，在全场大戏里是总导演。几月后，老人也习惯了表演，轻松地拉碗，撇口碗。上一次车，一拉三五个，趁雪天的太阳，晾上坯架，晾一上午。太阳一下去，托了满架的坯，唱戏一样，踱着方步，架回晾棚。换下前几日做的坯，放在釉缸里，函了釉，放上晾架。待半干，取下，又像唱戏一样，踱着方步，送太平窑烧去。这里至少省去了几个程序——修坯、素烧、绘青花……老板要的是表演的集中和流畅。游客也少了在慢工中体验细活、一点一点往下阅读的耐心。他们跟着端坯架的窑户，直接跨过伏笔，奔大戏的高潮和结局而去。

等在那里的，是古窑的灵魂人物，一个德高望重的把桩师傅。本来把桩的，是另外一个祖传专做此活的师傅，但他要价高，老是在伙计和游客面前摆架子，让老板下不了台。不过，老板就是老板。离了红萝卜，真不能出席了？笑话。把桩师傅失业了。他的戏份，被憨厚的拉坯老窑工一并客串。当然，工钱不会多算，也没有出场费，多干少干，月钱还是那么多。游客是玩，老板是玩，窑工们也是玩，大家都是玩。好在还不是真烧，窑炉也只垒了个老样，一直半冷不热，就没见烧透过。据说，古窑刚建好的时候，还请过京城里的明星，见证点火仪式。仪式终归是个形式，意思意思就行，没人当真。没点过火，就谈不上开窑，但是开窑程序还是少不了，就又继续把祭祀窑神的表演进行到底。"开炉喽！"老窑工，扯起嗓子，一声长吼，声送数里。

不远处是老板开的瓷器店。游客和店员都听到了老窑工的长吼，表演还在继续——绘青花。老板把最扯人眼球的程序，放在瓷器店，作压轴的戏份，有自己的目的。游客也心照不宣。昔日的青花大师，是一个五六十岁的女士，半天不动一下身子，面无表情，近视，甚至把自己混为一尊还没有烧出色彩的瓷器。她的笔下勾绘着最安静最吉祥的纹饰，缠枝莲或凤穿牡丹。据说，绘青花就是这个模样——定力呵！

老板说，店里的青花名器，都是大师的作品。游客们将信将疑，之后还是被感动，买吧，大师也不容易。更年轻更漂亮的小画师，那些新新的陶瓷女性，她们从大师那儿学了艺，却没再走师傅的老路。老路太漫长！还是缺少耐心。她们直接去了工业园区，用最快捷的笔墨，最缤纷的色料，绘制最时尚的风景。大师不再怪弟子的背叛。要说背叛，只能说是流水线背叛了古窑。

柳叶萍说，明朝宋应星《天工开物》里说的"七十二道工序"，别说像苏小离和小叶这些年轻人没见过，像自己这样的所谓大师也没见过，自己的师傅比如赵师傅和叶师傅也没见过。

蓝守玉寻思，这恐怕从柳叶萍的祖师爷那一代，就开始被删减了。删减了，也没见谁着急。既没人着急，流水线也乐得心安理得。小师傅们也心安理得。数字化的电窑和气窑，让窑温精确地控制在某个点上，烧造出想象中市场流行的造型和色彩，几乎一分不差！连大师也不得不惊讶了。流水线带给了女徒弟丰厚的报酬。背叛祖制，似乎获得好报！这令人费解。昨天的痕迹，轻轻抹去。今天，正快速翻过。明天呢？没有了昨天和今天作支撑的明天，会不会裂成孤立的一块块，就像昌江河底的那些碎片：多边形、乱、锐利、模糊。拾起一块，不小心又割疼指尖。小徒弟的明天，令人憧憬，充满激情，仿佛小徒弟手下流水线的脾气。那憧憬，那激情，还真如她所愿，一点也不走样地得以兑现？大师是替小师傅问自己的。她回答不了自己的问题。大师终于还是没有了言语，又一次摘下眼镜，揉了揉双眼，向远处望望……而后继续——描绘她的青花。

匆匆参观完瑶里古陶瓷博览景区，蓝守玉和齐鲁忽然无话了。柳叶萍见状道，不用太悲观，一会儿去雪岭，将会亲眼见证自今尚还活着的老窑开宝！

二人这才想起来瑶里的正事。两位陶瓷大师还在雪岭等着开窑呢！

雪岭藏在瑶里深处。那些低矮的山丘，怎么看怎么像一座座静卧在漫天大雪中的葫芦老窑。

65.1 【申时吉日】

申时开窑，是叶师傅定的规矩。没有谁知道他的想法，赵师傅也不知道。蓝守玉寻思：申，灵猴出没之时，灵长类乃自然界中智慧最高神物，择此吉时，有何玄机？

柳叶萍说叶师傅床头一直放着一本绘有猴子绣像的线装书，也不知被他翻了多少遍，反正封面是看不到了。一次，好奇了，遂问，师傅啊，枕头边啥破书当宝，天天看你翻不够。叶师傅瞥了她一眼，没理会。

似乎叶师傅把桩监烧的窑，都选在申时开窑。

> 皇天后土，
> 申时吉日。
> 灵猴出没，
> 窑神显灵。

每次叶师傅念叨开窑经的时候，柳叶萍就想叶师傅枕边那本书会不会是《西游记》？

与"皇柴窑"开窑的夸张不一样，"雪岭瓷庄"明代葫芦窑复烧开窑，赵师傅和叶师傅并未打广告，知晓范围仅限于瓷庄和两家定烧方。蓝守玉倒没说啥，他是最大的定烧方，按行规得和窑主共同承担定烧失败的风险。孔尚云这头有股份，况孔尚云也知道，这或是他跟叶师傅最后一次合作。为了遂元青花心愿，孔尚云不得不把压箱的麻仓御土都给坦白，也算下血本赌大了，不管胜负就此息窑也无遗憾。孔尚云要的不是元青花的结果，要的是赵师傅和叶师傅的态度。赵师傅和叶师傅已宣称，这把窑开后，就要封窑隐居了。葫芦窑熄火之日，就是他们的谢幕之时。烧造宣德青花大缸和元青花人物罐子，是两位师傅的闭关之作。孔尚云同叶师傅的蜜月，其实五年前就已结束。窑成还是窑倒，都已不重要，重要的是蓝守玉同师傅们的蜜月，也将以今天的开窑，画上句号，无问结局。

天底下的手工艺，最不可捉摸的即作瓷。五行中，火又最难控制。于是，便有了窑变的神奇。作瓷的魅力也在于此，所谓天造神作。

不管如何，吉祥的申猴，冥冥之中契合了齐鲁和蓝守玉的本命。

65.2 【葫芦窑七十二变】

叶师傅说"雪岭瓷庄"只邀了两拨客人，齐总和蓝总算一拨，孔总算一拨。

孔尚云尚未到。蓝守玉问，要不先看看葫芦窑？叶师傅就带几人去了后院。

安静恬适的老窑，仿佛葫芦醉卧。至少十天前就已停止加松柴，开启了缓慢的冷窑程序。叶师傅说，烘窑和冷窑时间得管够，越慢越好，不能图快，快了会生窑裂，心急吃不得热豆腐，跟年轻人耍朋友一个道理。

窑门尚未开封。蓝守玉和齐鲁忽生忐忑，睡在窑里的宣德龙缸，可安好？

柳叶萍说，烧瓷如分娩，青花创世好似宝宝落地。开窑的窑温最宜三十六度五。蓝守玉和齐鲁摸了摸窑门封砖，果然有婴儿肌肤的滑腻感，仿佛窑里的温润，自那窑砖由里向外传至。

齐鲁和蓝守玉还是有些担心。好在两位老师傅是景德镇排名第一的黄金组合，手艺足够让人信任。

叶师傅说，别说客户心中无底，他和赵师傅算厉害吧，没开窑前，也是眼皮直跳。

叶师傅十五岁学掌桩，一晃一个甲子，可又咋样？掌桩饭不好吃。瓷作七十二道工序，风险系数最高的当为掌桩。掌桩师那日子就不是人过的，天上地下那折腾，根本受不了。昨天，你还是功成名就的掌桩师，人五人六，吃香喝辣，红利银子随便花。要隔上一夜，就不好说了，或因一窑报废，炒鱿鱼不说，窑主自己也许就此破产，一蹶不振。一窑瓷坯，有可能就是一窑身家。每一个掌桩师后面都有数不清的报废次品。这便是窑行版的"夜长梦多"，说一将功成万骨枯也不夸张。

蓝守玉道，那师傅你属于是吃香喝辣，还是让窑老板喝西北风的那种？叶师傅道，吃香喝辣算不上，也不至于让老板去喝西北风，日日有小酒也心满意足了。看来，叶师傅这是得了掌桩职业病，窑炉高温高压下，只有喝酒，聊以压惊度日。

景德镇有种说法，百里挑一，意思是一百个烧窑师中，还不定能出一个掌桩。掌桩是气力活，也是眼力活和口水活，说白了，技术含量不比拉坯、绘画、上釉低。气力活好懂，掌桩师傅，个个膀大腰圆，一人端十几个大匣钵满窑出窑，抱一大捆松柴上天窗加火，耐得住炉热，还大气不敢喘一口，火势管着温度呢。烘窑的时候，火要慢慢溜，水汽也渐干，不然色也出不来。紧窑呢，火要紧，不紧则难一气呵成，前后左右烧不透，会生"爽瓦"。

那眼力活和口水活，又是啥名堂？齐鲁问道。

叶师傅指着葫芦窑上边的天窗道，看见没，这就是炉眼，里面是炉膛，从烘炉开始，到旺火，再到退火，就凭这炉眼把握，往里添柴退火。蓝守玉问，一个窟窿而已，又不能像孙悟空一样钻进膛，如何判断火情？叶师傅道，老祖宗有发明。在一摞匣钵上头放一枚铜币或火照，以做参考，笨是笨了点，管用。高明的掌桩师傅，借炉膛火色深浅，推测炉温高低。火如生龙，又不能让火乱蹿。烧造各色瓷器需不同窑温，窑温又与窑位有关。火走窑里，如龙行天下，拿住火势，就能得心应手。

葫芦窑天窗不多不少十二个。每个旁边的窑砖上，都刻有字，从子到亥，大概是十二地支，顺序却无规律。蓝守玉猜测，莫非与炉膛窑位有关？

《天工开物》里绘有葫芦窑示意，但未明确划分窑位。老祖宗只是给后辈指方向，修行还得靠自己。葫芦窑十二地支窑位，是叶师傅的创意。十二天窗，大致对应可以观察到的炉膛十二窑位。然每个窑位又互为因果。掌桩的师傅借十二地支天窗，把握炉内十二地支窑位，就跟中医望闻问切推测五脏六腑的状态一样。

蓝守玉问，中医名家在望闻问切之后，可以通过中药和针灸，调理气血。掌桩师傅私底下靠眼力，获知炉膛温差，但又如何去驱赶火舌，让其按自己的想法调节自如，难不成窑里也有经络和血脉？叶师傅道，当然，窑炉本身就不是死的，十二天窗就是穴位，十二窑位就是五脏六腑。

来到申字口，叶师傅往洞口吐了一口唾沫。就这一口唾沫，便可知晓炉火是否已退尽。叶师傅举了个反例。烧窑的时候，一口唾沫下去，"嗤"，没了。老资格的掌桩师傅就是凭它推断火舌走势，再确定哪只眼要加柴通风，哪只眼该关闭。观察唾沫蒸发，推测炉膛气压变化，这是流体物理学的常识。但是火头那么大，一眨眼就没了，要区别其中的细微差别，得多深的功夫？叶师傅又道，景德镇瓷作，称这手艺叫"唾沫活"。唾沫也不是乱吐的，一要收得住，二要有爆发力，最终还得落在眼活上。掌桩师傅的眼活与拉坯师傅的手活，相当于孙悟空跟二郎神，难分谁高谁下。

眼活也好，唾沫功也好，都是个人经验。世上最难控制的就是火，何况火还在炉膛里，瓷坯一进去，烧成啥样还不得听天由命。十二地支天窗，十二地支窑位。没有十二分的把握，只有十二分的意想不到。这就是瓷人的命。

蓝守玉满脑子都是猴子的七十二变。

65.3 【窑祭】

聊得正欢的时候，小叶和孔尚云一行也朝窑炉赶过来了。

趁孔尚云同赵师傅和齐总打招呼的当儿，蓝守玉小声问叶师傅，十二地支天窗的位置已有大致了解，但十二地支窑位又是咋回事呢？叶师傅说不急，一会儿随他进窑自然明白。叶师傅这么说，是给蓝守玉开小灶了。照理说，开窑后，有资格入窑的只能是两位师傅，定烧老板是不能进去的，这里面涉及商业机密。直系徒弟大叶师傅也就是小叶的爹，是有资格的，但是他的资格因为背叛老叶师傅，早就被剥夺。柳叶萍是两位师傅的徒弟，当然也有资格，可惜按行俗，女人绝不可入窑。蓝守玉虽然在景德镇待的时间不长，也算是两位师傅的直系门生，享有入窑特权，也说得过去。

蓝守玉对葫芦窑好奇，或与叶师傅把窑位化作十二地支有关。古人以十二地支记录时辰，类比植物的生长周期。子，阳气既动。丑，在上未降。寅，始生寅然。卯，茂也。辰，震动而长。巳，气盛。午，枝柯密布。未，滋味。申，身体已然成就。酉，老也。戌，枯灭。亥，万物收藏。

叶师傅以十二地支标记，指向空间方位的十二时辰窑位，时间和空间于此互换角色，在蓝守玉的常识里，那就是一片知识空白啊。好在，叶师傅已把解读玄奥的机会留给了他。

一张硕大的香案，已被小叶娘张罗好，摆上祭祀窑神的大碗刀头和大瓶敬酒。柳叶萍替赵师傅、叶师傅和蓝守玉，系上红绸腰带。在瑶里，在景德镇，腰缠红绸的窑师，被视为离风火神仙最近的人。开窑后，他们三个将是仪式的执行者，有资格进出窑腔，查看窑位，捧宝亮宝。其他人就等着开眼吧。

赵师傅和叶师傅的祭窑师地位，不可动摇。作为后辈中唯一享有如此礼遇者，蓝守玉受宠若惊。被幸运之神砸中，能拿得出来说的理由，只可能因为他是两位师傅的嫡传男性弟子。这一点，小叶、孔尚云明里虽无啥话说，暗里少不了羡慕嫉妒恨的。

香案正对窑门。赵师傅、叶师傅持香站头排。蓝守玉、齐鲁、孔尚云、柳叶萍二排，尚小林、王龙、小叶、苏小离随后。蓝守玉居中，被赋予持香敬神的权利。两位师傅引领蓝守玉绕炉一周，每到一个窑窗，三人都会插上一炷香，还要念上几句啥窑经，蓝守玉也没听明白，大约是祈祷窑神保佑之类的咒语，便跟着滥竽充数了。

等再转回香案前，赵师傅果断地摔了刀头，叶师傅也把那酒水洒了。

两人脸色铁青。其他的人也是大气不敢出，似乎都在用力酝酿一场大戏。

从寂灭到涅槃，从涅槃到混沌，从混沌到创世。

65.4 【十二窑位】

小叶扛了杆大窑钩递给叶师傅。叶师傅亲手把着窑钩搭向窑门，回头招呼众人都把上。

听得两位老人喃喃絮语：

皇天后土，
　　　申时吉日。
　　　灵猴出没，
　　　窑神显灵。

　　啥老腔，这么高古？柳叶萍道，正宗饶河，少说也有一两百年的老腔。饶南听饶韵，瑶里看青花，耳福眼福若齐了，这趟真值了。就暗自祈祷，孙猴子保佑，别出啥幺蛾子。

　　正寻思，猛听得谁扯开嗓门喊——

　　"开窑喽……"

　　众人就都跟着吼——

　　"开窑喽……"

　　那一刻，蓝守玉真有一种创世的眩晕和失重感。天地混沌，石猴蹦出，万物生长，大圣齐天。以至于跟着二位师傅，钻进炉膛后，好几分钟脑袋都还是蒙的。

　　叶景生道，看见没，这叫前室，子、丑、寅、卯、辰，五个窑位。子、丑，用于生火，加柴，不能置匣钵。辰，挨着中室，火势来回走，窑位不稳，只能搁半人高空匣钵，以防倾倒，所以匣钵里面不能装瓷坯。寅、卯，放温度稍低的青花瓷，如元青花。

　　蓝守玉一看，果然有两摞匣钵，里面全是元青花？赵青花道，哪有那么多，一边放了一个人物罐子，上下多出来的匣钵都是空的。叶景生听赵青花这么说，夸道，原来赵师傅也是掌桩的"老司机"。赵青花道，没吃过猪肉，还没见过猪跑？呵呵，瞎蒙的。叶师傅说，恭喜你，蒙对了。

　　叶师傅叫蓝守玉一层一层小心取下匣钵，空的匣钵抱到窑门，递给小叶。等取到盛装罐子的两截实钵时，蓝守玉忍不住好奇，想看看烧成啥样了。叶师傅道，按行规是不能看的，这是私人秘制定烧，好歹都得交给主人。赵师傅对叶师傅道，这事你做主，你是葫芦窑的窑主嘛，不过也好，叫孔尚云拿回去再看，免得在窑门前当着那么多后生难堪，烧成不用说，烧倒了，那不毁了你瑶里第一窑主名声？叶景生道，我俩谁都跑不了谁，一根绳上的蚱蜢。说罢，叶景生从腰里解下两匹红绸，将两匣钵遮了，让蓝守玉抱出去。

　　蓝守玉将匣钵递给小叶，交代道，这是孔总定烧的宝贝，师傅有话，得当面交与孔总。孔尚云接过匣钵，放下不是，打开更不是，那激动得……

　　齐鲁和尚小林也想看两件新鲜出窑的元青花人物罐子，被孔尚云婉言谢绝道，得罪了，得罪了，择日再约请各位来寒舍慢慢欣赏吧。大家都知道孔尚云这就是句客套话。孔尚云说罢，又叫王龙拿来木箱子，连匣钵一道打了包。

回到炉膛，蓝守玉问二位师傅，孔尚云的元青花罐子，真的烧成了？赵青花不语。叶景生道，烧元青花也不是个啥了不起的生意，再说这回用了孔老板偷挖的麻仓御土，不出意外的话，至少有一件是相当标准的。蓝守玉就笑，这么说孔老板赚大发了？叶师傅道，他赚多大？再大，能有你蓝总赚得大？你可是四个大缸子呢！

对呀，大缸子呢？蓝守玉往后室看。中室放着一炉四摆匣钵，叶师傅道，都搬出去，空的。蓝守玉寻思，空的？不会吧，窑位多金贵。赵青花道，你不懂烧窑，要舍才有得，该浪费还得浪费。见蓝守玉还纳闷，叶景生又道，那是用来别火道的，别火道懂吧？蓝守玉自然不懂，不过师傅既然这么说，一定有其道理。

待搬完中室匣钵，这才得以看清楚后室窑位：巳、午、未、申、酉、戌、亥。赵师傅道，我们两个来猜一下四个缸子和几个永宣小器，都放在啥窑位？蓝守玉说好。后室比较狭长，七柱匣钵就如七根梅花桩，匣钵与匣钵之间仅容一人通过。蓝守玉道，先挤进去看看，再说答案，被叶师傅给挡住了。叶师傅道，这些匣钵垒成的匣钵柱，稍微一用力，说不定会倒，一倒，旁边的也跟着垮了。

赵青花指着靠近后室中部和底部的两柱稍矮的匣钵道，这两处窑位摆的匣钵应该是空的吧？叶景生没有答话，反问蓝守玉。蓝守玉道，七个窑位，装四个宣德缸坯的匣钵，肯定很大，与别的匣钵不太一样。一找，果然有四个大体量的匣钵，笑说找到了。见后室靠近中室有一处瘦高的匣钵，又道，这摆肯定放的是几件永宣小器。叶景生道，赵师傅说得对，那两柱空匣钵的窑位，是死穴，中间那个是巳位，四面的火都往里蹿，温度最高，火势也难控制，极易烧倒，窑底那个，温度又不够，叫戌。蓝守玉道，叶师傅摆的窑位，相当于八卦，十二时辰本来是时间，叶师傅却赋予了神秘方位的意义。

赵青花点头道，窑炉是活的，就像一个女人的身体，瓷坯在她的肚子里烧成，就跟胎儿的生长发育一样，叶师傅把中国人描述一年四季、一日晨昏的十二地支，规划在窑炉里，与窑炉温度、火势等各种气氛的变化生长挂钩，这个发明，在景德镇估计是第一个。蓝守玉顺着赵青花话道，这么说，似乎明白了，比如"戌"在古汉语中，就是枯灭之意，瓷器放在那，似不吉利。

叶师傅笑道，年轻人，读书多，脑袋就是灵光，既然如此，那么你再猜猜，申位又在哪？蓝守玉看了看，还剩午、未、申、酉、亥五个窑位，四个陈放缸子的大型分体匣钵，一柱瘦长匣钵，寻思瘦长的应该是摆放几件永宣小器的，不可能是申吧？在他看来，既然叶师傅看重的申窑位，一定是用来烧造最优秀的永宣大器，比如青花大龙缸。但是，现在有四组分体匣钵，里面都有一个缸子，哪一组是申位呢？

见蓝守玉迟迟没拿定主意，赵青花笑而不语。蓝守玉自然明白赵师傅的意思，人生最美莫过飞白，该飘过就飘过吧……

65.5 【亮宝】

蓝守玉、赵青花和叶景生一人搬了一匣钵。里面啥情况？叶师傅并不像蓝守玉那么忐忑，漫不经心解释，午窑位火势的稳定，直接关系中位申的成败。叶师傅这是自己给自己壮胆子。

不管如何，亮宝的底气不能泄。蓝守玉人和匣钵还没出去，嗓门早上天："亮宝喽！"

小叶和柳叶萍帮着捡出三件小器，置于香案。

一件釉面爆釉，一件色黑，只有一件达到宣青发色标准。

烧坏的两件，赵师傅判断温度高了一二十度。而叶师傅不以为然，窑温高低，也只对赵师傅这样的研究者有用，在掌桩者眼里，要能掌控一二十度的分别，那就不是人，而是神了。蓝守玉寻思道，要真有神那就只有窑神。窑神就是风火神，烧窑如盘古创世，造人造物，都是风火神说了算。

三件小器，虽然坏了两件，烧成的那件，却光艳无比。二比一，已经相当不错了！孔尚云甚喜，宣青小器在他的计划之外，仅此也够葫芦窑复烧全部成本，估价至少二十万。尚小林笑道，你说的是大师仿品价，这要做下旧，放到拍场，二十万后面可能要圈两个"零"。大家都笑了。柳叶萍浇了瓢冷水道，小器是赵师傅和叶师傅的收官之作，会放到齐总为他建的青花艺术馆，两位师傅不会同意让它流入仿古市场的。

青花小件的烧造难度远小于大龙缸。叶师傅把四龙缸放在后室的四窑位，并未集中放在一两个窑位，本身就有控制风险的考虑。三件青花小件，重置于一个窑位，即便如此也存在上下温差，结果也只烧成一件。而大缸成器难度，是小器的十倍不止。

那，大龙缸……

蓝守玉手心、背心都是汗水。他回到窑膛，声音都变了："外面有孔总和齐总两拨人，要不，还是跟孔总定烧的元青花一样，不在窑里亮宝，让齐总的人悄悄拉回去？"

赵青花道："这是齐总定烧的缸子，得他自己拿主意。你出去征求一下意见，问他怕不怕摊牌？"

蓝守玉就出窑膛，与齐鲁凑了下耳朵。齐鲁的意思是，他要的就是宣德青花大龙缸不可仿制的效果。两位师傅就算把大龙缸烧成了，他也相信与真品有着天壤之别。这不仅是他这个"官窑杀手"的自信，更是宣德青花的自信。何况这回定烧的仿制品，他并不会直接投放到艺术品市场，再说偷偷摸摸也不是他的做派。

蓝守玉道："那当然好。不过，两位师傅叫带你一句话，叫'丑话说在前头'。当着众人亮宝，可能要做好最坏的打算。"

齐鲁坦然道："那也没啥。最坏的打算，那就是没烧成，大不了我把四个烧坏的，都拉走，将来放到我为赵师傅建的陶瓷艺术馆里做反面教材。"

齐鲁这么说，其实也是在给自己放风找退路。真没烧成，的确也没损失，但是，为大龙缸冥思苦想量身定制的一整套计划，怕就全泡汤了，说不在乎，那是给几位师傅留面子，也是给自己留面子。

宣德青花真的不能仿制？赵师傅和叶师傅的手艺，数一数二。此刻，齐鲁的心里也是七上八下的。对二位师傅这么没信心？四个缸子，咋说也有一两个好的吧？

叶景生忽然有些伤感："掌了几十年桩，开了上百窑，生生死死，啥没见过？今天是咋了？"

赵青花问："咋了？"

叶景生道："没数呀！"

赵青花道："连叶大哥都沉不住气，不会真有大事发生吧？"

蓝守玉给他俩打气："有大事也是大好事。我忽然有一种强烈的预感，宣德青花釉里红摩羯双鱼龙纹大缸，或真的要在两位师傅手里诞生了。"

叶景生道："也是我们两个老头子心气高。要说烧个一般货也过得去。在景德镇，会仿烧个宣德大龙缸，就算是青花釉里红的，其实也不是只有我们一家。"

蓝守玉道："话是这话。历史上仿烧宣窑青花无数，可哪一回像今天这样，如此接近宣窑的真相？"

"啥真相？"两位师傅异口同声道。

"二位大师强强联手，孔总秘藏的麻仓御土，还有明代葫芦老窑，三者几乎都不可逆转，而且在一个极低的概率下，找到契合的坐标，难道这不是真相？"

听蓝守玉这么一鼓动，叶景生眼里又有了起色，爽快应道："那你出去回齐总一句话，丑媳妇总要见公婆，亮宝！"

叶景生先选了酉窑位。因为个头比较大，又是分体匣钵，不可能像之前一样，连匣钵一同抱出窑门。揭开上层封装匣钵，交给蓝守玉递出窑门。齐鲁也等到了那句"丑媳妇总要见公婆"。齐鲁相信这话从大师嘴里说出，本身就是在传递某种霸气。

待蓝守玉回到后室，第二圈匣钵已取下，大龙缸也现半身，并没有看到料想中激动人心的一幕，相反，只听得叶景生变调的哭腔："倒了……"

哭腔覆盖了一大团瘫软的青花废渣。

到底还是发生了！蓝守玉心里打了一个咯噔。

赵青花倒稳得起："酉本意为老。酉窑位靠近中室的亥窑位，理论上那里窑温最高。但这是理论上，火舌在窑炉里四处游荡，非人力可控制。再说火照离它远，很难推测窑钵准确窑温，运气成分更多些，烧老烧透，甚至倒窑，都不蹊跷。"

叶景生不再说话，直接把与酉窑位对称的未窑位的顶层和二层匣钵取下来，放到地上。

"飞了。"

赵青花一眼就瞥到了龙缸的发色，青花植物和海水，均已飘糊，龙纹发黑，釉里红，成了釉里黑。

温度显然还是偏高。高多少，谁知道呢？也许三十度，也许二十度。赵师傅也不再搭腔，任由蓝守玉胡猜了。

连续开了两钵，叶师傅的脸色似要拧出水来。他捡了一块窑砖，"啪"的一声，直接把飞色的缸子砸成了几块，吓得蓝守玉大气都不敢出。

赵青花却喝彩："砸得好。这种废物要公开问世，我俩的老脸就真没地方搁了。"

蓝守玉一声不吭地把匣钵和烧废的两缸，搬出窑门。他没有像之前那样扯嗓子，而是虎着脸，悄悄放下匣钵和缸子，转身就又回到炉膛。他不敢正视齐鲁和柳叶萍惊讶的眼神。

"老哥莫泄气。"赵青花劝叶景生。

"还剩两个黄金窑位，起码还有一半的成功机会。"蓝守玉也劝道。

叶景生还是不作声，掏出烟盒，递了一颗给赵青花。

赵青花本已伸手接过，递到嘴边还是扔了，那意思都懂。抽和不抽，都是自己给自己壮胆。

叶景生就闷抽。抽了几口，又掐了，吼道："今天闯鬼，才不信邪了，再开亥窑位。这回，赵老弟你来。"

"老哥的意思，我也试试手气？"

"你不是属猪吗？"

"哈哈，忘了这茬。你申猴，我亥猪。亥，万物收藏。种瓜得瓜，种瓷得瓷。开窑就是秋收冬藏，风火菩萨一定会保佑我们'雪岭瓷庄'的。"

蓝守玉这才明白，柳叶萍说叶师傅枕头边放孙猴子绣像书的缘由。

赵青花绕到亥窑位背后，揭开顶匣和中匣。在取第二圈匣钵的时候，三人都看到了大龙缸隐隐约约的模样。

"果然，猪有猪福气，没有坏。"赵青花语气平和。

叶景生扔了烟头，道："可以打八十五分。"

"八十五分，按官窑仿古行当的标准，已算大功告成。但是，这个标准可能对守玉和齐总这些玩老瓷物件的资深玩家来说，不一定过得了眼。"赵青花道。

蓝守玉凑过去察看，青花晕散没出来，釉里红也不够鲜亮，缸子的唇部粘了窑烟，还有点点缩釉，不过这也是他所见过的宣青釉里红仿品中的上乘之作了。

"齐总要的是顶级仿品与珍品的差异。就此件作品而言，虽谈不上以假乱真，但是参照对比的效果还是达到了的。"蓝守玉道。

赵青花建议抱到外面看看底胎。

龙缸太大，一人合抱才搬出了窑门。

"底部还是有点生烧，欠一点点火候。"赵青花有些惋惜。

"申窑位和亥窑位，在行内叫黄金窑位，因为靠近中部的两边窑壁，至少可以从两个天窗察看火色，对掌桩师来说最有把握。靠近窑壁，也是一个问题，受窑炉外部环境的因素，比如雪冷和霜冻天等，最后的烧成温度会略欠。"叶景生分析道。

赵青花道："从胎底生烧情况看，此缸应是最后拉的那批瓷坯，加上那几天刚好来了寒潮，阴坯的时间也显仓促。"

尽管两人对此缸仍不满意，齐鲁却坚持认为无大碍，道："两位师傅不必自责。现在已经不是烧造龙缸的时代了，人心不古不说，单麻仓御土和青料红料不可逆转，已然注定了明代官窑不可仿烧，何况是最难烧的宣德青花釉里红大龙缸。那些电视鉴宝'砖家'，说啥现在明代官窑收藏已真赝难辨，纯属开黄腔。这点，我来景德镇之前，就已有足够的心理准备。不管接下来最后那个大缸如何，这次仿烧宣德缸子的任务，都算圆满。因为，它证实了我的一个猜想。"

齐鲁这么说，其实是在向赵、叶、柳三位大师和蓝守玉交底牌。

"人有悲欢离合，月有阴晴圆缺，此事古难全，这话用在烧造官窑上，再恰当不过了。"蓝守玉接过齐鲁的话道，"真正的大明官窑，已然不可仿烧。十全十美只是乾隆皇帝的一厢情愿。风火神仙留给我们历史遗憾的同时，也留给后世不可多得的文化遗产。"

孔尚云道："我孔某人只玩仿古，不玩收藏。为啥，就是觉得像官窑收藏这种路数，基本就是一个字。"

"哪个字？"柳叶萍问道。

"玄呀！"孔尚云答道。

尚小林不以为然："孔总还是应该多看看真货。"

孔尚云笑道："哈哈，我倒想看真货，上博有个龙缸是欠烧的，景德镇御窑博物馆有个拼起来的窑址烂货，我看还不如找个仿品好看。"

柳叶萍道："仿品再好，它缺的是时代的痕迹和岁月的风味。残品虽残犹珍，仿品具有时代气息，都是不可替代的审美价值。"

"柳师傅说得好，"齐鲁道，"玩老货收藏，玩的是时光的差异感，是一种陌生化的审美。玩仿古，更多在工艺的复古和还原上下功夫，是技术性的价值审美，各有各的玩法。"

"所以说，国宝帮也有真假之分，且两派一直在争论排斥，各有各的生态，谁都消灭不了谁。"蓝守玉道。

大家正聊得起劲的时候，苏小离插话道："师傅们别神聊了，你们不是想看最后一件宝物问世吗？"

大家这才想起来，窑炉里还有一个窑位的匣钵没有开启。

柳叶萍悄悄递话给蓝守玉："给二位师傅说，你是属申猴的，最后一个缸子，让你开。"

叶景生耳朵尖，柳叶萍与蓝守玉的谈话被他听到了，只好象征性地一挥手："去吧，申窑位，风火神仙会保佑你的。"

那就去吧。如果说申窑位是猴本命的福地，那风火神仙保佑的，还有叶师傅。

叶师傅也是猴本命，是大蓝守玉两轮的猴哥。

65.6 【双鱼座神助】

怀揣更大的不安，蓝守玉回到了后室。

窑位挨近右边的窑壁，旁边开了天窗。蓝守玉知道，正对的天窗应该就是申位了。

第一次亲手开宝，让他忐忑，也兴奋。

该念点啥经呢，总不能这样傻开吧。又没啥准备。想来想去，胡乱念了一句："天灵灵，地灵灵，太上老君急急如律令。"

念完又觉得哪不对，这跟太上老君合不上吧？不行，得念风火神仙。风火神仙是谁，他才不管哩。此刻，他唯一可以对应的是叶师傅枕头上那本猴子绣像书。

便胡编了几句"蓝打油"：天灵灵，地灵灵，窑神灵猴快显灵，赐我好运龙缸成……天灵灵，地灵灵，窑神灵猴快显灵……

闭上眼，一遍又一遍默念。边念，边小心取下匣盖和二层匣圈，不敢睁眼。

念到第九遍的时候，感到脚下的窑膛，隐隐作响……

山在开，地在裂，禽在飞，兽在走，植物咯嘣咯嘣地向上生长……

大地深处，忽生一缕清光，由下而上，突破无边的黑暗……

场景极像电视剧《西游记》里的石猴出世，伸腰，踢腿，翻个混世魔王筋斗，双眼闪烁，外面的世界如此精彩……

一缕清光，从天而降。他的眼前，已然依偎着一个官窑美人，幽深含蓄，红蓝辉映，体态丰腴，安静地等待谁的迎接。

清光是从窑壁的天窗斜斜泻下的。刚才都还是阴暗的窑膛，咋就一下涌入满目的青紫？透过天窗往外看去，一抹斜阳正在远处，与申窑位的天窗连成一线，余光恰好透过天窗，辉映青花釉里红大龙缸上下。

凝脂一样的釉光，它拾掇了世间最为含蓄内敛的玉色，少女一般温润。苏青浓艳，约有晕散，釉里红宝光四溅，宛若雨过天晴的西边霁虹，一头从葫芦窑探出，一头伸向饶南瑶溪，徐徐滴落，渐次氤氲。两条自信威武的摩羯鱼龙，结伴追逐一枚珍珠，不对，是绣球——爱情的绣球，文艺青年瞻基的私密之花，双鱼座男人柔软宽容的寸心和暖意……

仿佛拉美玛雅遗址和埃及金字塔一样的文明奇葩！

难道真有风火神仙帮助？若如此，那申猴的男人，不，得回到穿越时空的语境——是双鱼座男人的官窑福分怕真的到了。

这么想着，心已提到了嗓子眼，咋也不敢近看了。

青花兀自怡然。

65.7 【创世青花】

"烧——成——了！"

蓝守玉冲出窑门，嗓子像公鸡打鸣。

孔尚云不相信自己的耳朵："大龙缸烧成了？"

见大家还没反应过来，蓝守玉又大喊道："大龙缸真的烧成了！"

小叶娘以为听错了，问柳叶萍和苏小离："啥？蓝师傅说大龙缸烧成了？"

苏小离也不敢相信，问旁边的小叶和王龙："真的吗？"

小叶和王龙正傻看呢。

"我没听错？"小叶娘问柳叶萍。

柳叶萍大声告诉小叶娘道："姐，你没听错，赵师傅和叶师傅烧成大龙缸了！"

小叶娘赶紧跪下，双上合十，貌似在念叨多谢风火神仙保佑之类。

赵青花和叶景生这才反应过来，风火一样又蹿进窑膛。蓝守玉也跟着重回后室，帮着二位师傅把大缸抬出窑门。

小叶、尚小林和王龙已在远处燃放起了鞭炮。苏小离最害怕放鞭炮，掩了耳朵，不敢听那炸响。小叶娘叫炮放远点，别惊了窑神。柳叶萍笑道，是要离远点，爆着大龙缸釉水，那可不得了的。

待大伙定下神来，柳叶萍问蓝守玉："你刚才在里面，是不是胡念了啥咒语？"

"你咋晓得？"蓝守玉一脸诧异，这柳叶萍是蛔虫？

"猜呗。估计你病急乱投医，肯定干过啥见不得人的。"

"有啥见不得人的，不就念了几句打油诗。"

"哈哈，不打自招，就知道你肯定会在里面胡诌的。"

"胡诌都把大龙缸给胡诌出来。这叫啥来着？"

"病急乱投医！"

"不是，吉人自有天相！"

两人瞎掰的时候，孔尚云掏出手机，要给刚出的一对龙缸留个影，被尚小林挡了。

孔尚云不解，问蓝守玉："不是专门定烧来放博物馆的吗……"

蓝守玉明白他的意思："缸是齐总定烧的，在正式面世前，还是有所顾虑。不过，齐总应不会让这个东西流入仿古市场，是吧，齐总？"

齐鲁道："谢谢孔总，我们俩玩的路份不一样。请孔总放一万个心，这对缸子，尤其是烧得最好的这件宝贝，不管它的结局如何，都不会去仿古市场分一杯羹的。"

"齐总是成大事之人，我孔某就一做仿古生意的。佩服，佩服。"

炮仗的轻烟尚未散去，红纸已炸一地。

65.8　【绚烂飞舞】

大家互致祝福的时候，小叶娘已将开窑宴备好。

众人便入座，刚好围拢一圆桌。齐鲁带给两位师傅的酒箱子，尚小林搬到了餐厅。齐鲁打开箱子，才想起还带了一件竹编观音，翻出来交予柳叶萍。又将两瓶五粮液、两瓶限量版"一五七三"放到桌子上，道，这次过来没啥好带的，盆地里头就酒水好，带了四瓶，不成敬意。赵青花笑道，都给叶师傅吧，他是酒仙。叶景生哪见得美酒，两眼放光道，哈哈，那我就代赵师傅笑纳了！回头叫小叶都打开，道，今晚，我们两个老头，还有"雪岭瓷庄"的柳叶萍、苏小离、小叶和小叶娘，都借齐总的美酒，与远道而来的齐总、蓝总、尚总一行，还有本地"土豪"孔总和王龙兄弟，同饮共醉，好吧？大家就都说好。

小叶就为众人斟满了酒杯。

那一夜，景德镇雪过天晴，一弯下弦月，出奇地明媚。

那一夜，蓝守玉做了个梦，梦见同谁手牵手穿行，周围全是大团小团的青花，畅快地呼吸，安静地绽放，绚烂地飞舞……

那个牵手之人是谁呢？蓝守玉怎么也想不起来，很多年后也没想起来。

但肯定不是柳叶萍。为此，蓝守玉内疚了好几个年头。

66.1　【人生百年常在醉】

喝得太多，回酒店的路上，蓝守玉吐得不行，叫柳叶萍停了几次车。一路上，都是他一人自言自语："跟赵师傅……叶师傅……同醉……人生快……事……高……兴……高兴……人生百年……常在醉……算来……三万……六……千场……宣德青花……重……现世……国之重器……起乾坤……"

齐鲁也醉，醉的是心情。正常应酬，那不叫醉。今天不同，一来他要的效果初步达成，赵师傅和叶师傅倾尽心血才情，仿烧宣德青花大龙缸，动用景德镇最后的麻仓御土，也与他那个景德大龙缸存在较大差距。二来碰上能喝之人，蓝守玉不用说，还有俩国宝级陶瓷大师，算酒友吧，尤其是叶师傅，一喝就见真性情，话多、不假打，刚好对齐鲁路子。当然，他自己也有以酒叙情的意思。

到底还是官窑有魅力。官窑美人嘛。与其说，齐鲁与一桌子好友喝，不如说在同一个绝色美女对饮。

绝色美女又是谁？

宣窑青花釉里红大龙缸啊！

喝高了也没忘向徐昕蕾早请示晚汇报。电话没通，就想人家还在天上呢。横卧床上，眯会眼，一眯，便过头了。

66.2　【香水那些事】

徐昕蕾怎么也没想到来接机的是柴瑶。两人算情敌吧，情敌见面，叫啥，冤家路窄。女人心，豆腐渣，见不得人对自己好，哪怕这人跟自己是敌人。一个女人，跟谁较劲，也不会跟时间较劲。几年过去，再多恩怨，该灰飞灰飞，该烟灭烟灭。

"昕蕾姐，这儿啦！"柴瑶把手挥得很夸张。

"谢谢你柴瑶，"徐昕蕾再吃醋，也得保持优雅，"这么晚了，还劳你开夜车。"

"说哪呢，昕蕾姐，几年不见，越发显贵气了。"

"就一陪读大妈，哪像你，年轻、自信、土豆的事业一定如鱼得水。"

"还行吧。齐总跟朋友一块去景德镇了，他本来要让小宛秘书来接你的，老爷子不肯，给我打电话，我就从屏羌回来了。"

"齐鲁告诉我了。好像你在屏羌，帮他做事？"

"是帮集团做事。一个男同学去那任县委书记，找齐总过去投个大项目，我算友情客串吧。"

"你还那么执着帮他。你那书记同学还好处吧？你晓得齐鲁比较直，还自命不凡，不会让你同学为难吧？"

"都是男人中的极品。我那老同学本分，跟齐总一样，工作起来不要命，只是一个人带孩子，比较难。"

"一个人带孩子？他老婆呢？"

"地震时没了。"

"就没再娶？"

"好像没吧。像他们那种物类，估计一忙起来，都没时间去考虑这些鸡毛蒜皮。哪像我，浑身上下，俗不可耐。"

"俗好啊，有烟火气，哪个男人能变神仙？"

两人聊的话题，齐天雷也不好插话。到了停车场，徐昕蕾本来要同齐天雷一道坐后排的，柴瑶邀她坐副驾驶，说两姐妹好聊天。齐天雷一上车，倒头便睡，看来也是累坏了。

车发动一会儿，徐昕蕾似闻着一股子香水味："你也喜欢王薇薇？"

"昕蕾姐说我车里的香水味吗？"

"以前喜欢。如果没说错的话，是二十年纪念版吧？"

"这倒没注意，一个朋友送的。"说到这里，柴瑶似乎又意识到说漏嘴了，便转移话题，"姐，你这趟回来该不走了吧？"

"看情况吧，一个人自由惯了，孩子还没想好念不念研究生，自己也怕在家里待不住。"

"真羡慕，女人活成姐这样，也是超然了。"

"刚才你说你朋友送的？男朋友？"徐昕蕾还想着香水的事。

"一个好朋友，但不是男朋友。"此地无银，还是要解释。柴瑶不想被徐昕蕾误会。

"你这么年轻，咋也用古板的香水？"

"姐的意思是这款香水的风格，更趋于成熟？"

"王薇薇二十年生日限量版，"徐昕蕾不动声色道，"橙花、玫瑰、鸢尾、栀子的花果味，混合麝的奇香。一头是质朴和成熟，一头是性感和冲动，演绎一对矛盾，三十六岁女人跟五十岁女人的矛盾。"

听徐昕蕾话里的深意，柴瑶寻思，来机场前才喷的香水，是不是惹事了？不行，得淡定。便半装着坦然，半开玩笑赞道："没想到姐除了是香水专家，还是情感专家。"

徐昕蕾没有作声。

"要是姐累了，先休息会，车要一会才到家的。"

徐昕蕾还是没有回，过了一会儿，生生冒了句："柴瑶，你和你那个书记同学还处得好吧？"

"你说的是哪方面的好啊？"

"两人的关系啊。"

"那肯定没说的。他人很好，随和、温柔，是另一种男人味。"

"哦……什么时候约来见见，我也开开眼。"

"好啊。马上寒假了，我去把他孩子接荣城来，大家就可以常聚了。"

徐昕蕾若有所思："嗯，那……我先眯一会儿？"

"好的，飞了一天也够呛。"

两人不再说话。

66.3　【替我爱你】

齐鲁半夜醒来，才想起睡过头了。翻出手机，一看老婆在微信里回了一条信息："母子平安落地到家。感谢你的瑶妹开着香车宝马亲自来接本宫。又见王薇薇二十年纪念版，闻香识美人。"

坏了，几年分居，疑心不仅没淡去，反倒加重。闻香识美人？难道柴瑶用了从他家里拿走的香水，起疑了？若如此……香水这种东西，真的有毒啊。赶紧打电话。关机。本想问平安，附带扯偏风，打消疑虑，谁知还没机会。这下好了，酒精没散，香水又来了。

一个大男人，半夜三更，睁眼不是，闭眼不是，思考力和想象力就是收不住。好多事，像胶片一样，一张张在眼前掠过。

政府对房地产市场三令五申，限购控价，去库存，降杠杆。反观这些年来，身边那些小地产商，哪个不是牛气哄哄、如鱼得水，只是好多脑壳一发烧，搞扩张、参与民间融资，结果摊子摆大了，资金链断裂，跑路的跑路，烂尾的烂尾，满市场山雨欲来的鬼哭狼嚎。好在自己还算识水性，对风险有着过人敏感。加上天生不服输的倔劲，别人恐惧，自己贪婪，别人如履薄冰，自己闲庭信步。仅仅靠运气？也不是。屏羌的项目，其实就有点抄李铁锤老底的意思。看好屏羌的项目，除战略上嗅到政府调结构的气味，战术上也有跟谁对赌棋局的意思。

宣窑青花釉里红大龙缸就是他的一个棋局。赵青花陶瓷艺术馆是他的另一个棋局。"官窑美人秀"是他棋局中的交局。

寻得宣缸，在齐鲁看来，是上天开眼，跟智商和实力半毛钱关系也没有。说白了，还是顺应了运势。

赵师傅和叶师傅为他成功烧造了可以用来对比的超级仿品，这个概率在理论上也是极小的。

"官窑美人秀"为屏羌"传世皇庭"项目带来火爆人气，作为一个成功男人的自信，爆了棚。

越如此，越孤独。高处不胜寒，就是一种孤独感，没有了对手，甚至连战友和伙伴，都散了场，独留下自己站在最高点——那标注在等高线之上的冰冷海拔。

前几天，曾子羊邀"官窑美人秀"剧组的小青年们去酒吧。他去捧场，喝高了，忽然觉得这样活也憋屈。生活的阳光面，他是成功的：大儒商、都市名流、粉丝如云，一呼百应，万般风情……当他回到家，回到喧嚣遮蔽的暗面：除了满屋子的字画和官窑，他找不到能跟自己平静倾诉的对象。倘若这些就是整个人生，接下来的努力还有多大意义？

他试图以半梦半醒的方式，验证变局的可能性。

眼前叠加了两个女人的身影，一个柴瑶，一个徐昕蕾。

那天，喝高了，告别曾子羊，恍惚中牵了谁的纤纤玉手，兀自忙乎，欲死欲仙……跟个男按摩师一样，从指尖到臂弯，一处不落。有没有达到顶点，并不重要。形式大过内容，过程重于结果，要的就是自我感觉良好。加上酒精的催化，移步换景，曲径通幽，横看成岭，侧观成峰。

他发现柴瑶并未与他一道，成功站向山巅。柴瑶远在屏羌。

他的右手抚摸着自己的左手。左手是不是一个叫"末日妖精豇豆红"的名字？

他问：爱我吗？

她答非所问：脑壳被挤了？

他道：不是，你那天的动情表现，激发了我的潜能。然而还是不能自信，我需要得到你的保证。

她问：那天？有吗？

他反问：没有吗？

她问：有又咋样，没有又咋样？

明摆着是个悖论坑，于是语焉不详：你是不是有所暗示，比如逢场作戏？

她答：没有，感慨而已。

她其实想说，谁不晓得逢场作戏？可一旦说穿，新鲜感也快流失完了。她更在乎谁是角，谁又是主人。

他问：何必分得那么清楚？都在抢"C位"。

她答：把我当观众好了。

他道：绝对不敢，你是主角。

她道：还是算了吧。我习惯看戏，边吃边看，就算偶尔去后台，也是跑龙套。

他道：你是把人和戏分得清楚的那个少数者。

她道：我一直以为我们之间陌生感正在加深，距离还在扩大。

他问：现在呢？

她道：不知道，又不是你肚子里的蛔虫。

他道：我是问你。

她道：你首先应该问的是你自己。

他问：问啥？

她道：你应该问自己，还爱着吗？

他道：我承认，确实很久没思考过此类问题了。再呢，我回答了，你也不一定信。

她道：这就对了，你已经说出了我的答案。

……

徐昕蕾呢，则留给他平静，还有男人的想象。徐昕蕾在大洋彼岸，也不是个怀旧狂。哪个男人没有点破事，女人要较真那就犯傻了，不是跟男人过不去，是跟自己过不去啊。一切并无多大变化，从冲动发端，又止于被动，冲动与被动之间，不过一些戏剧穿插的枝节而已。

他问：你爱我吗？

她答：又不是少儿，有事请直言，废话打住。

他问：爱情等于少儿不宜？

她答：爱情本身是有内容的。

他道：废话就废话吧。套用一句歌词，别问我爱你有多深？

她答：你若很喜欢玩这些小姑娘玩的游戏，那么我也回答你——要多深有多深。只是，你信么？

他道：当然信。

她道：呵呵，是吗，听起来倒是像一句山盟海誓的台词，爱你一万年，不，一万年太久……

他道：只争朝夕！

她道：流行语都来了。你是不是想说，春宵一刻值千金？

他道：那赶紧的……

她却了无兴趣，像一张涂擦多回的西洋画纸。

他道：快出答案吧，不然会急死人的。

她道：你要的这个答案，我都知道，即使已经背叛，依然会爱着……

他道：既然已经发生，我也不再找理由。

她道：你不是哲学学霸吗？昔日强词夺理的雄风哪去了？存在便是合理，用来解释几千年来男女之间那点破事，颠扑不破。

他道：我已经不再奢望你还能爱我。虽然，我知道你没那么自私。

她道：哈哈，看来你是吃准了！没事，我会去找另一个女人，替我来爱。

……

66.4 【郭墩子密电】

齐鲁对潜意识的掌控可谓超级强大。一早醒来，几乎把昨夜的梦中对话情境全忘掉了。他并没有给徐昕蕾和柴瑶打电话发微信，而是叫醒尚小林，交代护送大龙缸去深市的细节。

退房前等柳叶萍送资料，才想起该给个问候了。徐昕蕾还是关机，估计娘俩还在倒时差。拨老爷子电话。老爷子说还在睡呢。

蓝守玉七点过就被电话吵醒了。

是郭墩子的电话。前几天，那个神秘人约郭墩子到石梁。郭墩子到石梁后，那人却关机了，几天不见动静。昨日，那人一早来电话说来接他。开车的是个戴墨镜的矮个子。上车后，他的眼被蒙上了黑布。

蓝守玉问，记住车开了多长时间没？墩子道，摇摇晃晃的，好像往山里，过了几个闹哄哄乡场，差不多一个小时。后来弯弯拐拐，似爬山，有花香、鸟叫，少有会车，又爬了差不多一个小时。到一山坳，下了车，才取下黑布。蓝守玉问，看清楚周围都有些啥没？墩子道，是个老院子。又问，灰墙木屋？墩子道，对呀，咋晓得的？蓝守玉道，猜的，山城石梁山区一带灰墙木屋很多，大都是老院子。墩子道，看了那个院子，东拆西拆，剩下正房和左右两间厢房。再问，院子里外有啥特别的，比如石雕、碑刻、大树之类。墩子道，围墙和龙门没了，一对老石狮还在，只是没了头。屋后有棵老树，像荔枝，估计有几百年了。蓝守玉道，那是原生小米荔枝，味道很酸的。墩子道，酸不酸不知道，没果子，不过仔细看了，院子好像做过乡村小学堂，学堂早被拆了，改作养猪场。又问，确定是养猪场？墩子道，是的，一左一右两间厢房，都是猪圈，早废了。又问，看到东西了？墩子道，看到了，在中间正房墙上，原本糊有厚厚的报纸，早已剥落，底下的老墙皮画也露出来了，一共六框。他便明白了。再问，拍照没？墩子道，那人不让拍，只问要不要，他当场就回了，要可以要，价格要范总说了算，他只负责看货。又问，说价没？墩子道，说了的，一框两万。又问，讲价没？墩子道，记着的，像模像样杀了价，说玩意风险大，不好出手，最多一框一万。那人想了想，说先按保底给范总报价吧，要是范总真的喜欢，最后再给加点拆迁搬运费。那人叫他交押金，问交多少，那人问，带了多少。他回一两万，要留路费。那人说，那就一万吧，当拆迁搬运费，要是范总不要，押金就不退了。他就交了一万押金给那人，那人又蒙了他眼，送回石梁，走了。

蓝守玉问，约交货时间和地点没？墩子道，没，只说货到手了，会联系。

墩子提供的信息，虽然不够精准，按蓝守玉的经验，所获信息对文雄和小聂的兄弟伙搞定案子已经足够了。只是要不要马上通报文雄他得想一想。

"兵哥"是文雄的心病，也是蓝守玉的心病。蓝守玉曾经问过文雄，老峨山"男观音"佛头案算不算成功破案？文雄信誓旦旦说当然算。他质问道，"兵哥"没抓到，还算？文雄脸涨得通红，千辛万苦找回佛头，咋不算？他顶了句，只要"兵哥"逍遥法外一天，剩下的那些佛像都得提心吊胆过日子。文雄笑道，"兵哥"还敢去老峨山？我给他十个胆子，天罗地网呢！他摇摇头道，就算你们在老峨山布下天罗地网，但是天下的造像山多了去了，二峨山、龙隐山、皇城山、神臂山……你管得过来？文雄放下狠话，大可放心，法网恢恢，坏人终是逃不掉的！他怼道，"兵哥"逃得掉逃不掉现在下结论早了点，就算把他抓了，皇城山的那伙人呢？咸阳的那伙人呢？这话有点添堵。文雄叹了口气，兄弟，你已经不是政协委员了……

对呀，皇帝不急太监急，不对，新郎不急伴郎急。再说，自己算啥，伴郎肯定不是，太监也不是，充其量算个吃酒席讨油水的。

所有的高大上也索然无味，还是办完大龙缸的事，回三江再说吧。

66.5 【都是浮云】

柳叶萍送来与齐鲁集团合作建赵青花陶瓷艺术馆的协议，还有两个新仿大龙缸的购货发票、收藏证书，一缸一证。柳叶萍代表赵青花，将师徒俩多年积累的陶艺心血拣一百件精品，捐给齐鲁集团，以赵青花本人冠名建艺术馆，专馆陈列，免费向世人开放。两个缸子的五十万元仿烧款，蓝守玉满窑前就已转入柳叶萍工作室。柳叶萍足额开具了发票。按尚小林要求，还特别注明了两缸的纹饰、品名。柳叶萍说她昨天忘了量尺寸，一早又电话联系尚小林，叫去车上开箱丈量。收藏证书一共是两张，一缸一证，特别盖上了赵青花、叶景生和柳叶萍三个陶瓷大师的个人名款印章。尚小林说，之所以一缸一证，也是按定烧约定，一个给齐总收藏，一个给蓝守玉收藏。当然，这也只是一说，实际上两缸的处置权都是齐鲁，人家才是花钱的爷，不过蓝守玉并不想把这点给柳叶萍挑明，柳叶萍按行规行事，他也就无需饶舌。

办完手续，尚小林要赶着护送三个缸南下，提出要给柳叶萍办借车手续，柳叶萍为难，蓝守玉说办吧，车可不是一般东西，有交通法管着呢。齐鲁倒爽快，办不办倒没关系，不过还是让柳叶萍写了手续，他可不想在半路上交警扣皮卡，扯出大龙缸的事来。

尚小林开车离了酒店。约莫半个时辰后，给齐鲁打来电话，说发票只一对，车上却是三只，让人生疑，问那个底部欠烧，还蹭了窑烟的，是否可以送陶瓷市场？齐鲁回道，差那几万元用？

一会儿，尚小林微信发来一张图，齐鲁一看，欠烧的大缸已成几块瓷片，躺在路边的垃圾堆里。齐鲁琢磨，那堆垃圾应离高速口子不远。他并没有把此事告诉蓝守玉。他了解蓝守玉，意气用事、爱屋及乌、日久生情，都是一个冷血商人的短板。

柳叶萍把齐鲁和蓝守玉送到机场，尚小林的皮卡也估摸往南跑出一两百公里了。蓝守玉问齐鲁，走了？齐鲁淡淡地道，走了。蓝守玉又问，不会出啥差错吧？齐鲁反问道，尚小林和我两个老江湖办事，你还有啥不放心？蓝守玉便不再说话，脸色很难看。齐鲁想，不就是担心那三只缸吗？不对，有一个缸已经躺在高速路口的垃圾堆里，很快会被清洁车拉走。别说是几个缸，就是自己的娃，该离开爹妈，浪迹天涯，还得两眼一抹。天要下雨，娘要嫁人，咋弄？可看蓝守玉那苦瓜脸，真是个书呆子，心太软，真应了那句老话，秀才造反，十年不成。

不过，齐鲁还是劝蓝守玉，别总拉着一张苦瓜脸，向你保证好了，十天之内，不，一周之内，让你完好无损地见到大龙缸真容，好吧？见不到，我屋里的东西，你随便挑，清三代官窑，你没有吧，随便挑，张大千我没有，齐白石、宴济元，你随便挑。蓝守玉也软了，本人从不夺人所爱，要真能在一周之内，让我看到缸子，我倒贴你好了。齐鲁道，你送我啥？官窑我就不要了。蓝守玉道，罗密欧与朱丽叶，两盒，行吧？齐鲁道，这个可以有，不过，我也不白占你便宜，让你有点积极性，这样吧，要是我在一周之内没兑现承诺，第二天，你到我那去把金丝楠棋盘拿走。

说罢，齐鲁把手机递给蓝守玉，让他看图，一张金灿灿的金丝楠棋盘。齐鲁看蓝守玉狐疑，就说是西康朋友刚发来的，不是古董，胜似古董，四五千年的乌木制品，市场价至少一万。

还能说啥？他太需要一张棋盘，何况还是金丝楠的，可它能替代宣德大龙缸的情感？

窗外已放晴。饶南矮山，山与山本不同，却被一场瑞雪装扮一统，看不出彼此差别。

第二十三章 　破局

67.1 　【仙人跳】

回到三江，蓝守玉心急火燎办了两件事："石磙子"腿病和"兵哥"线索。

引兰说荣城医生也拿不稳她干外公的腿，叫住院查。蓝守玉就嘱咐，医生叫查就查，进了庙门，不信菩萨，信谁？病没弄明白前，莫忙回龙隐。

"兵哥"冒头是个亮点。通报文雄，文雄虽已不管具体案子，一听说"兵哥"有线索，也来了兴趣，就怕"兵哥"玩消失，这下送上门来了。

文雄说他需要细节。蓝守玉说电话里说细节不太方便，文雄就叫去屏羌当面细谈，说碰上麻烦，正盼仙人指路呢。蓝守玉纳闷，究竟是仙人指路还是"仙人跳"？

蓝守玉本来一句玩笑，谁知戳了文雄痛点："蒙对了，还就是'仙人跳'！"

蓝守玉信以为真："在屏羌玩'仙人跳'还有哪个玩得过你？"

"李铁锤啊。"

"出了情况？"

"李铁锤拿钱后，并未全部用于支付工资和材料欠款，又去放高利贷，被要账的民工和材料商打来住了院，他家人不依，到指挥部闹，搞了个舆情，有些怕。"

"又不是你挨打，怕啥？"

"我当然不怕，是书记压力山大。"

原来是替书记怕的。蓝守玉就笑道："别那头才摆脱'仙人跳'，这头又中了人家'苦肉计'。"

"这不恭请大师出山么。"

原来真有麻烦。

67.2 【贼惦记】

蓝守玉赶到屏羌，文雄刚从向书河办公室出来。

便约了一同去"红楼"专案组，接待他俩的是副局长聂晓前。

蓝守玉就说了线人反馈的最新情况。不善汇报，又是转述，啰嗦半天，小聂和几个兄弟伙也只听个半懂。文雄就让他根据墩子电话所叙，画了线路草图。

从山城石梁县城出发，画个圆圈，代表一小时乡村车程范围。经过几个乡场。又画一圆圈，代表又一小时山路车程。第二个圆圈边上，画座老屋，没围墙，也没龙门，门口位置摆两尊无头石狮。屋后有棵千年小米荔枝树。老房三间，两厢猪圈。正房灰墙上，有六框糊过旧报纸的墙皮画。

小聂看了蓝守玉的画，认为线人所送情报，还算及时，不过信息模糊，要凭它准确定位那座院子，怕有难度。蓝守玉建议，让石梁县文化部门发动各乡镇，拉网式排查。文雄有些顾虑，搞这么大动静，会不会打草惊蛇？蓝守玉说只能悄悄搞，"兵哥"十分狡猾，一察觉有啥不对劲，来个冬眠土遁，就彻底没辙了。文雄问蓝守玉，"兵哥"会在啥时候下手？蓝守玉说，他刚联系上线人，按理说会潜伏一段时间，不过一点也不能忽视，文物犯罪狼多肉少，既然是狼，就会贪得无厌，狼对眼前猎物无动于衷，因为它还在等待。他认为"兵哥"一定会动手，最有可能是在年前或年后某个晚上。

小聂不解，蓝守玉就谈了自己的看法。"兵哥"隐藏极深，属于独狼行动一类，不大可能跟当地人合伙。没有地头蛇的情报支持，往往会自己冒险去现场踩点，选夜色和雨声做掩护。只是大冬天哪来的雨呢？

小聂觉得这不是个问题，没有雨，还会有其他声音做掩护。受此启发，蓝守玉认为"兵哥"极可能选择除夕或元宵晚上，山里人家差不多都在忙吃喝，看晚会，烟花爆竹声会把其他的杂音都给淹没。

小聂认可了蓝守玉的分析，表态马上安排做方案，报告局里，再发函请石梁方面协查。文雄建议，战略上可以粗糙些，但战术上马虎不得，"兵哥"神出鬼没，作案无规律可循，专案组得关口前移，提前到石梁寻求帮助、秘密调查，找到那院子，然后与当地警方一道秘密布控，上次抓捕割佛头的石匠就是这么干的，守株待兔笨点，但管用。小聂道，这个自然没问题，局长给专案组的时间是三个月，还含一个元旦和一个春节。文雄便表扬小聂是好同志。

谈完"兵哥"，蓝守玉又问会江神臂山案、蒲溪石刻案进展。小聂看了看文雄，文雄道，蓝老师算自己人，没关系。

小聂便简要谈了案情。会江和蒲溪，跟屏羌都有文物办案协作关系，会互通有无。会江一案，抓的几个鄂市人并未交代更多有用信息，目前陷入僵局。蒲溪一案，公安和文物达成默契，不予立案。

　　"那西康遇见的咸阳人呢，有消息没？"蓝守玉问道。

　　小聂道："好像……断了。"

　　"断了？"蓝守玉有些激动，"好端端的线索，咋会断呢？"

　　"不是西康搞'秋风行动'，把你和线人当秋风扫了吗？"文雄笑道。

　　"也是，"蓝守玉不好意思了，"那线人最后呢？"

　　小聂答道："也失踪了。"

　　"失踪了？难道他玩双面，跟咸阳人一伙的？"

　　"不是，"文雄回道，"跑路了。"

　　"跑路？生意倒了？"蓝守玉更惊讶了。

　　"对，帮朋友介绍给一个小地产公司担保，地产老板先跑路，贷款公司找上门来，他去找朋友，朋友早跑路了，他只好跑路了。"文雄道。

　　文雄说的这种情况叫"跑连环路"。资金连环案，自己不跑路，还等法院下传票吗？线人一跑，咸阳人的线索彻底没戏。咸阳人手里的案物石刻舍利子函，不是蓝守玉在意的。蓝守玉在意的是他手里的五竹寺壁画题诗资料。不怕贼偷，就怕贼惦记。只要咸阳人的案子没弄穿，五竹山上的壁画和题诗就不踏实。真有一天被偷，能破案好说，破不了——龙隐寺到五竹寺之间刚刚建立起来的证据链条，就彻底完蛋了，所谓的惊天秘密怕再无见天之日。

　　明明晓得症结所在，偏又找不到那秘方。蓝守玉告诫自己，就是走投无路，也不能把那核心秘密告诉文雄和小聂。对于真相的揭示，他们发偏力，会帮倒忙。只是，咋解决壁画题诗的问题？也学那些年，悄悄地用泥巴涂？用泥巴涂也是在破坏文物，跟盗窃文物没有本质区别，会遭人骂一辈子。遭人骂的事，蓝守玉不会干。

　　眼瞧着宝贝被贼人惦记，这心焦啊……

67.3　【斗鱼】

　　出了"红楼"，两人直接去南岸园区文雄办公室。

　　文雄一五一十地聊了李铁锤的事。先别管李铁锤被打是不是"仙人跳"变"苦肉计"，就算真有其事，也只是民间纠纷。李家人借机放大，到指挥部闹，叫政府抓人。

蓝守玉问李铁锤遭得凶不？文雄道，都是套路，还会凶到哪？保卫组的民警去察看了，说是挨了几耳光几脚头，脸和屁股破相了。又问，打的人呢？文雄道，四五个，都关在拘留所。再问，会不会是啥江湖纠纷，比如偷了人家婆娘之类，被人上门寻仇？文雄笑道，蓝大师最近在追"劈腿剧"？他道，谁那么无聊？文雄道，那就对了，李铁锤别看毛病多，偏是个"耙耳朵"，借他几个胆子也不敢去偷人婆娘。蓝守玉问，打架的都是来要账的小包工头和材料主？文雄道，个个拿着李铁锤写的欠条呢。蓝守玉问，后来呢？文雄道，现场证人都跑光了，李铁锤老婆倒是闹得凶，扬言不给个说法，就上三江和荣城。蓝守玉问，人不已经抓了吗，还要咋样？文雄道，欠债还钱本是天经地义的事，结果却是吃屎的比拉屎的横。蓝守玉劝道，欠钱不还，被人打，估计也是表面现象，背后说不定有啥坑，比如唱"三簧"。

　　文雄纳闷道，唱"三簧"，唱给谁看呢？蓝守玉道，唱给向书河和齐鲁看啊，"传世皇庭"现在风生水起，忽然闹个事阻个工，这是向书河和齐鲁都不愿意看到的。文雄问道，你的意思是李铁锤又是来擦痒的？齐总是长毛兔？蓝守玉道，你太高估李铁锤的道德高度了，这种人一是易犯红眼病，再是贪得无厌，为了钱可以不择手段，甚至不要脸面，齐鲁是不是长毛兔不晓得，但向书河一定是只心柔肠软的小绵羊。文雄道，你说李铁锤耍无赖？他敢吗！他不看看那是在谁的门口。蓝守玉道，他老婆天天来闹，咋弄，难道你一直把那些人关在里面不放？文雄道，这倒不能，民间借贷纠纷引发的治安案件多得去了，给医药费，拘留几天灭火了事。蓝守玉道，估计只要你们前脚放人，后脚那些人又到医院找李，然后李的老婆又来指挥部，一闹二哭三上吊。文雄道，还没完没了？蓝守玉道，对呀，就是要没完没了，让你们不爽，最后逼向书河和齐鲁退步，李一天不出院，你们的警察就得在医院二十四小时蹲守，若李的老婆嚷嚷李又被人打，你咋办？文雄道，这项目是齐鲁的，羊毛出在羊身上，只要羊不愿意被薅，就用最接地气的土办法处理呗，就那么大点江湖。蓝守玉道，齐鲁可不是江湖中人，一来人家是个大老板，有身份，有地位，还是荣城过来的，又不是街头小混混，二来真的这么干了，就上李铁锤当了，接下来你们三个都会很被动。文雄一听，犯浑了，这么说还没法治了，一直被他牵着鼻子走不成？

　　蓝守玉没有直接回答文雄的诘问，话锋一转，聊到了八小时以外："要不，约一局棋？"

　　"约啥棋，约谁？"文雄满腹狐疑。

　　"约谁还用说？"

"明白了。男一号和男二号。"

文雄说的男一号和男二号，指的是向书河和齐鲁。

"谁是第一号，谁又是第二号呢？"

"自然是……"文雄也算粗中有细，他察觉了蓝守玉话中的坑，"你这是在套我话。"

"哈哈，堂堂文代局长，文大主任，那么容易上当？"

"代局长垮台了。既然是约棋局，谁执黑，谁就是一号。"

"你见过他俩风格的，貌似都挺君子，谁都不会主动出手。"

"也是，先出手和后出手，反正要互换。约吧。"

"你约向书河，我约齐鲁。"

"不会又玩那啥？"

"'一子解双征'。"

"不好玩，文化太深了。"

"玩死活。"

"死活？"

"死活棋局啊。"

文雄表示不懂。

蓝守玉随口念出俩成语："破釜沉舟知道吧？力挽狂澜懂吧？"

"我只听说过死马权当活马医。"

"差不多。反正玩的就是心跳。"

"那，这棋局跟李铁锤有啥关系呢？"

"破局推演呀。只要他俩把棋下活，李铁锤的那点渣渣就不是事了。"

"对对，现在需要他俩出面破局。"

要齐鲁和向书河出面，得蓝守玉给面子。现在蓝守玉主动提出来，接下来就看二人的智慧了。

文雄又说童桐推荐一款直播游戏，叫啥"斗鱼"，还在入门之中，推荐蓝守玉也学着玩玩。蓝守玉咋会有那闲心，就道，鱼有啥好斗的，再滑再溜，还不是一条鱼，是个人，就不会跟鱼斗。

说罢又后悔了。他想到甜白盏和大龙缸，双鱼座瞻基，还有秋天那场白日梦。算了，还是说狗吧。两人又聊了一会狗。扯到狗，文雄嘴巴乖多了，说那条狗很通人性，都快把他婆娘的疯病治好了。

"她本来就没病吧？"蓝守玉这话当然是套文雄的。

"有没有病，你不是见过，心头没点数？"

"有也是心病。"

"成天疑神疑鬼的，没病也整出病了。"

"那是你的女人。疑神疑鬼，说明在乎你。"

"打住，打住，再扯，我就起鸡皮疙瘩了。说说，狗狗咋养吧。"

蓝守玉说他并没有养过狗，不过觉着养狗跟养人没啥区别。文雄道也是，别看在外疯狂起来像一条狼，要窝在家，耳朵耷拉下来，还不如一条狗。蓝守玉就奚落道，男人不如狗，都是装的。

67.4 【童桐的淡定】

正聊得兴起时，童桐忽然进来了，见蓝守玉在，惊讶道："表哥，你在这呀？"

蓝守玉吓了一跳："你找文哥有事，咋门都不敲就进来了，没规矩？"

蓝守玉责怪，让童桐进也不是，退也不是，僵在了门口。文雄站起来圆场道："是童处长啊，快请进。"

"童处长？"蓝守玉听着文雄叫童桐处长有些别扭。

童桐一听不高兴了："表哥啥时候戴有色眼镜了？童桐叨扰你和文哥的大事了吗？"

文雄见两人说话带味，等童桐入座，解释道："你童桐表妹，现在是齐鲁集团'传世皇庭'项目部的大功臣了，刚刚履新项目部协调处处长。"

"吓我一跳，不明就里，还以为是啥特务机关。"蓝守玉继续调侃童桐。

"童处长代表开发商齐鲁集团项目部与我们园区管委会沟通协调，处理一些棘手的问题，责任重大哦。"文雄道。

童桐道："算了，看在你是表哥份上，原谅你今天对本姑娘的无礼。"

"我无礼？你不敲门，就把人家文哥的门给踢开了，还倒打一耙。我见过不讲礼的，但没见过你这么不讲礼的。"蓝守玉一脸不快。

"玉表哥，你说话可得负责任，我是推开的，不是踢开的，好不好？"童桐说到这里，又觉哪不太对，腔调也下来了，"好吧，向文局长道歉。现在正式报告文局长，童桐有事要汇报。文局长，你们要忙的话，我先回项目部，等你空了再过来。"说罢，站起来欲走。

文雄拦了："没事，我和你表哥，就是神吹。你有啥事，直说，都不是外人。"

的确，蓝守玉和童桐都没当他为局外人。不然，话也不会那么冲。

童桐向文雄报告了两个情况，反映了两个问题。两个情况，一是"传世皇庭"一期基础浇筑和滨江湿地推进情况，二是送审微型综合体设计稿。两个问题，一是两个施工单位反映材料丢失情况，二是李铁锤家人去项目部阻工，还把员工伙食团的饭菜给倒了。后面两个问题，希望管委会能够尽快给个处理意见。

　　文雄收了童桐的微型综合体设计稿，随便翻了一页，递予蓝守玉，道，一看到这种玩意就脑壳痛，你是专家，帮着参考参考？蓝守玉自嘲道，我哪懂，看稀奇是可以的，边说还是边接过了设计稿，翻到赵青花陶瓷艺术馆时，道，之前齐鲁给我提过大概的设计理念，我没更多的意见，等建成了往里面陈列东西，倒可以说上话，现在不敢发言，是想这么重要的事还得听人家专家组的评审意见。文雄道，专家评审已经通过，现在是开发商送过来，让领导们把把关，其实这个程序并无必要，只是一种潜规则而已。

　　文雄向童桐交代了三个意思。一是表扬齐鲁集团项目部的工程进度。二是管委会正在加大园区的稳定、治安和安全管控力度。三是李铁锤的事，项目部还得忍忍，别节外生枝，配合管委会妥善处理。

　　等文雄说罢，童桐道："表哥你以后来屏羌，还是给表妹通个气，我好有个心理准备。跟自己的表妹，也搞突然袭击？"

　　"我有吗？再说，也不敢惊扰童处长。现在童处长啥身份？"

　　"屏羌是蓝总的家乡，蓝总回屏羌，包括到南岸，甚至到我的园区办公室，或者去童桐的项目部，就跟串门一样，随便走动，没事。不过，童处长的意思呢，我想是不是，提前打个招呼，也可以准备准备，聊表地主之谊，对吧，童处长？"

　　文雄这是在帮童桐化解眼前的尴尬。

　　童桐当然明白的："对呀，今天文局长有没安排，没的话，请你们两个去撮一顿？"

　　文雄摆了摆手道："你要真请，就请你表哥吧。我这边吃伙食团，公务员不敢乱吃的。"

　　"是我请表哥，文局长是买马。再说就一顿便饭，又不是糖衣炮弹，咋成了乱吃？"童桐不解道。

　　文雄自然还是固执地推辞了。

　　见状，蓝守玉便道："那都吃伙食团好了。"

　　文雄也不再说啥。午饭时，三人在伙食团遇见柴瑶。柴瑶邀三人选了饭厅一角，边吃边谈。

文雄请教童桐如何养那条狗，童桐反问狗不是你夫人自己养吗，你操啥心？文雄回道，与老婆保持一致，不出问题。童桐讥笑道，油腔滑调，说谎话都不眨一下眼，你怕是天天在家里给你老婆胡说八道洗脑吧？文雄道，是她给我洗脑好不，不过，你还是说养狗那些事吧。

两人就聊了下喂食、洗澡和遛狗的一些细节。童桐反复叮嘱，送给文雄老婆的那条狗可不是省油的灯，跟女人一样心事重，千万别让它搞出啥幺蛾子来。文雄问，会有啥幺蛾子？童桐道，你老婆前面养的狗狗不是出事了吗？文雄道，明白了，就是不能把狗养死了。童桐用筷头敲文雄的头，别说死了，跑了都会出大事。文雄说有点危言耸听，唯恐天下不乱。童桐淡定地警告道，乱不乱，走着瞧吧。

蓝守玉一旁同柴瑶聊了会"官窑美人秀""寻宝宝贝"们发现文物情况，以及艺术馆下一步推进工作。柴瑶说艺术馆项目推进缓慢，各种审批，最快也要等到明年夏秋才能交付，提供给蓝守玉进场正式展陈文物。建议先在售楼部大厅，建临时展示中心，待馆建成后，再把艺术品迁移过去。蓝守玉说也行。

68.1 【心里有鬼】

徐昕蕾上床前，给齐鲁吹枕头风，说想撮合柴瑶和向书河。

"才回国几天呀，这么八卦？"齐鲁表面上的满不在乎，难掩骨子里的醋意暗流。

"不是你从景德镇回来的那天晚上，你我两个正做那事，做着做着，你神戳戳扯到啥香水，还纳闷呢，我都没问你，你自己倒寻上门来了。王薇薇二十周年纪念版咋回事？你可别说香水自己长大长腿跑了。"

"送人了，有啥问题吗？"

"有！"

"啥问题？"

"原则问题。"

"一瓶香水，上纲上线，至于吗？"

"柴主持竟然跟我用的是同样的香水。"

"夫人幽默。只是谁规定就你一人才能用？"

"看你急的。香水送她了吧？"

"你说是就是吧。"

"是就是，遮遮掩掩，不像齐大少爷的做派。"

"那就是了，好吧？你去美国几年，家里老爷子的事，前前后后少不了人家帮忙。"

"这么说，我还得感谢她。负荆请罪还是三顾茅庐？"

"你累不累？"

"不过，也要表扬你，这种事，别人躲都躲躲不及，你却往自己身上揽。是真男人，有担当。"

"我睡了。"

"别装。此地无银三百两？"

"瞎掰，你也当真？"

齐鲁真是后悔刚才没过脑子，就承认了送香水的事，要死不认账，还不就算了。沉默是金啊。男人上了床，只管闷头睡觉，千万别瞎叨叨，否则真的洗不清。徐昕蕾呢，本是随便唠叨而已，谁知起了旁敲侧击的效果，便暗自得意，齐鲁这是咋了，乖得跟兔子一样，这么好套话？别真的有啥严重问题吧？

徐昕蕾越想越觉得像那回事，不依了，坚持要齐鲁请一桌饭。齐鲁道，不好吧，大家又不咋熟。徐昕蕾道，你的集团不是在屏羌弄项目吗，本女士作为集团老总夫人，请桌饭，宣示的是老总的态度，再说，老总夫人打道回府，约几个好朋友见见，也在情理之中嘛，除非老总心头有鬼。齐鲁道，老总心中无鬼，不怕半夜敲门，要真有啥，还会让老总夫人知道？徐昕蕾不屑一顾怼道，真以为天下的美女都是胸大无脑，没吃过猪肉，还没见过猪跑？

看来，徐昕蕾这桌饭一定得请了。齐鲁不想再多嘴，请就请吧，别整出啥幺蛾子来就行。

68.2 【蓝色诗经】

齐鲁把请向书河饭局的事，给蓝守玉说了，请他帮约约。蓝守玉一听，巧了，正愁咋给齐鲁说约棋呢，齐鲁颠过来说请客，这不有话头了？只是请客这事，还是有点点顾虑。一顿便饭，也没啥不妥，但有官家的规矩管着呢。向书河那边，会咋看？

蓝守玉还是硬着头皮，向文雄转达了齐鲁的意思，毕竟受人之托，免不过情面。文雄倒也痛快，这有啥，一个字，嗨！听那口气，蓝守玉觉得整治"四风"任重道远啊，提醒道，吃个饭也可能有微腐败嫌疑。文雄笑道，那就微腐败一回呗。

蓝守玉的担心并非多余。现在有一种腐败，叫政商勾肩搭背。屏羌南岸的开发，向书河和齐鲁关系微妙，齐鲁忌讳，向书河也忌讳，都是如日中天的人物，可不能犯低级错误。

文雄报告向书河。向书河自然为难，去吧，各种负面嫌疑，不去吧，眼下李铁锤两口子又演苦肉计加"三簧计"，正一筹莫展，很想当面听听蓝守玉的指点。最后只得折中，让文雄给齐鲁和蓝守玉带一句话，饭局且免，棋局可设。

蓝守玉自然明白。同样都是中国式桌子，一饭桌，一棋桌，但它又不仅仅是张桌子，有可能还是局。观棋不语，谈局色变，桌面上摊的都是官场原生态。

饭局是柴瑶安排的。齐鲁特别交代，不要安排在屏羌和三江，打眼。荣城又夸张了点，得照顾向书河和文雄的感受。柴瑶推荐老峨山下一个叫"蓝色诗经"的文化创意农庄，地盘属三江，离荣城和屏羌都近。齐鲁叫柴瑶问问蓝守玉。蓝守玉回道，老峨山那旮儿，三不管，倒是挺称意，不知有无棋玩。柴瑶回，专门问过，几间草庐，专供弈友消遣，服务生还着汉服。

就是"蓝色诗经"了。

68.3 【对话的异数】

饭局安排在元旦前最后一个工作日的黄昏。

那天，蓝守玉到了"蓝色诗经"后，见齐鲁、文雄、童桐、施云、柴瑶都在。徐昕蕾同他并未见过面，齐鲁就介绍二人认识。

柴瑶带了个小女生。蓝守玉悄悄问施云："柴瑶何时有个女娃了？"

施云道："胡说啥，向书记千金。"

蓝守玉拍了下脑壳，原来是替老子出场的。柴瑶也向大家推出向家千金，说小朋友能干，没妈，爹也老不在身边，一个人在堰城上学，下学期这个姑娘就要转学荣城，是荣城教育台一个朋友帮的忙。

徐昕蕾就笑："刚才听向姑娘不是喊你柴妈吗？"

柴瑶也稳得起："她是这么叫的，不过柴妈不是妈吧？"

徐昕蕾接过话，表情惊讶："柴妈不是妈？白马非马？哈哈，柴美女这么年轻，搁谁身上也不乐意，怕被人叫妈叫大了。不过嘛，我倒以为柴美女，要真能给小向姑娘当妈，也不委屈，是吧？"徐昕蕾似乎在问桌上的人，但几个大人，谁好接话茬呢，就都呵呵应了。

齐鲁见老婆话里有话，似有拿话刺柴瑶的嫌疑，就岔开话题，张罗大家说正事。

　　一桌人便进入正事，开吃。

　　席间，蓝守玉借碰杯，问施云："看出啥来没？"

　　"挺正常的，你看出了啥？"

　　"徐昕蕾和柴瑶啊。"

　　施云满脸问号。

　　"算了，看你成天疯扯扯的，哪懂风月。"

　　"对呀，你以为都像你花花肠子。她俩咋了？"

　　"你没看出醋意？"

　　"谁？"

　　"还有谁。"蓝守玉眼瞟徐昕蕾。

　　"有吗？"

　　"看没看出做媒的意思？"

　　施云这才悟出门道："对，对，你这么说，我还真觉得像那么回事。"

　　因为这句说得太大声，搞得大家都转过头来看他俩。两人就不再言语，赶紧往嘴巴里塞东西，把自己伪装成一门心思的"吃货"。

　　吃罢，施云说撑了，得出去转转，消消食。柴瑶皱了眉，说外面黑灯瞎火，徐总可是从美国回来的，别给吓着。齐鲁就游说几个女的去玩茶道，自己则同蓝守玉和文雄到棋室，泡了茶，等向书河。

　　哪有干坐傻等的，再说像齐鲁和蓝守玉这样的表面低调，内心丰富的成功男人，又如何能耐得住寂寞？若他们在人群之中选择做那个沉默的异数，一定是没有可对话之人。现在，时空都留给他俩，对面那谁，就是可以对话的那一个异数。

68.4　【割韭菜】

　　齐鲁建议，今晚来个老峨山茅庐"隆中对"。蓝守玉附和道，神吹也是观天下。

　　两人不约而同谈到热门的"人机大战"和"韭菜股"。

　　文雄面有难色，说一不懂股票，二不懂围棋，是个没心没肺的俗人，只能当学生。蓝守玉和齐鲁也不忌讳他的感受，趁着酒性轮换登场、发表高论，完全视文雄为空气。文雄也知趣，插不上话，就一言不发，只顾着给两位掺茶水。

蓝守玉说他观察了"韭菜股"盘面和"人机大战"局面，认为两者惊人相似。眼下"韭菜股"因为南上北下的两股超级资金在里面虎视眈眈、兴风作浪，散户操作起来异常困难，机构也难。抄底的都是老鬼，亏钱的都是高手。千万不要想着赚多少钱全身而退，也不要纠结啥时候才是最佳底好抄个正着，有可能你的每一次选择都是错的，一抄就抄在半山腰。这个时候首先要保证不亏钱，不亏钱就是王道。咋才能不亏钱呢？那就是千万别手痒，没有买卖，就没有伤害。

阿尔法狗呢，基础原理不是各种逻辑演绎而是概率，对手只有一个，每一步只要保证有五成以上胜率，就注定结局。站在阿尔法狗的角度看人类顶尖棋手：他们可以在大多数时候下出最优的"只此一手"，但是总会在某个不确定的时候，莫名其妙下出低于五成胜率的错招。正因为这"一次"失误，哪怕是个小小的失误，就已足够。一招不慎，满盘皆输。这一步，对于另一个人类对手而言，可能不一定能被捕捉到，但机器不会给你任何机会，它会毫不犹豫、毫无情感地揪出这个破绽，以秒杀和休克战法形式结束战斗。

阿尔法狗之后，老鬼高手们忽然对操作"韭菜股"陷入悲观。你可能一直处于优势，但你某一次并不确定的失误，往往就致命了，导致投资坍塌。观眼下"韭菜股"盘面，操作失误的可能性是大概率，买也不是，卖也不是。

齐鲁是金融精英，房地产是主业，股票是玩，炒着玩也能挣大钱。齐鲁道，最近这么弱的股市上还能保证进钱的，不是草原狼，也不是藏獒，而是传说中的狮子王了。不过他自己得算一个。当然，得益于"人机大战"给予的启发。

"人机大战"的启发是"四个不"。

一是不要痴迷各种制胜秘笈。高手对于围棋的理解，千年以来已然形成文化，啥细节技巧、局面谋略、计算逻辑、对手心机、盘面美学，甚至还有这样流那样流，阿尔法狗才不管这么多，人工智能要的是终极结果——胜出，很直白，也很管用。炒股票，说是炒着玩，其实也为一个字——"赚"！想着"亏"进去讨乐子的，可能有，但一定是脑壳被夹到过的。炒股并不好玩，所有的对手目标只有一个，赚钱、走人。肉腥就那么多点，个个都想成为豺狼虎豹，咋办？丛林法则下，还有多少K线技巧、大势看法、机构心理、散户策略可言？

二是不要有任何情感纠缠。棋场对弈，离不开智慧和情感的参与。况棋手也试图在参与的过程中，将自身的智商和情商发挥到极致，最终以逻辑推导的形式表现，开启智慧，获得愉悦。阿尔法狗是机器，除了数据模型处理中每一步的胜率选择，其他都不在数据库里。它考虑的是胜利的概率，不需要情感和态度。操作"韭菜股"也一样，需要赚钱的效应，这时候选择概率更为重要，而不是耽于各种私密情趣爱好、社会道德，比如，舍不得割肉，拼意志力，拼想象力，甚至对手中的票面产生爱情。有了这些东西，只有一个结果，万劫不复。

三是不要对大盘的大数据产生依恋。阿尔法狗与李世石交手，人类代表李世石并不可能获得与机器的交流。因为它是机器，根本不知道人类在干什么！这就像大盘盘面，所有的交易对手都是生硬的数据，你就是死了爹娘，它都不会同情你。它甚至会在你悲观的时候，做出让你更为绝望的举动，雪上加霜，釜底抽薪。对一个把你当数据看的对手，你要还对它有感情，那不是股民、棋手，是瓜了。

四是不要猜测大盘的天花板和地板。围棋的精妙，人类从阿尔法狗战胜人类的棋局就已获得灵感，但人类所知远比未知少！甚至可以说，人类完全不懂围棋！阿尔法狗告诉人类，围棋的天花板目前并不是人类所能猜测的，虽然国际象棋和中国象棋的天花板已经明确，但围棋的边界还早哩。如此宏伟艰深的变化，让人类如此恐惧！无底洞的深渊啊！就像"韭菜股"，数千万人情绪大数据演绎的结果，具有多少变化莫测的可能性？即便你能预知你我他此刻的心理变化，但是你能预知有多少次这样的心理变化呢？数千万人啊！这个数据模型远大于曾经的围棋实战案例。所以，任何猜测天花板或者地板的游戏，都是没有意义的。唯一能做的是，不要手痒……

两人关于"韭菜股"和"人机大战"的对话，虽然有点悲观主义，但还是给自己留了点念想。人类代表李世石失败了，且败且战。这就是人类，不断去体验失败，又不断从失败中爬起……西西弗斯，既是人类的悲剧审美，也是精神意义所在。就像"韭菜股"股民一样，失败了，并不可怕，可怕的是失败了，就此妥协，认输。作为"韭菜股"的一员，要学会习惯被割韭菜，只有不断被割，才可能生生不息。啥意思呢，就是炒股，只有亏到底的那一天，你或会看穿股票，远离赌场，就算不服输，说不定从此自底部走出，某一天成为股神都有可能。

但是问题来了。要是韭菜长不赢呢？

68.5 【人机大战之未来】

两人正侃到佳处，文雄已把向书河接进茶屋。向书河是自驾来"蓝色诗经"的。

一进屋，向书河满脸堆笑致歉道，瞎忙耽误齐总的饭局。齐鲁道，哪耽误呢，挺好的，不是派了令千金作为代表隆重出场吗？向书河纳闷，女娃来了？在哪？齐鲁问，柴瑶没告诉你？向书河摇了摇头，看模样不像假打。文雄道，柴总把孩子从堰城接过来的，说是年后要转荣城念书了，要不要先去看看孩子？向书河没有正面接话，只说先谈正事。齐鲁道，我和蓝总都是闲人。蓝守玉道，齐总的意思，就几个小聚而已。向书河道，以棋会友，不犯规吧？

向书河这话，其实是自问自答。兰亭雅集，据说是高层推崇的八小时外的高大上。

犯不犯规，终究还是向书河自己做主了，便道，齐总若不嫌弃鄙人棋臭，就玩两手？向书河此话，正合齐鲁之意。齐鲁道，都是借棋抒发情绪，又不是以棋为生，再说，宋时文坛领袖苏东坡棋臭瘾大，也不影响个中乐趣。蓝守玉道，六一居士欧阳修名号中的"六个一"，棋占一，可见其在人生的权重。

蓝守玉便叫服务生张罗棋局。文雄道，莫慌，农庄好像有玫瑰花浴，怂恿大家要不要体验下？齐鲁和蓝守玉又如何好表态。向书河坚决拒绝道，玫瑰花本就香艳暧昧，再弄个玫瑰花浴，那真是腐败坐实了。文雄见状，改口道，那就素坐，边坐边喝，边喝边谈。蓝守玉见状道，还是下棋吧。文雄问，哥几个跑这么远，来"蓝色诗经"，不争分夺秒，扯扯正事？蓝守玉笑道，看来，文哥还是不懂围棋啊。文雄讪笑道，所以说，当哥的是屁话大过文化嘛。

蓝守玉讲了一则宋人笔记，说士大夫们工作之余，弈棋自乐也治民。文雄问，这话瞎编的还是有出处？向书河笑道，蓝先生没哄人，唐朝的宣宗皇帝说的。齐鲁则微笑不语。

蓝守玉让齐鲁和向书河对弈，下半爿棋面，做死活。

齐鲁和向书河，便对坐了。

向书河执黑，齐鲁应白。棋盘只用半壁，貌似身手受空间制约。蓝守玉同文雄，则各自选一旁观棋。

两人很快杀入中场，难解难分了。

说是观棋不语，但下半爿死活棋，也不用太费神。两人边杀边同蓝守玉继续侃"人机大战"。

春天以来，高智商的男人圈，差不多都在聊围棋绝世高手李世石与阿尔法狗的大战。结果都知道了，阿尔法狗战胜了李世石，且几乎都在中场就结束战斗。人机对垒的结果，引发许多人思考。一些爱好者陷入悲观，原本看好李世石的棋迷，甚至开始"倒戈"。一些看好人工智能的，信心前所未有爆棚。棋迷网友，在惊呼人工智能对全局控制能力、阿尔法狗走出大缓招仍然从容应对，以及不可捉摸的棋风，表示不可理喻的同时，也产生了对棋局本应该进入打劫却放弃的怀疑，是不是有啥秘密协议。甚至有人怀疑李世石本人在占据先机和主动的时候，竟然莫名其妙犯了"人类常见错误"，是不是有下放水棋的嫌疑。

向书河问道："齐总和蓝总都是高人，火眼金睛，看李世石有没放水呢？"

齐鲁和蓝守玉就都微笑，没有答话。很明显，向书河既然问话，很可能有了看法。齐鲁和蓝守玉不想先表露观点，是顾虑跟向书河不同步，那游戏就没法往下进行了。面子还是要的，给别人面子，也是给自己面子。聪明人装傻，普通人装懂。个中意味虽然都在一个"装"字，但那差别可是天上跟地下了。

向书河见二人没表态，欣然道："二位既谦虚，鄙人就抛砖引玉？"

向书河此话的意思是我比二位还谦虚。

齐鲁还以客套："书记尽管发表高见。"

向书河道："高见算不上，不过据本人观察，'人机大战'虽然是场秀，但很难说有放水。"

蓝守玉问："理由呢？"

向书河认为，"人机大战"中，人类代表李世石连续败北的意义，在于人类已经看到了这场游戏的结局，最后的胜利是人工智能的胜利，虽然大家情感上总觉还是有障碍。

齐鲁没料到一个公务员，肚子里除了装瞎忙，还能藏得住闲。便来了兴趣，接过向书河话茬放话道，人类没有完，比赛还在继续，二位试看，人类代表总有力挽狂澜于既倒的那天。

对于齐鲁的高论，蓝守玉表示还有待观察。

齐鲁说自己作为人类一员，怎么说都要站在人类的立场来思考。人类没有完蛋，只需把围棋棋盘，由十九路增加至二十三路，再牛的机器人，比如天河二号和阿尔法狗强强联手，也会瞬间愚钝。人类则不会，因为人类具有无限的想象，这是上天赋予人类的天赋，任何高明的机器只是基于当下人类的思考成果。从逻辑上讲，人类正在打败既定的历史，当然也终将在未来被历史打败。说穿了，人类是被自己打败的，而非人工智能。当年日本超一流棋士、中腹战神"宇宙流"武宫正树九段，在打了明朝大国手黄龙士的"滴血谱"对局后，惊叹黄龙士的强大中盘力量，悲观地预言，若在二十一路棋盘上比赛，黄龙士可以让他四子。这个例子的意义在于，围棋规则的制定者，其实拥有绝对的权力。假设再加几路棋盘，其实就是改变现有围棋规则，规则一变，阿尔法狗们又得奋斗若干年。

蓝守玉是文人，也不看好人工智能的未来，但文人给出的理由，与逻辑思维超强的计算精英齐鲁的想法还是有出入。他说，人类所以永远高人工智能一等，是因为人类具有上天赋予的哲学神游、艺术想象以及丰富情感。人工智能只能干人类分派的活，从来不会去思考人类既定之外的其他。哲学遐思和艺术灵感，无可穷尽的空间，人类也没法赋予机器。目前已知人工智能永远不可能产生孔子、老子、庄子、王阳明、柏拉图、苏格拉底、黑格尔、马克思、屈原、李白、杜甫、吴承恩、曹雪芹、鲁迅、但丁、雪莱、巴尔扎克、雨果、海明威、马尔克斯、卡夫卡，以及更多的王羲之、赵佶、苏东坡、梵·高、毕加索、齐白石、张大千……与机器的现代对垒，中短期不必恐惧。人类真正的短板不是智商，而是智商的境界，以及对于物的迷恋和贪欲。人类最终不是败于机器，而是倒在自己的脚下。想想自己被自己踩在脚下，是一种什么样的暗无天日和终极渊薮？

蓝守玉的反问，赢得了齐鲁和向书河的叫好。

在蓝守玉的观点之上，齐鲁又做了补充。李世石输棋不是偶然，而是必然，因为人性致命的弱点被机器捕捉到。比如，生理状态不稳定，是人的短板，机器可以不知疲惫，人类不行，这是没有办法的。也就是说，人类被机器打败是可以原谅的。

有一个原因不可原谅，人的功利性。人类太在乎"输赢"本身。输赢对人的心理状态影响很大，单说出招的态度，就会带来一系列情绪变化，如自满到轻敌蛮干，如由机械应对的无趣到妥协避让，如恐惧到气急败坏甚至心理崩溃……情绪的变化最终会导致计算失误。李世石能做到自始至终，完全沉浸在自己的绝好棋境中吗？显然不可能。因为他是人，是人就有弱点。甚至可以说，李世石在比赛一开始到结束，头脑里一定会无数次计较结局的忧虑，忧虑终将又是致命的。

阿尔法狗是机器，它只是在执行程序，它的每一步都是计算的结果，它每一次计算没有任何纠结，输赢本身不会对机器产生任何程序性的影响。

这就像两个高手对决，一个寻思以何种方式打败对手，然后获得胜利，又怎样昭告天下。但另一个高手却完全沉浸在每一步的进攻和防守任务中，根本不去考虑结局。结局其实已经明了。

接下来的比赛中，如果以李世石等人为代表的人类，不能战胜人性弱点，达到真正的围棋境界——"棋道"，那么人类仍然必输无疑。

然世间真有此等高手存在吗？

蓝守玉摇头。向书河也是一脸茫然。

蓝守玉摇头，因为他信奉人生总体的悲剧性。向书河的茫然，因为被历史唯物主义、辩证法和主观唯心交织的陷阱沦陷。

比之天地，人是渺小的。然人又总是想着与天地斗，不知始终。

68.6 【又遇留一手】

向书河执黑先，胜了齐鲁半目。

换齐鲁执黑先，向书河仍赢半目。

不管执黑执白先手后手，向书河都以些许优势取胜。他开始怀疑人生了，是自己棋艺真的突飞猛进，还是齐鲁故意让手？

向书河上大学的时候，就被柴瑶和她的闺蜜们视为书呆子。教科书、闲书，有用没用的，都读。读得多，总有适合拈来吹牛的。向书河身边经常有不耻下问的女生。

分明记得当年读过的一则弈界传说。说宋太宗赵光义看不上手下众多围棋待诏，看不上是因为每次对弈，他们都干不过自己。自然有些得意，自己编写死活棋谱，培训下面国手，发明了著名的"对面千里""独飞天鹅""海底取明珠"等名谱。未几，遇上个棋怪，让赵光义怀疑人生了。棋怪叫贾玄，也是个棋待诏。这人水平咋样呢？两人每次对弈，他一定会输，不多不少，都输一子。赵光义心想，你小子是不是糊弄我，让子，拍我马屁，咋有这么巧？为验证想法，赵光义发出警告，再下一盘，若还输，打十大板！结果第二盘"三劫循环"，和棋。赵光义没法。又叫开第三局，又警告道，这盘如果赢了，就赐绯衣（相当于清代黄马褂），如果输了，哈哈，别怪朕不客气，去荷花池裸泳吧。结果第三局又是和棋。赵光义笑道，哈哈，这回虽然和棋，但是我有意让了你子，所以还是你输了！遂叫人扔他下池里。贾玄一看，皇上这不是开玩笑吧，下池洗澡，多扫斯文，就大呼，皇上且慢，我手里还有一个子还没算上呢！赵光义一看，贾玄手里果然留一子。赵光义没法，只得赐他绯衣。

世上有很多"留一手"。贾玄是"留一手"老祖宗。

想到贾玄，向书河心里既受用，又不爽。受用呢，齐鲁输棋给够面子，不爽是，堂堂县委书记，下棋都要被一个生意人牵着鼻子走。不行，还得再来一局。他得确认齐鲁是不是"留一手"，如果再输半目，这个齐鲁算真朋友，表里如一，善始善终。

"棋桌上没有官本位，齐总这是承让了，再来一局咋样？"向书河这哪是客套，是叫上板了。

"齐某也没啥本事，就这点爱好，难得书记还瞧得上。"

"齐总不必客气，尽管发挥，本人既然来了，就是讨教的，不重结果，重过程。"

"书记谦虚了。"

蓝守玉也在一旁帮腔道："士别三日，书记的棋艺令人刮目。"

向书河道："本人有自知之明，莫捧杀，再来，再来……"

68.7 【劫死人不偿命】

第三局，如向书河所料，双方很快陷入互劫残局。

先是向书河打劫，吃齐鲁一子。按规定，齐鲁不能马上还劫，便在旁边找一处落子，意图攻击向书河另几子。向书河权衡利弊，被动防了一手。齐鲁顺手把那个劫给打回来了。向书河也不能马上吃劫，又看了一下盘面，有一处劫材，便堵上一子。齐鲁一看，这劫材的威胁可有可无，便没有把那个刚打回的劫给粘上，而去应了向书河的那个没啥实质意义的劫材。实战中，这叫缓手。向书河何等聪明之人，当然看出个中名堂。此时，若向书河去把劫打回来，齐鲁也会像他一样，去寻求一个可有可无的劫材。若向书河不理，把劫粘上，显然对人家齐鲁的缓手不近人情，这样他就以微弱之势赢定，棋也没法再下，实际上默认了齐鲁的承让。向书河自然不会白痴到这点江湖都懂不起吧。他要不理齐鲁的缓招，把打回的劫粘上，这游戏还咋玩呢？一锤定音，一劫死人，多没趣味。继续呢？继续的结果就是大家心照不宣，有了没完没了的嫌疑……

向书河举棋不定了。

两个死要面子活受罪之人的微妙棋局，当然被蓝守玉看懂了。此时，该他出来，和稀泥说正事了。何况眼下棋面，正是可以拿来两头讨巧的题材。

蓝守玉道："二位不仅是弈路高手，人生境界也非常人能修为。"

齐鲁也是一贯的矜持，微笑不语。

向书河道："请先生赐教。"

蓝守玉道："你看，二位想来是在通过这棋面变化，暗示接下来处理李铁锤挨打，李家人闹事麻烦的出招吧？"

"此话怎讲？"齐鲁还以为蓝守玉要说哲学、说棋道，没想到扯到这档子事。

蓝守玉指着棋面道："你看，一个打劫，一个找劫材，一个没去粘劫，而是去应劫，一个趁此劫回，一个又找新的劫材，一个再应劫，一个又劫回……"

向书河笑道："是呀，友谊第一，比赛第二嘛。"

齐鲁也笑道："其实，人生就如四季轮回。同样的春天已不是那个春天，同样的秋天也不是那个秋天。"

三人的对话，文雄似懂非懂，不过齐鲁这话，他也能接上："年年岁岁花相似，岁岁年年人不同嘛。"

"是年年岁岁妈相似，岁岁年年爹不同。"蓝守玉继续道，"这叫换爹不换妈。李铁锤的苦肉计也好，三簧计也好，是三位与他博弈的焦点，可以看作劫眼。他率先跳出来，不就是为打三位的劫吗？"

向书河哈哈大笑："是打齐总的劫。齐鲁是'土豪'，劫富济贫嘛。"

齐鲁也笑："书记见笑了。"

蓝守玉继续陈述道："观眼下局面，我想请教三位的应招是啥呢？"

蓝守玉看齐鲁，齐鲁看向书河。向书河对文雄道："你也说说想法。"

文雄就道："既然书记出题目，我也谈谈想法。李铁锤闹这一出，屏幕各种说法都有，苦肉计，三簧计啥的。我个人更信奉一个大道理，群众的眼睛是雪亮的。对付这种套路，也就是套路管用。"

蓝守玉问："敢问文兄，你给的套路是啥？"

文雄道："李铁锤演苦肉计，我们来个将计就计。不是他自称被打么，按治安案件，抓几个打他之人，拘几天，看他还在医院待得住不？"

向书河道："问题是，现在他老婆在面上，要拿说法，喊着抓人，都是套路，哪里去抓呢？"

文雄说："所以说，对付他两口子这种明摆着的三簧，我们给他来个太极，他俩敢把打人的给找出来，我们也立马抓人。"

向书河道："打人估计可能是存在的。抓他们有多大用呢？这些人抓回来，一个个说李铁锤拖他们款，反问我们要钱，咋办？我们是帮他们要钱，还是帮李铁锤出气，还是两边都帮？"

齐鲁道："如果只是出钱那么简单，我自己就可搞定，不用给二位添堵。"

蓝守玉道："对呀。但是，你已经出过一次冤枉钱了，若他闹一出，你就满足他，谁敢保证以后没第二出第三出？"

文雄道："这倒是，像李铁锤这种货色，场面上有点余威，肚子里有点坏水，还真不好来硬的。我窝在公安这些年，见过不少类似的市井无赖。"

齐鲁道："出钱是小事。我只是不想这点渣渣，影响南岸的项目，那可是你们屏羌的大局。"

向书河赞道："我理解齐总的心情，你这是为我和文雄着想。但是，眼下还真不好办。蓝总以为呢？"

蓝守玉道："我也就局说局。刚才的半边棋赛第三局对决中，不是陷入互劫么，其实你俩都清楚，谁先打劫，谁占先机，若被劫者，找不到很好的劫材，打劫者乘胜追击，粘连劫杀，就没后面多余的素材了。但是，哪有那么多好劫材呢？高手对决，丝丝入扣，密不透风，留给对方的机会并不多，且不说这是半边棋，就是全局，到了中后场，又能有多少机会，让对方停止厮杀，与自己心平气和地互劫和谈判？但是，二位为何又选择迂回婉转，最后握手言和？"

向书河、齐鲁和文雄都没能答上蓝守玉的连连发问。

蓝守玉慢条斯理道："二位不是在下棋，而是在下人生。说白了，胜负对二位已经不重要。那什么最重要呢？"

三人还是无人以应。

"目光与目光的交汇，心灵的同频共振，止戈为上。"蓝守玉说出了最后的观点。

文雄道："你的意思我算听明白了。李铁锤闹这一出，我们几个就得心甘情愿举白旗投降？"

向书河纠正文雄的说法："不能这么说，李铁锤又不是敌人，他再怎么耍小聪明，还不就屁大点事，我们做群众工作，得有耐心。蓝总是这个意思吧？"

齐鲁道："我理解蓝总的意思，李铁锤和他老婆跳出来，目的很明确，希望搞乱我们几个的分寸，他好从中浑水摸鱼，占点小便宜。"

向书河赞道："浑水摸鱼，有道理。"

文雄道："我看也是这样。但是，他站不住脚哦。他的遗留问题，齐鲁集团已经配合我们，给他了结得清清楚楚。而且后来，齐总还从江湖道义出发，暗地里又给谈了不小的好处。他拿去却没有把自己的屁股擦干净，又杀回来捞油水，没这书翻吧？"

向书河道："事实上那些打他的人，李铁锤确实差人家钱，这个问题我们恐怕绕不过去。"

齐鲁道："我看这就是蓝总提醒的有利于我们的劫材，这也是他李铁锤的软肋。"

蓝守玉道："我们也有软肋。"

蓝守玉这么一说，三人颇感意外，还有啥软肋？

蓝守玉道："你看，向书记履新，一图打开局面，二为政通人和，三还有条底线，就是不希望搞出负面舆情是吧？"

向书河点头。

蓝守玉道："齐总呢，来屏羌为啥，打架、出名，还是开疆拓域？"

齐鲁笑道："呵呵，我就一平常生意人，不是野心家。"

蓝守玉道："没野心我相信，理想总有吧。你的理想，我想我们三个也大体能掐到，譬如在屏羌弄一个像样的朝阳项目，给自己的人生添上亮丽一笔。"

齐鲁面露微笑，不置可否。

蓝守玉道："像齐总这样叱咤盆地的新新资本贵族，赚钱亏钱见得多了去了，甚至可以说，早已超越一般的功利。这并不是说，赚钱亏钱对你不重要。在完成打败对手，占领市场，攫取利润的过程后，面对接二连三的挫折、困难，更像是在自觉地接纳人生洗礼。"

齐鲁笑得更开心了："哈哈，没你说的那么诗意和远方。"

蓝守玉道："齐总越这么说，越坚定了我对你眼下局面掌控的猜测。"

齐鲁求教道："不吝赐教。"

"我已经说了，若被劫的那位，没有找到更好的劫材，先劫的那位，没有马上走缓手，那也就是一劫了之的事。二位却寻求迂回和婉转，在第二回，达成局面共识，握手言和，没有互不相让，陷入最后的劫局，其实我就已经知道你俩有答案了。"蓝守玉并没有直接回答齐鲁。

齐鲁问道："最后的劫局？"

向书河也问："还请先生明示。"

"其实，你俩的心底，比我和文雄都敞亮。局面上哪有那么多劫材呢？互劫发生后，总有一方成功粘劫，另一方被置于死地的那一刻出现……"说罢，蓝守玉揭开盖碗，长长地吸了一口茶水，动作随意，看得出来，他不是装高深，是真惬意。

68.8 【缓慢流淌】

回三江路上，蓝守玉接到文雄老婆电话，说狗狗在掉毛，是不是没吃好，叫他问一下上家主人。

蓝守玉没好气了,这狗狗还没完没了?回道,那就给吃点好的呗。文雄老婆一听来了情绪,唠叨道,天天飞行餐,蛋糕、豆饼、羊蹄、猪脚,换着花样哩,还要咋吃好?蓝守玉想,也是,现年头最不缺的就是吃好,一般的人食,狗都瞧不上的。就问,每天带它溜没?女人道,溜啊,小区、商场、公园、江畔,人多的地方都去过了。蓝守玉又问,睡呢?女人说,还咋睡?我都把你文哥的半边床,让给它了……

蓝守玉想来想去,实在想不出,那只狗狗,还有啥待遇没解决。越想越郁闷,自己无意中糊里糊涂被人当垃圾站就算了,这下好了,垃圾站又换了马甲——宠物医院。不行,这"锅"是文雄甩的,得还给他。

正要给文雄打电话发牢骚,想起文雄连夜开车跟着向书河回屏羌了,车里还搭着童桐,便作罢。

等回三江,估摸童桐回屋了,就给童桐打电话。童桐一听又是文雄老婆的狗狗的事,火大了,吼道,堂堂蓝老板,才几天就跟一个抑郁症中年妇女搅得没自信了?蓝守玉回道,自己也不想,还不是心软,帮文雄忙。童桐道,后面还有更大的麻烦呢,就慢慢享受吧。还有啥麻烦呢?蓝守玉问道。童桐挖苦道,吃喝拉撒睡都解决不了的麻烦,还会是啥,自己猜呗。还没等蓝守玉猜,童桐已挂了电话。

吃喝拉撒睡之外,还剩啥呢?一条狗狗而已,总不至于也为情所困吧?蓝守玉越想越没了睡意,脑壳像倒立的鱼篓,有啥湿漉漉的东西,和着夜色一丝丝往下滴漏。

69.1 【闲人狗事】

连日的失眠。蓝守玉忍不住在朋友圈"吐槽",猴年都快完了,怎么还没羊女上门赐婚?为啥是羊女呢?羊女再发展就是羊未婚妻,再往下,哈哈,"猴妻羊",猴欺羊,想得倒美。

向书河、"隐蓝"和柴瑶悄悄点赞。柳叶萍一连回了三个笑脸。童桐甩了句,魂落景德镇?施云回,大白天睡的不是猴是猪,晚上又没有谁给你争床,再睡不着也活该了。齐鲁在施云回复后跟帖,白天不懂夜的黑,饱汉不知饿汉饥,许是问题出在床上。文雄也跟帖施云,是不是床单太素,给"双鱼座青花"换个荤的试试如何?

就没谁说狗狗惹的。

翻来覆去折腾到下半夜。不行，得找文雄。回复文雄，拜你所赐。怕文雄理解不了，又跟了一句，"双鱼座青花"要是死了，一定是给毒死的。半夜三更回帖，想也没谁搭理。谁知道童桐很快就回了个"你说的毒是荤还是素呢"？这个天塌下来都睡得着的童桐，竟然也有失眠的时候？

　　童桐的回帖，让蓝守玉愈加睡不着了。

　　睡不着，就数狗狗，数呀数，究竟数了多少，也忘了，迷迷糊糊睡到施云一大早电话来。

　　施云兴冲冲说今儿冬至，二峨的媒体朋友约去半云村过狗肉节，请"劝善饼"，去不去？

　　说狗狗，就来狗狗事。狗肉节，不就是杀狗吃狗？自己正为文雄老婆的狗狗事烦呢。一大早的，又拿狗肉来诱惑。这个施云，估计上辈子就是冤家，专门投胎来给他抬杠的。

　　一个女子，不拜佛系也就算了，还吃狗肉，口味也太重了吧。再说，二峨可是天下佛教名山，闯人家菩萨门前吃狗肉示威，就没点忌惮？隔着网络，也似乎能闻着他电话里的饿痨子唾沫星。

　　施云笑道，就吃个狗肉，忌惮啥？

　　他道，就算忍不了那点嘴油子，也离菩萨远点嘛。

　　施云笑他迂，说菩萨也接地气，再说不是还有"劝善饼"么。

　　"劝善饼"？很高大上吗？他说，只听说过相声节目中的"劝善歌"，酒色财气自古人留，人间那个大事四字当头……

　　施云说别唱了，到了就晓得了。

　　都说狗肉为一大恶俗之食，三两个是不敢去吃的，要人多。人气越旺，越香。问施云要不要再约个人？施云笑问，谁还会有我俩闲，一个没老公，一个没老婆。

　　这年头，没老公没老婆也见惯不怪，但闲人终是个稀缺货。

　　文雄老婆有男人吧，但还是闲。她会去不？

　　闲人遇见狗事。文雄老婆的狗狗事，表面是物事，实为心病。文雄与狗狗，暗恨与宠幸，矛盾的对立与统一。一床睡了几十年的两个男女，那点新鲜感早没了。摩擦还在继续，再没意思，日子也得过下去。于是，平衡点就显得重要了。也许，文雄的疯病女人太在意自己的男人。从两性心理看，狗狗在那女人的潜意识里，相当于另一个文雄。由爱生恨，情感不是转移了，而是扭曲为负面的情绪表达。矫正女人的心病，需要慢慢让她摆脱寄托物暗示，还不能过激，过激容易让病崩塌。如何才能让她一点点拒绝狗狗呢？偷偷吃狗肉？潜意识学说又认为，一人之饮食习惯，或可投射事物态度。只是，表现出反象。比如，吃狗肉的表面兴致，对应的是潜意识对狗物狗事兴趣的消解。

邀请一个正深爱着狗宝宝的癔症女人，明目张胆去吃狗肉，跟叫人去观摩刑场杀人有啥两样？蓝守玉自己都觉得不靠谱不说，还有教唆老好人犯罪的嫌疑。怂恿惠文雄老婆吃狗肉的事，还是打住吧。

"红娘子"不是在二峨吗？要不要看看预定的金莲大画进展？为了不扫施云兴致，蓝守玉决定去捧场，顺道去"红娘子"那看看画。便给"红娘子"发了段语音预约。很快，"红娘子"回道，说工作室正好在半云庵，她跟住持也熟悉不过，正说今儿个去那请"劝善饼"，还凑巧了。"红娘子"邀他中午一道去半云村吃狗肉。蓝守玉就说中午有人约了狗肉，不方便，午饭后方有空。"红娘子"说那就在半云庵恭候。

施云也说她那边约了一伙人，荣城的媒体朋友，他们直接去半云村。蓝守玉就应了施云的约。

69.2 【半云】

半云村是二峨前山一个千年古村落，因为搞旅游，外来开店的越来越多，古村也成了古镇。

成了古镇，游客还是习惯叫半云村。

半云村的半云狗肉，在盆地西南边名气很大。一条街的馆子，差不多都是卖狗肉的。五花八门的狗肉熟制品，招牌菜是土豆狗肉汤锅："半云双煞"。狗是土狗，土豆是高山黑土豆。辣酱，取当地特产野山椒酿制，也是极珍。狗肉去毛，剩下白肉。黑土豆的黑皮，却不可去。放入汤锅，一黑一白，谓之"双煞"。只那名字，有些吓人。胆子小的，都不敢动筷子。担心其实多余，敢吃狗肉的男女，哪个不是心大，还在乎菜名？

逢冬至，半云村会举办"半云狗肉节"，摆一字长蛇狗肉汤锅宴。外乡外市的，慕名而至，吃狗肉，开狗肉堂会，耍狗肉戏，好不闹热。

与别的地狗肉节不同，"半云狗肉节"跟佛系多少沾点边。时值冬至，半云村头"半云庵"，会办消寒会，请"劝善饼"。消寒会是"半云庵"寺院冬至日传统佛事。有个传说。早年，"半云庵"来了个云游的上师。上师从雪域来，一看村里老老少少一年到头，杀狗吃肉成性，就皱眉头，尤其看不惯雷打不动的冬至食狗恶俗。杀狗吃肉，小老百姓俗事，出家人洁身自好，如何干涉？"半云庵"就在村头，低头不见抬头见。这头酒肉熏天，那头见不得荤腥，两头不待见。上师多么智慧，想了个办法：对冲。上师随身携一袋雪域带来的土豆干饼，还有瓶辣酱。寺院的僧人一看，这美色美味比恶俗的狗肉要高几个档次。上师叫村民取二峨黑皮土豆，捣成泥，和清油，以微炭火，摊薄成饼。辣酱呢，用野山椒酿制。把饼切成小块，卷上辣酱，取名"劝善"，一听名字就有教诲的暗示。

每逢冬至，那边村头大摆狗肉宴，热火朝天，这边寺院行消寒会，赐香客"劝善饼"。本来两头对着拆台，可怪了，村民和香客，吃完狗肉，一个个争相来请"劝善饼"。私下里都在传说，吃了狗肉，再请"劝善饼"，就会得到菩萨原谅。哈哈，这平头老百姓，还真是会对付日常，在肉欲和灵魂上，两头讨好得便宜。

蓝守玉并不是一个特别会与陌生人聊天的男人。同施云的媒体朋友并不熟，一上桌，几个女生就起哄，你们两个看上去有点像初恋情人，不会是死灰复燃吧？蓝守玉赶紧澄清道，非也，非也，"打酱油"的。施云只顾吃狗肉，没吭声。起哄的女生又道，看嘛，女方都默认了，男方还扭捏个啥？这话头下面当然埋了坑的，蓝守玉傻笑以应，一傻笑，天也就聊死了。

聊死了没关系，有狗肉哩。男男女女，大冬天吃得火热冒汗。蓝守玉没动几筷子。狗改不了吃屎，乡下的大人们常把此话挂嘴边。狗，吃屎。人，又吃狗肉……想想就恶心。小时候读《水浒传》，读到吃狗肉的章节，他会直接翻过去。

蓝守玉给施云的媒体朋友打了招呼，草草结束用餐。

去"半云庵"路上，见老街上有卖"半云五香"狗肉的，老远就闻着辣香，就想，如此浓烈的口味，再厌食的狗狗，也难拒绝吧？遂买了两大包。寻思文雄女人养的那狗狗别说吃，就是闻了，也一定活力无限。

午后，见了"红娘子"。"红娘子"又引他见过释云住持。"红娘子"道，释云当年单身，在老街上卖"劝善饼"，云登师傅从雪域过来，路过半云村，看上了她做土豆饼和野山椒香辣酱的手艺，就毛遂自荐说做云登的弟子吧。释云说好，关了铺子，去"半云庵"，做了云登闭门俗家弟子。释云入"半云庵"，"半云庵"香火更旺。很多香客冲释云的"劝善饼"去的。

"红娘子"说，云登师傅是仁波切的弟子。蓝守玉想，如此说来，释云也算是仁波切的弟子了。

"红娘子"去香殿供了香火。释云特意给"红娘子"和蓝守玉请了两份她亲自开过光的饼。蓝守玉接过，道，肚子正饿哩。"红娘子"道，别急，吃饼之前，吃狗肉，更灵验。蓝守玉道，吃过了，吃过了，边说，边咬了一口，慢慢回味……

他得努力从辣酱高山土豆的焦糊味里，品出特别的口感，还有"劝善饼"形而上的意义。

那遥远的雪域风味，仁波切的恻隐和关怀……

69.3 【从土豆到彼岸】

蓝守玉没想到会在"红娘子"的工作室，遭遇"土豆天猪"。

"红娘子"的工作室并非想象中的那么奢华。一间木屋并不大，放下画案和一套竹椅竹几，剩下的空间，几乎被画纸画卷堆满了。好在有一扇窗，正对庵外一树老梅，想来正月一到，定是满屋的清气了。

蓝守玉笑道，看来与贾总三观不太一致。"红娘子"道，两个大活人，又没穿连裆裤。

"三丈二"的"地涌金莲"，已画了小半。"红娘子"说怕来年开春才能交货了。蓝守玉说不急。"红娘子"就泡了茶。蓝守玉边喝边翻看画册。

一首诗，手抄在一枚自制的中式书签上。书签压着一页印刷的彩墨画作。绚烂的花朵，蓝的幽怨，紫的窒息，轻盈如飞天神鸟，开在一条幽蓝的长河两岸。不对，分明是一条紫色的通天台阶。庆幸有花朵的照亮，所有的密不透风，以及令人窒息，在画面的地平线上消逝。高处，似有某种抽象的意义，譬如向死而生，悠远而神秘。

作为一件超越现实的心理暗示绘画作品，似乎在阐释死亡与重生的过程，也引起了蓝守玉格外的注意。

"红娘子"说那是一个闺蜜多年前的手笔。她的彩墨灵感源于书签上抄写的那首《从土豆到彼岸》：

　　　　雪下在海拔的险度。一扫红尘。
　　　　舍身崖为蓝而开。
　　　　土豆平和，覆盖过路的诡异。

　　　　相信之后终有一种红花——
　　　　艳如末世。瞬息间照亮——
　　　　黑夜与黎明。空旷不再空旷。

通体血红。还有谁？

安静而澄明。似有什么在弥漫。

看不见边际，了无声息。

不见花的叶。枝和根茎也没有。

开在彼岸，千丝连理。

飞翔的花朵。天堂鸟数到五只了。

过往的香客，行色匆匆。

九万九千九百九十九级。

佛在高处拈花，开启微笑。

蓝守玉说，他读过很多的所谓灵魂诗，不过披着灵魂的幌子而已。真正触及灵魂的，已经很久没有读到过了。

抄写者叫"白娘子"，是"红娘子"在华旦念书的时候，认识的中文系闺蜜。她俩都是"土豆天猪"的狂热粉丝。蓝守玉说，此事，听云登上师隐约提过。

那诗并无署名。"红娘子"说，"白娘子"去甘南寻找"土豆天猪"，一去数年，终于在雪域一次诗歌节上，听有人朗诵此诗。朗诵者说，诗歌得自一名云游的南方诗僧的口授。"白娘子"默记下了它，并笃定是"土豆天猪"的杰作。"白娘子"从甘南寄来诗歌，叫她转给云登，看看上师能不能提供更多关于主人行踪的信息。云登琢磨半天，留下九遍"唵嘛呢叭咪吽……"

之后，她像云登诵念九遍"唵嘛呢叭咪吽"一样，默诵了九遍诗歌。

之后，她画了这张画。

他问，画的原作呢？

她道，墙角的纸堆了哩。

两人就找，整个屋子都翻了一遍，也未找见。

咋会这样？她不无遗憾。

离开画室的时候，蓝守玉虔诚地拍下了书签上的诗歌和画作，微信发给"白娘子"。并没有得到回复。自甘南别过之后，与"白娘子"再无交集。

69.4 【心里有鬼】

二峨半云归来，失眠愈加严重。每晚都要靠数狗狗混夜，有时候数到三千多头了，天还没亮。

狗狗不管用了，得上杀器。

遂从博古架上，取下之前从甘南带回来的九眼天珠。那是件工艺品，原本戴在"白娘子"也就是"土豆妹"的脖子上。

关灯，斜卧，集中意念数珠子……

这意念一提纯，更无眠。

索性不睡了，左手右手换手盘珠子，看哪只手先败下来。他给右手定位的是自己，左手代表自己的影子。盘到午夜，左右手打了个平手。没有了输赢，兴趣点立马消失。

果真有抑郁症的倾向？

辗转磨蹭啊，熬到鸡叫才迷迷糊糊地睡去。

起床时头炸得要命。文雄微信发了张图过来，自拍的脸面局部，好像被啥挠伤了。

一夜无眠，正愁没地方出气，这文雄自己送上门来了。便回信，文大主任也失眠，被狗狗挠了？文雄回，你送的狗，越来越憔悴了，有没办法改善它的食欲？

这才想起包里的两袋"半云五香"。拍图给文雄，附言道，有呢，正说给你送来。文雄回，听名字就香，替狗狗谢了。他笑回，替你老婆谢吧。他又问，送屏羌吗？文雄道，别，直接送江口家里吧。蓝守玉不好说不愿见他女人，就道，送到家门卫处，让疯病女人去取。文雄道，送到再联系。

送完狗食回来，小聂来电告知，石梁那个老院子找到了，墙皮画还在，屏羌和石梁两地公安，已秘密布控。挂完电话，蓝守玉自言自语，谢天谢地，宝贝还在，不然他和文雄安排郭墩子做线人的事情，估计没法交代。

离他和齐鲁打赌的期限，还有一个夜晚。至今仍无大龙缸的消息，坏消息也没有。忐忑不安，又不好跟齐鲁联系。再说，这事，自他把大龙缸交给齐鲁，就已不在自己的掌控之下了。

又是一个漫长的黑夜。蓝守玉躺在床上，依旧无眠。明早是他和齐鲁约定的最后期限。一觉醒来，齐鲁会给他带来啥消息？去取金丝楠棋盘，还是送去两盒"罗密欧与朱丽叶"？

对金丝楠棋盘的好感荡然无存，许是一个并非愿意看到的最坏结局。

69.5 【土司遗物】

最坏的结局并未发生。

一大早，齐鲁转给蓝守玉一条公众号，说港岛"永宣堂"艺术品服务社，从一西康土司后人手里，发现了明朝宫廷镇边遗物宣德御窑青花釉里红大龙缸。他反复察看了图片，确认正是自己那个大龙缸，完好无损，连日来久悬的心，也就放下了。

好心情并未保持多久。永宣堂向媒体陈述的发现经历，让他感觉像误吞了一只苍蝇。

向媒体作虚假陈述的是第七代永宣堂主徐某某，一个资深的艺术品投资人。

徐某某的讲述，煞有介事，有图有真相。同所有横空出世的绝世宝物一样，故事有鼻子有眼，并被赋予了神秘的色彩。除了蓝守玉自己，没有哪个读者觉着永宣堂是虚假陈述。

永宣堂说，是在一个西康土司后人的家里发现的宝物。那家人讲，他们的祖上曾经是西康高姓土司。大西政权兵扰西康的时候，龙隐寺被毁，僧人将那件镇寺之宝，委托给高姓土司保管，几经辗转秘传，到了民国。

高姓土司的后人早已离开西康，土司的光环也不再，只是滇军的一个旅长。他的部队战败溃逃的那一年，旅长没有携带一个家眷，却舍不下一只皮箱。旅长携老皮箱逃往港岛，箱里装的就是那件宣德青花大龙缸。显然，这个旧军阀旅长的土司后人，是个自私冷血的动物。他视箱里宝物为命，临终的时候，才察觉自己穷困潦倒，一文不名，身边没一个亲人。只有一个非亲非故的保姆。老实的保姆照顾了老军阀的饮食起居，直到他的离去。后来那个保姆继承了老军阀的全部财产——那个老式皮箱。

宣德青花大龙缸，自此改变传世走向，从土司后人手里，流落民间。后来，照顾土司后人的保姆也老去的时候，她的子女找到了永宣堂。为了证明讲述的可靠性，老保姆临终之前，向永宣堂主展示了老皮箱子和一张发黄的照片。照片上是一个滇军军官，旁边就是那个箱子，箱子是开着的，大龙缸若隐若现。

蓝守玉惊讶了。他为尚小林拐带宝物闯过海关的能耐惊讶，更为永宣堂编造传说的可怕惊讶——太他妈假了，而且假得一本正经。不过，他不得不承认，传说、箱子、照片，漏洞百出，似是而非。但是此刻，除了蓝守玉和那些参与造假的人，谁又能信誓旦旦指责，事实不是这样的，他们在说谎？

说谎的，早已连同真相，躲在了幕后。

对蓝守玉来说，他是宣德大龙缸的第一真相见证者，也只有他掌握大龙缸的核心秘密。

然谁又愿意去相信他一个人呓语式的讲述？世人更相信市井传说，哪怕它是谣言。再说，传说和谣言究竟有多大区别？谣言讲一千遍一万遍，就算变不成真理，也会成为传说。对于一个缺少鉴别，不明就里的听众，传说和谣言就如传世官窑和樊家井仿品，真假只在一念之间。较不得真的，雾里看花，难得糊涂最好。

昨天还是当事人，今天就成了看稀奇的观众。尴尬的身份，又如何能捅破谣言？此刻，宣德青花大龙缸，俨然就是那个可能并不存在的土司后人的传家宝，连同那个老皮箱、老照片，理直气壮地躺在永宣堂的藏宝柜里。

尽管对造假者无端付诸那段并不存在的传世经历反感，但还不至于深恶痛绝。大龙缸确凿是宣德时代的宫廷遗物，至于它在数百年之后，以何面目重新展露世人面前，蓝守玉不是特别有兴趣。他是古陶瓷玩家，从来不会去相信市场上五花八门的流传故事。那些故事作为推销过程中的过度包装甚至是虚假推广，客观上凭空增加了宝物的价值。说白了，最终买家花掉的钱，有很大一部分是买的包装。可就有人喜欢为包装买单。人家花自己的钱，你又瞎叨叨啥呢？

也就坦然了，但接下来呢？

不敢往下面想。肚子的苍蝇早已翻江倒海。他已然意识到，那天早上，当他读到那故事的时候，所谓的真相和命运，正在一点点远离。

事实上，自打在"石磴子"家看到大龙缸那一刻起，就已注定什么叫前世冤家，今生路窄。

他知道，正在演绎的故事，只是艺术品领域众多谎言中的一个。令他大跌眼镜的是，那谎言的存在，客观上维系了当下文物艺术品市场的表面光环。

他也需要还以一个美丽的光环，去呵护他的宣德龙缸。

他知道已经赌输了。愿赌服输，并乐于以自己的输，去成就大龙缸的光明。

他早已准备好两盒"罗密欧与朱丽叶"，忐忑地等待着齐鲁开启向后的程序。

69.6 【文雄破相】

蹲马桶之前，蓝守玉特意查看了下备用手机，发现没电关机了。插了充电器开机，看到郭墩子发来的三条短信，大意是说，已潜回荣城，一是去荣城医院看了干外公，二来有"兵哥"重要情况要报告，打老板的电话关机，希望老板看到短信后回电话。

有啥情况？不是墩子已把定金交给"兵哥"了吗？难道"兵哥"察觉啥，还是发现小聂专案组的秘密布控？要是这样的话，"兵哥"可能要跑了。这次再跑，屏羌公安也就失去最好的抓捕机会。若他从此良心发现，金盆洗手，不再冒头，估计老峨山的男观音头像失窃案，也就成了头号案犯失踪的悬案了。

猜测"兵哥"心理，会把石梁墙画的案子做了。像这种职业盗贼，良心不大可能有自我发现那天，即便作案过程有动摇，一旦有了新的利益驱使，内心暗藏的魔鬼又会蠢蠢欲动。谁见过盗贼嫌偷东西偷得多呢？

墩子急着要见他，会是啥情况？

正欲给墩子打电话，随手携带的主号手机响了。

电话是文雄打来的："你在家里没？"

"在呀，有事？"

"兄弟，出大事了，你得帮帮我。"听文雄口气，不像是开玩笑。

"大事？你别吓我，我胆小。你被双规了？"蓝守玉半开玩笑问道。

"你才被双规了。"文雄没好气，"知人知面不知心，连善良的读书人也成了冷血动物，世道看不懂啊。"

"文大主任不是纸老虎吧，双规都不怕，还有啥可怕的？"

"你说中了，真的比双规还可怕。"

"咋了？"

"被人打了。"

"哈哈，你被人打了？还手啊，警察皮皮白穿了？"

"不能还手。"

"那报警呀。"

"也不能报警。"

"一不还手，二不报警，你是好人。那就打掉牙齿吞肚子，好人做到底。"

"你还开玩笑，真是被人打了。"

"我知道你被人打了，看你情况，估计不是被老婆打，就是被小姨子打了。"

"都说蓝大师厉害，今天开眼了，你咋晓得我被老婆打了？童桐给你说的？"

咋又扯到童桐了？蓝守玉有些不解，听文雄口气，似乎挺在意童桐是否知道此事。就道："你真被你老婆打了，打哪了？"

"打脸啊，一左一右，不多不少，十道痕。"

"破相。这下有损代局长形象了。"

"男子汉大丈夫，死都不怕，怕破相？"

"有骨气。这不叫破相，是你老婆给你做的记号，让你出去，满世界人都晓得，文局长是她的男人，看嘛，记号都做上了。"

"蓝守玉，你太损了。看来，我得考虑是不是该继续交你这个朋友。"

"别，别，不就是同情你，开个玩笑，要不你想不过，去跳三江咋办？"

"你要不理我，我真有此念头。"

"少扯。说吧，咋惹了你老婆？"

"还不是你那五香肉。"

"五香肉咋了？"

"那是狗肉！"

"我晓得是狗肉。狗肉有啥罪过？"

"罪过大了。狗狗，能自己吃自己吗？"

"连屎都能吃，自己吃自己又咋了？没听说吃屎的狗狗还挑食的。"

"屎能吃，就是不能吃自己。"

"吃自己咋了？道德上有问题？"

"道德上没问题，但终归是整人。"

"就一个宠物，整了就整了。"

"我也认为没啥，问题是……"

"翻天了？"

"翻天倒不至于。"

"那又咋了？"

"这事也怪我自己，本来你也是一番好心，我自己也想讨好一下那狗狗的。"

"是讨好你老婆。"

"那还不一回事。"

"也是。那又咋了？"

"那狗狗到了我们家，虽说提不起啥精神，但还有一点食欲的，打喂了那两包五香肉后，食欲也没有了。"

"饿他几天就有了。"

"是啊，哪个晓得一饿就饿死了。不然也不会挨抓了。"

"你脸真被你老婆抓了？"

"家丑不外扬，都不好意思说。"

"那就不说嘛，一条狗狗而已，至于么。挂了……"

"别，别，别……你挂了，我去哪睡觉？"

"被老婆赶下床了？"

"何止赶下床，现在是有家难回，一个人在三江街头流浪。"

"三江街头？今天不还没到周末吗，你居然擅离职守，偷跑回来跟老婆约会？"

"约个屁的会，才没那心情。是开会，下午回来的。在市上开完会，回家冷锅冷灶的。她出去打麻将，七点过回来，我还只是发了几句牢骚，她却借狗狗的事发疯，说我外面肯定有人了。"

"她说你外面有人，那就肯定是了。"

"你也无聊。我是哪种人，你不清楚？"

"你还会是哪种人？你给我说这些没用，你给你老婆说去。男人嘛，脸皮厚点，心字上划一横，也就过去了。"

"要这么简单，我就不会被赶出家门了。"

"这么说来，像是真的了？"

"不相信？那我给你看嘛。"

文雄自拍了一张高清脸，发了过来。果然，像被猴子抓过一样，爪痕累累，鲜红欲滴。

"下手太狠了点。到底咋回事？"

"我去浴室洗澡，手机放在床上。等我光着身子，从浴室里出来，母猪疯就发了。"

"你手机里艳照被逮住了？"

"哪有啥艳照，就一朋友突然打电话，有急事找我，我未接，打了几次，人家发了一条短信过来，追问咋不接电话？"

"为这，她吃醋了？"

"对呀，人家就正常地问候，文哥，咋今晚不接电话，有急事呢？她看了后，疑神疑鬼，逼问咋回事。"

"我也问，咋回事呢？"

"还能咋回事，就一正经朋友，人家正经说事，找我。"

"女的吧？"

"女的朋友就不能晚上找我有事？"

"我觉得女的最好不要晚上找你，啥事需要急着在晚上找上门来？"

"你也是个老封建。给她解释不清，疑心更重了，竟然不停追问我那个人是谁？"

"电话不是要显示姓名吗？"

"我用的不是真名，一个金庸小说偶像人物名。"

"有意思，还有用偶像名做电话通讯录的，说说看。"

文雄沉默了一会，还是说了："霍青桐。"

霍青桐？难道是她？不过，他还是装糊涂："用啥偶像名嘛，心头没鬼，就不怕半夜敲门，你这不是此地无银三百两吗？"

"给你也说不清。听你这话，简直如同我老婆一个鼻孔出气。"

"有些事你不用解释，本来没啥，你干吗描呢，这不越描越黑。"

"她一逼问，我本来保持沉默，谁知她把我的沉默当成默认，竟然拨通了那朋友的电话，问了人家几句，被对方吼了一句神经病，挂了。这下好了，家里床上地下立马成了战场，我举手投降，她还不罢休，然后我挂彩了。"

听文雄这么一说，蓝守玉明白了。这是一起典型的妇女更年期综合征引发的老夫老妻事故，导火索是他从半云买回来的两包"半云五香"狗肉。也怪自己没长心眼，这狗肉咋能给狗吃呢？

算了，狗肉充其量也就是个背锅的，根本原因还是文雄老婆的病态心理，醋意长时间积累，诱发对男人的信任感大幅下降。这时又出现意外，文雄朋友深夜来电加重了女人的猜疑。没法，砍竹子，遇到节节。

作为当事一方的好友，只宜堵和疏，不可火上添油。蓝守玉就劝道："你还是回家吧，别晃荡了，说两句软话，更年期女的，服软不服硬。"

"我不吃这套。都不好意思给你说，这不是头一回了。既然认我这个哥，还是少啰唆。你要不让我到你家来，我就继续在街头晃荡。"

"哦，"蓝守玉想了想，又道，"我左思右想，还是觉着我这里确实不方便收留你，要被嫂子知道了，还不被骂死？你出来缓缓气也可，现在你回屋，两个人都在气头上，说不定也会闹个啥下场出来。要不，你还是回屏羌吧？"

"我也是这么想的。关键时候，朋友的声音还真是良药，听着都暖。好吧，不打扰，我这就回屏羌。"

等文雄挂了电话，又拨了童桐的电话，他试图证实一个猜想。作为表哥，他也有责任提醒她。

电脑语音提示，关机了。

69.7 【宋元墓志】

卫生间出来，心急火燎，又拨了童桐电话，还是关机。就作罢，蓝守玉自言自语道，总有后悔的一天。说罢，自己先后悔了，我这是在扮演啥角色？真把自己当家长了？算了，天要下雨，娘要嫁人……

就又联系墩子，约了墩子去江边喝早茶。

见面后，墩子讲了一件事，说几天前"兵哥"忽又联系他，约见面。他问是不是货弄到手了，"兵哥"说，风声紧，暂时还没，是有件事要他帮忙。他问，哪见面？"兵哥"问他在哪，他说在玉竹县摆地摊。"兵哥"就叫他在玉竹等着，半天后再联系，就把电话挂了。挂了"兵哥"电话，他立马给老板打了几个电话，没人接。那天下午，"兵哥"忽然出现在玉竹，约他见面。为不让"兵哥"起疑心，两人见面后，他就关了手机，不再联系。

原来"兵哥"叫他去踩个坑。他问踩啥坑，"兵哥"说到了就知道了。"兵哥"就租了一个面的。两人搭着面的，晚上就到了，好像是玉竹和乐安交界的一偏僻小镇。在那见了两个人，吃了顿饭，从谈话中感觉那两人是兄弟。说是之前开了个和尚坑，进去后，就一个很大的土陶罐子和一方青石小墓志铭，啥也没有，也就出来了。

"兵哥"说，青石的小墓志铭，估计是宋元的。要是能弄出来，也值一两万。那俩弟兄说，三个月前弄的现场，还没堵上呢，不敢再去弄，怕犯事。"兵哥"说，没事，只管带路，再给找了个帮忙的。原来"兵哥"叫墩子帮的忙，就是去搬那个墓志。这可是明摆着犯法呢。咋办呢，人都来了，不干，"兵哥"定会怀疑。

墩子说他当时就想，"兵哥"会不会拿这事来试探他，要是他参与了，也就下了水，两人就是一根草绳上拴的蚂蚱了，谁也跑不掉；要是不参与，"兵哥"一怀疑，老板和警察设计好在石梁山上老院子抓现行的好事就泡汤了。也没多想，就答应了。

蓝守玉问，你真去踩坑，背墓志了？墩子道，是呀。蓝守玉就惊讶了，你就不怕坐牢？墩子道，为了你和文哥破老峨山男观音佛头案，为他干外公洗清罪过，坐几天也没啥。再说，不是一直在替老板和警察做事，咋说也可以将功补过吗？蓝守玉笑道，你咋晓得就坐几天，要判你三五年呢？墩子道，我相信蓝叔，蓝叔说坐几年就坐几年。蓝守玉就笑道，我又不是法官，不过这话倒乖巧的。

墩子又讲，他一开始还是装着不答应，找了个理由，说之前他进过局子，就是动过塔林，撞了鬼，被抓了，觉得打和尚坑主意不吉利。"兵哥"说，那墓志拿出来，他可出一万。他还是没动心。那弟兄俩就怂恿道，说墓志拿出来，卖给"兵哥"，他们弟兄俩只要一半，他自己得一半。他依旧没动心。"兵哥"想了想，加码，问两万行不？他还能说啥，也就答应了。当然理由是，他至少要拿到一万才行，没想到那两弟兄同意了。他也就没了退路，只好硬着头皮跟这两兄弟去背墓志。"兵哥"自然没一同去，说在乡场上等他们。

吃完饭，那弟兄俩就带墩子上了一处矮山，大约离乡场五六里地远。

到了现场，弟兄俩指着一小堆胡乱放着的条石说，封口就是里面，搬开条石就是。墩子问，一起搬吗？弟兄俩嘿嘿暗笑，咋会，就是叫你来搬条石的，要是我们自己搬，还要你来挣这个大钱？只是，他一个人咋能搬得动呢？弟兄俩说，那慢慢弄呗。墩子不想让弟兄俩起疑心，就一块一块挪，折腾半天，终于挪开一口子，里面黑咕隆咚的。就提了矿灯，往里钻。那坑在一个斜坡边，没他原来在佛耳崖追白蛇鱼误撞的那坑大，因为在坡上，也提心吊胆，钻的时候，担心头顶上那些风化的石骨滑落。

你这回怕又遇上真菩萨了，蓝守玉打趣道，不吹吹牛，摆一下坑里情况？

吹。咋不吹。不吹，憋人哦。

墩子一听老板叫他吹，就真吹上了。

那坑也是埋了很深，还滑过坡，泥夹石盖了十多米深。因在坡上，之前的盗贼还是整得比较小心。土又是石骨土，铁得很。看样子没放过炮，估计是怕被附近村庄人家听见。最难搞的还是坑道外。原来埋时，堵了几块大石条，好在之前被盗贼挪松过，东挪西挪，总算挤了条缝钻进去。一看，是个八角坑，八块石板砌的坑墙。没棺材，也不见尸骨。有一个土陶罐子，还是空的。

蓝守玉道，罐子里有啥，也被之前的盗贼拿走了。

墩子道，也不一定，和尚坑本来就穷。

蓝守玉又问，找到那块墓志没？

墩子道，找到了，一小块，青石的，那玩意，阴气很重。

蓝守玉就笑，是呀，所以说整不得，要是被抓到，就是铁打的盗墓证据了，想板都板不脱。盗墓贼经常就是这样，宝贝拿了，宝贝的信息丢了，与文物专家考古的想法完全不是一路的，这就是为啥要打击盗墓的原因。

墩子说，他真把那块青石弄了出来，交给那弟兄俩。一个当场用矿灯照着，一个用手机拍了照，发给了"兵哥"。一会儿，"兵哥"打电话给发照片的那人，说看了东西，文字太少，没啥价值，叫重新放回坑里去，他一人给他们发一千劳务费。墩子一听"兵哥"说不要了，就想，这人也太狡猾了。他确认"兵哥"是在试探他，就说，"兵哥"不落教（方言，不守信用），好不容易犯险弄出来，说不要就不要了，劳务费他也不要了，叫那弟兄俩自己放回去。弟兄俩死活不干。墩子想，算啦，看样子两人是地头蛇，他一个人搞不过，就自己又把那块青石墓志放回了坑里。出了坑，回到乡场上。那弟兄俩给他一千元，说"兵哥"已经走了，留下了那个面的载他回玉竹。当晚，他就连夜坐了面包车回了玉竹，天刚刚亮。一早，又转车到了荣城。

蓝守玉寻思，墩子说的挖墓志的现场，是破获"兵哥"团伙作案重要证据之一，便叫墩子仔细回忆具体位置。墩子说大约记得那个场镇在玉竹与乐安交界，至于是在玉竹地盘上，还是乐安地盘上，因为是坐在车上，加上当时又是天黑，说不清楚。

蓝守玉问，记得那个场镇吃饭的馆子名字吗？墩子道，这个专门留意了，名字很吓人，叫"小李飞刀羊肉"，那个馆子的羊肉真的很鲜。蓝守玉又问，记得那坑周围环境特征不？墩子道，天太黑了，看不清楚，不过，离场镇可能就五六里路，一个斜坡上，好多劝止树，好像是片老劝止林。墩子说的劝止树，就是乌桕树，在盆地和渝地交界腹地，并不常见。那里咋会有一大片劝止树，难道与寺院有关？传说，宋元时，两地战事常发，一些高僧在寺院里种了这树，为祈祷战事平复意愿。也就是说，那片劝止林应是老寺院废墟。加上"小李飞刀羊肉"这条信息，警察要摸排到当地的那两弟兄，应不是件难事。

遂就叫墩子马上离开三江，再去各地摆摊，继续等候，"兵哥"应已相信他了，一定还会找机会再联系。至于出手石梁的墙画，没有买家十成把握，他是不会去动手的。只要"兵哥"想出手，一定会先联系他，要是"兵哥"再联系，第一时间报告。

69.8 【大龙缸还好吗】

与墩子分手后，蓝守玉回到"黑土"上，翻出微信，看到齐鲁发了一条留言，叫他去一趟荣城，有要事相商，顺便把"罗密欧与朱丽叶"带上。

齐鲁还有啥要事要同自己商量，莫非宣德大龙缸出啥事了？

蓝守玉有些不踏实，又不敢打电话，怯怯回微信问道，大龙缸有情况？齐鲁回了个笑脸，看把蓝大师急得，没啥，就是想兄弟了……

齐鲁越是这样调侃，蓝守玉越觉得诡异。想齐鲁也够小气的，前脚赢了赌局，后脚就催账。这么想，其实还是放不下大龙缸。但那缸现在港岛，已超出了他掌控的范围。

身在他乡的大龙缸，你还好吗……

大龙缸……大龙缸……大龙缸……

眼皮好沉。夜里瞌睡，大白天补。自入秋以来，他努力习惯着白日补梦了。

那天的白日梦，不再有狗狗，直接上了天珠，还是九眼的。就数九眼天珠，一眼，二眼，三眼……数着数着，天珠不见了，剩下满脑子的鱼眼，青花的鱼眼，釉里红的鱼眼……

匪夷所思的是，鱼眼很快消除了倦意。

醒来后，已是中午。草草去街边店对付了一顿，急着赶回"守玉楼"。找出两盒"罗密欧与朱丽叶"，顺便捎了一罐甘南带回来的"土豆烧"，往荣城赶去。

第四部　彼岸

第二十四章　对决

70.1 【风声】

再次约聚，齐鲁已把蓝守玉视为私交知己。

"都是老朋友，见外嘛，拎这么多。"齐鲁也没矫情，直接收下"罗密欧与朱丽叶"和"土豆烧"。

蓝守玉也不客气，上了三楼，把墙上挂的，桌上摆的，柜里陈列的，摸的摸，看的看，突发感慨："突然有了某种感觉。"

齐鲁一脸问号。

"喜欢上你家了呗。"

齐鲁知道他在开玩笑，不过，还是对这种到了嘴边、又咽回去的话里双关吃不准，便道："喜欢我人呢，还是喜欢我家？"

"都喜欢。"

齐鲁装着皱了下眉，笑了。

蓝守玉也笑。笑过，一夜未眠的疲惫也就放松了许多。

蓝守玉的轻松倒让齐鲁有些紧张了。齐鲁道："急匆匆叫你来寒舍，没打扰老弟春梦吧？"

"是有点，"话一出口，忽又觉得不妥，"开玩笑的。玩笑归玩笑，是真的想上你家的，一厅堂的古董字画！太有成就感了！"

虽是奉承话，齐鲁还是爱听："你说谁太有成就感呢？"

蓝守玉笑而未答。

一个明知故问，一个此地无银。两个都是各管各的闲，又都闲不住的主，装也装得斯文。点到为止，正经事还得抓紧。

"齐总找我，何事？"

"也没啥，就是找你通通气，聊聊大龙缸下文。"

"下文不都是你一手炮制好了，只等慢慢抛出来吗？"

"大龙缸是篇大文章，得借大家笔力。"

"大家是指一群人，还是一个大人物？"

齐鲁没有回话，只说他马上要飞京城。

"此去拜访何方神仙？"

"请卫都大师去一趟港岛，帮掌掌眼，我要拿下土司遗物宣德大龙缸。"

啥掌眼？做给谁看？还不是拉虎皮，扯大旗，找卫都大师忽悠呢。齐鲁当面聊及此事，不忌讳，说明已把蓝守玉当自家人。既如此，还有啥情绪？

"应该的，卫都大师跟故宫国博陶瓷专家不太一样，实战派，业内认可度高。再说，他的眼力可不是吹来的，是用子弹打来的。会吹也是本事，用他的名气，做个广告，对大龙缸子的利用和保护，只有好处，没坏处。不过卫大师，清高得很，不大好请。"

"脾气是够大。所以，才托京城一个红三代做的媒。这不，京城朋友传来消息，约明天上午，我登门拜访。"

"这么说，齐总是想请卫都大师亲自去一趟港岛了？"

"永宣堂在港澳台和大陆四地收藏界，口碑没得说。永宣堂发现传世奇物，奥港国际拍卖自然是抢着拉生意，即便送苏富比和佳士德也没啥问题。大家就冲永宣堂的名望。"

"东西从永宣堂出来，加上卫都老师出面，弄个风声，为大龙缸加分不少。"

"这只是计划中的一环。"

"永宣堂都给弄了个传奇，加上卫都老师的公众品牌，那东西基本上就成立了，还不够吗？"

"请你过来嘛，就是想想有没可能，再弄点其他啥。"

"自己生养的娃，自己捧，这事于我恐怕有心理障碍。"

"不是让你吹，是想让你能否找个权威，配合弄点擦边球花边。印象中你说过，在港岛有一国学大师朋友？"

"有这么回事，不过人家是学者，可能还是一个团队，我跟他们中的一个成员有联系。前些时候，我把关于龙隐山的一些猜想给那人说了，他们也感兴趣，还派了一个姓龙的年轻助理过来实地调查过。他们要弄明白的秘密，又咋能与大龙缸扯一块呢，难道你需要他们说，大龙缸也是最近在龙隐发现的？"

"也不用那么直接。你想，永宣堂放出大龙缸的话来，是民国土司后人倒腾出去的西康龙隐寺遗物。此时发起龙隐寺的历史追问，也顺理成章。"

"还真藏着一个天大的秘密，"蓝守玉欲言又止，"不过……"

"没关系，你可不必说出来，也不管能不能揭示真相，只要有说法，人们自然会将两者联系在一起，好奇嘛。"

"好奇害死猫。不过，要能放出啥来，很可能惊天动地。"

"那太好了。让大师弄篇学术东西，或者发表个访谈啥的。总之有动静即可。"

"人家愿不愿意抛头露面，难说。"

"所以才找你商量么。都有底了，还怎么玩下去？"

蓝守玉有些塞心，甚至可以说是骑虎难下，但有一点是清楚的，事情既然捅开了，就收不了场。比如看戏，本来坐在台下，看着看着，动了心思，情不自禁，跟着台上的人喜怒哀乐，一把鼻涕一把泪的，谁是观众，谁是演员，搅和着呢。像他这种书生气重的多血质人，对人做事较真，心肝肺都巴不得掏出来，一入戏，还能中途撤票？撤不了，就只有任其裹挟，随波逐流了。

就像现在，他为了大龙缸，已然身不由己，越陷越深，还不敢喊救命。别问最后的结局是啥，有些事情难得糊涂，走一步，算一步，天黑歇脚，天亮赶路。只要眼前还能看到那棵稻草，手就还有抓挠。

便答应齐鲁试试。

70.2 【云子】

因还要去机场，齐鲁便不再留蓝守玉闲聊。

临走时，似想起啥，叫蓝守玉留步，从香案上搬过金丝楠乌木棋盘来。原来是那天打赌的标的，在齐鲁手机上看过。齐鲁道，不能每次来，都是你送我东西，礼尚往来，这玩意可能你看不上眼，毕竟还是你们常说的"土豪"物件。蓝守玉道，还真是"土豪"玩物，不过你说对了，看上去就想到腐气，确实吸引不了我。齐鲁道，我说过要送你的，你看，我不也收了你的"罗密欧与朱丽叶"和"土豆烧"吗？你要不拿走它，我那不是又占你便宜了。蓝守玉见齐鲁不像是假打，就道，要是齐总你觉得物物交换，才是真正的君子之交，我可不可以选点别的啥？齐鲁答应倒爽快，你不是说，你喜欢上寒舍么，你随便看，书画我晓得你不会要，瓷器你也不缺，这样吧，屋里的铜木玉杂随便挑。

蓝守玉一眼就瞥见了刚才放棋盘的香案上，有对装有棋子的围棋罐，就道，看着就称心，刚出窑的龙泉梅子青瓷，就拿它，挺实用的。说着，就要往挎包里装罐子和棋子。齐鲁似乎有些不舍，但话已出口，只好做顺水人情了，道，罐子年份浅没错，就一二流大师水平，市场上一对千元随便入手，可那棋子有来头，你是看上棋子了吧？经齐鲁一提醒，蓝守玉这才仔细看了下罐里的棋子，也没看出异样，便道，不就是普通的棋子吗？齐鲁仍不动声色，道，你确认看仔细了，这可是我打算要给你们向书记的。蓝守玉一听是要送向书河的，来了兴趣。他对杂件并不擅长，看了半天，也没看出个来头，道，不就黑白两色，也不见有啥老包浆，还会有啥蹊跷？

啥蹊跷？齐鲁道，你说是新的没错，20世纪70年代末期云南围棋厂出品，真正的云子。云子？蓝守玉好像有点印象，《徐霞客游记》里似乎记载过。齐鲁接话道，"棋子出云南，以永昌者为上"，所以又叫"永子"，明朝时就有"永昌三宝""永昌之棋甲天下"之说。那玩意不是听说失传了吗？蓝守玉就问齐鲁是咋回事。齐鲁道，当年上头要喊搞围棋，要滇城体委搞云子项目。搞了很多年，没得要领。蓝守玉拿捏着棋子，不以为然，这有啥，不就是黑白大理石磨制，还要搞多年？齐鲁笑道，滇城的确不缺大理石，可真这么简单，还会失传？蓝守玉寻思，如此又是哪回事呢？

齐鲁就讲，别看只是两色小棋子，据说是滇城保山产南红玛瑙、紫瑛等多种石材合研为粉，熔于炉，"长铁蘸其汗，滴以成棋"，工序一二十道，在明清时就是贡品。滇城人复烧这玩意，花了几十年时间，前后做了三百多次试验，你说算不算宝贝？蓝守玉道，真这么难烧，不是官作，也胜似官作。

齐鲁继续摆弄棋子，道，这小不点，表面上就两种色，一黑一白，黑得有板眼，叫鸦青、秋水，润柔如徽州墨，白得有名堂，叫羊脂、象牙，没有炫目贼刺。声音也好。齐鲁边说边把几颗棋子落到金丝楠棋盘上，还真有铿锵，几尺以内的空气都似给挑动了。蓝守玉就联想到古人说的，"闲敲棋子落灯花"，原来是有道理的。

齐鲁又道，不光声音好，摸着也不一样。就叫蓝守玉摸，问啥感觉。蓝守玉道，婴儿屁股，有股子暖意。齐鲁道，对呀，现在是冬天，要是夏天，那就是一块冰了。这玩意如冰似玉，宋朝人只能用泥巴烧，如作青瓷，效果差云子一条街。蓝守玉就笑，国手们要是天天玩这宝贝，没弄个世界冠军当当，还真对不住它的出身。齐鲁也笑，这还只是表面，你再看。说着，掏出手机，拧开手电，将两色棋子对着光。蓝守玉一看，光下白子，泛出红黄两晕，黑子呢，至少有蓝、绿、黄、青花、咖啡等多色，仿佛祥云氤氲，不禁连连称奇。

如此好玩宝贝，自然不能夺人所爱，何况还是留给向书河的。蓝守玉婉言谢绝。齐鲁道，也没你说的那么玄，就一普通体育器材，锻炼思维的，要真是啥古董、奢侈品，我还敢给你们书记吗？蓝守玉说也是。

齐鲁估计是看出了蓝守玉是真的爱上了这玩意，就道，这样吧，玩意是保山一个朋友送的，前几年倒腾南红，在我这拿了些钱去做本，赚了，还钱的时候，就带了这玩意来，说是去当地老棋手屋里淘换的，回头我给他带个信，叫他留意点，再给你弄一副咋样？虽是客套话，蓝守玉还是听着像真的，就道，那就先谢了。齐鲁道，不过，也不是白送。蓝守玉笑道，哈哈，以物易物。齐鲁说，不是，原来这玩意，我是想让柴瑶给文雄带过去，再托文雄转送书记的，现在你来了，就劳驾老弟亲自去书记那走一趟，如何？

蓝守玉哪干过这种事，面有难色，我去送妥吗？齐鲁道，你去，比任何人都妥，叫文雄转，书记可能还会想得多，你呢，同书记没啥利害冲突，以棋会友，奇物共享，情理之中嘛。见齐鲁这么诚恳，再说，齐鲁又收了他大龙缸，花了一大笔，引兰干外公才有钱看脚病，还帮引兰上了曾导的电视寻宝节目，这债自然是记在自己名下了。蓝守玉就答应试试。

齐鲁帮他把棋子包装好，放进挎包，末了，又找来一个纸箱，要装金丝楠棋盘。蓝守玉制止道，棋盘还是你留下吧。齐鲁道，我啥时候说出去的话又收回来，没先例的，再说土豪金，你老弟看不顺眼，也不至于当垃圾吧，放市场上，怎么着都上万的。执意要蓝守玉一道拿走。既如此，蓝守玉再客气，就有点假模假式，也就客随主便了。

70.3 【书生送礼】

一回"守玉楼"，蓝守玉就后悔不已，怎么当时就接了替人送礼这种吃力不讨好的活？也怪自己心太软，见不得别人对自个好。齐鲁就对他好，那么大个老板，还是个二代，帮了忙，正愁没有报答，愧疚着呢。天天盼人家开口，有啥事要求到自己，盼星星，盼月亮，人家终于开口了，却是替人送礼，要去送的，不是别人，是堂堂一县书记，人家托付给你，是看得上你，要换成别人，那还不睡着了都要笑醒？向书河虽只见过几面，也算熟人，有一点，他人年纪与自己差不多，又是纯粹棋友，自己就是一"打酱油"的，何况齐鲁也没要自己给书记提啥要求，坦荡着呢。

越这样想，越后悔。因为他是蓝守玉，不是别人。他的短处，只有自己知道，脸皮子薄。像送礼这种事，他干过，但对方都是些不带品级的小官僚。蓝守玉天生对当官的有心理障碍。对一个普通百姓来讲，县官那就是官了，何况对方还是书记，要回到老时候，那都是朝廷差遣钦命的。

一屋子唉声叹气。叹自己也算小地方名人，为啥碰到此种话题，就没自信？看来还真是应了村里老人说的，台子脚卖米，拿不上市。

这事还真不好意思去干。就掏出手机，拨了童桐电话。早上文雄打电话的事，只字未提，只说齐鲁委托的事。童桐一听，原来是要她帮忙去给书记送啥物件，直接拒绝了，连句婉言也没有，只听得电话那头童桐一个人爆炒豆子，谢谢表哥，谢谢哈，这种美事还是你自己办合适，我一个村姑，还是算了。还没等他解释，已挂了。

叫文雄去送，更不可能了。文雄是向书河直接领导的下级。加上他又直接管着齐鲁集团的南岸开发项目。要是给他说了，他一时糊涂，没拒绝，硬生生去了，书记再怎么胸怀宽广，也会生疑，你文雄是不是背地里跟齐鲁有啥勾当？

当然，这都只是蓝守玉自己犯嘀咕。再笨，也不至于把这事捅到文雄那儿。

托付柴瑶也不可能。要是柴瑶能去送，齐鲁还拐这弯弯绕，不晓得直接给柴瑶说？

这也不合适，那也不合适，这活看来真砸自己手里了。最要命的，他现在更不能把拿回来的东西，又退给齐鲁。丢不起那面子。

天塌下来，也得把这口水吞了。

去是一定要去的了，不过要找机会，一是要找个说得过去的理由，二是还得有人带话。带话人，当然是文雄了，这个好说，想好理由，让他报告书记就是了。理由呢？约棋局？不合适，书记忙着呢，要是人家说不空咋办？约饭局，更不可能，蓝守玉没有请书记吃饭的理由，再说现在官员们个个小心得很，咋会赴这种不明不白的饭局？约他喝茶，聊天，散步？算了，一普通文人，约书记喝茶，聊天，散步，搞不好，会让书记有看法，是不是文化人有啥子想法了，要反映啥问题，还是有事相求？当然没有问题要反映，也无事相求，过去没有，现在没有，以后也没有。蓝守玉把自己看得很清高。

拿不定主意，就给柳叶萍留了段微信语音，大致说了遇到的麻烦。柳叶萍可靠，他也没必要隐瞒啥，只是没有点齐鲁和向书河的真实名分。

柳叶萍回了一行字，送棋谱，注意不是送棋书，不要说错了，否则会被人家误会，说你好为人师。

送棋谱？太好了！我咋就没想到呢。看来，读书读得多，有时候还真管用。

棋谱有的是。就光了身子，寒凉也不顾了，掀箱倒柜，翻出一套上下册《日本御城棋谱全集》，前几年荣城书局出品，限量版精装，作为实用带收藏的书籍，也是送得出手的。

给文雄发了个短信，说帮书记淘到一套棋谱全集，叫他代为请示，啥时候方便，当面奉上。文雄答应说好。

当夜，文雄并未回话。对蓝守玉来说，拜访的理由找到了，送书倒不是啥难事，读书人嘛，相互推荐读物，君子性情所为，自古有之。有些忐忑，终归还是能睡着了。

70.4 【棋谱换"白鱼"】

第二天中午，收到文雄回复，说书记约下午四点半五点前，在屏羌办公室见。

吃过午饭，蓝守玉先给童桐去电话，说下午要回屏羌办事，晚上请她吃钵钵鸡。原以为童桐会找个理由躲开，没想到她挺爽快，玉表哥，你啥时候磨子上想转了，破费要请桐妹呢？听那口气，蓝守玉没察觉有啥不对，莫非自己想歪了？

那些年，在县委大院上过几年班，蓝守玉对那幢五层楼的建筑再熟悉不过。楼还是那楼，树还是那树。闭了眼，都记得县委办公室在二楼，书记办公室是左边倒数第二间。最左边走出去附楼是县委第一会议室。靠中间依次是副书记，办公室主任，常委办主任室。中有两间大办公室，一秘书科，一信调科。右边依次是督查室、行政科，以及分管秘书、信调和督查的三个副主任办公室。这样的格局，几乎雷打不动。只是里面的主人，像流水一样换来换去。

向书河应约亲自接待了蓝守玉。蓝守玉掏出《日本御城棋谱全集》，斯文地奉上："书记，这是刚淘到的棋谱。"

"开眼界，以前玩棋，知道有此谱，今天总算看到真容了。"向书河接过书，边翻边赞道。

"全套的，印象我也只见过这个版本，荣城书局。"

"装帧也细致。花了不少吧？"

"那倒没。不过，这书一共只出了八百套。"

"限量版的，"向书河看了一下办公室，"你看，我办公室里都是工具书，估计你也没啥兴趣，都不好意思让你选。"

"书记客气。"蓝守玉指着茶杯笑道，"你看你请我喝的可是'白鱼'，屏羌本地最好的明前白茶。"

"哦，这是弱水公司送来叫帮打广告的，"向书河转身从书柜里拿出一罐茶，"你是屏羌走出去的文化人，口碑好，一会儿把它带走，要觉着好喝，就给鼓吹鼓吹。你有流量。"

"我那点流量，哪能跟书记你比。"

"这话我不同意。你是真名士，流量经得起检验。哪像我们这些人，台子上还有人瞩目，下了台，不出半年，就被忘得一干二净。茶也不是白给你，要你鼓吹鼓吹呢。"

蓝守玉本来要客套一下的，见书记出言诚恳，也就没再推辞，收了一罐"白鱼"。

虽以送棋谱的名义造访，但是两人却没有就此过多讨论。蓝守玉主动把话题切入赵青花陶瓷艺术馆的进展。因为他只是挂名的馆长，规划、设计、施工等一些具体的项目进展是齐鲁集团在做，按齐鲁的授权，柴瑶具体负责，他管文物征集和陈列，进展情况也只能说个大概。

向书河边听边称好，末了问了一句："艺术馆能不能率先出形象呢？"

"书记说的出形象，指的是宣传方面？"

向书河没有直接回他话，只宏观地谈了一点看法："南岸的开发，是屏羌本届党委政府的重头戏之一。蓝先生参与齐鲁集团'传世皇庭'项目，开了个好头，可见先生桑梓情怀。现在项目也铺开了，县委很满意。如果能尽快在一些标志性的项目上推点形象，当然对全县的干部群众都是个鼓励。"

说着，向书河拿出一份文件，递给蓝守玉。蓝守玉一看，是贯彻某位荣城官员批示的红头。

"还记得上次老领导蒲志带政协文史委的同志来屏羌考察的事吧？"

"好像当时老领导还承诺回去弄个啥经验材料之类的。"

"老领导兑现了承诺，对屏羌县委、县政府认真落实传承和弘扬优秀传统文化，在新兴地产开发中，融入传统文化元素，开发配套文博项目的做法进行了梳理，以政协名义报给了上级。这不，昨天刚拿到批示。这是县委办今天出台的贯彻意见。你可以看看。"

落实指示不过夜，好同志。蓝守玉寻思道。

领导的批示，大致是说文博是中华优秀传统文化的重要组成部分，场馆建设是其重要载体。屏羌在开发新区的同时，有意识地配套文博项目，让地产有了灵魂，值得推广和借鉴。各地要站在增进文化自觉，坚定文化自信的高度，深刻理解，重抓项目，固本浚源，延续根脉，远离垃圾，杜绝泡沫，全力做好传承和创新两篇文章。显然，上级领导对屏羌做法予以了肯定。县委办的贯彻意见有一二三四点，重点好像是围绕屏羌南岸开发，加快推进新区建设，以"传世皇庭"为发力点，带动南岸，以南岸开发驱使屏羌县域经济转型。

尽管上级领导批示很给力，不过蓝守玉只对赵青花陶瓷艺术馆的进度有兴趣。文件里好像提到，要加大对赵青花陶瓷艺术馆的扶持力度，把艺术馆建成南岸的地标和整个三江市最高水平的民间艺术馆，这让他很兴奋。

"这次能拿到上级批示，老领导的关怀当然不必说，你和齐总更是功不可没。我本人很感激。"

听向书河这么说，蓝守玉倒不好意思了："都是书记领导有方。"

"你不必给我戴高帽子。说实在的，原来你们提出在'传世皇庭'配套的城市微型综合体项目中，规划这个艺术馆，我并不以为然。因为是齐鲁公司自己的开发创意，我们也不好搞长官意志，包括我本人，也就顺其自然了。现在看来，齐鲁和你的主意是对的，符合上头的导向。"

"搞文博本身并不能给房地产项目带来直接收益，却能加分。齐总也是个有情怀的文化人，有多余的钱，在小区里弄个文博馆，也算得上锦上添花。"

"对呀，你方便的话，还请给齐总带个话，转达我的谢意。"

70.5 【一品清廉与运筹帷幄】

两人聊到这里，蓝守玉想起了包里带着两罐棋子。

就打开挎包，拧出了布袋，放到向书河跟前。

"对了，向书记，我昨天去齐总家里汇报艺术馆的事，临走的时候，他给了我两个袋子，说是给你的。"

"这个齐总，我们之间还搞套路？别是啥糖衣炮弹吧？"向书河半皱眉头，又像是开玩笑。

"就是两罐棋子。"蓝守玉从一个布袋里掏出一罐，放在茶几上。

向书河见是陶瓷罐子，道："古董？我可懂不起。"

"我替书记把过关了，不是古董。要是古董，我也不会给你送来了。"

"看模样倒不错。"向书河摸了一下棋罐，一手捏黑，一手捏白，放眼前细看。

"棋子是20世纪70年代生产的体育用品，罐子是20世纪90年代龙泉窑出品，都是普通工艺品。"

"不会是帮齐鲁挖坑，埋我吧？"

见向书河很小心，蓝守玉也难得糊涂："岂敢。书记放心好了，就是体育器材店的摊子货而已。要值钱，别说齐鲁不敢送，就是敢送我也不敢给你拿来啊。"

向书河仍然没有表态收下，问道："齐总送我围棋，几个意思？"

"这个他倒没说，我估摸会不会有个啥寓意？"

"寓意？"向书河来了兴趣，"说说看。"

"书记，你看这玩意，天青色的刻花缠枝莲，古代书生最喜欢的颜色和图案，一品清廉嘛。"

"这个听说过。"

"最关键的，书记你看，两罐棋子放在你的案头上，还有一个寓意。"

"啥？"

"运筹帷幄啊！"

"呵呵，看来你们文化人的脑壳就是管用。一品清廉我确实挺喜欢的，至于运筹帷幄，也就是个说道而已。不过，那天我和齐总对局，你的点拨对我启发很大。"

"书记有心得？"

"李铁锤挨打这事，我思来想去，他和老婆再怎么无理取闹，也还是个群众内部矛盾。那些揍他的人，也是群众。人民群众之间有了矛盾，找政府解决，政府责无旁贷，不应该把他们放到对立面去，这不利于问题的解决。回避也不是个办法。"

"书记就是水平高。"

"你先别给我戴高帽子。话虽这么说，也是因为一时也没啥更好的辙。"

"这好办，只要书记对局面有个定性，我相信文哥和齐总能想出招来。"

"我已经给文雄讲了，这事得柔性处理，不能来硬的。李铁锤一家已貌似服软，我们得给他两口子台阶，而不是相反，那样无益于事情的解决。"

"齐鲁集团在南岸的开发，是这件事情的导火线和核心，齐鲁不能置身事外。"

"齐总那边，你可以帮忙多做做工作，实在不行，请他再支持支持。"

"应该的。不过，我想齐总可能比你我更清楚。"

"你从中做做工作，我也不希望齐总本人对我有啥看法。屏羌县委、县政府包括我本人，对他的项目肯定是大力支持的，这一点也请蓝总务必转告。"

"没问题，"见向书河态度有了缓和，蓝守玉问道，"那，这棋？"

"先放这儿吧，你不是刚给我棋谱了吗，回头闲下来，琢磨琢磨，只是，这好像还不太配套？"向书河笑道。

蓝守玉见状，道："棋盘纸也有的，在其中一个袋子里。"幸好，来的时候，多动了个心思，前些年去日本旅游，淘回来件粗布围棋罐袋，便用那布袋装了棋罐，布袋原配有一张老樟油浸过的油纸棋盘，也装在袋子里了。不然，今天这事，还真不好自圆其说。

向书河秘书敲门进来报告，说另外预约的人到了，蓝守玉就告辞。边下楼，边给齐鲁发微信，报告托付之物已送达，金丝楠棋盘放"守玉楼"了。

出了县委大院，一阵寒风吹来，蓝守玉禁不住打了个寒噤，这才发现，额头上和上衣里，又冷又湿，全是汗。

70.6 【兔子不吃窝边草】

童桐发短信说，去玉泉山庄吃斗鸡菇，她已经定下了。蓝守玉打电话问，要不要再约个朋友？童桐问，约谁呢，柴瑶回荣城了，你有朋友自己叫吧。蓝守玉也没多想，就道，要不你出面约约文雄？说完后，就后悔了。文雄是男生，也是自己好友，咋自己不约？童桐没好气了，表哥，你是请我吃饭还是？蓝守玉道，当然是请表妹你了。童桐就道，那你还叫我约？蓝守玉道，不是上次我听文雄说，南岸园区管委会成立了一个项目协调办，你调那上班，还不因为人家关心，一起吃顿饭，表达一下我当表哥的心意么。听到这话，童桐口气一下变了，他天天回家关心他疯子女人去了，稀罕一顿饭？蓝守玉一听，似乎明白又不大明白，你说文雄天天这样跑，他不累？童桐更没好气了，热脸贴冷屁股，算了，嚷嚷道，你究竟有没诚意嘛，没有，我就退餐了。蓝守玉道，你要不喜欢叫其他人，那就我们兄妹了，我一会就到。童桐应都没应一声，就把电话挂了。

童桐早在山庄等着。见蓝守玉一到，就叫老板把斗鸡菇端了上来。童桐说，点了一斤，玉泉的斗鸡菇烧青豆，屏羡名菜。蓝守玉问，有些贵吧？童桐笑道，表哥心疼了，那你少吃点，二百六一斤。蓝守玉下意识咽了下口水，二百六就吃个菌子，仙人板板，还好，不是二百五一斤。不过这话他到底没有说，他知道童桐心里藏了事，得拣开心的说。

就问了童桐工作上的事。童桐只顾吃，不想多说，偶尔敷衍应答，感觉那斗鸡菇真的很香似的。这让他有些诧异，这么多年来，他第一次见童桐吃饭不说话，完全换了个人似的。终于忍不住，唠叨了句，你这是吃气还是？童桐头依旧不抬眼看他，吼道，吃饭就吃饭，废话啥，小心呛了。他往回咽了口水，道，你知道我为啥现在都还是单身吗？童桐道，我还没嫁出去呗。错，蓝守玉顿了顿，道，不是有句话叫兔子不吃窝边草么……扑哧，一颗香菇从童桐嘴里喷到他碗里，表哥，你自我感觉太良好了，你是兔子？笑死仙人……蓝守玉夹了童桐嘴里喷出来的香菇球，边往嘴边送，边慢条斯理道，你误会了，我不是说我是兔子。那你是啥？童桐问道。草啊……蓝守玉一本正经地回道。这下，童桐更笑得直呼肚子疼了。

　　见童桐脸上开始上了点色，蓝守玉小心问道，遇上啥麻烦了？童桐往他碗里夹了一大撮斗鸡菇，道，你多吃点，现在有冰柜，要是换成以前，大冷天你哪去吃这么香的菌子？见童桐回避话题，就又问，有啥别憋着，表哥不是外人，可以帮出主意。童桐道，没你想得那么污秽。蓝守玉还是放不下，他真的天天跑回家了？童桐随口应道，哦，是吧……末了，又觉着有些失言，你说啷个，没头没脑的。童桐的失态，到底没藏住，便印证了自己的想法，也不再问。作为表哥，该提醒的要提醒到，该留尾巴要留尾巴。便道，你也老大不小了，有些事我也不好说，自己把握，我倒觉着孔亮就挺好。童桐没有接话茬，筷子一搁，擦了嘴，道，我吃饱了。童桐此话的意思，蓝守玉大约也明白的，差不多就是你不用啰唆了，再啰唆，我就走了。

　　斗鸡菇，吃成斗气菇。哎，这饭吃的……

71.1　【情感事故】

　　徐昕蕾回国，柴瑶也踏实了。若说齐鲁和徐昕蕾的婚姻，仅剩社会学意义，这与柴瑶和齐鲁的暧昧现状，也就是五十步跟一百步的区别，一个没了热度，一个少了众目睽睽下的光环。一定要找啥不同，徐昕蕾可以理直气壮地享受危机，而柴瑶得把自己关起来，独自承受无趣。柴瑶和徐昕蕾，都没有错，错的是时间和环境。三人之间，谁也不欠谁，这一点柴瑶和徐昕蕾，谁都清楚。在这场情感的事故中，他们都是当事人。继续耗下去，谁又能占到便宜？

　　主要肇事一方齐鲁，也只能假装心安理得，情商几乎运用到极致。像情感间谍一样，他掐到了柴瑶和徐昕蕾的盲区，暗度陈仓，赢得两位伊人倾心。齐鲁既是实用主义的，也是超然的。在老婆的眼里，齐鲁并非不负责任，在情人的眼里，又不同于四处流芳的花花公子。当然他还没有做到游刃有余。资深的间谍不能入戏太深，太深便不能自拔了。游走于两个同等重要的女人之间，扮着好男人角色，即便只洒了点毛毛雨，也被认为是施以甘霖。

　　她们似乎只能面对一种选择，并为此使出浑身解数去维系。

　　齐鲁是贵族。贵族找老婆信奉实用主义，除了健康，会传宗接代，还要贴心，好似身体隐秘处的某个器官。那个叫老婆的女人，在道德制高点上，站得住脚，耐得住寂寞，不会搞事，与你同心同德，哪怕你在外面拈花惹草，她睁一眼也好闭一眼也罢，不会给你头上戴绿，脸上抹黑。情人呢，当然要理想主义了，锦上添花那种。树活一张皮，人活一张脸。男人的脸上写的啥？光鲜。

光鲜是啥，是白天约情人，晚上会老婆，人生那些小美，想藏也藏不住，分分钟写在脸上呢。

齐鲁为自己沾沾自喜。现在，他还看不到老婆和情人之间的互伤。徐昕蕾和柴瑶，一个是他的肢体和器官，一个为他装点了脸面。她们似乎都是齐鲁的最重，又似乎都不是。有一点可以确认，她们都绵软、持久，就像两品陈年的红酿，一个适合午后细品，一个适合黄昏慢酌。女人如酒，再醇美，也得有人品尝，齐鲁正是那个忠实的酒客。

与齐鲁保持分寸，是柴瑶自己的选择，没有谁逼谁就范。齐鲁也没有。彼此或也感到一些不适，但谁也没有为此去较真，去讨要说法。那天晚上齐鲁看见柴瑶把向书河的女儿接来吃饭，还提到为小朋友在荣城找到新学校，他也没觉着有啥意外。要说，他们之间一点醋意也没有，倒不符合常理。徐昕蕾跟柴瑶，女人之间的那种醋意，肯定是有的，曾经沧海难为水，只是谁也不会把那种下三烂的情绪，日日挂在脸上。

走别人的坦途，让自己轻车远行。

齐鲁和向书河，倒不好说了。优秀男人之间的醋劲，较量的是耐力。情感耐力也是生产力。为了各自目标，都在用力，砥砺自己，也激励情敌。所以说，吃醋对于主流男人，或不是一种负面的情绪。何况，齐鲁和向书河现在都拴在南岸那条船上，啥时候靠岸，能不能如期泊位，取决于两者默契，不对，还有柴瑶和徐昕蕾，她俩是维系那条船安全航行，不至于搁浅落水的第三者和第四者。

71.2 【没事不要当土豪】

有趣的一幕，在元旦前那个傍晚发生了。

齐鲁拜访完卫都大师，离开京城，急匆匆地往回赶。一路风尘并未影响他的荷尔蒙和多巴胺的排放。

他将某种兴致，从浴室一直保持到爬上床头。本来想和徐昕蕾搞点大动静，可看她老在那玩手机，肌肤的温度就开始下降。

玩啥名堂？齐鲁并不经意地问道。徐昕蕾自然一脸爱理不理。齐鲁把脑壳死乞白赖地凑过去，装着想看她的手机。徐昕蕾侧了一下身子，留个背心给他。齐鲁半开玩笑道，"王者农药"游戏吧，据说里面有好多"智障"女生拼命追求的"小鲜肉"英雄。徐昕蕾怼道，你就对自己的女人那么不怀好意？晓得老男人见不得"小鲜肉"，谁智障还不一定呢。齐鲁道，别自作多情，我说的是那些小女生，你们这群自命不凡的更年期女子，迷上"王者农药"，最多患个腱鞘炎。徐昕蕾边打游戏边问，腱鞘炎是啥鬼？齐鲁道，就是手指头有些僵硬，要做手术，把那块发炎的韧带腱鞘切割掉。徐昕蕾终于还是被这话给惹火了，转过来，美目含嗔，齐鲁，我发现你最近长能耐了，骂自己老婆，也骂得越来越有文化越来越高级了，这跟当年那个为了得到人家女生，成天跟在后面屁颠屁颠，不停拍马屁献殷勤的厚脸皮判若两人，我看错了，难道？齐鲁赶紧把脸贴过去，口误，口误，请老婆掌嘴，嘻嘻……徐昕蕾没给他脸，又把身子转过去了，少来……

徐昕蕾的冷淡，好似泼了一瓢凉水，浴室里好不容易蒸腾起来的热情，下降到低点。齐鲁便没好气道，本来想给你两天假去哪玩，看来是热脸贴冷屁股了。徐昕蕾哼了声，没看见天气不支持么，往哪躲？齐鲁道，也是，新闻说荣城周边的几个景区，空气指数不太乐观，不雨不雪的，在家里是不是更保险点？齐鲁说的保险，是因为这个冬天，他们家第一次安上了空气净化器。那玩意儿能不能净化空气不好说，但心情也给净化没了是确凿的。没了心情，齐鲁也欲掏出手机戳戳，一想到刚才自己说的，一天到晚手机不离便是智障，便作罢，搁了手机，随手拿过一本过期的财经杂志翻。

边翻边说已经约了曾导，这两天假，娘俩若没兴趣出去玩，元旦一过，他就同曾导去屏关，一来谈谈春节前"官窑美人秀"的决赛节目事项，二去看看开发项目形象进度。

徐昕蕾并未表示出惊讶，仍埋头戳她的手机，漫不经心道，啥一来二去，干脆说想柴瑶了吧，何必还把自个打扮得像个救世主菩萨。就这个救世主菩萨，冲掉齐鲁最后那点情绪，算了，玩你的，我先睡了。徐昕蕾有些诧异，不是每天晚上睡前，你都装模作样要看啥书的，咋这么早就要躺了？齐鲁道，这都要管？徐昕蕾转过身子来，见齐鲁真的躺下了，就把手机在齐鲁眼前晃来晃去，道，新生活，各顾各，不过你刚才说的那两个理由倒也成立，公私兼顾嘛，只要人家乐意，我也没少啥，扯了萝卜坑坑在，是吧？齐鲁两目睁得像张飞眼，看来是被老婆的脑洞吓的，很受伤的样。

盯着徐昕蕾胸前那条沟，齐鲁悻悻道，你可以把你老公想得很恶劣，不能把人家想得那么污吧？徐昕蕾索性把手机平放到齐鲁胸脯上，盯着那手机一上一下起伏，煞有介事道，看你这里面翻江倒海的，我说中了吧，才提到她名字，你就跳，这么不淡定？徐昕蕾明目张胆地挑逗，让他有些发怵，我不淡定？我是谁？徐昕蕾把手机收了，两手后撑，坐了起来，是呀，齐大公子是谁啊，风花雪月啥的没见过，咋会不淡定？这下，齐鲁看分明了，刚才似遮还露的双峰一堅，就要呼之欲出了。一件玉俑，对，就是玉俑，仿佛东方的山鬼，西方的维纳斯转世，横陈还是竖列，都那么玲珑剔透，妩媚有生气。

一种久违的活力在萌发，自大腿根往上弥漫，弥漫过膝，弥漫过腰身，呼吸愈来愈急促，似乎就要膨胀为一条蛇。而另一条蛇，正在缠绕上身。

接下来是该有的潮红，心跳，以及窒息。除了"嗯、啊、呀、喔"之类的叹词重复，语焉不详，装点了夜色的画外音，任何台词都是多余的。梦耶，非耶。为啥如此抓狂？男女间最不好把控的那点屁事，其实在亚当和夏娃的蒙昧时代，就已给出答案。不是生活缺乏创意，是人生无时不被常态折磨，欲罢不能。

好公不跟婆斗。尤其是，当你的老婆，就如枕边斜躺，半遮半掩的那种。男人见不得女的脱，就像鸡肋，食之无味，弃之又惜。你一开始就注定被女人拿捏到短处。你别无选择。从未有过的落寞，齐鲁高度怀疑是不是又回到了母系氏族时代。好在枕边还放了一堆闲书，前几天去小区外一个书店瞎逛，老板见是他，直叫稀客，老板一黏糊，他就装出欢喜样，抱回来一堆，放在枕头边，一页都没翻。顺手拿过一本，叫啥《没事不要当"土豪"》，看名字像能扯的那种，就翻，一翻反流性的食管炎胃炎似又犯了。第一页就开始冒酸，说啥"土豪"累，"土豪"无自由，"土豪"不幸福，没事别充大尾巴狼，诸如此类。屁话。"土豪"还用装么，马路上都是，一口唾沫出去，开奥迪的都不好意思回头让你道歉，还是低头忍忍路过吧，骂人的那个保时捷，说不定正被兰博基尼训呢。一冒酸，瞌睡竟然来了。真好，没想到世间还有如此催眠的法术，叫"土豪"冒酸水。

那本酸汤书早已散落。夸张的呼噜，在徐昕蕾听来，宛若三九天的雷霆。

徐昕蕾失眠了。一失眠，就恨恨然想骂人，骂谁呢？望着天花板上的木纹圈，一圈一圈地数。还是抵挡不了呼噜一圈一圈地转悠。

就骂呼噜。呼噜，你很厉害是吧，刚才那么能耐，咋没动静了呢？还不是充帝国主义大尾巴狼。一切帝国主义，看来都是纸老虎！徐昕蕾在入睡前，有种从未有过的报复快感。

71.3 【烧包的土豆】

一个元旦假期，齐鲁的呼噜就跟老婆的手机，较上了劲。他和徐昕蕾都失眠了。

天还没亮，徐昕蕾就去卫生间，收拾那张脸。齐鲁不好发作，床上滚来滚去，睡不着，啪地开了灯。徐昕蕾从卫生间出来，吼了句，开啥灯，继续睡呗！齐鲁道，失眠了，睡不着。徐昕蕾挖苦道，你个齐大少爷，福气那么好，还失眠？齐鲁打趣道，这不是你回来了，枕头边忽然多了个美人，干扰了吗？徐昕蕾一听，不买账了，打住，别那么肉麻好不，你别自己想啥想多了，瞌睡没睡好，内分泌失调了，赖我头上。齐鲁便不再发话，暗自寻思，不怪你，未必然怪柴瑶？他越这么想，越心虚。徐昕蕾也没睡好，打着算盘，我一夜没合几眼，又怪谁呢？说一夜没合眼是假的，昨夜，她拢共睡去三次，中途醒了两回。她想到读过的一个保健资料，说一场瞌睡分成几段，习惯很不好，会增加患癌的风险。于是心虚了，难道真想多了，我徐昕蕾就那么缺少自信？

上班第一天，按之前与曾子羊的预约，要去屏羑看项目。齐鲁一早就起来，见保姆已把早餐做好，老头子、老婆、儿子，正都吃着。

咋都这么早？齐鲁觉得哪不对劲。老婆孩子回国后，似还没一家子整整齐齐吃过早餐。

"这是要去健身，还是要去旅游啊？"齐鲁坐下喝了口豆浆。不过他自己也不确定这话是说给谁听的。

"爸，我今天陪你去屏羑看项目。"齐天雷很正式地对齐鲁道。

"看项目？"齐鲁哼道，"你个小屁孩，看啥项目？"

"看你在那边的开发项目啊，楼啊，艺术馆啊，还有曾导他们的官窑宝贝啊。我都想去看看。"

"知道的倒挺多，你妈教的吧？"齐鲁显然有些不屑。

这话顿时把齐天雷惹毛了："爸，你啥意思，瞧我不顺眼就直说，别扯别人。"

"你妈是别人？"齐鲁为自己抓住了齐天雷的软肋，暗自得意。

"在你爸这种男人眼里，你妈跟别人没啥区别。"徐昕蕾见不惯齐鲁的就是这点，自以为是。

"咋忽然想去看项目呢？"齐鲁问齐天雷。

齐天雷看了看徐昕蕾，没有搭腔。徐昕蕾则没忘了一旁宣示存在感："我叫天雷去的，咋了？"

齐鲁不太习惯老婆总是诘问语气："不咋，就随便问问。"

徐昕蕾道："我想让他提前介入我们公司的管理。"

齐鲁道："我们公司？那是大家的公司，是股东和员工们的公司。你不要那么狭隘好不好。"

徐昕蕾道："齐鲁，你别搞道德绑架，一副全世界不待见的救世苦主样。齐鲁集团我们家投的钱最多，你是董事长，这不是自个的公司，未必然是别人家的？"

齐鲁道："比别人投得多，也不能任性胡来。现在企业做大了，那就不是我们一家的事了。哪怕就是对公司的掌控，也不能由着自己性子。现在，钱投进去了，表面上那些东西就是存在银行保险柜的一堆数字，就好像篮子里的土豆一样，土豆再多，它还是土豆。我们都是看土豆的。"

徐昕蕾道："你狠！不过，我要告诉你，没有谁跟土豆过不去，如果有，那个人估计跟'土豆天猪'同类的奇葩。"

"'土豆天猪'？"齐鲁茫然了。

"你没听说过吗，一个跟土豆过意不去的西部流浪诗人。算了，给你说，你也不懂。"

徐昕蕾说这话的时候，齐鲁已经想起来，是有个过气的文青，叫"土豆天猪"，还有他那句著名的口头禅"狗屁的土豆"。当年，齐鲁也是大学文学社骨干，三天两头，跟同学们聊天，吃烤土豆，要是不骂句"狗屁的"，就算落伍了。当然，想想而已，不敢真动嘴的。

要动嘴，最多是这样："还是老婆有情怀。"

"你别打岔。我们公司往柴瑶公司砸钱，投屏羌项目，说白了，还不是做生意。做生意有做生意的规矩，那就是得老板说了算，赚钱买更多的土豆。"

"又不是耗子精，搬那么多土豆回家干啥？"齐鲁道，"都像你讲的那么轻松，篮子里刚有几个烧包的土豆，是不是可以嚷嚷满世界上超市？"

徐昕蕾道："齐鲁，结婚这么多年，我发现你有个很大的优点。"

齐鲁问："啥？"

徐昕蕾道："自负呗。"

齐鲁自我解嘲道："自负？挺好。还好，没说我为富不仁。"

徐天雷抹了抹嘴，道："爸，你究竟同意不同意嘛？"

齐鲁道："去逛逛可以。回来，还得去美国念书。"

徐天雷道："明确告诉你，齐总，我不会考研究生的。"

齐鲁道："你不考研究生？你一个破本科生会几门手艺？齐鲁集团管理层用人，起点就是国内双一流大学的硕士。"

徐天雷道："最讨厌你们这种老板，瞧不起年轻人，唯学历论。"

徐昕蕾道："对呀，高学历低能儿，多得去了，是吧，老爸？"

老爷子插话道："我就没读过几天书，还不一样做到带几千几万人打仗。但是读书读多了，搞不好就成了书呆子。我觉着嘛，他们母子俩又不是想谋划造你的反，夺你的权，你也不用急赤白脸的。天雷提前介入你的公司，我是举双手赞成的。继续革命嘛，早点考虑接班人，有利无害。"

徐昕蕾道："你看老爷子，觉悟比有些人高多了。"

齐鲁不想在这个问题上与他们仨争辩，道："没法讨论。算了，要去抓紧准备，一会车来了，一道出发。你妈就别去了，在家陪陪老爷子和张姨。"

徐昕蕾哼道："说得好像谁稀罕去似的？我今天带他们去逛三江的网红水街。"

齐鲁道："你去三江干吗？"

徐昕蕾道："紧张啥？又不是屏羌。听说三江水街很火爆，带两位老人家去逛逛。晚上回荣城。放心好了，不会跑到屏羌干扰齐总约会。"

也是，三江是三江，屏羌是屏羌，紧张啥呢？此地无银三百两。齐鲁便不好意思再说啥。徐天雷从兜里掏出口罩和墨镜戴上，说准备好了。齐鲁一看，就来气，你这是去接见粉丝，还是下乡看项目？摘了。齐天雷就摘了墨镜，道，这样好了吧？齐鲁似乎还在生气，屏羌是生态旅游县，空气质量不差，戴个口罩，让人家地方上人瞧着，像话不？徐昕蕾哪顾他们两爷子折腾。倒是老爷子发话了，天雷，听你爸没错，屏羌没雾霾，摘了吧。徐天雷就摘了口罩，道，这样总好了吧。

齐鲁干脆闭了嘴，去客厅泡了茶，等集团董秘来接人。

71.4 【少帅】

曾子羊约齐鲁屏羌之行，有两个目的。一为商量"传世皇庭·官窑美人秀"第三季，也就是总决赛的三人专家组合人选，二来签署合作栏目寻得宝物的移交协议。

齐鲁本来也约了蓝守玉的，文物顾问嘛。蓝守玉说，过（顾）问过（顾）问，过后才问，之前，自己都没咋参与节目，这要收割了，忽然有摘胜利果实的嫌疑。蓝守玉的推辞，深得儒家进退真传。他知道，现在该是齐总亲自上场的时机了。

在"传世皇庭"项目组会议室，齐鲁看会议桌里头只摆了一个座位，就对曾子羊、集团副总和柴瑶开玩笑，道，那是委员长的位置？曾子羊笑道，是呀，委座请。齐鲁道，当盘委员长也没啥。曾子羊和齐天雷，一左一右坐了。栏目组和"传世皇庭"项目组的人，各自分坐两边。童桐和曾导的年轻女助理，对着齐鲁坐了。

见集团副总、柴瑶、童桐等人都拿出笔记本，作认真记录样，齐鲁不习惯了，道，别搞得像那啥，不用装样子，就两件事，说了就走。先签协议吧。

　　童桐和曾导的年轻女助理，给二人递上协议文本和笔。待两人签了名，童桐和那个女助理，又在一旁悄悄提示，两人就又交换文本，交叉握手，搞得像签署外交文书一样。

　　接下来讨论"官窑美人秀"第三季三人嘉宾组人选。曾子羊说，按之前的策划，他任栏目代表，并受栏目组委托从京城某高校邀请了王了一。齐鲁集团的副总问，王了一是谁，又没名气，还不如就让柴总继续出场，柴总当年可是荣城大台的台柱子。曾子羊道，你们不知道吧，这个王了一，是个冷门编剧，还是个美学大家，出了名的一招鲜，做选秀嘉宾，提问那才叫奇葩，这次考《红楼梦》金陵十二钗，下次可能问你《西游记》的各路妖精，再下次说不定会给你几张啥风啊云啊的图样，让你谈感想，完全捉摸不透。齐鲁笑道，好啊，无招胜有招。

　　谈到赞助方代表时，曾子羊道，当然是齐总最合适不过。齐鲁谦虚道，集团高层的几个老总，实体项目都忙不过来，就委托土豆公司的柴总全权代理吧。柴瑶道，这哪行，"撒狗粮"的可是你齐总，再说，我也老大不小了，"新新人类"看着会别扭。齐鲁问，"新新人类"？啥意思？柴瑶道，齐总得加强潮流学习啊。齐鲁摇头道，你是说，让年轻人去站台？算了，嘴上无毛，办事不牢，生姜从来都是老的辣，曾导，你说对吧？曾子羊笑道，柴总的意思，是不是说这个代表要在集团管理层的"80后""90后"中挑选？齐鲁看了看集团副总，又看了看柴瑶，问道，美学专家可不是浪得虚名，集团还有这种级别的"80后""90后"？我咋不知道。柴瑶笑道，有啊，远在天边，近在眼前，齐总你是灯下黑哦。曾子羊的女助理，早忍不住了，指了指齐天雷，道，齐总你旁边不是有位"小鲜肉"吗？女助理说的"小鲜肉"，显然是情不自禁，脱口而出，于是一屋的人，都在找那个"小鲜肉"。童桐赶紧转过头去，制止道，小声点……

　　柴瑶笑着向大家隆重推出她说的这位新人，正是齐总的爱子齐天雷，刚刚从美国留学归来，人家可是啃过洋面包的时尚一族。

　　齐天雷站起来向大家鞠躬，一连说几声请各位叔叔阿姨多多关照。

　　曾子羊也附和，他也觉得让小齐总出任总决赛的选秀嘉宾，最合适不过。

　　齐鲁看柴瑶和曾子羊不像是开玩笑的样子，就想，他俩今天咋了？神秘兮兮的。难道有人背着他在搞小动作？要真有这人，会是谁呢？他第一个想到徐昕蕾。肯定是她，理由嘛，一是她最近的风向，可以判断只有她才有这个动机，二是也只有她出面打招呼，柴瑶才可能改变自己的主意。曾子羊的附和，似乎也有疑问，个中名堂，明摆着是给柴瑶面子。

柴瑶和曾子羊联手为齐鲁出了一道难题。当着众人的面，齐鲁并没有扫齐天雷和大伙的兴致，也没有现场挑明。谁来当这个赞助方代表并不重要，重要的是齐鲁集团的形象。他自己要能亲自出场，当然能为栏目增色，也能为公司形象、为"传世皇庭"项目加分。但是，现在柴瑶和曾子羊给他整这一出，已让他没了更多选择。

齐鲁晓得，齐天雷明里代表齐鲁集团的成长性，暗里牵扯的是他老婆徐昕蕾对公司的掌控欲。

齐鲁感到有根无形的绳子，正远远向他抛来。明明那就是个套，还不得不往里钻。

齐鲁看了看柴瑶，又扫视众人，回头对柴瑶委婉笑道，之前说好了，不是柴总出场代表吗？又看了看齐天雷，此时的齐天雷倒显得矜持稳重，看着曾子羊，曾子羊报以浅笑。两人微妙的交流，齐鲁怎会不明白。会议并没有就此达成一致。柴瑶、曾子羊、集团副总、童桐、那个女助理，还有其他参会的人，他们都看出来了，齐鲁脸色背后，藏掖着啥心事。

接下来齐鲁带着众人巡视"传世皇庭"项目，本与曾子羊无关，曾子羊却一路跟随齐鲁父子左右。齐天雷有意见发表，哪怕有些幼稚，曾子羊都要站在一个过来人角度，点评几句，以示支持。

柴瑶挺齐天雷，因为徐昕蕾。曾子羊挺齐天雷，恐怕不仅是给柴瑶和齐鲁面子，除了"官窑美人秀"的栏目合作，是不是还有其他想法？

71.5 【地主婆的荷包】

一行人来到赵青花陶瓷艺术馆施工现场。

那幢袖珍的双层球形结构，已完成大部分主体。说是球形，却并不规整，有些扁，四周开了些不规则的"洞"，头上还有个瓣状蒂，像熟透的软柿子。童桐解释道，艺术馆的设计创意来源于中国传统陶瓷器形"石榴尊"，可并不拘泥古法，而是赋予了新陶艺的概念。它比尊要矮扁、随形、凹凸有致，大的口子是艺术馆的正门，小的口子则是门窗，门窗也大小有变，高下错落。现在看到的主体造型和下一步的墙饰，都较时尚轻松，会融合点彩和青花的元素，既有传统，又不乏创新。众人都说好。

齐天雷逗乐了，尖叫道，太像"地主婆的荷包"了！这话一出，集团副总、柴瑶和童桐，都把目光投向他，不敢插话。

齐鲁倒显得从容，没给予表态。曾子羊见机附和道，荷包好，寓意聚财，文物就是财，艺术馆就是聚宝楼，接地气，是吧？

曾子羊虽然是在为齐天雷说错话打圆场，齐鲁却认真听了。离开那个"地主婆的荷包"，齐鲁叫集团副总和柴瑶立马通知设计方，调整外墙的色彩装饰方案，突出一个思想，雅俗共赏，两头寓意，要让内行人看上去是青花五彩石榴尊，老百姓看上去真的像盆地乡下的绣花荷包。

齐鲁这话，算是认可了齐天雷的"地主婆的荷包"一说。

回荣城车上，齐鲁暗自为齐天雷高兴，一为小子童言无忌，没被污染，二为留学美国，还记得老祖宗。不过，毕竟还是太年轻，齐鲁也就点到为止，道，你今天发言挺新鲜的嘛。齐天雷笑道，是吗？齐鲁道，不是吗，你们年轻人造了个啥词，不懂装懂，似懂非懂，貌似很厉害。"不明觉厉"，齐天雷接话道。齐鲁回，对，"不明觉厉"，我看挺对你路子的。齐鲁这话，本来有些意味，却被齐天雷当表扬听了。从小都在他爸阴影下长大，得到的夸奖，掰起指头数，也没几回，一听他爸点赞，还有些不习惯，笑道，我当时脑袋里跳来跳去，就是老太太装钱的布荷包，嘴巴就管不住了。齐鲁问，忍不住就说？齐天雷道，不说，憋死么？齐鲁道，既如此，那你今天看了"传世皇庭"项目，还有啥想法，也说说看？齐天雷问，真想听？齐鲁道，你不说，那今天跑去看啥，看西湖精吗？齐天雷道，好，我说了，你可别生气。齐鲁道，跟你个小屁孩，犯得着生气？

齐天雷就道，我觉得你时下还在往房地产上大把砸钱，大片圈地造楼，有点不识时务。齐天雷这话，算是齐鲁到屏羑投南岸项目以来，第一个唱反调的。齐鲁就道，别人都说好，就你一个小屁孩反对，谁对谁错？齐天雷道，别人？别人是谁？屏羑的官员们？拆迁户？还是你的合伙人？公司的员工和业主？齐鲁道，差不多，他们都看好这个项目。齐天雷道，他们看好，你就投钱，你是老板，亏的钱是你的，别人不会替你补上，当地的官员和拆迁户，却实实在在捞着政绩和实惠，你觉得这事靠谱？齐鲁道，对呀，公司从股东到员工，上上下下都认为，屏羑那边挣实惠，我们集团赚钱，双赢的好事，也符合现在地产向三四线生态旅游城市转移的政策导向和投资趋势。齐天雷问，你确定能赚钱？齐鲁道，资本的特点就是逐利，哪儿赚钱，钱往哪儿跑。齐天雷又问，你的意思，房价还会涨？齐鲁笑道，我不用它涨，我只要它不跌，即便要跌，小跌百分之二三十，还是能保本不亏的。齐天雷笑道，房价跌不跌，跌多少，由市场供求关系决定，小跌也会死掉一大批地产商，要是大跌呢？你确定你还能死撑不倒？齐鲁也笑，大跌？多少为大跌？齐天雷道，打五六折，甚至七八折吧。齐鲁不以为然，你说的是20世纪80年代日本，在中国，绝无可能！

绝无可能？齐天雷笑得有些不怀好意，爸，我发现你现在不仅自信，还天真。

我天真？我还说你幼稚呢，齐鲁讥讽道。

71.6 【打左灯，向右拐】

究竟孰天真，孰幼稚？齐鲁耐住性子，没有摆老太爷资格，任由齐天雷高谈阔论。

齐天雷的看法，其实是大多数新兴产业大佬的观点。任何以人为预期为价格炒作基础的市场行为，结果都是从哪来回哪去。涨得越多，跌得越深。当大家都认为那东西值钱的时候，崩盘就来了。当年，东京边上任何一处长满杂草的土地，都被视作可以诞生黄金和美元的风水宝地，于是日本迎来了著名的大崩盘时代。中国目前房价高企，更多的资本还在涌入。本轮楼市"灰牛"，颠覆了所有经济学原理，都说看不懂，其实结局已了然——终究一天市场会还之以本来的颜色。除了市场规律，还有捉摸不透的政策，限购、限贷、限价、限售、限商……还有很多的名堂揣在荷包里，谁都不知道哪一天，会冷不丁地掏出来吓人，诸如政府保障性住房、租购同权、租购并举、共有产权、农村集体土地政策改革试点，不动产税、遗产税，等等。不过，这些都不是压倒房地产市场的最后一根稻草。还有最要命的，是互联网和大数据时代对刚需的精确定位，将破除人们习惯的心理预期。再是居住方式和生活观念的巨大变革，也会颠覆国人对房子的认知。房子根本属性是啥？居住性质。当人们明白蓝天、水、阳光、空气、绿地，这些让人活命的东西，比居住更重要的时候，那么资本将从楼市涌到这些稀缺资源上面。毫不夸张地说，等到那一天，房子的价格可能比不上一棵葱！

"杞人忧天！你说的是下个世纪吧？"齐鲁不以为然。

"最多八年！房子比葱还烂。这话不是我说的，是马云说的。"

"就知道是他说的。要是别人，我还信，他说的……"齐鲁一阵呵呵。

"我知道，你们做房地产的，看不上人家做新兴产业的。"

"为啥？"

"为啥？眼光够不着呗。"

看齐天雷一本正经地给自己上课，齐鲁不知道是该高兴，还是忧郁。高兴嘛，但明明齐天雷说的，仅仅是理论上的丰满，现实是骨感的美丽。政府弄了那么多政策打压房价，结果呢，越捂越涨，打了很多经济学家的脸。

孟子说得好，生于忧患，死于安乐。房地产的怪现象，还是需要像齐天雷这样的年轻人去思考的。

齐鲁其实不用去想那么遥远。他只是个商人。造楼，卖楼，只要能赚钱，他会一直造下去，直到那一天到来之前。至于他能不能在那一天到来之前，全身而退，不是他要思考的。眼下，他只需要尽快把"传世皇庭"的势造足，然后，满怀期待开盘那一天的到来……

齐鲁没有驳斥齐天雷，因为他是老子。

"老子的人生经验是一枪一弹打出来的，不是纸上谈兵谈出来的。就说这个政策吧，你们看到的都是假象，真实的情况或许刚好相反。听说过一个笑话么？'打左灯，向右拐'。"

"晓得。驾驶员是个女的，正在找雨刮器拨杆。"

"错。说的是房地产政策，表面上调控，暗地里打压。很矛盾吧？矛盾就对了。谁期望真的跌呢？出房产利好时，压根就不想让房价涨。啥意思？"

"是呀，啥意思？"

"没有啥意思，就是维持现状，最好一直这样下去，房地产市场继续火爆，但又不被人为炒作……"

"切！"

"切啥？不是吗？不仅政府希望如此，买房的卖房的，有房的没房的，办实业的搞金融的，城里的农村的，年纪大的年纪轻的，哪个不希望？"

"一厢情愿……"

"一厢情愿"，终结了两父子的对话。

齐天雷不想再费口舌，他已经表明了"90后"的态度。

从玄虚的哲学上看，可能他对。但是，那得把时间尺度延伸到很长很长。当丰满遭遇骨感，只有偃旗息鼓，齐鲁自认为掌握了真理。什么是真理？市场有没有真理？如果有，估计就一句大白话，赚钱为王，其他扯淡。为啥？因为在强大的资本面前，什么都不是。如果说，你的周围汹涌着一厢情愿，那你就是人海中即将被淹没的那一个。你不能与潮流为敌，打不赢的，得识时务。顺者昌，逆者亡。在资本市场，从来都是鸡吃蚱蜢，蚱蜢吃草。

鸡一定是极少数。要想不被吃，要么变蚱蜢，要么乖乖做一棵顺从的草。

72.1 【三人围棋】

齐鲁决定找李铁锤谈判。

说是谈判，实为摊牌，他不想在李铁锤身上耗掉过多精力。老实说，作为对手，李铁锤根本不是与他同一个量级的。想当年，离开省府大院，他怀揣一打火车皮批文下海，游走于西南诸城各大物流货场，遇山开路，逢场作戏，见人说人话，见鬼说鬼话，啥没见过？齐鲁自己说他的胆子就是那会倒火车皮给倒出来的。

齐鲁又是何等聪明之人，知道物极必反。胆子再大，也得有个度。完成第一桶金的原始积累后，胆子一夜之间小了许多。齐鲁高度怀疑，是不是到了服老的年纪？倒转二十年，李铁锤玩的那些，不过三四线小城土包子的下三路，根本不屑一顾。不屑，因为在他看来，自己已然站了财富的制高点，以钱多欺负钱少，并不是他要的感觉。他更需要在道德的制高点彻底把李铁锤打趴。何况，眼下所面临的，是如何破解向书河给他出的难题。

向书河把文雄请到办公室，说了一句话，让把蹲守李铁锤住院的警察都给撤掉。文雄不解，撤了？撤了他老婆不翻天？向书河道，你不撤，难道让他一个无赖，躺医院特护床上，独自享受带级别的警卫到猴年马月？文雄回，那倒不是。向书河强调，不仅要撤掉，那些打李铁锤的人，也不要抓了，就让在外面躲。文雄更纳闷了，不抓，李铁锤会善罢甘休？他和他老婆至今赖在屏羌医院不走，就这原因。向书河道，他愿意待就待吧，给医院打声招呼，账先记着，让他住，只要他愿意，可以一直住，不就一张病床吗？文雄似懂非懂，笑道，书记高明，就让他一直"病"下去。

以文雄的智慧，一时还难洞察书记的意图。不理解，也得执行。待处理妥当，他给蓝守玉去电话，讲了书记处理李铁锤一事的意见。蓝守玉分析，向书河可能受了那天"蓝色诗经"论棋的启发，但并未以劫还劫，而是放弃眼前劫材，以退为进。当然，这不是针对李铁锤的。李铁锤在向书河的眼里，既是无良商人，也是群众，同他斗心眼，一要讲政策，二要讲策略。政策和策略，两大法宝不能丢。他是群众，群众有诉求，就要耐心听取，慢慢做思想工作，比如让他一直在医院住下去，就是一个缓招。反过来，也没有被李铁锤牵着鼻子走，去抓那些所谓的打人凶手和债权人，如果真听了李铁锤老婆的，估计就可能掉人家的坑里了。也就是说，现在向书河摆明态度，只是认可李铁锤自己讲的被要账的人打，但并未追究是谁人和什么原因打他。向书河代表的是政府的明确态度。向书河的态度，很明显只会兜秩序的底，不会陷江湖的坑。

不过，蓝守玉知道，李铁锤自己挖的这个坑，在南岸开发区摆着呢。摆给谁看呢，当然是齐鲁。向书河可以不理睬那坑，齐鲁能不理睬吗？坑的旁边就是"传世皇庭"项目。

　　蓝守玉想，是不是该帮帮齐鲁了，帮齐鲁也是帮向书河和文雄。他把向书河叫文雄撤掉医院蹲守民警，不再抓那些打人凶手的情况，转告了齐鲁。

　　齐鲁接电话，一言不发，直到蓝守玉没话，才嘟囔道："这不是要下三人围棋吗？"

　　"齐总，你说对了，这就是三人围棋。"

　　"围棋的基本规则是两人对垒，三人咋下？"

　　"围棋创立的初衷就是受敌我战场启发。事实上，历史上很多战例并不是只有敌我两方的，三国鼎立乃至多边角力，往往是常态。"

　　"理是这理，只是这三人下围棋，啥意思？"

　　"三人围棋，并非吃饱饭天方夜谭，前些年有职业围棋选手，就在《围棋天地》上讨论过三人围棋。"

　　"三人下，那棋盘还不得弄六角八角了？"

　　"齐总就是智商高。有好事者，还真研究过，至少要六角才易活棋，且不能打劫。"

　　听蓝守玉这么一点拨，齐鲁似明白了啥，又问："真有三人围棋，谁为对手，谁又是朋友？难不成像时下流行的斗地主游戏，都想抢地主，过地主瘾，抢不了就跟另一人合伙，挖地主墙角？"

　　蓝守玉回道："讲得好。没有一世的朋友，也无永远的敌人，有的只是利益。"

　　"蓝先生真乃市井高人。听君一席，胜读十年。我知道该咋做了。"

　　于是有了接下来，齐鲁邀请李铁锤到荣城谈判一幕。

　　李铁锤接齐鲁邀请电话后，道，我胆小，荣城就不是我的菜园地。齐鲁就笑，李老板在屏羌也算个人物，咋小心得连荣城也不敢来了？李铁锤道，齐老板，你是见过江湖的大鳄，我就一屏羌乡坝头小沟沟混的虾虾，你还别激我，呵呵，荣城，还是算了吧，要是齐总有诚意，我们俩各走一截，去三江谈，咋样？齐鲁很爽快，就三江，不过，我希望这是我们两个人的事，不希望有第三人在场。李铁锤想了想，答应了，不过提出两个要求，一是他老婆要在场，理由嘛老婆不是别人，二是不能把这事捅给屏羌的官方任何人。齐鲁道，那当然，我们俩单挑，与别人何干？李铁锤道，齐老板说话不拐弯，我也是直肠子，脾气对脾气，单挑就单挑！

齐鲁就约李铁锤到三江"守玉楼"会所面谈。李铁锤虽然认识蓝守玉，但是无交往，蓝守玉和"守玉楼"的关系，他也无从知晓了。

72.2 【"土豪"对决】

去三江之前，齐鲁叫财务开了两张一百六十八万的支票。

齐鲁一人自驾去的。李铁锤按约在三江出口等候他的车。见了齐鲁，又见车上没有第二人下来，倒有些不淡定了，司机和秘书呢？齐鲁道，我俩的戏，关司机秘书何干？李铁锤连连点头，不相干，不相干的。齐鲁见与李铁锤一道接车还有个女的，想来是李铁锤老婆，明知故问，这位是？李铁锤回，贱内，贱内。齐鲁笑道，哦，是嫂夫人，亲自坐镇？李铁锤见齐鲁没恶意，就对他老婆说，算了，我们两个大男人的事，要不你开车进城逛商场，我坐齐总的车去谈？李铁锤老婆坚持要一起。李铁锤向齐鲁摊了摊手。齐总笑道，李总是好男人。齐鲁此话让李铁锤有些不好意思了，自嘲道，公不离婆，好事多磨嘛。

三人就上了车。齐鲁在前，李铁锤在后，朝城里驶去。

齐鲁只去过一次"守玉楼"，茶坊的姑娘也没印象。蓝守玉正在三楼，一个人喝茶、玩瓷。他知道齐鲁要来。按理说，"守玉楼"是他的地盘，两个大佬要借他过事，按江湖规矩，怎么着也得出个地主面子的。但是，今天是两个商战对手，以自己的方式了断恩怨，他得尊重人家的选择，哪怕天塌下来，他也不能掺和。他相信齐鲁掌控局面的能力。

霾可以有。西北风可劲儿着吹，天却不会塌下来。

三人进了麻将屋，齐鲁和李铁锤在麻将桌旁对坐下来，李铁锤老婆一旁坐了。

服务员开了空调，问三人泡啥茶。茶还没来，三人也无话。一无话，齐鲁翻出手机一个人饶有兴致拨弄，直接把李铁锤和他老婆当空气无视了。

待服务员泡了茶，李铁锤老婆起身把房门反锁了。齐鲁本来要说啥，摇摇头，继续玩手机。玩着玩着，齐鲁就感觉麻将桌似在抖。

"地震了？"齐鲁像是在对李铁锤说，又像是自言自语。

李铁锤诧异地看了周围，道："哪儿地震了？没有啊。"

齐鲁笑道："那，是不是李老板怕冷？"

李铁锤连忙回道："不冷不冷，空调热着呢。"

齐鲁不温不火道："别不好意思，要怕冷，就把温度再调高点。"

"谢谢齐总，再高点就冒大汗了。"李铁锤自嘲道。

"那就喝口热茶，暖暖？"

李铁锤就啜了一口茶，有些烫，又放下。

看来是自己让李铁锤有压力，齐鲁想。但他又不想第一个开口。李铁锤也不想。两人都等着对方开口，谁开口，谁被动。没有弄清楚对方底线，自己就开口抛出条件，气势上已输三分。

齐鲁继续玩手机。

李铁锤老婆有些沉不住气，想说啥，被李铁锤制止了。傻坐着也尴尬，李铁锤就又啜了一口茶，还是烫。

只有继续干坐着。这一干坐，本来安静下去的麻将桌，似又在抖了。齐鲁视而不见，继续玩手机游戏。

这样下去也不是个办法。李铁锤站起身，把脸凑向齐鲁手机，道："齐总玩啥呢，这么投入？"

"王者农药。"齐鲁头也不回，继续玩。

"王者农药？还有这种吓人的游戏？"

"没听说过吗，很火的。"

"你老土了吧，就是咱们家小子经常玩的那个，人家叫'王者荣耀'。"李铁锤老婆插话道。

齐鲁搁了手机，抬头笑道："李夫人见多识广，连'王者荣耀'都晓得，看来，李总还真落伍了。"

李铁锤讪讪道："你晓得，我只玩车，不玩手机的。"

"玩车？那可是有钱有闲人的雅兴。敢问李总都咋玩？让齐某也开开眼界。"

"在齐总面前，哪敢谈有钱有闲。谈不上玩，就喜欢开着车四处游玩。"

"我明白了，李总是车游一族。敢问，李总出行都开啥车呢？"

"骑士十五世。在屏羌城呢，就开老婆的卡宴。"

"卡宴？哈哈，你开个娘娘车，不怕人笑？不过，骑士十五世，很'土豪'很拉风的。"

"哈哈，见笑了。"李铁锤转身对他老婆说，"你看嘛，人家齐总也说，一个男人开啥卡宴。"

李铁锤老婆似乎并没买他的账，道："你那个啥十五十六的车，就是个油老虎，平时闲逛，还不是白花油钱？"

被老婆一数落，李铁锤只好自嘲道："哈哈，夫人管得紧，让齐总笑话了。"

"'气管炎'是福气，好多男人想得还想不来呢，是吧？"齐鲁倒过来劝二人道，"'气管炎''气管炎'，管的是老公，守的是钱钱。你那个啥十五十六世，油耗估计好几个卡宴吧？"

李铁锤以为齐鲁是真和他探讨玩车，也不抖了，来了兴趣："骑士十五世，六点八升，十只缸，双燃料，重型军用装甲，《速度与激情5》中巨石强森坐驾的民用版。"

"呵呵，这么内行？看来李总是真爱这车，感情都玩出来了。"

这一吹捧，让李铁锤有些洋洋得意了："没有办法，不好吃喝嫖赌，就剩这一点点兴趣了。"

"烧了不少钱吧？啥时候，我用自己那个老奔给你换着玩玩，也去哪儿溜达溜达？"

"一个修高速路的老板抵给我的，二手货，不值几个。齐总要喜欢，随时分享，还换啥换。"

"李总那么豪爽，就不担心给你弄丢？"

"不是有句话叫啥，独乐乐不如啥来着？"

"齐宣王说的两句闲篇儿，独乐乐不若与人乐乐，与少乐乐不若与众乐乐。"

"还是齐总有文化。就是这话，我爱听。"

看来李铁锤真是个浮上水的，齐鲁就又捧道："看得出来，李总是真江湖。"

"那当然，齐总可能不了解我，在屏羌，我李铁锤好歹也是个一言九鼎的角色，只不过现在走下坡路了，被人踩。"

见李铁锤说到这份上，齐鲁也大概明白了对方的底线，那就是之前所做的一切，并不针对他齐鲁。如果是这样，下面也该自己摊牌了。

"那，我俩是不是该谈正事了？啥想法？"

"不是为难你，齐总。我们两口子不满的是向书河和文雄。"

"哦？说说看，他们咋了？"

"他们不为我们做主。"

"你咋了？"

"我被人打了。"

"谁敢打你李老板，那不是吃了豹子胆？"

"那些要账的打的。"

"你差人家钱了？"

"不是我差，我原来在南岸的工地上差的。"

"还不都一样。借钱不还，要挨个揍，就能抵债，换我也觉得划算。"

"齐总笑话我？"

"没有，开个玩笑。"

"我胆小，这种玩笑我可开不起。"

"没那么紧张。你不是住院了，人家医院也没问你要钱吗？"

"我要他们抓人。"

"抓人？抓谁？都是谁打的？"

"我咋知道，他们公安去抓啊，我要知道是谁打的，就不劳人民警察的驾了。"

"抓到了吗？"

"这你要问文雄。"

"我就随便问问。不过，据我所知，他们好像把守在医院的警察撤掉了。"

"有吗？"李铁锤问他老婆。

李铁锤老婆一脸茫然，不晓得如何回话，只道："反正抓不到人，我们不出院。"

齐鲁笑道："我帮你打听过医院方面了，院方说，政府打过招呼了，没事，医院可以一直住下去。至于抓人嘛，呵呵，不好说。"

"他们不抓人，没关系，我就天天去政府大院门口转悠。"李铁锤老婆似乎信誓旦旦。

"这个嘛，当然是你的自由。不过，今天我能找你俩单独谈，说明了我的诚意。老实说，我不希望你再去政府大门转悠。"

李铁锤老婆本来要说啥，被李铁锤打住了："齐总，我也晓得你的诚意。不过，我们一家也是走投无路，谁愿意一直待在破医院，被警察看着，有事没事还去政府大门瞎转呢？"

"你能这么想，我觉得我们还可以谈下去嘛，是吧，李夫人？"

"愿意谈，我们愿意谈。"李铁锤老婆语气软了不说，脸上也堆了一堆装饰笑容的肉纹。

"这样说吧，我齐鲁跟李老板一家，前世无仇、今世无冤吧？"

"当然没有。你是大城市长大的，我在小地方瞎混，挨不着的。"

"那你还去闹？"

"我不满，他们收了我的地。"

"是我收的地，与他们无关。"

"齐总我哪敢惹？"

"他们你就敢惹？"

"……"

"扯远了。我们还是直说吧。"

"直说，直说。"

"南岸的事，我希望我们双方自己解决，当然包括你夫人。"

"齐总豪爽。行，你说吧。"

"记得因为你那块地，我给你两次钱了，明的一次，暗的一次，对吧？"

"齐总，你要说这事，我也要把话挑明了。"

"不用遮遮掩掩。"

"那两回，还真不是我讹你。你可以去打听，南岸两块地，用屏羌土话说就是宝肋，全家守了那么多年，就指望靠它翻身，你晓得的，我在外面差了不少钱。"

"就算你那块地用金子铺的，可我按你的要求，付了钱，就是我的了。再说，貌似你已经靠那块地翻转了。"

"你是赚大发了，亏的是我李铁锤。"

"哈哈，还有这种说法？"

"你没听说吗，我都快要被要账的逼得跳楼了。"

"那些人是不是乘人之危，落井下石？"

"这话听起来有点像屏羌政府大院那伙人说的？算了，不扯这些。年年上一当，当当不一样，他们是真的让我铭心刻骨了。"

"群众你总要相信吧，群众的眼睛可是雪亮的。"

"群众？我就是群众。从来没有啥救世主，跌倒了，只有自己救自己。话倒回来，要不是遇上了高利贷那事，别说你那点钱，再翻一番，我也不一定投降。"

"这我相信。李老板如此要强，桥垮了路断了，也不会服软。除非天塌下来，是吧？不过，兄弟，我有一句话，不知中不中听，若中，我奉送，不中，也就打住。"

"没事，我还有点抗打击能力。"

"放心，天不会塌下来。不是有句话么，识时务者为俊杰。有些事，适可而止。想来，李总也是明白人。"

李铁锤老婆一听，生生冒了句："齐总，你咋这样说？我们可没那么贪得无厌。"

李铁锤瞪了她一眼，对齐鲁道："行，我们俩谁的兜里都揣着明白，也不用装糊涂。"

"李老板干脆，我也就不必啰唆。"齐鲁说着，从兜里掏出那两张支票，递到李铁锤和他老婆面前。

李铁锤瞥了一眼，见是支票，把目光移开了，装着没上心的样。李铁锤老婆一看是支票，想凑近看上面的数字，被李铁锤凶了两眼。

李铁锤对齐鲁道："齐总，啥意思？收买我吗？"

"李老板有意思，就算是吧。两张一百六十八万的现金支票，已经签上我的名字，盖上公司印章了。可以马上去银行兑账。一张给李老板的精神损失，一张给嫂夫人压惊。没啥别的意思，算我齐某的诚意。我希望二位也拿出诚意。"

李铁锤老婆当场表态："我们有诚意，有诚意。"

见李铁锤老婆情绪上来了，齐鲁又问李铁锤："那，李老板的意思？"

李铁锤忍住自己的心跳，似乎做出重大牺牲一样，道："齐总是做大事的人，这么看得起我李铁锤，要是再不给脸，我李铁锤前面几十年算白活了。行，齐总，你有啥要求，包括以后在屏羌有啥用得着的，请直言，只要我李铁锤办得到。"

"李老板就是李老板，大气，办事不拖泥带水。我也没啥要求你的，撂下两句话。"

"齐总请讲。"

"这第一句，不要再去政府门口了。"

"这你放心，再去为难向书河和文雄，我就是龟孙子。"

"赌咒倒不必。再说很多人张嘴就赌咒，闭嘴就臭了，比厕所里的纸还不如。"

"我们不是那种人，我们明天就出院。那，齐总，第二句？"李铁锤老婆怯怯地问道。

"我希望这是最后一次。"齐鲁拿起手机，准备起身的样儿。

"最后一次。"

两人战战兢兢道。

齐鲁不再说话，头也不回地出了麻将室。他能想象到，此刻，李铁锤和他老婆，正盯着他出门的身影，和桌子上的两张支票，大气不敢出，满脸淌汗的模样。

72.3 【王者农药】

蓝守玉越来越对自己没了信心。肚子里装不得隔夜事，一有啥，就闹心，一闹心就闹床，咯吱咯吱，怕要把席梦思闹散架。还好，"守玉楼"独占三楼套房，自己又是单身，不然楼下的咋想，还真不好说。

就想，三轮猴本命都转过来了，咋还沉不住气？

蓝守玉收到齐鲁微信发来的一张奥港国际春拍的电子邀请函，问齐鲁啥意思。齐鲁回，邀请一道陪县卫都前往港岛。蓝守玉客气道，卫都过去就行了，自己对花花世界没兴趣。齐鲁便也没再勉强，只提醒国学大师那头有啥消息，及时转告。

"影"那边尚无消息，龙海泉也联系不上。盯着邀请函，感觉脑袋似正被淘空。

邀请函是尚小林转给齐鲁，齐鲁又转过来的。

奥港的春拍总是比苏富比和佳士德早，每年大概在三月下旬左右开锤。这时候，内地的保利、嘉德，还有上海、杭州、广州的几家艺术品拍卖，还在征集作品之中。奥港的上拍情况，往往被认为是这几家大拍的试水，深得各路艺术品大鳄关注。

奥港上拍，是齐鲁的一步棋。这步棋，究竟咋下，蓝守玉看不穿，底牌揣在齐鲁的内裤里。按说也不应该纠结，从自己心甘情愿将大龙缸图片发给齐鲁始，大龙缸的命运就已不是他一人所能左右的。这点，他十分清楚。现在跟齐鲁的关系，更像一场麻将局的合伙人，用盆地话说叫买死马的。买了坐庄的齐鲁，是不是死马，不是自己说了算，也不是对手说了算，更何况对手是谁，在哪里，都无从谈起。他只觉得闹心啊。

还有更闹心的。傍晚，忽然接到舅母，也就是童桐娘从老家打来的电话，问童桐和孔亮的情况。就回老人，正常着呢。老人纳闷，怎么个正常法？想了想，回道，除了没说成家，都正常着呢。说完，就后悔了，咋给老人说这些，人家正盼着抱外孙子呢。老人在电话那头叽叽咕咕，不知是在发谁的牢骚。有一句他听明白了，你舅天天生闷气，眼红人家隔壁幺娘家抱上孙子呢，你也老大不小了，别学你妹，你是男人，男人懂不？他不晓得该回答懂，还是不懂，"哦哦"应了两声，答非所问。

童桐娘还没说完，施云电话来了，就对着电话道，有电话来了，回头打给你哈，舅母。没等童桐娘应话，已切过施云电话。两个都是姑奶奶，大的好说，小的可惹不起。

施云也没啥正事，说她这两天眼皮老跳，问是不是遇上啥麻烦了？他也知道，施云当然不是大老远打电话征求意见，只是想找个人倾诉而已。就半开玩笑问道，单眼皮跳还是双眼皮跳？施云道，我又不是二郎神，脑顶上长三只眼，咋看得到自己脑壳，是单眼皮跳还是双眼皮跳？他一本正经道，我问你是一只眼在跳，还是两只眼在跳？这话让施云警惕了，你该不是要挖坑套我话吧？他道，哪敢，你是谁呀，堂堂皇皇荣城大报名记，你不挖坑就谢天谢地了，谁敢给你挖坑？施云不买账，骂谁呢，啥名妓，是知名媒体人！说罢，施云对自己不满了，咋这么贱，人家三两句就把自己带贫了。哎……莫非两个人，前世真是一对冤家，见不得，离不开，这才几天……

　　蓝守玉假模假式安慰道："半夜三更不睡，是不是更年期提前了？"

　　也不是第一次让他洗脑壳，施云也乐得顺了他话题："还别说，最近我老是觉着自己是不是开始走下坡路了？"

　　"这就对了。"

　　"你希望我加速老去？"

　　"你误会了，我是说只有好女人才会觉得自己天天在变老。"

　　"坏女人就不老？"

　　"是呀，坏女人就是妖精嘛，妖精咋会老呢？"

　　"切……蓝守玉，我可挑明了，不是我做不来妖精，是压根儿就没碰上让我做妖精的凡间男人。知道我为啥现在选择单身吗？"

　　还用问，一朝被蛇咬，终身怕草绳呗，不过这话他没说，说出来，怕伤施云自尊。

　　"还真没研究。"蓝守玉本质上是个心软的男人，只要改掉贫嘴的毛病，语气就温和得像女人怀里的绵羊。

　　"不是说女人就像挂历么，都立春了，谁还看冬至？"

　　"那不一定，要是遇上我这个品种的，专挂合订本。"

　　"蓝守玉，你是想看我的笑话。"

　　"哪敢。"

　　"谅你也不敢，谁要是想看姐的笑话，姐就会把他变成笑话。"

　　"哈哈，那我给你讲个笑话。"

　　"你的嘴巴还能吐出象牙来？"

　　"你晓得我为啥现在还单身吗？"

　　"那还用说，花花肠子呗。"

　　"你还是不了解我。"

"才怪。你肚子里有几根蛔虫，我还懒得数呢。"

"有句话叫兔子不吃窝边草，是吧？"

尽管蓝守玉小心翼翼，还是引发了施云警惕："你想说啥？"

"你别紧张。我是说，我不是那兔子……"

"你当然不是兔子，狐狸一样鬼着呢。"

"你还是不懂我……我的意思是……"

"有屁就放，吞吞吐吐，可不是你蓝守玉的风格。"

"我的意思是，我就是那……草……"

"……蓝守玉！"

"施小姐，有啥指示？"

"你就是条臭咸鱼……"

"我是咸鱼？不是说写菊花诗的那个女诗人自称咸鱼一条吗？"

关于菊花诗人的咸鱼问题，施云根本不用回，直接挂了电话。

明明自己只是说了句老实话的。

他想起那个菊花诗人著名的《我是你的咸鱼》：

> 你的眼瞎，让我保持了咸鱼的处子玉体
> 我装死，是不想被你轻易地上手翻动
> 你的胆小，注定成全了这个春天最后的纯洁

咋又惹姐生气了？握着手机，半天没放下。

蓝守玉，你不是没意思，是很没意思。你不就是想找个杨贵妃么，好把你当唐明皇伺候，什么志同道合，比翼齐飞，扯淡。谁不知，唐明皇就好那一口重口味。蓝守玉对自己今晚的表现很不满。施云是个离异女不假，哪个离异女不思春呢？只是人家没碰上真正喜欢她的好货色。你蓝守玉也不是啥好货。好货不一定要有啥能耐。男人不能太有才，有才的男人尾巴翘上天，不知自己几斤几两，什么彩旗飘飘，红旗不倒，屁话！百分之一的女人会爱上一个能说会道的坏男人，百分之九十九的女人会嫁俯首帖耳的男人，最好比狗还听话。蓝守玉，你有时候，还真的不如一条狗。

蓝守玉替施云诅咒着自己。

可惜自己不是那条狗，施云也不是那条等待那狗去翻动的咸鱼。

他们都是正常的男女。哎……

一声长叹！

长叹之后的蓝守玉，翻出朋友圈，尝试着给柳叶萍、童桐和郭引兰发笑脸。发完后，一看已过十二点。又后悔了，半夜三更骚扰女生，这是学坏的节奏啊。赶紧撤回。虽然只是一个笑脸，但它出现在了一个不该出现的时间和地点。

　　好人装到底。就算自己是装清纯土狗，也要装得接地气，不要去学特立独行的藏獒，看见咸鱼就反胃冒酸水。

　　就又翻头条。翻来覆去，似乎都是那几条旧闻。最烦炒陈饭……翻其他吧，比如推广服务的，App炒股的，购物的，还有交友的，"陌陌""同城交友""探探交友"……胡乱下载了一个安装。点击——打开……

　　原来是"王者农药"……

　　赶紧卸载……关机……

　　睡意早散得无影无踪，百无聊赖。蓝守玉第一次体会到互联网时代，老成语原来也可能出新意。

第二十五章　止观

73.1　【夫物芸芸】

"中奖了！"

"你说清楚，谁中奖了？"

"我啊！"

"你？中彩票了？"

"好好说话行不行？那个宣德芦苇小鸟青花蟋蟀罐获奖了。"

　　昨儿一夜没睡好，一个上午和下午都丢三落四。吃过晚饭，倦意偏来了。蓝守玉靠着沙发，玩着手机，迷迷糊糊睡了片刻。

　　迷糊中，接到柳叶萍电话。柳叶萍是艺术家，打个电话也如画青花，细得腻人，有时候又比分水还朦胧。蓝守玉想起来了，上次葫芦窑复烧，同大龙缸和元青花一同烧成出窑的，有一个青花小件，不过当时他一门心思在大龙缸上，都没注意。柳叶萍道，蟋蟀罐是自己的作品，赵师傅把的关，借叶师傅窑火烧成，谁承想着会在景德镇刚刚举办的传统陶艺双年展中，拿了个特别金奖。蓝守玉问特别金奖是什么鬼？柳叶萍道，金奖十五个，特别金奖一个。看来还算个有含金量的奖，蓝守玉便道贺。

　　柳叶萍还说了一件事。送展的时候，她想与两位师傅以共同出品名义申报，师傅们坚决不同意署名，最后以柳叶萍和"雪岭瓷庄"联合出品名义拿的奖。有个花絮。颁奖那天，主办方搞了个获奖作品现场竞价活动。这是近年景德镇市场上出现的最接近宣德御窑的后仿蟋蟀罐，柳叶萍和两位师傅都很珍惜，之前也已约定捐给齐鲁集团在建的赵青花陶瓷艺术馆，标注了非卖品，但也被一个老板报了个九十八万的高价，且放话说，这个价格终身有效，任何时候只要想出手，他都会接手。蓝守玉道，九十八万是不值的，土包子钱多，一件当代青花而已，真正上拍估计也就二三十万。柳叶萍笑道，你知道那个土包子是哪个不？蓝守玉道，景德镇的土包子，跟馒头窑一样多，谁晓得？柳叶萍问，你认识的。蓝守玉也不知柳叶萍所云，问道，此人很重要？柳叶萍道，再重要，还有你蓝守玉重要？蓝守玉觉得柳叶萍似话里有话，纳闷道，那会有谁，孔尚云？柳叶萍只是笑。蓝守玉忽然觉得肚子里冒酸，道，该不是冲你柳叶萍这个人报的价吧？柳叶萍笑道，呵呵，还不算笨，你猜对了，就是那个土包子。本来是胡猜的，一听柳叶萍说真是孔尚云，蓝守玉忽然没了往下接的话。

蓝守玉并没打算随齐鲁去港岛，他对现代化的大都会有着本能的抗拒。齐鲁此去，为陪卫都去奥港看预展。卫都在古瓷投资行内算前辈，他的看法举足轻重。然蓝守玉对大龙缸知根知底，别人的看法包括永宣堂、奥港拍卖的鉴定团队，甚至德高望重的卫都，在他的眼里，也不过浮云。

蓝守玉的自信，建立于几十年人生经验的积累，更有对引兰一家骨子里的认可。"石磙子"的勤劳，"郭豇豆"的执着，邱蕙香的善良，郭墩子的实诚，郭引兰的高贵，还有传说中的六如——墩子师傅的那一份淡泊。活着的好似乡花野草，按自个想法土生土长就是存在感。每一天都鲜活荡漾，如沐春风。每一个人，都摇曳多姿，不可替代。每一种品质都稀缺少有，不可多得。他们互为印证，共同构成乡村的景深。如果有一天，他们悄悄离去，不带走一点遗憾，留下头顶那片晴暖，也留下最后的阳光和灿烂。

没有去港岛，还有个原因，蓝守玉不愿意相信大龙缸躺在境外拍场的事实，或许那就是个坑也未必。既选择与齐鲁合作，即便是个坑，也眼不见为净了。庙子里的菩萨，不也睁一眼闭一眼么。蓝守玉不是菩萨，齐鲁和尚小林也不是魔鬼。夫物芸芸，各复归其根。信仰的路上，谁也不比谁有多高明，大家都在紧走慢赶，与路边成群结队的蚂蚁没啥二样。那些蚂蚁，不管自己是不是情愿，爬坎过河的时候，都得往前挤，被裹挟又咋样？他只能相信齐鲁完璧归赵的承诺。不信，又能如何？反悔，让齐鲁把大龙缸弄回来，径直送到赵青花陶瓷艺术馆，等着让文物官员们看笑话？

当然不能让文物官员们看笑话。问题绕了一圈，回到原点。蓝守玉又一次原谅了自己。

眷念尘世的俗人，是不是到最后总是如此，拐弯抹角找一个自我原谅的理由。

73.2 【真相算个屁】

挂了柳叶萍电话，怀想起六如和"土豆天猪"来。此岸红尘，彼岸天堂，中拥一簇紫蓝莲花。

六如和"土豆天猪"，缥缈而来，绝尘而去，游离于尘世与天堂，终为传说。

“影”也正在成为传说。与六如和“土豆天猪”不太一样，“影”在三江坊间的传闻和笑料，在蓝守玉一人之世界，只是一个邮箱和网名，更像一场虚拟的游戏。游戏一头是明处的自己，另一头除去网络数据，便只剩下猜想了。

传说很多时候并不可靠。当今时代，传说的生命力不是比证据，而是拼传播。

几乎一夜之间，永宣堂就搞了个宣德大龙缸是土司后代遗物的说法，自媒体一合谋，粉丝流量几何级加速累积，谣言也在一片似是而非的质疑中，逐渐确认为真相。第一个人质疑，这是真的吗？第二个人质疑，这是真的吗？可能还有第三个、第四个人质疑。质疑归质疑，人为操控的热度，催化信息以大数据的机械模式扩张，再扩张。海量转发传播之后，质疑即被淹没。于是，谎言以绝对的传播力量战胜真相，新的真理也诞生了。

蓝守玉的朋友圈都在转发奥港拍卖——即将上拍西康土司遗物国宝大龙缸的资讯。有几个熟悉的，电话找上门来，你们那发现了国宝大龙缸，土司遗物啊，就要在奥港上拍了，大师如何看？他没啥好语气，还咋看？看戏呗！他当然没有说啥瞎编、炒作、骗钱之类的气话。那些公众词语要从他的嘴边溜出来，也是分分钟的事，如果他想的话。这一次，只能哑巴吃黄连。谎言与良知和真理之间，有时候还有第三种状态，暧昧、语焉不详，或者打掉牙齿往肚子里咽。让大龙缸还原身份，不是他能够掌控的。既然做出选择，就得承受各种未知和变数，包括对良知极限的挑战。蓝守玉要的是出发点和结果，至于途中，是弯道超车，还是换坐骑和车手，也顾不得了。再说，尚小林和永宣堂演的那出，有鼻子有眼，你还真不好说啥。这个时候，他要是站出来，说人家在忽悠，别相信，且不说齐鲁和“石磙子”这边有障碍，行内的潜规则也不允许，很可能被人说是不是得了红眼病之类，多年积攒的业内信誉也没了。吃力不讨好的事，蓝守玉曾经干过不少，时间训他乖戾，不对，是现实分分秒秒教他做人。

现实往往比想象要残酷和生动。

由他们去吧，真相算个屁！也不晓得是在骂自己还是骂谁。

从真相到真理，差的可不是一个字。

还别说，事情的始终，知道真相的就三个人，他、齐鲁和尚小林。“石磙子”和郭墩子，最多算离真相最近的那几个人。俗话说得好，人微言轻。他们要的不是真相，是活法。对于一个连尊严都不知为何物的底层人物，真相的意义不会超过一日三餐。他这种闲人，吃饱喝足也填补不了精神空虚，只是偶然想起来，死乞白赖寻找所谓的真相，刷存在感。

秋冬以来，蓝守玉的存在感只一件，让"郭豇豆"从龙隐山上背回来的宣德大龙缸重现人间，还以国宝尊严。现在，尚小林、永宣堂和奥港拍卖的合谋，虽然不算光彩，却也不能叫无耻，毕竟让自己看到了前途的光彩。于是，骂出那句屁话后，也释然了。那句骂，原谅了齐鲁、尚小林和永宣堂，也原谅了自己。

让蓝守玉产生原谅想法的，还有一个原因，就是他对"影"、龙海泉和国学大师的信任。

龙海泉只见过一面，"影"不过是一个邮箱，国学大师也只是"影"在邮件里反复提到的一个权威符号，所有的信任，基于合作结果的一次次确认。之前的合作，包括南宋修内司官窑大碗，都是可以信任的，除此之外，不敢有进一步的奢望。

这一次，大龙缸的更多信息被他选择性隐瞒，只提到甜白双鱼盏和琉璃磨子鱼。还是留了一手的，不想透支自己的良知底线，把信任全部托付给那个叫"影"的邮箱。说白了，不想让"影"知道大龙缸的事情，但又希望"影"和国学大师给他的暗示以某种呼应，甜白盏和琉璃磨子鱼就是他放出来的暗示。他提供给"影"关于龙隐山秘密的更多猜测，且把关于甜白盏和琉璃磨子鱼的暗示串联起来，加上龙隐镇的五色竹和五色豆腐，茗山车岭荥阳侯郑孤贞遗墓，甘南五竹寺的无名题诗，五竹镇郭家庙村和临潭侯家寺九眼天珠传说，诸多信息倘若完整勾勒，或事关一个几百年来历史学界的旷世猜想。龙海泉的龙隐和甘南一行，又为蓝守玉需要国学大师强化猜想，做了见证。猜想一旦成为可靠的说法，那么，宣德青花釉里红大龙缸的身份差不多就是铁板钉钉了。大龙缸的来龙去脉，很残酷，不可告人，蓝守玉只是想让国宝大龙缸以一种可以昭告天下的谎言替代某种不可告人的真实问世。你说是虚拟的真实，或者真实的谎言，也没啥不妥。只是，现在需要编织强大的谎言逻辑纽带。他相信纽带的作用，大龙缸身世或永远只能成为秘密，但是营造此秘密的背景足够强大的话，大龙缸作为那背景的制高点，谁还会怀疑曾经不明不白的身世？

一切只是蓝守玉的一厢情愿。所谓的背景，还停留于自我的暗示。虽说自己也算个行内人物，但尚不具备一言九鼎的说服力。在行内，既需要赵青花和卫都这样的实力派一锤定音，还需要国学大师在主流学界的发声。赵青花和卫都的职业眼光是可以信任的。赵青花的问题，是作为一个职业的国宝仿制者，所发观点往往被行内人视为携带私货，只能作为参考。卫都此次去奥港拍卖看预展，不出意外的话，会给出一个让各方都能认可的态度。

国学大师这头，蓝守玉更希望能按他的猜想，梳理出一条清晰的线索。

那条线索，与一个蒙冤帝王有关，一切记录在案的历史终结于十四世纪。关于他的秘密，从江南皇城的一把火开始，然后向东，到达海边。向西，一路风尘。他看到了高原，自由的雄鹰和闲云。高原是辽阔的。向北，可以离南方更远。他去了甘南，来到侯家寺，天堂，如此接近，无边无际。他累了，也有了南归的心思。于是，去了五竹山五竹寺和西康龙隐山龙隐寺。离开江南的皇城，终于天堂的边上，那里有他灵魂的宿地。

73.3 【某种不安】

嗅到了某种不安。

连日来，土司遗物即将上拍的信息，被奥港拍卖炒上了天。蓝守玉担心不靠谱的炒作，会不会影响国学大师正在进行的考证。担心也许多余，围绕龙隐山琉璃磨子鱼奇诗，如果指向那料想中的惊天秘密，便与宣德大龙缸有着高度的关联。可一码归一码，此事，除蓝守玉、齐鲁和尚小林，没有谁会把它们扯到一块。即便敏感的国学大师能察觉点什么，也不能超越猜测太远。对于一个有着大师头衔的权威，治学的态度决定了并无可能将偶然的猜测替代逻辑关联，作为某种学术的证据支撑。

纠结之后，蓝守玉决定给"影"发个邮件，不敢有催问态度，仅仅是探探虚实而已，毕竟龙海泉回去也有段时日了。齐鲁出发前，也向他提到，能否让国学大师，就龙隐山的秘密弄个啥动静出来。齐鲁的想法，也就当一说，真正让他忐忑的是，自己的想法究竟有多大比重，能得到大师的认可？

临上床，引兰发微信说她收到"传世皇庭·官窑美人秀"栏目组的决赛邀请了，时间是正月十五，只是高兴不起来，不想去。蓝守玉道，好事呀，咋不去，入围决赛会拿到一笔寻宝基金，入前三名，是一大笔，你干外公不是还在荣城医院么，要花好多钱的。引兰道，钱已经没有了。蓝守玉纳闷，咋回事呢？引兰道，医生说干外公大腿是骨髓癌，都转移了。蓝守玉问，不是已截肢了吗，咋还转移了？引兰道，截是截了，但晚了，医生说骨髓癌转移很快。蓝守玉问，化疗没？引兰道，化疗了一个多月，头发指甲像落叶一样掉，剩下那条腿也萎缩了。蓝守玉问，医生咋说？引兰回，医生说，该截的截，该化的化，尽力了。蓝守玉就劝道，那也要医。引兰道，干外公不同意，坚决要回家，说死也在屋里，不能把老骨头扔外头，他说当初就不该来荣城，白花了那么多钱。蓝守玉问，老人家咋会有这想法，跟他说过啥了？引兰道，没说啥呀，医生也没说，锯腿也是只说腿坏了，老人说腿是老毛病，年轻时爬上爬下摔的，坏了就坏了。蓝守玉明白了，应该是老人察觉啥了，这病落在谁身上，估计也会胡思乱想。就问引兰，好久办出院？引兰道，快过年了，干外公天天催，自己拿不定主意，想听干爹的意见。蓝守玉想，也许回家对老人才是最好的解脱。就道，那就办吧，老人估计也是闻不惯医院气味，啥时候办，来接你们。引兰道，就这两天，行吧？蓝守玉道，也行，手头刚好闲了，要不就明天？引兰就道好。蓝守玉又嘱托叫医生多开些回家吃的药。

出发去荣城医院之前，将邮件发了出去。同以前一样，每次向那个神秘邮箱发邮件，都有一种掉进深渊的感觉。因为，等待对方回复邮件，从来是一个很想得到，又不能掌控的未知。

73.4 【高帽子】

文雄的警察兄弟前脚报告已撤掉医院外的哥们，后脚李铁锤就不见了影子。问医院，医院说出院手续没办。

跑得比兔子还快！文雄电话知会蓝守玉。蓝守玉笑道，空城计，你不是正配合把接下来的戏给弄个花好月圆大剧终吗？文雄道，我就是个跑龙套的。蓝守玉道，不对，你可是主战场，要跑龙套也轮不着你文代局长亲自上。

也不知是文雄的政治敏感，还是运势好，李老板一消停，向书河就找他去办公室，说市委组织部明天来人，考察他的副县级提名。文雄心头一热，泪水打转转，盼星星盼月亮啊，赶紧致谢。

"先别谢，心急吃不得热豆腐，干部任用这种事，就跟揣着奶娃办结婚酒差不多，明天还得要开干部会议，走走推荐程序，征求意见啥的，当然县委的倾向你是晓得的，要平常心。"向书河安慰道。

"那是，书记明亮着呢，我不急，平常心，平常心，明明白白做人，老老实实做事。"

"谁让你表态了？不过，你有这种态度，我就放心了。此次推荐的岗位，你也许听说了，可能难如你所愿。县委原来想推荐你任副县长兼公安局长，也给市委报告了，前些日子市委组织部调研回去后，部长找到我，说市长主持工作后，提出党政岗位和工作相对区分的思路，公安局长按规定要地域回避，具体到这个岗位人选好像要从市里下来。"

向书河这番话，文雄自然明白，"这个我也听说了，好像人选也有了。只是，这样一来，屏羌已经没得岗位了，我是不是得离开你去外县？"

"按理是得离开，但是，南岸的局面刚刚打开，眼前正是用人之际。"

"书记意思是？"

"是这样，县委不是上报了还有个南岸新区管委会主任的高配吗？按照改革路径，园区是屏羌的，并不归市里面管，高配副县有政策障碍，也就是说市里并未同意管委会的领导职数。我向市委建议，既然公安局长要从市里下来，能不能给屏羌留一个念头，基层干部不容易。市委研究后给出了方案，副县长兼公安局局长从市里下来，另给个县政府党组成员的非领导职数，享受副县待遇。"

"书记这么说，我……还是有希望留在书记身边服务了？"

"是留在屏羌，为屏羌百姓服务。"

"书记怎么说，我就怎么做。"

"文局长，你在屏羌浸淫多年，有点威望，执行力也强，应对方方面面还是有一套的，这点，我个人比较欣赏。但是，还得加强学习，尤其是政策理论水平有待提高啊。"

"一定照办，以书记为榜样，加强个人修养，脑补政策理论，不拖书记后腿。"

"哈哈，文局长，你这人有个优势，说话像唱高调，明明听起来不大靠谱，但还说不出来哪儿不对。"

干部考察这种事，文雄自是知道路数的。向书河站在书记的高度，给文雄敲警钟，别下去声张，尤其不要搞背后那套，老老实实，正确对待别人的态度，拉票打招呼，是高压线，绝对不能碰，还要做好身边人工作。对向书河这番政治提醒，文雄态度也是端正的。

"家属那边没啥情绪吧？"向书河问道。

文雄似有些紧张："书记，你……听说啥了？"

"没，就随便问问，你们不是长期两地分居么，我来屏羌时间短，都还没来得及考虑干部的一些实际问题。没情况就好，别捅啥娄子，自己也要谨言慎行，低调点，闷声才能发大财嘛。"

"屏羌上下那么多县级干部科级干部，书记还要管家务，不得累吐血？书记的身体可不是你向书记自己的，是全县人民的。"

向书河当然知道文雄这是玩笑也是奉承，笑道："你又给我戴高帽子。"

从向书河的浅笑，文雄看出来书记还是蛮受用他给戴的高帽子的。高帽子不是不可以戴，要看谁给谁戴，戴多高。文雄作为向书河在屏羌最得力的干将，且不说有蓝守玉和柴瑶等人关系，单就向书河一段时间来对文雄个人的观察，文雄的表现，不仅有表面上的忠心，还有文雄个人的事业心。他们之间不是那种官场幕僚关系，也不是江湖哥们兄弟之情，在组织之外，还夹带了点温暖的私货，七八分的坦荡，三两分的惺惺相惜。个中微妙生态，两人都懂，剩下那点窗户纸，谁都不去捅破。

向书河随便一说，也像颗石子，扔到文雄的湖底。在三江和屏羌，除了蓝守玉，向书河是第二个过问他家事的。

也许有些感动，也许触动了啥，本来坐着的文雄，站起来表了个态："我们两口子的那点破事，就不劳烦书记了，家属那头绝对不拖后腿，虽然我俩一周才聚一次，交流不多，不过请书记放心，她是百分百支持我在屏羌继续革命的。"

向书河示意文雄坐下说。两人又聊了些工作上的事。一是叫文雄安排一下，邀请市县金融机构，专题会商一下南岸的融资问题，二是加快南岸的形象建设，半月出小形象，一月出大形象，争取明年春天市里将南岸作为重要会议的参观现场。向书河的题目，文雄还没来得及在脑子里过一道，态度就已先行。文雄道，春节前不回三江过周末，吃住在南岸，一定加班加点落实。

文雄出了向书河办公室，发动坐骑，忽然有一种与人分享的冲动。

分享也是释放。尤其是自以为很要强的男人。最近文雄也是被李铁锤给闹得不宁，现在好了，障碍扫除，提拔那头呢，又绿灯点亮。幸福感一直在期许中，当它真的来临，又如此不胜。文雄就是一个不会独自享受幸福感的粗糙男人，外表强悍，内心细小，像那玲珑绣球。找谁分享呢？当然不会是他老婆。童桐呢？

文雄还真准备拨童桐电话，想起刚才书记的提醒，打住了。

电话拨给了蓝守玉。蓝守玉接电话的时候，正从龙隐赶回三江。文雄问，兄弟在哪消遣，还有欢歌。文雄说的欢歌，是蓝守玉车上播放的歌曲《荣都买房版》。蓝守玉道，哪有欢歌，开车，刚把郭墩子干外公从医院接回龙隐。文雄问，墩子那边有啥消息没？蓝守玉道，还没，但最近眼皮老跳，估计目标也快近了。文雄道，那敢情好，小聂那边要保持紧密联系。蓝守玉道，那是，你文哥一句吩咐，搞得我现在天天睡不好。文雄笑道，你睡不好，肯定是想姐姐妹妹了嘞。蓝守玉道，听文哥这么开心，是有啥喜事？提拔的事落实了？

还别说，蓝守玉就是敏感。文雄是个直爽人，肚子里藏不了多少事，但向书河找他谈的这番话，水落石出之前，仅限于两人机密，自然不能口无遮拦当新闻播的。再则，还有狗狗和童桐的事，搅和着呢。

自狗狗吃了那包"半云五香"，不吃不喝，竟然死了。文雄老婆不依不饶，咬定说狗狗是文雄介绍的那个蓝朋友给毒死的。文雄说，人家蓝朋友送你狗狗，道谢还没讨半句哩，咋又扯出下毒了？他老婆问，狗狗不是他送的吧？文雄反问，不是他还是谁？他老婆微信发了一张照片给他。文雄一看，原来前些时候跟童桐在屏羌南岸湿地遛狗，自己用童桐手机给拍的。文雄纳闷了，她咋会有这图呢？童桐只在自己朋友圈晒过，她俩又不是好友。难道是蓝守玉……

文雄试探性地打电话问蓝守玉，你加了我老婆好友了吧？蓝守玉回道，你啥意思啊，你老婆是我嫂子，不带这么怀疑的吧？文雄道，只说加没？他回道，当然没加了，有啥问题吗？文雄又问，你在朋友圈晒过狗狗的照片？蓝守玉纳闷道，没有啊，发它干吗？我又没病。

纳闷归纳闷，明摆着出事情了。文雄老婆还真像他说的，有心理问题。她恨"半云五香"，只是给个出文雄气的由头。想来那狗也不是饿死的。那是气死的？狗狗死前几天，文雄感觉他老婆对那狗狗态度由爱而恨，不再给狗狗洗澡打扮，也没去小区遛了，狗狗浑身邋遢，双目无神，一副无助的呆样。文雄也是个有责任心的男人，在屏羌公安混了那么多年，除了好点酒，从来没听说在"色"上有啥名堂。守着这样一个有贼心没贼胆的粗糙男人，吃醋，那真是疯婆子了。如果文雄真有啥事，那天底下门角的柴花子也活泛了。

文雄不想让蓝守玉对狗狗照片的事产生啥误会，就此打住。两人又聊了李铁锤，天一句、地一句胡扯，直到文雄发现自己差点闯了红灯，才慌了神。还好，交警刚好逮了一个无照的摩托。

74.1　【双鱼座的王垠】

王垠不是一个喜欢中心的男孩。他的得名源于宿命中的泥土，从一开始便注定属于大地。王垠的时代里，天是大地的中心。严格意义上说，代表天的皇都和王城，是大地的中心。王城在百里之外，晴朗的时候，抬头仰望，往往可见。皇都在千里之外，需要冥想，需要极其忠贞不贰的虔诚，方可抵达。

王垠没事喜欢一个人孤独望天。

王垠望天的时候，正在他的属地罗江，不是领地。王垠从来不曾认为那一小块土地是他的圆心，相反那片地作为与生俱来的某种束缚，框定了他的最大活动范围。好在，除了一个人抬头望天，思考罗江之外的多种可能，剩下的很多时间，仅限于回忆和冥想。

似乎来到罗江已经多年。离开王城的时候，王爹早已不在。王爹留下一座硕大的王城，阴森、恐怖、缺少人间烟火。王爹带走了烟火——他命里属于火。属火者热烈，热烈者往往容易引发关注的爆点。王爹就曾被前朝皇爷高看。王城自然水涨船高，于正统的秩序，一度靠前。

前朝有两个皇帝，带木的皇爷，带火的皇叔。带木的皇爷，为何那么腻歪火，又爱又恨，这是心理学的潜意识命题——思考这个问题，容易让人窒息。

还在罗江的时候，王城很少有人来造访。仅有的几次，也来去匆匆。

有一次，来了位神秘的长者，穿着打扮与王城的常客不太一样。此人神色暧昧，不久又走了。照顾王塬的老者，悄悄讲了一个故事。说带木的皇爷进了皇都，两人一见面，都不说话，好像上辈子隔了多大仇恨。怎么是冤家呢，皇爷要叫皇伯亲侄，皇伯要叫皇爷叔。两人你瞅着我不顺眼，我瞅着你不顺眼。皇伯心软了，头也不回来到城门，自己放了一把火，把自己烤了。究竟有没有烤着，皇爷也狐疑。烤没烤着，不是重点，重点是，木应该怕火的，火没烤着木，自己把自己烤了，这不是给别人留下木头欺负火的把柄吗？

后来，已经住在皇都的皇爷，就老想着此事不踏实，谁对谁错？头发都想白了。我是木，他是火，我来了，他放火，自己烤自己，这算啥事啊。便派人到处找带火的人评理。

皇都的人到了东边的海边，鱼市上人头攒动，又不可能大声武气，哎，谁带火呢？没人理他。派的人就找呀，终于找到街尾卖柴禾的樵者。柴禾就是火吧？对了，就找他。来人问樵者，你卖柴禾呀？樵者道，卖了六十年，一轮甲子了。又问，卖得好啊？樵者道，没啥好不好的，一直这样，六十年前一个价，六十年后还是一个价，一场卖一捆，一个月三场，一年三十六场，两千多捆，能铺满整条街呢。街头家家都要买他的柴禾，一年至少要买一捆，从来没涨过价。来的人想，看来这是个讲了一辈子信用的带火之人，兴许他的回答能合皇都带木的主子心意。来人就讲了带木的新皇，跟带火的先皇的恩怨，讲完后，让樵者给评评理。火没烤着木头，竟然自己把自己烤了，这是铁石心肠的木头，还是一团善良之火呀？樵者一声长叹，啥也没说，跳海自尽了。来的人好不唏嘘，带着遗憾回到皇都，给新皇复命，新皇悬着的一颗心，当时就塌了。

塌了也不死心，再派人找，也不知道是真的找，还是政治秀，总之，新派的人，最远一直找到雪山，顺着雪山雪水来到罗江。来的人，讲完故事就走了。故事讲了一千遍，一万遍。也不管人信不信，反正，天下的人都知道，木从土而生，可以生火，火灭，成为灰烬，又重归于土。带火带木都是一脉相承。

王垻当然不会去想这么多。不是说了吗，他是一个简单的人——不在乎中心和被中心的另类。他习惯于去中心化或者边缘化，更像今天年轻人的常态。

王爹在王垻还没有得的名的时候就去世了。与土相关的得名，不能归于王爹的成就，但一定属于王爹所在的天空大地的秩序——带木的皇爷去世——带火的皇伯也似乎永远地失踪了——便选了带火的前朝皇叔继承皇都的家业。带火的前朝皇叔，又选了带土的新皇和新王。新皇从辈分讲是新王的皇兄。皇兄就是皇，可不能乱叫兄的。好在他俩都带土，还都是双鱼座。这下好了，没第三者的时候，私底下，由着性子，爱怎么便怎么吧。

74.2 【用一生去等待】

叙述从新王上任继续。

新王，接下来要讲述的主人公——既定的秩序打乱了他的回忆和冥想，那属于他一个人的天空和大地。他从来不曾思考——又何曾有思考的意义——重回中心——身不由己。

王垻与双鱼座的皇兄，从来没有两个都"自在"的情况。现实是，他俩所面对的不是一群人，而是某种强大的秩序。既定的秩序，岂容违背！双鱼座的王垻一个人的回忆和冥想，无法阻止一群人，前呼后拥，簇拥其重回王途——重回中心和秩序的黑暗之途，前面是王城，尽头止于皇都。皇都完全不在王垻的概念之中。即便是王城，也早无丁点的印象，他一脸漠然，如同王城之外偏僻的罗江，罗江之外广阔的村庄和大地。

罗江的天空，很偏僻，很晴朗。王垻顶着硕大的脑袋，往王城靠拢。两个王兄的离世，让他重回正统。也就是说，他的回归意味着生命中最重要的四个人为他让道——王爹，王爷，还有两个王兄。王垻一百个不情愿。不情愿，就边走边唱："送你离开，千里之外，你无声黑白……琴声何来，生死难猜，用一生去等待……"

一路走，一路嘀咕。没有谁听得到他形而上的嘀咕，听到了也没谁能懂。不像是发泄，更像情不自禁，述说幽怨。也许是唱给另一个携火之人的——他是王爹的兄长，皇爷的侄子。按辈分，他要叫他王伯。不对，叫皇伯才对，只是没人教他这么叫。他也只是胡乱想想而已。

在罗江的时候，有一段时间，王城传来消息，说皇都走丢了一个带火的皇伯。走丢，有人去找吗？王垻的想法很单纯，他并不明白有一种出走叫义无反顾。王埙离开王城的时候，王爷说，王城不是你的家，你去罗江吧，以后想看爷就跟爷说，爷去罗江看你。王爷压根没有让他回王城的意思。

很多年以后，当他重回王城，想到当年离开王城时王爷交代的话，忽然对那个走丢的皇伯动了恻隐。皇都上下似乎也良心发现，动了恻隐，整个秩序都在反思。一些不敢公开谈论的话题，似乎也有所松动。

前些年，王城来人给他带话，说那个皇伯逃到了上谷王爷的领地。不对，皇伯已被削除爵位，只能直呼其名——那个冥冥之中命里带火之人，他的名讳被某个带火的王叔利用而已。带话的人说完就走了，并未留下任何嘱托。王埙只好一个人，用心地琢磨话里的深意。

后来，发生了一件想起来小怕的事，千里之外的皇叔发火了，上谷的王爷和生事的王叔，受制于秩序不可原谅的小小惩罚。一个人，因为冥冥之中的那火，不得不"被去正统"，这是王埙所无法企及的命题，尽管小小年纪，他已经学会独立思考。令人意外的是，千里之外皇叔的发火，来得干，去得净。皇叔，与上谷王爷和某个王叔，草草演绎的那场去除"伪中心"的闹剧，意外地激发了王埙莫大的解读兴趣——不是耐不住寂寞的那种猎奇和消遣，亦非群众看稀奇似的围观——那个被秩序排除的带火之人，究竟去了哪里，又将以什么样的面貌重回主流的话题？

同样有着这般兴趣的，还有当朝的皇兄和两年后接替王埙的另一位携火者，又一个王叔。那王叔有个很怪的名："焚"。"焚"，在《诗经》里说的是，火烤着了原上草。"焚"的出生很卑微，母亲只是一个卑贱的宫女，一如其名，野火烧不尽，春风吹又生。

前面已经说过，命里带来的火，是容易引发秩序争议的焦点。王埙死了，王焚的同辈和下一辈，有权住在王城的那些男人，一个个都死了。强大的秩序又打捞起早已边缘化的焚，让他接替王埙，接替死去的皇伯和皇兄，继续寻找另一个带火之人。

这是两年后的事情。

秩序的底线早已被尝试着触碰，不是打破。没有谁敢与秩序硬碰硬。有一种东西可以，那就是人的情感，比如善良，比如宽容，不管是王埙的皇爷王爷皇叔皇兄，还是王埙王焚，那种柔软的东西坚守他们最后的底线，坚硬的秩序也因此有了持久维系的韧劲。

韧劲在若干年以后，以隐性遗传密码的形式，刻录在又一个更为年轻的带火之人的基因序列里，他的名字叫"燨"。"燨"命里的热情，以"正统""去正统"，秩序在他的燃烧之下，温暖而又岌岌可危。

回头说千里之外的皇兄，那个善良之人。同王埙一样，皇兄从秩序中就带了土，在更为广阔的江山面前，俨然绝对的中心，更接近于天马行空的艺术禀赋，又使得他一样对中心反感，以至于在秩序之外留下诸多的认可和美名，也留下了诸多的质疑和恶名。如此强烈的反差，在制造不和谐节奏的同时，也引发共鸣——皇都的皇叔和王城的王埙，灵犀超越千里之外——那一种从未有过的切近和通达。

王埙坐上王座，成为王城瞩目的新王。新王眺望着远方，神情忧郁，下边的木偶们齐声欢呼。雷动中，王埙成为秩序的一员——中心木偶。他想自我放逐，想交流——当然是妄念了。整个王城没有谁能与之对话，对话之人已在冥冥之中。

那是两个人的心灵呼唤吗？如果是，所呼唤的真是那带火之人，曾经被"去正统"。究竟谁才是天经地义，似乎都是些值得探讨又没有唯一答案的命题。他真的还活着吗？如果可以，是否可以喜剧的善良形式选择结局……

74.3　【结局提前】

关于结局的叙述，提前在蓝守玉醒来的时候，戛然而止。

能睡到自然醒，蓝守玉记得好像与施云讨论过，说这叫幸福感。施云当时就笑崩了，这么说，姐姐我幸福指数蛮高的了。蓝守玉也笑，当然，估计你一躺下去，天塌下来都跟你没关系。施云道，你说对了，天塌下来，有男人呢，尤其有你这种极品男人顶着。蓝守玉也就呵呵了，别把我当反面典型吹捧就行，你嘴里的极品男人，是齐鲁和向书河吧。

接下来叙述蓝守玉醒来的那个早晨。也不知道上面这一段不着边际、像绕口令一样的呓语，出自某部小说的讲述，还是"双鱼座青花"白日黑夜梦的胡思冥想。

不管如何，梦中情境的叙述，人物众多，却条分缕析。蓝守玉颇为惊讶，咋从来没有发现自己对于潜意识的整理能力这么强大？就连几个人名关联的五行，也跟墨滴到白纸上一样不会错。只是，所谓的结局，仅提出了个概念性的命题，这倒是符合流行的虚构文学的模本。

现在必须面对抉择——让各方都满意的终结性结局版本——至少要包括龙隐郭家，车岭郑氏，甘南五竹寺末代寺僧，郭家庙村后人，侯家寺的前世今生——还有皇都和王城的五行排行。或许，还应包括文雄、齐鲁、师傅赵青花和叶景生，永宣堂演绎的所谓土司后人，"影"和国学大师，甚至还有围着奥港拍卖的那一拨谁谁……

一切以虚拟为前提。虚拟似乎也无法校正某种宿命。

74.4 【走向的宿命】

虚拟可不好干，尤其是既定宿命。好在早年还练过几手三脚猫，便煞有介事地演绎那走向——

已为新王的王埙，跟了带话之人，来到王城西北边地的某座灵山。灵山深处，五色竹长势灿烂。黄昏，风清月朗，意境怀旧。一个游方僧，斜倚竹旁，两眼放光，照亮了竹之五色——那些金黄、蓝灰、粉白、深绿和墨紫。

王埙止步于愕然。游方僧让他想起已经离世的王爹——那会儿，还不叫王爹，只能叫王世子爹，王爹的名分是两年后的新王"葵"给的。王埙并不记得王世子爹的模样，王世子爹离开他的时候，他连名字都还不曾有的！五步之外的游方僧，手握琉璃磨形紫鱼，面容清癯，右眼皮下那颗红痣，明月一样逍遥闲淡！王世子爹也就这副模样吧。王埙这么想着的时候，游方僧真的闪出两具身影，时分时合。当月亮从灵山背后落下去，游方僧和王世子爹均已不见，剩下五色竹兀自摇曳……

照此模式，时空回溯，还可以设置以下两个场景——

更北边的另外一座灵山，游方僧尚未修成"高僧"——也有叫上师、活佛甚至叫仁波切的，只是个名不见经传的游方僧。

手中的琉璃磨形紫鱼似曾相识。那鱼，从未离过他的手，是不是应该将它刻上一首诗遗世？传奇小说往往都有伏线的。也许刻有的，不过谁又见过那诗呢？再说，那么私密，那么晦涩，就算见着，你能确定读懂吗？云游方僧，或许并不喜欢寺院里的集体佛事，很多时候是一个人默默地种竹，一棵一棵种，直到种出满寺的风景。五色竹快要把寺院淹没的时候，他已然离开，真的在墙上留下了一首诗，与手里磨形紫鱼刻诗一样私密和晦涩——也许刻诗是后来的事。然后走了，头也不回。没人知道他从哪里来，要到哪里去。也许从北方来，要到南方去。那么，北方之前，又从哪里来……

北方山脚的村庄也有五色竹。竹是某个老祖宗从灵山上的寺院求来的。那会儿，游方僧要离开灵山，去南方云游。挖了一丛竹，递给最后一个随行，然后说，你走吧，去山下的村庄，买块地，种下它，找个女人，过下去。什么时候想了，就看看竹吧，它能赐给你娃，赐给你更多的土地和牛羊，赐给你九眼天珠和无边吉祥……

投奔山下村庄的随从，真的听从吩咐，买了地，种了竹，娶了女人，生了一堆娃。很多年后，繁衍出偌大一个村庄，村庄里的人大都姓郭。之后的某一天，村里终于等来了传说中的吉祥之人。他来自遥远的南方，见过他的人都说打扮像皇都使者。皇都使者顺着五色竹，一路找到那个郭姓村庄，拜访家庙，虔诚地捧出一颗传说中的九眼天珠……

74.5 【火与木的恩怨】

还可以添上两个外围的场景——

游方僧来到王城西北灵山的若干年之后，买地种竹娶妻生子的随从，终究逃不过寂寞。寂寞了，就想他的主人——那个自我觉悟的游方僧。想得不得了，就告别家人，顺着五色竹，一个人找到南边的灵山。主人当然没见到的。灵山的人说，游方僧早已幻为草木和竹，作为行将走到世间尽头的灵魂，留给他的火色和微光，已在黄昏来临之前寂灭。右眼下的红痣，是那轮流泻过五色竹林的明月吗？修长的竹，散发五种灿然的光彩，他是其中的哪一棵？便在灵山下，新买了一块地，从山上挖回一丛竹种下，见竹如见人。新娶了一个女人，生了一个小孩。他和他的女人，除了种竹，只会弄五色豆腐，就在村头开豆腐店，卖五色豆腐……

姓郭的人家在北边和西北边灵山下种五色竹卖五色豆腐的事，终于还是被另一个人知道了。那个人或许姓郑，可能是个将军，他并不是游方僧的随从，但一定是其追随者，你要说是粉丝也行。哪儿有五色竹，他就往哪赶。他跟他的手下和家人，一路寻访到西北灵山下。在灵山南边，发现了五色竹。种竹的人家，很像以前的某个熟人。种竹的人家，手指灵山的方向。就上了山，同那个熟人一样，找到一大坡五色竹，肉体的游方僧或许不曾见得，但他实实在在地目睹了琉璃磨形紫鱼。多么亲切！磨形紫鱼的暗示，了然于心。姓郑的将军，默默下了山，不是去南山，是去山的背面，选块干净的地，造房住下来。山的背面有一块四面临山的坳，他和手下脱下戎装，开荒、种地。又在山坳上，修了亭子，说是要等游方僧来。人都不知在哪，那亭子也许就是个安慰。总之，他和兵丁们从此没有离开过灵山下的山坳，就此繁衍生息，而且无一例外地在腰间别了个青冈石磨子鱼。

以上场景，因为五色竹、五色豆腐、紫琉璃磨形双鱼和腰磨石鱼、九眼天珠，逻辑上存在某种关联或者暗示。作为一个靠谱的故事，要成立，还得有核心的所谓"证据"，编制成逻辑锁链。

若说，五色竹、五色豆腐和琉璃磨形紫鱼作为线索把那些个人物和地名扯在一起了，那么接下来，需要搬出核心的道具——"佛前五供"——青花双鱼龙纹大缸、甜白盏、青花杓、黑金鬲、三连通器。

　　"佛前五供"可以把故事发生的时代，框定在永乐后期到宣德早期，甚至可以更为精准，比如宣德七年。大龙缸和黑金鬲的纪年款，还有另外三宝的年份，便是确凿的铁证。铁香插和那座石桥，甚至可以与其互为旁证。

　　地点呢，至少可以围绕王城北边和西北边的两山众寺，以及两山之外的三个村庄。

　　剩下人物。外围包袱人物都有了。郭姓的随从，郑氏的将军。再近一点，至少可以看清楚两位。王埪已经像模像样了，那个从南方皇都来，到西北边郭姓村庄献出九眼天珠之人，会不会就是到罗江给王埪带话的人？相信他俩是同一个人。而且，他不仅带来了九眼天珠，一定还有青花大龙缸。至于剩下的几件道具，甜白盏、青花杓、黑金鬲、三连通器、铁香插和南边灵山下的石桥，也许与王城的关系更为密切。

　　前面的故事已经把王城的故事背景，锁定在王埪的时代。也只有王埪的时代，更符合故事背景存在逻辑，包括那些道具所指向的年代。

　　剩下一个人，他是故事的灵魂吗？如果是，青花大龙缸和九眼天珠是不是与之有关？然而，前面的几个场景，并未让这两件道具出现在故事里。这是个问题，需要给出一个合理的安排。比如，九眼天珠是献给北边灵山的，青花大龙缸是献给西北边灵山的，是那两座灵山赋予了故事主人公存在的理由，当然也是这些宝贝共同记录了游方僧生命里最曲折的轨迹。知道这个核心秘密的，不是姓郭的随从，也不是姓郑的将军，他们只是遵照内心的忠诚，成为故事重要见证的一环一扣。

　　更为重要的细节，寄托在王埪和皇都来的使者身上。也只有这两个人，才符合前面关于武力、正统和秩序的叙述，并在其中找到对应的位置。现在，王埪是确定的。皇都来的神秘使者，一定与故事的灵魂人物有关，甚至应该为他们设定某种更为亲密的联系，比如不仅止于认识，甚至还有某种关联——注定冥冥之中明白——那火与木的恩怨。

74.6　【虚构的矛盾】

　　倘若是这样，关于王埪的故事，可能还有一些细节被忽略了。

　　皇都里的一把火，据说是带火的皇侄自己点燃的。所有讲故事的人，都不相信。就连最先收到消息的带木的皇爷也不信，带木的皇爷到底动了本性，他要与火重修于好，忏悔也许不能算的。他们没有谁对不起谁，又何来忏悔？便叫原来侍奉带火的皇侄，现在侍奉他的那个慈善之人，开始四处打听带火的皇侄下落，他要让那个人成为木与火之间的情感纽带——倘若有可能，让天下的人都知道，木与火，相安无事，他们无论在秩序里，还是在秩序外，都是亲人，有着天然的共存理由。

当王埂见到皇都委派的神秘之人的时候，带木的皇爷早已不在——他带着木与火的恩怨作古了。但木寻找火的故事没有结束，因为纽带还在。于是，带土的叙事人物王埂出现了。他的出现，只为一个故事画上句号，并成为读者阅读的理由——他领着皇都来的神秘之人，带上青花大龙缸和一大堆王城拿出的宝贝，在一个风清月朗的黄昏，寻访到灵山，寻访到五色竹和那个衣带飘飘的长者——传说中的皇伯，那个带火之人，他曾经的名字，或许应该叫"炆"——但是现在叫"应文"——一个游方僧的法名。木与火的恩怨，就此化解，所有关于武力、正统和秩序的不协调节奏，都随名字的形式意义，升华到信仰的高度，柔软以及无边。

从故事本身，此番结局符合当下流行传奇的模式。一个并非特别擅长虚构的冥想者，为达目的，不择手段虚构，终引发自我的抵触。然而，功利性很强的非虚构，终将难以让自己放弃功利，这是一对结构性矛盾。蓝守玉搞不明白，自己的好恶，建立在一种什么样的价值观体系之上。

74.7 【一切早已暗喻】

似乎正在接近某个暗喻。

良知、宽容，作为消融坚硬秩序的底线，可以上升，甚至重树信仰，就是不可以倒行逆施。

如果是那样——

蓝守玉翻起身，想给齐鲁去电话，试图说服对方终止设定的程序，那些程序可能挑战他的虚构底线。但他还是没有把电话拨出去。一遍又一遍试图说服自己原谅齐鲁，原谅尚小林和永宣堂，甚至原谅自己。他们的出发点跟自己可能不太一样，但最终很可能都要走向交集。

比如，文物大盗"兵哥"终于落网，屏羌警察立下汗马功劳，宣德大龙缸和背后那个带火之人的故事得以还原真相，引兰一家在众人的帮助之下重回日常，景德镇陶瓷大师们力救国宝的传奇传遍大江南北……

再扩展一点——

郭引兰的终场表现让曾子羊和齐鲁合作的"官窑美人秀"意外走红,屏羡南岸"传世皇庭"项目不负众望放了一颗有关各方皆大欢喜的卫星,齐鲁和李铁锤握手言和都挣得盆满钵满,向书河和文雄政绩显赫仕途一片光明,齐天雷学业有成终将家族的事业发扬光大……

男男女女们那点事呢?

徐昕蕾结束与齐鲁的冷战,文雄老婆不再吃醋,柴瑶与向书河鸳梦重温;施云复婚啦,柳叶萍嫁人啦,"土豆妹"和"皮卡哥"结婚啦,童桐和孔亮重修于好,齐天雷、郭引兰也到了谈情说爱的季节。而双鱼座的自己是不是该扯下单身狗的标签……

先锋小说往往还应该有着更为深层次的思考——

男人们应该战胜权力、金钱和色欲,女人们在爱情的滋润下好似日日度蜜月,普通人家的日子过一天就是走过二十四小时,穷人们忙点累点甚至遇上点啥天灾人祸,没关系活下去就是王,"土豪"们不再纠结要咋个变着花样炫富才是不虚的存在感,网红们个个幻想成为大众日常消遣的必配标的,诗人们在每一个早晨醒来抬头便看见那片千篇一律的天空,那些试图穿越灵与肉的高人,以身体力行和口吐莲花诠释所谓的追求信仰,并非一定要去远方……

按照这个思路最后再缀点神秘的色彩——

孔云樵和邱蕙香的爱情传奇令人唏嘘感动;骂人的"土豆天猪"散尽千金,终于寻得九眼天珠,捡回一条命,雪山下多了一个边走边唱的云游智者;那个右眼下带红痣的游方僧,他转世于五百多年前带火的"炆"——如果再往前倒退一千年,他的前身或是鸠摩罗什,往后快进五十年,转世为双鱼座的青花,快进二百年转世为西望琼结,南下象山的某位仁波切——而现在,他的名字是不是应该叫"六如",叫"土豆天猪",叫……

一脉相承超越七情六欲,超越生死寂灭。

都活在传说里。

世俗中苟且活着的,叫蓝守玉,温热的额头自带一颗隐约的独火星——肉体毕竟不是草木,对火的仰慕却与生俱来——他立志要像那些冥冥之中的前世偶像一样——像鸠摩罗什,像"炆",像双鱼座的瞻基和王埙,像仁波切,像六如,像"土豆天猪",像那些云游的灵魂——自己把自己点燃——终又割舍不掉,红尘在半梦半醒间左右逢源。

75.1 【齐鲁的口味】

齐天雷发现他老爸最近吃个晚餐都心不在焉，边吃边玩手机。

一坐上桌，他就嚷嚷，吃饭玩手机，会闹胃病的。齐鲁道，反流性的食管炎胃炎是天生的，你问老爷子，他也有这毛病，他看手机了？老爷子给齐天雷夹了一筷子屏羌腊肉，道，爷爷的胃病打仗那会闹的，那会儿哪有手机这玩意？齐天雷不吃腊肉，又不好拒绝，往徐昕蕾碗里看了一眼，道，爷爷你这是丧失原则，护犊子。徐昕蕾忍住没笑，趁老爷子不注意，一筷子夹到自个碗里了，对齐天雷道，老爷子和你爸的毛病，都是抢饭抢的。抢饭？齐天雷不明白。徐昕蕾道，对呀，吃个饭，三下五除二，还没等人坐拢，已下桌了。徐昕蕾说这话时，老爷子已经放下筷子。齐鲁一看，徐昕蕾这一竿子教训了家里的两个权威男人，不好发火，只好冒了句，吃个饭，哪来那么多事？我也饱了。正要放筷子，徐昕蕾敲了敲桌边，说你累，还真喘上了？狗咬吕洞宾。徐昕蕾一敲，齐鲁就又重新拾了筷子，不过左手还在弄手机。齐天雷腾出右手，道，看啥看，网恋？正要抢他手机，齐鲁发火了，小毛孩，懂啥网恋？徐昕蕾给齐天雷杯子里加了点牛奶，道，让他看，没事，你爸消化道不咋的，两只眼睛好着呢。

齐天雷喝了口牛奶："爸，要不，给你弄杯普洱？"

齐鲁放了筷子，收了手机，看了看窗户："懂得心疼老子，今天太阳从西边出来了？"

徐昕蕾道："你爸最近改喝滇红了。"

齐天雷不解道："普洱不是他一直的最爱？"

"错！徐昕蕾才是他最爱。"齐鲁纠正道。

"拉倒吧。"徐昕蕾说，滇红在书房里，叫齐天雷给老爷子也弄一壶。

齐天雷就上楼，找来滇红和几个青花盖碗。问，用啥水泡？齐鲁道，还用问？齐天雷就不再问，放了茶，直接倒暖壶的热水冲。徐昕蕾见状，道，还是我来吧，就拿了壶杯，去厨房倒光了刚才齐天雷放的茶水。保姆张姨不知啥时候，找来了煮杯，递予徐昕蕾。齐天雷笑道，哈哈，还以为像美国红茶一样，直接冲哩。齐鲁道，这是中国，不是美国，中国的老规矩很多，要一样一样学。齐天雷摊了双手，没法，人家齐鲁说得在理。只好跟徐昕蕾打下手，学煮滇红。

这一折腾，谁还有饭意？待齐天雷把茶奉上，保姆也把牛奶和水果端过来了。

齐天雷问："咋换口味了？"

齐鲁啜了啜杯口，似还热，努了努嘴，像吹气又像意指徐昕蕾："你问她？"

齐天雷纳闷道："问她干吗，又不是她喝。"

"对呀。"茶还热，齐鲁手边似少了啥，就又寻手机。徐昕蕾一颗爱媛柑塞过来了。

齐天雷正去接，徐昕蕾已把爱媛柑送到齐鲁手里。

"爸，为啥呀？"齐天雷还在想普洱的问题。

齐鲁边剥爱媛柑，边道："你可能还不晓得，普洱治癌。"

"哈哈，"齐天雷把刚送到嘴里的一瓣柑肉，又给吐到纸篓里，"民科！传说中的民科，开眼了！爸，我想给你说件正事。"

怎么又扯到正事，这弯子绕的。

"你还有啥正事？"齐鲁不屑道。

徐昕蕾一听，不乐意了："就许你有假正经，孩子就不能有啥事了？"

"说就说，"齐天雷道，"爸，我想弄公司。"

"弄公司？书呢？"齐鲁问道。

"我不去读研了。"齐天雷回道。

"长本事了，是吗？你晓得一个美国的商科硕士意味着什么吗？"齐鲁道。

"跨国投行，年薪一百万，香车宝马，美女如云。"徐昕蕾添油加醋道。

"那都是浮云，"齐天雷道，"我要的是一个人的成长史。"

"说得好，我们家不缺那些。"徐昕蕾道。

"缺的是理想。"老爷子半天不说话，一鸣惊人，茶也似快凉了，呡了一口，慢悠悠道，"啥学历的，没那么神。我一个私塾娃，还不照样带兵打仗当将军。"

"读书无用论的翻版，好什么好？"齐鲁这话好像是连老爷子一块给教训了。

"小雷子说不读书了吗？只是不要那个啥硕士而已。"徐昕蕾道。

"MBA下的金融方向。"齐天雷补充道。

"有用吗，你爸不是也买了个MBA？"徐昕蕾怼道。

齐天雷道："人家是EMBA，本土特色，镀金的。"

"十年前买的，花了一百五十万。"徐昕蕾还真是哪壶不开提哪壶。

齐鲁一听，把青花杯子放到茶几上："你们这算是合谋，拿我开涮吗？"

"岂敢，谁敢对齐总不恭？"齐天雷见齐鲁有生气的嫌疑，就又把杯子送到齐鲁手里，"小齐同志是真有事要向齐总汇报。"

齐鲁接过茶杯:"拍马屁?"

"你说拍就拍吧。"齐天雷讪笑道。

"有屁就放,明天我还要去港岛。"齐鲁道。

75.2 【齐天雷的野心】

齐天雷是真有事要同齐鲁商量。

"是这样的,"齐天雷站直了腰,"亲爱的齐总,齐天雷决定结束学业,回国创业,进军文化传媒。"

"噗,"齐鲁刚到嘴里的茶水,又喷回杯里了,"美国四年,就学会吹牛皮了?"

"NO,不叫吹牛,叫心有多大舞台有多大,具体地讲,我要涉足文化传媒领域。"

"涉足没问题,还是等把硕士拿到手吧。"

"读书的问题,我已经说过了。知识有用,但不是越多越有用。"

"你们'90后',是不是对前辈留下来的知识都没啥好感?"

"正好相反,我们只是反对无用的知识。"

"知识还分有用和无用?书到用时方恨少,事非经过不知难。少壮不努力,老大徒伤悲,你就折腾吧。不听老人言……,算了,瞎掰半天,你究竟想说啥?"

"是这样的,齐总。不是小时候你常教诲的吗,早起的鸟儿有虫吃,这个创业也要趁早嘛。我高中同学,好几个都当上老板了。"

"齐天雷同学,我严肃地告诫你,创业有风险,天上从来不会掉馅饼。"

"齐总你这就孤陋寡闻了吧。听说过俄罗斯一架运黄金的飞机,飞行中机舱盖掉下的故事吗,很多金子从天而降!人有多大胆,地有多大产。"齐天雷指着窗外,"你看那朵彩云,像不像你的官窑美人?"

"少无厘头。"

"我是认真的,你说嘛,像还是不像?"

齐鲁本不想回答这种毫无意义的问题,忍不住还是往远处瞥了一眼。哪里来的云彩?灰蒙蒙一片。电视里说,寒潮降临,盆地会迎来第一场雪。再不下雪,空气指数会把人憋疯。

"你一定在说,像个屁。这不怪你,是贫穷限制了你的想象。"

"要给老子谈创业,就正经点。"

"我很认真的，在抛出我的规划之前，不是还得攻你关吗？"

"那是你爹，你套啥近乎？把土豆公司的想法，给你老爸直接说。"徐昕蕾一旁助威道。

齐天雷道："对，丑媳妇迟早要见公婆，这土豆公司……"

"土豆公司？你怎么扯上土豆公司了？"齐鲁问道。

"是这样的，前几天我陪你去了一趟屏羌，回来后，就对你控股的土豆公司产生了浓厚的兴趣，还秘密作了一个深度调研。经我反复推演，我认为，土豆公司很有前景，只是眼前投资过于局限，需要从艺术品领域，向文化传媒方向延伸拓展。"

"土豆是你柴阿姨和尚叔叔在弄，就别操那份心了。你要弄文化传媒，就自己搞，别给人家掺和。"

"什么别给人家掺和？齐鲁，印象中土豆公司的老板不是柴瑶，是你齐鲁吧？"徐昕蕾怼道。

齐鲁接过话道："那点小生意你还惦记？我就是挂个名，从不过问。"

"打住，没让你说土豆生意上的事，今天是谈孩子的事，其他就莫扯了，再扯就露馅了。"徐昕蕾道。

"我的意思是，天雷要弄文化传媒公司，自己就新搞个，我又不是不支持。"齐鲁道。

齐天雷道："我当然是自己搞了。不过，我认为没有必要搞两个公司来唱对台戏，我只是想借助土豆的品牌和客户资源。艺术品投资和文化传媒，客户资源至关重要。"

齐鲁道："你的意思是，你去土豆公司当高管？柴阿姨是总经理，以前我都不过问，现在你一回国，就直接去夺权，于公司发展，于人之常情，你觉得合适吗？"

"老爷子你说说，我们自己控股的公司，小雷子现在过去执掌，是去夺权吗？"徐昕蕾这话，明显有借刀杀人的意思。

老爷子啥阵势没见过？他当然知道徐昕蕾话里的挑战意味。柴瑶虽然是个外人，但在家中行走多年，给老人的感情，定是深刻的。只好和稀泥，劝齐鲁道："小雷子创业，你能支持，就支持吧。"

齐鲁道："我当然会支持，只是这种事情，我齐鲁做不出来。"

徐昕蕾一听不依了："齐鲁，我和小雷子拉不下脸，才给你商量。我和天雷碍你啥好事了？是我让小雷子去土豆的，你不满，可以冲我来。过河拆桥的事，我徐昕蕾干不来。让小雷子去土豆的主意，是我拿的。主动提出来商量，是给你面子。要是换成以前脾气，我明天就直接带他去公司了。"

"好，好，是你给我面子，是我心眼小，好不？"齐鲁示弱道。

齐天雷一看，本来谈事，怎么干上架了？看来有带偏的倾向，便劝道："不对，去土豆，完全是我个人的深思熟虑，跟我妈没关系。"

"深思熟虑？"齐鲁道。

"给你说说我的设想吧。我不是粗暴地接管现在的土豆，那样不是你齐总愿意看到的，也不符合我的价值观和投资理念。我要搞的，是一个全新的土豆。我的想法是，在艺术品领域之外，新辟文化传媒业务。"

"传媒领域土豆之前从未涉及过，突然冒出个文化传媒，你觉得土豆现有的资本和资源能承接？"

"当然不行，所以才需要我加盟。"

"有你加盟，土豆就能在文化传媒上有所作为了？"

"不是有所作为，是大有作为。"

"还没去，就吹上了，这不像我们齐家人的风格。"

齐鲁这话，老爷子不爱听了："齐家人咋了，齐家人敢说敢做，有条件要上，没有条件创造条件也要上。当年打孟良崮，我们团打穿插，一夜急行军一百五十里，要是换成你带兵，估计想都不敢想。"

"对呀，点石成金呢。"徐昕蕾插话道。

"啥点石成金，异想天开还差不多。"齐鲁想想，又觉得说过了，口气一软，"你们没明白，我的意思是天雷去土豆开辟新业务，他能给土豆带去啥？"

齐天雷道："这个我已经想好了。报告齐总，我不是白去，更不是去抢饭碗，瞎折腾，是带着项目、资本和人才去开辟新业务。"

"人才和资本？"

"对呀。关于人才，我也可以先向你剧透。这次我带去的最尖端的人才有三个，一个曾子羊，一个王于一。当然，还有一个就是本人。"

"他们两个，在业内属于屁股下都冒火的品种，仅凭你一个小屁孩的面子，能请得动？"

"曾导是我亲自谈的。王大师，又是曾导去谈的。你说的那些不是问题，不是每个人都像你们那么世俗。一个优秀的团队，首先是要有共同语言，志同道合。"

"小屁孩还晓得志同道合，"齐鲁笑道，"就算你说的这两个人都支持你，那你们最想做啥呢？"

"这个也可以再给你透露一点，当然是网剧了。不过，我都怀疑你没有这个方面的常识。"

"虽然我不涉足传媒，但并不代表我僵化。网剧倒是今后的趋势，他们俩抛弃现有的一切，跟你这个毛头小伙搞，估计也是看准了这点。"

"这就对了嘛。所以，这第二条，我要说资本的问题。"

"就是要钱嘛，明天就给你三百万，你们三个拿去搞理想，弄着玩，行了吧？"

"谁要你的钱？小雷子的投资，从家里出，不走你公司。再说，三百万，你让小雷子弄啥网剧，请个演员都不够。"徐昕蕾道。

"看来，我有必要向二位老板谈一下我的构想。是这样的，这次土豆升级换代，不是简单地拿钱过去砸，让柴姨和小林叔走人。土豆原始资本已经不适应发展了，需要扩股。柴姨和小林叔目前弄的艺术品投资这一块，是土豆的老业和根本，不能丢，但还需要发展。据我初步估算，现在的土豆估值两千万，这不含土豆正在代理的齐鲁集团'传世皇庭'赵青花陶瓷艺术馆及齐总你个人的艺术品投资潜在的收益。新土豆第一目标五千万，也就是至少扩股三千万。两块业务，艺术品投资和文化传媒。艺术品仍然由柴姨和小林叔做，我不干涉，当然他俩可以选择退出。文化传媒由我和曾导、王编来做。"

"核心团队都有了，听起来很激动人心。照你这么说，我可不可以理解为，你在为我齐鲁的房地产找退路？"

"打住，关于房地产的问题，似乎我俩早讨论过了？你的地盘你做主，还是免谈吧，现在说的是我和我妈的新土豆。"

"你和你妈的新土豆？"

徐昕蕾插话道："是，新土豆的第一笔扩股资本，全部由我出。反正我那还有些股票，可以拿去质押。"

齐鲁没有表态。齐天雷道："我也不是白要我妈的钱。扩股后，新土豆下面是两个项目公司，我和柴姨各管一边。我妈是新土豆的大股东，我想，还是要给他个职位，比如董事长之类的。"

徐昕蕾道："董事长还是让你爸做吧，我只管出钱。再说，原来都是你爸的，我不想他产生啥误会。"

齐鲁道："我会有啥误会？又不是烧我的钱。不过，既然是一个现代化公司，又不是家族企业，我倒以为还是按规矩来，才靠谱。"

齐天雷道："齐总说得极是。徐昕蕾同志出任老板的话，那么新土豆就还差一个总揽全局的。"

齐鲁笑道："老板就是总揽全局的。"

徐昕蕾一听，似有些急了："我就挂个董事长的虚名，做做财务投资，当老板没那份精力。"

"那齐总就任个总经理啥的。"齐天雷道。

"让我给傀偏偏董事长打工，从你妈那挣钱，还是算了。"齐鲁道。

老爷子一看大家僵住了，调和道："谁当总经理，不一样放手让小雷子干，是吧，还不如就让他自己任总经理，免得公司政令不畅。"

徐昕蕾道："这个我看行。"

齐鲁道："土豆原来的法人代表，是柴瑶。"

徐昕蕾道："新土豆可以让她任个副总经理。小雷子，你认为呢？"

齐天雷道："这没问题。不过，爸，我得声明，齐天雷只是想弄梦想，并无鸠占鹊巢之意。希望你能在柴阿姨那帮着沟通一下。新土豆的日常事务和艺术品项目公司仍由她管。我全力以赴，当电视剧出品人。"

齐鲁不屑道："新土豆是你和你妈的，准确地说，是你妈给你的。你们的事，我懒得插手，也别说我不支持你。我就一句话，先把网剧出品人做好吧。"

"生姜还是老的辣！说得好，鼓掌。"齐天雷鼓掌道。

"老生姜在那呢。"齐鲁向老爷子努了下嘴。

"你们三个都是老姜哈，小齐同学向我们家的旗帜和方向致敬。"说罢，齐天雷向三人各鞠一躬。

75.3 【千古谜案】

齐鲁刚躺下，就收到尚小林发来的一篇文章，标题吓人一大跳："大明亡帝逃亡西康最新猜想"。

是《星港日报》记者与一署名"国学大师"的对话。

"国学大师"讲，他是明亡帝"逃亡说"的死党，多年前就猜想，帝炆并未烧死，而是出逃了。"亡帝"的"亡"，不是死了，是逃跑的意思。那亡帝去哪里了呢？学界有诸多学说，兰溪说、武康说、余杭说、台州说、无锡说、苏州说、宁波说、福州说、出海说、南洋说、两广说、湖广说、南宁说、玉林说、邻水说、巴州说、湘潭说、娄底说、荆州说、青海说、甘肃说……林林总总几十种。经过研究，发现这说那说，谁都有些破碎的信息支持，但谁都拿不出确凿的证据证明自己。不过，照这些学说的地名顺序，在地图上标出来，又可看出一条线路：由南京向东，到东海边，沿海边一路南下，再经南海边一路往北，穿越华南中南崇山峻岭，绕盆地边沿由南往东往北再往西，抵达甘南，最后折回盆地，然后终止。

大师由此猜想，这条线路的背后，可能秘藏这一历史悬疑的答案。综合政治学、文化学、地理学、心理学、历史学、社会学，大师推测：亡帝一开始并没有想好往哪跑。揣了皇爷太祖临死前给的密匣，剃了头，换了袈裟。密匣里有份先帝留给他的度牒。亡帝以"应文"的出家人身份，往东抵达泉州。最初或去了普陀。普陀在海边，还是离遗都太近。此时，他只想走到更远更僻静处。出海可能是一种选择，然再往东，茫茫大海，断无出路。既不能离故土太远，又不能靠岸，年轻的亡帝炆，任由风吹浪打，像一叶飘零的浮萍——向南——再向南。

那么帝炆最远到达哪里呢？有说是欧洲的。欧洲离佛和故土都太远，不大符合王朝皇族的文化背景。支持这个学说的，好像只有球星里贝里，自述是亡帝的后裔。里贝里说，他的家乡在遥远的东方。里贝里这么说，可以理解为对中国文化的崇拜。

南洋说，是近年才冒出来的。有人考证帝炆到了泉州后，似乎在开元寺住了一段时间，因为宫里来人风声紧，不得不扬帆南行，去了苏门答腊。当然，这种说法仅限于猜测，缺少直接的证据。辅证有两条，一是礼部左侍郎胡濙奉旨秘密收集亡帝信息，二是内臣郑和出海附带搜寻亡帝下落。

成祖有没有追杀帝炆？史学家们普遍认为，皇棣相信帝炆已经自焚。但是，在永乐五年后，或听到了什么说法，也可能出于自我的暗示，命中注定与之相克的带火之人并没有死！这是一个令人纠结的问题——欲置其死地，又隐约地担心他真的远去——于是，有了胡濙与郑和寻访一说。

《胡濙传》还记载了一个有趣的细节，永乐二十一年初夏的某个晚上，胡濙匆匆忙忙赶回京城，向皇棣密报了一件事情。什么事情，需要在深夜单独面见皇帝？有人猜想，胡濙密报了炆的下落。炆是胡濙的钦命首要秘密任务。至于那个晚上，他向皇棣说了什么，没人知道。但是，从此皇棣心情大好，也不再究问那个令他纠结的事情。又一个秋天来临，苏门答腊等南洋诸国，来京朝觐。皇帝在怀来接见四方来客，百十万人山呼万岁。包袱终于放下，老态龙钟的王朝皇帝，打坐上宝座以来，忽然萌发某种从未有过的释放快感。

大师猜想，皇棣得到的消息或是，炆——真的还活着，只是他早已舍弃所谓武力、正统和秩序的纠结，专心致志修炼为心无旁骛、与世无争的清净之人。这是皇棣最愿意看到的结局，他跟曾经的帝，现在的炆，既能维系王朝的秩序，又能保留最后一点人间温暖。两人彼此已在内心深处原谅了对方，也原谅了自己。

于是，炆的前途有了这样一种：南归，由南往北，往西，再往南。从形式上，他已然完成了故国的回归。

炆的肉体行动，可以解释为叶落归根，也可以解释为更高层面的信仰。

比如，云游天下，以毫无功利的关怀，去完成一个人生课题：在时间的面前，一切过往皆如烟云。

75.4 【亡帝遗诗猜想】

至于明亡帝老年的归宿，大师给的答案或是西康某名山古刹。甚至拿出帝炆前后共五次驻跸蜀地的史实来佐证。

第一次：永乐十八年冬十月，帝入蜀，程济从，遍游诸胜，登二峨，有诗云：登高不待东翘首，但见云从故国飞。

第二次：宣德二年秋八月，滇寇乱，帝入蜀，程济从。冬十月，宿永庆寺，题诗云：杖锡来游岁月深，山云水月傍闲吟。尘心消尽无些子，不受人间物色侵。

第三次：宣德四年春正月，建文帝至二峨，再宿而去。五月，帝还浪穹。

第四次：宣德六年春二月，建文帝往陕西。夏四月，至延安。秋七月，南行入蜀。九月，至夔，阻雪。

第五次：正统二年夏五月，建文帝复游二峨。

五次入蜀中，第一次并没有交代从何处来，只说在二峨有题诗，于是民间有了二峨说。大师认为，建文帝应是在第一次入蜀的某个秋冬之交，来到了二峨，题过诗，而在永乐十八年的可能性不大。第二、三次入蜀，从南往北上，线路明确，有连贯性，应靠谱。此两次，可以理解为朝廷政治空气的变换，由南而入，有试探之意，也有可能是为了秘密约见某人，比如蜀王。宣德六年南行再入，由甘南、陕北南下，行踪依旧很清晰。到了蜀地后，除正统二年春夏之交，复游二峨，之后不再见有其他记载。

由此，大师和他的团队，亲赴蜀地考察，试图寻觅帝炆在西康龙隐山隐居圆寂的证据。

果然，在龙隐山，他的团队发现了明代早期紫色琉璃磨子鱼及五律题诗，或为亡帝炆终老蜀地的实证：

应声留杜羽，五月离渭湟。
竹立召四面，僧还巡八荒。
水出龙眠刹，月摇凤栖坊。
寺山入大乘，文君了无常。

此诗大有名堂。首先，意境不俗，气象非凡，完全不像民间书生所为。其二，此诗自说自话，在今天叫自叙体，大意是说主人是个游方僧，在一个初夏，去了渭湟。渭湟是两条河的河名，即渭河和黄河两河流域，也就是今天的甘南。在甘南，一段时间或寄居于某寺院。杜羽，可能暗指杜鹃鸟和远古望帝。杜鹃再啼之时，主人互生共鸣，打算离开，去下一个叫大乘的地方，以此了断恩怨，终归无常。

资料显示，蜀地西南的龙隐山，在明以前就叫大乘山。

最为关键的，这是一首藏头诗，把每行第一字挑出来，就成了这样："应、五、竹、僧、水、月、寺、文"。

其间向媒体展示了有人在甘南五竹寺古墙上发现的另外诗证：

午年下火蹈，子期上莲榻。
五祥绕竹氏，七翠赐郭家。
兰枯馨墙隅，雁落鸣云崖。
磨鱼随君去，大乘访名刹。
应文。

此诗的意境合琉璃紫鱼上的五律题诗，也为自叙体，两诗意境气象，如出一人之笔。

诗里提到的午年、子期，是两个重要年份。大乘，特指某佛教名山。云崖、五祥、七翠，大约描绘环境。郭家会是主人很在意的人家吗？核心信息是诗里提到的磨鱼，把磨和鱼关联在一起，已足够蹊跷。难道就是龙隐寺发现的紫琉璃磨子鱼吗？这是谜题的突破点。若此猜想成立，那么此诗的暗示，显然带有某种不可告人的蓄意，比如向谁隔空传递自己的身份和行踪信息。

如果是这样，有两个问题绕不开：他是谁？向谁传递信息？

琉璃紫鱼题诗匿名，五竹寺题诗署款应文。紫鱼诗藏头，一头一尾正好嵌"应""文"字样。把此二字掐掉，就余"五、竹、僧、水、月、寺"六字。龙隐山在元以前有个寺，叫水月寺，后又在明末被毁，复建后改名龙隐寺。莫非，神秘的游方僧叫"应文"，号五竹僧？

五竹僧传说，也有佐证。甘南五竹镇郭家庙村就有五竹和尚的传说。当地人口口相传，曾有个亡君，流落甘南，采南山五色竹，移植禅院，自号"五竹僧"。与之相关的信息，郭家庙村郭姓人自称先祖曾保过皇帝。郭氏一族的传说上限明朝。明朝能称作"亡君"的，只有两人：建文和崇祯。崇祯自缢于景山，是历史定论，只剩下建文。莫非，这个五竹僧就是？甘南五竹山和郭家庙都有五色竹，若五竹僧是亡帝炆的话，那么，郭家人自称曾经保过先皇的那个祖先应叫郭节。

两首诗所显示的信息，可以把"应文"和五竹僧相联系。查阅有关文献，真记载有一个叫"应文"的明朝高僧。"应文"，怎么听都像"允炆"的谐音。

燕王棣，命里难容火。当年破东门的时候，带火的炆想一了百了，绝了棣对火的偏见。有近侍拿来一匣，说是先帝太祖留下来的秘笈，不到万不得已，不得打开。家国都破了，当然是万不得已了。帝慌忙中碎匣，取了度牒三张，一云应文，二云应能，三云应贤。啥意思？皇祖原来是算到了棣会抢炆的帝位的，疑心孙子斗不过儿子，暗示炆出家，既避免骨肉相残，也给朱家留点颜面。度牒是出家人的护法身份，给了应文、应能、应贤三张度牒，大概是让其可以自由选择在三个身份之间穿越，似乎如此便万无一失。

围绕五竹僧，还有龙隐山北麓车岭郑营的荥阳侯郑孤贞入蜀寻帝，留于郑营，以腰磨石明志的家族传说。以石头明志的家族，不是一般家族，往往有着刻骨的情感。再说，磨子状的腰牌和琉璃紫鱼，如此奇怪的形状，又出自谁的创意？

大师最后还提到一个特别信息，龙隐山南麓有户郭姓人家，祖传五色豆腐手艺，显然也是个不容忽视的旁证。

75.5 【让子弹飞一会儿】

于是，大师给出了这样一番解读——

一个叫"应文"的高僧，在午年，遭遇了人生最重要的一件事，自此不得不被动调整人生轨迹，以及信仰——皈依佛法，释放人间的痛苦与纠结。

某一天，他来到五竹山，这是若干年后的事。究竟在五竹山待了多久，无从考证。三两月，也有可能。不然，也不会留下到此一游的留痕。仅仅理解成到此一游，恐怕难以接近真相。可能他已察觉到什么，比如，有谁在冥冥之中追寻，也可能出于自我的暗示。若真如此，那个人又会是谁？

于是有了书写在墙角的应和：

> 众里寻伊千百度，
> 原来五竹为谁开。
> 东去西来不复返，
> 流水落花真人间。

题诗署款为藏文。翻译出来是一个叫"希绕坚参"的人名。查阅甘南安多政教研究资料，文献记载叫希绕坚参的历史人物，只有一个官至洪保本名叫希绕坚参的内臣首领。这个人可能还有个名字叫洪保西绕。如果帝炆要等待的人是他，那么此人极可能是亡帝最亲近之人，也只有身边的故人才会为了见面如此倾情互动，并将其情之真切，情不自禁溢于字里行间。

希绕坚参或洪保西绕，都指向史料记载的一个著名宦官——侯显。侯显的名字拜成祖皇帝所赐。在此之前，希绕坚参也好，洪保西绕也好，都一文不名，只是后宫一无名的小字辈。靖难之役，小字辈的宦官帮助了王棣，于是被高看，委以重任，随郑和南下大洋，后又独自出使藏地。宣德登基后，史料关于侯显的记载至少还有两处，一是宣德二年四月最后一次出使藏地，再是宣德四年从藏地返京城复命，不久告老还乡，回了老家甘南。此后，史书再无此人的相关记载。

大师就此提出了一个更为疯狂的猜想，侯显一定和郑和、胡濙一样，曾经得到了成祖和宣德两个皇帝的特殊授命，寻找帝炆。胡濙关注东南大陆，郑和关注南洋。侯显关注西边雪域。找到了吗？没有文献表明。也许找到了，只是出于明朝政治秩序的考量，不能大白于天下。历史奇妙就奇妙在，一些秘密虽然不能昭示，却可以留下大片的空白和鸟痕，满足后人的想象。

宣德二年，侯显最后一次出使藏地。这一次，他在雪域待了两年多。这段时间，正是王朝政治空气最为澄明的时候。帝炆也南绕盆地，来到甘南和西康。也许是冥冥之中，经历万水千山之后，两人终在甘南有了交集。也许只是源于某种心灵的感应，并为此获谋一面。至于，侯显是否将此事向上报告，而皇都和蜀地王城的那两个双鱼座男人，是否又有什么钦命和玉示，其实可以大胆去假设。无论政治走向，还是人性使然，似乎都顺理成章。

两人与双鱼座瞻基和王埙的交集，是这个假设的焦点。唯一无法确认的是，尚未找到一件能证实焦点的铁证。如果上面所述猜想的逻辑成立的话，这个铁证一定会有，至于它什么时候，以什么方式出现在世人面前，取决于天意。

关于亡帝遗踪猜想的媒体对话结尾，好似一段谶语。齐鲁也是读得热血沸腾。

大师，你是事先知道了啥，还是给世人做何暗示？

抑制不住欣喜的齐鲁，还有一句话，在喉咙里蠢蠢欲动：真的是天意……

齐鲁本想把尚小林转来的采访，又发给蓝守玉的。然齐鲁就是齐鲁，智商情商自是没的说。他控制住了情绪，明晨登机前再转。

让子弹飞一会儿……

第二十六章　临界

76.1　【差一场结婚】

"市委组织部考察团进驻屏羌了。"

字越少，事越大。

也不管文雄发的信息，背后有啥不好明说的，蓝守玉还是回了俩字："好事。"文雄回复也简单："多磨。"蓝守玉一看，想笑，谁说武棒子没文化？便回道："那就对了。"刚发出，觉得是不是该假装下，以示关心？又跟了几字，"岗位可如愿？"不一会，收到回复："马上进干部推荐会场。交手机，回聊。"

蓝守玉转又寻思，要不要给童桐递点啥话？吃一顿早餐的时间，就耗在这事上了。正犹豫，童桐来了电话。这人呀不经念叨，说曹操曹操就到。还有一句粗的，哪壶不开提哪壶。

"那天吃饭，我的态度不端正，正式给表哥道歉。"

"有啥不端正？我看挺好，一点都不装不傻。"

"是吗？那就是我想多了。"

"这就是年轻人跟老年人的区别。"

"你没觉得我俩就一直没在一个频道上？"

童桐就是童桐，口无遮拦，变脸也快。

童桐一听这头没吭声，道："是不是给你压力了？"

给我压力？蓝守玉糊涂了。语塞，是因为在童桐面前老是不自信。

只好自己又转个话题："联系过孔亮没？"

"表哥，你这弯转得有点大。我联系他？为啥不是他联系我？他孔亮是高富帅吗？"

"不是这个意思。"

"那是啥意思？"

"我是说，上次舅妈来那事。"

"我晓得你要说啥。不过，你觉得你表妹差谁一场结婚吗？"

"也不是这意思……"

"这也不是，那也不是？这风格不像你。"

"你可以主动联系人家的。"

"我谁都不欠。"

"都是为你好，再说又没谁逼你。"

"你们就是这个意思嘛，尤其是你蓝守玉，就想早点把我打发掉，嫌我麻烦，是吧？"

"你要这么说，我没话了。"

"没话？那就挂了？"

"哪次不是你先挂。"

"算了，我发现每次和你说话，都没状态。"

"那去散散心。"

"散心，好呀，去哪儿？"

"回老家，叫上孔亮，看一下舅妈。"

"打住，打住……狗咬吕洞宾。好端端的早晨，被你废了。我协调部来了好多小老板，忙了……"

说完，真挂了电话，一句多余的客套也没有。

估计童桐还是有气。啥气呢，又说不上来。

76.2 【一个人的寂寞】

齐鲁的子弹飞拢了。

齐鲁的子弹，就是《星港日报》关于亡帝炊疑踪之谜的猜想采访。齐鲁的扳机扣动后，就关机起飞了，前方目标——港岛。

蓝守玉此刻正以一种什么样的心情，阅读齐鲁转来的国学大师采访文章，齐鲁是无从想象的。也许蓝守玉会急着打来电话，但他会说啥呢？蓝守玉的目的，比处女还单纯，只要能给青花大龙缸一个面世身份，其他的都不是他所关注的。这一点，齐鲁很清楚难与其达成一致。大龙缸的安全是蓝守玉的底线。底线清楚了，其他的问题也便好办。也许，蓝守玉会追问子弹的飞行轨迹。齐鲁不想在这节骨眼上，同他扯一些本来就扯不清的东西。既然如此，就让子弹继续飞吧。三个多小时的空中旅程，或会让那些纠结和抓狂，在时空的盲区里，得以消磨和化解。

齐鲁的担心其实多余。

国学大师接受媒体采访，公开解读亡帝炆失踪之谜。信息的杀伤力，对于蓝守玉并不适用。

浏览完信息，蓝守玉波澜不惊，并没有齐鲁想象中的大震荡。扎实的证据，强大的推理，合理的想象，明亡帝失踪之谜，似乎一锤定音，这一切都符合他的预期。从遭遇双鱼甜白盏开始，就一直在缓冲，虽然那些信息接二连三合围过来。随着时空推移，证据也在过滤挪移中组合拼叠，褪色还原，人物渐渐清晰，线索失而复得，焦点呼之欲出。

最后的目光，一定在大龙缸身上，现在尚需等待。这一点，他同国学大师的想法又是契合的。当国学大师的访谈，被读者视为不可理喻时，蓝守玉反倒显得从容。国学大师凭借权威光环，提前把蓝守玉最后那点疑虑，武断地逻辑化、合理化，以权威的话语风格封杀了公众的嘴巴。国学大师发表言说的胆识，令蓝守玉无话可说，就算是捕风捉影，也演绎得像模像样。自私一点讲，这个节骨眼上正需要有谁大声说话。至少目前来看，国学大师的说法，离明王朝初年那个惊天秘密的真相最为接近。真相的揭示，似乎是赋予大龙缸光明身世的最后希望。至于，国学大师的说法有哪些漏洞，或者齐鲁、尚小林等人背后又做了啥手脚，不是蓝守玉要思考的。

引兰、墩子和"石磙子"一家子的命运，童桐、施云、柳叶萍的个人问题，六如和九眼天珠的身世，向书河、齐鲁同柴瑶的三角危情，齐鲁同李铁锤的利益瓜葛，齐家三代的家庭冲突，赵青花、叶景生、柳叶萍的手艺传承，老峨山佛头案和"兵哥"的最后结局，它们若即若离，一点点舔舐着原本安静的猴年秋天和冬天。

也许自己爱管闲事，放不下。

一切皆无常，无常也是宿命。

龙隐镇的算命半仙，看蓝守玉是"独火星"。蓝守玉呢，固执地认为性格使然，所谓的命相或更符合双鱼座男人的性格。性格即命运，平日里也见多了心理垃圾啥的，即便网上那群嘻嘻哈哈的小年轻，也是满身颓废主义。如此说来，顺了性格，也是由命。那就索性敞开怀抱接纳，横的竖的，笑脸哭脸，一股脑儿收了。

抑郁症的前期，是个人价值的慢性失血。

光鲜闹热背后，是那寂寞惘然。

倘若，真能够给青花大龙缸弄个光明前途，"独火星"也罢，双鱼座也罢，也就是一道或有或无的浮云而已。

76.3 【土豆扩股】

柴瑶收到徐昕蕾和齐天雷当面送达的关于土豆扩股的律师文本，并未流露出些许异样。

"这是齐总的意思？"柴瑶问道。

齐天雷欲说啥，被徐昕蕾抢了："算是吧。不过，此次扩股跟集团公司没有关系，扩股所需资金从我这边出。你有啥想法，可以直接给我谈。当然，也可以通过齐鲁转告。"

"呵呵……当然没有。"柴瑶似乎早有预料，"徐总看得起土豆，柴瑶当然很高兴。这么说，以后土豆的事，我应该向徐总汇报了？"

徐昕蕾道："我只管出钱，公司的事，你和天雷商量。"

齐天雷道："柴姨，你别误会，我妈没有夺权的意思，她只做土豆的财务投资人。"

柴瑶道："公司本来就是齐总在控股。扩股后，大股东还是你们家。徐总有权参与公司大小一应事务。"

徐昕蕾道："柴瑶，你真的别误会。我徐昕蕾有自知之明。我说了不插手，就不会食言。"

柴瑶道："那……今后土豆的大事，我是向你汇报，还是向大小齐总汇报？"

徐昕蕾道："律师文件应该说得很清楚。新土豆跟原来的土豆，管理体制上换汤不换药。要说有啥区别，这也是齐鲁给我和天雷说的，就是他不再过问。我不知他给你提过没有，新土豆，天雷任董事长，你任总经理。"

柴瑶道："没有。不过，这事既然你们定了，我执行便是。这么说，从现在起，小齐总应该就是我的新上司了？"

齐天雷道："我爸和我妈商量了，你继续任新土豆的法人代表，还管艺术品投资这一块的业务和公司的日常事务，我弄文化传媒新业务。"

徐昕蕾道："天雷年轻，没啥经验，我和齐鲁同意来土豆，也是随他理想，他喜欢就由他折腾，失败了也算我们花钱买情怀。"

柴瑶道："徐总放心，你们齐家是我和尚小林的贵人。有一句老话咋说来着，士为知己者死……"

"女为悦己者容……"徐昕蕾接道。

"对，对，知恩图报我柴瑶现在不敢说，但过河拆桥的事，绝对干不出来。我相信尚小林也不会。"

徐昕蕾道："我晓得你、小林，跟我们家齐鲁是铁三角，别人很难动摇。不过，既然是合伙人，就有合伙人的规矩。齐鲁把他的股份给了天雷，公司扩股，我们也做了个规划，需要扩股的资本金，也全部由我出。"

柴瑶道："我明白，刚才我看了律师文件，你们已给旧土豆做了两千万的估值。这个，虽然我和小林没有通过气，我想，既然齐总都已经同意了，我也没啥说的。何况估值还超出我个人预期。更为重要的是，徐总给新土豆增资三千万元，一下让公司力量壮大许多。我个人发自内心地高兴。按目前斥资情况看，徐总应该是新土豆的控股股东，小齐总、我和尚小林算合伙人。"

徐昕蕾道："我再次申明，本人只做财务投资，律师文件写的是控股股东，但我个人说了不插手，就不会插手，你和天雷放手做就是了。"

柴瑶道："谢谢徐总对我如此信任，我会全力协助小齐总的。"

徐昕蕾道："今后你要多操心，他小子好像对公司的经营业务没啥兴趣，只想弄他喜欢的啥网剧、电视、游戏这些。"

柴瑶道："小齐总是不可多得的青年才俊，有梦想，有情怀，他一定会成功的。"

徐昕蕾道："你也别捧他。今后你还得把钱给他管紧点，不能啥事都由着他性子来。"

齐天雷一听他妈这么说，担心柴瑶有看法，急了："妈，我不是愣头青。再说，我有曾导和王编助阵呢。"

见柴瑶没明白，徐昕蕾又解释道："他还没上任，就开始在运作了。好像要把曾子羊给挖过来，曾子羊还从京城弄个叫王了一的，说是个名人。"

柴瑶道："是的，一个有名的编剧。"

徐昕蕾道："过去，你、尚小林，还有齐鲁，土豆铁三角。他们这算是新的铁三角吗？"

柴瑶道："当然。如果他们三个人都能来新土豆，那么我非常看好这个新的铁三角。"

徐昕蕾道："看来柴美女是打了埋伏的嘛，消息这么灵通。"

柴瑶道："徐总多虑了。我真不知道前面说的这些，今天才第一次听徐总提起。回头我跟尚小林沟通一下，找公司的律师研究后，就可以正式签署文件了。"

齐天雷道："柴姨，程序上的事，你走就行了，常态化的东西你自己做主即可。今天和妈一块来找你，主要目的还是看能不能早点接触实质性的一些项目，比如，齐鲁集团让公司代理的'传世皇庭'的电视项目和艺术馆项目。"

柴瑶道："当然没问题，我们一会儿就可以去屏羌实地看看。"

齐天雷道："方便的话，把曾导也叫上。"

柴瑶道："刚才，徐总不是说，你们要挖曾导吗？"

齐天雷道："那是今后。准确地说，现在这事处于保密中，等他把手里的'官窑美人秀'电视项目做完后，才正式会谈到辞职入伙我们公司的事。"

柴瑶道："那就好。要现在叫曾导走人，恐怕有可能跟荣城电视台闹僵，对我们的项目实施不利。现在，还剩个最重要的总决赛了。"

齐天雷道："就是这个意思。"

扩股的框架敲定，柴瑶建议徐昕蕾也去屏羌看看。徐昕蕾说她就不去了，齐鲁去港岛了，要是回来让他知道自己又去下头的项目部走动，怕产生不必要的误会。柴瑶道，谁会给齐总说是去看项目呢？徐昕蕾道，齐鲁这个人，我太了解了，死要面子活受罪，让天雷去就行。

徐昕蕾就自己回了家。柴瑶开车，搭齐天雷去了屏羌。

76.4　【羊群效应】

到项目部，已过午后。柴瑶问要不要通知负责屏羌项目的集团副总来陪同，齐天雷说不必了，屏羌项目是他爹的活，跟土豆没直接关系，瞧瞧就行。

柴瑶就陪齐天雷走马观花，转了一圈。

"传世皇庭"一期的临江多层，主体已快封顶，二期场平也出来了，速度形象在屏羌也算前所未有。只是配套的屏羌湿地PPP，被政府暂时叫停清理。齐天雷道，美元缩表，人民币被迫卧倒，在债务数据上做去杠杆的文章，以对抗美元资本流出。政府的杠杆，主要又在政府债务性投资的一些PPP上，拿PPP开刀，是迟早的事。齐鲁集团急匆匆上这个项目，是没有预测到风险，还是其他问题？柴瑶道，只是临时叫停，湿地项目事关南岸大片土地开发，估计会缩减投资，降低规划标准，停建的可能不大，毕竟齐鲁集团中标后，已经投了不少了，完全叫停，集团将蒙受巨大损失，还会引发连锁反应，对在建的"传世皇庭"产生影响。齐天雷道，把投资项目的命运交给一个不确定的因素，赌博吗？柴瑶提醒道，此话算打你爹的脸吗？齐天雷笑道，伪命题，房地产商人，哪个不是唯利是图，有何脸面可打？

两人又看了下艺术馆。赵青花的作品已全部运抵"传世皇庭"，"官窑美人秀"寻宝也有上百件。因为还要面向社会征集一些作品，加上"官窑美人秀"决赛节目表演需要，一些宝贝还在剧组手里，尚未移交。已经移交的连同赵青花的陶艺作品，暂时都封存在售楼部的库房，等待开馆陈列。齐天雷问柴瑶，艺术馆不是还要一段时间才能建成吗？柴瑶道，是在售楼大厅临时开辟的展厅，过渡性陈列一部分，"官窑美人秀"决赛完后，土豆会按照协议，组织开馆捐赠活动，到时候齐总和蓝总还会遵守之前对社会的承诺，各自拿出一百件古陶瓷艺术品，捐赠艺术馆。

售楼部正在做一期多层的预售宣传，看房客户挤满一厅堂，预留的展厅位置，也被营销商临时接待客户挤占。

齐天雷问，还没开盘，哪来的这么多看房的？柴瑶道，大多数是看了"传世皇庭·官窑美人秀"节目被鼓动的，的确有情绪性需求嫌疑。齐天雷就摇头，羊群效应，就不怕接最后一棒？柴瑶道，你替人家操心啥，你爹要看到这么闹热，还不偷着乐呢。齐天雷道，正因为地产商们贪得无厌，才造成了眼前房地产的尴尬局面。

齐天雷下这个结论，柴瑶也觉得再聊下去，也没啥意思了。

76.5 【女人那点事】

齐天雷随柴瑶穿过人堆，朝旁边的一排写字间走去。柴瑶的办公室挨着协调部。路过协调部的时候，齐天雷见一美女，起身向他俩跑过来，欲向前打招呼，原来是上次来屏羌刚刚结识的童桐。也许有点小激动，童桐向前跨步的时候，竟然视玻璃门不见，"砰"……额头撞上了玻璃门，当场就晕了过去……

医生护士手忙脚乱，做完检查，挂上盐水，已到了屏羌人吃晚饭的时候。柴瑶叫齐天雷一起吃晚饭，齐天雷执意自己先守一下，说不是他，童桐就不会被撞了。医生提醒道，童桐伤得不重，她晕倒可能是熬夜过多，身体透支了，有些虚，睡一觉就好的。齐天雷道，那就守她睡一觉。柴瑶道，徐总还等着你回荣城哩。齐天雷道，那也要等她醒来。柴瑶道，你傻啊，她要半夜醒来，你守她半夜啊？齐天雷道，是呀，等她醒来，给她当面道歉。

"90后"都这么痴？要不就是"80后"老了？柴瑶摇着头出了病房，到走道里拨齐鲁电话。都快要拨通了，忽又觉得有啥挡着，便挂了，换拨徐昕蕾，说齐天雷在医院守童桐的事。一会齐天雷就接到他妈的电话，叫他马上赶回荣城。齐天雷回了一句，说他在屏羌守病人，就匆匆挂了。

徐昕蕾给齐天雷打电话的时候，柴瑶一个人还在走道里踱步。一会儿，齐鲁的电话来了。柴瑶有些奇怪，咋这会来电话？

"你在屏羌？"

"你咋知道？你老婆传递的情报？"

"她说天雷呢。"

"天雷没事。正守童桐呢。"

"童桐，就是你那个助手？"

"原来在土豆，后来不是园区有领导提出来，叫调到协调部，与地方上的沟通不都是她在弄么？"

"我想起来了，前些时候，文雄提过。她咋了？"

"没咋，自己晕倒了，正睡呢，休息一宿，会没事的。"

"没事就好。他小子咋在屏羌？"

"你不知道吗？"

"我知道啥？今天才飞到港岛，刚住下。"

"还别说，'土豪'就是不能有文化，要是有了，啥事装起来，个个都是表演大师。"

"我是真在港岛。"

"我知道，没说这事。"

"还有其他事？"

"你老婆没给你透露点啥？"

"她还有啥透露？再说，你俩之间的那点事，我不需要打听吧？"

"你想多了，我们之间没你想得那么恶心。"

"算我没说。"

"你打电话，就为说这个？"

"不是，是被你带沟里了。她打电话叫我给你说，劝劝那小子，把他弄回荣城。他一个毛头小子，守一个大姑娘，算哪回事？"

"这没问题，我会处理好。"

"谢谢你。"

"完了？"

"还有啥？"

"你就真不想知道，我和你家公子为何在屏羌？"

"跟着你去玩呗，还有啥。"

"他已经是我的上司，新土豆的小齐总了。"

"哦……"

"哦啥哦，看来你是知道的。"

"徐昕蕾找你了？"

"你还真是装的，被我猜中了。"

"瑶，可能不是你想象的那样。"

"齐总，你说得我柴瑶好像喜欢想象一样。不过，我不怨你，人家徐老板，把属于自己的权利拿回去，天经地义。"

"她给你谈土豆扩股的事了？"

"谈了，和小齐总一块来的。今天上午，荣城的公司里。"

"动作倒挺快。"

"全拜你配合默契嘛。"

"有误会，真的不是你想的那样。"

"我想的哪样？齐大老板，你们一家三口是大股东，你们的事，你们说了算。说得好听点，我是合伙人，说得不好听，就一打工的。"

"我是明确给他俩说了的，你继续当法人代表，公司上下，主要还是你拿主意。"

"我主要拿主意？齐大公子，这话怎么听起来这么像外交辞令？算了，不扯了。这么多年了，我还不了解你？"

"电话里，真的没法给你多说，等我回头给你当面解释。"

"不用了。你忙你的吧，医院这边的事，我会处理好，你不用担心，挂了。"

给齐鲁通完电话，柴瑶又给项目部去电话，通知园区协调部派个姑娘来医院守童桐。末了，觉着还有啥没完，又给施云去电话，说了童桐的事，叫施云转告蓝守玉。

园区协调部来的姑娘，是童桐的部下。待柴瑶给小姑娘反复交代完照顾童桐的事，齐天雷才跟柴瑶回了省城。离开病房，齐天雷眼里似有种清澈的东西在闪烁。当然，这只是柴瑶一个人的直觉。

76.6　【世界已然陌生】

蓝守玉是在傍晚接到施云电话的。

挂了施云电话，赶紧给童桐去电话。没人接听，童桐那会正在医院昏睡哩。当时他的第一反应，要不要告诉孔亮，最后还是放弃。孔亮算童桐的男朋友吗，蓝守玉问自己。这么一问，就想还是明天一早到屏羌看看情况再说吧。

蓝守玉赶到屏羌医院已是第二天早上。停车场车来车往，接人的，送人的，都趁一个早。待停好车，正准备开车门时，见童桐一个人从住院楼出来了。没等他开门打招呼，一辆车停在了童桐跟前。门开的那一刹那，蓝守玉看见了驾车的男人。怎么是他？！

赶紧掏出手机，拨了童桐的电话。

电话那头传来童桐有气无力的声音。

"表哥……"

"施云说你咋了？"

"昨儿在公司晕倒了。"

"医生咋说？"

"可能累的。"

"没那啥吧？"

"没呢。"

"要不要告诉舅母和孔亮？"

"干吗要告诉他们呀？我又不是小孩家家。你想让他们都来看我笑话？"

"那我来屏羌看看？"

"谢谢你，我都出院了。"

"真的没啥？"

"会有啥呀？"

听得出来，童桐并不乐意他的关心。是有啥气吗？要在以前可不是今天这样的，自己可是常常扮演童桐出气筒角色，现在呢……

嘟嘟嘟，嘟嘟嘟……电话已被挂掉，接童桐的车也早出了医院大门……

等上班时间到，蓝守玉给文雄打了个电话。

"你在哪？"

"是蓝兄弟啊，有何指示？"

"不是我，还会是谁？"

"也是，刚到管委会办公室呢。"

"我也正往屏羌赶。"

"到屏羌是有啥重要的事吗？"

"也没啥，不是表妹住院了吗，来看看，再就是想找你谈谈郭墩子的情况。"

"童桐咋了？"

"没人告诉你吗？"这么说，不知是明知故问，还是答非所问，想想又道，"说是累倒了。"

"还没见她人呢。一会儿，我问问情况。"

"哦……"

蓝守玉若有所思。

"你说郭墩子有啥情况？"

"也没更多情况。这些天，自己眼皮不是老跳么，加上又联系不上他，着急。"

"你是多虑了吧？"

"是有点。快过年了，他干外公不是病重得很？"

"郭墩子应该没事的，小聂他们好像有动作。你要着急，可去小聂专案组打听打听。"

"他们没给你通气？"

"我现在已经不管具体的案子了。"

"那我去方便不？"

"没事，我这就给小聂打电话，你一会到屏羌直接去就是。"

"哦……"

蓝守玉还想说啥，文雄已挂电话。今天，童桐和文雄怎么都这样，三句两句，就给挂了？话不投机？自己老了？还是这个世界已然变得陌生？

76.7 【问世间情为何物】

文雄回过电话来，说同小聂通了电话，但是小聂带人去了石梁。小聂叫他转告蓝守玉，郭大林还在玉竹县。

蓝守玉问，他在玉竹干啥？文雄道，"兵哥"给他打电话，叫他去玉竹，他要同他见面。蓝守玉道，这节骨眼上，还去玉竹干吗，"兵哥"玩调虎离山？文雄道，小聂他们也是这么判断的，所以留了两手，玉竹和石梁都有他们的人。蓝守玉问，郭墩子会不会有啥危险？文雄道，不会，小聂的人已经同他接洽上，也就是说，他的外围都是便衣，放心好了。蓝守玉又问，石梁那个院子找到了？文雄道，找到了，多亏了郭大林提供的千年小米荔枝树，还有寺院无头石狮的细节，当地文管所在全县的山区乡镇，采取拉网式筛查，还真找到了。蓝守玉道，找到就好，即使抓不住人，那些墙画从此也会重新引起重视，客观上会得到保护。文雄叫放心，说人是一定要抓到的，这案子拖这么久，要没个说法，自己也无脸见三江父老。蓝守玉问，不是说不再关心这个案子吗？文雄强调，不是不关心，是自己现在是园区的主任，不管案情，但是郭大林这条线，又是自己负责的，能成功破案，也是加分的好事。

见文雄一本正经样，蓝守玉笑道，当然，加分出政绩，市里面不是正在考察吗？文雄道，县里已经推荐，考察公示都贴在县委大院了。蓝守玉道，恭喜文县长。文雄纠正道，不是副县长，是县政府党组成员。蓝守玉问，那叫啥，文党组？文成员？多别扭，还是文县长好。文雄就嗯……啊……一串心不在焉的叹词。蓝守玉寻思，文雄平时嘴巴像抹油，今天咋了，语焉不详，客套个啥？

文雄的语焉不详和客套，在蓝守玉看来，可能有这么几个原因：一是要能做副县长，谁愿意屈就一个虚职的党组成员？二是干部考察公示期间，最聪明的做法就是低调，不出事。三是有难言之隐。

前两个可能很快被蓝守玉否定，怎么说文雄也算穿越过军政两界，还有啥没见过？

剩下难言之隐。一个外强中干的粗哥，肠子几节拐拐几两轻重，明明白白，还有啥见不得人的？

蓝守玉不敢继续追问。不敢追问，因为他感觉有些不安，不安来自童桐。别看童桐穿着打扮，早与闹市街妞无二，骨子里还是村姑气，表面上大大咧咧，见不得别人对自己好，说不好听点，就是胸大无脑，感情上容易受伤害。

问世间情为何物，直教人生死相许。有没有生死相许的真爱？

蓝守玉对"独火星"双鱼座的命，是否能找到真爱是持怀疑态度的。可他又希望曾经遭遇过的那些女子，都能找到上辈子欠下的那一段旧缘。施云和柳叶萍，"隐蓝"和童桐。她们都有着与众不同的美好一面。就说童桐吧，大大咧咧，多好的姑娘，一说到男女之事，情商就会下降，露怯。也许出身自卑，注定与别的女生并不对等。若未能如意，往往又归过于缘分不够。也只能讲缘分了。

童桐曾在他面前不止一次愤言，世上的好男人死光了。他知道，她是气话。越是对男人没信心，越容易陷进情感的盲区。最近童桐的反常，让他更不敢再往下面捋。

要命的是，他分明看清楚了那个去屏羌医院门口接她的男人。

那个男人，不是别人，是他最好的哥们！

他并不希望表妹朝自己瞎猜的方向发展。是不是该找她谈谈了？但这又算啥呢？以表哥身份还是啥？何况现在她的手机已经处于长时间无法接通状态。显然，她并不想任何人，此刻前去干扰她的空间，包括最亲近的表哥……

77.1 【头号拍品】

抵达港岛第二天，齐鲁早早地来到奥港国际拍卖的预展现场。他关注的那两件大龙缸摆放在预展大厅的"C位"。

天作之合的神物，今天各自有了意义非凡的名字："土司遗物大明宣德官窑青花釉里红鱼龙抢珠纹大缸"和"景德镇'雪岭瓷庄'出品宣德七年款青花釉里红鱼龙抢珠纹大缸"。

如果不考虑名字指代的背景和内涵，两件青花大缸从外观上是无法区分的：几无二样的尺寸、纹饰和厚重，就连青花的发色也那么接近。就像一对双胞胎，一样的五官和身材，一样的发型和衣着，一样的眼神和谈吐，除了养育的父母，谁能分得清？此刻，它俩那么腼腆，又那么耀眼，占据公众的视野，接纳人们的艳羡。

"土司遗物"旁，放着一件老旧的皮箱和一张发黄的黑白照。媒体报道，照片是永宣堂在一个老女人的家里发现大龙缸时所拍，老女人就是传说中的土司后人，民国滇军旅长的保姆。大龙缸躺在一间阴暗的屋子。皮箱盖打开的那一刻，它的容颜被揭示，人们有了机会，目睹尘封的一段陈年往事。黑白照和老皮箱，显然承担着讲述的角色。此刻，它们更像在暗示，它们的主人——大龙缸，已然沉淀五百年以上沧桑，被人遗忘于人世的角落，遗忘很多年，现在彼此互证，并以岁月的名义，同赋予纵深和绚丽。

"雪岭出品"，从名字上看，可知道其出身不可小觑。好东西自己会说话，这是古玩行的经验之谈。赵青花、叶景生和柳叶萍三个国宝级陶瓷大师的签名收藏证书，一声不响地摆在那里。有一种大声，叫一声不响。一位大师，已让宝物身价不菲，何况三位大师联手出品！

"雪岭出品"的登台，只为主角的出场友情客串，说好听一点是为给"土司遗物"捧场，说不好听一点是来求反证。反证也为突出岁月的主题。就像大龙缸旁修长的模特一样，亭亭玉立，小鸟依人，换着花样的摆拍构图，加大时间反差——与"雪岭出品"一道，她或者它们都站在"土司遗物"的对面。作为时空尺度的陌生感和冲突存在，她或者它们是当事人，也是代言人。一些人私下传说，模特和宝物的混搭，诠释了一个叫"红粉青花"的复古主义审美命题。

一切按封面头号拍品定位。看得出此次拍卖方对宣德青花大龙缸的问世，也是用心至极。

人气自不必言，单看各路媒体记者，快门不停，镁光闪烁，就知今天最亮丽的台柱子，当是宣德青花。

77.2 　【官窑中的官窑】

奥港春拍的新闻发布会，就在预展大厅举行。

负责人滔滔不绝向媒体展示了两件宣德大缸的背景资料，讲述它们各自精彩的过往。齐鲁知道，奥港国际拍卖有关人士的讲述，是否浮夸不实并不重要，重要的是他的讲述已随互联网的亿万终端，一波又一波地推广传送开去，传送到北上广，到东亚南亚，到中东，到巴黎、伦敦、纽约……终端的"土豪金"们，也不管真的还是冒牌的"土豪金"，都是故事流量潜在的消费者。

大龙缸是当之无愧的大明星。众多人物的出场，只为烘托它的特立独行。

作为奥港国际特别邀请的古陶瓷鉴赏专家，卫都大师的出场举足轻重。

"朋友们……"

面对各路媒体，他借目光横扫的片刻停顿，提醒接下来的表态，可能直接关乎压台明星的身价。

"大家都看到了，摆在我们面前的是天作地设的一对青花大龙缸，一个叫宣德官窑，一个叫当代艺术，但就其本身的审美价值而言，无疑都是独一无二的优秀之作，我无法精准地做出判断和取舍。"

有记者提问，明清景德镇官窑是全球各大拍场的主流品种，有记录可查的宣德官窑青花，也有过一些可以参考的上拍作品。当代新仿宣德官窑，青花也好，釉里红也好，单色釉也好，也不乏大师级别出品。但是，无论历代传世，还是当代新仿，都不是稀缺之物，独一无二又从何谈起？

卫都解释道："官窑都是宝，但宝与宝不同。大家最钟爱的青花，当数宣青。瓷胎的纯白精致，青花的最佳发色，绘画的秀气清雅，造就宣窑青花的名贵，宣青自然也成了历代文人雅士梦寐以求的名器。这要得力于中东两河流域的苏麻离青，东方高岭山的优质麻仓土，还有文艺青年朱瞻基超凡脱俗的文人趣味，三者的融合，造就了宣德官窑青花。宣窑作品往往小而精的多见，大而精的极罕有，尤其是大龙缸，不计成本，耗费财力人力和时间，几乎以举国之力烧造，成功率也极低。自然，宣青大龙缸在宣窑诸品中最负盛名，何况还是青花釉里红，可谓前无古人、后无来者，毫不夸张地说，是官窑中的官窑、桂冠上的明珠。历年来只要上拍，都会被发烧友们竞相追捧，价也是节节高攀。苏麻离青，从西亚开采贸易而来，明代成化一朝后已然绝迹。麻仓土在明代中晚期后也几近挖空。大龙缸自万历后无法再烧造，除了技术的失传外，有一个原因就是胎土原料的不可逆转。也就是说，宣窑青花理论上是无法仿烧的。"

卫都关于宣窑青花无法仿烧的观点，让人群一片哗然。显然，这是一个无法让人信服的声音。有媒体记者当场就质疑，既然如此，那"雪岭瓷庄"出品，又如何解释？

这个问题正是卫都需要的。

"问得好。这另外一件当代景德镇'雪岭瓷庄'出品，为什么能复烧成功，还烧成了精品？"卫都问道。

是呀，为什么呢？所有的人都静静地等待着卫都的进一步阐释。

"因为它最大限度还原了宣窑青花釉里红鱼龙抢珠纹大缸的客观烧造条件。现代配方的钴料，已十分接近苏青，釉里红的宝石鲜光至少也可打九分。加上传说中最后的麻仓御土被发现，以及葫芦柴窑的成功复烧。"

人群中再次有了唏嘘。

"钴料或许很多大师会试着配制，葫芦柴窑也可能再次复烧，麻仓御土仅此使用一次。这是没有办法的事，也是宣窑大龙缸无法再生的客观原因。没有高岭山一级麻仓御土，要想成功复烧宣德青花釉里红大龙缸，只能是奢侈的梦幻。这件大龙缸，正好聚集以上三个还原条件。以前从来没有，以后也不会有。就这一点，可以说它继承了宣德青花和釉里红显赫的基因，其稀缺性可想而知。"

又一阵唏嘘。

"最关键的一点，宣德青花釉里红鱼龙抢珠纹大缸身上，分明鲜活地流淌着当代景德镇三个官窑仿古大师的血液。"

投影屏幕上，切换成了赵青花、叶景生、柳叶萍的图文资料。

"赵青花，享受政府津贴专家，国宝级官窑仿古大师。叶景生，窑火传奇，骨灰级柴窑掌桩大师。柳叶萍，景德镇陶瓷美术学院高才生，青花绘画后起之秀。三位大师联袂出场，只为烧造这件不可多得的当代陶瓷国宝，也算当代官窑仿古界的佳话和传奇了。"

人群开始骚动。

"雪岭出品宣德青花釉里红鱼龙抢珠纹大缸，集三千宠爱于一身，它已然最大限度地接近宣窑真品。它的成功复烧，可以说是当代明清官窑仿古的巅峰之作，但是真正称得上前无古人、后无来者的是它——"卫都指着另一件大龙缸道，"土司遗物大明宣德官窑青花釉里红鱼龙抢珠纹大缸，在目前可以见到的传世宣窑大龙缸中，这件神物拥有三个最，器形最大、绘画最工、发色最艳。最关键的是，它是唯一一件明确宣德纪年款的青花釉里红大龙缸。"

说到这里，有记者举手提问，两件大龙缸，在普通人看来，根本无法区分，就像双胞胎一样。抛开送拍公司永宣堂所讲故事，凭什么说它是真的，难道就没能两件都是"雪岭出品"吗?

"问得好,古玩行当,特别是官窑拍卖,我们往往喜欢听故事,忽视对器物本身的求真。没错,从某种意义上说,它们都是宝贝,一件是高仿中的高仿,一件是官窑中的官窑,都稀缺,也不可替代。虽然说,真到假时真亦假,假到真时假亦真。但是,请别忘了一个哲学命题,真的就是真的,假的就是假的。谁是美猴王,谁是六耳猕猴,当他们俩都聚焦于如来佛祖的意念之下,就有了明确的答案。器物面前,再高明的文物专家的理论,再实用的古董玩家的经验,都是苍白的。有一句话很管用,器物自己会说话。还有一句,不怕不识货,就怕货比货。现在,我们来个现场的感受,看一看两者究竟存在多大的区别。"

工作人员示意记者和观众,可以上前察看。有几人上去,围着两件大龙缸转了几圈。卫都叫他们谈一下感受。几人都笑着摇头说,确实看得出来,真的是真的,假的是假的,只是说不出来那种真和假的味道。

"能感受到,却说不出来就对了。这就叫器物自己会说话。味道,对于鉴赏明清官窑,很管用。啥味道呢?岁月的味道。几个世纪的岁月,那是多大的一种陌生感! 其实大家说不出来啥味道,却能准确地判断谁真谁假,因为大家找到了真品身上散发的独特也是陌生的沧桑感。几百年时光,终化成器物内敛的韵,含蓄的泽,以及不可名状的遥。仿品呢,它在那里,给人一种似曾相识的直觉,怎么看,怎么像身边的某样玩意,因为它已经不可避免地打上了这个时代的鲜明烙印。"

满场的喝彩和掌声。

77.3 【青花的尖叫】

众人正情绪高涨,"但是,"卫都话锋一转,浇了瓢水,"今天,我们必须得在它们之间,作个二选一的了断。"

一下静得出奇,所有的人都屏住呼吸。二选一,卫大师,你这又是哪出? 刚才不是说无法精准识别么,咋又出尔反尔? 莫非,是套路?

卫都没有说话。

一个英俊后生走到大屏幕前,站在两个大龙缸之间。齐鲁认得,那个年轻人不是别人,是柳叶萍的徒弟,叶景生的外孙小叶。

小伙子一脸堆笑,自我介绍道:"各位前辈,各位老师,大家上午好,我叫叶瑶溪,大家叫我小叶好了。我来自景德镇'雪岭瓷庄',请大家多多关照。"

说罢，向大家鞠了一躬。

"雪岭瓷庄"来的？有人窃窃私语道。

"没错，我师从景德镇青花绘画大师柳叶萍，我的外公是景德镇掌桩大师叶景生。"

原来如此！

"此次来港岛，是受奥港国际拍卖的邀请，当然也是奉了赵青花、叶景生、柳叶萍三位大师的使命。"

大师的使命？给"雪岭瓷庄"打广告？奥港的鸡年春拍封面明星是"土司遗物"，莫非"雪岭出品"也要上拍？人群里又一阵私语。

"相信大家和我有着同样的疑问。永宣堂在发现'土司遗物'之后，带着高清实图去了景德镇，遍寻仿古高手和原料。终于，永宣堂找到了赵青花、叶景生、柳叶萍三位大师。要仿烧宣德青花釉里红，材料是关键。釉里红的红宝石料，已经在西南盆地某地找到替代品，那就是大名鼎鼎的南红玛瑙。也就是说，釉里红不是问题。但是，青花呢？要烧造宣窑大龙缸，首先得满足麻仓土和苏青这两样必备原料。令人惊喜的是，永宣堂在景德镇当地一个大瓷商那里，意外地发现了雪岭仅存的一点麻仓御土。苏青当然永远没有了。好在师傅赵青花，在与龙珠阁御窑出土宣青大龙缸反复比对试验之后，最终找到了苏青代用品的最佳成分比例，那就是乐平陂塘青和锰铁矿的精确比值。在此基础上，由柳叶萍完成彩绘，叶景生掌桩，在瑶里的雪岭，重新点燃葫芦古窑，秘密成功复烧了这件宣德青花釉里红大龙缸。"

满场静得出奇。

卫都接过小叶的话，继续讲述道："没错。中国有句古话，长江后浪推前浪。这位后生，景德镇陶瓷才俊叶瑶溪，他身后的确站着赵青花、叶景生和柳叶萍三位陶瓷大师。他刚才说，这次是奉了三位大师的使命，来奥港国际的。如此，我们是不是都在着急想看到最后的谜底？"

没有谁应和。

卫都读出了大家的眼神。他缓缓说道："我能猜得到各位此刻的心情。其实，当永宣堂告诉我，小叶朋友要带着三位大师的使命赴港的时候，我也同样坐不住了，因为，我卫都同在场的朋友一样有着同样的疑惑……"

卫都说这话的时候，有工作人员递上来一把金色的小锤。

多么熟悉的紫金锤！那不是护宝锤吗？

一把饱受争议的紫金锤——它曾经缔造了"天下收藏"的收视率神话，也惹上了官司。据说，那把紫金锤砸掉的瓷器，八成是珍品，三成是国宝……

此时此地，请出护宝锤，难道……

空气中弥漫着某种窒息和不安。所有人分明记得那句著名的台词——"我们的口号是……"

那是谁的声音？似曾相识，又那么陌生。

还没等大家回过神来，只听"扑哧"一声，"雪岭出品"幻化成一群嗡嗡乱舞的蝴蝶……

"妈呀……"

大家看见了"雪岭出品"缸沿那道新鲜的口子，仿佛女人雪白的胸脯被谁撕裂。

所有人都尖叫起来……

尖叫之后，是年轻后生小叶特有的声调："是的。我肩负'雪岭瓷庄'三位陶瓷大师的使命，已经揭晓了。那就是，大家耳熟能详的那句，去伪——存真！"

小叶见大家还沉浸在刚才的惊吓中，继续他的演讲："'雪岭瓷庄'一直在做弘扬古陶瓷文化，仿制元明清历代官窑的事情。但是令我们忧虑的是，赝品的泛滥，客观上在古陶瓷的收藏和鉴定上，给大家带来了巨大的障碍。我经常听三位前辈讲，元明清景德镇御窑出品，是东方陶瓷美术的瑰宝，是盛开在中华传统文化珠穆朗玛之巅的雪莲，然而，因为材料所属时代等天时地利，已经注定成为不可复制的历史。今天，我们花费百般心思，所做的各种仿烧努力，不过东施效颦，最后导致人们普遍的认知盲区，认为官窑是可以复制的。这不是好事，因为仿品的存在，我们变得暧昧了，于是真假不分，国宝淹没，文化尴尬。'雪岭瓷庄'三位前辈在获知'土司遗物'问世后，激动不已，因为它可以确定是目前所能见到的最好的宣德御窑出品，也是现存最珍稀的陶瓷国宝之一。三位前辈就想，必须得搞一件惊天动地的事，哪怕再难。好在，天无绝人之路。也许是上天的馈赠，'雪岭瓷庄'碰上了世上仅存的麻仓御土，也找到了可以替代苏麻离青的钴料配方和替代宝石红的南红玛瑙。加上三位大师的强强联手和葫芦老窑的成功复烧，'土司遗物'被'雪岭出品'成功克隆。众所周知，仿品的存在，客观上是对珍品的蔑视。复烧'雪岭出品'，既不是'雪岭瓷庄'的主要目的，也不是景德镇瓷人的终极价值。三位大师就想，有没有一种可能，重新唤醒世人对传世国宝的崇拜和珍视？所以，我来到了奥港国际拍卖，我想要让大家亲眼见证，我们'雪岭瓷庄'的真正使命，不是仿烧赝品，而是传承中华优秀陶瓷文化。也许大家会问，三位前辈的心血，不也是一件崭新的国宝吗？不错，因为最后的麻仓御土的发现，让他们的仿烧，第一次离宣德官窑那么近。当然，这极有可能也是最后一次。刚才卫都老师已经做了阐述。元明清官窑，已然不可逆转地流逝于历史长河。三位大师联手缔造了明清官窑仿烧的神话。但是，赝品就是赝品，它永远与真品有着无法逾越的鸿沟。而真品，那才是我们永远也无法复制的偶像和图腾。比如，宣德青花大龙缸，它的确不可仿烧，也是不可多得的文化遗产。今天，我奉前辈之命，把这件'雪岭出品'的仿烧龙缸，在众目睽睽之下，一锤砸掉，就是要了结多年来困扰古陶瓷收藏鉴赏和投资的一个命题——我们在真假上，态度绝对不能暧昧，真就是真，假就是假，必须做出二选一的取舍，那就是……"

"去伪——存真……"

很多的人，顺着叶瑶溪的话喊道。

之后，长时间的唏嘘和嗟叹……

77.4 【天意】

卫都从包里掏出一张《星港日报》。显示屏上，工作人员播出了报纸标题截图："大明亡帝逃亡西康最新猜想"。

"各位可能纳闷，我为何要给大家看这样一张报纸？"卫都挥了挥手里的报纸，指着宣德大龙缸道，"这段时间，我同大家一样沉浸在大明亡帝猜想的狂欢中。"

大厅里又开始了又一轮的骚动。显然大明亡帝的话题，调动了众人又一个兴奋点。

"关于明亡帝炆失踪之谜，一直以来都是明史爱好者们追捧的热点话题。港岛国学大师最新的猜想，是我见到的最有说服力的，也最为认可的一种可能。我不知道大家是不是也同我一样有着这样的想法？"卫都向现场的朋友问道。

有人举手表示同意。

卫都继续自己的陈述："当朝廷的政治风险期缓过之后，历史已然翻到了宣德一朝。帝炆由南向北，绕道盆地，来到高原和盆地的交壤之地。他一路寻访名山古刹，一路题诗抒情。尽管委婉、含蓄，字里行间仍然看得出曾经的权力和仇恨，但那些与修行无涉的世俗欲望，业已熄灭。昔日的帝王，行走在苦行跋涉的路上。他来到了盆地的西北，在西康一座叫大乘山水月寺的古刹里终老。于是，有了后来的龙隐山和龙隐寺。这里要特别提到一个人，明早期三朝大内元老侯显。帝炆流落高原和盆地西北西南的时候，他不是一个人在行走，他的后面还有一个影子，正尾随而来。那个人就是侯显。这也是国学大师的独特发现。当然不是一个虚妄的猜想，既有文献的支持，还有传说的讲述，更有物化的证据。媒体关于国学大师的专访，提到了琉璃紫鱼和题诗，提到了甘南郭家庙村五色竹和九眼天珠，和茗山县车岭郑营磨鱼腰牌的传说。它们互相印证，构成帝炆最后归宿猜想的信息链条。对于猜想，这些证据已经足够。但是，让我们感到遗憾的是，似乎缺少了一个明确纪年的有力物证。今天，我给大家讲这件事，其实就是要向大家揭示——"

所有人都盯着他。

那么安静！仿佛处子诞生于黎明。

"这个证据很可能就是，永宣堂发现的西康土司遗物大明宣德官窑宣德七年纪年款青花釉里红鱼龙抢珠纹大缸！"卫彬指着大龙缸，大声道出。

大家还在惊讶的时候，齐鲁第一个带头鼓掌起来。拍卖公司的经理们和工作人员，还有在场的记者和观众，恍然大悟……

这才是今天最大的爆点！

……

掌声雷动之后，齐鲁听到有人在说："国学大师发布大明亡帝炆失踪猜想，恰逢土司遗物宣德大龙缸惊现港岛拍场，真乃天意！"

顺着声音，齐鲁看到了人群中尚小林的影子。

"天意！天意！"

很多人附和道……

接下来的拍品推荐议程，是拍卖公司发布的两项内容。一是奥港专家团队给出的鉴定意见。专家的意见，在大家的意料之中，"土司遗物"是宣德本朝珍品。再是奥港拍卖受一个潜在买家所托，转而委托第三方艺术品投资机构上津文交所出具的，"土司遗物"拍品的市场保守估价七亿元的证书，并给予长期投资保值建议。

七亿元人民币，折合港币八亿七千五百万元！这个估价，一举刷新宣德青花大龙缸的成交价格，也是目前能见到的官窑瓷器的最新纪录。之前的天价是这些宝贝创造的：元青花萧何月下追韩信梅瓶八亿四千万港币，乾隆粉彩转心"吉庆有余"瓶五亿五千万港币，"鬼谷子"和"鸡缸杯"不到三亿港币。无疑，今天发布的宣窑大龙缸估价，又将是一项重要的艺术品天价纪录。

当然，这仅仅是拍卖公司的一种宣传造势行为，再高的估价，都得靠真金白银来检验。没有实质性的成交，这个天价数据，除了炒作，对艺术品投资并无参考意义。

七亿元人民币？这得多大的实力？在场的观众和记者，一片哗然。那个潜在的买家究竟是何方"土豪"？中东的石油大亨？日本的金融家？港台的演艺明星？欧洲的贵族？北美的科技精英？都被一一否定。

大家交头接耳的结果是，这个"土豪"一定是来自大陆的地产大佬。

那他又会是谁呢？所有的人都在心目中，按照自己的标准，把所知的大佬一一筛选了一遍。

他？他？还是他？

齐鲁和尚小林，已不见踪影……

77.5　【下午茶】

离开预展现场，齐鲁和尚小林并没有消失，而是回了下榻酒店。

尚小林掏出三张名片：永宣堂徐堂主、上津文交所艺术品部高总监，还有深市万洋信托艺术品融资部业务主管廖主管。几位客人，上午都出席了奥港国际春拍媒体见面会。下午尚小林将陪同齐鲁，一一登门拜访。

齐鲁在徐堂主名片后面，标了个"4点"，在高总监后面标了个"3点"，在廖主管后面标了个"9点"。尚小林问，晚上约美女妥不妥？齐鲁也觉得是，又将高总监的"3"改成了"9"，将廖主管的"9"改成了"3"。尚小林当然懂得，这是将两位的拜会时间互换。

尚小林向三人分别发了短信，预约。实际上，邀请三人来预展现场，尚小林就已替齐鲁初步沟通过。徐堂主回道，下午就不必聚了，晚上一块吃顿便饭即可。尚小林又问去哪吃，堂主回，餐厅找个包间啦。这个徐堂主，看来是个老古董，老古董有老古董好处，直率，好打发。

高总监没有直接回，只问，有啥好玩的没？齐鲁和尚小林当然明白啥意思了。好玩？港岛啥好玩没有，说玩，就好对付了。尚小林问齐鲁，陪他玩啥？齐鲁想也没想，"SPA"呗。尚小林就发过去。高总监回了个问号？尚小林笑道，"SPA"都没玩过，枉是个总监。就回，养生水疗呀。很快，收到高总监的冒号，右括号和叹号，意思是很高兴地同意了。尚小林就给酒店水疗馆去电话，预约晚上房间。

廖美女的回复，姗姗来迟。美女的回复很文艺：港岛的阳光，据说很温暖，要不去喝下午茶？都说咖啡美女，咋还有好下午茶这口的？尚小林纳闷了。齐鲁笑道，说是喝茶，其实是去吃茶点。尚小林应道，还以为只有早茶，没想到还有下午茶。齐鲁道，都是一回事，时间不同而已，边说边拟了条短信，叫尚小林转给廖美女。

齐鲁拟的短信是一首打油诗：

> 南国日暖舌生烟，
> 廖总午茶赛环仙。
> 以腴为美多吃点，
> 一梦如花上云天。

尚小林问，黄色的？齐鲁道，没那么低俗，是暧昧好不好，黄色是道德范畴，暧昧是审美范畴，没察觉廖美女是文青吗，不弄点文艺范，就没共同语言了，见面咋能谈得拢？尚小林道，要说高明真要数齐总，有文化，还懂美女心理学。齐鲁笑道，屁话，抓紧发过去。廖美女的回复也是亮了，你们齐总真是，"土豪"加君子？有品位，本宫准了。

尚小林笑道，全部搞定，没想到齐总这么有魅力。齐鲁道，你以为他们是看齐某的脸么，错了，这个年头，谁的脸还有比这玩意大？齐鲁说着从皮夹里掏出两张银行卡，递给尚小林。尚小林问，两张？不是三个人吗？齐鲁道，那个堂主是找我们做生意，是他求我们，别搞反了。

酒店的咖啡厅有几间。尚小林陪齐鲁和廖主管，一间挨一间挑。廖主管边走边道，挑个名字雅的。齐鲁说好。到了一间，廖主管停住，这个好，"甜意"，说不定进去会碰上港星。齐鲁努力憋住没笑，美女，你读反了，人家叫"意甜"。当然，这话他憋在了肚子里，没说出来。

"意甜"是一家意大利式甜品店。三人进了店，港星是没有的。再说，有也不认识。进店的，男人女人，脸蛋识别度都低，除了齐鲁他们三个，哪个看着都似刚从屏幕上走下来的一样。

服务生递上菜单。尚小林又递予齐鲁，齐鲁又递予廖主管。廖主管好不惬意，道，喝啥不重要，重要的是有气氛啦。齐鲁翻了下菜单，道，那就来壶玫瑰花茶、芒果芝士蛋糕、奶油酱，壶要银的那种。尚小林小声问，不陪美女喝点红的？齐鲁看了看廖主管，廖主管笑道，随意啦。就又点了三瓶意大利红酒"西施佳雅"。

快要五点时，廖主管脸已绯红。齐鲁问，晚餐要不要再聚聚？廖主管道，我喝高了，是不是？齐鲁道，美女好酒兴，刚上状态，红霞飞呢。廖主管道，我这人贱，见不得气氛，一喝就入戏，真的高了，得回房躺躺。齐鲁让尚小林送廖主管回房。尚小林就去搀扶，廖主管脚步不稳，不过还是勉强站住了，婉拒两人好意。拉拉扯扯中，尚小林已将银行卡塞进她的坤包里。廖主管睁一眼、闭一眼，谢也没道，便与二人分手回房。

与徐堂主的晚餐，真的简约。徐堂主带了一男一女前来。徐堂主特意介绍了那男的，港岛龙家嘴小有名气的"龙家五朵云"之一，人称"龙小五"。"龙小五"兄弟姊妹五个，以五色取名，大哥龙红云，二哥龙青云，三姐龙黄云，四姐龙绿云，此人老五叫龙紫云。尚小林道，听说过龙青云，会武功。龙小五自嘲道，港岛叫龙青云的起堆，好多还会点花拳绣腿，都跟那啥龙青云学的。齐鲁笑着请教，小五兄弟会哪门子呢？龙小五笑道，啥也不会，跟着徐堂主跑古玩江湖。齐鲁大笑，徐堂主的码头大，跟着他，一定会有大出息。齐鲁这话，顺道连徐堂主一道吹捧了。

徐堂主自己做了主席，对齐鲁道，二位到港岛，与永宣堂合作，是永宣堂的荣幸，这顿晚餐算徐某的心意啦。齐鲁本想客气，见徐堂主一脸正经样，也没坚持。都说港岛生意人务实，齐鲁算见识了。像此种应酬，你三巡，我三巡，在内地没一两个小时拿不下来。

徐堂主一入席，就端起酒杯，直奔主题——"土司遗物"。酒规嘛，徐堂主又说，前三杯同饮，预祝合作愉快，接下来就随意，不再劝。齐鲁表示没意见。几人边吃，边敲定了些细节。

半个小时差不多，徐堂主问，好了没？齐鲁和尚小林当然说很好啦。徐堂主笑道，那后会有期？尚小林提议，要不要互留个微信啥的？徐堂主说行呀。

扫描龙小五微信二维码时，齐鲁晃到他手机桌面有四男一女雪山下的合影，旁边还有个皮卡车。中间那男的好熟悉，酷似蓝守玉。就多看了一眼，还真是他。龙小五，也就是眼前手机的主人，就站在蓝守玉的旁边。

他们俩咋认识的？齐鲁在脑子里画了个大大的问号。

77.6　【道理和放屁】

与徐堂主一行告别后，尚小林去高总监房外接总监。

齐鲁一人先去了水疗馆。途中，给蓝守玉通了个短话，说今天看到永宣堂随行一男的手机里有张兄弟的照片，那人认识？蓝守玉问，两人合影？齐鲁道，不是，五个人，一女四男，后面是雪山，旁边是皮卡。蓝守玉也纳闷，五个人？一女四男？雪山下？旁边是皮卡？会不是秋天去甘南那回呀？齐鲁道，鬼才晓得你的呢。蓝守玉道，你说的这个龙小五，我不认识，他咋会有这张照片？齐鲁也纳闷，是呀，那个港岛人分明就站在你旁边呢！齐鲁这么一说，蓝守玉想起来了，莫非国学大师的龙助理？齐鲁说，什么龙助理，他叫龙紫云，龙家嘴"龙家五朵云"之一的龙小五。蓝守玉明白了，这个龙小五跟龙海泉是同一个人，但是他咋跟永宣堂搞在了一起？齐鲁反问道，什么搞在一起，人家就是永宣堂徐堂主的徒弟。蓝守玉更纳闷了，那，你们咋又搞在了一起？齐鲁道，是尚小林约的，永宣堂、上津文交所和深市万洋信托的几个朋友，参加完"土司遗物"和"雪岭出品"预展发布会，见个面，拜个码头，也是正常的圈子交流，得给大龙缸想个出路。蓝守玉一听，大致明白了，龙海泉或叫龙小五的，可能是永宣堂的人，他跟国学大师的关系，也只是听"影"说的，根本无法求证。再说，"影"至今未谋一面，是男是女是人是鬼都不好说。不管咋样，现在龙助理的确和永宣堂在一起。也许，他和尚小林早就认识。如果是那样……蓝守玉忽然有了某种不好的预感。这都不重要。现在他担心的是，尚小林挖空心思折腾大龙缸，是要把东西走私到海外吗？蓝守玉说出了自己的担忧。齐鲁说他有底线，不用想多了。

齐鲁越说他想多了，他越对齐鲁没底，电话里又不好发作。要证实自己的猜疑，唯一的线索是"影"，可惜"影"好似蒸发了一样。永宣堂是尚小林的关系，或许尚小林是个关键。便道，关于龙海泉的事，尚小林应该知道些啥。齐鲁不置可否，回道，也许吧，不过自己并不关心啥内情。齐鲁真的不关心？尚小林在背后搞些什么名堂，凭齐鲁的商业智慧，猜都能猜到。但是，尚小林对土豆，对齐鲁的忠心，不用怀疑，这点自信齐鲁还是有的。齐鲁骨子里还是生意人的气息，更看重结果，至于过程，由它去吧。

两人聊完，尚小林正好领总监一同来到了水疗大厅。齐鲁就跟总监见过。

一个高挑的美女老远就笑着迎上来，询问道，几位来玩，可有预约？高总监自然还以热情暧昧地笑，齐鲁却对美女无视，兀自环顾四周装饰。尚小林问美女有啥新奇项目推荐一下。美女道，中式、泰式估计老板们都没兴趣，花式、奶式和原生态要不要试试？总监问，花式是啥，奶式又是啥，原生态又是啥？美女道，就是芬芳法则、滋润法则和自然法则啦。尚小林问总监，来个啥法则？总监盯着美女，欲言又止。尚小林当然明白，还用问吗，万变不离其宗，傻傻站着干吗，进去再说呗。尚小林就给总监点了个奶式，给自己点了花式，给齐鲁点了原生态。

进屋后，齐鲁才发现，原生态就是地上只有一个澡池，旁边铺了张干净的草席。正要脱衣，一个着素衣汉服女子进来了，欲帮他脱。齐鲁拒绝道，不用，就是泡泡，一会按摩是吧？素衣女子道，我可以帮你放放水，擦擦身子的。齐鲁道，那就不用了，不习惯，一刻钟后你再进来吧。叫女的把浴衣和毛巾放下，先出去。女子出去后，齐鲁赶紧脱衣下水，胡乱泡了，擦身子，换浴衣，全部过程不过十来分钟，像军训一样。是真不习惯，在家里，有时候自己冲澡，忘了拿啥，叫老婆送浴房，都不好意思。齐鲁不想让人看到自己的下身，因为潜在的自卑。上中学那会，去集体浴室，一群光屁股大男孩，你看我，我看你，互相攀比。难道自己不够男人？从那以后，就拼命读书，拼命挣钱，书读了，钱挣了，怪病也落下了，只要一到浴室就发抖，怕谁偷看……

女子进来的时候，齐鲁已着睡衣躺在草席上了。女子跪下来，在席边摆上一杯水，自己喝了一大口，俯过来，"噗"喷齐鲁一脸。啥味？齐鲁问。女子道，薰衣草露水。女子的声音，柔韧，细小，像薰衣草叶一样挠人。隐约中，齐鲁感到有纤长的手指，痒痒地挠过来，先是四肢，胸腹部和肩背，最后能明显感到心跳和呼吸，仿佛欲睡去……等到睁开眼，差点没撞上女子的鼻子。这才看清楚了，女子五官很有骨感。

女子见他睁开眼，就问道，老板，服务满不满意？齐鲁只能说满意了。女子又问，那先生办个内部专享咋样？齐鲁问，VIP吗？女子道，老板一看就是见过大世面的。齐鲁问，我们是内地的，少来港岛，咋用？女子道，那，先生可以再体验体验自然法则的套餐啦。齐鲁装着纳闷，还有套餐呀？女子回道，是呀，套餐不对外的，先生若有兴趣，我申请就是啦。齐鲁寻思，谁不知道是套路？不就那点主题吗？就道，你给我一同来的隔壁两位朋友申请吧，我就不用了。女子先是愣了一下，见齐鲁不像开玩笑，就笑着应了，好呀，那我去办手续，你先躺会，这儿有水果的。齐鲁掏出手机，挥了挥手。女子就出去了。隔壁的两个男人，应该处在那啥法则的热情中。

齐鲁对隔壁的隐私没啥兴趣。翻头条，刷朋友圈，打发时间。见谁转了一篇《道理和放屁》，题目有些扯，便点开看了。还别说，网上鸡汤文，就算烂也烂得与众不同，文章最后一句：不成功的人，有道理也当放屁；成功之人，放啥屁都是道理。

这篇鸡汤文给了齐鲁启发，还真是这道道。就说那青花大龙缸吧，原来在龙隐，后来到了蓝守玉和自己手里，自己和蓝守玉也是人物吧，可大龙缸又算啥呢？现在，大龙缸到了港岛，经永宣堂和尚小林一番折腾，加上国学大师和卫都大师正儿八经的漂白，就成了"土司遗物"。你说永宣堂、国学大师和卫都大师，有道理，还是放屁呢？

78.1 【底线】

奥港国际春拍预展现场"雪岭出品"的致命一击，蓝守玉看到了。视频是齐鲁发的。青花在哭泣，大厦在倾覆，尖叫不绝于耳，似乎额头疼的老毛病又犯了。

虽说只是"雪岭出品"，不是"土司遗物"，依旧觉得堵。三位陶艺大师的心血啊，就一锤子！

齐鲁发此视频，是想告诉他"雪岭出品"那玩意，就是个挡枪的替身，现在使命已经完成。对于齐鲁的冷漠，蓝守玉没有任何理由去指责。唯一能补救的是，给尚小林发信息，叫他能不能把砸坏的瓷片，不对，是赵师傅和叶师傅二位陶瓷老艺人的念想，一片不留地带回来。

蓝守玉并不知道，赵师傅和叶师傅会为此事躺进医院。此刻，他正一门心思赶着去屏羌南岸新区管委会参加一个会议。

"土司遗物"被炒作，蓝守玉是有心理预期的。之所以还能接受国学大师的奇谈，因为仍然没有突破学术探讨的层面，哪怕大师的推测似有牵强。

猜想永远在猜想的路上，秘密遥远而又接近……

卫都的一锤定音，将本来还是明亡帝炊遗踪之谜的学术猜想，上升到了物证确认的层面。

结论想要，又不忍看。

他要的是真相，不是结论。真相与结论的区别，在于真相心怀坦荡，不带任何个人的情感色彩。

距离最后的真相，终究还隔着那层情绪的纸。也许是性格使然，那层纸就要捅破了，他却陷入迷茫。柳叶萍不止一次取笑他，盆地的男人，都那么"面"？他严肃地解释道，不，那不叫"面"，叫"耙"。柳叶萍猜都猜到他是拐着弯子表达自恋。施云说他喜欢"面"，但不喜欢他那样的"耙"。他问施云，能告诉理由吗？施云道，要"耙"就"耙"到底，磨磨叽叽，有啥意思？他明白了，施云要的是男人的服从感。施云与他分手后，嫁了个中药材批发商，本来够老实的，最终两人还是散了伙，估计也是受不了施云的唠叨。至于那男的后来吃回头草，想复婚，那是为下一场风情过渡，也可是说是打掩护，像这种男人，几乎是没有底线意识的。

做男人要有底线。做学问男和生意男更是。国学大师是学问男，他的猜想止于证据的底线。奥港国际和永宣堂的老板，以及齐鲁和尚小林，他们都是生意男。生意男追逐利益最大化，也不能突破游戏规则——法律底线。卫都呢？

一个文物鉴赏大师，常年游走于艺术品投资各大市场。学问男投身商海，成了生意男，本色还是个学问男，儒商就这么来的，除了法律，还有道德的底线。

卫都到奥港国际的预展现场，为大龙缸站台，这在蓝守玉看来，仍属于规则还能允许的运作。但是，"土司遗物"的传世经历，不靠谱吧？把宣德大龙缸，硬生生与国学大师猜想的关键证据关联，不靠谱吧？两层不靠谱也就算了，艺术品拍卖市场就那样，离了忽悠不吃饭。让他纳闷的是，卫都怎么能容忍小叶亲手将"雪岭出品"当众砸毁？那可是三位大师呕心沥血缔造的传说呀！不对，幕后还有很多人……

在蓝守玉的心目中，"雪岭出品"与"土司遗物"，地位相差无几，都不可多得。一真一假，真的真得似是而非，假的假得一本正经，真的假的，都无不寄托那么多人的情感！

就说那"土司遗物"。蓝守玉自那个夏秋以来的坚守，孔尚云于最后一点麻仓御土的牵挂，还有引兰一家与大龙缸捆绑式的际遇——"石磏子"为它病危，郭墩子为它误入"鱼龙宫"，"郭豇豆"为它死于非命！还有王埙和侯显，以及那些游走于人生天际，想见不能望见的偶像……五竹僧、郭嬷嬷、融照、可明、六如、"土豆天猪"，还有鸠摩罗什、仁波切、双鱼座青花………

那些人共同构筑了蓝守玉的底线。忽然有求证的冲动，身边多的是车熙熙、人攘攘，还有多少底线可言？

如果有，那会是齐天雷、"隐蓝"和叶瑶溪他们吗？

作为陶瓷圈的新生代，小叶的举动令他不解。他似乎已将小叶贴上了标签，视为景德镇陶瓷艺人的底线。

进入会场前，他把预展现场的视频，转发给了柳叶萍。

然后是长时间关机……

78.2 【资金问题】

蓝守玉去屏羌参加的会议由向书河主持。

向书河不是第一次主持研究南岸新区开发工作，也不是最后一次，但他希望这次是给大家留下深刻印象的一次。见大家纳闷，又补充道，还有几天就除夕了，他把旧历年的最后一次会议，放在南岸新区来开，这个印象还不够深刻吗？文雄回过神来，带头"啪啪啪"鼓了掌。向书河又道，留下印象，其实是希望今天的会议，解决点实实在在的问题，管委会、开发商与有关部门零距离接触，面对面交流，把握问题导向，有问题说问题，有问题解决问题。

会议室外，寒风卷着雪花，开场白一下把会议室的温度提升了几度。所有人再次鼓掌，以示对书记的务实予以支持。

向书河的开场白，其实是在为会议定调子。

这里面至少蕴含明里和暗里两层意思。明里嘛，宣示县委书记和南岸开发总指挥的存在感了。李铁锤事件按下去后，"传世皇庭"的开发，与之配套的微型综合体和湿地公园PPP项目，究竟是啥状况，需要掌握。齐鲁集团与管委会，以及县上有关部门之间的沟通机制和渠道，畅不畅，有多大的障碍，也得研判。尤其是管委会的干部，在不在工作状态，直接反映干部们对县委决策，对向书河本人的拥护程度。作为一把手，他需要第一手资料，以利定夺。

暗里也有对文雄和齐鲁的支持。市委组织部提拔文雄的考察公示期间，表明县委对文雄所负责的南岸新区管委会的态度，也是对文雄个人的态度。老领导蒲志在离开重要岗位前，推向书河一把，主政屏羌，短短几月后，自己有没有辜负老领导的期望，需要有说法。这说法站在上级层面，可以理解为他这个县委书记的角色立起来了。老领导调研屏羌，从大领导那里为向书河争取到重要批示，在屏羌政史上也是罕见。此外，临近除夕，向书河来管委会，主持研究开发，指示也好，暗示也好，对齐鲁也是个积极的态度。

齐鲁还在港岛。集团参会的是张副总和柴瑶。蓝守玉代表赵青花陶瓷艺术馆项目方面，也在受邀之列。有关部门和南岸镇，来的都是一把手。

向书河听了文雄和张副总的汇报后，梳理了三个问题：

第一，湿地公园PPP项目停工清理的问题；

第二，微型综合体功能定位和赵青花陶瓷艺术馆的归属问题；

第三，融资问题。

湿地公园配套基础设施项目，是齐鲁集团联合战略伙伴荣城园林拿的标，两家又合伙成立了美屏园林公司。南岸新区管委会作为业主，委托美屏园林公司实施。项目原定来年春天前完建，前一阵子上头要求冻结所有的PPP项目，等待清理。前期项目推进很快，工程量完成超过三分之一，也就是说，投资已差不多达四千万。这一停，承建公司反倒没了底。江湖甚至传言，湿地公园PPP有可能要取消。项目若真给毙了，别说南岸后续招商会受影响，在建的"传世皇庭"主体也会信心不足，何况弄个烂尾子，不仅有损政府形象，还埋下稳定的隐患。

为此，向书河专门去了一趟荣城，找到老领导蒲志，游说老领导亲自出面，带着他跑了趟联合清理组。此次PPP项目停工清理，并非一刀切，主要目的是防范政府债务风险。屏羌县前几年开发水电搞移民，加上县域几条通道，负债差不多快顶到天花板了。清理组已把屏羌南岸的PPP项目，列入停工缓建名单，但是老领导的面子还是要给的，最后总算拿到了清理组口头给的一个救命尾巴：鉴于项目投资已达三分之一，可以续建，但总投资只能削减，不能增加。也就是说，清理后，上面如果不同意继续搞PPP，那就转成县政府直接投资项目，只是这样一来，屏羌县政府得看菜做饭了。

向书河说项目没被生生砍掉，已属万幸。政府正在等待联合清理组的书面批复，一旦有了结果，马上研究落实。他个人的意见，倾向于保持投资额度，按计划推进，要让屏羌老百姓明年春天闻到屏羌的花香、听到南岸的鸟语。

文雄问，屏羌湿地PPP项目若转为政府直接投资，原来中标的荣城园林和实际的承建运营方美屏园林的资格是不是还有效？法制办主任的回答是，项目只是把投融资模式变了，受托公司美屏园林原来与管委会签订的建设和运营协议，仍然合法有效。不过，给付合同资金有个前提，政府不能因为湿地项目产生负债，这是上头划定的红线，也是项目重新上马的前提。

向书河又征求财政局长意见，财政局长说理论上湿地公园的开发效益，是逐步显现的，"传世皇庭"第一期两百亩辐射四千万附加收益，可以算在湿地的投资项目资金来源里。这四千万实际已经花掉了。加上其他基础设施，还缺口六千万。若按清理组的意思，政府必须要找到六千万的新资金出口，才能继续开工。向书河问，"传世皇庭"的两百亩不是卖了一点六亿吗？财政局长说，之前县政府决策，一亿用来偿还部分债务，六千万为规划中的一条三十公里旅游快速通道预留。向书河道，这么说，南岸湿地问题实际已经不可回避。财政局长回道，那就要看县委、县政府怎样拿捏了。

资金缺口，还没有在县里的决策层走过，向书河自然不好明确表态。从跟财政局长的谈话中，大家已经看出，他是倾向于先解决南岸新区湿地项目燃眉之急的。否则，拿不出资金计划，清理组很可能不让搞PPP模式，从而转成县政府直接投资，那就压力大了。

微型综合体规划投资两亿，主体投资一亿五、招商五千万。综合体主体规划有超市、大排档、电影院、商务茶楼、健身房、便民餐饮等招商项目，集成幼儿园、卫生中心、快递中心、自助银行、阅读体验店、警务服务室等便民服务项目。齐鲁集团希望政府能接管便民项目。有关部门又不愿意接招，建议甩给物业，由物业自行招商。向书河搞了个折中，便民项目还是小区开发商主导，政府可以协调招商，有关部门在政策范围内给予扶持，包括投放民生扶持资金、减免税费等。

赵青花陶瓷艺术馆规划投资超过八千万元，一期将征集三千万元文物，三千万元只是保守的估值，也就是说建成后艺术馆的估值将在一亿以上。柴瑶代表艺术馆投资主体齐鲁集团表示，今后还将陆续征集和购入一些超值文物，建成后整体移交屏羌文物部门管理。文物部门负责人说，这样当然好，但是博物馆易建难管是业界的通病，屏羌县哪来人力财力维持这么个艺术馆呢，一年文保经费预算不到一百万元。这的确是个新问题，向书河就问蓝守玉，有没啥好的建议。蓝守玉说，好办，"一馆两制"。见大家纳闷，又道，"一馆"即艺术馆的"博物馆"社会公益性质，不管是公家私人，反正都是社会的，是老百姓的，这个应该没有什么争论。齐鲁集团有意愿把艺术馆的所有权捐给政府，这是好事。在此前提下，"公办民助"，运行主体是文管所，齐鲁集团给予帮助。如果产权一时无法变更，"民办公助"也是选项。向书河就道，好，文物保护，应该创新，就"一馆两制"，至于是"公办民助"，还是"民办公助"，可以探讨，目的只有一个，艺术馆搞起来，就不能搞死，还要搞火。

说到融资问题，齐鲁集团张副总说，项目的融资渠道主要是常年合作的荣城几家商业银行。目前缺口在综合体和艺术馆，大约一亿二千万的样子。齐鲁集团将在建的综合体和艺术馆作为抵押物，谈了三江和屏羌的几家商业银行，银行的意见，艺术馆定位文博机构，产权又不明晰，不能作为质押标的。综合体在建主体工程，投资折半，抵押标的不到八千万，若融资一亿二千万，需要追加五千万元抵押标的。齐鲁集团建议政府能不能作为第三方，追加担保五千万。但法制办的意见，政府本身不能作为各种融资担保主体。

向书河态度很坚决，微型综合体和艺术馆是南岸开发的标志性项目，辐射整个南岸新区，如果开发商融资出现困难，很可能会弃卒保车，停建或缓建综合体和艺术馆，只搞它的商住房主体。这势必会影响接下来的招商。综合体和艺术馆必须尽快建成，决不能因为融资搞成烂尾。

向书河问国资委有没办法。国资委说，从顾全大局的高度讲，国资投资公司做些担保，法律和政策都没问题。但是，微型综合体明确产权是开发商，为开发商做担保，存在政治风险和投资风险。艺术馆作为文博设施，按理说，它一建成，就相当于县政府的了，但是它的产权没明确，政府为其项目建设作担保，也不妥。蓝守玉补充道，他可以做做董事长齐鲁的工作，既然艺术馆定位文博设施，早晚都是政府的，干脆让他现在就给政府弄个协议，由他负责投资建设，建成后，产权立马归政府，如果政府需要，再委托齐鲁集团运行，向社会免费开放。向书河肯定道，政府一分钱没出，就白捡个博物馆，这不是天上掉馅饼嘛。蓝守玉又道，也不是，只要艺术馆的产权一开始就明确，政府可以就艺术馆的建设，作为业主方，理直气壮地为建设方齐鲁集团追加担保。

话到这个份上，向书河就追问有关部门，县政府投资公司为艺术馆项目担保五千万，行还是不行？国资委说，应没问题。金融办说，只要国资委同意，政府决策，他们一定做好协调。

78.3 【形式与主义】

土豆铁三角组建后，第一次正式策划会的焦点，在于元宵节晚上推出的"官窑美人秀"决赛，怎么玩？

按之前栏目设定，第三季叫"美人秀宝"。具体怎么秀，并未明确。

王了一认为"美人秀宝"听起来像楼盘开盘拉台子，要取个更飘扬的。

曾子羊说"三点式"就飘。弄个"三点式"时装秀，美女持宝贝走台，提前彩排效果更好。之前与赞助方有协议，决赛在"传世皇庭"现场。寒风习习下，美女，宝贝，"三点式"着装，反差大，够爆。不能搞电视和网络直播，不确定因素大，作为一个资深的电视人，他无法容忍那些本来藏在幕后的风险，直接暴露在观众面前。

"三点式"，洋人玩剩的垃圾？四十岁以上的男人，是不是颓废得就剩下这点低级趣味了？齐天雷想都没想就给否决了。

王了一也不同意。不知风险就是价值吗？越是不确定的，越具有多种可能。程式化，脸谱化，已经把娱乐节目玩坏了。新鲜感在哪？陌生化又在哪？"淘宝"腻了，"砸宝"腻了，决赛还玩啥？

"亮宝？"

曾子羊抛出第一个概念。

王了一摇头。

"赛宝？"

曾子羊抛出第二个概念。

王了一还是摇头。

"猜宝？"

曾子羊抛出第三个概念。

"全是被人玩坏的二手三手，有点创意好不好？"王了一停止了摇头，忍不住开口嘲讽。

"要不，来个卖宝咋样？现场让美女们吃喝，看谁嘴巴乖，法子多。"往日信誓旦旦的曾子羊似也黔驴技穷了。

"你咋不说，谁最有卖相？看来媒体人的想象力，真的山穷水尽了。"王了一感叹道。

"'官窑美人秀'有个目的，就是帮齐鲁集团寻宝，用来充实陶瓷艺术馆馆藏。美女们花了那么大心思才淘到手的宝贝，你倒好，直接叫美女们上电视吆喝卖，确定不是吃饱了撑的？"齐天雷也没把曾子羊当前辈，毫不客气道。

"宝贝、才艺，是这台节目的两个看点，丢了哪样，都是捡芝麻丢西瓜。既如此，"王了一话锋一转，"何不来个人宝合一？"

"人宝合一？"曾子羊站起来，伸出手，摸了摸王了一额头，"嗯，有些烫，网游害死人！"

"你别打岔。"王了一闪了一下头，"听说过'棋后'么？"

齐天雷一脸茫然。

"'九球天后'倒是听说过。"曾子羊笑道。

"'棋后'和'棋王'都是棋界的最高境界，他们生为棋出，死为局亡。所不同的是，'棋后'超然绝世的美丽，天然与棋局融为一体。她的美，仿佛鲜花盛开春风前，阳光吐露暴雨后。现实中我们看到的棋局，更多是美丽的阴谋和陷阱，让人窒息，不能自拔。"王了一道。

"跑题了，还是说你的人宝合一吧。"曾子羊打断了王了一的侃侃而谈。

"那好，"王了一放慢语速，拿腔拿调道，"宝贝我所欲也，美女亦我所欲也。若能兼得，岂不快哉？"

"你的意思，是不是说，让入围决赛的美女们，带着自己淘到的宝贝上台，啥也不干，就那么自然地走秀，让我们仨，看看谁的容颜打扮姿态和自己的宝贝最搭？"齐天雷试着说出了自己的想法。

"不是啥也不干。一个美女，拿个器皿，在台上啥也不干，就那么傻傻地待着，跟试装的模特有啥区别？"王了一道。

"我明白了，你的意思是不是说，从着装，到谈吐，再到才艺表演，剧组都不做任何规定，甚至暗示都不行，放手让美女们自出创意。"曾子羊道。

"知我者，子羊也。"王了一道。

"要这样，彩排不彩排就纠结了。不呢，担心最后满台子都是旗袍加歌舞。要呢，谜底和看点又露馅了。"曾子羊纠结道。

"好，就人宝合一！不需要彩排，也不需要看点。旗袍加歌舞，也没关系，那都是形式主义，透过形式看主义就行了。形式是啥，是人宝合一。主义又是啥，艺术至上。"齐天雷一锤定音。

想想也是。观众的胃口早就给媒体吊高了。十几个绝色美女也不能成为看点，看点就在于一个接一个的陌生感和惊喜。陌生感和惊喜，其实还是表面的情绪。艺术家要的是艺术，观众要的是情绪。媒体人呢？曾子羊和王了一，早已比观众还审美疲劳。作为"官窑美人秀"的最后一幕，"人宝合一"只为打破审美疲劳的魔咒。

新土豆的铁三角真的能在一场完全陌生、不可操控的"人宝合一"游戏中，升华艺术至上的"主义"吗？

第二十七章　如烟

79.1　【合谋者】

蓝守玉开始怀疑，齐鲁不只是将宣德大龙缸从地下渠道走私出去，造假、做身份，又堂而皇之地回流这么简单。

齐鲁似乎正在下一盘很大的棋。在与他的交谈中，蓝守玉注意到此次齐鲁去港岛，与永宣堂、上津文交所、深市万洋信托的见面，并非一般意义上的商业行为，另有着不可告人的目的。虽不便细问，也不认识徐堂主、高总监和廖主管，但多年的职业敏感，使他隐约感觉到，齐鲁同他们之间，正为某种利益合谋。

从大龙缸交给尚小林的那一刻起，蓝守玉其实已经失去了话语权。"土司遗物"的横空出世，并非齐鲁和尚小林两人炒作的结果。现在看来，他俩的后面，至少还有永宣堂、上津文交所、深市万洋信托的影子。

即便如此依旧不能解释，一件没有任何身份的出土物，为何去港岛兜了一圈，就能登上国际大拍和资讯头条封面，成为街头巷议的国宝明星？从一开始，不对，可能还要上溯到事情发轫，似乎背后就有一群人，并不确定都有谁，但其力量神秘可怕，借道蓝守玉，成功站上学术制高点，道貌岸然赋予国宝的身份正义。无关利益者，或许只是某种可以向公众表白的假象。他们制造秘密，又自导自演"双簧"，揭示所谓的真相。蓝守玉不认识他们，但能感受到几股力量的存在，自己虽说不是其中的一员，至少也是推波助澜者，想起来就可怕。

关于国宝的谣言，没有谁能置身事外，哪怕只想做一名无涉的看客。他们站在台前灯下，捧场喝彩，不也是一哄而上，又一哄而下？散场之后，那台词又会被谁奉为时髦，津津乐道，以至于不曾看过表演的后来者，无一例外地相信听到的是一个确凿的真相。因为表面上的无辜，更多的人加入传谣，已没有谁愿意再去质疑最初的造假者。哪怕它是皇帝的新衣。

那个曾经口无遮拦的毛头小孩，已泯然众人。

绝世国宝的来历已无法还原。"土司遗物"的谣言在继续。

而"土豆天猪",那活着的偶像。他吃过土豆,写过狗屁诗,登过巅峰,摔过跟斗,目睹过晦暗,终被九眼天珠拯救。九眼天珠的出现,或可以理解为,某种异界力的遭遇。蓝守玉和"影",与九眼天珠偶然交集,似乎又契合冥冥之中的某种神谕。

与之相反的是,眼前南方的冷雨,明白无误混合北方的轻霾,翻越千山万水而来。那似是而非的雪意,悄然覆盖腊月的全部。

79.2 【小三去死】

市里的七人考察组,悄悄来,悄悄走。参加推荐和谈话的四大班子成员及各部门一把手,没有谁太在意。该开年末总结会的开,该约亲友吃团年饭的约。

向书河和文雄例外,他们俩都是当事者。文雄被推荐,向书河是推手。考察组最后找文雄本人谈话。必须的程序,不能跑题。那些天,文雄很低调。

聂小前向文雄电话通报了几个涉文物案的案情。"兵哥"一案,网已张开。会江县神臂山现场抓获的三个鄂市人,据说真的是哑巴,一句供词都没拿到。蒲溪的案子最终依旧立不了案,不了了之。蓝守玉反复向他交代关注的咸阳人和孟津人,无任何新的信息。文雄特意问了与咸阳人联系的那个老板线人情况。聂小前说,已被法院列入失信人名单,目前仍无消息。文雄寻思,要是那线人跑路了,咸阳和孟津人线索就彻底没戏了。他高度怀疑后面暗藏多个团伙。聂小前请示,关于老峨山佛头案下一阶段的办案思路。文雄说,案子的事,他不再具体过问,叫专案组看着办,重大事项直接请示市局。

按保密规定,这些情况是聂小前的程序性通报,他也不能私自对外透露。但是,老峨山男观音佛头案是他的心病,蓝守玉和郭大林的确又卷入了抓捕主要案犯"兵哥"的行动中,两人是他单线安排的线人,于公于私,他都不能让蓝守玉的信息不对称,否则专案组不能保证在三个月内破案不说,郭大林本人的安全也是个问题。再则,自己就要离开公安岗位了,总想梳个光光头,少留下点遗憾。便把聂小前提供的信息选择性地给蓝守玉透了风。文雄同蓝守玉通电话的时候,鼻子隐觉有些酸。

童桐发微信语音,叫蓝守玉看"宝虫网"的"传世皇庭·官窑美人秀"专栏的推帖。说她前些时候为给"隐蓝"参加决赛造势,贴了两张照片上去。一张是"隐蓝"跟那只白毛狗的合影,图从蓝守玉朋友圈盗的,知道那狗叫"香雪",帖名叫"隐蓝第一,香雪无敌"。发了几天,见关注度不高,又换了网名，跟帖发了她自己跟之前那只黑毛土狗在南岸湿地看江景合影，帖名叫"我们是来躺枪的"。很快，有网友就上来了，有抬杠的，有捧的。抬杠的，说是不是颜值不够狗来凑，一条不够来两条？捧的呢，当然明白，这是粉丝团搞的把戏，发帖就是让大家不安分，女主人"PK"女主人，狗狗"PK"狗狗。"PK"的结果，"隐蓝"和"香雪"完胜跟帖。

这叫自杀捧吗？蓝守玉不理解。童桐道，为了完成表哥的选美任务，别说在网上"自杀"，就是真的跳河割腕，只要表哥需要，必须随叫随到。

蓝守玉对童桐的做派不是特别放心。遂拿出手机，点开"宝虫网"。童桐没有哄他，帖子回帖超过三百条，阅读超过两万加。

但是，童桐没想到的是，她和黑土狗江边合影的跟帖，埋下了炸弹。

当天晚上，有个叫"小三去死"的网友，跟帖发上来一图：一条死狗挂在路边小树上，浑身被金属毛衣针插成了刺猬！

网友坐不住了，纷纷跟帖谴责"小三去死"虐待宠物。细心的网友经过比对，认为这只被虐死的黑毛土狗，就是之前"我们是来躺枪的"跟帖中那只狗，因为两只狗的狗种、毛色、体型一样，就连颈项上那圈围脖的毛料和颜色也一模一样！网友便猜测，"小三去死"发此帖的用意，会不会专门针对"我们是来躺枪的"，唯恐天下不乱，比如会不会是另外一个竞争对手"奶茶公主"的枪手所为？也有网友认为，这是帖主的自我炒作。于是，各种灌水……

童桐发现节外生枝的"小三去死"上来搞事后，悄悄删除了她和黑土狗的照片。但是，为时已晚，帖下已经乱成一锅粥了。蓝守玉再次去看时，已跟帖两千多，点击十万加。灌水帖子的倾向，几乎一边倒认为是"奶茶公主"的粉丝恶意捣乱，狂批帖主"小三去死"，力挺"隐蓝"。

那条围脖似曾相识。

黑毛土狗忧郁的眼神，更是令人窒息。在哪见过？梦里所见的窟窿？还是那些土豆和鱼眼？

有些瘆人！

若没猜错的话，近段时间以来的某种担心，与那只被毛衣针插成刺猬的黑毛土狗有关。"小三去死"所发之帖，只是把那不安，拽到了众目睽睽之下……

他想起了前些日子文雄打电话，提到过他的女人为一张狗狗照发疯的事。莫非合影那女子是童桐？如果是这样，那"小三去死"就是那疯女人了？

他不敢往下想了。

79.3 【乡村背叛者】

当申猴的尾巴只剩得一个尾巴尖,腊月的气息,已然悄悄地黏稠。最后的一场雪,下在农历年末,薄如毛茸,令人感动。三江的PM2.5,好不容易下到两位数,可惜又被小朋友们的摔炮,炸上一百多。好在有传说,传说财神在年末会降临。老人们不胜其烦地准备门神、香烛和纸钱,又强化着发财的预期。

也有乡可回。城里的车,像做了啥亏心事一样,风一样逃离。车自然堵得紧了。沿路的乡场,哪个都车满为患。奇怪了,堵车能堵出幸福感?停下来,车窗一摇,你看我,我看你,原来你是某某村的某某?就寒暄,哪高就呀?老婆孩子回来没?一堵,一聊,原来好些年不见,乡亲们都发了大财。发了财似乎是唯一拿得出手来招摇的幸福指标。

蓝守玉的舅舅和舅母,斜依在四十里回乡路的尽头翘首,形影憔悴。父母早已不在。父母不在,亲戚还在,香火和血脉还在,炊烟和乡音还在。他们,还有它们,共同维系"故乡"的外延和内涵。

延续千年的形式感,似乎仍是乡村年节的主题。

没有发横财也没关系。有一桌子的好酒好菜和絮絮叨叨。童桐娘问,怎么没约你表妹童桐一块呢?蓝守玉道,约了,人家公司忙,说年后回。她不放心,问,是不是要去孔亮家过年?他道,谁知道呀,或许吧。她便唠叨,还没过门,就先想着去婆家,不要亲娘了?说着,眼泪就要下来的样子。他就劝道,表妹那么大个活人,不定真的有要紧事,再呢,不是大年初头还要回来吗?她边擦泪眼边絮叨,年尾巴都过完了,还回来做啥子?他就半开玩笑半当了真地劝道,不是还有我陪二老吗?后天晚上,拉上个堂里的小表弟,打一通宿麻将,打完了,放一大串开门红,绝对是村里第一个醒来放炮的,咋样?她便破涕为笑了,要打的,要放的……

舅舅呢,一直没得话插,二两土豆烧下去,热热地冒了一句,守玉,你得成家了……话不多,有分量,因了承载蓝守玉死去爹娘的重托。也是,大后天一早起来,自己就真的跨三十六"奔四"了。要再没个老婆,下个仨瓜俩枣的,自己不好意思回乡且不论,舅舅和舅母也会遭人白眼。一个老光棍,算不算乡村的背叛者?

成家、立业、续香火,男人的硬三件,现在还缺一头一尾,那真的就是背叛了。一个背叛者,还有啥资格谈论故乡和亲人?这么想着,闷气也来了,又举杯,好,好,听舅舅的,舅舅你是天,守玉是豆芽,豆芽撑上天,那不还是豆芽嘛……舅舅,陪你再喝三盅咋样……

79.4 【 走到尽头 】

醒来已是第二天早上。

收到柳叶萍和"隐蓝"短信。微信打不开，没网络。柳叶萍短信很长，大意是说，小叶去港岛砸坏二位师傅弄的那个大缸子的消息，苏小离已经告诉了小叶娘，小叶娘不明就里，急着让小离给小叶打电话问缘由。小叶关机。小叶娘急，不会真的出了啥不好的吧？又叫小离打柳叶萍电话。柳叶萍又如何说才好，支支吾吾半天，说小叶大小伙了，还会有啥事？小叶娘更加不踏实了，趁着拜年问赵师傅，一问不得了，原来小叶背着两位师傅干的大好事呢！看着小叶娘欲哭的样子，赵师傅一生气，关了门骂娘。还是添堵，一堵老毛病又犯了。现在，一个景德镇，满天飞的都是大龙缸的流言。昨儿黄昏，叶师傅在瑶里镇上同一帮子老窑工团年，听大家都在聊这事。叶师傅一急，喝了两大盅，倒了，被人连夜送瓷都大医院，至今人事不省……

柳叶萍发这个短信，想告知他，之前赵师傅称病，已让人不安，现在叶师傅出事，好歹未卜。话里的责怪，他也听出来了。可哪跟哪呀？按行规，齐鲁付钱定烧大龙缸，邀他做中间人，牵线搭桥，现在钱货两清，咋处理是人家的事，压根跟他没关系。再说，小叶去港岛，他事前是不知道的。

蓝守玉拨柳叶萍电话，拨了几次，都给掐断了。又拨，终于通了，听柳叶萍小声道，正跟尚云在医院守叶师傅呢……

尚云？就是孔尚云吗？柳叶萍咋同他在一起？不对，前些天柳叶萍说过，师傅们帮孔尚云烧的那个宣窑蟋蟀罐获了啥奖。

想到这，心中的狐疑，一闪而过。就算他俩在一起，又与他有啥瓜葛？他挂了电话，愣了半晌，回想刚才柳叶萍的语气，怕还在气头上。再发个短信解释一下？可这事，来来去去，都翻篇了，又咋说？

"隐蓝"的短信，似乎很急："干爹，我干外公可能恼火了，他让我告诉你，有紧要事要当面跟你讲，能不能年前来一趟龙隐？"

"石磙子"的病，许是走到尽头了。

便拿定主意去村里各家转转，再跟几个老人喝两台，年就算过完了，到了除夕，再去龙隐。

80.1 【六如的秘密】

除夕，龙隐的雪越下越大，各家都在午后升起了火塘。猪头、猪尾和苞谷酒的熏香，随礼花礼炮的硝烟，弥漫街头巷尾。

火塘的微光，雕塑了老人的身影。若不是那一句"蓝老板，你那么忙还来"，蓝守玉还以为蹲在墙角的，是一块木头疙瘩。病来如山倒，他终于相信乡下流传千年的道理。几日不见，大个子老人"石磙子"，只剩下一具掏空的皮包骨架。

"也就是瞎忙。"

"大过年的把你叫来，你不介意？"

"老人家病成这样，还叫我来，一定是要紧事吧？"

"是放不下呢。六如，你听说过吧？"

"听墩子说，是他师傅。"

"圆寂十五六年了。"

"墩子说六如收他做关门弟子不久就圆寂了。收了墩子，就圆满了，也无牵挂。"

"照理说是这样。可六如圆寂前，的确托付负过我，自个窝了十五六年，要随我这把老骨头带到土里，怕对不住他。现在我也快没用了，想来想去，只有找你。"

"老人家有啥尽管说，能替六如和你做点事，是守玉的福气。"

"六如交代的是一个秘密。六如说，当年甘南汽车部队有个年轻的汽车兵，老连长一直把他当小兄弟关照。那年雪灾，年轻人跟老连长去灾区送棉衣棉被，翻了车。他受了伤，老连长牺牲了。老连长牺牲时，托他一事。甘南邱家庙村有个姑娘，姓邱，叫蕙香，是老连长的相好。姑娘肚子里可能有他的娃了，现在他要走了，放不下啊。他当然明白老连长的苦心了。后来，年轻人成了邱姑娘的男朋友。"

"你说的年轻人叫孔云樵吧？我也听说他为了留下老连长的根，又不让老连长背负坏名声，替牺牲的老连长照顾女朋友。后来，老连长成了英雄，孩子生下来，他背了锅被抓，送去西疆戈壁，再后来失踪了。"

"石磙子"点了点头，算是应了。

"孔云樵和六如又是啥关系呢？六如又为啥要在圆寂之前给你讲这些？"

"请你来就是这个意思。"

"你认识六如和孔云樵？"

"六如就是孔云樵。"

六如就是孔云樵？虽然，曾经不止一次的猜想，都指向这一结果，当真相揭开的那一刹那，他还是不敢相信这世间的纷纭与诡异。

"孔云樵从西疆回来，到处寻邱姑娘，还有他和老连长都未曾蒙面的孩子。从甘南寻到郑营，从郑营寻到龙隐。"

"邱姑娘就是引兰的娘，孩子就是墩子吧？"他试着说出自己的猜想。

"石碜子"没有直接回答他的问题，道："孔云樵在龙隐找到了姑娘和老连长孩子的下落，却没有勇气去跟娘儿俩相认。他不想打乱娘儿俩和恩人'郭豇豆'一家的平静生活，一人四方云游去了。"

"这么说，你早就知道了里面的隐情？"

"也不是。那一年，我带墩子去后山老庙，拜游方僧六如为师傅，察觉六如跟多年前我在五竹寺帮工时见过的一个当兵的，脸容有些像。这疑问一直揣到六如圆寂。六如圆寂前，要不是我听他亲口讲，也不敢相信。"

"六如是你们一家的恩人。"

"天大的恩呢！"

"你有六如的照片没？"

"没有，他走得清净。"

"对六如有啥印象没？比如相貌啥的。"

"石碜子"一动不动瞧着他，两只眼睛像黄昏里的院门，一点点往夜色背后退去。一个苍老的声音由近而远——

"脑门上青天白日鱼印……都是好人……"

80.2　【"兵哥"落网】

"兵哥"在除夕夜被抓了。蓝守玉是许多天后才知道的。

"兵哥"被抓那夜，他正从龙隐往回赶。雪并无消停的迹象。实在太疲倦，车窗开到最大，冷风像刀一样刮脸，才不至于打瞌睡。

回到三江，已近午夜。好多人都回乡下老家了，三江成了空城。像他这样的三无人员，忽然有被乡下抛弃的感觉。曾经他背叛了乡村，现在颠倒过来。无老婆，无聊，无父母亲人，甚至连老家在哪里，也暧昧不清，仿佛一只流浪的土狗。往日灯火灿烂的小区，黑魆魆一片。公开燃放烟花，已被城市管理者禁止。偶尔听得有花炮声，从远处的乡下传来，空旷而遥远。

因为差点被冻成狗，一回"守玉楼"，赶着冲了个热水澡，上床守岁。说是守岁，其实就是一个人胡思乱想而已。

除夕之夜与"石碜子"的一番谈话，印证了一直以来的疑惑：六如正是年轻时候的孔云樵。同自己一样，六如额头上也有颗青鱼印记。额头带来娘胎青印的男人，命里冲女。他也是上次在龙隐听半仙算命才晓得的。孔云樵有个恋人叫邱蕙香，邱蕙香的儿子叫墩子。墩子的亲爹是赵连长，赵连长在墩子还未出世的时候就牺牲了。孔云樵只是墩子名义上的爹，连养父也算不上。墩子干爹叫"郭豇豆"，干外公叫"石碌子"。"郭豇豆"早死了，"石碌子"也快死了……

"石碌子"病那么重，急匆匆把他找来，别有啥不好的预感吧？可墩子的事，还没消息。正打算拨文雄电话，又放下了。大过年的，还是别叨扰了。

很多天后，当他从小聂副局长的办公室领回墩子的时候，他才知道石梁乡下老荔枝院子发生的事。除夕晚上，狡猾的"兵哥"通过短信与还在玉竹的墩子周旋。事实上，他并未去玉竹，而是声东击西，去了石梁乡下老荔枝院子。他没有想到，小聂和他的同事们，兵分两路，一路在玉竹，为墩子做外围，一路潜伏在老荔枝院子的四周。小警察们潜伏已近半月。"兵哥"的确也盘算过此事的风险。千算万算，还是失算了。大过年的，谁会到鬼都不下蛋的深山老林来？他没有想到小聂和他的同事们真的打算，在数百里之外的深山老院，同他一道守岁。

远处隐约传来花炮的响声，那是山里人家在守岁。小聂和他的同事们也在守岁。风刮过寺院，小米荔枝和无头石狮，摇曳的兀自摇曳，斑驳的依旧斑驳。稍微有点生气的，是在午夜……

一个黑影，悄悄溜进寺院，举起电锯，朝那些灰墙老画正要动手，一群天兵天将，出现在他的身后，听得谁半天里一声断喝…………

令人不安又兴奋的守岁。一些细节聚拢，又散去。

无数的流星划过……

火光熊熊。

80.3 【机器妹】

前些时候，蓝守玉收到一个淘宝包裹，是一个机器妹子。除了童桐，没有谁敢同他开这么出格的玩笑。

至少拨了五次号码，才听到童桐的声音："收到我的新年礼物没？"

"礼物，啥礼物？你会主动送我礼物？"

"就是那个妹子啊！"

"妹子？啥妹子？"

尽管有些莫名其妙，还是尽量保持家长做派。这段时间，她心里正装着事呢，还是别去惹她的好："你觉着表哥缺一个妹子？"

"知道你不缺妹子，但缺机器妹子啊。"

童桐这话已经触碰到他的底线了，想发火，又找不到站得住脚的理由，还是忍了。连这点幽默都缺失，那就不是童桐的玉表哥，童桐也不是他的桐表妹了。最新的心理学研究证明，不懂得被嘲和自嘲以释放紧张的男人，不是吝啬鬼，就是有心理疾病，比如抑郁症。

他不想被人当吝啬鬼鄙视，也不想被人当抑郁症重视。

"她会干什么？"他说的她，其实是"它"。

"会的多了。放电视、会开关空调和电饭锅、扫地，还会叫醒。"

"我又不缺手。"

"但缺心眼啊。"

"我缺心眼？你是这么看你表哥的？"他有些生气了，"贾宝玉和林黛玉，两人关系那么好，开玩笑也是有底线的。"

"好好好，算我过分。你可能不缺心眼，但你忙啊。"

"我忙？一个大闲人，有啥好忙的？你确定不是开玩笑？"

"好好好，你不忙，寂寞总有的吧？"

寂寞？这倒是个问题。"她真能排忧解闷？"他问道。

"当然了。比真人善解人意，还会占卜，网上炒得很火的，花了一万多呢。"

一万多，就能排忧解闷，还是个妹子，天底下有这么便宜的好事？

他第一次主动挂了童桐的电话。

要不是一个人守岁寂寞，他还想不起来角落里放了这样一个礼物。遂打开包裹，接上电源，照着语音提示，输入个人信息。

手写"蓝守玉"的姓名，开启游戏。

"请选择性别。"

选了"男"。

"请选择年龄。"

选了"三十六"。

"请选择季节。"

选了"冬天"。

"请选择星座。"

选了"双鱼座"。

"请选择文化背景。"

这是多选，最多可选三个。选了"传统""另类"。

然后是"请选择兴趣。"

选了"文艺"。

最后，他手写了需要寻求心理暗示的内容："我在想什么？"

就在这时候，他听得了一个青春少女的娇声，穿越洪荒而来："蓝守玉哥哥，做CEO好累的，要不，去乡下玩玩呗？"

去乡下玩玩？这么耳熟？朱瞻基和孙美人？

他想起了之前童桐说过，"她"还会占卜。

就又手写："明天适合干什么？"

她回了一句："明天是什么日子？"

手写回复："鸡年正月初一。"

然后又是娇声："有女朋友，就陪她睡懒觉吧。要没有，早点去拜观音。"

太对了，咋把这事给忘了！

80.4 【烧高香】

老峨金顶大年初一的高香，并不像二峨金顶那么夸张。同样都是金顶，老峨是原版，二峨是山寨。山寨的金顶，香火从清初开始便旺，大概与清早期的某位帝王有关。在此之前，老峨仍自视为正宗。香火的衰落，对于那些造像，未尝不是好事。

从龙隐回三江，蓝守玉只是在"守玉楼"的会客厅，打了一个盹。天未明，一个人驱车往老峨赶去。

老峨的金顶，只剩下个名号，不像二峨，真的有金顶的，殿是金殿，就连十面普贤据说也是重金鎏的。

他赶在了一众香客之前。丈二的头香，一千二百元，比料想中要便宜。他还是皱了眉头，毕竟比平常的初一十五要贵许多。卖香的居士，絮絮叨叨，近香不如远庙，人心不古，去二峨金顶，别说这点随喜人家看不上，就是有那份诚信，从除夕赶到初一，屁颠屁颠上了山，前面的香客至少排了两三公里。他听出了居士话里夹带的教训，那些香客，除了比他有钱，还比他有耐心。

遂请了三柱供与佛。居士说，陪你一起许愿吧，"岁岁年年日日火，年年岁岁月月红"。

烧二香的，是一家子给去年出生的猴娃还愿。年轻的父母，怀抱俩龙凤胎，一连给菩萨叩了三个响头。随行的家人一大堆，双方能出场的都给足了面子。父母都是"90后"独苗，听说男主人已单传三代。猴娃的爷爷，没有抢到头香，有点遗憾，但依旧抑制不住喜气，边叩头边念叨，菩萨保佑，菩萨保佑……小两口新添一男一女，遂了两家子的愿。

这一幕令他汗颜。他没有父母。不过，还有老舅和村庄。照家族旧例，老舅最多算半个娘，无法对他施加深刻的影响。至于自己迄今还子身一人，老舅甚至连牢骚也不敢有。前几天回村，老舅陪他，东家喝，西家醉。老人们除了看他的眼神有些奇怪之外，没有一个人正经问过他的婚事。他感到某种隐形的排斥。他已然察觉到，自己在家族乃至村庄的存在感，正随生殖维系的衰落而崩塌。绝不是危言耸听。据说，男人的生殖力日趋衰退，最近在一千年后，人类的繁衍可能不再依靠男女的结合。而他自己，正是提前预演的那一个自我了断香火的另类。

就去了摩崖，摩崖在七里之外的山腰。

80.5 【肉身麻烦】

被盗佛头的观音造像，批了红，换上了新的佛头。并不高明的石刻，一看就是香客们朴素的创意。真正的佛头，还在屏羌公安"红楼"的案物室里。那件嘴唇下有撇胡子的男相佛头已经找回，只是案件没有审理之前，佛头的证据属性大于保护文物。

蓝守玉给观音点上香火。

媒体报道说，被盗的是一尊南北朝时期的男观音。香客们新换上的佛头，是照着他们自己的理解雕刻的，慈眉善目，一看就是善男信女特别认可的面相。

男拜观音，女拜弥勒。这话是说，男生可能先天比较恶，需要修炼悲悯。女生呢，可能从娘肚子里出来就小肚鸡肠，拜了弥勒，心胸也豁达了。看来，作为佛徒的善男信女，显然对自己的性别并不自信。一个人身为男女，别无选择，人生修炼却是可以自己做主的。

便虔诚地给观音叩了头。虽然对观音的性别对应，并不在意，不过可以肯定，此刻他要面对的是如何克服自己那具沉重的肉身，突破性别的障碍，发起菩提之愿。

记得佛陀在《首楞严三昧经》里说过：

善男子！发大乘者，不见男女，而有别异。所以者何？菩萨若
心，不在三界，有分别故，有男有女。

他试图忽略性别的对应以及情欲的流转，没有成功。他无法将作为案物的
那件带胡子的男相观音，与眼前的慈眉善目对应。

他也无法在之后的默念中，摈弃任何的哪怕一丝一毫的妄念，因为无法做
到佛的超然。正如西方哲人所谓"作为肉体的麻烦"，干扰了发起的进程。只
是为何鸠摩罗什和仁波切又能突破肉体欲念的障碍，在伟大的菩提和美好的世
俗之间，寻求到特立独行的解脱之法？

抑或，佛就是一个自我关怀和救赎、不断趋向终极的过程，而不是结果。

这么想着，似也释然了。

新年的雪花，飘过佛的眉际。九万九千九百九十九级台阶，在远处的山脚
消失。烧二香的一大家子兴高采烈地走了。更多衣着华丽的香客们，又纷至沓
来。台阶上的脚印，彼此重叠，分不出男女。

81.1 【最后的舞者】

鲜花满天，所谓的幸福在流传。缤纷的掌声，绚烂的喝彩，稍纵即逝。之
后，尖叫和呐喊，擦肩而过。偌大的舞台，剩下舞者。紫衣与蓝衣，一个人的
双色舞。舞者的孑影，替代昼夜交替。

谁舞长袖当空？

不得不加入叛离。最初的逃离，被定义为食蟹者——可以有选择的。选择
失望，一个人的失望。一个人，很多时候或为多余。当众望归于一致的集体无
意识，个体便孤独、彷徨和寂寥，逃离也别无选择。

没有谁能独善，哪怕最后的舞者。

哪怕，他是皇都的皇，王城的王。

哪怕，他是中心，是秩序。那又能怎样？

对中心的怀疑，往往源自内部的自言自语。

对秩序的消解，一定是秩序的反动——那非主流的破与建立。

怀疑和消解，自有存在的逻辑。

即将开始的，或也在谢幕。舞者即我，看客亦然。唯一可以确认的他或者
她，业已逝去。是，也不是。

是与不是，都不重要了。

重要的是，能否坚持——最后的回望，他看到冬天的灯火阑珊，惊鸿一瞥。

那么亲切。他或者它，谁的前世与今生？谁又能确凿指认？

与那些土狗土豆一样，乡下业已叛离。爹娘早没了，他们从来不曾叛离，只是死于偶然的非命。不是饿死的，闹饥荒的时候也不曾饿死。他们的死，为何又如此铭心刻骨？

那宿命的讲述啊，听起来像另一个世界的传说。传说一定可靠？从哪生起，到哪结束。即便不可靠，也没谁去较个真。尚留守村庄的土著，似曾相识，是不是可以叫老狗、"闷洋芋"？不对，它们的主人，都叛离了，剩下空洞的老屋朽木，无瓦遮雨，无根固土，自生自灭。好在还有活气——孤独中生，孤独中死。生，总要到死。死，或是活的唯一退路。于是，死终于应了土，立了足，生了根，发了芽……

现在不是春天。由冬至春的过渡，暧昧而可疑，甚至四季也暧昧而可疑。一切可以参照轮回的点缀，纷纷瓦解，混沌如雪意——并非来自明确的冬寒和春光，或者黑夜和黎明。那暗白色的飘落，既不暗示冬寒风厉的离去，也不预言春和景明的莅临。

活物们在抽穗，狠着劲地抽。齐天的杆和茎，笔直如簇，硬朗如弓，柔韧如弦，直刺苍穹。蓝色的苍穹，怎么看都是深邃如蓝。即便一分为二——又如何能分开？分开还是蓝的陷落，与紫的渊薮！

无底的陷落。那顶天立地的蓝与紫啊，竟革命性地自我分蘗，一生二，二生三，三生五色。青，去吧，那东；黄，去吧，那西；蓝，去吧，那南；紫，去吧，那北。剩下赤，剩下橙，剩下绿，且都去吧，那中……

此去的分蘗，走向聚合纯属偶然，如此井然的颠覆，与另一种秩序毫无关联。

就像那半睡半醒的黎明，水泡如花，劈啪作响不止。哪来的方向呢？无边的芬芳，仿佛蛇鱼或是鱼龙穿行，诡异无边。蓝和紫，多么像那蛇鱼或者鱼龙，搅乱水泡的芬芳。水泡欲死欲仙，芬芳碎将一地。芬芳左冲右突，芬芳死去活来。那超出幻想甚至梦游经验的芬芳呀，竟在水泡的尾处，无所事事，任由散漫，自我奉献满树的异果。

简直难以置信！猪八戒的人参果？不是。王母娘娘的蟠桃？不是。亚当夏娃的禁果？也不是。能想到的名物，都被一一否认。不能确定的，是那奇香。奇香，自不必说，陌生的风味，满足了日渐麻木的全部口感……

然而，终于还是归于纠结。纠结自己没有饿死，也没有像爹娘一样遭遇非命！

那为何自娘胎里带来那一块双鱼的青印，当然不是那场午后的白日梦里的情景——余秀才的双鱼情节只是他的一块心病。也许是陷落和渊薮的极限落差造成的，也许是上升和飘舞的不实和虚浮造成的。

上下不得，终因为无根。

自此放不下非命。

更耻于饥饿！自此，味蕾得以进化，越来越高级，高级得不听使唤。它甚至能识别天底下一应并不存在的美味佳肴！

即便如此，又能如何？

还不是落得最后一幕，看着满桌子的菜肴，忽然没有了食欲，连情色也似断了。

口干舌燥，心烦意乱，胡思乱想。

直到最后，也在纠结一些世俗的取舍。那些欲念啊，一开始就已注定叛离——物极必反——土崩瓦解。应了谁的谶语？

便丧失对于七情六欲的鉴别。紧闭双眼，一言不发。身边认识的，不认识的，都被拒绝。不对，是把他们固执地堵在身体之外，留下孑影和百无聊赖。

无边的暗夜。

划火柴……划火柴……划火柴……

划着一根，扔了。再划一根，再扔……仿佛演绎一场业已老去的童话。

还有经诵，唵嘛呢叭咪吽……

九万九千九百九十九遍——也记不清了，大约如此。

不得不赴死……

有人说，死于一场天火。有人说，死于抑郁。

这不是胡扯吗？

并非情愿赴死。或许能看清了然，所谓的今生，究竟死于濒死还是欲罢不能？

独对着无边的苍穹，暗自起誓。

牙磨得嚓嚓响。

恨恨不已……

81.2 【土著的危机】

蓝守玉做了一场梦，回肠荡气，无边无际。

醒来的时候，已是鸡年正月初三。他无法回忆起，自己究竟是昏睡了两个黑夜还是一个白天？而被子的里外，都散发一股浓烈的汗馊。

烧昏头了？他摸了摸额头，又掐了掐人中和脉搏，并无异常。也许已经烧过了。除夕夜从龙隐回来，被冷风吹成那样，一早又赶去老峨山，不病才怪。

也许他早就盼着来一场料想中的昏睡了。

手机早已没电，关机了。插上电源，开机，看看有没有谁的拜年祝福。一个都没有。"隐蓝"没有，因为屋里有个行将就木的老人要照顾。"影"和柳叶萍没有，也不奇怪。施云呢？不是人来疯么，大过年的不发个拜年贴，咋个消遣？童桐，回老家去了，还是玩消失？文雄、齐鲁、向书河，也没有。也许都在真忙着，也许放不下身段。自己不也常常如此？男人啊，也就那样，死要面子活受罪。

没有骚扰也乐得清净。冲了个热水澡，换衣服下楼。

楼里不见半个人影。"守玉楼"放了假，服务员要正月十五过了才来上班。正月初头，估计也没啥亲戚来走动。他们都去乡下了。老的小的，大包小包，花花绿绿，东家走，西家吃，城里人没有值得可称道的，虚荣写在乡村人的面子上。乡下已无刘姥姥，城里也没大观园。刘姥姥做了东家，荣宁二府的主子们，成群结队去刘姥姥的乡下走动。见了面，无非哀叹生意不好做，股票"跌跌不休"，奖金又少了，房价飞涨，空气脏，还堵车……刘姥姥也只好笑着敷衍，世道哪么快就倒过来了，不会的，不会的，公子哥，小姐们，要不嫌弃，就在老太太院里多住几日，养养身子，散散心，打打麻将，晒晒太阳，悠个好的年头，怀个二胎三胎多有福气！

还二胎？八字都还没一撇呢。好多的"单身狗"，沦陷于过年的危机。

"影"是彻底地失去音讯。童桐也不确定是否回了乡下，电话联系不上。柳叶萍也不搭理人。给柳叶萍发微信，说过去看看住院的叶师傅，竟也没得一声好。柳叶萍回信也只是嗔怪，都给你气成植物人了，赵师傅提起你就来气，你想把赵师傅也气病？他祈求道，看看师妹你不行吗？柳叶萍回道，打住吧，师兄妹翻篇了，井水不犯河水，我胆小……

自打"雪岭出品"被砸一事，他明显感到柳叶萍的态度变了。显然，柳叶萍把发生的一切，都算在了他的头上。他想当面解释，可柳叶萍正委屈呢，会信他？宝贝给砸了，解释能换回不砸吗？师傅给气得半死，多说废话能起死回生？柳叶萍的质问，意味着想通过解释挽回他俩误会的通道已被封堵。

文雄打来电话，邀约喝酒，被婉拒。大过年的，不陪自己的傻女人，却找人喝酒，不是自私，就是有问题。文雄的解释，倒是很在理，等待真的很折磨人。文雄说的等待，当然是组织部门的那个任命书了。他劝道，该来的就是迟到也会来，不该来任你苦等也等不到。文雄并没有告诉他，他的傻女人年前就回娘家了。

"官窑美人秀"一二季在春节期间的节目回放重播，收获了很多人气。他再次对"隐蓝"充满期待。

金铺的生意忽然火爆起来，很多老头老太太在抢购，他们都在传说，这个春天房价会大跌。

狗狗忽然少了许多。它们中的大多数在去年冬天，被主人送去乡下。据说三江城正在开展一场关于要狗还是要面子的争论，话题的波及面前所未有的广。

少了狗狗的参与，街面和草坪的狗粪的确少了许多。同样少了的，还有土著的活气。

来自冬天的雪，已经住了，空气指数随着气温不可逆转地回暖。

81.3 【带我飞】

直到初六，才有电话进来。

文雄说，嫂子从娘家回来了。他开玩笑道，回来就陪她上床呗。文雄没好气道，脸皮都被抓破了，还有啥兴趣？他一本正经地劝道，心理学研究表明，解决男女之间的肉体折磨，最好的策略是"肉体释放"。见文雄没明白，又笑道，就是说，男女纷争，表面是些琐碎事，本质上还是性权的得失。比如一吵架，就扬言要分居啥的，这是性报复。同样，在性报复的端点，是性偿还，所谓否极泰来。文雄愤愤道，跟狗狗有何区别？他道，答对了，加十分。文雄道，骂人吗？他道，不是，举个例子而已。文雄道，我已提前结束休假，回屏芜了。他纳闷道，被嫂子赶下床了？文雄否认道，正好相反，是把她给揍了。你还敢揍女人？你那傻女人可能真有病，他告诫道。文雄道，有啥病，就算有也是神经病。他不置可否，问，是不是有一种赌钱赌大发的感觉？文雄道，当然没有，不对，是从来没有。他道，既如此，还有何意思？文雄道，她更没意思，扬言要去纪委告状。他纳闷道，告啥状？文雄道，鬼晓得，心思重，估计。他道，女人告老公，除非逼急了，逼急了，兔子还要咬人呢。文雄摇头道，谁逼谁呀？再说，女人告自家男人，有啥可拿来说道的？他道，说道多了，抛妻别子陈世美，寻花问柳西门庆，冷暴力的朱厚熜，"气管炎"的琏二爷……其实他很想说还有性虐的。文雄道，当然都不是。他最后安慰道，老婆告老公，也没见过几个较真，女人嘛，都是刀子嘴，豆腐心，爱之深，恨之切，要反着去将就才对。

与文雄通完电话，"土豆妹"打来电话，说她已到荣城，约他晚上"九眼天珠"旁土豆酒吧见面。他有些纳闷，大老远来荣城，就为泡酒吧？"土豆妹"说是也不是，是嘛，确实好久没醉过了，不是嘛，也是顺道过来看看开办酒吧的事。原来如此，便又问，是不是一个人？"土豆妹"道，当然不是一个人，不是还有哥哥你吗？他笑道，不是这个意思，他问的是"皮卡哥"。她应道，回甘南了。便更糊涂了，刚来就回了？她道，昨儿来的荣城，一路上两个都在闹别扭，他不同意弄酒吧，嫌乱，一个人先回去了，弄他的土豆去了。

一男一女，相约酒吧……这让他心生忐忑。上初中那会儿，读过一部小说，大概叫啥都的，今夜请将我遗忘，读得荷尔蒙和多巴胺失速……去"九眼天珠"吹吹晚风，带我飞……每一个名词、动词、形容词，甚至每一个逗号、省略号，都带暗示，就差把酒、黄昏跟性画等号了。

他还是答应了"土豆妹"，并非冲那小说中的暧昧而去，接到电话的那一刻，他想到了"土豆天猪"。"土豆妹"是"白娘子"已无疑问，自甘南一别，跟"土豆妹"并无互动。

这突然相约去酒吧……

81.4 【买醉向左，艳遇向右】

当然不是头回去"九眼天珠"酒吧一条街，他清楚记得第一次是在一个霓虹婆娑光怪陆离的黄昏。

酒吧街原来有桥的，九个眼的古桥，现在拆除了，换作天珠，还是最高等级的九眼，就是那个球形啤酒架雕塑。形而上的天珠，插满形而下的啤酒瓶。辣妹的火爆身材，一如刚刚加冕的青年蚁后。

冬天的黄昏，他手捏廉价的纸烟，一副生无可恋的苦相。沿那啤酒河游荡，没有目的，也没有节奏。发际线有些高，这让他自卑。鸭舌帽沿，尽量低过前额，不敢抬头。据说，提前后退的发际线，是工科怪物的标配。虽然，如今他身边的那些小年轻，包括一些"80后"甚至"70后"的朋友圈，从来不乏投怀送抱的故事，让他不无感慨。可那个黄昏之前，确凿地他只有一个施云，还是若即若离的那种。寒风呼啦啦吹彻，酒精在发酵，荷尔蒙和多巴胺在扩散，毛细血管在发烧。有个自称姐的女人，丰乳肥臀，递香烟一样递上香吻，兄弟，买醉还是买艳遇？酒气汹涌，眼神撩人，花露水湿润了唇红。他第一次有了负罪体验。对不住了，我的青梅竹马……对不住了，我的守身如玉……他意识模糊，唇舌也不听使唤，买醉如何，买艳遇又如何？姐说，买醉向左，艳遇向右。顺着姐的目光看去，夜色刚入阑珊，分不清哪是左、哪是右。烟头滑落，从上到下，从始到终，他都一败涂地。满地的烟头，至今铭心刻骨。

之后还来过几次酒吧一条街，都是生意上的无聊应酬，不提也罢。

很多年过去了，他又一次目睹"九眼天珠"。一切并无多大改变，泡沫还是那泡沫，灯影还是那灯影，黄昏还是那黄昏，只是满地的烟头，换了一茬又一茬。

早已过了戴鸭舌帽的年纪。寒风依旧有些紧，便下意识地往额后捋了捋头发，其实哪还有更多的乱发，发际线过早地后退，已遮不住双鱼青印的沧桑。

"在荣城，我没有别的朋友可见。"

甘南短暂的会面，他已然习惯了"土豆妹"的直接："那可真有点受宠若惊了。只是我，算不算别的朋友？"

"当然。有种朋友叫老朋友，哪怕只见过一面。成语咋说来着？"

"一见如故？"

"鱼哥哥就是厉害，你是藏在我肚子里的虫？"

"啥虫？"

"蛔虫啊……"

笑过之后，她仿佛有些惆怅："'九眼天珠'真是好地方，可惜……"

"可惜啥？"

"有酒无醉。"她边说，边敲得天珠下的酒瓶当当响。

"酒本无醉，醉的是人。"

"酒不醉人，人自醉。"

"甘南那夜，好像是你把我灌醉？"

"鱼哥哥那么娇气？"

"妹子的热情，让我不胜酒力。可惜你来荣城，哥哥却没有'土豆烧'好招待。"

"没有'土豆烧'，有'土豆'啊！"

他有些诧异："你去过'土豆'？"

她拉着他的手："一会儿就知道了。"

他俩说的"土豆"，是一个有名的酒吧，旁边是华旦大学。那个酒吧最初不叫"土豆"，叫啥没人记得，反正不叫"土豆"。后来，不知哪位酒客喝大了，用广告色在铁门上涂了首歪诗，就是"土豆天猪"那首著名的《狗屁的土豆》。许是诗歌和原作诗人的名气太大，铁门成了招牌，酒吧的名字倒没人记得。去过的人，因为记得"土豆"诗，索性就叫它"土豆"了。

"土豆妹"说，她想在甘南开一个连锁。这次过来，跟"土豆"的老板谈合作。她在侯家寺外，找到一处叫"冰石"的酒吧，因为生意萧条老板要转让，就把它盘下了。

"生意萧条，还盘下？"

"所以才到荣城来找合作。"

"你想跟'土豆'合作？"

"不是，只是想借'土豆'的灵感。"

"这条街上酒吧比车多，干吗看上'土豆'？就因为铁门上那诗？"

铁皮早已斑驳，泥黄的笔迹，已然成为锈色的一部分。诗行歪歪扭扭，像黄昏里醉汉的脚印。

"狗屁的土豆！"他念道。

她说，酒吧现在的老板是个诗人，当年也是"土豆天猪"的铁粉。他先是租，后来真的更名为"土豆"，做土豆主题，生意渐渐有了起色，索性买下了。

"就因为改叫'土豆'？"

"还有那诗。"

"当年它的确火爆过，据说要不是有老诗人坚决反对，就写进中文系的教科书了。可这又有啥？"

"它不是一首普通的诗。"

"就因为骂了土豆？"

"骂了吗？"

"很多人就这么说的。"

"那些酒客吧？"

"对呀，他们都是来找骂的。找骂也有快感。"

"也许吧。不过……"

"不过啥？"

"玄机呃！"

"啥意思？"

"那诗出自'土豆天猪'的亲笔。"

他并没见过"土豆天猪"的亲笔，在"红娘子"半云村画室所见的《从土豆到彼岸》，只是"红娘子"的手抄体，便不敢轻信"土豆妹"的说辞了。

"我见过他亲笔。"

"你有他的签名？"

"不是，是手稿。而且是封笔，叫绝笔也行。"

"不是开玩笑吧？"

"你确定我在开玩笑？"

"我是说，你怎么会有他的绝笔？"

"土豆妹"没有回答。她的笃定，令他不可思议，也坚定了他的看法——"土豆妹"，就是"白娘子"，应该还藏有他要的秘密。她并没有就此再往下谈，他也不动声色了。

81.5 【大约在冬季】

酒吧人并不多。来的多数是春节没有回家的IT男，也有返荣城过年的一些年轻人。没有主唱，似乎只有一个自言自语的吉他手。卡座稀稀疏疏，几个男的，玩着手游，根本不像来找快感的。只有右边角落，似有个女的，桌上一堆歪斜的酒瓶。

服务生送来一打百威啤酒，递上曲单。

"可以自嗨？"他问道。服务生说，没事，人少，随便嗨。

"来一首？"他没有看曲单，直接叫"土豆妹"点，"比如……"

"《大约在冬季》。""土豆妹"不假思索地接过话。

以为自己装老成的，怎么她也……便愈加地纳闷了。

"齐秦写的。"他并没有装，"85后"之后，已无人能真正理解分手其实好难。

"所以，给你点了。"

"行呀，那你先来《野百合也有春天》？"

"知道你们男人喜欢野百合，不喜欢水仙。"她转身看服务生。才一眨眼，一打百威，都没了盖子。

他正要说啥，被她打住："没事，一人六瓶，谁也不占便宜。"

"好吧。一曲一瓶？"他试探道。

"反正也没人唱。"她又点了崔健的《花房姑娘》，汪峰的《春天里》，蔡琴的《你的眼神》，王菲的《我愿意》。

"先唱，还是先喝？"他问道。

她已经打开话筒，缓步走向乐池："仿佛如同一场梦，我们如此短暂的相逢……"

显然这是一曲适合边饮边唱的曲目。她接过他递上的啤酒，继续唱道："别忘了山谷里寂寥的角落里，野百合也有春天……"

　　气息和情绪处理得很好，唯一的遗憾就是音域窄了点，假声的处理有些露怯，不过也赢得了他的鼓掌和喝彩。

　　她递给他话筒："在高原喝'土豆烧'喝得凶，坏了嗓子，还是看你表演比较合适。"

　　"你太谦虚了。在二峨山下的花海音乐节上，听过一些歌手现场，音质苍老不说，还跑调，真的不如你。"

　　"鱼哥哥变着花样捧我年轻吗？"

　　"不是捧，年轻就是王。"

　　"哈哈。也是。"

　　两人碰了碰酒瓶，一饮而尽。

　　轮到他的《大约在冬季》。她又拿起酒，递予他："很久没听过原版的《大约在冬季》。"

　　"齐秦并不是原版。"

　　"对，江淑娜才是。"

　　"齐秦写了它，最终把它唱红。"

　　"可惜，喜欢齐秦的女人，差不多都老了。"

　　"喜欢孟庭苇的男人，不也是吗？"

　　两人相视而笑，又一饮而尽。

　　"这样喝，会不会把肚子喝大？"她问道。

　　"男人的肚子才是喝大的。"

　　"鱼哥哥的意思，女人的肚子是搞大的？"她眯着眼笑道，"我这么说，是不是很污？"

　　"说自己污的，都是纯洁的女人。"

　　她笑了，拿起了话筒。他也笑，目送她斜步走向乐池，然后闭眼，"像一阵细雨洒落我心底，那感觉如此神秘……"

　　那是一首需要用心聆听的歌曲。

　　恍惚中，感觉肘边有冰硬的东西在碰。原来是右边角落那女的靠过来了，前凸后翘，双眼迷离。

　　"搞姐弟恋？"女的望向乐池里的"土豆妹"。

　　"你问我？"他明知故问。

　　在"九眼天珠"街上，一切兼有可能。不过，他还是感到唐突："我不认识你。”

他依旧朝乐池保持着矜持。

“蔡琴，《你的眼神》，四十岁女人的感觉。哥哥也是'70后'，或者我看走眼了？”

“你走眼了。是我大她几岁，人家没那么老。”他没有发火。在这样的场合，对一个女人发火，身份会掉下去一大截。

“这么说，我真看走眼了。”她的啤酒瓶，差点就要撩开他额前的发际线了。

“妹子是要找酒吧？”他瞟了一眼桌上的百威，“随便。”

“我缺酒喝吗？”女的指着她的卡座，看上去她已喝空了至少半打啤酒瓶。

“你是一个人？”他不知道说啥好。

“不是一个人，难道是狐狸啊？”她说这话的时候，他忍不住还是朝她的胸和手臂瞟了一眼。

“我是说，你一个人来喝酒？”他发现她的手，修长锋利，指尖涂了至少五种色，酷似卡通狐妖的爪刃。

“不是一个人，就不能找你啊？”说这话的是“土豆妹”，原来音乐已经结束了。女的见她回来，又摇晃着朝那几个玩手游的IT男走去了，好像还嘟哝了句啥。

女的肯定是骂了他的，而且“土豆妹”也一定听见了。

“你听到她刚才边走边骂我啥了？”

“你想听？”

“被人骂了，当然想知道了。”

“怎么还真想找骂，变态啊？那我叫她过来，再骂一下？”她装着要喊的样子，被他用酒瓶挡了。

他拎起酒瓶就喝，连跟她碰瓶也忘了。他走向乐池，把酒劲发泄给了低音炮音箱。吼了《花房姑娘》，又吼《春天里》。边吼边恨，不就是骂我“老辣条”吗？崔健、汪峰这样的“老辣条”，有些小女生说不定还想来一打呢。

他这么恨恨的时候，那女的与几个IT男，又玩起了摇骰子。除了“土豆妹”，没人看他的表演，更无人喝彩。“我无力抗拒，特别是夜里……”

“谢谢你捧场。”他摇摇晃晃，再次回到她的身边。

“酒不多了。”她对着一堆空瓶子，悻悻道。

“还喝？”

"喝呀，只是你别怕我醉了找你麻烦？"她看着那一堆男女笑道。

几个游戏男，东倒西歪，似已被那女的喝趴。一个抱着一双玉脚，一个抱着她的头，另一个头埋在女的肚皮上。

一览无余，毫无亮点。

他转过头，还是没有回答她的问题，只是笑道："你真是'白娘子'？"

她没有回答，拿过两支话筒："对唱，《我悄悄地蒙上你的眼睛》？"

"还有两瓶。"他接过话筒。

"两瓶，是吧？"她指着服务生，"可以再来一打。"

再来一打，会死人的。这话他没有说，今晚，他注定要陪她醉一场。

她摇晃的身子，软得像棉。

酒瓶随灯光晃荡，音乐再次响起："你悄悄地蒙上我的眼睛，让我猜猜你是谁……"

这不是他第一次被女生捉弄，也不是最后一次。他曾经被施云捉弄，被柳叶萍捉弄，也被童桐捉弄。他其实很受用被捉弄，喜欢谁从背后蒙上双眼的游戏感。

小孩子的时候，同村里的女生玩捉迷藏，他永远都是被蒙上双眼的那一个。他找呀找，找呀找，找了一个下午都不曾找见。找不见，嘴巴还硬，香香，我看见你了……你别跑……晓晓，我看见你了……你跑不掉的……找着找着，竟睡着了。醒来的时候，纳闷了，明明都看见的，可咋一个都找不见呢？

81.6 【"白娘子"的牙印】

那个夜晚，最终没有发生啥。

没有结果，并不等于没有过程。遗憾的是，除了铺垫，一应枝节都省了，剩下的可能性，平铺直叙，就像接下来那样。

他叫了的士，送她回酒店。酒店在"土豆"酒吧的对面，只须横跨IT街。他还是选择了打的士向右绕行。他搀扶她下车，进了酒店，像搀扶一泓发潮的春水。

打开她的坤包，他看见一堆的女士用品，便停了手。

"不好……意思，晕……"她喃喃笑道，"在……那玩意……的……下面……"

他脸都涨红了。

终于从那堆女人用品下面拨弄出房卡，打开房门，像护花一样，送她进了房间。他也并非刻意地想蒙混保安。

她醉成了泥，真的醉了。而他尚留有两分清醒，以放任想象。

酒吧之后的可能，在他喝空最后一瓶百威时，就有预感：

可能一，她请求他护送他回酒店。实际上，她既没有邀请，也没有拒绝。当最后一曲终了的时候，酒吧里只剩下他俩。那个辣妹，还有几个游戏男或是IT男已不知去向。至于他们啥时候离去的，是不是一块离去的，又去了哪里，他俩不关注。

可能二，回到房间，她可能会吐一地，然后是擦地、换衣服，又是洗脚、喂水的，手忙脚乱，累到半夜。剧情俗是俗，但满足了好奇者。

可能三，午夜的情绪。可以有各种暧昧的，都被他转移了。比如，施云来电话查房。又如，他开始担心童桐。再如，柳叶萍或郭引兰突然忧心忡忡打来电话……

能想到的都想了个遍，却什么都没有发生。

发生的，既非意料之中，也在意料之外。

比如，她的脸一直贴着他的肩膀，一路上都是又笑又唱，泪流满面："为什么你的双手在颤抖，笑容凝结在你的眼中……"

不仅延续了乐曲，还把整场的乐队乐池，也一路搬回了酒店。这样的细节，像雨像云又像风，为何又那么真切？

比如，疼。曾经无数次地设想过疼，当它来临的时候，才发现既难带入角色，也无法置身事外。

直到把她抱到床上，搀扶她躺下，他都没有发现自己的额上，又重叠了一道深深的牙印。

那一刻，小意外也好，小感动也好，都戛然而止。

至于午夜之后，已不需要什么新鲜感了。比如，他选择以亲人，或者以朋友的名义，在旁边登记了一间单人客房入住。

第二天醒来的时候，她已在回甘南的车上了。他收到了她的道歉："把你咬疼了……白。"

留言间接承认了身份。没错，她就是"白娘子"，"土豆天猪"的红粉，也许还是彼此的初恋。

他的确感到双鱼青印的疼。

第二十八章　花离

82.1　【恋母情结】

齐鲁发现自己成了家里多余的人。徐昕蕾的唠叨，少了许多。齐天雷，一天到晚不见人影。老头子也忙，古董书法啥的轮着玩。

多余也好，清净自在，正好可以把大龙缸的事，捋个明白。多亏自己还有私密的官窑兴趣。

徐昕蕾并没闲着。明里要忙土豆公司的股权扩股登记诸务，暗里还得对童桐做外围调查。哪一件事，都得亲自出马才放心。别人咋当妈的，徐昕蕾不会去管，大齐家这个妈，原来没当好，现在重新补课也不迟。扩股走程序，柴瑶睁一眼闭一眼卖人情，不卖还能咋的，一哭二闹三上吊？徐昕蕾不笨，柴瑶更是聪明人。那头调查的结果，童桐根本不在她揣度的状态里，对齐天雷也未构成威胁。要说问题，只能出在齐天雷那里。

自家娃，顶上天，那还是豆芽菜。齐天雷的情感问题，在徐昕蕾眼里就是天，比土豆扩股重要多了。本欲兜着，愈兜愈没谱，终于憋不住。

得找齐鲁。

徐昕雷发现，她同齐鲁的对话场合，更适合在床上。

齐鲁放马放了一圈，不得不回到起点，耐着性子面对徐昕蕾的一大堆心理垃圾。

"我俩是不是对天雷关心少了？"卸了妆的徐昕蕾，脸像扑了层土灰。

齐鲁正在看最近火炒的艺术品自贸区保税交易资讯，忽然冒出这个问题，没明白，盯了徐昕蕾两眼："你这段时间是不是忘了敷面膜？"

"说正事。"徐昕蕾没有理他。

"人家刚有心情看一下你的脸，还不领情。"齐鲁转过脸去，继续摆弄手机。

"黄鼠狼给鸡拜年。能不能不玩手机，天雷有事哩。"

"他有啥事？年前，他们铁三角不是在策划'官窑美人秀'的决赛吗？这些天，跑哪儿去了？也不见人。"

"那个童桐就是个打工妹，没啥学历不说，还大好几岁。"

"不是说天雷吗，咋又扯上童桐了？"

"天雷的事，就是说她。"

"咋了？"

"天雷是不是有点喜欢那个打工妹？"

齐鲁放了手机，伸手摸了一下她的额头，表情严肃："感冒了？"

"别打岔，我是说天雷好像喜欢那个打工妹。这事可不能马虎。"

"夫人侦查出啥端倪了？说来听听。"

"说不好，反正我感觉他对那个打工妹很上心。那就是个风尘女子。娃呢，还没谈过恋爱，容易吃亏。"

"一个大男人吃啥亏？人家会把他生吃了？再说，没谈过恋爱才好呢。你希望你的娃是个花花公子？"

"我就是担心他动心了。"

"你这叫杞人忧天。先别说你是不是捕风捉影。他对那个童桐有好感，又不是啥坏事。难道你希望他恶心那姑娘？再说，如果真的动心了，说不定就是真爱。"

"给你扯不清。我是说，天雷会不会有恋母情结，你想，他自小在你的阴影下生活，对你那么逆反，后来又跟我在美国，基本没得到过当爹的爱。"

"弗洛伊德讲恋母情结乃天生。既然你认为他与你长期相处，不待见我，那要说缺父爱才对。也就是说，他需要的是获得父爱补偿。"

"我听明白了，你的意思是你希望你儿子有性取向障碍对吧？"

"对呀。按你说的，他对那个女孩有好感，不该祝贺吗？至少，娃没性取向问题吧？"

"齐鲁，你这个爹当得也是醉了。每次给你谈事，哪一次能上点心？再说，孩子的事，可是天大的事。"

"天大的事？捅上天，也是小屁孩，能大到哪里？"

"我很认真的。"

"我也没开玩笑。"

齐鲁和徐昕蕾的对话，又一次不欢而散。

82.2 【爱上土豆】

大过年的，齐天雷不见踪影，躲起来，是因为在憋一个大东西。他需要把它推出来，说小点，在他爹面前挣形象分，说大点，他需要用自己的实际行动，证明"90后"是有理想、阳光纯情的一代，不是天天只晓得玩"王者农药"，追求"丧文化"的颓废一代。

春节前，齐天雷通过王了一，联系到王了一的一个学生，原来传媒大学念书时就是网红，号称"第八代编剧"的游查萌，"游"为父姓，"查"为母姓，网名"油炸蟹"。联系上后，齐天雷一人独飞京城，在咖啡厅与"油炸蟹"见了面。两人相见恨晚，惺惺惜惺惺，秉烛长谈二十四小时。"油炸蟹"终于动心，晒出自己的压箱底宝贝——《爱上土豆》网剧大纲。

《爱上土豆》讲了一个叫"艾萌"的归国富二代，父母离异，回国后被母亲派去父亲的房地产企业卧底，等待机会逆袭接班。谁知男孩对当老板没兴趣，玩非主流，竟然爱上一个网名叫"土豆"的打工妹。"土豆"在艾萌老爹的公司当售楼小姐，还是大三岁的姐姐，这就算了，关键还带个小女孩。据说，小女孩还没爹。大眼睛"土豆"，人长得好，冰雪聪明，关键善解人意，很对艾萌口味。在艾萌眼里，她就是玛利亚、维纳斯和中国式好女人薛宝钗的合体。艾萌爱得发疯，让他的老爹不知所措，让他娘差点疯掉。这还没完。关键是艾萌的爹，对"土豆"母女俩特别好，把"土豆"升为总裁助理。私底下很多人甚至猜测，说那小女孩就是艾萌爹的私生女。这话终于传到艾萌耳朵里。就去找"土豆"质问，谁知"土豆"说了一句话，你是信"土豆"，还是信谣言？他不知道咋回答。人言可畏，艾萌的娘，不得不提前结束艾萌的卧底生涯，叫他出国留学，目的是远离"土豆"母女。

出国后的艾萌，茶饭不思，很痛苦，跟梁山伯患相思病差不多。他坚定地相信，"土豆"不仅跟他老爹是清白的，跟其他男人也是清白的，于是就偷偷回了国，到了某同窗开的文创公司搞设计。

艾萌老爹的公司是这家文创公司的广告大客户。艾萌在给他老爹公司一个项目做产品设计期间，暗地了解到一个惊天秘密。原来"土豆"的真实身份是这样的：她的爹和富二代的父母同为京城某名校大学生，而且是很好的哥们朋友。当年因为闹事，"土豆"的爹被学校处分，毕业分配的时候发配到一个偏僻的边地县当初中老师。"土豆"的爹离开富二代的父母，还有一个原因，当时他和艾萌的爹都爱上了同一女生，就是艾萌的妈。但是，"土豆"爹因为艾萌的爹陷入另一个女孩的三角情感纠纷，去帮忙打群架。为保全艾萌的爹，"土豆"爹一个人扛了所有，加上艾萌的妈一心想出国，为了成全艾萌的爹妈，"土豆"爹最终选择离开京城。谁知，"土豆"爹参与那次打架，竟被艾萌爹惹的三角情感纠纷的女孩爱上了，死活随"土豆"爹远离京城的亲人，到了"土豆"爹工作的地方，也当了初中老师。那个偏僻的山村生产土豆，土豆是当地的食物崇拜。土豆妈后来生了"土豆"，谁知人命薄，"土豆"还很小的时候，"土豆"妈一次去家访，被暴涨的洪水给冲走了。"土豆"爹一个人辛苦拉扯"土豆"念完师范大学。"土豆"大三时回到他爹工作的地方支教，见他爹收养了个弃婴女，就自认做那小女孩的姨。后来，"土豆"毕业了，"土豆"爹把艾萌爹的公司名字给了土豆，叫她带着小孩子去艾萌爹的公司上班。艾萌爹出于对"土豆"爹妈一家的情感，决定对"土豆"予以补偿。再后来，"土豆"遇上了艾萌。

当艾萌弄明白这一切后，毅然决定向"土豆"求婚，表态要当小女孩的爹，并为小女孩取名"艾土豆"。两人在艾萌爹的支持下，回到"土豆"爹工作也是"土豆"支教过的地方，捐建了一所"土豆"希望小学，"艾土豆"坐进课堂，开始小学的第一课。这第一课，是艾萌给她上的，课的题目是——"爱上土豆"。

82.3 【爱情狗血】

看完大纲，齐天雷热血沸腾，不及多想，便大胆做出一个决定，买下"油炸蟒"的大纲，并决定与"油炸蟒"签约，让他任第一编剧。

齐天雷到底还是憋不住。独乐乐，不如众乐乐。这么大的喜事，得找人分享。找谁呢？当然是最看不上他的齐鲁大人。

初七这天，齐天雷破天荒一早起来，去餐厅协助保姆准备早餐，等候爹妈起床，他太需要齐鲁的点赞了。齐鲁也起得早。今天是上班第一天，他需要去集团总部亮个相，宣告新的一年开始了，并给员工拜个晚年。

齐天雷递上了《爱上土豆》大纲，然后，看着齐鲁喝牛奶，愣愣傻笑。

齐鲁当然明白他的傻笑，这么早起来献殷勤，不就是要吹捧吗？对"油炸蟒"，他也有耳闻，只是对那自我标榜的"第八代编剧"，他并不感冒。

"你认识'油炸蟒'？"

"了一老师推荐的，他的学生。"

"王了一？你的美学顾问，'第七代编剧'，新土豆铁三角之一？"

"听这语气，齐大人有些不屑？"

"你打算买'油炸蟒'的本子？"

"名师出高徒。再说，人家最近比较火。"

"说本子吧。"

"你桌子上的就是大纲。"

齐鲁拿起大纲，瞟了一眼封面，道："《爱上土豆》，看名字还行，像个要火的剧名。说说你的看法。"

"你读完大纲，我俩再谈别的。"

"不用读完，你说个大致就是了。我先听听。"

齐天雷就陪齐鲁边吃边聊了下故事梗概。聊罢，齐鲁也说吃好了，站起来欲走。

"爸，你还没表态呢。"齐天雷拦住他，急了。

"真要我说？"

齐天雷点点头。

"说了，可别生气。"齐鲁就坐下，语气轻蔑，"本子没啥新意，还是老套路。啥'第八代编剧'，老套路加新花样，吹得有些过了。"

"老套路？"

"你是在国内待的时间太短了，没怎么追剧，问问你国内的女同学就晓得了。"

"你忘了，自从被你赶去美国，我的高中同学不是失踪，就是绝交，哪还有啥情况。"

"那好，我问你，你看好本子的哪点？"

"纯洁无瑕的真爱。"

"我知道是真爱。我的意思是，从大纲来看，就是个偶像剧的翻版，表面上很光鲜，很完美，挖空心思加了土豆噱头，于是想走文艺路线，打情感牌。但是，情感依然苍白，经不起推敲，人物哪有那么美好？这种套路剧，要想走红，还得靠男一号女一号的脸蛋来刷流量。"

"对呀，你和老妈这代人，就因为缺少完美，才不相信真爱。我要的就是男女主人公毫无世俗杂念的真实恋情。"

"怎么又扯到你妈了？真实并不等于爱。有时，真实可能成为迷惑人的假象。"

"你这是强盗逻辑！"

"理想很丰满，现实很骨感。"

"听你这么说，这个剧是不是被你枪毙了？"

"也不是。故事总体还是可以的，只是冲突和波折不够。可以大胆设计剧情冲突。比如，可不可以这么改。"

齐鲁就谈了自己的构思。

艾萌的爹原来大学的真爱是"土豆"的妈，就是那个三角情感纠葛的女生。后来他抛弃了真爱，跟艾萌的妈出了国。"土豆"爹也爱"土豆"妈，发现艾萌的爹抛弃了真爱，便揍了富二代的爹，也就是说故事中"土豆"的爹打架被整到偏僻山区教书，就是为这事。当然，仅仅这样冲突还不够，必须设计一个更大的冲突。"土豆"妈怀了艾萌爹的孩子，艾萌爹是知道这个情况的。后来，艾萌爹为啥要抛弃"土豆"妈呢？可以这么想，是因为艾萌爹与"土豆"妈的所谓真爱，并没有经受住世俗的考验。艾萌爹到底还是舍不得艾萌妈，跟她一道出国了。也就是说，艾萌爹是当代的陈世美。后来，"土豆"妈就投奔"土豆"爹，被"土豆"爹收留，这才有了传说中的真爱。当然，这都不是重点。重点在艾萌的爹妈学成回国后，创业成功，并生下艾萌。虽然艾萌爹娶了艾萌妈，但一直对他的初恋念念不忘，你也可以说他是怀念所谓的真爱，也可以说是他的良心发现。这依然还是老套路，接下来就超出一般的套路了。可以这么改改。艾萌爹回国发展，终于打听到"土豆"爹的下落，看到"土豆"特别像"土豆"妈，也就是说"土豆"是"土豆"妈的年轻版，强烈地触动了他的某种情绪。于是，他决定要帮助"土豆"爹和"土豆"。与"土豆"爹经过一番激烈的情感较量，最后亲情战胜了情仇，"土豆"爹承认了"土豆"就是艾萌爹和"土豆"妈的遗腹女，同意艾萌爹暗地里帮助"土豆"。直到父女最后相认，"土豆"当了公司的老总。

齐鲁这么改，故事的确比原来狗血多了。

"老爸，你胆子真够大的。这么说，富二代千辛万苦追求的真爱，竟然是自己同父异母的血亲妹妹，你确定你没有开玩笑？"

"对呀，故事就是基于这个基本冲突进行演绎的啊。"

"这样一来，那富二代要追求的真爱，原来是个天大的误会，甚至是个错误，编剧设定的爱情理想主义不就破灭了？"

"悲剧的意义，就是把美好的撕给人看，这是基本的美学原理，我想你不陌生吧。"

"你这不是悲剧，是爱情阴谋，手不血刃，暴力灭口！"

"哪里来的阴谋？明明是阳谋好不好。有些电影电视，本来就是一群疯子演给一群傻子看的。没你说得那么夸张。"

"很夸张了。现实中那么多真实美好的爱情，你视而不见，却杜撰了这么一段匪夷所思的狗血剧情。"

"营造冲突，与要表现的理想主义并不矛盾。"

"那，你说说，艾萌最后怎么收场？"

"天涯处处是芳草。你可以让他二次出国，反思、冷静，找到了恋人，虽然不是那种惊天动地的爱情，却能过日子。有时候，平平淡淡才是真。"

"什么平平淡淡，这代沟太大了。"齐天雷边重重地放下奶杯，留下一句话："齐大人，你说的那叫凑合，不是爱情……"

82.4　【雪莲与海拔】

大年初七，上班第一天，齐天雷好不容易养出来的心气，被他老子给彻底搅没了。

齐鲁那边，集团拜年热火朝天，公司内部各种微信群，红包满天飞。

赵青花陶瓷艺术馆和"官窑美人秀"被切割成了两个项目，柴瑶和齐天雷各管一块。新土豆，事实上是齐鲁和徐昕蕾个人的投资行为，与齐鲁集团只有合作，没有明确的股权瓜葛。也就是说，柴瑶和齐天雷并不属于齐鲁集团的人。新土豆并没有像集团那么夸张，搞啥团拜会，这一点，柴瑶和齐天雷也算默契。

去公司的路上，齐天雷给童桐打了电话，约童桐下午在屏羌江边喝杯咖啡。童桐道，文哥要到协调部说事，问雷总是不是有啥事要安排，要是有的话能不能到协调部来当面安排。齐鲁是集团的老总，齐天雷是新土豆的老总，集团项目部和管委会的员工，私下也是鲁总、雷总地叫的。协调部归文雄的管委会管，同齐鲁集团是协调和服务，并无上下级关系，齐天雷当然听得出来这是客套话了。齐天雷便道，没关系，可以等空了再喝。童桐道，雷总要是真有啥事，可以电话上说，喝咖啡也太客气了。齐天雷道，也没啥，就是看上了个网剧大纲，男频爱情的，希望当面听听女生的意见。童桐有些受宠若惊，说自己就是个打工妹，追个剧，也是傻追，谈剧本，那么高大上，雷总确定不是一时发热？

童桐这话，意思应该很明确，找她喝咖啡的事，到此为止。

一早被老子教育了一阵，急着找童桐补偿被婉拒，心里堵呀。

王子一、曾子羊、柴瑶和尚小林，已经在办公室等他了。

柴瑶先说了艺术馆的事。替齐鲁集团"传世皇庭"项目部与屏羌县政府编制的艺术馆项目双边合作协议已经草拟，要齐天雷过目，再分送双方评审。另外，艺术馆装修已完工，聘请的展陈公司提出来，需尽快到位展陈品，她已经向鲁总汇报过，也征求了蓝总意见，一是元宵节"传世皇庭·官窑美人秀"决赛后，可以将征集的宝贝办理移交，鲁总和蓝总捐赠的艺术品也可以到位，鲁总的意思可以搞个捐赠仪式炒一下，要齐天雷定个时间。齐天雷说，艺术馆具体的事他不会管，与政府的合作，之前向书记到园区来开现场办公会有个意见，走程序就行了，至于仪式，他没意见，按齐大人和蓝总意思办理即可。

尚小林汇报了大龙缸的事情。总裁之前向新土豆交办了一个投资代理计划，叫新土豆帮忙代理，把那个炒得很火的"土司遗物"宣德官窑大龙缸从港岛给拍回来，然后与深市万洋信托合作，设计一个艺术品投资产品，争取去上津文交所挂牌。齐天雷说，艺术品的事，他没兴趣，也无更多意见，齐大人想咋弄咋弄，如果需要新土豆出大钱参与风险投资，那就请向徐昕蕾总监报告。柴瑶问，平时很难看到徐总监，能不能请雷总亲自向总监报告。齐天雷一听，这事很麻烦，一来他妈也不懂这块业务，问她最后还不是又回到他老子那里去了，就说，算了，都按总裁意思弄，弄好弄坏，反正是花集团的钱，只要新土豆不亏就行。尚小林叫他放心，说新土豆挣的是佣金，并不参与风险投资。

曾子羊通报了"官窑美人秀"元宵决赛电视晚会的筹备情况。王了一又就晚会几个细节补充发言。齐天雷和柴瑶都同意，表态让曾子羊全权负责。

最后，齐天雷急吼吼地说给大家看个宝贝，原来是《爱上土豆》大纲。几人传看的同时，齐天雷简要叙述了故事线索，把早上他老子的意见也给大家大致说了。几人都在想，齐天雷搞新土豆，有一个目的，就是实现他个人的传媒理想。王了一更是清楚，年前经他牵线，齐天雷飞京城见"油炸蜢"，就为了这个本子。现在，本子被他拿回来了，说明，他内心已经有了自己的主意。这个网剧，意味着齐天雷实现个人理想的第一步，此时泼冷水，除了他老子敢，谁会去扫他兴？

曾子羊和柴瑶都推荐王了一发表意见。

"油炸蜢"是王了一的高徒，加上又是他给引荐的，于是，王了一最终也只说了一句模棱两可的话。

齐天雷问啥意思？

王了一道，理想和风险，其实是共存的，只是很多时候，理想犹如雪莲，花朵的光芒掩盖了海拔的风险。

见齐天雷听得一头雾水，曾子羊又补充道，做网剧投资其实并不大，如果只用新人，也就几百万可以搞定。几百万出个文艺片，不挣钱也没关系，扔了就扔了，理想主义是那高原上的雪莲，已属世间稀缺之物，需要重点保护。从投资的角度，几百万也是投资，是投资就要考虑风险。当然，这个风险，与理想如何分割比例，看投资人咋想了。

齐天雷说，现在需要得到一个鲜明的态度，自己跟齐大人，几位怎样站队？

齐天雷看王了一，王了一看曾子羊，曾子羊没有发话。

齐天雷又看柴瑶。柴瑶道，二位老师这是在挖坑，让自己当坏人。齐天雷道，没关系，尽管说，现在讨论的艺术和投资的问题，不涉及人际关系。

齐天雷的态度，并不能改变柴瑶的说话风格。她认为，如果从观众的角度，更偏向鲁总。冲突和意外，或更能打动观众，留下深深的痕迹。

曾子羊接过话道，观众也代表市场。

王了一顺着曾子羊的话补充道，从剧情冲突看，鲁总的修改方案，体现两条美学原则：一是对付套路，出其不意。现在电视剧的套路，已经成了过街老鼠。二是给"90后""00后"普及一下爱情的悲剧意义，其实也是给年轻一代一个第三方参考坐标。现在的年轻人对理想化的爱情，呈现扁平化和线性的认知，在"曾经沧海难为水"等传统美学观上补补课会是好事。

几人尽管说得比较含蓄，齐天雷红着脸听，也算明白了。不过，他还是说出了自己的最后意见，《爱上土豆》一定要上，至于本子改不改，如何改，下来还需要把老师们的意见再消化一下。

"90后"就是"90后"，阳光真诚，不拐弯子。齐天雷的态度，得到了大家的赞许。

82.5　【香水那道坎】

徐昕蕾决定跟天雷一道回国，在齐鲁和柴瑶的情感问题上，自然有着足够的心理准备。四年分居，还有啥没想明白的？入股新土豆公司，要说仅仅出于女人经济上的一种自我保护，那她就不是齐鲁的老婆了。经济方面，一则没兴趣，再则结婚以来，实际上也完全依靠齐鲁。依靠的前提，当然是信任。

要说徐昕蕾在齐鲁和柴瑶之间没坎，也不现实。

王薇薇限量版香水就是一道坎。用了那么多年的王薇薇，她从里到外每一件衣衫，甚至每一根发丝，每一寸肌肤，每一个毛孔都散发着王薇薇的气息。她努力在齐鲁的眼里塑造着属于他的那个唯一。但是，现在有了另一个女人，和她一样拥有着特有的小资和高贵，甚至连香水的味道都那么相似。她俩互为影子，现在还都得面对同一个男人。她如果还沉醉于自己是男人的那个唯一，这不是女人的自信，是自负。

女人都是感性动物，男人都是情色动物。这话有些绝对，但也八九不离十。女人似乎都相信缘分，也就是认定情感的绝对性，就像下赌场与另一个女人对赌一样，男人就是池子里最大的筹码，往往把过程误看作结局。男人呢，一直玩概率，搞大冒险。男人若背叛了自己的女人，女人很多时候是崩溃的，天塌下来一般，终忍不住咒骂爱情是骗人的把戏。事实上，赌局一直还在进行中，只有出局，没有结局。男人则要理智得多，林子大了啥鸟没见过，都在脑海里，形成了自己的爱情模型。价值的最大化，是男人的目标。从来没有一个女人，能实现男人追求的那个最大化。也许，这就是爱情的动物性原理。如果在蜜蜂的世界里，女人可能会逆袭，成为那个蜂王，天下的雄蜂都是她的最大化。可惜，人是从猿猴进化而来，在逆袭之再逆袭中，最强大的那只雄性猴王，主宰了山林。

徐昕蕾和柴瑶，现在是齐鲁的最大化。三角形很稳定，徐昕蕾跟齐鲁、柴瑶，各据一角。如果，徐昕蕾固执地要将三角形弄成橡皮筋，她就是掩耳盗铃里那个笑话了。

徐昕蕾并不蠢，她懂得橡皮筋的弹性限度。三角形很稳定吗？那我就稳定给你看。聪明的女人，都让男人在外有一种最大化的优越感，同时自己又没有丢失存在感。

现在，转机出现了，她看到了向书河的价值。即便不敢说向书河是她的最大化，但向书河的出现，让三角形不再稳定。她无需用力，只需静观其变或者稍加引导，看三角形如何变成自己需要的四边形。四边形不稳定，但四边形的每一角，都会觉得自己至少有一个帮手。就像现在，向书河正在成为她的帮手一样。

徐昕蕾加入新土豆，更多是为了一种女人的存在感，宣示自己是齐鲁的老婆。只有小年轻才天天把男人挂在嘴边，把醋量大小与感情深浅挂钩，好像不吃醋，不能说明爱。只有到了徐昕蕾和柴瑶这把年纪，小年轻们可能才会觉悟，你一直在意的，成天拿捏放不下的，其实别人根本不关注。这就好比，你有了件宝贝，成天提心吊胆怕有人惦记，但是，你的那种担心，其实是一种强迫症。好东西多了去了，人家数都数不过来，哪会在意你那点玩意？

82.6 【缘是块冰】

徐昕蕾至今记得，出国前听过一位上师讲课，大意是说爱的。

上师传佛说，缘是块冰，要度五百年。佛问，苦吗？答曰，不苦。佛于是许以一段缘，得之我幸，不得我命。如此而已，前世的五百次回眸，才换来今生的一次擦肩而过。

上师说，很多人认为此段佛说，讲爱的难得，既然五百年才有一次，那是不是该千方百计抓住它，不要撒手。其实，这是不对的，佛是教人要看开，勿执着，得和不得，都是合理的，不存在对错一说。没有任何东西，能与时间相提并论。把得失看淡一点，伤就会少一点，时间过了，爱情淡了，也就散了。如果还没散，就无从谈深浅，那就面对好了。时间，会让深的东西越来越深，浅的东西越来越浅。

为理解上师讲的这段佛说，徐昕蕾耗费了整整四年。

何况现在跑了个童桐出来，哪怕只是一个并不经意的苗头，是徐昕蕾个人的小错觉、小误会，但儿子的事，在当妈的眼里都是天大的事，哪怕她放大了，甚至是个笑话，她都不在意。她必须亲自出马处理这个事情。连齐鲁都是那个态度，他相信没有谁能帮上她，哪怕齐天雷本人。在她的眼里，齐天雷就是个没长开的娃。

"奔五"的女人，也不容易。刚转移了香水的话题，童桐的事又成为徐昕蕾的第二道坎。

82.7 　【兄妹之间】

本来是想找柴瑶出面，跟童桐提个醒，又觉得有点像是在求人家帮忙，拉不下脸。她更不可能自己出面去找童桐了。以她对童桐的了解，那个打工妹的脾气可不大好，搞得她下不来台倒是小事，要是童桐直接把她找上门来的事，丢给齐天雷，这事可就闹大了，搞不好母子决裂都有可能。

没有人比她更了解齐天雷。齐天雷涉世不深，一根筋。齐天雷和童桐两人若都有啥想法，那可不是她想看到的。真要是那样，自己若横加干涉，后果想都不敢想。若只是齐天雷单方面的想法，被她给捅破，童桐那边倒没啥可担心的，齐天雷这头可不好说。当然，希望这些都只是她的一种错觉。哪怕是错觉，也是心病。她需要找一个合适的人，给童桐友情提醒，让她疏远齐天雷，事情慢慢就过去了。这是她想要的结果。

她想到了蓝守玉。虽然只在"蓝色诗经"见过一面，还加了微信，但她知道他和齐鲁是朋友，又是童桐的表哥。兄妹之间，没啥隐私，有些话应该可以说透。

蓝守玉没想到徐昕蕾会给他打电话，而且是说童桐的事，很诧异。他更没想到童桐会搞得徐昕蕾这么紧张，准确地说是齐天雷搞得她很紧张。

徐昕蕾絮絮叨叨，当然也很委婉，不过蓝守玉还是听明白了，就是希望他出面给童桐提个醒。在他看来，徐昕蕾的担心，基本上就是强迫症。蓝守玉对齐天雷不了解，但对"90后"的婚恋观还是有体会的，就算齐天雷对童桐有那么一点朦胧的好感，那目前也仅仅限于好感，还上升不到爱情，哪怕是一见钟情。一见钟情从来不是单方面的。如果，没有另一半的默契，那点好感，就如眉间飘雪一样，抬头低头，眼睛一眨，飘了就飘了，眼里还有几多留痕？如果有，也就文人笔下那点惆怅而已。对童桐而言，更不可能。齐天雷咋可能是童桐的菜？他太了解童桐了，个性强，还不拜金，权贵于她并无概念，还是姐弟恋，几乎没可能，她缺个哥哥，齐天雷要个姐姐，这是哪跟哪呀？

捕风捉影也好，急火攻心也罢，蓝守玉都能理解徐昕蕾，毕竟天雷几乎是徐昕蕾的全部情感寄托。徐昕蕾托付的事，办肯定要办，但要讲策略，能淡化尽量淡化。徐昕蕾和他都不希望这事给天雷和童桐带来任何的负面影响。本来想转找文雄，请文雄抽空给童桐打声招呼，又觉得最近他和童桐走得近，还是决定自己直接出面，这样即便童桐有什么情绪，他也好掌控。

蓝守玉给童桐发了微信，约她回三江"守玉楼"吃个饭。理由嘛，现在过个年，表兄妹的人情也给过淡了，得补上。

谁知，童桐立马就回电话来了："表哥，你不发微信，我还真忘了你是'单身狗'，说吧，是不是遇上啥情感障碍了？"

"说啥呢？就是想约你吃个饭，仅此而已。"

"真的仅此而已？"

"不然，还能咋的？"

"哈哈，又来套路，能不能换个新鲜点的？"

"咋请个客都成了套路了？"

"吃饭就吃饭，请客，啥意思？跟《红楼梦》学的吧，贾宝玉找林妹妹说事，不是送《西厢记》，就是写诗拿天气说事，这不是套路是啥？"

"越说越离谱了。真的没事。"

"既然没事，吃饭就免了，情我领了，行不？挂了？"

"可别，你过个年都没给表哥照个面，现在表哥给你打个电话，你就那么急，有啥事瞒着我吧？"

"你还是关心你的'月''影''梅'，还有那个无知少女啥'隐蓝'的吧，这一上班，协调部事一大堆呢。"

"我就不明白了，你一个打工妹子还能比园区的领导和项目部的老板们忙了？"

"打工妹子咋了？打工妹子就不能有自己的理想，有自己的追求？"

"不是，我不是这个意思，我是说……"

"你不是这个意思？蓝老板，要说我不了解别人还说得过去，说不了解你，切！"

"每次跟你说个事，你都急吼吼地。"

"来了，我说有事吧？"

"是，是，是，有个小事……不说也罢。好久回来？"

"有事就说，这真的忙，一大堆人呢。"

"真没啥好要紧的事，算了，你忙吧。"

"真不说，不说，我真的挂了。"

"挂吧。"

童桐真的就挂了电话，连再见都没说一声。蓝守玉心里很落寞。以前，每次童桐在她面前撒个娇，掐几句，他都还有一种温馨感，毕竟一二十年来，兄妹之间的情感就是靠这些鸡毛蒜皮维系的。表哥表妹，要谈高大上，也只有曹雪芹那样的顶级贵族才想得出来。

他还是给童桐发了句话："齐天雷的妈妈很担心你和齐天雷。我晓得这就是个美丽的误会。你是聪明人，明白没？"

发完后，他愈发惆怅，啥时候跟自家表妹说话这么生分？

他并不是希望童桐回，毕竟这事真的让她难堪。不过，童桐还是回了句："忍不住大笑！童话中的恋母情结？请一万个放心。"

一会儿，童桐又发过来一句话："女人一到'奔五'，真的那么有危机感吗？好像满世界的女人，不是抢她男人，就是抢她儿子。我不太懂，乱说的。"

他不知道如何回复。

他也知道，童桐给他发这些刻薄的话，压根就没想要他回复。

83.1　【危险预警】

柳叶萍半夜三更给蓝守玉打电话，说叶师傅恐怕不行了，问蓝守玉能不能去一趟景德镇。蓝守玉没容细想，应了。他其实已计划好，春节一过，就去瓷都，现在叶师傅病情恶化，原计划只得提前。

没了睡意，迷迷糊糊熬到黎明，从床底拖出那个笨重的木箱子。得在去景德镇之前，找物流把箱子发出去。

箱子是尚小林年前从奥港国际发回来的，里面装的"雪岭出品"。它缺了个大口子，那口子已散成几块碎片。碎了也浸润着大师们的肤温，赵师傅的肤温，叶师傅的肤温，柳叶萍的肤温。现在，叶师傅的肤温，正缓慢下降——三十六度五将失去最后一层呵护。

心里堵得慌，某种不安在逼近。额头的疼，又一次被唤醒。

引兰带来的噩耗，把不安放大到极致。

引兰说她的干外公只剩最后几口出气，怕躲不过天明。她问，墩子哥能不能回来一趟？引兰的意思是托他帮忙，给屏羌公安里面的人说说情，把墩子放回来，在老人上路时烧烧纸钱，尽尽孝。引兰的请求，并不苛刻，只是她并不知道"兵哥"刚在大年夜被抓，墩子是涉案人员。公安的程序，一是一，二是二，认真起来一二就都是坎。墩子是文雄通过蓝守玉建立的一条暗线，咋能拿到桌面上摆？他同情墩子，可墩子的事，说大说小，想帮也帮不上，即便是文雄，也不好直接插手。只能等待时间换空间。眼下时间和空间，又挤成了缝，狭长如一根来回晃动的钢丝。

多年前的那个早晨，蓝守玉失去双亲。敏感和焦虑，让他捡回一条命。他的命是双亲以命换来的。额上的双鱼青印，从此会疼，一有不安，就疼。他知道，双亲又在另外一个世界，替他消灾了。

对危险的预警，与生俱来。他曾经就此请教过心理咨询师，给出的结论是，他天生缺乏安全感。缺少安全感，是抑郁症患者早期的典型症状，因为"我"与周围环境的心理割裂。此时，自我暗示的站队尤为重要。若偏向周围环境，"我"被驾驭，在自己看来，"我"已脱离自我，信心受损，懦弱、孤独以致绝望，试图自我保护，终又无法完成，这是十分危险的。若偏向内心，更容易耽于妄想，成为驾驭者，天然地能感受到每一次的危险，哪怕放大不安，哪怕杞人忧天，但"我"凌驾于"我"之上，拒绝一切行尸走肉，不再需要保护，已然完成了自我救赎。海子、顾城和梵高或属此型，他们是抑郁症患者群极端少有的成就者。

文雄的老婆呢？文雄老婆对男人偷腥和狗狗吃"半云五香"的敏感，跟他对土豆的敏感、对狗狗的敏感、对双鱼的敏感、对满地青花碎片的敏感一样，可能也是无法拒绝的自保强迫。自我保护的对立面，就是自我放弃。抑郁症患者或会走极端，厌倦生，也漠视死。他们的行为，在别人看来不可理喻。他们的世界永远不懂，因为他们看正常人活着也是苟且，正常人反过来又当他们是疯癫。对文雄老婆的反常行为，他表示理解，因为此刻双鱼青印传递的头疼，感同身受，如磐石挂在黎明的悬崖，针尖挑动夜色的案头。

83.2 【有一种花开叫离】

想到五色竹。墩子寄来的竹苑，现在种在"守玉楼"，它同园子里的草木都不一样。其他的草木都还在酝酿风花雪月，那竹却提前预言了春天的结局。

似在接近某种感伤，仿佛面对爱恨生死。

他真的看见了那花开，不，是——那花逝！

五色的晶簇，金黄的、蓝灰的、粉白的、深绿的、墨紫的，美到窒息的花朵，宛若灵魂之梢的五彩明珠。

灵光乍现，一声长叹。

天啦！六十年一遇的花开，真的撞上了。许是走了啥运？

竹子开花，亡人搬家。寒风飘絮，曙色离人泪。

小时候，听村里老人们讲，见竹开花，恐怕没啥好事。就诅咒，这辈子最好别让自己撞上。

竹，并不在春天开花。它的语境里，花开与春天，既无生长规律的关联，也没有文化上的瓜葛。竹花，更像某个抑郁症患者的自说自话。莫非，它们是植物的另类？

花开花落，一个甲子就过去了。一次轮回，六十个四季。哪怕不能像不死鸟一样重生，哪怕自此灰飞烟灭，也值！

倘若世间真有死神，眼前的它，即是那一个至美。

从未有过的感动，并非只是冲那五色花朵的晶莹与灿烂。昙花在夜色里绽放晶莹，只可惜从未灿烂过黎明。

五色竹花，会开多久？天明就谢，还是能从这个冬天走向春天？

春天过后呢？

春天过去，剩下秋冬。秋冬的尽头，下一场春天，如此反复。很多时候，能不能等到下一场春天，是个未知数。

因为你要做一朵花，才会觉得春天离开你。如果你是春天，就没有离开，就永远有花。当你读到这话的时候，说话的那个自伤也伤人的末世诗人，已经化为尘土。

抑郁症患者的遗诗，没有几个人能设身处地站在诗人的立场，去关怀花开花落。料想的那场关于春天的复活，也无可验证。

活着，不痛不痒，吃得好睡得安，甚至花天酒地，就以为自己活在春天。一些抑郁症患者就曾描述过，自己看到过的死神，比任何一场春天都华丽。

83.3 【撑死鬼】

"石碾子"到底还是走了，没有等及墩子的最后一面。

六如的传说没有了悬念，赴死的道上便无牵挂。"石碾子"叫引兰拿来寿衣。寿衣是之前找镇上的裁缝做的，里里外外做了九套，都换上了。"石碾子"说，墩子不在家，他走了她一个人翻不了他的身，趁还有口气，自己换。引兰将就了他。

他还叫引兰不要再弄东西吃了，吃了也怕胀肚子。他不想做撑死鬼。

"石碾子"说他的爹就是个撑死鬼。"石碾子"老家的人都说，撑死鬼是饿死鬼投的胎。那一年，北地老家的盐碱地颗粒无收，村子闹大饥荒，爹娘带着姐弟几个，一路东逃西逃，逃呀逃，先是姐姐得了天花，被爹娘扔在路上。娘提醒道，不能回头，一回头就传染了。一家人就又逃，一步也没回头。终于到了路的尽头，饿得不行，又找不见大姐。问爹，爹没话。问娘，娘老哭，又哭不出声来。都饿啊，他也饿得不行，就昏睡。醒来发现周围堆了好多的老坟，汗也吓出来了，就喊爹娘。爹唬住他，别喊，正刨土豆呢。原来真有土豆，幽蓝的花朵，把坟地照得通明。跟着娘走过去问，刨野土豆？爹道，哪有野土豆，定是主人怕偷，才种到坟头的。娘就道，那就走吧。爹道，碰上了，还走啥？娘道，有主人的哩。爹道，主人？估计也得了天花吧？娘道，土豆还在开花，没叫妈哩。爹道，土豆开花，就有小土豆，小是小些，还是土豆。娘道，那也不能吃，下得了口？爹吼道，顾不了，要活命！娘灰心道，劝不了你了！说不定给饿死鬼种的呢。爹也不管了，只道，这么多土豆，还等着饿死？爹狠狠地咽了口唾沫，道，就算死也要撑死！

"石碾子"的爹真把土豆刨了，刨了几斗碗。在坟场生了火，烤土豆吃。"石碾子"说那是他这辈子吃过的最香的土豆。吃饱了，还做了个梦，梦见土豆从土里爬出来，牵着他跳舞，跳呀跳，一直跳到第二天黄昏。黄昏来临的时候，他醒了，见爹躺在旁边，醒不来了，嘴里全是土豆泥。就找娘，娘也不见了。娘的挎兜还在，套在他的脖子上哩，装满了土豆……

挎着土豆，他一个人回到了村庄。那年，他不到五岁。

摆完撑死鬼，"石碾子"不再进食。引兰有些怕，给蓝守玉打电话，从初一打到初二，没通。"石碾子"道，大过年的，不要再麻烦你蓝叔了。引兰并非要蓝守玉劝她干外公，是想托他告诉墩子，叫墩子回来看看老人。她并不知道，墩子还要留在公安局一阵子，协助调查。老人弥留之际，引兰再次拨了他的电话，通了。那天是正月初八。引兰哭着说，干外公快没了……

蓝守玉就给文雄打了个电话，说了"石碌子"的事。文雄问了小聂，小聂道，"兵哥"被抓，还没交代，专案组正问墩子情况。文雄问，能不能先放回家一趟？小聂道，程序很复杂，不好弄。文雄便如实回了蓝守玉。

对于"石碌子"的死，蓝守玉是有愧疚的，没有带回墩子，送老人最后一程。当他赶到龙隐时，只看到黄昏里的一抔灰。

引兰说，干外公是饿死的。他安慰引兰道，"石碌子"是六如的师弟，佛门之人，走的时候不进食，为图个里外干净。

那夜，蓝守玉陪引兰守了"石碌子"一夜。第二天一早，乡亲们帮着送"石碌子"上了龙隐。挨着六如，挖个浅坑，埋了"石碌子"的灰。

送别"石碌子"，又去拜六如。六如的灵塔，早在之前的春天就已长满青蒿和巴茅草。

不见佛现鸟的踪影。

83.4 【弯路也是路】

蓝守玉接到齐鲁的电话时，正在青花机场等待出租车。

他没有告诉柳叶萍航班。"石碌子"的死，太突然，只得退了机票，先赶去龙隐，送送"石碌子"。第二天中午，直接去机场买票登机。到了景德镇，已过晚饭时间。

大明宣德官窑青花釉里红双鱼龙纹大缸，终于有了意向性的归宿。齐鲁很夸张也很纠结地对蓝守玉说，为兑现承诺，他用上了吃奶的力气，反复纠结后，还是不打算把缸子直接弄回来。

"弄出去之前不是谈得妥妥的吗，咋又变卦了？"

"不是变卦，是不直接弄回来，要走曲线。"

"曲线？到底发生啥了？你能不能说明白点？"刚下飞机，蓝守玉说他脑壳有点晕。

电话里的齐鲁嘀咕道，别说你听起来晕，就是我想想也晕。这个春节，他都一直为大龙缸的事烧脑子。

最初的计划，是两条路。

第一条，设想以一个合理的价格从奥港国际场外交易，相当于回购，不直接走拍卖公开程序。再签个保密协议，局外人便无从了解。最后过海关，以海外文物大模大样回流，再上国内大拍。这条路子，能保证东西安全体面回来。

第二条，直接在奥港做个虚拟的天价拍卖，用作今后融资参考。奥港艺术品市场的口碑还是很高的，国内很多艺术品投融资机构也认。

　　两条路都存在漏洞。东西从海关过，两成的税费少不了。当然，费用并非齐鲁首先要考虑的问题，他不差钱。先说买价。他和尚小林挖空心思把大龙缸弄到奥港，也不是为了卖现钱。这一点蓝守玉也相信。齐鲁是一个占有欲极强的主，那么好的官窑美人，他舍得？至少，按蓝守玉对齐鲁的了解，目前没有卖掉大龙缸的动机。再说，这么眼生的货，再咋包装，那些藏家谁见了不犯嘀咕？于是，齐鲁叫尚小林委托永宣堂做一条龙，放个舆论炮，弄张土司遗物的名片，包装就差不多完成了一大半，然后把货顺理成章送到奥港国际拍卖。永宣堂是奥港国际的老关系，渠道一点问题都没有，说不好听点，即便是赝品，只要永宣堂敢送，奥港国际就敢收敢拍。尚小林与永宣堂谈的条件，永宣堂只管包装，弄身份，找媒体添油加醋鼓吹，然后送拍，就算交差。卖得掉卖不掉，怎么卖，卖多少，不是永宣堂的事。表面上，东西是永宣堂的，实际上明眼人都懂，像他们这种职业古玩机构，是拿人钱财，替人走货，没有谁去关注背后真正的金主是谁。永宣堂几乎没啥风险，动动嘴皮子和人脉资源，轻轻松松就挣几百万佣金，这种生意徐堂主乐此不疲。

　　给永宣堂谈的总费用是一千五百万，含奥港国际拍卖佣金。徐堂主与奥港国际谈过两选方案。一是走个预展过场，拍前交易，另一个要走完全部程序，不过价格他们可以帮托，有人真买当然好，没人买，托个高价，最后留个有用的上拍资料完事。齐鲁征求永宣堂意见，评估结果是大龙缸被人举牌的可能性不是没有，但很可能是捡漏价格，高价希望渺茫。对于齐鲁来说，这里面潜在很大的风险，就是大龙缸被人捡漏。要捡漏，还不如自己左手捡右手，何必便宜别人？最后，他决定不参与正式竞价，只在拍前交易，说白了就是奥港国际陪永宣堂走个台，亮个相。现在，包装和热身的过场已经完成。接下来还需要履行一个表面合法暗地里说不清道不明的交易手续，最后以一个让人信服的价格光明正大"成交"。

　　宝物最初的委托人是尚小林，然后以永宣堂名义，二次委托给奥港国际。预展结束后，又由新土豆公司，从奥港国际协议购入。东西转了一圈，又回到齐鲁手里。齐鲁需要支付的费用是，永宣堂代理佣金五百万元，奥港国际拍卖佣金一千万元。当大龙缸再次回到齐鲁手里的时候，大龙缸的成交价格固定在一亿五千万元。当然，这一切为了可以溯源，以证明大龙缸在港岛的交易过程真实有效，各种环节手续不用说，银行的资金往来流水也不能少。齐鲁作为委托买家，把资金转到代理公司新土豆账上，新土豆把资金划转奥港国际，成交后，奥港国际扣除佣金，把货款回给委托卖家永宣堂，永宣堂再把资金转入尚小林指定的新土豆公司账号。

这些细节，是齐鲁的隐私，蓝守玉不关心。齐鲁要告诉蓝守玉的是，东西基本谈好了，一亿五千万从奥港国际拍前协议购入，要通过海关拿回来的话，还得支付三千万的税，这有点不划算。

"那咋办，总不能又来一次走私，出口转内销吧？"蓝守玉反问道。

"当然不是，我们几个动这么大心思，就是要光明正大，走文物回流流程。只有如此，不管是在官方还是民间，才能形成足够的共识。"

"三千万税额可不是个小数，差不多够再造一个陶瓷艺术馆了。"

"打电话给你，就是征求意见，看能不能放到深市保税区去？"

"你的意思，也学那个谁买古董，上亿的钱都能烧，几千万的税却要赖？"

"不是赖，是走曲线。"

"曲线就是弯路嘛。"

"弯路也是路嘛。"

"弯路就是弯路！"

"你别抬杠，这不跟你商量吗？"

"放保税区干吗？"

"干吗？保证这个东西在国内。"

"不对吧。保税区的货，没有进关，理论上还在外面。"

"它不是在深市吗？深市保税区不就是在自家吗？既然如此，谁还管你关内关外。"

"那……这么说，我们以后要看那玩意，还得大老远跑去保税区了？"

"大老远？大老远总比港岛近。再说，现在距离不是问题吧？"

"我的意思，放在保税区，我们要上手看宝贝，没那么方便了。"

"可以借展。"

"借展？"

"对，就是去保税区办手续，把缸子借回来，放在我们的艺术馆里展。借一次，长点可管一两年。"

"东西都是自己的了，谁借谁呀？"

"东西是自己的。但是托管在保税区，自己只有所有权，没有管理权。当然，任何时候都可以完税了事，把东西搬回来。这个在政策上没有任何障碍。"

"这么说，算权宜之计？"

"也是个综合比较，性价比最大的结果。"

"总觉得，东西自己没看着，夜长梦多，不踏实。"

"多虑啥？担心保税区的安保？还是啥吧？"

"不是，我的意思是，那宝贝会不会被哪个机构或哪个‘土豪’盯上？"

"哈哈。这个担心嘛，我看你也可以放心。有哪个机构哪个‘土豪’，比你我还对那宝贝有如此浓厚的兴趣？"

"也是……那就依你。这么说，齐总以后手头松了，理论上东西还能拿回来？"

"看吧……我想，从理论到实践，这道门都没关上。"

说到这份上，蓝守玉也觉得，再说下去，就没啥意思了。照之前约定，齐鲁只要负责把大龙缸安全弄回来，他的良心就可安定。他自己也清楚，当初这就一句话，谁较真，谁就输了。东西已经归齐鲁，按古玩行规矩，齐鲁根本不需要同他商量。是他主动找齐鲁处理的，东西要不是给了人家，估计都不知道在哪个旮旯哭泣。人家付了款，他也算帮了"石磕子"一家，要说还有啥不安，不就是那点道德拷问吗？文物的现状，本来就摆在那里，文物官员都摇头，他一个市井人物，除了情怀，还能有多大改变？在资本的面前，情怀，也就呵呵了。再说，放在保税区，大龙缸回来的渠道，的确没有堵死，他不相信齐鲁的良知高度，起码要相信人家的实力高度。

苟且随着他的内心波动，一步步战胜了忐忑。出租车载着他奔向城里，车窗外，瓷都的灯火，忽明忽暗。

83.5 【青花的救赎】

病榻上的叶师傅，昏迷不醒。景德镇的头牌掌桩大师，正走向生命的终端，仿佛一蓬干草，遗落在春天来临之前。

柳叶萍、小叶、小叶娘、苏小离的眼睛都有些湿润。蓝守玉的到来，让死寂的气息，有了生气。小叶娘张罗着叫小叶泡茶，小离削苹果。床头的柳叶萍，一言不发，眼睛熬得通红。她对蓝守玉和小叶，并没有半点责怪。如果说，敲锤的小叶是"雪岭出品"青花大龙缸的终极刽子手，蓝守玉就是联手的帮凶。他们合谋了青花，扼杀了龙缸。叶师傅本就疾病缠身，掌桩葫芦窑复火，烧造大龙缸，耗尽了他最后的力气。小叶所发大龙缸敲碎的视频，是最后压垮老人的那一棵稻草。

孔尚云也在，让蓝守玉很诧异。孔尚云倒也淡定，说他这就出去打电话，给蓝守玉定酒店。孔尚云此话，显然是对柳叶萍说的。柳叶萍不置可否，孔尚云就出去了。

蓝守玉欲言又止。柳叶萍见状，道："出去说吧。"

两人就到了病房外的过道里。

"对不起，是我害了师傅。"

"不关你的事。"

"没怪小叶吧？"

"怪，又能咋样呢？"

"他不该把视频发给老人家的。"

"发都发了。"

"都怪我，我不该带人来景德镇的，此事因我而起。"

"来都来了。"

"我是说，我上次就不该来找你们，让你和两位师傅给我烧啥大龙缸。"

"烧都烧了。"

"也是。不管咋样，我都对不起他老人家。"

"他又听不见。"

"我这不是说给你听吗。"

"说给我听？我那么重要？"

"我知道我对不起你。"

"你对不起的人多了。"

"我说的是真话。"

"我没说你说谎。再说，在我看来结果都一样。"

"你还在生我的气。"

"我柳叶萍没那么小气吧？"

"事是我惹的。给你添堵了。"

"我说了，一切都不重要了。"

"我知道，我最对不起赵师傅和叶师傅。"

"叶师傅倒下了，赵师傅也老了，你不用说对不起。再说了，他俩也听不见你说的这些。"

"敲碎大龙缸，不是我的想法。"

"又有何区别？"

"对，一切都该算在我的头上。"

"你自找的。"

"你交给我的是大龙缸，现在只剩一堆瓷片了。"

"瓷片？"

"是的，我把它们带来了。"

"干吗，还给我和赵师傅，讨气？"

"可以这么理解。"

"啥意思？"

"大龙缸不仅是你和两位师傅的坎，更是我的一块心病。我们得让它活过来。"

"人死不能复生。"

"青花可以。"

"你想让赵师傅和叶师傅再给你修复大龙缸？"

"不是，是你。"

"我？"

"此事只有你能完成。"

"哀莫大于心死。恐怕你得找别人。"

"解铃还须系铃人。我只能找你。"

"铃已经跟我没啥关系了。"

"绳子还在。再说，你无法置身事外。"

"照这么说，我还得为此忏悔？"

"要自我救赎的是我。"

"那你还找我干啥？"

"你帮我赎罪，也是完善你的浮屠。"

"也许吧。就算龙缸瓷片能修复，青花的裂痕和片纹呢？"

"你在偷换概念。"

"你在转移话题。"

……

关于那天在医院过道的聊天，柳叶萍话里的深意，蓝守玉并没有仔细去琢磨。此次来景德镇，除了看叶师傅，还有点私心，就是说服柳叶萍修复"雪岭出品"。柳叶萍表面的抵触，不代表内心的想法。他毫不怀疑柳叶萍于"雪岭出品"的情感。

孔尚云回来接他去了酒店。

第二天一早，蓝守玉给柳叶萍打了个电话，本来想说"雪岭出品"连同几块瓷片，已经打包发给她了，谁知接电话的是孔尚云。他虽然有些诧异，还是让孔尚云转告柳叶萍，能不能通报赵师傅，请老人见他一面。孔尚云说，赵师傅在闭关，不会见别人的。他说，他不是别人，是赵师傅的关门弟子。孔尚云说，赵师傅不会见他，这话不是他说的，是柳叶萍的意思。看来，因为大龙缸，柳叶萍已经对他产生了很大的误会，一时半会消除不了。他决定离开景德镇，在去机场之前，他把快递单子，还有"雪岭出品"原图，以及散成几块瓷片的图，一并发给了柳叶萍。

回盆地的航班上，大龙缸的一幕幕塞满脑海，像某部大片的蒙太奇镜头组合。大片的尾声，是跟柳叶萍的最后对话。

"你在偷换概念。"

"你在转移话题。"

简短的两句话，默念一次，惆怅一回。

或许他俩都在逃避什么。

直到春暖花开收到柳叶萍的礼物后，蓝守玉方才明白，就算是一场悲剧，也没有谁对谁错。

时间也没有错，只是面对它的残忍，没有人能输得起。

83.6　【人宝合一】

除夕一过，"传世皇庭·官窑美人秀"第三季，进入倒计时。半月后，一场官窑对官窑，美人对美人的终极"PK"，将亮相元宵。本来已经准备很久了，曾子羊还是不够自信，老觉着时间紧，一睁眼，白天过去了，一闭眼，黑夜又来了。柴瑶笑道，电视人都有"黑白强迫症"。齐天雷满不在乎，反正弄完"传世皇庭·官窑美人秀"，曾子羊就脱离体制，加入新土豆，一块弄网剧了。齐天雷开出的诱惑是，远离"黑加白"和"五加二"。

剧组最后敲定的是王了一的创意——"人宝合一"。不彩排，元宵节头天下午直接上演播室录制，元宵节当天晚上黄金时段播出。这与之前挖空心思策划的直播套路，完全不搭。

曾子羊和他的剧组陷入了苦恼。栏目组和屏羌方面，元旦后就向各自电视台报了备，一直到春节假期开始前才被告知，选秀类节目，不批直播。决赛直播是与赞助方齐鲁集团早就约定的，现在忽然改录播，神仙也措手不及。好在齐鲁很开明，并不刻意要流量，听柴瑶汇报后，也没说啥。流量是双刃剑，有利益也有风险。直播潜在的风险，与潜在的流量增量共存，没有谁能确保不出纰漏。一旦出了纰漏，就不是钱能搞定的了。

最不情愿的是"宝虫网"。直播改录播，流量至少跑掉两成。老板派出"90后"公关，找曾子羊诉苦，又抹鼻子又抹泪的。曾子羊心一软，把自己的分成，又让出一成。

柴瑶转告齐鲁的态度，只要选出的官窑宝贝前三甲能够得到观众和网友的认可，有没有流量都算成功。曾子羊琢磨，齐鲁这是在给剧组松绑，没有套路不也是套路？当然，选秀选秀，边选边秀，既然还没谢幕，那就要演下去。

回放第二季节目的时候，曾子羊评估，"奶茶公主"和"隐蓝"皆具夺冠实力。因并未参与前两季，仅从视频看，王了一认为"奶茶公主"虽有舞台感和互动，总觉"戏"味太浓。"隐蓝"呢，又完全给观众一种很生的感觉，仿佛山间清流，不大迎合街头趣味，他更欣赏那种呼之欲出的文艺范。齐天雷没有表态，心思压根就不在晚会上，选美没兴趣，选官窑更没兴趣。曾子羊就笑，选不出美人，"土豆"咋办？曾子羊说的"土豆"，就是《爱上土豆》的女一号，当然，《爱上土豆》出品人和导演有了，剧本也现眉目，但只是个大纲，离搬上手机屏幕，还差几大件，找编剧、演员，搭剧组，找联合出品人，一扒拉子琐碎。

就像现在，齐天雷正纠结该怎么跟"油炸蟆"提修改大纲。

直播的现场期待没了，靠什么将观众带入录播镜头？王了一祭出"人宝合一"，也就是个概念。观众买不买账？对此，曾子羊和王了一也没辙。关键时刻还得齐鲁来拿主意。齐鲁让柴瑶转告剧组，剧组不得事先给任何一名决赛选手策划决赛表演方案。他希望看到一幕似是而非，不像舞台的舞台，不像选秀的选秀。

鉴于此，曾子羊决定，只告知所有决赛选手，把自己淘到的宝贝交到栏目组，等待决赛通知。至于啥时候决赛，怎样决赛，均无可奉告。剧组这一招，抛给选手悬念，也留下各自演绎空间。私下里的暗流涌动，曾子羊和王了一也清楚，那些入围决赛的选手，谁的背后没有一个自以为是的策划团队？

好吧，既如此，差异性、陌生感、距离美、日常生活的符号和碎片化，还有舞台即视啥的……真的有些久违了。

83.7 【蝴蝶效应】

回到三江，蓝守玉接柴瑶电话，转达栏目组的通知，叫他马上去屏羌，把关寻宝节目征集到的文物。直播改录播，原定的文物专家现场点评宝贝，在播出时得剪掉。据说因为屏羌栏目组向当地文物管理部门报备时，一位老专家说此次电视寻宝节目征集到的文物，有些来路暧昧，经不起推敲。栏目组只得照办。为保险起见，曾子羊就向柴瑶建议，搞了个妥协方案，录制前，蓝守玉去把一下关，正式录制，请当地文物专家出镜。

蓝守玉一听哭笑不得。鉴宝，说白了还不是公说公有理、婆说婆有理。上节目更像耍大马猴，他本就反感，忽悠咋也不能丧失底线吧，那么多眼睛盯着呢，何况，再牛的专家，也有走眼的时候。怕露馅？只要不放到台面上，谁都不会计较。上电视就不一样了，出不得错的。有些错误，哪怕只出一次，可能就致命。现在让他一个民间文物爱好者，给文物专家打冲锋，若专家出镜后出了啥故障，那还不往回推到最初把关的那个人身上？

柴瑶也笑，你不挡子弹，谁挡？帮官员挡子弹，蓝守玉自己就说过，没干过十回八回，也干过两三回的。挡子弹，也能挡出经验，挡出政绩。但是，像把关鉴宝节目这样的子弹，他不能挡。柴瑶问，为啥？他说，他不想被观众打成筛子。

不过，这场表演到了这节骨眼上，他一开始就介入太深，现在想退也退不了。与柴瑶达成的意见是，他只负责把关文物，不参与决赛，屏幕上他们和那些决赛选手咋忽悠观众，都与他无关。

蓝守玉的这个决定，是与齐鲁沟通之后做出的。对于征集的那些文物，包括海选和寻宝两季中，层层选拔脱颖而出的官窑宝贝，齐鲁并没有表现出浓厚的兴趣。他需要的是活动本身的蝴蝶效应，既然带出了甜白双鱼盏这只蝴蝶，那就让它扇下去吧。

他仿佛看到了一只亚马逊河畔的蝴蝶。蝴蝶扇动一双灵巧的翅膀，毫不经意的一张一翕，挑动起几千公里外北美大陆的龙卷风。

现在，料想中的那只蝴蝶，已然越过重洋，降临他的跟前，像个魔术大师，翅膀一挥，扇出一只双鱼盏。

甜白釉的盏，双鱼轻盈于握，似乎就要飞起来。

83.8 【特立独行的鸡】

张爱玲说，过年，其实是杀猪给鸡看。村子里每天总有一两家杀猪的。每天天不亮，长鸣就来了，好吓人的，听起来像凄厉沙哑的哨子。鸡呢？先是咯咯叫着跑几步，又颠回来了，脖子一探一探地，提心吊胆四处巡逻。注意，这里用了提心吊胆。这是说鸡吗？杀的是猪，鸡凑啥热闹，该下蛋还下蛋，该打鸣还打鸣，也没见那只鸡吓趴窝的。

蓝守玉愤愤不平。人呀，尤其是像他这样的"单身狗"，比鸡还过得提心吊胆。

想起半年前的那个夏天。老峨山下，关于"鬼附鸡"的怪事，一只鸡站着睡去了，脑袋神不知鬼不觉被咬掉半爿……

那就是一只特立独行的鸡，大智若愚，难得糊涂，并不是迷信所说的什么鬼附身和中邪。

蓝守玉说他这辈子，就佩服像施云这样的女子，别说被老公抛弃不当回事，就是天塌下来也睡得香。哪来那么多高深莫测的哲学，有生活有温度。童桐似也曾教训过他，人不能太精明，啥事都要三思而行，谋定而后动，想得多，死得快。

蓦地发现，镜子里真的有一缕白发了。难道，被施云说中了，满头白发，思想邋遢？

这年头，无欲无求的女子，比廉租房还稀缺。

隐隐念起施云的许多好来。只是，这么好的女子，咋也离自己越来越远呢？

也许应了那话，猴年生人，鸡年惨淡。

对于柳叶萍和童桐的冷淡，蓝守玉还可以理解。一远一近，情感的生疏，跟距离的关系，存在两极趋同。施云同学也算青梅竹马，虽比表妹童桐远点，但比师姐柳叶萍近吧，如此，咋也不出声？

这么想着的时候，蓝守玉正对一笼子竹花独酌。

有一回，他跟文雄喝，喝得差不多了，文雄自我麻痹好比月宫伐树的吴刚，审美疲劳连嫦娥也不放在眼里，幸福得就要晕过去一样。文雄的状态，令他羡慕，便向其请教心得。文雄喃喃自语，还是酒好呀，一人买醉，天下归一，四海清平，天王老子来了，我都不"扶"，就"扶"墙，半斤不当酒，一斤扶墙走，斤半墙走我不走，哈哈，我赢了……

83.9 【望梅止渴】

施云还真的突然来了电话。

"什么情况？"男人酒劲一上来，拿起电话差不多都是这味。

"你以为啥情况？"

"我……以为……"

"语无伦次。说吧，喝了多少？"

"不多，多乎哉？不多矣！"

"看这情况，我现在跟你说话，不是时候？"

"说这些……"

"隔着两台手机，都能闻着酒味。"

"说吧，啥情况？"

"你以为呢？"

"我以为……我以为……可能……"

"想你了？"

"回答正确……加十分！"

"可能吗？孔雀开屏。"

"呵呵，被我说中了吧……只要你……每次一说孔雀，我就想起一句诗。"

"啥？"

"懂得孔雀的，是另一只孔雀。"

"哪个的打油诗？"

"问这问题，没水平，一听就是要补课的节奏……著名诗人蓝守玉，听说过吧？"

"蓝守玉，你是不是最近在谈恋爱，说话这么黏乎、费劲。"

"报告美女，绝对没有，只是……"

"只是？"

"想谈恋爱了。"

"哈哈，寂寞单相思吧？"

"不，确凿无疑，有名有姓。"

"哪村的？"

"你想套我话？哈哈，不上你当。"

"谁上谁的当，还不一定呢。"

"咋说？"

"你就不问问我，这么久没来个电话，为啥？"

"对呀，为啥？"

"为啥？哈哈，你没听出来，我比你还得意吗？"

"领到大红包了？"

"小瞧。"

"自摸双杠开花了？"

"庸俗。"

"要不……哦……明白了，莫非你也恋爱了？"

"哈哈，都说男人喝醉了，智商会下降，我看完全不是嘛？"

"停停停……你刚才说啥来着？"

"我说你猜对了，加十分！"

"不是……"他努力梳理着脑子里的问号，"我说，你，啥意思呢？"

"啥意思？难道你并不乐意我谈恋爱？"

"当然……"

"当然？"

"当然……不是，"蓝守玉的酒劲似乎下去了一大半，"我是说，你不是之前一直在关心向书河和柴瑶吗，咋又扯上自个呢？"

"又被你看穿了。"

"不是看穿，是生活本来就千疮百孔。"

"接着装。"

"没装。"

"还没装？你那点花花套路，呵呵……"

"没吃过猪肉，还没见过猪跑吗？"

"蓝守玉，我就不明白了，这么多年来，你在我施云这里，咋就能一直保持绝对自信呢？"

"我被你看穿了。"

"算了，不扯了。你就不问问向书河和柴瑶的事？"

"他俩还有啥事？"

"向书河女儿，好像察觉了柴瑶同她爸之间的那点暧昧。"

"察觉就察觉呗，她一窝小豆芽菜还能翻天？"

"当然不能。"

"那，你操心人家啥？"

"向书河呀。"

"向书河咋了？"

"他女儿不乐意柴瑶每周接送她上学。给他打电话，哭诉说要他每周去接。"

"那小屁孩翻脸了？不是柴瑶给她找的学校吗？"

"对呀。"

"那就给她上课呗。"

"我给你打电话就是说这事。"

"啥事？"

"就是向书河看他女儿脸色，妥协的事啊。"

"原来是这样……他这不是看他女儿脸色，是在记他前妻的情分呢。"

"你认为是这样？"

"当然是这样。"

"这么说，柴瑶还没看错人？"

"那又咋样？"

"你的意思是？"

"我是说，向书河其实一开始就没得选择，也是他俩缘分不够。"

"你还说对了。柴瑶现在的状态好像就是你说的这意思。"

"又回到三角暧昧了？"

"不是吧？徐昕蕾回国后，齐鲁那头，实际上她已经宣告退出了。"

"你还是不了解女人。"

"我不了解女人？我就是女人。"

"我是说你不了解别的女人，比如柴瑶。"

"这还差不多。她把自己藏得那么深，我咋看得穿？"

"所以说，还是暧昧好啊，忽远忽近，隐隐约约，就像画片上的果子。"

"画片上的果子？"

"对呀。你说它不是你的果子吧，似乎伸手可及，还能满足你的眼福口福，你说是你的吧，又摘不下来，欲罢不能……"

"望梅止渴。"

"世间好看好吃的果子很多。望梅止渴，提供了我们对待爱情的另一种审美视觉。"

"你的字多，我信你。那你说，你呢？"

"我？我有啥好说的。"

"你桐表妹呢？你萍师姐呢？还有那个啥兰的，给姐姐说说看？"

"你开我玩笑？我觉着嘛，还是说你要靠谱些。"

"我？你确定你酒醒了？"

"早就醒了，吓都被你吓醒了。"

"那你畅所欲言吧，我还有啥可说的。"

"我是说，你真的……恋爱了？"

"完全不在一个频道上。"听得出来，施云很无趣，"……越来越远了，挂了。"说着真的挂了电话。

蓝守玉手有些僵，手机拿在手上，放也不是，不放也不是。园子里，无名虫子叫得燥热。竹影斑驳，没有风，几颗星子退到月晕的幕后。月色，差一点就要满了。

那是一个摇曳不安、容易让人误判的上弦月夜。

84.1 【"C位"】

鸡年伊始，龙隐镇传出两件怪事。

先是说有个在猴年正月赶着结婚，等待生美猴王的懒小伙，等了大半年，老婆还是没怀上，美猴王的好事没赶上，新鲜感也消了，迷上了手游。这天午后，出去玩，也没个具体去处，边玩手游，边瞎晃悠。晃到桥头，兴致还浓，没察觉有危险降临，扑通，手拐子被啥重重挡了下，一看，原来是老井轱辘。手机呢？就找呀找，没找着。往井里看，正闪呢。几千元的"土豪金"苹果手机！小伙子心疼呀，竟不怕死，滑着井绳，梭到井里，一天一夜没出来。龙隐老街人山上山下寻遍。他老婆倒是若无其事给人讲，不用寻，怕是躲哪里打手游，肚子饿了就会回来。邻居不解道，打游戏都打饱了，还回来？谁知道，第二天晚上，小伙人不人、鬼不鬼样，还真溜回了老婆屋头。脸很脏，头发乱成鸡窝，俩眼圈又黑又深，模样着实吓了新娘子一跳。

死哪去了？老婆骂道。小伙子一本正经地回，桥头老井。新娘子笑了，逗谁呢，井里有水妖？小伙子道，没，苹果手机掉井里了。新娘子不信，撒谎也不动脑子，一天一夜上不来，成心躲里头过游戏瘾？小伙子嘴巴张得老大，你咋晓得？

这事很快就在镇上传开了。有人不相信，真跑去看那井，果然是口枯井。老人们纳闷了，明明秋天还能照见影子的，咋春天刚到，井水就漏光了？

还有更蹊跷的。有小孩子告密，说"石磙子"家竹子开了花。老人们就去"石磙子"家，搬了凳垫脚，翻墙偷看，妈呀，墙角真有笼枯竹，干巴巴开着花。

竹子开花，若无贵人助，就有亡人家。巧了，这家年轻男人墩子被抓，老头子"石磙子"又新故，真是祸不单行。不过，此事却让老人们的悬吊子心窝，踏实许多。都说"石磙子"死，怕是恰恰化了井涸竹枯的凶兆。一村人忽然对老屋的留人引兰，亲热平和起来。

村里人的态度，突然一百八十度转弯，心软的引兰自有共鸣。加上电视台通知她马上赶去屏羌，参加下午"官窑美人秀"决赛表演，心情便好了许多。

带上"香雪"，还有夏秋穿过的碎花连衣裙，搭了去屏羌的中巴。

上车第一件事，就是给"三江鱼叔"发微信。

"干爹，您要去看决赛吗？"

"会的。"

很快，蓝守玉收到一个视频。原来是"香雪"，正可爱地蹲在中巴车的过道上。于是明白了，"隐蓝"和"香雪"这是要联袂上电视的节奏。

引兰能有这么好的状态参加决赛，蓝守玉甚为高兴。本来，他答应柴瑶，不参加电视节目录制的，此刻却为正在走出失亲之痛的引兰心动了。

午后，他去了三江电视台，没有告诉柴瑶，也未惊动文雄和童桐。

裹在观众人流中，他进了演播大厅，一个人悄悄坐在后排角落。他知道，此刻无论坐在哪个角落，他都能看到"隐蓝"的一举一动。她，或许看不见他，但能感受到来自他的感应与喝彩。

她注定是今晚舞台的"C位"。他也将是"C位"的"那一个"观众。

84.2 【奶茶天下】

录制现场来了许多年轻人，大多数是代表决赛选手的亲友和粉丝团来助阵的。他们的情绪指数，直接关乎"官窑美人秀"的成败。先出场的选手，尽管表现平平，淘得的宝贝也不是啥国宝，但粉丝和亲友的吆喝给力呀。

阵容最强大的是"奶粉"。"奶茶公主"还没上台，"奶粉"在台下已经坐不住了。

"'奶粉'们，在哪里？"有人喊道。

一大堆人站了起来，手里清一色捧了个纸袋，原来是一瓶奶茶。

女声："奶茶奶茶！"

男声："奶茶天下……"

女声："奶茶奶茶！"

男声："奶茶天下……"

所有的目光都聚向"奶粉"阵营。

"哇塞……好给力的'奶粉'！"主持人夸张地调动全场气氛。

"奶茶公主"带来两件宝贝："元青花龙纹玉壶春"和"金代萱草纹定窑"。她的着装，一改海选的青春派，行中国风：青花瓶形旗袍，绣花高跟鞋，还戴了清宫戏头套。特别是那身材，真的很骨感，看上去，活脱脱还真似花瓶和衣架。

"奶茶公主"这身打扮，一下赢得全场尖叫。就连台下"苏三"的"三友"团也稳不住了，带头喝彩起来。

"苏三"和"瘦瘦"都在第二季被淘汰了。淘汰的原因也很简单，淘到假"国宝"。这是齐鲁和蓝守玉不能容忍的。玩古董，真假是底线，没钱没眼力，你玩个普货，甚至弄弄瓷片也行。"官窑美人秀"是传媒来搭台、美人来站场、古董来吆喝，你弄个假古董，那不是拆台吗？"苏三"和"瘦瘦"的策划团队，以为这是档娱乐节目，重在娱乐，观众不会在意东西的真假，"淘宝，淘宝"，重在淘，不在宝。这都是跟电视上正流行的乱七八糟的网红乡村打卡一样，什么钓鱼、插秧、打谷子、采芒果，没人关心你的鱼是不是真的从河里钓起来的，也没人在乎你打谷子真的甩了几十膀子，只要演员出镜时与乡村老百姓的背景有反差。

"苏三"的"三友"团临时加入"奶粉"，让"奶粉"很感动。几个月前，他们可是你死我活的情敌。

"天青色等烟雨，而我在等你……""奶茶公主"表演的是边舞边唱。老实说，唱跳都显业余。其他几个粉丝团，也是连连喝倒彩："花瓶""衣架"，"花瓶""衣架"……

"奶粉"当然很生气。"奶茶奶茶！""奶茶天下！""奶茶奶茶！""奶茶天下！"一副要把其他几个粉丝团的嚣张气焰都打下去的霸气。

中途有几个周冠军出场展示宝贝和表演才艺，也没啥新鲜感。东西都对，明晚青花笔筒、光绪粉彩大掸瓶、宋代盆地清溪窑变盏、近代王步青花瓷板，等等。

从剧组的角度看，离"人宝合一"还有一定距离。有两位选手，在回答主持人的提问时，答非所问，一眼便知对手中的宝贝没啥认知。在蓝守玉看来，就选手那点文物常识，捡到漏的可能性几乎为零。第二季的所谓现场淘宝，估计也是玩的套路，策划团队事先"埋地雷"，选手带着淘宝摄制小组，一路演戏，最后突然中了彩。这也没啥，娱乐吧。

84.3 【投壶】

也不是说完全没有看点。

有个周冠军，个子并不高，一米六不到，脸蛋和身材比例没的说，肩上斜挎一青布袋子，手捧一只圆肚细颈的大瓶。从LED大屏幕看，应为清代官仿宋代官窑贯耳瓶。

选手向主持人介绍自己，说是少儿体校的老师。

女主持人靠过去："看你这个头还没我高，踢足球还是举重的？"

选手抱着大瓶子，笑而不语。

男主持人给选手解围，道："武林高手，个个身轻如燕，身怀绝技，不一定非得是晾衣杆和棒槌，是吧，说不准是个保龄球高手呢？"男主持人将身子靠过去，"包袱里全是保龄球吧？"说着，还对着选手手里的花瓶，比画了个打保龄球的动作。

选手吓了一跳，赶紧把花瓶护在怀里："哥，小心点，这玩意挺值钱的。"

"哈哈，我看也是。"男主持人笑道，"这大概是我见过的最贵的棒槌了。"男主持人的幽默，一下把现场气氛调动起来了。

选手问主持人，能不能来段音乐？男主持人纳闷，音乐保龄球？女主持人帮腔道，肯定不是，估计是艺术体操。

选手不好意思了，向评委和观众鞠了一躬，声音柔美："我哪会你俩说的那些。明天就是元宵节，听说这节目要在元宵节晚上播出，那就来段热闹点的，民乐《闹元宵》吧。"

音乐响起，选手把花瓶让男主持人捧了，叮嘱原地站着别动。而后，从包袱里，变魔术一样，掏出六支好看的花羽箭来。然后自己退出两米开外，盯着那瓶绕行一圈。

主持人被盯得慌了，问道："莫非要拿那花箭，把我插成篱笆？"

选手笑道："想得挺美的，那不真成花心了？"

观众又是一阵笑。

选手道："你要怕扎，就闭眼。"

男主持道："怕死不当男靶。"

选手又道："我要扎了！"

男主持一看："真扎啊？"

选手道："是的。"

男主持道："那……不过，问个问题，你究竟是练花镖，还是射箭？"

"你猜呢？"选手依然保持神秘微笑。

主持人胆战心惊地回道，不敢猜。女主持就问全场观众。有说花镖，有说射箭的，还有扞糍粑的。

蓝守玉暗自笑了，看她装扮，不是花镖，也不是射箭，更像投壶的。只是，投壶这把戏，不是早失传了吗？

投壶属于先秦贵族的礼仪。宋朝有个人物叫吕大临，名气很响，他的墓前些年被挖，弄出来一堆天青色瓷，有人说那就是失传的"柴窑"。吕大临除了理学和金石学了得，还是个考古达人，他研究投壶后，认为投壶就是射箭的袖珍版。射箭当然是上流人士玩的名堂，汉魏六朝时，更是得到巨大发展。西晋土豪石崇，经常聚集一帮人玩投壶，搞赌博。石崇有个婢女，水平很高，据说隔着屏风都能百发百中。唐人宋人有文化，边玩边写，留下很多投壶的佳话。到了明朝呢，出了朱瞻基和朱厚熜两个文艺青年，把投壶玩到了极致。史书上说朱瞻基蛐蛐玩得好，投壶手艺更绝，身边的嫔妃宫女、文武百官，都不是他的对手，搞得大家老是担心领导批评，天天在屋里闷声练投壶。前些年在景德镇同门拜师，蓝守玉就同柳叶萍聊到过投壶。

先是，聊到一种投壶器形，台上选手那种，下面一个球，细长的脖子，顶个管带双耳，柳叶萍坚持说叫"贯耳瓶"，不是壶。怎么就不是壶呢，蓝守玉不解。壶有肚子，她道。那球不是肚子吗？他问。"一片冰心在玉壶"，只有扁扁的，才能称"玉壶"，她继续解释。扁扁的，叫皮囊吧？他还是不服气。

两个人的天，就这样被聊死了。当然，这不是第一次。还有回下班前，柳叶萍递了张电影票给他，说八点见。他瞟了一眼，《我和姐姐》，也没多想，就道网上说《疯狂的石头》才好看呢。柳叶萍脸色立马青下来，道，要去便去，别忘了带身份证。看电影带啥身份证？又不是去订客栈。他嘟囔道。柳叶萍没搭理它，又强调了一句，记着带就是了，哪来那么多问号？他还是不理解，一直在那自言自语，看个电影带啥身份证呢？长这么大还没见过看电影要带身份证的！

那天晚上，去了电影院，并未有人专门检查身份证，当然也没见着柳叶萍，便郁闷了。给柳叶萍打电话，不通。第二天到了工作室，兴师问罪，我带了身份证去了，可是问了人，看电影的都没说要带身份证，倒问我谁说的，我说女朋友说的，他们都笑我……

"啪嗒……"一厅堂全场的掌声，淹没了他的回忆。

六枚花羽箭，齐齐投中桌上的花瓶……

84.4 【双鱼之宿命】

蓝守玉仔细回想，"官窑美人秀"决赛那天头疼被激活，是从关于双鱼的诗歌话题开始的。

上来一个叫"青年的鱼"的女选手。参赛的网名文艺，模样也文艺，淘到的宝贝毋庸多说了，南宋到元龙泉窑梅子青双鱼洗。这玩意虽不如双鱼枕头那么稀缺，真要碰上够心动的，也非易事。不是什么梅子青都叫梅子青的，就那双鱼的刻画，也难倒许多藏家。

双鱼洗受到文人的青睐，因为寄托。鱼么，娱嘛。有一首歌这么唱的："就在这花好月圆夜，两心相爱心相悦……我说你呀你，这世上还有谁，能与你鸳鸯戏水，比翼双双飞？"

两情相悦，鸳鸯戏水。多好的意境！选手怯怯地说，明儿就正月十五了，单相思的人儿，是不是该打提前量，从今夜启程？可能说得太文艺了，观众还没来得及反应，她的朗诵就来了。她好像说自己有"菊花体"的痴情，没菊花诗的才貌，就给大家带来两条鱼吧。

女诗人，"菊花体"？还两条鱼！呵呵。蓝守玉觉得哪被掐了一下，似又找不见具体的痛点。

好嘛，就冲那两条鱼，也互动互动。尽管现在一说起诗人，就想到女诗人，一说到女诗人，就想到把菊花睡得一塌糊涂的女诗人。女诗人，其实是在给男人尤其是男诗人打鸡血，允许你们男诗人在那装神弄鬼，就不许我自嗨？这霸气，显然对诗歌和爱情的自我驾驭手段，超级自信。

很多人相信女诗人，不是因为女诗人诗写得有多好，而是觉得透过女诗人的诗，可以偷窥到女人的隐秘，仿佛女诗人天生不会说谎，每一行文字都跟真理一样。

再说眼前这两条鱼。一条鱼，与另一条鱼，其实分不清你我。要分得那么清楚，谁是你，谁是我，便索然无味了。当然，这是诗人独有的暗示。

尤其是女诗人。女诗人其实很可爱，不用那么直白的。就是一条鱼，与另一条鱼。点到为止，剩下嘛……也就那点潜在的冲动和暗示了。只是，那冲动和暗示，很难拒绝。

就像现在，想象它们捧于谁的手心，她的手心，你的手心，我的手心……
想着水淹过全身，淹过柔顺润滑的蔓草丛……

      一条鱼，倒映另一条，
      鱼的模样。有水草天空影子。
      青年的鱼，清纯的锦色的，
      柔软的萌动的。无法自拔。
      一条，与另一条。

      注定逃不脱，彼此的怅恨。

邂逅也好，路窄也罢，
从黄昏到夜，
从夜到日上三竿，
从日上三竿，到不知昏黑。
这辈子的遇见，
算还上辈子欠下的倒霉。

别说什么别无选择。
不是冤家不碰头，
如果不能全身而退——
就伤害吧。咬或者被咬，
三十六度五不能止住的疼，
三百六十五个昼夜的暗恨。

原以为一条鱼——
是另一条鱼的全部。
原以为两条鱼是曾经的全部，
现在看来这是致命的错误。
都被时间蒙骗了。
之前，或叫缘分。
之后，某种宿命。

选手早已隐去。超过三十六度五的情绪，止于诗歌结尾的宿命。

而他呢？紧闭双眼，疼点似乎正集中于额际。

疼，因为沉浸于彼此的复述加重——一条鱼遭遇另一条鱼。一条鱼被另一条鱼俘获……

脚底发颤，手心微寒。

是被女诗人集体沦陷的吗？

84.5 【选手"隐蓝"】

王了一和齐天雷并不知道，"隐蓝"最后一个出场，是曾子羊受柴瑶之托的有意安排。

前面选手的戏剧性表演，已让观众和评委倍感疲惫，舞台到了需要推出高亮的节点。

　　"隐蓝"的着装毫无亮色，细花短袄，一条老旧的灰毛围巾。比之前面选手的流行包装，她的登场不动声色。评委和观众交头接耳，当然不是评头论足，只是觉得演播厅里的热度，忽然冷落下来。她手捧双鱼甜白盏，有些忐忑。"香雪"摇着尾巴，寸步不离，随她上了舞台，没等主持人发话，人们发现"香雪"蹲在了一旁，把"C位"让给了她。曾子羊带头鼓了掌，观众这才明白过来，原来最后一个选手已经上场，还带着一位很善解人意的宠物搭档。

　　掌声响起。观众的掌声，显然是对于她的棉袄、围巾还有"香雪"的最好鼓励。

　　前面选手的时尚装扮，虽与舞台的绚丽搭调，可也模糊了生活，以及冬春的罅隙。她的上场，再次把观众从虚拟的舞台现实拉回来，重新回到时令的日常。这才想起，外面正处于冬天的尾巴尖上，出了演播厅就得加衣，眼下所谓的春意只是一时的错觉。

　　男主持人上前问道："你是'隐蓝'？"

　　她一脸茫然。"隐蓝"是童桐按蓝守玉的要求报的参赛网名，这一点她并不知道。

　　主持人又问："你叫什么名字？"

　　"郭引兰。"

　　"哦，'引男'，就是说，你爸妈生了你，叫你再引个弟弟来。"

　　"不是，他们喜欢兰花。"

　　"你说的是你爸妈？"

　　"对，豇豆爹和豆腐娘。"

　　"豇豆爹，豆腐娘，这名叫得亲切。"

　　观众一阵哄笑，掌声再次响起。

　　"你说，你爸妈喜欢兰花？他们是兰花大王？"

　　"算不上，我只是听我外公说过，豇豆爹和豆腐娘就是因为兰花，才成了我的爹娘的。"

　　"等会，等会，引兰姑娘，你听你外公说的？你外公又是谁呀？"

　　"'石碾子'呀。"

　　观众又是一阵哄笑。

　　"'石碾子'？还有这种名字？"

　　她没有表情，也没有回答。

"你豇豆爹和豆腐娘，没给你说过他们的名字呀？"

"没有。"

"为啥？"

"我没见过他们。"

"没见过？什么意思？"

"就是从来没见过。"

"他们去哪了？"

"早走了。豆腐娘就是因为生我走的。没多久，豇豆爹也走了。"

"明白了，也就是说，你从小与你外公在一起生活。"

她点点头。

"那你外公一定很爱你吧。"

她点点头。

"据我们剧组了解，你外公并不是你的亲外公，去你们家录制节目的时候，他正生着病？"

"他是我干外公。"

"你干外公病好了没？"

她摇摇头，含着眼泪："初七那天就走了。今天，刚逢头七。"

"引兰姑娘节哀，也祝老人家一路走好。你哥哥呢？他没来给你加油？好像你有一个叫墩子的亲哥哥。"

"不是太亲的哥哥。"

"不是太亲的哥哥？"

"他是豆腐娘的娃，不是豇豆爹和豆腐娘的娃。"

"是这么回事呀。"女主持人若有所思。

"'石磙子'也不是我亲外公。"

"他不是你豆腐娘的爹？"

"我不知道，我只知道他姓石，豆腐娘姓邱，墩子哥是跟豇豆爹姓的。豆腐娘和墩子哥都是干外公在庙里捡来的。"

选手毫无舞台经验，不经意间暴露了特别的身世。演播厅忽静得出奇，观众和评委一下陷入娱乐惯性的不适。面前的"隐蓝"，完全就是一张白纸，不对，就是一棵未经任何修饰的乡下原生植物，被赋予公共艺术品的角色，正被动接受来自完全陌生环境的评头论足，而自己毫无察觉。

曾子羊和王了一，看到了某种久违的代入感。

现在需要转换一下话题，否则接下来的表演，有可能止于主持人同她的身世谈话。

女主持人上前问道："这么说，你是一个人来的？"

"还有它。"她指了指"香雪"。

"好可爱的狗狗。它是来给你加油的吗？"

"我们一起来的。"

"好吧，那我们一起为你和'香雪'加油。"

"手里的宝贝，"男主持人插话道，"就是上次在你家里寻到的，价值二十万元的双鱼甜白盏？"

随着大屏幕切到甜白盏的特写，观众保持着安静，没有人说话。他们并不是认识，他们只是被主持人说的价值二十万元给吓蒙了。

"二十万元是专家说的。甜白盏是干外公和豇豆爹留下的。"

"那么今天，你来到这个舞台，最想说什么？"

"我想对另外一个世界的干外公说，外公，那条旧围巾，今天我把它带来了，引兰想你……"

84.6　【酒干倘卖无】

蓝守玉给小年轻们说，那是他听过的最感人的故事。

故事本无啥新鲜感，甚至还容易被误会为选秀舞台苦肉计套路。但它不是，因为他信任一个由四个姓氏组合的贫寒人家的情感分量。

她姓郭。干外公姓石，豇豆爹姓郭，豆腐娘姓邱。墩子哥本来也不姓郭，随了豇豆爹的姓。她从小就没见过亲爹亲娘，是干外公一手屎，一手尿带大的。现在老人离她而去，留给她唯一的财富是一只甜白双鱼盏和一条老旧的白羊毛围巾。

她说，那个冬天她上初一，学校开歌咏会纪念"一二·九"，她想参加女声小合唱，特别地想，可她没有洁白的羊毛围巾。文娱委员要小伙伴每人交一百元，统一买白毛围巾。她回家找他的墩子哥，墩子哥在外摆地摊，又没电话，就去找干外公。干外公光闷头抽烟，不说话。她就闹，又哭又闹。闹得很凶，干外公拗不过，从箱子里翻出一条围巾，还说他也舍不得用。可这哪是洁白的羊毛围巾呢，皱巴巴的灰尼龙，又旧又丑。那次她们的小合唱得了最后一名。小伙伴一致认为，是她的破围巾拉了后腿。那条围巾，从此被她扔进衣柜的角落……

显然，她讲的不是一个煽情的故事，她脖子上的那条围巾也非寄托怀旧的情绪。她并不需要情感上的喧宾夺主，来烘托她的天生丽质。她只是面对亲人的生离死别，情不自禁地保护性敏感。她的任性，是她的自我保护。现在，对于亲人离世的敏感，是自我保护之"疼"，再一次从内心深处唤醒，那潜意识对于昨天之殇的消弭，对今天之苦的淡定，对明天之虑的无忧……

就像现在，他的头疼再次被她唤醒一样。

那些死去的亲人，即便不能真实地活过来，但一定离他们最近……

于是，那一刻也最疼了。疼，并非过去就错。哪怕是任性也无错。如果要怪就怪时空。能感受到疼，因为时空的颠倒与轮回……

蓝守玉后来回忆道，那天听过的歌声是踩着疼点走的，一颗音符，一个心跳，一声叹息，"多么熟悉的声音，陪我多少年风和雨……"

85.1 【心如止水】

那一场酒醒之后，"白娘子"不能确认"九眼天珠"酒吧街夜歌的一些细节，比如怎么回的酒店，又怎么脱衣上的床。

回到甘南后，她觉得半边牙帮子奇痒难忍。好在有老法，烤土豆贴腮帮，滚烫的土豆片一烫腮帮，奇痒便好多了。连烫几日，竟对烤土豆有了依恋。

那个晚上，下意识用牙过度，似在每一根植物神经里，烙印某种肌体记忆。她不再去回想，并非以为有些记忆虽然短暂，就该被忘却。

新开的酒吧门面已敲定，就在五竹镇上。不用刻意装修，换上"土豆酒吧"的名即可。"土豆哥"还做他的土豆批发。同样都是土豆，土豆与土豆不同，"土豆哥"在乎的是生意，"白娘子"更在乎留下一段青涩念想。

而对于"土豆天猪"，则以夜夜狂醉无眠的方式铭记。当圆月再次从东山升起，内心已无波澜，"土豆天猪"不再是属于"白娘子"一人的秘密。

想起给蓝守玉写信。她欲告诉他，就"土豆天猪"的所知，毫无保留予以分享，并非意味专属的那一份自私和沉重从此放下。

现在正值甘南最美的正月。蓝天白云之下，六如、云登，还有"土豆天猪"和仁波切的传说，宽阔而明朗。

女人小孩，着了最美的华服，把草原打扮得比七八月的花海还漂亮。男人们腰缠珠宝黄金，高调宣示主宰财富的权势。各大寺院的镇院之物，也被僧人们请出来，接受信众的顶礼膜拜。唐卡的红，晕了雪光和日丽。正月的月白，从侯家寺的黄昏，连绵至东山的黎明。

"白娘子"说，她一直笃信"土豆天猪"并未离开雪域，甚至离甘南也不会太远。没有什么比九眼天珠更值得"土豆天猪"千里迢迢去坚守。他一定会出现在甘南的某场大法会上。尽管找不见他，但似乎能目睹到他的背影，聆听到他的洪音，触摸到他的心跳，感受到他的气息。或许，每个正月十四，他会雷打不动地汇入晚课辩经的潮水里。

她清楚地记得，第一次混进侯家寺的大法会，偷看晚课辩经的那个黄昏。多年前的正月十四，东山之月就要圆满，澄明悄然而至。她在午后混进经堂，淹没于信徒和僧侣的人流。红袍严实，双目茫然，她坐在某个角落。

那些僧侣信徒，席地而坐，每个人脸上都写着虔诚和自信。

她分不清他们，似乎每一个身影，每一张面孔，都有着经诗的影子，"土豆天猪"的影子。

供台中央的水晶锦盒，烛火簇拥，宝光洋溢。她看不清楚锦盒里的宝物，但她相信那便是传说中的九眼天珠。不仅她一个人相信，侯家寺里里外外，五竹镇上上下下都相信。一个冬天以来，甘南都在讲述九眼天珠的传说。传说一次又一次强化，每一个信徒内心深处关于九眼天珠的暗示。

九眼天珠现身的时候，月亮会把雪山、枯草、乌鸦、牦牛……照得像白昼。侯家寺、五竹镇、郭家庙，方圆千里的甘南，莫不如此。

她说，那一刻，信仰看得见，听得到，摸得着，真切而温暖。

她确信亲眼目睹了紫蓝双色的彼岸花。深入肌肤的紫，风干的只是岁月的表面。它插于案头。秋天以来，一直未曾老去，老去的只是蓝的肤色。

仁波切双目紧闭，静坐头席。仁波切主持的那一场晚辩，至今令她难忘。

85.2 【红彼岸蓝彼岸】

云登和六如自那夜之后就要离去，他们的上师身份将获得仁波切的首肯。

该辩的都已辩过。那些宏大而根本的命题，高高在上：凡是无常，都是不相应行；凡是存在，都是四圣谛之一。

云登说，他要去象山，为追寻仁波切的仁波切之光。象山是二峨多年前的名字。仁波切并不纠结云登的理由够不够诚恳。

六如说，他往南，为揭示某个秘密。他想一个人去。在二峨相识，就一直跟着自己的那个后生，哦，就是那个出道不久的狗屁诗人，写非主流的"土豆体"，六如把他留给了仁波切。六如引见的年轻人——"土豆天猪"，让仁波切心生好感，光听名字就与仁波切秉承的某些东西一致——连法号也是天意了。

仁波切找不到挽留云登和六如的理由。一边是告别，一边是相识。上天赐予"土豆天猪"，再次确认仁波切所坚持的力量。

流水的辩手，铁打的经堂。是夜，不管谁占上风，谁占下风，他俩都要离开侯家寺。如此，命题或无功利了。

那就随意发挥吧，像黄昏的风吹过经堂一样。

云登抢着发问，他要站在因明逻辑的高度，证明自己的佛学得自仁波切的真传。

云登转述的经验，源于"有人说"。

有人说：彼岸就是红彼岸？云登知道六如常常以经验自居。

六如果然不假思索，接受了云登的挑战：同意。因为，除了红彼岸，没有其他的经验可以参考，比如别的什么彼岸。

六如的回答正中云登的套路。云登颇自信。当然，这并不在仁波切事先预设的命题里。仁波切的世界里，所有的套路，都不堪一击。云登要让仁波切、让侯家寺的僧众，都站到他的这头：他是正确的。现在，六如为了配合他的正确，不得不抛弃常识，去诠释一个并不确定的逻辑障碍。或者说，如果六如给出基于常识的回答，那他一开始就会陷于被动。

按云登的理解，仁波切让他俩自由发挥，试图告诉一个真理，人生除了常识，还有丰富、深刻和宏大。常识本不如逻辑重要。一个雪域信徒的常识，有可能难以走出牦牛和毡房的狭隘，而逻辑则具有普遍的意义。就像现在，他要同六如讨论彼岸一样。彼岸，那永远终极的存在。奔赴彼岸的路，并非单色红彼岸的经验总结那么简单，需要不断地怀疑和否定，方可完结确认。

云登心生得意，因为还有蓝彼岸，尽管他没有目睹过，但从仁波切历次的讲述中，甚至师徒几个上午都还在聊那来自虚空的花朵。他要告诉六如，蓝彼岸，是彼岸，但它不是红彼岸。这当然不是常识，而是常识朝向逻辑的升华。

"白娘子"虽然听不太明白，却笃定"土豆天猪"就在僧众之间，而且他一定会铭记那场轰动侯家寺和甘南的著名晚辩。

云登：彼岸不是红彼岸，因蓝彼岸是蓝彼岸，非红彼岸之故。

六如：前因不成。

云登：蓝彼岸应为彼岸，因为彼岸故。

六如：因不成。

云登：蓝彼岸应为蓝，因与蓝彼岸为一故。

六如：因不成。

云登：蓝彼岸应与蓝的彼岸为一，因据自身为一的公设故。

六如：同意。

云登：蓝彼岸，应是彼岸吗？

六如：同意。

云登：蓝彼岸应是彼岸，因蓝彼岸故。因已许！

六如：不遍。

云登：应有遍，因为彼岸是蓝彼岸、红彼岸等的整体故。

六如：不遍。

云登：应有遍，因据整体与部分的公设故。

六如：同意。

云登：蓝彼岸应是蓝，因与蓝彼岸为一故。因已许！

六如：不遍。

云登：应有遍，因据自身为一的公设故。

六如：同意。

云登：彼岸应是蓝彼岸红彼岸等的整体，因与彼岸为一故。

六如：因不成。

云登：彼岸应与彼岸为一，因依据自身为一的公设故。

六如：同意。

云登：彼岸应是蓝彼岸红彼岸等的整体，因与彼岸为一故。因已许！

六如：不遍。

云登：应有遍，因据自身为一的公设故。

六如：同意。

云登：那么，凡蓝彼岸为一，都为蓝吗？

六如：同意。

云登：凡蓝彼岸都是彼岸吗？

六如：同意。

云登：蓝彼岸应是彼岸，因为蓝彼岸。因已许！周遍已许！

六如：同意。

云登：凡是彼岸不都是红色，因蓝彼岸是彼岸而不是红色故。前因已许！

六如：后因不成。

云登：蓝彼岸应不是红，因蓝故。

六如：因不成。

云登：蓝彼岸应是蓝，因与蓝彼岸为一故。

六如：因不成。

云登：蓝彼岸应与蓝彼岸为一，因据自身为一的公设故。

六如：同意。

云登：蓝彼岸应不是红，因为蓝故。因已许！

六如：不遍。

云登：应有遍，因为蓝与红相违故。

六如：不遍。

云登：应有遍，因据相违的公设故。

六如：同意。

云登：蓝应与红相违，因为一般公设故。

六如：同意。

云登：凡是蓝彼岸，都不是红彼岸吗？

六如：同意。

云登：蓝彼岸应不是红彼岸，因为蓝故。因已许！周遍已许！

六如：同意。

云登：凡是彼岸不都是红彼岸，因为蓝彼岸是彼岸而不是蓝故。因已许！

六如：同意。

云登：完结！

简单而宏大的因明问答，从逻辑的角度诠释着六字真言的内涵。可惜，云登拐弯抹角的刁难，也未获得仁波切的一边倒赞许。六如的配合，也算煞费苦心。他俩或未曾彻底明白，逻辑内里的生硬，有时候不如柔软的常识可信。

"白娘子"更倾向于"土豆天猪"。"土豆天猪"是一个擅长于生活中发现真谛丰富性的诗人。生活每时每刻都在告诉诗人，彼岸就是红彼岸。那未知的，如蓝彼岸，更大可能隐含虚妄。

云登或忽视了一点，仁波切不仅对他的逻辑，甚至对六如的常识，也不以为然。仁波切早已站在超越逻辑和经验的高度。

"白娘子"说，只要懂得热爱生活，就如同理解关怀一样，具有不可辩驳的力量。

她相信，"土豆天猪"也会这么认为。当年，"土豆天猪"在华旦接受了一拨诗人圈子的挑战，那个圈子崇拜叙述的逻辑之美。他站在反方，一个人的舌战。最终还是抵抗不过逻辑的强词夺理。他败了，然而并未认输。

"白娘子"迄今还记得他放出的狠话："如果只剩下叙述的逻辑，那么诗歌可以死了！"

今天想来，放这话的"土豆天猪"真是未卜先知呀。

如果去掉"狠"之怨气，将此话换到那夜的辩经大会上，就成了这样：如果彼岸只剩下红色、蓝色和花朵的因明逻辑，或再添油加醋，弄点甚么人生佐味，即便怀有彼岸的虔诚理想，面对日常又有多大的、靠谱的说服力量？

当然，这话听起来有些"不明觉厉"。"白娘子"说，"不明觉厉"就对了。"土豆天猪"就是这么"不明觉厉"的。"土豆天猪"需要仁波切的对于一切"不明觉厉"彻头彻尾地改造。

经堂传来仁波切的自言自语，悠远而执着：这佛光闪闪的高原，三步两步便是天堂……

她相信云登、六如和"土豆天猪"都听到了：世间事，除了生死，哪一件不是闲事？

85.3　【新版阿美】

齐鲁没有去"官窑美人秀"晚会录制现场，正式播出也没来得及看。

"官窑美人秀"，官窑碍口识羞，秀是扯幌子，官窑美人就是那幌子。什么世界小姐、亚洲小姐，什么金花银花，什么足球宝宝、台球贝贝，什么豆腐西施、土豆公主，要把脑壳看晕。看热闹，如听段子，谁真当回事了？就像现在，所谓的美人，笑笑就过去了。他要的是官窑——站在道德的制高点，很多观众眼里的高大上。文化噱头？哈哈。

柴瑶兴奋地告诉他，"官窑美人秀"决赛演出成功了！听那语气，柴瑶很激动。

柴瑶说决赛时，"隐蓝"的原生态和亲情牌，还有那条旧围巾，那个双鱼盏，被曾子羊、王了一，还有小齐总一致认为离他们"人宝合一"的设定最为接近。尤其那一曲发自内心的《酒干倘卖无》，更引发现场观众的共鸣，甚至很多网友怀疑，她就是新版《搭错车》阿美。她击败被大众普遍看好的"奶茶公主"、现场表现优异的"投壶"选手，还有女诗人"青年的鱼"。

"隐蓝"收获终极冠军。"奶茶公主"亚军，"投壶"选手和"青年的鱼"并列第三。

齐鲁并没有表现出多少兴奋，反问道："既如此好到头了，那她咋还是什么新版阿美呢？"

柴瑶没明白："那应该谁？"

"就是'隐蓝'自己啊。"

"'传世皇庭·官窑美人'，原以为走选秀套路，谁晓得包袱还不少，面上的淘宝宝贝，夹层的官窑美人，最里子竟裹了件叫'隐蓝'的压箱子秘密，几个月高压，如履薄冰，担心穿帮砸了齐总你的场子。去春晚耍魔术，亦不过如此。"

"你把套路，弄出了生活的广度和人生的高度。"

"难得齐总能高看，如此说来，本人是不是该隐退？"

"'官窑美人'，只是新土豆的开篇。"

"有新土豆铁三角。"

"《爱上土豆》八字还差右边那撇。"

"右边叫捺。"

"你也成杠精了？"

"拜你所赐。"

"我是说，剧本、角色、投资、外景，一大堆事没着落，你就忍心看他们折腾？"

"不是替你发现了'隐蓝'吗？"

"是新土豆铁三角的'隐蓝'。"

"我有点纳闷，你似乎说过，对新土豆铁三角并不看好，咋忽然又有了兴趣？"

"我是说，不插手土豆的事务，不管是你和尚小林的土豆，还是现在他们的新土豆。"

"新土豆有小齐总，加上曾子羊和王了一两位大师，我的存在已无多大意义。"

"年轻人，嘴上无毛。"

"没有谁能保证不老，毕竟世界终归是年轻人的。"

"老同志踏实。"

"呵呵，老同志。这称呼是不是有某种违和感？"

"资深同志，纠正一下。"

"你这算不算信任？"

"你以为呢？"

"问你呢。"

"不是谁都可以让齐鲁放心的。"

"有徐总监呢。"

"吃醋了？"

"谁吃谁的醋，还不都是你齐总说了算？"

无论齐鲁如何劝，柴瑶去意已决，齐鲁也找不出更好的理由挽留，只说叫她协助蓝守玉把赵青花陶瓷艺术馆的事弄完再走。柴瑶应了。

齐鲁接到柴瑶电话的时候，刚刚抵达深市。明天就是元宵节，他和尚小林将在元宵节当天去见一个人。

85.4 【早茶】

齐鲁并不认为要见的人和要干的事有多神秘。万洋信托，廖主管。上次在港岛，这次在深市。约元宵早茶，加深上次下午茶的印象，只是约会方和应约方互换位置。廖美女说，她要答谢一下齐总和尚总的港岛盛情。齐鲁道，哪儿有让美女破费的理？廖主管说，有来无往非礼也。齐鲁就笑，那敢情好，有来有往，常来常往。

廖美女给齐鲁和尚小林引荐她的一个忘年交，说那老头有张赵少昂的画，要请两位给掌掌眼。齐鲁用脚想，就知晓忘年交才是重点，叫尚小林圈起来。尚小林笑道，也是，赵少昂也好，掌眼也好，怕是出题人耍的花枪。齐鲁笑而不语，笑是因没那么悬乎，不语嘛，眼下街面上好多事，还不就是靠那点油彩泡泡维系？谁都心知肚明，谁都不会去捅，生态本就那样。捅，索然无味；不捅，雨露均沾。

真的不能捅的，一捅就破。齐鲁懂，尚小林也懂。廖主管和忘年交，都懂。

四人在早茶楼见过。齐鲁一看，忘年交，的确"忘年"，油头秃顶，起码大美女两轮。

尚小林朝齐鲁撇了下嘴巴，那意思是暗示那美女和忘年交有情况。

啥情况？西湖妖精都见过了，还有啥？齐鲁保持淡定，他没有尚小林八卦。

廖美女递过茶单，征求齐鲁意见，道："来些啥名堂？"

"不用来些，一两份快嘴巴即可。"齐鲁摇手道。

"岭南的文化，一快二多。齐总说的快嘴巴，才一半，还得再来多点。"忘年交随口开起了玩笑。

岭南人有喝早茶的习惯。不要以为有个茶就想起荣城，稀里哗啦一片麻将喧声。岭南呢，开放前沿，节奏快，时间就是金钱，谁有闲去茶馆？岭南的早茶，相当于盆地的早饭，吃过一回的外地客人，往往会皱眉头，什么早茶，牛头不对马嘴！

多数早茶，其实是一种工作状态。谈方案、合同，边吃边谈，恨不得把办公室也搬到早餐店。盆地人的早茶，半天神吹大侃，半天恹恹欲睡，剩下的是专心致志的麻局。盆地发展慢，岭南发展快，这点从早茶文化也可以看出来。岭南人，喝个茶也不轻松，跑步挣钱，钱再多，累啊。盆地人，喝茶打麻将，没挣钱，挣了指数。齐鲁说，前些年来过深市考察，搞房地产的"土豪"朋友，带他领教过岭南早茶文化的"多"。那个"土豪"朋友问，来点啥？他就说，喝的，填肚子的，别多了，来点特色即可。谁知，一句特色的，换来一堆荤的素的。啥双皮奶、姜撞奶、啥红豆、春卷、麻团、叉烧包、萝卜酥、珍珠芋圆、啥窝蛋、凤爪、糯米鸡、鲜虾肠粉、薄皮虾饺、豉汁小排骨、辣味金钱肚、皮蛋瘦肉粥……当时就傻眼了。只好小心翼翼地问，这么多，咋收场？"土豪"笑道，吃不下就对了，岭南早茶文化，就是为看的。为难了，不吃，浪费；吃呢，会撑破肚皮，闹个三高出来。齐鲁是个有着优良红色基因的二代，从小老子管得严呢，餐桌上的错误，是原则性的，三高呢，是自己的，不影响大局。也只好闷头吃了。边吃边谈，一直吃到午后，早餐午餐打通，一桌子东西，也是潦潦草草，夹了一遍。那次，齐鲁从早茶店出来，第一件事就是回酒店卫生间。

听齐鲁摆完岭南早茶的趣事，廖美女笑道："你那'土豪'朋友，也是例行公事请你早茶。这次来深市，甭管咋的，我还是要尽一回地主之谊嘛。万一，又有心得呢？"

齐鲁客气地回道："那是，上次是'土豪'，这次是美女，肯定有新意的。"

廖美女把菜单递给齐鲁，齐鲁又递给尚小林。

尚小林看齐鲁，齐鲁瞪眼道："看我干吗？点呗。"

尚小林便问道："那，齐总要点啥。"

齐鲁道："红豆、春卷、麻团、窝蛋、糯米鸡、珍珠芋圆，这些名字记忆犹新，还有那啥双皮奶也来点，加深加深印象。"

"对，就来那个双皮奶，情深是奶嘛。"忘年交此话一下让包间里的空气，除了温度和湿度，还多了黏稠。

几人边吃边聊，也无方案合同琐事。来早茶楼前，齐鲁给尚小林打过招呼，廖美女叫喝早茶就喝早茶，信托产品的事，不要摆桌子上谈。他知道，廖美女与那个忘年交，这个节骨眼说赵少昂，喊掌眼，其间的奥妙，他早已有掐算。这一点拨，尚小林明白了。

闲聊间，齐鲁方知忘年交从银监部门退下来不久。廖主管介绍道，前辈除了敬业，还有字画的雅兴。齐鲁也就顺水推舟，奉承客套的卖人情。前辈谦虚道，心有余力不足，玩字画不过图个喜欢，入门都不够，还望像齐总和尚老师这样的专家点拨。忘年交一番言语，也见真情。

忘年交揭开赵少昂的画作，毕恭毕敬请齐鲁和尚小林掌眼。《双雀桃花图》斗方，20世纪70年代作品。两人察看间，并未有任何询问，前辈自言自语起来，说是前些年偶得，搁在箱子里压了十来年，越搁越忐忑。

齐鲁笑问："忐忑啥？只要东西没问题。"

忘年交语焉不详："有没有问题，谁知呢？"

齐鲁又问："给人看过？"

忘年交坚决地摇摇头。

"这就好办了。"齐鲁道。

"好办了？啥情况？"廖主管急了，"莫非齐总认为此画存有猫腻？"

齐鲁没有回答她的问题。

尚小林说了一句话："同样的东西，印象中十年前西泠印社上过小拍。"

忘年交一听，脸都白了，不知道说啥好。

齐鲁其实在寻思，廖主管介绍的这位忘年交拿来掌眼的赵少昂的作品，得来究竟啥背景，不用多想。现在人家正忐忑，尚小林咋能不看局面乱放炮？赶紧解围，说这东西是赵少昂真迹没问题。要不然，估计老头吓都被吓死了。为啥？还不是尚小林透露了十年前西泠印社上过小拍的话头。一来，东西若真是西泠印社十年前上拍过的，究竟转了几手，没人知道，现在明明白白在忘年交的手里，这不是被人挖了底，留下诸如雅贿腐败的话柄口实？二来，东西疑赝品就更麻烦。一个曾经在重要位置上的老同志，你忽然告诉人家说，这东西不对，这不要人命吗？后面牵涉一堆人，不定扯出一串连锁反应呢。

前辈小心求证道："有无价值？"

前辈这话，换直白点，能卖多少？

齐鲁问："先生觉得此宝，付出代价几何？"

齐鲁没说买价，换了个得宝代价，也是给忘年交留下回旋空间。

前辈笑道："十年前的代价，不算大，也不算小。二位也不必拘泥，直说，本人也算久经沙场，还有一定心理准备。"

齐鲁当然明白对方话里的潜台词，不便明说。再说，这也不是他关注的。当尚小林告诉他，已联系好见廖主管，廖主管叫他帮忙看一张画，他即已悟出此次来深市，见廖美女和她的忘年交，自己该做啥。

"那就好办。尚小林你说说看。"齐鲁道。

尚小林从书画市场的角度，谈了看法。十年前，岭南画派的东西正是上升期。赵少昂又是岭南五老之一，他的作品价格日渐攀升。那时候，四尺斗方能卖到三五十万，前些年已达峰值，精品三五百万，像这种大路货一两百万。不过，好景不长。几乎一夜之间，书画市场又像庐山瀑布，飞流直下，很多好东西忽然没了流动性，砸在藏家手里。不过，像这件《双雀桃花图》，色彩明丽，干湿有度，花鸟顾盼，细节生辉，算赵少昂的花鸟斗方精品，价再低也不会低于一百万。

前辈本来想说啥，欲言又止。廖主管插话，帮打埋伏，问道，如果前辈有转让意愿，出手是否有渠道？齐鲁道，先生虽然不玩瓷器，但应该知道，书画收藏投资跟瓷器大同小异，东西好不好，看在谁手里，能不能出，那要看玩的啥圈子。前辈道，哪有啥圈子，以前在机关，现退隐江湖，此一时，彼一时。见前辈如此诚恳，齐鲁明白，这早茶也差不多了，也该表态亮明立场了，就道，前辈如果信得过，我可以帮忙找人问问。前辈道，廖主管介绍的朋友，还有啥信不过的？廖主管自然也帮着道谢了。

该看的东西看了，该说的事也说了，也差不多到了午饭时间。桌子上的东西，还剩一小半。忘年交主动提议，大家继续午茶。几人手嘴又开始忙活起来。席间，几人又从画扯到收藏，从收藏扯到股票，从股票扯到艺术品投资证券化，天南海北，绕了一大圈。

离开早茶店的时候，已是午后三时。齐鲁拿走了那张赵少昂《双雀桃花图》斗方。这画百分之百是十年前西泠印社那件，当时的成交价是七十五万元。他和尚小林都看出来了，只是两人心有灵犀，并未当着廖主管和那个忘年交前辈的面点穿。

回到酒店，尚小林问要不要出去逛逛古玩城。齐鲁叫他一个人去，他在房间里看画，刚得了宝，趁热回味回味。

第二天一早，齐鲁搭了去上津的航班。尚小林因为要同廖主管沟通"官窑一号"信托产品委托代理后续事务，还要留在深市几日。齐鲁预判，接下来是不是只剩下"走程序"了，与他和尚小林行李箱的"程序"有关。

齐鲁的行李箱里，装着赵少昂的作品。

尚小林的行李箱里，装着一百五十万现金。

85.5 【高总监的路数】

齐鲁一进高总监办公室，立马发现空间明显不够用。两个大书柜占去一堵墙，剩下的地方被大班桌、沙发和一个微型健身台一占，两个一米七八男人，坐着还好，站起来，走两步，就显局促了。

"总监是读书达人，还热爱生活。"

高总监笑道："那是你齐总大驾光临，寒舍也快撑不住了。"

高总监叫生活助理泡了大红袍。

不是第一次见面，两人会见就直奔主题。

齐鲁开门见山："刚刚过了大年，就来叨扰总监，真不好意思。"

总监也是快人快语："你们投资人是上帝，我们文交所就是个搭平台的，还不是盼星星盼月亮，只盼着老板们来点亮吗！"

"高总监这么说，我对今天的谈话很有信心。"

"信托产品那事？"

"不急，不急，哪有坐下就谈生意的。"

"哈哈，也是，我这人，老毛病不少，还改不掉，好热豆腐这口，豆腐还没吃着，嘴巴烫到了。"

"高总监幽默、大气，难怪上津文交所这两年一路高歌猛进。"

"个人所为不足挂齿。一靠政策好，二靠朋友多。政策好，阳光普照。朋友多，天下任行。齐总集团，实业资本强大，更是上津不断发展壮大的底气。"

"大树底下好乘凉。上津就是大树，我们搞艺术品投资的，天天盼着攀亲戚呢。"

"双赢，双赢。"

"说得好，双赢可不是一句套话。"

"谈正题吧。最近艺术品投资证券化这一块，上头也没个准信，上津呢，只得摸着石头过河。"

"江流滚滚，后浪追着前浪。能摸着石头，都是厉害的角儿。"

"说得好。改革嘛，啥角儿没呛过几口水？"

"据我观察，艺术品投资证券化，怕是今后的一个流行方向。"

"英雄所见略同，我们已经尝到了第一只螃蟹的美味。"

"接下来，相信在总监的带领下，一定还会有第二只，第三只的。"

"也没那么乐观。这个冬天，不是已经有了一些质疑吗？"

"高总监听到啥了？"

"倒没什么大风大浪，无非说击鼓传花、文化泡沫之类的。"

"都是些吃不了葡萄说葡萄酸的陈词滥调。"

"对呀。那些专家不是一直在提房地产泡沫吗，提了多少年了，泡沫散了吗？房价下来了吗？房地产崩盘了吗？没有嘛。你们齐鲁集团不好好活着吗？"

"说房地产崩盘的，那是资本全押在股市上，房地产这头踏空了。"

"还是你们搞实业的看得准。"

"上津涉足艺术品资本市场，创新艺术品证券化交易，这个蛋糕刚刚打开，还有很多的刀法。"

"无论怎么个刀法，无非是让大家能有各种分享的乐趣。"

"说得太好了，就是分享，不像有些人说的吃相难看。上头喊大家享受改革红利。在文物收藏和艺术品投资这一块，老百姓分享到的红利，就算有，我以为还远远不够。"

"我完全同意齐总的观点。艺术品具有一化一性。一化呢，贵族化；一性呢，稀缺性，几乎颠扑不破。"

"说得好！几千年来，艺术品都是贵族和有钱人的玩物，跟老百姓的生活不沾边的。"

"但这明显不符合政策导向嘛。"

"艺术品收藏，还是接地气才走得远。"

"所以，上津文交所，要坚持上艺术品投资证券化这一块。大势所趋，也是市场选择。"

"高总监站位高，上津一定会走得更远。"

"走自己的路，让别人去说吧，改革哪有不让人嚼舌头的？"

"有人嚼舌头，说明有流量。流量时代，若无人问津，恐怕才容易出问题。"

"就像长三角口子上，那个啥美术馆一样，瞎搞了那么多年，闷声闷气往里面投了几十亿，结果呢，还不是死在资金链问题上。"

"你说的是珠穆朗玛吧？"

"你熟悉？"

"谈不上熟悉，同珠穆朗玛的老板兴趣差不多而已，爱玩点官窑。珠穆朗玛的老板好像还弄西方油画，烧了不少钱。"

"齐总不也喜欢书画吗？"

"人家大手笔，我是小打小闹，专弄盆地画派。"

"这个思路好，传统文化，符合上头的精神，还专一，市场也好操控。收了不少吧？"

"弄了些，乱七八糟有七八百件，不值一提。"

"已很吓人了。等着别人抬轿子吧。"

"高总监也玩书画？"

"也是小打小闹，图个乐子。"

"总监的路数是？"

"跟齐总一样，倾向地域画派，玩点小名头。"

"这就对头了。"

"啥意思？"

"我个人更倾向盆地画派，对其他地域的，如京津派、海派、长安画派、岭南画派、江南画派这些，没啥研究。这次过来前，去查库房，无意间翻出来一件岭南小品，也不知啥时候寻摸到的。"

"岭南画派？三杰还是五老？"

"赵少昂。名头有点，只是没啥感觉。"

"带在身上没？"

"总监也喜欢岭南画派？"

"谈不上喜欢，有点心得而已。"

"那，太好了。"

说罢，齐鲁就从箱子里拿出那件《双雀桃花图》斗方，在大班桌上摊开来。总监屏住呼吸，足足看了一分钟。齐鲁装着忐忑不安样子，谦虚地请教。高总监就说了些看法。他原来搞拍卖，过手摸过起码几十张赵少昂的雀鸟花卉，此件双雀桃花，却令他感动。齐鲁诧异道，不会吧，一件20世纪70年代的普通应景品，尺幅这么小，再说，赵少昂用色那么艳俗。总监依旧默默看着画。此间，齐鲁还说了一大堆力挺盆地画派、恶心岭南的屁话。齐鲁忽然觉得自己好恶心。对他的屁话，总监并没有互动的意思。

没了言语就是态度。齐鲁从总监的表情，已察觉端倪。这与他来上津之前的判断大体吻合。不说有多喜欢，至少现在总监是一眼看上了的。至于总监是不是真的热爱岭南画派，追捧赵少昂，这不是齐鲁要去动脑子的问题。

眼下，齐鲁要找个恰当且可以保持互动的话头。上面那些屁话就是话头，他在等总监往下接话。

85.6 【以物易物】

齐鲁这么想着的时候，高总监怯怯地发话了："看来，齐总对盆地画派酷爱有加了。"

终于等到这一句。齐鲁不动声色。他现在就是一个捧哏的，得帮衬这逗哏的埋包袱。

"家乡嘛，没有办法。"

"齐总是有心之人，满满的乡土文化情怀。"

"土包子一个，哪像总监身居国际大都会，见多识广，高瞻远瞩。"

"好书画这一口的，差不多都有家乡情怀。"

"总监老家哪里？"

"东北。"

"哦……"

"家父随军南下，家母岭南人。"

"这么说，总监也有岭南生活经历？"

"儿时的模糊记忆，三四岁以前在岭南。家母那时候，还是个美术老师。后来全家随家父奔波，两老老来在上津退的休。"

"看来总监有家学渊源。"

"熏陶嘛。"

"令堂尚健在？"

"已离世十余年了。"

"哦……"

"她生前对我交代过，若要搞书画收藏，多关注下岭南，那是她的家乡。"

"应该的。"

"只可惜能力有限，离她老人期望很远。"

聊到这里，齐鲁已有八九分把握。现在，总监的互动话头已经递过来了。

"难得令堂大人对家乡画派的一片痴情。"齐鲁感叹道。

"哎……"

"如果总监不嫌弃，这画，总监随意拿去把玩。"

"君子不夺人所爱。我俩虽然都好这一口，但过眼即拥有。齐总自己留着把玩，更好些。"总监推辞道。

"这玩意从仓库里寻出来的，一看就是缺少爱，你看都长毛了。总监才是爱美之人。放在总监这里，也算给它找个好归宿。"

"如此贵重之物，高某岂敢轻易受？再说，无功不受禄啊。"

"总监要这么说就见外了。时下不是流行好东西要分享么。独乐乐，不如众乐乐。对吧？"

"如果齐总有意让我，那我一定要付款的。"

"你要真买，我也不会真卖呀。"

"也是，好朋友之间，还说买卖，我这人也忒俗了。"

"再说，一个小品，也值不了几个小钱。"

"要不这样，我放办公室欣赏几天，替家母寄托寄托，日后当面归还？"

"归还就不必了。这玩意，我真的看不上。"

"那……我还是不能白要。"

"要不，这样，"齐鲁环顾一下总监的办公室，"我俩以物易物，如何？"

总监一听乐了："以物易物，这主意好。只是寒舍徒有四壁，不晓得有无能入齐总法眼的？"

"就这个牌子了，"齐鲁指着大班桌上随意放的一块玉牌子道，"总监可否愿意割爱？"

齐鲁说的一块春水玉牌。他一进屋，第一眼就盯上了它。那是一块上乘的新疆和田玉，白如羊脂，油性足，温润柔软有眼感。他进门看见那玉牌子，其实就已拿定主意了。只是他一直在寻思，怎样把话头引到这块牌子上来。当然，他也明白，玉牌子，只是个偶然。既然是偶然，没有玉牌子，就来个笔筒，或者墙上某件当代书画也可。像高总监这样的艺术品投资人士，办公室多少也有两三样小玩物的。

"这个嘛……不就一块和田牌子吗？你不亏了？"

"不是一般的牌子吧？"

"老物件。海东青捕捉天鹅。辽金的春水捺题材。"

"哈哈，就是它。我正缺个随手物件呢。"

"没你的赵少昂值价。"

"都是爱好者，不谈钱，就谈喜欢。"

"喜欢就好。"

"当然不甚喜欢了。辽金的春水捺，从贵族到百官，从书生到百姓，谁不喜欢？"

齐鲁的理由，也不是瞎对付。辽金玉雕，的确有名。少数民族的审美，在不断的民族融合中，渐渐也向儒家的美学标准体系靠拢，含蓄内敛，温暖怀柔。曾在国博和首博看到过一些宋辽金明时期的和田玉精品，雕琢的差不多都是很暴力很血腥的图案：一种叫海冬青的猛禽，捕捉庞大温柔的天鹅，两爪紧掐天鹅颈，一只锋利的喙残忍地啄食飞翔中的天鹅脑浆！以猎为作，还暴力，也只有草原民族才这么玩了。时下，喜欢暴力美学的，往往有户外运动情结。

"齐总也喜欢户外运动？"

"谈不上有多喜欢，只是挡不住衰老啊。"

"生命在于运动嘛。打猎，可有喜好？"

"小时候跟家父去盆周山区玩过。"

"令尊大人好这一口？"

"他也是南下的行伍中人，喜欢玩枪。"

"那太好了，我俩有共同的基因，你这次来上津有几天停留计划？"

"就拜访总监您啊。"

"有没兴趣去野长城玩玩？"

"爬长城？"

"还有其他好玩的，比如春水捺。今年的正月，温度上升得很快，估计雁鹅也出洞了。"

"说得我手脚都痒痒了。"

"正好，明儿一早，我来接你，带你出城，去个好玩的地，绝对不会后悔。介绍你结识个正宗的契丹美女，陪你骑马、爬长城、打头雁、吃契丹烧烤。上津城里，比不得你们盆地休闲，真的没啥可玩的。我想带你玩，都不好意思。"

齐鲁爽快地答应了。

85.7 【春水捺】

野长城春猎，要说齐鲁有多大兴致，那是假话。齐鲁不差钱，骨子里还是个书生，吃喝玩乐场面，啥没见过？可人家高总监有盛情啊，没兴致，得装兴致。应酬嘛，一要应，二要酬。在齐鲁看来，高总监的邀请，有酬谢他割爱赵少昂画作之意。虽说，有春水捺玉牌子缓冲，毕竟一两万元，跟一两百万，量级根本不对等。总监的盛情，还不能拒绝。拒绝了，意味着两人之间，就只剩下赤裸裸的交易，接下来咋玩游戏？高总监的盛情相邀，显然在强调他俩之间，只有交情，互不亏欠。啥叫潜规则？私下里都悄悄地守，还不能说三道四，就是潜规则。

南北的富豪，取乐子的方式五花八门。盆地人喜欢麻将馆，北方人喜欢"马烧杯"。"马烧杯"是啥？齐鲁也是到了野长城的围猎场，被契丹美女老板按着灌酒时才听说的。其实就是三样要法：骑马、吃烧烤、喝交杯酒。

登了一段野长城，齐鲁就累得不行。高总监身材威猛，契丹美女老板骨骼清奇，两个人说说笑笑，把登长城当作了闲庭信步。齐鲁呢，走了半段，就暗自发誓，回盆地一定要整个国防身体，再出来嘚瑟。

阳光很好，也不见讨人厌的沙尘暴。辽东的海风，新鲜、干净，哗啦啦要把人吹翻。

春日融融，冰水涣涣，草木悄悄萌动。旷野里，似乎也有几只低飞的乌鸦和麻雀。

没有见到传说中激动人心的"春水捺"，那种美到令人尖叫的暴力美学。

暴力并非契丹民族的发明，从文化上把暴力往怀柔上引，让暴力也具有美学的价值，这是辽金契丹贵族书生的想法。草原民族的暴力美学灵感，或许来源于草原上禽鸟猛兽们的生存哲学。齐鲁看过一本讲天鹅和海冬青的闲书，讲的是动物性与人性的砥砺。同样是暴力，契丹民族对凶恶的海东青的好感，超过善良温柔的天鹅。辽金元时期玉雕题材，就有大量地海冬青捕食天鹅的图案，可见此般暴力美学素材，已经深入契丹民族的文化根基。

《辽史》专门描绘过"鹘攫天鹅"风俗画。契丹人，以狩猎游牧为生，逐水而居。随着四季变迁，劳动场面和民风民俗有了鲜明的地域特征。辽王朝建立以后，逐步形成狩猎巡守游幸民俗，这就是辽代文化中有名的"四时捺钵制度"，即"春水""夏凉""秋山""坐冬"，合称"春水秋山，冬夏捺钵"。金灭辽后，仍保留了春秋两季出巡狩猎，叫"春水秋山"。"春水"中最经典最美丽的场景当属驯养海冬青，去原上捕食天鹅。

要感谢辽代的玉工，是他们对于生活的热爱，滋养了鲜活的灵感，并以玉雕的形式，保存下来大量"春水"的生动场景。流行于辽金元和明早期的捕鸟题材玉雕，行内叫"春水玉"。正是因为这些文物遗产，定格了春天里的海东青，擒住天鹅头啄食脑浆的暴力瞬间。南方书生眼里的草长莺飞，柔软而温暖，契丹艺人却看到了劳动、竞技和力量交融之美。暴力的自然状态，在这块肥沃的土地上，升华为经典的美学画面——"春捺钵"和"鹘攫天鹅"。

为何北方玉工要选择温柔之极的羊脂玉来表现动感，不得而知。有一点是明确的，这是一种对立又统一的审美创作。将暴力蕴藏于怀柔，相比南方玉工用羊脂玉表现传统的柔软缓慢的题材，会有强烈的差异感和陌生感。

可惜，现在已难见着传说中的海东青和天鹅。围猎场有几只乌鸦和麻雀，也是保护动物，是不能捕捉的。马当然有的，所谓的鹅雁，被契丹美女老板娘圈养在围猎场，供游客射猎消费。如果有百步穿杨的功夫，还会有帅哥美女配合，把那些贪吃贪睡鹅从草垛里赶出来，走几步，优雅地赴死，以配合客人的射杀表演。

齐鲁慢腾腾跑了几公里马，射猎却不敢的，拉弓的手劲都不够。高总监一看就是经常过来练的，马比齐鲁跑得快，还弯弓射了三五只早活得不耐烦的肥鹅。契丹美女老板，带了两个美女随从，与她一样骨骼清奇，据说也是正宗的契丹贵族之后。美女的工作就是陪玩和点赞。

闲聊间，高总监提到，这个契丹美女老板，原来跟高总监一起跑江湖，合伙搞艺术品，后来傍了个山西煤老板，转型搞了围猎场。煤老板呢，在契丹美女的鼓捣下，最近迷上了艺术品投资证券化，是上津文交所潜在的大客户。齐鲁一听，明白了，他这次跟随高总监过来，无非拉虎皮作大旗，证实艺术品证券化交易的可观前景。邀约他出场，相当于高总监施的美男计，让契丹美女加深印象，老板娘印象一深，煤老板就由潜在的客户转正了。高总监和齐鲁都需要煤老板这样不懂艺术品和证券，却喜欢烧钱买面子的主。契丹美女老板娘呢，呵呵，你中有我，我中有你了。

85.8 【交杯酒】

玩到下午三四点，契丹美女老板已在草地上摆好烧烤架。于是，有了"马烧杯"的精彩画风。

美女老板叫来那两个陪玩的姑娘，分坐在齐鲁和高总监身边陪酒。

契丹美女敬齐鲁的时候，齐鲁碰完杯，即欲干杯，被契丹美女捏住手，说不行。齐鲁问，干还不行？美女说，不是干的问题，是咋个干的问题。齐鲁纳闷，那要咋个干？美女就握了杯子，绕过齐鲁的肘，鼻子对鼻子，嘴巴对嘴巴，说要这样干。齐鲁笑道，就是两口子喝交杯酒嘛。美女说，对呀，交杯，没有交，哪来杯？齐鲁道，交杯酒不能乱喝的，喝了就要洞房。美女笑道，没想到齐总想法还挺多嘛。齐鲁道，交杯酒就是这么来的，两口子拜完堂，掀盖头帕，喝交杯酒，接下来就要干那事了。齐鲁这话，逗得美女们前仰后翻，怂恿着要他喝。齐鲁道，还是不行，不能这样喝。美女急了，一定要喝，难道不干那事，就不能喝交杯酒了？众人也起哄，喝了再说干不干那事。齐鲁脸都涨红了。

契丹美女老板娘见状，也过来帮着美女灌他，还说啥"马烧杯"，骑马、烧烤、交杯，一样不能少，这是契丹美女的待客规矩。齐鲁转身问高总监，有这规矩？高总监笑道，规矩规矩，规规矩矩，现在你规规矩矩喝就是了，哪来那么多十万个为什么？说着，还掏出手机，做现场直播的样。

美女凑过嘴巴来，小声道，齐总，喝不喝嘛？见齐鲁没回话，又道，喝了再说嘛。齐鲁一听，这哪是喝交杯酒，明明是唐僧误入盘丝洞嘛。看来，不喝，走不了路，但是，喝了就能走路吗？齐鲁心里直打鼓。

这么想着的时候，美女的鼻子尖已经挠到他的鼻毛了……

86.1 【三十六岁】

龙隐镇千年老井莫名其妙干涸的传闻，很快扩散到周边几个小城，蒲溪、屏羌、茗山，以及更远处的西康、三江和荣城。

传闻有鼻子有眼，有人添油加醋，说见到青蛙和蛇。惊蛰未到，青蛙和蛇出洞，岂不是怪事？屏羌两岸的住家，的确注意到江水位大不如以前，岸边的花木也有反季迹象。有关部门不得不发布官宣，说什么厄尔尼诺现象。有关部门的辟谣，并未平复市民的忐忑。对于未知命运，他们宁愿相信算命的半仙，相信青蛙和蛇。半仙不是神，却声称掌握着与神沟通的秘笈。青蛙和蛇，不是人，却能站在人的立场去感知世间冷暖。

蓝守玉年轻时一直以无神论者自居，自去年夏秋以来，接二连三遭遇几场白日黑夜梦，便有些神经质了。

三十六岁果然是双鱼座男人的一个坎？

三十六岁一过，已婚男人在老婆的眼里叫"渣"，在青春期女生嘴巴里叫"辣条"。

机关中人呢？向书河主宰屏羌，作为一个农村娃出身的官本位人生，刚刚有起色。荣城那个年轻的书家，亦文亦仕，新结识齐老爷子，艺术声誉渐入佳境……

三十六岁那年，齐鲁面临两种选择，要官还是要钱。鱼和熊掌，谁不想兼得？文雄三十六岁干到了正营，也就是个科级。小收获的文雄，对自己说知足吧，过两年要没有升成副团，坚决转业。

树挪死，人挪活。很多人相信此话，齐鲁和文雄自然也信。

蓝守玉曾经也信。三十六岁的眼下，是死是活，更像一场注定结局的死活棋面，执黑还是执白，都不影响最后的输赢。

倘若那年没有选择离开官场，蓝守玉给自己做两个假设，不出意外，现在屁股还坐在股长的凳子上。别看是个股长，在老家人眼里，屁股下那就是发烫冒青烟了……

86.2 【猴人见鸡】

大年一过，该收收心了，这是对于执业者而言。像蓝守玉呢？蓝守玉说他是个游民，不是穷游，也不是网游，是梦游。就像现在总觉屋里屋外，有股子地气上蹿下跳，浑身皮痒痒，心慌气憋，怪梦不绝，三日两头生疼，整个人被掏空，好似人皮口袋。

施云在群里转了个帖子，也许并无特别的所指，他却从里面看到自己的慌乱。那帖说双鱼座男人，若有啥不好的预感，那定是精神出轨，灵魂出窍，做了啥亏心事。没人评，也没人赞，好似群里的人都玩蒸发似的。

蓝守玉这才想起，此群很久没人维护了。若回施云信息互动，觉得此地无银。置之不理，又觉得太冷落施云。躺在沙发上，翻来覆去，竟然鬼使神差地戳了个皮痒痒脑壳疼的漫画进群，吓得不浅，又赶紧删了。

还是被施云抓住了，小窗私发来一词：猴人见鸡。

啥意思呢？

施云又发来：赋为"比劫"。

还是不懂。

施云烦了：翻书。

咋忘了啥事都可以问书的？赶紧翻运势书。运势书的诠释：猴人入鸡年，无脱胎换骨大趋势，有天涯芳草友情局。另一说法：犯太岁。跟小时候经常挂嘴边吓唬小伙伴的那句"太岁头上动土"差不多，反正不是啥好事。也是，杀鸡儆猴，鸡跟猴，也不大对付。

睡眠不好，一天到晚瞌睡兮兮，做梦也不分白天黑夜了。最搞怪的是，梦里有梦。他梦见自己过大年，和朋友喝大了，和哪个朋友喝呢，没记住，反正喝大了。午后一直喝到黄昏，又睡去了。也不是真睡，醉梦，梦见自己在月色里晃悠，冷不丁额头撞上个浑身的毛像狼牙棒的物件。刺猬吗？仔细看，是条死狗，瘦成塑料皮袋，横竖插满毛衣针！就吓啊，一吓，梦里梦外都醒了，哪有月色？午后冬春之交的暖阳正明晃晃晒屁股呢。

皮袋狗插毛衣针算哪门子纠结？

又翻书。翻到万历帝立储，跟文渊阁书呆子们较劲，较不过，只好将爱妃的儿子常洵将就封了个福王。据说福王的爱妃郑氏，把这账算在太子常洛，还有万历和皇后的头上。宫里甚至有人还传出各种八卦，有说发现了几个木偶，每七天，有人就朝木偶上插上一根针。八卦的人，当然认为这是阴谋了，木偶模拟的那谁谁被诅咒，据说会病入膏肓，百药罔效。显然这是八卦，不过野史家们还是描绘得眉飞色舞。

此回梦现类似把戏，会指向啥凶兆？不过，秋天以来额头双鱼青印疼得加剧，不得不让人怀疑，进而反思日常言行。究竟做错了啥，得罪了谁？翻来覆去，仍未得要领。

梦里有梦，倒是真的怪。从心理学角度看，梦乃潜意识的思考，跟日常相反。梦里套梦，否定之否定，转了一圈又回来了，莫非真有其事？又将各种乱绪过了一遍，有了线索！

前些时候，还真有一个叫"小三去死"的网友，在"宝虫网"的"官窑美人秀"活动栏目里"隐蓝"人气帖下，跟帖骂过童桐顶帖。骂人的网友是谁？咋会跑进自己的梦里，还是梦里套梦？百思不得其解。

一介书生，若耽于冥想，恐离颓废和精神分裂不远了。显然，此事不见得有何光彩。心里堵得慌。堵得慌，还找不到人倾诉。莫非自己并不适应这场急急忙忙赶来的春天？

运气不好的时候，要懂得趋吉避凶。老觉着堵得慌，是不是夜晚过于清醒的缘故？

便想到了醉。给文雄去电话，问在哪。文雄回，在屏羌南岸。他纳闷，不是值班值到正月十五就完了，也没回家看看嫂子？文雄道，昨晚回去了，又回了。便问，啥事来去匆匆？文雄道，也没啥急事，被她赶出来了而已。他笑道，就没上床把春节假期失去的补回来？文雄没好气道，还说那个，差点被挠成阉党了。他笑道，又被家暴？文雄回，没心情瞎扯。他就提议去喝酒。文雄爽快应道，行呀，正好替人给你道个喜呢。他问，替啥人道啥喜？文雄道，把"飞天"带来就告诉你。他道，你送的"飞天"，都被一场麻将局给搅黄了，倒是有瓶甘南带回来的"土豆烧"。

进了文雄办公室，见茶几上已摆好一盘猪脚、一盘猪耳朵猪尾巴拼盘。笑问，咋没鸡？文雄道，你不是属猴吗？他笑道，也是，不过弄点鱼便没可说的了。文雄问，鱼跟猪，有多大区别？他道，一个水里游的，一个地上跑的，区别大了去了。

文雄接过他的"土豆烧"，一边拧瓶盖，一边摇头道，智商高情商低会传染，我俩一人占一样，是不是互相提防着要隔远点！他一听，咋这么熟悉？原来在一个小青年群里听说过，说是"王者农药"里孔明的台词。连文雄这样粗糙的男人，也学会玩深沉了，扯啥智商情商，定是受了啥刺激。他摸了摸文雄额头，没发烧嘛？文雄没理他，只顾往他杯里掺，哗哗哗快满一大杯了。他赶紧去捂瓶口，这才看见文雄手背上几处爪印。真受伤了？他悻悻笑道。文雄没有接他话，只说捂啥捂，一杯二两五，人均总量两杯包干，喝完走人。

文雄也没顾他，一口去了半杯，才开口道，为青花艺术馆担保的事，政府常务会和县委常委会都过了，由国资的屏羌发展公司承接，五千万。向书河委托他交代两个邀约，说过两天闲下来，邀他去办公室切磋一局"官子局"。

"还以为领导只讲开局，讲大局，不管官子这样的小局。"蓝守玉笑道。

文雄又一口下了半杯："开局也好，大局也好，都没啥关系了。"

蓝守玉一听，明显话里有话："考察也过去这么些天了，啥情况？"

"没情况。"

"不对，没情况就是有情况。"

"还有啥情况？没下文呗。"

"推一个干部，可不是随随便便的，进入程序，就会有下文，没结果也有下文。"

"没下文就是没下文。"

"组织比你我想象得还要认真。就是不用你，也会给你个说法。你只管放心。"

"蓝守玉，你是不是离开体制太久，书生气又上来了？"

"书生咋了，有理讲理嘛。"

"你跟组织较啥劲。有句话咋说来着？组织很强大，个人微不足道。"

看文雄喝酒一口半杯的样，就犯狐疑，现在听他这番话，估计考察是出了啥问题，又不好直接问，就安慰道："放心，你既然已做了棋局的子，总有下一步的位置。"

"说得太好了，就是个棋子。"

"不只你，他也是。"

他是向书河。

"他找我谈了。"

"谈啥？"

文雄摇摇头："人生如棋，一步三算。"

又是"王者农药"孔明的台词。

"对呀，看长远点，至少看三步，走一步。"

"问题是，天算地算不如人算。"

"被人举报了？"

文雄不置可否，又倒第二杯。蓝守玉第一杯还没喝完，文雄就自己斟满，又是一口半杯。

"你说，作为一个男人，最招啥人恨，而且恨到可怕？"

"情敌。"

"恰恰相反。"

"还有谁？我没听过还有比情敌可怕的。"

"自己婆娘。"

"噗，"蓝守玉笑道，嘴里的酒也喷了，"你说的那是爱，不是恨。哪有老婆恨老公的。"

"你没结过婚，不懂。"

"没吃过猪肉，还没见过猪跑？"蓝守玉用筷子动了动猪脚，想夹又忍了，迷恋猪脚猪头猪耳朵，会不会降低智商不好说，增肥倒是大概率的。

"你做对了一百件事，她不会说你好。要是有一件事没按她的想法做，你就是天底下最渣的男人。"

"爱之深，恨之切。女人的恨，要站在反面去想才对。比如林黛玉对贾宝玉。"

"你喜欢林黛玉？"

"也不一定，有时候也喜欢薛宝钗。"

"那晴雯、袭人呢？"

"你这样问，其实情商很高，只是智商真的显低。"

文雄一脸蒙："咋说？"

蓝守玉叫他喝了那半杯再说，文雄二话没说喝了。

就又给文雄斟满，文雄想挡，手软了："这杯该是你的了，我两杯已落下。"

"什么你的我的，分得那么清？"

"好嘛，我喝，那你接着说……"

"林语堂好像这么说过，要问人脾气，就问他喜欢林黛玉还是薛宝钗，答林黛玉他是理想主义，答薛宝钗他是现实主义，答晴雯他可能是个作家，答湘云他可能喜欢读李白。"

"你呢？"

"要分时候。"

"啥意思？"

"春天喜欢林黛玉，夏天喜欢薛宝钗，秋天喜欢晴雯，冬天喜欢湘云。"

"我。想起了，你是李……白……"

"我不是，你们书记才是。"

"李……太白？"

"你知道？"

"我咋不知道？又不是……聋子、瞎子。屏幕就……那么大。再说……我还知道柴总……"

"打住，打住，"蓝守玉见状，欲拿了他酒杯，"你喝多了。"

文雄已把酒杯挨到嘴边了："我没喝多，我哪喝多了？"

一口还没下去，文雄已瘫倒在沙发里了……

86.3　【官窑一号】

齐鲁回到荣城，接尚小林报告，说了两件事下文。

第一件，"土司遗物"宣德七年纪年款青花釉里红双鱼龙抢珠纹官窑大缸的交易手续已办，奥港国际春拍依然保留其封面拍位，届时是否真的上拍，并不取决于奥港国际，得看现在的实际拥有者，也就是自然人齐鲁的想法。这话有点绕。东西本来就是齐鲁的，但是媒体并不这样认为。东西第一次出现是在港岛，它的来龙去脉，媒体勾画得清清楚楚，民国西康土司后人，流落港岛，遗物得以身边人留存至今。然后，东西被永宣堂发现，送拍奥港国际，齐鲁在春拍前已交易成功，购买者齐鲁。也就是说，大龙缸在春拍前唯一公开过的一次大拍成交记录显示，是由永宣堂经奥港拍卖转让给了齐鲁。永宣堂私底下又从何而来，媒体也是采纳了永宣堂的自述。这一来一往，并没有谁知道尚小林和永宣堂徐堂主这两个捐客，在中间搞过啥名堂。最大的捐客，当数奥港国际，"客"又咋样，谁不愿意"捐"，屁股都没挪动，几百万就到手了。

击鼓传花似乎还没完。按照规则，拍前成交，并不影响东西的来历，奥港国际春拍甚至还可以正式上拍一次，这之前的投资人当然是齐鲁，目前各大艺术品投资媒体都是这样宣传的。宝物经媒体这么一宣传，至于是本次上拍还是下次其他场合再拍，最终花落谁家，包括拍卖标的，就成了海内外藏家们乐此不疲的竞猜游戏。

齐鲁需要传花游戏继续。同深市万洋信托和上津文交所的合作，就是接下来要继续的重要节点。

现在节点移到万洋信托一环。尚小林受齐鲁委托，代表新土豆公司同万洋信托的合作已经谈定。要点有这么几条：

第一，即将在奥港春拍上拍的"土司遗物"宣德大龙缸，以齐鲁从奥港拍卖实际购入成本一亿五千万，计入万洋打造的信托产品"官窑一号"的核心资产。

第二，齐鲁将"土司遗物"资产所有权抵押给深市万洋信托。

第三，"官窑一号"产品一级市场总投资额设定为一亿五千万，份额一亿五千万，每份一元。

第四，万洋信托通过齐鲁的授信银行荣城某商业银行及其在深市等地代理机构公开销售一亿份额，每笔投资起申为一百万份。

第五，投资人齐鲁至少回购五千万份。

第六，齐鲁回购的五千万份为非流通份额，三年内不得在二级市场转让，第四年解冻。无论解冻前后，齐鲁的份额都得作为质押品，无限期抵押，直到产品完全退出市场。

第七，若"官窑一号"产品在二级市场退市，齐鲁的五千万份抵押资产，将作为现有产品的其他投资人的补偿资产，折价补偿他人。

此七条，构成了齐鲁布局的关口。深市万洋信托虽然是产品的设计者和实施者，但其并不承担产品投资风险。表面上的信息显示，控股股东齐鲁已拿个人的五千万元核心资产为其他投资人背书，在媒体看来，似乎这就是一个并无多大风险的普通信托产品。

尚小林已同万洋信托沟通好全部的细节。现在，只等齐鲁签约，并提供银行授信，即可面向市场征集投资人。尚小林还报告，银行授信和齐鲁的签约授权，齐鲁集团的律师文本，都已同步办妥。

第二件，是"土司遗物"入调深市保税区。因此前就有先例，"土司遗物"放保税区，不影响其作为投资标的物资产权属性，还省下一大笔税费。投资人自己想看呢，还可以办理借展。

在齐鲁的眼里，大龙缸现在除了是件可具体把玩的官窑，还多了个抽象的资本角色出来。

玩官窑和玩资本，都需要一等一的杀手功夫。论玩官窑，齐鲁自视很高，对蓝守玉的那些客套，不过是场面上的姿态而已。

玩资本呢？

资本市场，山外有山，天外有天。齐鲁从来不以资本大鳄自居。他分明清楚，其间所暗藏的杀机和血腥，稍有不慎，裤衩便会输个精光。

一切正按既定的设计往下发展。会不会出轨，翻车，甚至死人，不是他要考虑的。车都已经跑起来了，现在要刹也刹不住呀。就是一条道走到天黑，还得跑下去。扳机既已击发，就莫要在意后坐力和枪膛烫不烫了。

一切都不可逆转，甚至没有拐点。

下一站，就看市场认购"官窑一号"的热度。从"土司遗物"的媒体信息反馈看，不出意外的话，在没有开发出新的项目之前，"官窑一号"将是鸡年第一个也是最大的艺术品投资网红品种。

再下一站，就该提到结局了。上津文交所上市，可能是唯一的拐点，也是终点。

86.4　【三角博弈】

赵青花陶瓷艺术馆完成了在"传世皇庭"售楼部最后的临时陈列，主体是赵青花和柳叶萍的青花精品专柜。"官窑美人秀"选出的宝贝，还有齐鲁和蓝守玉的两百件捐赠品悉数入库。作为"传世皇庭"项目的灵魂，艺术馆承载了齐鲁和蓝守玉的收藏梦想，也承载了赵青花和柳叶萍的艺术追求。

柴瑶发来赵青花陶瓷艺术馆开馆的海报，请齐鲁审定。

因为是临时展陈，形式主义的花招并未进入流程设计，仅保留三项议程：

第一项，齐鲁集团代表齐鲁同屏羌县政府授权代表文雄签署两个协议：齐鲁集团将赵青花陶瓷艺术馆包括馆藏物品作为文博资产无偿划转屏羌县政府；作为回报，屏羌县金融工作局协调屏羌农商银行给予齐鲁集团五千万政府贴息融资，屏羌县某国资担保公司担保。

第二项，向书河讲话并宣布开馆。

第三项，省市领导为艺术馆揭牌。

齐鲁忽然有种隐隐的冲动。拿起手机正要拨，忽然想起，这是在家里，老婆娃还在眼皮底下呢，千万别相信越危险的地方越安全的鬼话。越危险的地方当然越危险。

便离开客厅，借着上卫生间的空当，跟柴瑶发了三个字："辛苦了。"又感觉还有啥意思没表达清楚，跟了第二条："……"

齐鲁知道柴瑶并不喜欢多言。按理说，他俩之间，并无情感沟通的障碍。然人非动物，总不可能视向书河和徐昕蕾为摆设吧？很多时候，系于手机两端的男女，想表白啥又不便太直白时，省略号往往就带有某种情绪，像一串长翅膀的蝌蚪，飞来飞去。

柴瑶的回复也有意思："为领导服务。"后面是六枚句号组成的省略号。啥意思呢？究竟是句号的复制，还是省略号变异？

现在要说到的是齐天雷。他老子的"官窑美人秀"的结束，也意味着他自己的《爱上土豆》刚刚拉开序幕。

曾子羊和王了一建议，"官窑美人秀"冠亚季军，作为《爱上土豆》的女角人选，直接签约。柴窑和徐昕蕾没意见。齐天雷说签约可以，女一号"土豆"，得由他来挑。讨论的时候，王了一和曾子羊认为，三个人选哪个都没啥大问题。柴瑶和徐昕蕾竟然惊人地一致倾向"隐蓝"。齐天雷不同意。曾子羊和王了一很惊讶，守着现成人才不用，另外物色明里暗里成本都很大的。两人问齐天雷，是不是有新的人选意向。齐天雷欲言又止，予以否定。柴瑶和徐昕蕾，虽有思想准备，还是感到意外，投了反对票。柴瑶说，另外选人，变数多，风险不可控。徐昕蕾竟然也附和，若另外选人，她就否决新土豆投资网剧《爱上土豆》。徐昕蕾这一招，掐中了齐天雷的软肋。毕竟他老娘是财务总监，也是控股股东。《爱上土豆》是他的命，投资人突然扬言撤资下马，不是要命吗？只好妥协，同意《爱上土豆》在三个官窑美人中选，至于选谁，最后的决定权下放给了曾子羊和王了一。不过，他也留了个交换的尾巴，主要外景地确定在屏羌，需要从三江本地的女孩中，选一个农村背景女孩，作为"土豆"的母亲人选。几人也不再说啥。

　　事情并没有朝剧组想要的方向发展。"投壶"选手以不太适合演艺圈，婉言谢绝了，当然只是托辞。知情者传言，此话出自她的二婚老公，荣城周边一个市的副市长，那个副市长不希望他的老婆抛头露面。"青年的鱼"提出，能不能让她的戏多点。"奶茶公主"呢，又开出了网红价。这些要求都好解决。盆地有个土话，离了红萝卜，还不出筵席了？"投壶"不喜欢就不上呗，签约这种事，不能搞一厢情愿，强扭的瓜也不甜。"青年的鱼"要求也不算过分，谁不想自己多露个脸，就让编剧加点口水戏。讨价还价的"奶茶公主"，柴瑶叫曾子羊去放话打压，要么听剧组的，要么走人，这年头最不缺的就是网红啥的，更不缺瓜子脸。

　　冠军"隐蓝"的电话，却一直联系不上。也不知道齐天雷如何对那个同龄人不感冒，几人一番踌躇，齐天雷说风凉话了，我说准了吧，你们一张张热脸，去贴个冷屁股。见小齐老板不冷不热的态度，曾子羊、王了一和柴瑶，还着急个啥。徐昕蕾坐不住了，私底下找柴瑶商量，能不能想办法把姑娘找回来。柴瑶暗地里想笑，皇帝不急，你急个屁，你又不是太监。还没开机，各方就达不成一致，往下还有好戏看？

　　徐昕蕾的担心，并非空穴来风。自打回国，她的总裁夫人状态日渐回升。只有无脑的女人，才相信管住男人的心，就去抓住他的嘴。都是活人，还能让尿憋死？再说，别老想着去驾驭男人。同床异梦，几乎是绝大多数男女的常态，何况人心隔肚皮。连一张五尺的双人床都心有余而力不足，说啥收心不扯淡吗？有时候，给男人相对的空间，他倒乖巧了。再说，啥东西对女人最重要？财务自由！有钱就有尊严。她并不奢望枕头的热度，靠着资本的优势，徐昕蕾轻轻松松掌控了新土豆。在徐昕雷看来，土豆一直是自己的三角心病，现在三角区已然被她占领，齐鲁和柴瑶要搞啥小动作，还不得忌惮点。在这场三角博弈的游戏里，齐天雷只是她的一个棋子。局里人，除了齐天雷真傻，其他的也是揣着明白装糊涂。大把撒钞票，一下让两个男人都在她的掌控之下，这叫啥，一石二鸟？所以，钱真是个好东西，除了女人的面子，它排第二，至于男人那点破事，由它去吧。

86.5 【关于女神】

柴瑶其实很不想同齐天雷聊那姑娘的事。

"你妈叫我给你带话。"

"她干吗不直接找我谈？"

"她说一家人从来没聊上过第三句话。"

"那是她和我爸。"

"你跟你爸，我看也差不多。"

"他是他，我是我，我俩谁也替代不了谁。"

"你有这个态度，我很欣赏。"

"我有啥说啥。"

"这么说，你愿意听了？"

"我妈找你来究竟想说啥？"

"那个女孩好。"

"哪个女孩？"

"你以为呢？"

"'隐蓝'？那个冠军？"

"你妈看人看得准。"

"她哪里好了？"

"模样好。"

"女孩都长那样。"

"她脾气也好。"

"谁脾气不好了？"

"童桐好像脾气就有点大。"

"那叫个性。"

"她好像还有很多好。"

"你们是不是想说，她温柔贤惠、诚实善良？"

"那样不是很好吗？"

"咋不说还天真无邪、冰清玉洁，出淤泥而不染，一股子仙气呢？"

"你妈就是这么说的。"

"晕。我选的是要拿得上台的演员，不是传说中的女神。演员需要适应角色的陌生化和间离效果。步莱希特知道不？"

"不懂。不过，我知道你们男生不是都喜欢女神吗？"

"女神，呵呵，用来挂在画历上看看就行了。"

"你妈可不只是想让她挂墙上的。"

"她还想干吗？"

"还想干吗，这不明摆着吗？"

"打住，柴姨，现在我俩谈的是工作，《爱上土豆》的角色问题。"

"才子佳人，金童玉女，明修栈道，暗度陈仓。我觉得挺好。"

"我可不想把这些事搅在一起。"

"又不是叫你马上表态。"

"你转告我妈，那姑娘戏可以上，其他的，就不用她老人家操心了。"

"你妈不老吧？"

"她不老。是我老了，行不？"

"……"

86.6 【网红与疼点】

"隐蓝"火了！决赛的视频被各大平台疯狂转发，火速圈粉百万。嗅觉灵敏的自媒体团队甚至绕过剧组，托人打听她的下落，以图分享流量。

"隐蓝"的意外走红，让蓝守玉纠结了。流量时代，粉丝就是金钱，金钱就是人生。但是，一个对粉丝流量一无所知，几乎处于自我封闭的女孩，突然天上掉馅饼，真的好吗？

郭引兰自己并不知道正在发生的一切。她的圈子很窄，除了干外公"石碌子"和哥哥郭墩子，社交圈子似乎只有一个"三江鱼叔"。《爱上土豆》剧组，尚未成为新的朋友圈，至于齐天雷、曾子羊和王了一，甚至连熟人都还算不上。

自打回到龙隐老屋，就一直在为墩子的事发愁。除了蓝守玉，没有谁能设身处境地感受她的情绪。参加"官窑美人秀"，并不是她的初衷，整个过程，也未有多想，只是单纯地配合"三江鱼叔"，完成了一场官窑美人的叙事。她是舞台的"C位"，也是角色原型。当然，如果按柴瑶和徐昕蕾，以及曾子羊和王了一的审美标准，"隐蓝"的简单纯粹和阳光温润，是她走红的关键，但他们并未觉悟到最为重要的一点——是她掐中了公众的痛点。

等待墩子哥的回家，是春天即将来临之前"隐蓝"的痛点，也是蓝守玉的痛点。

小聂副局长，哦，不对，小聂现在已是常务副局长，蓝守玉从他那里打听到了相关案情。"兵哥"案，已有重大突破，因为牵扯多个团伙案底，检察院正在复核卷宗，准备逐一起诉，具体案情仍未解密。至于郭大林也就是墩子，小聂给的说法是，他们将全力争取不起诉，最坏的情况有罪免处，等法检两方沟通后会有结果。

蓝守玉是带了额外的任务去龙隐见"隐蓝"的。受柴瑶之托，他要劝说她及早去荣城完成与新土豆网剧的签约。柴瑶也是受徐昕蕾之托。人托人，转了几道手，轻重就要打折扣。别说"隐蓝"不明白徐昕蕾为何如此在意她，就连蓝守玉也搞不明白。徐昕蕾葫芦里装的啥药，自然瞒不过柴瑶，可她又能说啥？别人的家事，她去凑啥闹热？

出于善意，他还是婉转地表达了想法。

"你红了。"

"红了是啥意思？"

"就是出名了。"

"啥叫出名？"

"知道李子漆不？"

"不知道，我只晓得李子树。"

"跟你一样，一个网红。"

"网红是啥？"

"就是有很多很多的朋友。"

"要那么多朋友干吗？"

"挣钱呀？"

"跟朋友一起挣钱？"

"不是，是朋友给你钱挣。"

"那我还是不做了。又不是地主，不劳而获。"

"人都抢着不劳而获呢。"

"为啥？"

"谁跟钱过意不去啊？"

"网红本事很大吗？"

"也可以这么说吧。那个李子漆本事就很大。"

"她有啥？"

"会做吃的呀。"

"开馆子？"

"不是，就是做着玩。"

"做着玩也有人发工资？"

"用地里的土豆、萝卜、红薯，玉米、麦子、稻子，天天变着花样做不一样的好吃的，跟玩一样。"

"她不做活吗？"

"就做着玩。"

"玩也能挣大钱？"

"以后你就知道了。"

"以后？"

"你柴阿姨叫我来请你去新土豆签约。"

"去玩？当网红？"

"也可以这么说。"

"我还是不去。"

"也不是光玩，白拿人钱。是当演员，拍网剧，相当于找了一份工作。"

"那也得等墩子哥回来商量。"

"你哥一定会同意的。"

"你知道？"

"他和我一样，早就巴望你有那么出息的一天。"

"你们希望我去当演员？"

"是的。保不准还会碰上个好小伙子，就嫁了。"

"嫁人事很大吗？"

"当然。女人都得嫁的。"

"我不想嫁。"

"为啥？"

"嫁了，就没干爹你了。"

"有心爱的男人了，干爹还有啥用？"

"那我还是不嫁好了，我不想丢掉干爹。"

"有你哥呢。"

"我哥是我哥，干爹是干爹。"

"等你哥回来，我也要离开的。"

"我哥啥时候能回来？"

"很快的。"

"他回来，你走了，我也去城里了，他咋办？"

"还摆他的地摊，守老屋。"

"他能陪嫁过去吗？"

"哪有陪嫁小舅子的？"

"那我……还是等他回来再说吧。"

她这么说着的时候，午后的清辉，正泻过门楣，少女的身段，被一缕春光修成剪影。脖子上不见了那条老掉牙的围巾，也许收起来了。还没有来得及减掉的细花短袄，裹不住青涩的花季。

那一刻，令他唏嘘。头正隐隐地疼，眼前的"隐蓝"，与疼点重叠。

美若源于内在的单纯，它便拒绝外在的审视。

他把目光移向那条狗，移向花开后黯然无光的那丛竹。"香雪"，端坐于墙角，那么安静。他没有看到"守玉楼"园子里的那种晶莹。竹花之后，五色退去，蜘蛛网挂满了枝头，一切回到原来的样子。

他忽然怀疑自己是不是已经打乱了她的生活。他并不擅长做说客，再说，人生真如自己说的那么好吗？比如，传说中的爱情。

一个单身猴，自己也说服不了自己。

如此下去，除却头疼的老毛病，会不会犯下良心的亏欠？

他一直纠结于要不要留下那份等待签署的协议。

他没有回头。不过他能想象得到，五色竹正在一点点枯去，在那个春天就要来临的时候。

86.7 【稻草的救赎】

"红娘子"的三丈二"地涌金莲"，已送至"传世皇庭"的附属体赵青花陶瓷艺术馆。柴瑶问蓝守玉，要不要一睹为快？蓝守玉回，先挂起来吧。柴瑶问挂哪里。蓝守玉道，齐总说挂哪里就挂哪里。柴瑶道，齐总说要不要问问向书河？蓝守玉不解，咋会问向书河呢，又不是挂屏羌政府大院。柴瑶提醒道，齐鲁集团已经决定把艺术馆的产权划给县政府的文博部门了。蓝守玉想想道，也是，政府的事，我瞎操啥闲心？柴瑶道，你还是挂名的名誉馆长。蓝守玉想了想，又道，问文雄吧。柴瑶自然明白，这是叫去请示呢。

　　蓝守玉的期待正在一点点瓦解。他并不想掺和艺术馆太深。他能做的是圆梦，赵青花的梦，柳叶萍的梦，还有他自己的梦。艺术馆建成，梦只是有了巢，大龙缸在外漂泊一日，梦就不能踏实。

　　眼下一肚子的惆怅，找不到述说的对象。叶师傅命悬一线，赵师傅一病不起。节骨眼上，又不敢追问柳叶萍的修复进程。柳叶萍的本事，自然值得信赖，"雪岭出品"本就出自她和两位老师父之手。再说，宝贝只是被小叶一锤子下去，敲个大缺口，她完全可以把它几近完美地复原，且不留眼观的痕迹。

　　除了忐忑不安，他似乎啥也做不了。

　　头疼发作的间隙愈来愈短，持续的时间愈来愈长。

　　他得等待柳叶萍的奇迹，等待那一棵救赎的稻草。

86.8　【逆光行走】

　　"叶师傅没了……"

　　等来的是噩耗。千山万水之远，仿佛悲泣漫漫绵延。柳叶萍断断续续地述说，恨不能分担，唯有倾听。

　　"可是，大龙缸会好的。"

　　蓝守玉没有想到柳叶萍会在这时候还谈到大龙缸。柳叶萍说的大龙缸，是小叶在奥港国际预展时，砸坏的"雪岭出品"。

　　"我信。"

　　"可惜，叶师傅看不到了。"

　　柳叶萍没有告诉他修复进展情况。事实上，她同蓝守玉一样，当叶瑶溪举起锤子的那一刻，他俩就都陷入了无边的自责和内疚。

　　"雪岭出品"，出自三位陶瓷大师的联袂，承继一脉相承的双鱼青花基因。作为仿烧品，它最大限度地还原了景德镇古窑的黄金时代。它又何尝不是一件创世青花的当下突围？三位大师几乎耗尽全部的心血去浇灌，才有了奥港国际预展那一瞬间的奇葩再现。作为陪衬，它辉映"土司遗物"，不可或缺。它的光芒并没有被"土司遗物"遮蔽，只是被世俗的功利给忽略了。即便没有宣德纪款的大龙缸珍品对照，"雪岭出品"也有足够的理由独立传世。

"雪岭出品"被敲掉了一个口子。敲掉的地方，散成几片碎瓷。要修复它，按照现在流行的博物馆冷热修复工艺标准，是可以实现的。但那不是柳叶萍想要的目的，也不是蓝守玉的目的。他俩只是想着如何最大限度地还原叶师傅和赵师傅的心血。

并不是每个景德镇的瓷人，都会修瓷，但两者又是相通的。柳叶萍在上个冬天，还专门拜访过"热修复"大师"天衣堂"方裁缝。方裁缝，祖传补瓷，不补衣裳。他的曾祖父，曾是晚清民国时期景德镇一大锔瓷高手。传到了他这一代，冷补热补，出神入化，尤其是"热修复"，与博物馆的陶瓷修复专家有着完全不同的理解。博物馆专家认为，修旧如旧，不可损伤和丢失文物信息。像回炉这样的手段，即便能修到最好，因为违背了古瓷修复的伦理，无法让那些守旧的专家接受。方裁缝以为，瓷器就是用来观赏和使用的，坏了就修，能从直观上修就原貌，那就是实现古物的重生，谁还去想，它回没回过炉子？所谓的心理感觉，只是博物馆专家内心的强迫症而已。

柳叶萍决定同"天衣堂"合作。她擅长的是青花绘画，但是修复瓷器，是系统工程，什么清创、拼接、粘连、打底、补胎、补釉、补彩、入窑……一堆环节。

"热修复"的关键环节，是高温强力胶水粘接，与补胎补釉，在二次高温复烧后，端口重新熔化衔接。修复之后，从眼观上几乎以假乱真，别说手电筒无法查找接痕，就是"X"光透视，若非专业人员，也看不出来。唯一的后果是，会有火光。这对于古瓷来说，的确存在博物馆专家所说的信息丢失和损伤。具体损伤了啥，丢失了啥呢，想来就是岁月的风尘，时光的逆流之类虚无缥缈的东西。风尘是啥，逆流又是啥，没有谁说得清，无非是文物专家和诗人们津津乐道的某种情怀罢了。

还原叶师傅、赵师傅的心血，是柳叶萍此刻的情怀。

好在，"雪岭出品"本来就是一件让时间断裂的仿烧作品，所谓岁月的风尘，时光的逆流，逻辑上和情感上并无障碍。

她去密室里，找到了赵师傅仿烧"雪岭出品"的边角余料。

她将麻仓土和釉料交给了"天衣堂"。方裁缝将用它还原大龙缸缺损的皮肉。

幸好，那个缺口，只坏了一小团青花纹饰，没有伤及主体釉里红纹饰，否则真的难办了。青料虽然没了，可柳叶萍知道配方，前几个月她还参与过配制青料，并亲手绘画了"雪岭出品"。

唯一的遗憾是，没有条件再用柴窑还原原物的窑炉气氛了。方裁缝说，小件东西，尚可以送柴窑，这么大的龙缸，他就没听说过还有哪家柴窑能烧。方裁缝并不知道在瑶里雪岭，叶师傅曾经重新点燃了葫芦窑的窑火。只能用电炉。电炉的耗时没柴窑长，成本少许多，只是复烧后，火光可能会有些扎眼。

只要能还原，也不敢苛刻了。柳叶萍回复方裁缝。不过，方裁缝也给了一个方案，可以试着降低五十度，把它当青瓷烧，或许釉光的眼感会更滋润。柳叶萍自然懂的，温度略低，生玉质感，温度略高，就往玻璃质感那头去了。

电炉的好处是可以精确控温。叶师傅去世后，景德镇再无第二人能从眼睛的观感，去掌控柴窑的火候。青花发色会不会出来呢？柳叶萍表达了自己的担心。误差五十度，青花会更浓艳，黑斑的效果也无法呈现。方师傅解释道。黑斑好办，用青料点染即可，不过需注意宣青料自然往下垂流的细节。

在蓝守玉的眼里，有柳叶萍就够了。柳叶萍就是"雪岭出品"的保证，当初仿烧是，现在修复还原也是。

"雪岭出品"的仿烧成功，不是叶师傅、赵师傅和柳叶萍三位大师就能完成的，没有孔尚云的麻仓御土，没有蓝守玉提供的实体范本，作品要接近真相，是难以想象的。就像现在，即便有"天衣堂"方裁缝的金刚钻，没有赵师傅遗留下来的那点边角余料，柳叶萍也无法给他足够的信心。

这一切并非绝对。

也就是说，仿烧和修复陶瓷，材料和工艺可以找替代品，甚至寻找到完全同样的东西。然而，人心呢？岁月呢？他们可以逆转吗？

即便叶师傅、赵师傅、柳叶萍和方裁缝这些逆着时光行走的人，当他们在黑夜里静下来，回望岁月长河，也会陷入深深的未知惘然，以及恐惧。

没有谁能够战胜时间断裂的恐惧。

就像叶师傅的掌桩、赵师傅的瓷作、柳叶萍的青花、方裁缝的修复，哪怕已炉火纯青，天下无敌，在宣德青花釉里红大龙缸面，鬼斧神工也会黯然失色。

只要是手，那就离不了个性和温度——所谓的偶然性，何况最大的偶然是那窑火——冥冥之中的未知和怅惘。由此，青花才有独步江湖笑傲千年的魅力。

许多天之后，蓝守玉见到柳叶萍发来的"雪岭出品"。他虽然相信，这世界有一种手叫"鬼斧手"，但还是止不住地失落。并非柳叶萍和方裁缝的合作失败了，事实上他俩的合作十分成功，如果从陶瓷仿烧修复的工艺看，几无挑剔。所谓的痕迹并未见到，也没有谁能质疑修复后的"雪岭出品"有什么异样。

然而，"雪岭出品"的神韵，真的有些黯淡了。也许只是蓝守玉的信心受到某种感染，或者那一刻的情绪本来如此。再好的鬼斧神工，也不可逆转初见。

有些东西，去了就真的去了，又有啥可惋惜的呢？初见也好，邂逅也好，即已足够。

行遍世间所有的路，逆着时光行走，只为今生与你邂逅。直到许多年以后，只要谈到青花，想到那些无法逆转的邂逅，蓝守玉就止不住地回想起他的仁波切。

87.1 【宿命的风月】

奥港国际鸡年春拍如期举行。封面"土司遗物"宣德青花釉里红双鱼龙纹大龙缸，虽在拍前已经公开完成交易，没有参加现场的激烈竞价，因为保留了接受全球咨询的资格，依然抢尽了媒体的风头。一些媒体甚至就其身份传承，发起深度解读，焦点聚集在它稀缺的宣窑血统。前一段时间国学大师公开发表明亡帝炆出走盆地的猜想，有非主流的文博收藏机构甚至将二者的背景，煞有介事地作了一番演绎，引发更大的文化猜想："土司遗物"的重现，是否意味明亡帝炆失踪之谜有了更新的可靠物证？关于这个话题的解读，媒体并不清楚蓝守玉最有发言权。蓝守玉最先接触到大龙缸，也只有他才掌握了大龙缸和明亡帝炆失踪之谜的信息交集。

然而，他却不能站出来，予以指认。他只是个幕后的潜水者。

蓝守玉陷入了去年夏秋以来最大的困惑。确凿无疑的证据，因为采集不合法，只得被抛弃，留给世人永无止境的猜想。也有好事者就此事请教他的意见，他也是语焉不详——

其实我们……可以赋予它合乎想象的证据和逻辑……就像男人心爱的女人，肚子里明明怀了自己的骨血，只因不大合乎道德秩序，便不能理直气壮。

最为不解的，是那些鼓吹的文博收藏机构哪里来的底气？什么揭秘历史谜题、填补重大空白的文章铺天盖地。当然，他也知道，媒体也不是空穴来风。就算是，又如何？本来一戳就穿的谎言，在一百次一千次复制之后，几乎所有的人会选择去相信。

文博收藏机构专家的讲述，似乎信誓旦旦。难道有了比较可靠的信息渠道，去接近真相？如果有，他是龙海泉？不对，应该叫龙紫云。只有他见过无款的宣窑双鱼纹甜白盏和琉璃磨子鱼，也一起造访车岭、探秘甘南、近距离接触过五色竹和诡异的应文题诗，还有六如、九眼天珠和郭家庙村的传奇。龙紫云唯一没有探寻到的是宣德大龙缸和甜白盏的来源。这一点，作为秘密，一直被蓝守玉秘藏，也终将不可告人。即便如此，也能想象得到龙紫云及其幕后团队的强大，包括传说中的"国学大师"和他的弟子，也包括那位一直未曾谋面的——"影"。

徐堂主的跟班龙紫云，也许一直就是永宣堂的人。他与尚小林搞在一起，参与"土司遗物"的包装和炒作，在蓝守玉看来，哪有如此巧合，但他又找不到可以摆开来讲的证据。

"国学大师"学术权威的光环，没有谁去质疑，虽然媒体上从来没有出现过大师的真实面孔，也许他跟那个"影"一样或就是——"一个人"。

"影"呢？几乎在一夜之间，她，不对，也许还可能是"他"，或者"它"——连性别也没有，或者就是一个替身和影子。"影"已然从他的世界里悄悄蒸发。多年的网络神交，最后仅留下一厢情愿的忆旧和欲罢不能。她也好，他也好，甚至它也好，都不会去责怪了。责怪又有何意义呢？也许一切本是一场关于九眼天珠的虚拟风月。她曾经活在他的念想里，也将一直活下去。

揭开这一切，并不仅是勇气的问题。他的面前有一堵高墙，透明的高墙，他能够观察到真相，却不可逾越。会撞得头破血流的。不仅仅是他头破血流，很多人会头破血流，大龙缸也会头破血流。料想中的代价，远远超出他的心理负荷能力。

他并不想逞匹夫之勇。

似是而非的邂逅，注定此生的宿命。

87.2　【一切皆有可能】

如果不是童桐、施云、文雄打来电话，询问大龙缸的事，蓝守玉还不知道，大龙缸已经送达深圳保税区。

童桐问，头条上说齐鲁集团从奥港国际拍卖收购"土司遗物"，那个齐鲁集团就是开发"传世皇庭"的齐鲁集团？

还有几个齐鲁集团啊？他答道。

施云问，大龙缸是你帮齐总找到的吧？

他是齐鲁，我是我，你觉着那么牛哄哄的老板会找我一个市井小人物帮忙吗？他反问道。

文雄问，能不能说服齐总把大龙缸送回屏羌来，收藏在赵青花陶瓷艺术馆里啊？

倒是想让他送回来，他会听吗？虽然这么想，没有这么说，他甚至很想告诉文雄更多的信息，但是不能。他对文雄有此想法表示欣赏。你是一个称职的父母官，你很快会有好的回报的，他说道。

关于大龙缸和明亡帝炆的神秘传说，媒体的讲述一个比一个悬乎。从文化和市场的角度，媒体甚至还就官窑接下来的追捧趋势，画了条天花乱坠的轨迹。在报道奥港国际与保税区工作人员移交大龙缸新闻的时候，引用了卫都等人的权威说法，以及第三方艺术品投资机构上津文交所的估价。

媒体的报道，焦点在于质疑八亿元的投资期望。媒体也列举了几个老板斥巨资全球搜罗艺术品的经典案例，最后自问自答，得出结论——内地"土豪"真的不差钱！天价也是个价。不就是个数字吗？

一切皆有可能。

87.3 【汝窑开了个好头】

要说官窑身价，还得从宋代汝官窑讲起。

古瓷讲究出身。官窑和民窑，在普通人的概念里，相当于贵族和平民，身价一个天上，一个地下，甚至就不只是价格的问题。

北宋汝官窑，老百姓都称作汝窑。已知的文献和考古发现证实，宋官窑从汝官窑开始。对于今人，汝窑的名字绝对如雷贯耳。很多人也只是听说而已，看一眼的机会都不曾有，更别说拥有了。可能"土豪"们说，我有钱，我买。有一点是明确的，汝窑虽不像柴窑仅存于传说，市场上偶尔也得见，但就是买不着，即便有很多很多钱。为啥？太稀少了！

汝窑的烧造时间，已无法看到明确记载。有人推测，大致可圈定二十年左右，具体说来是在11世纪末到12世纪初，期间经历了哲宗、徽宗两朝。当时，正值王朝文化顶峰。政治上呢，却有点浮肿，暗藏外敌入侵危机。文物专家把这二十年定为汝官窑的烧造时间，没有争议。

一座烧造条件和标准极其苛刻的官窑，仅烧造二十年左右，又历经千年的战火和变迁，保存到现在能有几件？有人统计过，记录在案的不过六十七件，几乎都藏在顶级的博物馆里，真正的稀世之珍！可能不差钱的主会不服气，那就去拍卖场举牌。这也许是个办法，问题是迄今为止，汝窑在拍卖上露面的机会寥寥，一出现价就高得让人心跳。二十多年前，在美国拍过一个盘子，一百五十四万美元。当时，这价格是包括元青花、永宣青花和釉里红、成化斗彩、清三代珐琅彩在内的顶极官窑远远不能及的。如今，所提到的这些官窑都已高达上亿，现在再去买汝窑，得烧多少银子？

2012年香港苏富比，卖了个葵花洗，成交价两个亿。

五年之后，香港苏富比，又卖了个园口洗，成交价近三个亿。这个价按当时比价可以买一吨黄金。这是后话。包括齐鲁、蓝守玉、卫都这样的业内大咖都未曾料到，这一年的秋天，一个小小的宋代汝窑再次把官窑的天价，推向不可思议的极端。

87.4　【元青花的神话】

汝窑只是开了个头。官窑的天价传说，要说深入人心，当数元青花。

故事从英国的某个乡村开始讲述。

2005年的初夏。乡村老头和他的牧羊犬。老人头发已花白。牧羊犬也花白，雪地里混杂灰蓝的斑，迷人的肌肉和四肢，迷人的玻璃眼。显然它继承了欧洲牧羊犬最优秀的品质。在英国的乡下，类似的犬只随处可见。老头珍爱它，因为它忠诚、善良，甚至担负了伴侣的角色，没有什么宝物能替代它。

那天，家里来了位客人——游走于英国乡村寻找传世宝贝的商人。

老头对商人讲，家里并无什么宝贝。

商人笑着说，狗就不错。

当然。不过狗狗是不会卖的，有谁会变卖伙伴？老头急了。

那——这玩意呢？商人指着客厅里一个老花瓶，似乎漫不经意。

一个葫芦形状的高大花瓶。主人并不认识它的纹饰和造型，其貌不扬的普通花瓶，在家里的地位无法同牧羊犬相比。也记不得那东西什么时候进了客厅的，一直就在那放着，花也未插过。也许过于高大，只有硕大的向日葵才配得上。要采向日葵，得去很远的农场。原来也想过，后来放弃了。也没有想着把它搬走，似乎并不碍眼。老人家里少有人来造访，客厅自然不显拥挤。只是那牧羊犬，成天围着瓶子打转，尾巴时不时会拂扫上去。显然它把瓶子当作了玩具。

这，这是老东西吗？商人仍是漫不经意。

当然，放在那里至少几十年未曾挪动。老头的神情比花瓶还淡定。

能拿它去拍卖行试试看？只是试试。商人似乎发现了花瓶的价值。当然，也不确定，只是被造型和花纹给迷惑——与所见过的许多花瓶都不一样。商人说话很小心。

觉得行就试试吧。老头正为一把松木的躺椅找不到合适的位置而犯愁。这下好了，瓶腾开，椅搬进来，他和牧羊犬就都可以在客厅里午睡了。

花瓶被商人送到英国的一个乡村拍卖行。拍卖行小，也没啥名气，来买东西的大都是些有闲有钱的主，当然不乏来自欧洲各地的寻宝专家。花瓶卖出去了，卖了三百四十四万五千英镑，换成人民币差不多五千万元。据说，那天参加拍卖的人不多，许多人并不知道还有这样一件宝贝。如果事前在更大范围宣传的话，比如送到伦敦的大拍，或许会卖个更高的价钱。

不过三百四十四万五千英镑，已属天价！老头不相信发生的一切。当商人把支票送来的时候，他惊讶得半天不敢说话，只是带着他的狗，围着松木躺椅转了好几圈，喃喃自语：要是当初不小心打坏……还好，没打坏……还好……呵呵……看来，躺椅得搬开了。他要在客厅里为花瓶留个永远的位置——那是件著名的花瓶，原来属于家族，现在属于英国，甚至整个世界。

花瓶的消息很快扩散，整个英国的古董界在沸腾，究竟是什么古董值这么多英镑啊？

有好事者，竟然还翻出瓶子的传世资料：元青花葫芦万代纹葫芦瓶。1900年5月23日，老头的祖上用十英镑买回，此事清楚地记录在当天的日记里。算到上拍的那天，时间已过去一百零五年。十英镑、一百零五年、三百四十四万五千英镑，一组有趣的数字。对于旧物承载的历史，一百零五年，也不过弹指一挥间。可十英镑到三百四十四万五千英镑，价值放大近三十五万倍。天！每天涨近十倍，天天涨不停，涨了一百零五年！最有眼光的风险投资家，都不可能相信这是真的，听起来像阿里巴巴传说！

传说真的发生了。古董商在英国某个小镇发现老头家的花瓶，他自己也没有想到启动了一扇藏宝之门。芝麻开门，芝麻开门……阿里巴巴念念有词……那一刻，所有的人都看见了传说中的宝藏——中国青花瓷！

传说并没有就此打住。元青花财富神话还在蔓延。

七月，中国人正在城市和乡村汗流浃背地劳作，英国人开始度假。他们穿上短衫，背上背包，奔郊外或更远的森林而去。有钱有闲的，会抽空去各种艺术品拍场赶场子，即便不动手买，看着那些五花八门的古董，也令人惬意。

这一天是七月十二日，伦敦的天气并无太大的变化。佳士得拍卖公司的空气再次被点燃——还是元青花。不过这次是个大罐子，画的是传统谋士故事。大罐之前放在荷兰一军官后裔家中的阁楼上。也不知道放了多少年，少说一百年有吧，军官的后人也说不清楚。古董商们把它从一堆杂物里翻出来，清洗、包装、装车。貌似漫不经心，其实谁也掩饰不了内心的激动，他们脑子里装满三百四十四万五千英镑的传说。

罐子搬到佳士得的拍场上。来自世界各地的藏家参与竞价。他们中有欧洲的贵族，北美的新兴产业投资人，中东的石油大亨，当然也少不了中国的地产富商。

价格以几何级递增。

当拍卖师落锤的那一刻，所有的人，包括竞价的藏家和媒体的记者，都为又一个天价瞠目——一千五百六十八万八千英镑，约合人民币二亿三千万元……天！

这是中国古董艺术品拍卖价的最新世界纪录。有人计算过，按当天的国际现货牌价，可以买两吨黄金。罐子身重十来公斤，差不多二万二千九百元买一克了，比黄金要贵到百倍！当然，这种比较是可笑的。艺术怎么能谈价格？精神的东西，从来超越任何的俗物。高贵的青花，世俗的货币，一个在天上，一个在地下，聊不到一起的。

于是，天价很快被淡忘，古董的名字被清晰地记忆——中国景德镇元青花鬼谷子下山纹大罐。

如果说，葫芦万代瓶，让老百姓认识了元青花天使一般的外貌，那么鬼谷子下山罐，则永远是埋藏在大家内心深处的那个冲动的魔鬼。

元青花并不是魔鬼，冲动的是自己。

也许太看中天使艺术品附带的创富神话。

元青花就是天使。作为天使的葫芦瓶和鬼谷子罐，其实在讲述一个古老的创富故事——前人种树。

一百年前，某个前人在屋后种下一棵树。他没想更多，就种了一棵树。其实，他要种一季庄稼，或许收获更加明确。

前人很快老去了，甚至还没来得及看看树长有多高，就已离世。

一百年过去了。他的子孙大约到了第四代。树真的很高大了，撑开的大片浓荫，远远看上去，仿佛一方硕大的手掌。

年轻人们聚拢在树下，乘凉。随手采下美味的果子。满树的鲜果啊！

没有谁记得种树的主人。他们祖上的名字，早淡忘了。

元青花最近的天价是2011年澳门中信拍卖的"萧何月下追韩信图梅瓶"，八亿四千万港币。这个价格，高得离谱，以至于业内有传闻会不会是假拍。不管是不是假拍，它的确是一件身份尊贵，尽显帝王之气的元代青花官窑绝品。全世界只有三件，一件收藏于江苏省南京市博物馆，系该馆的"镇馆之宝"，一件仍在海外下落不明。澳门中信的这一件，迄今保持了中国瓷器拍卖的天价记录。

87.5 【鸡缸杯，姐弟恋】

到了明代，官窑制度，像分封继承体系一样，被皇室确立。

朱元璋不仅姓朱，还参加过红巾军，对红色有着浓厚的兴趣，搞了个釉里红。成祖是个孝子，给母亲造报恩寺，无休无止烧甜白。双鱼座的宣宗，是个文艺青年，把青花烧得跟自己的情绪一样缠绵悱恻。

宪宗呢？

宪宗成化帝是个奇葩。他有一件事给后来的皇帝们树立了榜样——独宠一个女子，还是个大姐大。

这事，有物证——鸡缸杯。

2014年是农历甲午年，按传统说法是中国人的马年，而且不是民间的火马、木马、水马、土马，是特别贵气、特别有财富感的"金马"。金马年，除了两回"马航事件"，再无"马"的新闻，倒是出了条关于鸡的传奇。

四月八日，香港苏富比春拍，玫茵堂珍藏"明成化斗彩鸡缸杯"卖了二亿八千万港元，刷新了2005年7月伦敦佳士得拍卖的"元青花鬼谷子下山罐"二亿三千万元人民币成交价。一时，市井坊间百姓很不理解，一个直径只有八厘米，高度不到四厘米，画了俩公鸡、俩母鸡和六小鸡的小酒杯，凭啥卖这么贵？二亿八千万元，按当日黄金价，可以买一吨黄金。若用一吨黄金做十只"金鸡"，得有多么壮观！

文物专家从陶瓷审美工艺上去解读，说这是延续成化官窑的传奇。成化官窑，从工艺水准上说达到明朝的巅峰，后世无法企及。

《明史·食货志》有记载：

> 成化间，遣中官之浮梁县景德镇，烧造御用瓷器，最多且久，费不赀。

这是说烧造成化官窑，时间久，不计代价，要多好烧多好。这个理念，与古今中外的大师创作艺术精品是一致的。心无旁骛，只想实现心里的最美。

据说，成化皇帝本人亲自参与了这种顶级艺术品的创作。陶瓷史上，皇帝参与烧造陶瓷的，还有宋徽宗、明永乐宣德帝、清三代帝等。这些男人，不仅位极天子，审美上一般知识分子也难以望其项背。通过他们炮制出来的陶瓷艺术品，顺理成章进入美术史。

成化青花，极富清雅悠远神韵。成化斗彩，成功克服两次入窑温度差异对瓷器品质的影响难度，烧出来的瓷器仿佛和田美玉，且超级薄，能照过人影。像玉，又超薄，因为使用了迄今为止最上乘的瓷土——麻仓土。景德镇独有的瓷土，不仅让景德镇盛名，更让中国陶瓷盛名。可惜，在明朝中后期，麻仓土已难觅踪迹。再来看斗彩。成化斗彩，绝对的天然优质矿料，单就开采彩料，都得动用国家力量。成化斗彩的颜色，有种说法叫"姹紫"。喜欢成语的，描写春天百花颜色多，大都喜欢用"姹紫嫣红"。厉害吧！整个春天的五彩缤纷，不过"姹紫"和"嫣红"，成化斗彩就占了一半。

已故古陶瓷鉴定专家孙瀛洲先生，特别钟情成化斗彩，曾用四十根金条买了一对成化斗彩兰蝶菊三秋杯，后来捐给了故宫博物院。他对成化斗彩的颜色，有过精辟的描述。光从描述本身，很难真正领悟到成化斗彩的绝妙，但是去故宫近距离目睹过三秋杯的，绝对一辈子难以忘却：简约、朴素，豁然开启的明亮。灿然和生机，乡野处惊鸿一现。它甚至给人以久违的生活信心。对于一个饱经人世沧桑的文人，相信那是一种更接近于自己内心的秋色。三秋杯无论从先锋派知识分子的新锐审美看，还是从保守派的传统审美看，都达到了某种高度。民间百姓，天天看俗看多了，对雅有些麻木，忽然碰到那杯，眼放光，手打颤，并非只是因为东西太值价，更多还是来自杯子传递的心灵慰藉。

然而成化斗彩著名的还有天字罐及各种杯子。有人统计过，成化斗彩有名气的杯子大约二十种左右，如子母鸡缸杯、高士杯、三秋杯、花鸟杯、葡萄杯、菊花杯、团龙杯、脱胎双龙杯、八宝高足杯、缠枝莲杯、五供养纹杯、莲托八宝杯、花草蝴蝶杯、落花流水杯、婴戏纹杯、莲荷水草纹杯、夔龙杯、折枝花杯、梵文杯、缠枝莲托梵纹杯等。名气最大的，还是要数前面谈到的鸡缸杯。

鸡缸杯究竟有多出名？陶瓷美术界对明清官窑瓷器有个排位，成窑第一，宣窑第二，永窑第三。

明人沈德符《万历野获编》中说：

> 城隍庙开市在贯城以西，每月亦三日，陈设甚多……至于窑器最贵成化，次则宣德。杯盏之属，初不过数金，余儿时尚不知珍重，顷来京时，则成窑酒杯对博取银百金，予为吐舌不能下……

这个记载，并未讲成窑杯盏是青花还是五彩，但值很多钱是肯定的。《博物要览》更明确些：

成窑上品，无过五彩。

成窑的五彩，即今天说的斗彩。这话的意思是，成化斗彩是第一中的第一。成化斗彩究竟有多厉害？看看乾隆皇帝有多喜欢就明白了。乾隆有件釉有点问题的成窑斗彩天字罐，叫督陶官唐英补釉修复，又不放心，传旨的时候特别交代，补得好就补，补不好，还是留给我算了。一个烂罐子，让皇帝那么不放心，搞得唐英提心吊胆。唐英回到景德镇，仔细琢磨，认定这是成窑顶器，补釉修复，恐对瓷器的品质有影响，这个风险控制不好，咋回去向皇上交代？就只好重新仿烧了三对，连同那个烂罐子一起给了乾隆。唐英仿烧的三对罐子，应是历史上仿制水准最高的，在今天也是名气不得了的官仿罐，但都没有超过成窑本身。

《红楼梦》四十一回"刘姥姥进大观园"，讲了大观园一帮子贵族二代三代喝茶的趣事。一行人来到拢翠庵，妙玉小姐出来问安，亲自捧了一个海棠花式雕漆填金玉龙献寿的小茶盘，里面放一成窑五彩小盖盅，捧与贾母……然后众人都是一色官窑脱胎填白盖碗。

注意，妙玉是个有钱有闲、成天寄情于宝物的主。她拿出的一叠永乐甜白盏，名贵之极，但这东西只是给众人用，唯独地位最尊贵的贾母一个人享用的是成窑五彩小盖盅。没想到老祖宗自己只喝了一口，就把小盖盅让刘姥姥也尝了一口。妙玉有洁癖，这一尝，她就不想要那个成窑盖盅了。贾宝玉体恤人，就求情，提出把这个成窑茶盅送给刘姥姥，说以后她老人家生活艰难了，也可以卖了度日。贾二爷何曾少过钱花，一个小茶盅都让他动了恻隐怜惜之心，可见其价值。曹雪芹这段描写，应该是他们家鼎盛时期的经历，在今天算是超写实，可信度应无问题。曾有业内大行做过研究，认为曹雪芹笔下的这个五彩小盖盅，应该是清时的官仿，不是成窑。想来也是，乾隆爷连一个破天字罐都特别看重，照这个理解，那些完整的成窑斗彩器，应该赏赐不到臣子们手里。

三秋杯和天字罐特别稀少。如果单从文物稀缺性定价值，三秋杯第一，天字罐第二。孙瀛洲捐给故宫的那对，好像全世界绝无仅有，民间估价十亿元。这个估价没有实际意义，因为那宝贝已无可能进市场竞价了。天字罐有个参考的价格。但是个破的，2001年伦敦苏富比上拍过，卖了约合人民币一千一百三十万元，要是完整的，价格估计十数倍以上不止。

即便如此受人追捧，三秋杯和天字罐的名气仍然不及鸡缸杯。

鸡缸杯自诞生那一刻起，就注定成为有钱人炫富的传奇。《神宗实录》档案记载，讲鸡缸杯是万历皇帝最好：

成杯一双，值钱十万。

清《唐氏肆考》里又说，万历皇帝甚至把杯子作为礼器供奉：

　　神宗庙器，御前有成杯一双，值钱十万，明末已贵重如此。

清初，朱彝尊在《曝书亭集》中说：

　　万历器索金数两，宣德、成化者倍蓰之，至鸡缸非白金五镒（古代二十两为镒）市之不可，有力者不少惜。

这些记载，看得出来，随着时间推移，鸡缸杯价格一直在往上涨，到了清初，值银一百两了。有人作过比对计算，万历时一对杯子价值大约可保一个中等之家四年衣食无虞，清初时一个杯子可换六十七亩一线城市周边良田。乾隆时，离成化烧造这个杯子已过去二百多年，宫廷穷尽国家财力，还能依稀寻觅到几件影子。乾隆皇帝甚至传旨景德镇御窑，要不惜人力财力仿制，自个也兴致勃勃地参与，题诗作志，字里行间，透露出对这杯子的重视程度，非一般收藏宝物可比，其凝聚的主人情感，不知有多深。

　　岁月，加重了人们追捧鸡缸杯的情感。情感的叠加，最后演变为可以量化的沧桑感。没有沧桑，因为火候不够。拥有，何尝不是幸福。记忆也好，纠结也好，不过一场梦。电视剧《人生几度秋凉》，讲了鸡缸杯的一段梦。鸡缸杯就是一场绵延不断的大梦，能拥有一截就是幸福全部。梦里，幸福伴你左右；梦醒，幸福又重新启程。梦里梦醒，鸡缸杯就像身体里最亲密最疼的部分。鸡缸杯就在这样的纠结中，超越众多的官窑，超越永乐甜白、宣德青花，超越成化天字罐、三秋杯，成为第一中的第一的第一。三个第一。鸡缸杯装点了明清官窑金字塔的顶部灿烂，成为五百年来有钱知识分子仰望的王。

　　回头再来看卖得二亿八千万港元的这只杯子。香港苏富比对上拍的成化斗彩鸡缸杯用的推荐词是"堪称神品""稀世之珍"。这么捧，是有道理的。据说，这种杯子的真品，全世界不过十数件，故宫一件，台北故宫有八件，此外，伦敦大英博物馆、伦敦维多利亚与艾伯特博物馆、剑桥费兹威廉博物馆、纽约大都会艺术博物馆及日内瓦鲍氏也仅有几件收藏。景德镇明御窑厂遗址，出土过此路残片，但也少见。私人珍藏，更属凤毛麟角，除本拍品外仅三件而已，说一器难求、价值连城，一点也不为过。对于极度稀缺的奢侈品，有钱人谁不想据为己有？即便不搞艺术品收藏，你如果有那玩意，哪怕只拥有过很短暂的一些时日，就不必把古玩界的众藏家放在眼里了，你的名字也会跟随鸡缸杯远播下去。人们在讲起你的盛名时，还会提到曾经与你有关的一个价格。

历史上鸡缸杯有过三次拍卖记录，一次是1980年11月香港苏富比拍出五百二十八万元港币，一次是1999年4月香港苏富比拍出二千九百一十七万元港币。再一次就是2014年的这次，此时杯子已翻到十倍价格了。从仇炎之开始，这只杯子还在收藏家Leopold Dreyfus夫人、古董商坂本五郎、桂斯·艾斯肯纳奇和玫茵堂之间传递，最后又到了"土豪"刘买买手里。

刘买买不差钱，买东西只买最贵的，搞了两个美术馆，其馆藏珍品让国内很多公家的博物馆羡慕嫉妒恨。有人说，刘"土豪"买这个东西为炫富，代表了近年来暴发的富豪对于钱的某种倾向和态度。刘"土豪"不想背这个名声，就向媒体澄清，钱不钱的，他不在乎，在乎的是他没有这玩意，所以志在必得。于是，成堆的票子，轻飘飘花出去了。稀里哗啦数钱声也好，掌声也好，似乎免不了俗，炫富啊。都是不差钱的主，不炫富，又炫啥呢？刘"土豪"挤了回新闻头条，高调的奢华，资本炫耀得亮澄澄的，还赚得一身文化，或是为日渐疲劳的成就感另辟蹊径？

官窑加炫富，两样传奇集于鸡缸杯一生。今人就不明白了，小若鸡卵的一酒具而已，如何赋得超一流魅力？有个解读：一是成化鸡缸杯小而薄，易碎，五百多年来，稍有不慎即成千古恨，至今存世者寥寥，物以稀为贵是长久以来的法则；二是这小杯在明朝一出生就是皇家血统，从未沦落百姓家，历代皇帝都推崇备至。这是从古物价值本身角度去谈的，说法主流，但仍然没有解决人们的疑问，皇家血统稀缺宝贝多得去了，何以一杯，独俘获贵族、文人甚至普通百姓的偏爱，演绎五百年绵延不断的爱恨情仇？是颜如玉，声如磬，薄如纸的绝色，还是那游离于皇家和百姓之间的鸡咯咯？

见过此杯的，还真被那群鸡的态度感动。

清初高士奇赞道：

> 窑酒杯，各式不一，皆描画精工，点色深浅，莹洁而质坚，鸡缸上画牡丹，下画子母鸡，跃跃欲动。

这个赞扬颇专业。乾隆皇帝在《丙午御题仿古鸡缸杯》一诗中，对成化斗彩鸡缸杯的赞扬有些啰唆了。

在文人眼里，鸡缸杯除了工艺上的名气无可比拟，画意也令人难忘：一面是一家子，一公一母拖带三小。公鸡昂首、挺胸、红冠、绿尾，仿佛唱歌剧的绅士主角。母率三雏，觅食的觅食，扑翅的扑翅，嬉戏的嬉戏。另一面还是这一家子，不过情景似乎变了，雌鸡已觅得红翅昆虫，雄鸡在第一时间回过头来，分享日常收获的小感动小幸福。幼雏们呢，依旧是嬉戏追打、捉迷藏。这个场景，让人联想起明代官窑中最常见的婴戏图。时节约是早春，萱草还是那么嫩黄，月桂还是那么娇艳。牡丹葳蕤地勃发，扑地春兰放也悄悄、敛也悄悄。嶙峋的寿石，从青花蕉叶间，撑开一片巴掌大的天空，天空比寿石和蕉叶更恬淡、更朦胧。仅从画意而言，鸡缸杯所绘意境，树立了明清官窑的经典标杆：以小见大，藏真若拙。

有一段时间，蓝守玉很纳闷，不喜龙不喜凤，独痴迷乡下民间的鸡，难道成化皇帝对自己的角色，天生有意识障碍？

成化斗彩的传奇地位，应与成化皇帝个人的艺术癖好有关。有记载说，成化皇帝痴迷书画，有一次欣赏宋人《子母鸡图》，忽生感慨，在画上还题诗。文人以鸡入画，因为鸡有"五德"，文人也以鸡标榜君子之风。成化题诗感慨，可见触动其内心深处感动的，还是母鸡携小鸡觅食场景的宁静和温馨。因为这份感动，《子母鸡图》画意，被成化搬到了斗彩鸡缸杯上。成化拿它喝酒，天天看鸡一家子，不生厌，生感动。一个大男人，内心不装江山，装小情怀，而且是浓得化不开的子母情怀，一定患有解不开的情感顽症。有人说，成化皇帝的心理痼疾，是"恋母情结"。他痴迷鸡缸杯，是为了打动一女子。这女子大他十七岁，不是其母，胜似其母。她是成化皇帝集三千宠爱于一身的万贵妃，名万贞儿。是万贞儿造就了成化皇帝从小儿到小男人，最后演绎出中国历史上一段离奇的"姐弟畸恋"。于是，有了鸡缸杯的传奇。

成化时期官窑色彩表达较直白，红配绿，日本人叫"大明赤绘"，这种颜色搭配，在今人看来很难接受。成化却喜欢，尤其是斗彩，风格就一个"柔"字。柔符合成化的性格。据说他落下口吃病，反应也迟钝，缘于童年发生在身边的那一幕幕惊心动魄的宫斗。

明宪宗朱见深，明朝最悲催的帝王之一。十一岁前，他经历了"土木堡之变"和"夺门之变"两次宫廷政变。政变的主角是他的父亲英宗朱祁镇和叔叔景帝朱祁钰。其间，朱见深被立为太子，后被废，再又重立为太子。要知道，在封建帝王家，这样的惊天逆转谁受得了，何况还是个小屁孩。一会儿说你是太子，一会儿说你不是，一会儿又说你继续做吧。这就好像行刑官一会把死刑犯人押赴刑场，到了验明正身，忽然接到命令说不杀你了，后又给你松绑。等你回屋，还没来得及享受死去活来的幸福，抓你的人又来了，上头说照杀不误。你又回到阔别的刑场，刽子手的鬼门刀都架在脖子上了，又听得半天里一声"刀下留人"……脑袋一会在头上，一会又不保，是个人都经不了这折腾，还不如直接要命好受。

大起大落的恐惧中，留守儿童朱见深度过了自己的童年。软弱、自闭、迟钝，甚至缺少起码的安全感——他太需要母爱了。相信他小时候，经常一个人在深宫某角落，看着母鸡带群小鸡觅食发呆。娘亲啊，你在哪里？他这样想着的时候，一个女子还真来到了他的身边。不过，来的不是娘，是个大他十七岁，可以做他娘的姐。那一年，朱见深两岁。女子叫万贞儿，一个普通宫女。他的祖母孙太后怕小朱遭遇不测，派个大姐来照顾。万贞儿第一次来到身边的时候，小朱肯定是赶紧往女子的怀里钻。万贞儿身强力壮，她的怀抱，就像母鸡的翅膀，宽大、有力、温暖，带给了小朱前所未有的安全感。

后来的事情大家都知道了。小朱与可以当他娘的宫女，相依为命，时间一长，情感就由母子之情，诡异地向男女之恋方向发展了。十四岁那一年，太子朱见深爱上了万贞儿，有了男女私情——万贞儿给小皇子以女儿身，让一个男孩变成了男人。她成功实现了母爱到妇爱的华丽转身。"娶妻娶大姐，如坐金交椅。"虽然姐弟恋也不算个啥事，但年龄差大到十七岁的，也算空前绝后。

公元1464年，也就是天顺二年，明英宗驾崩，宪宗朱见深继位。这一年，他刚满十八岁，万贞儿已是有些身体发福的大龄妇女了。当了皇帝也不转移情感，成化帝拒绝了宫廷里众多的美色，娶了集哥们、情人、母亲、保镖于一身的大姐大，赐封万贵妃。娶了就娶了吧，按正常的理解，这也是成化皇帝对有恩于他的万宫女的情感回馈。令人不解的是，成化还特别专宠这个姐，像被施了迷魂汤一样。有史载，万贵妃"丰艳有肌""上每顾之则为色飞"，也有的说"貌雄声巨，类男子"。看来这个女子姿色一般，最多有点"性感"，如果肉感就是性感的话。明宪宗的母亲想不通："彼有何美，而承恩多？"宪宗回答干脆："彼抚摩吾安之，不在貌也。"看来，在成化内心深处，安全感比啥都重要。这安全感不是谁给的，是一个大龄宫女的拥抱和抚摩给的。回报这份安全感的，是一个皇帝在一生中独宠一个比他大十七岁的女人。

畸形的恋情，也催生了风格鲜明的成化官窑。成化十二年到二十三年，万贵妃集三千宠爱于一身，独霸后宫。这十二年，也是成化斗彩的巅峰期。为讨大姐大欢心，成化皇帝甚至亲自设计了著名的爱情信物——斗彩鸡缸杯。鸡缸杯的问世，把中国历史上著名的姐弟恋情推向高潮。

成化二十三年正月，五十九岁的万贵妃去世。大姐大的死讯，一下让贵为皇帝的大男人明宪宗没了安全感，变回了小男孩，边哭边叹："贞儿不在人世，我亦命不久矣。"看这样子，我相信成化皇帝对万贞儿的痴情，绝无水份。八月，成化驾崩，享年四十一岁。

成化皇帝渴望爱。公子哥宝二爷也渴望。爱情就像赶路的人背上的水壶，喝不喝不重要，重要的是时不时摸摸，有安全感。可谁愿意把白开水喝完，挂个空壶走一路呢？没有新鲜泉水注入，壶背在身后就有些不合时宜了。我们都是尘世中人，没有谁能免俗。人们叹息没能拥有撼动尘世的终极之爱，因未遇到像万贞儿这样的甘泉——那永不枯竭的爱情想象或暗示。这好比世人追求成化斗彩鸡缸杯。没追着，想象和暗示的魅力永远就在。追着了，注定将传奇继续。失去了，也没关系，曾经已然拥有。拥有一段就是拥有全部。传奇自一开始就是结局，万贞儿注定死去，成化帝注定死去。但鸡缸杯成为永恒——那无可复制的千古恋情。

87.6 【土豪美无价】

清代官窑，无论康熙的青花和豇豆红、雍正的粉彩和斗彩、乾隆的珐琅彩，无不登峰造极。导致坊间爱好者的审美，也被帝王的趣味带偏，越来越烦琐，越来越艳丽。

相比康熙和雍正，乾隆最有可能登上美学的高峰。因为他比康熙有钱，比雍正有闲。有钱有闲，若走正路，或也可为。但钱和闲，对于文艺，并不是啥好东西。就像时下流行"土豪美"，附庸风雅，挥霍与铺张，落入另一种俗套。乾隆算"土豪美"的老祖宗。

时下身边"土豪"也不少，"土豪美"却没多少感觉。比如春晚，哪个文艺类别都想上，哪个节目都可称精品，哪个演员都可称明星，就是少了重心。除夕一过，也没了多少印象。

有人说，把堆砌做到极致，也堪称珍品。吃过满汉全席没？没吃过没关系，电视剧里见过吧。据说有六大宴，汇聚满汉名馔，冷荤热肴一百九十六品，点心茶食一百二十四品，总三百二十品。这么多，看都看不过来，咋吃？没关系，就是让人慢慢欣赏的。乐声起，美人舞。上香、入座、奉茶，大戏徐徐展开：四鲜果、四干果、四看果、四蜜饯。各季干鲜时果，像戏子施重彩走场子一般，摇摇摆摆上来。随后，依次是：冷盘、热炒、大菜、甜食……直到摆满一厅堂。挺美，也诱人，都是好东西，可惜没有动嘴的食欲。或许，刚看中一个菜，还没闹明白，下一道又上来了。仿佛被大戏的导演牵着鼻子一样，看着明星一个个从你眼前晃过。吃满汉大席，美食的感觉并不重要，重要是被美食铺排的形式。最后的遗憾被充填和淹没。

取舍、私密，以及情绪，或能抵达美学之境。然集大成有集大成之美。乾隆自称"十全老人"。啥叫"十全"？事事如意，不给自己留一丁点遗憾。乾隆或是理想主义者。世俗本如此，谁不图圆满。月月红，满堂彩。天朝盛世，一统江山。

世俗的理想，造就乾隆官窑纷繁的形式美，前无古人，后无来者。官窑烧制技术发展至乾隆时期，可谓登峰造极。也许为了纯粹的炫技，或为猎奇，乾隆叫人专门烧制出一款"各色釉大瓶"，集成所有最新釉彩工艺，俗称"瓷母"。瓶高八十六点四厘米，口径二十七点四厘米，底径三十三厘米。从上往下，依次施用十五种釉彩，共十六纹：色地珐琅彩、松石地粉彩、仿哥釉、金釉（耳饰）、青花、松石釉、窑变釉、斗彩、冬青釉暗刻、祭兰描金、开光绘粉彩、仿官釉、绿釉、珊瑚红釉、仿汝釉、紫金釉。腹绘十二开光："吉庆有余""丹凤朝阳""太平有象""仙山琼阁""博古九鼎"……试图寄托世俗所有的祝福。故宫陶瓷专家吕成龙对其研究后，下了个结论，认为其施用釉彩最多、工艺最复杂，自乾隆后，再无烧造，至今无法复制。

没看过这瓶子的，挖空心思想象，也猜不到有多复杂。看过的，都会说，也只有乾隆才能弄出这么夸张的玩意。天下第一的男人，志得意满，啥都不缺。曲终人已散，荷戟独彷徨。那就弄面旗帜吧，把它插向无人能企及的山峰。

烧造这瓶子，除了炫耀"天国上朝"的技艺，还与乾隆的个人经历有关：青年登基，当了六十年皇帝，活了八十九岁，自然驾崩。且太有钱，这一点没有哪个皇帝可与他比，就像大观园里的贾母，天生就是来人世享福的。《红楼梦》第六十一回柳嫂子聊天时说，大厨房里预备老太太的饭，把天下所有的菜蔬用水牌写了，天天转着吃，吃到一个月现算倒好。乖乖，吃一个月，不重样，神仙也不过如此。薛姨妈算是见过大世面的，都不得不佩服，赞道，你们府上也都想绝了。这还不算各子孙房名下孝敬的吃货。贾母八十寿辰，荣宁两府齐开七日筵宴，那排场令人咋舌！如此背景下，曹雪芹把贾母不仅表现成"能者"，还是"雅者"，工艺美术、鼓书戏曲、针黹烹调、酒令灯谜、样样精通。乾隆也是如此，贪大、图多、求全，喜欢闹热，不知寂寞为何物。都说月盈则亏，物盛则衰。月亮令人遐想，因有阴晴圆缺。只是留白的意境和残缺美，不太适合乾隆和贾母。他们需要"十全十美"。就像那件大瓶，几乎应用了当朝最高级的陶瓷烧造和绘画技艺，即便在今天，也堪称巅峰制造。可以说，它就是一件没有遗憾的作品。

有人说，"瓷母"因为太完美，也成了一种缺陷。杨贵妃有狐疾，西施体弱多病。缺陷并没有改变男人们对美人的追慕，相反让追慕者欲罢不能。因为遗憾，人生才丰富。因为缺陷，历朝官窑作品，才摇曳多姿。江山代有人才出，各领风骚数百年。也许乾隆占据的风骚太盛，"瓷母"成了乾隆审美缺陷的典型。

不过，这并不影响一应世俗之人对它的看法。"瓷母"目前能确认的仅两件，一件在清宫里，一件流落在民间。民间那件，2014年9月17日，卖了二千二百万美元，加上佣金约人民币一亿五千一百万元。据说，那天参与举牌和电话竞标的都是中国人。看来"土豪"不在少数，"土豪美"仍盛行。

"瓷母"的天价，除了贵族身份，还因同类东西太少。一句话，稀缺造就天价，反过来天价又赋予"瓷母"的传奇。稀缺也好，天价也好，背后都指向两人，御窑老板乾隆和他的首席瓷务官唐英。乾隆自不必说，在明清皇帝中，算有十分的真才气，编纂《四库全书》，写了四万二千多首诗，书画鉴赏修养第一，传世的宋元名画差不多都被他收了，会说四种语言，喜欢创新。乾隆跟雍正一样，亲自参与创烧官窑。不同的是，两人审美取向不同。雍正"小雅"，乾隆"大美"；一内心化，一形式美。两者对比，雍正更士大夫，乾隆更帝王。士大夫的心态，比较好理解，慎独、敏感、追求心灵的自由。帝王呢？帝王的心态，岂是一般人能把握的，即便一流的演技，也难揣摩。当然，今天从电视屏幕上看到的乾隆，更多是我们这些普通人的理解。不过，有一点可以肯定，乾隆追求的官窑有个标准：别人没有的，他有；别人有的，他第一。套用今天的广告词，叫人无我有，人有我新。无，好弄，一个人在书房里，忽地想个啥，反正是自己没见过的，叫瓷务官过来，说个概念，命三月内烧出来。新，就不好说了。你想象的那玩意，有可能技术没跟上，一时烧不出来。更有可能的是，辛苦折腾数月，弄出来了，你一看，似曾相识，总觉得与以前见过的没多大区别。乾隆天天处于审美疲劳，一般的新玩意定难入法眼。乾隆十三年（1748年），《记事档》就收了一个事情：

> 十一月二十八日，太监传旨与怡亲王、德保：此次唐英呈进瓷仍系旧样，为何不照所发信样烧造进贡？将这次呈进瓷器钱粮不准报销，着伊赔补。

这个唐英，做事牢靠没的说。烧瓷的审美和技艺，估计当朝无人能比。他从四十七岁到景德镇打理御窑，直到七十五岁退休，乾隆的好东西，差不多都是他烧的。是他一时偷闲，没按老板的想法弄吗？也未必，多是东西出来后，没让乾隆领略到一种让时间产生断裂之美，用今天的话说叫差异化或陌生感。看来，天天面对一个长期审美疲劳的主，也是郁闷。老板的想法一时没满足，搞出来的作品只有自己买单。艺术创造项目化，可不可靠？一般的大路货，或也无所谓，老板批个项目，约几个志同道合者，费些时日，东西似就炮制出来了。顶级的艺术创作，一定是生活、思考与灵感的碰撞物，所谓必然中的偶然。尤其是这个偶然，成就未知的可能性魅力。

乾隆官窑的鬼斧神工，从某种意义说，是他和唐英两个高手，不断挑战陶瓷烧造可能性的结晶。"瓷母"估计也是这样来的。单从工艺的复杂和精美程度而言，也只有他们二人能有如此能力。就纳闷，乾隆之后，真无人成功仿烧过？如果仅从技艺讲，门槛高，实现起来有非常大的难度，理论上是可行的，毕竟工艺一直在传承。但，为何没有见到一件成功的仿制作品？也许就是"偶然"的问题。它属于艺术创造的时空密码，一旦逝去，便不可逆转。至于灵感，更不能重生，沧海桑田，物是人非，主人早已离去。昔人已乘黄鹤去，此地空余黄鹤楼。黄鹤一去不复返，白云千载空悠悠。黄鹤一去不复返，此楼非彼楼。时间能改变一切，没有谁能与之过不去。这样想，是不是有些悲观？

其实也不必，徒增烦恼而已。吃过满汉全席，或许记不住几样肴品，记住排场已知足。春晚之后，记不住几个明星，记住除夕夜的情绪吧，它会弥漫接下来整个春天。看过"瓷母"，记不住几样釉色，但乾隆的趣味、唐英的模样，已然烙印于心。

像白云那样，将自个心情藏起来，淡看世事纷纭。像器皿一样，那就把时间凝固，若干年后又重新站在谁的跟前，如小朋友们躲猫猫。

虽然不能以怀旧的情绪，完整地缝合时空的缝隙，却可以做个"捡拾者"——手里的花朵，虽不是盛开的姿态，但它的悲观，已然在手心留下痕迹，很伤，很重……

87.7 【击鼓传花】

"土豪美"并没有到乾隆帝为止。"土豪美"也有寻觅土豪知音的身心需求。"土豪美"也需要有人继续分享，像击鼓传花一样：

2002年，"豪姐"张女士在香港苏富比拍卖会上，狂砸四千一百五十万港元，拍了一件雍正粉彩蝠桃橄榄瓶，捐给了上海博物馆。

2005年10月23日，某"豪哥"撒下一亿一千五百万港币，在香港苏富比，拍下一件乾隆珐琅彩古月轩锦鸡图双耳瓶。

2006年11月28日，某"豪哥"烧了一亿二千三百万元人民币，在香港佳士得拿下一件乾隆御制珐琅彩杏林春燕图碗。

2009年11月11日，某"豪哥"在北京翰海花了八千三百四十四万元人民币，买了个乾隆粉彩葫芦瓶。

2010年11月23日，某"豪哥"在英国Bainbridges拍卖公司，烧了五亿五千四百万元人民币，买回来一件清乾隆粉彩镂空"吉庆有余"转心瓶。

还有更搞笑的。

2011年3月23日，某"土豪"斥资一亿一千八百万元人民币在纽约苏富比，买回一件霁蓝描金开光粉彩花鸟暗刻松石绿釉如意双耳尊。这是一件有争议的官窑，尽管不少专家认为这只粉彩瓶"造型有本，设计有度"，但是很多人相信它并不到乾隆，就连苏富比也认为可能是民国所仿，而且明白地标明"类属民国"，连中文名称都语焉不详，"描金印花粉彩壶"。这还不算完，关键东西还是破的，瓶身与底足断开又粘合上，瓶口及耳朵鎏金部分有些磨损。戏剧的一幕出现了：来自港岛和内地的"土豪"们，开始了史诗级的血拼……

87.8 【资金链问题】

齐鲁没想到"土司遗物"预展的效果会那么好。互联网新兴媒体强大的推送能力，以光速把"土司遗物"相关信息投递给每一个兴趣爱好者的手机终端。

宣传的发力，直接的效果是，万洋信托"官窑一号"产品公开销售的一亿股权，很快成了投资者暗地里追捧的标的。用廖主管的话，虽然入市的门槛有点高，但还没等到上银行柜台，就被私募们抢购一空，现在可以用一票难求来形容。听得出廖主管说这话的时候，呼吸不稳。

齐鲁没有像廖主管那样夸张，他把自己当日市值一亿三千万的沪深股票，折算五千万元质押给万洋信托，又从万洋信托回购五千万的"官窑一号"产品。按照与万洋信托的协议，这五千万有限股权，要在几年后才能解冻流通。作为大股东，这既是诚意表态，也是对投资者的信心保证。而且，万洋信托放出来的话是，"官窑一号"很快会在上津文交所上市，比照目前艺术品证券化的热度，投资者们仿佛看到了滚滚而来的投资回报。他们现在要做的，就是时间换空间，等待"官窑一号"上津文交所挂牌上市的那一声钟响。

齐鲁也在等待。他的等待并不像其他投资者那样兴奋。他是"官窑一号"的产品标的拥有者，控股股东。他需要向投资者许下最低承诺，那就是"官窑一号"产品一旦投资失败，在上津文交所挂牌后成交市值低于五千万元时，万洋信托除有权处置"土司遗物"外，也有权处置他的五千万元"官窑一号"股权，优先用来偿还投资者。也就是说，他价值一亿三千万元的沪深股权，现在跟五千万元"官窑一号"产品和"土司遗物"是捆绑的，都成了万洋信托的"人质"。要是换成别人，很难想象承受的心理压力了。但是，这事放在齐鲁那里，用流行的那句话说——那都不是事！

齐鲁虽然谈不上屁股上烧火，如坐针毡啥的，但面对迄今为止自己最大一笔艺术品投资，且还是从未尝试过的艺术品证券化，其中的风险，没有人能精准预判，这个时候，要说他面不改色心不跳，也是吹牛。

齐鲁是"土豪"没错。"土豪"也有弱点，比如资金链条的稳固程度。

这段时间，他反复把自己的项目和资金链条过了一遍。荣城的其他项目，差不多都在收尾中，谈不上资金问题。屏芒"传世皇庭"已经投下至少三个亿，包括土地出让金和固定资产的投资，折合两个亿融资。目前只要正常封顶装修，拿下销售许可，资金不是问题。向书河承诺的五千万元政府贴息融资，可以解决回购之前因自购"官窑一号"份额质押给万洋信托的自有沪深股权，目前这个问题还不存在。如果说，有资金问题，那就是接下来"传世皇庭"二三期项目大约五个亿的跟进投资。不过，对于齐鲁和向书河来说，这接下来的二三期都不是马上需要考虑的。项目已经顺利拿下，建设的形象也有了，只要销售跟得上，二三期的投资就没问题。退一步说，即使房地产拐点马上来临，可能销售会放缓，那跟进的项目也放缓便是。只要第一期没搞出烂尾楼，向书河就不会追文雄，文雄也不会去追齐鲁。现在看，"传世皇庭"不仅不是烂尾楼，而且还是另类——率先在盆地三江四线城市拓展旅游地产项目，这既符合官方的导向，也顺应了资本的趋势。至于房地产未来的事情，谁说得清呢，别说齐鲁暂时不会去考虑，向书河也不会去考虑。明明就是一个无解的话题，偏偏要在那瞎烧脑子，不烧坏才怪。

房地产不是菜市场，房子也不是白菜。"传世皇庭"要真的卖不动了，齐鲁也会坐不住。两亿五千万元的融资，换成别的公司，老板可能会天天半夜都无法睡着。

齐鲁睡得着吗？

87.9 【猫抓耗子】

"金莲桶"里的齐鲁，一丝不挂，像一只刚烫完毛的公猪。两眼微闭，尽量平息呼吸，一动不动，一副自杀前的生无可恋。

他的脑海里一直在打架：时下艺术品市场狂欢是不是意味着房地产泡沫最后的回光返照？宣窑青花釉里红双鱼龙抢珠纹大龙缸的出土身份会不会被媒体识破？"土司遗物"的流传有序真的能在业内得到公认？"官窑一号"能否按时在上津文交所挂牌？开盘后是暴涨还是暴跌？

这里面有两个伪命题。

房地产从一二线向三四线城市转移，甚至传导到艺术品市场，仍然属于资本自身的扩张。有人观察后断言，这一幕与当年日本大泡沫极其相似：股市人山人海；东京郊边的荒草地，随便圈一块，放上一月也增值上亿美元；银行保险箱里存满的梵高、毕加索、俄罗斯油画、中国书画和历代官窑……这里面有个问题，日本的消费市场容量，明显与中国不在一个量级，先不说有多少美元储备，就说有多少刚需排着队等待买房结婚生孩子？没人说得清泡沫有多大，任何关于泡沫啥时候破败灭的猜测和假设都无意义。泡沫让很多人发了财。泡沫还将让很多人把财富接力下去。这时候讨论泡沫，那就是与绝大多数为敌，甚至就是搬起石头砸自己的脚。

再说，"土司遗物"能不能上市，不是他要考虑的，考虑也无用。相关的协议，万洋信托已经同上津文交所签署，二者要毁约，他也只能干瞪眼。能掌控的，只有开盘后的价格走势。齐鲁有三个投资角色，地产商、股票大鳄、官窑杀手。他并不担心价格，只要能挂牌交易，价格在他的眼里，就是根分时曲线。需要耐心等待，等待万洋信托和上津文交所给他的第一个坐标始点——挂牌价格，剩下的方程，由资本来演算。

资本是谁？

是人民币，是美元，是英镑、日元、欧元……它们是用来搞定一切价值的杠杆和媒介。

齐鲁不差钱。玩资本成就"土豪"们的人生。孔方兄，外圆内方，入地通天。用资本追逐资本，以钱换取钱。只要能用钱搞定的，那都是浮云。

钱似乎真的能搞定一切，那自己又在何处？上个夏秋以来，又一直瞎操哪门子心？

资本的高抛低吸，就是一场猫抓耗子的游戏。风来了。猫和耗子都是人来疯。风一来，毛细血管嘛里啪啦着响……猫追着耗子，耗子越追越高，终于站到风口树尖。一览众山小啊……荷戟独彷徨啊……倚天一剑，独孤求败？？猫和耗子谁也无法打败谁，就那么耗着。树下全是风刮来的粉丝。也许，它们就享受千人景仰，万众瞩目哩。而后，耗子累了，猫也无聊了，猫退一步，耗子退一步……终又回于树下。闭眼，是假寐，并非真的睡着了，不定脑海里正在酝酿下一场风至……

现在尚未到高处，寂寞早早地来了……

人生最悲催的事：人活着，钱没了。

人生最最悲催的事：钱还在，人没了。

人生最最最悲催的事：人活着钱也还在，其他啥都没了。

齐鲁打了个寒噤，啥时候掉进冰窟窿啦？

88.1　【彩色荷包】

接到齐鲁的盛情邀请，蓝守玉沉寂了一个春节的情绪，终于有了起色。赵青花陶瓷艺术馆不是他这个屏羌地主一人之荷包，还是齐鲁的荷包，柴瑶的荷包，向书河的荷包，赵青花的荷包，柳叶萍的荷包……荷包很大，大得能装得下一众的梦想。那些梦啊，仿佛一圈圈彩色蘑菇泡泡，酝酿一个秋冬，不，好多个秋冬，现在快要把荷包盈满……

青花大师、官窑杀手，修仙的业已照见正果。

只可惜赵师傅一病不起。渴望许久的开馆，并没有掀起柳叶萍心底的涟漪。柳叶萍的态度，一如笔下的淡描青花。

曾经沧海难为水，除却巫山不是云。面对青花大师的缺席，蓝守玉无法说服自己。寡欢谈不上，抑郁怎么也绕不过的。情绪跌到半腰，好似欠了师傅师姐很大一笔人情。

还有齐鲁的人情，向书河的人情。没有齐鲁和向书河，艺术馆不过书生意气式的画饼而已。向书河有权、齐鲁有钱，有钱有权，想做啥事就做啥事。没钱没权，就是玩老鹰抓小鸡，都没人陪你。

双鱼座的自知之明，在于随时心存怀疑，知道大尾巴狼，往往是充的。

蓝守玉一早就往屏羌赶。昨儿下午，童桐来电话，说柴瑶叫她对接他。他问，住哪呀？童桐笑道，你是馆长，住哪还不你说了算？他没好气道，啥馆长，挂名的，自打艺术馆交给屏羌文管所后，馆长就已多余。童桐叫他提前过去住酒店，晚上县里面还安排有宴请。觉得宴请那种场合早已疏远，便作罢。

空气透明度好得叫人揪心。江面起绵柔，初阳斜照，恍如隔世。

88.2 【流行哲学】

南岸"传世皇庭"售楼部旁，彩旗猎猎，乐声洒满江南江北。好大的一朵花蘑菇！很多人望着艺术馆的粉彩尊造型纳闷。

也有人说，那是地主婆的大荷包。说这话的是童桐和协调部的一帮小姑娘。蓝守玉和柴瑶当然知道她们是在说笑话。敢这么放肆，还不是因为少东家齐天雷第一次来屏羌看项目，就这么放的炮。放炮也好，说笑也好，没有谁真去质疑它的价值，无非是对那玩意的造型审美，有代沟而已。

蓝守玉一眼就辨认出"赵青花陶瓷艺术馆"的馆名，出自荣城书协的新掌门人手笔，米芾加二王，再带点魏隶，近看印章题款，果然。

小小的屏羌艺术馆，请个荣城书法新贵题名，也不掉份。再说，人家背后站的可是齐家老爷子和蒲志。除了后面有俩老同志，前面还有齐鲁和向书河，站得住脚吧？别看书法新贵年纪跟自己也一般大，名气尚未走出荣城，可谁保证人家以后不弄个中国书协的副主席当当？还别说，像他这个路子，总体也算守正，虽说结体章法有点邪门，却可以把嚷嚷艺术创新的那帮子人唬住，批"丑书"的主流这边也没得话说，两头都能讨好。

88.3 【久违了大龙缸】

离正式的开馆仪式还早。

文雄在做最后的准备工作。蓝守玉与他打过招呼，进馆转了一圈。他之前送捐赠品来过两回，毕竟只是挂名的馆长，不好插手建馆具体事务。门厅"C位"，是留给"土司遗物"大明宣德七年款青花釉里红双鱼龙抢珠纹大龙缸的，没实物，就展陈写真海报，易拉宝尺寸很夸张。

久违了，大龙缸。一日不见，如隔三秋。多日不见，如隔三世。这是中了哪门子邪？

虽然只是没有质感，隔绝时空的平面海报，但它的背后，有一窑炉火燃烧了五百年，有一群人等待了五百年，有一个秘密尘封了五百年。

蓝守玉伸手抚向海报，抚过釉里红双鱼龙的每一片鳞甲，抚过青花的每一处幽蓝，抚过宣德七年的那行年款，手心似有海水撞击江牙的震颤传来，由远而近，又由近而远，仿佛大地深处的隆响……

永宣堂发现"土司遗物"、奥港国际上拍、深市万洋信托"官窑一号"产品和上津文交所的宣传资料，一应做了展陈。

"土司遗物"原件大龙缸，由尚小林和保税区的工作人员刚从深市保税区借出，护送去了上津文交所，准备在"官窑一号"敲锣那一天，同步展出一月。此次借展，万洋信托给出的保价是八个亿。"土司遗物"实际的控股股东齐鲁又做了保险公司的自愿连带担保人。按照计划，上津文交所预展之后，还会借到屏羌赵青花陶瓷艺术馆，巡展到夏天结束。连带担保一方的齐鲁，借展期间若自行完税，保税区会协助办理海关回流手续，送万洋信托的产品代理银行托管。自此，大龙缸已不属于某个人，包括大股东齐鲁，而是属于"官窑一号"的所有投资人。除此次借展，大龙缸还有没机会回到屏羌？有，那就是"官窑一号"产品退市，万洋信托处理抵押品，信托产品清盘，"土司遗物"重新流入市场之后。产品存续其间，如果齐鲁本人从万洋信托赎回，大龙缸理论上还会再次回到屏羌。不过，这一切有些理想化，当大龙缸交给齐鲁那一刻起，蓝守玉就知道他已无法掌控其命运。

久违了，大龙缸！浪迹天涯的游子！海报前的蓝守玉，感慨良多，像一个被离别之苦折煞白头的长者。

门厅左边会客厅，右边工作间。"红娘子"的拟大千居士泼墨描金"地涌金莲"，装点了会客间的正壁辉煌。荣城书协年轻主席的摩诘居士经典五律禅诗《终南别业》《山居秋暝》《汉江临泛》《观猎》四条屏，分缀侧墙。俨然"佛系·双人舞"微型专场。一光彩焕发，一枯涩悠远。此地不是陋室，也不是啥私密小众去处，是面向公众的艺术馆。往来者，鸿儒也好，白丁也好，各色人等，俗好和雅好也便兼顾了。

摩诘居士是吾所喜欢的，大千居士亦吾所喜欢的。两者之间的倾向，似乎拿捏不定。俗人乎？雅人乎？附庸风雅乎？蓝守玉忽然对自己很不自信。

作为艺术馆的主体，赵青花和柳叶萍的陶艺作品，以专柜展陈。除高仿元明清官窑外，柳叶萍还送来她的一些当代水墨瓷本画。两位大师的精彩作品，足以撑起艺术馆门面。何况还有齐鲁和蓝守玉二人捐赠的两百件历代古瓷，以及"官窑美人秀"栏目组寻到的宝贝。那些五彩斑斓的陶瓷宝贝，温暖好看，躺在粉彩瓷尊的巢怀，安静地正待孵化。

不远处的小区新贵，高楼叠墅，如冬笋出土，蓄势初发，遥相呼应，已然屏羌南岸又一道传世风景。

88.4 【三个想不到】

"红娘子"和荣城书协年轻的主席也应邀参加开馆活动。屏羌的"两朵金花"也在，想来是文雄刻意安排，协助童桐接待家人。

第一个想不到的是李铁锤出现在开馆仪式上，而且是以齐鲁集团"传世皇庭"项目部助理的名义陪同齐鲁参加活动，让蓝守玉大感意外。原来见过面的齐鲁集团那个副总并没有出现。是什么魔力，把两个曾经你死我活的江湖对手，搞在一起？

第二个想不到的，是齐老爷子和蒲志两人联袂向新馆捐赠宝贝。宝贝还是文物级别的。齐老爷子捐的是件青铜立人，蒲志捐的是启功款"仁者寿"。两样宝贝罩上大红的绸缎，摆放在会场前台中央。"仁者寿"，在齐鲁的会所里见过。青铜立人总觉得眼熟，哪里见过呢？原来齐鲁给他看过一张照片，说是蒲志淘到的宝贝，准备用以还齐老爷子惠赠"仁者寿"的人情。

两件宝贝的四周围了好多的嘉宾，蓝守玉感觉他们看宝贝的神情，跟自己小时候看别人家新娘子一样。他本来不想凑热闹，偏偏被齐鲁叫住，叫给点评一下。说是点评，无非是利用他的嘴巴，吹捧一下两位老同志，调节调节气氛。有啥好说的呢？启功款，他没有看出啥问题，再说是齐鲁从拍场上拿的，还能错到哪里？青铜立人咋说？近几年，荣城文物市场炒作本土遗址文化，市场上一下冒出好多国宝，什么鸟篆体编钟、青铜立人、土著文化古玉，等等。有炒作就有市场，没啥奇怪。奇怪的是，有些体制内的文物专家也跟风，美其名曰，如是国宝的问世，一下填补了这样那样空白。蓝守玉没有想到齐老爷子和蒲志以如此方式，处理掉了两件包袱。虽然是两个上下级老朋友物物交换，但毕竟有齐鲁夹在中间，个中微妙，还真让两个老干部纠结。这下好了，东西送到屏羌，交给公家，从此方得高枕无忧。

不必言情怀，只说智慧，蓝守玉也佩服得不行。

"好东西，好东西。尤其这题材，你们看，仁者寿，多好的人生意境。这件青铜立人呢，也站得高，望得远。"

文雄一旁附和道："我昨天还琢磨，两位前辈赠宝艺术馆，肯定有来头的，听蓝老师这么一解释，豁然开朗，原来是高瞻远瞩、好人平安，寓意深远啊！"

老同志自然挺受用。老同志一高兴，向书河也难矜持，遂征求老领导意见，要不要以县委、县政府名义发个感谢函之类的，被两老拒绝。

还有个想不到，这是向书河和文雄最后一次公开出现在屏羌的大型政务活动上。当然，这是后话了。此刻，蓝守玉并没有洞察到丝毫异样。文雄依旧一个字"粗"，表面的油滑与喜形于色，遮不住一肚子的坦荡和善良。向书河依旧一个字"细"，细声细气，连笑也是那种不显山不露水的笑。

那一个早晨，蓝守玉发现柴瑶的微笑、齐鲁的微笑、向书河的微笑，乃至文雄的微笑，居然惊人的一致。

他从柴瑶的手里接过艺术馆名誉馆长的聘书，忽然觉得那微笑有一种久违的年画感。

齐鲁同文雄互换协议文本，协议是刚刚在现场签署的。齐鲁代表齐鲁集团，承诺将赵青花陶瓷艺术馆包括馆藏物品，作为文博资产无偿划转屏羌县国资和文博部门。文雄代表屏羌县政府，也承诺协调屏羌农商银行为齐鲁集团提供五千万政府贴息融资。

左商右官，齐鲁和文雄的笑，试图拉近二者距离。

对于主持人文雄来说，向书河的讲话就不叫讲话，有齐老爷子和蒲志老领导在场，岂敢讲啥话，改为致欢迎辞。当然，这肯定是向书河的意思。文雄看看蓝守玉，又看看齐鲁，一脸为难。

齐鲁笑道："谁的地盘，谁做主。"

文雄一时没回过神来，是呀，这艺术馆到底是谁的地盘呢？

蓝守玉替文雄解了围，道："向书记是对的，齐总也是对的。艺术馆由齐鲁集团开发，又在屏羌，今天之后就正式移交，当然是书记的主场。市文物局来了个局长，也好说，在三江关起门来还是一家人，勿分彼此内外。荣城来的客人，一个前辈，一个老领导，向书记的态度，就是屏羌人的态度。"

向书河请示两位老领导，要不要讲个话。

齐老爷子道："我一个糟老头子，出啥风头？要讲就蒲志讲。"

蒲志顺了话头笑道："有老首长在，想过官瘾，也不敢啊！"

文雄建议道："要不蒲书记宣布开馆？"

蒲志挥了挥手："算了算了，宣布啥开馆，不宣布这馆还不开了？"

蒲志这话当然是说给向书河和文雄听的。在向书河和文雄的眼里，蒲志这话，就是指示，当然得落实。

齐鲁问文雄："不是还有揭牌吗？"

文雄道："对呀。原来计划的市文物局的领导和齐总，同向书记和县里分管的副县长一起揭牌的。"

齐鲁道："我就不凑热闹了，让领导们上。"

副县长赶紧说他也不参加。

蒲志见状道："都参加，都参加，我们两个老头子，还有市上县上和集团的同志们都参加。"

向书河凑近两位老领导，悄悄道："人多了不？"

齐老爷子一听，笑道："韩信带兵，多多益善。众人拾柴火焰高嘛。"

蒲志也附和道："反正凑人气，图个闹热。"

向书河道："好呀，省里市里县里的领导都上，蓝总和柴总也一起。"

文雄就招呼大家在大门前排成一排。待领头的齐老爷子和蒲志象征性一扯，大红花就从艺术馆的吊牌上滑落下来，掉在童桐事先准备好的彩盘里。众人便鼓掌叫好。

那一刻，蓝守玉觉得自己的脸有些发烫，脑袋胳膊腰身腿脚像充了气，上半身想往上飘，脚却像拴了块石子……

88.5 【暗度陈仓】

也就蓝守玉和童桐多个心眼，谁还会关注齐天雷来没来。午饭时间，童桐悄悄问蓝守玉，怎么没见小齐总？蓝守玉道，他也纳闷，正想问呢。

别看只是个简单的开馆仪式，因为有了齐老爷子和蒲志的联袂捧场，可见项目的分量。它是"传世皇庭"的灵魂，是齐鲁转战三四线旅游地产的风向标，更是向书河县委书记台阶上第一个政绩形象，象征意义大于实际意义。这节骨眼下，作为齐鲁集团未来接班人，却不在场。没道理啊！

齐天雷并没有玩消失。新土豆铁三角的曾子羊和王了一，还有那个号称"第八代编剧"的"油炸蜢"，他们正被《爱上土豆》的剧情幻想热昏头呢。

齐天雷不关心官窑，就像齐鲁不关心网剧和网游一样。何况，艺术馆只能算"传世皇庭"的附庸风雅。剥开艺术的外衣，它还是土包子。齐天雷并不看好齐鲁集团的转型。按他的判断，资本介入三四线城市房地产市场之日，也是房地产日薄西山之时。

他只关心他的"土豆""土豆"妈和"小土豆"。

蓝守玉让柴瑶转告徐昕蕾，"隐蓝"去剧组的事，至少现在还不能确认，因为她的哥哥郭大林涉案尚无结果。"隐蓝"的消极态度，让徐昕蕾不解，别人求都求不来的好事，她一个穷乡僻壤黄毛丫头，还不乐意了？

齐天雷问曾子羊和王了一："剩下的几个官窑美人，谁能担当女一号？"

两人都摇头。

"都不行？"

两人点头。

"入围的宝贝呢？"

两人摇头。

又问"油炸蜢"："最近还有哪些个网红？"

"油炸蜢"回："多呢，哪家平台没几百上千的。"

"只说有没合适的？"

"油炸蜢"回："合适的？萝卜白菜，各有所爱，看个人口味。"

"没啥口味。低调内敛、阳光明媚、天真无邪、倾国倾城。"

"没有。"三个人都摇头。

"你们那么肯定？不是说，现在最不缺的就是瓜子脸吗？"

王了一道："瓜子脸当然不缺，缺的是你要的瓜子脸。既然叫瓜子脸了，还咋低调内敛、阳光明媚、天真无邪、倾国倾城？"

"油炸蜢"道："你说的不是瓜子脸。"

曾子羊顺话接道："是金庸的江湖传说。"

"童桐就不是瓜子脸。"齐天雷像是自言自语。

"过了，她不能算传说吧？"曾子羊望向远处。

挑土豆剧主角的事，绕了一圈，又回到童桐那。童桐是徐总监的死穴，几个人都不愿意去碰，看来只有自生自灭了。

齐天雷决定先寻找"土豆"妈的人选，暗度陈仓。这一点，出乎徐昕蕾意料之外。更令她想破脑袋也不明白的是，童桐竟然拒绝了齐天雷的邀约。童桐从柴瑶那里听到齐天雷投资《爱上土豆》后，很不屑。一个半大的小屁孩，有什么底气去诠释现代都市爱情？

童桐的办公室好似芬兰浴场，齐天雷还没开口，就已满头大汗。

"来我的《爱上土豆》吧。"

"啥？"

"我的第一部网剧，新土豆出品。"

"我想说的是，我去干啥？"

"给你留了个角色，女一号'土豆'的母亲，相当于女二号。好多网红想来呢。"

"我又不是网红。"

"现在不是，以后就是了。"

"人家又不想出名。"

"出名不好吗？出了名，就不用四处打工了。"

"没觉得打工有啥不好。"

"这个理由好像不大成立？网红与打工妹并不矛盾。"

"网红是网红，打工妹是打工妹，水火不容呢。"

"水火不容？"

"你不明白的。"

"我不明白？我啥没见过？你才不明白吧。"

"对呀，我不明白。所以，我不会去你的什么土豆的。"

"钱对我并不重要。"

"'土豆'对我也不重要。"

"可以把'土豆'母亲的角色，想象成一份普通的工作。"

"取笑我？那是普通的工作吗？"

"演员也是人，何况业余演员。"

"演员是演员。我是我。"

"你可以成为演员。"

"只想做我自己。"

"真这么想？"

"就是这么想的。"

"你是不是嫌弃角色太老了？"

"呵呵，我本来就老了。"

"你老了？"

"眼神不好，还是？"

"……"

童桐发现，与齐天雷的聊天，到底被自己聊死了。她对天发誓说，她绝对不是故意的。

为何会傻到跟她扯年龄的话题？告别童桐后，齐天雷懊恼不已。

88.6 【"兵哥"交代】

还没上酒桌之前，文雄悄悄告诉蓝守玉，小聂刚刚打来电话说，"兵哥"一案，郭大林立了大功，公安与检察院方面协商，酌情从轻处罚，不予起诉。这个结果，在蓝守玉的预料之中。墩子和引兰是他去年夏秋以来的一块心病，墩子的事解决，心病也就好一半。

明天去看看墩子，再劝劝引兰加盟《爱上土豆》，可引兰要是再说让他哥陪嫁咋回？娱乐圈那大染缸啊，引兰真能出淤泥而不染，也对得起"石磙子"了。可谁有这个底气……

小聂还透露了几个案子相关的一些信息。"兵哥"交代，割佛头之后，就想到有这么一天，遭报应是迟早的事。进去后的第一天，就数日子，寻思数到九九八十一天，就交代吧。还没数到四九三十六，垮了，跟审讯的屏羌警察小伙要酒喝。警察小伙说，没酒，有烟。他问，有"长征"烟没？小伙说，正好有，为抓你，专案组都改抽"长征"了。

就给他抽"长征"，抽着抽着，像倒豆子一样，噼里啪啦交代了几天——

皇城山是我喊人干的。这话听起来有点像吹牛。我没吹牛。有"长征"烟作证。那会儿，在黔地部队上，有几个兵娃，能靠几百元津贴抽上"长征烟"？不是吹牛。脱军装后，回来一看，不吹牛才是奇葩。拍电视的吹，看电视的跟着吹。洋专家吹，土专家吹，有钱的老板吹，没钱的打工娃也吹。村长吹，队长跟着村长吹。就连门角老实巴交的柴花子也皮痒痒吹，吹啥没泥巴没阳光，还不一样活成了门槛树的模样……

那年，去草原上的鄂市飘，找了个当地的兄弟伙，承包挖煤，遇到一伙吃公家饭挖宝的专家。我们挖煤，他们挖宝。都是挖，惺惺惜惺惜，就喝对头酒。喝高了，挖宝的拿出一块黑不溜秋的石板，指着上面的星星点点，还有句啥诗，说那玩意是藏宝图，照着图去南方挖，说不定能挖到元大帝蒙哥的墓……那会儿，挖煤赚了，有点耍子钱，加上兄弟伙怂恿，脑壳一热，花了五万元买了那块石板，带着兄弟伙回到南边。走的时候，那帮挖宝专家神秘兮兮给了一番指点，记着沿江走，依山傍水寻传说。皇城山就有传说。我给江边村的人吹牛说，我们是拍电视的，戴鸭舌帽的导演就是我。那会儿，村里人天天等着有人来拍电视，开发旅游。挖了几天，挖到几块烂碗，几片堆片……

宝没挖着，瘾却上来了。就沿江挖，有山有水，有传说的地方都差不多挖遍了。后来金的铜的陶的玉的，都挖着了。至于挖没挖着啥元大帝倒不在乎了……

地下终于没有啥可以挖的了，就想弄地上的。可地上的，看得见，摸得着，明明白白呢。藏宝图也没了用场。中途遇到伙咸阳人，也是挖宝的，算志同道合，不对，是情投意合。就喝酒。也喝高了。喝高了，就吹牛，吹那块石板。吹得咸阳人痒痒了，问，要不要卖给他们玩玩。卖就卖吧。也就一块黑不溜秋的石板。翻了个跟斗，十万元。不算狠，要真挖到啥元大帝的墓，十万算个屁……再说，我还白搭几个兄弟给他们。

同咸阳人分了手，就只剩下我一个光杆司令了。不再挖地下，还有啥可挖呢？终于还是起了胆子弄地上。弄地上的不能叫挖，叫割。割啥？割草、割庄稼、割韭菜，反正就是来钱快。没有了兄弟伙，就单干。单干没啥牵挂，一人吃饱，全家不饿。老峨山的菩萨就是我割的。我有罪，我认罪。会江县神臂山的事，我也听说了。那伙人肯定就是咸阳人，还有几个鄂市人，就是之前跟过我的兄弟，后来我转手给了咸阳人。他们并不知道，神臂山，我早就去挖过了。除了那个传说，有啥可挖呢？

……

我早想到会栽，但没想到会栽在石梁。石梁山上元代泥墙画，真画得好，可惜了，还没来得及动手割……

"这不是吹牛是啥？皇城山是他干的，可能吗？神臂山是他的兄弟伙干的，可能吗？还有那块石板，不是蒲溪警察在面包车上弄到的，后来找到一个大傻子吗？照这么理，玩青铜石雕仿品的孟津人，弄明代舍利子石函的咸阳人，不是团伙，也有关联。还有五竹寺的泥墙壁画题诗，甘南临潭的九眼天珠……这么说，抓住了'兵哥'，你们这一切都可以圆满了。确定没有侮辱观众智商？"蓝守玉质问文雄。

文雄解释道："不是我们圆满了。屁股决定脑袋，脱了警服，就不关我的事。圆满的是小聂他们，各地的专案组，大堆的文物专家……不对……好像……也有你我？"

"有吗？"

"没有吗？你不希望如此？"

"也许有吧。既然都在等这档子出处，还能独善其身？"

"有些事情不可当真，也不可不当真的。"

"咸阳人抓啦？"

"没有吧。"

"孟津人认账啦？"

"孟津人都是那个大傻子扯出来的。大傻子的话，能当线索和证据？"

"对呀，你那个线人呢？跟我去西康见咸阳人的那个。"

"听说跑路了。"

"跑路了？被咸阳人追杀？"

"没那么夸张。说是被人拉着入伙一乡村民宿项目，后又定性为违建，给拆了，一千多万血汗老本打水漂。横了心，又跟人借高利贷，跑去搞南红，又栽了。"

"这么说，现在还只能听'兵哥'的交代了？"

"不是听，就得这么讲下去，不然，这几个月来小聂他们的辛苦，谁来给个说法？"

"也是。可男观音脑壳不是追回来了吗？"

"所以，这么讲，也就圆满了。"

"好吧，只是……"

"你纠结个啥？你是皇帝还是太监？"

"哈哈，也是……发发感慨而已。"

蓝守玉欲说还休的是那个大龙缸、龙隐镇、"郭豇豆"、龙隐山、蜀王公用、佛前五供、五祥云、龙隐佛光……甘南五竹山、郭家庙村、侯家寺……还有六如和"土豆天猪"……它们，还有他们的真相，啥时候圆满呢？

88.7 【狗与猪】

"你……是不是我……朋友？"文雄从后排挣过来，拉着他的膀子问道，嘴里全是酒气。

"别拉我膀子，握方向盘，你不要命，我还要命。"

"生命……诚可贵……爱情……价更高……若为……自由故，二者……兼可抛……哈哈，我还是有点子……文化吧，是不是……一字……不差？"

"没听说中年男人有自由。"

"没……听说？那……是你……蓝……守……玉……还没到……中年……"

"过了三十六就是了。"

"不……你毛都没……长全……不算……"

"我不算？曾经沧海难为水……"

"别整……那些虚的……没用……你就说……你有几个……老婆？"

"我还没结婚。"

"这就对……啦……所以，你毛都没……长……全……"

"没吃过猪肉，还没见过猪跑了？"

"哈哈……你还真……说中了……没吃过猪肉……你还真不知……猪味……猪跑……哈哈……都是猪……猪跟猪也不一样……"

"不一样？"

"对呀……圈养猪……还要分吃饲料的……跟……不吃饲料的……散放的……叫跑跑猪……高级点的叫……小香猪……土猪……雪猪……还有更高级的……"

"那是啥？"

"其实……我也……不知道……能够吃到的都……吃过了……"

他该不会是想说"天猪"吧？蓝守玉吓了一身冷汗。要是文雄这样的粗人，都知道这世上还有个尤物叫"天猪"的话，那真是逆天了。

他想到了"土豆天猪"。已经很久没有他的消息了。

"向书河应该让你去管农业农村。你对猪那么有感情。"

"猪……好呀。"

"咋好了？"

"低调……善良……忠厚……"

"也愚蠢。"

"太对了……愚蠢是……好……品……德呀……"

"你不会是想说那个成语吧。"

"大……大……"

"大智若愚。"

"其实就是装……憨……可惜呀……"

"可惜啥？"

"本人属……狗……滴……"

"狗有狗福气。"

"晕……骂人的话……也被你骂得……那么……清新脱俗……"

"狗比猪是有点优越感。"

"说……"

"狗的祖先是狼，猪的祖先还是猪；狗能活二十年，猪只能活十年；十二生肖狗排名十一，猪排名十二；狗会卖，猪不会……"

"卖啥？你直说……"

"还卖啥，卖乖呗。"

"呵呵……只是……你确定猪……不会……卖乖？你确定？"

"这话不是我说的。"

"谁……说的？"

"属猪的人说的。"

"你……属啥？"

"猴。"

"怪不得你……老弟……那么有人气……走到哪儿……哪儿都有粉丝……连齐鲁、向书河那么牛皮哄哄的男人……都喊你……老师……约你……下棋……"

"那是人家抬举。"

"不过……"

"不过啥？"

"我不……羡慕……"

"这就对了。你还属你的狗吧。"

"不……我还是愿意属……猪……"

"属啥还不都是一个下场。"

"啥下场？"

"养肥了杀肉吃呗……"

"扑哧……"文雄喷了蓝手玉一脸酒气。

88.8 【弈道：官子局】

两人瞎扯猪狗的时候，屏羡书院到了。送走老领导，已是午后三时。向书河说，难得周五下午有闲，邀请蓝守玉去屏羡书院，切磋切磋。文雄喝得太醉，向书河的驾驶员叫书院的服务员，安排其到休息室醒酒。

两人就随服务员到了后院一座叫"弈庐"的小木屋。一进屋，就感到满面的热气扑来，原来生了青枫栎炭火。

离晚饭还有两个多小时，要完整的下一整局，时间不够。咋弄？蓝守玉征求向书河意见。向书河正兴头上，说既然是切磋，便不用拘泥，切磋嘛，半边棋，死活，残局，那都是形式而已。认识向书河来，两人还真没好好切磋过。那，官子咋样？他提议道。向书河叫驾驶员去把车里的棋谱拿来。蓝守玉说不用麻烦，他脑子里随时有谱。向书和就夸道，看来蓝总记忆力超人啊。蓝守玉故作谦虚道，看过一个电影，里面有五局棋，好像最有意思的那局就是官子，有点印象。向书河说，既然蓝总认为好玩，那就玩玩。

蓝守玉说的那部电影是《鸿门宴传奇》。故事讲的是人生如棋，棋如人生：张良与范增之间的棋局；刘邦和项羽之间的棋局；还有刘邦和项羽同谋士张良和范增之间的棋局。

有些复杂，也有些悲剧，并不适合此时此地。

蓝守玉知道，这个时候无论提到电影的名字，还是电影里的棋局，都不合时宜。但是，他却鬼使神差摆下了那局官子。

对手不是那对手，江湖不是那江湖。

没有对手。他不是向书河的对手，向书河也不是他的对手。两人，所处的江湖，除了赵青花陶瓷艺术馆，就只剩下这棋局了。

他的脑海里浮现着电影里的一幕幕……

不知不觉中，蓝守玉同向书河的官子棋局收场了。

向书河玩得很开心，站起来同蓝守玉握手道，很好，很好，没想到蓝总的官子这么有心得，打劫也好，被劫也好，总是宠辱不惊，下得我诚惶诚恐啊。

向书河的手心里似乎沾满了汗，就下个官子，至于紧张吗？被向书河握着手，蓝守玉笑而不语。

他们都听到了，棋室里有音乐在萦绕。歌者叫王菲，歌名叫《棋子》："我走出你控制的棋局，却走入你布置的战局。我没有决定输赢的权利，也没有后路可以退……"

89.1　【挂牌】

倘若缺了"官窑一号"和"土司遗物"，那个早上与刚刚翻篇的每一个昨日几无二样。

昨日，制造海量的讯息，也制造窒息。全球主流、市井八卦、突发热点、旧闻翻炒……昨日之事不可留，挂钟并不会看谁的脸色停摆。

那个早上。投资者暗自庆幸，"官窑一号"和"土司遗物"掀开了沉寂已久的兴奋点。"官窑一号"在上津文交所上市。"土司遗物"在上津文交所预展。与之配套报道，几乎铺天盖地。尽管媒体大胆地做了预测，还是没有料到"官窑一号"和"土司遗物"会引发一场关于艺术品投资的蝴蝶效应。很多人还在为未提前获知消息，错过申购后悔，后悔之后，又鬼使神差启用休眠许久的上津文交所账户，大笔转入资金……

那个孟春之晓，炙手可热。

也是，这年头，除了"鬼附身"的讹传，或花皮狗肉不能吃之类的八卦，谁还会去关注，乡下的鸡鸣为何推不出新意，城里的狗盗又为何被人无视？

虚拟的"官窑一号"，真的会催生实体文物"土司遗物"的财富神话？更多的人在加入讨论。明处暗处的资本蠢蠢欲动。显然这是一个比哥德巴赫猜想还有意思的悬念。即便那些保守的投资者也想入非非。互联网、区块链、人工智能还有量子计算……贫穷真的会限制想象。

上津文交所的大看盘前，人头攒动。

九时三十分，作为"官窑一号"上市的操盘手，上津文交所的高总监和万洋信托的廖主管，满面春风地挥锤敲下历史性的那一锤。

"土司遗物"陈列在大厅中央，接受着膜拜。即便对于"官窑一号"缺少起码的审美修养，也毫不动摇它的尊贵。投资者一早就蜂拥而至。唯有注目，双手合十，献上十二分的虔诚。"土司遗物"是今天的王。

齐鲁并没有对"土司遗物"的预展和"官窑一号"的挂牌表现出特别的兴奋。高总监和廖主管象征性敲下的那声锣响，现场投资者的热情，并没有超出他的预料。这一天，在他资本生涯里，不过是又一个波澜不惊而已。只是这波澜，酝酿已久，且那么地迫不及待⋯⋯

公历三月十五，消费者权益日。商家们都在搞活动，信誓旦旦给消费者开出各种似是而非的承诺。鸡年二月十八，属于双鱼座的范畴。双鱼座的男人，忙着定盟、娶亲、纳彩、祭祀、祈福，签下大单小单的业务合同⋯⋯

初春的阳光，斜斜地漏过。交易大厅的玻璃幕墙，人影绰约。全部的氛围围绕"官窑一号"的主场需要而营造。

很快，投资者把全部的目光，转移到了交易大厅的红绿大盘上。

很快，他们忘了伤疤，不再计较为"官窑一号"背书的实体"土司遗物"的真赝，哪怕它现在只是个符号。

数字闪烁。

潮声汹涌。

"土司遗物"谢幕。

89.2 【疯狂的官窑】

二月十八，一个并不适合开市交易的凶日。尚小林和齐鲁的放水朋友偏不信那邪。他俩需要营造一个公共感染力量的氛围："官窑一号"开市大吉，过了这村即无彼店。

投资者当然不都是"猪大头"，他们的对手盘是大资金，真要把大资金当成对手去博，会输得很惨。很多投资者选择细察动向，寻觅大资金进出规律，再谋进退。相信资本市场的那句寓言没错：要想不被狼吃掉，只有悄悄地把牙齿藏起来，装羊。

也有说"与狼共舞"的。

尚小林和齐鲁的放水朋友，就是今天"官窑一号"的狼。

狼的生存规则是：潜伏，潜伏，潜伏⋯⋯然后一招制胜。有个关键，出击点的选择必须零错误，否则不可逆转。

尚小林和齐鲁的放水朋友，虽不能百分百捕捉到最佳的出击时机，但一定要做到狼一样的果断、迅疾，一点不容对手喘息和思考。

零错误，并非真的无错，而是错了也没留给对手自我纠错的机会。当对手终于明白，结局已然注定。

九时三十分，开盘。

尚小林以一元一、一元三的定价，分别买入二千万股"官窑一号"，花掉账户上的四千五百万元。此时，"官窑一号"，还剩下六千万流通股。尚小林用的是土豆公司两年前在上津开设的投资账户。

齐鲁的放水朋友，不像尚小林那么着急。看到有大单在抢筹码，他笑了。他知道那个大单，不是自己的对手盘。齐鲁也没有告诉过他，背后还有个战友叫尚小林。当齐鲁找他推销"官窑一号"的时候，他已经有了自己的判断。

按与齐鲁的约定，接下来他也该登场了。不就是要钱吗？齐鲁要钱或还有啥顾虑，齐鲁的放水朋友就没那么多想法了，人家是职业要钱的，说要钱跟要扑克一样，也不算夸张。

他轻松地打下三个价：一元二、一元四、一元五，买单都是一千万股。四千一百万元，将"官窑一号"的价格瞬间锁定在一元五。他不知道"官窑一号"的流通股，已经被他和尚小林吃掉了七千万股，尚小林也不知道。他要做的就是把分时线拉到一元五。

从一元到一元五，不过十分钟。

十分钟，很多投资者才刚刚打开账户。他们中大多数人认为，次新股的第一个早盘并不是买点，如果产品被大家一致看好，走势就是一条直线，抢也抢不到，再说，抢直线板大概率会被套，因为你不知道下一个点是不是大顶。于是，自诩为老鬼的投资者会选择观望。老鬼们相信，真正有价值的可持续牛票，会在下午第一次回调时出现最佳买点。

事实上，"官窑一号"的分时就是条直线。也没时间等你后悔，价格就已冲上三元：齐鲁的放水朋友又以三千万元买进一千万股。

此时，仅仅过去又一个十分钟。

从一元到三元，投资收益是两倍。面对如此诱惑，谁坐得住？

剩下两千万股原始股申购者犹豫了，开始捂筹码。二十分钟，已让他们赚足人生。然这二十分钟，不会是人生的巅峰吧？他们都在暗自窃喜，等待……也许，还有连续不断的人生巅峰……

等待中，尚小林卖掉一千万股。齐鲁的放水朋友也边买边卖对冲，一进一出跑掉一千万股，差不多赚回来两千万元。他俩并不担心价格会大跌，因为各自尚存三千万股筹码，只要别让其他的投资者发现他们的抛售图谋就行，再说现在也不是甩筹跑路的时候。

一些自认为有先见之明的投资者，欣喜若狂：传说中的第一个买点，竟然没等到上午收盘就已提前出现！

可惜还没来得及进场，停盘了……

早盘结束前突然杀回马枪，制造买点，是一步至为关键的棋。他俩得让后来的投资者们，在三元的高价位和午盘前有一定的时间思考……好了，临时停盘一小时，不痛不痒，令人欲罢不能。买吧，会不会被套？不买吧，那么多大单在吃，眼瞅别人赚钱，那滋味可不好受。人性如果有十处软肋，可能其中九处都经不起金钱的诱惑……

上午十时。上津文交所紧急公告，按照规定，对"官窑一号"实施临时停牌。停牌的理由是，"官窑一号"股价异常波动，要求深市万洋信托自查，产品有无异常。停牌时间一小时。

一小时，不算长。对于职业投资而言，一小时，能做的不过盘面上的数据分析。在大多数的技术派看来，一小时其实已经够用了。连续的大阳线，属于连续放量上涨，意味产品被大资金看好，很可能还不是一家，是多家，既有游资大户，还有专业的艺术品投资机构……

一小时，不算短。对于很多的跟风炒作者而言，一小时，跟坐在赌桌上忍受煎熬，等待开大小牌没有二样……

职业投资者和跟风炒作者，都在等待一小时后深市万洋信托的公告。那将是他们接下来动作的重要参考。

一小时后，深市万洋信托发布自查公告，产品一切正常……

作为产品的推荐者和管理者，深市万洋信托发布的"正常"消息，自然值得信赖。在职业机构和跟风炒作者看来，"正常"意味着击鼓传花的游戏可以往下继续……

尚小林和齐鲁的放水朋友，并没有就此手软。他们现在要做的，就是要把涨价做成盘面不间断的大趋势——

买、买、买……

涨、涨、涨……

上午封盘前，尚小林以三元五的价格，买入八百万股。价格涨到三元五……

下午开盘，齐鲁的放水朋友以四元价格，买入一千万股。价格涨到四元……

接下来，令人惊讶的一幕出现了——

增量资金跑步进场。

中单，小单，仿佛漫天雪片……

很多人惊呼，难道是传说中的抢筹？

这一幕曾经发生在六年前，总额分别为六百万份、五百万份的《黄河咆哮》《燕塞秋》上市后二十九个交易日，上涨了十七倍。《黄河咆哮》《燕塞秋》作者的画价，一度超越张大千、齐白石。《黄河咆哮》《燕塞秋》也让很多投资者一夜暴富。

那还只是一个二流山水画家的作品。

国宝"土司遗物"背后的"官窑一号"呢？它会不会再次制造艺术品投资证券化份额交易的暴涨奇迹？

已经来不及去思考这个问题，投资者现在能做的，只能是买、买、买，唯恐抢不到筹码……

89.3　【过把瘾就死】

蓝守玉并不关心"官窑一号"的死活。一件传奇国宝与一个衍生的金融产品挂钩的后果，超出了他的想象。

像炒股票一样炒艺术品？股票一夜之间让你上天堂，也能一夜之间让你下地狱。天堂和地狱仅一根分时线的距离。天堂很美好。十七倍，那是怎样的天堂啊。至于地狱……

多年前有一部电视剧，片尾曲这么唱的："过上一把瘾，拥抱你的心。人生能几载，死了也甘心……"

算了，闲吃萝卜淡操心，还是想想"土司遗物"吧。借展"土司遗物"，是多方合作的策划，一来上津文交和万洋信托，需要为"官窑一号"持续宣传造势，再则也是赵青花陶瓷艺术馆的既定项目。按蓝守玉的设想，"土司遗物"将与"雪岭出品"的修复品一道展出。

"土司遗物"借展手续已经办好，随时可以去保税区押货回来。齐鲁和蓝守玉都在等待。齐鲁在等尚小林和他的放水朋友的"官窑一号"，蓝守玉在等柳叶萍的"雪岭出品"。

出货"官窑一号"，齐鲁要的不仅仅是跑路完事，还得不动声色让投资者陷进坑——估价缓冲落地，得耐心等待下一个迟到的停盘。齐鲁把自己的如意算盘，全部押在尚小林和放水朋友身上。两位合作伙伴无疑都值得信赖。尚小林长期浸淫艺术品市场，放水朋友又精于资本运作，出货跑路，就跟上馆子点菜一样。

齐鲁给尚小林和放水朋友连续发了三条不知所云的中文数字："九五五一一！九五五一一！九五五一一！"

"九五五一一"，平安公司的客服号码。齐鲁是数学尖子，尚小林和齐鲁的放水朋友，也喜欢玩数字。其间的默契，自然各自心领神会。

尚小林的回信似曾相识："都是老司机了……现在，让我过把瘾……"

放水朋友发过来一句好像没完的打油诗："要问世上有多难，天上飞来十个字。"

哪十个字呢？琢磨半天，还是没想明白。又问，回过来五个字，"能用钱搞定"，好似也没完。不过他还是想起来了，剩下的五个字，似乎是放水朋友的一句口头禅——"那都不是事"。

柳叶萍能不能完全还原"雪岭出品"，蓝守玉没底。并非对柳叶萍的修复手艺信心不够，相反，是深信不疑。担心的是柳叶萍的情绪波动。她能走出叶师傅离世和赵师傅久病的阴影吗？

89.4 【人生能几载】

童桐在一个下午打电话说她辞职了。三月不来话，一来没好事。蓝守玉问，为什么辞职？童桐反问，哪来那么多为什么？听她话里带气，又不敢问，宽慰道，辞就辞呗，又不是一个有多体面的工作，便叫她回"守玉楼"上班。童桐道，没心情，明天先回老家看看老娘和老爹，住一段时日再说。蓝守玉寻思，兴许遇上了啥麻烦，回山里散散心也好，就说一会去商场给两位老人准备几件春衣，叫她明儿出发前先回来取。

一个人商场瞎逛。其实也没啥逛的，给老人一人挑了身唐袄，一青一紫，吃了碗面条，又去六楼电影院。看正在放古装的穿越片，买票进去坐了不到半小时。故事东拉西扯不说，几个男不男女不女的偶像演员，还特黏糊，看得起鸡皮疙瘩。最后一点兴趣也被瞌睡给赶跑了，早早地出了电影院。

奇怪的是，一回到屋里，脑子里全是演员花花绿绿的打扮。

失眠了，无聊。

就着"土司遗物"和"官窑一号"的媒体截图，秃头秃脑地发了条感慨："人生能几载？"

小年轻们上来点了一排排赞，才发现发在了朋友圈。

"青花娘子"没有公开点赞，回了一条私信："快了。"

"快了"啥意思？快到头了？快结束了？快完了？

正猜，"青花娘子"又发来私信："快好了。"

还是不明白，再问："什么快好了？大龙缸？赵师傅？还是其他？"

"青花娘子"回道："都好了。春安。勿念。"

这才放下心来，只是"青花娘子"的回复如此正式，让他纠结。

"隐蓝"献了一串花，又私信："谢谢干爹，我已想好。"

"隐蓝"的意思似已拿定去不去土豆剧组的主意。究竟去不去呢？他回了三个"问号"。

"隐蓝"回："听干爹的。"

问题又回到他这边。说内心话，他是希望引兰加盟齐天雷的土豆剧组的，可娱乐圈的是是非非，他太了解了。它能让你咋站上去，也会让你咋跌下来。引兰出了名，那她还能是昨天的"隐蓝"吗？

"老婆一"发来短信，一改以往无脑的风格："一个人在家喝闷酒？"

歪打正着，还是长智慧了？

禁不住惆怅。"老婆三"，那叫"影"的，似乎再无消息。

最后一点睡意也被赶走。何以解忧？去博古架上下翻弄，竟又找到一坛甘南带回来的"土豆烧"。

还有如此尤物。那夜，蓝守玉做了个长梦……

89.5 【又梦荔枝】

梦里是春是夏是秋是冬，并不重要。

裹在一堆土豆里滚出来，圆圆溜溜的，不知像小黑猪还是黑土狗，反正渐渐地有了翅膀。

它们都在——

飞呀飞。

飘呀飘。

就是飘呀飘。飘着飘着，就飘远了。飘着飘着，就飘到天上去了。飘着飘着又到水里了……

水里好多的鱼，水蛇腰的鱼，美人嘴巴美人鱼眼的鱼……

那些眼啊，多么像狐狸的眯眼，秋波迷离，烟耶云耶……

周围都是红桃紫莲，噼里啪啦，义无反顾。

被灿烂鼓荡，心跳加快，呼吸急促。

那些花呀，终又悄然隐于天际。人生如此的寂寥，仿佛等待一场誓言——

去看流星吧，双鱼座。

双鱼座？那也太奢侈了。有的人等了一辈子也不曾遇见。

据说狂风雷暴，山崩地裂之后会有的。

狂风雷暴，山崩地裂？这么说，还真有些期待了。

也许就在夏秋。夏天还没结束，秋天已然来临。

如此暧昧？

……

自说自话。漫天的星子照亮。

仿佛置身光芒万丈的核心。至亮处的另一面，那被直面照亮的姑娘，似曾相识，又记不起姓甚名谁。

终成彼此的辉映。

真的一见如故！她掏出兜里的果子，双手递来。可哪敢吃啊。姑娘也许还说了句啥，记不清了，呢呢喃喃，似含了颗啥在嘴里……

他闻到了一股青涩酸甜土里土气的味道……

既非荔枝的清香，又不是烤土豆的焦糊。莫非真的遭遇暧昧的流行？倘若如此，头顶上正在飘过的便是流星了。

双鱼座？

倘若真是双鱼座……

那又怎样？

是呀，那又怎样？

愣愣地，姑娘嘴里的那囵囵，已经凑到他的嘴边了，像荔枝，又像土豆……呼吸急促……血液升腾……好烫……好渴……忍不住有偷尝的冲动……

冲动而已，明明没动嘴的。岂料那囵囵竟然无视，自己爬进了肚子里，像一条欲罢不能的毛虫！

之后，肚子里开始翻江倒海……

之后，活生生长出一花树来。那树呀，见风就长，脑壳也被撑破了，开紫蓝两色的花朵，越开越大，吓得那姑娘张大的嘴巴，想说啥又说不出来……

89.6 【解梦】

醒来已是下半夜，虚汗淋漓。大部分的内容，都想不起来了。只记得头顶上长了棵花树，还有那姑娘的嘴巴，好大。

姑娘是谁也不重要了。重要的是，脑壳上开花长树，啥说头？

去小年轻聊天群里讨说法。有说寓意枝繁叶茂，老婆生贵子，也许兆"发柴"（发财），好事。升官也是一说，相当于"头上冒青烟"。有一说理智些，大概寓意最近思考的问题会得以解决，开窍的意思。也不全是喜。如身体有病灶，会通过怪梦反映，遗传病、血管瘤、胃病、肚子疼、脱发症，乱七八糟一堆。研究易学很深的一个理工男解读，对父母双亡者言，或是阴间的父母在托梦里表达情绪，比如他们的坟头上是不是长了啥。这个说法有些特别。自己正是父母双亡，他俩的坟在山里老屋旁呢。春节回老屋，福纸钱扔给娘舅和舅母，没顾得上坟头看一看，也不知有多荒芜了。

越想越没底，莫非真是如此？

哎……

不梦也梦了。想那梦，不算得坏，也不是啥好。宁信其有吧。

就想，既然童桐辞了职，要回去散心，便叮嘱她给两位老人砍砍荒，施点纸钱，把托梦的请愿给还了。

打定主意，心情一松，下半截瞌睡赶至，迷迷糊糊又睡去……

89.7　【受伤的布毛狗】

蓝守玉是被一阵敲门声给吵醒的。

敲门的是茶坊的服务员。还不到八点，啥事这么急？服务员在门外道，童桐的车被堵在门口了。他以为是堵车，就说堵了就堵了呗，不晓得下车进来？服务员吞吞吐吐道，下不来，被堵车上了。堵车上了有啥？又不是出车祸。服务员又说不是街上那种堵车。那还有啥堵车，不就车门打不开吗？服务员没法，只催他快点下去，看了就晓得了。

好不容易睡个回笼觉，再回味回味昨夜那梦的，见小姑娘着急，尽管不情愿，还是起床洗漱下了楼。

茶坊楼前路口，真的堵了一大堆人。见两个年轻交警，一个在路口导引车流，一个好像对着路口一辆红车正训啥。红车自然认得，"四环素"——奥迪，童桐的。

"那奥迪违章了？"他小心地问路口小交警。

"没有，被人堵了。"

"堵车还是赌气？叫那人让让，让人家奥迪开过来呗。"

"堵啥车赌啥气，人家堵的是车上的人。"

蓝守玉这才明白，是童桐被人堵在车里了。

他并没靠近奥迪，感觉车上已无人。

"都散了吧，都散了吧。"人群里的那个交警嚷嚷道。

"车上人呢？"他在人群外问道。

没有人搭理他，都以为他也是看热闹的。

"她人呢？"他看见茶坊的几个姑娘正在一旁窃窃私语，脸色很难看，便问道。

那么多看热闹的，姑娘又能说啥。

"出啥事了？"他更着急了。

"那么大个人，没看见？"一个中年女的拿着手机在拍照。

"我说的是驾驶员。"他没好气道。

"你说车上的那个男的和那个女的？哦，刚走了。"中年女的眉飞色舞道，"一男一女，被人堵了，堵的是驾驶员那边车门，驾驶员是女的，下不来，那男的下车，去拉堵车的那女的，拉不动，就同那女的打了一架，车上那女的就从副驾驶下来走了。"

"打架了？谁跟谁打架？"他问道。

"男的跟堵车门的那个女的呀，好像是两口子。"中年女的指着那女的背影道。

那女的穿了个半长的旧呢子风衣，头发散作一蓬草。半边脸贴着车门，眼睛细得只剩下一条缝，露出来的半边脸也被乱发给挡了。

"你男人和那女的走都走了。"

"还拉着车门干吗？给人家看车哦？"

"要是我，打不赢就把车给她砸了。"

"这年头，要啥稀奇有啥稀奇。三江又出名了。"

人群里不断有人起哄。那女的始终没吭一声。

现在的人也是，吃饱了，没事，闲。闲就唯恐天下不乱。围观看热闹的说得没错。人流车流高峰期，一个小时，最多两小时，路口发生的那幕，就会被网络自媒体肆意放大，搞出各种花边，成功登上当天的都市头条。

围观的人越来越多。得让那女的离开，他就往里挤。车旁的小交警纳闷，问他："她是你谁呀？劝劝吧。"

"哦。"

"你老婆？"

他摇摇头。

"车上那男的才是人家老公。啥眼神。"有人笑道。

"对呀，那男的好凶，帮着小三打老婆。"

"你亲戚？"小交警问道。

他还是摇头。

"车上人是你亲戚？"

他下意识地点点头，又摇摇头。

"那就是熟人了。"警察说着就要打电话，"赶紧处理吧，不然我们要拖车了。"

熟人？

他像吞了只苍蝇，还没完全挥发的酒精，又翻江倒海起来。

眼前所见，正应了昨夜那梦，果然没啥好事！可是，他无论如何不曾想到，那梦要兆的，竟然是前些时候纠结不安的某种猜测……

熟人……也许吧……

欲言又止。他恍惚中看到那女的，死死踩着一只不知扎了多少针眼的布毛狗……

89.8 【拐点，结局之前】

拐点，在结局之前。

拐点，预言结局的某种可能。

房价的拐点迟迟没有出现。昨天刚传出有楼盘降价的小道消息，就有善良的人群，更多是"80后""90后"，坐立不安，他们不知道明天早上一觉醒来，满大街是不是真的"狼来了"。

事与愿违，传说中的狼一直没撞着。

专家们信誓旦旦，一定会来的，也许明天，也许后天，大后天……

一直没来，加剧担忧。那狼，会在明天早上现身吗？

悲剧有很多出，明天只是一种可能。

令人啼笑皆非的是，每一个明天，即使没有被证伪，也在证伪的路上。

屏羌南岸的"传世皇庭"，在"官窑美人秀"炒作告一段落后不久，一期的多层楼盘很快售罄，二期的电梯公寓还没打桩，就有许多人去售楼部打听预售消息。更夸张的是，三期的别墅，本来很小众的，也被传得沸沸扬扬，说什么荣城的某某名流，三江的某某"土豪"，都已经有预订。

房价，还有股市，那就是一个公众认知意志不断动摇，投资专家不断被打脸的"坑"。

还是说"官窑一号"拐点吧。

艺术品投资专家提醒投资者，"官窑一号"的走势貌似已有拐点迹象，再进入风险很大。

拐点？

向上拐，还是向下拐？

向上拐也是拐，向下拐也是拐。确定不是在脱裤子放屁？

专家的话语生态，已然被房价和股市破坏。

事实上，"官窑一号"的走势，更像一条忽略坡度的波浪线——既不像上坡，也不像下坡。

一周之后，三种说法都来了。

看多的，说这是在集聚量能，下一个突破口，值得期待，现在这位置，恐怕就是最后的上车机会。

看空的，认为更像悄悄做"倒V顶"，再不割肉止损跑，就站岗了。

中间派，小心建议，还是多看少动吧，一根软软的波浪线，后市不明朗啊，且行且珍惜。

咋说，都好像有理。听谁的？

没有大神，只有赌局。看多看空都是赌，骑墙当两面派，谁说不是在赌——赌时间。明天一天天在流逝，如果明天是最后的上车机会，那不是难以弥补之殇？

不要相信投资市场机会永远有。相信这话的，都被所谓的长线投资理论活埋了。

前些年，流行过一部电视剧《我的青春谁做主》，剧中人物赵青楚坚持理智，钱小样追求自由反叛，李霹雳玩妥协与暧昧，结果呢？若讲这部戏里有一个赢家的话，那赢家是时间。

悲观主义论调？难道真不能炒股、买房、投资"官窑一号"了？

当然不是。人生如一张白纸，工笔也好，写意也好，涂鸦也好，就是个把白纸描黑的过程。

屏羌有句街话，自己的马儿自己骑，话糙理不糙。

89.9 【"桃花体"】

施云发了首诗过来，一张网络截图。施云并不写诗，咋也关注起诗来了？

忽然想起，有段时间施云没给她打电话了。情绪不好？那得约她散散心了。他不能坐视前女友生无可恋犯傻。

去看桃花吧，再不看，整个三江的桃花都要开败了。他给施云发微信。

一个烂桃花，有啥好看的？施云回道。

再烂，也是桃花。就算不给我面子，也给桃花面子呗？他觍脸求道。

还赖上了？施云貌似有些光火。

你说是就是吧。他索性死皮赖脸了。

打住吧，早没那份心情了，哪儿还有陪看桃花的主呢，不是叛徒，都是逃兵。施云这话，似又回到一贯的幽默语境，看来人还没犯傻。

那俺就成全一次，缴械投降呗……他也顺了施云语境回道。

还真想私奔，不要脸了？？？施云这三个问号，暗藏审判意味。

放松而已，咋就上升到灵魂拷问？他反击道。

露原形了吧？有那贼心没那贼胆……施云鄙夷道。

你误会了，我是说，其实每个女人都有一个桃花梦的，不一定非得要私奔。他主动降低身段，解释道。

屁话，此地无银三百两，算了，都累。如果你真想陪我看桃花，那就写诗，写这类的，哪怕只是胡诌几句，就算你从来没有辜负过本宫。施云这话，很严肃，像换了一个人似的。

他跟施云之间，其实比青梅竹马还直白。他真的没给她写过一行诗的。

他下定决心，就算从此老死不相往来，也要给施云一个最后的良好印象。不就是过嘴瘾吗？便试着学施云发来的诗的风格，模拟看桃花的情绪。可是，尽管他使出吃奶的气力，从上午到下午，从下午到黄昏，也没诌出半行字。为此，很失败。直到躺上床，下体回暖，毛细血管舒张，才隐约像阳痿男人那样，有了点意思："如果你是桃花，桃花楼的桃花……"

偏偏，施云打电话过来。

早不打，晚不打，"桃花"来了打？他果断掐了。

施云再拨，他再掐。拨了三次，他掐了三次。

随后是条短信："急事找你！"

有阳痿男人来状态了急？想也没想，点了个随机短信："在忙……"

"啥子好忙的？"

啥子好忙的？不是你要桃花么，这刚刚有了点灵感……点了第二条随机短信："等一会儿……"

"急死人！"

他知道这是施云的夸张手段，不可能有比桃花泛滥还急死人的。他的头脑里正桃花朵朵，有迹象显示，这是要出一首网红诗的语境。点了第三条随机短信："等一会儿……"

终于，没有了电话，连短信也没有了。

果然没啥急事，也就不管施云了。他的头脑里全是桃花楼的桃花……

直到第二天早上，桃花退去，这才想起施云傍晚来过电话，赶紧打过去。

施云挂了。

再打，再挂。

还打，还挂。

发短信，没回。

改发微信："给你诗……"

"桃花？"

"对，桃花。"

"拼音输入打错字了，是套话吧……"

"怎么会是套话？"

施云未理会他。

"没骗你，真的有桃花的。"

施云没理会他。

"伤自尊了……"

还是没有回应。

必须得把那桃花发过去了，否则，他在施云眼里就是个玩套路的假人。然而，除了"如果你是桃花，桃花楼的桃花……"后面的一句想不起来了。咋想也想不起来。他沮丧到了极点！怎么会这样？

他到底没有把那桃花诗发过去。不是不敢发，是真的没想起来。

直到那个春天过完，他才从柴瑶那知道，那天晚上施云找他，是说她前任被抛弃了，找她复婚，她纠结，打电话是想征求他意见。

真是辜负她了！桃花诗没写成，连朋友也没得做了！

这哪是无脸见人，是死无葬身之地啊！

直到秋天过去，冬天再次来临，突然有一天，竟然鬼使神差地想起了那天的桃花诗：

> 如果你是桃花，桃花楼的桃花
> 我就是楼外那卖瓜的瓜客
> 除了自卖自夸，为你写诗
> 最多在暑热难耐送你一口瓜尝

看着别人上你的楼你笑脸相迎

我的每笔本钱都捏得出馊汗

那晚上肯定写了不止这些的，不过他只想起了这几句。他管那诗叫"桃花体"，他为自己的自创窃喜，虽然除了"土豆体"，其他的诗都不入他法眼。

89.10　【愿赌服输】

艺术品证券化就是个"四不像"。一件活生生的作品，本来看得见摸得着，要生气有生气，要温度有温度，还能够照见那年影子。现在好了，固有的精神价值被虚拟，通过数字化拆分，打包上市，最后甩给投资者一根枯燥乏味的K线。

被资本招安，高大上的艺术品不得不沦为房地产和股市一般的市场俗物，连秦淮艺妓都不如，艺妓还卖艺不委身呢。"土司遗物"呢？哦，现在叫"官窑一号"，连名字也一丝不挂！

罢了，还是关心下童桐的事吧。想到这事便莫名地怅惘。

好事不出门，坏事传千里。那天早上之后，在屏羌和三江，关于童桐和文雄、文雄老婆的流言蜚语，让蓝守玉上火。想到那晚莫名其妙的梦，想到文雄老婆死死践踏的那只扎满针眼的布毛狗，自上个秋天以来积累的各种正面情绪，突然翻转。

童桐的事，尽管有预感，碍于青梅竹马的表兄妹情意，他也从来不会去想预感会真的变现。谁往自己表妹身上泼脏水呢？

他想狠狠地揍一顿文雄，帮童桐出气。可是，他却没有给文雄打电话的勇气。他感到从未有过的颓丧，童桐的手机一直处于关机，跟老舅打电话，也说没见人影。他不知道，这个时候该咋帮助童桐。他无法想象她是不是已陷于无助。

几天之后，童桐发来微信，让他的情绪跌到了低谷。

童桐的微信漫长得像一个雨季——

也许你都听说了。知道你一定很生气，想咋骂就咋骂吧。对不起你，对不起我妈。千万不要告诉我妈，也不要打电话找我。我不会自杀的，放心好了。从小命就硬，跟玉表哥你学的。也不用回信，发出这条消息后，手机已扔进屏羌大桥下面了。自己酿的酒，就是一副毒药，也要一碗吞。这一回，赌得有点大，输了。没啥好后悔的，愿赌服输……

90.1 【跑路】

文雄的那个线人，真的跑路了。

文雄的线人跑路，有三个版本。

第一个版本，自杀。搞民宿亏了老本后，脑壳发热搞南红矿坑，涉嫌非法开采，还没投产，就给封了，欠下屏羌当地矿老板李某某一屁股高利贷，被疯狂逼债。不过，那人也够狡猾的，去二峨山舍身崖跳崖前，悄悄给老婆孩子留下了一笔现钱。最初传说此版本的，是那人的亲友圈。于是，自杀一说并不可信。怎么自杀的，跳楼、跳江、卧轨、服毒？缺少现场支撑。活要见人，死要见尸。二峨山舍身崖最近的确也发生过一起跳崖事件。有自称目击者的网友爆料，跳崖者跳崖时，浑身上下都挂满了南红。二峨山景区官宣，只说药农在崖下找到几截似是而非的白骨，白骨上并没有捆绑有传说中的南红。

第二个版本，私奔。说那人在盆地西南山区搞南红矿时，找了个卖南红的小三，迷了窍，两人揣了一笔巨款私奔了。讲这话的是屏羌的三轮师傅。问去了哪呢，三轮师傅说，谁知道呢，去"金三角"挖翡翠、走私鸦片，都不一定哦。私奔，就当笑话摆吧。

第三个版本，畏罪潜逃。据说是从西南山区警方传过来的消息。还真有个被封的南红矿坑，偷偷被人打开了。一星期后，警方接到举报，大张旗鼓抓人，当然一个人也没抓着。警方经过调查，挖出某某参与投资盗采南红矿坑的线索。于是，警方四处放风，怀疑某某背后有更大的金主。很多人怀疑那个所谓的金主，就是屏羌的李某某。这个消息并没有得到屏羌有关方面的证实。某某是南边过屏羌来二度创业的小老板，跟地头蛇李某某过从甚密。一些似乎是知情者的，认为很大可能是某某从李某某那里拿了高利贷去挖南红矿，前脚钱进去，后脚就被人举报，明显上了套。投资失败，李某某又逼还钱，与其说被警方通缉，不如说怕李某某追债。

不管哪个版本，这个某某的确失踪了。

齐鲁也听说了某某的事。他并不认识某某，不过，他认识屏羌矿老板李铁锤，传说中的那个李某某。他跟李铁锤过过招，知道他的脾气。李铁锤干放水起家，又想干实业洗白。比如，他不仅从齐鲁那拿到了"水天花月"的巨额补偿，还拿到了湿地公园的参建项目。他有没有必要再搞放水那一套呢？齐鲁相信，他会的。狗改不了吃屎，之所以流传几千年，还不是因为狗性难改。实业来钱慢，放水来得快，李铁锤现在手里有闲钱，他不想放水，手里的闲钱都会不高兴。

狗有狗的脾气，钱有钱的性格。

齐鲁对某某跑路的事并无兴趣，他的关注点在资本市场。他说这话的时候，反流性食管炎又复发，咽部老觉得有水泡在冒。

齐鲁不是物理学教授，也不是生物学博士。

齐鲁什么教授博士都不是。

90.2 【"屏江幻城"被堵】

"屏江幻城"售楼部被堵了！齐鲁的消息，竟然不是来自媒体，而是施云。

一大早，施云急匆匆告诉他，他们的晚报正在策划一个关于房地产天花板的深度专题，团队正愁缺料，"屏江幻城"冒出来了。爆料人发来的现场照片，真的好有代入感。

"屏江幻城"是幻城集团"新上山下乡"战略产物，屏羌上届政府招来的，北岸旧城改造。一起上马的还有南岸的"水天花月"，原开发商是李铁锤，前面已经交代过，屏羌本地"土豪"。"屏江幻城"开发商幻城集团，有上市公司参股背景。后面站台的更有意思，一书记，一县长。有个玩笑话。"屏江幻城"的"幻"字，是广告公司瞎造的，左边搞成繁体的"金"字旁，意思是满城铺金，图吉利，谁知市民不买账，左看右看，怎么看怎么像个"钓"字。于是，茶余饭后有了"钓鱼工程"的戏说。好端端的项目，就这样让戏言给毁了。现在的父母官们欲搞个名堂，也真不易。

"屏江幻城"不差钱，没有像"水天花月"一样烂尾。一年不到，烧去小几个亿，一期几千平方米的房子也快封顶，只是网签率不给力。幻城集团杀入四线城市的绝招是"快"，盖楼快，销售也快。网签率若不能与盖楼的高速匹配，资金回笼有问题不说，还会引发品牌的负面连锁反应。营销团队遂申请降价，在原来宣传价的基准上，再优惠三成。当然，这些都是营销团队私底下操作的。但纸怎么能包住火？风声一走漏，动手早的业主当然不干了，就去闹，扯标语，砸售楼部，打售楼小姐，口号理直气壮——"还我血汗钱"。公司报警，来了一帮警察，问诉求。还要啥诉求？退房嘛！退钱嘛！当然，退房退钱的说法，警察一概无视，警察说他们是来劝架的，买卖嘛，好说好商量。那些业主也知道自己的理由不成立。成不成立，已经不重要了，谁都清楚这不是一个退房退钱的问题。要是开发商满足了他们的要求，谁会保证不会引发更多的问题，比如摧毁游戏规则和投资逻辑。市场经济，得遵循基本的公序。如果没有规则和逻辑，咋往下玩？

所谓的规则和逻辑，基于市场会涨不停……

逻辑并不支撑涨不停——房子用来住的，不是用来炒的。

专家也跟风，劝那些房东，认输吧，只要是市场，就不可能只涨不跌。开发商一听，笑出猪叫，好呀，正琢磨降价，那地也不能再出现以前的天价了，还有那银行的贷款恐要违约……

卖地的、放贷款的，都寝食难安。

你们绝对不能一座房子卖两个价！房东说。

这是一座房子吗？明明是一堆房子。老板反问。

一堆房子一堆卖。房东说。

你来承包？老板问。

那，也不能昨天一个价，今天一个价，明天又一个价。房东说。

你见过谁家的白菜天天一价到底的？老板问。

房子是白菜吗？房东反问。

……

老板被问住了。

就算房子是白菜，你见过白菜一天一个价的吗？

那也不行。反正签了协议的，不能反悔。今儿买，明儿退，过家家？老板信誓旦旦申明，要讲道理。

道理？啥道理？卖不卖先莫论，不能降价卖。房东的态度也似斩钉截铁。

你买你的房，我卖我的楼，井水不犯河水。你还管我咋卖了，不是无理取闹吗？老板摇头，很无奈。秀才遇见兵，有理说不清。

就无理取闹了，咋的？降价就不行。房东认为他们的无理取闹就是天理。

老板当场崩溃。

崩溃也要搞动静，而且越搞越大。业主们的联盟，坚不可摧。

齐鲁当然明白施云通风报信的好意，无非是要他的"传世皇庭"有心理准备，接下来荣城的晚报要放炸弹了。对施云输送的情报，齐鲁不以为然，竟说晚报策划的这个稿子理论上发不出来。施云笑道，稿子都差不多快杀青了，火烧眉毛，你还坐得住，跟钱过不去吗？齐鲁道，傻子才跟钱过不去，正因为火烧眉毛才淡定。施云还是不明白。齐鲁就直接爆料，这个问题屏羌政府会管控，一管控你们报纸的稿子还能发出来吗？施云大笑道，屏羌还能管荣城啊，牛栏伸出马嘴来？齐鲁也笑道，在房地产这个问题上，荣城和屏羌都是牛马混养的，你要不信，等明天看报纸就是。

事实证明，施云判断失误。第二天，施云就接主编通知，幻城集团三江地区负责人，被有关部门秘密约谈了，约谈的话题是，不得擅自降价，降价需要重新报备，降幅低于首次备案的百分之十，会遭到严厉处罚。主编还通知房地产专版的策划团队，最近不得探讨关于房地产的负面问题。

施云便对齐鲁的先知先觉佩服得五体投地。她并不知道，齐鲁只是说出了一个常识。

90.3 【馅饼】

齐鲁有没有担心过"传世皇庭"的资金链？要放去年秋天，还真不好说。接手"水天花月"的如意算盘，无非拿地融资销售滚动那一套，"官窑美人秀""赵青花陶瓷艺术馆"，也是玩概念，换汤不换药。偏偏撞上蓝守玉，半路生出个宣德纪年款的官窑大龙缸来，碰巧还让他这个"官窑杀手"给赶上了。

"土司遗物"和"官窑一号"，换哪一样，都不可思议。

真是天上掉馅饼。万分之一，不，十万分之一！

没啥可说的，任何解释都是徒劳。

齐鲁不会为"传世皇庭"跑路，也不会为"官窑一号"发愁。尚小林和他的放水朋友，已经不动声色替他洗掉筹码，换回大约三亿的流动性。他现在要做的是，尽量拉长投资者察觉的时间，放缓"官窑一号"下跌带来的慢性隐痛。

"官窑一号"会在何时，以什么方式停牌？

不断有人以犹豫和退出，也不断有人加入猜测和等待。有投资者，甚至推出至少三种停牌之后的炒作概念：

一是"土司遗物"运作国内大拍，或去苏富比、佳士德。

二是新的投资基金加入，送股除权填权。

三是被某"土豪"或大型国有公司看上，议价转让，解除产品，锁定收益。

任何一个概念，都赋予"官窑一号"的价格暗示，持续的炒作又不断确认着投资者的自我暗示。作为投资本体"土司遗物"的消息，与"官窑一号"正相关，一如鸡肋，欲罢不能。就像现在，它正以八亿的保价，被保税区的工作人员严密地护送来盆地的路上。接下来，它将借展在赵青花陶瓷艺术馆，继续接受爱好者的欣羡，投资者的膜拜。

所有的人都没有猜到停牌会发生在接下来的那个秋天。

"金蝉脱壳"，资本市场传说中的那一幕，魔幻而冷幽默。

90.4 　【秋天的预言】

茶坊外路口的纷扰，并没有彻底解脱蓝守玉那天早上的怪梦。一切消耗的，释放的，才刚刚开始。

表面上的极坏。

愈担心的，愈拒绝。

愈拒绝的，愈验证。

多年前，双鱼既赋予他护身符的法力，躲开了那场车祸，也铭刻下冥冥之中的痛楚。这一次，他没有头疼，还生了梦。

春天，未请早到。某种情绪抵达。

真的契合上一个秋天的预言？

果真如此的话，真的该虔诚膜拜仁波切了：谁坐在菩提树下，默默不语。之间隔着一场梦。没有谁能够解梦，解梦的是风。

90.5 　【拷问灵魂】

文雄到底还是出事了！

几天后，童桐也被有关部门带走了。童桐协助调查的消息，部分印证了屏羌上下某个传闻：文雄副县级期望，迟迟没有兑现，因为养了个小三。

事情并非如此简单，三江上下，更大的暗流在涌动。私底下的说法，查文雄，为查上头的保护伞。上头是谁？上头的上头又是谁？这也不是啥秘密，小道都有传闻。小三一说，也许只是个泡泡。幸灾乐祸者甚至相信，接下来的屏羌和三江，或者荣城，会不会炸出更大的新闻来？

询问童桐的一男一女也相信。

男的是个年轻人，边问边记。中年女的光动嘴，看来是上司。女的一上来就盯着童桐，一言不发。她在等对方先发话。这是审问的策略，谁先说话，谁输。

童桐并不知道女的把戏，只是看不惯她趾高气扬的眼神。她把辫子甩到身后，一言不发，试图在对视中获得人格上的平衡。两人都不认为自己是第一个低头的那只鸡，干耗着也是一种策略。

一团死寂，只剩空调的咻咻声。年轻男的，有些发毛，最先败下阵来。他是被两个女人打败的。一个主流女性，对另一个非主流女性的灵魂拷问。她们更像天生的对头，现在狭路相逢，互为主配，而他被直接无视，甚至连路人或者配角都不是。这样下去，自己又算啥呢？空气吗？

男的只好先发问，打破尴尬："文雄老婆把你告了。"

"她有病。"童桐道。

女的插话道："她告你抢她老公。"

"早晓得她会告。"

女的装出一脸惊讶样："早就有预感？"

"莫名其妙？"

女的："不是吗？"

"她神经病。"

男的也加入了好奇："你咋晓得她有神经病？"

"不光我晓得，文雄也晓得，文雄的狐朋狗友都晓得。"

女的："不要有抵触情绪。既然晓得她有神经病，咋还抢人家老公？"

"我抢她老公？她老公是山西煤老板还是马云？有病。"

男的："你一个乡下女子，何必这么冲，自我感觉很厉害是吧？"

"乡下女子咋了？长得好，有男人喜欢，眼红？"

女的帮腔："说得好像我们吃醋似的！"

"这可是你自己说的。"

女的忍无可忍："给一个病人抢男人，算啥能耐？"

她盯了盯女的，想说啥，忍了，不过，没忍住嘴角的笑。

女的："抢一个女病人老公，很好笑吗？还有没有同情心？"

她再次乜眼盯了女的，第一次听人拿"同情心"说爱情，摇摇头，声音很小："你不懂爱情。"

女的给惹火了："笑话！一个黄毛丫头，有啥资格同我谈爱情？我谈爱情的那会儿，你还没长毛吧？"

她依旧乜眼，一脸敢怒不敢言……

女的提高音调："正眼看我，正面回答，你抢人家老公没？"

她摇摇头，似回答，又似自语："都病了……"

对童桐的第一次询问，到"都病了"为止。

第二天，两人再次提问，这次比较直接。

男的："知道为啥找你不？"

"我被人告了。"

男的："人家为啥告你？"

"抢人家男人呗，逼婚呗。不都是这一套？"

男的愣住了。看看她，又看看旁边的女上司，不知咋往下接话。

女的替他解围："抢人家男人呗，逼婚呗，说得好像还理直气壮了。"

"有啥不敢理直气壮的，"童桐想都没想就给顶了回去，"哪个女人没个相好的，又不是多不光彩。"

女的也给顶得没了话。

又是一阵窒息。

老这样僵持，会显得有关部门干部无能。男的软下语气，平和问道："你那相好是谁？"

她把脸转向旁边。

女的："找窗户吧，这屋子是没窗户的。"

她还是继续把脸凝固在墙上。

女的不耐烦了："问你话呢。"

"你们不是已经知道了吗，还问？"看得出来，她对问这话题很反感。

"承认了，是吧？"女的嘲笑道。

她把脸又转了过来，盯着他俩傻笑。

"严肃一点，好好配合，问啥答啥。"男的温柔训斥道。

"我一直在努力配合你们。"

女的："有自知之明就好。"

男的："说名字。"

"你们是不是想让我说是文雄吧？"

女的："谁想让你说了，这可是你自己说的。"

"你们说跟我说，还不是一样？"

男的来了劲头，问道："文雄是领导干部，知道不？"

她很认真地看着他俩，一脸疑惑："领导干部很高大上吗？"

"请不要岔开话题。"男的继续深挖道，"文雄有妻室，知道不？"

除了疑惑，她已面无表情："吓唬谁呢？"

男的："你闯祸了，知道不？"

"敢做敢当，你们把我关起来吧。"看来那男的套路，她并不认可。

女的："童桐，你要是聪明人，就要认清我们找你会是啥结果，不要有抵触情绪。"

"不就有个名义上的老公，嘚瑟啥。"她不知道在说谁。

"谁嘚瑟了？你说清楚？"她的不屑显然触碰了女的软肋。

"我自言自语。"

"你明明在骂人。进都进来了，还如此嚣张，就不怕？"女的威胁道。

"我怕啥？犯王法了？"

男的也不管她俩，兀自打着官腔："此事跟你的利害关系，你是明白人，不用我们多说。政策明摆着，只要你配合，把事情讲清楚，可以很快出去。"

"配合你们？"她看了看男的，又看了看女的，似乎眼前两个人脸上全画满了问号。

男的："对，只要主动交代，文雄指使你干过哪些违法的事，争取立功，宽大处理。"

"床是我上的，架是我打的，婚是我逼的，要咋处理，你们冲我来。"她似乎怒了。

见她来了情绪，女的软下来："好好想想吧，别自讨没趣。这种事情，一个巴掌拍得响？"

她没有回答。

男的："你为啥要上他床？"

"还有啥，喜欢他呗。"

女的插话道："喜欢他？鬼话吧。他一个有妇之夫能给你啥？还不是喜欢他的钱？"

"那是你的看法。我有那么俗吗？"

女的不冷不热："上过好多回了吧？"

她没回话。

女的继续说："怀了他孩子吧？"

"孩子跟他没关系。"说到孩子，她声音提高了好几度，看来孩子是她的痛处。

男的："别说没关系，这儿有举报人提供的，你前些时候的孕检报告。"

说罢，女的拿出一张纸条，晃了晃。

"孩子不是他的！"她并没有怀疑女的手里的孕检报告的真实性，但是她能说那就是文雄的孩子吗？只是，她不明白，文雄老婆咋搞到那张纸片？

女的问道："不是他的，那是谁的？"

"未婚夫的。"

"未婚夫的？你啥时候有了未婚夫？"男的很诧异。

"少见多怪？我就不能有未婚夫？你们这是哪门子规矩？"

女的："态度端正点。搞清楚，是我们问你，不是你问我们。"

见女的凶巴巴样，她叹了口气，降低了声调："状元村的。"

女的问：“叫啥？”

"孔亮。"

女的看看男的，男的也纳闷。这样的结果，显然他俩从未料到的。谁敢轻易质疑当事人的这个说法？但是，如果随便相信了她的说法，也就无法达成询问的预期。

男的提醒道："讲话要有证据，我们会找他对证的。"

"有啥好对的？再说，怎么对证，还不都是你们说了算。"说完，她把脸转向了窗户。

男的继续提醒道："说假话被揭穿，到时候面子上可不好过去的。"

"说假话？还干不来这种事。"

女的敲了敲桌边："严肃点，别转移话题。要是孔亮不认账呢？"

"哪个转移话题了？大男人，光明磊落，敢做敢当，他要是男人，就闭嘴。他要连自己是不是男人都不敢认账，我有屁法？"

男的装着很委屈的样，看女的。

女的："当真不是文雄的，不怕亲子鉴定？"

"说了是孔亮的。跟文雄没干系，他不配做爹！"

女的："这么说，心里有气了？"

"没工夫生气。连男人都不是，还奢望做爹？"

男的表情似乎有些松动。

女的启发道："文雄给过你钱吧？"

这当然是个套，她多么聪明的人物，差一点就说是了。

"谁会要他的钱。"她不屑道。

"不会要他钱？他的钱有啥问题，不干净？"女的问道。

"不是说他是领导干部吗？生是你们的人，死是你们的鬼。他是你们的人，干不干净，你们不比我更清楚？"

男的插话道："你们每次在一起，他就没自个提出来表示点啥？"

"你哄小朋友吧？"

男的被问住了。

女的继续问道："举个例，买点珠宝首饰，给点红包啥的？"

"我不是那种一上床就要这要那的女人。"

女的："哪种女人？"

她想都没想，脱口而出："婊子啊，没听说过吗？"说罢，索性闭上眼，面如土灰，留下一串又涩又咸的珠子儿……

90.6 【锤子情况】

没有谁的灵魂经得住拷问，除非神。这是蓝守玉的哲学。

蓝守玉自言自语的时候，正一个人蜷缩在三江春夜的料峭里游荡。

文雄和童桐的事情，已然动摇了他的友情观。文雄是向书河上任后，他和施云力推的红人。文雄与童桐——好友与表妹。两人一出事，向书河就被逼到风口浪尖了。他和施云良心上也脱不了干系。

我连累了他们。我有罪。他的忏悔，淹没在夜色里。

他又一次失眠了。春日的午后蜷缩。黄昏，前倾后仰，灯红酒绿。

蜷缩或者倾仰，为衬托别人的腰板，配合夜色的表演，都在自弹自唱。

游荡，因为肉体已然沦为道具。迫害狂想？据说，精神分裂倾向者，往往也有酒精中毒症状。如此，不是要把罪过甩锅酒肉？

做人要有底线。只要没过河拆桥，花天酒地有啥错？

不敢往灯红酒绿的地方去，担心碰上谁。哪怕并不认识，哪怕碰上的是一条刚刚晃悠到这个城市的生狗。

哪里还有生狗呢？

熟狗，城市的肉体……不，多么庸俗……自我摒弃吧，声色犬马而已……灵魂呢……说到灵魂，仿佛一夜之间，脱离了低级趣味，高贵了，升华了。

狗被豢养起来，不再放任。即便有一条似曾相识，低调过市，也因了主人拟人化的打扮，不再类狗。至于草坪上的屎尿啊，也被反复喷淋的香水给淹没了。

不再杀狗食狗。

还是不敢抬眼，戴上墨镜和口罩，头埋进风衣的领口，脚步踟蹰。显然已经确认所犯罪孽，就别纠结繁花的妩媚、春天的暧昧。

昨天还尝试跟施云联系，终于没有拉下面子。他不晓得电话里要是提到了向书河、文雄和童桐，该说啥好。啥也不说，更有损自尊。

尤为糟糕的是，"雪岭出品"的修复，本有下落，出了这档子，觉着又失去自我标榜的底气，遑论与柳叶萍互比纯洁和善良。无法面对柳叶萍，就像雾霾无法面对烟岚，地摊低仿宣德官窑无法面对双鱼座青花一样。

忏悔，午后到黄昏。忏悔，黄昏到暗夜。一条无人问津的小巷。想起屏羌的青云街，不拘一格的幽暗和暧昧。

又饿又冷，好似一条流浪的土著狗，来自城乡接合部，狼狈不堪，渴望一场民间酒肉的救赎。

看见了一只羊头，似是而非的幌子，表明这是一家老字号。

店里好像还剩下一对食客，男的银发，女的金发。年龄的落差，并没有影响他们达成一致的酒肉欲望。满地烂豆花样卫生纸，是人气的保证。果然肉香不怕巷子远。

躲在角落里，尽量不让那对男女看出来，他是一个人。

叫"算命匠"的老板，端来一大锅连汤肉。没有土豆，也没有"土豆烧"。老板极力推荐一种说不清道不明的炮仗酒。老板诅咒，不是假酒，保证管用。他寻思，想蒙我？可惜没有狐狸眼。

怅惘。

怅惘之后的诱惑。三月不知肉味。那来自城乡接合部的流浪狗……

他自言自语，对着酒杯发誓，不把对方灌倒，自己今晚就不是男人……

墙上的大灯泡也红了眼，越来越晕。

仿佛闻到一股怪味，炮仗酒的骚，汤肉的腥，脂粉的黏糊……

大哥……一个人喝啊？说话的好像是那个金发女的。

啊……咋了？他……走了？他说这话的时候，墨镜框就要碰上她的鼻子尖了。

你……说那个老头？他出去……接电话……她晃了晃手里的酒杯。

接电话？有情况……

啥子情况……男人嘛，不外乎就那么点破事……

有情绪！

啥子情绪……他接他的电话……我们喝我们的……那女的鼻子凑得更近了……

女的还没出口，接电话的男人回来，把她拉走在夜色里。好了，他终于得以喘息。除了店老板，店内空无一人。他有些释然，庆幸自己保持了酒醉后的贞洁。

呃……

他诚恳地打了个饱嗝之后，也要走了。

你卖的是……哪里的……羊肉？他忍不住问老板。

啊？……好吃不……老板答非所问。

说不出来路……味道有些偏！他夸张地擦了擦墨镜片上的油汤。

偏吗？……嘿嘿……那就对了，本来就不是羊肉……老板诡异地笑道。

不是……羊肉？一股又浓又腥的酒肉味道，怎么也憋不住了……那一刻，他感觉自己把自己喷了一身的污秽，里里外外，花花绿绿……

90.7　【关于案件】

文雄和童桐的案件并未遵循江湖的套路走。有关部门最后给出的说法，文雄不存在滥用职权和权色交易，只是个人生活作风不检点，滋生舆情，不良影响分明摆在那里。但是，他对南岸新区招商有功，功不抵过，给了个党内记大过，行政降两级处分，一夜之间回到原点。即便如此，也有人说轻了，怀疑有背景。当地有关部门做出这个处理决定时，向书河已经离开屏羌俩月，平调荣城的政协文史委了。

文雄出事未久，向书河找到老领导蒲志诉苦，说他想回荣城，理由还算说得过去，照顾女儿上初中。随后三江官宣，向书河被免职，另有任用。民间又生出两种说法：一说是向书河自感用人失察，主动向组织请辞县委书记；另一说是蒲志为了保护他，叫他去蒲志麾下喝茶散心。从荣城委身县城，好处一点没捞到，还惹一身腥。转了一个圈，又回到原地，此处级非彼处级，含金量大打折扣。一个政治新星，就这样陨灭了。这一圈，刚好七个月，两百天。在蒲志办公室里，向书河苦笑说，两百天的梦游，把一辈子的官当完了。

文雄主动请缨去对口帮扶一线，说走就走了，落脚当年深入生活的水电站移民新村。文雄上山扶贫，有人说他是为将功赎罪，又有人说他是为躲他装疯的婆娘。后来有同事下乡回来又传闻，撞见过文雄婆娘，好像在文雄帮扶的村里，一个人租房住，没有跟文雄住一起。再后来，又听说文雄悄悄申请去他当过兵的雪域高原，对口援助。这次走得更远了，只是不知道，疯婆娘还会不会追着去。

不管如何，文雄从蓝守玉的朋友圈消失了。

消失的还有童桐。夏天快结束的时候，蓝守玉依旧没有童桐的消息。问孔亮，也说怪了。老屋传出几种说法，都把童桐往坏里传的。好在蓝守玉的娘舅人老实，平日里若跟村里的谁谁照了面，彼此都缄口不谈。越这样，童桐娘越觉得事态严重，难道都在骗她……

咋会这样？……刚三十出头的丫头呀……

童桐娘见人就抹眼泪。

村里的人相信童桐娘真的疯了。

90.8 【佛头归位】

初夏的四月。蝉声一天比一天噪。

赵青花陶瓷艺术馆，按协议划归屏芟文管所。蓝守玉拒绝了所长的好心，不愿意再挂名誉馆长，理由嘛哭笑不得，他是个男人，只负责做媒，不负责生娃。

至于"兵哥"一案也尘埃落定。牵扯出来的各路线索，低调的低调，搁置的搁置。首犯"兵哥"因为态度端正，一审判了十年有期徒刑。郭墩子，也就是郭大林，免予刑事处罚。

文管所计划在农历四月初一，搞男观音佛头归位活动，有关部门批复"三不"原则：不组织、不报道、不祭拜。不知道哪个环节漏了风声，初一那天周围乡村来了几千上万人，上高香，放鞭炮，挂红布，敬献茶食糕点，比大年初一还夸张。小聂常务副局长不得不临时动用一大批警力以维持秩序。

佛头案的待遇，三江古玩圈传得沸沸扬扬。蓝守玉便没法淡定，而心生恨恨了。一颗残损的佛头，都叫村民如此看重！大龙缸咋说？文物价值怎么着也要远高于佛头吧。现在呢？"官窑一号"跟信仰完全不搭调，没天理呀！

大龙缸还在回归的路上，郭引兰去不去新土豆公司还不好说，童桐又搅了进来。恨恨转眼又成嘴皮里嚼剩的口香糖，想涂抹又找不到地，想甩又甩不掉。

90.9 【柴瑶离职】

蝉声鼓噪中，刚刚上马的"传世皇庭"二期，因为文雄引发的小地震，受到拖累，齐鲁被动实施项目组大换血。新的营销宣传伙伴中，已没了新土豆的名字。没了就没了吧，反正齐天雷正同他的两个搭档忙自己的网剧。柴瑶一下觉得自己成了多余人，百无聊赖，遂谋生退意。

柴瑶打定主意离开新土豆时，与齐鲁有过一段简短的对话。

还是皇朝大酒店，还是那个铭心刻骨的包间，只那菜品不再是"情侣套餐"。柴瑶点了全素小套餐。对于柴瑶的用心，齐鲁接到她的邀请电话就已有准备。只是，如此刻意还是让齐鲁意外。

"修炼神仙？"

"咋想到这个问题？"

"据说女人饮食惯性的改变，意味着生理拐点的到来。"

"我可不可以理解成，你在幸灾乐祸我更年期提前了？"

"幸灾乐祸倒谈不上，只是感到有点那个。"

"哪个？"

"那个啊，你懂的。"

"你猜对了，我性冷淡。"

"你还真是呀？别吓我。女人四十出头，如狼似虎芳华。"

"哈哈，你这算拐着弯子夸你家老婆徐昕蕾吗？"

"扯她干吗！"

"看看，着急了不是？"

"别扯远了，说正题。为何要离开新土豆？"

"累了。"

"难得，工作狂也有言累的时候。"

"你以为呢？"

"新土豆刚刚开始。需要你。"

"没那么夸张，有小齐总和徐总监。"

"土豆是你养大的，就没点想法？"

"还能有啥想法？我不过是个菜肴盘子。"

"啥意思？"

"菜端上桌，该进肚子的进肚子，该倒垃圾桶的倒垃圾桶。"

"那咋又扯到盘子？"

"盘子不也脏了吗？"

"你干脆说我卸磨杀驴吧。"

"那倒不会。就算你是那啥，我也不会是那驴。"

"我自作多情。"

"你自作多情？你是谁呀？荣城一少！"

"生气了？"

"生气？有吗？呵呵……如果你这么想，那就有吧，我不接受反驳。"

"对不起。"

"你没有对不起谁。"

"我没有给你要的承诺。"

"承诺？啥承诺？名分？想多了。你还是不了解我。"

"我了解女人。"

"知道你阅女人无数。长亭外，古道边，芳草碧连天。"

"你又在挖苦了。我是认真的。"

"请你理解我，我也是认真的。"

"那你还走？"

"真的累，里外都累。"

"你可以保留新土豆合伙人身份。"

"没有必要了。不想有任何瓜葛。"

"在意徐昕蕾？"

"有她啥事？"

"那就是说我了。"

"你说是就是吧……"

90.10 【七个人的晚餐】

《爱上土豆》的开机，并没有料想中的炒作和高调。倒是齐鲁喧宾夺主，要请客，准确地说，是老子替儿子，搞个开机社交应酬。

这便有了故事一开始，提到的那场传说中的五月酒局。

齐鲁、蓝守玉、柴瑶、施云，加上新土豆"铁三角"齐天雷、曾子羊、王了一，七个名流都有自己的符号，"土豪"、瓷痴、名播、名记、网剧新新人类、名导、美学大师，夸不夸张不好讲，文艺范倒是没得说的。

还是皇朝大酒店，还是那个"双色土豆"情侣包间。

那场酒局本可以凑够一个悲喜交集，不，是半悲半喜剧的一个符号："十三"。只是悲的另一半，向书河、文雄、徐昕蕾、童桐、"隐蓝"、尚小林，他们已然与坐在酒桌上的那七个人，有着与生俱来的疏离感，他们甚至不是一路人，只是一个容易被平均的个体。他们的落幕，或者缺席，不是因了文化范畴的自卑，而是过早地剧透酒局的终场。

七个人的晚餐，因为缺席了悲，幽默感便不再，剩下黄梅雨季的惆怅。

90.11 【断片】

第二天，饭局上遭齐鲁鄙夷的齐天雷，突然在新土豆公司高层会上，宣布要与"隐蓝"签一个无任何限制条件的合同。也就是说，即便《爱上土豆》播出不成功，即便之后新土豆公司不再有任何戏可拍，"隐蓝"仍然可以选择留在新土豆，只要新土豆没破产。

齐天雷这个决定，来得有点突兀。显然，这是一个单方面对"隐蓝"的保护性合同。一旦"隐蓝"签约，新土豆很难单方面解除合同。齐天雷突然宣布此决定，是在报复谁，还是一时冲动？

蓝守玉忽然觉得，在"90后"的面前，他这个"80后"哪里是断片，分明是翻篇啊！

听起来不大靠谱，但毕竟也看不出来齐天雷有啥不可告人的地方。蓝守玉便礼节性地拜访柴瑶。柴瑶道，已不再管新土豆。蓝守玉问，齐鲁的意思？柴瑶回未必。便问齐鲁。齐鲁又追问徐昕蕾，问是不是最近看了《爱上土豆》剧本，忽发觉悟？徐昕蕾又哪里晓得，转问齐天雷，是不是觉得兰子身世可怜，心生同情？这话把齐天雷惹火了，居然污蔑我趁人之危？徐昕蕾赶紧改口，哪敢污蔑呀，人家蓝叔、柴瑶阿姨，还有你爸，夸你还来不及呢。齐天雷不领情，说签这个合同，跟别人没半毛钱关系。徐昕蕾纳闷道，这么说，那就是对"隐蓝"有新想法了？齐天雷说了一句话：没有你们想要的想法，只是不想让理想还没开始就被谋杀，留下"隐蓝"，是自己给自己的明天续下一条命。徐新蕾一听吓了，谁谋杀你了？续啥命？还是脑子烧坏了？齐天雷道，没有，现在比之前的二十多年都正常。

"隐蓝"自然没有答应签下那个合同，因为蓝守玉把选择权留给了她。蓝守玉没有告诉他，这是一个对她很有利的单边合同，潜在的风险取决于合同另一方的道德高度。蓝守玉并非不看好齐天雷，相反，他十分欣赏齐天雷的"三观"。从齐天雷不计得失地投拍《爱上土豆》，而且执意要童桐演一个角色，他就有了这样的看法，只是他自己也不愿意去相信而已。

90.12 【雨季】

夏天渐渐深入。蓝守玉收到柳叶萍从瓷都托运来的大龙缸修复品。一起寄达的，是缸里的那张留言条。留言条说大龙缸完璧归赵，当他看到留言时，她已不再纠结，从爱情到婚姻有多远，她的丈夫是不是叫孔尚云。

他又一次读到了那首诗，双鱼座的男神，在留言的结尾处。惆怅再次蒸腾。大龙缸还是那大龙缸，青花已不是那青花了。男神就算曾经是，也过期了。关于"土司遗物"和"雪岭出品"的故事，并没有随着夏天万物生长的节奏而展开。它们只是落寞中再遇，在赵青花陶瓷艺术馆。

上一次应该是在奥港国际的预展上。作为反面的镜子，"雪岭出品"的出场，为烘托"土司遗物"的存在。说白了，"土司遗物"是真身，"雪岭出品"是妖怪附体。

小叶的那一锤下去，"雪岭出品"已然被打入十八层地狱。现在能够回归，是蓝守玉和柳叶萍合体拯救的结果。

劫后重生，妖怪已为凡人。

"土司遗物"，光环不再。它的风头都被"官窑一号"抢去了。

"官窑一号"现在是根缓慢下行的波浪线。它的粉丝们并不知自己的投资正日渐沦陷深坑。

除了蓝守玉，没有谁关注柳叶萍的修复技艺和"雪岭出品"的修复效果。几乎可以称作天衣无缝。没有人把它与几月前在奥港国际被砸掉的那件大师高仿对应。

"土司遗物"的借展也未得到媒体的关注。文雄和向书河的谢幕，只是一个外在的原因。何况，齐鲁也不希望"土司遗物"和"雪岭出品"重新被炒作。"土司遗物"的借展与"雪岭出品"的修复，只是齐鲁为了兑现承诺，满足蓝守玉的某种情怀而已。

到赵青花陶瓷艺术馆观展的人，几乎无人能分辨"土司遗物"和"雪岭出品"的差别。还没等到"官窑一号"光环渐渐完全退隐，他们就已忘掉"土司遗物"和"雪岭出品"的存在。明星也好，妖怪也好，都被凡夫俗子平均掉了。

"官窑一号"终于走成一根极微坡度的下行省略号。

投资者早已不在意这根省略号与大龙缸本身的价值有多大的关联。至于"土司遗物"，就当市场的传说吧。谁还没听过几个传说？"雪岭出品"，也只有蓝守玉还记得它出自青花大师之手，当之无愧的当代国宝，它的原型在深市保税区登记有一个冗长乏味的名字："宣德七年款青花釉里红双鱼龙抢珠纹大龙缸"。它才是国宝中的国宝。

那又如何呢？

大多数的投资者似乎相信，决定"官窑一号"走势的，不是传说中的"土司遗物"，而是后市的资本。后市资本，很大程度又与投资者自我预期，准确地说是与自我暗示有关。投资预期，说白了还是赌场博弈心理作祟。于是有了：蝴蝶效应、鳄鱼法则、羊群效应、青蛙现象、砧鱼效应、手表定律、破窗理论、鸟笼逻辑……

"土司遗物"在上津文交所预展时，很多人笃定，它就是那一只即将煽动艺术品投资市场的蝴蝶。开盘的第一天上午，他们并不急于进市场，而是小心观望，得试试前面的水情，等待头羊过来。头羊来了，头羊轻松地跳过去了，留给他们一根充满遐想的曲线。他们跃跃欲试，终于在午后按捺不住……他们忘了头羊有可能是鳄鱼聘请的一流演员，温水可以煮青蛙，沙丁鱼最后都会因为缺氧而亡，而鳄鱼却从来不会相信眼泪……

美好的预期有很多种。最后的结果只有一个，羊、青蛙和沙丁鱼的眼泪都流干了。

"官窑一号"的价位终于踩了大股东齐鲁承诺的底线，万洋信托不得不申请上津文交所停牌，然后是等待。

一个月之后，没有答案。

又一个月之后还是没有答案。

仿佛那场忧心忡忡的雨季。

90.13　【流行的意义】

《爱上土豆》的剧情，止于雨季。

《爱上土豆》的少男少女们，曾经也在阳光、麦子和土豆的情绪里，挥汗如雨。

阳光和麦子，抬不起头啊。雨意绵绵，一眼望不到头。阳光和麦子，不是对颜值不自信，是挨了那诗的骂。就连自恋的土豆也甘于沉沦和麻木，也躲进了发霉的地窖。

前途黯淡。没有寂寞，也无流行。

就像半云庵的狗肉，在三江，甚至整个盆地，土豆烧狗肉，业已淡忘。一些无聊的诗人，开始重新审视流行的意义：

> 没有了雨季，
> 也便没有了雨。
> 当然这是假设。
> 就像假设，没有了狗肉，
> 也便没有了杀狗；
> 没有了杀狗，
> 也便没有了——
> 狗和狗屎。剩下，
> 白天独守贞洁，
> 黑夜和衣而卧。

90.14 【疯狂的土豆】

直接跨过七月和八月吧。还有什么可以挽留？

如曾子羊和王了一预测的那样，《爱上土豆》的流量并无新意。

上线后第一天的下载量即达一百万次，"土豆"爆款，一夜之间成就了"土豆"的流行语。好多网友以"土豆"自称，"疯狂的土豆""阳光土豆""土豆丸子""土豆有种"等。就连超市和快餐店的土豆、土豆条也莫名其妙地脱销。

一些"80后"的网友，甚至又刨出"土豆天猪"和《狗屁的土豆》来：

> 狗屁的土豆，我就骂你了。
>
> 我骂你狗屁，因为阳光雨水和麦子都被骂过了……

此时，已是雨季之后的九月。

九月之后。"官窑一号"揭示最后的悬念：从上津文交所摘牌。

齐鲁承诺质押的五千万份也就是五千万元原始股本，作为给予信托产品投资人的补偿，由上津文交所、万洋信托和担保银行三方，以每股五毛进行清算。奔驰车进去，自行车出来，西装进去，内裤出来。还好，还有两个轮子，一条内裤。有轮子在，就还能朝前滚动，有内裤在，就不叫裸奔！

那些善良的投资者，竟然原谅了"官窑一号"！

九月之后。齐天雷去了大洋彼岸。

童桐突然给蓝守玉打来电话，说在南边钱老板那重操旧业。蓝守玉并没有纠结重操旧业的含义，只是小心问道，一个人吗？孔亮知道不？童桐没有提孔亮，淡淡道，你是看表妹一个人不顺眼？蓝守玉一阵嗫嚅……也许，不置可否吧。童桐反问道，那你呢？

蓝守玉无言以对。

无言之后，是莫名的浮躁。失眠加剧，双鱼印记的疼加剧。午后的"白日梦"，零碎、短暂、透明。

从一个秋天到另一个秋天，他所经历的不止三百六十五个白天和黑夜。

莫非，还有什么？

他只是有一种强烈的预感。他并不知道，一场旷世的流星雨就要来临。

尾声

【身外】

"官窑一号"清盘，万洋信托和"官窑一号"托管银行的使命也尘埃落定，不再参与"土司遗物"的物权管理。

两个月借展期限已至，保税区并无催还之意。他们更关注实际的委托人齐鲁，能不能足额缴纳保管费用。保险公司高达八亿的保价，也就是个数字。借展连带担保也是齐鲁，保险期一到，只要保税区不向保险公司诉偿，八亿保价即丧失意义。保税区自然不会主动找麻烦，委托人都没说，保险公司着啥急？

"土司遗物"名义上已重新推向境外艺术品市场，只是物品本身还陈列于赵青花陶瓷艺术馆。"土司遗物"的负面说法，文物部门已经掌握，保税区很快收到文物部门取消"土司遗物"文物进口备案的批文。"土司遗物"就是一件普通的境外艺术品，不再具有国宝的背景，只要缴了税，就能轻松过关，披上回流的时髦外衣。

齐鲁不再需要"土司遗物"的所谓合法身份。蓝守玉知道，齐鲁心疼的是那一笔高额税费。虽然，他也曾建议，由尚小林重新协调永宣堂出具两千万的回购票面，这样会少缴三千多万海关税。齐鲁又怎会同意？"土司遗物"虽遭质疑，然质疑归质疑，它和"官窑一号"之间的法律关系，已经锁定。齐鲁除了舍不得三四千万海关税，更不想惹麻烦，哪怕宝贝名义上还流浪在外。

齐鲁放弃拯救"土司遗物"。他甚至认为蓝守玉坚持要给"土司遗物"一个回流国宝的主流身份，是迂腐书生的虚荣心作祟。读书人嘛，喜欢站在道德高度绑架人，还认死理，常又耽于自我暗示。齐鲁说，自己就是个搞房地产的，"传世皇庭"资金链没断，已属不幸中的万幸，保护国宝，呵呵，还是让文物部门去唱高调吧。再说，那东西，认可也好，不认可也好，它都在那里，还怕它生脚跑了不成？

还真没办法驳斥。

尚小林去保税区办理还展，解除委托，将"土司遗物"退回永宣堂。没有谁在意，也没有谁追究，那东西是不是真的回到了港岛。

个中底细蓝守玉兜着。大龙缸还在屏茇，只是不再有人关注它曾经的显赫出身和财富意义，似乎已与高仿品"雪岭出品"并无二样。

"土司遗物"长长的文物命名可以删除了。

而暴雨真切地持续了整个鸡年的夏天。

齐鲁最后一次邀蓝守玉去赵青花陶瓷艺术馆看"土司遗物"和"雪岭出品"。齐鲁说，从此之后，它俩是凤凰也好，土鸡也好，都不再关注。

落毛的凤凰不如鸡。再说不关注它俩，关心啥？"传世皇庭"的销量大增，还是要屏羞人记住你高大上的名字？他问齐鲁。

齐鲁没有正面讨论销量和出名的问题，抛给他一个玄而又玄的命题：某位秦人丢失了一把心爱的佩剑。如果你是秦人，咋办？

他说，咋办？找呗。

找不见呢？

找不见，还不会后悔吗？后悔也是一种对失去的挽留和纪念。

齐鲁纠正他的看法：消极。

如何才算得积极？重新去找高手另铸？

那倒不必。聪明的人，会学秦人，放下包袱，像啥都未曾发生过一样，反过来游说规劝你之人。

此话又咋讲？

"天下人失之，天下人得之。"

你的意思是换位思考，不管天下谁人拾得，就当自己拥有一样？

不是。

是啥？

是把自己丢失的东西就当别人丢的。

掩耳盗铃？

非也。

那是？

如此，很多人会把你当天下人看待。

我又如何知道他们是不是把我当天下人看待？还有，自己怎么会是天下人呢？我又不是他们。再说，就算一个人纵然拥得天下，也难成为天下人。他似乎振振有词。

齐鲁表示出不可理喻的遗憾：看来，你的书还是没读穿呀。

莫非还有啥玄机？

谈不上玄机，只是你还仍未达到觉悟的高度：如何在身内和身外之间，学会拿捏。

谈论身内和身外，需要超功利。拿捏？又似实用主义。面对悖论，竟莫名地词穷与悲观了。

【红尘】

关于大龙缸的悲观主义，贯穿整场雨季。蓝守玉不止一次地试图冥想爱情以转移情绪。谁说爱情一定现世？

看见紫蓝的双鱼。恭喜，有福了。眼睛没有骗人。倘若手握的不是上辈子的自己，那一定正被来生簇拥。谁复活爱情，谁又被爱情复活？爱情自有翅膀，会翩跹，会穿越，颠倒红尘——不死。

譬如秋天来临，相约去看流星雨。传说，鸡年最璀璨的一场流星雨，将来自九月的双鱼座。

九月。"隐蓝"离开新土豆公司。《爱上土豆》杀青，齐天雷就走了，一个人走的，重返大洋彼岸，他并不需要一个商科硕士，只是需要空间换取时间。"隐蓝"回龙隐镇，在她的老院子，开了个古朴的酒吧。酒吧的招牌旁边，是墩子的"五色豆腐"店。"香雪"还在。龙隐秋蕙的花，像往年一样开过九月。只是，五色竹不再生发。

"隐蓝"的决定，彻底让蓝守玉的担忧得以释怀。齐天雷头脑发热，莫名其妙许诺签署单边合同，真的叫人困惑。现在好了，"隐蓝"终于有了踏实的归宿。

"隐蓝"的酒吧叫"双鱼座青花"。九月之后，再无人知道，那名字曾经是蓝守玉的网名。

"白娘子"黄晓诗恰好打来电话，邀蓝守玉再赴甘南。

九月，甘南的夜色，澄明而神秘，更适合看流星雨。有人推测，双鱼座流星雨，会出现在九月并不确定的某个时刻。一千年一次的概率，让人心动。崇拜星象学的年轻人相信，能遭遇那场流星雨的，都是有福之人——双鱼座的流星雨，会照见爱情的前世和来生。

"白娘子"的"土豆酒吧"生意很火，是一个很好的学习范本。蓝守玉便叫"隐蓝"带上他的祝福，去甘南拜"白娘子"学艺，他没有随去。与"白娘子"最亲近的接触，止于春节的那一场酒醉。别人家园子里的果子，就是看着，也倍感欣慰！流星雨，或许很美，可美好的不一定就是适合的。

甘南回来的时候，"隐蓝"带给他一摞手写诗稿。发黄的诗稿没有署名。诗里诗外，散发一股耐人寻味的霉味。

那骂也是诗意的，至今尚存感动：狗屁的土豆，我就骂你了。我骂你狗屁，因为阳光雨水和麦子都被骂过了……

那紫红的幽蓝的，繁华之外的九千九百九十九朵：不见花的叶。枝和根茎也没有。开在彼岸，千丝连理……

并不确定那些诗稿的第一个手写者，就是原著者"土豆天猪"本人。历经多人传抄，陈年的汗渍，或被岁月覆盖，剩下肌肤毛发的温暖，隔了岁月的温润和咸，随风袅遍整个雪域。

便把诗稿，连同紫琉璃磨子鱼，还有那张留存五色竹壁画和墨书题诗的老照片，积压箱底。

他真的惆怅无边。不只因为"土豆天猪"和九眼天珠。

关于"土豆哥"的插曲，让人哭笑不得。

"土豆哥"自作聪明，犯下一个大错。"土豆哥"最后一次到荣城，在一些食品厂家那里，似乎嗅到某种发财的味道——商家们正在四处寻找一种叫"黑珍珠"的袖珍土豆，用它做某种不可思议的上等保健泡菜，据说可降"三高"，西方的有钱人很喜欢，如果出口的话会挣大钱。作土法泡菜的都明白那是扯淡，谁知"土豆哥"信以为真。回到甘南，冬天尚未结束。"土豆哥"跑遍整个甘南，抢购的"黑珍珠"装满地窖。然后等待涨价，不惜欠下一屁股高利贷。春天来了，市场并无动静。夏天来了，仍无可靠的消息要涨价。他有些慌了，再不处理，土豆会霉烂发芽。接下来就是疯狂的雨季，他开始失去信心。有媒体造谣，怀疑"黑珍珠"泡菜原料土豆是转基因，甚至一些老人坚持认为袖珍土豆诡异的个头，还有被太阳和月亮过度照射的黝黑，怕是中了巫师的毒咒。一个春天和一个夏天，"土豆哥"的"黑珍珠"梦便宣告破产。看到"土豆酒吧"红火，"土豆哥"自觉无颜以对。他拒绝去"土豆妹"那里，哦，现在叫"白娘子"的"土豆酒吧"，做一名保安。"土豆哥"独自黯然离开甘南，有说去了东山，有说去了象山，南下路线似乎随了当年仁波切的前程。

"白娘子"和"土豆哥"，也许都没来得及相约去看流星雨。

蓝守玉也没来得及看。盆地哪里又能看呢？直到九月出头，都还是几十年难见一回的暴躁天气，雷霆不息，暴雨连天。

他约施云。施云牢骚满腹，整个春天和夏天，都在重复一个没有任何新意的圆圈——复婚、再离、再复，哪有心情看流星雨。

转又联系柳叶萍。语音提示，原来的手机号码已是空号。"青花娘子"的微信，也只剩下一个灰色的头影。似乎也跟"影"一样永远地蒸发了。

童桐呢？好歹有了联系，也不是啥好消息。南边一直阴雨不见阳，愁不死人，绵死人。童桐说这话的语调，像一位老人，似乎早已忘了屏羌的所有不快。

本来还想要去找兰子的，还是叫她"隐蓝"的好。去"双鱼座青花"酒吧的外地游客，大多不是去喝酒作乐，是冲主人"隐蓝"和"五色豆腐"去的。有时候，客人会专门点她朗诵"狗屁的土豆"。她并不知道那诗的特别在哪里。诗是她做酒吧的师傅"白娘子"所赠，诗的主人"土豆天猪"是"双鱼座青花"的贵人。"双鱼座青花"又是"隐蓝"和墩子的贵人，他的贵人自然更应该得到"双鱼座青花"酒吧的崇拜。

想想"隐蓝"正单纯地忙着酒吧的事，便不想去打扰。当然，这个理由可能就是个说辞。

哎……

蓝守玉沮丧无比……

本来相好了一群可人儿的，可目可心的可人儿……

走着走着，他们都不见了，没有谁陪他走到尽头。

不只是九月。每一个白天和黑夜，都不再提起激情。白天和黑夜，本无区别。黑夜在白天的尽头，白天在黑夜的尽头。尽头是那黑暗与沉寂的渊薮，没有肉体，没有意识，没有开始，没有结局，甚至没有永远——能想到的关于一切悲剧的命题到此为止——没有悲剧——美学和哲学上的无——失去一切可以计算价值的尺度——甚至时间也丧失了意义，连神也不能救赎。

漫天的雷声轰隆。并非一定指向某种神谕。

料想中的流星雨，迟迟未见。

即便撞见又如何？他有些纠结。拥有花朵的人，还需要神祇？

双鱼座的男人，似乎更嗜好香水百合的味道，他是个例外。一个并不谋求婚姻归宿的单身男人，注定对大开大合的蛊惑难生敏感。香水，如果叫爱情的话，是不是过于直白？

兰花呢？九月，墙角的"铁骨素"毫无新意地重开。"龙隐佛光"的传说渐渐被人遗忘。

秋光披拂。最北的晚熟荔枝，已经下市。甘南的土豆，却轰轰烈烈地上架了。梦里是荔枝的酸甜，梦外是土豆的土气，最大限度地满足了对于初恋的挽留。

撞见土豆花和紫蓝双鱼的幽蓝神采，纯属意外。或许，真的饿坏了。土豆暂时覆盖了饥饿。

还有他们。

事实上，有些名字，至今难以释怀。"月""影""梅"……六如、"土豆天猪"……应文、瞻基、王埕……鸠摩罗什……仁波切……仁波切的仁波切……

也曾追随过九眼天珠的。很遗憾，那只是一个澄明通透的传说，谁都可以自我暗示。六如和"土豆天猪"终其一生，似乎也未找到。当然，这是他的猜测。不仅九眼天珠没有找到，六如和"土豆天猪"，他也未曾谋面。六如圆寂了。"土豆天猪"仿佛还在雪域，也许仁波切赐予他新的法号。雪域一直有传闻，"土豆天猪"见到仁波切的时候，六如正同云登经历一场轰动甘南的辩经，他应该目睹了那场辩经的始终——仁波切回避了揭示九眼天珠的无穷圣力，让六如和云登师兄弟，集聚心智探讨一束毫无功利，且风干千丝万缕的红彼岸……

红彼岸悬挂于辩经场的正前方。蓝彼岸没有人见过，六如和云登只是拿它诠释红彼岸的逻辑因明。

然而，所有的信徒都坚持认为蓝彼岸的存在，是红彼岸的意义。紫蓝的彼岸，更接近双鱼的神祇——那青花和釉里红的互为因明。

于是，怀疑自己上辈子，或许就是青花釉里红。天生的双鱼座，抱朴见素，与世无争。

蓝守玉又一次在午后醒来。双鱼青印的隐疼，已无悬念。只是鸡年秋天的疼，比以往更通透彻底。

莫非猴年夏天以来反复发作的头疼，源自与生俱来的母体记忆？

母亲生下他的肉体，专门用来承接痛苦。他的爹娘死于那场诡异的车祸，留给他肌肤不灭的疼痛。

就像鸠摩罗什火化于那个暮春，唯余一块肉身的舌头不烂——它保留母亲的肉体记忆——那颗前世的红痣——因为散发智慧的光芒，鸠摩罗什的母亲得到鸠摩炎的倾心和追慕。所有的人都相信，红痣预示鸠摩罗什还在母胎时，就已表现为母体的某些前世记忆。当他火化之后，这种特征已然留存不灭，譬如三寸不烂之舌。

肉体在道德上无需自惭形秽，精神也并非一定抽象崇高。鸠摩罗什预言，从脏到净，是一个相对的过程。既已无垢，净亦不存。由秽而净，垢亦不存。净垢不二。肉体升华为精神，往往会留下某种美好的痕迹，比如直觉体征，或肉体记忆。

鸠摩罗什又说，火中生莲花，是可谓稀有。在欲而行禅，稀有亦如是。

眼不见，心为净，经不起推敲。隔绝肉体，直上青云，做得到做不到都很难说。每个晚上，修行者一定会遭遇一次红尘。万丈的红尘，纠缠纷纭。于是，纠结，挣扎，自我救赎。这个过程，一定会在身体的某处，留下植物性的肉体记忆。修行的魅力也在于此。所谓，肉体在受苦，精神永在路上。

他原谅了春天以来的反常天气加重了头疼和失眠，就像原谅一段时间以来，那些莫名的日常情绪一样。

【彼岸】

蓝守玉无论如何也不曾料到，让青花釉里红双鱼逆光行走，会引发一场山崩地裂。

齐鲁关于秦人的讲述，难道暗示他不要太纠结大龙缸的名分和前途？若如此，为何又叫他拿捏？拿捏啥又如何拿捏？

有迹象明确，大龙缸正在被放弃。

便选择与之相反，内疚和自责，那一个人的拯救与自我救赎。

五百年前，文艺青年瞻基亲手缔造青花釉里红双鱼，只为寄托爱情，显然对自己所命名的时代也极为不满。自我否定，需要上升到肉体和精神的双重高度。瞻基，是主宰的君王，也是性情的男儿。

双鱼座青花生不逢时，一埋五百年。

终其五百年，修就一条不可告人的暗途。双鱼座青花只身走了一遭，飘忽不定，恍若诈尸。一如他的白日梦游。

结束双鱼座青花的梦游。

将大龙缸送回五百年前。

蓝守玉笃定没有谁会在意，赵青花陶瓷艺术馆门厅里，原来摆放"土司遗物"的位置，已神不知鬼不觉地换作了"雪岭出品"。失去表面的参照和比对，又无法抵达精神层面的对话，谁能看得清妖怪和真神的微妙？

说是神不知鬼不觉，其实也是在众目睽睽之下，蓝守玉搬走了"土司遗物"。所有的人都确信搬走的是"雪岭出品"。只有他自己清楚，是他这个帮凶，曾经撒下弥天大谎——默认谎言又跟撒谎者有何区别——现在不得不痛苦地选择另一个弥天大谎去圆缺，以告慰灵魂的不安。

蓝守玉将"土司遗物"，不，应该叫"双鱼座青花"重新搬上了龙隐山。

茫茫雨夜，雷声难歇，浑身泥泞与雨水。

"龙隐寺"，啊，不，是"水月禅院"，幽深昏暗的地窖。大龙缸和甜白盏重新回到三连通器、青花勺子、黑金釉鬲式炉的中央，重新维系"佛前五供"的信仰正题。甜白盏本舍不得的。还有紫琉璃磨子鱼，保留了上一个秋天以来的温度……

三十六度五……

如生离死别，又如童年的那次车祸。

"走啦……走啦……"

"要走的……要走的……"

"利子""花树撑开脑袋"……一次又一次的"白日梦"。"鬼附身"，干枯的五色竹和老井……春天以来各种不安……

"石磙子"与叶师傅相继离世。

六如预见了人生的尽头。"土豆天猪"生死不见。

都似乎不舍。

最响亮的霹雳，顷刻从天而降。

地窖在摇晃，院门在摇晃，屋顶在摇晃，高树在摇晃，整座山都在摇晃！狂风怒吼，暴雨宣泄，仿佛远古猛兽汹涌！

大龙缸、甜白盏、青花勺子……

瞬间被覆盖。

需要提到的是，多年以后，在另一场山崩地裂中，一应宝贝被重新找回——非主流的魔性国宝终于被官方的出土证实。只是现在他无法预知到这一切，也从来未曾作过如此虚妄的猜想，也便无遗憾。不带遗憾，因为选择五百年的逆行，就是选择义无反顾。

变幻莫测，原本是世间常态，已然来不及遗憾。

咯噔……

他的身体整个陷入黑暗，就像电梯忽然失控一样。毛孔倏地散去，仿佛每一寸肌肤，都爬上蚂蚁，在挠，在收缩。

莫非，春天以来的那些不安，真的要兑现？

啊！

他喊出了第一声。也许很小，还是听见了。

体重一旦被抽空，四肢便无助，似有啥正把自己挤压成罅隙！不对，是自己把自己撕成褴褛，仿佛鹅毛与泡沫，更似风干的彼岸……

千丝万缕，坠落自己的渊薮。

渊薮散发异样的霉味。

记得读过一部记载仁波切生死体验的奇书。奇书不止一次描绘某种耐人寻味的气息，感受到那气息的，能上下穿越千年。

倘若书中所述可以信赖的话，那么现在自己正濒临弥留。

刚过三十六呀……

多么沮丧。

他像开动超级计算一样，回忆着仁波切之死：一个人若在生离之时，忽发沮丧，一定是红尘还有眷顾。如果就这样莫名其妙地死，灵魂便无法达到纯粹的高度。这会给接下来的重生，带来很多的不确定性。说白了，即便死去，也是白死。

怎么能白死呢？于是不肯罢休。

仁波切的预言正好提供可以参考的经验：选择见证死亡，也有叫接近死亡的，一种间于轮回和现实活着之间的神秘状态。跟假死还不太一样。假死其实是精神暂时与肉体的现实割裂。

仁波切还说过一个奇怪的细节：连叫三声——"啊"。

他情不自禁地叫出了第一声。

第二声，只是张开了嘴。也许没声，也许有，来不及听见就已消失。

第三声，只能在意念中完成。也许嘴巴保持了最后的声嘶状。这一点，他很清楚。

三声"啊"之后，他宣告自己并没有放弃红尘，终有一些割舍不下。

命运之神，于是引领开启接下来的死亡之旅。

果然，眼前正有一丛烈焰！红的烈焰，蓝的烈焰，噼里啪啦，猎猎熊熊，好似无数紫蛇青蛇的信子，大口小口往外吞吐。

否极泰来。失去最后的体重，让他触及并剥离底部，欲朝向高处蒸腾。

似乎更轻了！

灵魂出窍？肯定不是。如果是，肉体怕已湮灭。他暗示自己，如无知觉，一定是短暂的麻木而已。肉体湮灭，不会察觉痛楚的。很多关于死亡之痛的传说，徒增恐惧而已。仁波切又讲，你要觉得还有痛楚，那死亡还有什么意义？

庆幸尚能思考麻木。据说，思考可以转移肉体的痛楚。

他还没有见到引领的尊者。

怎么能就此回头？那岂不是一事无成？要知道，不是每个肉体和灵魂，都有见证死亡之缘的。

他坚信自己看见一束光！开出红莲紫莲，在生与死的界限，在那缝隙的尽头……

如果出现光，黑暗的深邃也便接近拐点。是轮回，还是见证，该有个了断了。当然，此抉择得由引领者确认。准确地说，死者是不是清楚认得引领者，将是决定命运的关键。

清楚自己是生是死，也清楚自己为何而生为何而死。

接纳者，一定最想见到的那一个灵魂息息相关的故人。他们将是自己的精神导引者。

他努力回想着仁波切的教诲。

于是迫切想见着他们了。他，或者他们，又会是谁？

两个人影，分明被光环簇拥！

六如！

面容清晰，就是他了。他并不确定六如穿的是军装，还是紫色的袈裟——但那个紫琉璃磨子双鱼一定捧于手心。便觉着就是六如，没错，浑身都是光彩，跟"石礓子"生前的讲述一模一样。

另一个定是"土豆天猪"了。可惜不见传说中的诗人帅气，土豆与猪仔的诚实与憨厚，倒是保留了。只那黝黑的皮肤，多么像侯家寺的可明。怎么又是可明？可明他见过。"土豆天猪"却从未有过谋面的。这并不影响他的笃信。

之后黎明轰然而开。那土豆的盛开，莲花的盛开，彼岸的盛开！

幽蓝的土豆，莲花和彼岸！紫红的莲花，土豆和彼岸！由下而上，由上而下的晶光，从天而降！哪里又能分出天和地？三百六十度的全息视界，都是天穹。光静静流淌，无边无际！

璀璨四射的晶光，仿佛某种稀缺的鳞甲焕发！焕发的紫红，焕发的幽蓝……也许，就不是光，因为根本不见地平线，没有黑暗，没有风，没有雨，也没有高山流水，大江长河……

甚至没有影子。并不能排除光的真实存在，就是不能看见。所有的花朵也是焕发的。它们都无身影。幽蓝的花朵，紫红的花朵，都没有影子。他也没有身影，他和它们自在光芒的中央。甚至，他和那些花朵，即是由内而外纷纷溅落的本体。

花朵与晶光之间，他看到了两条硕大的青年之鱼，几乎铺满光芒的中央！

它，或者他与她，不是肉体的三维之物。一切所见，没有平面，也不见空间。更像某种高贵的灵魂寄托，随时间缓慢流淌。

两两相望，时分时合，互相照耀，通体透明……

难道，所见便是一直想要的五百年前的上世，五百年后的彼岸？

然后……

多年之后。

多年之后，当他回忆那个夜晚到黎明所经历的一切，自己都难以置信！

多年之后，尽管坚持自己回忆性的场景叙事，还翻出文献记载佐证，然而谁又信呢？

……

也许，他陷入了深度的昏迷。有人猜测道。

深度昏迷？那怎么还能有意识？曾就此事求教几位上师。上师说，也许肉体和灵魂始终没能彻底分离，也就是说两者藕断丝连，若即若离。

这么说，就是肉体之死并不干净，一息残存，也就谈不上重生和轮回了？他就所获得的体验，同上师进行了探讨。

上师语焉不详，也许，也未必……

任何涵盖或许都有可能，就连最有缘分，也最善于预言的仁波切都无法完成全部未知的证悟。上师也为此困惑。

便彻底迷茫了。

或因你长时间痴迷传说，陷入某种暗示。有人给出一个貌似理性的思路。

你的意思是，我不能自拔？这是所不能接受的。他一直以为自己是个能处理好理智和感性的人。

不承认又咋样？妄想症总有吧？要不就是白日说梦。你有多大的定力，去拒绝妄想和白日说梦？劝说的人分明不再相信他了。

就算……如此……可是……

那一天，龙隐山分明发生过一场山崩地裂，而且双鱼座的确焕发了一场盛大的流星雨……

他仿佛一个人在喃喃自语。

所有的人都笑开了：如果，真的如你所言，发生了泥石流，你确定还能活到很多年之后？如果，真的遭遇了一场千年难遇的双鱼座流星雨，怎么老到九十岁了——早已过了三十六——如果三十六是个高坎也不过浮云——但九十岁分明还是同多年前一样，是一个人？

……

他的确无法回答，并非尖锐不尖锐的问题。

不信便不信吧，也没有什么。既然能在一朵花开里乍然邂逅，那再用一辈子的冥想去奔向自己。

再不予置辩，一如箴言的定格。心怀忐忑，如此魔幻。

那一天，九月二十。

丙申年初稿完成

辛丑年六稿改定